2 단계

반드시 반복되는

수능 국어 기출의 논리

2027학년도 수능 국어

홀수 기출

고난도 선별 (상)

학력평가 | 평가원

문제

박광일

×

- 최신 수능 출제 경향에 맞는 학력평가 문학 · 독서 기출(2019학년도~2025학년도) 선별 수록
- 낯선 작품과 수능 빈출 개념을 다룬 고난도 기출을 통해 1단계에서 학습한 기출 분석법 체화
- '평가원 연계 POINT'를 통해 평가원 기출과 연계하여 학습 가능

2027학년도 수능 국어 대비
이투스 박광일 선생님 개념 강의

[문학 개념 강의]

훈련 도감

- 반드시 분석해야 할 평가원 기출을 학습함으로써 갈래별 작품 독해 방법을 익히고, 수능 문학 문제 풀이의 판단 기준을 체화할 수 있습니다.
- 자주 출제되는 문학 개념과 고전 필수 어휘를 제공하여 기초부터 탄탄히 학습할 수 있도록 합니다.

[독서 개념 강의]

독기 본서

- 독서 지문의 구성 원리와 필수 출제 요소를 설명하여 지문을 정확히 이해하고 효율적으로 문제의 정답을 찾아낼 수 있도록 안내합니다.
- 매년 바뀌는 듯 보이는 평가원의 지문 구성과 문제 출제 방식에 유연하게 대처하고 독해의 기반을 단단하게 다질 수 있도록 합니다.

홀수 기출 분석 시리즈 독자 한정

훈련도감, 독기본서 1~3회차 강의 무료 수강 (EVENT)

S/N 52298-C7D62-4F453-BB2F6

2027 박광일 시그니처 맛보기 쿠폰

강 좌 명	2027 박광일 시그니처 맛보기
등록 기간	2026년 1월 15일~2026년 11월 19일
수강 기간	등록 후 30일

이용 방법

※ PC: 마이룸 〉 주문 · 결제 · 혜택 〉 쿠폰/포인트 〉 이투스 할인권 〉 이투스할인권 등록 〉 복습권 S/N 등록
※ Mobile: 마이룸 〉 주문 · 혜택 〉 쿠폰 〉 할인권/복습권 등록하기 〉 복습권 〉 S/N 등록
※ 복습권을 통한 강의 수강은 '무료강좌' 탭에서 수강 가능합니다.
※ 복습권 관련 문의사항은 이투스 고객센터(1599–6405)로 연락해 주세요.

박 광 일 선생님 [약력]

現) 이투스 강사
現) 대치 엘브라운 학원 출강

동국대 국어교육과 졸업
前) 공립교원 임용
前) 안양고등학교 서울대 특별반 교사
前) 수리고등학교 초빙교사
前) 경기도 교육청 국어과 연구위원
前) EBSi 국어영역 강사

홀수 기출

2027학년도 수능 국어

고난도 선별 (상)

학력평가 | 평가원

*1~3 단계 학습은 총 21주 과정입니다.

1단계 홀수 기출 평가원 최신 [문학 / 독서] 학습 (8주 완성)

홀수 공부법 TIP

☑ **1단계에서는** 총 2권의 책을 학습합니다. 기출 분석이 어렵게 느껴지지 않도록, 모든 지문마다 '지문 분석 빈칸 채우기'를 제공하였습니다. 빈칸을 채우며 지문 독해를 하다 보면 자연스럽게 지문의 구조와 핵심 내용을 파악할 수 있습니다. 문제를 푼 후 해설 책을 볼 때에는 정답만 확인하는 것이 아니라, 지문 분석 내용과 자신의 독해 과정을 비교해 보고, 다양한 학습 장치를 참고하여 선지의 정·오답을 꼼꼼히 확인합니다. 이때 핵심은 선지의 정오를 판단하는 정확한 근거를 찾는 것입니다.

☑ **1~2일차에는** 2026학년도 수능 문제를 풀고 해설 책에 수록된 '박광일의 CHECK POINT'를 참고하여 최신 수능 국어의 출제 경향을 파악하고 자신의 문제 풀이를 점검합니다.

☑ **3일차부터는** 각 영역별 기본 → 심화 순으로 기출 분석을 합니다. 『홀수 기출 평가원 최신 [문학 / 독서]』에서는 난이도를 고려하여 기본과 심화를 각 지문의 상단에 표시해 두었습니다. 기출 분석을 처음 시작하는 학습자는 기본 지문을 학습한 후 심화 지문을 학습하는 것을 권장합니다.

> 단, 기출 문제는 수능 때까지 반복적으로 분석해야 하고, 학습자마다 시기별 학습 순서가 다르므로, 이를 고려하여 원하는 지문을 쉽게 찾아볼 수 있도록 **책에서는 최신 6개년 기출을 연도순으로 배치**했습니다.

학습 주차	홀수 기출 평가원 최신 [문학]				홀수 기출 평가원 최신 [독서]			
1주차	INTRO	수능	4 SET	기본	INTRO	수능	4 SET	기본 + 심화
	PART 1	현대시	6 SET	기본	PART 1	독서론	6 SET	기본
2주차	PART 1	현대시	4 SET	심화	PART 1	독서론	8 SET	기본
	PART 2	고전시가	5 SET	기본	PART 2	인문·사회	2 SET	기본
	PART 2	고전시가	1 SET	심화				
3주차	PART 2	고전시가	3 SET	심화	PART 2	인문·사회	6 SET	기본
	PART 3	현대소설	7 SET	기본	PART 2	인문·사회	4 SET	심화
4주차	PART 3	현대소설	3 SET	기본	PART 2	인문·사회	5 SET	심화
	PART 3	현대소설	6 SET	심화	PART 3	과학·기술	5 SET	기본
	PART 4	고전산문	1 SET	기본				
5주차	PART 4	고전산문	10 SET	기본	PART 3	과학·기술	3 SET	기본
					PART 3	과학·기술	7 SET	심화
6주차	PART 4	고전산문	2 SET	기본	PART 3	과학·기술	2 SET	심화
	PART 4	고전산문	3 SET	심화	PART 4	주제 복합	5 SET	기본
	PART 5	갈래 복합	5 SET	기본				
7주차	PART 5	갈래 복합	3 SET	기본	PART 4	주제 복합	5 SET	기본
	PART 5	갈래 복합	4 SET	심화	PART 4	주제 복합	2 SET	심화
8주차	PART 5	갈래 복합	5 SET	심화	PART 4	주제 복합	5 SET	심화

*해당 교재에는 세부 계획표가 제공됩니다.

홀수 기출 고난도 선별 (상) 학력평가 학습 (5주 완성) 2 단계

홀수 공부법 TIP

☑ **2단계에서는** 문제 책의 각 지문마다 '평가원 연계 POINT'를 수록하여 학력평가 기출에서 발견한 평가원 기출의 학습 요소를 소개하고, 이와 함께 풀어 보면 좋을 평가원 기출을 안내하였습니다. 『홀수 기출 평가원 최신 [문학 / 독서]』에서 해당 기출 지문을 찾아 오늘 풀어 본 문제와의 연관성을 고려하며 복습합니다.

☑ **매일매일** 1단계에서 학습한 지문 분석법과 문제 풀이법을 떠올리며 문학과 독서를 한 세트씩 풀고, 해설 책을 참고하여 선지를 판단하기 위해 내가 찾은 근거와 해설의 내용이 일치하는지 비교해 보세요.

학습 주차		PART 1 [문학]	문제 책 페이지	PART 2 [독서]	문제 책 페이지	학습 체크
1 주차	1일차 (월 일)	CHAPTER 1 _ 현대시 ①	P.014	CHAPTER 1 _ 인문 ①	P.088	☐
	2일차 (월 일)	CHAPTER 1 _ 현대시 ②	P.016	CHAPTER 1 _ 인문 ②	P.092	☐
	3일차 (월 일)	CHAPTER 1 _ 현대시 ③	P.018	CHAPTER 1 _ 인문 ③	P.094	☐
	4일차 (월 일)	CHAPTER 1 _ 현대시 ④	P.020	CHAPTER 1 _ 인문 ④	P.096	☐
	5일차 (월 일)	CHAPTER 1 _ 현대시 ⑤	P.022	CHAPTER 1 _ 인문 ⑤	P.100	☐
2 주차	1일차 (월 일)	CHAPTER 2 _ 고전시가 ①	P.024	CHAPTER 2 _ 사회 ①	P.104	☐
	2일차 (월 일)	CHAPTER 2 _ 고전시가 ②	P.026	CHAPTER 2 _ 사회 ②	P.106	☐
	3일차 (월 일)	CHAPTER 2 _ 고전시가 ③	P.028	CHAPTER 2 _ 사회 ③	P.108	☐
	4일차 (월 일)	CHAPTER 2 _ 고전시가 ④	P.030	CHAPTER 2 _ 사회 ④	P.110	☐
	5일차 (월 일)	CHAPTER 3 _ 현대소설 ①	P.032	CHAPTER 2 _ 사회 ⑤	P.114	☐
3 주차	1일차 (월 일)	CHAPTER 3 _ 현대소설 ②	P.036	CHAPTER 3 _ 과학 ①	P.118	☐
	2일차 (월 일)	CHAPTER 3 _ 현대소설 ③	P.040	CHAPTER 3 _ 과학 ②	P.120	☐
	3일차 (월 일)	CHAPTER 3 _ 현대소설 ④	P.042	CHAPTER 3 _ 과학 ③	P.122	☐
	4일차 (월 일)	CHAPTER 3 _ 현대소설 ⑤	P.044	CHAPTER 3 _ 과학 ④	P.124	☐
	5일차 (월 일)	CHAPTER 4 _ 고전산문 ①	P.048	CHAPTER 3 _ 과학 ⑤	P.128	☐

학습 주차		PART 1 [문학]	문제 책 페이지	PART 2 [독서]	문제 책 페이지	학습 체크
4 주차	1일차 (월 일)	CHAPTER 4 _ **고전산문** ②	P.050	CHAPTER 4 _ **기술** ①	P.132	☐
	2일차 (월 일)	CHAPTER 4 _ **고전산문** ③	P.054	CHAPTER 4 _ **기술** ②	P.134	☐
	3일차 (월 일)	CHAPTER 4 _ **고전산문** ④	P.056	CHAPTER 4 _ **기술** ③	P.136	☐
	4일차 (월 일)	CHAPTER 4 _ **고전산문** ⑤	P.060	CHAPTER 4 _ **기술** ④	P.138	☐
	5일차 (월 일)	CHAPTER 5 _ 갈래 복합 ①	P.062	CHAPTER 4 _ **기술** ⑤	P.142	☐
5 주차	1일차 (월 일)	CHAPTER 5 _ **갈래 복합** ②	P.066	CHAPTER 5 _ 주제 복합 ①	P.146	☐
	2일차 (월 일)	CHAPTER 5 _ **갈래 복합** ③	P.070	CHAPTER 5 _ **주제 복합** ②	P.150	☐
	3일차 (월 일)	CHAPTER 5 _ **갈래 복합** ④	P.074	CHAPTER 5 _ **주제 복합** ③	P.154	☐
	4일차 (월 일)	CHAPTER 5 _ **갈래 복합** ⑤	P.078	CHAPTER 5 _ **주제 복합** ④	P.158	☐
	5일차 (월 일)	CHAPTER 5 _ **갈래 복합** ⑥	P.082	CHAPTER 5 _ **주제 복합** ⑤	P.162	☐

홀수 기출 고난도 선별 (하) 평가원 [문학 / 독서]
& 홀수 기출 N회독 평가원 모의고사 학습 (8주 완성)

홀수 공부법 (TIP)

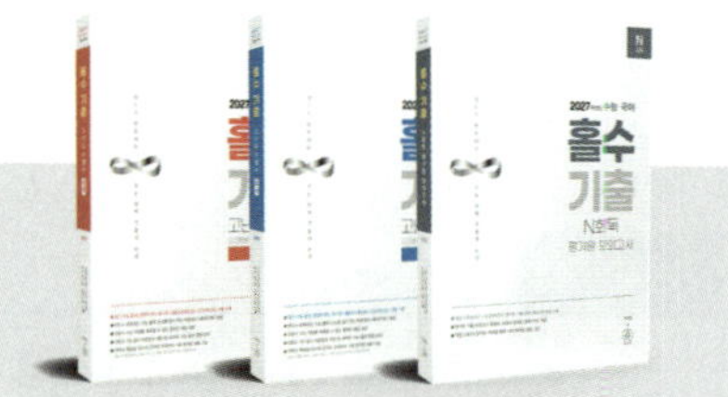

☑ **3단계에서는** 총 3권의 책을 학습합니다. 먼저 1~2단계에서 학습한 지문 분석법과 문제 풀이법을 떠올리며『홀수 기출 고난도 선별 (하) 평가원 [문학 / 독서]』에서 각각 한 세트씩 풀고 해설책을 참고하여 선지를 판단하기 위해 내가 찾은 근거와 해설의 내용이 일치하는지 비교해 보세요.

☑ **홀수 기출 N회독 평가원 모의고사는** ❶ 실전처럼 제한 시간을 두고 문제를 풀어 봅니다. ❷ 채점을 한 후 '약점 CHECK 분석표'를 작성하여 영역별, 문제 유형별로 나의 취약점을 진단합니다.

학습 주차	홀수 기출 고난도 선별 (하) 평가원 [문학]			홀수 기출 고난도 선별 (하) 평가원 [독서]			홀수 기출 N회독 평가원 모의고사
1주차	PART 1	현대시	5 SET	PART 1	인문·예술	5 SET	1회차 2회차
2주차	PART 1 PART 2	현대시 고전시가	1 SET 4 SET	PART 1 PART 2	인문·예술 사회	4 SET 1 SET	3회차 4회차
3주차	PART 3	현대소설	5 SET	PART 2	사회	5 SET	5회차 6회차
4주차	PART 3	현대소설	5 SET	PART 2 PART 3	사회 과학	2 SET 3 SET	7회차 8회차
5주차	PART 3 PART 4	현대소설 고전산문	1 SET 4 SET	PART 3	과학	5 SET	9회차 10회차 11회차
6주차	PART 4 PART 5	고전산문 갈래 복합	3 SET 2 SET	PART 3 PART 4	과학 기술	3 SET 2 SET	12회차 13회차 14회차
7주차	PART 5	갈래 복합	5 SET	PART 4	기술	5 SET	15회차 16회차
8주차	PART 5 PART 6	갈래 복합 극	2 SET 3 SET	PART 4 PART 5	기술 주제 복합	2 SET 3 SET	17회차 18회차

*해당 교재에는 세부 계획표가 제공됩니다.

홀수 기출 분석 시리즈 6개월 학습 PLAN을 마친 후에는

수능 때까지『홀수 기출 평가원 최신 [문학 / 독서]』위주로 반복 학습하되,

『홀수 기출 N회독 평가원 모의고사』를 통해 파악한 나의 취약 부분을 집중적으로 분석해 보세요.

첫째 2019학년도~2025학년도 교육청 학력평가 공통 영역에서 박광일 선생님이 엄선한 꼭 풀어 보아야 할 기출을 수록했습니다.

둘째 수험생의 편의를 위해 문제 책과 해설 책으로 분권하였으며, 해설 책에도 문제를 재수록하여 문제와 해설을 한눈에 볼 수 있도록 구성했습니다.

문제 책

박광일 선생님이 엄선한 고난도 기출 수록

엄선된 고난도 지문을 문학은 갈래별로, 독서는 주제별 분류하여 전 문항과 함께 수록하였습니다. 문학은 한 세트당 5~6분, 독서는 문항 수를 고려하여 3문항은 5분, 4문항은 7~8분, 6문항은 8~10분 이내에 푸는 것을 권장합니다.

평가원 연계 POINT

박광일 선생님이 해당 기출을 선정한 이유를 설명하고, 이와 연계하여 함께 풀어 보면 좋을 평가원 기출을 추천합니다. 평가원 기출은 『홀수 기출 평가원 최신 [문학 / 독서]』에서 바로 찾아서 복습할 수 있도록 해당 책의 페이지를 제시했습니다.

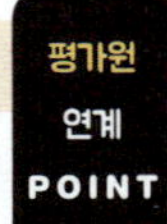

해설 책

화자의 정서 및 태도 이해 | 정답률 76

2. 〈보기〉를 바탕으로 [A]를 이해한 내용으로 가장 적절한 것은?

〈보기〉

시에서 특정 호칭의 사용은 화자와 대상 간의 관계나 거리를 조정하여 정서를 나타내는 기반이 된다.

🔍 **보기 분석**

- 시에서 특정 호칭의 사용: 화자와 대상 간의 관계나 거리 조정 → 정서를 나타내는 기반

정답풀이

① 대상과의 심리적 거리를 좁혀서 화자의 우울함을 대상에게 투영한다.

[A]에서 화자는 아스팔트를 '너'로 지칭함으로써, 아스팔트를 가까운 대상으로 표현하고 있다. 이러한 호칭의 사용은 화자와 아스팔트의 심리적 거

문항 해설

혼자서도 완벽한 기출 분석을 할 수 있도록 〈보기〉 분석과 모든 문항의 정·오답의 근거를 담은 친절하고 상세한 해설을 제시했습니다.

이것만은 챙기자

- *금광꾼: 금광에서 일을 하는 사람.
- *대처: 사람이 많이 살고 상공업이 발달한 번잡한 지역.

이것만은 챙기자

지문에 자주 등장하는 어휘를 풀이하여 기출 분석 과정에서 자연스럽게 어휘력을 키울 수 있습니다.

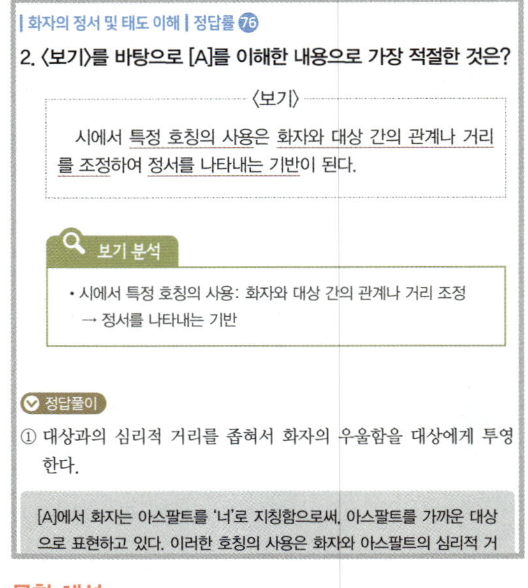

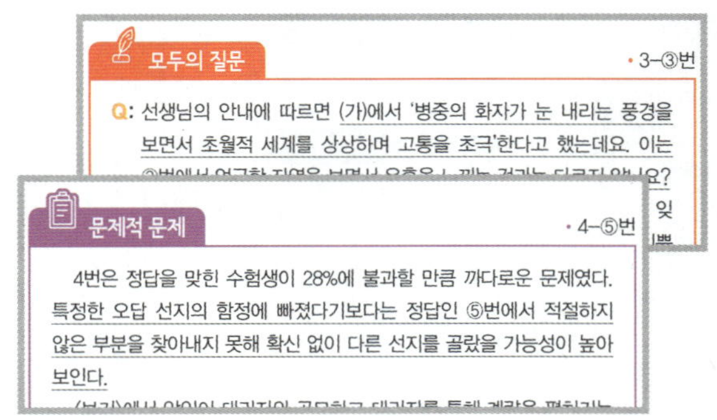

모두의 질문 · 3-③번

Q: 선생님의 안내에 따르면 (가)에서 '병중의 화자가 눈 내리는 풍경을 보면서 초월적 세계를 상상하며 고통을 초극'한다고 했는데요, 이는

문제적 문제 · 4-⑤번

4번은 정답을 맞힌 수험생이 28%에 불과할 만큼 까다로운 문제였다. 특정한 오답 선지의 함정에 빠졌다기보다는 정답인 ⑤번에서 적절하지 않은 부분을 찾아내지 못해 확신 없이 다른 선지를 골랐을 가능성이 높아 보인다.

모두의 질문 & 문제적 문제

온라인 강의와 현장에서 수험생들이 많이 한 질문에 대한 명쾌한 답변을 제시하고, 오답률이 높았던 문제를 심화 분석하여 매력적인 오답의 함정에 빠지지 않고 정답을 고르는 방법을 익히도록 했습니다.

PART 1. 문학

운문 작품 분석

운문 갈래에서 반드시 파악해야 하는 작품 속 화자와 대상, 상황을 제시하여 문제 풀이를 위한 효율적인 작품 분석법을 안내합니다.

화자와 대상의 관계	임을 그리워하는 사람
상황?	잠에서 깨어 임을 그리워함 → 임을 잊지 못해 슬퍼함 → 술을 마시며 회포를 풀고자 함

고전시가 현대어 풀이

고전시가 원문 옆에 현대어 풀이를 배치하여 작품의 내용을 쉽게 이해할 수 있도록 했습니다.

현대어 풀이

어젯밤 불던 바람 솔 소리(가을 바람 소리)가 뚜렷하다
쓸쓸한 잠자리 깊이 든 밤 임을 그리워하는 꿈 훌쩍 깨어
대나무 창을 반만 열고 막막하게 앉아 보니
창창한 먼 하늘에 여름 구름이 흩어지고

산문 작품 분석

산문 갈래에서 반드시 파악해야 하는 인물의 심리, 장면별 주요 내용을 해설하고 전체 줄거리 및 인물 관계도를 실었습니다.

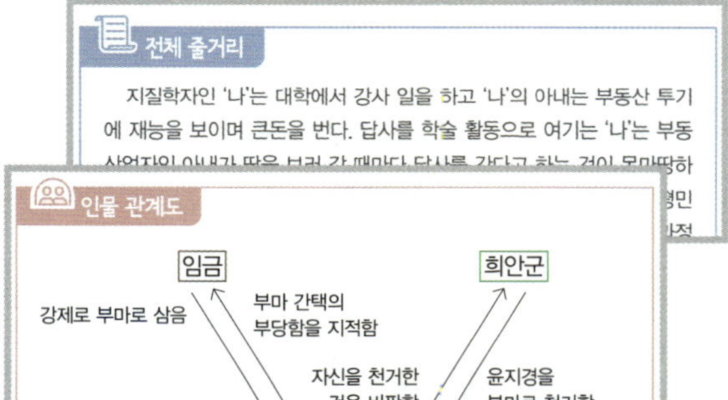

전체 줄거리

지질학자인 '나'는 대학에서 강사 일을 하고 '나'의 아내는 부동산 투기에 재능을 보이며 큰돈을 번다. 답사를 학술 활동으로 여기는 '나'는 부동산업자인 아내가 따로 볼러 갈 때마다 답사를 간다고 하는 것이 못마땅하

인물 관계도

임금		희안군
강제로 부마로 삼음	부마 간택의 부당함을 지적함	
	자신을 천거한 것을 비판함	윤지경을 부마로 천거함

PART 2. 독서

사고의 흐름

독서 지문을 읽을 때 어떻게 사고하는 것이 논리적인지를 시각화하여 보여 주는 사고의 흐름을 통해 출제자의 관점에서 지문을 독해하는 방법을 습득할 수 있습니다.

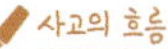

사고의 흐름

(상장 법인의 사업 내용, 대주주에 관한 사항 등) [15]상장 법인이 제출한 증권 신고서가 금융위원회의 심사를 통과하여 증권이 발행되면, 상장 법인은 청약을 권유하고 투자자는 해당 증권을 청약할 수 있게 된다. 증권을 공모할 때마다 이루어지는 발행 시장에서의 공시에 대해 제시하고 있어.

④ [16]유통 시장은 공모 절차를 거친 증권이 투자자들 간에 거래되는 곳이다. [17]여기에서는 증권의 매매가 끊임없이 이루어지며 가격

만점 선배의 구조도 예시

지문 구성 원리를 파악하여 자신만의 구조도를 그려 본 후 만점 선배의 구조도와 비교하여 부족한 부분을 점검할 수 있습니다.

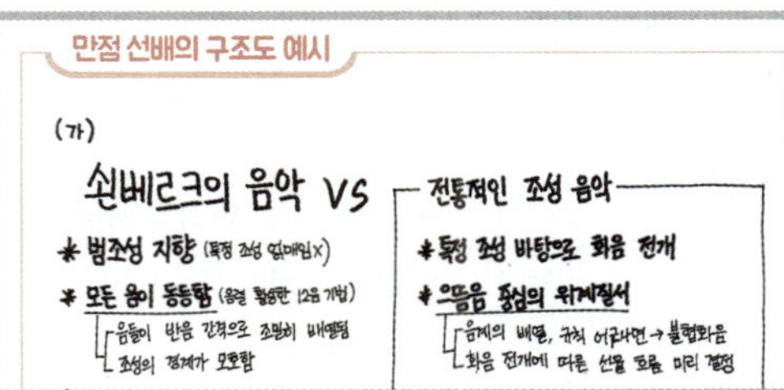

PART 1 [문학]

CHAPTER 1

현대시	기출 연도	문제 책	해설 책
① 김기림, 「아스팔트」 / 김명인, 「봄길」	2025학년도 3월	P.014	P.006
② 정지용, 「장수산 1」 / 고재종, 「고요를 시청하다」	2023학년도 3월	P.016	P.010
③ 이용악, 「고향아 꽃은 피지 못했다」 / 신경림, 「어머니와 할머니의 실루엣」	2022학년도 10월	P.018	P.014
④ 이육사, 「황혼」 / 김종길, 「바다에서」	2021학년도 7월	P.020	P.018
⑤ 박목월, 「사향가」 / 박남준, 「따뜻한 얼음」	2019학년도 4월	P.022	P.022

CHAPTER 2

고전시가	기출 연도	문제 책	해설 책
① 남도진, 「낙은별곡」 / 윤양래, 「갑극만영」	2024학년도 5월	P.024	P.026
② 이호민, 「서호가」 / 남극엽, 「애경당십이월가」	2023학년도 4월	P.026	P.030
③ 홍계영, 「희설」 / 강복중, 「수월정청청흥가」	2022학년도 4월	P.028	P.036
④ 작자 미상, 「추풍감별곡」 / 정훈, 「월곡답가」	2019학년도 7월	P.030	P.041

CHAPTER 3

현대소설	기출 연도	문제 책	해설 책
① 이청준, 「불 머금은 항아리」	2025학년도 7월	P.032	P.046
② 박완서, 「낙토의 아이들」	2024학년도 7월	P.036	P.051
③ 최인호, 「견습 환자」	2022학년도 4월	P.040	P.056
④ 김승옥, 「차나 한잔」	2021학년도 7월	P.042	P.061
⑤ 염상섭, 「임종」	2020학년도 7월	P.044	P.065

CHAPTER 4

고전산문	기출 연도	문제 책	해설 책
① 작자 미상, 「설홍전」	2025학년도 7월	P.048	P.072
② 작자 미상, 「윤지경전」	2024학년도 7월	P.050	P.077
③ 작자 미상, 「징세비태록」	2024학년도 3월	P.054	P.082
④ 작자 미상, 「장풍운전」	2022학년도 10월	P.056	P.088
⑤ 작자 미상, 「반씨전」	2020학년도 10월	P.060	P.094

CHAPTER 5

갈래 복합	기출 연도	문제 책	해설 책
① 조지훈, 「묘망」 / 김광규, 「크낙산의 마음」 / 이산해, 「죽봉기」	2024학년도 5월	P.062	P.100
② 신교, 「귀산음」 / 박인로, 「노계가」 / 법정, 「거꾸로 보기」	2023학년도 7월	P.066	P.106
③ 이육사, 「노정기」 / 최승호, 「발효」 / 김진규, 「몰인설」	2023학년도 4월	P.070	P.114
④ 구강, 「총석곡」 / 장복겸, 「고산별곡」 / 백석, 「동해」	2023학년도 3월	P.074	P.120
⑤ 신석정, 「역사」 / 문태준, 「빈집의 약속」 / 김석주, 「의훈」	2022학년도 4월	P.078	P.126
⑥ 김득연, 「산중잡곡」 / 권섭, 「영삼별곡」 / 이수광, 「침류대기」	2020학년도 10월	P.082	P.132

PART 2 [독서]

인문	기출 연도	문제 책	해설 책
① 하먼의 객체 지향 존재론	2024학년도 5월	P.088	P.140
② 공손룡과 후기 묵가의 명실 논쟁	2023학년도 4월	P.092	P.145
③ 과학 이론의 성립	2022학년도 10월	P.094	P.150
④ 고전 검사 이론과 문항 반응 이론	2021학년도 10월	P.096	P.155
⑤ 카르납과 로티의 언어관	2020학년도 7월	P.100	P.161

CHAPTER 1

사회	기출 연도	문제 책	해설 책
① 상장 법인의 공시 의무	2025학년도 3월	P.104	P.168
② 유증과 상속	2024학년도 3월	P.106	P.173
③ 공공선택론	2022학년도 7월	P.108	P.178
④ 실업과 정부의 역할	2020학년도 4월	P.110	P.183
⑤ 세율 구조와 조세 부담의 희생 균등 원칙	2020학년도 3월	P.114	P.188

CHAPTER 2

과학	기출 연도	문제 책	해설 책
① 자기 유변 유체 기반 제진 시스템	2025학년도 5월	P.118	P.194
② 인체의 혈압 조절	2025학년도 3월	P.120	P.199
③ 세포자멸사와 그 기능	2024학년도 7월	P.122	P.204
④ 호흡	2020학년도 10월	P.124	P.209
⑤ 유체의 응력과 점성	2020학년도 4월	P.128	P.215

CHAPTER 3

기술	기출 연도	문제 책	해설 책
① 눈의 굴절력과 비정시 교정 원리	2023학년도 10월	P.132	P.220
② 이중 편파 레이더	2023학년도 7월	P.134	P.225
③ 문자열 검색과 해시 함수	2022학년도 3월	P.136	P.230
④ OLED의 발광 원리	2020학년도 7월	P.138	P.234
⑤ 암호통신의 키 관리	2019학년도 7월	P.142	P.239

CHAPTER 4

주제 복합	기출 연도	문제 책	해설 책
① 쇤베르크 음악의 범조성 / 쇤베르크 음악에 대한 레보비츠의 견해와 그에 대한 반박	2025학년도 3월	P.146	P.246
② 볼테르의 역사 철학 / 헤르더의 역사 철학	2024학년도 10월	P.150	P.255
③ 미적 대상에 대한 스톨니츠의 견해 / 미적 대상에 대한 비어즐리의 견해	2021학년도 4월	P.154	P.262
④ 호펠드의 권리 범주 / 의사설과 이익설	2020학년도 10월	P.158	P.269
⑤ 들뢰즈의 주름 개념과 랜드스케이프 건축	2019학년도 7월	P.162	P.275

CHAPTER 5

고난도 선별 (상)
학력평가

홀수 기출

고난도 선별 (상)
학력평가

PART 1
문학

2025학년도 3월 학평
김기림, 「아스팔트」 / 김명인, 「봄길」

해설 P.006

[1~4] 다음 글을 읽고 물음에 답하시오.

(가)

아스팔트 위에는
4월의 석양이 졸리고

잎사귀를 붙이지 아니한 가로수 밑에서는
오후가 손질한다.

소리 없는 **고무바퀴를 신은 자동차의 아기들**이
분주히 지나간 뒤에

너의 마음은
우울한 해저.

                   [A]

너의 가슴은
구름들의 피곤한 그림자가 때때로 쉬러 오는
회색의 잔디밭

바다를 꿈꾸는 바람들의 탄식을 들으러 나오는 침묵한 **행인들
을 위하여**
작은 아스팔트의 거리는
지평선의 흉내를 낸다.

                    – 김기림, 「아스팔트」 –

(나)

꽃이 피면 마음 간격들 한층 촘촘해져
ⓐ김제 봄들 건너는데 **몸** 건너기가 너무 힘겹다
피기도 전에 봉오리째 져내리는
그 꽃잎 부리러*
이 **배**는 ⓑ신포 어디쯤에 닿아 헤맨다
저 망해 다 쓸고 온 꽃샘바람 거기 부는 듯
몸 속에 곤두서는 봄 밖의 봄바람!
눈앞 해발이 양쪽 날개 펼친 구릉
사이로 스미려다
골짜기 비집고 빠져나오는 염소 떼와 문득 마주친다
염소도 제 한 몸 한 척 배로 따로 띄우는지
만경 저쪽이 포구라는 듯
새끼 염소 한 마리,
지평도 뿌우연 황삿길 타박거리며 간다
마음은 곁가지로 펄럭거리며 덜 핀 꽃나무
둘레에서 멈칫거리자 하지만

남몰래 출렁거리는 상심은 **아지랑이 너머**
끝내 닿을 수 없는 ⓒ항구 몇 개는 더 지워야 한다고
닻이 끊긴 배 한 척,

                    – 김명인, 「봄길」 –

*부리러: 사람의 등에 지거나 자동차나 배 따위에 실었던 것을 내려
놓으러.

1. (가)와 (나)의 공통점으로 가장 적절한 것은?

① 현재형 어미를 사용하여 시적 상황을 제시하고 있다.
② 명암의 대비를 통해 작품의 주제를 형상화하고 있다.
③ 동일한 색채어를 반복하여 시적 운율을 형성하고 있다.
④ 음성 상징어를 활용하여 대상의 모습을 묘사하고 있다.
⑤ 영탄적 표현을 통해 대상에 대한 태도를 드러내고 있다.

2. 〈보기〉를 바탕으로 [A]를 이해한 내용으로 가장 적절한 것은?

〈보기〉

    시에서 특정 호칭의 사용은 화자와 대상 간의 관계나 거리
를 조정하여 정서를 나타내는 기반이 된다.

① 대상과의 심리적 거리를 좁혀서 화자의 우울함을 대상에게 투영
한다.
② 대상과 각별한 관계를 형성하여 화자가 느낀 경이로움을 나타
낸다.
③ 대상과 거리를 두기 시작하면서 느낀 화자의 회의감을 드러낸다.
④ 대상과의 관계를 회복시켜 화자의 권태로움을 해소한다.
⑤ 대상과의 관계를 역전시켜 화자의 침울함을 극복한다.

낯설고 어려운 문학 작품이 출제되는 최근 평가원 시험 경향에 부합하는 지문이다. 특히 (나)와 관련된 ★3번 문제는 정답률이 24%에 불과했는데,
정작 정답이 도출되는 원리는 간단해서 낯선 작품이 출제되더라도 적정 수준으로 해석할 수 있다면 문제를 풀 수 있음을 시사한다. (나)와 같이
추상적인 사람의 감정을 '배'의 움직임에 빗대어 표현한 아래의 평가원 기출과 연계하여 풀어 본다면 도움이 될 것이다.

25수능 장석남, 「배를 밀며」, 허수경, 「혼자 가는 먼 집」, 이광호, 「이젠 되도록 편지 안 드리겠습니다」 / 『홀수 기출 평가원 최신 [문학]』 문제 책 154P

★3. ⓐ~ⓒ에 대한 이해로 적절하지 않은 것은?

① ⓐ에서 화자는 '꽃이 피'는 것과 내면의 변화 간의 관련성을 의식한다.

② ⓐ에서 '건너기'의 힘듦을 자각한 화자는 이를 해소하고 싶은 마음에 ⓑ로 향한다.

③ ⓑ에서 화자는 '거기'에 부는 '꽃샘바람'을 '몸 속'에서 감각적으로 느끼고 있다.

④ '마음'과 '상심' 사이에서 번민하는 화자는 자신을 ⓑ와 ⓒ 사이에 놓인 '닻이 끊긴 배 한 척'으로 인식한다.

⑤ ⓒ에서 화자는 자신의 목적지를 '끝내 닿을 수 없는' 곳이라고 인식한다.

4. 〈보기〉를 바탕으로 (가)와 (나)를 감상한 내용으로 적절하지 않은 것은? [3점]

〈보기〉

　　시적 대상이 지닌 속성은 다른 대상으로 전이되면서 시적 의미를 풍부하게 한다. (가)에서는 도시 문명을 대표하는 아스팔트에 자연물이 인접하여 배치됨으로써 생명력을 띤 것과 그렇지 않은 것의 경계가 완화되고, (나)에서는 봄 들판과 바다라는 상이한 공간의 이미지가 중첩됨으로써 공간에 속한 대상의 속성이 화자의 내면에 공유된다.

① (가)에서 '4월'의 '가로수'는 '잎사귀를 붙이지 아니한' 상태로 제시되어 생명력을 띠지 않은 '아스팔트'의 속성이 전이되었음을 드러내고, (나)에서 들판을 건너는 화자의 '몸'은 바다를 건너는 '배'와 중첩되어 화자의 부유하는 내면을 드러낸다.

② (가)에서 '고무바퀴를 신은 자동차의 아기들'이 '분주'하게 움직이는 모습은, 자동차가 지닌 분주함이 아스팔트에 전이되어 자동차와 아스팔트의 경계가 완화되고 있음을 드러낸다.

③ (가)에서 '지평선의 흉내'를 내는 '작은 아스팔트의 거리'가 '행인들'을 '위하'는 존재로 포착된 것은, 아스팔트가 '바다'의 속성을 공유하게 되었음을 암시한다.

④ (나)에서 들판과 바다라는 공간의 중첩은 '염소'도 '제 한 몸 한 척 배로 따로 띄우는' 것으로 전이되면서, 화자가 '염소'에게서 자신의 처지를 발견하고 있음을 드러낸다.

⑤ (나)에서 '새끼 염소'가 가는 '지평도 뿌우연 황삿길'은 화자가 향하는 '아지랑이 너머'와 중첩되면서, 자신이 지향하는 바가 이루어지기 쉽지 않으리라는 화자의 인식을 암시한다.

MEMO

2023학년도 3월 학평
정지용, 「장수산 1」 / 고재종, 「고요를 시청하다」

해설 P.010

[1~3] 다음 글을 읽고 물음에 답하시오.

(가)

　벌목정정(伐木丁丁)* 이랬거니 아름드리 큰 솔이 베어짐직도
하이 골이 울어 **멩아리 소리 쩌르렁** 돌아옴직도 하이
다람쥐도 좇지 않고 멧새도 울지 않아 깊은 산 **고요가** 차라리 **뼈를**
저리우는데 눈과 밤이 종이보담 희고녀! 달도 보름을 기다려 흰
뜻은 **한밤 이 골을 걸음이란다?** 웃절 중이 여섯 판에 여섯 번 지고
웃고 올라간 뒤 조찰히 늙은 사나이의 남긴 내음새를 줍는다?
시름은 바람도 일지 않는 고요에 심히 흔들리우노니 오오 견디
란다 차고 올연히* 슬픔도 꿈도 없이 장수산 속 겨울 한밤내—
　　　　　　　　　　　　　　　　－ 정지용, 「장수산 1」 －

*벌목정정: 깊은 산에서 커다란 나무가 베어질 때 쩡쩡하고 나는 큰
　소리.
*올연히: 홀로 우뚝한 모양.

(나)

초록으로 쓸어 놓은 마당을 낮은 고요는
새암가에 뭉실뭉실 수국송이로 부푼다　　　　[A]

날아갈 것 같은 감나무를 누르고 앉은 **동박새가**
딱 한 번 울어서 넓히는 고요의 면적,
감잎들은 유정무정을 죄다 토설하고 있다

작년에 담가 둔 송순주 한 잔에 생각나는 건
이런 정오, 멸치국수를 말아 소반에 내놓던
어머니의 소박한 고요를
윤기 나게 닦은 마루에 꼿꼿이 앉아 들던
아버지의 묵묵한 고요,

초록의 군림이 점점 더해지는
마당, 담장의 덩굴장미가 내쏘는 향기는　　　　[B]
고요의 심장을 붉은 진동으로 물들인다

사랑은 갔어도 가락은 남아, 그 몇 절을 안주 삼고
삼베올만치나 무수한 고요를 둘러치고 앉은
고금*의 시골집 마루,

아무것도 새어 나게 하지 않을 것 같은 고요가
초록바람에 반짝반짝 누설해 놓은 오월의　　　　[C]
날 비린내 나서 **더 은밀한 연주를 듣는다**

　　　　　　　　　　　　　－ 고재종, 「고요를 시청하다」 －

*고금: 외롭게 홀로 자는 잠자리.

⭐ **1. (가)에 대한 이해로 적절하지 <u>않은</u> 것은?**

① '아름드리 큰 솔'과 '베어짐직도 하이'를 관련지어 인간에게
　아낌없이 내어 주는 자연의 속성을 환기하고 있다.

② '다람쥐도 좇지 않고'와 '멧새도 울지 않아'를 연달아 제시하여
　시적 공간의 적막한 분위기를 부각하고 있다.

③ '여섯 판에 여섯 번 지고'도 '웃고 올라간' 행동을 제시하여
　세속적인 욕심에서 벗어난 인물의 모습을 암시하고 있다.

④ '바람도 일지 않는'과 '심히 흔들리우노니'를 대비하여 시적
　공간에 동화하지 못하는 화자의 내적 고뇌를 강조하고 있다.

⑤ '오오 견디란다'를 '차고 올연히'와 연결하여 화자가 지향하는
　삶의 태도를 드러내고 있다.

2. [A]~[C]에 대한 이해로 가장 적절한 것은?

① [A]에서 '새암'은 부푸는 '수국송이'의 모습에 비유되어 풍성한
　생명력을 낳는 존재로 인식된다.

② [A]에서 '마당'을 물들인 '초록'은 [B]에서 점점 확산하여 '덩굴
　장미'의 색채와 어우러지며 계절감을 부각한다.

③ [B]에서 '초록'은 '마당' 위에 군림하는 존재로 묘사되어 마당에
　'붉은 진동'을 방해하는 힘으로 인식된다.

④ [B]에서 '마당'에 군림하던 '초록'은 [C]에서 '초록바람'으로 변주
　되어 다시 계절이 바뀔 것을 암시한다.

⑤ [C]에서 '초록바람'은 '오월'이 누설하는 것들을 감추어 줌으로써
　'오월'의 신비로움이 지속되도록 한다.

평가원 연계 POINT

'고요'를 형상화한 두 편의 시를 묶은 지문으로, (가)의 이해를 묻는 *1번 문제의 정답률은 절반에 미치지 못했다. 시적 상황을 정확하게 파악하지 못하고 '나무'의 관습적 상징을 떠올려 문제를 풀고자 했다면 매력적인 오답의 함정에 빠졌을 수 있다. (가)와 유사한 시적 상황(고요함)이 제시된 아래의 평가원 기출과 연계하여 풀어 본다면 도움이 될 것이다.

2409 박용래, 「월훈」, 김영랑, 「연 1」, 서영보, 「문의당기」 / 『홀수 기출 평가원 최신 [문학]』 문제 책 170P

3. 〈보기〉를 참고하여 (가), (나)를 감상한 내용으로 적절하지 <u>않은</u> 것은? [3점]

> 〈보기〉
>
> 시에서 조용하고 잠잠한 상태인 '고요'를 형상화하는 방식은 다양하다. 고요한 상태를 직접 드러낼 수도 있지만 오히려 소리를 활용하여 고요를 부각하는 효과를 얻기도 한다. 또한 고요에 어울리는 다양한 소재나 감각적 이미지를 활용하여 고요를 형상화하기도 한다. 이를 통해 고요는 시에서 시적 분위기를 드러낼 뿐만 아니라 화자의 내면세계를 암시하는 역할을 한다.

① (가)의 '눈과 밤이 종이보담 희고녀!'는 색채 이미지를 활용하여 눈 내린 겨울 달밤의 고요한 분위기가 드러나도록 한 것이겠군.

② (나)의 화자가 떠올린 추억 속의 '어머니'와 '아버지'는 시적 상황을 통해 표현하고자 하는 '이런 정오'의 고요에 어울리는 인물로 볼 수 있겠군.

③ (가)의 '멩아리 소리 쩌르렁'과 (나)의 '동박새가 / 딱 한 번 울어서'는 모두 소리를 활용함으로써 오히려 고요한 상황이 부각되도록 한 것이겠군.

④ (가)의 '고요가 차라리 뼈를 저리우는데'는 촉각적 심상을 활용하여, (나)의 '삼베올만치나 무수한 고요'는 시각적 심상을 활용하여 고요를 형상화한 것이겠군.

⑤ (가)의 '한밤 이 골을 걸음이란다?'는 화자 내면의 고요가 외부 세계로 이어지고 있음을, (나)의 '더 은밀한 연주를 듣는다'는 외부 세계의 고요가 화자 내면의 동요를 잠재우게 되었음을 나타낸 것이겠군.

MEMO

[1~3] 다음 글을 읽고 물음에 답하시오.

(가)

하얀 박꽃이 오들막*을 덮고
당콩* 너울은 하늘로 하늘로 기어올라도   [A]
고향아
여름이 안타깝다 무너진 돌담

돌 우에 앉았다 섰다
성가스런 하로해가 먼 영에 숨고
소리 없이 생각을 드디는 어둠의 발자취
나는 은혜롭지 못한 밤을 또 부른다

　도망하고 싶던 너의 아들
　가슴 한구석이 늘 차그웠길래
　고향아   [B]
　돼지굴 같은 방 등잔불은
　밤마다 밤새도록 꺼지고 싶지 않었지

　드디어 나는 떠나고야 말았다
　곧 얼음 녹아내려도 잔디풀 푸르기 전
　마음의 불꽃을 거느리고
　멀리로 낯선 곳으로 갔더니라

그러나 너는 보드러운 손을
가슴에 얹은 대로 떼지 않었다
내 곳곳을 헤매어 살길 어두울 때
빗돌처럼 우두커니 거리에 섰을 때
고향아
너의 부름이 귀에 담기어짐을
막을 길이 없었다

　"돌아오라 나의 아들아
　까치 둥주리 있는
　아까시야가 그립지 않느냐
　배암장어 구워 먹던 물방앗간이
　새잡이 하던 버들방천이   [C]
　너는 그립지 않나
　아롱진 꽃그늘로
　나의 아들아 돌아오라"

나는 그리워서 모두 그리워
먼 길을 돌아왔다만
버들방천에도 가고 싶지 않고
물방앗간도 보고 싶지 않고   [D]
고향아
가슴에 가로누운 가시덤불
돌아온 마음에 싸늘한 바람이 분다

이 며칠을 미칠 듯이 살아온 내게
다시 너의 품을 떠날려는 내 귀에
한마디 아까운 말도 속삭이지 말어다오   [E]
내겐 한 걸음 앞이 보이지 않는
슬픔이 물결친다

하얀 것도 붉은 것도
너의 아들 가슴엔 피지 못했다
고향아
꽃은 피지 못했다

– 이용악, 「고향아 꽃은 피지 못했다」 –

　*오들막: 오두막의 함경도 방언.
　*당콩: 강낭콩.

(나)

어려서 나는 램프불 밑에서 자랐다,
밤중에 눈을 뜨고 내가 보는 것은
재봉틀을 돌리는 젊은 어머니와
실을 감는 주름진 할머니뿐이었다.
나는 그것이 세상의 전부라고 믿었다.
조금 자라서는 칸델라*불 밑에서 놀았다,
밖은 칠흑 같은 어둠
지익지익 소리로 **새파란 불꽃을 뿜는 불**은
주정하는 험상궂은 금점꾼들과
셈이 늦는다고 몰려와 생떼를 쓰는 그
아내들의 모습만 돋움새겼다.
소년 시절은 전등불 밑에서 보냈다,
가설극장의 화려한 간판과

가겟방의 휘황한 불빛을 보면서
나는 세상이 넓다고 알았다, 그리고

나는 대처로 나왔다.
이곳 저곳 떠도는 즐거움도 알았다,
바다를 건너 먼 세상으로 날아도 갔다,
많은 것을 보고 많은 것을 들었다.
하지만 멀리 다닐수록, 많이 보고 들을수록
이상하게도 내 시야는 차츰 좁아져
내 망막에는 마침내
재봉틀을 돌리는 젊은 **어머니**와
실을 감는 주름진 **할머니**의
실루엣만 남았다.

내게는 다시 이것이
세상의 전부가 되었다.

　　　　　　– 신경림, 「어머니와 할머니의 실루엣」 –

＊칸델라: 가지고 다닐 수 있는, 석유로 불을 켜서 밝히는 등.

1. [A]~[E]에 대한 설명으로 적절하지 <u>않은</u> 것은?

① [A]: 계절감을 주는 이미지와 시적 공간의 황량한 분위기를 결부하여 화자의 정서를 부각하고 있다.

② [B]: 화자의 심정을 과거 고향의 사물에 투영하여 고향에 친밀감을 느끼고자 했던 화자의 내면을 드러내고 있다.

③ [C]: 고향이 화자에게 건넨 말을 인용하는 방식을 사용하여 그리움을 환기하는 시적 공간의 모습을 제시하고 있다.

④ [D]: 화자의 내면을 자연물에 비유하여 시적 공간에 대한 기대감이 사라진 화자의 마음을 드러내고 있다.

⑤ [E]: 화자가 고향에 말을 건네는 방식을 활용하여 시적 공간에 미련을 두지 않으려는 화자의 태도를 드러내고 있다.

2. (나)에 대한 이해로 가장 적절한 것은?

① '칠흑 같은 어둠'과 '휘황한 불빛'의 대비를 통해 화자의 내면과 외부 세계 사이에 조성되는 긴장감을 드러내고 있다.

② '험상궂은 금점꾼들'에서 '생떼를 쓰는' '아내들'로 묘사의 초점을 이동하여 정겨운 공동체의 모습을 나타내고 있다.

③ '멀리 다닐수록'을 '많이 보고 들을수록'과 연결하여 이동 범위의 확대가 인식의 성장을 가로막았음을 드러내고 있다.

④ '램프불 밑에서 자랐다', '칸델라불 밑에서 놀았다', '전등불 밑에서 보냈다'의 변화를 통해 화자가 경험한 세계가 점점 확장되어 왔음을 나타내고 있다.

⑤ '나는 그것이 세상의 전부라고 믿었다'를 '내게는 다시 이것이' '세상의 전부가 되었다'로 변형하여 화자가 기억하는 어릴 적 공간의 이미지가 달라졌음을 나타내고 있다.

3. 〈보기〉를 참고하여 (가), (나)를 감상한 내용으로 적절하지 <u>않은</u> 것은? [3점]

〈보기〉

자신이 태어나 주로 살던 곳에서 다른 곳으로 떠나갔다가 구심점이 되는 그곳으로 되돌아가고자 하는 귀소 의식은 우리 시에서 여러 가지 양상으로 그려진다. (가)에서는 고향을 떠나 힘겨운 삶을 살던 화자가 자신을 부르는 힘에 이끌려 귀향을 하게 되지만, 고향이 자신이 생각했던 고향과 거리가 있음을 깨닫고 다시 그곳을 떠날 수밖에 없는 비극적인 상황을 보여 준다. 그리고 (나)에서는 바깥세상이 주는 재미에 빠져 유랑하던 화자가 자신을 낳아 주고 길러 준 모성적 세계로 회귀하고자 하는 의식을 보여 준다.

① (가)에서 화자가 '고향아' '꽃은 피지 못했다'라고 한 것은, 되돌아온 고향이 화자가 생각했던 고향과 거리가 있는 세계였음을 나타내는 것이겠군.

② (나)에서 화자가 '내 망막'에는 '어머니'와 '할머니'의 '실루엣만 남았다'라고 한 것은, 화자가 자신의 근원인 모성적 세계를 그리워하게 되었음을 보여 주는 것이겠군.

③ (가)의 '마음의 불꽃'은 화자가 고향을 떠나면서 아픔을 느꼈음을, (나)의 '새파란 불꽃을 뿜는 불'은 화자가 고향을 떠나고자 하는 열망을 품었음을 나타내는 것이겠군.

④ (가)의 '내 곳곳을 헤매어 살길 어두울 때'는 고향을 벗어난 곳에서 화자가 느꼈던 삶의 힘겨움을, (나)의 '이곳 저곳 떠도는 즐거움'은 화자가 바깥세상을 떠돌며 빠져 있었던 재미를 드러내는 것이겠군.

⑤ (가)의 '너의 부름이 귀에 담기어짐'은 고향을 떠난 화자가 고향의 부름에 이끌렸음을, (나)의 '내 시야는 차츰 좁아져'는 유랑하던 화자가 구심점의 세계로 회귀하려는 의식을 갖게 되었음을 보여 주는 것이겠군.

[1~4] 다음 글을 읽고 물음에 답하시오.

(가)

[A]
　내 골방의 커-튼을 걷고
　정성된 맘으로 황혼을 맞아들이노니
　바다의 흰갈매기들같이도
　인간은 얼마나 외로운 것이냐

[B]
　황혼아 네 부드러운 **손**을 힘껏 내밀라
　내 뜨거운 **입술**을 맘대로 **맞추어 보련다**
　그리고 네 품안에 안긴 **모-든 것**에
　나의 **입술**을 보내게 해다오

[C]
　저-십이성좌의 반짝이는 **별들**에게도
　종소리 저문 삼림 속 그윽한 **수녀들**에게도
　시멘트 장판 위 그 많은 **수인(囚人)들**에게도
　의지할 가지 없는 그들의 심장이 얼마나 **떨고 있을까**

[D]
　고비사막을 끊어가는 낙타 탄 **행상대**에게나
　아프리카 녹음 속 활 쏘는 **인디언**에게라도
　황혼아 네 부드러운 품안에 안기는 동안이라도
　지구의 반쪽만을 나의 **타는 입술**에 맡겨다오

[E]
　내 **오월의 골방**이 **아늑도** 하오니
　황혼아 내일도 또 저-푸른 **커-튼을 걷게** 하겠지
　암암(暗暗)히 사라지긴 시냇물 소리 같아서
　한번 식어지면 다시는 돌아올 줄 모르나 보다

– 이육사, 「황혼」 –

(나)

차운 물보라가
이마를 적실 때마다
나는 소년처럼 울음을 참았다.

길길이 **부서지는 파도** 사이로
걷잡을 수 없이 나의 **해로(海路)가** 일렁일지라도

나는 **홀로이니라,**
나는 바다와 더불어 홀로이니라.

일었다간 스러지는 감상(感傷)의 **물거품으로**
자폭(自暴)의 잔(盞)을 채우던 **옛날**은
이제 **아득히** 띄워보내고,

왼몸을 내어맡긴 천인(千仞)의 깊이 위에
나는 꽃처럼 황홀한 순간을 마련했으니

슬픔이 설사 또한 **바다만 하기로**
나는 **뉘우치지 않을**
나의 하늘을 꿈꾸노라.

– 김종길, 「바다에서」 –

1. (가)와 (나)의 공통점으로 가장 적절한 것은?

① 수미상관 기법으로 구조적 안정감을 부여하고 있다.

② 촉각적 심상을 활용하여 대상의 속성을 구체화하고 있다.

③ 묻고 답하는 형식을 사용하여 주제 의식을 부각하고 있다.

④ 색채어를 사용하여 시적 공간에 대한 인식을 드러내고 있다.

⑤ 반어적 표현을 통해 현실에 대한 비판 의식을 드러내고 있다.

2. [A]~[E]에 대한 이해로 적절하지 않은 것은?

① [A]: '바다의 흰갈매기'에 빗대어 '인간'이 '외로운' 존재임을 부각하고 있다.

② [B]: '황혼'의 '손'에 '입술'을 '맞추어 보'려는 것에서 '모-든 것'에 '입술'을 '보내'려는 것으로 인식이 확장되고 있다.

③ [C]: '의지할 가지 없'이 '떨고 있'는 존재들이 '별들', '수녀들', '수인들'에게 위로 받기를 바라는 마음을 보여 주고 있다.

④ [D]: '지구의 반쪽'을 '타는 입술'에 맡겨달라고 하며, '행상대'나 '인디언'을 향한 관심을 드러내고 있다.

⑤ [E]: '오월의 골방'에서 '아늑'함을 느끼면서 '내일도' '커-튼을 걷'어 '황혼'을 맞이하고 싶은 마음을 드러내고 있다.

3. (나)를 '과거–현재–미래'의 시간 구조를 바탕으로 감상한 내용으로 적절하지 <u>않은</u> 것은?

① 화자는 '차운 물보라'와 같은 시련을 겪었던 과거의 경험을 떠올리고 있군.

② 화자는 '부서지는 파도' 속에 '해로가 일렁'이는 상황에도 현재 '홀로'임을 느끼고 있군.

③ 화자는 '물거품'같이 '일었다간 스러'졌던 과거의 자신에 대한 미련으로 인해 '왼몸을 내어맡'기며 현재의 바다와 맞서고 있군.

④ 화자는 '자폭의 잔'을 채우던, '옛날'이라는 부정적 과거가 '아득히' 사라져 현재의 자신과 단절되기를 바라고 있군.

⑤ 화자는 자신이 느끼는 '슬픔'이 '바다만 하'더라도 '뉘우치지 않을' 수 있는 미래의 삶을 지향하고 있군.

★ 4. <보기>를 참고하여 (가)와 (나)를 감상한 내용으로 적절하지 <u>않은</u> 것은? [3점]

> 〈보기〉
>
> 시에서는 대립적 구조를 이용해 시적 의미를 효과적으로 드러내기도 한다. (가)에는 화자가 머무르고 있는 골방 안과, 만물을 포용할 수 있는 황혼이 존재하는 골방 밖 세계의 대립이 나타난다. 커튼이 쳐진 골방 안의 고립성과 골방 밖 세계의 개방성이 대립 구조를 이루며 화자의 인식이 부각되고 있는 것이다. 또한 (나)에서 바다와 하늘은 상하 공간 구조의 대립을 이루고 있다. 부정적 속성을 지니고 있는 바다와 긍정적 대상인 하늘을 대비하여 나타냄으로써 화자의 내면 상황을 선명하게 드러내고 있는 것이다.

① (가)에서 화자는 '커–튼을 걷'는 행위를 통해 골방 안과 골방 밖 세계라는 대립적 구조를 이루는 두 공간이 연결될 수 있음을 인식하고 있군.

② (가)에서 골방 안에 있는 화자는 골방 밖 세계에 존재하는 대상들 중에서 소외된 상황에 놓인 존재들을 떠올리며 그들에게 황혼의 포용성이 전해지기를 바라고 있군.

③ (가)에서 화자는 골방 밖 세계에 있는 황혼에게 자신의 바람을 전달함으로써 골방 안이라는 고립된 공간의 한계를 넘어서고자 하는 모습을 보이고 있군.

④ (나)에서 화자는 '천인의 깊이'의 바다를, 이와 대비를 이루는 '꿈꾸'어야 할 하늘로 여기는 인식의 전환을 통해 내면의 슬픔을 극복하려 하고 있군.

⑤ (나)에서 화자는 '이마를 적'시는 바다에 '울음을 참'으며 대응하던 소극적 자세에서 '꽃처럼 황홀한 순간'을 마련하여 하늘을 향해 나아가려는 능동적 자세로 변화하는 모습을 보이고 있군.

MEMO

[1~3] 다음 글을 읽고 물음에 답하시오.

(가)

밤차를 타면
아침에 내린다.
아아 경주역(慶州驛).

이처럼
막막한 지역에서
하룻밤을 가면
그 안존하고 잔잔한
영혼의 나라에 이르는 것을.

천년을
한가락 미소로 풀어버리고
이슬 자욱한 풀밭으로
맨발로 다니는
그나라
백성. 고향사람들.

땅위와 땅아래를 분간하지 않고
연꽃하늘 햇살속에
그렁저렁 사는
그들의 항렬을. 성(姓)받이를.

이제라도
갈까부다.
무거운 머리를
차창에 기대이고
이승과 저승의 강을 건느듯
하룻밤
새까만 밤을 달릴가부다

무슨 소리를.
발에는 족가(足枷)*.
손에는 쇠고랑이
귀양온 영혼의
무서운 형벌을.
이자리에 앉아서
돌로 화하는
돌결마다
구릿빛 싯벌건 그 무늬를.

— 박목월, 「사향가(思鄕歌)」 —

*족가: 죄수를 가두어 둘 때 쓰던 형구.

(나)

㉠옷을 껴입듯 한겹 또 한겹
추위가 더할수록 얼음의 두께가 깊어지는 것은
버들치며 송사리 품 안에 숨 쉬는 것들을
따뜻하게 키우고 싶기 때문이다
㉡철모르는 돌팔매로부터
겁 많은 물고기들을 두 눈 동그란 것들을
놀라지 않게 하려는 것이다
그리하여 얼음이 맑고 반짝이는 것은
그 아래 작고 여린 것들이 푸른빛을 잃지 않고
봄을 기다리고 있기 때문이다

이 겨울 모진 것 그래도 견딜 만한 것은
㉢제 몸의 온기란 온기 세상에 다 전하고
스스로 차디찬 알몸의 몸이 되어버린 얼음이 있기 때문이다
㉣쫓기고 내몰린 것들을 껴안고 눈물지어본 이들은 알 것이다
햇살 아래 녹아내린 얼음의 투명한 눈물자위를
㉤아 몸을 다 바쳐서 피워내는 사랑이라니
그 빛나는 것이라니

— 박남준, 「따뜻한 얼음」 —

1. (가)와 (나)의 공통점으로 가장 적절한 것은?

① 수미상관의 방식으로 시적 안정감을 형성하고 있다.

② 명령형 어미를 활용하여 화자의 의지를 강조하고 있다.

③ 색채 이미지를 활용하여 대상을 감각적으로 드러내고 있다.

④ 과거 시제를 통해 변화하는 화자의 정서 변화를 드러내고 있다.

⑤ 반어적 표현을 통해 대상에 대한 비판적 의식을 강조하고 있다.

2. 〈보기〉를 바탕으로 (가)를 감상한 내용으로 적절하지 <u>않은</u> 것은? [3점]

〈보기〉

이 작품은 공간의 대립을 통해, 고향을 떠난 화자의 힘겨운 삶을 드러내고 있다. 화자는 고통스러운 현실의 공간에서 이상적 공간을 지향하는데, 이상적 공간은 자연 그대로의 모습을 지닌 낙원과 같은 고향의 이미지로 형상화된다. 그러나 고향은 가까운 거리임에도 불구하고 화자가 처한 현실 상황으로 인해 도달할 수 없는 공간으로 인식된다.

① '막막한 지역'에서 '영혼의 나라'를 떠올리는 것에서 현실적 공간에 있으면서 이상적 공간을 소망하는 화자의 내면을 짐작할 수 있군.

② '그 나라'에서 '백성'이 '이슬 자욱한 풀밭으로' '맨발로 다니는' 것은 자연 그대로의 모습을 지닌 낙원과 같은 고향의 이미지로 볼 수 있군.

③ '땅위와 땅아래를 분간하지 않고' '그렁저렁 사는' '그들의' 모습은, 공간의 대립을 극복하지 못해 힘겨운 삶을 살아가는 화자의 모습으로 볼 수 있군.

④ '새까만 밤을 달'려서라도 고향에 가려는 화자가 '이자리에 앉아서' '돌로 화하는' 것에서 고향에 도달할 수 없음을 인식하고 있는 화자의 모습을 엿볼 수 있군.

⑤ '귀양온 영혼'이 '손에는 쇠고랑'을 하고 '무서운 형벌'을 받고 있는 것에서 화자가 고향을 떠나 현실에서 고통스럽게 살아가고 있다는 것을 엿볼 수 있군.

3. ㉠~㉤에 대한 이해로 적절하지 <u>않은</u> 것은?

① ㉠은 인간의 행위에 빗대어 '얼음'의 속성을 드러내고 있다.

② ㉡은 부정적 상황으로부터 다른 대상을 보호하려는 '얼음'의 속성을 드러내고 있다.

③ ㉢은 자기희생적인 '얼음'의 속성을 드러내고 있다.

④ ㉣은 고통 속에서 고립되어 연약해진 '얼음'의 속성을 드러내고 있다.

⑤ ㉤은 화자가 예찬하는 가치를 지닌 '얼음'의 속성을 드러내고 있다.

MEMO

[1~3] 다음 글을 읽고 물음에 답하시오.

(가)

헌사한 조화옹이 산천을 빚어낼 때
낙은암 깊은 골을 날 위하여 만드시니
봉우리도 빼어나고 경치도 뛰어나다
어와 주인옹이 명리(名利)에 뜻이 없어
진세(塵世)를 하직하고 산속에 깃들이니
내 생애 담백한들 내 분수이니 관계하랴
농환재 맑은 창가에서 주역(周易)을 점검하니
소장진퇴(消長進退)*는 성인의 밝은 가르침이요
낙천지명(樂天知命)*은 성인의 깊은 경계로다

(중략)

주육(酒肉)에 빠진 분들 부귀를 자랑 마오
여름날 더운 길의 홍진간(紅塵間)에 분주하며
겨울밤 추운 새벽에 **대루원*에 서성이니**
자네는 좋다하나 내 보기엔 괴롭구나
어저 **내 신세를 내 이르니 자네 듣소**
삼복에 날 더우면 백우선* 높이 들고
바람 부는 창가에 기대 다리 펴고 누웠으니
편안한 이 거동을 그 누가 겨룰쏘냐
동지 밤 눈 온 후에 더운 방에 이불 덮고
목침을 돋워 베고 ㉠해 돋도록 잠을 자니
편함도 편할시고 고단함이 있을쏘냐
삼공(三公)이 귀하다 하나 나는 아니 바꾸리라
값을 쳐 비기려면 만금인들 당할쏜가
보리밥 맛들이니 팔진미를 부러워하며
헌 베옷 알맞으니 비단 가져 무엇 할꼬

– 남도진, 「낙은별곡」 –

*소장진퇴: 세상사가 변화하는 이치를 가리키는 말.
*낙천지명: 천명을 깨달아 즐기면서 자연의 섭리를 따름.
*대루원: 이른 아침에 대궐로 들어갈 사람이 대궐 문이 열리기를 기다리던 곳.
*백우선: 새의 흰 깃으로 만든 부채.

(나)

허천강* 건너편에 나날 뵈는 저 **봉화(烽火)**야
차차 전하여 **목멱산*에** 닿았나니
내 집이 그 아래 있으니 편한 소식 전할쏘냐   〈1수〉

가시울 에운* 곳에 고향 멀기 잘 하였데
만일 **가깝**던들 **생각이 더할러니**
차라리 바라도 못 보니 잊을 날이 있어라   〈4수〉

백옥 난간 둘렀는 데 오색 선화 피었어라
옛 신하 모두 모셔 일당어수* 즐기던고
매일에 이런 꿈 꿀적이면 ㉡밤낮 자려 하노라   〈9수〉

두렷한 밝은 달이 천지에 가득하여
밤이 낮이 되어 어두운 곳 없었는데
어디서 **떠가는 구름**은 가리우려 하나니   〈11수〉

– 윤양래, 「갑극만영」 –

*허천강: 개마고원을 지나 압록강으로 흘러드는 강.
*목멱산: 서울 남산의 옛 이름.
*가시울 에운: 가시울타리 둘러싼.
*일당어수: 물고기와 물이 한데 모임. 임금과 신하가 화합함을 이르는 말.

1. (가)와 (나)에 대한 설명으로 가장 적절한 것은?

① (가)는 (나)와 달리 음성 상징어를 사용하여 대상의 역동성을 강조하고 있다.

② (나)는 (가)와 달리 유사한 문장 구조를 반복하여 리듬감을 부여하고 있다.

③ (가)와 (나)는 모두 말을 건네는 방식을 활용하여 화자의 내면을 드러내고 있다.

④ (가)와 (나)는 모두 역설적 표현을 활용하여 주제 의식을 선명하게 표현하고 있다.

⑤ (가)와 (나)는 모두 청유형 어미를 사용하여 대상에 대한 친근감을 나타내고 있다.

평가원 연계 POINT

자연에서 은거하는 삶과 유배지에서의 삶을 다룬 고전시가를 엮은 지문이다. 모두 사대부가 쓴 시가의 대표적 유형에 속하므로, 내용 및 어휘를 꼼꼼히 공부해 두어야 한다. (가)에서는 속세와의 단절과 안빈낙도하는 삶에 대한 정서를, (나)에서는 고향에 대한 그리움과 연군의 정, 다른 정치 세력에 대한 견제 등을 읽을 수 있다. (나)와 유사한 주제를 다룬 아래의 평가원 기출을 연계하여 풀어 본다면 도움이 될 것이다.

(2509) 정철, 「풍파에 일렁이던 배~」, 정철, 「심의산 서너 바퀴~」, 조존성, 「호아곡」 / 『홀수 기출 평가원 최신 [문학]』 문제 책 056P

2. ㉠과 ㉡에 대한 이해로 가장 적절한 것은?

① ㉠에는 자신의 잘못에 대한 변명이, ㉡에는 자신의 행동으로 인한 후회가 드러나 있다.

② ㉠에는 일상을 만끽하고 있는 여유로움이, ㉡에는 바라는 바에 대한 간절함이 드러나 있다.

③ ㉠에는 목표를 달성할 수 없다는 체념이, ㉡에는 결핍을 충족시키기 위한 시도가 드러나 있다.

④ ㉠에는 시간의 속박에서 벗어난 자유로움이, ㉡에는 지시에 따라 행동하겠다는 의지가 드러나 있다.

⑤ ㉠에는 어려움에 신속하게 대응하지 못하는 무력감이, ㉡에는 경험이 지속되지 못하는 것에 대한 안타까움이 드러나 있다.

MEMO

3. 〈보기〉를 바탕으로 (가), (나)를 감상한 내용으로 적절하지 <u>않은</u> 것은? [3점]

〈보기〉

(가)와 (나)에는 이전과 다르게 변화된 자신의 삶에 대한 작가의 인식과 정서가 드러나 있다. (가)에서는 속세를 떠나 자연에서의 은거를 선택한 작가가 자신의 삶에 대한 정서를 드러내고 있다. (나)에서는 변방에 유배를 간 작가가 고향에 대한 정서를 드러내면서 임금을 달에 비유하여 연군의 정을 표현하고 있다.

① (가)에서 '봉우리도 빼어나고 경치도 뛰어'난 '산속에 깃들'었다는 것을 통해 자연에 은거하는 작가의 모습을 엿볼 수 있군.

② (가)에서 '주인옹이 명리에 뜻이 없어'서 '진세를 하직'했다는 것을 통해 세속적 가치에 욕심이 없어 스스로 속세를 떠난 작가의 모습을 확인할 수 있군.

③ (나)의 〈11수〉에서 '두렷한 밝은 달'을 '떠가는 구름'이 가리려 한다는 것을 통해 작가가 자연물을 활용하여 임금에 대한 마음을 드러내고 있음을 짐작할 수 있군.

④ (가)에서 '대루원에 서성이'는 사람에게 '내 신세'를 이르는 것을 통해 이전의 삶에 대한 미련을 버리지 못한, (나)의 〈1수〉에서 '허천강 건너편'의 '봉화'를 보며 '목멱산'을 떠올리는 것을 통해 이전의 삶과는 단절된 작가의 현재 상황을 짐작할 수 있군.

⑤ (가)에서 '삼공이 귀하다 하나 나는 아니 바꾸'겠다는 것을 통해 자신의 편안한 삶에 대한 작가의 만족감을, (나)의 〈4수〉에서 '가시울 에운 곳'에서 고향이 '가깝'다면 '생각이 더'했으리라는 것을 통해 고향을 떠나온 작가의 그리움을 확인할 수 있군.

[1~4] 다음 글을 읽고 물음에 답하시오.

(가)

㉠금곡(金谷)의 비롤 타 서호(西湖)의 드러오니
강산은 의구ᄒ고 풍색(風色)이 엇더ᄒ뇨
군은은 그지업서 삼순*을 놀니시니
장하(長夏) **강촌의 와실(蝸室)***이 소조*ᄒ야
사립문이 본디 업서 밤인들 다돌소냐
㉡발이 하 성기니 물 보기 더욱 됴타
소루(小樓)의 누어시니 크나큰 천지를
벼개 우히 다 볼노라 처마 하 얕으니
석양도 들거니와 빗발도 드리친다
님 그려 저즌 소매 별 아니면 뉘 말리며
우국(憂國)ᄒ야 탄 가슴을 비 아니면 어찌 살겠는가
㉢동서의 분주ᄒ여 주야를 모르더니
오늘은 어떤 날인가 이 몸이 편안커니
보리밥 몰니겨 아히아 걱정마라
짧으나 짧은 @밤의 꿈자리 어즈러워
봉래산 제일봉의 어느 님을 만나보아
반기노라 홀 말 업고 늣기노라 한숨 지어
내히 셜온 사설 사뢰나 묻내 사뢰어
풍우성(風雨聲)의 **잠 깨어** 닐어 안자 **한숨 짓고**
㉣촌계(村鷄) 벌써 우니 할 일이 전혀 업서
포금*을 추켜 덮고 위몽(危夢) 새로 드니
동산의 일출토록 호접이 되엿더니
네 밤 곳 수이 되면 이 잠을 채 잘소냐

(중략)

남산의 우헐(雨歇)커눌 먼 눈을 ᄇ라보니
관악산광*은 만고(萬古)의 한 빛이로다
㉤흰 듯 검은 것은 알겠구나 구름이로다
저 구름 지난 후면 저 뫼를 고려 볼까
율도(栗島)의 안개 걷히고 양화(楊花)의 해 지거늘
문군아 내 옷 다오 종문아 막대 다오
전나귀 채찍 없이 종무를 뒤세우고
강변의 내걸으니 **만랑***이 더욱 됴타

– 이호민, 「서호가」 –

*삼순: 한 달.
*와실: 달팽이 뚜껑 같은 작은 집.
*소조: 호젓하고 쓸쓸함.
*포금: 베로 만든 이불.
*관악산광: 관악산의 경치.
*만랑: 해 저물 무렵의 물결.

(나)

시리산 저 뫼 위에 반가울샤 상원달이
풍년 소식 띄워다가 내 창 앞에 먼저 왔다
아마도 이 ⓑ밤 조흔 경치에 놀지 안코 무슴ᄒ리   〈1수〉

취ᄒ 잠 늦게 깨어 **강가롤 바라보니**
자욱이 펴인 안개 한식 비 개엿도다
아히야 술 부어라 전촌의 취한 노래 졀 일닌가* ᄒ노라   〈2수〉

녹수 산정 기푼 곳에 벗 부룬다 저 새소리
동풍에 깃을 떨쳐 그치는 곳이 구우*로다
내 엇지 **사람으로 새만 못**ᄒ여 **한**이로다   〈4수〉

밭 갈아 밥을 먹고 샘을 파 물 마시니
강구연월* 어느 때인가 고잔 들 **노랫 소리** 아름답다 저 **농부야**
태평곡 화답홀 제 내 근심 절로 업다   〈5수〉

– 남극엽, 「애경당십이월가」 –

*졀 일닌가: 절기 때를 알리는가.
*구우: 언덕의 모퉁이.
*강구연월: 태평스러운 세상을 뜻함.

1. (가)와 (나)의 공통점으로 가장 적절한 것은?

① 문답의 방식을 통해 시상을 전환하고 있다.
② 연쇄의 방식을 통해 시상을 심화하고 있다.
③ 명령형 어미를 활용하여 시상을 전개하고 있다.
④ 직유적 표현을 활용하여 주제를 부각하고 있다.
⑤ 음성 상징어를 활용하여 시적 분위기를 조성하고 있다.

2. ㉠~㉤에 대한 이해로 적절하지 않은 것은?

① ㉠: 화자는 구체적인 장소를 밝히며 자신의 여정을 드러내고 있다.
② ㉡: 화자는 자신의 계획을 통해 예상되는 변화를 드러내고 있다.
③ ㉢: 화자는 현재와는 다른 자신의 과거에 대해 떠올리고 있다.
④ ㉣: 화자는 시간의 경과를 언급하며 자신의 처지를 드러내고 있다.
⑤ ㉤: 화자는 자신의 시야에 들어온 대상에 대해 지각하고 있다.

3. ⓐ와 ⓑ에 대한 이해로 가장 적절한 것은?

① ⓐ는 화자의 한계가, ⓑ는 화자의 능력이 부각되는 시간이다.

② ⓐ는 화자의 의구심이, ⓑ는 화자의 기대감이 심화되는 시간이다.

③ ⓐ는 화자의 관찰력이, ⓑ는 화자의 상상력이 강조되는 시간이다.

④ ⓐ는 화자의 안도감이, ⓑ는 화자의 불안감이 나타나는 시간이다.

⑤ ⓐ는 화자의 아쉬움이, ⓑ는 화자의 만족감이 드러나는 시간이다.

4. 〈보기〉를 바탕으로 (가), (나)를 감상한 내용으로 적절하지 않은 것은? [3점]

〈보기〉

사대부들은 시가 작품을 통해 삶의 모습과 자신이 처한 현실에 대한 인식을 드러냈다. (가)는 관료 생활을 영위한 사대부가 자연에서 소박하고 여유로운 삶을 즐기면서 자연물을 통해 연군의 정과 나라에 대한 근심을 그려 낸 작품이다. (나)는 출사하지 못한 사대부가 향촌 공동체에 어우러져 살아가며 자연에서 유유자적하는 일상과 함께 그 속의 고뇌를 자연물을 통해 그려 낸 작품이다.

① (가)에서 '사립문'이 없는 '강촌의 와실'에는 소박하게 살아가는 사대부의 삶의 모습이 드러나 있군.

② (가)에서 '님 그려 저즌 소매'를 '볕'으로 말린다는 것에는 임금을 향한 사대부의 그리움이 드러나 있군.

③ (나)에서 '농부'의 '노랫 소리'에 '태평곡'으로 화답하는 것에는 향촌 공동체의 구성원과 어우러져 살아가는 사대부의 삶의 모습이 드러나 있군.

④ (가)에서 '풍우성'에 '잠 깨어' '한숨 짓'는 것과 (나)에서 '사람으로 새만 못'해 '한'이라는 것에는 모두 자연물과의 대비를 통한 사대부의 내적 갈등이 드러나 있군.

⑤ (가)에서 '강변'을 걸으며 '만랑이 더욱 됴타'는 것과 (나)에서 '늦게' 일어나 '강가를 바라보'는 것에는 모두 자연을 즐기는 사대부의 여유로운 일상이 드러나 있군.

MEMO

[1~4] 다음 글을 읽고 물음에 답하시오.

(가)

풍설이 잠간 자고 정제가 고요커늘
헌창을 널니 열고 병안(病眼)을 높이 드니
만리 건곤의 무한한 **청산**이
엇그제 소년으로 **백두옹(白頭翁)**이 되어셰라

(중략)

설산(雪山) 진면목을 여긔와 다 보노라
어와 조화옹이 변화도 그지없구나
억만 창생을 사치케 하닷말가
집마다 경실*이오 섬마다 옥계(玉階)로새
내 집도 찬란하니 거처는 좋다마는
선비에게 과분하니 심중이 불안하다
만가 천항*의 경요*가 낭자하대
습유*를 아니하니 풍속도 좋을시고
수레바퀴 흰 띠는 쌍으로 비껴가고
말발*의 은잔(銀盞)은 개개히 두렷하니
공장의 셩녕인가 천하의 기제로새
공계 위에 새 자최는 야사 황대의
창힐서가 완연한 듯 석양 한천의
날아드는 저 가마괴 눈빛을 더러일샤
천지만물 중의 네 홀노 유(類)다르니
소의 호상*으로 개복(改服)들 하야스라
정변 대석은 백호가 준좌하니
이비장* 보돗더면 오호궁을 다랠낫다
고목의 **늙은** 가지 개개의 **옥룡**일새
운우(雲雨)를 언제 얻어 벽공의 오르려니
네 등을 잠간 빌어 월중계*를 꺾고쟈나
유흥이 전심하니* **질병**을 다 잊을다
학창의(鶴氅衣)를 잠간 입고 청려장을 높이 짚어
바다 없슨 신을 신고 **설리(雪裏)**의 배회하니
맹영이 잇도던들 날도 아니 **신선**이라 할 거이고

– 홍계영, 「희설」 –

*경실: 옥으로 만든 집.
*만가 천항: 온 거리.
*경요: 옥구슬.
*습유: 남이 잃어버린 물건을 주움.
*말발: 말발굽.
*소의 호상: 희고 깨끗한 옷.
*이비장: 한나라 때 흉노를 토벌한 장군.

*월중계: 달나라의 계수나무.
*전심하니: 더욱 깊으니.

(나)

율령천(栗嶺川) 긴 감소*에 낚대 들고 흩걷다가*
아침밥 좋이 먹고 긴 조오름 내었으니
세상의 번우한* 벗이 이 뜻 알까 하노라   〈제2수〉

율령천 백구(白鷗) 들이 나더러 이른 말이
인간 시비(是非)를 모르고 늙으소서
우리는 한 말도 아니되 검다 세다 하뇌다   〈제14수〉

대산 상상봉에 내 혼자 올라와서
에에쳐* 실컷 울고 생각느니 임이로다
평생에 **위군부애정***이야 일각인들 잊으리까   〈제20수〉

– 강복중, 「수월정청흥가」 –

*감소: 물 웅덩이.
*흩걷다가: 흩어 걷다가.
*번우한: 번거롭고 걱정이 많은.
*에에쳐: 소리쳐.
*위군부애정: 임금과 아버지를 위한 서글픈 감정.

1. (가)와 (나)의 공통점으로 가장 적절한 것은?

① 후렴구를 활용하여 음악적 효과를 드러내고 있다.
② 연쇄의 방식을 통해 대상의 속성을 부각하고 있다.
③ 직유의 방식을 사용하여 대상의 가치를 나타내고 있다.
④ 상승과 하강 이미지 반복을 통해 주제를 부각하고 있다.
⑤ 의문의 형식을 활용하여 화자의 내면을 드러내고 있다.

평가원 연계 POINT

자연을 매개로 화자의 처지를 드러낸 고전시가 두 편을 엮었다. (가)는 시상 전개 방식 등에서 고전시가의 일반적 특성을 보이지만 병을 앓던 화자가 아름다운 자연 경관을 감상하며 잠시 고통을 잊는다는 내용은 일반적으로 평가원에서 출제하는 고전시가 작품들과 주제 면에서 차별성을 보인다고 할 수 있다. 자연을 매개로 화자의 정서를 표현한 아래의 평가원 기출을 연계하여 풀어 본다면 도움이 될 것이다.

(2409) 정철, 「성산별곡」, 작자 미상, 「생매 잡아 길 잘 들여~」 / 「홀수 기출 평가원 최신 [문학]」 문제 책 060P

2. 가마괴와 백구에 대한 설명으로 가장 적절한 것은?

① '가마괴'와 '백구'는 모두 화자가 경외감을 가지고 바라보는 대상이다.

② '가마괴'와 '백구'는 모두 화자가 과거의 사건을 회고하는 계기가 되는 대상이다.

③ '가마괴'는 화자가 위로하는 대상이고, '백구'는 화자에게 공감하는 대상이다.

④ '가마괴'는 화자가 권고의 말을 건네는 대상이고, '백구'는 화자에게 당부의 말을 전하는 대상이다.

⑤ '가마괴'는 화자가 속한 심미적 세계를 위협하는 대상이고, '백구'는 화자가 속한 탈속적 세계를 폄하하는 대상이다.

3. '선생님'의 안내에 따라 (가), (나)를 감상한 내용으로 적절하지 않은 것은? [3점]

① 학생 1: (가)의 '헌창'을 열고 '백두옹'이 된 '청산'의 변화를 인지하는 상황을 통해 설경을 바라보는 화자의 모습이 드러나 자연은 화자가 감상하는 대상으로 나타나고 있어요.

② 학생 2: (나)의 '율령천'에서 지내며 '아침밥'을 먹은 후 졸음이 나온 상황을 통해 강호에서 시간을 보내는 화자의 모습이 드러나 자연은 화자의 일상적 생활이 이루어지는 공간으로 나타나고 있어요.

③ 학생 3: (가)의 '늙은 가지'에 쌓인 눈을 보고 '유흥'이 깊어진다는 상황을 통해 설경에서 감흥을 느끼는, (나)의 '긴 감소'에 '낚대'를 들고 흘어 걷는 상황을 통해 강호를 즐기는 화자의 모습이 드러나 자연은 모두 화자의 흥취를 유발하는 공간으로 나타나고 있어요.

④ 학생 4: (가)의 '옥룡'을 떠올리며 '질병'을 잊은 것 같다는 상황을 통해 설경을 보고 아픔을 떨치는 화자의 모습이 드러나 자연은 화자가 고통을 잊는, (나)의 '율령천'에서 '세상의 번우한 벗'을 떠올리는 상황을 통해 강호에서도 세상을 걱정하는 화자의 모습이 드러나 자연은 화자의 번민이 심화되는 공간으로 나타나고 있어요.

⑤ 학생 5: (가)의 '설리'에서 '신선'을 떠올리는 상황을 통해 눈을 보며 초월적 세계를 연상하는 화자의 모습이 드러나 자연은 화자가 신선을 동경하는 이념이 드러나는, (나)의 '대산 상상봉'에서 '위군부애정'을 생각하는 상황을 통해 산봉우리에서 선비의 본분을 생각하는 화자의 모습이 드러나 자연은 화자가 지닌 사대부로서의 이념이 드러나는 대상으로 나타나고 있어요.

※ 다음을 참고하여 3번과 4번의 두 물음에 답하시오.

> **선생님:** 가사와 시조 작품에는 화자가 자신의 처지나 이념을 바탕으로 자연을 감상하면서 자신의 정서를 드러내는 경우가 많습니다. (가)에서는 병중의 화자가 ㉠눈 내리는 풍경을 보면서 초월적 세계를 상상하며 고통을 초극하는 상황이 드러납니다. 한편 (나)에서는 사대부인 화자가 강호에서 생활하면서도 세상에 대한 번민에서 벗어나지 못하는 상황이 드러납니다. 이러한 화자의 상황을 고려해 각 작품 속에 자연의 의미가 어떻게 드러나는지 이야기해 봅시다.

4. ㉠을 고려하여 [A]에 대한 영상시를 제작할 때 학생들이 협의한 내용으로 적절하지 않은 것은?

① 눈으로 덮인 화자의 집이 영롱하게 빛나는 장면을 보여 주면 좋겠어.

② 눈이 온 거리에서 풍속에 따라 구슬을 줍는 화자의 모습을 보여 주면 좋겠어.

③ 마을의 집들과 거리가 하얀 눈으로 덮여 있는 장면을 보여 주면 좋겠어.

④ 눈이 쌓인 길 위로 말발굽의 흔적이 뚜렷하게 남아 있는 장면을 보여 주면 좋겠어.

⑤ 눈이 내린 거리에 나란히 남겨진 수레바퀴 자국을 바라보고 있는 화자의 모습을 보여 주면 좋겠어.

[1~4] 다음 글을 읽고 물음에 답하시오.

(가)

어제 밤 부든 바람 금성(金聲)이 완연(宛然)하다
고침단금(孤枕單衾) 깊이 든 밤 상사몽(相思夢) 훌쩍 깨여
㉠죽창(竹窓)을 반만 열고 막막히 앉아보니
창창한 만리장공 여름 구름이 흩어지고
천연한 이 강산에 찬 기운이 새로워라　　　　［A］
심사도 창연(愴然)한데 물색도 유감하다
정원에 부는 바람 이한(離恨)을 알리는 듯
추국(秋菊)에 맺힌 이슬 별루(別淚)를 머금은 듯　［B］
실 같은 버들 남쪽 봄 꾀꼬리 이미 돌아가고
소월비파 동정호에 가을 잔나비 슬피운다　　　［C］
임 여희고 썩은 간장 하마터면 끈치리라
삼춘(三春)에 즐기던 일 예련가 꿈이련가　　　［D］

(중략)

지척 동방 천 리되어 바라보기 묘연(杳然)하고
은하작교(銀河鵲橋) 끈쳤으니 건너갈 길 아득하다
㉡인정이 끈쳤으면 차라리 잊히거나
아름다운 자태거동 이목(耳目)에 매여 있어
못 보아 병이 되고 못 잊어 원수로다
천수만한(千愁萬恨) 가득한데 끝끝치 느끼워라
하물며 이는 ㉢추풍(秋風) 별회(別懷)를 부쳐내니
눈앞에 온갖 것이 전혀 다 시름이라
바람 앞에 지는 잎과 풀 속에 우는 짐승
무심히 듣게 되면 관계할 바 없건마는
유유별한(悠悠別恨) 간절한데 소리소리 수성(愁聲)이라　［E］
아해야 술부어라 행여나 회포 풀까
　　　　　　　　　　－ 작자 미상, 「추풍감별곡(秋風感別曲)」 －

(나)

녯 사룸 이젯 사룸 이목구비(耳目口鼻) 굿것마눈
나 혼자 엇디 호야 녯 사룸을 그리눈고
이제도 녯 사룸 겨시니 긔 내 벗인가 호노라　　〈제1수〉

청송(靑松)으로 울흘 삼고 ㉣백운(白雲)으로 장(帳) 두로고
초옥삼간(草屋三間)이 숨어 겨신 져 내 벗님
흉중(胸中)에 사념(邪念)이 업스니 그룰 ᄉ랑호노라　〈제4수〉

벗님 사눈 땅을 싱각고 ᄇ라보니
용추동(龍湫洞) 밧쎄오 구룸두리 우희로다
밤마다 외로운 쑴만 호자 둔녀 오노라　　　　〈제5수〉

미는 첩첩(疊疊)호고 구룸은 자자시니
고인(故人)의 집 땅이 ᄇ라도 볼셩업다
ᄆ음만 길 알아 두고 오락가락 호노라　　　　〈제7수〉

㉤상산(商山)의 영지(靈芝) 캐러 구태여 넷이 가리런가
좃츠 리 업슨듸 우리 둘이 가사이다
세상(世上)의 어즈러온 일들 듯도 보도 마사이다　〈제9수〉

　　　　　　　　　　　　－ 정훈, 「월곡답가(月谷答歌)」 －

1. (가)와 (나)의 공통점으로 가장 적절한 것은?

① 대상에게 흠모의 정을 느끼는 화자가 부재하는 대상을 그리워
　하는 태도를 보이고 있다.

② 사랑하는 대상에게 외면당한 화자가 자신의 현실에 대해 체념
　하는 태도를 보이고 있다.

③ 세상 사람들에게 인정받지 못하는 화자가 세상에 대하여 냉소
　적인 태도를 보이고 있다.

④ 사모하는 대상을 지키지 못한 화자가 자신의 행동에 대해 후회
　하는 태도를 보이고 있다.

⑤ 인생의 덧없음을 느끼는 화자가 삶의 의미를 찾기 위해 자신을
　성찰하는 태도를 보이고 있다.

2. ㉠~㉤에 대한 이해로 가장 적절한 것은?

① ㉠: 임과의 만남을 가능하게 하는 통로이다.

② ㉡: 돌아오지 않는 임을 원망하는 화자의 심정이다.

③ ㉢: 임에 대한 화자의 정서를 심화시키는 자연물이다.

④ ㉣: 화자와 임과의 만남을 방해하는 장애물이다.

⑤ ㉤: 화자가 연모하는 임과 함께 지내는 공간이다.

3. [A]~[E]에 대한 이해로 적절하지 <u>않은</u> 것은?

① [A]: 감각적 이미지를 활용하여 화자가 느끼는 계절의 변화에 대한 정서를 표현하고 있다.

② [B]: 동일한 문장 구조를 반복하여 화자의 정서와 조응하는 시적 분위기를 자아내고 있다.

③ [C]: 화자의 정서가 투영된 대상을 의인화하여 화자의 정서를 우회적으로 드러내고 있다.

④ [D]: 회상의 방식을 사용하여 과거와 달라진 현재 상황에서 느끼는 화자의 정서를 부각하고 있다.

⑤ [E]: 화자의 처지와 대비되는 대상을 활용하여 화자의 정서를 드러내고 있다.

4. 〈보기〉를 바탕으로 (나)를 감상한 내용으로 적절하지 <u>않은</u> 것은? [3점]

〈보기〉

'우도(友道)'란 벗을 사귀는 데 중요한 덕목으로, 사대부 시가에서 '우도'는 신의와 공경, 충효 등의 유교적 이념이나 풍류와 은거 등의 친자연적 삶의 모습과 같이 작가가 추구하는 가치를 드러내는 방식으로 활용되었다.

이 작품에서 작가는 임진왜란 때 의병장이었던 월곡 우배선을 벗으로 설정하고 있다. 월곡은 자신들의 안위를 위해 백성을 외면한 지배층과는 달리 왜적에 맞서 백성들을 보살폈고, 전란 후에는 벼슬에 연연하지 않고 초야에 은둔했던 삶을 살았다. 작가는 '우도'를 통해 월곡을 추모하며 충의를 중시했던 월곡의 내면에 동조하려는 의식을 보이고 있다.

① 〈제1수〉에서 작가는 의병장이었던 '월곡'을 '벗'으로 지칭함으로써 '월곡'의 삶을 긍정적으로 바라보는 자신의 인식을 드러내고 있군.

② 〈제4수〉에서 작가는 '초옥삼간'에서 '사념'이 없이 살고 있는 벗을 사랑한다고 표현함으로써 벗이 지향하는 가치를 높이 평가하고 있음을 드러내고 있군.

③ 〈제5수〉에서 작가는 벗이 있는 공간인 '구름드리' 위를 '꿈'에서나마 다녀옴으로써 벗을 만나고 싶은 간절함을 드러내고 있군.

④ 〈제7수〉에서 작가는 벗의 '집'을 '미'와 '구름'에 묻혀 있는 은거의 공간으로 설정함으로써 '미'와 '구름'을 매개로 자신이 추구하는 친자연적 삶의 가치를 드러내고 있군.

⑤ 〈제9수〉에서 작가는 '우리'라는 시어를 통해 벗과의 동질감을 표현하며 '어즈러온 일'에 대한 경계를 나타냄으로써 현실에 대한 인식을 드러내고 있군.

MEMO

[1~4] 다음 글을 읽고 물음에 답하시오.

"알고 보면 모두 목구멍이 죄였지요. 오죽하면 그래 이놈의 팔자 될 대로 돼라 싶어 제가 만든 물건에다 실없는 낙서를 갈겨 넣은 일까지 있었다니까요……."

"낙서라니, 어떤 식으로 말이오?"

"그야, 이 사기 사 주면 부자가 된다고, **사기 값 사정을 사기에다 한** 거지요."

"허허, 그것 참 희한한 물건이 되었겠군요. 그래 앞으로도 또 한 번 그래 볼 생각 없소?"

용술의 이야기에 사내는 역시 관심이 대단했다. 그는 이제 거의 노골적으로 용술과의 공모를 제의하고 나섰다. 하지만 ㉠용술은 아직 거기까지는 자신이 없었다. 노인의 눈이 너무도 두려웠기 때문이다. 노인의 책벌이 너무도 힘들고 가혹했기 때문이다.

알고 보면 용술은 그 노인의 눈을 속여 댄 한때의 실수로 하여 이날까지도 참기 어려운 책벌을 겪어 오고 있는 처지였다. 그것은 아직까지도 가마를 열 때마다 계속돼 온 노인의 책벌이었다.

허 노인은 용술이 자기 허락 없이 제 손새에 눈치껏 흙을 개고 물레를 돌리는 것까지는 나무라지 않았다. 화병이나 항아리에 나름대로의 장식을 꾸미고 무늬를 넣는 것도 굳이 간섭을 하려 든 적이 없었다. 그런 것에도 노인은 말없이 약을 발라서 가마에 넣어 주었다. 노인은 다만 가마를 열었을 때 용술의 솜씨를 용납하지 않을 뿐이었다. 가마를 열고 나면 용술의 사기는 노인의 손에서 남아나는 것이 없었다. 자신의 물건도 용납하기 어려운 판에 용술의 솜씨가 맘에 들 리 없었다. **몇 번**을 되풀이해도 **결과는 마찬가지였다.** 나중에 알고 보니 그것은 모양을 짓는 솜씨에서보다 용술이 불을 때는 요령과 정성에 이유가 있는 것 같았다.

"사기장이가 가마도 달굴 줄 모르면서 모양을 짓는 일부터 익히면 쓸 만한 사기장이가 되기 어려워. 불 때는 법을 익히는 게 사기장이가 되는 근본인 게야. 넌 아직도 불이 서툴러……."

노인이 땀을 뻘뻘 흘리며 구워 낸 사기들을 네 것 내 것 가림 없이 마구 깨부숴 댈 때면 그런 소리를 자주 내뱉곤 하였다. 하지만 ㉡용술은 언제까지나 그 노인을 참을 수만은 없었다. 자신의 눈길로는 살아 나온 사기와 죽어 나온 사기의 차이를 거의 알아볼 수가 없었다. 노인은 그저 그릇들을 깨부수는 데 재미를 붙인 심술꾸러기 한가지였다. 그는 차츰 노인의 눈을 속이기 시작했다. 가마를 열면 노인의 눈길이 닿기 전에 믿음이 덜한 것 몇 점씩을 미리 자리를 비켜 놓았다. 자리를 비켜 놓은 것은 밤새 마을로 옮겨져 식량이 되고 옷가지가 되었다. 노인 자신의 손길이 스친 물건은 눈에 드러나기 쉬워 손을 자주 못 댔지만, 용술 자신의 솜씨는 그렇게 하여 세상 밖으로 살아 나간 것이 상당수에 달했다.

그러던 어느 날이었다. 무슨 낌새를 알아차리기라도 한 것일까. 아니면 용술에게 그 **불일을 온통 내맡겨** 놓은 처사가 노인이 일부러 용술을 떠보기 위한 **시험**이었는지도 몰랐다.

그날도 마침 가마가 열리는 날이었는데, 허 노인은 이날따라 유독 더 느지막한 시간에 가마로 내려왔다. 그리고는 전에 없이 구워낸 사기들을 하나하나 꼼꼼히 개수를 셈하기 시작하는 것이었다. ㉢용술은 벌써부터 얼굴이 새파랗게 질리고 있었다. 이번에도 그 노인이 오기 전에 사기를 몇 점 비켜 놓은 뒤였다. 노인이 그걸 알아차리지 못할 리 없었다. 하지만 노인은 웬일로 사기의 개수를 하나하나 모두 헤아려 보고 나서도 별달리 표정이 변하질 않았다.

"넌 아직도 불이 서툴다는 내 말을 못 믿는구나……. 불도 모르면서 흙 모양을 익힌들 무슨 소용이 되겠느냐 말이다."

나지막하면서도 무겁게 타일러 오는 말씨로 보아 용술의 허물을 이미 알고 있음에 분명했다. 하지만 노인은 더 이상 다른 말이 없었다. 그 대신 가마가 열릴 때마다 손에 지니고 내려온 작은 쇠망치를 말없이 용술에게 건넸다.

바로 그것으로 그 용술에 대한 노인의 가혹한 책벌이 시작된 것이었다. 용술은 그날부터 자신의 손으로 자신의 사기를 버려야만 했다.

[중략 부분의 줄거리] 허 노인은 가마에서 불길을 낼 때 마음을 다하여야 참다운 사기를 얻을 수 있다면서 사내에게 용술을 방해하지 말라고 당부하고, 이를 용술이 엿듣는다.

"**불길은 숨이 죽지 않고 타더냐?**"

하지만 용술은 아직도 그 노인의 물음에 대답을 하지 못했다.

— 불을 지키지 않고 웬 잡념이 그리도 요동을 치고 있느냐.

용술에겐 노인의 물음이 그런 꾸짖음 소리로만 들려오고 있었다.

"그만 내려가거라."

노인이 이윽고 한마디를 건네고 잠자리로 들어갈 채비를 하였다.

용술은 그제서야 하릴없이 다시 발길을 돌이켜 가마로 내려올 수밖에 없었다.

가마로 내려와서도 밤새도록 괴롭고 저주스런 불길이 가슴속을 끝없이 소용돌이치고 있었다.

그러나 다음 날 — 다음 날 새벽 가마의 불길이 그쳤을 때는 용술에게도 어느덧 밤새도록 ㉣가슴속을 소용돌이치던 불길이 조용히 숨을 죽이고 사그라들어 있었다. 가슴속은 밤새 모든 잡념이 불길 속에 활활 타 없어져 버린 듯 맑고 평온스럽게 가라앉아 있었다. 그리고 그런 평온스런 마음으로 용술은 이날 아침 가마가 식기를 기다려 어느 때보다 일찍 가마를 열었다. 무슨 기미를 알아차려서인지, 노인도 이날은 전에 없이 일찍부터 가마로 내려와 열기가 가라앉기를 기다리고 있었다. 하지만 이제 용술은 그 노인이 전날처럼 두렵지가 않았다. 밤새 몇 차례 가마를 비운 데다가 사내와의 일로 정신이 헛팔렸으니 가마 속 사기에는 자신이 있을 리가 없었다.

하지만 이제 그는 사기가 죽고 사는 건 크게 염려가 되지 않았다. 일의 성패야 어찌 됐든 그 결과에 자신의 마음을 편히 맡길 수 있을 것 같았다. 그는 노인과 사내가 지켜보는 가운데 담담한 마음으로 가마를 열었다. 당연한 결과였는지 모르지만 가마에서 꺼낸 사기들은 하나도 제대로 구워진 것이 없었다. ⓜ그것도 그 물건들의 죽은 데가 그렇게 역연하게 드러나 보일 수가 없었다.

용술은 여느 때처럼 **노인의 재촉을 기다리지 않았다.** 그는 가마를 나온 사기들을 하나하나 말없이 깨부수기 시작했다. 아닌 게 아니라 용술은 마치 자신의 마음을 깨부수듯 사기들을 차례차례 깨뜨려 나갔다. 도대체 한 가지도 용납할 수가 없는 것들뿐이었다. 노인도 그를 말리지 않았다.

– 이청준, 「불 머금은 항아리」 –

1. 윗글에 대한 이해로 적절하지 <u>않은</u> 것은?

① 사내는 용술이 사기에 낙서한 것에 대해 궁금증을 가졌다.

② 용술은 허 노인의 허락 없이 항아리를 만들려고 한 것을 반성했다.

③ 허 노인은 용술이 가마 달구는 일보다 사기 모양 짓는 일을 익히는 것을 탐탁지 않게 여겼다.

④ 허 노인은 가마에서 나온 사기의 개수를 세고 나서 용술을 타일렀다.

⑤ 허 노인과 사내 앞에서 가마를 연 용술은 사기가 제대로 구워지지 않은 것을 받아들였다.

2. 서사의 흐름을 고려하여 ㉠~㉤을 이해한 내용으로 적절하지 <u>않은</u> 것은?

① ㉠: 사내의 말을 수락했을 때 벌어질 상황에 대한 용술의 염려가 드러나 있다.

② ㉡: 허 노인의 행동을 이해하지 못한 용술의 불만이 드러나 있다.

③ ㉢: 예상하지 못한 허 노인의 행동에 당황한 용술의 모습이 드러나 있다.

④ ㉣: 마음속의 괴로움이 사라진 용술의 담담한 내면이 드러나 있다.

⑤ ㉤: 가마에서 나온 사기를 구분할 수 있게 된 용술의 안도감이 드러나 있다.

3. 작은 쇠망치 에 대한 설명으로 가장 적절한 것은?

① 용술이 참된 사기장이가 되길 원하는 허 노인의 바람이 담겨 있다.

② 허 노인이 구운 사기에 손대지 않겠다는 용술의 집념이 담겨 있다.

③ 사내의 제의에 흔들린 용술에게 내린 허 노인의 책벌을 의미하고 있다.

④ 용술이 자신의 실수를 만회하겠다며 허 노인에게 한 약속을 의미하고 있다.

⑤ 항아리에 무늬를 넣는 것을 간섭하지 않는 허 노인에 대한 용술의 불신이 담겨 있다.

4. 〈보기〉를 바탕으로 윗글을 감상한 내용으로 적절하지 <u>않은</u> 것은? [3점]

　　예술가 소설은 예술가를 주인공으로 하여 예술관, 현실과의 갈등, 예술적 성장 등을 다룬다. 이 작품에는 사기 만드는 비법을 가르치기보다 마음의 중요성을 강조하고 한 점의 허물도 용납하지 않는 스승과 그 뜻을 깨닫고 따르려는 제자의 모습이 담겨 있다. 이들의 삶을 통해 생계가 어려운 상황에서도 완전성을 지향하는 장인 정신과 수련공에서 예술가로 거듭나는 과정이 드러나 있다.

① 용술이 '사기 값 사정을 사기에다 한' 것을 보니, 사기장이들의 생계가 어려운 상황이라고 볼 수 있겠군.

② '몇 번'이나 '결과는 마찬가지'인 것을 보니, 허 노인이 한 점의 허물도 용납하지 않는다고 볼 수 있겠군.

③ '불일을 온통 내맡'긴 허 노인의 '시험'을 용술이 받게 된 것을 보니, 용술이 스승의 뜻을 깨달았다고 볼 수 있겠군.

④ 허 노인이 '불길'이 '숨이 죽지 않고 타'는지를 물어본 것을 보니, 허 노인이 마음의 중요성을 강조하고 있다고 볼 수 있겠군.

⑤ 용술이 '노인의 재촉을 기다리지 않'은 것을 보니, 용술이 수련공에서 예술가로 거듭나고 있다고 볼 수 있겠군.

MEMO

[1~4] 다음 글을 읽고 물음에 답하시오.

완벽한 질서를 부르짖는 교장 선생님은 나무가 물들어 매일매일 낙엽을 떨구기 시작하면 환경 질서를 어지럽힌다고 해서 아이들을 나무에 올려 보내거나 장대를 휘둘러 낙엽을 한꺼번에 깨끗이 떨구게 하곤 한 번에 쓸어 내게 했다. 그래서 무릉국민학교 교정의 나무들은 가을도 깊기 전에 어느 날 갑자기 나목(裸木)이 된다.

작년에도 그랬었고, 재작년에도 그랬었다. 나는 변기에 앉아 내 아이들이 다니는 학교의 발가벗긴 나무들을 바라볼 적마다 정서의 불모지대를 보는 듯한 **불쾌감을 느꼈다.** 그리고 완벽한 질서를 위해 행해지는 그런 유의 무리가 완전한 학습을 위해선 또 얼마나 많이 행해지고 있을까, 또 눈에 보이는 무리가 저렇게 추하거늘 눈에 안 보이는 무리는 얼마나 끔찍할까를 자못 심각하게 회의했었다. **그런 유의 회의에 사로잡히**면 내 아이들이야말로 낙엽을 한꺼번에 떨구는 부자연을 강요당하고 있는 어린 나목 같은 생각이 들면서 아버지로서의 가책과 사랑으로 가슴이 저렸었다.

그러나 그런 마음의 불편은 변기에 앉았는 동안만 나의 것이었다.

아파트의 생활 양식이란 게 티끌만 한 불편도 허용 안 하는 것처럼, 내 생활의 안일은 내 마음의 불편을 더운물이 눈 녹이듯 흔적도 없게 했다.

변기에 앉아 있는 동안이라도 불편할 수 있었던 것은 오로지 나의 오랜 버릇 때문이었다. 얌전한 소년이었을 적에도 뒷간에 앉았는 동안만은 엄청난 모반도 꿈꿀 수가 있었던 나의 오랜 버릇 때문이었다.

아내가 돌아왔다. 아이들이 엄마를 반겼다. 아내는 서양 여자처럼 아이들을 능숙하게 포옹하고 뺨에 뽀뽀를 했다.

"엄마아, 우리 반이 수해 의연금 모금에서 일등 했어. 그래서 내일 신문사로 전달하러 가는 대표로 뽑혔다, 나."

딸애가 자랑스럽게 말했다.

"그래, 잘됐다. 아이, 신통한 내 새끼."

아내가 다시 딸애를 포옹하다 말고 밀치더니 옷장으로 달려갔다.

"가만있자, 뭘 입혀 보내지? 사진이 잘 받는 걸로 입혀얄 텐데……."

아내는 딸애의 ○○○장 속에 첩첩이 걸린 옷 중에서 이것저것 꺼내서 딸의 어깨에 걸쳐 보며 고개를 갸우뚱하단 팽개치고, 다시 딴 것을 걸쳐 보는 일을 되풀이했다.

올여름 장마에 구시가에선 지독한 물난리를 겪었고 많은 수재민을 냈다. 각급 학교 및 사회단체에선 즉각 구호 금품을 걷기 시작했다.

무릉국민학교는 수재민뿐 아니라 모든 불우 이웃 돕기 운동에 열성적이었다. 그 결과 다른 학력 경쟁에서와 마찬가지로 전체 국민학교 중에서 단연 으뜸가는 성과를 거두어 신문에 자주 오르내렸다.

수재민은 여름마다 잘도 생겼고, 온정을 기다리는 불우 이웃은 겨울마다 잘도 생겼다. 무릉국민학교가 이름을 떨칠 기회도 그만큼 자주 생겼다.

일등에 대한 집착이 대단한 교장 선생님은 무릉국민학교가 일등 가는 **모금 실적을 올리기 위한** 방법으로 교내에서 반끼리 경쟁을 붙이는 **묘안을 강구해** 냈다.

모금 실적이 가장 우수한 반은 반에 걸어 놓을 수 있는 상장을 주어 칭찬하고, 그 반 반장 부반장은 학교를 대표해서 신문사에 성금을 전달하러 갈 수 있는 영광을 준다는 게 그거였다.

교장 선생님은 청소도 환경 미화도 실력 고사도 고운 말 쓰기도 착한 일 하기도 이런 식으로 경쟁을 붙이기를 좋아했다. 아이들의 조그만 가슴이 늘 경쟁의식으로 고무풍선처럼 충만해 있도록 하는 거야말로 교육의 사명이란 신념에 투철했다.

딸애는 부반장이다. 작년 연말 이웃 돕기 모금 때 딸애의 반은 이등을 해서 애석 상장을 타서 반에 걸어 놓을 수는 있었지만 신문사에 가서 모금한 걸 전달하고 사진을 찍을 수 있는 영광만은 애석하게도 놓치고 말았다.

그때 아내와 딸애는 어서어서 여름이 와서 다시 수해가 나서 **수재민 돕기**를 할 수 있기를 조급스럽게 **별렀었다.** 마침내 소원이 성취된 것이다.

(중략)

이 단지에서 가장 높은 건물은 증권 회사 건물이다. 여러 증권 회사의 무릉 출장소가 한데 모여 있는 건물이니만큼 거대하다.

금속성인 광택을 지니고 하늘 높이 예리하게 솟아 있는 걸 그 꼭대기까지 쳐다볼라치면 아뜩하면서 현기증이 난다.

내가 그 앞에서 번번이 압도당하는 것은 그 높이 때문만은 아니다. 미구에 아내가 이 건물과도 인연을 맺을 것 같은 예감 때문이다. 저녁나절의 이 거리엔 산책을 나왔는지, 외식을 나왔는지 별 볼일 없이 오락가락하는 가족들이 많이 눈에 띈다.

가족이라야 젊은 부부가 아이를 하나 아니면 둘 데리고 있다. 때로는 아이들끼리 아는 척을 하기도 한다. 어른처럼 새침하고 예의 바르게 아는 척을 한다.

나는 어느 누구와도 아는 척을 안 했지만 한 사람도 낯설진 않다. 비슷한 옷차림에 비슷한 표정들을 하고 있다. 특히 타협적이면서도 깔보는 듯한 표정 때문에 이웃끼리라기보다는 한 핏줄끼리 같은 혐오감 섞인 친근감조차 그들에게 느끼게 된다.

평가원 연계 POINT

현대 도시 문명의 왜곡된 가치관과 삶의 모습을 표현한 작품이다. 물질주의적 세태에 대한 문제의식을 지녔지만 일상에 안주한 채 이를 극복하지 못하는 인물이 등장하는데, 평가원 기출에서 자주 출제되는 주제와 인물 유형이므로 그 특징을 기억해 두는 것이 좋다. 현실에 대한 비판 의식을 지녔음에도 적극적으로 행동하지 않는 인물 유형이 나타난 아래의 평가원 기출을 연계하여 풀어 본다면 도움이 될 것이다.

(2509) 윤흥길, 「날개 또는 수갑」 / 「홀수 기출 평가원 최신 [문학]」 문제 책 080P

잘사는 사람다운 우월감으로 함부로 남을 깔보면서도 이해관계에 따라서는 얼마든지 타협할 수 있는 이중성이야말로 아내의 개성일 뿐 아니라 무릉동 주민 누구나의 특성이었던 것이다. 나는 별안간 **내 얼굴을 보고 싶다고 생각**했다. 급히 가까운 양식집으로 들어갔다. 그러나 실내는 침침하고 거울은 눈에 띄지 않았다.

양식집 속에도 젊은 부부와 한두 명의 아이들로 된 가족이 여기저기 눈에 띈다.

나는 능숙하고도 권태롭게 칼질을 하는 아이들을 물끄러미 바라보면서 내 아이나 남의 아이나 어딘지 좀 이상하다고 생각했다. 아이들이 하나같이 어른을 고대로 축소해 놓은 것 같아 보여서였다. 엄마나 아버지를 닮았다는 것하고는 다른 의미로 아이들은 하나같이 작은 어른이었다. 마치 성장을 억제해서 키운 분재의 나무 하고 묘목하고 다른 것처럼.

옷 입은 것도 그렇고 하는 태도도 그렇고 작은 어른이지 조금도 아이들답질 않았다. 특히 아이들다운 호기심이 없는, 타협적이면서도 깔보는 듯한 표정이 결정적으로 아이들을 아이들답잖게 만들고 있었다.

이 거리의 아이들이 아이들답지 않다는 발견이 새삼스러운 건지 케케묵은 건지 그건 잘 모르겠다. 아무튼 난 새삼스럽게 그 발견을 갖고 불안해하고 있었다.

– 박완서, 「낙토(樂土)의 아이들」 –

1. 윗글의 서술상 특징으로 가장 적절한 것은?

① 과거 회상을 통해 갈등 해소의 계기를 마련하고 있다.

② 외양 묘사를 통해 인물의 긍정적 면모를 부각하고 있다.

③ 장면에 따라 서술자를 달리하여 사건의 의미를 입체적으로 보여 주고 있다.

④ 이야기 내부 인물이 자신의 내면을 진술하여 상황에 대한 인식을 드러내고 있다.

⑤ 동시에 벌어진 사건들을 반복적으로 병치하여 이야기의 흐름을 지연시키고 있다.

2. 윗글에 대한 이해로 적절하지 <u>않은</u> 것은?

① '나'는 교장 선생님의 교육적 신념에 반감을 가지고 있다.

② 아내는 딸이 학교를 대표해서 성금을 신문사에 전달하기를 원했다.

③ 아내가 건물과 관련될 것 같은 예감으로 인해 '나'는 건물에 압도당한다.

④ '나'는 무릉동 주민의 표정을 아내와 연관 지으며 무릉동 주민의 모습을 낯설지 않게 느낀다.

⑤ 딸을 학교 대표로 세우려는 교장 선생님의 노력으로 인해 딸의 반은 작년보다 모금 실적이 우수해졌다.

3. 분재의 나무 에 대한 이해로 가장 적절한 것은?

① '교장 선생님'이 추구하는 '완벽한 질서'와 모순되는 소재이다.

② '옷'을 되풀이해서 골라주는 행위로 드러나는 '아내'의 불안을 의미한다.

③ '젊은 부부'가 가진 특성을 지니지 않은 '양식집 속' '아이들'을 의미한다.

④ '아이들답지 않은'은 '이 거리의 아이들'의 '이중성'을 약화시키는 소재이다.

⑤ '금속성인 광택'으로 상징되는 '무릉동 주민'의 욕망이 초래한 결과를 의미한다.

4. 〈보기〉를 바탕으로 윗글을 감상한 내용으로 적절하지 <u>않은</u> 것은? [3점]

① '모금 실적을 올리기 위'해 '묘안을 강구해' 내는 것에서, 과도한 경쟁심을 확인할 수 있겠군.
② '수재민 돕기'를 하려고 '별렀었'다는 것에서, 비인간적인 가치관을 지닌 모습을 확인할 수 있겠군.
③ '내 얼굴을 보고 싶다고 생각'하는 것에서, 물질의 편안함이 주는 일상에 안주하는 태도를 확인할 수 있겠군.
④ '잘사는 사람다운 우월감'을 가지고 타인을 대하는 것에서, 물질적 가치를 중시하는 모습을 확인할 수 있겠군.
⑤ '불쾌감을 느'끼고 '그런 유의 회의에 사로잡히'는 것에서, 부자연스럽고 획일적인 모습에 대한 문제의식을 확인할 수 있겠군.

[1~4] 다음 글을 읽고 물음에 답하시오.

[A] 　일 층, 이 층, 삼 층, 사 층, 모든 병동은 밤에도 환히 눈을 뜨고 있었다. 간호원들은 병실과 병실 사이를 부산스레 헤매고 있었고, 간혹 의사들은 '비상'을 알리는 주번 하사 같은 기민한 동작으로 층계를 오르내리고 있었다. 나는 그들이 균을 잡아먹는 백혈구와 같다고 생각했다. 그리고 그들의 무표정하고 뻣뻣한 얼굴에서, 균을 거부하는 강력한 항생제의 효능을 느껴야 했다.

그즈음, **나**는 새로운 사실을 발견했다. 입원한 이후 저들의 얼굴에서 웃음을 발견치 못했다는 중대한 사실이었다. 그런 생각은 참으로 불쑥 일어난 느낌이었다.

언젠가 나는 외국 잡지에서 잘 인쇄된 화장품 광고를 본 일이 있었다. 그 광고는 남자들이 면도 후에 바르는 미안수를 선전하고 있었는데, 나는 지금도 그리스 조각처럼 잘생긴 그 남자가 유난히 파르스레 빛나는 턱 위에 지극히 자연스럽고도 세련된 웃음을 띠고 있는 모습을 기억해 낼 수 있다. 그것은 일종의 심리적인 광고여서, 그 잘 깎은 턱과 웃음을 쳐다보고 있노라면 누구라도 그 미안수를 사지 않고는 못 배길 그런 것이었다. 그런데 만일 그 사내가 그 최면술 거는 듯한 매혹적인 웃음을 제거하고 무표정하게 서 있었다면, 나는 그 화보가 미안수 선전 광고라고는 생각지 않았을 것이다.

그 병원 의사들은 미안수 선전 광고에 나올 만한 사내들이 **미소를 결여**하였음으로 하여, 자기 병원 왕래를 권장하는 **무표정한** 히포크라테스의 **모델**로 **아깝게 전락**해 버린 듯 보였다. 그들은 **일 초의 주저함도 없이** 내장을 자르고, 뼈를 긁을 수 있는 **권위를 보여 주는** 모델로서 **만족**하고 있는 것 같았다. 저들은 만약 외무 사원처럼 웃으며 환자의 증세를 물어본다면, 그 환자는 얼마나 심리적인 위안을 받을 것인가.

[B] 　이리하여 나는 그들을 웃기기 위해서 고용된 사설 코미디언 같은 무거운 책임 의식을 갖게 되었고, 밤낮으로 그들이 무엇을 원하고 있는가를 알아내려 애를 썼다. 나는 스스로의 청진기를 들고 그들을 진단하기 시작했고, 웃음을 불러일으킬 수 있는 소인(素因)이 그들의 어느 부분에서 강하게 생겨나는가 하는, 임상 실험의 과정에 굉장한 열의를 기울이게 되었다.

(중략)

나는 퇴원하기 하루 전, 휴게실에서 어두워져 가는 병동을 바라보며 그런 생각을 했고 형광등이 환히 빛나는 병동이 흡사 여러 갈래로 유리된 미로와 같다고 생각했다. 그때 내게 떠오른 것은 강의 시간에 미로에 빠진 채, 강렬한 먹이의 유혹을 몸부림치며 반추하던 실험용 쥐의 모습이었다. 교수는 엄숙하게 '이 쥐는

미로에 빠져 버린 것이다.'라고 말을 했지만, 내겐 그렇게 생각되지 않았다. 새로운 방황이 그 쥐에게 열린 것이다. 반복, 반복으로 터득한 ㉠안이한 먹이로의 길보다는 충분한 포식을 즐길 수 있는 새로운 미로가 쥐 앞에 전개된 것이다. 나는 그 쥐에 대해 열렬한 성원을 보냈다.

나는 이 철근 콘크리트로 격리한 견고한 미로 속에 쥐 대신 그 젊은 인턴을 삽입해 보자고 생각했다. 그리하여 그날 밤, 나는 병동이 잠들기를 기다려 간호원의 눈을 피해 1 병동에 있는 문패와 2 병동에 있는 **문패를 모조리 바꿔** 버렸다. 나는 그 거창한 작업에 거의 온밤을 새워야 했을 정도였다. 가을밤, 환자복만을 입고 층계를 수십 번 오르내린 피로와 추위 끝에 나는 둔한 통증을 느끼며, 그러나 **유쾌한 마음**으로 잠자리에 들었다. 내 병실 앞에 걸려 있는 이름은 **해산일을 앞둔** 여인의 문패였으니까 나는 그날 밤만은 늑막염 환자가 아니라 **만삭의 여인이 된 셈**인 것이다. 자, 이 병동의 의사와 간호원들은 어떤 방황을 시작할 것인가. 나는 나의 인턴이 ㉡새로운 방황의 길로 떠나 주기를 기원했다. 뛰어라, 미로에 빠진 나의 투사여.

다음 날 나는 늦잠을 잤다. 나는 잠을 자면서도 **병동 전체가 달라**질 것임을 의심치 않았다.

오전 여덟 시경. 나는 칫솔을 들고 병실 복도를 어슬렁거리며 무언가 달라진 낌새가 있는가를 관찰하였다. 하지만 섭섭하게도 아무것도 달라진 것이 없었다. 언제나 그러하듯 간호원들은 잰걸음으로 복도를 뛰어다니고 있었고, 의사들은 알루미늄 식기 같은 얼굴을 반짝거리며 이 층 계단을 오르내리고 있었다.

아침을 치우는 작업부들은 엘리베이터로 식기를 부산스럽게 운반하고 있었고, 병동은 그대로 어항처럼 투명한 건물 속에서 끓고 있었다. 나는 어젯밤 내가 기를 쓰며 가까스로 바꾸어 놓았던 병실 **문패**가 제각기 **제자리에 놓여** 있는 것을 보았다. 어느 틈엔가 **고등 동물**인 그들은 제 스스로 미로를 제거할 줄 알게 **사육된** 것이다. 나의 마지막 시도는 그들 앞에서 완전히 좌절되고 만 것이었다.

오전 아홉 시. 의사들은 동물원에서 갓 수입한 열대 동물처럼 떼를 지어 회진을 시작했다. 간밤에 수면을 잘 취했는지 그들은 더욱 정결해 보였다.

"오늘 퇴원이시죠?"

우두머리 의사가 가운에 손을 찌르며 여전히 사탕이라도 꺼내 줄 듯한 몸짓으로 물었다.

"그렇습니다."

나는 정확하게 대답했다.

"몸은 어떻습니까?"

"정상입니다."

평가원 연계 POINT

1인칭 주인공의 행동과 심리를 중심으로 전개되는 작품으로, 인물 간의 갈등이 두드러지지 않아 특정 인물의 내면 변화에 주목하여 읽는 방법을 공부할 수 있는 기출이다. 인물의 심리와 태도에 담긴 의미, 인물의 심리 변화 양상을 중점적으로 파악해야 하는 아래의 평가원 기출과 연계하여 풀어 본다면 도움이 될 것이다.

2506 임철우, 「아버지의 땅」 / 『홀수 기출 평가원 최신 [문학]』 문제 책 082P

"퇴원하실 때 간호원에게 약을 받아 가십시오."

"알겠습니다."

이윽고 젊은 인턴이 나를 쳐다보았다.

"어젯밤 뭐 잃으신 물건은 없는지요?"

"글쎄요. 없는 것 같은데요. 뭐 도둑이라도 들었나요?"

"아, 예. 다행이군요. 어젯밤에 굉장히 장난꾸러기 소질을 지닌 도둑놈이 들었습니다."

"핫하하."

나는 유쾌하게 웃었다.

"병원에 피해라도 있습니까?"

"글쎄요. 아직까진 발견 못 하고 있습니다만 오전 중으로는 판명이 되겠지요. 저, 그럼 항상 건강하시길 빕니다."

그들이 제각기 무어라고 주의말을 주면서 사라져 버리자, 젊은 의사는 내게 악수를 청했다. 나는 그의 손을 마주 잡았다.

– 최인호, 「견습 환자」 –

1. [A], [B]에 대한 설명으로 가장 적절한 것은?

① [A]는 인물의 행동 묘사를 통해 장면의 분위기를 드러내고 있다.

② [B]는 현재형 진술을 활용하여 상황에 대한 다양한 인물의 시각을 드러내고 있다.

③ [A]는 이야기 외부의 서술자가, [B]는 이야기 내부의 서술자가 인물의 심리를 제시하고 있다.

④ [A]는 공간의 이동을 통해, [B]는 시간의 역전을 통해 인물의 갈등이 해소되는 과정을 보여 주고 있다.

⑤ [A]는 전해 들은 이야기를 전달하는 방식으로, [B]는 직접 경험한 일을 서술하는 방식으로 사건을 제시하고 있다.

2. 윗글의 내용에 대한 이해로 적절하지 <u>않은</u> 것은?

① '나'는 '언젠가' 사람들의 마음을 사로잡는 웃음을 화장품 광고에서 목격한 적이 있다.

② '나'는 '그날 밤'에 몸이 지치도록 밤새 병동을 오가며 자신만의 작업에 몰두하였다.

③ 간호원들은 '다음 날'에 평소와 마찬가지로 분주하게 병원 내부를 돌아다니고 있었다.

④ 우두머리 의사는 '오전 아홉 시'경에 '나'의 상태를 확인하며 퇴원을 제안하였다.

⑤ 젊은 인턴은 병원에서 발생한 '어젯밤'의 사건과 관련하여 '나'의 피해 여부에 대해 물어 보았다.

3. '나'의 관점을 중심으로 ㉠, ㉡에 대해 이해한 것으로 가장 적절한 것은?

① 쥐가 반복적으로 ㉠에서 방황하는 것은 충분한 포식을 즐기는 중요한 방법이다.

② 젊은 인턴 스스로 투사가 되기를 다짐한 것은 ㉡의 가치를 깨달았기 때문이다.

③ 젊은 인턴이 미로에 빠졌다는 것은 ㉡을 통해 새로운 기회를 가질 수 있다는 것이다.

④ 쥐에게 ㉠은 선호하는 목표가 부재한 미로이지만, 젊은 인턴에게 ㉡은 선호하는 목표가 뚜렷한 미로이다.

⑤ 쥐는 익숙한 먹이를 위해 아직 학습되지 않은 ㉠을, 젊은 인턴은 낯선 세계를 경험하기 위해 장차 도달해야 할 ㉡을 선택했다.

4. 〈보기〉를 바탕으로 윗글을 감상한 내용으로 적절하지 <u>않은</u> 것은? [3점]

> 〈보기〉
>
> 이 작품에서 '병원'은 엄격하게 통제되는 공동체를 상징하며, 이러한 공동체의 시스템에 길들여진 인물들은 기계적 일상에 매몰되어 감정이 제거된 모습으로 표현되고 있다. 이 작품은 치료의 대상이 치료의 주체가 되는 인물 간의 역할 전도의 방식을 통해 시스템을 교란하려는 시도와 실패의 과정을 보여 주며 통제된 공동체에 길들여진 인간에 대한 연민을 드러내고 있다.

① '나'가 '문패를 모조리 바꿔'서 '병동 전체가 달라'지게 하려 한 것에서 공동체의 시스템을 교란하고자 하였음을 엿볼 수 있군.

② '나'가 '미소를 결여'한 의사들이 '무표정한' '모델'로 '아깝게 전락' 했다고 인식하는 것에서 감정이 제거된 인간에 대한 연민을 엿볼 수 있군.

③ '나'가 '유쾌한 마음'으로 잠들며 자신이 '해산일을 앞둔' '만삭의 여인이 된 셈'이라고 여기는 것에서 인물의 역할이 치료의 대상으로 전도되고 있음을 엿볼 수 있군.

④ '나'가 떠올린 '일 초의 주저함도 없이' 수술할 수 있는 '권위를 보여 주는' 것에 '만족'하는 듯한 의사들에게서 기계적인 일상에 매몰되어 버린 인간의 모습을 엿볼 수 있군.

⑤ '나'가 '사육된' '고등 동물'에 의해 '문패'가 '제자리에 놓'이게 되었다고 생각하는 것에서 통제된 공동체에 길들여진 인간에 의해 자신의 시도가 실패했다고 여기고 있음을 엿볼 수 있군.

[1~4] 다음 글을 읽고 물음에 답하시오.

편집국 안에 들어섰을 때, 그가 두려워하고 있던 예측이 이젠 어쩔 수 없게 된 것을 최초로 그에게 느끼게 해준 것은 국내(局內)에서 심부름하는 계집애의 표정에서였다. 여느 때 그 계집애는 만화가를 만화 속의 인물과 똑같이 생각하고 있는 탓인지 그를 보기만 하면 웃음을 참지 못하고 고개를 돌리며 휭 가버리곤 하는 것이었는데, 그날은 제법 나붓이 '안녕하세요'를 하고 나서 미소를 띈 채 그의 얼굴을 똑바로 올려다보는 것이었다.

그것이 극히 잠깐 동안이었지만 신경을 곤두세우고 있던 그에게 모든 걸 알 수 있게 해주었다. 계집애가 자기를 올려다보던 맑은 눈 속을 살짝 스치고 가던 게 어쩌면 연민이 아니었을까 하고 생각하자 분노보다도 오히려 전신에서 맥이 빠져나가는 것을 그는 느끼면서 굳어진 얼굴로 문화부를 향하여 갔다.

자기들의 데스크 앞에 앉아 있던 몇 명의 기자들이 여느 때와 달리 유별나게 반갑게 인사할 때는 그는 이미 알고 있다는 듯이 자기도 덩달아서 지금 작별을 하듯이 정중하게 인사를 하고 있었다. 그리고 나서 잠시 동안 그는 자기가 어떻게 처신해야 될지 알 수 없었다. 흐르던 시간이 갑자기 끊어지면서 공백이 생기는구나 하는 생각이 알 수 없는 부끄러움과 함께 그를 엄습했다. 그러고 있는 그를 문화부장이 구해줬다.

㉠"오늘치 만화 좀……"

하면서 문화부장은 손을 내밀었던 것이었다. 그는 당황해졌다. 그가 짐작하고 있던 사태 속에서는 문화부장의 지금 얘기는 불필요한 게 아닌가. 그는 옆구리에 끼고 있던 서류봉투를 살그머니 좀더 힘을 주어 끼면서 땀이 송글송글 맺히고 빨개진 얼굴을 손바닥으로 닦으며 말했다.

㉡"그려오지 않았는데요."

말하고 나서 그는 금방 후회했다. 어쩌면 자기의 짐작이란 게 얼토당토않은 게 아닐까…… 자기의 신경과민으로 자기는 지금 큰 실수를 저지르고 있는 건 아닌지…… 그러나 문화부장의 다음 말은 그의 그러한 희망에 찬 기대를 산산이 부숴버렸다.

㉢"그럼 알고 계셨군요."

문화부장은 자리에서 일어서면서 그에게 말했다.

"차나 한잔 하러 가실까요?"

할 얘기가 있다는 암시를 그에게 주면서 문화부장은 그의 앞장을 서서 걸어가기 시작했다.

"아주 섭섭하게 됐습니다. 퍽 오랫동안 함께 일해왔었는데……"

다방에 들어가서 자리에 앉자 문화부장은 그에게 말했다.

"저는 이형(李兄)을 두둔했습니다만…… 국장님도 이형의 만화에는 항상 칭찬을 하셨댔는데…… 그…… 독자들이 자꾸 투서를……"

"아니 사실 재미가 없었지요. 제 자신이 잘 알고 있었습니다만."

그는 문화부장이 우물쭈물하고 있는 게 미안해서 얼른 말을 받았다.

"아니지요. 독자들이 이형의 유머를 이해할 수 없었던 것뿐이지요."

[중략 부분의 줄거리] 신문사에서 해고당한 그는 다른 신문사의 문화부장을 찾아가 차 한잔 마시자고 권하며 만화 연재를 부탁한다. 그러나 문화부장은 신문사에 돈을 쓰지 않는 사장을 핑계로 부탁을 거절하고 찻값을 먼저 계산한다. 그는 만화가인 김선생을 만나 술을 마시며 자신에게 해고를 통보한 문화부장에 대해 이야기한다.

"ⓐ문화부장이 차나 한잔 하자고 하더군요."

그는 속으로는, 자기가 만화 연재를 부탁하러 갔던 ⓑ문화부장을 생각하면서 말하고 있었다.

[A]
"다방에 가서 그 양반이 그러더군요. 사람 웃기는 방법의 몇 가지 패턴을 안다고 곧 만화가가 되는 것이 아니다. 바로 그 양반이 그랬어요. 두꺼비 같은 눈알을 부라리면서 말입니다."

찻값을 앞질러 내버리던 그 키가 작달막한 문화부장. 날 무척 무안하게 해줬었지.

"그러면서 말입니다. 너는 미역국이다, 이거죠."

자기네 사장이 얼른 뒈져달라는 기도를 하라던 그 사람. 난 참 면목이 없어서 혼났지.

"차나 한잔. 그것은 일종의 추파다. 아시겠습니까, 김선생님?" 그는 혀가 잘 돌아가지 않았다. "그것은 내가 그 속에서 성실을 다했던 하나의 우연이 끝나고……"

그는 술을 한모금 꿀꺽 마셨다.

"새로운 우연이 다가온다는 징조다. 헤헤, 이건 낙관적이죠, 김선생님?" 그는 김선생이 방금 비워낸 술잔에 취해서 떨리는 손으로 술을 따랐다. "차나 한잔. 그것은 이 회색빛 도시의 따뜻한 비극이다. 아시겠습니까? 김선생님, 해고시키면서 차라도 한잔 나누는 이 인정. 동양적인 특히 한국적인 미담…… 말입니다."

㉣"그, 어린이 신문에 그리고 있는 거라도 열심히 하고 있게. 기다리면 또 뭐가 생길 테지."

김선생이 술잔을 들면서 말했다.

"자, 드세."

그는 자기의 술잔을 잡으려고 했다. 잘못해서 술잔이 넘어져 버렸다. 그는 손가락 끝에 엎질러진 술을 찍어서 술상 위에 '아톰X군'의 얼굴을 그리기 시작했다.

"ⓜ자, '아톰X군', 차나 한잔 하실까? 군과도 이별이다. 참 어디서 헤어지게 됐더라." 그는 그림을 그리고 있지 않는 다른 손으로 자기의 이마를 한번 찰싹 때렸다. 골치가 쑤셨기 때문이다. "오, 화성인들의 계략에 빠져서 군이 포로가 되어…… 바야흐로 생명이 위험해져 있는 데서 '다음 호에 계속'이었군…… 미안하다. '아톰X군'…… 사람들은 항상 그런 걸 요구하거든. 아슬아슬한 데서 '다음 호에 계속'."

그는 다 그려진 '아톰X군'의 얼굴을 다시 손가락 끝에 술을 찍어서, 지우기 시작했다. "미안하다, '아톰X군'. 어떻게 군의 힘으로 적진을 뚫고 나오기 부탁한다. 이제 난…… 힘이 없단 말야. 나와 헤어지더라도…… 여보게, 우주의 광대하고." 그러면서 그는 양쪽 팔을 넓게 벌렸다. "어두운 공간 속에서 영원한 소년으로 살아 있게."

– 김승옥, 「차나 한잔」 –

1. [A]에 대한 설명으로 가장 적절한 것은?

① 빈번하게 장면을 전환하여 긴박한 분위기를 조성하고 있다.

② 과거의 장면을 삽입하여 갈등 해소의 실마리를 제시하고 있다.

③ 인물의 말과 내적 독백을 교차하여 인물의 심리를 드러내고 있다.

④ 대화를 통해 상황에 대한 인물 간의 시각 차이를 드러내고 있다.

⑤ 동시에 일어난 두 사건을 병치하여 인물 간의 갈등을 부각하고 있다.

2. ㉠~㉤에 대한 설명으로 적절하지 <u>않은</u> 것은?

① ㉠: '그'의 만화를 형식적으로 요구하고 있다.

② ㉡: 자신의 해고를 짐작하며 '문화부장'에게 말하고 있다.

③ ㉢: '그'가 만화를 그려 오지 않을 것을 이미 알고 있었음을 드러내고 있다.

④ ㉣: 기다리면 새로운 일거리가 생길 것이라며 해고당한 '그'를 위로하고 있다.

⑤ ㉤: '아톰X군'을 더 이상 그리지 않으려는 마음을 드러내고 있다.

3. ⓐ와 ⓑ에 대한 이해로 가장 적절한 것은?

① ⓐ는 해고 상황을 국장의 탓으로 돌려 책임을 회피한다.

② ⓑ는 만화가의 자질에 대해 말하며 '그'의 행동 변화를 유도한다.

③ ⓑ는 ⓐ와 달리 '그'에게 먼저 차를 마시자고 권한다.

④ ⓐ와 ⓑ는 모두 '그'의 능력을 인정하지만 '그'의 제안은 거절한다.

⑤ ⓐ와의 만남과 ⓑ와의 만남은 모두 '그'에게 부정적 감정을 유발한다.

4. 〈보기〉를 참고하여 윗글을 감상한 내용으로 적절하지 <u>않은</u> 것은? [3점]

〈보기〉

이 작품은 만화가가 겪는 하루의 사건을 통해 1960년대를 살아가는 소시민의 생계에 대한 불안과 비애를 드러낸다. 작품에서 만화가는 만화를 충실히 연재함에도 불구하고 결국 해고를 당하고 새로운 일자리를 구하려 하지만 실패한다. 작가는 이 과정에서 인물의 상황과 심리를 우회적으로 드러내기 위해 비유적 표현, 모순 형용 등을 활용한다. 또한 자신이 그리는 만화 속 가상의 인물에게 말을 하는 상황을 통해 인물의 심리를 드러내기도 한다.

① '그'가 '계집애'의 표정을 보며 '두려워하고 있던 예측이 이젠 어쩔 수 없게' 되었다고 느끼는 모습을 통해 해고로 인해 생계를 걱정하는 '그'의 불안을 드러낸다고 볼 수 있겠군.

② '그'가 자신의 해고를 '미역국'이라고 말하는 것은 해고당하는 상황을 비유적 표현을 통해 우회적으로 드러낸 것으로 볼 수 있겠군.

③ '그'가 자신의 해고를 '새로운 우연이 다가온다는 징조'라고 말하는 것은 자신을 해고한 신문사로부터 다시 만화 연재를 의뢰받게 되리라는 기대를 드러낸 것으로 볼 수 있겠군.

④ '그'가 '차나 한잔'의 의미를 '이 회색빛 도시의 따뜻한 비극'이라고 말하는 것은 해고를 당한 '그'의 비참한 심리를 모순 형용을 통해 표현한 것으로 볼 수 있겠군.

⑤ '그'가 '아톰X군'의 얼굴을 술상 위에 그렸다 지우며 '힘이 없'다고 말하는 것을 통해 '그'가 처한 상황에 대해 느끼는 무력감을 드러낸 것으로 볼 수 있겠군.

[1~4] 다음 글을 읽고 물음에 답하시오.

"큰 산소의 아버니 옆에 내가 들어갈 자리는 하나 넉넉히 되지마는 장비(葬費)*는 터무니없고, 이런 세대에 무어 볼 거 있소. 간략히 화장을 해서 뼈나 갖다 묻두룩 하우."

자기가 세상을 떠난 뒤에 아이들의 교육과 취직이며 생활 방도를 의논한 끝에 이러한 유언도 하고, 어떤 때는 유골을 갈아서 정한 산에 올라가 날려보내도 좋겠다는 지나는 말도 하여 가족들을 놀래기도 하였다. 그러나 그러한 유언은 언제나 한 번은 죽을 것이니, 이 기회에 미리 자기의 의사 표시를 하여 두자는 것이지, 다시는 일어나지 못하리라는 각오를 하고서 하는 말은 아니었다. 주사의 힘으로 버티어나가거니 하는 불안은 있으나, 주사를 놓고 나면 그 저리고 쑤시던 가슴이 훤히 터지고 부축을 하여서라도 몸을 가누고 일어나 앉을 수 있는 것을 보면, ㉠자기의 원기에 대한 자신이 다시 생기고, 능히 소복되리라는 새 희망도 비치는 것이었다. 사실 어제 퇴원을 하느니 마느니 하고, 한참 부산한 통에 C라는 젊은 위문객이 왔을 때는 이때까지 서둘던 가족들이 무색하리만큼, 병인은 내일이라도 일어날 듯이 명랑한 낯빛으로 수작을 하는 것이었다.

"그동안 이렇게 편찮으신 줄은 몰랐습니다그려. 지금 ××재단을 설립 중인데 물론(物論) 돌아가는 것을 보니까, 어쩌면 선생을 부사장으로 추대할 듯싶더군요. 그야 이사 자리야 하나 안 드리겠습니까마는, 공교히 이렇게 누워 계셔서 안됐습니다. 어서 속히 일어만 나십쇼."

C 청년은 병인의 기를 돋워주려고 위로로 하는 말이 아니라, 그러한 내통을 하여주고, 또 그리하면 자기에게도 좋은 일이 없지 않겠다는 생각으로 찾아다니다가 병원까지 왔다는 말눈치였다.

"흥, 그런 이야기가 있어! 좀 있으면 일어나게야 되겠지마는 하여간 그 축들 만나건 잘 부탁해주우…… 어, 오늘 C 군이 찾아 준 것도 의외지만, 아마 나두 인제 운이 틔려는군! 힘 좀 써주슈. 꼭 부탁하우."

병인은 젊은 친구의 손을 붙들고 은근한 정을 표하는 것이었다. 그러나 젊은 손은, 병 증세를 캐어묻고 병인의 가다가다 허청 나오는 목소리와 어떻게 보면 사색에 질린 낯빛을 이모저모 뜯어보는 눈치더니, 처음 달려들면서 떠벌려놓던 기세와는 딴판으로 차츰 기색이 달라지면서 꽁무니를 빼는 수작을 어름어름하고는 훌쩍 가버렸다. 병인은 그래도 신기(身氣)가 매우 좋아서, ㉡아내더러 내일은 P에게 연락을 해서 그 ××재단의 내용을 알아보고, A에게 가서는 이러저러한 전달을 하고 부탁을 하여두라는 분별을 하고 누웠다. 옹위를 하고 앉았는 가족들은, 이 양반이 오늘 해를 못 넘기리라고 서둘던 양반인가? 하는 생각에 멀끄미 병인의 얼굴을 바라들 보며, 어쨌든 반갑고 기쁘기도 하며, 어떻게 보면 과시 병이 고망(膏肓)에 깊이 든 것이 아닌 것

같이도 보여 다시 새로운 희망도 생기는 것이었다. ㉢퇴원을 재촉하고 장사 지낼 걱정을 끼리끼리 수군거리던 것이 우습기도 하였다.

C 청년이 다녀간 뒤에 의사가 저녁때에야 들어왔다. 오늘도 가슴이 메어지고 숨이 막힐 때마다 K 선생을 불러오라 하고 출근을 아니 하였거든 자기 집에 전화를 걸라고 하던 K 의사가 들어왔다. 병자는 아까 놓은 주사 기운이 아직 남아 있어 그리 급한 지경은 아니나 의사의 얼굴만 보아도 되었다.

"오신 길에 주사를 또 한 번……."

환자는 조금 있으면 또 닥쳐올 고통이 무서워서, 좀처럼 만나기 어려운 의사를 붙든 김에 아주 미리 주사를 듬뿍 맞아두고 싶은 생각이었다.

"아, 놓아 드리죠."

㉣진찰을 대강 하여보고 의사가 주사약을 가지러 나가는 것을 보고 명호는 병자의 눈에 안 띄게 슬며시 뒤쫓아 나갔다.

"오늘 퇴원을 시킬까 하다가 선생두 안 오시구 해서 그만두고 있습니다마는 어떤 모양인가요?"

"오늘낼 새로 어떻겠습니까마는 퇴원하시죠."

퇴원한다는 말에, 의사는 도리어 반색을 하는 눈치였다.

[중략 부분의 줄거리] 다음 날 동생 명호와 함께 퇴원한 병인은 아내가 기다리고 있는 집으로 가는 도중 사망한다.

발상(發喪) 전의 과수댁은 옆방에서 부리나케 보따리를 풀고 무엇을 찾았다. ㉤명호가 오늘 반나절을 걸려서 땀을 뻘뻘 흘리며 지어온 약봉지가 먼저 방바닥에 떨어졌다. 병자가 이틀을 두고 성화를 대며 졸라서 먹으려던 것이다. 과수댁은 컵 속에 넣은 물 종지를 찾아내서 빈소로 가지고 가더니 신체의 주위에 말끔히 뿌렸다. 세를 붙이고 받아둔 성수였다.

발치께 서서 가만히 바라보던 명호가

"그럼, 장례는 어떻게 지내시렵니까? 제사는 일체 폐하시나요?"
하고 물으니까 과수댁은

"그렇게까지야 하겠습니까."
하고 다만 좋은 일이니, 교회 사람이 하라는 대로 한다는 것이었다. 초상집에서는 우선 삼일장이냐 오일장이냐 하는 의논이 벌어졌다.

"화장을 하라신 유언도 계셨으니 화장으로 모시면야 삼일장도 넉넉할 겁니다."

명호는 첫째 장비 걱정으로 화장을 앞세웠다.

"그야 우리 형세에 삼일장이죠마는 화장은 아닙니다. 처음에는 그런 말씀이 계셨지만 나중에 다시 아무래두 아버님 곁으루 들어가시겠댔는데요."

여기에 가서는 아무도 이렇다 저러하다 말할 나위가 없었다. 혹은 이 과수댁도 뒤미처 들어갈 테고 보니 자기부터 화장이 싫어서 그럴지도 모르나, 돌아간 이도 아직 먼 앞일이거니 하고 가상적으로 여유를 두고 말할 때는 화장을 입 밖에 냈을는지 몰라도 당장 닥쳐온 실제 문제가 되고 보니, 역시 선산에 묻히고 싶어 하였을 것도 넉넉히 짐작할 일이었다. 나 죽은 뒤에는 수의를 무슨 감으로 하여달라느니, 관 속에는 이것저것을 넣어달라느니 하는 유언도 하거든, 자기 묻힐 자리를 초점(焦點)까지 해놓고서 거기에 못 묻힐까 보아 애를 쓰며 세상을 떠나는 것도 무리가 아닐지도 몰랐다.

"말이 삼 일이지, 오늘 해는 다 가구 내일 하루인데, 첫째 산역(山役)*이 문제로군."

호상차지(護喪次知)*의 걱정이었다.

"영구차에 버스 한 대는 따라야 할 테니, 자동차 삯만 해두 두 대에 사만 원은 예산을 쳐야 할걸."

홍제원 화장장이면 고작해야 오륙천 원에 너끈할 것인데, 없는 돈에 찻삯이 사만 원 예산이라니 엄청나다는 말눈치였다.

"화장이나 매장이나 돌아간 뒤에야……."

젊은 축들은 저희끼리 이런 소리를 수군거리는 것이었다.

– 염상섭, 「임종」 –

*장비: 장사 비용.
*산역: 시체를 묻고 뫼를 만들거나 이장하는 일.
*호상차지: 초상 치르는 데에 관한 온갖 일을 책임지고 맡아 보살피는 사람.

1. 윗글에 대한 설명으로 가장 적절한 것은?

① 과거의 사건을 언급하여 상황에 따른 인물의 심리를 보여 주고 있다.

② 서술자가 경험한 내용을 바탕으로 주제 의식을 사실적으로 드러내고 있다.

③ 장면의 전환에 따라 서술자를 달리하여 사건을 입체적으로 조명하고 있다.

④ 특정 인물의 내적 고백을 통해 인물 간 갈등이 발생한 원인을 밝히고 있다.

⑤ 인물들 간의 회상을 교차시켜 현재 상황에 대한 독자의 이해를 높이고 있다.

2. 〈보기〉를 참고하여 ㉠~㉤을 이해한 내용으로 적절하지 <u>않은</u> 것은? [3점]

〈보기〉

정신의학자 퀴블러 로스에 따르면 죽음을 앞둔 환자들은 자신의 병세를 짐작하면서도 예전처럼 건강을 되찾을 수 있다는 기대감을 갖거나 소중하게 여기던 것들을 잃게 된다는 상실감에 우울과 분노를 표출하기도 한다. 하지만 이러한 반응은 대체로 일시적이며 점차 자신의 상태를 수용하게 된다. 그러므로 가족들은 환자의 감정에 공감하고 환자의 요구를 존중하되, 환자를 보호하려고 환자의 상태를 정확하게 알리는 것을 무한정 미뤄서는 안 된다. 환자가 자신의 상태를 수용할 수 있도록 시간적 여유를 주는 것이 필요하다.

① ㉠: 병인은 주사약으로 통증만 줄이고 있다는 사실을 짐작하면서도 몸을 가누고 일어나 앉을 수 있다는 점에서 자신의 병이 회복될 수 있다고 기대하고 있군.

② ㉡: 병인이 아내에게 지시하는 행동은 퇴원한 후에 ××재단의 고위직을 맡을 수 없을지도 모른다는 상실감을 감추기 위한 행동이었겠군.

③ ㉢: 병인의 가족들이 장사 지낼 걱정을 드러내지 못하고 수군거리던 것은 장례 절차에 관한 공개적인 논의를 미루는 것으로 볼 수 있군.

④ ㉣: 명호가 병인이 눈치채지 못하도록 슬그시 의사를 따라 나서 병인의 병세를 확인하는 것은 자신의 상태를 알게 될 환자의 반응으로부터 환자를 보호하기 위한 행동으로 볼 수 있군.

⑤ ㉤: 명호가 병인의 성화에 못 이겨 반나절이나 걸려 힘들게 약을 구해 온 것은 죽음을 앞둔 환자의 요구를 존중하는 마음에서 나온 행동으로 볼 수 있군.

3. 윗글에 대한 이해로 가장 적절한 것은?

① 병인은 자식들의 교육이나 취직을 걱정하여 병을 극복하기 위해 노력한다.

② C 군은 병인의 병세를 살피기 위해 방문했다는 의도를 숨기려고 새로운 소식을 전한다.

③ 가족들은 C 군이 다녀간 뒤 병인의 행동을 살핀 후 병세가 호전될 수 있다고 생각한다.

④ 의사는 명호에게 병인의 증상이 나아질 수 있을 것이라 안심시키며 퇴원을 허락한다.

⑤ 과수댁은 명호의 반대에도 불구하고 가족의 형편을 생각하여 화장을 한 후 삼일장을 치르기를 원한다.

4. 〈보기〉는 '선생님'의 안내에 따라 학생들이 윗글을 감상한 내용
이다. ⓐ~ⓔ 중 적절하지 <u>않은</u> 것은?

선생님: 1940년대에 창작된 「임종」은 죽음의 의미를 인물의
　　내적 고민과 방황의 절정에서 벗어나는 이상적인 방법으로
　　미화하여 제시했던 이전 시기의 작품들과 달리 한 인물의
　　죽음을 둘러싸고 발생하는 사건에 대해 전통적 가치, 종교적
　　가치, 현실적 가치 등이 혼재된 등장인물의 다양한 반응을
　　사실적으로 보여 주고 있어요. 그럼 등장인물의 모습을 통해
　　이 작품의 특징을 확인해 봅시다.

학생 1: 과수댁이 '교회 사람'이 하라는 대로 '성수'를 뿌리며
　　의식을 치르는 것에서 종교적 행위를 따르는 모습을 확인할
　　수 있어요. ·· ⓐ
학생 2: 병인의 사망 이후 주변 사람들이 먼저 '장비'와 '찻삯'
　　을 걱정하는 모습에서 죽은 자에 대한 애도보다는 산 자의
　　이익이라는 현실적 문제를 우선시하는 태도를 확인할 수
　　있어요. ·· ⓑ
학생 3: 등장인물들이 '제사'나 '오일장'을 치를지에 대해 의논
　　한다는 점에서 전통적 가치가 더 이상 보편적으로 받아들여
　　지지 않음을 확인할 수 있어요. ································· ⓒ
학생 4: 병인이 '주사약'이나 '약'에 집착하는 모습을 통해
　　죽음을 자신의 내적 고민에서 벗어나는 방법으로 생각하고
　　있지 않다는 점을 확인할 수 있어요. ······················ ⓓ
학생 5: 젊은 축들이 '화장'이든 '매장'이든 상관없다고 수군
　　거리는 모습에서 공동체의 전통적 가치가 존중받지 못하는
　　현실을 답답해하는 집단의 모습을 살필 수 있어요. ········ ⓔ

① ⓐ　　　② ⓑ　　　③ ⓒ　　　④ ⓓ　　　⑤ ⓔ

MEMO

[1~4] 다음 글을 읽고 물음에 답하시오.

설홍이 크게 분하여 돌쇠를 꾸짖으며

"이놈, 너는 승상 댁 노복으로 불의한 마음을 먹고 승상을 죽여 소저에게 강상대죄를 범하였으니 네 어찌 세상이 용납하리오. 내 너에게 이 칼을 더럽히고 싶지 않으나 하는 수 없어 내 칼로 네 목을 베어 소저의 원수를 갚으리라."

하니, 돌쇠 눈을 들어 보니 쇠금용두 위에 소저를 데리고 앉아 있거늘 돌쇠 분함을 이기지 못하여 소리를 벽력같이 지르며

"이놈, 너는 평생 초면인데 무슨 욕심으로 소저를 빼앗아 데려가느냐? 데려가지 못할 바에는 내 칼을 받으라."

하며, 온 힘을 다하여 칼을 들어 용두를 치거늘, 설홍이 조금도 요동치 아니하고 들어오는 칼을 꺾어 방으로 던졌다. 설홍이 웃으며 말하기를

[A]
"이놈아, 너는 아직 강보에 싸인 아이라. 산을 뽑는 기개를 지닌 초 패왕도 오강을 못 건넜거든 필부 주제에 어찌 역수를 건널 수 있겠느냐? 네가 무슨 재주로 나를 당하겠느냐. 부디 시키는 대로 하라."

하니, 돌쇠 속으로 생각하기를

'내 힘과 검술은 귀신도 측량치 못하는데 이제 내 칼을 두 번이나 막았으니 이놈은 대단한 놈이라. 힘으로 다투는 것은 불가능하겠다.'

하고, 주머니에서 오색 종이를 꺼내 오방신장에게 지성을 다하여 말하기를

[B]
"집안에 도적이 들어와 나의 백 년 인연을 빼앗아 가고자 하니 이는 보통 놈이 아니다. 네 일시에 일어나 싸우라. 만일 동참하지 아니하면 군법으로 시행할 것이니 속히 거행하라."

하고, 풍백에게 보냈더니 문득 공중에서 **오방신장**이 기치와 창검을 들고 해와 달을 희롱하여 광풍에 조각구름같이 동서남북으로 쫓아 들어와 설홍을 둘러싸고 화살과 돌이 비 오듯 하였다. 그러나 설홍은 조금도 요동치 않고 둔갑을 베풀어 **몸을 감추고** 육갑육경으로 오행구궁팔괘를 이십 사방에 붙여 두고 풍운조화를 임의로 부리며 주역 육십사괘 중 축귀문을 소리 높여 읽으니, 오방신장이 각각 방향을 잃었으니 어찌 용납이 되리오. 문득 광풍이 크게 일어나 사방에서 검은 구름이 일어나며 화살과 돌이 비 오듯 하는지라. 귀신 병졸들이 견디지 못하여 갑옷을 버리고 슬피 울면서 달아나더라. 돌쇠 이러한 거동을 보고 어찌 두렵지 아니하랴. 목숨을 도모하고자 축지법을 써서 도망가거늘 설홍은 **광지법을 베풀어** 길을 막으니 돌쇠 크게 놀라 문밖에 나오지 못하고 방 안에 돌아다니다가 생각다 못하여 엎드려 빌며 말하기를

"소인의 죄가 많사오나 공자의 넓으신 덕으로 이놈의 가련한 목숨을 살려 주옵소서."

하였다.

[중략 부분의 줄거리] 설홍과 소저는 부부의 인연을 맺는다. 이후 가달국 침입으로 위기에 처한 황제를 설홍이 구한다. 이에 설홍은 대원수에 봉해져 가달국에 맞선다.

육목철이 황동으로 먼저 들어가 대원수를 보시고 달왕을 유인하였다 말하니 원수 들으시고 즉시 병기를 갖추어 고대하더라. 이때 달왕이 황양동으로 들어가니 과연 흩어진 군사들을 거두려 와 보니 골 안에 가득하거늘 마음이 기뻐 왈

"아까 황양동 백성 만나지 못하였다면 북관으로 가다가 설홍의 복병을 듣고 이곳에 우리 군사 저다지 모여 있음을 보니 무슨 걱정 있으리오."

하며, 말이 끝나자마자 방포일성 소리 더욱 커지며 징과 북소리 하늘이 무너지는 듯 함성 소리 땅이 꺼지는 듯하더라. 사방팔방으로 둘러 있고 산 위로 복병이 선득선득 내달아 분별이 없는지라. 사면으로 가달을 첩첩이 둘러싸고 팔방으로 둘렀는데 황진 설홍이 우레 같은 소리를 천둥같이 내지르며 번개같이 쫓아오거늘 달왕이 그제야 황동 내촌 백성에게 속은 줄을 알고 즉시 갑옷과 투구를 갖추고 설홍과 싸울 때 반궁이 분분하여 뒤쫓아 분별하지를 못하겠더라. 칠십여 합에 원수 와룡검을 들어 치니 달왕의 투구 맞아 깨어지거늘 왕이 분기를 이기지 못하여 몸을 바람에 붙이고 창을 번개같이 놀리며 서로 싸울 때 사석이 날려 피차를 분별치 못하더라. 다시 오십여 합에 원수의 와룡검이 번득하더니 달왕이 땅에 엎드리거늘 선봉장 육목철이 달려들어 가달을 사로잡아 바로 결박하여 앉히고 좌우의 장졸이 긴 창을 들고 겨누어 쏘되 원수 설홍은 홍안에 봉목을 부릅뜨고 소리를 크게 지르며 왈

"이놈 달왕은 항복하라."

하는 소리 산악이 무너지는 듯하더라. 달왕이 이런 거동을 보고

"시운이 길하지 못하여 너의 간교에 사로잡히게 되었으나 너희들이 감히 항복하라고 한 너의 머리를 베어 내 앞에 바치라."

하니, 원수 분기하여 크게 소리 질러 왈

"네 죄상은 만만가지라 청춘을 아끼거든 항복하라."

하고, 무사에게 명하여 달왕을 돌아보고 소리하니 달왕의 두 발이 상지하고 몸을 구부리자 결박한 사슬이 터지면서 달왕이 모습을 바꾸어 흰 꿩이 되어 **생왕방으로 달아나**거늘 가다가 그물에 걸려 떨어졌다. 원수 군사를 거느려 쫓아가며 그물을 걷어 보니 흰 꿩은 간데없고 **보라매**가 성문 밖으로 날아가 또 **그물 사이 횟득 어리**거늘 원수와 육목철이 가면서 이르기를

"달왕은 들어라. 네 변신하는 법을 내 먼저 알거니와 네 어디로 가느냐?"

평가원 연계 POINT

고전산문 영역에서 빈번하게 출제되는 유형 중 하나인 영웅 소설로, 인물이 외형상의 변화를 겪는 변신 모티프가 활용되었다는 점에서 눈여겨 볼 만하다. 국가와 개인의 위기를 동시에 극복하는 영웅적 주인공의 행적을 문제로 다루고 있으므로, 이와 같은 특징이 잘 드러나는 작품이 수록된 아래의 평가원 기출을 연계하여 풀어 본다면 도움이 될 것이다.

2506 작자 미상, 「이대봉전」 / 『홀수 기출 평가원 최신 [문학]』 문제 책 120P

하니, 난데없는 **백호가 내**달아 주홍 같은 입을 벌리고 고함을 지르니 산악이 무너지며 암석 사이로 달리며 군사 수백 명을 앞발로 찍고 맨입으로 물어 죽이나 장졸 중에 범을 잡을 자 없어 어떻게 해야 할 줄을 몰라 병장기로 겨누다 소리만 지르고 달아나거늘 백호는 원수와 목철을 바라보고 입으로 돌연 깨무니 백설이 분분한데 앞발로 흙을 파고 다니며 조금도 기탄없이 장난하며 절벽 위로 달아났다. 원수 대호의 하는 거동을 보고 괴이 여겨 급히 쫓아가니 범의 사나움을 더욱 보이는데 원수 따라가며 고함을 질렀다. 원수 실로 이를 잡고자 바위 위에서 떨어지니 달왕이 도리어 손으로 머리를 움켜쥐고 **변신하여 몸을 바람에 붙여 달아나**거늘 설홍이 쫓아가며 와룡검을 들어 달왕의 머리를 치니 눈 아래 구르는지라. 원수 본진으로 돌아와 황상을 보시고 달왕의 머리를 바치며 승전고를 울리니 즐거워하더라.

– 작자 미상, 「설홍전」 –

1. 윗글에 대한 설명으로 가장 적절한 것은?

① 과장된 표현을 활용하여 상황의 긴박함을 드러내고 있다.

② 서술자가 직접적으로 개입하여 사건의 내막을 밝히고 있다.

③ 상징적 소재를 활용하여 인물 간의 관계 변화를 암시하고 있다.

④ 내적 독백을 통해 사건의 반전이 일어날 것임을 드러내고 있다.

⑤ 과거 회상 장면을 삽입하여 사건을 입체적으로 나타내고 있다.

2. 윗글의 인물에 대한 이해로 적절하지 <u>않은</u> 것은?

① '육목철'은 달왕을 유인했다는 사실을 원수에게 전한다.

② '설홍'은 돌쇠가 승상에게 한 일이 의롭지 못하다고 생각한다.

③ '돌쇠'는 설홍이 소저를 데려가는 것이 욕심이라며 설홍과 맞선다.

④ '돌쇠'는 설홍과의 대결에서 설홍을 힘으로 이기기 어렵다고 생각한다.

⑤ '달왕'은 자기 진영의 군사들이 모여 있는 것을 보고 황양동 백성을 의심한다.

3. [A], [B]에 대한 이해로 가장 적절한 것은?

① [A]는 상대방이 했던 행동을 언급하여 상대방을 무시하고 있다.

② [B]는 상황을 가정하여 상대방에게 특정한 행동을 요구하고 있다.

③ [A]와 달리 [B]는 고사를 활용하여 상대방의 능력을 평가하고 있다.

④ [B]와 달리 [A]는 자신이 처한 상황을 제시하여 상대방을 설득하고 있다.

⑤ [A]와 [B]는 모두 상대방을 다른 대상에 빗대어 상대방의 잘못을 밝히고 있다.

4. 〈보기〉를 바탕으로 윗글을 감상한 내용으로 적절하지 <u>않은</u> 것은? [3점]

〈보기〉

「설홍전」은 주체가 둔갑에 의해 몸을 감추거나 다른 형태로 바꾸는 '변신' 모티프에 의해 서사가 진행되는데, 변신과 도술이 결합하는 부분에서는 작품의 환상성이 부각된다. 변신은 주인공과 적대자 모두에게서 보이는데, 다른 인물의 원한을 해소해 주려는 것에서 비롯된 개인적 차원의 갈등 그리고 충을 실현하려는 주인공과 이를 방해하는 인물 간의 사회적 차원의 갈등에서 나타난다. 이때 갈등이 지속되면서 주인공의 영웅적 능력에 맞서 적대자 변신의 강도가 강화되어 나타나기도 한다.

① '오방신장'에 맞서 설홍이 '몸을 감추'는 데에서, 개인적 차원의 갈등에서 나타나는 변신을 확인할 수 있군.

② 설홍이 '광지법을 베풀'어 돌쇠의 길을 '막'는 데에서, 충을 실현하려는 주인공의 영웅적 능력을 확인할 수 있군.

③ 달왕이 '생왕방으로 달아나'는 데에서, 주인공을 방해하는 인물의 변신을 확인할 수 있군.

④ '보라매'가 '그물 사이 횃득 어리'다가 '백호가 내'닫는 데에서, 적대자 변신의 강도가 강화되어 나타남을 확인할 수 있군.

⑤ 달왕이 '변신하여 몸을 바람에 붙여 달아나'는 데에서, 작품의 환상성이 부각되고 있음을 확인할 수 있군.

[1~4] 다음 글을 읽고 물음에 답하시오.

희안군이 계단 아래에 있다가 임금께 아뢰었다.

"비록 혼례는 하였으나 아직 첫날밤을 치르기 전입니다. 이제 부마로 간택하셨사오니, 왕명을 순순히 좇는 것이 신하의 도리이니 거역해서는 아니 될 것이옵니다."

임금이 화난 얼굴로 말하기를,

"너를 사랑하여 부마로 정하였거늘, 어찌 핑계를 대면서 감히 거절한단 말이냐?"

지경이 머리를 조아리며 아뢰기를,

"최 씨 집안 여자와 혼례를 치르는 일이 없었다면, 어찌 감히 부마로 간택되는 은혜를 사양하겠사옵니까?"

임금이 크게 노하여 말했다.

"네가 어린 나이에 장원 급제를 하더니 세상에 헛된 뜻이 생겨서, 옹주 정도는 마음에 차지 않는 것이 아니냐? 가장 무엄하도다."

지경이 다시 머리를 조아리며 아뢰기를,

"신이 어찌 그런 마음을 가졌겠사옵니까? 누구나 옹주마마와의 혼인을 원할 텐데 제가 어찌 꺼리오며, 신의 나이 아직 어리지만 제 말에 거짓이 없사옵니다. 조정의 명사들이 잔치 자리에 모여 있사오니 그들을 불러 물어보옵소서."

임금이 분노로 얼굴빛이 바뀌어 말하기를,

"혼례를 올려도 첫날밤을 치르기 전에는 남이다. **옛 사례가 있으니** 성종대왕 때에 경애 공주가 혼례를 하고 첫날밤을 보내기 전에 돌아가셨다. 이에 파혼하고 부마의 지위를 거두어 다른 여자와 혼인하도록 조처하신 적이 있거늘, 네 위엄이 성종대왕보다 더하다는 것이냐?"

지경이 아뢰기를,

"**신의 경우는 그와 다르옵니다.** 그때 공주께서는 돌아가셨지만, 제 아내 된 최 씨는 살아 있사옵니다. 신이 부마가 되면 최 씨는 청춘과부가 될 것이니, 전하의 너그럽고 어지신 덕택으로 제가 인륜을 끊지 않게 해 주시옵소서."

희안군이 아뢰기를,

"빙채*를 거두고 최 씨를 다른 곳으로 시집 보낸다면, 어찌 홀로 늙겠사옵니까?"

지경이 노하여 아뢰기를,

"애시당초 희안군이 소관에게 구혼하다가 최가에 정한 고로 허락하지 아니하였더니, 그 일로 맺힌 마음이 있어 전하께 나를 부마로 천거한 게 아니오? 전하께 해를 끼치고 아부한 죄를 면치 못할 것이외다. 조정 신하의 자식이 많거늘 아내를 얻은 신하에게 **구태여 구하시고, 소인의 간사함을 깨닫지 못하**시니 전하의 **밝지 못하**심이 한이로소이다."

임금이 크게 화가 나서 말하기를,

[A]
"희안군은 과인의 동생이니 네게 작은 임금이라. 내 앞에서 욕하고 나를 사리 판단이 어두운 임금으로 능멸하니, 자식 못 가르친 죄로 네 아비를 죄 주리라."

지경이 웃으며 아뢰기를,

"**전하께서 보위에 오르신 지 십구 년에 일월(日月) 같으신 성덕이 심산궁곡에 미쳤거늘,** 유독 소신에게는 밝지 않으심이 이렇듯 하시니 신은 죽어도 항복지 아니하리이다."

임금이 더욱 노하여 말하기를,

"내 윤지경을 못 제어하리오. 군부를 욕한 죄로 **금부에 잡아들이고,** 그 아비 윤현도 함께 가두도록 하라. 길일을 받아 **혼례 준비를 하고,** 최홍일에게는 빙채를 도로 주라."

[중략 부분의 줄거리] 옹주와 강제로 혼인한 지경은 옹주를 박대하고 최 씨와 함께 지내려고 한다. 임금의 압박으로 가족들은 최 씨가 죽었다고 거짓말을 하나, 지경이 사실을 알고 최 씨를 다시 만나게 된다.

부마가 **삼 년** 동안 죽은 줄 알았던 **부인**을 다시 만났으니 떠날 줄 알리오. 비복에게 당부하여 말하기를,

"내가 양쪽 집 식구들을 모두 피해 왔으니, 종이 오거든 미리 일러 내가 피할 수 있게 해라."

부마가 최 부인을 만나 새로이 진중한 사랑이 전보다 배나 더하더니, 한방에 거처하면서 일시도 떠나지 아니하더라.

이러구러 여러 날이 되니 윤 공이 생각하기를, 심사가 사나워 천계산에 있는 원당에 갔는가 하고 찾지 않았다. 옹주는 본래 불화한 사이라 거취를 모르니 찾지 않았다. 임금이 조회에 여러 날 불참함을 이상하게 여겨 찾으시니, 그제야 찾기를 시작하여 친구의 집과 천계산 절에 가 보았으나 종적이 없었다. 괴이하게 여겨 찾다가 돌아와 보니, 부마가 타던 말이 있었다. 행여 최 씨 있는 곳에 갔는가 의심하여 즉시 가 보았으나 미리 숨어서 보지 못하고, 거기도 아니 간 줄 알아 두루 찾아도 찾지 못한 지 수십 일이라.

조정에서는 윤지경이 마음이 사납고 어지러운 나머지 미쳐서 달아났는가 의심하고, 임금이 매우 놀라 밤낮으로 번뇌하였다. 윤 공이 의심스런 마음이 들어 영리한 하인을 시켜 부지불각에 들이닥쳐 보라 하니, 과연 최 씨의 처소에 있는지라. 이대로 임금에게 고하고 죄를 청하니, 환관 김송환을 불러 죄상을 밝히고 부르라 하시니 이때는 유월이라.

지경이 대청마루에 대나무 자리를 깔고 수놓은 방석을 베고 최 씨를 곁에 앉히고 발 벗고 책을 보는데, 시비 들어와 궁궐에서 사람이 왔음을 고했다. 부마가 최 씨를 곁에 앉힌 채 들어오라 하여 송환이 들어와 중계에 서니, 부마가 방석에서 머리만 들어 보다가 말하기를,

"네 어찌 왔느냐."

송환이 답하여 말하기를,

"부마를 잃은 지 스무 날이 지나자 전하께서 놀라시어 수라도 못 드시고 지내시더니, 오늘에야 이곳에 숨어 계심을 아시고 노하시어 송환에게 불러오라 하시나이다."

부마가 일어나지 아니하고 이르되,

[B] "전하께서 가장 부지런하시고 부질없도다. 신하 제 아내 데리고 있는 것을 꺼려 잡으려고 보내시니, 조정에 애처 (愛妻)하는 관원이 몇이나 잡혀 들어왔느냐."

송환이 어이없어 웃으며 말하기를,

"부마께서 옹주를 박대하시고 최 부인에게 혹하여 **문안 불참**하신 지 **한 달 가까이** 되고, 또 그저께 박 귀인 생신이었는데 그 사위로서 불참함을 문죄하려 하시더이다."

지경이 벌떡 일어나 앉아 소리를 질러 말하기를,

"혼군이 요첩에게 혹하여 소인과 합세하여 흉계를 깊이 하는 것을 깨닫지 못하여 현신충량*을 살해하고, 천하박색 첩딸을 위하여 나를 괴롭게 보채느냐. 간특한 첩의 생일이 무슨 대수라고 그리 대단하게 구시더냐. 그저 신하를 보려 부르시면 가려니와, 박 귀인 생일 불참 죄와 옹주 박대한 죄로 부르시면 끌어도 아니 가리라."

– 작자 미상, 「윤지경전」 –

*빙채: 혼인 전에 신랑이 신붓집에 보내는 예물.
*현신충량: 영리하고 어진 신하의 충실하고 선량함.

2. 윗글에 대한 이해로 적절하지 <u>않은</u> 것은?

① 환관은 임금의 명을 전하며 윤지경의 돌변한 태도에 당황해 한다.

② 윤지경은 희안군으로 인해 자신이 곤경에 처하게 되었음을 토로한다.

③ 윤지경은 자신을 찾는 사람이 오면 미리 알려 달라고 하인에게 당부한다.

④ 윤 공은 윤지경이 있을 것이라고 의심되는 최 씨의 처소로 사람을 보낸다.

⑤ 임금은 윤지경이 허황된 욕심이 생겨서 옹주와의 혼인을 거절한다고 생각한다.

3. [A]와 [B]에 대한 이해로 가장 적절한 것은?

① [A]는 상대방의 행동을 만류하고 있으며, [B]는 상대방의 태도를 조롱하고 있다.

② [A]는 상대방의 변심을 비판하고 있으며, [B]는 상대방의 논리를 반박하고 있다.

③ [A]는 상대방의 과오를 지적하고 있으며, [B]는 상대방의 제안에 불신을 표현하고 있다.

④ [A]는 상대방의 언행을 직접적으로 꾸짖고 있으며, [B]는 상대방의 요구를 간접적으로 거절하고 있다.

⑤ [A]는 상대방의 속마음을 의도적으로 떠보고 있으며, [B]는 상대방의 마음을 계획적으로 회유하고 있다.

1. 윗글에 대한 설명으로 가장 적절한 것은?

① 서술자의 개입을 통해 사건의 전모를 밝히고 있다.

② 과거와 현재를 교차하여 장면의 전환을 보여 주고 있다.

③ 시간적 배경 묘사를 통해 낭만적 분위기를 형성하고 있다.

④ 인물 간 대화를 통해 갈등이 해결되는 과정을 보여 주고 있다.

⑤ 사건을 요약적으로 제시하여 사건 전개에 속도감을 부여하고 있다.

4. 〈보기〉를 바탕으로 윗글을 감상한 내용으로 적절하지 <u>않은</u> 것은? [3점]

> 〈보기〉
>
> 「윤지경전」은 부당한 권력의 횡포에 저항하며 애정을 성취하는 주체적인 인물의 모습을 보여 주는 소설이다. 주인공은 강압적인 왕권을 비판하고, 애정을 성취하는 과정에서 신의를 중시한다. 이 과정에서 주인공과 왕권의 대립이 토론 방식으로 서술되어 독자에게 논쟁적 재미를 준다는 점에서 기존 애정 소설과 차별성을 갖는다.

① '옛 사례'의 언급에 대해 '신의 경우는 그와 다르'다고 말하는 데에서, 기존 애정 소설과의 차별성을 확인할 수 있군.

② '구태여 구하시고, 소인의 간사함을 깨닫지 못하'니 '밝지 못하'다고 하는 데에서, 강압적인 왕권을 비판하는 모습을 확인할 수 있군.

③ '전하께서 보위에 오르'시어 '성덕이 심산궁곡에 미쳤'다고 하는 데에서, 신의를 중시하는 주인공의 모습을 확인할 수 있군.

④ '금부에 잡아들이고' '혼례 준비를 하'라는 데에서, 부당한 권력의 횡포를 확인할 수 있군.

⑤ '삼 년' 만에 '부인'을 다시 만나 '한 달 가까이' '문안 불참'했다는 데에서, 주체적인 인물의 모습을 확인할 수 있군.

MEMO

[1~4] 다음 글을 읽고 물음에 답하시오.

[A]

　모든 신하가 화신의 뜻을 짐작하고 안대후를 추천하거늘 임금 왈,

　"안대후는 짐의 수족이니 멀리 보내고자 아니 하노라."

　화신이 나아가 왈,

　"신이 비록 지인지감 없사오나 안경은 이름난 선비라, 그런 그가 일찍이 아들들을 벼슬에 추천한 바 있으니, 자식을 아는 데 그 아비만 한 사람이 없다 하였으니, 어찌 잘못 천거하였겠사옵니까? 이극은 흉악한 도적이라, 위세와 명망 없는 사람을 보내지 못하리니 안대후 외에 적당한 자 없사옵니다."

　임금이 마지못해 명을 내리시니 안대후 명을 받들고, 아우 안대순과 함께 가기를 청하니 임금이 놀라,

　"형제가 어찌 위험한 지역에 들어가리오?"

　"신의 형제 성은을 입었사옴에 한번 나라를 위하여 죽고자 하옵나니 어찌 위험한 지역을 사양하오며, 또한 안대순 아니면 이 일을 감당치 못할까 하여 사사로운 정을 버리고 아우를 데려가려 하나이다."

　임금이 칭찬 왈,

　"진실로 충신이로다."

　하시고 황금 삼천 냥을 사급하사 즉일 발행하라 하시니, 한림 형제 인하여 하직한 후 집에 돌아와 부친께 편지를 올리고 행장을 차렸다.

[중략 부분의 줄거리] 안대후 형제는 변방 오랑캐를 물리친다. 형제가 명망을 얻자 화신은 이들에게 누명을 씌우고, 이로 인해 안대순은 죽고 안대후는 귀양을 가게 된다.

　이때 애주 태수 만청길은 화신과 한패라. 화신의 부탁을 들어 안 시랑을 박대함이 심하더니 안 시랑이 여화와 혼인했음을 듣고 화신에게 이를 전하니 화신이 회답하되,

　"여화를 가두어 둘을 떨어뜨려라."

　하였거늘, 만청길이 즉시 여화를 잡아들여 왈,

　"안대후는 귀양 온 죄인이라. 어찌 첩을 두고 편히 지내리오? 너는 빨리 다른 지아비를 섬기고 안대후를 거절하라."

　여화 왈,

　"첩은 안대후 죄상은 모르거니와, 한때만 몸을 허락하고 이제 안대후를 거절하라 하심을 봉승치 못하리로소이다."

　만청길 대로하여 형틀에 묶고 때리나, 여화 안색 불변 왈,

　"계집이 지아비 섬기는 것은 신하가 임금 섬김과 한가지이거늘, 백성이 지아비를 두 명 섬기지 않는다 하여 이같이 형벌하시니 이웃 나라에 들릴까 두렵습니다. 첩은 금수와 같은 행동을 하지 아니하나이다."

　태수 대답할 말이 없음에 목에 칼을 씌워 옥에 가두는지라.

　한편 안 시랑 풍토의 병이 든 지 이미 반년이라. 여화 극진히 구호하다가 옥중에 갇힌 후로 안 시랑 병세 날로 심하여 다만 죽기를 기다리더라. 일일은 잠깐 조는데 창안학발의 한 노인이 파란 주머니를 들고 들어와 안 시랑더러 왈,

　"일시 액화는 사람의 상사거늘 어찌 심려하여 병이 났는가? 나는 한나라 의원 화타러니, 저세상에서 그대 부친과 친한지라. 부친이 그대 병을 고쳐 달라고 하기에 왔노라."

　하고 파란 주머니에서 환약 다섯 개를 내어 주며 왈,

　"이 약을 먹으면 병이 쾌차하리라."

　하거늘 안 시랑이 일어나 절하고 약을 받아먹은 후 다시 일어나 말을 묻고자 할 즈음에 문득 깨달으니 ㉠남가일몽이라. 심히 의괴하나 입에 오히려 약내 나며 정신이 상쾌하여 그날부터 몸이 가벼워 쾌차하니라. 차시 만청길이 파면되어 잡혀가고, 왕정윤이 대신 도임한 후 안대후에게 고향 소식을 전하고 여화를 풀어 주니라.

　차설. 정몽렬이 화신의 심복으로 벼슬이 이부 상서에 이르렀나니 일일은 화신더러 왈,

　"제가 태자의 기색을 본즉 상공을 부족하게 여기고 안대후 등을 그리워하시니 만일 안대후 돌아오면 상공과 우리 무리 죽을 곳을 모를지라. 먼저 안대후 가족을 다 죽이고 왕정윤에게 서울의 벼슬을 주어 불러올린 후 여통민으로 애주 태수를 시켜 안대후를 죽이면 후환을 가히 면하리라."

　한데, 화신이 깨달아 계략을 행코자 하더니 그의 딸 화 소저가 흉계를 듣고 급히 경몽필에게 밀통하니, 몽필은 화신 몰래 화 소저와 사랑하는 사이라, 몽필이 화 소저의 서간을 보고 누이동생인 부인 경 씨를 만나 화신의 행위를 일러 주며 왈,

　"내 한 계교 있으니 여차여차하면 시댁의 화를 면하리라."

　하고 돌아가니라.

　부인 경 씨는 안대순의 아내라, 이 계획을 시어머니에게 전한 후 각각 분산할새, 부인 경 씨는 안대후의 부인 엄 씨와 이날 삼경에 길을 떠나 안대후가 귀양 가 있는 애주로 향하는지라. 수삭 만에 한 곳에 다다르니 이곳은 소상 강변이라. 두 부인과 시비가 길가에 앉아 쉬더니 문득 수풀 속에서 오륙 인이 내달아 시비를 결박하고 두 부인을 죽이려 하였다. 이때 소박한 옷차림의 한 노인이 나아와 문 왈,

　"두 부인이 애주로 가심을 알거니와 저놈들은 화신 등이 보낸 강도라. 내 사명산에 있더니 운수 선생이 나더러 이 사연을 이르며 가 구하라 하기로 왔노라."

　하고, 강도 등을 꾸짖으니 강도 등이 욕을 하며 달려들거늘 노인이 막대로 한 번 치더니 문득 청천백일에 뇌정벽력이 진동하며

선과 악의 이분법적 구도를 바탕으로 사건이 전개되는 작품으로, 악행을 함께하는 공모자와 선인을 위험에서 구출하는 조력자가 등장하여 갈등 관계를 입체적으로 보여 준다는 점이 특징이다. 이와 유사하게 선인과 악인의 대립이 나타나며, 주인공이 가족과 헤어지는 등 여러 위기를 겪다가 조력자의 도움으로 마침내 권선징악의 결말을 맞는 아래의 평가원 기출을 연계하여 풀어 본다면 도움이 될 것이다.

2606 작자 미상, 「김진옥전」 / 『홀수 기출 평가원 최신 [문학]』 문제 책 112P

한 소년이 구름 속에서 내려와 강도 등을 결박하여 언덕 아래 큰 나무에 매고 간 데 없는지라. 그제야 노인이 시비 등을 풀어 주고 문득 간 데 없더라. 두 부인이 공중을 향하여 무수히 사례하고 길을 행하여 수삭 만에 애주에 이르니 안 시랑이 대경 대희하여 나와 맞이하는지라.

— 작자 미상, 「징세비태록」 —

1. [A]에 대한 이해로 적절하지 않은 것은?

① 신하들은 화신의 의도를 파악하고 임금의 의중과 다른 입장을 내놓음으로써 임금을 곤란하게 한다.

② 임금은 안대후가 심복이라는 이유를 들어 신하들의 입장을 반대하지만 결국 그들의 의견을 받아들인다.

③ 안경이 안대후를 인재로 추천했던 것을 근거로 삼아 화신은 안대후가 도적을 물리쳐야 함을 주장한다.

④ 안대후는 위험한 지역에 혼자 가려고 하는 자신을 걱정하는 임금을 안심시키기 위해 안대순과 함께 갈 것을 청한다.

⑤ 임금이 안대후에게 황금을 내려 주며 즉일 출발할 것을 명령하자 형제는 집으로 가 행장을 차린다.

2. ㉠에 대한 설명으로 가장 적절한 것은?

① 혈육과 만나고 싶은 욕망이 ㉠에서 실현된다.

② ㉠의 이후에도 ㉠에서 만난 인물과의 인연을 이어 간다.

③ ㉠의 이전에 발생한 인물 간 갈등이 ㉠을 통해 해소된다.

④ ㉠에서의 발화는 ㉠의 이후 인물이 가야 할 목적지를 제시해 준다.

⑤ ㉠과 현실 간의 경계가 불분명함이 ㉠에서 얻은 물건의 효력으로 나타난다.

3. 〈보기〉를 바탕으로 윗글의 인물을 이해한 내용으로 가장 적절한 것은?

〈보기〉

고전 소설에서 '조력자'는 출신 가문, 능력의 특성, 행위의 성격 등에 따라 다양한 모습으로 나타난다.

① 애주의 태수인 '왕정윤'은 관리의 권한을 이용해 만청길을 파면하고 여화를 풀어 주었다.

② '운수 선생'은 위험을 예견하고 소상 강변으로 가서 부인 경씨를 위기에서 구해 주었다.

③ '화 소저'는 다른 가문의 인물이 꾸민 계략을 자기 가문의 인물에게 알려 줌으로써 안대후를 도왔다.

④ '경몽필'은 자기 가문의 인물에게서 들은 이야기를 전달함으로써 부인 엄 씨가 위험에 빠지지 않게 했다.

⑤ 사명산에서 온 '노인'은 신이한 능력을 발휘해 '두 부인'이 강도에게서 벗어나 애주에 갈 수 있도록 도와주었다.

4. 〈보기〉를 참고하여 윗글을 감상한 내용으로 적절하지 않은 것은? [3점]

〈보기〉

「징세비태록」에서는 악인이 대리자를 통해 정치적 대립 관계에 있는 선인의 가족을 해코지함으로써 간접적으로 선인을 곤경에 빠뜨림은 물론 궁극적으로 선인 가문의 몰락을 주도한다. 대리자와 가족을 정치적 대립 구도어 포함하여 갈등 상황을 입체화하는 것이다.

① 만청길은 귀양지에 있는 선인의 가족을, 정동렬은 고향에 있는 선인의 가족을 해코지하려는 것에서, 악인의 대리자를 각각에 등장시키는 방식으로 갈등 상황을 입체화하였군.

② 만청길이 '화신과 한패'로 서술되고, 정몽렬이 화신을 '우리 무리'와 함께 언급하는 것에서, 대리자가 악인과 정치적 이해를 같이하는 방식으로 갈등 상황을 입체화하였군.

③ 화신이 만청길에게 계략을 전달하고 정몽렬이 화신에게 계략을 제안하는 것에서, 악인이 대리자와 공모하는 방식으로 갈등 상황을 입체화하였군.

④ 만청길이 선인을 가족에게서 분리하고 정몽렬이 선인을 가족과 재회하지 못하게 하려는 것에서, 가족을 허코지하여 선인을 곤경에 빠뜨리는 방식으로 갈등 상황을 입체화하였군.

⑤ 만청길이 가족을 잡아들이고 정몽렬이 가족의 급습을 도모하는 것에서, 악인의 대리자가 선인 가문의 몰락을 주도하는 방식으로 갈등 상황을 입체화하였군.

[1~4] 다음 글을 읽고 물음에 답하시오.

[앞부분의 줄거리] 원수는 서번과 서달을 물리치고 황성으로 돌아가던 중 단원사에서 모친과 경패 낭자를 상봉한다.

서로 그리워하던 이야기를 하나하나 이야기하고 모친을 모시고 중당에 좌정하여 서로 즐거움을 나누었다. 이때 부인 양 씨가 장도를 만지면서 말하였다.

[A] "내가 부친과 너를 생각하여 슬퍼하고 있을 때 어떤 두 여인이 절에 의탁하고자 하였는데, 그 모습과 사정이 나와 비슷하였기에 머리를 깎고 나와 스승과 제자가 되었느니라. 그런데 후원에서 애절하고 원망하는 듯한 울음소리가 나기에 위로하러 갔더니, 옷을 만지면서 슬퍼하고 있더구나. 괴이하게 여겨 물었더니, 낭군의 신표라 하기에 더욱 보자고 하여 받아 보았더니 나의 솜씨였고 너의 옷이었다. 마음에 너무 기쁘고 즐거웠으나 다른 사람들이 보기에도 진정으로 믿을 만한 표적이 있는가 생각해 보았단다. 그러다 네 부친이 절강의 장 도사에게 관상을 보이고 나서 생년월일시를 적어 비단 주머니에 넣어 옷깃 속에 넣어 두었던 것이 기억이 났단다. 이것을 믿을 만한 표식으로 여겨 사오 년을 서로 아껴 주고 위로해 주며 지냈느니라."

이것을 들고 원수가 모친께 아뢰었다.

[B] "소자도 그때 도적이 데리고 가다가 중도에서 버렸기에 의탁할 곳이 없었는데, 마침 낭자의 부친이 데려다가 사랑하고 아껴 주시고 낭자와 백 년의 가연을 정해 주었습니다. 또 통판이 계시하신 대로 호 씨의 구박을 견디다가 결국 낭자와 이별하고 동서로 걸식하며 다녔습니다. 그러다 천행으로 서주의 왕 상서 댁에 의탁하여 왕 상서의 사환으로 지냈습니다. 그리고 나서 상서의 명으로 황성에 갔다가 천행으로 과거를 보아 장원 급제하여 한림학사를 지냈던 것입니다."

이어 서주에 내려가 왕 상서의 여식과 혼인한 이야기와 황성에 올라가 원천의 딸을 후궁으로 삼은 이야기를 부인과 낭자에게 말씀 드리니 ⓐ부인과 낭자가 이 말을 듣고 더욱 즐거워하였다.

원수가 다시 아뢰었다.

[C] "천자께서 명하시어 소자를 불러 이르시기를, '서번과 서달이 삼십육도 군장과 도모하여 대국을 침범하였노라. 너를 대사마 대원수로 삼으니, 이 사인검을 가지고 정병 팔십 만을 조발하여 번국을 소멸하여라.' 하셨습니다. 이에 소자가 한 번 전장에 나아가 서번과 서달, 삼십육도 군장을 모두 소멸하여 천은을 만분의 일이나마 갚고 돌아오다 서천관에 이르러 유숙하고 있을 때, 금산사 화주

승이라 하는 노승이 꿈에 나타나 여남으로 가라고 하였습니다. 이에 여남에 이르렀는데 또 그 도사가 꿈에 나타나 단원사를 찾아가면 절로 부모와 낭자를 만날 것이라 하기에 이리로 온 것입니다."

이렇게 그간의 사연을 말씀드리니, ⓑ부인과 낭자가 이 말을 듣고 더욱 황제의 은혜에 감사드리고 도사의 신기함에 감복하였다.

(중략)

원수는 행군의 여정이 피곤하여 잠깐 졸았는데, 전날 밤중 꿈속에 나타났던 도사가 또 와서 이렇게 말하였다.

"원수는 부친을 눈앞에 두고 어찌 잠만 깊이 자십니까?"

그러고는 문득 사람이 보이지 않거늘, 깨어 보니 남가일몽이었다. ⓒ마음이 뒤숭숭하였으나 도사의 영감과 신기함은 탄복할 만하였기에, '도사의 은혜를 생각하면 갚을 길이 없구나.' 하면서 혹시라도 부친을 찾을까 하여 큰 잔치를 배설하여 각 도와 각 읍의 자사와 수령을 모두 청하였다.

자리를 정하고 즐기며 차례로 술잔을 권했는데, 부남은 남방의 대관이었기에 부남 태수가 오른쪽의 가장 높은 자리에 앉게 되었다. 잔이 두세 번 돌아간 뒤에 부남 태수가 눈을 들어 원수의 거동을 자세히 살펴보니, 선풍도골이어서 천상의 선관이 하강한 듯하였다. 그런데 조금도 즐거워하는 빛이 없었고 차고 있던 ㉠장도를 만지면서 슬퍼하는 듯하였다. 이를 보고 ⓓ부남 태수가 문득 풍운이 생각나 흐느끼며 생각하기를 '풍운도 살아 있다면 내가 주었던 장도를 만지면서 저렇듯이 슬퍼하지 않겠는가.' 하며 자세히 보니 원수의 장도가 풍운에게 채워 주었던 장도와 똑같았다. 이에 마음속으로 너무 놀라 자리에서 잠시 일어나 공경을 표하고 원수에게 물었다.

"원수가 차신 장도는 반드시 보검일 듯합니다. 황송하오나 한 번 구경하고자 하옵니다."

원수가 이 말을 듣고 속으로 오히려 반기면서 장도를 끌러 주었다. ⓔ부남 태수가 자세히 보더니, '이것은 정녕 자식 풍운의 칼이로다.' 하고 눈물을 흘리며 슬퍼하였다. 원수가 이에 더욱 이상하게 여겨 물어 말하였다.

"태수는 이 칼을 보시고 어찌 슬퍼하며 흐느끼십니까?"

태수가 아뢰어 말하였다.

"황공하오나 하관이 앞뒤의 내력을 이야기해 드리겠습니다. 저는 양 참군의 딸에게 장가를 들었습니다. 장인이신 양 참군의 부친 양 상서께서 대국으로 사신을 갔다가 연왕이 정표로 이 장도를 주었습니다. 그런 연고로 양

상서가 이 장도를 가지고 오셔서 대대로 전하는 물건으로 삼았습니다. 양 상서가 이 장도를 양 참군에게 전하였는데, 양 참군은 후사가 없고 따로 전할 데도 없어서 하관에게 주었습니다. 이 장도 이름은 연평검이니 하관이 매우 아끼던 것입니다. 제가 늦게야 한 아들을 낳았는데 용모가 비범하였기에 행여 단명할까 염려가 되어 절강의 도사에게 가 관상을 보았습니다. 그랬더니 열 살 이전에 부모와 이별할 것이라고 하기에 혹 이별하더라도 서로 잊지 않기 위해 장도를 자식에게 채우고 생년월일시를 써 비단 주머니에 넣어 두었습니다. 그 뒤에 난리가 났는데, 하관은 황명을 받아 가달을 치러 경사로 올라갔고, 처 양 씨가 아들을 데리고 집에 있었습니다. 하관이 가달을 평정하고 돌아오니 천자께서 하관에게 부남 태수를 제수하셨습니다. 이에 부남으로 내려올 때 고향에 들렀더니 집은 비었고 처는 간 데가 없었습니다. 어쩔 줄 모르고 사방으로 찾았으나 종적을 알 수 없어 홀로 부남에 도임하였습니다. 오늘날 원수가 차신 장도를 보니, 문득 자식이 생각나 슬픈 마음이 듭니다. 이 칼을 어디서 얻으셨습니까?"

[D]

원수가 이 말을 듣고 정신이 아득해졌다. 바로 그 주머니에서 ⓛ생년월일시를 써 둔 유서를 내어 태수에게 드리고 땅에 엎드려 통곡하며 말하였다.

"소자가 불초자 풍운이로소이다."

그리고는 지극히 애통해하니, 태수가 정신을 차리고 그 유서를 받아 보니 과연 자신의 친필이 분명하였다.

– 작자 미상, 「장풍운전」 –

1. 윗글을 읽고 이해한 내용으로 적절한 것은?

① 부남 태수는 자신의 부인과 아들의 종적을 알지 못한 채로 부남에 부임했다.

② 양 씨는 낭자가 자신의 며느리임을 알고 나서 스승과 제자의 연을 맺었다.

③ 원수가 도적에게 잡혀 있을 때 낭자의 부친이 원수를 도적으로부터 구해 주었다.

④ 원수는 과거 시험을 보기 위한 목적으로 서주의 왕 상서 댁에 자신을 의탁했다.

⑤ 부남 태수는 원수의 기질과 풍채를 보고 원수가 자신과 닮은 점이 많다고 판단했다.

2. 〈보기〉를 참고하여 [A]~[D]에 대해 이해한 내용으로 적절하지 않은 것은? [3점]

〈보기〉

「장풍운전」은 가족이 헤어졌다가, 주인공이 입신양명하고 큰 공적을 세우는 데에 힘입어 가족이 다시 만남으로써 가문의 번영을 이루는 방향으로 서사가 전개되고 있다. 이 과정에서 인물들이 만나 나누는 대화를 통해 서사가 압축적으로 제시되고 있는데, 독자는 이를 통해 인물들이 헤어져 각자 겪은 일들, 인물들이 새롭게 맺은 관계 등에 대해 이해할 수 있다. 또한 독자는 인물들이 겪은 일들을 서로 연계하여 사건의 성격이나 전후 사정 등에 대해서도 파악할 수 있다.

① [A]에서 모친이 자신이 지은 원수의 옷을 낭군의 신표로 간직하고 있는 여인을 만났다고 했는데, [B]를 통해 원수가 그 여인과 연을 맺은 전후의 사정을 알 수 있어.

② [A]에서 원수의 부친이 절강의 장 도사에게 원수의 관상을 보였다고 했는데, [D]를 통해 부친이 원수의 관상을 보인 이유를 알 수 있어.

③ [B]에서 원수가 한림학사를 지냈다고 했는데, [C]를 통해 한림학사에서 대사마 대원수가 되어 가문의 번영을 가능하게 하는 큰 공적을 세웠음을 알 수 있어.

④ [B], [D]를 통해 원수와 부친의 이별이 두 사람에게 시련을 초래했지만 두 사람에게 조력자들을 만나 출세의 발판을 마련하는 기회를 제공해 주었음을 알 수 있어.

⑤ [C], [D]를 통해 전쟁이 원수가 가족과 헤어지는 계기가 되기도 했지만 원수가 가족과 재회하게 되는 노정에 오르는 데에도 영향을 미쳤음을 알 수 있어.

3. ⓐ, ⓛ에 대한 설명으로 가장 적절한 것은?

① ⓐ은 인물들이 연민의 정서를 주고받는 수단이 되고 있다.

② ⓛ은 인물 간의 갈등을 해소하려는 의지를 나타내고 있다.

③ ⓐ과 달리 ⓛ은 인물들에게 일어난 사건들의 비현실적 성격을 강화하고 있다.

④ ⓛ과 달리 ⓐ은 미래에 인물에게 일어날 일을 예고하고 있다.

⑤ ⓐ, ⓛ은 모두 인물들 간의 관계를 확인하는 증표가 되고 있다.

4. ⓐ~ⓔ를 통해 인물들의 심리와 태도를 추리했을 때 적절하지 <u>않은</u> 것은?

① ⓐ: 원수가 한림학사를 제수받은 이후의 행적을 모친과 낭자가 긍정적으로 여겼다.

② ⓑ: 원수의 모친과 낭자가 황제와 도사에게 고마운 마음을 느꼈다.

③ ⓒ: 원수가 자신의 꿈속에 나타난 도사를 신뢰했다.

④ ⓓ: 부남 태수가 자신의 아들에 대한 그리움을 느꼈다.

⑤ ⓔ: 부남 태수가 원수를 자신의 아들로 확신했다.

[1~3] 다음 글을 읽고 물음에 답하시오.

[앞부분의 줄거리] 명나라 양 부인에게 삼 형제가 있는데, 맏이 위윤은 현숙한 반씨를 아내로 맞아 아들 흥을 얻는다. 위진의 아내 채씨와 위준의 아내 맹씨가 반씨를 모해하자 양 부인이 채씨를 친정으로 보낸다. 채씨의 부친 채 승상은 이에 분노하여 위윤을 귀양 보내고, 양 부인은 채씨를 들이지 말라는 유언을 남기고 죽는다.

반씨가 시체를 붙들고 통곡 혼절하니, 흥이 대경하여 수족을 주무르며 약물을 드리오니 이윽고 진정하거늘, 흥이 위로 왈,

"모친은 진정하사 초상을 극진히 하소서."

반씨 망극한 중이나 그 말을 옳게 여겨 치상(治喪)할새, 문중이 모여 채씨에게 부고를 알릴 것을 의논하니, 위진이 왈,

"㉠채씨가 잘못함이 아니라 모친이 잠깐 노하여 보내 계시니, 무슨 일로 알리지 아니하리오."

하고, 즉시 시비를 불러 왈,

"채씨의 집에 가 부고를 전하되 상복 입기 전에 오라 하라. 그렇지 않으면 부부의 의를 끊으리라."

(중략)

차설, 위진이 크게 노하여 왈,

"반씨는 어떤 사람인데 상중에 시비(是非)를 돋우어 요란하게 하느뇨. 형님이 아니 계시어 내가 주장*할 것이니, 두 번 이르지 말라."

하고 노복을 재촉하여 보내니, 흥이 죽은 양 부인의 옆에 엎드려 통곡하더니 큰 소리로 왈,

"숙부는 주장이 되었을 따름이거늘 초상 망극 중에 벌써 할머니의 유언을 저버리시니, 한갓 아내만 중히 여기사 저다지 노하시니, 소질*이 알 바는 아니로되, 금일 문중이 모두 다 공론이 여차한데도 구태여 유언을 저버리니, 이는 문중의 뜻에도 맞지 아니하오며 소질의 마음에도 불가하니이다."

반씨가 꾸짖어 왈,

"너는 조그만 아이라. 어찌 방자히 어른을 시비하리오."

위진이 크게 노하여 왈,

"이는 분명 너의 말이 아니라. 누구의 부탁을 듣고, 내 말이 여차여차하거든 너는 대답을 이리이리하라 한 것이 아니더냐. 너에게 기결한 사람은 극한 요물이라. 너 혼자의 말이라면 어찌 이러하리오. 내 비록 유약하나 네 말대로 시행할까 보냐."

하니, 모든 친척이 칭찬 불이하더라.

흥이 숙부의 불측한 심사를 듣고 큰 소리로 왈,

"㉡아까 소질이 사뢴 바를 어른에게 배운 바라 하시니, 말씀이 옳사오면 따를 것이요, 비록 어른의 말이라도 부당하오면 따를 이유 없으니, 할머니의 상사를 당하였어도 부친이 삼천 리 밖에 계셔 상변(喪變)을 알지 못하시고 발상*도 못하오니,

비록 아니 계시나 장자 장손이 발상함은 예문(禮文)에 당당하옵거늘, 그는 의논치 아니하시니 누구와 더불어 대상*하시나니이까. 금일 문중이 다 모였으니 결정하소서."

위진 형제 왈,

"㉢형님이 비록 귀양살이를 하고 있으나 죽지 아니하였고, 미처 부고를 알리지 못하였으나, 조그만 아이가 알 바가 아니라. 예문에 이상이라는 말이 없으니 불가하니라."

모든 사람이 왈,

"흥이 비록 어리나 소견에 이치가 있어 우리도 생각지 못한 일이거늘, 이 말이 가장 옳은지라. 바삐 대상하라."

위진 형제가 큰 소리로 노하여 왈,

"어찌 어린아이의 말로 인하여 상중 대사를 그릇되게 하리오. 우리는 예문대로 하리니 어찌 장자를 두고 대상하리오."

하고 일시에 피신하니, 문중이 상의하여 왈,

"상인(喪人)이 이제 우리를 피하니 더 있어 무엇하리오."

하고 상복 입는 것을 보지 아니하고 모두 귀가하니, 흥이 망극하여 실성통곡 왈,

"우리 집의 가세는 어찌 남과 다른고. ㉣숙부가 불의를 행하여 문중이 따로따로 흩어지니 무슨 아름다운 일이 있으리오."

말을 마치기 전에 채씨가 이르러 부인의 영위*에 곡하고 반씨를 보며 왈,

"나는 시댁에 득죄하여 본가에 있기로 존고*께 통신을 못하니 어찌 부끄럽지 아니하리오. 그대는 지극한 정성을 가지고 어찌 존고의 뒤를 따르지 아니하고 지금까지 부지하였느뇨. 그 사이 우애가 지극하여 저 나를 기다렸다 죽으려 하였느뇨. 지금도 참소와 아첨을 존고께 고하리잇고."

하고 욕설이 무수하니, 반씨가 분함을 겨우 참아 다만 대답지 아니하더라.

채씨가 흥을 꾸짖어 왈,

"너는 황구소아*라. 무슨 일을 아는 척하고 우리를 원수로 지목하니, 네 그러면 우리 일문을 다 삼킬 줄 아느냐."

흥이 대답치 아니할 뿐이더라. 장례일을 당하니, 부인을 선산에 안장하고 집안을 정리할새 집안 형세가 모두 채씨와 맹씨에게 돌아가니, 두 사람이 주야로 남편을 미혹하게 하여 반씨 모자를 백 가지로 모해하니, 반씨가 흥을 불러 왈,

"㉤우리 모자가 이제 독수(毒手)를 면치 못할지니 미리 화를 피할 곳을 정하라."

하고, 인하여 양 부인 묘소에 초막(草幕)을 짓고 삼년상을 마친 후에, 다시 거취를 정하고자 하여, 이에 약간의 비복을 거느리고 조상을 모신 사당에 올라 통곡하고 산중으로 들어가니, 보는 사람들이 저마다 비창해 하지 않을 이 없더라.

─ 작자 미상, 「반씨전」 ─

*주장: 어떤 일을 책임지고 맡음. 또는 그런 사람.
*소질: 조카가 아저씨를 상대하여 자기를 낮추어 이르는 말.
*발상: 상례에서 초상난 것을 알림.
*대상: 장자가 없을 시 장손이 대신 상례를 주관함.
*영위: 상가에서 모시는 혼백이나 가주(假主)의 신위.
*존고: 시어머니를 높여 이르는 말.
*황구소야: 철없이 미숙한 사람을 낮잡아 이르는 말.

1. 윗글에 대한 이해로 가장 적절한 것은?

① 흥은 문중 사람들의 의견을 근거로 채씨에게 부고를 알리는 것에 반대했다.

② 채씨는 자신을 본가로 보낸 양 부인에게 지속적으로 사죄의 뜻을 전했다.

③ 반씨는 남편에게 부고를 전하지 않으려는 위진을 질책했다.

④ 문중 사람들은 위진에게 모친의 묘소를 정하도록 위임했다.

⑤ 위진은 위윤의 뜻에 따라 자신이 대상할 것을 주장했다.

2. ㉠~㉤에 대한 설명으로 적절하지 않은 것은?

① ㉠: 과거의 사건에 대한 자신의 판단을 제시하며 자신이 하려는 행위의 정당성을 강조하고 있다.

② ㉡: 다른 사람의 권위에 기대며 자신의 생각이 옳음을 강조하고 있다.

③ ㉢: 현재 상황을 설명하며 상대방의 제안에 대해 무시하는 태도를 드러내고 있다.

④ ㉣: 상대방의 행동을 평가하며 현재 상황에 대한 실망감을 드러내고 있다.

⑤ ㉤: 앞으로의 일을 예측하며 행동의 방향을 제시하고 있다.

3. 〈보기〉를 바탕으로 윗글을 감상한 내용으로 적절하지 않은 것은? [3점]

〈보기〉

　조선 후기 사대부 집안은 가문의 권위를 유지하기 위하여 장자 중심의 수직적 위계질서를 중시하였고, 가문의 중대사를 결정할 때에는 문중의 공론과 예문을 따르도록 했다. 특히 장자의 부재 시 장손이 아버지를 대신하는 대상을 행할 수 있다는 상례에는 이러한 위계질서가 잘 나타난다. 이 작품에는 장자의 부재 시에 상례가 발생한 상황에서 기존의 가권(家權)을 지키고자 하는 세력과, 가권을 차지하려는 욕망으로 이에 도전하는 세력 간의 갈등이 다양한 양상으로 드러난다.

① 위진이 채씨에게 '부고를 전하되 상복 입기 전에 오라'고 한 것에서, 위진이 모친의 유언에 담긴 수직적 위계질서를 따라 상례를 치르려 했음을 알 수 있군.

② 위진이 '상중에 시비를 돋'운다며 '형님이 아니 계시어 내가 주장할 것'이라고 말하는 것에서, 위진이 가권을 차지하는 데 반씨를 방해가 되는 존재로 인식하고 있음을 알 수 있군.

③ 흥이 예문을 근거로 '장자 장손이 발상함'을 주장하고 이에 대해 문중이 결정하도록 한 것에서, 흥이 예문과 문중의 공론을 통해 기존의 가권을 지키려고 했음을 알 수 있군.

④ 채씨가 '우리 일문을 다 삼킬 줄 아느냐'고 흥을 꾸짖는 것에서, 가권을 차지하려는 채씨의 욕망이 흥에 대한 적대감으로 나타난 것을 알 수 있군.

⑤ '집안 형세가 모두 채씨와 맹씨에게 돌아가'고, 반씨 모자가 '산중으로 들어'간 것에서, 가권을 둘러싼 갈등을 통해 가권이 위진 쪽으로 기울게 되었음을 알 수 있군.

[1~6] 다음 글을 읽고 물음에 답하시오.

(가)

　내 오늘밤 한오리 갈댓잎에 몸을 실어 이 아득한 바다 속 창망(蒼茫)한 물구비에 씻기는 한점 바위에 누웠나니

　생(生)은 갈사록 고달프고 나의 몸둘 곳은 아무데도 없다 파도는 몰려와 몸부림치며 바위를 물어뜯고 넘쳐나는데 내 귀가 듣는것은 마즈막 ㉠물결소리 먼 해일에 젖어 오는 그 목소리뿐

　아픈 가슴을 어쩌란 말이냐 허공에 던져진것은 나만이 아닌데 하늘에 달이 그렇거니 수많은 별들이 다 그렇거니 이 광대무변(廣大無邊)한 우주의 한알 모래인 지구의 돌레를 찰랑이는 접시물 아아 바다여 너 또한 그렇거니

　내 오늘 바다 속 한점 바위에 누워 하늘을 덮는 나의 사념이 이다지도 작음을 비로소 깨닫는다

– 조지훈, 「묘망」 –

(나)

```
     다시 태어날 수 없어
     마음이 무거운 날은
[A]  편안한 집을 떠나
     산으로 간다
```

```
     크낙산 마루턱에 올라서면
     세상은 온통 제멋대로
     널려진 바위와 우거진 수풀
[B]  너울대는 굴참나뭇잎 사이로
     삵괭이 한 마리 지나가고
     썩은 나무 등걸 위에서
     햇볕 쪼이는 도마뱀
```

땅과 하늘을 집삼아
몸만 가지고 넉넉히 살아가는
저 숱한 나무와 짐승들

```
     해마다 죽고 다시 태어나는
[C]  꽃과 벌레들이 부러워
     호기롭게 야호 외쳐 보지만
```
산에는 주인이 없어
㉡나그네 목소리만 되돌아올 뿐
높은 봉우리에 올라가도
깊은 골짜기에 내려가도
산에는 아무런 중심이 없어

어디서나 멧새들 지저귀는 소리
여울에 섞여 흘러가고
짙푸른 숲의 냄새
서늘하게 피어오른다

```
     나뭇가지에 사뿐히 내려앉을 수 없고
     바위 틈에 엎드려 잠잘 수 없고
[D]  낙엽과 함께 썩어 버릴 수 없어
     산에서 살고 싶은 마음
     남겨둔 채 떠난다 그리고
```

```
     크낙산에서 돌아온 날은
     이름없는 작은 산이 되어
[E]  집에서 마을에서
     다시 태어난다
```

– 김광규, 「크낙산의 마음」 –

(다)

　갑오년 여름, 나는 달촌(達村)에서 예전에 살던 화오촌(花塢村)의 집으로 이사했다. ⓐ집이 좁고 낮아 드나들 때마다 머리를 부딪혔다. 이때는 날씨가 무더워 마치 뜨거운 화로에 들어간 것 같았다. 게다가 모기와 파리가 달라붙으니 괴로워 견딜 수가 없었다. 이웃에 사는 이우열(李友說)과 더위를 피할 방법을 찾다가 마침내 월송정 숲속에 죽붕(竹棚)을 만들었다. 기둥이 모두 넷인데 셋은 소나무에 걸치고 하나를 나무를 따로 세웠다. ⓑ가로목도 넷이고 그 위에는 대나무를 깔아 수십 명이 앉을 수 있었다. 사방에는 모두 대나무로 난간을 엮어서 떨어지지 않도록 했다. 왼쪽에 긴 다리를 만들어 나무로 지탱하고 잔디를 깔아 오르내리기 편하게 했다.

　죽붕이 완성되자 이웃 노인들과 보리술을 마시며 축하했다. 그때부터 매일 이곳에서 먹고 마시고 지내며 누워 잤다. 항상 솔바람 소리가 서늘하여 시원한 기운이 뼈까지 스며들었다. 더위가 힘을 잃어 감히 기승을 부리지 못하고, 모기와 파리가 멀리 가서 감히 다가오지 못했다. ⓒ마치 바람을 타고 멀리 날아가는 것 같은 생각이 들었다. 나는 몹시 통쾌하고 즐거웠다.

　저 악양루(岳陽樓)와 황학루(黃鶴樓)는 크다면 크고 제운루(齊雲樓)와 낙성루(落星樓)는 높다면 높다. 그렇지만 그 화려한 건물과 현란한 단청은 여러 장인의 재주를 모은 것으로 하루아침에 만든 것이 아니다. 어찌 사람의 힘을 들이지 않고 하루도 안 되어 완성한 내 죽붕과 같겠는가. ⓓ어찌 검소하고 소박하여 화려하게 치장하지 않아도 남달리 시원한 내 죽붕과 같겠는가. 입안으로 중얼중얼하다가 마침내 배를 내놓고 난간에 기대어 잠

이 들었다. 홀연 푸른 옷을 입은 노인이 나타나 손 모아 절하고는 다가와 말했다.

"그대의 죽붕이 좋기는 하지만 그대의 안색이 쾌활하지 않은 듯하니 어째서인가. 아마도 진흙탕에 떨어진 사람의 입장에서는 땅에서 한 자 남짓만 올라와도 통쾌할 것이다. 땅에서 한 자 남짓 올라온 사람의 입장에서는 그대의 죽붕이 더욱 통쾌할 것이다. 그렇지만 하늘에 있는 사람의 입장에서는 그대의 죽붕이나 땅에서 한 자 남짓 올라온 곳이나 진흙탕과 차이가 없다. 그대는 이 **죽붕이 통쾌한 줄만 알고, 하늘에 있는 사람이 보기에는 진흙탕과 같다**는 것을 모르는구나. 이는 작은 것에 얽매여 큰 것을 못 보기 때문이다. 나는 그대가 속세를 벗어나기 어렵다는 것을 알겠으니 슬픈 일이다.

그대의 **가슴속**에는 하늘도 있고 땅도 있고 빈 공간도 있다. **누각**을 높이 올릴 수도 있고 창문을 활짝 열 수도 있다. 통쾌하기로 말하자면 온 세상을 눈에 담을 수 있고, 높기로 말하자면 하늘에 있는 사람과 마주 보고 인사할 수도 있다. 이것은 마음속으로 계획을 세우지 않아도 되고 장인이 재주를 부릴 필요도 없이 잠깐 사이에 만들 수 있으니, 올라가 바라보는 즐거움이 이 죽붕에 비할 바 아니다. 소박하고 시원하기는 말할 것도 없고, **세상의 득실과 영욕**, 희로애락 또한 빈 공간 속에서 **구름과 안개처럼 흩어져 사라**질 것이다. 그대는 어찌 이렇게 하지 않고 한갓 이곳에서 즐거워하는가."

ⓔ나는 그의 말을 기이하게 여겼으나 미처 대답하기도 전에 기지개를 켜고 일어났다. 소나무 그늘은 서늘하고 인적이라고는 전혀 없는데 석양이 산에 내려 맑은 이슬이 옷을 적실 뿐이었다. 나는 일어나 탄식했다.

"월송정의 신령이 내게 가르침을 내린 것이리라."

마침내 기록하여 죽붕기로 삼는다.

– 이산해, 「죽붕기」 –

1. (가)~(다)에 대한 설명으로 가장 적절한 것은?

① (가)는 대구의 방식으로 시상을 마무리하고 있다.

② (나)는 설의적 표현을 활용하고 있다.

③ (가)와 (나)는 각각 동일한 어미를 반복하고 있다.

④ (나)와 (다)는 모두 연쇄법을 활용하고 있다.

⑤ (가), (나), (다)는 모두 대조적인 색채어를 활용하고 있다.

2. 〈보기〉를 참고하여 (가)를 감상한 내용으로 적절하지 <u>않은</u> 것은?

〈보기〉

(가)는 인간 존재에 대한 인식을 드러내는 작품으로, 제목인 '묘망'은 넓고 멀어서 아득하다는 뜻에서 화자가 바라보는 세계의 크기를 의미한다. 화자는 자신의 처지를 거대한 세계 속에 놓인 존재로 보고, 이러한 상황에 대한 인식을 우주의 차원으로 확장하여 다른 대상과의 관계 속에서 인간의 존재 양상을 깨닫는다.

① '한오리 갈댓잎에 몸을 실어' '아득한 바다 속 창망한 물구비에 씻기는 한점 바위'에 있다는 것에서, 화자가 자신을 거대한 세계 속의 작은 존재로 보고 있음을 확인할 수 있군.

② '생은 갈사록 고달프고' '몸둘 곳은 아무데도 없다'는 것에서, 화자가 자신이 힘겨운 상황에 처해 있다고 인식하고 있음을 알 수 있군.

③ '허공에 던져진것'은 '나만이 아'니며 달과 별들도 '다 그렇'다는 것에서, 화자가 자신을 우주 안의 다른 대상들과 동질적인 존재로 여기고 있음을 알 수 있군.

④ '광대무변한 우주'의 일부인 '지구의 둘레를 찰랑이는' 바다를 향해 '너 또한 그렇'다고 하는 것에서, 화자가 바다를 크고 넓은 세계로 여기고 있음을 알 수 있군.

⑤ '하늘을 덮는 나의 사념이 이다지도 작음을 비로소 깨닫는다'는 것에서, 화자가 자신의 사념이 지닌 크기에 대한 깨달음을 통해 인간 존재에 대한 인식을 드러내고 있음을 확인할 수 있군.

3. (나)에 대한 이해로 적절하지 <u>않은</u> 것은?

① [A]에는 [B]에서 화자가 한 행동의 계기가 드러난다.

② [B]에는 화자가 대상의 현재 모습에서 과거의 모습을 짐작하고 있음이 드러난다.

③ [C]에서 화자가 인식한 대상의 속성은 [A]에서 화자가 자신에 대해 인식한 내용과 대비된다.

④ [D]에는 화자가 자신의 바람과 다른 행동을 하는 이유가 드러난다.

⑤ [E]에서 나타난 화자의 변화는 [A]에서의 화자의 행동으로부터 비롯된 것이다.

4. ㉠과 ㉡에 대한 이해로 가장 적절한 것은?

① ㉠은 화자의 외부에서 비롯된 소리이고, ㉡은 화자에게서 비롯된 소리이다.

② ㉠은 화자의 성찰을 유도하는 소리이고, ㉡은 화자의 각성을 방해하는 소리이다.

③ ㉠은 화자에게 안정감을 느끼게 하는 소리이고, ㉡은 화자에게 두려움을 느끼게 하는 소리이다.

④ ㉠과 ㉡은 모두 화자가 추억을 환기하게 하는 소리이다.

⑤ ㉠과 ㉡은 모두 화자가 다른 대상들에게 들려주고자 하는 소리이다.

5. ⓐ~ⓔ에 대한 설명으로 적절하지 <u>않은</u> 것은?

① ⓐ: 이사한 집의 특성과 날씨로 인해 매우 힘들었음을 나타낸다.

② ⓑ: 죽붕이 자연물을 재료로 지어졌고 규모가 넉넉함을 드러낸다.

③ ⓒ: 죽붕에서 느끼는 시원함에 충분히 만족하고 있음을 드러낸다.

④ ⓓ: 죽붕이 장인이 만든 건축물에는 미치지 못한다는 아쉬움을 드러낸다.

⑤ ⓔ: 노인과의 만남이 현실에서 실제로 일어난 일이 아니었음을 나타낸다.

6. 〈보기〉를 참고하여 (나), (다)를 감상한 내용으로 적절하지 <u>않은</u> 것은? [3점]

〈보기〉

문학 작품에서 공간은 본질적 특성에서 나아가 주체의 주관적 인식에서 비롯된 의미를 갖는 경우가 있다. 주체는 공간에 대한 지향을 드러냄으로써 자신이 추구하는 가치를 제시하기도 한다. 또한 공간을 통해 당면한 문제를 해결하기도 하는데 이때 공간은 구체적인 공간일 수도 있고 관념적인 공간일 수도 있다.

① (나)에서는 '땅과 하늘을 집삼아' '몸만 가지고 넉넉히 살아가는' '나무와 짐승들'을 보며 '꽃과 벌레들'을 '부러워'하는 것에서, 자연적 삶을 살아갈 수 있는 공간에 대한 지향을 드러내고 있군.

② (나)에서는 산의 '어디서나' '지저귀는' 멧새들의 '소리'가 '여울에 섞여 흘러'간다는 것에서, 산이 서로가 자유롭게 어우러져 살아가는 공간이라는 인식을 드러내고 있군.

③ (다)에서는 '죽붕이 통쾌한 줄만' 아는 나에게 '하늘에 있는 사람이 보기에는 진흙탕과 같다'고 말하는 것에서, 동일한 공간도 관점의 차이에 따라 부여하는 의미가 달라질 수 있음을 드러내고 있군.

④ (나)에서는 '마음이 무거'워 '집을 떠나' '산으로 간다'는 것에서 공간의 이동을 통해, (다)에서는 '더위를 피할 방법을 찾다가' '월송정 숲속에 죽붕을 만들었다'는 것에서 새로운 공간의 조성을 통해 자신의 문제를 해결하려는 모습을 드러내고 있군.

⑤ (나)에서는 '높은 봉우리'와 '깊은 골짜기'에 가도 산에 '중심이 없'다는 것에서 구체적 공간의 한계를, (다)에서는 '가슴속'의 '누각'에 오르면 '세상의 득실과 영욕'도 '구름과 안개처럼 흩어져 사라'진다는 것에서 관념적 공간의 한계를 드러내고 있군.

MEMO

[1~6] 다음 글을 읽고 물음에 답하시오.

(가)

십 년 종사 후에 고향으로 도라오니
산천 의구하되 인사(人事)는 달라졌구나
아마도 세간의 존멸을 못내 슬허 하노라   〈제1수〉

산화(山花)는 들의 픠고 물새는 산의 운다
일신이 한가하야 산수간의 누어시니
세상의 어즈러은 긔별을 나는 몰라 하노라   〈제4수〉

거믄고 빗기 들고 산수를 희롱하니
청풍은 건듯 블고 명월도 도라온다
하믈며 유신(有信)한 갈매기는 오명 가명 하나니   〈제5수〉

거믄고 흥진(興盡)커던 조대(釣臺)로 내려가니
도화 뜬 말근 믈 뛰노나니 고기로다
아이야 밋기 다지 마라 취적(取適)*이나 하오리라   〈제7수〉
　　　　　　　　　　　　　　　　　　　　　　　　　　– 신교, 「귀산음(歸山吟)」 –

*취적: 낚시질의 참뜻이 세상 생각을 잊고자 하는 데 있음.

(나)

백수(白首)에 산수 구경 늦은 줄 알지마는
평생 품은 뜻을 이루고야 말리라 여겨
병자년 봄에 봄옷을 새로 입고
죽장망혜(竹杖芒鞋)로 노계 깊은 골에 마침내 찾아오니   [A]
제일강산(第一江山)이 임자 없이 버려져 있네
예로부터 은사 처사 많이도 있지마는
천지가 감췄다가 나를 주려 남겼도다

(중략)

하믈며 태평 시대에 버려진 몸이 할 일이 아주 없어
세간명리(世間名利)는 뜬구름 본 듯하고
아무런 욕심 없이 탈속의 마음만 품고서
이내 생애를 산수에 깃들인 채   [B]
길고 긴 봄날에 낚싯대 비껴 쥐고   [C]
칡두건 베옷으로 낚시터 건너오니
산의 비 잠깐 개고 햇볕이 쬐는데
맑은 바람 더디 오니 고요한 수면이 더욱 밝다
검은 돌이 다 보이니 고기 수를 세겠노라   [D]
고기도 낯이 익어 놀랄 줄 모르니

차마 어찌 낚겠는가
낚시 놓고 배회하며 물결을 굽어보니
운영천광(雲影天光)*은 어리어 잠겼는데
어약우연(魚躍于淵)*을 구름 위에서 보는구나
ⓐ하 문득 놀라 살펴보니 위아래가 뚜렷하다
한 줄기 동풍에 어찌하여 어부 피리 높이 불어오는가
적적한 강가에 반갑게도 들리는구나
지팡이 짚고 바람 쐬며 좌우를 돌아보니
누대의 맑은 경치 아마도 깨끗하구나
물도 하늘 같고 하늘도 물 같으니   [E]
푸른 물과 긴 하늘이 한 빛이 되었거든
물가에 갈매기는 오는 듯 가는 듯 그칠 줄을 모르네
　　　　　　　　　　　　　　　　　　　　– 박인로, 「노계가(蘆溪歌)」 –

*운영천광: 구름 그림자와 하늘빛.
*어약우연: 물고기가 연못에서 뜀.

(다)

　머지않아 숲에는 수런수런 신록(新綠)의 문이 열리리라. 그때는 나도 숲에 들어가 한 그루 정정한 나무가 되고 싶다. 나무들처럼 새 움을 틔우고 가지를 뻗으면서 연둣빛 물감을 풀어 내고 싶다. 가려 둔 속 뜰을 꽃처럼 열어 보이고 싶다.

　허허, 이 봄날이 나를 흔들려고 하네.

　귀는 항시 듣던 소리를 즐거워하고 눈은 새로운 것을 보고자 한다는 말은 그럴 법하다. 음악을 듣더라도 귀에 익은 곡만을 즐겨 듣고, 새것을 찾아 눈은 구경거리의 발길을 멈추려고 하지 않는다. 그러니 귀는 좀 보수적이고 눈은 제법 진보적인 셈.

　재작년이던가 여름날에 있었던 일이다. 날씨가 화창하여 밀린 빨래를 해치웠었다. 성미가 비교적 급한 나는 빨래를 하더라도 그날로 풀을 먹여 다려야지 그렇지 않으면 찜찜해서 심기가 홀가분하지 않다. 그날도 여름 옷가지를 빨아 다리고 나서 노곤해진 몸으로 마루에 누워 쉬려던 참이었다. 팔베개를 하고 누워서 서까래 끝에 열린 하늘을 무심히 바라보고 있었다. 그러다가 모로 돌아누워 산봉우리에 눈을 주었다. 갑자기 산이 달리 보였다. ⓑ하, 이것 봐라 하고 나는 벌떡 일어나 이번에는 가랑이 사이로 산을 내다보았다. 우리들이 어린 시절 동무들과 어울려 놀이를 하던 그런 모습으로.

　그건 새로운 발견이었다. 하늘은 호수가 되고, 산은 호수에 잠긴 그림자가 되었다. 바로 보면 굴곡이 심한 산의 능선이 거꾸로 보니 훨씬 유장하게 보였다. 그리고 숲의 빛깔은 원색이 낱낱

평가원 연계 POINT

강호에서 누리는 한가로운 삶을 다룬 고전시가 두 편과 현대 수필을 엮어 출제했다. ★4번 문제의 <보기>에서 설명하고 있는 '강호시가'는 고전 시가에서 큰 비중을 차지하며 작품마다 내용이나 구성뿐 아니라 표현도 유사한 경우가 많으므로 이를 참고하여 꼼꼼히 공부하는 것이 좋다. (나) 작가의 다른 작품이 수록된 아래의 평가원 기출과 연계하여 풀어 본다면 도움이 될 것이다.

(2309) 이현보, 「어부단가」, 박인로, 「소유정가」 / 『홀수 기출 평가원 최신 [문학]』 문제 책 062P

이 분해되어 멀고 가까움이 선명하게 드러나 얼마나 아름다운지 몰랐다. 나는 하도 신기해서 일어서서 바로 보다가 다시 거꾸로 보기를 되풀이했다.

이러한 동작을 누가 지켜보고 있었다면 필시 미친 중으로 여겼을 것이다. 그러나 여기에서 나는 새로운 사실을 캐낼 수 있었다.

우리가 **일상적**으로 **사람**을 대하거나 **사물**을 보고 인식하는 것은 틀에 박힌 고정관념에 지나지 않는다. 그렇기 때문에 이미 알아 버린 대상에서는 새로운 모습을 찾아내기 어렵다. **아무개 하면**, 자신의 인식 속에 들어와 이미 굳어 버린 그렇고 그런 존재로밖에 볼 수가 없는 것이다. 이건 얼마나 그릇된 오해인가. 사람이나 사물은 끝없이 형성되고 변모하는 것인데.

그러나 보는 각도를 달리함으로써 그 사람이나 사물이 지닌 새로운 면을, **아름다운 비밀**을 **찾아낼 수** 있다. 우리들이 시들하게 생각하는 그저 그렇고 그런 사이라 할지라도 선입견에서 벗어나 맑고 따뜻한 '**열린 눈**'으로 바라본다면 **시들한 관계**의 뜰에 생기가 돌 것이다.

내 눈이 열리면 그 눈으로 보는 세상도 열리는 법이다.

– 법정, 「거꾸로 보기」 –

1. (가)~(다)의 공통점으로 가장 적절한 것은?

① 구체적인 경험을 바탕으로 지향하는 삶의 모습을 드러내고 있다.

② 과거의 삶을 후회하며 이상적 세계에 대한 동경을 드러내고 있다.

③ 역사적 사실을 언급하며 상황에 대한 비판적 시각을 드러내고 있다.

④ 옛 성현의 말을 반복하여 목표를 이루기 위한 의지를 드러내고 있다.

⑤ 가상의 상황을 설정하여 다가올 미래에 대한 기대감을 드러내고 있다.

2. (가)에 대한 이해로 적절하지 <u>않은</u> 것은?

① 〈제1수〉에서는 영탄적 표현을 통해 화자의 정서를 드러낸다.

② 〈제4수〉에서는 대구의 방식을 활용하여 시적 상황을 표현한다.

③ 〈제5수〉에서는 시적 대상에 인격을 부여하며 대상에 대한 친밀감을 드러낸다.

④ 〈제7수〉에서는 말을 건네는 방식을 사용하여 상대와의 동질감을 표현한다.

⑤ 〈제7수〉에서는 〈제5수〉에 언급된 대상을 다시 언급하며 화자의 행위가 변화했음을 드러낸다.

3. [A]~[E]에 대한 이해로 적절하지 <u>않은</u> 것은?

① [A]의 '평생 품은 뜻'이 의미하는 바를 [B]에서 확인할 수 있다.

② [A]의 '봄옷'에 대한 화자의 태도는 [C]의 '베옷'에 대한 화자의 태도와 대조되고 있다.

③ [B]의 '산수에 깃들인 채' 사는 삶의 양상을 [C]에서 확인할 수 있다.

④ [B]의 '욕심 없이' 살아가는 화자의 모습을 [D]에서 확인할 수 있다.

⑤ [D]의 '고기 수'를 셀 정도로 맑은 자연의 이미지가 [E]에서도 이어지고 있다.

★ 4. 〈보기〉를 참고하여 (가), (나)를 감상한 내용으로 적절하지 <u>않은</u> 것은? [3점]

> ─── 〈보기〉 ───
> 자연에서의 한가로운 삶을 형상화한 사대부들의 시가를 일컬어 '강호시가'라고 한다. 강호시가에서의 자연은 화자에게 익숙한 곳일 수도, 사람들이 쉽게 찾지 못했던 곳일 수도 있다. 이러한 자연은 화자가 오랜 세월을 거쳐 찾아온 공간으로서, 자신이 바라던 생활을 누릴 수 있다는 점에서 화자에게 만족감을 준다. 화자는 자연 속에서 번잡한 속세를 부정적으로 인식하고, 자연과 더불어 유유자적한 삶을 향유하는 모습을 보여 준다.

① (가)의 자연은 화자가 '고향'의 '산천'이 '의구하'다고 말하는 것으로 보아 화자에게 익숙한 곳으로 볼 수 있군.

② (나)의 자연은 '임자 없이' 감춰져 있던 곳이라는 점에서 사람들이 쉽게 찾지 못했던 곳으로 볼 수 있군.

③ (가)의 '십 년', (나)의 '백수'는 자신이 바라던 생활을 누릴 수 있는 공간을 찾기 위해 화자가 노력한 세월로 볼 수 있군.

④ (가)의 '어즈러온 괴별'과 (나)의 '뜬구름'에서 화자가 속세에 대해 부정적으로 인식하고 있음을 엿볼 수 있군.

⑤ (가)의 '산수간'에 누워 있는 모습과 (나)의 '누대의 맑은 경치'를 바라보는 모습에서 화자가 유유자적한 삶을 즐기는 모습을 확인할 수 있군.

5. ⓐ와 ⓑ에 대한 이해로 가장 적절한 것은?

① ⓐ는 하늘의 모습을 물에서 보게 된 것에 대한, ⓑ는 산의 모습이 평소와 달리 보이는 것에 대한 반응이다.

② ⓐ는 하늘과 물의 변함없는 모습을 본 것에 대한, ⓑ는 선명하게 드러난 산의 모습을 본 것에 대한 반응이다.

③ ⓐ는 하늘이 물의 모습을 닮아 변해 가는 것에 대한, ⓑ는 산이 주변의 모습을 닮아 변해 가는 것에 대한 반응이다.

④ ⓐ는 하늘과 맞닿은 물이 분리되어 보이는 것에 대한, ⓑ는 산과 주변이 조화로운 모습을 보이는 것에 대한 반응이다.

⑤ ⓐ는 하늘과 물이 뒤바뀐 모습을 보게 된 것에 대한, ⓑ는 과거와 달라진 현재 산의 모습을 보게 된 것에 대한 반응이다.

6. 〈보기〉를 참고하여 (다)를 감상한 내용으로 적절하지 <u>않은</u> 것은?

> ─── 〈보기〉 ───
> 무엇인가를 진심으로 이해하고자 하는 사람은 마음을 구속하는 제약에서 벗어나 자유로워야 한다. 지식은 새로운 것을 이해하는 데 장애가 되며, 지식을 토대로 무언가를 경험하는 순간 마음은 그것을 기존의 지식으로 해석하고 이름 붙인다. 따라서 지식을 완전히 멈출 때 새로운 것을 경험할 수 있다. 미지의 것을 경험하기 위해서는 기존의 지식이 개입하지 않아야 한다는 것이다. 기존의 지식에서 벗어나야 진정한 자유를 얻을 수 있다.

① '팔베개를 하고 누워' 하늘을 '무심히' 바라보는 것은 지식을 멈추고 새로운 것을 경험하려는 행동으로 볼 수 있겠군.

② '사람'과 '사물'을 '일상적'으로 대하는 것은 미지의 것을 경험하는 데에 장애가 될 수 있겠군.

③ 어떤 대상에 대해 '아무개 하'는 것은 그 대상을 기존의 지식으로 해석하게 한다고 볼 수 있겠군.

④ '아름다운 비밀'을 '찾아낼 수' 있는 것은 기존의 지식에 의지하지 않고 대상을 진심으로 이해했기 때문으로 볼 수 있겠군.

⑤ '시들한 관계'를 '열린 눈'으로 바라보는 것은 진정한 자유를 얻기 위해 필요한 자세로 볼 수 있겠군.

[1~5] 다음 글을 읽고 물음에 답하시오.

(가)

목숨이란 마치 **깨어진 배 조각**
여기저기 흩어져 마을이 구죽죽한 어촌보담 어설프고
삶의 티끌만 오래 묵은 포범(布帆)처럼 달아 매었다

남들은 기뻤다는 젊은 날이었건만
밤마다 **내 꿈**은 서해를 **밀항하는 쩡크*와 같아**
소금에 절고 조수(潮水)에 부풀어 올랐다

항상 흐렷한 밤 **암초를 벗어나면 태풍과 싸워** 가고
전설에 읽어 본 **산호도(珊瑚島)는 구경도 못 하는**
그곳은 남십자성이 비쳐 주도 않았다

쫓기는 마음 지친 몸이길래
그리운 지평선을 한숨에 기오르면
시궁치*는 열대 식물처럼 **발목을 오여쌌다**

새벽 밀물에 밀려온 거미이냐
다 삭아 **빠진 소라 껍질에** 나는 붙어 왔다
먼 항구의 노정(路程)*에 흘러간 생활을 들여다보며

— 이육사, 「노정기」 —

*쩡크: 정크(Junk). 중국 연해나 하천에서 사람과 짐을 실어 나르는 배.
*시궁치: 더러운 물이 잘 빠지지 않고 썩어서 질척질척하게 된 도랑의
　근처.
*노정: 거쳐 지나가는 길이나 과정.

(나)

[A]
　　부패해가는 **마음 안의 거대한 저수지를**
　　나는 발효시키려 한다

[B]
　　나는 충분히 썩으면서 살아왔다
　　묵은 관료들은 숙변을 내게 들이부었고
　　나는 낮은 자로서
　　치욕을 나의 것으로 받아들였다
이 땅에서 냄새나지 않는 자가 누구인가

[C]
　　수렁 바닥에서 멍든 얼굴이 썩고 있을 때나
　　흐린 물 위로 떠오를 때에도
　　나는 **침묵했고**
　　그 슬픔을 나의 것으로 받아들였다

[D]
　　나는 한때 이미 죽었거나
　　독약 먹이는 세월에 쓸개가 병든 자로서
　　울부짖음 대신 쓴 거품을 내뿜었을 뿐이다
문제는 스스로 **마음에 뚜껑을** 덮고 오물을 거부할수록
오물들이 더 불어났다는 사실이다
뒤늦게 나는 그 **뚜껑이 성긴 그물이었음을** 깨닫는다

[E]
　　물왕저수지라는 팻말이 내 마음의 한 변두리에 꽂혀 있다
　　나는 그 저수지를 **본 적이 없다**
　　긴 가문 날 흙먼지투성이 버스 유리창을 통해
　　물왕저수지로 가는 길가의 팻말을 얼핏 보았을 뿐이다
그 저수지에
물의 법이 물왕의 도가
아직도 순환하고 있기를 바란다
그 저수지에 왕골을 헤치며 다니는 물뱀들이
춤처럼 살아있기를 바란다
그리고 **물과 진흙의 거대한 반죽에서** 흰 **갈대꽃이** 피고

[F]
　　잉어들은 쩝쩝거리고 물오리떼는 날아올라
　　발효하는 숨결이 힘차게 움직이고 있음을
　　내 마음에도 전해주기 바란다

— 최승호, 「발효」 —

(다)

포구의 사람 중에 전복을 팔려고 오는 사람이 있어 내가 묻기를,
"당신이 하는 일의 이득은 과연 어느 정도냐?"
하고 물었더니, 말하기를,
"이것은 천한 일이온데, 어찌 물을 일입니까? 대저 바다는 죽음의 땅이고 전복은 반드시 바다 깊은 곳에 있습니다. 또 그물이 아닌 갈고리를 들어야 잡을 수 있으며, 반드시 바다에까지 잠겨야 하며, 숨을 멈추고 잠깐 동안 머무르면서 찾기를 다하여야 얻을 수 있습니다. 또 반드시 작살로 빠르게 찔러야 이내 잡을 수 있습니다. 만약 잠깐이라도 느리게 하면 전복이 칼날을 물어 비록 힘을 다하더라도 칼을 뺄 수도 없으며, 전복은 꿈쩍도 하지 않아 서로 버티다가 시간이 늦으면 물에서 빠져나오지 못하는 사람도 있습니다. 또 바다에는 사람을 잘 무는 **나쁜 고기들**도 많으며, **바다 밑**은 또 매우 차가워 비록 무더위에 잠수하는 사람들도 항상 추워서 오들오들 떠니 잠수하기가 어렵습니다. 그러므로 자기 나이 십여 세가 넘으면서 얕은 데서 익히다가 조금씩 익혀 깊은 데로 갑니다. 이십 세

평가원 연계 POINT

(가)~(다) 모두 고단한 삶을 다루고 있다는 점에서 유사하나, 삶에 대한 인식과 태도에서 차이를 보인다. (가)의 화자가 부정적 현실을 한탄하는 데 그쳤다면, (나)의 화자는 긍정적 공간을 떠올리며 희망을 품고, (다)의 중심인물은 다른 이들의 삶과 자신의 삶을 비교하여 긍정적 인식을 드러낸다. 이와 유사하게 고단한 삶에 대한 인식을 다루고 있는 아래의 평가원 기출을 연계하여 풀어 본다면 도움이 될 것이다.

2206 김시습, 「유객」, 김광욱, 「율리유곡」, 김용준, 「조어삼매」 / 『홀수 기출 평가원 최신 [문학]』 문제 책 198P

에 이르러서야 전복 잡이는 가능하며, 사십이 넘으면 그만둡니다. 또 잠수하는 사람은 항상 바다에 있으니 머리털이 타고 마르며, 그 살갗은 거칠고 얼룩얼룩하며, 일어나고 기거하는 모습도 일반인과 다릅니다. 그러므로 사람은 편안하지도 다치지도 않아야 하는데, 이 일의 괴롭고 천함이 이와 같으며, **관청에 바치는 것도 그 양을 다 채우지** 못하는데 어찌 이득이 있겠습니까?"

라고 하였다. 내가 말하기를,

"그러면 병이라도 들지 않겠는가. 어찌 이 일을 버리고 다른 일에 힘쓰지 못하는 것인가?"

하니, 그 잠수부가 입을 딱 벌리고 웃으면서 말하기를,

"무슨 일이 잠수부에게 편한 것이 있겠습니까? 소인이 할 수 있는 일은 농사와 상업뿐입니다. 농부도 가뭄이나 장마에 굶주리고, 상인도 남과 북으로 뛰어다녀 그 괴로움이 나와 더불어 같을 것입니다. 만약 군자의 일인 벼슬을 할 것 같으면 편히 앉아서 녹을 먹고, 수레에 올라앉으면 따르는 무리가 있고, 금빛 붉은 빛에 아름답게 꾸민 관이 우뚝 높고, 조정에 들어가면 부(府)나 성(省)을 받들고 지방으로 나아가도 주(州)나 부(部)에 임하니, 이것은 지극한 즐거움과 영화라 이를 만합니다. 그러나 또한 일찍이 들으니, 아침이면 국록을 먹으나 저녁이면 책망을 당하니, 어제는 한양 땅 부성(府省)에 있으나 지금은 좌천되어 영해(領海)에 있습니다.

(중략)

저 농사와 장사도 어려우니, 참으로 반드시 이 일을 버리고 힘쓰지 않을 수 없으며, 지극한 즐거움과 영화로움에 나아감에 견주어 보면, 사람들이 먹여 주는 것을 먹는 것과 내 힘으로 먹는 것 중 어느 것이 더 나으며, 사람을 다스리는 것과 또 내 일을 다스리는 것 중 어느 것이 더 나으며, **부귀영화를 귀하게 여기는 것**과 나의 **천한 일 중에 욕됨이 없는 것** 중 어느 것이 더 낫습니까? 하물며 안으로 막히고 밖으로 죄에 걸려 죽어 가는 것과 때를 기다려 서로 힘을 합하여 물에 빠지는 위태로움에서 벗어나 수면에 나타나니 어느 것이 더 낫습니까? 내가 또 무엇을 미워하겠습니까? 비록 내가 고을에서 보건데, 우리 무리들은 그 즐거움에 항상 편안하며, 벼슬하는 사람들이 꾸짖으며 와서 몸을 묶더라도 그 사람 또한 그 하나일 뿐이니, 일에 있어 어느 것이 위태롭고 어느 것이 편안하겠습니까? 당신은 이미 구별을 했을 것이니 어찌 그대의 일을 후회하지 않으면서 이에 나보고 도리어 이 일을 버리라고 깨우쳐 주니, 슬픕니다. 이제 그만둡시다."

라고 하였다. 내가 그 소리를 듣고 부끄러워 땀에 젖고 놀라서

입이 벌어져 오랫동안 대답할 수 없었다.

오호라, **옛사람이 벼슬길을** 바다에 비유했으나 나는 믿지 않았더니, 지금 잠수부의 말로써 시험하니 벼슬길의 위태로움이 바다보다도 심하구나. 그러므로 **그 말을 기록하여** 일을 택함의 **잘못된 것을** 슬퍼하고, 이로 인하여 훗날 **벼슬길에 오르기를 탐하는 사람들에게 경계하고자** 한다.

– 김진규, 「몰인설(沒人說)」 –

1. (가)~(다)에 대한 설명으로 가장 적절한 것은?

① (가)와 (나) 모두 청유형 어미를 활용하여 친근감을 드러내고 있다.

② (가)와 (다) 모두 반어적 표현을 활용하여 현실을 비판하고 있다.

③ (나)와 (다) 모두 설의적 표현을 활용하여 의미를 부각하고 있다.

④ (가)~(다) 모두 색채의 대비를 활용하여 분위기를 형성하고 있다.

⑤ (가)~(다) 모두 청각의 시각화를 활용하여 생동감을 자아내고 있다.

2. 〈보기〉를 참고하여 (가)와 (나)를 감상한 내용으로 적절하지 않은 것은? [3점]

> 〈보기〉
>
> 　시에서는 물의 이미지를 활용하여 다양한 방식으로 화자의 삶이 형상화되는 경우가 있다. (가)는 물의 흐름에 따라 흘러가는 배의 이미지를 통해 안식을 소망했던 고달픈 삶을 형상화하며 비극적 운명에 대한 화자의 인식을 드러낸다. (나)는 부정적 상황을 인식하고 순환하는 물의 이미지를 통해 생명력 있는 삶을 지향하는 화자의 태도를 드러낸다.

① (가)에서 '암초를 벗어나면 태풍과 싸'우고 '산호도는 구경도 못 하는' 것은 화자의 고달픈 삶을 나타낸 것이겠군.

② (가)에서 '목숨'이 '깨어진 배 조각'처럼 흩어지고 '내 꿈'이 '밀항하는 쩡크와 같'다는 것은 흘러가는 배의 노정에 화자의 삶을 관련지어 나타낸 것이겠군.

③ (나)에서 '마음'에 덮은 '뚜껑이 성긴 그물이었음'을 깨닫는 것은 부정적 상황에 대한 화자의 인식을 나타낸 것이겠군.

④ (가)에서 '발목을 오여'싼 '시궁치'는 화자가 꿈꾸던 안식의 공간을, (나)에서 '물뱀들'이 살아있길 바라는 '그 저수지'는 화자가 물이 순환하기를 기대하는 공간을 나타낸 것이겠군.

⑤ (가)에서 '삭아 빠진 소라 껍질'에 붙어 왔다는 것은 비극적 운명에 대한 화자의 인식을, (나)에서 '물과 진흙의 거대한 반죽'에서 '갈대꽃'이 피길 바라는 것은 생명력 있는 삶에 대한 화자의 지향을 나타낸 것이겠군.

3. (가)의 나와 (다)의 잠수부에 대한 설명으로 가장 적절한 것은?

① (가)의 '나'와 (다)의 '잠수부'는 모두 타인과는 다른 처지에 대한 주관적 인식을 드러내고 있다.

② (가)의 '나'와 (다)의 '잠수부'는 모두 이전과 달라진 타인의 마음에 대한 정서를 드러내고 있다.

③ (가)의 '나'와 (다)의 '잠수부'는 모두 시간의 흐름에 따라 변화하는 타인의 외양에 대한 객관적 평가를 드러내고 있다.

④ (가)의 '나'는 타인이 겪을 일에 대한, (다)의 '잠수부'는 자신이 겪을 일에 대한 추측을 드러내고 있다.

⑤ (가)의 '나'는 타인에게 받은 상처에 대한, (다)의 '잠수부'는 타인이 자신에게 하는 행동에 대한 부정적 반응을 드러내고 있다.

4. [A]~[F]에 대한 이해로 적절하지 않은 것은?

① [A]에서 '마음 안의 거대한 저수지'가 부패해 가는 이유를 [B]에서 찾을 수 있다.

② [B]에서 '치욕을 나의 것으로 받아들'인 상황은 [C]에서 지속되고 있다.

③ [C]에서 '침묵'하고 '슬픔'을 받아들인 행위는 [D]에서 나타난 문제로 이어지고 있다.

④ [D]에서 '독약 먹이는 세월'에 '병든 자'로 살아온 원인은 [E]에서 확인할 수 있다.

⑤ [E]에서 '본 적이 없다'는 '물왕저수지'에 대한 상상은 [F]에서 구체화되고 있다.

5. 〈보기〉를 참고하여 (다)를 감상한 내용으로 적절하지 않은 것은?

> 〈보기〉
>
> 　설(說)의 표현 방법 중에는 글쓴이가 하고자 하는 말을 다른 인물과의 대화를 통해 간접적으로 드러내는 방법이 있다. 「몰인설」의 글쓴이는 대화 상대가 갖고 있는 직업적 고충과 제도 내에서의 어려움을 파악하게 되고, 대화 상대의 가치관이나 소신을 알게 된다. 이를 통해 글쓴이는 자신의 상황에 대해 깨달음을 얻게 되고 이를 다른 사람들에게 알리려는 목적을 드러낸다.

① '나쁜 고기들'이 많고 '바다 밑'이 매우 차갑다는 것을 통해 잠수부라는 직업의 고충을 확인할 수 있군.

② '관청'에 전복을 '바치는' '양을 다 채우지' 못한다는 것을 통해 잠수부가 겪는 제도 내에서의 어려움을 확인할 수 있군.

③ '부귀영화를 귀하게 여기는 것'보다 '천한 일 중에 욕됨이 없는 것'이 낫다는 것에서 잠수부가 지닌 가치관을 확인할 수 있군.

④ '벼슬길'에 대한 '옛사람'의 말이 '잘못된 것을 슬퍼'하는 것에서 글쓴이가 자신의 상황에 대해 깨달았음을 확인할 수 있군.

⑤ '그 말을 기록하여' '벼슬길에 오르기를 탐하는 사람들에게 경계하고자' 하는 것을 통해 다른 사람들에게 깨달음을 알리려는 글쓴이의 목적을 확인할 수 있군.

[1~6] 다음 글을 읽고 물음에 답하시오.

(가)

몰아라 어서 보자 총석정 어서 보자
총석정 좋단 말을 일찍이 들었거니
바람 불면 못 보려니 몰아라 어서 보자
벽해 위의 높은 집이 저것이 총석정인가
올라 보니 후면이라 전면으로 보오리라
배 대어라 사공들아 풍랑이 일지 않아
층파로 돌아 저어 총석 전면 보게 하라
배 띄워라 굽이마다 따라 저어 볼 양이면
영소전 태을궁*을 지으려고 경영턴가
돌기둥 천백 개를 육모로 깎아 내어
개개이 묶어 세워 몇 만 년이 되었던지
황량한 데 벌였으니 배 없어 못 실린가

(중략)

하우씨 도끼뿔이 용문을 뚫었으나
이 돌*을 만났으면 이같이 깎을세며
영장*이 신묘하여 코끝의 것 찍었으나
이 돌을 다듬는다고 이같이 곧을쏘냐
어떠한 도끼로 용이히 깎았으며
어떠한 승묵*으로 천연히 골랐는고
끈 없이 묶었으되 틈 없이 묶었으며
풀 없이 붙였으되 흔적 없이 붙였으니
공력을 이리 들여 무엇에 쓰려 하고
한 묶음씩 두 묶음씩 세운 듯 누인 듯
기괴히 꾸몄다가 세인의 노리개 되야
시 짓고 노래하여 기리기만 위한 것인가
통천의 총석정과 고성의 삼일포며
간성의 청간정과 양양의 낙산사며
강릉의 경포대와 삼척의 죽서루며
울진의 망양대와 평해의 월송정은
이 이른 관동팔경 자웅을 의논 말라
천하의 두 총석은 응당 다시 없으려니
물로는 동해수요 뫼로는 금강산과
폭포로는 구룡이오 돌로는 총석이라
장관을 다한 후의 다시금 혼자 말이
괴외기걸* 하온 사람 이같은 이 있다 하면
천 리를 멀다 말고 결단코 찾으리라

                         – 구강, 「총석곡」 –

*태을궁: 옥황상제가 사는 궁궐.
*이 돌: 총석정 주변의 기암괴석.
*영장: 영험한 장인.
*승묵: 먹통에 딸린 실줄.
*괴외기걸: 빼어나게 뛰어난 인걸.

(나)

㉠청산은 에워싸고 녹수는 돌아가고
석양이 거들 때에 **신월(新月)**이 솟아난다
안전(眼前)에 일존주* 가지고 **시름 풀자 하노라**　　　〈제1수〉

내 **말**도 **남**이 마소 남의 말도 내 않겠네
고산 불고정*이 좋아 **늙는** 몸이로되
어디서 망령 난 손이 **검다 희다 하나니**　　　〈제4수〉

엊그제 빚은 **술**이 다만 세 병뿐이로다
한 병은 물에 **놀고** 또 한 병 **뫼**에 놀며
이밖에 남은 병 가지고 **달에 논들 어떠리**　　　〈제6수〉

                         – 장복겸, 「고산별곡」 –

*일존주: 한 통의 술.
*고산 불고정: 전북 임실에 있는 정자.

(다)

이렇게 맥고모자를 쓰고 삐루*를 마시고 친구를 생각하기는 그대의 언제나 자랑하는 털게에 청포채를 무친 맛나는 안주 탓인데 나는 정말이지 그대도 잘 아는 함경도 함흥 만세교 다리 밑에 님이 오는 털게 맛에 헤가우손이를 치고 사는 사람입네. 하기야 또 내가 친하기로야 가재미가 빠질겝네. 회국수에 들어 일미이고 식해에 들어 절미지. 하기야 또 버들개통구이가 좀 좋은가. 횟대 생성 된장지짐이는 어떻고. 명태골국, 해삼탕, 도미회, 은어젓이 다 그대 자랑감이지. 그리고 한 가지 그대나 나밖에 모를 것이지만 꿩메리는 아래 주둥이가 길고 꽁치는 위 주둥이가 길지.

이것은 크게 할 말 아니지만 산뜻한 청삿자리 위에서 전복회를 놓고 함소주 잔을 거듭하는 맛은 신선 아니면 모를 일이지.

이렇게 맥고모자를 쓰고 삐루를 마시고 전복에 해삼을 생각하면 또 생각나는 것이 있습네. 칠팔월이면 으레이 오는 노랑 바탕

기행 가사인 (가)와 속세를 떠나 자연에서 사는 삶을 노래한 (나)는 고전시가의 대표적 주제를 다룬 작품들이라고 볼 수 있다. ★6번 문제의 <보기>를 통해 이들 작품의 갈래적 특징을 학습할 수 있다. (다)의 작가 '백석'의 작품은 평가원 기출에서 비교적 자주 출제되는데, 2023학년도 9평에 그의 수필이 출제되었으므로 아래의 평가원 기출을 연계하여 풀어 본다면 도움이 될 것이다.

2309) 박두진, 「별 – 금강산시 3」, 신경림, 「길」, 백석, 「편지」 / 『홀수 기출 평가원 최신 [문학]』 문제 책 182P

에 꺼먼 등을 단 제주 배 말입네. 제주 배만 오면 그대네 물가엔 말이 많아지지. 제주 배 아즈맹이 몸집이 절구통 같다는 둥, 제주 배 아맹인 조밥에 소금만 먹는다는 둥, 제주 배 아즈맹이 언제 어느 모롱고지 이슥한 바위 뒤에서 혼자 해삼을 따다가 무슨 일이 있었다는 둥…… 참 말이 많지. 제주 배 들면 그대네 마을이 반갑고 제주 배 나면 서운하지. ⓛ아이들은 제주 배를 물가를 돌아 따르고 나귀는 산등성에서 눈을 들어 따르지. 이번 칠월 그대한테로 가선 제주 배에 올라 제주 색시하고 살렵네. 내가 이렇게 맥고모자를 쓰고 삐루를 마시고 제주 색시를 생각해도 미역 내음새에 내 마음이 가는 곳이 있습네. 조개껍질이 나이금*을 먹는 물살에 낱낱이 키가 자라는 **처녀 하나가 나를 무척 생각하는 일**과 그대 가까이 송진 내음새 나는 집에 아내를 잃고 슬피 사는 사람 하나가 있는 것과 그리고 **그 영어를 잘하는 총명한 사년생 금이**가 그대네 홍원군 홍원면 동상리에서 난 것도 생각하는 것입네.

– 백석, 「동해」 –

*삐루: 맥주.
*나이금: 나이를 나타내는 금.

2. <보기>를 활용하여 (가)의 화자를 이해한 내용으로 적절하지 않은 것은?

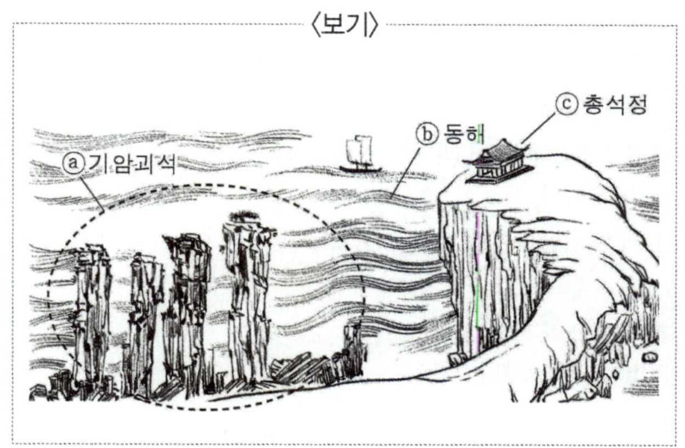

① 기상 상황이 좋을 때 ⓒ를 찾아가기 위해 서두르고 있군.
② 배를 타고 ⓑ의 한 곳으로 이동해 다른 방향에서 경치를 구경하고 싶다는 심정을 드러내고 있군.
③ 천상의 인물과 지상의 인물이 협력하여 만든 결과물이 ⓐ라고 인식하고 있군.
④ 뛰어난 풍경으로 인해 세상 사람들이 ⓐ를 소재로 삼아 시를 창작한다고 생각하고 있군.
⑤ 돌 중에서는 ⓐ가, 물 중에서는 ⓑ가 가장 뛰어나다고 평가하고 있군.

1. (가)~(다)에 대한 설명으로 가장 적절한 것은?

① (가)와 (나)는 대구적 표현을 사용하여 리듬감을 부여하고 있다.
② (가)와 (다)는 직유적 표현을 사용하여 대상에 대해 성찰하고 있다.
③ (나)와 (다)는 명령적 어조를 통해 지향하는 가치를 강조하고 있다.
④ (가)~(다)는 모두 다른 사람을 부르는 방식으로 바라는 것을 전달하고 있다.
⑤ (가)~(다)는 모두 스스로 묻고 답하는 방식으로 주제 의식을 부각하고 있다.

3. (나)에 대한 이해로 가장 적절한 것은?

① 〈제1수〉의 '신월'은 오래된 것보다는 새로운 것을 더 중시하는 삶의 자세를 강조하는 것으로 볼 수 있다.
② 〈제4수〉의 '남'은 화자의 삶을 지켜보며 그에 대해 정당한 판단을 내리는 인물로 볼 수 있다.
③ 〈제6수〉의 '술'은 자연과 어울리며 풍류를 즐기는 화자의 생활을 드러내는 것으로 볼 수 있다.
④ 〈제1수〉의 '석양'과 〈제6수〉의 '뫼'는 모두 학문 수양에 힘쓰도록 깨우침을 주는 존재를 상징하는 것으로 볼 수 있다.
⑤ 〈제4수〉의 '검다 희다 하나니'와 〈제6수〉의 '놀고'는 모두 미래에 대한 낙관적 전망을 보여 주는 것으로 볼 수 있다.

4. (다)에 대한 설명으로 가장 적절한 것은?

① 상황에 따라 의성어를 다채롭게 구사하여 현장감을 부각하고
  있다.

② 연상을 통해 다양한 대상을 열거하며 공간에 대한 애정을 드러
  내고 있다.

③ 말줄임표를 통해 과거의 연인과의 재회에 대한 회의감을 표현
  하고 있다.

④ 다른 사람의 말을 직접 인용하여 소외된 사람들에 대한 관심을
  드러내고 있다.

⑤ 지역의 독특한 조리법들을 비교하며 그중에서 가장 좋아하는
  방법을 제시하고 있다.

5. ㉠, ㉡에 대한 설명으로 가장 적절한 것은?

① ㉠은 화자가 위치한 공간적 배경을 제시하고 있다.

② ㉡은 세상과 거리를 두려는 글쓴이의 태도와 관련이 있다.

③ ㉡은 아이들이 파도를 피해 움직이는 모습을 나타내고 있다.

④ ㉠은 농촌 생활의 즐거움을, ㉡은 어촌 생활의 어려움을 나타
  내고 있다.

⑤ ㉠과 ㉡은 모두 변화하는 자연의 모습에 주목하도록 하고 있다.

6. 〈보기〉를 참고하여 (가)~(다)를 감상한 내용으로 적절하지
  않은 것은? [3점]

<blockquote>
〈보기〉

  문학 작품에서는 특정한 장소에 대한 체험을 다룰 때 주로
풍경이나 자연물과 관련한 정서적 반응을 드러내는 경우가
많다. 그리고 특정한 장소에 거주할 때 나타나는 삶의 자세나
자신이 알게 된 사람들에 대해 이야기하는 경우도 있다. (가)는
작가가 총석정 일대를 기행한 감흥을 노래하며 목민관으로서
의 역할을 떠올린 것이고, (나)는 임실에 은거하던 작가가 한가
롭게 지내는 생활이나 주변 자연물에 대한 친근감을 노래한
것이다. 그리고 (다)는 함흥에 체류하던 작가가 인접한 동해의
매력을 전하며 흥취를 드러낸 것이다.
</blockquote>

① (가)에서 화자는 '천하의 두 총석은 응당 다시 없으려니'라며
  자신이 기행한 총석정 일대의 경치에 대한 경탄을 드러내고
  있군.

② (가)에서 화자는 '천 리를 멀다 말고 결단코 찾으리라'라며 총석정
  일대의 장관과 관련지어 벼슬을 하는 사람으로서의 역할을 떠올
  리고 있군.

③ (나)에서 화자는 '시름 풀자 하노라', '고산 불고정이 좋아 늙는'
  이라며 불고정에서 주위 사람들과 어울리며 한가롭게 지내는
  삶의 자세를 나타내고 있군.

④ (나)에서 화자는 '달에 논들 어떠리'라며 자신이 머무는 곳에서
  바라볼 수 있는 자연물에 대한 친근감을 표현하고 있군.

⑤ (다)에서 글쓴이는 '처녀 하나가 나를 무척 생각하는 일', '그
  영어를 잘하는 총명한 사년생 금이'라며 자신이 알게 된 사람
  들에 대해 이야기하고 있군.

[1~5] 다음 글을 읽고 물음에 답하시오.

(가)

1

저 하잘것없는 한 송이의 달래꽃을 두고 보드래도, 다사롭게 타오르는 햇볕이라거나, **보드라운** 바람이라거나, 거기 모여드는 벌나비라거나, 그보다도 이 하늘과 땅 사이를 어렴풋이 이끌고 가는 **크나큰** 그 어느 **알 수 없는** **마음**이 있어, 저리도 **조촐하게** 한 송이의 달래꽃은 **피어나는** 것이요, 길이 멸하지 않을 것이다. —— [A]

2

바윗돌처럼 꽁꽁 얼어붙었던 대지를 뚫고 솟아오른, 저 애잔한 달래꽃의 긴긴 역사라거나, 그 막아낼 수 없는 위대한 힘이라거나, 이것들이 빚어내는 아름다운 모든 것을 내가 찬양하는 것도, 오래오래 우리 마음에 걸친 거추장스러운 푸른 **수의(囚衣)**를 자작나무 허울 벗듯 홀홀 벗고 싶은 달래꽃같이 위대한 역사와 힘을 가졌기에, 이렇게 살아가는 것이요, 살아가야 하는 것이다. —— [B]

3

한 송이의 달래꽃을 두고 보드래도, 햇볕과 바람과 벌나비와, 그리고 또 무한한 마음과 입 맞추고 살아가듯, 너의 뜨거운 심장과 아름다운 모든 것이 샘처럼 왼통 괴어 있는, 그 눈망울과 그리고 항상 내가 꼬옥 쥘 수 있는 그 뜨거운 **핏줄**이 나뭇가지처럼 타고 오는 뱅어같이 예쁘디예쁜 손과, 네 고운 청춘이 나와 더불어 가야 할 저 환히 트인 길이 있어 늘 이렇게 죽도록 사랑하는 것이요, 사랑해야 하는 것이다. —— [C]

— 신석정, 「역사」 —

(나)

마음은 빈집 같아서 어떤 때는 독사가 살고 어떤 때는 청보리밭 너른 들이 살았다

볕이 보고 싶은 날에는 개심사 심검당 볕 내리는 고운 **마루**가 들어와 살기도 하였다

어느 날에는 늦눈보라가 **몰아쳐** 마음이 서럽기도 하였다

겨울 방이 방 한 켠에 묵은 메주를 매달아 두듯 마음에 봄가을 없이 풍경들이 들어와 살았다

그러나 **하릴없이** 전나무 숲이 들어와 머무르는 때가 나에게는 행복하였다

수십 년 혹은 백 년 전부터 살아온 나무들, 천둥처럼 하늘로 솟아오른 나무들

뭉긋이 앉은 그 나무들의 울울창창한 고요를 나는 미륵들의 미소라 불렀다

한 걸음의 말도 내놓지 않고 **오롯하게** 큰 침묵인 그 미륵들이 잔혹한 말들의 세월을 견디게 하였다

그러나 전나무 숲이 들어앉았다 나가면 그뿐, 마음은 **늘 빈집**이어서

마음 안의 그 둥그런 **고요**가 다른 것으로 메워졌다

대나무가 열매를 맺지 않듯 마음이란 그냥 풍경을 들어앉히는 **착한 사진사** 같은 것

그것이 빈집의 약속 같은 것이었다

— 문태준, 「빈집의 약속」 —

(다)

의원이 처음에 들어와 좌정했다. 몸을 기울여 자세히 살피더니만 고개를 들어 소리를 듣는 듯이 하다가 앞으로 나아와 그 맥을 짚어 보았다. 그러고는 물러나 앉으며 이렇게 말했다.

"제가 그대의 목소리를 듣고 그대의 낯빛을 살펴보니 아픈 사람 같지가 않았습니다. 제가 그대의 맥을 짚어 보니 병은 이미 나았습니다. 무엇을 더 고치고 싶은지요?"

"나는 야윈 것을 고치고 싶네."

(중략)

"사는 집이 화려하면 편안해서 살이 찌고, 음식이 사치스러우면 맛이 있어서 살이 찝니다. 용모가 아름답고 보니 기뻐서 살이 찌고, 소리의 가락이 어여쁜지라 즐거워서 살이 찌지요. 이 네 가지를 몸에 지니면 살찌기를 애써 구하지 않더라도 저절로 살이 찝니다. 저들이야 진실로 그 같은 바탕을 갖추고 있는지라 살찌는 것이 당연합니다. 이제 그대는 이미 가난한 데다 신분도 낮고 쑥대로 얽은 초가집에 살면서 채소와 거친 밥을 먹습니다. 눈은 다섯 가지 채색을 본 적이 없고, 귀는 다섯 가지 소리를 들은 적이 없으니, ㉠바탕이 갖춰지지 않은 상태에서 다만 살찌기를 구한다면 끝내 살이 찔 수도 없을 뿐 아니라 도리어 양비(良肥)마저 잃게 될까 염려됩니다."

내가 말했다.

"그렇구려. 내가 진실로 이 네 가지의 것이 없는데 또 병으로 야위기까지 하였소. 어찌 이른바 양비란 것이 있단 말이오?"

의원이 말했다.

"㉡이른바 양비란 것은 화려한 거처나 사치스러운 음식 또는

즐거운 음악과 마음을 기쁘게 하는 여색을 바탕으로 삼지 않습니다. 도덕으로 채우고 인의로 윤택하게 해서 낯빛에 가득 차올라 얼굴에 환하게 드러나는 것을 말하지요. 이는 진실로 본래부터 지녔던 것을 온전히 해서 평소에 없던 것을 사모하지 않는 것입니다. 이는 진실로 그 마음을 살찌워서 몸이 마르는 것을 병으로 여기지 않는 것이고요. 그대는 또 초나라 장사꾼의 일을 들어 보지 못했습니까? 형산(荊山)의 옥 하나를 쌓아 두니 그 값은 여러 개의 성으로도 능히 바꿀 수 없는 것이었습니다. 하루아침에 제나라로 갔다가 금은보화가 시장에 쌓인 것을 보고는 마음으로 기뻐하여 이것과 맞바꿔 돌아왔습니다. 대저 금은보화는 진실로 부자가 되는 바탕이지만, 형산의 옥 한 개가 지닌 양부(良富)만은 못합니다. 장사꾼이 그 타고난 부를 잃고 나서는 어느새 밑천 또한 다하고 말았지요. 그래서 사람들은 장사를 잘하지 못한 사람이라고 말하며 모두들 초나라 장사꾼을 비웃었지요. 이제 그대가 양비를 버리고 평소에 없던 것을 구하니, ⓒ설령 이것을 얻는다 해도 오히려 장사를 잘하지 못한 것이 되고 맙니다. 찾다가 얻지 못하고 또 본래 지녔던 것마저 잃게 되면 사람들이 이를 비웃으니 어찌 다만 초나라의 장사꾼 정도이겠습니까? ⓔ이 때문에 옛날의 현인과 군자는 먼저 마땅히 살찌워야 할 것을 살피고 고쳐야 할 것을 살폈던 것입니다. 바탕이 있어 살찌는 것으로 그 몸을 살찌우지 않고, 양비로 그 마음을 살찌웁니다. 몸이 살찌지 않음을 병으로 여기지 않고 마음이 살찌지 않음을 가지고 병으로 삼지요. ⓜ이것이 온전해지면 저것을 부러워함이 없으니, 어찌 자기의 형옥(荊玉)을 가지고 금은보화와 바꾸려 하겠습니까?"

– 김석주, 「의훈」 –

1. (가)~(다)에 대한 설명으로 가장 적절한 것은?

① (가)는 명사형으로 시행을 종결하여 화자의 인식을 단정적으로 전달하고 있다.

② (나)는 대화체와 독백체를 교차하여 시상을 전개하고 있다.

③ (다)는 특정한 장소에 대한 경험을 바탕으로 사회 참여 의식을 드러내고 있다.

④ (가)와 (나)는 동일한 시구를 반복하여 시구가 지닌 의미를 강조하고 있다.

⑤ (가)와 (다)는 계절의 변화 양상과 관련지어 상황을 부각하고 있다.

2. <보기>를 참고할 때, [A]~[C]에 대한 이해로 적절하지 <u>않은</u> 것은?

> ─────── 〈보기〉 ───────
>
> 이 시는 소박하고 일상적인 자연물을 통해 민중의 저력과 위대함을 노래한 작품이다. 시적 화자는 여린 자연물의 모습으로부터 강인한 생명력으로 고난을 감내하며 영속적으로 삶을 영위해 온 민중을 떠올린다. 그리고 역사를 이끌어 온 주체인 민중이 연대와 화합을 통해 긍정적 미래를 밝힐 수 있다는 인식을 드러내고 있다.

① [A]: 하잘것없지만 길이 멸하지 않을 달래꽃은 여리지만 계속해서 삶을 이어가는 민중의 영속성을 드러내고 있다.

② [A]: 하늘과 땅 사이에서 어렴풋이 이끌려 가는 달래꽃의 모습은 민중이 고난을 겪는 상황을 드러내고 있다.

③ [B]: 얼어붙었던 대지를 뚫고 솟아오르는 달래꽃은 민중의 강인한 생명력을 드러내고 있다.

④ [B]: 긴 역사와 위대한 힘을 가진 달래꽃의 모습은 역사를 이어 온 민중의 저력을 드러내고 있다.

⑤ [C]: 햇볕, 바람, 벌나비와 입 맞추고 살아가는 달래꽃의 모습은 연대하고 화합하는 민중의 모습을 드러내고 있다.

3. 마음을 중심으로 (가)와 (나)를 비교한 내용으로 가장 적절한 것은?

① (가)에서 '마음'은 '보드라운'과 연결되어 애상적 분위기를, (나)에서 '마음'은 '오롯하게'와 연결되어 긴박한 분위기를 환기한다.

② (가)에서 '마음'은 '크나큰'과 연결되어 타인에 대한 과장된 기대를, (나)에서 '마음'은 '착한 사진사'와 연결되어 타인을 위한 숭고한 희생을 강조한다.

③ (가)에서 '마음'은 '알 수 없는'과 연결되어 대상에 대한 냉소적 태도를, (나)에서 '마음'은 '하릴없이'와 연결되어 대상을 수용하는 체념적 태도를 드러낸다.

④ (가)에서 '마음'은 '조촐하게'와 연결되어 상황에 대한 절망감을, (나)에서 '마음'은 '몰아쳐'와 연결되어 상황에 대한 낙관적 자세를 드러낸다.

⑤ (가)에서 '마음'은 '피어나는'과 연결되어 대상을 존재하게 하는 원인을, (나)에서 '마음'은 '늘 빈집'과 연결되어 채워졌다가도 비워지는 상황을 드러낸다.

4. (다)의 ⊙∼⊙에 대한 이해로 적절하지 <u>않은</u> 것은?

① ⊙: 가지지 못한 것을 얻으려 하다가 '양비'마저 잃게 되는 상황에 대한 우려를 드러내고 있다.

② ⊙: 몸을 살찌우는 네 가지 조건이 '양비'의 바탕이 아님을 드러내고 있다.

③ ⊙: 몸을 살찌우는 것보다 '양비'를 지키는 것이 더 가치 있는 것임을 드러내고 있다.

④ ⊙: 옛날의 현인과 군자가 '양비'를 지키고자 했음을 통해 마음을 살찌우는 것의 중요성을 부각하고 있다.

⑤ ⊙: 몸의 병을 고쳐 도덕과 인의를 온전히 한다면 '양비'는 부러움의 대상이 될 수 없음을 강조하고 있다.

⭐5. 〈보기〉를 참고하여 (가)∼(다)를 감상한 내용으로 적절하지 <u>않은</u> 것은? [3점]

〈보기〉

　문학 작품에서는 추상적인 의미를 실재하는 것처럼 구체화하여 드러내기 위해 여러 가지 방법을 활용한다. (가)와 (나)에서는 추상적인 의미를 감각적인 표현을 활용해 생생하게 구체화하거나, 비유적인 표현을 활용해 주관적으로 형상화하고 있다. 한편 (다)에서는 추상적인 의미와 구체적인 대상의 유사성을 활용해 추상적인 의미를 알기 쉽게 전달하고 있다.

① (가)에서 마음에 '수의'를 걸치고 있다는 표현은, 화자가 벗어나고 싶어 하는 심적인 억압을 옷에 빗댄 표현을 활용하여 주관적으로 형상화한 것이겠군.

② (가)에서 손의 '핏줄'이 뜨겁다는 표현은, 화자가 긍정적으로 인식하는 대상을 촉각적인 시어를 활용하여 생생하게 드러낸 것이겠군.

③ (나)에서 '마루'가 들어와 살았다는 표현은, 화자의 바람이 마음 속에서 이루어진 상황을 실재하는 대상을 활용하여 구체적으로 형상화한 것이겠군.

④ (나)에서 마음 안의 '고요'가 둥그렇다는 표현은, 화자의 잠잠한 내면을 시각적인 시어를 활용하여 실재하는 것처럼 드러낸 것이겠군.

⑤ (다)에서 장사꾼이 '형산의 옥'을 팔았다는 표현은, 세속적 가치를 경계하라는 의미를 세속적 가치와 형산의 옥의 유사성을 활용하여 알기 쉽게 전달한 것이겠군.

[1~5] 다음 글을 읽고 물음에 답하시오.

(가)

솔 아래 길을 내고 못 위에 대를 싸니
풍월(風月) 연하(煙霞)는 좌우로 오는고야
이 사이 한가히 앉아 늙는 줄을 모르리라　　　〈제3수〉

㉠집 뒤에 자차리 뜯고 문 앞에 맑은 샘 길어
기장밥 익게 짓고 산채갱* 므로* 삶아
조석에 풍미가 족함도 내 분인가 하노라　　　〈제5수〉

늙어 해올 일 없어 **산중**에 돌아오니
송국(松菊) 원학(猿鶴)이 다 나를 반기나다
아이야 술 가득 부어라 낙이망우(樂而忘憂) 하리라　〈제10수〉

도원이 있다 하여도 예 듣고 못 봤더니
홍하*이 만동(滿洞)하니 이 진짓 거기로다　　　[A]
이 몸이 또 어떠하뇨 무릉인인가 하노라　　　〈제14수〉
　　　　　　　　　　　　　　　　　　－ 김득연, 「산중잡곡」 －

*산채갱: 산나물로 만든 국.
*므로: 푹.
*홍하: 붉은 노을.

(나)

별이(別異)실 외딴 마을 해는 어이 쉬 넘거니
봉당(封堂)에 자리 보아 더새고* 가자꾸나
밤중(中)만 사립 밖에 긴 바람 일어나며
새끼 곰 큰 호랑(虎狼)이 목 갈아 우는 소리
산골에 울려 있어 기염(氣焰)도 흘난할샤*
칼 빼어 곁에 놓고 이 밤을 겨우 새워
앞내에 빠진 옷을 쵭짜서 손에 쥐고
㉡긴 별로(別路) 돌아 달려가 벌불에 쬐어 입고
진(秦) 때의 숨은 백성 이제 와 보게 되면
도원이 여기보다 낫단 말 못하려니
천변(天邊)의 가려진 뫼 대관령 이었으니　　　[B]
위태코 높은 고개 촉도난*이 이렇던가
하늘에 돋은 별을 져기면 만질노다
망망대양이 그 앞에 둘러 있어
대지 산악을 일야의 흔드는 듯
밑 없는 큰 구렁에 한없이 쌓인 물이
만고에 한결같이 영축*이 있었던가
　　　　　　　　　　　　　　　　　　－ 권섭, 「영삼별곡」 －

*더새고: 밤을 지내고.
*기염도 흘난할샤: 기세가 어지럽구나.
*촉도난: 촉나라로 가는 험한 길의 어려움.
*영축: 가득 차는 것과 줄어드는 것.

(다)

　정업원동은 창덕궁의 서쪽에 있는데, 숲과 골짜기가 깊숙한 데다가 그 골짜기로부터 시냇물이 흘러 내려와서 서늘하고 아름다운 운치를 갖고 있었다. 나는 일찍이 실록국에서 일하고 있어서 아침저녁으로 이곳을 지나게 되었다. 그러나 늘 직책에 얽매이다 보니 한 번도 조용히 찾아볼 수 없어서 한탄만 하였다. 그러던 중 하루는 유희경을 따라 금천교 위에 올라갔다가 그 다리 아래로 시냇물이 흐르고 그 시냇물 위로 무수히 떨어진 꽃잎들이 떠내려오는 것을 보고 기쁜 마음으로 이렇게 말했다.

　“아마 무릉도원이 여기서 멀지 않나 보군. 이 물을 따라
　올라가면 만리장성의 노역을 면하기 위해 피난 왔다가
　수백 년 동안 죽지도 않고 살아 있다는 그 진(秦)나라 사　　[C]
　람도 만나 보겠군.”
　그러자 유희경이 살짝 웃으며 말했다.
　“이 물의 상류에 내가 살고 있네. 나는 그곳에 누대를 지어 놓았는데 마침 복숭아꽃이 활짝 피었다네. 어젯밤에 비바람이 몹시 불더니 아마 오늘 그 꽃잎들이 많이 떨어졌나 보군. 공이 만일 가 보겠다면 내 마땅히 이곳의 주인으로서 기쁘게 맞이하겠네.”
　나는 기쁜 마음으로 그를 따라갔다. 한 백 발자국 남짓 올라가자 오른쪽에 경치 좋은 곳이 있었다. 그곳이 바로 그가 사는 곳이었다. 흐르는 물이 맑고 찬데, 그 물가에 돌을 쌓아 누대를 지었다. 그 누대의 섬돌은 흐르는 물 위로 한 자 남짓 높게 쌓여 있었다. ㉢그래서 물을 베고 있다는 뜻으로 ‘침류대’라는 이름을 붙인 것일까?
　이 누대의 아래 위에는 다른 꽃이라고는 없고 오직 복숭아 나무 수십 그루가 개울물의 좌우에 늘어서 있어서, 그 나무의 떨어지는 꽃들이 붉은 비가 되어 물 위로 떠내려갔다.
　그리고 이 개울은 한 폭의 비단을 펼쳐 놓은 듯 출렁출
렁 춤을 추었다. 옛날 사람이 일컫는 무릉도원이라는 곳도　　[D]
여기보다 낫지는 않을 듯하다.
　당나라 사람 조영이 그의 시에서 ‘무릉도원의 멋을 저잣거리에서도 찾을 수 있다.’고 한 뜻을 이제야 알 것 같다. 나는 감탄하며 말했다.
　“㉣옛날 유신이라는 자는 천태산의 도원에 들어가서 신선을 만나 돌아오지 않았다고 하는데, 그대가 바로 유신 같은 사람

이 아닌가? 나는 지금 다행스럽게도 이 신비스러운 경치를 보
았으니 무릉도원을 찾아갔던 어부의 느낌이 나와 같았겠지.
내 이 물에 들어가서 이 물로 입을 가신다고 하여 방해될 것
이 있겠는가?"

우리는 서로 마주보며 한바탕 웃은 뒤에 물가에 자리를 펴고
앉았다. 졸졸 흐르는 물소리에 굳이 씻지 않아도 깨끗해졌다.
ⓜ속세의 티끌 하나 묻어 있지 않은 곳이라서 온갖 잡념이 가시
니, 정신과 기운이 저절로 맑아져서 바람이 불지 않아도 날아갈
듯하였다. 속세를 벗어난 경지가 참으로 이런 것인가?

– 이수광, 「침류대기」 –

1. (가)에 대한 설명으로 적절하지 <u>않은</u> 것은?

① '풍월'과 '연하'는 화자가 느끼는 한가함의 정서와 조응이 되는
대상을 나타낸 것이다.

② '이 사이'와 '산중'은 화자가 현재 자연을 즐기는 공간을 나타낸
것이다.

③ '늙는 줄을 모르리라'는 자연과 조화를 이룬 화자의 심정을 나타낸
것이다.

④ '기장밥 익게 짓고 산채갱 므로 삶아'는 소박한 삶을 살고 있음을
나타낸 것이다.

⑤ '아이야 술 가득 부어라'는 풍류적 지향과 정신적 수양 사이의
고뇌를 나타낸 것이다.

2. (가)와 (나)의 표현상의 특징으로 적절하지 <u>않은</u> 것은?

① (가)는 묻고 답하는 방식을 통해 시적 의미를 부각하고 있다.

② (나)는 공간의 이동에 따라 시상을 전개하고 있다.

③ (나)는 과장적 표현을 통해 주관적 인식을 드러내고 있다.

④ (가)와 (나)는 모두 음보율을 사용하여 운율감을 드러내고 있다.

⑤ (가)와 (나)는 모두 음성 상징어를 활용하여 대상을 생동감 있게
묘사하고 있다.

★3. <보기>를 참고하여 [A]~[D]를 감상한 내용으로 적절하지 <u>않은</u> 것은? [3점]

〈보기〉

중국의 「도화원기」는 어부가 복숭아꽃이 만발한 숲속의
물길을 따라갔다가 수백 년 전 진(秦)나라 때 노역이나 난리를
피하여 온 사람들이 모여 사는 이상향인 무릉도원을 방문했다
는 이야기를 담고 있다. 여기에 영향을 받은 우리 선조들은
무릉도원과 같은 이상향을 동경하다가 차츰 현실의 삶에서 무릉
도원을 연상했다. 그래서 여행지나 일상적 생활 공간에서 만족
감을 얻으면 무릉도원과 유사하다고 인식하기도 했다. 이러한
인식은 상상의 관념을 현실화하려는 욕망의 구현으로 볼 수
있다.

① [A]는 자연의 아름다움과 관련지어 자신이 무릉도원에 산다는
사람들과 유사하다는 인식을 드러내고 있군.

② [B]는 일상적 생활 공간에서 벗어난 사람이 무릉도원보다 나은
새로운 이상향을 찾기 위해 애쓰는 모습을 부각하고 있군.

③ [B]와 [C]는 모두 「도화원기」에 언급된 이상향에 모여 사는 사람
들의 내용과 연결하여 자신의 생각을 드러내고 있군.

④ [C]와 [D]는 모두 「도화원기」와 관련된 자연물이 있는 시냇물의
광경을 통해 무릉도원을 연상하고 있군.

⑤ [B]는 여행지에서 체험한 풍경을, [D]는 특정한 인물의 생활
공간인 누대 주변의 풍경을 무릉도원과 비교하고 있군.

4. (나)의 화자의 심리를 이해한 내용으로 가장 적절한 것은?

① 밤중에 짐승들의 울음소리를 듣고 불안감을 느꼈군.

② 걸어가는 길이 평탄해서 먼 산을 바라보며 즐거워했군.

③ 인가에 머무르지 못해 야외에서 잠자리를 찾으며 탄식했군.

④ 하늘의 별을 바라보며 부재하는 임에 대한 그리움을 느꼈군.

⑤ 높은 산들로 시야가 차단되어 바다를 보지 못하게 되자 아쉬워
했군.

5. ㉠～㉤에 대한 설명으로 적절하지 <u>않은</u> 것은?

① ㉠: 자신의 생활상을 구체적으로 제시하고 있다.

② ㉡: 냇물에 젖은 옷을 말리는 모습이 나타나 있다.

③ ㉢: 누대가 놓인 형세를 토대로 누대의 이름을 붙인 이유를 짐작
하고 있다.

④ ㉣: 은밀하게 혼자서만 경치를 즐기려는 태도에 문제를 제기하고
있다.

⑤ ㉤: 아름다운 경치에 몰입하여 느끼게 된 흥취를 표현하고 있다.

MEMO

홀수 기출

고난도 선별 (상)
학력평가

PART 2
독서

[1~4] 다음 글을 읽고 물음에 답하시오.

철학자 그레이엄 하먼은 인간이 사물의 모든 것을 파악하고 이해할 수 있다고 보는 인간 중심주의 철학을 비판하며, 인간과 사물, 나아가 모든 존재가 동등하다는 객체 지향 존재론을 주장한다.

하먼은 어떤 점에서 모든 존재가 동등하다고 보았을까? 그는 이를 설명하기 위해 먼저 인간 중심주의 철학에서 바라보는 인간과 사물의 관계를 지적한다. 하먼 이전 인간 중심주의 철학은 인간이 주체로서 사물의 모든 것을 파악할 수 있다고 여겼다. 즉 인간이 사물을 어떤 기본적인 요소로 구성되어 있다고 분석하거나, 어떤 사물이 다른 사물이나 인간에게 어떤 영향을 미치는지 밝히면 그 사물의 본질을 모두 파악할 수 있다고 여겼다. 하지만 하먼은 이러한 관점들은 인간이 사물을 인간에게 필요한 도구로 바라볼 뿐 객체 그 자체로 다루지 못한다고 비판한다.

하먼에 의하면 사물은 인간이 그 본질을 결정하는 대상이 아니라 독립적이고 자율적인 존재로서의 객체이다. 즉 객체는 다른 존재에게 파악되지 않도록 '물러나는' 측면과 다른 존재에게 분석된 구성 요소 이상의 다른 무언가로 스스로 '드러나는' 측면을 동시에 가지고 있다. 그래서 인간이 사물을 자신과 맺는 사물의 가치나 성격으로 일반화하려고 할 때 객체는 스스로 일반화되지 않고, 동시에 인간이 어떤 구성 요소로 사물을 분석하려고 할 때 그 구성 요소만으로 환원되지 않는다. 결국 ⊙인간은 객체의 모든 것을 파악할 수 없다.

또한 그는 인간 역시 객체이며, 독립적이고 자율적인 존재라고 말한다. 그에 의하면 인간 역시 '물러나는' 측면과 '드러나는' 측면이 있어 그 누구에게도 어떤 상위 개념으로 일반화되지 않고, 형태, 색깔, 크기 등으로 환원되지 않는다. 이러한 객체에 대한 하먼의 입장은 허구적이고 비실재적인 것까지도 이어져, 세상의 모든 존재가 다른 객체에게 완전히 파악될 수 없는 동등한 존재라는 주장으로 확장된 것이다.

객체가 완전히 파악될 수 없는 존재라면 우리는 객체의 존재를 어떻게 확인할 수 있을까? 하먼은 객체는 객체가 발산하는 정보나 담고 있는 특질인 성질을 가지며, 성질이 없는 객체나 객체가 없는 성질은 존재할 수 없다고 보았다. 그래서 그는 우리가 감각을 통해 우리 바깥에 있는 객체의 존재와 성질을 지각할 수 있다고 말한다. 하지만 어떤 객체는 우리가 결코 직접 접촉할 수 없기도 하며, 어떤 객체는 그 존재가 감각으로 지각될 수 있어도 그 객체의 성질은 결코 우리가 접촉할 수 없기도 하다고 말한다. 그는 이러한 객체와 성질의 관계에 따라 객체를 감각 객체와 실재 객체로, 성질을 감각 성질과 실재 성질로 구분한다.

먼저 감각 객체는 관찰자가 감각을 통해 지각하는 것이 가능한 객체이고, 실재 객체는 관찰자가 감각을 통해 지각할 수 없는 객체이다. 이때 관찰자의 감각에는 인간의 오감만이 아니라 동물의 감각은 물론 측정 기기에 의한 측정 등도 포함될 수 있다. 가령 숲에 있는 나무를 어떤 한 관찰자가 보거나 관측했다면 이 관찰자에게 나무는 감각 객체이며, 어떤 관찰자도 이 나무를 보거나 관측하지 못했다면 이는 실재하지만 관찰되지 않은 실재 객체이다.

다음으로 객체는 감각 성질과 실재 성질을 가지는데, 감각 성질은 객체의 성질 가운데 관찰자의 감각을 통해 지각할 수 있는 성질, 즉 형태, 색깔, 크기 등과 같은 것이다. 반면 실재 성질은 그 객체가 발산하는 정보나 담고 있는 특질이지만 관찰자가 감각을 통해 지각할 수 없어 직접적으로 파악할 수 없는 성질이다. 가령 관찰자가 감각을 통해 지각한 나뭇잎의 푸른색은 감각 성질이며, 나뭇잎이 떨어지는 순간 이를 지각할 수 없는 지구 반대편의 관찰자에게 이 나뭇잎의 운동량은 실재 성질이다.

결국 하먼에 의하면 모든 객체는 드러나는 측면과 동시에 물러나는 측면이 있기 때문에 어떤 관찰자도 객체의 모든 정보를 완전히 파악하기 어렵다. 즉 우리는 객체의 일부만을 확인할 수밖에 없다. 하지만 하먼은 그것이 인간 중심주의 철학에 의해 도구로 전락했던 모든 객체가 비로소 객체 그 자체로서 철학적 사유의 한가운데에 자리 잡을 이유라고 역설한다.

1. 객체 지향 존재론에 대한 설명으로 적절하지 <u>않은</u> 것은?

① 허구적이고 비실재적인 것도 객체로 본다.

② 객체를 독립적이고 자율적인 존재로 본다.

③ 객체 가운데 성질이 없는 경우도 존재할 수 있다고 본다.

④ 객체가 발산하는 정보나 담고 있는 특질을 성질이라고 본다.

⑤ 인간 중심주의 철학은 객체를 그 자체로 다루지 못한다고 본다.

2. 윗글의 '하먼'과 '인간 중심주의 철학'의 입장에서 〈보기〉의 ㄱ~ㄹ에 대해 판단한 것으로 가장 적절한 것은?

〈보기〉

ㄱ. 만물을 구성하는 물질을 더 이상 분해가 불가능한 미립자로 나눈 뒤 그 입자를 분석하면 만물의 근원을 이해할 수 있다.

ㄴ. 인간의 입장에서 생산되고 전파되던 과학 지식을 재정립하기 위해서는 전동차와 같은 사물도 인간과 동등한 존재로 바라보아야 한다.

ㄷ. 식물은 동물을 위해, 동물은 인간을 위해 존재한다. 인간과 다른 동물의 차이점은 인간만이 선과 악, 옳고 그름을 인식할 수 있다는 것이다.

ㄹ. 한 자루의 종이칼과 같은 사물은 그것을 만든 사람의 목적에 따라 만들어진 것이므로 사물의 본질은 사람의 구상에 따라 이미 결정되어 있다.

① 인간 중심주의 철학은 ㄱ과 ㄷ에 동의하지 않겠군.
② 인간 중심주의 철학은 ㄴ과 ㄹ에 동의하지 않겠군.
③ 하먼은 ㄴ에 동의하지 않고 ㄷ에 동의하겠군.
④ 하먼은 ㄷ에 동의하지 않고 ㄱ에 동의하겠군.
⑤ 하먼은 ㄹ에 동의하지 않고 ㄴ에 동의하겠군.

3. 윗글을 읽은 학생이 '하먼'의 입장에서 〈보기〉에 대해 보인 반응으로 적절하지 <u>않은</u> 것은? [3점]

〈보기〉

[자료 1]

천왕성은 1781년에 윌리엄 허셜이 망원경으로 처음 관측했다. 그는 처음 관측한 시점에는 천왕성이 단순히 혜성이라고 생각했지만, 이후 꾸준한 관측 결과 태양을 중심으로 공전한다는 것을 확인하였다. 약 200년 뒤 관측선 보이저 2호는 천왕성에 가까이 다가가 사진을 찍어 지구의 천문학자들에게 보냈다. 그 사진을 본 지구의 천문학자들은 천왕성의 옅은 초록색과 수많은 위성의 모습을 확인할 수 있었다.

[자료 2]

그림 삽화가 A 씨는 출판사에서 삽화를 그리는 일을 하고 있다. 그의 출판사 동료들은 A 씨가 빠른 손놀림으로 그림을 완성하는 것을 보고 그의 실력과 그림을 칭찬했다. 하지만 그는 그림보다 영화 제작에 대한 관심이 많아서 퇴근 후에 영화 시나리오를 썼다. A 씨의 이러한 관심을 출판사 동료들은 아무도 모르고 있다.

① [자료 1]에서 '허셜'이 관측한 '천왕성'은 감각 객체이겠군.
② [자료 2]의 'A 씨'의 '영화 제작에 대한 관심'은 '출판사 동료들'에게 실재 성질이겠군.
③ [자료 1]의 '천왕성'과 [자료 2]의 'A 씨'의 '영화 시나리오'는 각각 '보이저 2호'와 '출판사 동료들'에게 실재 객체이겠군.
④ [자료 1]의 '천왕성'의 '옅은 초록색'과 [자료 2]의 'A 씨'의 '빠른 손놀림'은 각각 '보이저 2호'와 '출판사 동료들'에게 감각 성질이겠군.
⑤ [자료 1]의 '보이저 2호'가 찍은 '사진'과 [자료 2]에서 'A 씨'가 그린 '그림'은 각각 '지구의 천문학자들'과 '출판사 동료들'에게 감각 객체이겠군.

4. 윗글을 읽은 학생이 ㉠을 이해한 내용으로 가장 적절한 것은?

① 인간이 모든 객체에 의해 도구로 전락했기 때문이겠군.

② 인간이 주체로서 객체의 본질을 결정할 수 있는 대상으로 바라 보기 때문이겠군.

③ 모든 존재가 다른 존재가 가진 가치와 성격을 일반화하여 왜곡 하기 때문이겠군.

④ 인간이 사물을 상위 개념으로 일반화해 사물이 구성 요소로 환원 되기 때문이겠군.

⑤ 모든 존재가 다른 존재에게 파악되지 않도록 물러나는 측면을 갖고 있기 때문이겠군.

구조도 그리기

[1~4] 다음 글을 읽고 물음에 답하시오.

명(名)과 실(實), 즉 이름과 실재의 상관관계를 다루는 명실(名實)의 문제는 정치, 윤리적인 차원에서만 다루어지다가 전국 시대 중엽 이후에 하나의 독립적인 영역을 가진 철학적 주제로 정립되었다. 이 시기에 이렇게 명실 문제를 전문적으로 다룬 대표적인 사상가와 학파가 공손룡과 후기 묵가(墨家)로, 이들 사이에서는 철학적 논쟁의 국면이 펼쳐졌다.

명가(名家) 사상가인 공손룡은 '실'이 '물(物)'로부터 파생된 것이라고 하였다. 이때 '물'은 아직 분화되지 않은 상태의 천지 만물을 뜻한다. '실'은 '물'에서 분화된 각각의 개체이고, 이를 지시하는 역할을 하는 것이 '명'이다. 인간이 붙이는 '명'은, 인간과 무관하게 분화되어 있는 '실'들 사이의 다름을 인간의 입장에서 구별하여 확정하고, 인간이 사상과 감정을 주고받게 하는 역할을 한다. 그는 어떤 '실'은 그것을 가리키는 어떤 '명'에 의해서만 유일하게 지시되어야 한다는 것과, 어떤 명은 유일하게 어떤 실만을 지시하여야 한다는 것을 주장하였다. 공손룡에 따르면 서로 다른 실인 이것[此]과 저것[彼]이 똑같이 '이것'이라는 명으로 지시된다면 서로 구별되지 않게 되고, 그 결과 어떤 사람은 '이것'이라는 명으로 이것이라는 실을, 다른 사람은 '이것'이라는 명으로 저것이라는 실을 지시하는 혼란이 나타나게 된다. 그는 명과 실의 엄격한 일대일 대응 관계를 통해, 명이 그 역할을 할 때 오해나 문제가 생기지 않게 하려 하였다.

그는 '흰 말[白馬]은 말[馬]이 아니다.'라는 일반인의 상식으로는 이해하기 어려운 주장을 앞세워 논의를 폈다. 그런 주장의 근거로, 우선 그는 '말[馬]'은 형체를 부르는 데 쓰는 단어이고 '희다[白]'는 색을 부르는 데 쓰는 단어인데, 흰 말은 말에 '희다'라는 속성이 함께하는 것이므로 말과 다르다고 하였다. 또한 그는 말을 구할 때는 노란 말이든 검은 말이든 데리고 올 수 있지만 흰 말을 구할 때는 노란 말이나 검은 말을 데리고 올 수 없으니, 이를 통해 말과 흰 말이 다름을 알 수 있다고 하였다. 이렇게 일상에서 흰 말이 있을 때 '말이 있다.'라고 하며 특정 속성이 지정되지 않은 '말'이라는 단어로 흰 말처럼 특정 속성을 가진 말[馬]을 지시하는 것에 대해, 공손룡은 '말'이라는 명과 '흰 말'이라는 명은 지시하는 실이 다르므로 그 용법을 구분해야 한다고 하였다.

반면 후기 묵가는 '흰 말은 말이다. 흰 말을 타는 것은 말을 타는 것이다.'라고 하면서, '흰 말은 말이 아니다.'라는 주장에 반대하였다. 후기 묵가는 어떤 실은 '이것'이라는 명에 의해 지시되면서 동시에 '저것'이라는 명에 의해서도 지시될 수 있다고 보았다. 흰 말은 흰 말이고 검은 말은 검은 말이지만 흰 말도 말이고 검은 말도 말이므로, 흰 말은 흰 말이면서 말이고 검은 말은 검은 말이면서 말이라는 것이다. 즉, 흰 말은 흰 말이라는 명과 말이라는 명으로, 검은 말은 검은 말이라는 명과 말이라는 명으

로 지시될 수 있다. 또한 후기 묵가는 하나의 명이 지시하는 실은 오직 하나뿐이라는 주장에도 반대하였다. 하나의 명이 서로 다른 사물을 지시할 수 있다고 하면서, ㉠이것과 저것, 두 마리의 새가 모두 학이라면 이것과 저것을 모두 '학'이라고 부를 수 있다는 예시를 들었다.

후기 묵가가 명과 실의 엄격한 일대일 관계를 이렇게 부정한 것은 그들의 명에 대한 논의와도 관계가 있다. 후기 묵가는 명을 그것이 지시하는 실에 따라 달명(達名), 유명(類名), 사명(私名)으로 나누었는데, 이 세 가지 명은 외연의 크기가 서로 다르다. 달명은 천지 만물을 총괄하여 지시하는 것으로, 공손룡이 말하는 '물(物)'에 해당하는 대상을 가리키는 이름이다. 유명은 수많은 사물 가운데 어느 하나의 속성을 공유하는 것들을 지시하는 이름으로, 후기 묵가는 그 예로 '말[馬]'이라는 명을 제시했다. 사명은 가리키는 대상이 오직 하나인 명을 말한다. 사명에는 두 가지가 있는데, 그중 하나는 고유명사이다. 다른 하나는 '새[鳥]'라는 유명을 어떤 한 마리의 특정한 새를 가리킬 때 사용하는 경우처럼 유명을 단 하나의 개체에만 대응하게 함으로써 만들어지는 명이다. 결국 '새[鳥]'라는 명이 유명인가 사명인가 하는 것은 그것에 대응하는 대상이 하나인가 둘 이상인가에 의해 상황에 따라 정해지는 것이다.

1. 윗글에 대한 이해로 적절하지 <u>않은</u> 것은?

① 후기 묵가는 고유명사가 사명에 속한다고 보았다.

② 후기 묵가는 천지 만물 전체를 가리키는 이름을 달명이라고 하였다.

③ 공손룡은 분화되지 않은 천지 만물이 각각의 개체로 분화된 것을 실이라고 하였다.

④ 공손룡과 후기 묵가는 전국시대 중엽 이후에 명실 문제를 전문적으로 논의하였다.

⑤ 공손룡과 후기 묵가는 수많은 사물 가운데 오직 하나만 있는 대상에는 이름을 붙일 수 없다고 하였다.

2. ㉠에 대한 '공손룡'의 견해와 부합하는 내용으로 가장 적절한 것은?

① 학 두 마리를 모두 학이라는 명으로 부르면, 명이 제 역할을 하여 혼란이 나타나지 않게 될 것이다.

② 학이라는 명은 형체를 가리키는 단어가 아니므로, 그 명으로는 이것과 저것이라는 실을 부를 수 없다.

③ 학을 각각 '이것'과 '저것'이라는 명으로 부른다면 그 두 학은 동일한 실이 서로 다른 명으로 불린 것이다.

④ 학이라는 하나의 명으로 이것과 저것을 모두 지시한다면 이것과 저것이라는 실이 서로 구별되지 않을 것이다.

⑤ 학이라는 실을, 색을 부르는 데 쓰는 단어 없이 학이라는 명으로 부르는 것은 말[馬]이라는 실을 '흰 말'이라는 명으로 부르는 것과 같은 올바른 용법이다.

3. 윗글을 읽은 학생이 〈보기〉의 대화에 보인 반응으로 적절하지 <u>않은</u> 것은? [3점]

〈보기〉

갑: (옷을 하나 들고 옷장을 보면서 한숨을 쉬고) ⓐ옷이 없어.

을: 지금 네가 들고 있는 ⓑ옷은 뭐니? 옷장 안에 옷이 이렇게 많은데 무슨 ⓒ옷이 없어?

갑: 내 말은 ⓓ옷이 정말 없다는 게 아니라, ⓔ빨간 옷이 필요한 데 없다는 말이었어.

을: 아, 그런 뜻이었구나.

① ⓐ라는 명으로 지시한 실과 ⓑ라는 명으로 지시한 실이 서로 다르므로 공손룡은 명과 실의 일대일 대응 관계가 지켜지지 않고 있다고 보겠군.

② ⓐ라는 명과 ⓓ라는 명이 서로 다른 대상을 지시하고 있는 것을, 후기 묵가는 하나의 명이 두 가지 이상의 서로 다른 실을 지시할 수도 있다는 자신들의 주장을 뒷받침하는 예로 보겠군.

③ 후기 묵가는 ⓑ라는 명은 유명을 하나의 개체에만 대응하여 사명으로 사용한 것으로 보겠군.

④ ⓓ라는 명과 ⓔ라는 명이 같은 대상을 지시하고 있으므로, 공손룡은 특정 속성이 지정되지 않은 단어로 특정 속성을 가진 대상을 지시하는 문제가 나타나고 있다고 보겠군.

⑤ 공손룡은 ⓔ는 ⓒ에 또 다른 속성이 함께하는 것이므로 ⓔ를 ⓒ라는 명으로 불러서는 안 된다고 보겠군.

4. 〈보기〉는 윗글을 읽은 학생이 수행한 학습지의 일부이다. ㉮와 ㉯에 들어갈 말로 가장 적절한 것은?

〈보기〉

[학습 과제]

다음에서 설명하는 주요 개념을 활용하여 윗글의 내용을 이해해 보자.

언어 기호가 기표와 기의의 결합체라고 할 때, 기표는 소리를 뜻하고 기의는 언어 기호에 의해 의미되는 개념을 뜻한다. 즉 기표는 언어 기호의 형태이고 기의는 언어 기호가 지시하는 내용이라고 할 수 있다.

[수행 결과]

공손룡의 입장에서는 (㉮)고 볼 것이고, 후기 묵가의 입장에서는 (㉯)고 볼 것이다.

①
- ㉮: 기의가 서로 같으면 기표도 같아야 한다
- ㉯: 기표가 서로 같으면 기의도 같아야 한다

②
- ㉮: 기표가 서로 달라도 기의는 같을 수 있다
- ㉯: 기의가 서로 달라도 기표는 같을 수 있다

③
- ㉮: 기표가 서로 달라도 기의는 같을 수 있다
- ㉯: 기표가 서로 다르면서 기의가 같을 수는 없다

④
- ㉮: 기표가 서로 다르면서 기의가 같을 수는 없다
- ㉯: 기표가 서로 달라도 기의는 같을 수 있다

⑤
- ㉮: 기표가 서로 다르면서 기의가 같을 수는 없다
- ㉯: 기의가 서로 다르면서 기표가 같을 수는 없다

구조도 그리기

[1~4] 다음 글을 읽고 물음에 답하시오.

논리 실증주의에서는 어떠한 언명이 기존 이론의 영향을 받지 않고 오로지 객관적 관찰을 통해 참과 거짓으로 확실히 결정될 수 있으면 과학적으로 유의미하다고 보았다. 그리고 보편 언명이 단칭 언명의 누적을 통해 성립된다고 주장했다. 단칭 언명은 ⓐ특정 시공간에서 발생한 특정 사건을 언급한 것이고, 보편 언명은 단칭 언명들을 일반화한 것으로 과학 이론으로 성립될 수 있는 것을 말한다. 예컨대 '이 리트머스 시험지가 산에 담기면 붉어진다.'라는 단칭 언명이 예외 없이 관찰된다면 '모든 리트머스 시험지는 산에 담기면 붉어진다.'라는 보편 언명이 과학 이론으로 성립될 수 있다고 보았다.

그런데 ⓑ이러한 생각은 어떤 과학 이론이 지금까지 누적된 단칭 언명들을 통해 참으로 보장될지라도, 앞으로 보편 언명으로서 확실히 참이 될 수는 없다는 비판에 직면했다. 예컨대 지금까지 리트머스 시험지가 산에 담겼을 때 항상 붉어졌다는 관찰이, 앞으로 어떤 리트머스 시험지가 산에 담기면 붉어질 것임을 보장하지 않기 때문이다. 이 난점을 극복하기 위해 일부의 논리 실증주의자들은 단칭 언명이 누적될수록 과학 이론이 참으로 결정될 가능성이 점차 증가할 것이라는 ⓒ완화된 입장으로 바뀌었다. 하지만 지금까지의 단칭 언명들로 일반화된 언명이 ⓓ계속 참으로 남을 것인지는 알 수 없다는 문제를 해결할 수 없었다.

비판적 합리주의는 논리 실증주의와 달리 단칭 언명이 기존 과학 이론과의 연관 속에서 형성된다고 보고, 현상을 있는 그대로 관찰하는 것은 거의 불가능하다고 주장했다. 그리고 참인 단칭 언명을 통해 가설이나 과학 이론이 참임을 확실히 알 수는 없지만 참인 단칭 언명을 통해 그것이 거짓임을 밝히는 것은 가능하다고 했다. 예컨대 '어떤 리트머스 시험지가 산에 담기면 그 시험지가 붉어지지 않는다.'라는 단칭 언명으로부터 '모든 리트머스 시험지는 산에 담기면 붉어진다.'라는 보편 언명이 거짓임을 확실히 알 수 있다. 이를 바탕으로 비판적 합리주의에서는 과학과 과학이 아닌 것을 구분하는 기준으로 반증 가능성을 제시하고, 관찰에 의해 반증될 수 있는 언명만을 과학적으로 의미 있는 언명으로 인정해야 한다고 보았다.

비판적 합리주의는 기존 과학 이론으로 설명할 수 없는 사실의 관찰로부터 새로운 과학 이론이 비롯된다고 보았다. 이때 기존 과학 이론은 즉시 버려지고 기존 과학 이론을 수정하여 쓸 수는 없다. 과학자들은 기존 과학 이론으로 설명할 수 없는 사실이 발견된 문제 상황을 해결하기 위한 가설을 새로 수립하고, 가설을 ⓔ시험할 수 있는 사례를 떠올린다. 만약 그러한 사례가 관찰되지 않는다면 그 가설은 잠정적 과학 이론의 지위를 부여받는다. 비판적 합리주의는 과학이 참된 진리에 도달할 수는 없으나 점진적으로 다가갈 수 있다고 주장했다. 모든 과학 이론은 잠정

적이라는 것이다. 과학 이론은 거듭된 반증의 시도로부터 꾸준히 살아남을 수 있으나 언제라도 반증될 수 있기 때문이다. 하지만 실제 과학 현실에서는 그러한 사례가 발견되어 기존 과학 이론이 폐기되어야 함에도 기존 과학 이론을 폐기하지 않고 보완하려는 시도가 빈번하다는 점에서, ㉠비판적 합리주의는 실제 과학 현실을 정확하게 설명하고 있지 못하다는 문제가 있다.

1. 윗글을 통해 해결할 수 있는 의문이 <u>아닌</u> 것은?

① 비판적 합리주의에서는 과학과 과학이 아닌 것을 구분하는 기준을 무엇으로 보았는가?

② 논리 실증주의에서는 비판적 합리주의가 가지고 있는 문제점을 무엇으로 보았는가?

③ 비판적 합리주의에서는 과학이 어떻게 참된 진리에 다가갈 수 있다고 보았는가?

④ 비판적 합리주의에서는 새로운 과학 이론이 무엇으로부터 출발한다고 보았는가?

⑤ 논리 실증주의에서는 과학적으로 유의미한 언명의 조건을 무엇으로 보았는가?

2. 윗글의 비판적 합리주의 의 입장에서 〈보기〉를 이해한 내용으로 가장 적절한 것은? [3점]

〈보기〉

물질의 존재와 무관하게 공간은 항상 같은 상태라는 과학 이론이 그 지위를 확고히 하고 있던 시기에 아인슈타인은 이 과학 이론으로 설명할 수 없는 현상을 새로운 가설로 설명하고자 했다. 그래서 아인슈타인은 태양처럼 질량이 큰 물체는 주변의 공간을 왜곡한다는 가설을 세웠다. 이후 에딩턴은 일식이 진행되는 동안 어떤 별의 사진을 찍었다. 이 사진들을 분석한 결과, 일식 때의 별빛 위치가 일식이 아닐 때의 별빛 위치와 다르다는 것을 알게 되었다. 이를 토대로 에딩턴은 이 별빛은 태양에 의해 왜곡된 공간을 따라 휘며 진행한 것이라고 보았다.

① 아인슈타인의 가설은 거듭된 반증의 시도로부터 꾸준히 살아남는다면 참된 진리에 도달하겠군.

② 태양처럼 질량이 큰 물체에 의해 공간이 왜곡된다는 아인슈타인의 가설이 제시되자마자 기존 과학 이론은 즉시 버려졌겠군.

③ 일식 때 별빛이 휘지 않고 진행함을 보여 주는 현상이 또 발견되어야 아인슈타인의 가설은 잠정적 과학 이론의 지위를 부여받겠군.

④ 물질의 존재와 무관하게 공간은 항상 같은 상태라는 과학 이론은 에딩턴에 의해 확실히 반증되었기에 과학적으로 유의미한 이론이라고 할 수 없겠군.

⑤ 에딩턴의 사진 분석은 아인슈타인의 가설이 참된 진리에 도달했음을 알게 할 수는 없지만 기존 과학 이론이 성립하지 않는다는 것을 확실히 알 수 있게 하겠군.

3. ⓐ~ⓔ에 대한 설명으로 적절하지 <u>않은</u> 것은?

① ⓐ: 객관적 관찰을 통해 참과 거짓을 결정할 수 있는 사건을 언급한 것이다.

② ⓑ: 단칭 언명들을 일반화한 보편 언명이 과학 이론으로 성립될 수 있다는 생각이다.

③ ⓒ: 참인 단칭 언명이 누적될수록 보편 언명이 참이 될 확률이 커진다는 입장이다.

④ ⓓ: 지금의 과학 이론이 미래의 관찰에도 그대로 적용될 수 있을지는 알 수 없다는 문제이다.

⑤ ⓔ: 문제 상황을 해결하기 위해 세운 가설을 지지하는 사례이다.

4. ㉠에 대한 이해로 가장 적절한 것은?

① 과학자들은 정확한 관찰이 선행되지 않더라도 새로운 가설을 과학 이론으로 인정하려 한다.

② 과학자들은 어떤 가설이 새로운 과학 이론으로 제시되면 해당 가설의 옳고 그름을 하나하나 점검하려 한다.

③ 과학자들은 기존 과학 이론에 기대어 가설을 세우기보다는 직접 관찰한 사실을 바탕으로 가설을 세우려 한다.

④ 과학자들은 기존 과학 이론으로 풀이될 수 없는 현상이 관찰되더라도 기존 이론을 폐기하지 않고 수정하려 한다.

⑤ 과학자들은 어떤 가설이 새로운 과학 이론의 지위를 부여받았을지라도 그것은 잠정적인 것이기 때문에 언제든 대체될 수 있다고 본다.

구조도 그리기

고전 검사 이론과 문항 반응 이론

해설 P.155

[1~5] 다음 글을 읽고 물음에 답하시오.

사물의 속성을 구체화하기 위하여 수치를 부여하는 절차를 측정이라고 한다. 가시적 속성의 경우 직접 측정이 가능하지만 인지적 영역과 같은 잠재적 속성은 직접 측정이 불가능하기 때문에 검사라는 도구를 사용하여 간접 측정을 한다. 이때 검사의 질은 각 문항의 특성에 의해 결정되는데, 문항의 특성은 문항의 난이도와 변별도 등으로 파악해 볼 수 있다.

1920년대 개발되어 현재까지 사용되고 있는 고전 검사 이론은 검사의 질을 분석하는 대표적인 검사 이론이다. 고전 검사 이론에서 피험자의 능력은 답을 맞힌 문항에 부여된 점수의 총점으로 결정한다. 또 문항의 어려움과 쉬움의 정도를 나타내는 난이도는 응답자 중 그 문항의 답을 맞힌 응답자의 수가 많을수록 낮다고 나타낸다. 그리고 어떤 문항이 피험자의 능력에 따라 피험자를 변별하는 정도를 나타내는 변별도는 해당 문항의 답을 맞혔는지의 여부와 총점의 관계를 의미하는 지수로 나타낸다. 만약 특정 문항에 대해 총점이 높은 피험자는 답을 맞히고, 총점이 낮은 피험자는 답을 틀렸다면 이 문항은 변별도가 높은 문항이라 분석한다. 고전 검사 이론을 활용하면 피험자의 능력과 문항의 특성에 대한 분석이 비교적 간단하지만, 문항의 특성이 피험자 집단에 따라 달라지거나 피험자 능력이 검사의 특성에 따라 다르게 나타나는 한계가 있다.

이와 달리 문항 반응 이론에서는 피험자의 능력은 고유하며, 문항의 난이도나 변별도 역시 변하지 않는다고 간주한다. 문항 반응 이론에서는 피험자의 능력과 문항의 특성을 분석하기 위해 피험자의 응답에 기반하여 확률적으로 접근하는데, 이때 문항 특성 곡선이 활용된다. 문항 특성 곡선은 피험자의 능력(θ)에 따라 어떤 문항의 답을 맞힐 확률을 나타내는 S자 형태의 곡선이다.

[A] 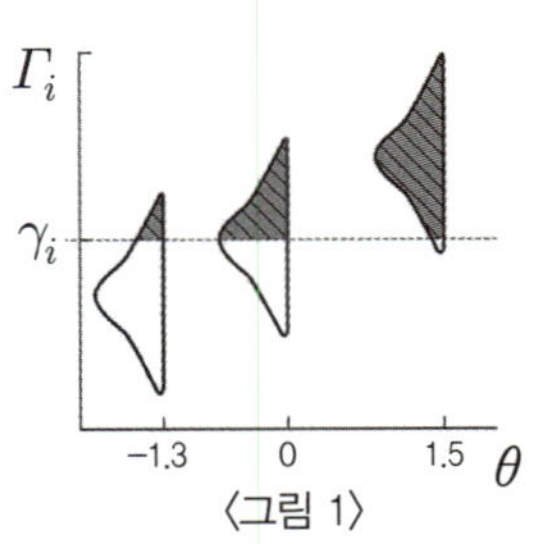

i라는 문항이 제시되었을 때 능력이 낮은 피험자라 하더라도 일부는 문항의 답을 맞힐 수도 있을 것이며 능력이 높은 피험자라 하더라도 모두가 반드시 답을 맞힐 수 있는 것은 아니다. 따라서 i 문항에 응답하는 경향(Γ_i)은 θ에 따라 정규 분포로 그려지게 될 것이고, 문항의 난이도가 γ_i일 때 Γ_i가 이보다 높으면 문항의 답을 맞히게 될 것이다. 즉 〈그림 1〉과 같이 θ가 -1.3, 0, 1.5일 때 각각의 정규 분포가 그려진다면 γ_i보다 위에

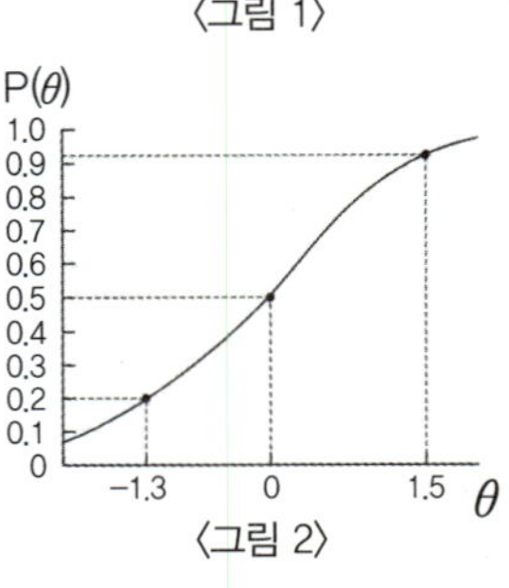

있는 면적이 문항의 답을 맞힐 확률이 되어, θ가 -1.3인 집단의 답을 맞힐 확률은 0.2, θ가 0인 집단의 답을 맞힐 확률은 0.5, θ가 1.5인 집단의 답을 맞힐 확률은 0.92로 얻어진다. 이런 방식으로 각 능력에서 문항의 답을 맞힐 확률인 P(θ)를 구하고, 이를 연결하는 곡선을 그리면 〈그림 2〉와 같은 문항 특성 곡선이 나타난다.

문항 특성 곡선은 능력이 낮은 집단의 P(θ)는 낮고, 능력이 높은 집단의 P(θ)는 높음을 나타내는 증가함수이다. 문항 특성 곡선에서 문항의 난이도는 위치 모수로 나타난다. 위치 모수는 문항의 P(θ)가 0.5일 때 그에 대응하는 θ 지점을 의미한다. 위치 모수는 오른쪽에 있을수록 어려운 문항으로 추정된다. 반면 문항의 변별도는 척도 모수로 나타난다. 척도 모수는 문항 특성 곡선의 기울기가 가파를수록 높다고 추정된다.

문항 반응 이론에서 θ는 검사를 구성하는 각 문항의 문항 특성 곡선으로부터 도출된 정보를 종합적으로 고려하여 추정할 수 있다. 예를 들어 어떤 피험자가 n개의 문항에 응답했다면 각 문항의 문항 특성 곡선에서 θ를 임의의 값으로 설정하여 $P_1(\theta)$, $P_2(\theta)$, …, $P_n(\theta)$를 구한다. 이렇게 구한 각각의 값은 ㉮피험자의 실제 응답과 차이가 있다. 그래서 θ의 수치를 바꾸어 가면서 그 차이가 무시해도 될 정도로 매우 작아지는 θ의 수치를 구해 이를 피험자의 능력으로 추정한다.

1. 윗글을 이해한 내용으로 적절하지 <u>않은</u> 것은?

① 고전 검사 이론의 경우 문항의 변별도는 피험자의 수와 피험자의 총점의 관계를 나타낸다.

② 고전 검사 이론의 경우 동일한 피험자라도 문항의 난이도에 따라 피험자의 능력이 다르게 분석될 수 있다.

③ 문항 반응 이론의 경우 피험자의 능력에 따라 문항의 특성이 달라지지 않는다고 간주한다.

④ 고전 검사 이론과 문항 반응 이론 모두 피험자의 응답을 기반으로 문항의 특성을 분석한다.

⑤ 고전 검사 이론과 문항 반응 이론 모두 피험자의 잠재적 속성을 측정하는 검사의 질을 분석하는 데 쓰인다.

2. **고전 검사 이론**을 바탕으로 〈보기 1〉에 대해 〈보기 2〉와 같이 추론하였을 때, ㉠, ㉡에 들어갈 말로 적절한 것은?

〈보기 1〉

4명의 피험자가 4문항으로 구성된 검사를 실시하여 다음과 같은 응답 결과를 얻었다.

피험자＼문항	1번	2번	3번	4번	총점
A	1	1	1	1	4
B	1	1	0	1	3
C	0	0	0	1	1
D	1	0	1	1	3

※ 응답한 문항의 답을 맞힌 경우 1점, 틀린 경우 0점.

〈보기 2〉

○ 피험자 B와 피험자 D는 ⎡ ㉠ ⎤ 때문에 능력이 같다고 할 수 있다.

○ 1번 문항이 3번 문항보다 ⎡ ㉡ ⎤ 할 수 있다.

	㉠	㉡
①	총점이 동일하기	난이도가 낮다고
②	총점이 동일하기	난이도가 높다고
③	응답한 문항 수가 동일하기	변별도가 낮다고
④	응답한 문항 수가 동일하기	변별도가 높다고
⑤	응답한 문항 수가 동일하기	난이도가 낮다고

3. 윗글을 바탕으로 〈보기〉를 분석한 내용에 대한 판단으로 적절하지 <u>않은</u> 것은? [3점]

〈보기〉

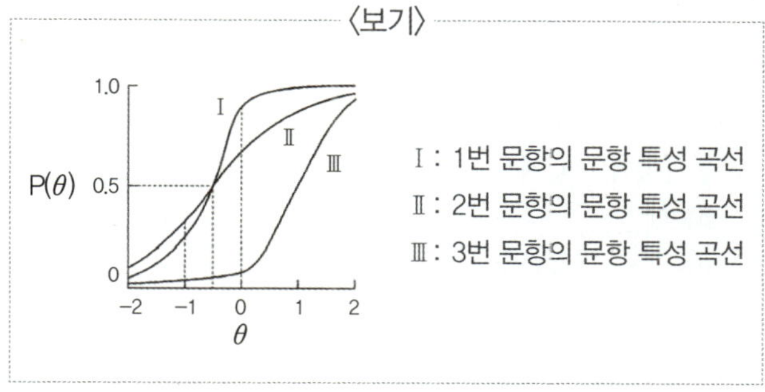

분석한 내용	판단
위치 모수가 가장 오른쪽에 있는 3번 문항이 가장 어렵겠군.	적절함. … ①
능력이 0보다 높은 피험자들을 변별하는 데는 3번 문항보다 1번 문항이 적합하겠군.	적절함. … ②
능력이 −2인 피험자가 2번 문항을 맞힐 확률은 3번 문항을 맞힐 확률보다 낮겠군.	적절하지 않음. …… ③
$P(\theta)$가 0.5일 때 1번 문항과 2번 문항의 θ는 동일하기 때문에 1번 문항이 2번 문항보다 어렵겠군.	적절하지 않음. …… ④
$-1 < \theta < 0$ 구간에서 2번 문항은 3번 문항에 비해 피험자의 능력에 따라 피험자를 변별하는 정도가 크겠군.	적절함. … ⑤

4. [A]를 이해한 내용으로 적절하지 <u>않은</u> 것은?

① i 문항보다 쉬운 문항이 제시된다면 피험자의 능력이 −1.3인 집단과 피험자의 능력이 0인 집단의 답을 맞힐 확률은 모두 높아지겠군.

② i 문항에 대해 피험자의 능력이 −1인 집단의 응답 경향을 나타내는 정규 분포에서 γ_i보다 위에 있는 면적은 0.2보다 작겠군.

③ i 문항에 대해 피험자의 능력이 1인 집단의 답을 맞힐 확률은 피험자의 능력이 0인 집단의 답을 맞힐 확률보다 높겠군.

④ i 문항보다 쉬운 문항이 제시된다면 피험자의 능력이 1.5인 집단의 답을 맞힐 확률은 0.92보다 높겠군.

⑤ i 문항보다 어려운 문항이 제시된다면 피험자의 능력이 0인 집단의 답을 맞힐 확률은 0.5보다 낮겠군.

5. ㉮의 이유로 가장 적절한 것은?

① 문항 특성 곡선을 활용하여 피험자의 고유한 능력을 확률적으로 추정했기 때문에

② 문항 특성 곡선이 문항의 위치 모수와 척도 모수를 반영하고 있지 못하기 때문에

③ 각 문항의 문항 특성 곡선에 따라 피험자의 능력이 변질될 수 있기 때문에

④ 피험자가 문항을 맞힐 확률이 문항의 변별도에 의해 결정되기 때문에

⑤ 피험자 집단의 특성에 따라 피험자의 능력이 좌우되기 때문에

MEMO

[1~5] 다음 글을 읽고 물음에 답하시오.

언어 분석철학자인 카르납은 어떤 언명이 어법에 맞지 않거나 관찰 가능한 경험적 문장으로 환원될 수 없을 경우에 그 언명은 무의미하다고 보고, 이를 '사이비 언명'이라 부르며 배척하였다. 예를 들어 다음의 두 문장을 살펴보자.

Ⅰ. 카이사르는 그리고(Ceasar is and).
Ⅱ. 카이사르는 소수이다(Ceasar is a prime number).

'Ⅰ'은 어법에 맞지 않아서, 'Ⅱ'는 참과 거짓 여부를 판가름할 수 있는 관찰 사실을 찾는 것이 불가능하다는 점에서 '사이비 언명'에 해당한다. 카르납은 특히 Ⅱ와 같은 유형의 사이비 언명에 대해 언급하는 과정에서, 하이데거와 같은 철학자들이 언어를 통해 형이상학적인 존재를 드러낼 수 있다고 본 것은 오류라고 지적했다. 하이데거는 '무(無)란 무 자체가 무화(無化)한 것으로서 존재인 동시에 존재를 넘어서는 것'이라는 언명을 통해 '무'도 관찰 가능한 대상임을 말하고자 했다. 그러나 카르납은 이러한 하이데거의 언명에서 원래 '아무것도 없음'을 뜻하는 문자적 의미의 '무'가 '존재인 동시에 존재를 넘어서는 것'이라는 은유적 의미로 슬그머니 바뀌었음을 지적했다. 즉 카르납은 '무'에 대한 하이데거의 언명이 은유의 개입으로 인해 문자적인 의미가 은유적인 의미로 아무 이유 없이 변경된 사이비 언명에 불과하다고 본 것이다.

언어가 세계를 반영하고 있다고 보았던 카르납은 세계의 진리를 밝히기 위해 언어를 논리적으로 분석하였으며, 그 과정에서 언어를 문자적 언어와 은유적 언어로 나누고 전자는 과학과 같은 객관적 사실의 영역에, 후자는 문학과 같은 정서적 표현의 영역에 각각 고정해 두고자 했다. 카르납은 과학적이고 객관적인 사실의 영역 안에서 세계의 진리를 설명하고자 했기 때문에 그에게 시인들의 은유적 언어는 참과 거짓을 판단하는 것이 무의미한 대상에 불과했으며, 오직 문자적 언어만이 세계의 진리에 접근할 수 있는 길이라 여겼다.

이러한 카르납의 언어관과 달리 실용주의자 로티는 언어란 역사적 우연성의 산물로, 거기에는 어떤 고정적 의미나 초월적 진리가 담겨있을 수 없다는 다원주의적 관점을 보여 준다. 언어의 의미는 대상에 의해서 정해지는 것이 아니라 언어를 사용하는 사람들에 의해 우연하게 정해지는 것으로 시대와 환경에 따라서 얼마든지 달라질 수 있다고 본 것이다. 로티는 객관적인 문자적 언어와 주관적인 은유적 언어는 명확히 구분될 수 없으며 구분해 줄 만한 기준도 존재하지 않는다고 생각했다. 언어를 구분하는 것은 대상의 본질을 지시하는 하나의 특별한 언어가 있다는 생각에서 나온 것인데, 로티는 이러한 생각이 언어의 우연적 속성에 부합하지 않는다고 본 것이다. 또한 은유적 언어는 그것이 사용된 특정한 맥락 안에서만 의미를 갖는 것일 뿐 언어 자체가 은유적인 본질을 갖는 것은 아니라는 점에도 주목했다. 로티는 언어가 세계를 반영하고 있지 않다고 보았으나, 그렇다고 해서 세계가 존재한다는 사실 자체를 부정하지는 않았다. 다만 진리를 말하기 위해서는 언어를 사용할 수밖에 없기 때문에 언어적 서술들의 옳고 그름만 서로 비교할 수 있을 뿐, 끝내 세계의 옳고 그름을 제시할 수는 없음을 말하고자 했던 것이다.

결국 로티는 ㉮옳다고 여겨지는 어떤 언명이 존재한다는 것은 그 언명이 주어진 상황을 드러내는 데 적절하다는 것을 특정 시대의 전통과 공동체가 승인한다는 의미일 뿐 문화적, 시대적 배경을 초월하여 절대적으로 옳다는 것을 증명하는 것은 아니라고 보았다. 그는 이렇게 세계에 관해 우리가 밝히는 것이 세계와 언어를 비교하는 것이 아니라 세계를 서술하는 언어끼리 비교하는 것일 뿐이라는 사실을 안다면, 문자적 언어가 은유적 언어보다 그 진리에 더 부합한다고도 말할 수는 없다고 생각했다.

로티는 이러한 언어관을 바탕으로 우리가 서술해 나가는 진리가 시대와 환경에 따라 끊임없이 재서술되면서 변화하는 것임을 밝히고자 했으며, 그런 점에서 철학적인 작업을 엄밀하고 체계적인 학문으로서보다는 문학적이고 시적인 작업으로 이해하고자 했다. 로티는 개인이 사적 공간에서 자신의 고유한 삶에 대해 자신만의 어휘로 서술해 나가는 시인과도 같은 작업을 통해 저마다의 진리가 우연적이고 상대적으로 존재하게 된다고 보았으며 이렇게 끊임없이 자신을 재서술해 나가는 개인을 일컬어 ㉠아이러니스트라고 불렀다. 로티는 아이러니스트의 작업이 자기완성의 길일 뿐 이상적인 인간이 되는 것을 담보하는 것은 아니며, 그 개인적 진리를 공적 영역으로 끌고 나와 모두에게 동의를 구하거나 강요할 수도 없다고 단정했다. 로티의 관점에서는 모두가 동의하는 궁극적 진리를 발견하고자 했던 과거의 수많은 철학자들 역시 아이러니스트에 불과할 뿐이므로, 그들이 찾은 진리 또한 사적 영역에 한정시키고자 했다. 그런데 아이러니스트는 사적인 영역에만 갇혀 공적인 것에 대해 무관심해질 수 있으므로, 로티는 사적 영역에서 아이러니스트의 작업을 수행함과 동시에 공적 영역에서는 자유주의자가 될 것을 촉구했다. 그가 말하는 ㉡자유주의자란 대화와 타협을 통해 제도와 관습의 부정적인 측면을 고쳐 나감으로써 사회적 약자의 고통을 줄여 나가는 연대성을 실천하는 사람을 의미한다. 이렇듯 로티는 보편적 기준이 적용될 수 없는 사적인 영역과 시대의 보편적 기준에 의해 지배되는 공적인 영역을 분리함으로써 진리 탐구의 과정과 사회적 문제 해결의 과정을 명확히 구분하고자 했다.

카르납과 로티의 언어관을 비교한 지문으로, 카르납의 언어관을 로티의 언어관으로 반박하는 구조이다. 언어에 대한 입장이 서로 상반되어 비교·대조하며 읽는 것이 중요하다. 언어와 세계의 관계를 기표와 기의의 관계, 작품과 현실의 관계 등으로 확장하여 배경지식으로 활용할 수도 있을 것이다. 이를 연습하기 위해 아래 제시된 평가원 기출과 연계해서 풀어 보자.

(2609) (가) 「대중 예술인 영화와 사회의 관계」, (나) 「SF의 개념과 장르적 특징」 / 「홀수 기출 평가원 최신 [독서]」 문제 책 130P

1. 윗글의 내용에 대한 이해로 가장 적절한 것은?

① 카르납은 하이데거의 언명이 객관적인 사실의 영역에서 증명될 수 있다고 여겼다.

② 로티는 언어의 우연성 안에 세계가 반영되어 있다고 보았다.

③ 카르납은 언어 자체의 의미에, 로티는 언어가 사용된 특정한 맥락에 주목했다.

④ 카르납은 문자적 언어가, 로티는 은유적 언어가 세계의 진리를 더 잘 드러낸다고 여겼다.

⑤ 카르납과 로티는 모두 객관적 언어와 주관적 언어를 구분하는 기준은 없다고 보았다.

2. 윗글에 나타난 '카르납'의 관점에서 〈보기〉를 이해한 내용으로 적절하지 _않은_ 것은?

〈보기〉

○ 최근 죽은 채 발견된 향유고래를 부검한 결과 뱃속에서 100kg에 달하는 플라스틱 쓰레기가 나왔고, 향유고래를 부검한 과학자는 '플라스틱 쓰레기로 인해 향유고래가 죽었다'라고 밝혔다.

○ 철학자 니체는 종교의 초월성과 절대성, 즉 '신'으로 통칭되는 형이상학적 가치가 인간을 무력하게 한다고 보고, '신은 죽었다'라는 언명을 통해 신이 더 이상 중요하지 않음을 말하고자 했다.

① 향유고래가 플라스틱 쓰레기로 인해 죽었다는 것은 관찰 가능한 사실이므로 '플라스틱 쓰레기로 인해 향유고래가 죽었다'라는 진술은 유의미한 언명에 해당하는군.

② '신'으로 통칭되는 형이상학적인 가치는 생물이 아니어서 죽음을 관찰할 수 있는 대상이 아니므로 '신은 죽었다'라는 니체의 말은 무의미한 언명에 해당한다고 봐야겠군.

③ '신은 죽었다'라는 니체의 말은 원래 '생명이 소멸되었음'을 의미하는 '죽었다'라는 단어에 '더 이상 중요하지 않음'이라는 은유적 의미가 개입된 언명이라고 볼 수 있겠군.

④ '신은 죽었다'라는 니체의 말은 종교의 초월적이고 절대적인 가치가 여전히 중요하다고 여기는 사람들에게는 거짓으로 판단될 것이라는 점에서 사이비 언명에 해당한다고 봐야겠군.

⑤ '플라스틱 쓰레기로 인해 향유고래가 죽었다'라는 진술에서 '죽었다'는 객관적 사실의 영역에 해당하지만, '신은 죽었다'라는 말에서 '죽었다'는 객관적 사실의 영역에 해당하지 않겠군.

3. 윗글을 바탕으로 〈보기〉의 ⓐ에 대한 반응을 예상한 내용으로 적절하지 _않은_ 것은? [3점]

〈보기〉

일제강점기를 살았던 시인 한용운은 기미독립운동이 실패로 돌아간 후 '당신을 보았습니다'라는 시를 썼다. 이 시에서 한용운은 ⓐ'온갖 윤리, 도덕, 법률은 칼과 황금을 제사지내는 연기'라는 표현을 통해 당시의 윤리와 도덕, 법률이 본래의 취지와는 다르게 약자를 보호하는 데 쓰이지 못하고, 권력을 지닌 자나 재력을 소유한 자를 위해 봉사하는 구실밖에 하지 못하는 당대의 모순적 현실을 비판하고자 했다.

① 카르납은 ⓐ가 시의 한 구절이라는 점에서 ⓐ의 참과 거짓을 판단하는 것이 무의미하다고 볼 것이다.

② 카르납은 ⓐ가 정서적 표현의 영역에 해당하는 언어이므로 ⓐ를 통해서는 세계의 진리를 드러낼 수 없다고 볼 것이다.

③ 로티는 ⓐ를 구성하고 있는 시어들이 드러내는 의미가 우연하게 정해진 것이라 생각할 것이다.

④ 로티는 ⓐ가 한용운에게 개인의 진리로 존재하기 위해 한용운과 동시대를 살았던 다른 사람들의 동의가 필요하다고 여길 것이다.

⑤ 로티는 윤리와 도덕이 제 역할을 하지 못했던 당대 현실에 대한 이해가 전제되어야 ⓐ가 의미를 가질 수 있다고 볼 것이다.

4. 로티의 관점에서 ㉠과 ㉡에 대해 이해한 것으로 적절하지 _않은_ 것은?

① 한 개인은 ㉠으로서 자신의 고유한 삶에 대해, ㉡으로서 사회적 약자의 고통스러운 현실에 대해 주목할 것이다.

② 한 개인은 ㉠으로서 사적 영역에서 서술한 진리를, ㉡으로서 공적 영역에서 실현해 내는 삶을 추구해야 할 것이다.

③ 한 개인은 ㉠으로서 자기완성에 이를 수 있을 것이고, ㉡으로서 사회문제를 해결하는 데 기여할 수 있을 것이다.

④ 한 개인은 ㉠으로서 자신만의 언어로 개인적 진리를 찾을 것이고, ㉡으로서 연대성을 실천하기 위한 시도를 할 것이다.

⑤ 한 개인은 ㉠으로서 자신을 서술하며 진리를 찾을 것이고, ㉡으로서 잘못된 제도를 바꾸기 위해 대화와 타협을 할 것이다.

5. ㉮에 대한 로티의 견해로 적절하지 <u>않은</u> 것은?

① ㉮가 옳다는 것은 세계의 옳고 그름과는 무관하게 성립하는 것이다.

② ㉮는 다른 시대나 다른 사회에서 옳지 않은 서술이라고 판단될 수 있다.

③ ㉮는 다른 언어적 서술들과의 비교를 통해서 절대성을 부여받을 수 있다.

④ ㉮가 옳다고 인정받는 것은 그것이 문자적 언어인지 아닌지와는 상관이 없다.

⑤ ㉮는 그 시대를 살아가는 공동체의 승인에 의하여 옳다고 받아들여지게 된 것이다.

[1~4] 다음 글을 읽고 물음에 답하시오.

기업은 주식과 채권 등 증권을 발행함으로써 경영 활동에 필요한 자금을 조달한다. 증권을 발행하는 기업은 증권의 발행 사실과 취득 절차를 안내하는 방식으로, 투자자들이 증권의 취득을 위한 의사 표시인 청약을 하도록 권유한다. 이때 청약을 권유받는 대상이 50인 이상인 경우를 공모, 50인 미만인 경우를 사모라고 한다. 사모는 취득한 증권을 타인에게 되파는 전매가 1년간 제한된다. 다만 청약을 권유받는 대상이 50인 미만이더라도 1년 내 증권 전매가 가능하다면 공모로 간주된다.

기업이 증권 거래소에 증권을 거래 물건으로 등록하면 상장 법인이 된다. 상장 법인은 자본시장법에 따라 '중요사항'을 시장에 공개할 공시 의무를 지닌다. 중요사항은 합리적인 투자 판단과 상장 법인의 가치에 중대한 영향을 미칠 수 있는 정보이다. 상장 법인이 중요사항을 공시하지 않으면 시장 참여자 간의 정보 불균형이 발생하며, 이는 증권 시장에 대한 투자자들의 신뢰를 떨어뜨리고 시장의 효율성을 저해하게 된다. 공시 의무는 상장 법인이 금융위원회에 공시 자료를 제출함으로써 이행되며, 자료를 제출하지 않거나 자료에 불완전한 정보를 기재한 상장 법인은 제재 대상이 된다.

공시 의무는 발행 시장과 유통 시장에서 발생한다. 발행 시장에서 상장 법인은 증권을 공모할 때마다 증권 신고서를 통해 중요사항을 공개함으로써 공시 의무를 이행한다. 반면 상장 법인이 사모로 증권을 발행한 경우에는 공시 의무가 면제되기 때문에 증권 신고서를 제출하지 않아도 된다. ㉠발행 시장에서의 공시에 포함되어야 하는 중요사항에는 공모하는 증권의 수량 및 가격 등의 공모 관련 사항과 상장 법인의 사업 내용 및 대주주에 관한 사항 등의 발행인 관련 사항이 있다. 상장 법인이 제출한 증권 신고서가 금융위원회의 심사를 통과하여 증권이 발행되면, 상장 법인은 청약을 권유하고 투자자는 해당 증권을 청약할 수 있게 된다.

유통 시장은 공모 절차를 거친 증권이 투자자들 간에 거래되는 곳이다. 여기에서는 증권의 매매가 끊임없이 이루어지며 가격 또한 변한다. 따라서 상장 법인은 투자 판단에 필요한 정보를 빠르고 정확하게 제공할 공시 의무를 지닌다. 상장 법인은 발행인 관련 사항 가운데 변동된 사항을 반영하여 기업의 현황을 일정 기간마다 공시하는 ㉡정기 공시를 해야 한다. 그리고 투자자의 투자 판단에 중대한 영향을 미치는 경영 정보가 발생하는 경우에는 이를 신속하게 공시하는 ㉢수시 공시를 해야 한다. 한편 공시되지 않은 정보를 특정인에게 투자 설명회 등을 통하여 선별적으로 제공하고자 한다면 그 제공에 앞서 동일한 정보를 공시해야 한다. 정보의 비대칭을 방지하기 위한 이러한 공시를 공정 공시라 한다.

자본시장법에서는 공시되지 않은 정보를 거래에 이용하는 것을 규제한다. 대표적인 규제로는 미공개중요정보 이용행위 금지가 있다. 미공개중요정보 이용행위란 중요사항 중 공개되지 않은 것을 특정 증권 등의 매매에 이용하거나 타인에게 이용하게 하는 것을 ⓐ이른다. 이 규제의 대상은 상장 법인의 임직원 등 내부자와 내부자로부터 직접 정보를 받은 1차 정보 수령자이다. 단, 해당 정보를 인식하더라도 그 정보가 거래에 영향을 미치지 않았다면 이는 미공개중요정보 이용행위라 볼 수 없다. 이와는 별개로 1차 정보수령자로부터 정보를 받아 이를 증권 매매에 이용하거나 타인에게 이용하게 했다면 이는 시장질서 교란행위 금지를 위반한 것으로 처벌받게 된다.

1. 윗글의 내용과 일치하지 않는 것은?

① 상장 법인이 증권을 발행하면 투자자에게 해당 증권의 청약을 권유할 수 있다.

② 유통 시장에서 투자자들에 의해 거래되는 증권은 가격이 변화한다는 특징을 갖는다.

③ 공시 제도는 투자자들의 합리적인 투자 판단을 도와 시장의 효율성을 제고할 수 있다.

④ 증권 신고서가 금융위원회의 심사를 통과하지 못한 경우 상장 법인은 투자자에게 청약을 권유할 수 없다.

⑤ 청약의 권유 대상이 50인 미만이면서 1년간 전매가 제한된 증권을 발행하는 경우 상장 법인은 공시 의무를 갖는다.

2. ㉠~㉢에 대한 설명으로 가장 적절한 것은?

① ㉠에서는 상장 법인이 추가로 발행해 공모하는 증권에 대해서는 공시 자료를 제출하지 않아도 된다.

② ㉡은 특정인에게 정보를 선별적으로 제공한 즉시 그 정보와 동일한 내용을 포함하여 이루어져야 한다.

③ ㉢은 주기적으로 이루어지므로 상장 법인이 불완전한 내용을 제출하더라도 제재 대상이 되지 않는다.

④ ㉠과 ㉡에서는 모두 상장 법인이 금융위원회에 공시 자료를 제출해야 한다.

⑤ ㉠과 ㉢에는 모두 증권의 최초 발행 가격과 수량 정보가 포함되어야 한다.

⭐ 3. 윗글을 바탕으로 〈보기〉를 이해한 내용으로 적절하지 <u>않은</u> 것은? [3점]

<구조도 그리기>

〈보기〉

배터리 제조사 갑은 2022년 7월 증권 거래소에 주식을 상장하면서 대표 이사 겸 대주주 A의 지분이 누락된 증권 신고서를 제출하였다. 갑은 2024년 6월, A가 보유 주식 중 일부를 주기적으로 매도한다는 계획을 공시하였다. 이후 A는 계획대로 주식을 매도하고 있다.

같은 해 10월, A와 갑의 임원 B는 갑의 지난 분기 영업 이익이 시장 예상치를 크게 밑돌았다는 사실을 알게 되었으나 갑은 이 사실을 공시하지 않았다. B는 자산 관리사 C에게 이 사실을 전달하였고, C는 갑의 주가가 하락할 것으로 보고 자신의 고객들이 보유하고 있던 갑의 주식을 매도하였다.

① 갑이 증권 신고서에 A의 지분을 기재하지 않은 것은 중요사항을 누락한 것이므로 갑은 공시 의무를 위반하였군.

② A가 2024년 10월 이후에 주식을 매도하더라도 그 행위가 6월에 공시한 계획대로 행해진 것이라면 A의 주식 매매는 미공개중요정보 이용행위에 해당하지 않겠군.

③ 영업 이익이 시장 예상치를 크게 밑돌았음에도 이를 신속하게 공시하지 않았기 때문에 갑은 수시 공시 의무를 위반한 것이겠군.

④ B가 C에게 갑에 관한 중요사항을 전달한 것은 공개되지 않은 상장 법인의 정보를 타인에게 이용하게 한 것이므로 B는 미공개중요정보 이용행위 금지를 위반하였군.

⑤ C가 B로부터 받은 정보를 활용해 주식을 매도한 것은 1차 정보 수령자로부터 받은 정보를 매매에 이용한 것이므로 C는 시장 질서 교란행위로 처벌받게 되겠군.

4. @와 문맥상 의미가 가장 가까운 것은?

① 올해는 예년에 비해 꽃피는 시기가 <u>이르다.</u>

② 친구는 매번 선생님께 나의 잘못을 <u>이른다.</u>

③ 평화는 분쟁과 갈등이 없는 상태를 <u>이른다.</u>

④ 그가 아이에게 다시는 늦지 말라고 <u>일렀다.</u>

⑤ 그가 기자에게 자신이 목격한 것을 <u>일렀다.</u>

[1~4] 다음 글을 읽고 물음에 답하시오.

법률상 유언은 자기의 사망으로 권리관계의 변동이 일어나게 끔 일방적인 의사를 표시하는 법률 행위라 할 수 있다. 유언으로 재산을 넘겨주는 것을 유증이라 하는데, 유증은 상대방의 의사와 상관없이 유언자의 일방적인 의사만으로 유효하게 성립한다. 유증을 받는 수증자는 유증을 거절할 수 있을 뿐이다. 이 점에서 상대방의 승낙이 필요한 증여와는 다르다. 그래서 유증과 증여는 모두 의사 표시를 기반으로 하는 법률 행위이지만, 유증은 단독 행위로, 증여는 계약으로 분류된다.

유언의 의사 표시는 법이 규정한 일정한 방식에 따라 이루어져야 한다. 예를 들면, 자필 증서로 하는 유언의 경우에는 유언자가 직접 쓰고 도장을 찍어야 하며, 컴퓨터를 이용하거나 남이 대필하면 그 효력이 생기지 않는다. 법으로 방식을 정하는 까닭은 당사자의 사망 후에 효력이 생기는 탓에 미리 본인의 진의를 확실히 해 두어야 할 필요가 있기 때문이다. 이와 달리 원칙적으로 계약은 특별한 방식이 정해져 있지 않아 당사자가 말로만 합의해도 유효하게 성립한다.

우리 민법은 유언의 자유를 보장한다. 사람은 언제든지 자유롭게 유언할 수 있고 철회도 할 수 있다. 혹시 유언의 내용을 변경할 때 자녀의 동의가 있어야 한다는 문구가 유언에 들어 있다면 그 부분은 무효가 된다. 유언으로 재산 처분의 내용과 방식을 정할 수 있다. 그러나 법정 상속인 이외의 사람을 상속인으로 지정하거나 법적으로 공동 상속인 사이에 정해진 상속 재산의 비율인 상속분을 법률로 정해진 비율과 달리 정하는 유언은 허용되지 않는다. 다만 ⓐ유증으로써 배우자나 자녀에게 법정 상속분과 다르게 재산을 물려줄 수 있다.

상속은 피상속인이 사망했을 때 그의 재산 관계가 포괄적으로 상속인에게 승계되는 것이다. 포괄적 승계라서 자산뿐 아니라 채무까지도 이전된다. 이러한 법률 효과가 의사 표시가 아니라 사망이라는 사건으로 생긴다는 점에서 법률 행위와는 근본적으로 차이가 있다. 민법에서는 상속인이 될 자격의 순위를 정해 놓아서, 후순위자는 선순위자가 없는 경우에 상속인이 된다. 제1 순위는 피상속인의 자녀 등의 직계 비속이고, 제2 순위는 부모 등의 직계 존속이다. 배우자는 제1 순위자와도 제2 순위자와도 같은 순위이다. 같은 순위 상속인들 사이의 상속분은 균등하며, 다만 배우자의 상속분에는 그 50%를 얹어 준다. 예를 들어 상속인이 배우자와 아들, 딸이 한 명씩 있다면 그 상속분의 비율은 각각 1.5 : 1 : 1이다.

유증은 특정 재산에 대해서 하는 특정 유증이 보통이지만 포괄적으로 할 수도 있다. 포괄 유증은 전체 재산에 대하여 그 전부를 또는 그에 대한 일정 비율을 정하여 상응하는 몫을 물려주는 방식이다. 이런 경우에 수증자는 유언의 효력이 발생하는 동

시에 상속인과 동일한 권리와 의무를 갖게 된다. 이에 비해 특정 유증에서는 목적물인 특정 재산에 대한 재산권이 일단 상속인에게 귀속하고, 수증자는 유증의 이행을 청구할 수 있는 채권을 취득한다. 상속인에게는 각자의 상속분에 따라 유증을 이행할 의무도 상속되므로 그 이행이 완료되는 때에 수증자는 재산권을 취득한다.

유증을 받는 수증자는 법정 상속인에 한정되지 않는다. 상속인과 달리 수증자는 사람뿐 아니라 법인이나 단체, 시설 등도 될 수 있다. 즉, 유언자는 상속인이 아닌 사람이나 단체에 재산을 물려줄 수도 있는 것이다. 따라서 상속 재산 전부가 특정한 자녀나 상속인이 아닌 사람에게 유증되는 일도 있다. 다만 민법은 유류분 제도를 두어 상속인이 된 사람에게 자기 상속분의 일정 비율을 최소한의 몫으로 받을 수 있도록 보장한다.

1. 윗글의 내용과 일치하는 것은?

① 유언의 철회는 자유롭게 할 수 없다.

② 상속의 대상은 채무를 제외한 피상속인의 재산이 된다.

③ 계약은 원칙적으로 당사자가 말로만 합의해도 유효하게 성립할 수 있다.

④ 특정 유증의 수증자는 유언의 효력이 발생하는 동시에 목적물을 소유한다.

⑤ 자필 증서로 하는 유언은 법으로 정한 방식에 따를 필요 없이 자유롭게 할 수 있다.

2. 윗글을 이해한 내용으로 적절하지 않은 것은?

① 유증의 효력은 유언자의 사망으로 발생한다.

② 수증자가 거절하지 않아야 유증이 유효하게 성립한다.

③ 법인에 유증을 할 때 상속인의 동의는 필요하지 않다.

④ 유증과 증여 모두 상속과 달리 법률 행위로 분류된다.

⑤ 증여는 상대방의 승낙이 없으면 효력이 생기지 않는다.

★3. ㉠의 예로 가장 적절한 것은?

① 유류분의 처분을 정하는 방식으로 유언을 한다.

② 법정 상속인이 아닌 제삼자에게 재산의 일부를 유증한다.

③ 법정 상속인을 배제하고 공익 단체에 모든 재산을 증여한다.

④ 법정 상속인들 사이의 상속분을 서로 다르게 정하는 유언을 한다.

⑤ 제1 순위 법정 상속인들 가운데 한 사람에게 재산의 일부를 유증한다.

4. 윗글을 바탕으로 〈보기〉를 이해한 내용으로 적절하지 <u>않은</u> 것은? [3점]

〈보기〉

X의 상속인은 배우자, 아들 A, 딸 B가 전부이다. X가 사망하였을 때 그의 재산으로 14억 원의 현금이 확인되었으며, 그 밖의 자산은 없는 것으로 파악되었다. 유효하게 작성된 X의 자필 유언도 발견되었는데, X가 사망하면 전체 재산의 절반을 공익 법인 C에 기부한다는 내용이었다.

① X에게 채무가 있다면, 공익 법인 C는 기부받은 재산으로 X의 채무를 물어 주는 일이 생길 수 있다.

② X에게 채무가 있다면, 공익 법인 C는 X에게 채무가 있다는 이유를 들어 7억 원의 수령을 거절할 수 있다.

③ X에게 채무가 없다면, 아들 A와 딸 B가 법정 상속분에 따라 상속받는 재산의 합은 X의 배우자가 상속받는 재산보다 많다.

④ X에게 채무가 없다면, X의 부모가 있는 경우 아들 A와 딸 B의 법정 상속분은 줄어들지만, X의 배우자는 법정 상속분이 줄어들지 않는다.

⑤ X에게 채무가 없다면, 법정 상속분에 따라 상속이 이루어졌다고 할 때 공동 상속인들 가운데 아들 A와 딸 B는 같은 금액을 상속받는다.

구조도 그리기

해설 P.178

[1~4] 다음 글을 읽고 물음에 답하시오.

공공선택론은 정치학의 영역인 공공 부문의 의사결정에 대해서 경제학적 원리와 방법론을 적용하여 설명하려는 연구이다. 공공선택론은 기존의 정치학과는 다르게 다음 세 가지 가정으로부터 출발한다.

첫 번째 가정은 방법론적 개인주의로, 모든 사회 현상의 분석 단위를 개인으로 삼는다는 것이다. 이 가정에서는 집단을 의사결정을 할 수 있는 유기체적 주체로 보지 않기 때문에 국가는 의사결정의 주체인 개인들의 집합체라고 본다. 따라서 정치 현상은 개인들의 의사결정을 집합적 결과로 보여 주는 것이다.

두 번째는 인간을 '경제 인간'으로 본다는 가정이다. 경제 인간은 자기애를 갖고 자신의 이익을 추구하는 합리적인 인간을 의미한다. 사람들은 자신의 이해관계를 최우선시하므로 구체적 목적을 달성하는 과정에서 비용을 최소화하고 편익을 극대화하려고 한다. 다만 비용, 편익, 효용은 사람마다 다르다.

마지막 가정은 수요와 공급의 관점에서 정치도 본질적으로 경제시장과 같은 선택의 문제이며 정치적 활동 역시 교환 행위로 본다는 것이다. 이 관점에서 정치는 정치시장으로, 정치인은 재화와 용역의 공급자로, 유권자는 수요자로 해석된다. 경제시장에서 사람들은 교환을 통해 이익을 얻을 수 있다고 판단한 경우에만 거래에 참여한다. 정치시장도 이와 마찬가지인데 기존의 경제학의 관점과는 달리, 거래의 결과가 거래 당사자들뿐만 아니라 거래에 참여하지 않은 사람들에게도 영향을 미친다.

[A]
이 세 가지 가정을 바탕으로 공공선택론에서는 공공 부문의 의사결정에서 발생하는 사회적 문제를 분석하는데 그 중 정치인과 유권자가 유발하는 문제를 분석하는 모형으로 중위투표자 정리 모형이 있다. 중위투표자 정리 모형은 단일 사안에 대해 유권자의 정치적 선호가 하나의 정점을 갖는 단일 선호일 경우, 경쟁하는 두 정당의 정치인들이 내거는 공약은 중위투표자가 선호하는 정책에 접근하게 된다는 이론이다. 이때 중위투표자란 정치적 선호에 따른 유권자 전체의 분포에서 한가운데에 위치한 유권자를 말한다. 이 모형은 몇 가지 가정을 전제로 하는데 정치적 선호에 따른 유권자들의 분포는 종 모양의 정규분포를 가지며 유권자는 자신의 선호 체계에 가장 가까운 공약을 제시하는 정치인에게 투표한다는 것이다. 이 경우 선거의 승리를 목적으로 하는 정치인의 정책은 그의 정치적 이념과 관계없이, 중위투표자의 선호를 반영하는 방향으로 수렴하는 경향이 생긴다. 결국 민주주의의 의사결정이 다수가 아닌 소수인 중위투표자에 의해 이루어지게 됨으로써 반민주적인 결과를 초래할 수 있다.

또 다른 모형으로는 합리적 무지 모형이 있다. 유권자는 자신의 선호를 반영할 수 있는 정치인이 누구인지 관심을 가지고 투표해야 하지만 일부 유권자들은 투표에 관심이 없다. 이러한 현상을 공공선택론은 합리적 무지 모형으로 설명한다. 합리적 무지 모형이란 자신의 효용 극대화를 추구하는 유권자는 정보를 습득하는 비용이 정보로부터 얻을 편익보다 클 경우 정보를 습득하지 않고 무지한 상태를 유지한다는 이론이다. 정치인은 자신을 지지하는 유권자의 이해관계를 반영하여 정치적 의사결정을 하기 때문에 합리적 무지가 발생하면 공공재와 행정서비스는 특정 문제에 이해관계를 가지고 정치인과 결탁한 이익집단에만 집중되는 비효율적인 결과를 낳는다.

공공선택론자인 뷰캐넌은 사회의 이러한 비효율적 문제들의 근본적 원인과 해결책을 헌법 제도에서 찾아야 한다는 헌법정치경제학을 제시했다. 뷰캐넌은 헌법정치경제학에서 의사결정 구조를 두 가지 수준으로 구별하는데, 하나는 헌법 제정 이후 의사결정이 입법적 수준에서 결정되는 '일상적 정치'이고, 다른 하나는 일상적 정치에 대한 규칙을 결정하는 '헌법적 정치'이다. 헌법적 정치는 일상적 정치에 제약을 부과하는 헌법을 확립하는 정치 활동이고, 일상적 정치는 헌법 안에서 다양한 전략을 활용하는 정치 활동이다. 그는 헌법적 정치를 통해 집합적 의사결정이 공정하게 이루어지는 규칙을 만들고 헌법 안에서 자신의 이익 추구를 위해 일상적 정치를 하는 개인의 자유를 최대한 보장하는 것을 목표로 삼았다. 이를 위해 헌법 체계의 근본을 개혁해야 한다고 주장했다. 헌법을 만드는 과정에서는 의사결정 참여자 누구도 자신의 이익을 정확하게 산정하기 어렵기 때문에 제정된 헌법의 규칙 내에서 특정 목적을 위한 정책에 대해 합의하는 것과 달리 ⊙헌법 자체에 대해 합의하는 것이 모든 이에게 편익을 준다고 보고 헌법 개혁의 필요성을 주장했던 것이다.

1. 윗글을 통해 답을 찾을 수 <u>없는</u> 질문은?

① 공공선택론이 기존의 정치학과 다른 점은 무엇인가?

② 공공선택론에서는 사회 현상을 분석하는 단위를 무엇으로 보는가?

③ 공공선택론에서는 경제시장과 정치시장이 어떤 차이가 있다고 보는가?

④ 공공선택론은 정치인과 유권자가 유발하는 사회적 문제를 어떤 이론으로 분석하는가?

⑤ 공공선택론이 사회적 문제를 해결하기 위해 정치인의 공약을 강조한 이유는 무엇인가?

2. 공공선택론 에 대한 설명으로 보기 어려운 것은?

① 정치인들이 생각하는 효용은 정치인 각자의 주관적 판단에 따라 다르다.

② 정치시장에서 정책적 목적을 달성하기 위해 의사결정을 하는 주체는 국가이다.

③ 의사결정의 주체들은 자신의 경제적 이해에 따라 효율적인 것을 선택하는 능력을 지니고 있다.

④ 정치인은 선거에 무관심한 유권자보다 특정 문제에 이해관계를 가지고 편익을 제공하는 이익집단에 유리한 정치적 의사결정을 한다.

⑤ 유권자는 정치인의 정책 공약에 대한 정보를 습득하기 위한 비용이 이에 대한 이익보다 크면 정책 공약에 대한 정보를 습득하지 않는다.

4. 뷰캐넌이 ㉠처럼 생각한 이유로 가장 적절한 것은?

① 합의로 만들어진 헌법이 일상적 정치를 하는 개인의 활동을 규정하고 제한할 수 없기 때문에

② 의사결정 참여자들이 헌법적 정치를 통해 입법적 수준에서 헌법의 규칙에 합의할 수 있기 때문에

③ 헌법적 정치는 특정 개인의 이익을 정확히 산정하기 어려우므로 규칙의 공정성이 확보되어 개인의 자유를 최대한 보장할 수 있기 때문에

④ 의사결정 참여자들은 일상적 정치를 하는 과정보다 헌법적 정치를 하는 과정에서 누구나 자신의 효용 극대화를 추구하기 쉽기 때문에

⑤ 일상적 정치보다 헌법적 정치를 통해 특정 목적을 위한 정책의 대안에 합의하는 것이 의사결정 참여자들의 이해관계에 부합하기 때문에

★3. [A]를 적용하여 〈보기〉의 상황을 이해할 때, 적절하지 않은 것은? [3점]

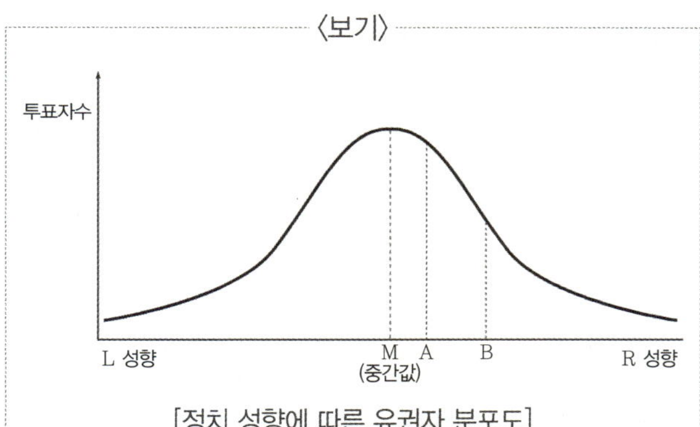

[정치 성향에 따른 유권자 분포도]

　　두 정당의 정치인 갑과 을이 단일 사안에 대해 경쟁하는 다수결 원칙의 선거 상황에서 갑은 정치 성향이 중간인 M의 입장에서, 을은 R 성향인 B의 입장에서 정책을 제시하였다. 유권자는 자신의 정치 성향에 따라 단일한 정점 선호를 가지고 있으며 모두 투표에 참여한다.

① 정치 성향이 M의 왼쪽에 있는 L 성향의 유권자들은 모두 갑에게 투표할 것이다.

② 정치 성향이 중간인 M의 입장에서 정책을 제시한 갑이 을보다 당선 가능성이 높을 것이다

③ 정치 성향이 A인 유권자들은 자신의 정치적 선호에 따라 R 성향의 정책을 제시한 을에게 투표할 것이다.

④ 정치 성향이 B의 오른쪽에 있는 R 성향의 유권자들은 자신의 효용을 극대화하기 위해 을에게 투표할 것이다.

⑤ 을이 당선 가능성을 높이기 위해 공약을 수정한다면 을은 갑이 제시한 정책과 유사한 정치 성향을 띤 공약을 내세우려 할 것이다.

구조도 그리기

2020학년도 4월 학평
실업과 정부의 역할

해설 P.183

[1~5] 다음 글을 읽고 물음에 답하시오.

경제학에서는 일할 의사와 능력이 모두 있는 사람이 일자리를 갖지 못한 상태를 실업이라고 정의하고, 실업이 증가하면 사회가 생산할 수 있는 재화나 서비스의 수량이 적어지는 등의 경제적 문제가 발생한다고 보았다. 경제학에서는 실업이 발생하는 원인에 따라 실업을 크게 마찰적 실업, 구조적 실업, 경기적 실업 등으로 분류하고 그 해결책을 정부의 역할과 관련하여 제시하고 있다.

[A]
우선 마찰적 실업이란 일반적인 경제 상황에서 노동자가 개인의 선택으로 직업이나 직장을 바꾸는 과정에서 불가피하게 발생하는 실업이다. 이는 전체 생산량 측면에서 경제적으로 큰 손실을 발생시키지 않기 때문에 정부의 역할은 크게 요구되지 않는다. 다음으로 구조적 실업이란 노동자가 공급하는 기술 수준과 기업에서 요구하는 기술 수준 간의 불합치 때문에 발생하는 실업이다. 구조적 실업은 노동자의 재교육 등과 같은 방법으로 해결할 수 있기 때문에 이와 관련된 정책을 수립하는 정부의 역할이 요구된다. 마지막으로 경기적 실업이란 경기 침체의 영향으로 기업 활동이 ⓐ위축되고 이로 인해 노동에 대한 수요가 감소하여 고용량이 줄어들어 발생하는 실업이다. 다시 말해 경기적 실업은 노동 시장에서 노동의 수요와 공급이 균형을 이루고 있는 상태라고 가정할 때, 경기가 ⓑ침체되어 물가가 하락하게 되면 기업은 생산량을 줄이게 되고 이로 인해 노동에 대한 수요가 감소하여 발생한다. 경기적 실업은 다른 종류의 실업에 비해 생산량 측면에서 경제적으로 큰 손실을 발생시킬 수 있기에 경제학자들은 이를 해결하기 위한 정부의 역할에 대해 다양한 의견을 제시한다.

먼저 고전학파에서는 시장에서 임금이나 물가 등의 가격 변수가 완전히 탄력적으로 작용하기 때문에 경기적 실업을 자연스럽게 ⓒ해소될 수 있는 일시적 현상으로 본다. 이들에 의하면 노동자들이 받는 화폐의 액수를 의미하는 명목임금이 변하지 않은 상태에서, 경기 침체로 인해 물가가 하락하게 되면 ㉠명목임금을 물가로 나눈 값, 즉 임금의 실제 가치를 의미하는 ㉡실질임금은 상승하게 된다. 예를 들어 물가가 10% 정도 하락하게 되면 명목임금으로 구매할 수 있는 재화의 양이 10% 정도 늘어날 수 있고, 이는 물가가 하락하기 전보다 실질임금이 10% 정도 상승했다는 의미이다. 이렇게 실질임금이 상승하게 되면 경기적 실업으로 인해 실업 상태에 있던 노동자들은 노동 시장에서 일자리를 적극적으로 찾으려고 하고, 이로 인해 노동의 초과공급이 발생하게 된다. 그래서 노동자들은 노동 시장에서 경쟁하게 되고 이러한 경쟁으로 인해 명목임금은 탄력적으로 하락하게 된다. 명목임금의 하락은 실질임금의 하락으로 이어지게 되고 실

질임금은 경기가 침체되기 이전과 동일한 수준으로 돌아간다. 결국 기업에서는 명목임금이 하락한 만큼 노동의 수요량을 늘릴 수 있게 되므로 노동의 초과공급은 사라지고 실업이 자연스럽게 해소된다. 따라서 고전학파에서는 인위적 개입을 통해 경기적 실업을 감소시키려는 정부의 역할에 반대한다.

그러나 케인즈학파에서는 시장에서 임금이나 물가 등의 가격 변수가 완전히 탄력적으로 ⓓ작용하지는 않기 때문에 경기적 실업은 자연스럽게 해소될 수 없다고 주장한다. 즉 명목임금이 변하지 않은 상태에서 경기 침체로 인한 물가 하락으로 실질임금이 상승하더라도, 고전학파에서 말하는 것처럼 명목임금이 탄력적으로 하락하는 현상은 일어나기 어렵다고 본 것이다. 이에 대해 케인즈학파에서는 여러 가지 이유를 제시하는데 그중 하나가 화폐환상현상이다. 화폐환상현상이란 경기 침체로 인해 물가가 하락하고 이에 영향을 받아 명목임금이 하락하였을 때의 실질임금이, 명목임금의 하락 이전과 동일하다는 것을 노동자가 인식하지 못하는 현상을 의미한다. 그래서 경기 침체에 의해 물가가 하락하더라도 화폐환상현상으로 인해 노동자들은 명목임금의 하락을 받아들이지 않게 되고, 결국 명목임금은 경기적 실업이 발생하기 이전의 수준과 비슷하게 ⓔ유지된다. 이는 기업에서 노동의 수요량을 늘리지 못하는 결과로 이어지게 되고 실업은 지속된다. 따라서 케인즈학파에서는 정부가 정책을 통해 노동의 수요를 늘리는 등의 경기적 실업을 감소시킬 수 있는 적극적인 역할을 해야 한다고 주장한다.

1. 윗글에서 언급하지 않은 내용은?

① 실업의 정의

② 실업의 발생 원인

③ 화폐환상현상의 유형

④ 실업의 종류에 따른 정부의 역할

⑤ 명목임금의 탄력적 작용에 대한 관점 차이

2. ㉠과 ㉡에 대해 이해한 내용으로 적절하지 않은 것은?

① 물가가 상승하고 ㉠이 하락한다면, ㉡은 상승하겠군.

② 물가의 변화가 없고 ㉠이 하락한다면, ㉡도 하락하겠군.

③ 물가가 하락하고 ㉠이 변하지 않는다면, ㉡은 상승하겠군.

④ ㉠이 상승한다면 노동자들이 받는 화폐의 액수는 증가하겠군.

⑤ ㉡이 상승한다면 ㉠으로 구매할 수 있는 재화의 양이 증가하겠군.

3. [A]를 바탕으로 〈보기〉를 이해한 것으로 가장 적절한 것은?

〈보기〉

ㄱ. 20년 가까이 카메라 필름 제조 회사에서 필름 제조 전문가로 근무하던 갑은 새로운 필름 제조 기술의 등장으로 회사의 생산 시설이 교체됨에 따라 실업 상태에 놓이게 되었다.

ㄴ. A 의류업체 직원인 을은 평소 근무하고 싶었던 B 의류업체에서 경력 사원을 모집한다는 공고를 보고 다니던 회사를 그만두었다.

① ㄱ과 달리 ㄴ은 경기 침체의 영향에 의해 발생하는 실업이라고 할 수 있겠군.

② ㄱ과 달리 ㄴ은 사회 전체 생산량 측면에서 큰 손실을 발생시키는 실업이라고 할 수 있겠군.

③ ㄴ과 달리 ㄱ은 일자리를 스스로 바꾸는 과정에서 발생하는 실업이라고 할 수 있겠군.

④ ㄴ과 달리 ㄱ은 일반적인 경제 상황에서 불가피하게 발생하는 실업이라 할 수 있겠군.

⑤ ㄴ과 달리 ㄱ은 노동자의 기술과 회사에서 요구하는 기술의 차이에 의해 발생하는 실업이라고 할 수 있겠군.

★ **4. 〈보기〉는 경기적 실업을 설명하기 위한 그래프이다. 윗글을 바탕으로 〈보기〉를 이해한 내용으로 적절하지 <u>않은</u> 것은? [3점]**

〈보기〉

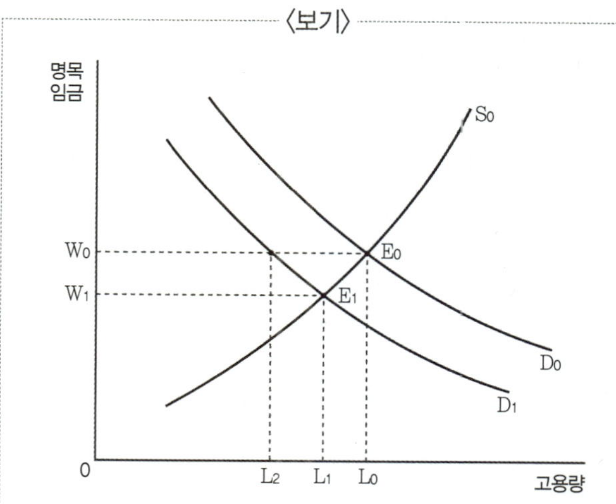

* S_0은 노동의 공급곡선, D_0과 D_1은 노동의 수요곡선이다.
* E_0은 경기적 실업이 발생하기 전에 형성되어 있던 노동에 대한 수요와 공급의 균형점이다.
* 제시된 상황 이외의 모든 경제적 변수는 고려하지 않는다.

① D_0이 D_1로 이동하여 노동의 초과공급이 발생했다면, 고전학파에서는 이를 일시적 현상이라고 생각하겠군.

② D_0이 D_1로 이동하여 W_0이 W_1 수준으로 하락했다면, 고전학파에서는 그 원인을 노동의 초과공급으로 인한 노동자들의 경쟁 때문이라고 생각하겠군.

③ D_0이 D_1로 이동하더라도 W_0이 W_1 수준으로 하락하지 않았다면, 케인즈학파에서는 그 원인을 화폐환상현상 때문일 수 있다고 생각하겠군.

④ D_0이 D_1로 이동하여 실업이 발생했다면, 케인즈학파에서는 이를 해결하기 위해 노동의 수요를 늘리기 위한 정부의 역할이 필요하다고 생각하겠군.

⑤ D_0이 D_1로 이동하더라도 명목임금이 W_0 수준으로 유지되었다면, 케인즈학파에서는 L_0에서 L_2의 차이만큼 노등에 대한 수요가 발생할 것으로 생각하겠군.

5. ⓐ∼ⓔ의 사전적 의미로 적절하지 <u>않은</u> 것은?

① ⓐ: 시간이나 거리 따위가 짧게 줄어듦.

② ⓑ: 어떤 현상이나 사물이 진전하지 못하고 제자리에 머무름.

③ ⓒ: 이제까지의 일이나 관계를 해결하여 없애 버림.

④ ⓓ: 어떤 현상을 일으키거나 관계를 영향을 미침.

⑤ ⓔ: 어떤 상태나 현상을 그대로 보존하거나 변함없이 지탱함.

[1~6] 다음 글을 읽고 물음에 답하시오.

세원이란 조세가 부과되는 원천인데, 소득은 대표적인 세원 중 하나이다. 조세를 부과할 때 세율을 적용하는 부분은 세원 전체가 아니다. 가령 우리나라는 ㉠부양가족이 있는 사람에게는 개인의 총소득 중 일부를 공제*한 뒤에 세율을 적용한다. 과세 대상 소득으로부터 얻는 만족감이 동일한 자에게, 동일한 조세 부담을 요구하는 것이 공평하다고 생각되기 때문이다. 개인의 총소득에서 공제를 한 뒤, 세율이 적용되는 소득을 과세 표준이라 한다. 그리고 납세 부담액, 즉 세액은 과세 표준에 세율을 곱함으로써 ⓐ산출된다. 납세자가 부담할 세액을 결정하는 데 활용되는 세율은 한계 세율이다. 한계 세율이란 세액의 증가분이 과세 표준의 증가분에서 차지하는 비중을 말하는데, 세액의 증가분을 과세 표준의 증가분으로 나눈 값이다. 이 밖에도 세율에는 세액을 과세 표준으로 나눈 값인 평균 세율, 세액을 과세 이전 총소득으로 나눈 값인 실효 세율 등이 있다.

[A] 다음 예를 통해 세율에 대해 이해해 보자. 소득세의 세율이 과세 표준 금액 1천만 원 이하는 10%, 1천만 원 초과 4천만 원 이하는 20%라 하자. 이처럼 과세 표준을 몇 개의 구간으로 나누는 까닭은 소득에 대응하는 세율을 일일이 획정하는 것이 현실적으로 어렵기 때문이다. 과세 표준 금액이 3천만 원인 사람의 세액은 '1천만 원 × 0.1(10%) + 2천만 원 × 0.2(20%) = 5백만 원'으로 계산된다. 이 경우 평균 세율은 약 16.7%(5백만 원 / 3천만 원)가 된다. 과세 표준에 세율을 어떻게 적용할 것인지에 따라 세율 구조가 결정된다. 과세 표준이 클수록 높은 세율로 과세하는 것을 누진 세율 구조라고 한다. 그런데 누진 세율 구조가 아니더라도 고소득일수록 세액이 증가할 수 있으므로 세율 구조는 평균 세율의 증가 여부로 판단하는 것이 적절하다. 즉 과세 표준이 증가할 때 평균 세율이 유지되면 비례 세율 구조, 평균 세율이 오히려 감소하면 역진 세율 구조, 함께 증가하면 누진 세율 구조이다.

대다수 국가에서 소득세는 누진 세율 구조를 적용하고 있는데, 그 이유는 경제적 능력에 따라 조세를 부담하는 것이 공평하다고 생각되기 때문이다. 일찍이 공리주의자 밀은 조세 부담이 개인의 소득 감소를 유발하므로 세금 납부에 따른 경제적 희생, 즉 효용의 손실이 균등해야 공평하다고 보았다. 이를 균등 희생 원리라고 하는데, 밀의 이러한 주장은 후대 학자들에 의해 누진 세율 구조를 ⓑ옹호하는 근거로 활용되었다. 여기서 희생이란 세액 자체가 아니라 납세로 인한 총효용의 감소분이다. 그런데 밀은 균등하다는 것이 구체적으로 어떤 의미인지는 논하지 않았다. 이에 후대 학자들은 균등의 의미를 절대 희생 균등의 원칙,

비례 희생 균등의 원칙, 한계 희생 균등의 원칙으로 구분하여 논의하였다. 이러한 논의는 소득만이 개인의 효용을 결정하고 효용은 측정 가능하며 소득 증가에 따라 한계 효용이 체감한다는 가정에 ⓒ입각해 있다. 뿐만 아니라 모든 사람의 소득의 한계 효용 곡선이 동일하다고 가정한다.

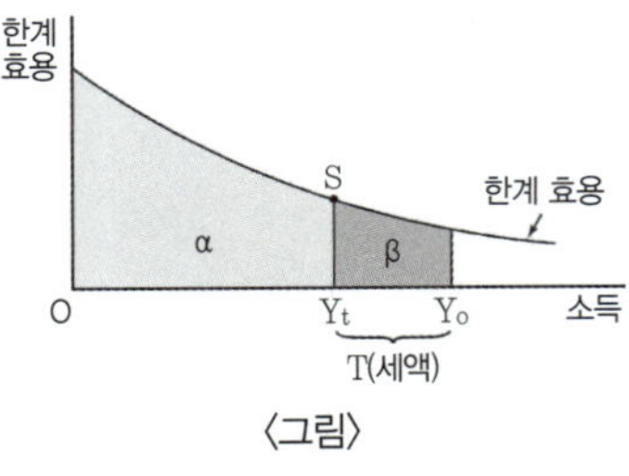

균등한 희생과 관련 있는 세 원칙은 〈그림〉에 나타나 있는 것과 같은 소득의 한계 효용 곡선을 통해 이해할 수 있다. 소득의 한계 효용이란 소득이 1단위 증가했을 때 개인이 얻게 되는 만족의 정도를 의미한다. 〈그림〉에서 원래 소득이 Y_oO였던 사람이 세액 T를 내면 세후 소득이 Y_tO로 줄어든다. 이때 희생된 효용의 절대량은 면적 β로 나타낼 수 있다. 절대 희생 균등의 원칙에 따르면 각 개인들이 조세를 부담함으로써 떠안게 되는 희생의 절대적 크기가 균등해야 한다. 그러므로 이 원칙 아래에서는 고소득자의 세액이 저소득자의 세액보다 커야 한다. 그런데 이것만으로는 누진 세율 구조라고 ⓓ단정하기 어렵다. 절대 희생 균등 원칙 아래에서는 소득이 1% 증가할 때 한계 효용은 1% 이상 감소할 정도로 한계 효용 곡선이 가파른 기울기를 가져야만 누진 세율 구조가 ⓔ성립될 수 있기 때문이다. 극단적으로 생각했을 때, 한계 효용 곡선이 체감하지 않고 기울기가 0이라면 절대 희생 균등의 원칙 아래에서는 모든 개인이 동일한 세액을 부담해야 한다. 누진 세율 구조를 충족시킬 수 없는 것이다.

비례 희생 균등의 원칙에 따르면 과세 이전 총소득으로부터 얻는 총효용에서 납세로 인한 효용의 상실, 즉 희생이 차지하는 비율이 모든 개인에게 동일해야 한다. 이는 〈그림〉에서 면적 β를 면적 α+β로 나눈 값인 효용의 희생 비율이 모두 똑같아야 한다는 것을 뜻한다. 이 원칙 아래에서 누진 세율 구조는 소득의 한계 효용 곡선이 체감하는 모양이기만 하다면 이루어질 수 있다. 즉 소득의 한계 효용 곡선이 반드시 가파른 기울기를 가질 필요는 없다. 비례 희생 균등의 원칙 아래에서 만약 한계 효용 곡선의 기울기가 0이라면 비례 세율 구조가 될 것이다.

한계 희생 균등의 원칙에 따르면 과세 이후에 얻는 한계 효용의 크기가 모든 개인에게 동일해야만 한다. 〈그림〉에서 조세 부담의 마지막 단위에서 발생하는 한계 효용은 선분 Y_tS의 길이로 나타낼 수 있는데, 한계 희생 균등의 원칙에 따르면 이 길이가 모든 사람에게 같아지도록 해야 한다. 그 결과 과세 이전의 소득 수준에 관계없이 모든 개인이 동일한 효용의 크기를 가지게 된다. 따라서 한계 희생 균등의 원칙을 적용하면 고소득층일수록 매우

무거운 조세 부담이 요구된다.

*공제: 받을 몫에서 일정한 금액이나 수량을 뺌.

1. 윗글에 대한 설명으로 가장 적절한 것은?

① 조세의 본질과 기본 원칙을 제시하며 조세의 경제적 효과에 대해 설명하고 있다.

② 조세 부과의 효율성에 대한 고찰을 통해 누진적 조세 부담의 변천 과정을 설명하고 있다.

③ 조세 부담의 공평성에 대한 견해를 비교하며 조세 행정의 목적을 효율적 자원 배분의 관점에서 설명하고 있다.

④ 조세를 강제 징수하는 이유를 제시하고 여러 나라의 사례를 들어 세율 구조를 결정하는 방법에 대해 설명하고 있다.

⑤ 조세 관련 용어들의 개념을 제시하고 조세 부담에서의 균등한 희생이란 무엇인가와 관련된 원칙들을 설명하고 있다.

2. 윗글에 대한 이해로 적절하지 <u>않은</u> 것은?

① 일반적으로 평균 세율보다 실효 세율이 더 낮다.

② 납세 부담액은 과세 표준에 세율을 곱한 값이다.

③ 대다수 국가가 소득세에 비례 세율 구조를 적용하고 있다.

④ 세액 산출 시 과세 표준을 몇 개의 구간으로 나누어 세율을 적용할 수 있다.

⑤ 누진 세율 구조인지의 여부는 과세 표준이 증가할 때 평균 세율이 증가하느냐로 판단할 수 있다.

★ 3. 윗글을 바탕으로 〈보기〉를 이해한 내용으로 적절하지 <u>않은</u> 것은? [3점]

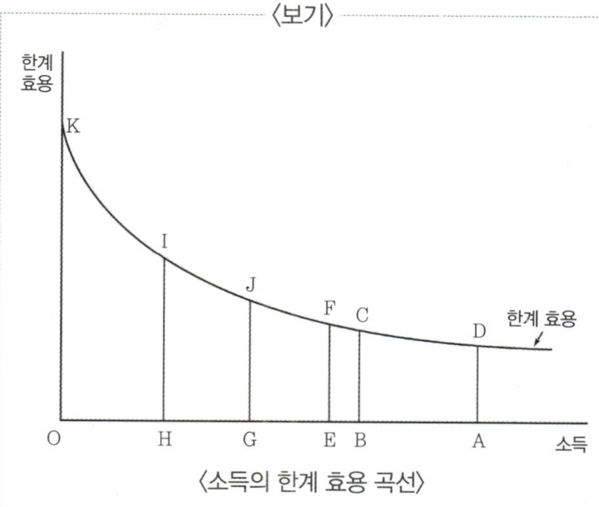

위는 갑과 을의 소득에 따른 한계 효용 곡선이다. 갑은 GO만큼의 소득을 얻었고, 을은 AO만큼의 소득을 얻었다. (단, 소득 증가에 따라 한계 효용은 체감한다.)

① 절대 희생 균등의 원칙에 의하면, 만약 한계 효용 곡선이 체감하지 않고 기울기가 0이라면 갑과 을은 동일한 세액을 부담해야 한다.

② 절대 희생 균등의 원칙에 의하면, 갑과 을이 내야 할 세액이 각각 GH와 AB라면 GHIJ의 면적과 ABCD의 면적이 같아지도록 GH와 AB의 크기를 결정해야 한다.

③ 비례 희생 균등의 원칙에 의하면, 을의 효용의 희생 비율이 AEFD / AOKD일 때에 갑의 효용의 희생 비율과 동일해진다면 을에게 AE만큼의 세액을 부담하게 해야 한다.

④ 비례 희생 균등의 원칙에 의하면, 갑이 내야 할 세액이 GH이고 을이 내야 할 세액이 AB일 경우 GH를 GO로 나눈 값과 AB를 AO로 나눈 값이 모든 개인에게 동일해야 한다.

⑤ 한계 희생 균등의 원칙에 의하면, 갑의 세액이 GH라면 을의 조세 부담의 마지막 단위에서 발생하는 한계 효용이 HI가 되도록 을에게 AH만큼의 세액을 부담하게 해야 한다.

4. ㉠의 이유로 가장 적절한 것은?

① 부양가족이 있는 사람은 그렇지 않은 사람에 비해 동일한 소득으로부터 얻는 만족감이 낮은 점을 고려하기 위해서

② 부양가족의 유무에 상관없이 동일한 소득에 대해 동일한 세율을 적용하는 것이 공평하다는 점을 고려하기 위해서

③ 가족의 모든 소득을 합산해야만 경제적 능력을 객관적으로 측정하여 탈세를 막을 수 있다는 점을 고려하기 위해서

④ 동일한 소득이라면 개인의 사정을 고려하지 않고 동일한 조세를 부담하게 하는 것이 공평하다는 점을 고려하기 위해서

⑤ 부양가족이 많은 사람에게 더 큰 조세 부담을 요구하는 것이 조세 징수의 효율성을 높일 수 있다는 점을 고려하기 위해서

6. ⓐ~ⓔ의 사전적 의미로 적절하지 <u>않은</u> 것은?

① ⓐ: 계산하여 냄.

② ⓑ: 두둔하고 편들어 지킴.

③ ⓒ: 어떤 사실이나 주장 따위에 근거를 두어 그 입장에 섬.

④ ⓓ: 딱 잘라서 판단하고 결정함.

⑤ ⓔ: 정도나 수준이 나아지거나 높아짐.

5. [A]를 참고하여 〈보기〉를 이해한 내용으로 가장 적절한 것은?

〈보기〉

소득세 제도			
과세 표준	(가)	(나)	(다)
100만 원	10만 원	30만 원	10만 원
200만 원	20만 원	60만 원	30만 원
300만 원	30만 원	90만 원	60만 원

위에 제시된 표는 어떤 국가에서 검토되고 있는 소득세 제도 (가)~(다)와 그에 따라 개인이 부담해야 하는 세액이다. (단, 과세 표준은 위의 3가지 경우만 있다고 가정한다.)

① (나)는 과세 표준이 클수록 높은 세율을 부과하는 세율 구조이다.

② (다)는 소득이 높을수록 더 많은 세액을 부담하는 역진 세율 구조이다.

③ (가)는 (나)와 달리 모든 과세 표준에 동일한 세율을 부과하는 세율 구조이다.

④ (나), (다)와 달리 (가)는 과세 표준이 증가할 때 평균 세율이 유지되는 세율 구조이다.

⑤ (가), (나)와 달리 (다)는 고소득자보다 저소득자의 세율을 낮게 책정하고 있는 세율 구조이다.

[1~4] 다음 글을 읽고 물음에 답하시오.

건물에 외부의 힘이 작용하면 건물에는 특정 위치를 기준으로 반복적으로 움직이는 운동인 진동이 발생한다. 그래서 건물을 설계할 때는 이러한 건물의 진동을 줄이거나 없애는 제진 시스템을 적용하는데, 그중 자기 유변 유체를 활용한 제진 시스템은 건물의 진동 크기에 따른 제진에 효율적이다. 자기 유변 유체는 구성 입자가 쉽게 움직이는 액체에 마이크로미터 단위의 자성 입자를 섞은 물질이다. 이 유체는 주변에 자기장이 형성되면 자성 입자가 자기장의 방향으로 배열되면서 유체가 운동에 저항하는 성질인 점성이 커지는 특징이 있다.

자기 유변 유체를 활용한 제진 시스템은 기본적으로 건물이 진동하는 가속도를 측정하여 자기장을 생성함으로써 건물의 진동에 대응한다. 이러한 대응은 가속도 감지기, 제어기, 감쇠기에서 응답 인식 과정과 감쇠 제어 과정을 순환하며 이루어진다.

응답 인식 과정은 건물에 외부 힘이 작용했을 때 나타나는 건물의 진동 상태를 가속도의 크기로 산출하는 과정이다. 건물이 진동으로 흔들리기 시작하면서 한쪽으로 움직이면, 먼저 가속도 감지기 내부에서는 특정 질량을 가진 질량체가 관성에 의해 건물의 운동 방향과 반대 방향으로 압전소자에 힘을 가한다. 이렇게 힘을 받은 압전소자에서는 전압이 발생한다. 이때 발생한 전압은 크기가 매우 작아 왜곡이 일어나기 쉽다. 그래서 자체 전원을 지닌 제어기에서 가속도 감지기로 전류를 보내 가속도 감지기에서 발생한 전압을 증폭시켜 수신한다. 이후 제어기는 수신한 전압의 값을 토대로 건물의 가속도의 크기를 산출한다.

감쇠 제어 과정은 응답 인식 과정에서 산출한 가속도의 크기에 따라 건물의 운동 에너지를 열에너지로 전환하여 건물의 진동을 줄이는 과정이다. 감쇠기는 자기 유변 유체가 들어 있는 밀폐된 원통 실린더 안에, 실린더 내부 벽면에 밀착하여 실린더 양쪽 끝을 왕복하며 이동하는 피스톤이 들어가 있는 장치이다. 이 피스톤에는 한쪽 끝에서 반대쪽 끝까지 이어지는 가늘고 긴 구멍이 나 있다. 건물이 진동하면 실린더 안에서 피스톤이 건물의 운동 방향으로, 실린더 끝 쪽으로 이동한다. 이때 피스톤이 이동하는 쪽 실린더 공간에 들어 있는 자기 유변 유체는 피스톤이 밀어내는 압력에 의해 피스톤의 구멍을 통과하여 피스톤이 이동하는 방향의 반대쪽 실린더 공간으로 이동하며 마찰을 일으킨다. 이 과정에서 발생한 마찰로 인해 건물의 운동 에너지가 열에너지로 전환되면서 감쇠가 일어난다.

만약 응답 인식 과정에서 산출한 가속도의 크기가 제어기에 입력된 기준값보다 크면, 제어기에서는 감쇠기로 전류를 보내 피스톤 주변에 자기장을 생성하여 감쇠기의 자기 유변 유체의 점성이 커진다. 이때 전류의 크기와 자기장의 세기는 비례하며, 유체의 점성의 크기는 자기장의 세기에 비례한다. 이로 인해 피

스톤이 이동하는 방향과 반대 방향으로 작용하는 감쇠기의 감쇠력도 증가하게 된다. 이후 응답 인식 과정에서 지속적으로 건물의 가속도의 크기를 산출하여 그 크기가 제어기에 입력된 기준값보다 작아지면 제어기는 감쇠기로 전류를 보내지 않아 ㉠감쇠기는 자기 유변 유체가 지닌 기존 점성의 크기만으로 건물의 진동을 감쇠시킨다.

이러한 과정들을 순환하며 작동되는 자기 유변 유체를 활용한 제진 시스템은 일상의 작은 진동부터 지진으로 인한 큰 진동까지 건물의 진동 상태에 맞게 제진을 할 수 있는 것이다.

1. 윗글의 내용과 일치하지 않는 것은?

① 건물에 외부의 힘이 작용하면 진동이 발생한다.

② 감쇠기의 피스톤에는 가늘고 긴 구멍이 나 있다.

③ 제진 시스템의 제어기는 자체 전원을 지니고 있다.

④ 압전소자에서 발생한 전압의 크기는 왜곡이 일어날 수 있다.

⑤ 가속도 감지기는 제어기에서 산출한 가속도의 크기를 수신한다.

2. 자기 유변 유체에 대한 설명으로 적절하지 않은 것은?

① 주변에 형성된 자기장에 영향을 받는 물질이다.

② 건물의 진동에 비례하여 전류를 생성하는 물질이다.

③ 유체가 운동에 저항하는 성질인 점성을 지닌 물질이다.

④ 마이크로미터 단위의 자성 입자가 액체에 섞여 있는 물질이다.

⑤ 건물의 제진 시스템에서 감쇠를 조절하기 위해 사용되는 물질이다.

3. 〈보기〉는 시간에 따른 감쇠기의 감쇠력 변화를 설명하기 위한 그래프이다. 윗글을 이해한 학생이 ⓐ~ⓔ에 대해 보인 반응으로 적절하지 <u>않은</u> 것은? [3점]

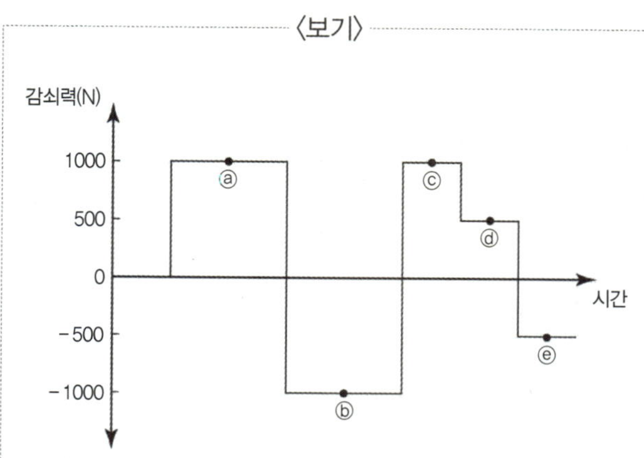

○ 세로축의 +와 −는 감쇠기의 감쇠력이 작용하는 방향이 서로 반대임을 나타냄.
○ 피스톤 주변에 자기장이 생성되지 않았을 때 감쇠력은 500N임.
(단, 위에서 제시된 상황 외에 다른 조건은 고려하지 않음.)

① 건물의 진동이 시작될 때 가속도 감지기의 질량체가 압전소자에 힘을 가한 방향은 ⓐ에서 피스톤이 이동하는 방향과 반대이겠군.
② ⓑ에서 피스톤이 이동하는 방향은 ⓓ에서 자기 유변 유체가 이동하는 방향과 서로 다르겠군.
③ ⓒ부터 ⓓ 사이에서 자기 유변 유체의 점성은 크기가 작아졌겠군.
④ ⓓ와 ⓔ 사이에서 제어기는 감쇠기로 전류를 보내지 않겠군.
⑤ ⓔ에서 가속도 감지기 내부의 압전소자에서 발생한 전압의 값은 ⓐ일 때보다 작아졌겠군.

4. 윗글을 읽고 ㉠의 이유를 추론한 내용으로 가장 적절한 것은?

① 제어기에서 더 이상 건물의 가속도 크기를 산출하지 않기 때문이다.
② 감쇠기의 자기 유변 유체가 더 이상 움직일 수 없게 되었기 때문이다.
③ 감쇠기의 마찰로 인해 건물의 운동 에너지가 열에너지로 모두 전환되었기 때문이다.
④ 가속도 감지기에서 산출한 가속도의 크기가 제어기에 입력된 기준값보다 커졌기 때문이다.
⑤ 피스톤 주변에 자기장이 생성되지 않아 자기 유변 유체의 자성 입자의 배열이 풀렸기 때문이다.

구조도 그리기

해설 P.199

[1~4] 다음 글을 읽고 물음에 답하시오.

혈압은 심장이 혈액을 밀어낼 때 혈관 내에 생기는 압력으로, 심장박출량과 말초 혈관 저항의 곱에 비례한다. 심장박출량은 심장이 1분 동안 혈관으로 밀어내는 혈액의 양이며 말초 혈관 저항은 말초 혈관을 순환하는 혈액의 흐름이 방해받는 정도이다. 이때 심장박출량은 일회당 심장박출량과 분당 심박수의 곱으로 구해지며 일회당 심장박출량은 혈액량과 심장 근육 수축력 등에 의해 결정된다. 인체는 생명을 유지하기 위해 체내의 환경을 일정하게 유지하려는 항상성을 지니고 있으므로 여러 기전을 통해 혈압을 조절한다.

체내 액체의 총량인 체액량이 콩팥에 의해 조절되면 혈압이 변화한다. 콩팥으로 들어온 혈액은 사구체의 모세 혈관 압력에 의해 여과된다. 혈액에 있는 혈구나 단백질은 분자의 크기가 커서 사구체의 막을 통과하지 못하고 혈류를 통해 다시 순환한다. 반면 분자의 크기가 작은 물과 나트륨은 사구체의 막을 통과하여 세뇨관으로 이동한다. 혈압이 하강하면 세뇨관으로 이동한 ㉠사구체 여과액의 양이 감소하여 소변 배설량이 줄어든다. 이에 따라 체액량이 증가하고 혈압은 상승하게 된다.

체액량은 콩팥에서 일어나는 재흡수 과정에 의해서도 조절된다. 재흡수란 사구체 여과액에서 세뇨관 주위의 모세 혈관을 흐르는 혈액으로 물질이 이동하는 것을 말한다. 혈압이 하강하면 나트륨 재흡수가 증가한다. 이러한 기전에는 레닌-안지오텐신-알도스테론 시스템(RAAS)이라는 호르몬 체계가 중요한 역할을 한다. 혈압이 하강하면 콩팥에 있는 압력 수용기에서 이를 감지하여 레닌의 분비가 증가하고 레닌은 안지오텐신Ⅰ이 형성되도록 한다. 안지오텐신Ⅰ은 안지오텐신 변환 효소에 의해 분해되어 안지오텐신Ⅱ가 되며, 안지오텐신Ⅱ는 알도스테론의 합성을 증가시킨다. 알도스테론은 나트륨 재흡수를 증가시키고, 이에 따라 상승한 체내 염분 농도를 조정하기 위해 수분 재흡수도 증가한다. 그 결과 체액량이 증가하고 혈압이 상승한다. 이 과정에서 안지오텐신 변환 효소는 혈관 확장 물질인 브라디키닌을 분해함으로써, 안지오텐신Ⅱ는 혈관 근육인 평활근을 수축하게 하여 혈관의 저항을 증가시킴으로써 혈압 상승에 관여한다.

교감 신경계와 부교감 신경계에 의한 신경 반사 역시 혈압 조절에 관여한다. 혈압이 하강하면 동맥벽에 위치하는 압력 수용기가 이를 감지하여 뇌로 신호를 보내고 혈관 운동 중추가 흥분하게 된다. 이에 따라 교감 신경이 흥분하게 되고 교감 신경계의 말단에서 신경 전달 물질인 카테콜아민이 분비된다. 신경 전달 물질은 인체 각 기관의 수용체에 결합하여 해당 기관에 작용한다. 카테콜아민은 혈관에 작용하여 혈관을 수축시키고 심장에 작용하여 심박수와 심장 근육 수축력을 증가시킨다. 반면 혈압이 상승하면 압력 수용기에서 전달된 신호에 따라 혈관 운동 중

추가 억제되고 부교감 신경이 흥분하게 된다. 이에 따라 부교감 신경계의 말단에서 분비된 아세틸콜린이라는 신경 전달 물질이 심장에 작용하여 혈압이 하강한다.

교감 신경계와 콩팥의 작용은 상호 작용을 일으키기도 한다. 카테콜아민이 콩팥에 작용하면 레닌의 분비가 촉진된다. 또한 안지오텐신Ⅱ는 카테콜아민 분비를 촉진한다.

1. 윗글에서 알 수 있는 내용으로 적절하지 않은 것은?

① 체액량만 증가할 때보다 같은 양의 체액량 증가에 심박수 증가가 동반될 때 혈압의 상승 폭이 더 크다.

② 안지오텐신Ⅱ가 증가하면 세뇨관 주위의 모세 혈관을 흐르는 혈액에서의 나트륨 양이 감소한다.

③ 혈압이 하강하면 알도스테론의 합성이 증가함에 따라 소변 배설량이 감소한다.

④ 콩팥의 압력 수용기가 혈압 하강을 감지하면 안지오텐신Ⅰ의 형성이 증가한다.

⑤ 안지오텐신Ⅱ는 교감 신경계 말단에서의 신경 전달 물질 분비를 촉진한다.

2. ㉠의 이유로 가장 적절한 것은?

① 혈압이 하강하면 사구체의 모세 혈관 압력도 낮아지기 때문이다.

② 혈구나 단백질은 분자의 크기가 커서 사구체의 막을 통과할 수 없기 때문이다.

③ 사구체에서 세뇨관으로 밀려 들어가는 물의 양이 감소할수록 혈압은 증가하기 때문이다.

④ 카테콜아민이 콩팥에 작용하면 사구체 여과액이 증가하여 소변 배설량이 감소하기 때문이다.

⑤ 사구체 여과액의 양이 증가할 때 나트륨 재흡수도 증가하여 체내의 환경이 일정하게 유지되기 때문이다.

3. 신경 반사 에 대한 이해로 적절하지 <u>않은</u> 것은?

① 부교감 신경의 흥분을 통한 혈압 조절 기전이 작동하기 위해서는 혈관 운동 중추가 흥분해야 한다.

② 부교감 신경계의 말단에서 분비된 신경 전달 물질은 심장박출량을 감소시켜 혈압을 하강시킨다.

③ 신경 전달 물질이 어떤 기관에 작용하려면 그 기관에 있는 수용체와 결합하여야 한다.

④ 혈압 하강에 반응하여 교감 신경이 흥분하면 말초 혈관 저항이 증가한다.

⑤ 동맥벽에 있는 압력 수용기는 혈압 변화에 대한 신호를 뇌로 보낸다.

4. 윗글을 바탕으로 〈보기〉를 이해한 내용으로 적절하지 <u>않은</u> 것은? [3점]

〈보기〉

RAAS가 과도하게 활성화되면 체내에 나트륨이 쌓이게 되어 고혈압이 발병할 수 있다. 이는 말초 혈관이 좁아진 채로 굳어지는 말초 혈관 재형성을 야기할 수 있다. 높은 압력이 장기에 직접적으로 전달되는 것을 막기 위해서 말초 혈관이 좁아지는 것이다.

고혈압을 치료하는 약제에는 베타 차단제, 안지오텐신 변환 효소 억제제, 칼슘 차단제 등이 있다. 베타 차단제는 심장이나 콩팥에서의 카테콜아민의 작용을, 안지오텐신 변환 효소 억제제는 안지오텐신 변환 효소의 작용을 억제한다. 칼슘 차단제는 심장이나 혈관에 있는 근육에 칼슘이 유입되는 것을 막는데, 칼슘은 근육을 수축시키는 작용을 한다.

① 고혈압에 의해 발생한 말초 혈관 재형성은 고혈압 상태를 지속시키는 원인이 되기도 하겠군.

② 베타 차단제와 칼슘 차단제는 모두 심장 근육 수축력에 영향을 주어 심장박출량을 감소시키는 작용을 하겠군.

③ RAAS가 과도하게 활성화된 사람의 몸에서는 체내의 염분 농도를 조정하려는 작용으로 수분 재흡수가 증가하여 소변 배설량이 감소하겠군.

④ 안지오텐신 변환 효소 억제제는 안지오텐신 II의 생성을 억제하는 방식으로, 칼슘 차단제는 근육에 칼슘의 유입을 막는 방식으로 평활근의 수축을 억제하겠군.

⑤ 베타 차단제는 레닌의 양을 감소시키는 방식으로, 안지오텐신 변환 효소 억제제는 브라디키닌의 양을 증가시키는 방식으로 안지오텐신 I의 양을 감소시키겠군.

구조도 그리기

[1~4] 다음 글을 읽고 물음에 답하시오.

우리 몸이 제대로 기능하기 위해서는 세포자멸사가 적절히 일어나야 한다. 세포자멸사는 세포가 자기 내부에 있는 효소를 활용해 자신의 DNA와 핵 등을 파괴하는 것이다. 세포가 외부적 요인으로 인해 파열되는 것인 괴사와 달리, 세포자멸사는 능동적인 죽음이라고 할 수 있다. 세포자멸사는 신체 내 조직에서 불필요한 세포를 없애기 위해 일어나는데, 올챙이가 개구리가 될 때 꼬리가 사라지는 것이 이에 속한다. 또한 손상되거나 신체에 해를 끼칠 수 있는 비정상적 세포를 제거하기 위해 일어나기도 하는데, 이 세포자멸사는 질병으로부터 신체를 보호하는 중요한 역할을 한다.

세포가 손상을 입었을 때 ㉠세포자멸사의 발생은 다음과 같이 일어난다. DNA가 자외선 노출로 인해 손상되거나 세포에 호르몬이 부족해지는 등 세포가 손상되어 더 이상 생존할 수 없는 상황이 되었을 때, 세포 내 Bcl-2 단백질의 농도가 감소한다. 세포 내 미토콘드리아의 막과 세포질 내에 존재하는 Bcl-2 단백질은 세포자멸사를 억제하는 역할을 하는데, 이 단백질이 감소하며 미토콘드리아의 막이 파괴된다. 이로 인해 방출된 미토콘드리아 내의 물질들이 단백질 분해 효소인 카스파제를 활성화하는데, 이 카스파제가 세포자멸사를 실행하는 중추적인 역할을 한다. 활성화가 먼저 일어난 카스파제-9가 실행 카스파제를 절단하여 활성화하고, 활성화된 실행 카스파제는 세포의 DNA를 절단하여 붕괴시킨다.

신체에 해를 끼칠 수 있는 세포를 대상으로 ㉡세포자멸사의 유도가 일어나기도 한다. 면역세포의 일종인 세포독성 T세포는 바이러스에 감염된 세포가 자멸사하게 하여 우리 몸을 방어하는 역할을 한다. 세포가 바이러스에 감염되면 세포 표면에 바이러스 단백질이 나타난다. 이것을 비정상으로 인식한 세포독성 T세포는 감염된 세포에 결합하여 세포막에 구멍을 뚫는 단백질을 분비한다. 세포독성 T세포는 세포막에 생긴 구멍을 통해 세포 안으로 실행 카스파제를 활성화하는 과립효소 B를 유입시키고, 이로 인해 활성화된 실행 카스파제가 DNA를 붕괴시킨다.

세포 내부에서 실행 카스파제에 의해 DNA가 붕괴되면 자멸사한 세포만의 특징이라고 할 수 있는 DNA의 사다리 모양이 나타난다. 그리고 세포의 형태도 변화하는데, 먼저 세포가 쪼그라들며 세포의 핵이 분절되고, 세포가 여러 조각으로 나뉘는 파편화가 일어난다. 이후 세포막을 구성하는 2개의 층이 뒤섞이며 세포막에 있는 포스파티딜세린이 바깥쪽으로 노출된다. 이 포스파티딜세린으로 인해 주변의 식세포들이 자멸사한 세포를 인식하고 이를 포식한다. 자멸사한 세포는 염증을 일으킬 수 있는 물질이 새어 나오기 전에 포식으로 빨리 처리되기 때문에 괴사와 달리 염증 반응을 유발하지 않는다.

세포자멸사는 비정상적 세포가 제때 제거되게 하고 이를 통해 새로운 세포가 생성되게 한다. 최근에는 세포자멸사를 활용하여 악성 종양을 비롯한 여러 질병의 치료 방안을 마련하려는 연구도 활발히 진행되고 있다.

1. 윗글을 통해 답을 찾을 수 없는 질문은?

① 세포자멸사와 괴사는 어떠한 차이점이 있는가?
② 질병 치료 분야의 세포자멸사 연구 성과는 무엇인가?
③ 세포가 손상을 입게 된 상황에는 어떠한 것이 있는가?
④ 세포독성 T세포가 우리 몸에서 하는 역할은 무엇인가?
⑤ 파편화가 일어난 세포는 어떠한 과정을 거쳐 처리되는가?

2. 윗글을 읽고 추론한 내용으로 가장 적절한 것은?

① 세포에 호르몬이 부족해지면 카스파제의 활성이 감소하겠군.
② 죽은 세포의 DNA 모양을 관찰하면 세포의 자멸사 여부를 확인할 수 있겠군.
③ 비정상적 세포가 자멸사하여 제거되기 위해서는 새로운 세포가 생성되어야 하겠군.
④ 괴사한 세포가 염증 반응을 유발하는 것은 괴사한 세포의 세포막이 뒤섞이기 때문이겠군.
⑤ 바이러스에 감염되어 자멸사한 세포는 세포독성 T세포에 의해 생긴 구멍을 통해 염증을 일으키는 물질을 내보내겠군.

3. ㉠과 ㉡에 대한 이해로 가장 적절한 것은?

① ㉠에서는 세포 내 단백질과 DNA 간 결합이, ㉡에서는 세포 간 결합이 이루어진다.
② ㉠에서는 세포 내부의 효소가, ㉡에서는 세포 외부의 효소가 세포의 DNA를 절단한다.
③ ㉠은 미토콘드리아 내의 물질이 방출되어야, ㉡은 미토콘드리아 내의 물질이 방출되지 않아도 일어날 수 있다.
④ ㉠과 ㉡에서는 모두 DNA를 붕괴시키는 효소가 카스파제에 의해 활성화된다.
⑤ ㉠과 ㉡은 모두 한 세포가 다른 세포를 제거의 대상으로 인식하여 시작된다.

평가원 연계 POINT

세포자멸사의 발생과 유도를 다룬 지문으로, 생물 지문의 특성인 핵심 화제의 발생 과정과 유도 과정이 잘 드러나 있어 이를 정리하며 읽어야 한다. 또한 세포자멸사와 괴사의 비교가 제시되어 둘의 차이점을 이해하고 읽어야 한다. 인체의 세부적 기능과 작용 원리는 평가원 기출에서도 자주 등장하니, 이러한 유형의 지문 독해를 연습하기 위해 아래 제시된 평가원 기출과 연계해서 풀어 보자.

2109 「항(抗)미생물 화학제의 종류와 작용기제」 / 「홀수 기출 평가원 최신 [독서]」 문제 책 124P

4. 윗글을 바탕으로 〈보기〉를 이해한 내용으로 적절하지 <u>않은</u> 것은? [3점]

〈보기〉

(가) 신생아의 두뇌에서는 생후 3개월 동안, 필요한 것보다 훨씬 많은 신경 세포가 만들어진다. 이후 다른 신경 세포와 연결되지 않은 세포들은 제거되면서 뇌의 구조가 갖추어지고 뇌가 원활히 기능하게 된다.

(나) 과도한 자외선이 조사된 각질 형성 세포들은 DNA 염기 구조가 변화해 자멸사하고, 이를 통해 우리 몸에 새로운 세포가 생성되게 한다. 세포자멸사의 조절에 이상이 생겨 DNA가 변이된 세포가 제거되지 않은 채 왕성하게 분열한다면 피부 질환이 생길 수 있다.

(다) 식물 추출물 A를 배양 접시에 담긴 종양 세포 집단에 처리하는 실험을 진행한 결과 실행 카스파제에 속하는 카스파제-3의 활성이 증가하였으며, 처리 후 48시간이 지나자 Bcl-2의 발현량이 감소하였다.

① (가)에서 일부 신경 세포는 올챙이의 꼬리가 없어지는 것과 동일한 이유로 자멸사하겠군.

② (나)에서 각질 형성 세포들이 자멸사한 것은 생존이 불가한 상황 때문이겠군.

③ (다)에서 A는 비정상적 세포로 인한 질병을 치료하는 방안으로 활용될 수 있겠군.

④ (가)와 (나)에서 일어나는 세포자멸사는 우리 몸이 제대로 기능하게 하는 요인으로 볼 수 있겠군.

⑤ (가)에서는 생후 3개월 이후부터, (다)에서는 A를 종양 세포 집단에 처리한 직후부터 지속적으로 세포자멸사가 감소하겠군.

구조도 그리기

[1~5] 다음 글을 읽고 물음에 답하시오.

폐의 혈액으로 들어온 산소는 심장을 거쳐 신체의 각 조직으로 ⓐ전달되어 에너지 생성에 이용되고, 물질대사 결과 생긴 노폐물인 이산화 탄소는 혈액을 통해 심장을 거쳐 폐로 전달되어 몸 밖으로 배출된다. 혈액과 폐포, 혈액과 조직 사이에서의 기체 교환은 분압* 차에 따른 확산에 의해 일어나며, 기체는 분압이 높은 곳에서 낮은 곳으로 확산된다. 한편 혈액을 운반하는 혈관 중에 심장에서 나와 폐나 각 조직으로 가는 혈액이 흐르는 혈관을 동맥, 폐나 각 조직에서 심장으로 가는 혈액이 흐르는 혈관을 정맥이라고 한다. 폐에서 기체 교환이 일어난 후 심장을 거쳐 각 조직으로 흐르는 혈액은 ㉮동맥혈, 조직에서 기체 교환이 일어난 후 폐로 흐르는 혈액은 ㉯정맥혈이다.

폐포 내 산소 분압은 $100 \sim 110 mmHg$이고 그 주위의 모세 혈관 내 정맥혈의 산소 분압은 $40 mmHg$이므로 폐포 내 산소가 폐포를 둘러싼 모세 혈관의 정맥혈로 확산된다. 이때 산소가 풍부해진 혈액은 심장을 거쳐 신체의 각 조직으로 흘러가고, 각 조직의 모세 혈관을 흐르는 동맥혈의 산소 분압은 $100 mmHg$, 조직 내 산소 분압은 평균 $40 mmHg$이므로 동맥혈 내의 산소는 조직으로 확산된다. 산소를 방출한 혈액은 심장을 거쳐 폐로 흘러간다. 그런데 산소는 물에 대한 용해도가 작아 혈장*에 용해된 상태로 운반되는 양은 폐에서 조직으로 운반되는 산소의 약 1.5%에 ⓑ불과하고, 약 98.5%는 적혈구 내에 있는 헤모글로빈과 결합하여 산소 헤모글로빈 형태로 운반된다.

산소 분압에 따른 헤모글로빈의 산소 포화도를 나타내는 곡선을 산소 해리 곡선이라고 하는데, 산소 해리 곡선에서 가로축은 혈액 내의 산소 분압, 세로축은 헤모글로빈의 산소 포화도를 나타낸다. 어떤 산소 분압에서 헤모글로빈이 산소와 결합한 정도인 산소 포화도와 헤모글로빈이 산소와 분리된 정도인 산소 해리도를 더한 값은 100%이다. 이 곡선은 완만한 S자형으로, 산소 분압이 낮아질 때 산소 헤모글로빈으로부터 해리되는 산소의 양은 산소 분압이 $40 \sim 100 mmHg$ 구간보다 $0 \sim 40 mmHg$ 구간에서 더 많다. 헤모글로빈의 산소 친화도는 헤모글로빈이 산소와 결합하려는 경향을 나타내는데, 산소 친화도에 영향을 미치는 요인에는 산소 분압 외에도 혈액의 pH(수소 이온 농도 지수), 온도 등이 있다. 어떤 조직의 물질대사가 활발해지면 이산화 탄소의 증가로 인해 주변 모세 혈관 내 혈액의 pH가 낮아진다. 혈액의 pH가 낮아지면 헤모글로빈의 산소 친화도가 작아져서 산소의 해리가 ⓒ촉진되어 주변 조직으로 산소가 방출된다. 즉 산소 분압이 같을 때 pH가 더 낮은 곳에서 산소 헤모글로빈으로부터 더 많은 산소가 방출된다. 또한 운동과 같은 신체 활동으로 인해 온도가 높아진 조직 주변 모세 혈관을 흐르는 혈액에서도 산소

가 더 쉽게 해리되어 그 조직으로 운동 전보다 더 많은 산소가 방출된다.

한편 각 조직의 물질대사 결과 생긴 노폐물인 이산화 탄소도 혈액으로 확산되어 운반된다. 조직의 이산화 탄소 분압은 평균 $46 mmHg$이고, 동맥혈 내 이산화 탄소 분압은 $40 mmHg$이므로 조직 내 이산화 탄소는 조직 주변 모세 혈관을 흐르는 혈액으로 확산된다. 조직에서 폐로 운반되는 이산화 탄소의 약 7%는 혈장에 용해된 상태로, 약 23%는 적혈구에 있는 헤모글로빈과 결합하여 카르바미노헤모글로빈 형태로 운반된다. 산소와 결합하지 않은 헤모글로빈은 산소와 결합한 헤모글로빈보다 쉽게 이산화 탄소와 결합하여 카르바미노헤모글로빈을 형성하므로 정맥혈이 동맥혈보다도 헤모글로빈을 이용한 이산화 탄소 운반에 ⓓ유용하다.

그리고 약 70%의 이산화 탄소는 탄산수소 이온 형태로 운반된다. 조직에서 확산된 이산화 탄소는 주로 적혈구 내에서 탄산 무수화 효소의 작용으로 물과 결합하여 탄산을 형성하고, 탄산은 수소 이온과 탄산수소 이온으로 이온화된다. 이때 수소 이온은 주로 헤모글로빈과 결합하고 탄산수소 이온은 혈장으로 확산되어 폐로 운반된다. 폐포 주위의 모세 혈관에서는 이와 반대의 반응이 일어난다. 즉 탄산수소 이온은 적혈구로 이동하여 수소 이온과 재결합하여 탄산을 형성하고, 탄산은 탄산 무수화 효소의 작용으로 이산화 탄소와 물이 된다. 이 과정에서 생성된 이산화 탄소는 폐포 내로 확산되어 체외로 ⓔ배출된다.

*분압: 혼합 기체에서 특정 기체에 의한 압력.
*혈장: 혈액에서 혈구를 제외한 액상 성분.

1. 윗글의 내용과 일치하는 것은?

① 탄산 무수화 효소는 이산화 탄소와 물이 결합하여 탄산을 형성하는 과정과 탄산이 이산화 탄소와 물로 되는 과정에서 작용한다.

② 폐에서 조직으로 운반되는 산소와 조직에서 폐로 운반되는 이산화 탄소는 각각 세 가지 방식으로 운반된다.

③ 산소와 결합하지 않은 헤모글로빈이 산소와 결합한 헤모글로빈보다 이산화 탄소와 결합하기 어렵다.

④ 이산화 탄소와 물이 결합하여 탄산이 형성되는 반응은 주로 혈장에서 일어난다.

⑤ 평균적으로 조직 내의 산소 분압은 $46 mmHg$, 이산화 탄소 분압은 $40 mmHg$이다.

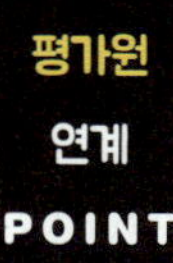

호흡 과정에서의 기체 교환과 운반을 다룬 지문으로, 산소와 이산화 탄소가 혈액을 타고 이동하는 원리와 과정을 이해하며 읽어야 한다. 지문에 제시된 정보의 양이 많고 복잡한 수치가 함께 제시되어 있어 독해가 어려운 편이며, 특히 ★2번 문제에서는 지문의 내용을 적용한 그래프에 대한 이해도 요구하고 있어 복합적인 사고과정이 필요하다. 이를 연습하기 위해 아래 제시된 평가원 기출과 연계해서 풀어 보자.

2609　「오디오 신호 압축」 / 「홀수 기출 평가원 최신 [독서]」 문제 책 092P

★ **2. 윗글을 바탕으로 〈보기〉를 이해한 내용으로 적절하지 않은 것은?**

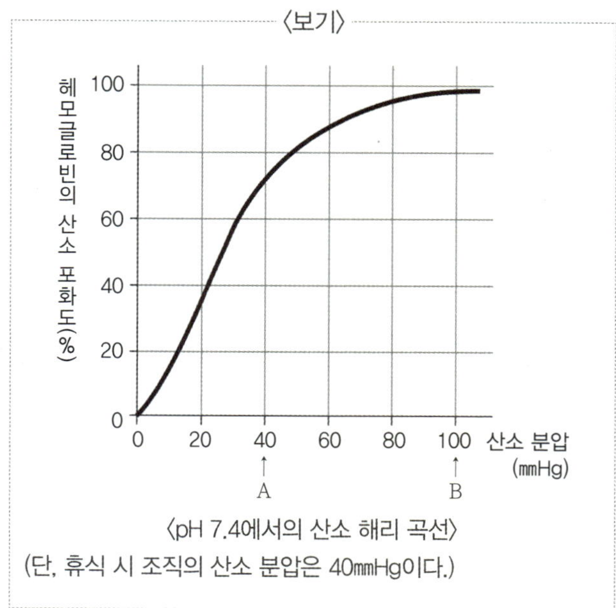

(단, 휴식 시 조직의 산소 분압은 40mmHg이다.)

① 산소 분압이 낮아질 때 A부터 B 구간에서 감소되는 산소 포화도보다 A 이하 구간에서 감소되는 산소 포화도가 더 크다.

② 조직의 온도가 휴식 시보다 상승하면 그 조직의 주변을 흐르는 혈액의 산소 포화도는 A일 때보다 증가한다.

③ 헤모글로빈의 산소 포화도와 산소 해리도를 더한 값은 A와 B에서 동일하다.

④ B와 A에서의 산소 포화도 차이만큼의 산소가 휴식 시 조직으로 전달된다.

⑤ A에서의 산소 해리도는 B에서의 산소 해리도보다 더 크다.

---

3. ㉮, ㉯에 대한 설명으로 적절하지 않은 것은?

① ㉮의 산소 분압은 조직을 지나면 낮아진다.

② ㉮에는 헤모글로빈과 결합한 산소의 양이 혈장에 용해된 산소의 양보다 많다.

③ ㉯는 폐포를 지나면 이산화 탄소 분압이 낮아진다.

④ ㉯에서 이산화 탄소는 대부분 카르바미노헤모글로빈의 형태로 운반된다.

⑤ ㉯는 조직에서 심장으로 가는 혈관과, 심장에서 폐로 가는 혈관에 흐른다.

---

4. 윗글을 참고하여 〈보기〉에 대해 반응한 내용으로 적절하지 않은 것은? [3점]

〈보기〉

가. 일산화 탄소 중독은 일산화 탄소의 지나친 흡입으로 어지럼증, 혼수 등의 증상이 나타나는 현상이다. 일산화 탄소는 헤모글로빈과 결합하려는 경향이 산소의 200배 이상이기 때문에 산소와 결합할 수 있는 헤모글로빈의 양을 감소시킨다. 그리고 일산화 탄소는 조직에서 산소 헤모글로빈으로부터 산소의 방출을 억제한다.

나. 과다 호흡 증후군은 동맥혈의 이산화 탄소 농도가 정상 범위 아래로 떨어져 호흡 곤란, 어지럼증 등의 증상이 나타나는 현상이다. 봉지에 입을 대고 호흡을 하게 하는 응급 처치를 하면 증상을 완화하는 데 도움이 된다.

다. 호흡성 산증은 폐에서 기체 교환의 감소로 동맥혈의 이산화 탄소 분압이 증가하여 호흡 곤란, 두통 등의 증상이 나타나는 현상이다.

① 가: 일산화 탄소를 지나치게 흡입하게 되면, 생성되는 산소 헤모글로빈의 양이 평상시보다 줄어들겠군.

② 가: 일산화 탄소는 산소 헤모글로빈에서 산소가 잘 해리되지 않게 하겠군.

③ 나: 과다 호흡 증후군은 폐를 통한 이산화 탄소 배출이 너무 많이 일어나는 경우에 발생하는 증상이겠군.

④ 나: 봉지에 입을 대고 호흡을 하게 되면 평상시보다 더 적은 양의 이산화 탄소를 흡입하게 되겠군.

⑤ 다: 호흡성 산증이 나타난 사람의 체내에는 이산화 탄소가 배출되지 못해 축적되어 있겠군.

5. ⓐ~ⓔ의 사전적 의미로 적절한 것은?

① ⓐ: 널리 알림.

② ⓑ: 목적한 바를 시도하였으나 이루지 못함.

③ ⓒ: 다그쳐 빨리 나아가게 함.

④ ⓓ: 반드시 요구되는 바가 있음.

⑤ ⓔ: 나누어 줌.

[1~5] 다음 글을 읽고 물음에 답하시오.

일반적으로 액체나 기체처럼 물질을 구성하고 있는 입자가 쉽게 움직이거나 입자 간의 상대적인 위치를 쉽게 변화시킬 수 있는 물질을 유체라고 ㉠부른다. 유체에 작용하는 힘과 유체의 운동 원리를 ㉡다루는 유체역학에서는 응력과 점성이라는 개념을 사용하여 유체의 특성을 설명한다.

응력이란 어떤 물질에 외부에서 힘이 가해졌을 때 물질의 내부에서 이에 대항하여 외부의 힘과 반대 방향으로 작용하는 힘이다. 응력은 작용하는 방향에 따라 종류를 나눌 수 있는데 그중 물질의 표면과 평행하게 작용하는 응력을 전단응력이라고 한다. 유체는 이러한 전단응력이 작용할 때 그 형태가 연속적으로 변형된다. 이때 유체가 변형되는 양상은 유체가 가지고 있는 점성에 의해 영향을 받게 된다. 점성이란 유체를 구성하는 입자들의 상호 작용으로 인해 나타나는, 유체가 운동에 저항하는 성질을 말한다.

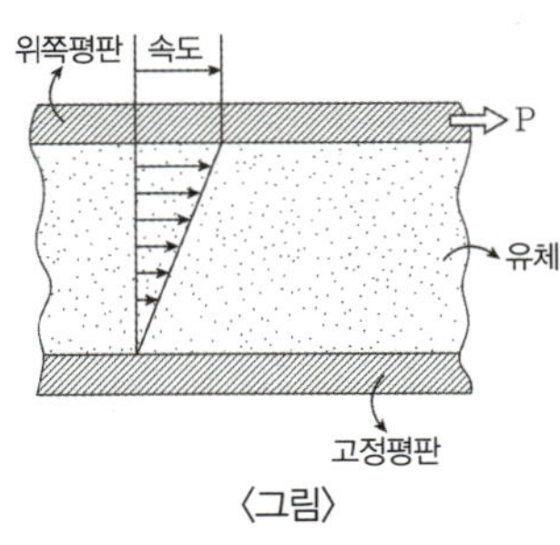

〈그림〉의 실험과 같이 매우 넓은 두 평행평판 사이에 어떤 유체가 들어 있는 경우를 가정해 보자. 이때 평행평판 중 아래쪽은 고정되어 움직이지 않는 고정평판이고, 위쪽평판은 자유롭게 움직일 수 있다. 다른 힘이 작용하지 않는다고 할 때 위쪽평판에 P 방향으로 힘이 가해지면 위쪽평판이 P 방향으로 일정한 속도로 운동하게 된다. 위쪽평판의 운동에 따라 평판 사이의 유체에는 전단응력이 발생하게 된다. 이후 유체를 ㉢이루는 입자들은 일정한 속도로 운동하기 시작하고 그에 따라 유체는 연속적으로 그 모습이 변형된다. 이때 위쪽평판에 접하고 있는 유체 입자들은 위쪽평판과 동일 속도로 이동하고, 고정평판에 접하고 있는 유체 입자들은 이동하지 않는다. 이는 유체가 지닌 점성 때문에 ㉣나타나는 현상이다. 그리고 〈그림〉에서처럼 두 평판 사이에 있는 유체 입자들의 속도는 고정평판으로부터 위쪽평판 사이의 거리에 비례하여 일정한 비율로 커진다. 그런데 〈그림〉에서 전단응력이 증가하게 되면 유체 입자들의 속도도 증가하게 되고, 이에 따라 유체의 변형이 커져 전단응력에 따른 시간당 유체가 변형되는 변화율을 의미하는 전단변형률도 커지게 된다. 이를 수식으로 나타내면,

$$전단응력 = 점성계수 \times 전단변형률$$

로 표현할 수 있다. 이 식에서 점성계수는 유체가 지닌 점성을 수치화하여 표현한 값으로, 유체마다 고유의 값으로 나타난다. 이러한 점성계수의 특징 때문에 전단응력이 일정하다면 점성계

수에 따라 전단변형률은 달라지게 된다. 단, 유체의 점성계수는 온도의 변화에 따라 달라질 수 있다.

한편 점성계수가 전단응력이나 전단변형률의 크기에 관계없이 항상 일정한 유체를 뉴턴 유체라고 한다. 뉴턴 유체는 점성계수가 일정하기 때문에 전단응력이 증가함에 따라 전단변형률도 일정하게 증가하게 되는데, 이를 전단변형률을 가로축으로 하고 전단응력을 세로축으로 하는 그래프로 나타내면 일정한 기울기를 가진 직선의 형태로 나타난다. 이때 기울기는 점성계수를 의미한다.

이와 달리 비뉴턴 유체는 전단응력의 크기에 따라 점성계수가 변하는 특징을 가지고 있다. 따라서 전단변형률과 전단응력의 관계를 그래프로 나타내면, 기울기가 변하는 곡선의 형태로 나타난다. 이러한 특징을 가진 비뉴턴 유체에는 전단응력이 증가함에 따라 점성계수가 감소하는 전단희박 유체와, 전단응력이 증가함에 따라 점성계수가 증가하는 전단농후 유체가 있다. 또한 전단응력이 일정한 크기에 도달하기 전까지는 변형이 없다가 항복응력이라고 지칭되는 일정한 전단응력을 초과하면 변형이 ㉤일어나는 빙햄 유체 등이 있다.

1. 윗글의 내용과 일치하지 <u>않는</u> 것은?

① 전단응력이 작용하면 유체의 형태는 변형된다.

② 응력과 점성의 개념으로 유체의 특성을 설명할 수 있다.

③ 점성은 유체를 구성하는 입자들의 상호 작용 때문에 나타난다.

④ 전단응력은 물질의 표면에 평행하게 외부에서 작용하는 힘이다.

⑤ 액체와 기체는 입자 간의 상대적인 위치를 쉽게 변화시킬 수 있다.

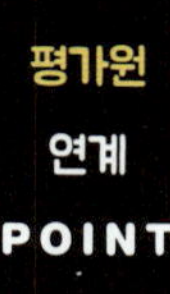

2. 〈보기〉는 윗글의 실험 설계에 따라 실험한 결과이다. 윗글을 바탕으로 〈보기〉를 이해한 내용으로 적절하지 <u>않은</u> 것은? [3점]

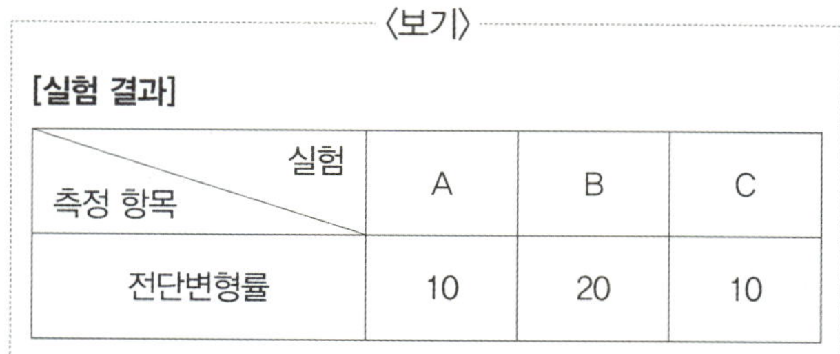

〈보기〉

[실험 결과]

측정 항목 \ 실험	A	B	C
전단변형률	10	20	10

* 온도와 압력은 모든 실험에서 동일하다.
* 실험에 사용된 유체는 각각 다른 뉴턴 유체이다.

① A에서 사용된 유체의 경우, 전단응력이 증가한다면 전단변형률은 증가하겠군.

② B에서 사용된 유체의 경우, 전단응력이 증가하더라도 점성계수는 변하지 않겠군.

③ A와 B에서 사용된 각각의 유체에 작용한 전단응력이 같다면 점성계수는 A에서 사용된 유체가 크겠군.

④ A에서 사용된 유체의 점성계수가 C에서 사용된 유체의 점성계수보다 크다면, 유체에 작용한 전단응력은 A에서 사용된 유체가 더 크겠군.

⑤ B와 C에서 사용된 각각의 유체의 점성계수가 같다면, C에서 사용된 유체에 작용한 전단응력이 더 크겠군.

3. 〈보기〉는 유체 ⓐ와 ⓑ의 특성을 나타낸 그래프이다. 윗글을 바탕으로 〈보기〉의 ⓐ와 ⓑ에 대해 설명한 것으로 적절하지 <u>않은</u> 것은?

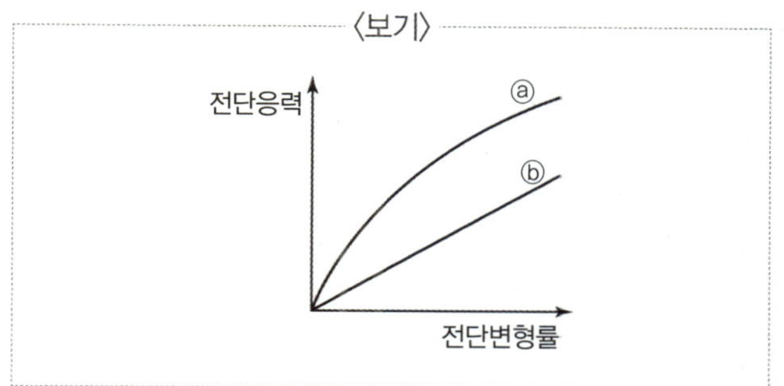

① ⓐ는 점성계수가 변하는 유체라고 할 수 있겠군.

② ⓐ는 전단응력에 따라 그래프의 기울기가 달라지는 유체겠군.

③ ⓑ는 온도가 변화하면 그래프의 기울기가 달라질 수 있겠군.

④ ⓑ는 전단응력에 따라 유체가 운동에 저항하는 성질이 달라지겠군.

⑤ ⓑ는 전단응력 값이 증가함에 따라 전단변형률이 일정하게 증가하는 유체겠군.

4. 〈보기〉는 윗글을 읽은 학생이 보인 반응이다. ㉮~㉯에 들어갈 말로 적절한 것은?

〈보기〉

마요네즈는 단순히 용기를 기울이기만 해서는 흘러나오지 않고, 일정한 힘 이상으로 눌러야만 나오기 시작한다. 왜냐하면 마요네즈는 전단응력이 증가하여 (㉮)보다 (㉯) 변형이 일어나는 (㉰) 유체이기 때문이다.

	㉮	㉯	㉰
①	항복응력	커져야	빙햄
②	항복응력	커져야	전단농후
③	항복응력	작아져야	전단희박
④	외부의 힘	커져야	전단농후
⑤	외부의 힘	작아져야	빙햄

5. 문맥상 ㉠~㉤과 가장 가까운 의미로 쓰인 것은?

① ㉠: 그 가게에서는 값을 비싸게 <u>불렀다</u>.

② ㉡: 회의에서 물가 안정을 주제로 <u>다루었다</u>.

③ ㉢: 우리는 모두 각자의 소원을 <u>이루었다</u>.

④ ㉣: 사건의 목격자가 우리 앞에 <u>나타났다</u>.

⑤ ㉤: 경기가 시작되자 사람들이 자리에서 <u>일어났다</u>.

구조도 그리기

[1~4] 다음 글을 읽고 물음에 답하시오.

(+)구면 렌즈를 통과한 광선은 모이게 되고 (−)구면 렌즈를 통과한 광선은 퍼지게 되는데, 이때 광선을 모이게 하거나 퍼지게 하는 정도를 ⊙굴절력이라고 한다. 굴절력은 무한히 멀리서 렌즈로 들어온 광선이 렌즈를 통과할 때 렌즈로부터 형성된 초점과 렌즈 사이의 거리인 초점 거리를 역수로 표시하고, 디옵터(D)를 단위로 한다. 예를 들어 무한히 멀리서 렌즈로 들어온 광선이 (+)구면 렌즈를 통과한 후 $1m$ 떨어진 거리에 초점이 맺혔다면 이 구면 렌즈의 굴절력은 $+1\mathrm{D}(=+\dfrac{1}{1m})$가 된다.

눈은 해부학적으로 크기가 정해진 굴절계로, 물체로부터 반사된 빛이 초점을 맺음으로써 시력을 형성한다. 눈은 굴절력이 일정한 각막과 굴절력이 변할 수 있는 수정체에 의해 초점이 망막에 맺히도록 하는데, 굴절력이 부족하거나 물체가 눈앞 가까이에 있을 경우 초점을 망막에 위치시키기 위해 수정체의 굴절력이 커지는 조절 작용이 일어난다. 〈그림〉에서 정시는 조절 작용이 없는 무조절 상태에서 무한히 멀리서 눈으로 들어온 광선의

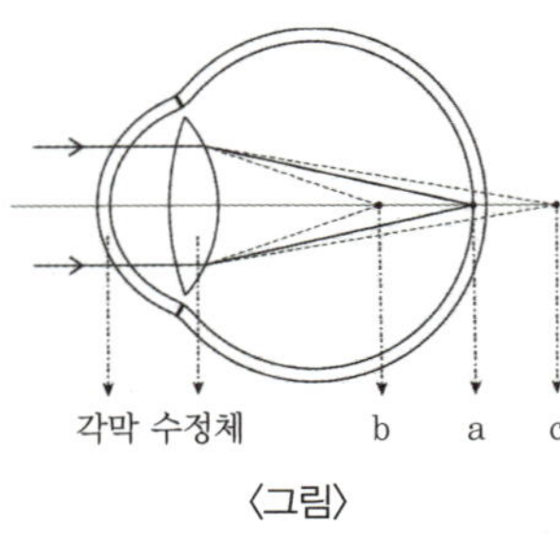

초점이 망막에 맺히는 경우(a)로, 이때 최대 시력을 얻을 수 있다. 비정시는 무조절 상태에서 무한히 멀리서 눈으로 들어온 광선의 초점이 망막의 앞쪽(b) 혹은 망막의 뒤쪽(c)에 맺히는 경우이다.

그런데 사람마다 눈의 구조와 광학적 특징에 차이가 있기 때문에 눈 굴절력이 다르다. 그래서 정시와 비정시를 이해하기 위해서 평균적인 수치로 만든 모형안이 이용된다. 모형안에서 정시는 수정체의 조절 작용이 0D인 무조절 상태에서 +59D의 눈 굴절력*을 가지며, 0~+14D인 수정체의 조절량에 따라 눈 굴절력은 +73D까지 커질 수 있다. 비정시는 초점이 맺히는 위치에 따라 근시와 원시로 구분된다. 모형안을 기준으로 근시는 눈 굴절력이 +59D보다 커서 초점이 망막보다 앞쪽에 맺히게 되는 경우이다. 반면 원시는 눈 굴절력이 +59D보다 작아서 초점이 망막보다 뒤쪽에 맺히게 되는 경우이다.

이러한 비정시는 (±)구면 렌즈를 통해 정시로 교정될 수 있다. 예를 들어 모형안을 기준으로 할 때, 눈 굴절력이 +61D인 근시는 −2D인 구면 렌즈를 눈앞에 대면 눈 굴절력과 (−)구면 렌즈의 굴절력이 합쳐져 +59D가 되기 때문에 정시로 교정되는 것이다. 따라서 눈 굴절력을 정확히 검사하는 것은 비정시를 교정하는 데 매우 중요하다. 실제 임상 검사에서는 정시인지 비정시인지 판정하기 위해, 무한대 거리의 물체를 주시하도록 하며, 무조절 상태를 유지하도록 한다. 이때 주시하는 물체의 거리가

$5m$ 이상이면 무한대 거리로 보며, 무조절 상태를 유지하기 위해 운무법이 사용된다. 운무법은 ㉠눈앞에 (+)구면 렌즈를 대어 초점이 망막의 앞쪽에 맺히도록 유도하는 것이다. 그런 다음 (−)구면 렌즈를 순차적으로 덧대어 가면서 최대 시력을 얻는 최소의 (−)구면 렌즈 값과 운무법에 사용된 렌즈 값을 합하여 비정시의 정도를 판정한다.

> *눈 굴절력: 각막의 굴절력과 수정체의 굴절력을 포함한 눈 전체의 합성 굴절력.

1. 윗글을 이해한 내용으로 적절하지 <u>않은</u> 것은?

① 각막의 굴절력은 일정하지만 수정체의 굴절력은 변할 수 있다.

② 수정체의 조절 작용과 상관없이 초점이 망막에 맺힐 때 최대 시력이 형성된다.

③ 사람마다 눈의 구조와 광학적 특징은 다르지만 눈 굴절력은 +59D로 일정하다.

④ 정시로 교정하기 위해 근시에는 (−)구면 렌즈, 원시에는 (+)구면 렌즈가 필요하다.

⑤ 주시하는 물체가 눈앞 가까이로 다가오면 초점을 망막에 위치시키기 위해 조절량은 커진다.

2. ㉠에 대한 설명으로 가장 적절한 것은?

① 굴절력이 작을수록 초점 거리가 짧아진다.

② 굴절력이 커질수록 초점 거리의 역수도 커진다.

③ (+)구면 렌즈는 굴절력이 클수록 광선을 퍼지게 한다.

④ 무한히 멀리 있는 물체를 주시하는 눈의 굴절력은 0D이다.

⑤ (−)구면 렌즈는 (+)구면 렌즈보다 광선을 모이게 하는 정도가 크다.

★3. 윗글을 바탕으로 〈보기〉를 이해한 내용으로 적절하지 <u>않은</u> 것은? [3점]

〈보기〉

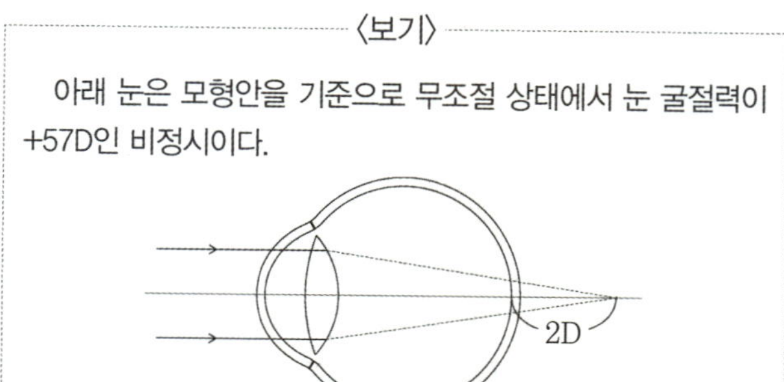

아래 눈은 모형안을 기준으로 무조절 상태에서 눈 굴절력이 +57D인 비정시이다.

① 수정체의 조절량이 +2D일 때 초점이 망막에 위치해 최대 시력을 얻을 수 있겠군.

② −2D인 구면 렌즈를 눈앞에 대었다면 무조절 상태를 유지할 수 없겠군.

③ +4D인 구면 렌즈를 눈앞에 대어 근시 상태로 유도하였다면 −1D인 구면 렌즈를 덧대어도 무조절 상태를 유지할 수 있겠군.

④ +5D인 구면 렌즈를 눈앞에 대어 무조절 상태를 유도하였다면 −3D인 구면 렌즈를 덧대었을 때 최대 시력을 얻을 수 있겠군.

⑤ 근시 상태를 유도하기 위해 눈앞에 댄 (+)구면 렌즈와 최대 시력을 얻은 최소의 (−)구면 렌즈를 합한 렌즈 값은 +1D가 되겠군.

4. ㉮의 이유로 가장 적절한 것은?

① 원시를 근시로 유도하기 위해

② 원시를 정시로 유도하기 위해

③ 근시를 정시로 유도하기 위해

④ 근시를 원시로 유도하기 위해

⑤ 정시를 원시로 유도하기 위해

구조도 그리기

[1~4] 다음 글을 읽고 물음에 답하시오.

집중 호우나 우박, 폭설 등과 같은 기상 현상은 재해로 이어질 수 있어 강수량을 예측하여 피해에 대비해야 한다. 최근에는 이중 편파 레이더 관측을 통해 10분마다 강수 정보가 갱신되는 등 보다 신속하고 정확한 기상 관측이 이루어지고 있다.

그렇다면 이중 편파 레이더는 어떻게 기상 현상을 관측하는 것일까? 기본적으로 기상 관측 레이더는 대기 중으로 송신된 전파가 강수 입자에 부딪혀 되돌아오면 수신된 전파를 분석한 후 여러 변수를 산출하여 강수 입자를 분석한다. 이중 편파 레이더 역시 이 원리를 활용하는데, 먼저 송신된 전파와 수신된 전파의 강도를 비교한 값인 반사도를 통해 강수 입자의 대략적인 크기와 개수를 파악한다. 이중 편파 레이더가 송수신하는 전파는 지면과 수평인 방향으로 진동하는 수평 편파와 수직인 방향으로 진동하는 수직 편파로 이루어져 있는데, 각 편파의 반사도를 수평 반사도, 수직 반사도라고 하며 단위로는 데시벨Z(dBZ)를 사용한다. 이중 편파 레이더의 산출 변수로 사용되는 ⓐ반사도는 수평 반사도를 의미하며, 단위 부피 $1m^3$당 존재하는 강수 입자의 크기와 개수에 비례하여 커진다. 일반적으로 강수 입자가 작고 그 수가 적은 이슬비는 1dBZ 이하의 값을, 강수 입자가 크고 그 수가 많은 집중 호우는 20dBZ 이상의 값을 갖는다. 그런데 우박의 경우 집중 호우와 강수 입자의 크기 및 개수가 달라도 반사도가 집중 호우와 비슷하게 나타날 수 있기 때문에 반사도만으로는 강수 입자의 종류를 구별하기 어려울 때가 있다. 그래서 이를 구별하기 위해서는 다른 산출 변수가 필요하다.

우선 강수 입자의 크기와 모양을 알기 위해서 ⓑ차등반사도를 활용할 수 있다. 차등반사도란 수평 반사도에서 수직 반사도를 뺀 값으로, 강수 입자가 수평으로 더 길면 양의 값을, 수직으로 더 길면 음의 값을 가지며 단위로는 데시벨(dB)을 사용한다. 예를 들어 강수 입자가 큰 집중 호우의 경우, 빗방울이 낙하할 때 받는 공기 저항 때문에 강수 입자가 수평으로 퍼지게 되어 차등반사도가 2dB 이상으로 나타난다. 반면 우박이나 눈이 녹지 않아 순수한 얼음으로 구성된 경우라면 입자의 크기가 커도 수평으로 퍼지지 않으며, 회전 운동을 하면서 낙하하기 때문에 레이더에서는 거의 구형으로 인식되어 차등반사도 값이 0dB인 경우가 많다. 이를 이용하면 집중 호우와 우박의 반사도 값이 비슷해도 기상 현상을 구별할 수 있다. 하지만 강수 입자가 0.3mm보다 작은 이슬비도 공기 저항을 거의 받지 않아 강수 입자가 구형을 유지하기 때문에 차등반사도가 주로 0dB로 나타난다. 따라서 ㉠강수 입자의 종류를 구별하려면 반사도와 차등반사도를 종합적으로 고려하는 것이 필요하다.

한편 비나 우박과 같은 강수 입자의 종류와 강수 입자의 크기를 아는 것만으로는 단위 부피당 강수 입자 개수를 정확히 추정

하는 데 한계가 있다. 그래서 차등위상차와 비차등위상차라는 산출 변수를 통해 강수 입자의 개수에 대한 정보를 얻는다. 레이더 전파가 강수 입자에 부딪히면 강수 입자의 크기와 모양에 따라 수평 편파와 수직 편파의 진행 속도가 달라진다. 이에 따라 두 편파의 위상도 달라지는데, 이 위상의 차이를 누적한 값이 바로 ⓒ차등위상차이다. 단위로는 도(°)를 사용하며, 수평 편파 위상에서 수직 편파 위상을 빼는 방식으로 위상차를 구한다. 전파가 통과하는 강수 입자의 단면 지름이 길어질수록 위상 값이 커지기 때문에 차등반사도와 마찬가지로 강수 입자가 수평으로 더 길면 양의 값을 가지고, 수직으로 더 길면 음의 값을 가지게 된다. 차등위상차는 전파의 진행 방향을 따라 계속 누적되기 때문에 강수 입자가 존재하지 않는 곳에서도 0이 아닌 값이 산출될 수 있다는 특징이 있다.

그리고 특정 관측 범위에서 차등위상차의 변화율을 나타낸 값을 ⓓ비차등위상차라고 한다. 만약 레이더로부터 5km 떨어진 지점의 차등위상차가 0°이고 10km 떨어진 지점의 차등위상차가 10°라면, 이때 5~10km 구간의 비차등위상차는 차등위상차 변화량 10°를 전파의 왕복 거리 10km로 나눈 1°/km가 된다. 비차등위상차는 차등위상차와는 달리 강수 입자가 존재하는 곳에서만 0이 아닌 값으로 산출되기 때문에 관측하고자 하는 특정 구간의 강수 입자 개수를 보다 정확하게 추정할 수 있다.

그런데 눈이 녹아 눈과 비가 함께 내리는 경우처럼 두 종류 이상의 강수 입자들이 혼재되어 있으면 산출 변수 값이 실제 기상 현상보다 크거나 작게 나타나 혼란을 줄 수 있다. 이를 해결하기 위한 산출 변수가 교차상관계수이다. 교차상관계수는 수평 편파와 수직 편파 신호의 유사도를 나타내는 값으로, 강수 입자들의 크기와 종류가 유사할수록 1에 가까운 값으로 산출된다. 일반적으로 비나 눈이 내릴 때 관측 범위 내에 종류가 같고 크기가 비슷한 강수 입자들이 분포하면 교차상관계수가 0.97 이상으로 높게 나타난다. 하지만 여러 종류의 강수 입자가 혼재된 경우나, 집중 호우처럼 강수 입자의 종류가 같더라도 그 크기가 다양한 경우에는 교차상관계수가 0.97 미만으로 나타나기도 한다.

1. 윗글에 대한 이해로 가장 적절한 것은?

① 기상 관측 레이더는 송신된 전파와 수신된 전파의 강도를 비교하기 위해 여러 변수를 산출하는군.

② 이중 편파 레이더가 송신하는 전파의 강도는 관측 범위 내에 존재하는 강수 입자의 개수에 따라 달라지겠군.

③ 순수한 얼음으로 구성된 강수 입자는 낙하하면서 수평 방향으로 퍼지기 때문에 레이더에서 구형으로 인식하겠군.

④ 이중 편파 레이더는 모든 산출 변수를 구할 때 수직 편파를 이용하므로 보다 정확한 기상 관측이 가능한 것이겠군.

⑤ 관측 범위 내에 두 종류 이상의 강수 입자가 혼재할 경우 교차상관계수만으로는 강수 입자의 종류를 판별할 수 없겠군.

2. ㉠의 이유로 가장 적절한 것은?

① 이슬비와 우박은 반사도만으로는 구별할 수 없기 때문에

② 집중 호우와 우박은 반사도만으로는 구별할 수 없기 때문에

③ 이슬비와 집중 호우는 반사도만으로는 구별할 수 없기 때문에

④ 이슬비와 집중 호우는 차등반사도만으로는 구별할 수 없기 때문에

⑤ 집중 호우와 녹지 않은 눈은 차등반사도만으로는 구별할 수 없기 때문에

3. ⓐ~ⓓ에 대한 이해로 적절하지 않은 것은?

① 서로 다른 기상 관측 자료에서 ⓐ의 값이 달라도 ⓑ의 값은 동일할 수 있다.

② 강수 입자 크기에 영향을 받는 ⓐ와 ⓒ는 서로 비례 관계에 있는 산출 변수이다.

③ 관측 범위 내 강수 입자들의 크기와 종류가 모두 동일한 경우에 ⓑ가 양의 값을 갖는다면 ⓒ도 양의 값을 갖는다.

④ 레이더로부터 3km, 6km 떨어진 지점에서 ⓒ의 값이 각각 0°, 12°라면 3~6km 구간에서 ⓓ의 값은 2°/km이다.

⑤ ⓓ는 ⓒ와 달리 강수 입자가 존재하는 곳에서만 0이 아닌 값으로 산출된다.

4. 윗글을 바탕으로 〈보기〉의 '기상 관측 자료'를 이해한 내용으로 적절하지 않은 것은? [3점]

〈보기〉

○ 기상 관측 자료

다음은 비가 내리고 있는 A 지역과 기상 현상을 알지 못하는 B 지역을 이중 편파 레이더로 관측한 결과이다.

관측 지역	반사도	차등반사도	교차상관계수
A	45dBZ	2.5dB	0.95
B	45dBZ	0dB	0.98

(단, 강수 입자 특성 외의 다른 관측 조건은 동일하다고 가정한다.)

① A 지역은 차등반사도가 양의 값을 가지므로 강수 입자의 모양이 수평으로 긴 형태일 것이다.

② A 지역은 차등반사도가 2dB보다 크고 교차상관계수가 0.97보다 작으므로 집중 호우가 내리고 있을 가능성이 높을 것이다.

③ B 지역의 기상 현상을 우박으로 판단했다면 반사도가 20dBZ 이상이면서 차등반사도가 0dB이기 때문일 것이다.

④ B 지역은 교차상관계수가 0.97보다 높게 나타나므로 종류가 같고 크기가 비슷한 강수 입자들이 분포하고 있을 것이다.

⑤ B 지역은 차등반사도가 A 지역보다 작고 반사도가 A 지역과 동일하므로 B 지역의 수직 반사도는 A 지역코다 작을 것이다.

구조도 그리기

[1~4] 다음 글을 읽고 물음에 답하시오.

　문자 입력 창에 한 글자만을 입력했는데 완성된 문구가 ⓐ제시되는 자동 완성을 경험해 보았을 것이다. '코'라는 문자를 입력했다면 '코피', '코로나' 등이 후보로 제시되어 휴대 전화와 같이 문자 입력이 불편한 경우 문자 입력을 편리하게 할 수 있다. 이는 사용했던 단어들 중에서 입력되는 문자와 첫 글자부터 일치하는 것을 찾고 그중 사용 빈도가 높은 단어들을 후보로 제시하는 것이라고 할 수 있다. 한편 워드 프로세서에서 단어 찾기와 같은 검색은 저장되어 있는 문자열을 대상으로 검색어가 ⓑ포함된 문자열을 찾는 것이다. 검색은 자동 완성과 달리 대상 문자열의 어느 위치에서도 검색어를 찾을 수 있어야 하며 사용 빈도를 고려하지 않아도 된다.

　검색이 가능하기 위해서는 검색어를 저장되어 있는 문자열의 부분 문자열과 비교하는 알고리즘이 필요하다. 예를 들어 '우리글'이라는 검색어를 '한글:␣우리나라에서␣창제된␣우리글'이라는 띄어쓰기(␣)가 포함된 18글자의 대상 문자열에서 검색한다고 ⓒ가정해 보자. ㉠가장 간단히 떠올릴 수 있는 방법은 '우리글'이 3글자이므로 대상 문자열을 3글자씩 잘라 1글자씩 비교하는 것이다. '한글:', '글:␣', ':␣우' 등과 같이 16개의 비교 대상을 만들고 이를 검색어와 각각 비교하여 모두 같은지 확인한다. 하나의 비교 대상을 확인하기 위해서는 3글자를 각각 비교해야 하므로 총 16 × 3번 비교를 하게 될 것이다. 검색어 길이에 비해 대상 문자열이 짧거나 같은 경우는 없으므로 이 방법은 검색어와 비교해야 하는 대상 문자열의 길이가 길어지거나 개수가 많아지면 비교 횟수가 늘어나 검색 시간이 늘어난다.

　　[A]　검색 시간을 줄이기 위한 다른 방법은 없을까? 검색어와 비교 대상을 1글자씩 비교하지 않고 3글자씩 한 번에 비교할 수 있다면 그만큼 비교 횟수가 줄어들게 되어 검색 시간이 줄어들 것이다. 이를 위해 각각의 문자열에 특정 값을 ⓓ생성하는 함수를 설정할 수 있다. 이런 함수를 해시 함수라고 하고, 어떤 문자열에 대해 해시 함수가 생성한 값을 해시값이라고 한다. 만일 해시 함수가 입력 가능한 문자열에 대해 모두 다른 해시값을 생성한다면 검색어의 해시값과 비교 대상의 해시값을 비교하여 두 문자열이 일치함을 단번에 ⓔ판단할 수 있다.

　앞의 예와 같이 검색어가 3글자이고 18글자의 대상 문자열이 제시된다면 비교 대상은 16개가 만들어진다. 하지만 각 비교 대상에서 문자열 비교는 1번의 해시값 비교로 줄어들기 때문에 전체 비교 횟수는 감소하게 된다. 물론 해시값을 생성하는 해시 함수의 연산이 추가되지만 추가되는 연산 시간이 각 글자 단위의 비교에 필요한 연산 시간보다

짧다면 전체적인 검색 시간은 단축될 수 있다. 이런 이유로 해시 함수는 연산이 간단하면서도 중복되지 않는 해시값을 생성할 수 있어야 한다.

1. 윗글을 통해 알 수 있는 내용으로 적절하지 <u>않은</u> 것은?

① 검색은 저장되어 있는 문자열 전체를 대상으로 검색어가 포함되어 있는지 확인한다.

② 검색은 필요에 따라 각기 다른 문자열에 동일한 해시값을 생성하는 해시 함수를 사용한다.

③ 검색은 저장되어 있는 문자열의 부분 문자열과 검색어를 비교하는 알고리즘을 활용한다.

④ 자동 완성은 사용 빈도를 고려하여 입력되는 문자가 포함된 문자열을 후보로 제시한다.

⑤ 자동 완성은 휴대 전화와 같이 문자 입력이 불편한 경우 문자 입력을 편리하게 할 수 있는 방법이다.

2. [A]를 이해한 내용으로 적절한 것은?

① 검색어의 길이가 짧아진다면 비교 대상의 개수가 줄어들어 해시값 비교 횟수가 증가할 수 있겠군.

② 대상 문자열에 반복되는 글자가 많다면 해시값이 작아져서 해시 함수의 연산 시간이 단축될 수 있겠군.

③ 검색어보다 긴 대상 문자열의 개수가 늘어난다면 비교 대상이 늘어나 해시값 비교 횟수가 증가할 수 있겠군.

④ 대상 문자열이 1개일 경우 검색어의 길이가 짧아진다면 비교 대상의 길이가 줄어들어 해시값 비교 횟수가 감소할 수 있겠군.

⑤ 대상 문자열이 2개일 경우 검색어의 길이가 길어진다면 비교 대상의 개수가 늘어나 해시 함수의 연산 시간이 증가할 수 있겠군.

★3. ㉠에 〈보기〉의 조건을 모두 추가하여 검색한다고 할 때, 이에 대한 설명으로 적절하지 <u>않은</u> 것은? [3점]

〈보기〉

[조건]
○ 검색어에 문장 부호가 포함되지 않는 경우 문장 부호가 있는 부분 문자열은 비교 대상에서 제외한다.
○ 검색어에 띄어쓰기가 포함되는 경우 띄어쓰기의 위치가 일치하지 않는 부분 문자열은 비교 대상에서 제외한다.

① '우리ㄴ글'로 검색할 경우 띄어쓰기의 위치가 일치하는 비교 대상 3개가 만들어진다.

② '우리ㄴ글'로 검색할 경우의 비교 횟수보다 '우리글'로 검색할 경우의 비교 횟수가 더 많다.

③ '우리글'로 검색할 경우 비교 대상은 'ㄴ우리', '우리나', '리나라' 등과 같이 3글자로 된 비교 대상들이 만들어진다.

④ '우리글'로 검색할 경우 부분 문자열 '한글:', '글:ㄴ', ':ㄴ우'에는 문장 부호가 포함되어 있기 때문에 비교하지 않는다.

⑤ '우리글'로 검색할 경우 일치하는 문자열을 찾을 수 있지만 '우리ㄴ글'로 검색할 경우는 일치하는 문자열을 찾을 수 없다.

4. ⓐ~ⓔ의 사전적 의미로 적절하지 <u>않은</u> 것은?

① ⓐ: 어떠한 의사를 말이나 글로 나타내어 보임.

② ⓑ: 어떤 사물이나 현상 가운데 함께 들어 있거나 함께 넣음.

③ ⓒ: 다른 사람의 말이나 행동, 형편 따위를 잘 알아서 긍정하고 이해함.

④ ⓓ: 사물이 생겨남. 또는 사물이 생겨 이루어지게 함.

⑤ ⓔ: 사물을 인식하여 논리나 기준 등에 따라 판정을 내림.

구조도 그리기

[1~5] 다음 글을 읽고 물음에 답하시오.

OLED(Organic Light Emitting Diode)란 LED의 발광층에 전기에너지를 받으면 특정한 색의 빛을 내는 유기물질을 넣은 것을 말한다. 가장 기본이 되는 ㉠RGB-OLED는 빛의 3원색인 적색, 녹색, 청색을 내는 서브픽셀 세 개가 모여 하나의 픽셀을 이룬다. 서브픽셀은 전자를 주입해주는 음극, 전자와 정공*이 만나 빛을 만들어내는 발광층, 정공을 주입해주는 양극 등이 순서대로 다층 구조를 이루고 있는데 서브픽셀마다 일종의 밸브 역할을 하는 박막트랜지스터(TFT)가 양극(+) 쪽에 위치하고 있어 전류를 차단하거나 통하게 하고 전류량을 조절한다. 서브픽셀을 모두 끄면 검은색을, 모두 켜면 흰색을 만들어 낼 수 있고 서브픽셀의 전류량을 조절해 빛의 양을 적절히 배합하면 다양한 색상의 빛을 표현해 낼 수 있다.

그렇다면 발광층에서 빛이 나는 원리는 무엇일까? 에너지가 가장 낮아 전자가 안정된 상태를 '바닥상태'라 한다. 그리고 바닥상태에 일정 이상의 에너지가 가해져 전자가 원래의 자리에서 이동하며 높은 에너지를 지니게 된 상태를 '들뜬상태'라 한다. 들뜬상태의 전자는 안정화되려는 속성이 있어 다시 바닥상태로 돌아가게 된다. 이때 전자는 들뜬상태와 바닥상태의 에너지 차이, 즉 바닥상태에서 들뜬상태가 되도록 가해졌던 에너지만큼의 에너지를 방출한다. TFT가 전류를 흐르게 하면 들뜬상태가 된 전자가 양극을 향해, 정공은 음극을 향해 이동하다가 발광층에서 서로 만나게 된다. 발광층에서 전자는 정공과 결합하며 안정화되어 바닥상태가 되고 이때 들뜬상태와 바닥상태의 에너지 차이만큼 대부분 빛에너지로 전환된다.

서브픽셀별로 나오는 빛의 색상은 발광층에 들어간 유기물질이 지닌 '밴드 갭'에 의해 결정된다. 밴드 갭이란 전자가 채워져 있는 영역 중 가장 높은 에너지 궤도(HOMO)와 전자가 채워질 수 있는 영역 중 가장 낮은 에너지 궤도(LUMO)가 지니는 에너지 준위의 차를 말한다. HOMO에 바닥상태로 존재하는 전자에 밴드 갭 이상의 에너지를 가하면 들뜬상태가 된 전자가 LUMO로 이동하여 정공과 결합한다. 이후 전자는 다시 에너지를 방출하며 바닥상태로 돌아오면서 밴드 갭에 해당하는 파장의 빛을 방출하게 된다. 밴드 갭이 크면 빛을 내기 위해 더 많은 에너지가 필요하기 때문에 밴드 갭이 큰 유기물질은 밴드 갭이 작은 유기물질에 비해 수명이 짧다.

OLED는 중간에 위치한 발광층에서 만들어진 빛을 어디로 내보내느냐에 따라 ⓐ배면 발광과 ⓑ전면 발광으로 나뉜다. 빛이 양극을 향해 나가면 배면 발광, 음극을 향해 나가면 전면 발광이라 한다. 배면 발광의 경우 음극은 전자의 주입 및 반사층 역할을 해야 하기 때문에, 일함수*가 낮고 불투명한 은과 마그네슘의 혼합 금속을 사용한다. 반면 양극에는 반대의 성질을 지닌 인

듐과 산화주석의 화합물(ITO)을 사용한다. 그런데 빛이 양극에 위치한 TFT를 통과해 나갈 때 빛의 일부가 TFT에 막혀 빠져나가지 못해 개구율이 떨어진다는 문제가 발생한다. 개구율이란 단위 화소 전체 면적에서 실제로 빛이 나올 수 있는 면적의 비율로, 개구율이 높으면 동일 전류를 흘렸을 때 나오는 빛의 양이 많아 휘도가 높다. 이 때문에 개구율의 저하는 휘도의 저하로 이어지고 일정 화질을 위한 휘도를 내기 위해서는 손실된 휘도만큼 더 밝게 발광시켜야 하므로 유기물질의 수명에 좋지 않은 영향을 미치게 된다.

개구율을 높이기 위해 TFT가 없는 음극을 향해 빛을 내보내는 전면 발광은 양극에는 일함수가 높고 반사층 역할을 할 수 있는 금이나 백금 같은 금속을 사용하고 음극에는 투명도가 높은 물질을 사용해야 한다. 그러나 음극에 ITO를 사용하면 일함수가 높아 전자를 쉽게 내줄 수 없다. 결국 음극에는 일함수가 낮으면서도 투명도가 높은 금속을 사용해야 하는데, 투명도를 높이기 위해서는 금속을 얇게 만들어야 한다. 그런데 음극이 일정 두께 이하로 얇아지면 면저항이 증가하게 되고, 저항이 높아지면 패널의 위치별로 생성되는 전압이 달라지게 되어 화면의 균일도가 떨어지는 부작용이 발생한다.

이를 해결하는 대표적인 방법은 미소공진현상 을 이용하는 것이다. 발광층에서 생성된 빛의 일부는 반투명 음극을 통해 빠져나가지만 일부는 음극에 반사되어 양극을 향하고 양극에 다시 부딪혀 재반사되는데 이렇게 반사된 빛들은 서로 간섭을 일으키며 미소공진현상이 일어나게 된다. 미소공진현상에 의해 빛은 위상이 일치하는 파동들이 만나면 보강간섭이 일어나 파동의 강도가 세지고, 위상이 반대인 파동들이 만나면 상쇄간섭이 일어나 파동이 약해지거나 사라지게 된다. 이러한 미소공진현상을 통해 빛의 세기가 강해지면 휘도가 높아지게 되고, 그 결과 휘도를 향상시키기 위해 높은 전류로 구동을 하지 않아도 되므로 OLED의 수명이 길어지게 된다. 더불어 조건에 일치하는 파장만 보강되고 조건이 맞지 않는 파장은 상쇄되므로 스펙트럼이 좁아져서 색의 순도가 높아지는 효과도 얻게 된다.

*정공: 전자가 차지하고 있어야 할 자리에 전자가 없어 생긴 빈 공간, 전자와는 반대로 양전하를 갖는 전하 운반체로 일종의 가상의 입자.
*일함수: 전자 하나를 밖으로 끌어내는 데 필요한 최소의 일 또는 에너지.

1. 윗글의 내용 전개 방식으로 가장 적절한 것은?

① OLED의 기능을 열거하면서 OLED로 색을 표현할 때 유의할 점을 제시하고 있다.

② OLED와 관련된 개념을 소개하면서 OLED의 구조와 발광 원리에 대해 설명하고 있다.

③ OLED의 발전 과정을 통시적으로 서술하면서 OLED를 대체할 수 있는 물질을 소개하고 있다.

④ OLED의 각 구성 요소들 간의 공통점과 차이점을 비교하면서 구성 요소들의 장단점을 분석하고 있다.

⑤ OLED를 기준에 따라 분류하며 OLED의 종류에 따라 빛의 파장을 조절하는 방법을 설명하고 있다.

2. ㉠에 대한 설명으로 적절하지 <u>않은</u> 것은?

① 흰색을 만들 때보다 청색을 만들 때 더 많은 전류량이 필요하다.

② 발광층에서 전자가 정공을 만나 빛을 방출하면 바닥상태로 돌아간다.

③ TFT를 이용하여 전류량을 조절하면 다양한 색상의 빛을 만들 수 있다.

④ 적색, 녹색, 청색을 낼 수 있는 서브픽셀 세 개가 모여 하나의 픽셀을 이룬다.

⑤ 전류를 흐르게 하면 양극과 음극에서 각각 정공과 전자가 발광층을 향해 이동한다.

3. 윗글을 바탕으로 〈보기〉를 이해한 내용으로 적절하지 <u>않은</u> 것은? [3점]

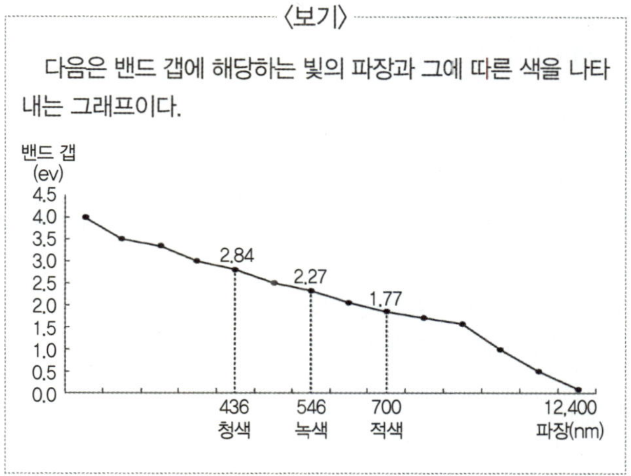

① 밴드 갭의 크기가 큰 유기물질일수록 파장이 짧은 빛이 방출되는구나.

② 동일한 시간을 사용할 때, 녹색보다 청색을 내는 유기물질의 수명이 짧아지겠구나.

③ 밴드 갭이 2.5eV 이하인 유기물질을 모든 서브픽셀에 넣으면 흰색을 만들 수 없겠구나.

④ LUMO의 에너지 준위가 2.84eV이고 HOMO의 에너지 준위가 1.77eV인 유기물질은 적색을 내겠구나.

⑤ 2.27eV의 밴드 갭을 지니고 있는 유기물질은 전자가 들뜬상태에서 바닥상태로 돌아오면서 녹색을 내겠구나.

4. ⓐ와 ⓑ에 대한 설명으로 가장 적절한 것은?

① ⓐ는 음극에 투명도가 높은 물질을 사용하여 빛의 양을 늘려준다.

② ⓑ는 음극을 얇게 만들수록 면저항이 낮아져 화면의 균일도가 높아진다.

③ ⓐ와 ⓑ는 모두 빛이 나가는 방향에 일함수가 높은 물질을 두어야 한다.

④ ⓐ와 ⓑ는 모두 빛이 나가는 반대 방향에 투명하지 않은 물질을 사용하여 반사율을 높인다.

⑤ ⓐ는 휘도를 높이고 유기물질의 수명을 늘리기 위해서 ⓑ보다 더 많은 전류량을 필요로 한다.

5. 윗글의 미소공진현상에 대한 이해로 적절하지 않은 것은?

① 다른 파동과 상호 작용을 하지 않을 경우 빛은 음극을 통과할
  수 없구나.

② 서로 위상이 반대인 파동이 만나면 빛이 약해지거나 사라지기도
  하는구나.

③ 파동 간의 간섭으로 한정된 파장의 빛만 나오게 되므로 색의
  순도가 높아지는구나.

④ 전류량을 높이지 않아도 빛의 휘도를 높일 수 있으니 유기물질의
  수명이 길어지는구나.

⑤ 파동 간 간섭이 일어나는 것은 양극과 음극에 반사를 일으키는
  물질을 사용하기 때문이구나.

구조도 그리기

[1~5] 다음 글을 읽고 물음에 답하시오.

온라인 전자 상거래나 공인 인증이 일상화되면서 보안을 위해 메시지를 암호화하여 주고받는 암호통신의 중요성이 강조되고 있다. 암호통신에서 가장 핵심적인 문제 중 하나는 메시지를 암호화하거나 이를 다시 원래의 메시지로 복호화하는 데 필요한 키를 암호통신의 대상자인 송·수신자가 어떻게 안전하게 주고받느냐에 대한 것이다. 이러한 암호통신은 암호화나 복호화에 필요한 키를 관리하는 방식에 따라 크게 ㉠대칭키 방식과 ㉡공개키 방식으로 구분된다.

대칭키 방식은 메시지를 암호화하거나 복호화할 때 동일한 키를 사용한다. 이러한 이유로 송신자와 수신자만 아는 비밀키를 미리 분배하고 사용하는 과정에서 키 정보가 유출될 가능성이 높아 암호통신을 시도할 때마다 상대에 따라 새로운 비밀키를 사용해야 한다. 이에 반해 공개키 방식은 암호화 키와 복호화 키가 서로 다른 방식이다. 수신자가 미리 생성하여 공개한 공개키(public key)로 송신자가 메시지를 암호화하여 전송하면 수신자는 공개키에 대응하여 생성한, 자신만 알고 있는 비밀키(private key)를 이용하여 복호화한다. 공개키 방식은 별도의 비밀키 분배 과정이 필요 없고 통신 상대에 따라 비밀키를 바꿀 필요도 없어 대칭키 방식에 비해 보안에 유리하다.

대표적인 공개키 방식인 RSA 알고리즘은 큰 소수의 곱과 추가 연산을 통해 만들어진 정수의 소인수 분해가 매우 어렵다는 점에 기반하여 한 쌍의 공개키와 비밀키를 생성한다. 키를 만드는 연산 과정이 복잡하여 대칭키 방식에 비해 암호화나 복호화 속도가 상대적으로 느리지만 암호화된 문서가 유출되어도 현재의 컴퓨터 성능으로는 비밀키를 유추하는 데 비현실적으로 오랜 시간이 걸리기 때문에 비밀키를 바꿀 필요가 없다. 하지만 컴퓨터 연산 속도가 급격하게 발전하게 되면 복잡한 연산 과정을 기반으로 한 공개키 방식의 암호 체계가 위협받을 가능성이 높아질 수 있다.

그래서 최근 수학적 복잡성에 의존하지 않으면서도 도청으로부터 비밀키를 안전하게 나누어 가질 수 있는 ㉢양자암호통신 기술이 주목받고 있다. 양자암호통신에서는 매번 새롭게 만들어지는 비밀키를 안전하게 나누어 갖기 위해 양자의 종류 중 하나인 광자의 물리적 특성을 이용한다. 원자나 분자 단위 이하의 미시 세계를 다루는 양자 역학에서 광자는 더 이상 나눌 수 없는 최소 단위이기 때문에 광자 하나하나에 정보를 실어 보내는 양자암호통신에서 단일광자에 실린 정보의 일부만을 가로채는 것은 불가능하다. 또한 도청자가 단일광자 자체를 가로챈다 하더라도 수신자에게 가로챈 광자와 동일한 상태의 광자를 보내야만 도청 사실을 숨길 수 있는데 여러 상태를 동시에 지니는 '중첩'이라는 양자의 특성 때문에 단일광자의 원래 상태를 정확히 측정해 보낼 수 없다. 이러한 이유들로 인해 양자암호통신은 도청으로부터 안전한 신호 전달이 가능하다.

양자암호통신의 대표적인 키 분배 기술로는 단일광자의 편광 상태에 정보를 실을 수 있는 BB84 프로토콜*을 들 수 있다. 자연 상태의 빛은 진행하는 방향과 수직인 모든 방향으로 진동하는 특성이 있는데, 진동 방향에 따라 빛을 선택적으로 통과시킬 수 있는 필터를 이용하면 특정한 방향으로 진동하는 빛을 만들 수 있다. 이러한 빛을 '편광'이라고 하며, 편광을 만들 때 이용하는 필터를 '편광필터'라고 한다. 그런데 편광된 광자 또한 여러 방향으로 진동하는 '중첩' 특성을 지니고 있다. 즉 편광필터를 통과한 수직(↕)이나 수평(↔) 편광의 경우 대각(↗)·역대각(↘) 편광 특성도 지니고 있으며, 마찬가지로 편광필터를 통과한 대각이나 역대각 편광 또한 수직·수평 편광 특성을 동시에 지니고 있다. 따라서 수직이나 수평 편광을 ➕ 편광필터를 이용하여 측정하면 수직이나 수평 편광으로 100% 측정되지만, 수직이나 수평 편광을 ✖ 편광필터를 이용하여 측정하면 대각 혹은 역대각 편광으로 잘못 측정된다.

[A]

이러한 편광의 중첩 특성이 BB84 프로토콜에서 어떻게 이용되는지 알아보자.

(a) 송신자의 비트 정보	0	1	1	0	1	0
(b) 송신자의 편광필터	➕	➕	✖	➕	✖	✖
(c) 송신자의 편광 신호	↔	↕	↘	↔	↘	↗
(d) 수신자의 편광필터	➕	➕	✖	✖	➕	✖
(e) 수신자의 측정 신호	↔	×	↘	↗	↕	↗
(f) 비밀키 공유	0		1			0

※ '×'는 누락된 광자.

BB84 프로토콜은 먼저 위 〈표〉의 (a)처럼 송신자가 무작위로 비트 정보를 생성하는 것으로 시작한다. 이때 BB84 프로토콜은 수직 편광과 역대각 편광은 '1'이라는 비트 정보로, 수평 편광과 대각 편광은 '0'이라는 비트 정보로 표시하기로 약속되어 있어 (b)처럼 송신자가 ➕ 편광필터와 ✖ 편광필터를 무작위로 선정하면 (c)와 같은 편광 신호들이 생성된다. 수신자는 (c)에서 생성된 편광 신호들이 어떤 편광인지 전혀 모르는 상태에서 (d)처럼 스스로 무작위로 편광필터를 선택하여 (e)와 같이 편광된 광자를 측정한다. 이때 전송 과정에서 잡음 등으로 인해 누락된 광자가 발생할 수 있으며, 누락된 광자는 측정에서 제외된다. 이후 송·수신자는 공개 채널에서 자신들이 어떤 편광필터를 어떤 순서로 사용했는지 서로 공유하면 (f)와 같이 동일한 편광필터를 사용한 '010'이라는 비트 정보만 걸러낼 수 있어 비밀키로 사용하는 측정값을 안전하게 공유할 수 있다.

*프로토콜: 통신 규약.

1. 다음은 윗글을 읽은 학생의 독서 기록 중 일부이다. 윗글을 참고할 때, '점검 결과'로 적절하지 <u>않은</u> 것은?

○ 읽기 계획: 1문단을 훑어보면서 뒷부분을 예측하고 질문 만들기를 한 후 글을 읽고 점검하기	
예측 및 질문 내용	점검 결과
○ 암호통신을 이용하여 온라인 전자 상거래가 이루어지는 과정을 보여 줄 것이다.	예측과 다름 …… ①
○ 암호통신 방식에 따른 장단점을 비교하며 설명할 것이다.	예측과 같음 …… ②
○ 암호화 키를 만드는 방법은 복호화 키를 만드는 방법과 어떠한 차이가 있을까?	질문의 답이 제시됨 ……… ③
○ 암호통신 방식에 따라 안전성을 확보하기 위한 방법은 어떻게 다를까?	질문의 답이 제시됨 ……… ④
○ 각각의 암호통신 방식이 실생활에 적용된 사례로는 어떤 것이 있을까?	질문의 답이 언급되지 않음 … ⑤

3. ㉠~㉢을 비교한 내용으로 가장 적절한 것은?

① ㉠은 ㉡이나 ㉢에 비해 비밀키가 유출될 가능성이 낮다.

② ㉢은 ㉠이나 ㉡에 비해 수학적 복잡성에 더 많이 의존한다.

③ ㉠과 ㉡은 ㉢과 달리 비밀키를 나누어 갖는 과정이 필요하다.

④ ㉠과 ㉢은 ㉡과 달리 암호화를 위해 송신자가 비밀키를 알아야 한다.

⑤ ㉠, ㉡, ㉢은 모두 암호통신 상대의 수만큼 비밀키가 필요하다.

4. BB84 프로토콜 에 대한 이해로 가장 적절한 것은?

① BB84 프로토콜은 안전한 비밀키를 사용하여 암·복호화를 하는 과정에 대한 통신 규약이다.

② BB84 프로토콜에 사용되는 수평 편광을 ✖ 편광필터로 측정하면 수평 편광으로 측정되지 않는다.

③ BB84 프로토콜 실행 과정에서 편광된 광자가 다시 편광필터를 통과하면 양자의 중첩 특성이 사라진다.

④ 광자는 더 이상 나눌 수 없기 때문에 BB84 프로토콜이 진행되는 동안 단일광자 자체를 가로챌 수 없다.

⑤ BB84 프로토콜에서 수직 편광은 대각 편광의 특성도 동시에 지니고 있어 '0'이라는 비트 정보로 표현한다.

2. 윗글에 대한 이해로 적절하지 <u>않은</u> 것은?

① 공개키 방식에서 공개키와 비밀키를 생성하는 주체는 동일하겠군.

② 컴퓨터의 연산 능력이 발전하더라도 양자암호통신은 비밀키를 안전하게 나누어 가질 수 있겠군.

③ 양자암호통신에서는 도청자가 단일광자에 담긴 정보를 도청할 경우 수신자에게 도청 사실을 숨길 수 없겠군.

④ RSA 알고리즘에서 암호화된 문서가 전송 과정 중 유출되어도 수신자는 비밀키를 다시 생성할 필요가 없겠군.

⑤ RSA 알고리즘이 대칭키 방식에 비해 암·복호화 속도가 느린 이유는 서로 다른 암·복호화 키를 주고받기 때문이겠군.

5. BB84 프로토콜을 이용하여 송신자와 수신자가 〈보기〉와 같이
정보를 주고받았다. [A]를 참고했을 때 〈보기〉의 과정을 통해
생성되는 비밀키로 적절한 것은? [3점]

〈보기〉

○ 송신자의 비트 정보 생성 및 편광된 광자 전송

비트 정보	0	1	0	0	1	1	1	0	1	0
편광필터 정보	0	1	1	0	1	0	1	1	1	0
편광 신호	↔	↘	↗	↔	↘	↕	↘	↗	↘	↔

○ 수신자의 광자 측정

편광필터 정보	1	1	0	1	1	0	0	1	1	1
측정한 신호	↘	↘	↕	↘	×	↕	↔	↗	↘	↗

* ➕ 편광필터: 0, ❌ 편광필터: 1, 누락된 광자: ×

① 1011　　　② 1100　　　③ 1101

④ 11011　　　⑤ 11101

[1~6] 다음 글을 읽고 물음에 답하시오.

(가)

쇤베르크는 현대 음악이 난해하다는 인상을 만든 대표적 작곡가이다. 전통적인 조성 음악이 다장조나 가단조 같은 특정 조성을 바탕으로 화음을 전개하는 것과 달리, 그의 음악은 특정 조성에 얽매이지 않는 ⊙범조성을 지향하였다.

조성 음악의 음계에는 으뜸음을 중심으로 한 엄격한 위계질서가 존재한다. 예컨대 다장조 음계는 '도'를 으뜸음으로 하여 '도–레–미–파–솔–라–시–도'로 배열되며, 각 음 사이의 간격은 장2도나 단2도라는 일정한 규칙을 따른다. 이러한 규칙에서 벗어난 음이 화음에 포함되면, 그 화음은 불협화음으로 취급된다. 또한 다장조 곡은 '도–미–솔'의 으뜸화음으로 시작하여, '파–라–도'의 버금딸림화음과 '솔–시–레'의 딸림화음을 거쳐 다시 으뜸화음으로 돌아오며 마무리된다. 이와 같이 조성 음악에서는 음들 간의 협화·불협화 관계와 화음 전개에 따른 선율의 흐름이 미리 정해져 있다.

이에 반해 쇤베르크의 음악에서는 으뜸음 중심의 위계질서가 ⓐ해체되고 모든 음이 동등한 지위를 부여받는다. 그가 고안한 12음 기법은 한 옥타브 내의 12개 음 모두를 자유롭게 배열한 '음렬'을 이용하는 작곡 방식이다. 조성 음악의 음계에서는 으뜸음과 장3도·단3도의 관계에 따라 장·단조가 규정되는 반면, 12음 기법의 음렬에서는 음들이 반음 간격으로 조밀하게 배열되어 조성의 경계가 모호해진다. 이 때문에 하나의 곡에 장조와 단조가 공존하는 듯한 인상을 주어, 그의 음악이 무질서하다는 인식을 낳기도 했다. 그러나 쇤베르크의 의도는 화음을 자연의 섭리처럼 받아들이던 조성 음악의 관습에서 벗어나, 사전에 설정된 인위적 질서가 아닌 음들 간의 내재적 관계에 기초한 새로운 음악적 형식을 마련하는 것이었다.

쇤베르크는 음들 간의 자연스러운 관계가 외부로부터 주어지는 것이 아니라 곡 전체의 유기적 통일성을 통해 형성되는 것이라고 보았다. 그는 곡을 하나의 유기체로 완성하기 위한 조건으로 응집력을 제시했는데, 이는 곡을 이해 가능한 구조로 통합하는 음들 사이의 내적 결속을 의미한다. 응집력은 음과 음 사이의 관계에서 ⓑ기인하는 유사성이 반복됨으로써 실현된다. 따라서 음들 사이의 관계가 유사성을 공유하며 반복될수록 곡의 응집력은 강화된다. 이처럼 쇤베르크는 특정 화음만을 협화음으로 인정하던 조성 음악의 제한된 질서를 넘어, 음들 사이의 응집력을 바탕으로 한 보편적 음악 질서를 추구하였다.

(나)

레보비츠는 12음 기법의 등장을 음악사의 혁신으로 평가하고 후설의 현상학을 적용하여 그 의미를 ⓒ규명했다. 후설에 따르면, 우리의 일상적 경험은 의식의 지향성을 통해 구성되는 '현상'이다. 예를 들어, 음악적 경험은 소리라는 물리적 파동에 대한 지각이 아니라, 소리의 패턴을 인식하는 의식의 지향성을 매개로 한 현상이다. 후설은 우리가 당연시하는 전제에 대한 '판단 중지'를 통해 사물의 본질에 도달할 수 있다고 보았다. 이는 경험을 있는 그대로 받아들이는 '자연적 태도'에서 벗어나, 의식 속에 나타나는 현상만을 탐구하는 '현상학적 태도'로 전환하는 것을 의미한다. 후설은 이러한 전환을 현상학적 환원이라 불렀다.

이러한 관점에서 레보비츠는 쇤베르크가 조성 음악의 화음을 특정한 지향적 체계가 만들어 낸 인위적 현상으로 간주하고, 12음 기법을 통해 음악의 본질에 다가섰다고 평가하였다. 조성 음악의 질서를 당연시하는 자연적 태도에 대한 판단 중지를 통해 보편적 음악 질서를 확립하였다는 것이다.

그러나 쇤베르크가 주장한 ⓛ범조성은 현상학적 환원과 괴리된다. 현상학은 모든 전제에 대한 판단을 중지하고 의식에 직접 주어지는 현상 그 자체를 포착하려 하지만, 쇤베르크는 조성이라는 기존의 규범을 거부하면서도 모든 음의 동등한 사용이라는 새로운 규범을 ⓓ제시했기 때문이다. 더욱이 그는 평균율*이라는 물리적 제약을 그대로 수용했다. 바로크 시대 이후 서양 음악의 토대가 된 평균율은 무한한 음향적 가능성 중 극히 일부만을 표준화한 것에 불과하다. 아도르노가 '형식은 침전된 내용'이라고 말했듯, 음악의 재료는 단순한 소리가 아니라 특정한 문화적 맥락이 응축된 형식이다. 결국 쇤베르크가 조성의 기반인 평균율의 12음을 그대로 수용한 것은 ⓒ전통적 물감 사용법은 거부하면서도 물감은 전통적인 것을 고수하는 태도와 다르지 않다.

후설은 현재 순간의 지속에 대한 미시적 직관을 강조한다. 이는 역사적 시간의 일부로서 현재를 인식하는 것이 아니라 과거와 미래를 통합하는 지금 이 순간을 직관해야 한다는 것이다. 그러나 쇤베르크는 음높이와 음길이처럼 악보상 음표의 위치로 표현되는 거시적 구조로만 음악을 조망함으로써, 음색과 강세 등 개별 음에 대한 미시적 체험의 중요성을 ⓔ간과했다. 이는 후설이 말한 현상학적 잔여의 개념과 어긋난다. 현상학적 잔여, 즉 현상학적 환원 이후에 남는 것은 현상 그 자체여야 하지만, 쇤베르크의 음악은 곡의 거시적인 구조에 치중함으로써 순수 현상에는 이르지 못했기 때문이다.

*평균율: 옥타브를 등분하여, 그 단위를 음정 구성의 기초로 삼는 음률 체계. 주로 12평균율을 가리키는데, 단위의 하나를 반음, 2개를 온음으로 함.

쇤베르크의 음악에 대한 여러 견해를 다룬 지문으로, 쇤베르크 음악의 특징을 넘어 그에 대한 평가와 견해 간의 차이를 잘 정리 해야 했다. 특히 (나)는 후설의 현상학이 등장하여 예술 지문임에도 철학적인 개념이 제시되어 지문의 모호성이 커졌으며, 글쓴이의 반대 견해까지 드러나 의견의 다양성으로 복잡한 지문 양식을 갖추었다. 이를 연습하기 위해 아래 제시된 평가원 기출과 연계해서 풀어 보자.

(2109) (가) 「예술의 정의에 대한 미학 이론들」, (나) 「예술 작품에 대한 주요 비평」 / 『홀수 기출 평가원 최신 [독서]』 문제 책 190P

1. (가)의 '쇤베르크'에 대해 이해한 내용으로 가장 적절한 것은?

① 장조와 단조를 교차 배치하여 복수의 조성이 하나의 곡 안에 동시에 구현되어야 한다고 보았다.

② 음악적 형식이란 미리 정해진 것이 아니라 음들 간의 내재적 관계를 통해 생성되는 것이라고 보았다.

③ 음 사이의 관계가 규칙적인 음계 대신 비규칙적인 음렬을 사용하여 난해한 음악을 만들고자 하였다.

④ 협화음과 불협화음의 구분에 기반한 조성 체계의 자연적 질서를 부정하고 음악적 무질서를 추구하였다.

⑤ 화음에 기반한 전통적인 음악적 형식을 부정하고 일정하게 반복되는 패턴이 곡에 표현되는 것을 거부하였다.

2. (나)의 현상학적 잔여에 대한 설명으로 적절하지 않은 것은?

① 자연적 태도에 대한 판단 중지를 통해 드러나는 사물의 본질이다.

② 과거와 미래가 통합된 현재 순간의 지속에 대한 미시적 직관의 결과물이다.

③ 사물의 질서를 인식하려는 지향성을 매개로 의식이 경험하는 미시적 체험이다.

④ 현상학적 환원을 통해 모든 전제를 배제한 후 의식에 남아 있는 순수 현상이다.

⑤ 기존의 규범과 맥락을 제외한 뒤 포착되는, 의식에 직접적으로 주어지는 현상 그 자체이다.

3. (가)의 글쓴이의 관점에서 이해한 ㉠과 (나)의 글쓴이의 관점에서 이해한 ㉡을 비교한 내용으로 가장 적절한 것은?

① ㉠은 으뜸음이 주관하는 음악적 질서이고, ㉡은 음의 배열을 지배하는 거시적 구조이다.

② ㉠은 전통을 계승하여 발전시킨 작곡 기법이고, ㉡은 전통과 단절되어 새롭게 제안된 작곡 기법이다.

③ ㉠은 편협한 질서를 넘어서는 보편적 질서이고, ㉡은 인위적 질서를 대체하는 또 다른 인위적 질서이다.

④ ㉠은 작곡가가 아닌 곡 자체에 의해 형성되는 질서이고, ㉡은 작곡가의 음악적 자유를 구속하는 제약이다.

⑤ ㉠은 모든 음에 동등한 자격을 부여하는 체계이고, ㉡은 곡의 체계를 와해하여 무질서를 야기하는 원인이다.

4. (가)의 글쓴이가 (나)의 ㉢에 대해 반박할 만한 말로 가장 적절한 것은? [3점]

① 평균율이라는 물리적 제약에서 완전히 벗어나지 못했다는 점에서, 전통적 물감 사용법 그 자체를 거부한 것은 아닙니다.

② 12음 기법의 12음은 평균율의 12음과 배열 방식이 다른 음이라는 점에서, 이미 동일한 물감이라고 할 수 없습니다.

③ 화음 전개에 따른 선율의 흐름이 예측되지 않는다는 점에서, 동일한 물감을 고수하는 것이 문제는 아닙니다.

④ 음들 간의 내적 결속이 응집력을 형성한다는 점에서, 동일한 물감으로도 더 좋은 그림을 그릴 수 있습니다.

⑤ 장조와 단조의 구분을 없앴다는 점에서, 동일한 물감에서 새로운 물감 사용법을 발견한 것입니다.

5. (가)의 '쇤베르크'의 관점(A), (나)의 글쓴이의 관점(B)을 바탕으로 〈보기〉를 이해한 내용으로 적절하지 <u>않은</u> 것은? [3점]

전자 음악은 공기 진동을 통해 소리를 내는 전통적 악기와 달리, 전기적 신호를 합성하여 무한한 음향을 창조한다. 이러한 기술적 특성을 바탕으로, 전자 음악은 다양한 실험을 거치며 음악의 표현 영역을 확장하고 있다. 바레즈는 〈하이퍼리즘〉에서 11마디 동안 '높은 도'를 반복하면서 강약과 음색만을 변화시켜 일정한 음향 패턴을 만들어 낸다. 슈톡하우젠은 〈십자놀이〉에서 음높이, 음길이, 강세, 음색을 동등한 위상으로 활용하여, 어떤 패턴도 반복하지 않고 각각의 음을 독립된 음향 사건으로 다루는 작곡 기법을 선보였다. 이러한 시도는 음악에 대한 관념을 바꾸는 계기가 되었다. 가령 루솔로는 기계음과 같은 소음이 새로운 시대의 예술적 정서를 반영하는 음악적 재료가 된다고 주장하였는데, 이는 전자적 음향을 다루는 것을 넘어 일상의 구체적인 소리를 음악의 재료로 활용하는 구체 음악의 출현으로 이어졌다.

① A: 음높이는 유지한 채 강약과 음색만을 변주하는 〈하이퍼리즘〉에서는, 동일한 음높이의 공유와 반복을 통해 곡의 유기적 통일성이 확보될 수 있겠군.

② A: 개별 음을 독립된 음향 사건으로 다루는 〈십자놀이〉의 작곡 기법은, 음들 간의 내적 결속을 고려하지 않는다는 점에서 곡의 이해 가능성이 저해되는 한계를 지닐 수 있겠군.

③ B: 전기적 신호의 합성을 통해 무한한 음향을 창조하는 전자 음악은, 새로운 음악의 재료를 도입함으로써 기존 음악의 문화적 제약을 극복할 가능성을 제시한 것이겠군.

④ B: 음높이, 음길이, 강세, 음색을 동등하게 활용하는 〈십자놀이〉의 작곡 방식은, 순간의 미시적 체험에 주목하여 순수한 음향 현상 자체에 도달하는 길을 여는 것일 수 있겠군.

⑤ B: 기계음이 새로운 음악의 재료가 된다는 루솔로의 주장은, 기계음이라는 인공적인 소리를 특정한 지향적 체계가 만들어 낸 인위적 현상으로 간주한 것이겠군.

6. 문맥상 ⓐ~ⓔ와 바꿔 쓰기에 적절하지 <u>않은</u> 것은?

① ⓐ: 흩어지고

② ⓑ: 비롯되는

③ ⓒ: 밝혀냈다

④ ⓓ: 내놓았기

⑤ ⓔ: 지나쳤다

[1~6] 다음 글을 읽고 물음에 답하시오.

(가)

프랑스의 계몽주의자들은 신화적 관점이나 중세 시대의 종교적 관점으로 역사를 파악하고 서술하는 것을 배격했다. 이들은 이성의 관점에서 역사를 바라보았고, 이러한 입장은 계몽주의자인 볼테르에 의해 ㉠확립되었다.

볼테르는 역사의 동인을 신으로 보았던 중세 시대의 관점을 비판하고, 이성에 의해 역사가 변화된다고 보았다. 그는 이성과 자연, 이성과 종교·정치·사회 등의 제도가 상호 작용하면서 역사가 끊임없이 발전한다고 보았다. 이러한 관점에 따르면 역사의 발전은 이성 그 자체가 발전하면서 문화를 발전시키는 이성의 발전인 것이었다. 그에게 있어 문화는 예술, 법, 정치, 지식, 과학, 풍속, 습관, 음식, 기술, 오락 등 인간 생활과 관련된 것들로 이성의 활동에 따라 만들어진 것이었다. 그는 문화에 대한 이러한 입장에서 문화를 역사 서술의 대상으로 삼아 역사를 서술함으로써 이성의 발전을 드러내려고 했다.

볼테르는 모든 시대와 민족을 ㉡포괄하는 방대한 문화사를 서술했다. 이를 통해 이성이 모든 시대의 역사나 모든 민족의 역사에서 공통적으로 나타나는 발전 요소이며, 역사는 이성의 발전 과정임을 드러내려 한 것이었다. 그는 이러한 의도를 실현하기 위해 사료를 선택할 때는 이성의 업적을 보여 줄 수 있으면서 가장 확실한 기록에 기초를 둔 역사적 사실들을 선택했다. 그리고 역사를 서술할 때는 정치를 역사의 중심에 놓고 연대기적으로 서술하는 전통적인 방식에서 ㉢탈피하여, 예술이나 법과 같은 문화를 구성하는 것들을 화제로 삼아 기술하는 화제 중심 체제의 방식을 사용했다.

역사가 이성의 발전 과정임을 드러내려는 볼테르의 의도는 이성의 발달에 따라 역사의 시대를 헬레니즘 문명의 알렉산드로스 시대, 로마의 아우구스투스 시대, 르네상스의 메디치가 시대, 프랑스의 루이 14세 시대로 구분한 것에서도 드러난다. 그에 따르면 각 시대는 이성의 성숙과 완성 정도가 달랐다. 한 시대에 이룩된 문화의 성숙은 전승, 누적, 융합되어서 더 발전되고 성숙된 문화를 만들어 가며, 이는 다시 다음 시대로 이어졌다. 이에 따라 루이 14세 시대는 메디치가 시대의 문화가 프랑스에 전승, 누적, 융합되어 성숙 및 발전을 이룬 것이었다. 그에게 루이 14세 시대는 이성의 완성에 가장 가까운 시대였다.

역사와 역사 서술에 대한 볼테르의 입장은 역사는 퇴보하지 않고 끊임없이 발전해 나간다는 직선적 역사 발전관으로 볼 수 있다. 또한 그가 이성을 역사의 동인으로 보고 이성을 척도로 사료를 선택하고 문화사를 서술한 것에서, 세계 전체의 역사가 진전되어 가는 원리를 바탕으로 모든 시대에 적용될 수 있는 보편적인 척도에 따라 각 시대를 평가하는 보편주의적 관점을 취했음을 알 수 있다.

(나)

19세기 독일의 철학자이자 역사학자인 헤르더는 계몽사상의 시기를 거치면서, 역사에 대한 볼테르의 입장에서 나타나는 한 계점을 인식했다. 그는 개체성에 대한 자신의 입장과 역사의 나선형적 발전을 주장하면서 볼테르의 입장과 주장을 비판했다. 그는 이를 통해서 자신만의 역사 철학을 전개해 나갔다.

헤르더가 주장한 개체성은 역사에 대한 볼테르의 보편주의적 관점과 대비되는 것으로, 그에게 개체성은 민족의 개체성을 의미했다. 개체성은 기후와 풍토 및 관습 등에 근거해서 여러 지역의 인간 공동체, 다시 말하면 각 민족에게서 다양하게 형성된 것이며 각 민족의 문화에서 동일하게 나타나지 않는다. 따라서 각 민족이 추구하는 목표, 생활하는 방식, 삶을 바라보는 태도는 다를 수밖에 없다. 이러한 개체성의 입장에서 그는 각 민족이 나름의 독특한 민족 문화를 가지고 있다고 보았다. 이에 따른다면 여러 민족들 각각의 역사적 시대는 모든 민족의 역사 속 하나의 개체로서 중요한 가치와 특성을 가지고 있기 때문에, 그에게 각 민족의 역사적 시대는 고유한 위상에서 연구되어야 하고 그 시대는 존중받아야 했다.

헤르더는 민족의 개체성을 이해하기 위해서는 민족에 대한 선입관을 버리고 민족의 시대와 역사, 민족이 처한 환경적 조건 속으로 ㉣침투해서 이것에 동화되어야 한다고 보았다. 개체성에 대한 그의 관점과 이를 이해하기 위한 그의 방법에 따르면, 보편주의적인 관점으로는 역사를 설명할 수 없게 된다. 또한 볼테르처럼 이성이라는 보편적 척도에 맞지 않는 역사적 사건들을 무시하고 중세 시대를 역사 서술에서 제외해서 로마 시대에서 르네상스 시대로 이어지게 하는 일은, 헤르더의 역사 설명에서는 일어날 수 없다.

헤르더는 개체성에 대한 자신의 관점을 바탕으로 역사가 연속적 성격을 가지면서 나선형적으로 발전해 나간다고 주장했다. 역사 서술에서 중세 시대를 제외한 볼테르의 입장과 달리, 헤르더는 중세를 계몽사상 시대의 도래를 위한 준비기였고 근대를 위한 기반이 되는 시대로 이해했다. 그리고 역사가 나선형적으로 발전한다는 그의 주장은 역사가 성장과 파괴, 건설의 과정을 반복하며 발전한다는 것을 의미했다. 이는 볼테르의 직선적 역사 발전관과 다른 것이었다.

헤르더의 주장에 따르면, 역사의 파악과 역사 서술의 기본 단위는 민족이며 역사는 민족의 문화를 중심으로 발전한다. 따라서 헤르더는 문화적 민족주의 개념을 정립하는 데 ㉤기여했다고 볼 수 있다.

(가)에서는 중세 시대의 역사에 대한 관점을 비판한 계몽주의자 볼테르의 주장을 서술하고 있으며, (나)에서는 볼테르의 관점을 19세기 역사학자 헤르더의 관점에서 비판하고 있다. 이처럼 관점 비교 및 비판으로 구성된 주제 복합 세트에서는 견해 간의 쟁점을 면밀하게 비교하며 지문을 독해하는 것이 중요하다. 유사한 구조로 구성된 아래의 평가원 기출과 연계하여 풀어 보자.

24수능 (가) 『노자』의 도에 대한 한비자의 견해, (나) 『노자』의 도에 대한 유학자들의 견해 / 『홀수 기출 평가원 최신 [독서]』 문제 책 150P

1. (가)와 (나)에 대한 설명으로 가장 적절한 것은?

① (가)와 달리, (나)는 특정 사상가에 대한 비판적 입장이 서술되어 있다.

② (나)와 달리, (가)는 특정한 시대의 한계를 지적하고 이에 대응되는 새로운 시대를 전망하고 있다.

③ (가)와 (나)는 모두, 특정 사상가에 대한 평가가 시대별로 달라진 원인을 분석하고 있다.

④ (가)와 (나)는 모두, 특정 개념에 대한 여러 학자의 논쟁 과정을 시간의 흐름에 따라 제시하고 있다.

⑤ (가)는 특정 사상이 시대에 따라 변화되는 과정을, (나)는 특정 사상에 대한 학자들의 상반된 입장을 언급하고 있다.

2. 윗글을 통해 알 수 있는 내용으로 적절하지 <u>않은</u> 것은?

① 볼테르는 이성이 역사를 변화시킬 수 있다고 보았다.

② 볼테르는 문화를 구성하는 것들을 화제로 역사를 서술했다.

③ 헤르더는 중세 시기가 없으면 근대 시기가 나타날 수 없다고 보았다.

④ 헤르더는 볼테르의 보편주의적 관점을 수용하여 개체성에 대한 자신의 입장을 펼쳤다.

⑤ 헤르더는 특정 민족을 이해하기 위해서는 그 민족에 대한 선입관이 없어야 한다고 보았다.

3. '볼테르의 직선적 역사 발전관'에 대해 이해한 내용으로 가장 적절한 것은?

① 이성이 시대를 거치면서 완성으로 나아가는 것이 역사의 발전이다.

② 인류 전체의 역사가 후퇴와 단절 속에서도 연속하여 진전되는 것이다.

③ 역사가 발전하는 원인은 신의 섭리를 바탕으로 인간의 이성이 발전한다는 것이다.

④ 역사 서술의 발전은 역사를 신화적으로 서술해 나가는 것으로 이행되어 가는 과정이다.

⑤ 전 세계의 문화사를 서술하여 역사에서 이성이 변화하지 않고 정체됨을 나타내는 것이다.

4. 윗글의 '볼테르'와 '헤르더'의 입장에 대한 설명으로 적절하지 <u>않은</u> 것은?

① 볼테르는 4개의 시대를 거치면서 인간의 이성보다 문화가 더 완성에 가까워진다고 보았다.

② 헤르더는 서로 다른 민족 문화 사이의 우열을 판단하는 특정 기준은 없다고 보았다.

③ 헤르더는 각 민족의 문화는 자신이 처한 기후와 풍토에 따라 동일하지 않게 나타난다고 보았다.

④ 볼테르와 헤르더 모두, 문화는 인간의 생활과 관련되어 있다고 보았다.

⑤ 볼테르에게 이성의 활동은 문화를 통해 드러나고, 헤르더에게 개체성은 각 민족의 문화에서 드러난다.

5. (가), (나)를 바탕으로 〈보기〉에 대해 보인 반응으로 적절하지 <u>않은</u> 것은? [3점]

〈보기〉

강력한 왕권을 행사하는 한편, 피정복민의 관습을 존중해 주었던 알렉산드로스의 사후, 알렉산드로스 제국은 서지중해 일대를 장악한 로마에 의해 멸망되었다. 아우구스투스로부터 유능한 다섯 황제까지 약 200년간을 '로마의 평화 시대'라고 불렸다. 광대한 제국이 된 로마는 법률, 건축, 토목과 같은 실용적인 문화가 발달하였는데, 특히 법률이 발달하였다. 로마는 2세기 말부터 흔들리기 시작하였고, 여러 가지 복합적 요인으로 몰락했다. 이후 중세 시대가 시작되었다.

① 볼테르의 관점에서 볼 때, 로마에서 발달한 법은 이성의 발전을 드러낼 수 있는 사료이겠군.

② 헤르더의 관점에서 볼 때, 알렉산드로스가 피정복민의 관습을 존중한 것은 각 민족의 개체성을 인정한 것으로 볼 수 있겠군.

③ 볼테르와 헤르더 모두의 관점에서 볼 때, 알렉산드로스 시대에서 아우구스투스 시대로 변화된 것은 역사의 발전으로 볼 수 있겠군.

④ 볼테르와 헤르더 모두의 관점에서 볼 때, 알렉산드로스 제국이 로마에 의해 멸망된 것은 문화의 퇴보와 파괴가 나타나는 역사적 과정이겠군.

⑤ 볼테르의 관점에서 볼 때 중세 시대는 역사 서술의 대상이 아니고, 헤르더의 관점에서 볼 때는 역사 서술의 대상이겠군.

6. 문맥상 ㉠~㉤과 바꿔 쓰기에 가장 적절한 것은?

① ㉠: 바로잡혔다

② ㉡: 벌여 놓는

③ ㉢: 물러나

④ ㉣: 돌아가서

⑤ ㉤: 이바지했다고

[1~6] 다음 글을 읽고 물음에 답하시오.

(가)

스톨니츠는 우리가 미적 태도로 지각하는 모든 대상은 미적 대상이 된다고 주장한다. 이때의 미적 태도는 어떤 대상을 유용성에 근거해서 바라보는 실제적 지각 태도와 다르다. 그가 말하는 미적 태도는 그것이 예술 작품이든 아니든, 감상자가 지각하는 대상 자체를 '무관심적'이면서 '공감적'으로 '관조'하는 태도이다.

스톨니츠가 말하는 미적 태도에서의 '무관심적'이라는 것은 대상에 대해 관심이 없는 '비관심적'과는 다르다. 무관심적이라는 것은 대상을 사용하거나 조작하여, 무엇을 ⓐ취하려는 목적을 가지고 대상을 바라보지 않는다는 것이다. 다시 말해 무관심적이라는 것은 대상에 대해 어떤 이해관계를 떠나, 보이고 느껴지는 대로 관심을 가지고 본다는 것이다. 예를 들어 누군가가 사과를 볼 때, 어떤 지식이나 수익을 얻으려는 관심을 가지고 보는 것이 아니라, 사과라는 대상 자체에 관심을 가지고 바라보는 것이다.

그리고 '공감적'이라는 것은, 감상자가 대상에 반응할 때 대상 자체의 조건에 의해 대상을 받아들이는 방식을 취하는 것을 의미한다. 이를 위해 감상자는 자신을 대상과 분리시키는 신념이나 편견과 같은 반응은 억제해야 한다. 그렇게 하지 않으면 대상이 감상자에게 흥미롭게 지각될 수 있는 가능성이 사라지게 된다. 예를 들어 ㉠특정 신을 찬미하기 위한 의도가 담긴 조각 작품에 대해 감상자가 자신의 종교적 기준과 다르다고 거부감을 가지는 것은 공감적이지 못한 것이다.

끝으로 '관조'란 단순한 응시가 아니라 감상자가 대상에 적극적으로 주목하는 것을 의미한다. 관조는 활동과 함께 일어나기도 하는데, 일례로 음악을 듣는 감상자가 음악에 집중하여 멜로디를 따라 손으로 장단을 맞추는 모습을 들 수 있다. 그러나 대상에 적극적으로 주목하며 활동하는 것이 관조가 의미하는 바의 전부는 아니다. 대상의 독특한 가치를 맛보기 위해서는 복잡하고 섬세한 부분까지 주의 깊게 살펴야 한다. 이러한 섬세한 부분들을 민감하게 인지하는 것이 식별력이다. 즉, 식별력을 갖추고 관조한다면 더욱 풍부한 미적 경험을 할 수 있다. 이러한 식별력은 반복해서 예술 작품을 경험하거나, 작품에 드러나는 표현 기법이나 작품의 구성 요소와 같은 지식에 대해 공부하거나, 예술 형식에 대한 기술적 훈련을 함으로써 기를 수 있다.

(나)

비어즐리는 미적 대상이란 예술 작품의 속성 중 올바르게 감상되고 비평될 수 있는 것이라고 주장한다. 그는 미적 대상이 감상자의 주관적 태도에 의해서 규정될 수 없다고 말하며, 오직 예술 작품 자체의 속성들에 근거하여 미적 대상을 규정할 수 있다는 객관주의적 입장을 ⓑ취한다. 그래서 그는 '구분의 원리'와 '지각 가능성의 원리'를 통해 예술 작품에서 미적 대상이 될 수 없는 것들을 미적 대상에서 배제한다.

먼저 비어즐리는 구분의 원리를 제시하며, 예술가의 의도를 예술 작품의 미적 대상으로 생각하는 입장에 반대한다. 그는 예술 작품의 속성이 미적 대상이 되려면 그 예술 작품과 구분되어서는 안 된다는 것을 전제한다. 그래서 그는 예술 작품과 구분되는 예술가의 의도는 예술 작품의 속성이 될 수 없어 미적 대상에서 배제되어야 한다고 말한다.

지각 가능성의 원리는 예술 작품의 어떤 속성이 직접적으로 지각될 수 있어야만 미적 대상이 될 수 있다는 것이다. 비어즐리는 예술 작품을 경험하는 데 전혀 지각될 수 없거나 직접적으로 지각될 수 없는 것들을 물리적 측면이라고 규정하고, 이를 미적 대상에서 배제해야 한다고 말한다. 예를 들어 어떤 그림에 대해 '이 그림은 상쾌한 색조와 흐르는 운동감이 있다.'라고 했다면, 이는 그림을 보면서 직접적으로 지각할 수 있는 미적 대상에 대해 진술한 것이다. 하지만 '이 그림은 유화 물감을 재료로 사용하였다.'나 '이 그림은 1892년에 창작되었다.'라고 했다면, 이는 그림을 보면서 직접적으로 지각할 수 없는 물리적 측면에 대해 진술한 것이다.

비어즐리는 이 원리들을 종합하여 예술 작품의 속성 중 객관적으로 지각될 수 있는 대상을 밝히며, ㉡미적 대상으로서의 예술 작품의 의미를 해석할 때는 오로지 예술 작품과 분리될 수 없는 객관적인 속성만을 고려해야 한다는 주장을 분명히 하였다.

1. 다음은 (가)와 (나)를 읽고 학생이 작성한 활동지의 일부이다. 학생의 반응으로 적절하지 <u>않은</u> 것은?

	질문	학생의 응답	
		예	아니오
①	(가)는 상반된 견해를 절충하여 대안을 제시하고 있나요?		✓
②	(가)는 시대에 따라 달라지는 이론의 변천 과정을 서술하고 있나요?		✓
③	(나)는 중심 내용을 정리하며 글을 마무리하고 있나요?	✓	
④	(가)와 (나)는 독자의 이해를 돕기 위해 예시를 활용하고 있나요?	✓	
⑤	(가)와 (나)는 핵심 주제와 관련된 개념들의 의미를 설명하고 있나요?		✓

2. 〈보기〉는 ⓛ의 관점에서 ⑦에 대해 보인 학생의 반응이다. ㉮~㉱에 들어갈 말로 적절한 것은?

〈보기〉

조각 작품에 담긴 특정 신을 찬미하려 한 예술가의 의도는, (㉮)으로 지각될 수 있는 것이 아니기에 예술 작품과 (㉯) 되어야 한다. 따라서 예술가의 의도는 미적 대상으로서 예술 작품의 의미를 올바르게 감상하기 위한 속성으로 볼 수 (㉰).

	㉮	㉯	㉰
①	객관적	구분	없다
②	객관적	종합	있다
③	객관적	구분	있다
④	공감적	종합	없다
⑤	공감적	구분	있다

3. (가)의 '스톤니츠'와 (나)의 '비어즐리'의 입장에서 〈보기〉의 A와 B에 대해 보일 수 있는 반응으로 적절하지 <u>않은</u> 것은? [3점]

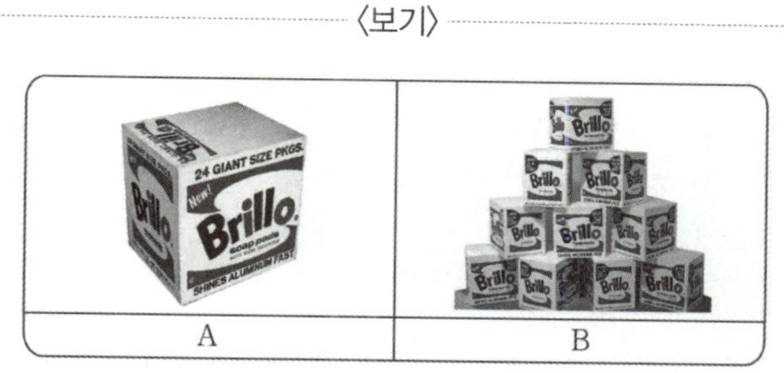

A는 특정 회사가 실제로 제품을 담아 판매하기 위해 생산한 종이 상자로 예술 작품이 아니지만, B는 현대 미술가 앤디 워홀이 A의 모양을 그대로 복제하여 '브릴로 박스'라는 제목으로 1964년에 창작한 설치 미술 작품이다.

① 스톤니츠는 A는 예술 작품이 아니지만, 감상자가 A를 무관심적이면서 공감적으로 관조한다면 미적 대상이 될 수 있다고 보겠군.

② 스톤니츠는 B는 실제적 지각 태도로 감상해야 미적 대상이 될 수 있다고 보겠군.

③ 비어즐리는 감상자의 주관적 태도로는 B를 미적 대상으로 규정할 수 없다고 보겠군.

④ 비어즐리는 B가 창작된 연도는 미적 대상이 되는 작품의 속성이 아니라고 보겠군.

⑤ 비어즐리는 A는 미적 대상이 될 수 없으며, B에서의 물리적 측면도 미적 대상이 될 수 없다고 보겠군.

※ 다음은 학생의 독서 활동을 구조화한 것이다. 4번과 5번 물음에 답하시오.

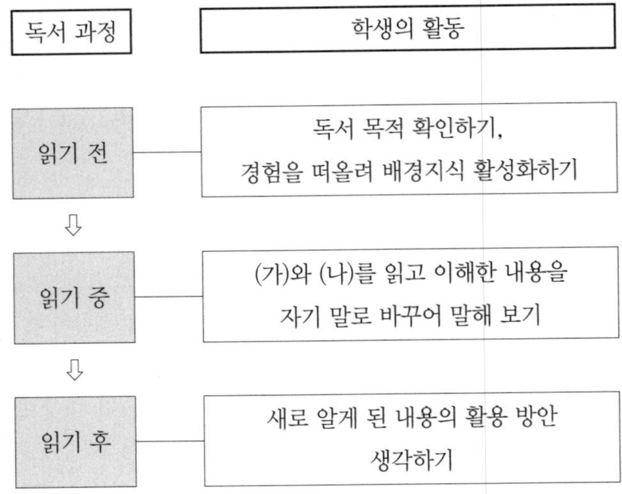

4. 학생이 '읽기 중' 단계에서 활동한 내용으로 가장 적절한 것은?

① 두 글은 모두, 예술가의 의도에 의해 규정되는 미적 대상을 비판하고 있다.

② 두 글은 모두, 예술 작품의 유용성을 평가하기 위한 절차를 설명하고 있다.

③ 두 글은 모두, 지각할 수 있는 대상이어야 미적 대상으로 고려될 수 있다는 관점을 드러내고 있다.

④ 두 글은 모두, 감상자가 관심을 가지지 않고 감상해야 예술 작품은 미적 대상이 될 수 있다고 설명하고 있다.

⑤ 두 글은 모두, 예술 작품이 미적 대상이 되기 위해서는 감상자와 예술가의 상호 작용이 필요함을 강조하고 있다.

5. 학생이 Ⓐ를 해결하기 위해 (가)의 내용을 적용하여 '읽기 후' 활동을 했을 때, 적절하지 <u>않은</u> 것은?

① 프랑스 상징시를 감상하기 위해 상징의 개념에 대해 학습하기

② 표현주의 연극을 감상하기 위해 해당 연극을 반복해서 관람하기

③ 평시조를 감상하기 위해 평시조의 형식에 맞춰 창작하는 훈련하기

④ 사실주의 영화를 감상하기 위해 영화의 역사에 대한 지식을 공부하기

⑤ 교향곡을 감상하기 위해 곡의 섬세한 부분에 얽매이지 않고 상상력 발휘하기

6. 다음 중 (가)의 ⓐ와 (나)의 ⓑ의 의미로 쓰인 예가 바르게 짝지어진 것은?

① ⓐ: 그녀는 정당한 이득을 <u>취했다</u>.
　　ⓑ: 그는 자신의 꿈에 대해 적극적인 태도를 <u>취했다</u>.

② ⓐ: 그녀는 급하게 연락을 <u>취했다</u>.
　　ⓑ: 나는 그가 준비한 선물들 중에서 가장 새것을 <u>취했다</u>.

③ ⓐ: 군인들은 차려 자세를 <u>취했다</u>.
　　ⓑ: 어머니는 숙면을 <u>취하고</u> 계셨다.

④ ⓐ: 정부는 실리적인 대외 정책을 <u>취했다</u>.
　　ⓑ: 그가 제시한 조건들 가운데서 마음에 드는 것만을 <u>취했다</u>.

⑤ ⓐ: 친구는 퇴원 후 조금씩 음식을 <u>취하기</u> 시작했다.
　　ⓑ: 그는 당장에라도 일어설 자세를 <u>취했다</u>.

구조도 그리기

[1~6] 다음 글을 읽고 물음에 답하시오.

(가)

　호펠드는 권리·개념이 생각보다 복잡하기 때문에 엄밀하게 사용되지 않을 경우 잘못된 추론이나 결론으로 이어질 수 있다고 보았다. 그는 'X가 상대방 Y에 대하여 무언가에 관한 권리를 가진다.'는 진술이 의미하는 바를 몇 가지 기본 범주들로 살펴 권리 개념을 이해해야 권리자 X와 그 상대방 Y의 지위를 명확히 파악할 수 있다고 주장했다. 권리의 기본 범주는 다음과 같다.

　첫째, 청구권이다. 이는 ㉠Y가 X에게 A라는 행위를 할 법적 의무가 있다면 X는 상대방 Y에 대하여 A라는 행위를 할 것을 법적으로 청구할 수 있다는 의미이다. 호펠드는 청구가 논리적으로 언제나 의무와 대응 관계를 이룬다고 보았다. 가령 X는 폭행당하지 않을 권리를 가졌는데, Y에게 X를 폭행하지 않을 의무가 부과되지 않았다고 한다면 그 권리는 무의미하기 때문이다. 따라서 청구로서의 권리는 단순히 무언가를 주장하는 것이 아니라 의무 이행 혹은 의무 불이행에 대한 일련의 법적 조치를 포함하고 있다. 또한 의무의 내용이 달라지면 권리의 내용도 달라진다고 볼 수 있다.

　둘째, 자유권이다. 이는 X가 상대방 Y에 대하여 A라는 행위를 하거나 하지 않아야 할 법적 의무가 없다면 X는 Y에 대하여 A를 행하지 않거나 행할 법적 자유가 있다는 의미이다. 이 권리의 특징은 의무의 부정에 있다. 가령 A를 행할 자유가 있다는 것은 A를 하지 않아야 할 법적 의무가 없다는 것이다. 이때 Y는 X가 A를 행하는 것을 방해하지 말아야 할 의무가 있는 것은 아니다. 즉 권리자의 상대방은 권리자의 권리 행사를 방해할 권리를 가질 수 있다는 것이다. 이처럼 자유로서의 권리는 상대방의 '청구권 없음.'과 대응 관계에 있다.

　셋째, 권능으로서의 권리이다. 이는 X가 상대방 Y에게 법적 효과 C를 야기하는 것이 인정된다면 X는 Y에게 효과 C를 초래할 수 있는 법적 권능을 가진다는 의미이다. 권능은 법률 행위를 통해서 자신 또는 타인의 법률관계를 창출하거나 변경 또는 소멸시킬 수 있는 힘을 가리킨다. 가령 소송할 권리 등이 이에 해당한다고 볼 수 있다. 이때 권능을 행사하는 자의 상대방은 권능을 가진 자의 처분 아래 놓인 상태에 있다.

　넷째, 면제권이다. 이는 X에게 C라는 효과를 야기할 법적 권능이 상대방 Y에게 없다면, X는 Y에 대하여 C라는 법적 효과에 대한 법적 면제를 가진다는 의미이다. 다시 말해 Y가 X와 관련하여 법률관계를 형성, 변경, 소멸시킬 수 있는 권능을 가지고 있지 않다는 것이다. 면제로서의 권리는 상대방이 그러한 처분을 '할 권능 없음.'과 대응 관계에 있다. 그러므로 면제권의 부정은 권능을 가진 자의 처분 아래 놓여 있음을 의미한다. 가령 토지 소유권자는 자신 이외의 다른 사람에 의해서 토지가 처분되지 않을 권리를 가지고 있다고 할 수 있다.

(나)

　근대 이후 개인의 권리가 중시되자 법철학은 권리의 근본적 성격을 법적으로 존중되는 의사에 의한 선택의 관점에서 볼 것인가 아니면 법적으로 보호되는 이익의 관점에서 볼 것인가를 놓고 지속적으로 논쟁해 왔다. 각각 의사설과 이익설로 불리는 두 입장은 권리란 무엇인가에 대해 서로 견해를 달리한다.

　의사설의 기본적인 입장은 어떤 사람이 무언가에 대하여 권리를 갖는다는 것은 법률관계 속에서 그 무언가와 관련하여 그 사람의 의사에 의한 선택이 다른 사람의 의사보다 우월한 지위에 있음을 법적으로 인정하는 것이다. 의사설을 지지한 하트는 권리란 그것에 대응하는 의무가 존재한다고 보았다. 그는 의무의 이행 여부를 통제할 권능을 가진 권리자의 선택이 권리의 본질적 요소라고 보았기 때문에 법이 타인의 의무 이행 여부에 대한 권능을 부여하지 않은 경우에는 권리를 가졌다고 말할 수 없다고 주장했다.

　의사설은 타인의 의무 이행 여부와 관련된 권능, 곧 합리적 이성을 가진 자가 아니면 권리자가 되지 못하는 난점이 있다. 가령 사람이 동물 보호 의무를 갖는다고 하더라도 동물이 권리를 갖는다고 보기는 어렵다. 왜냐하면 동물은 이성적 존재가 아니기 때문이다. 그래서 의사설은 권리 주체를 제한한다는 비판을 받는다. 또한 의사설은 면제권을 갖는 어떤 사람이 면제권을 포기함으로써 타인의 권능 아래에 놓일 권리, 즉 스스로를 노예와 같은 상태로 만들 권리를 인정해야 하는 상황에 직면한다. 하지만 현대에서는 이런 상황이 인정되기가 ⓐ어렵다.

　이익설의 기본적인 입장은 권리란 이익이며, 법이 부과하는 타인의 의무로부터 이익을 얻는 자는 누구나 권리를 갖는다는 것이다. 그래서 타인의 의무 이행에 따른 이익이 없다면 권리가 없다고 본다. 이익설을 주장하는 라즈는 권리와 의무가 동전의 양면처럼 논리적으로 서로 대응하는 관계일 뿐만 아니라 권리가 의무를 정당화하는 관계에 있다고 보았다. 즉 권리가 의무 존재의 근거가 된다고 보는 입장을 지지한다고 볼 수 있다. 그래서 누군가의 어떤 이익이 타인에게 의무를 부과할 만큼 중요성을 가지는 것일 때 비로소 그 이익은 권리로서 인정된다고 보았다. 호펠드식으로 말한다면 법이 개인들에게 이익이 되는 바를 그 중요도나 특성에 따라서 청구권, 자유권, 권능 또는 면제권의 형식으로 보호하는 것이라고 볼 수 있다.

이익설의 난점으로는 제3자를 위한 계약을 들 수 있다. 가령 갑이 을과 계약하며 병에게 꽃을 배달해 달라고 했다고 하자. 이익 수혜자는 병이지만 권리자는 계약을 체결한 갑이다. 쉽게 말해 을의 의무 이행에 관한 권능을 가진 사람은 병이 아니라 갑이다. 그래서 이익설은 이익의 수혜자가 아닌 권리자가 있는 경우를 설명하기 어렵다는 비판을 받는다. 또한 이익설은 권리가 실현하려는 이익과 그에 상충하는 이익을 비교해야 할 경우 어느 것이 더 우세한지를 측정하기 쉽지 않다.

1. (가)와 (나)에 대한 설명으로 가장 적절한 것은?

① (가)는 (나)와 달리, 권리의 기본 범주와 그 의미들을 분석하고 있다.

② (나)는 (가)와 달리, 특정 기준에 따라 권리의 종류를 분류하고 있다.

③ (가)와 (나) 모두 정치적으로 올바른 권리 개념이 무엇인지 논하고 있다.

④ (가)와 (나) 모두 권리론과 관련된 논쟁을 소개하며 각각의 장단점을 제시하고 있다.

⑤ (가)는 권리론이 발전되어 온 과정을, (나)는 권리 간의 충돌을 해소할 수 있는 방법을 소개하고 있다.

2. (나)의 '하트'와 '라즈'의 입장에서 ㉠을 설명한 내용으로 적절하지 않은 것은?

① 하트: X가 권능을 행사할 수 없다고 판단되면 X는 권리자의 지위를 가지고 있지 않다고 볼 수 있다.

② 하트: X가 Y에 대하여 의무 이행 요청을 포기한다면 X는 자신의 권능을 부정하는 것이다.

③ 하트: X가 권리자라면 X는 Y의 의무 이행을 면제할 수 있다.

④ 라즈: X의 이익이 곧 권리이므로 Y의 의무 이행에 따른 이익이 없다면 X에게 권리가 있다고 보기 어렵다.

⑤ 라즈: X의 이익이 Y에게 의무를 부과할 만큼 중요한 것일 때 X의 권리가 인정될 수 있다.

3. (가)의 자유권에 대한 이해로 가장 적절한 것은?

① 만일 내가 담 너머 이웃의 건물을 구경할 권리가 있다면, 그 이웃은 내가 구경하지 못하도록 담을 높게 세울 수 없다는 것이 자유로서의 권리이다.

② 만일 나와 친구가 길가의 낙엽을 보았을 때 내가 낙엽을 주울 권리가 있다면, 그 친구는 낙엽을 주울 수 없다는 것이 자유로서의 권리이다.

③ 만일 내가 내 자동차를 친구에게 빌려주지 않을 권리가 있다면, 그 친구는 나에게 내 자동차를 빌릴 수 없다는 것이 자유로서의 권리이다.

④ 만일 내가 이웃의 가게에 들어갈 권리가 있다면, 그 이웃은 내가 가게에 들어가지 못하도록 막을 수 있다는 것이 자유로서의 권리이다.

⑤ 만일 내가 원하는 대로 옷 입을 권리가 있다면, 타인은 내가 원하는 대로 옷 입는 것을 허용해야만 하는 것이 자유로서의 권리이다.

4. (나)를 이해한 내용으로 적절하지 않은 것은?

① 의사설은 의무가 있는 곳에는 권리자가 필연적으로 존재한다고 본다.

② 의사설은 권리의 본질을 권리자의 의사에 의한 선택이라고 설명한다.

③ 의사설은 법적 권능을 행사할 수 있는 합리적 이성을 갖춘 자만 권리 주체로 인정한다는 비판을 받는다.

④ 이익설은 권리가 의무 존재의 근거가 된다고 본다.

⑤ 이익설은 권리가 실현하려는 이익과 그에 상충하는 이익을 비교해야 할 경우 어느 것이 더 우세한지 판단하기 어렵다.

5. (가)와 (나)를 바탕으로 할 때, 〈보기〉의 ㉮에 대해 보인 반응으로 가장 적절한 것은? [3점]

〈보기〉

㉮언론 출판의 자유는 모든 국민이 마땅히 누려야 할 기본적 권리이다. 이를 헌법으로 보장한 것은 언론 출판의 자유를 국민에게 부여함으로써 국민이 얻는 이익이 매우 중요하기 때문이다. 언론 출판의 자유는 국가를 비롯하여 다른 누구의 권능에게도 지배받지 않는다고 할 수 있다. 또한 국민은 자신에게 부여된 언론 출판의 자유를 남에게 넘겨줄 수 없으며, 언론 출판의 자유를 보장하도록 국가에 부과된 의무를 국민이 좌지우지할 권한이 없다.

① 호펠드라면 ㉮는 국가의 권능 아래에 있지 않아 ㉮를 면제권으로 설명할 것이고, 하트라면 국민이 국가에 권능을 행사할 수 없어 ㉮를 권리로 설명하기 어렵다고 말할 것이다.

② 호펠드라면 국가는 ㉮를 제한하는 법을 제정할 권능이 없어 ㉮를 권능으로서의 권리로 설명할 것이고, 라즈라면 법적으로 보호되는 이익을 국민이 갖게 되어 ㉮는 권리로서 승인된다고 말할 것이다.

③ 호펠드라면 ㉮는 기본적 권리로서 국민이 좌지우지할 권능이 없어 ㉮를 면제권으로 설명할 것이고, 하트라면 ㉮는 국가에 의무를 부과할 만큼 중요성을 가지기 때문에 ㉮는 권리로서 승인된다고 말할 것이다.

④ 호펠드라면 어느 누구도 ㉮에 영향을 미치는 권능을 행사할 수 없어 ㉮를 권능으로서의 권리로 설명할 것이고, 하트라면 ㉮는 어느 누구나 누려야 할 이익에 해당하여 국민 모두가 권리자가 될 것이라고 말할 것이다.

⑤ 호펠드라면 ㉮를 권능으로서의 권리나 면제권 어느 것으로도 설명할 수 있다고 할 것이고, 라즈라면 권리자와 이익의 수혜자가 일치하지 않는 경우에 해당하여 ㉮를 자신의 권리론으로는 설명하기 어렵다고 말할 것이다.

6. ⓐ와 문맥적 의미가 가장 유사한 것은?

① 살림이 <u>어려운</u> 때일수록 힘을 합쳐야 한다.

② 휴가를 얻지 못해 여행 가기가 <u>어려울</u> 것 같다.

③ 이 책은 너무 <u>어려워서</u> 내가 읽기에는 참 힘들다.

④ 그 사람은 <u>어려운</u> 형편 속에서도 씩씩하게 살았다.

⑤ 나는 선생님이 <u>어려워서</u> 그 앞에서는 말도 제대로 못 한다.

[1~5] 다음 글을 읽고 물음에 답하시오.

㉠근대 철학에서는 대상이 지닌 고정된 진리나 고유한 본질에 해당하는 동일성을 찾으려고 노력하였다. 그리고 그 동일성을 그대로 표상하는 것, 즉 얼마나 유사하게 동일성을 재현할 수 있느냐에 관심을 가졌다. 그러나 ㉡들뢰즈는 표상이 대상들이 지닌 차이를 동일성에 종속시키는 것이라 비판하였다. 들뢰즈는 대상이 다른 대상들과 관계 맺으며 펼쳐지는 무수한 차이를 긍정하며 세계를 생성의 원리로 설명하고자 했다.

들뢰즈가 말하는 '차이'란 두 대상을 정태적으로 비교해서 ⓐ나오는 어떤 것이 아니라, 두 대상이 만나고 섞임으로써 '생성'되는 것이다. 예를 들어 '달리기를 잘하는 사람(A)'과 '자동차(B)'가 있다고 가정해 보자. A는 원래 땅 위를 달리며, 달리기와 관련된 근육이 발달되어 있었을 것이다. 그런데 A가 달리기 대신 B를 오랫동안 반복적으로 운전한다면 어떻게 될까? A는 달리는 근육 대신 브레이크나 엑셀을 밟는 근육이 발달할 것이다. A는 땅과 자동차 중 어느 것과 관계를 맺느냐에 따라 이전의 A와는 다른 차이를 지니게 된다. 그리고 그 차이는 A에게 '자동차 운전을 잘하게 된 사람'이라는 새로운 의미를 부여하게 되는데, 이것이 바로 '생성'이다.

또한 들뢰즈는 대상과 대상이 연결되어 서로를 변화시키는 생성의 과정을 주름 개념으로 설명한다. 새로 산 옷을 입으면, 이 옷은 얼마 지나지 않아 많은 주름이 ⓑ생긴다. 이 주름은 옷 자체 혹은 외부로부터 받은 힘에 의해 만들어진다. 결국 주름은 대상 자체의 내재적 원인에 의해 혹은 차이를 지닌 대상과의 관계 속에서 끊임없이 생성되는 '흔적'이라 할 수 있다. 생성된 주름은 시간의 연속된 흐름 속에서 다시 다른 대상들과 관계를 맺으며, 서로 관계를 맺는 대상들은 처음과는 차이가 나는 새로운 주름을 계속해서 생성해 나간다. 따라서 주름에는 시간적 개념과 변형이 포함됨을 알 수 있다.

들뢰즈가 제안한 '주름' 개념은 현대 건축가들에게 영향을 미쳤으며, 특히 현대 랜드스케이프 건축에 많은 영감을 주었다. 랜드스케이프 건축가들은 대지와 건물, 건물과 건물, 건물의 내부와 외부를 각각의 고정된 의미로 분리하여 바라보려는 전통적인 이분법적 관점을 거부하고 이들을 하나의 주름 잡힌 표면, 즉 서로 관계 맺으며 접고 펼쳐지는 반복적 과정 속에서 생성된 하나의 통합된 공간으로 보고자 하였다. 그동안 건축에서는 대지와 건물이 인간에 의해 그 역할이 일방적으로 규정되는 수동적 존재로 파악되었었는데, 현대 건축에서는 대지와 건물 자체가 새로운 의미를 생성하는 능동적인 존재로 작동한다.

랜드스케이프 건축에서 나타나는 연속된 표면은 대지와 건물의 벽, 천장을 하나의 흐름으로 생성하면서 대지와 건물이 구분되지 않고 하나로 연결되어 통합되기도 하고, 건물 자체가 대지를 완전히 ⓒ덮어서 대지와 건물이 통합되기도 한다. 그리고 연속된 표면은 주름처럼 접히고 펼쳐지면서 공간을 ⓓ만들어 내는데, 이러한 공간은 그 성격이 고정되지 않고 우연적인 상황 혹은 주변의 여러 가지 요인의 전개로 인해 재구성될 수 있는 잠재적인 특징을 지니게 된다. 그리고 이러한 공간의 흐름은 연속적으로 구성되어 있어 건물의 안과 밖이 자연스럽게 연결되기 때문에 건물의 내부와 외부의 구분이 모호해지게 된다. 이를 통해 건물 내부에서 외부를 바라보는 시선과 외부에서 내부를 바라보는 응시를 동시에 담아낼 수 있게 되는 것이다.

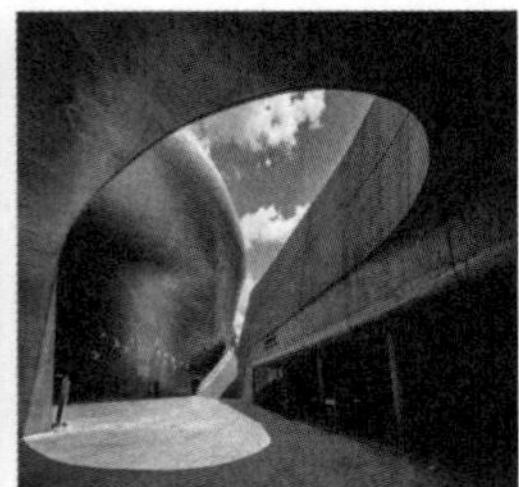

〈동대문디자인플라자(DDP)〉

우리나라의 동대문디자인플라자(DDP)는 이러한 랜드스케이프 건축의 특성이 잘 드러나 있는 건물이다. DDP의 표면은 주름진 곡선이 연속적으로 이어지고 있는데, 하늘에서 ⓔ내려다보면 건물 전체가 대지를 덮고 있는 형상을 띠고 있다. 또한 주름진 곡선에 의해 만들어진 내부의 공간들은 디자인 전시관으로 활용되기도 하지만, 경우에 따라 패션 행사나 다양한 체험 마당 등 다양한 용도로 활용된다. 특히 DDP는 기존에 있던 지하철역이 건물의 지하 광장과 건물의 입구로 이어지도록 만들어졌으며, DDP 외부의 공원과 건물 간의 경계가 없어 공원을 걷다 보면 자연스럽게 건물의 내부로 이어지고, 내부에서 옥상의 잔디 언덕으로 이동하게 되면서 다시 건물 밖의 공원으로 나오게 되는데, 이런 점 때문에 DDP는 기존에 존재하는 것들과 통합을 추구하였다는 평가를 받고 있다.

1. ㉠, ㉡에 대한 설명으로 가장 적절한 것은?

① ㉠은 공간적 개념에서, ㉡은 시간적 개념에서 대상의 생성을 언급하였다.

② ㉠은 대상의 변하지 않는 속성에, ㉡은 대상의 변화하는 속성에 주목하였다.

③ ㉠은 어떤 대상과 관계하느냐에, ㉡은 대상과 어떻게 관계하느냐에 주목하였다.

④ ㉠은 차이를 본질에 종속시키고자 하였고, ㉡은 동일성을 차이에 종속시키고자 하였다.

⑤ ㉠과 ㉡의 목표는 모두 대상이 갖는 고정된 본질을 파악하는 것이었다.

2. 주름 에 대한 이해로 적절하지 않은 것은?

① 주름은 내재적 원인에 의해 완성된다.

② 주름은 대상과 대상이 서로 연결되어 생성된다.

③ 생성된 주름은 다른 대상들과의 차이를 만들어 낸다.

④ 주름은 대상들 간의 관계를 통해 새로운 의미를 형성한다.

⑤ 대상의 주름은 서로를 변화시키며 연속적으로 만들어진다.

3. 동대문디자인플라자 에 대한 이해로 적절하지 않은 것은?

① 대지와 건물의 표면에 주름처럼 이어진 곡선은 대지의 의미가 건물에 의해 규정되도록 하고 있군.

② 건물 전체가 대지를 덮고 있는 형상은 건물과 대지를 통합하여 연속된 표면을 이룬 것에 해당하겠군.

③ 관람자는 공원에서 건물 내부로, 내부에서 잔디 언덕으로 이동하면서 시선과 응시를 모두 경험할 수 있겠군.

④ 기존에 있던 지하철역을 건물의 입구와 이어지도록 한 것은 기존의 시설물과 건물을 이분법적으로 보지 않은 것이군.

⑤ 내부 공간들이 전시관과 패션 행사 등으로 다양하게 활용되는 것은 공간의 성격을 고정하지 않았기 때문에 가능한 것이겠군.

4. 다음 '학습 활동'에서 [A]에 들어갈 내용으로 적절하지 않은 것은? [3점]

학습 활동

다음 자료를 참고하여 한국의 전통 건축과 랜드스케이프 건축을 비교해 보자.

소쇄원에 들어서면 자연석 축대로 경계를 삼아 소박한 멋을 내는 인공 연못과 만나게 된다. 기존의 지형과 물줄기의 흐름을 바꾸지 않고 그대로 살려 만든 소쇄원 내부의 길을 따라 걷다 보면 소쇄원의 대표적인 건물인 광풍각에 이르게 된다. 광풍각의 들어열개문은 문짝을 접고 그것을 들어 올릴 수 있는 구조로 되어 있어 방 안에서 바로 마루 너머의 자연과 연결되어 방에서도 자연을 즐길 수 있다. 아울러 이러한 들어열개문의 특성으로 인해 방과 마루의 공간이 나뉘면서 동시에 통합될 수도 있다. 광풍각 앞의 마당은 다른 장소로 이어주는 통로로, 자연을 완상하는 장소로, 함께 어울리는 놀이의 공간으로도 활용된다.

[활동 결과]

([A]   )는 점에서, 소쇄원에서 랜드스케이프 건축의 특성을 엿볼 수 있다.

① 소쇄원 내부의 길은 기존의 자연 환경과 관계를 맺고 있다

② 소쇄원의 연못은 대지와 구분되는 비연속된 표면을 이루고 있다

③ 소쇄원의 마당은 상황에 따라 용도가 달라지는 잠재성을 지니고 있다

④ 들어열개문을 통해 광풍각의 외부와 내부를 하나로 연결할 수 있다

⑤ 들어열개문의 문짝을 접어 올리면 방과 마루의 경계가 모호해진다

5. 문맥상 ⓐ~ⓔ와 바꿔 쓰기에 적절한 것은?

① ⓐ: 도출(導出)되는

② ⓑ: 구성(構成)된다

③ ⓒ: 봉인(封印)하여

④ ⓓ: 제작(製作)해

⑤ ⓔ: 주시(注視)하면

PART 1 문학
빠른 정답 찾기

CHAPTER 1 현대시

SET	문제 번호 & 정답						문제 책	해설 책
❶	1. ①	2. ①	3. ⑤	4. ②			P.014	P.006
❷	1. ①	2. ②	3. ⑤				P.016	P.010
❸	1. ②	2. ④	3. ③				P.018	P.014
❹	1. ②	2. ③	3. ③	4. ④			P.020	P.018
❺	1. ③	2. ③	3. ④				P.022	P.022

CHAPTER 2 고전시가

SET	문제 번호 & 정답						문제 책	해설 책
❶	1. ③	2. ②	3. ④				P.024	P.026
❷	1. ③	2. ②	3. ⑤	4. ④			P.026	P.030
❸	1. ⑤	2. ④	3. ④	4. ②			P.028	P.036
❹	1. ①	2. ③	3. ⑤	4. ④			P.030	P.041

CHAPTER 3 현대소설

SET	문제 번호 & 정답						문제 책	해설 책
❶	1. ②	2. ⑤	3. ①	4. ③			P.032	P.046
❷	1. ④	2. ⑤	3. ⑤	4. ③			P.036	P.051
❸	1. ①	2. ④	3. ③	4. ③			P.040	P.056
❹	1. ③	2. ③	3. ⑤	4. ③			P.042	P.061
❺	1. ①	2. ②	3. ③	4. ⑤			P.044	P.065

CHAPTER 4 고전산문

SET	문제 번호 & 정답						문제 책	해설 책
❶	1. ①	2. ⑤	3. ②	4. ②			P.048	P.072
❷	1. ⑤	2. ①	3. ④	4. ③			P.050	P.077
❸	1. ④	2. ⑤	3. ⑤	4. ⑤			P.054	P.082
❹	1. ①	2. ④	3. ⑤	4. ⑤			P.056	P.088
❺	1. ①	2. ②	3. ①				P.060	P.094

CHAPTER 5 갈래 복합

SET	문제 번호 & 정답						문제 책	해설 책
❶	1. ③	2. ④	3. ②	4. ①	5. ④	6. ⑤	P.062	P.100
❷	1. ①	2. ④	3. ②	4. ③	5. ①	6. ①	P.066	P.106
❸	1. ③	2. ④	3. ①	4. ④	5. ④		P.070	P.114
❹	1. ①	2. ③	3. ③	4. ②	5. ①	6. ③	P.074	P.120
❺	1. ④	2. ②	3. ⑤	4. ⑤	5. ⑤		P.078	P.126
❻	1. ⑤	2. ⑤	3. ②	4. ①	5. ④		P.082	P.132

PART 2 독서
빠른 정답 찾기

	SET		문제 번호 & 정답					문제 책	해설 책
CHAPTER 1 **인문**	❶	1. ③	2. ⑤	3. ③	4. ⑤			P.088	P.140
	❷	1. ⑤	2. ④	3. ④	4. ④			P.092	P.145
	❸	1. ②	2. ⑤	3. ⑤	4. ④			P.094	P.150
	❹	1. ①	2. ①	3. ②	4. ②	5. ①		P.096	P.155
	❺	1. ③	2. ④	3. ④	4. ②	5. ③		P.100	P.161
CHAPTER 2 **사회**	❶	1. ⑤	2. ④	3. ⑤	4. ③			P.104	P.168
	❷	1. ③	2. ②	3. ⑤	4. ④			P.106	P.173
	❸	1. ⑤	2. ②	3. ④	4. ③			P.108	P.178
	❹	1. ③	2. ①	3. ⑤	4. ⑤	5. ①		P.110	P.183
	❺	1. ⑤	2. ③	3. ④	4. ①	5. ⑤	6. ⑤	P.114	P.188
CHAPTER 3 **과학**	❶	1. ⑤	2. ②	3. ②	4. ⑤			P.118	P.194
	❷	1. ②	2. ①	3. ①	4. ⑤			P.120	P.199
	❸	1. ②	2. ②	3. ③	4. ⑤			P.122	P.204
	❹	1. ①	2. ②	3. ④	4. ④	5. ③		P.124	P.209
	❺	1. ④	2. ⑤	3. ④	4. ①	5. ②		P.128	P.215
CHAPTER 4 **기술**	❶	1. ③	2. ②	3. ⑤	4. ①			P.132	P.220
	❷	1. ⑤	2. ②	3. ②	4. ⑤			P.134	P.225
	❸	1. ②	2. ③	3. ①	4. ③			P.136	P.230
	❹	1. ②	2. ①	3. ④	4. ④	5. ①		P.138	P.234
	❺	1. ③	2. ⑤	3. ④	4. ②	5. ③		P.142	P.239
CHAPTER 5 **주제 복합**	❶	1. ②	2. ③	3. ③	4. ②	5. ⑤	6. ①	P.146	P.246
	❷	1. ①	2. ④	3. ①	4. ①	5. ④	6. ⑤	P.150	P.255
	❸	1. ⑤	2. ①	3. ②	4. ③	5. ⑤	6. ①	P.154	P.262
	❹	1. ①	2. ②	3. ③	4. ①	5. ①	6. ②	P.158	P.269
	❺	1. ②	2. ①	3. ①	4. ②	5. ①		P.162	P.275

홀수 기출 고난도 선별 (상)

1판 1쇄 발행일 2025년 12월 17일

발행인 박광일
발행처 주식회사 도서출판 홀수
출판사 신고번호 제374-2014-0100051호
ISBN 979-11-94350-41-5

홈페이지 www.holsoo.com

반 드 시 반 복 되 는

수 능 국 어 기 출 의 논 리

2027학년도 **수능 국어**

홀수 기출

고난도 선별 (상)

| 학력평가 | 평가원 |

해설

박광일

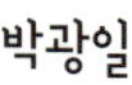

×

도서출판 홀수

- ❯ 최신 수능 출제 경향에 맞는 학력평가 문학 · 독서 기출(2019학년도~2025학년도) 선별 수록
- ❯ 낯선 작품과 수능 빈출 개념을 다룬 고난도 기출을 통해 1단계에서 학습한 기출 분석법 체화
- ❯ '평가원 연계 POINT'를 통해 평가원 기출과 연계하여 학습 가능

2027학년도 수능 국어 대비
이투스 박광일 선생님 개념 강의

[**문학** 개념 강의]

- 반드시 분석해야 할 평가원 기출을 학습함으로써 갈래별 작품 독해 방법을 익히고, 수능 문학 문제 풀이의 판단 기준을 체화할 수 있습니다.
- 자주 출제되는 문학 개념과 고전 필수 어휘를 제공하여 기초부터 탄탄히 학습할 수 있도록 합니다.

[**독서** 개념 강의]

- 독서 지문의 구성 원리와 필수 출제 요소를 설명하여 지문을 정확히 이해하고 효율적으로 문제의 정답을 찾아낼 수 있도록 안내합니다.
- 매년 바뀌는 듯 보이는 평가원의 지문 구성과 문제 출제 방식에 유연하게 대처하고 독해의 기반을 단단하게 다질 수 있도록 합니다.

홀수 기출 분석 시리즈 독자 한정

훈련도감, 독기본서
1~3회차 강의
무료 수강 (EVENT)

S/N 52298-C7D62-4F453-BB2F6

2027 박광일 시그니처 맛보기 쿠폰

강좌명	2027 박광일 시그니처 맛보기	등록 기간	2026년 1월 15일~2026년 11월 19일
수강 기간	등록 후 30일		

이용 방법

※ PC: 마이룸 〉 주문·결제·혜택 〉 쿠폰/포인트 〉 이투스 할인권 〉 이투스할인권 등록 〉 복습권 S/N 등록
※ Mobile: 마이룸 〉 주문·혜택 〉 쿠폰 〉 할인권/복습권 등록하기 〉 복습권 〉 S/N 등록
※ 복습권을 통한 강의 수강은 '무료강좌' 탭에서 수강 가능합니다.
※ 복습권 관련 문의사항은 이투스 고객센터(1599-6405)로 연락해 주세요.

박 광 일 선생님 [약력]

現) 이투스 강사
現) 대치 엘브라운 학원 출강

동국대 국어교육과 졸업
前) 공립교원 임용
前) 안양고등학교 서울대 특별반 교사
前) 수리고등학교 초빙교사
前) 경기도 교육청 국어과 연구위원
前) EBSi 국어영역 강사

이투스 박광일 선생님 홈페이지 **바로 가기** >

2027 학년도 수능 국어
홀수
기출
고난도 선별 (상)
학력평가   평가원

PART 1 [문학]

CHAPTER 1 현대시

현대시	기출 연도	문제 책	해설 책
① 김기림, 「아스팔트」 / 김명인, 「봄길」	2025학년도 3월	P.014	P.006
② 정지용, 「장수산 1」 / 고재종, 「고요를 시청하다」	2023학년도 3월	P.016	P.010
③ 이용악, 「고향아 꽃은 피지 못했다」 / 신경림, 「어머니와 할머니의 실루엣」	2022학년도 10월	P.018	P.014
④ 이육사, 「황혼」 / 김종길, 「바다에서」	2021학년도 7월	P.020	P.018
⑤ 박목월, 「사향가」 / 박남준, 「따뜻한 얼음」	2019학년도 4월	P.022	P.022

CHAPTER 2 고전시가

고전시가	기출 연도	문제 책	해설 책
① 남도진, 「낙은별곡」 / 윤양래, 「갑극만영」	2024학년도 5월	P.024	P.026
② 이호민, 「서호가」 / 남극엽, 「애경당십이월가」	2023학년도 4월	P.026	P.030
③ 홍계영, 「희설」 / 강복중, 「수월정청흥가」	2022학년도 4월	P.028	P.036
④ 작자 미상, 「추풍감별곡」 / 정훈, 「월곡답가」	2019학년도 7월	P.030	P.041

CHAPTER 3 현대소설

현대소설	기출 연도	문제 책	해설 책
① 이청준, 「불 머금은 항아리」	2025학년도 7월	P.032	P.046
② 박완서, 「낙토의 아이들」	2024학년도 7월	P.036	P.051
③ 최인호, 「견습 환자」	2022학년도 4월	P.040	P.056
④ 김승옥, 「차나 한잔」	2021학년도 7월	P.042	P.061
⑤ 염상섭, 「임종」	2020학년도 7월	P.044	P.065

CHAPTER 4 고전산문

고전산문	기출 연도	문제 책	해설 책
① 작자 미상, 「설홍전」	2025학년도 7월	P.048	P.072
② 작자 미상, 「윤지경전」	2024학년도 7월	P.050	P.077
③ 작자 미상, 「징세비태록」	2024학년도 3월	P.054	P.082
④ 작자 미상, 「장풍운전」	2022학년도 10월	P.056	P.088
⑤ 작자 미상, 「반씨전」	2020학년도 10월	P.060	P.094

CHAPTER 5 갈래 복합

갈래 복합	기출 연도	문제 책	해설 책
① 조지훈, 「묘망」 / 김광규, 「크낙산의 마음」 / 이산해, 「죽봉기」	2024학년도 5월	P.062	P.100
② 신교, 「귀산음」 / 박인로, 「노계가」 / 법정, 「거꾸로 보기」	2023학년도 7월	P.066	P.106
③ 이육사, 「노정기」 / 최승호, 「발효」 / 김진규, 「몰인설」	2023학년도 4월	P.070	P.114
④ 구강, 「총석곡」 / 장복겸, 「고산별곡」 / 백석, 「동해」	2023학년도 3월	P.074	P.120
⑤ 신석정, 「역사」 / 문태준, 「빈집의 약속」 / 김석주, 「의훈」	2022학년도 4월	P.078	P.126
⑥ 김득연, 「산중잡곡」 / 권섭, 「영상별곡」 / 이수광, 「침류대기」	2020학년도 10월	P.082	P.132

● **PART 2　[독서]** ●

인문	기출 연도	문제 책	해설 책
① 하먼의 객체 지향 존재론	2024학년도 5월	P.088	P.140
② 공손룡과 후기 묵가의 명실 논쟁	2023학년도 4월	P.092	P.145
③ 과학 이론의 성립	2022학년도 10월	P.094	P.150
④ 고전 검사 이론과 문항 반응 이론	2021학년도 10월	P.096	P.155
⑤ 카르납과 로티의 언어관	2020학년도 7월	P.100	P.161

CHAPTER 1

사회	기출 연도	문제 책	해설 책
① 상장 법인의 공시 의무	2025학년도 3월	P.104	P.168
② 유증과 상속	2024학년도 3월	P.106	P.173
③ 공공선택론	2022학년도 7월	P.108	P.178
④ 실업과 정부의 역할	2020학년도 4월	P.110	P.183
⑤ 세율 구조와 조세 부담의 희생 균등 원칙	2020학년도 3월	P.114	P.188

CHAPTER 2

과학	기출 연도	문제 책	해설 책
① 자기 유변 유체 기반 제진 시스템	2025학년도 5월	P.118	P.194
② 인체의 혈압 조절	2025학년도 3월	P.120	P.199
③ 세포자멸사와 그 기능	2024학년도 7월	P.122	P.204
④ 호흡	2020학년도 10월	P.124	P.209
⑤ 유체의 응력과 점성	2020학년도 4월	P.128	P.215

CHAPTER 3

기술	기출 연도	문제 책	해설 책
① 눈의 굴절력과 비정시 교정 원리	2023학년도 10월	P.132	P.220
② 이중 편파 레이더	2023학년도 7월	P.134	P.225
③ 문자열 검색과 해시 함수	2022학년도 3월	P.136	P.230
④ OLED의 발광 원리	2020학년도 7월	P.138	P.234
⑤ 암호통신의 키 관리	2019학년도 7월	P.142	P.239

CHAPTER 4

주제 복합	기출 연도	문제 책	해설 책
① 쇤베르크 음악의 범조성 / 쇤베르크 음악에 대한 레보비츠의 견해와 그에 대한 반박	2025학년도 3월	P.146	P.246
② 볼테르의 역사 철학 / 헤르더의 역사 철학	2024학년도 10월	P.150	P.255
③ 미적 대상에 대한 스톨니츠의 견해 / 미적 대상에 대한 비어즐리의 견해	2021학년도 4월	P.154	P.262
④ 호펠드의 권리 범주 / 의사설과 이익설	2020학년도 10월	P.158	P.269
⑤ 들뢰즈의 주름 개념과 랜드스케이프 건축	2019학년도 7월	P.162	P.275

CHAPTER 5

고난도 선별 (상)
학력평가

문제 책 페이지	해설 책 페이지	SET	문제 번호 & 정답					
P.014	P.006	현대시 ❶	1. ①	2. ①	3. ⑤	4. ②		
P.016	P.010	현대시 ❷	1. ①	2. ②	3. ⑤			
P.018	P.014	현대시 ❸	1. ②	2. ④	3. ③			
P.020	P.018	현대시 ❹	1. ②	2. ③	3. ③	4. ④		
P.022	P.022	현대시 ❺	1. ③	2. ③	3. ④			

문제 책 페이지	해설 책 페이지	SET	문제 번호 & 정답					
P.024	P.026	고전시가 ❶	1. ③	2. ②	3. ④			
P.026	P.030	고전시가 ❷	1. ③	2. ②	3. ⑤	4. ④		
P.028	P.036	고전시가 ❸	1. ⑤	2. ④	3. ④	4. ②		
P.030	P.041	고전시가 ❹	1. ①	2. ③	3. ⑤	4. ④		

문제 책 페이지	해설 책 페이지	SET	문제 번호 & 정답					
P.032	P.046	현대소설 ❶	1. ②	2. ⑤	3. ①	4. ③		
P.036	P.051	현대소설 ❷	1. ④	2. ⑤	3. ⑤	4. ③		
P.040	P.056	현대소설 ❸	1. ①	2. ④	3. ③	4. ③		
P.042	P.061	현대소설 ❹	1. ③	2. ③	3. ⑤	4. ③		
P.044	P.065	현대소설 ❺	1. ①	2. ②	3. ③	4. ⑤		

PART 1

문학

문제 책 페이지	해설 책 페이지	SET	문제 번호 & 정답					
P.048	P.072	고전산문 ❶	1. ①	2. ⑤	3. ②	4. ②		
P.050	P.077	고전산문 ❷	1. ⑤	2. ①	3. ④	4. ③		
P.054	P.082	고전산문 ❸	1. ④	2. ⑤	3. ⑤	4. ⑤		
P.056	P.088	고전산문 ❹	1. ①	2. ④	3. ⑤	4. ⑤		
P.060	P.094	고전산문 ❺	1. ①	2. ②	3. ①			

문제 책 페이지	해설 책 페이지	SET	문제 번호 & 정답					
P.062	P.100	갈래 복합 ❶	1. ③	2. ④	3. ②	4. ①	5. ④	6. ⑤
P.066	P.106	갈래 복합 ❷	1. ①	2. ④	3. ②	4. ③	5. ①	6. ①
P.070	P.114	갈래 복합 ❸	1. ③	2. ④	3. ①	4. ④	5. ④	
P.074	P.120	갈래 복합 ❹	1. ①	2. ③	3. ③	4. ②	5. ①	6. ③
P.078	P.126	갈래 복합 ❺	1. ④	2. ②	3. ⑤	4. ⑤	5. ⑤	
P.082	P.132	갈래 복합 ❻	1. ⑤	2. ⑤	3. ②	4. ①	5. ④	

[1~4] 다음 글을 읽고 물음에 답하시오.

(가)

아스팔트 위에는
4월의 석양이 졸리고

잎사귀를 붙이지 아니한 가로수 밑에서는
오후가 손질한다.

소리 없는 고무바퀴를 신은 자동차의 아기들이
분주히 지나간 뒤에

너의 마음은
우울한 해저.

너의 가슴은
구름들의 피곤한 그림자가 때때로 쉬러 오는
회색의 잔디밭

                                 [A]

바다를 꿈꾸는 바람들의 탄식을 들으러 나오는 침묵한 행인들
을 위하여
작은 아스팔트의 거리는
지평선의 흉내를 낸다.

– 김기림, 「아스팔트」 –

(나)

꽃이 피면 마음 간격들 한층 촘촘해져
ⓐ김제 봄들 건너는데 **몸** 건너기가 너무 힘겹다
피기도 전에 봉오리째 져내리는
그 꽃잎 부리러*
이 배는 ⓑ신포 어디쯤에 닿아 헤맨다
저 망해 다 쓸고 온 꽃샘바람 거기 부는 듯
몸 속에 곤두서는 봄 밖의 봄바람!
눈앞 해발*이 양쪽 날개 펼친 구릉*
사이로 스미려다
골짜기 비집고 빠져나오는 염소 떼와 문득 마주친다
염소도 제 한 몸 한 척 배로 따로 띄우는지
만경 저쪽이 포구라는 듯
새끼 염소 한 마리,
지평도 뿌우연 황샛길 타박거리며 간다
마음은 곁가지로 펄럭거리며 덜 핀 꽃나무
둘레에서 멈칫거리자 하지만
남몰래 출렁거리는 상심은 **아지랑이 너머**
끝내 닿을 수 없는 ⓒ항구 몇 개는 더 지워야 한다고
닻이 끊긴 **배 한 척,**

– 김명인, 「봄길」 –

*부리러: 사람의 등에 지거나 자동차나 배 따위에 실었던 것을 내려
놓으러.

화자와 대상의 관계	도심 속 아스팔트 거리를 보며 우울함을 느끼는 사람
상황?	아스팔트 위에 석양이 짐 → 아스팔트를 '우울한 해저'와 '회색의 잔디밭'으로 생각함 → 작은 아스팔트의 거리가 행인들을 위해 지평선의 흉내를 냄

화자와 대상의 관계	김제 봄들을 힘겹게 건너는 자신을 항구에 닿지 못하고 헤매는 배에 비유하는 사람
상황?	김제 봄들을 건너기가 힘겨움 → 배가 헤맴 → 새끼 염소도 황샛길 타박거리며 감 → 배는 항구에 닿을 수 없음 → 배의 닻이 끊김

이것만은 챙기자

*해발: 해수면으로부터 계산하여 잰 육지나 산의 높이.
*구릉: 땅이 비탈지고 조금 높은 곳.

1. (가)와 (나)의 공통점으로 가장 적절한 것은?

✅ 정답풀이

① 현재형 어미를 사용하여 시적 상황을 제시하고 있다.

> (가)는 '손질한다', '낸다' 등에서, (나)는 '헤맨다', '마주친다' 등에서 현재형 어미를 사용하여, 각각 석양이 지는 아스팔트 거리의 모습과 김제 봄들을 건너기 힘들어하는 화자의 내면적 상황을 제시하고 있다.

❌ 오답풀이

② 명암의 대비를 통해 작품의 주제를 형상화하고 있다.
(가)에서는 '회색의 잔디밭'과 같이 전체적으로 어두운 이미지가 반복적으로 나타나고 있으나 명암의 대비는 나타나 있지 않다. 또한 (나)에도 명암의 대비가 나타나 있지 않다.

③ 동일한 색채어를 반복하여 시적 운율을 형성하고 있다.
(가)에서 '회색의'라는 색채어가 사용되었고, (나)에서 '뿌우연 황삿길'이라는 색채어가 사용되었으나 (가)와 (나) 모두 동일한 색채어를 반복하지는 않았다.

④ 음성 상징어를 활용하여 대상의 모습을 묘사하고 있다.
(가)와 (나) 모두 음성 상징어를 활용하고 있지 않다.

⑤ 영탄적 표현을 통해 대상에 대한 태도를 드러내고 있다.
(나)의 '몸 속에 곤두서는 봄 밖의 봄바람!'에서 영탄적 표현을 통해 차가운 '꽃샘바람'에 대한 화자의 태도를 드러내고 있다고 볼 수 있지만, (가)는 영탄적 표현을 활용하지 않았다.

🌱 기틀잡기

> ④ **음성 상징어:** 의성어와 의태어를 통틀어 이르는 말.
> [참고] **의성어:** 사람이나 사물의 소리를 흉내 낸 말.
> **의태어:** 사람이나 사물의 모양이나 움직임을 흉내 낸 말.
> ⑤ **영탄:** 감정을 억누르지 않고 그대로 표출하는 표현 방법. 감탄사와 감탄 어미를 사용하거나 호칭어를 사용하고, 명령이나 권유, 설의의 형식을 취하는 것까지도 영탄법으로 볼 수 있음.

2. 〈보기〉를 바탕으로 [A]를 이해한 내용으로 가장 적절한 것은?

> 〈보기〉
> 시에서 특정 호칭의 사용은 화자와 대상 간의 관계나 거리를 조정하여 정서를 나타내는 기반이 된다.

🔍 보기 분석

> • 시에서 특정 호칭의 사용: 화자와 대상 간의 관계나 거리 조정
> → 정서를 나타내는 기반

✅ 정답풀이

① 대상과의 심리적 거리를 좁혀서 화자의 우울함을 대상에게 투영한다.

> [A]에서 화자는 아스팔트를 '너'로 지칭함으로써, 아스팔트를 가까운 대상으로 표현하고 있다. 이러한 호칭의 사용은 화자와 아스팔트의 심리적 거리를 좁혀 주는 기능을 한다고 볼 수 있다. 이때 우울감을 느끼는 것은 화자이지만, 화자는 이러한 우울감을 아스팔트에 투영하여 '너의 마음은 / 우울 해져.'와 '너의 가슴은 / 구름들의 피곤한 그림자가 때때로 쉬러 오는 / 회색의 잔디밭'으로 표현하고 있다.

❌ 오답풀이

② 대상과 각별한 관계를 형성하여 화자가 느낀 경이로움을 나타낸다.
'너'는 일반적으로 친밀한 관계에서 사용하며 [A]에서 화자가 '너'에게 자신의 정서를 투영하고 있으므로, 화자와 '너'의 관계가 매우 가깝다고 볼 수는 있으나 이와 같은 관계 형성을 통해 화자가 느낀 경이로움을 나타내는 것은 아니다. (가)에서 화자가 경이로움을 느낀다고 볼 만한 부분은 나타나지 않는다.

③ 대상과 거리를 두기 시작하면서 느낀 화자의 회의감을 드러낸다.
[A]에서 화자는 대상인 '너'에게 자신의 감정을 투영하고 있으므로, 대상과 거리를 두기 시작했다고 보기 어려우며 화자가 회의감을 드러내고 있지도 않다.

④ 대상과의 관계를 회복시켜 화자의 권태로움을 해소한다.
대상과의 관계를 회복시켰다고 보려면 관계의 악화가 먼저 나타나야 한다. (가)에서는 이러한 부분을 찾을 수 없으므로, [A]에서 화자가 아스팔트를 '너'라고 지칭함으로써 대상과의 관계를 회복시켰다고 보기 어렵다.

⑤ 대상과의 관계를 역전시켜 화자의 침울함을 극복한다.
[A]에서 아스팔트와 화자의 관계가 역전되었다고 볼 만한 근거는 없다. 또한 [A]의 뒤에 이어지는 (가)의 6연에서 아스팔트를 '침묵한 행인들을 위'해 '지평선의 흉내'를 내는 한계를 지닌 대상으로 인식하는 것을 볼 때, 화자의 침울함이 완전히 해소되었다고 보기는 어려우므로, 대상을 통해 침울함을 극복했다는 설명은 적절하지 않다.

3. ⓐ~ⓒ에 대한 이해로 적절하지 <u>않은</u> 것은?

> ⓐ: 김제 봄들
> ⓑ: 신포 어디쯤
> ⓒ: 항구 몇 개

✔ 정답풀이

⑤ ⓒ에서 화자는 자신의 목적지를 '끝내 닿을 수 없는' 곳이라고 인식한다.

> (나)에서 ⓒ의 앞뒤 상황을 보면, '배'는 '신포 어디쯤에 닿아 헤'매다, 결국 '닻이 끊긴'다. 이런 상황에서 화자는 ⓒ를 지향하지만 '끝내 닿을 수 없는' 곳으로 인식한다. 즉, 화자는 ⓒ를 '닿을 수 없는' 지향점으로 여기는 것이지, ⓒ에서 자신의 목적지를 '끝내 닿을 수 없는' 곳으로 인식하는 것이 아니다.

✖ 오답풀이

① ⓐ에서 화자는 '꽃이 피'는 것과 내면의 변화 간의 관련성을 의식한다.
(나)에서 화자는 ⓐ를 건너며 '꽃이 피면 마음 간격들 한층 촘촘해'진다고 여기고 있으므로, '꽃이 피'는 것과 내면의 변화 간의 관련성을 의식한다고 볼 수 있다.

② ⓐ에서 '건너기'의 힘듦을 자각한 화자는 이를 해소하고 싶은 마음에 ⓑ로 향한다.
(나)에서 화자는 ⓐ를 건너고자 하지만, '몸 건너기가 너무 힘'겨움을 느낀다. 이후, 화자는 '봉오리째 져내리는 / 그 꽃잎'을 '부리'기 위해 ⓑ에 닿아 헤맨다고 했다. 즉 화자는 ⓐ에서 힘겨움을 느꼈고, 이를 내려놓기 위해 ⓑ에 닿아 헤매는 것이므로, ⓑ는 이를 해소하기 위해 향한 곳으로 볼 수 있다.

③ ⓑ에서 화자는 '거기'에 부는 '꽃샘바람'을 '몸 속'에서 감각적으로 느끼고 있다.
ⓑ에서 (나)의 화자는 '거기 부는 듯'한 '꽃샘바람'이 '몸 속에 곤두서는' 느낌을 받고 있으므로, '꽃샘바람'을 '몸 속'에서 감각적으로 느끼고 있다고 볼 수 있다.

④ '마음'과 '상심' 사이에서 번민하는 화자는 자신을 ⓑ와 ⓒ 사이에 놓인 '닻이 끊긴 배 한 척'으로 인식한다.
(나)에서 화자는 ⓐ를 건너는데 힘겨움을 느끼는 자신을 '이 배'에 비유하고 있다. '이 배'는 ⓑ를 헤매며 ⓒ로 향하고 있는데, 이 사이에서 화자는 '마음'은 '둘레에서 멈칫거리자'고 하는 반면 '상심'은 '아지랑이 너머 / 끝내 닿을 수 없는' ⓒ를 지워야 한다고 말한다며, '마음'과 '상심' 사이에서 갈등하는 모습을 보이고 있다. 또한, 마지막 행에서 화자는 '이 배'를 '닻이 끊긴 배 한 척'으로 인식하고 있다.

📋 문제적 문제

• 3—②, ⑤번

오답률이 가장 높은 문제였다. 선지의 정오를 판단함에 있어, 학생 스스로의 분석이 필요한 문제였는데, 작품의 내용을 파악하는 것부터 어려움을 겪은 학생들이 많았던 것으로 보인다.

학생들이 정답보다 더 많이 선택한 매력적 오답은 ②번이었다. ②번 선지를 둘로 나누면 앞부분은 'ⓐ에서 '건너기'의 힘듦을 자각'했다는 것이고, 뒷부분은 '이를 해소하고 싶은 마음에 ⓑ로 향한다'는 것이다. 화자가 ⓐ를 건너는 도중 '건너기가 너무 힘'겨움을 느꼈다는 것까지는 표면에 드러나 있으므로 어렵지 않게 판단할 수 있을 것이다. 뒷부분의 정오를 판단하기 위해서는 시의 분석이 필요하다. 만약 3번을 풀기 전에 4번의 〈보기〉를 먼저 보고 (나)를 해석할 힌트를 얻었다면 봄 들판과 바다라는 공간의 이미지가 중첩됨을 알았을 것이므로, 봄 들판을 건너는 화자와 바다를 건너는 '이 배'가 동일시됨을 파악할 수 있었을 것이다. ⓐ를 건너던 화자는 '꽃이 피면 마음 간격들 한층 촘촘해'진다고 했는데, 이는 꽃이 핀 모습을 보면 마음속에 다양한 감정들이 생겨난다는 의미로 이해할 수 있다. 화자는 복잡한 감정을 해소하고 싶은 마음을 '그 꽃잎 부리러' 가고 싶다는 표현을 통해 나타내고 있다.

따라서 '그 꽃잎 부리'기 위해 '이 배'가 ⓑ에 닿아 헤맨다는 표현은 ⓐ를 건너면서 느낀 감정을 해소하고자 하는 마음에 ⓑ로 향한다는 의미인 것이다.

정답인 ⑤번 선지는 논리적 오류가 비교적 명확하게 드러나 있어서 작품 해석에 어려움을 겪은 학생들도 집중력 있게 문제를 풀었다면 적절하지 않음을 파악할 수 있었을 것이다. (나)에서 화자는 아직 ⓒ에 도달하지 못했으며 ⓒ 자체를 '끝내 닿을 수 없는' 곳으로 표현하고 있으므로, 'ⓒ에서' 자신의 목적지를 '끝내 닿을 수 없는' 곳으로 인식했다는 ⑤번의 설명은 적절하지 않은 것이다. 이처럼 선지를 끝까지 확인하고 확실하게 적절하지 않은 것을 고르는 방향으로 문제를 풀었다면 매력적 오답의 함정에 빠지지 않을 수 있다.

🟥 정답률 분석

	매력적 오답				정답
①	②	③	④		⑤
8%	41%	8%	19%		24%

4. 〈보기〉를 바탕으로 (가)와 (나)를 감상한 내용으로 적절하지 않은 것은? [3점]

〈보기〉

시적 대상이 지닌 속성은 다른 대상으로 전이되면서 시적 의미를 풍부하게 한다. (가)에서는 도시 문명을 대표하는 아스팔트에 자연물이 인접하여 배치됨으로써 생명력을 띤 것과 그렇지 않은 것의 경계가 완화되고, (나)에서는 봄 들판과 바다라는 상이한 공간의 이미지가 중첩됨으로써 공간에 속한 대상의 속성이 화자의 내면에 공유된다.

🔍 보기 분석

- (가): 아스팔트(도시 문명)에 자연물이 인접하여 배치 → 생명력을 띤 것과 생명력이 없는 것의 경계 완화
- (나): 봄 들판과 바다라는 상이한 공간의 이미지 중첩 → 공간에 속한 대상의 속성이 화자의 내면에 공유

✔ 정답풀이

② (가)에서 '고무바퀴를 신은 자동차의 아기들'이 '분주'하게 움직이는 모습은, 자동차가 지닌 분주함이 아스팔트에 전이되어 자동차와 아스팔트의 경계가 완화되고 있음을 드러낸다.

> 〈보기〉에 따르면, (가)는 아스팔트와 자연물을 인접하여 배치함으로써 '생명력을 띤 것과 그렇지 않은 것의 경계가 완화'된다고 했다. (가)의 3연에서 '고무바퀴를 신은 자동차의 아기들'이 아스팔트 위를 '분주히 지나'가는 모습을 확인할 수 있지만, 자동차는 생명력을 띠지 않은 것이며 자연물로 볼 수 없다. 따라서 자동차가 지닌 분주함이 아스팔트에 전이되거나 두 대상의 경계가 완화되었다고 볼 수 없다.

✖ 오답풀이

① (가)에서 '4월'의 '가로수'는 '잎사귀를 붙이지 아니한' 상태로 제시되어 생명력을 띠지 않은 '아스팔트'의 속성이 전이되었음을 드러내고, (나)에서 들판을 건너는 화자의 '몸'은 바다를 건너는 '배'와 중첩되어 화자의 부유하는 내면을 드러낸다.

〈보기〉에 따르면, '시적 대상이 지닌 속성은 다른 대상으로 전이되면서 시적 의미를 풍부하게' 한다. 이때 (가)에서 '잎사귀를 붙이지 아니한 가로수'는 원래는 생명력을 가진 것이지만, 생명력을 잃은 모습으로 나타나 생명력을 띠지 않은 아스팔트의 속성이 전이된 것으로 볼 수 있다. 또한 (나)에서 '봄들'을 건너는 화자의 몸은 바다를 건너는 배의 이미지와 중첩되어 '끝내 닿을 수 없는' 곳을 향하며 헤매는 부유하는 내면을 드러낸다고 볼 수 있다.

③ (가)에서 '지평선의 흉내'를 내는 '작은 아스팔트의 거리'가 '행인들'을 '위하'는 존재로 포착된 것은, 아스팔트가 '바다'의 속성을 공유하게 되었음을 암시한다.

〈보기〉에 따르면, '시적 대상이 지닌 속성'이 '다른 대상으로 전이되면서 시적 의미를 풍부하게' 한다. (가)에서 '작은 아스팔트의 거리'가 '침묵한 행인들을 위하여' '지평선의 흉내를' 내는 모습은 아스팔트가 자연물인 '바다'의 속성을 공유하게 되었음을 암시한다고 볼 수 있다.

④ (나)에서 들판과 바다라는 공간의 중첩은 '염소'도 '제 한 몸 한 척 배로 따로 띄우는' 것으로 전이되면서, 화자가 '염소'에게서 자신의 처지를 발견하고 있음을 드러낸다.

〈보기〉에 따르면, (나)는 '봄 들판과 바다라는 상이한 공간의 이미지가 중첩'되면서 '공간에 속한 대상의 속성이 화자의 내면에 공유'된다. (나)에서 '봄 들'을 건너는 화자는 바다를 건너는 배의 이미지와 중첩되고 있으며, 이는 '제 한 몸 한 척 배로 따로 띄우는' 염소에게 전이되고 있다. 이를 통해 화자가 '염소'에게서 배를 띄워야 하는(들을 건너야 하는) 자신의 처지를 발견하고 있음을 알 수 있다.

⑤ (나)에서 '새끼 염소'가 가는 '지평도 뿌우연 황삿길'은 화자가 향하는 '아지랑이 너머'와 중첩되면서, 자신이 지향하는 바가 이루어지기 쉽지 않으리라는 화자의 인식을 암시한다.

〈보기〉에 따르면, (나)는 '봄 들판과 바다라는 상이한 공간의 이미지가 중첩'되면서 '공간에 속한 대상의 속성이 화자의 내면에 공유'된다. (나)에서 화자는 '아지랑이 너머'를 지향하고, '새끼 염소'는 '지평도 뿌우연 황삿길 타박거리며' 감으로써, 화자와 '새끼 염소'의 이미지가 중첩되고 있다고 볼 수 있다. 이때 '뿌우연 황삿길'이나 '아지랑이 너머'는 모두 시야가 가려져 '끝내 닿을 수 없는' 곳을 연상시키므로, 지향하는 바를 이루기 쉽지 않으리라는 화자의 인식을 암시한다고 볼 수 있다.

[1~3] 다음 글을 읽고 물음에 답하시오.

(가)

벌목정정(伐木丁丁)* 이랬거니 아름드리* 큰 솔이 베어짐직도
하이 골이 울어 **멩아리 소리 쩌르렁** 돌아옴직도 하이
다람쥐도 좇지 않고 멧새도 울지 않아 **깊은 산 고요가** 차라리 **뼈를
저리우는데 눈과 밤이** 종이보담 희고녀! 달도 보름을 기다려 흰
뜻은 **한밤** 이 골을 걸음이란다? **웃절 중**이 여섯 판에 여섯 번 지고
웃고 올라간 뒤 조찰히 늙은 사나이의 남긴 내음새를 줍는다?
시름은 바람도 일지 않는 고요에 심히 흔들리우노니 오오 견디
란다 차고 올연히* 슬픔도 꿈도 없이 **장수산 속 겨울 한밤내—**
　　　　　　　　　　　　　　　　　　　　　　　– 정지용, 「장수산 1」 –

*벌목정정: 깊은 산에서 커다란 나무가 베어질 때 쩡쩡하고 나는 큰
　소리.
*올연히: 홀로 우뚝한 모양.

화자와 대상의 관계	고요한 겨울밤에 장수산에서 지내는 사람
상황?	나무가 베어질 때 큰 소리가 날 정도로 깊은 장수산 속은 고요함 → 장수산이 흰 눈에 덮이고 하얀 달빛을 받음 → 탈속적인 웃절 중의 모습을 떠올림 → 고요함 속에서 흔들리는 시름을 견딤

이것만은 챙기자

***아름드리**: 둘레가 한 아름이 넘는 것을 나타내는 말.

(나)

초록으로 쓸어 놓은 마당을 낳은 **고요**는
새암*가에 뭉실뭉실 수국송이로 부푼다　　　　　　[A]

날아갈 것 같은 감나무를 누르고 앉은 **동박새가**
딱 한 번 울어서 넓히는 고요의 면적,
감잎들은 유정무정을 죄다 토설하고 있다

작년에 담가 둔 송순주 한 잔에 생각나는 건
이런 정오, 멸치국수를 말아 소반에 내놓던
어머니의 소박한 고요를
윤기 나게 닦은 마루에 꼿꼿이 앉아 들던
아버지의 묵묵한 고요,

초록의 군림*이 점점 더해지는
마당, 담장의 덩굴장미가 내쏘는 **향기**는　　　　[B]
고요의 심장을 붉은 진동으로 물들인다

사랑은 갔어도 가락은 남아, 그 몇 절을 안주 삼고
삼베올만치나 무수한 고요를 둘러치고 앉은
고금*의 시골집 마루,

아무것도 새어 나게 하지 않을 것 같은 고요가
초록바람에 반짝반짝 누설해 놓은 오월의　　　　[C]
날 비린내 나서 **더 은밀한 연주를 듣는다**
　　　　　　　　　　　　　　　– 고재종, 「고요를 시청하다」 –

*고금: 외롭게 홀로 자는 잠자리.

화자와 대상의 관계	시골집 마루에서 고요함을 느끼는 사람
상황?	마당에서 고요함을 느낌 → 동박새가 운 뒤 고요함이 더 커짐 → 송순주 한 잔에 어머니, 아버지를 떠올림 → 덩굴장미의 향기를 맡고 고요함 속에서 오월의 정취를 느낌

이것만은 챙기자

***새암**: 샘.
***군림**: 어떤 분야에서 절대적인 세력을 가지고 남을 압도함을 비유적으로
이르는 말.

1. (가)에 대한 이해로 적절하지 <u>않은</u> 것은?

✔ 정답풀이

① '아름드리 큰 솔'과 '베어짐직도 하이'를 관련지어 인간에게 아낌없이 내어 주는 자연의 속성을 환기하고 있다.

> (가)의 '벌목정정 이랬거니 아름드리 큰 솔이 베어짐직도 하이'는 깊은 산에서 조용한 가운데 커다란 나무가 베어지면서 울리는 큰 소리를 환기하여, 고요한 산속의 분위기를 강조하는 표현으로 볼 수 있다. 이를 인간에게 아낌없이 내어 주는 자연의 속성과 연결 짓는 것은 적절하지 않다.

✖ 오답풀이

② '다람쥐도 좇지 않고'와 '멧새도 울지 않아'를 연달아 제시하여 시적 공간의 적막한 분위기를 부각하고 있다.
   (가)의 '다람쥐도 좇지 않고 멧새도 울지 않아'는 다람쥐의 작은 발소리나 멧새의 울음소리도 들리지 않는 산속의 적막한 분위기를 부각한다.

③ '여섯 판에 여섯 번 지고'도 '웃고 올라간' 행동을 제시하여 세속적인 욕심에서 벗어난 인물의 모습을 암시하고 있다.
   (가)의 '여섯 판에 여섯 번 지고'도 초조해하거나 화내지 않고 '웃고 올라간' '웃절 중'의 행동은 세속적인 욕심에서 벗어나 있는 인물의 모습을 암시한다.

④ '바람도 일지 않는'과 '심히 흔들리우노니'를 대비하여 시적 공간에 동화하지 못하는 화자의 내적 고뇌를 강조하고 있다.
   (가)의 화자의 마음속 '시름'은 '바람도 일지 않는 고요'한 산속에서 '심히 흔들리'고 있다. 이는 고요하고 적막한 산속의 분위기에 동화하지 못하는 화자의 내적 고뇌를 강조한다.

⑤ '오오 견디란다'를 '차고 올연히'와 연결하여 화자가 지향하는 삶의 태도를 드러내고 있다.
   (가)의 '오오 견디란다 차고 올연히 슬픔도 꿈도 없이'에서는 '시름'으로 어지럽혀진 마음을 겨울밤의 고요한 장수산과 같이 '차고 올연히' 인내하며 견뎌 내려는 화자의 삶의 태도가 드러난다.

🌱 기틀잡기

> ① **환기**: 주의나 여론, 생각 따위를 불러일으킴.
> ④ **동화**: 성질, 양식, 사상 따위가 다르던 것이 서로 같게 됨.

📋 문제적 문제

· 1–①, ④번

학생들이 정답만큼이나 많이 선택한 선지가 ④번이다. (가)에서 화자의 정서를 제대로 파악하는 데 어려움이 있었던 것으로 보인다. (가)가 전반적으로 고요하고 적막한 분위기가 흐르고 있기 때문에 화자의 정서 또한 그렇다고 생각했을 가능성도 있으며, 화자가 시적 공간에 충분히 동화되고 있다고 생각했을 수도 있다. 그러나 시구의 의미를 묻는 문제에서는 선지에 명시된 구절의 범위를 반드시 확인해야 한다.

(가)의 앞부분부터 중반에 이르기까지 화자는 겨울 장수산 속의 고요한 분위기를 묘사하고 있다. 본격적으로 화자의 정서가 나타나는 부분은 ④번 선지가 포함된, '시름은 바람도 일지 않는 고요에 심히 흔들리우노니 오오 견디란다'이다. 이 부분에서 화자는 '시름'을 느끼며, 그것은 '바람도 일지 않는 고요'에 오히려 '흔들리'고 있다. 장수산은 '바람도 일지 않을' 만큼 고요하지만, 화자는 오히려 심리적으로 흔들리고 있으므로 이때 장수산과 화자의 정서는 대비된다고 볼 수 있으며, 이는 화자가 시적 공간에 동화하지 못하고 있다고도 볼 수 있다. 따라서 ④번 선지는 적절하다. 이처럼 시의 내용이나 화자의 정서를 묻는 문제에서는 해당 선지에 명시된 부분에 근거하여 정오를 판단할 수 있어야 한다.

정답인 ①번 선지와 관련하여, 만일 '나무'의 일반적인 관습적 상징을 떠올린 채 문제를 풀었다면 (가)의 '나무'를 인간에게 아낌없이 내어 주는 속성을 지닌 대상이라고 생각하여 ①번 선지가 적절하다고 잘못 판단했을 수 있다. 그러나 (가)의 '벌목정정 이랬거니 아름드리 큰 솔이 베어짐직도 하이 골이 울어 멩아리 소리 쩌르렁 돌아옴직도 하이'는 깊은 산에서 나무가 베어지면서 나는 큰 소리를 환기하는 구절로, 이는 인간에게 아낌없이 내어 주는 자연의 속성과는 관련이 없다.

정답률 분석

정답			매력적 오답	
①	②	③	④	⑤
41%	3%	14%	36%	6%

2. [A]~[C]에 대한 이해로 가장 적절한 것은?

⊘ 정답풀이

② [A]에서 '마당'을 물들인 '초록'은 [B]에서 점점 확산하여 '덩굴 장미'의 색채와 어우러지며 계절감을 부각한다.

> [A]의 '초록으로 쓸어 놓은 마당'에서 '초록'이 마당을 물들이고 있음을 확인할 수 있는데, 이러한 '초록'은 [B]에서 '군림이 점점 더해지'면서 확산하여 '담장의 덩굴장미'의 '붉은' 색채와 어우러지면서 오월의 계절감을 부각한다.

⊗ 오답풀이

① [A]에서 '새암'은 부푸는 '수국송이'의 모습에 비유되어 풍성한 생명력을 낳는 존재로 인식된다.
  [A]에서는 '고요'가 '새암가에 뭉실뭉실 수국송이로 부'풀고 있을 뿐, '새암'이 부푸는 '수국송이'의 모습에 비유되고 있지 않다.

③ [B]에서 '초록'은 '마당' 위에 군림하는 존재로 묘사되어 마당에 '붉은 진동'을 방해하는 힘으로 인식된다.
  [B]에서 '초록'은 '마당'에서 '군림'하는 존재로 묘사되고 있으나, 마당의 '붉은 진동'을 방해하는 힘으로 인식되지는 않는다.

④ [B]에서 '마당'에 군림하던 '초록'은 [C]에서 '초록바람'으로 변주되어 다시 계절이 바뀔 것을 암시한다.
  [B]의 '마당'에서 '군림'하고 있는 존재인 '초록'은 오월의 계절감을 드러낸다는 점에서 [C]의 '초록바람'과 연관된다고 볼 수 있으나, 이때의 '초록바람'이 다시 계절이 바뀔 것을 암시하지는 않는다.

⑤ [C]에서 '초록바람'은 '오월'이 누설하는 것들을 감추어 줌으로써 '오월'의 신비로움이 지속되도록 한다.
  [C]에서는 '고요'가 '초록바람에 반짝반짝 누설해 놓은 오월'의 '더 은밀한 연주를 듣는다'고 했으므로, '초록바람'이 '오월'이 누설하는 것들을 감추어 준다는 설명은 적절하지 않다.

3. 〈보기〉를 참고하여 (가), (나)를 감상한 내용으로 적절하지 <u>않은</u> 것은? [3점]

〈보기〉

시에서 조용하고 잠잠한 상태인 '고요'를 형상화하는 방식은 다양하다. 고요한 상태를 직접 드러낼 수도 있지만 오히려 소리를 활용하여 고요를 부각하는 효과를 얻기도 한다. 또한 고요에 어울리는 다양한 소재나 감각적 이미지를 활용하여 고요를 형상화하기도 한다. 이를 통해 고요는 시에서 시적 분위기를 드러낼 뿐만 아니라 화자의 내면세계를 암시하는 역할을 한다.

🔍 보기 분석

- 시에서 '고요'를 형상화하는 방식
  - 고요한 상태를 직접 드러냄
  - 소리를 활용하여 고요를 부각함
  - 고요에 어울리는 다양한 소재, 감각적 이미지 활용함
  → '고요'는 시적 분위기 형성 및 화자의 내면세계 암시

⊘ 정답풀이

⑤ (가)의 '한밤 이 골을 걸음이란다?'는 화자 내면의 고요가 외부 세계로 이어지고 있음을, (나)의 '더 은밀한 연주를 듣는다'는 외부 세계의 고요가 화자 내면의 동요를 잠재우게 되었음을 나타낸 것이겠군.

> 〈보기〉에서 '고요는 시에서 시적 분위기를 드러낼 뿐만 아니라 화자의 내면세계를 암시하는 역할을 한다.'라고 했다. 그런데 (가)의 '달도 보름을 기다려 흰 뜻은 한밤 이 골을 걸음이란다?'는 흰 달이 적막한 산속을 비추는 상황을 나타내는데, (가)에서 화자는 적막한 산속에서도 내면의 동요로 인해 '시름'을 느끼고 있으므로, 이 구절이 화자 내면의 고요가 외부 세계로 이어지고 있음을 나타낸 것이라고 보기 어렵다. 또한 (나)의 '더 은밀한 연주를 듣는다'는 외부의 '고요'가 '오월'의 '은밀한 연주를 듣는' 상황을 나타내며, (나)에서 화자의 내면이 동요하고 있었는지의 여부는 알 수 없으므로 외부 세계의 고요가 화자 내면의 동요를 잠재우게 되었다고 보기도 어렵다.

⊗ 오답풀이

① (가)의 '눈과 밤이 종이보담 희고녀!'는 색채 이미지를 활용하여 눈 내린 겨울 달밤의 고요한 분위기가 드러나도록 한 것이겠군.
  〈보기〉에서 시는 '고요에 어울리는' '감각적 이미지를 활용하여 고요를 형상화하기도 한다.'라고 했다. (가)의 '눈과 밤이 종이보담 희고녀!'에서는 흰색의 색채 이미지를 활용하여 눈 내린 겨울 달밤의 고요한 분위기가 드러나도록 하고 있다.

② (나)의 화자가 떠올린 추억 속의 '어머니'와 '아버지'는 시적 상황을 통해 표현하고자 하는 '이런 정오'의 고요에 어울리는 인물로 볼 수 있겠군.

〈보기〉에서 시는 '고요에 어울리는 다양한 소재'를 활용하여 '고요를 형상화하기도 한다.'라고 했다. (나)의 '멸치국수를 말아 소반에 내놓던 / 어머니의 소박한 고요'의 '어머니'와 '윤기 나게 닦은 마루에 꼿꼿이 앉아 들던 / 아버지의 묵묵한 고요'의 '아버지'는 화자가 추억 속의 상황을 통해 표현하고자 하는 '이런 정오'의 고요에 어울리는 인물로 볼 수 있다.

③ (가)의 '멩아리 소리 쩌르렁'과 (나)의 '동박새가 / 딱 한 번 울어서'는 모두 소리를 활용함으로써 오히려 고요한 상황이 부각되도록 한 것이겠군.

〈보기〉에서 시는 '소리를 활용하여 고요를 부각하는 효과를 얻기도 한다.'라고 했다. (가)의 '쩌르렁' 하고 들릴 것 같은 깊은 산속의 '멩아리 소리'와 (나)의 '딱 한 번' 운 '동박새'의 울음소리는 모두 적막하고 고요한 시적 공간에서 울리는 소리를 활용하여 오히려 고요한 상황이 부각되도록 하고 있다.

④ (가)의 '고요가 차라리 뼈를 저리우는데'는 촉각적 심상을 활용하여, (나)의 '삼베올만치나 무수한 고요'는 시각적 심상을 활용하여 고요를 형상화한 것이겠군.

〈보기〉에서 시는 '고요에 어울리는' '감각적 이미지를 활용하여 고요를 형상화하기도 한다.'라고 했다. (가)의 '고요가 차라리 뼈를 저리우는데'에서는 촉각적 심상을 활용하여, (나)의 '삼베올만치나 무수한 고요'에서는 시각적 심상을 활용하여 시적 공간이 매우 고요함을 형상화하고 있다.

MEMO

[1~3] 다음 글을 읽고 물음에 답하시오.

(가)

하얀 박꽃이 오들막*을 덮고
당콩* 너울은 하늘로 하늘로 기어올라도
고향아
여름이 안타깝다 무너진 돌담   [A]

돌 우에 앉았다 섰다
성가스런 하로해가 먼 영에 숨고
소리 없이 생각을 드디는 어둠의 발자취
나는 은혜롭지 못한 밤을 또 부른다

도망하고 싶던 너의 아들
가슴 한구석이 늘 차그웠길래
고향아   [B]
돼지굴 같은 방 등잔불은
밤마다 밤새도록 꺼지고 싶지 않었지

드디어 나는 떠나고야 말았다
곧 얼음 녹아내려도 잔디풀 푸르기 전
마음의 불꽃을 거느리고
멀리로 낯선 곳으로 갔더니라

그러나 너는 보드러운 손을
가슴에 얹은 대로 떼지 않었다
내 곳곳을 헤매어 살길 어두울 때
빗돌*처럼 우두커니 거리에 섰을 때
고향아
너의 부름이 귀에 담기어짐을
막을 길이 없었다

"돌아오라 나의 아들아
까치 둥주리 있는
아까시야가 그립지 않느냐
배암장어 구워 먹던 물방앗간이
새잡이 하던 버들방천이   [C]
너는 그립지 않나
아롱진 꽃그늘로
나의 아들아 돌아오라"

나는 그리워서 모두 그리워
먼 길을 돌아왔다만
버들방천에도 가고 싶지 않고
물방앗간도 보고 싶지 않고   [D]
고향아
가슴에 가로누운 가시덤불
돌아온 마음에 싸늘한 바람이 분다

이 며칠을 미칠 듯이 살아온 내게
다시 너의 품을 떠날려는 내 귀에
한마디 아까운 말도 속삭이지 말어다오   [E]
내겐 한 걸음 앞이 보이지 않는
슬픔이 물결친다

하얀 것도 붉은 것도
너의 아들 가슴엔 피지 못했다
고향아
꽃은 피지 못했다

– 이용악, 「고향아 꽃은 피지 못했다」 –

*오들막: 오두막의 함경도 방언.
*당콩: 강낭콩.

화자와 대상의 관계	고향이 그리워 귀향했지만 다시 떠나고자 하는 '나'
상황?	고향을 부르며 여름이 안타깝다고 함 → 고향을 떠나 낯선 곳으로 감 → 고향의 부름이 들림 → 고향을 그리워 함 → 고향에 돌아왔지만 버들방천이나 물방앗간도 보고 싶지 않음 → 슬픔을 느끼며 고향을 다시 떠나고자 함

이것만은 챙기자

***빗돌**: 돌로 만든 비. 비석.

(나)

어려서 나는 램프불 밑에서 자랐다.
밤중에 눈을 뜨고 내가 보는 것은
재봉틀을 돌리는 젊은 어머니와
실을 감는 주름진 할머니뿐이었다.
나는 그것이 세상의 전부라고 믿었다.
조금 자라서는 칸델라*불 밑에서 놀았다.
밖은 칠흑 같은 어둠
지익지익 소리로 새파란 불꽃을 뿜는 불은
주정하는 험상궂은 금점꾼*들과
셈이 늦는다고 몰려와 생떼를 쓰는 그
아내들의 모습만 돋움새겼다.
소년 시절은 전등불 밑에서 보냈다.
가설극장의 화려한 간판과
가겟방의 휘황한 불빛을 보면서
나는 세상이 넓다고 알았다. 그리고

나는 대처*로 나왔다.
이곳 저곳 떠도는 즐거움도 알았다.
바다를 건너 먼 세상으로 날아도 갔다.
많은 것을 보고 많은 것을 들었다.
하지만 멀리 다닐수록, 많이 보고 들을수록
이상하게도 내 시야는 차츰 좁아져
내 망막에는 마침내
재봉틀을 돌리는 젊은 어머니와
실을 감는 주름진 할머니의
실루엣만 남았다.

내게는 다시 이것이
세상의 전부가 되었다.
– 신경림, 「어머니와 할머니의 실루엣」 –

*칸델라: 가지고 다닐 수 있는, 석유로 불을 켜서 밝히는 등.

화자와 대상의 관계	성장하면서 점점 더 먼 세상을 알게 됐으나, 어릴 적 세계로 되돌아오는 '나'
상황?	어릴 때는 램프불 밑에서 자라며 어머니와 할머니가 세상의 전부라고 믿었음 → 자라서는 칸델라불 밑에서 놂 → 소년 시절에는 전등불 밑에서 세상이 넓다고 여겼음 → 대처로 나와 세상의 많은 것을 보고 들음 → 다시 어머니와 할머니가 세상의 전부가 됨

이것만은 챙기자

*금점꾼: 금광에서 일을 하는 사람.
*대처: 사람이 많이 살고 상공업이 발달한 번잡한 지역.

1. [A]~[E]에 대한 설명으로 적절하지 <u>않은</u> 것은?

✅ 정답풀이

② [B]: 화자의 심정을 과거 고향의 사물에 투영하여 고향에 친밀감을 느끼고자 했던 화자의 내면을 드러내고 있다.

> [B]에서 화자는 과거 '가슴 한구석이 늘 차그'워서 고향에서 '도망하고 싶던' 내면을 드러내고 있으며, 이러한 자신의 심정을 '돼지굴 같은 방 등잔불'에 투영하고 있다. 따라서 [B]에서 나타나는 화자의 심정은 고향에 친밀감을 느끼고자 했던 것과는 거리가 있다.

❌ 오답풀이

① [A]: 계절감을 주는 이미지와 시적 공간의 황량한 분위기를 결부하여 화자의 정서를 부각하고 있다.
[A]의 '하얀 박꽃이 오들막을 덮고 / 당콩 너울은 하늘로 하늘로 기어'오르는 것에서 계절감이 나타나며 이는 '무너진 돌담'이 주는 황량한 분위기와 결부되어 화자의 정서를 부각하고 있다.

③ [C]: 고향이 화자에게 건넨 말을 인용하는 방식을 사용하여 그리움을 환기하는 시적 공간의 모습을 제시하고 있다.
[C]에서는 고향이 화자에게 '돌아오라 나의 아들아~나의 아들아 돌아오라'라고 건넨 말을 인용함으로써 화자가 그리워하는 고향의 모습인 '물방앗간', '버들방천', '꽃그늘' 등을 제시하고 있다.

④ [D]: 화자의 내면을 자연물에 비유하여 시적 공간에 대한 기대감이 사라진 화자의 마음을 드러내고 있다.
[D]의 '가슴에 가로누운 가시덤불 / 돌아온 마음에 싸늘한 바람이 분다'에서 화자는 자신의 내면을 '가시덤불'에 비유하여 '버들방천에도 가고 싶지 않고 / 물방앗간도 보고 싶지 않'은, 고향에 대한 기대감이 사라진 마음을 드러내고 있다.

⑤ [E]: 화자가 고향에 말을 건네는 방식을 활용하여 시적 공간에 미련을 두지 않으려는 화자의 태도를 드러내고 있다.
[E]의 '다시 너의 품을 떠날려는 내 귀에 / 한마디 아까운 말도 속삭이지 말어다오'에서 화자는 고향을 '너'로 지칭하며 고향에 말을 건네는 방식을 활용하고 있다. 이를 통해 '다시 너의 품을 떠'나려 하는 결심을 드러내고 '한마디 아까운 말도 속삭이지 말'아 달라며 고향에 미련을 두지 않으려는 태도를 드러내고 있다.

🌱 기틀잡기

> ② **투영:** 어떤 일을 다른 일에 반영하여 나타냄.
> ⑤ **말을 건네는 방식:** 청자가 존재하거나, 청자를 전제한 종결 어미를 사용하여 누군가에게 말을 건네는 느낌이 나타나게 하는 것.

2. (나)에 대한 이해로 가장 적절한 것은?

✅ 정답풀이

④ '램프불 밑에서 자랐다', '칸델라불 밑에서 놀았다', '전등불 밑에서 보냈다'의 변화를 통해 화자가 경험한 세계가 점점 확장되어 왔음을 나타내고 있다.

> (나)의 화자는 어려서는 '램프불 밑에서 자랐'고, 조금 자라서는 '칸델라불 밑에서 놀았'으며, 소년 시절에는 '전등불 밑에서 보냈'다고 말하며, 등불 종류의 변화를 통해 화자가 경험한 세계가 점점 확장되어 왔음을 나타내고 있다.

❌ 오답풀이

① '칠흑 같은 어둠'과 '휘황한 불빛'의 대비를 통해 화자의 내면과 외부 세계 사이에 조성되는 긴장감을 드러내고 있다.
(나)에서 '칠흑 같은 어둠'은 어린 화자가 '칸델라불 밑에서' 놀 때 바라본 외부 세계이며, '가겟방의 휘황한 불빛'은 '소년 시절'의 화자가 '전등불 밑에서 보'낼 때 바라본 외부 세계이다. 즉 '칠흑 같은 어둠'과 '휘황한 불빛'은 모두 외부 세계에 해당하므로 이들이 화자의 내면과 외부 세계 사이에 조성되는 긴장감을 드러냈다고 볼 수 없다.

② '험상궂은 금점꾼들'에서 '생떼를 쓰는' '아내들'로 묘사의 초점을 이동하여 정겨운 공동체의 모습을 나타내고 있다.
(나)의 '험상궂은 금점꾼들'과 '생떼를 쓰는 그 / 아내들'의 모습은 세상의 어두운 면모를 묘사한 것일 뿐, 정겨운 공동체의 모습을 나타낸다고 보기는 어렵다.

③ '멀리 다닐수록'을 '많이 보고 들을수록'과 연결하여 이동 범위의 확대가 인식의 성장을 가로막았음을 드러내고 있다.
(나)에서 '멀리 다닐수록, 많이 보고 들을수록 / 이상하게도 내 시야는 차츰 좁아져 / 내 망막에' '젊은 어머니'와 '할머니'의 '실루엣만 남'은 것은 모성적 세계를 그리워하는 화자의 의식을 드러낸 것으로, 이를 인식의 성장이 가로막힌 것으로 보기는 어렵다.

⑤ '나는 그것이 세상의 전부라고 믿었다'를 '내게는 다시 이것이' '세상의 전부가 되었다'로 변형하여 화자가 기억하는 어릴 적 공간의 이미지가 달라졌음을 나타내고 있다.
(나)에서 화자는 어려서 '램프불 밑에서 자'라던 시절, 재봉틀을 돌리는 어머니와 실을 감는 할머니를 '세상의 전부라고 믿었'다고 했다. 그리고 '대처로 나'온 화자는 '많은 것을 보고 많은 것을 들'은 이후 '다시 이것이 / 세상의 전부가 되었'다고 서술하고 있다. 이는 화자가 세상에 대해 많은 것을 알게 된 후 다시 어머니와 할머니의 세계를 세상의 전부로 인식하게 되었다는 내면의 변화를 드러낸 표현이지, 화자가 기억하는 어릴 적 공간의 이미지가 달라졌음을 나타내는 표현이라고 볼 수는 없다.

3. 〈보기〉를 참고하여 (가), (나)를 감상한 내용으로 적절하지 <u>않은</u> 것은? [3점]

〈보기〉

자신이 태어나 주로 살던 곳에서 다른 곳으로 떠나갔다가 구심점이 되는 그곳으로 되돌아가고자 하는 귀소 의식은 우리 시에서 여러 가지 양상으로 그려진다. (가)에서는 고향을 떠나 힘겨운 삶을 살던 화자가 자신을 부르는 힘에 이끌려 귀향을 하게 되지만, 고향이 자신이 생각했던 고향과 거리가 있음을 깨닫고 다시 그곳을 떠날 수밖에 없는 비극적인 상황을 보여 준다. 그리고 (나)에서는 바깥세상이 주는 재미에 빠져 유랑하던 화자가 자신을 낳아 주고 길러 준 모성적 세계로 회귀하고자 하는 의식을 보여 준다.

🔍 보기 분석

- 귀소 의식: 태어나 살던 곳에서 떠났다가 구심점이 되는 그곳으로 되돌아가고자 함
  - (가): 고향을 떠났던 화자가 귀향을 하지만, 고향이 자신이 생각했던 고향과 거리가 있음을 깨달음
  - (나): 유랑하던 화자가 자신을 낳아 주고 길러 준 모성적 세계로 회귀하고자 함

✅ 정답풀이

③ (가)의 '마음의 불꽃'은 화자가 고향을 떠나면서 아픔을 느꼈음을, (나)의 '새파란 불꽃을 뿜는 불'은 화자가 고향을 떠나고자 하는 열망을 품었음을 나타내는 것이겠군.

> (가)의 '마음의 불꽃'은 '도망하고 싶던' 화자가 '멀리로 낯선 곳으로' 갈 때 거느린 대상이므로 '마음의 불꽃'이 고향을 떠나면서 느낀 아픔을 나타낸다고 보기는 어렵다. 또한 (가)의 화자는 고향을 떠날 당시가 아니라 고향을 떠나 낯선 곳에서 지낼 때 고향에 대한 그리움으로 인해 아픔을 느낀 것이다. 한편 (나)의 '새파란 불꽃을 뿜는 불'은 '칸델라불'을 의미하는 것으로 화자가 '조금 자라서' 보던 세상의 모습을 비추는 불일 뿐, 이를 통해 화자가 고향을 떠나고자 하는 열망을 품었음을 드러낸다고 볼 수는 없다.

❌ 오답풀이

① (가)에서 화자가 '고향아' '꽃은 피지 못했다'라고 한 것은, 되돌아온 고향이 화자가 생각했던 고향과 거리가 있는 세계였음을 나타내는 것이겠군.

> 〈보기〉에서 (가)의 화자는 '자신을 부르는 힘에 이끌려 귀향을 하게 되지만, 고향이 자신이 생각했던 고향과 거리가 있음을 깨닫'는다고 했다. 이를 바탕으로 화자가 '다시 너(고향)의 품을 떠'나려 하면서 '고향아 / 꽃은 피지 못했'다고 하는 것은 되돌아온 고향이 화자가 생각했던 고향과 거리가 있음을 드러내는 것으로 볼 수 있다.

② (나)에서 화자가 '내 망막'에는 '어머니'와 '할머니'의 '실루엣만 남았다'라고 한 것은, 화자가 자신의 근원인 모성적 세계를 그리워하게 되었음을 보여 주는 것이겠군.

> 〈보기〉에서 (나)의 화자는 '유랑하던 화자가 자신을 낳아 주고 길러 준 모성적 세계로 회귀하고자 하는 의식을 보'인다고 했다. 2연에서 (나)의 화자는 '대처로 나'와 '많은 것을 보고 많은 것을 들었'지만 '시야는 차츰 좁아져' 자신의 '망막에는 마침내 / 재봉틀을 돌리는 젊은 어머니와 / 실을 감는 주름진 할머니의 / 실루엣만 남'는다고 서술한다. 이는 화자가 자신을 낳아 주고 길러 준 모성적 세계를 그리워함을 드러낸 것으로 볼 수 있다.

④ (가)의 '내 곳곳을 헤매어 살길 어두울 때'는 고향을 벗어난 곳에서 화자가 느꼈던 삶의 힘겨움을, (나)의 '이곳 저곳 떠도는 즐거움'은 화자가 바깥세상을 떠돌며 빠져 있었던 재미를 드러내는 것이겠군.

> 〈보기〉에서 (가)의 화자는 '고향을 떠나 힘겨운 삶을 살'았고, (나)의 화자는 '바깥세상이 주는 재미에 빠져 유랑'했다고 했다. (가)에서 '멀리로 낯선 곳으로' 떠난 뒤 '내 곳곳을 헤매어 살길 어두'웠다는 것을 통해 화자가 고향을 벗어난 곳에서 힘겨운 삶을 살았음을 알 수 있다. 또한 (나)의 '대처로 나'와 '이곳 저곳 떠도는 즐거움'을 알았다는 것을 통해 화자가 바깥세상을 떠도는 것에서 즐거움을 느꼈음을 알 수 있다.

⑤ (가)의 '너의 부름이 귀에 담기어짐'은 고향을 떠난 화자가 고향의 부름에 이끌렸음을, (나)의 '내 시야는 차츰 좁아져'는 유랑하던 화자가 구심점의 세계로 회귀하려는 의식을 갖게 되었음을 보여 주는 것이겠군.

> 〈보기〉에서 (가)의 화자는 고향을 떠났다가 '자신을 부르는 힘에 이끌려 귀향'하고, (나)의 화자는 세상을 유랑하다가 '자신을 낳아 주고 길러 준 모성적 세계로 회귀하고자 하는 의식을 보'인다고 했다. (가)에서 화자는 '너(고향)의 부름이 귀에 담기어'져서 '먼 길을 돌아왔'다고 했으므로, 화자가 고향의 부름에 이끌렸음을 드러낸다고 볼 수 있다. (나)의 화자는 세상을 많이 돌아다닐수록 '이상하게도 내 시야는 차츰 좁아져 / 내 망막에는 마침내' '젊은 어머니'와 '할머니'의 '실루엣만 남았다'고 했으므로, 이때 '시야는 차츰 좁아져'는 유랑하던 화자가 자신을 낳아 주고 길러 준 어머니와 할머니의 세계로 회귀하려는 의식을 갖게 됨을 보여 준다고 할 수 있다.

[1~4] 다음 글을 읽고 물음에 답하시오.

(가)

[A]
내 골방의 커-튼을 걷고
정성된 맘으로 황혼을 맞아들이노니
바다의 흰갈매기들같이도
인간은 얼마나 외로운 것이냐

[B]
황혼아 네 부드러운 손을 힘껏 내밀라
내 뜨거운 입술을 맘대로 맞추어 보련다
그리고 네 품안에 안긴 모-든 것에
나의 입술을 보내게 해다오

[C]
저-십이성좌의 반짝이는 별들에게도
종소리 저문 삼림 속 그윽한 수녀들에게도
시멘트 장판 위 그 많은 수인(囚人)*들에게도
의지할 가지 없는 그들의 심장이 얼마나 떨고 있을까

[D]
고비사막을 끊어가는 낙타 탄 행상대에게나
아프리카 녹음 속 활 쏘는 인디언에게라도
황혼아 네 부드러운 품안에 안기는 동안이라도
지구의 반쪽만을 나의 타는 입술에 맡겨다오

[E]
내 오월의 골방이 아늑도 하오니
황혼아 내일도 또 저-푸른 커-튼을 걷게 하겠지
암암(暗暗)히* 사라지긴 시냇물 소리 같아서
한번 식어지면 다시는 돌아올 줄 모르나 보다

– 이육사, 「황혼」 –

(나)

차운 물보라가
이마를 적실 때마다
나는 소년처럼 울음을 참았다.

길길이 부서지는 파도 사이로
걷잡을 수 없이 나의 해로(海路)가 일렁일지라도

나는 홀로이니라,
나는 바다와 더불어 홀로이니라.

일었다간 스러지는 감상(感傷)*의 물거품으로
자폭(自暴)*의 잔(盞)을 채우던 옛날은
이제 아득히 띄워보내고,

왼몸을 내어맡긴 천인(千仞)*의 깊이 위에
나는 꽃처럼 황홀한 순간을 마련했으니

슬픔이 설사 또한 바다만 하기로
나는 뉘우치지 않을
나의 하늘을 꿈꾸노라.

– 김종길, 「바다에서」 –

화자와 대상의 관계	바다에서 슬픔을 극복하고 하늘을 꿈꾸는 '나'
상황?	슬픔에 괴로워했던 과거를 떠올림 → 고난 속에서 자신이 혼자임을 인식함 → 부정적인 과거와 단절하려 함 → 슬픔을 이겨내고 하늘을 꿈꿈

이것만은 챙기자

*감상: 하찮은 일에도 쓸쓸하고 슬퍼져서 마음이 상함. 또는 그런 마음.
*자폭: 절망에 빠져 자신을 스스로 포기하고 돌아보지 아니함.
*천인: 천 길이라는 뜻으로, 산이나 바다가 매우 높거나 깊음을 이르는 말.

화자와 대상의 관계	황혼을 통해 소외된 대상에게 애정과 위로를 보내고자 하는 '나'
상황?	황혼을 보며 인간의 외로움에 대해 생각함 → 황혼에게 안긴 모든 것에 위로를 보내고자 함 → 의지할 곳 없이 외로운 존재들을 떠올리며 연민을 느낌 → 황혼이 다시 찾아올 것을 기대함

이것만은 챙기자

*수인: 옥에 갇힌 사람.
*암암히: 기억에 남은 것이 눈앞에 아른거리는 듯하게.

1. (가)와 (나)의 공통점으로 가장 적절한 것은?

✔ 정답풀이

② 촉각적 심상을 활용하여 대상의 속성을 구체화하고 있다.

> (가)는 '부드러운 손', '뜨거운 입술' 등에서, (나)는 '차운 물보라'에서 촉각적 심상을 통해 대상의 속성을 구체화한다.

✖ 오답풀이

① 수미상관 기법으로 구조적 안정감을 부여하고 있다.
수미상관은 첫 부분과 끝 부분이 비슷하거나 같은 구조로 되어 있어야 하므로 (가)와 (나) 모두 수미상관 기법이 사용되었다고 보기는 어렵다.

③ 묻고 답하는 형식을 사용하여 주제 의식을 부각하고 있다.
(가)는 '인간은 얼마나 외로운 것이냐'에서 묻는 형식이 나타나지만 이에 대한 대답은 나타나지 않으며, (나)에서는 묻는 형식과 답하는 형식 모두 나타나지 않는다.

④ 색채어를 사용하여 시적 공간에 대한 인식을 드러내고 있다.
(가)의 '흰갈매기들', '푸른 커—튼' 등에서 색채어가 나타나지만, (나)에서는 색채어가 나타나지 않는다.

⑤ 반어적 표현을 통해 현실에 대한 비판 의식을 드러내고 있다.
(가)와 (나) 모두 반어적 표현은 나타나지 않으며, 현실에 대한 비판 의식도 나타나지 않는다.

🌱 기틀잡기

① **수미상관:** 시의 처음과 끝에 동일하거나 유사한 시구를 배치하는 것. 형태적 안정감을 주고, 시상에 통일성을 부여하며, 의미를 강조하는 효과가 있음.
④ **색채어:** 사물의 빛깔을 표현하는 어휘. 색채어가 등장하면 당연히 시각적 심상이 나타나며, 두 가지 색채가 뚜렷한 대비를 이루면 '색채 대비'를 이룬다고 함.
⑤ **반어:** 말하고자 하는 바와 반대로 표현하여 그 의미를 강화하는 것.

2. [A]~[E]에 대한 이해로 적절하지 <u>않은</u> 것은?

✔ 정답풀이

③ [C]: '의지할 가지 없'이 '떨고 있'는 존재들이 '별들', '수녀들', '수인들'에게 위로 받기를 바라는 마음을 보여 주고 있다.

> [C]에서 화자는 '별들', '수녀들', '수인들'의 '의지할 가지 없'는 심장이 '떨고 있'다고 인식하고 있다. 따라서 [C]는 '의지할 가지 없'이 '떨고 있'는 존재들이 '별들', '수녀들', '수인들'에게 위로 받기를 바라는 마음이 아니라 '떨고 있'는 존재인 '별들', '수녀들', '수인들'에게 연민을 느끼는 마음을 보여 주고 있다.

✖ 오답풀이

① [A]: '바다의 흰갈매기'에 빗대어 '인간'이 '외로운' 존재임을 부각하고 있다.
[A]의 '바다의 흰갈매기들같이도 / 인간은 얼마나 외로운 것이냐'에서 비유적 표현을 사용하여 '바다의 흰갈매기'처럼 '인간'도 '외로운' 존재임을 부각하고 있다.

② [B]: '황혼'의 '손'에 '입술'을 '맞추어 보'려는 것에서 '모—든 것'에 '입술'을 '보내'려는 것으로 인식이 확장되고 있다.
[B]에서 화자는 '황혼'의 '부드러운 손'에 '뜨거운 입술을 맘대로 맞추'고자 하는데, 이후 화자가 '입술을 보내'고자 하는 대상은 황혼의 '품안에 안긴 모—든 것'으로 확장되어 나타난다.

④ [D]: '지구의 반쪽'을 '타는 입술'에 맡겨달라고 하며, '행상대'나 '인디언'을 향한 관심을 드러내고 있다.
[D]에서 화자는 '낙타 탄 행상대'나 '활 쏘는 인디언'에게 관심을 드러내며, '황혼'에게 '지구의 반쪽만을 나의 타는 입술에 맡겨' 달라고 하고 있다.

⑤ [E]: '오월의 골방'에서 '아늑'함을 느끼면서 '내일도' '커—튼'을 걷어 '황혼'을 맞이하고 싶은 마음을 드러내고 있다.
[E]에서 화자는 '오월의 골방이 아늑'하다 느끼면서 '내일도' 저—푸른 커—튼을 걷어 '황혼'을 맞이하고 싶은 마음을 드러내고 있다

3. (나)를 '과거-현재-미래'의 시간 구조를 바탕으로 감상한 내용으로 적절하지 <u>않은</u> 것은?

✅ 정답풀이

③ 화자는 '물거품'같이 '일었다간 스러'졌던 과거의 자신에 대한 미련으로 인해 '왼몸을 내어맡'기며 현재의 바다와 맞서고 있군.

> (나)에서 화자는 '감상의 물거품으로 / 자폭의 잔을 채우던 옛날', 즉 자신의 부끄러운 과거를 '이제 아득히 띄워보내'어 청산하고자 하므로 과거의 자신에 대한 미련을 나타낸다는 진술은 적절하지 않다. 오히려 화자는 자신의 '옛날'을 떠나보내고 '하늘을 꿈꾸'며 긍정적인 미래로 나아가고자 하는 모습을 드러내고 있다고 볼 수 있다.

❌ 오답풀이

① 화자는 '차운 물보라'와 같은 시련을 겪었던 과거의 경험을 떠올리고 있군.
화자는 '차운 물보라가 / 이마를 적실 때마다' '소년처럼 울음을 참'았다고 했다. 이는 과거에 자신이 겪었던 시련을 '차운 물보라'로 표현한 것이라고 볼 수 있다.

② 화자는 '부서지는 파도' 속에 '해로가 일렁'이는 상황에도 현재 '홀로'임을 느끼고 있군.
'길길이 부서지는 파도 사이'에 '해로가 일렁일지라도' 화자는 '나는 홀로이니라, / 나는 바다와 더불어 홀로이니라.'라며 자신이 현재 홀로임을 느끼고 있다.

④ 화자는 '자폭의 잔'을 채우던, '옛날'이라는 부정적 과거가 '아득히' 사라져 현재의 자신과 단절되기를 바라고 있군.
화자는 '자폭의 잔'을 채우던 '옛날'을 '아득히 띄워보내'려 하는데, 이는 부정적 과거가 '아득히' 사라져 현재의 자신과 단절되기를 바란 것이라 볼 수 있다.

⑤ 화자는 자신이 느끼는 '슬픔'이 '바다만 하'더라도 '뉘우치지 않'을 수 있는 미래의 삶을 지향하고 있군.
화자는 자신이 느끼는 '슬픔'이 '바다만 하'더라도 '나는 뉘우치지 않 / 나의 하늘을 꿈꾸'며 자신이 바라는 미래의 삶을 지향하고 있다고 볼 수 있다.

4. 〈보기〉를 참고하여 (가)와 (나)를 감상한 내용으로 적절하지 <u>않은</u> 것은? [3점]

> 〈보기〉
>
> 시에서는 대립적 구조를 이용해 시적 의미를 효과적으로 드러내기도 한다. (가)에는 화자가 머무르고 있는 골방 안과, 만물을 포용할 수 있는 황혼이 존재하는 골방 밖 세계의 대립이 나타난다. 커튼이 쳐진 골방 안의 고립성과 골방 밖 세계의 개방성이 대립 구조를 이루며 화자의 인식이 부각되고 있는 것이다. 또한 (나)에서 바다와 하늘은 상하 공간 구조의 대립을 이루고 있다. 부정적 속성을 지니고 있는 바다와 긍정적 대상인 하늘을 대비하여 나타냄으로써 화자의 내면 상황을 선명하게 드러내고 있는 것이다.

🔍 보기 분석

- (가)와 (나)에 나타난 대립적 구조 및 효과

(가)	(나)
골방 안(고립성) ↔ 골방 밖 세계(개방성)	바다(부정적 대상) ↔ 하늘(긍정적 대상)
화자의 인식 부각	화자의 내면 상황 부각

✅ 정답풀이

④ (나)에서 화자는 '천인의 깊이'의 바다를, 이와 대비를 이루는 '꿈꾸'어야 할 하늘로 여기는 인식의 전환을 통해 내면의 슬픔을 극복하려 하고 있군.

> 〈보기〉에서 (나)는 '부정적 속성을 지니고 있는 바다와 긍정적 대상인 하늘을 대비하여 나타'내었다고 하였다. (나)에서 화자는 바다에서 '차운 물보라'로 '울음을 참'던 과거를 '띄워보내'고, '뉘우치지 않 / 나의 하늘을 꿈'꾸고 있다. 이는 바다와 하늘의 대비를 통해 슬픔을 극복하고 이상을 지향하고자 하는 화자의 내면을 드러내는 것일 뿐, 바다를 하늘로 여기는 인식의 전환을 통해 내면의 슬픔을 극복하려 하는 것은 아니다.

❌ 오답풀이

① (가)에서 화자는 '커-튼을 걷'는 행위를 통해 골방 안과 골방 밖 세계라는 대립적 구조를 이루는 두 공간이 연결될 수 있음을 인식하고 있군.
〈보기〉에서 (가)는 '커튼이 쳐진 골방 안의 고립성과 골방 밖 세계의 개방성이 대립 구조를 이루'고 있다고 하였다. (가)에서 화자가 '커-튼을 걷'음으로써 골방 밖 세계에 있는 황혼이 골방 안으로 들어오게 되는데, 이를 통해 골방 밖 세계와 골방 안 세계의 두 대립적인 공간이 연결될 수 있다고 볼 수 있다.

② (가)에서 골방 안에 있는 화자는 골방 밖 세계에 존재하는 대상들 중에서 소외된 상황에 놓인 존재들을 떠올리며 그들에게 황혼의 포용성이 전해지기를 바라고 있군.

〈보기〉에서 (가)의 황혼은 '만물을 포용할 수 있는' 존재라고 하였다. (가)에서 화자는 골방 밖 세계의 '별들', '수녀들', '수인들', '행상대', '인디언' 등 소외된 존재들에게 입맞춤이라는 행위를 통해 황혼의 포용성이 전해지기를 바라고 있다.

③ (가)에서 화자는 골방 밖 세계에 있는 황혼에게 자신의 바람을 전달함으로써 골방 안이라는 고립된 공간의 한계를 넘어서고자 하는 모습을 보이고 있군.

〈보기〉에서 (가)는 '커튼이 쳐진 골방 안의 고립성과 골방 밖 세계의 개방성이 대립 구조를 이루'고 있다고 하였다. (가)에서 화자는 '커-튼을 걷'고 '황혼'에게 '네 품안에 안긴 모-든 것'에 '입술을 보내게 해'달라는 바람을 전달함으로써 '골방 안의 고립성', 즉 골방 밖의 소외된 존재들을 직접 만날 수 없는 한계를 극복하고자 하는 것으로 볼 수 있다.

⑤ (나)에서 화자는 '이마를 적'시는 바다에 '울음을 참'으며 대응하던 소극적 자세에서 '꽃처럼 황홀한 순간'을 마련하여 하늘을 향해 나아가려는 능동적 자세로 변화하는 모습을 보이고 있군.

〈보기〉에서 (나)는 '부정적 속성을 지니고 있는 바다와 긍정적 대상인 하늘을 대비하여 나타냄으로써 화자의 내면 상황을 선명하게 드러내고 있다'고 하였다. (나)에서 화자는 '차운 물보라가 / 이마를 적실 때마다 / 나는 소년처럼 울음을 참았다.'라고 하며 바다가 주는 슬픔에 대해 소극적 태도를 보인다. 이후 화자는 과거의 그 바다 위에 '꽃처럼 황홀한 순간'을 마련'하고 자신이 느끼는 '슬픔'이 '바다만 하'더라도 '나는 뉘우치지 않을 / 나의 하늘을 꿈꾸노라.'라고 한다. 따라서 이전의 소극적 자세와 달리 직접 '황홀한 순간을 마련'하는 능동적 자세를 통해 화자는 '뉘우치지 않을' 하늘을 지향하는 모습을 보이고 있다고 볼 수 있다.

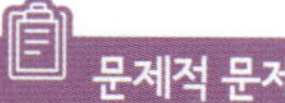
문제적 문제

• 4-②, ③번

학생들이 정답 외에 많이 고른 선지는 ②, ③번이다. (가)에서 골방 밖에 있는 대상이 소외된 상황임을 파악하지 못했거나, (가)의 화자가 '황혼'에게 자신의 바람을 전달하고 있음을 파악하는 데에 어려움이 있었던 것으로 보인다.

〈보기〉에서 (가)에는 '화자가 머무르고 있는 골방 안과, 만물을 포용할 수 있는 황혼이 존재하는 골방 밖 세계의 대립이 나타난다'고 하였다. 이때 골방 밖에 있는 '별들', '수녀들', '수인들'은 '의지할 가지' 없이 '떨고 있'는 존재들이며, '고비사막을 끊어가는 낙타 탄 행상대'와 '아프리카 녹음 속 활 쏘는 인디언'은 '황혼'의 '부드러운 품안에 안기는' 대상이므로, 소외된 존재들이면서 동시에 황혼이 포용할 수 있는 대상이라고 할 수 있다. 따라서 (가)에서 화자는 골방 밖 세계에 존재하는 대상들 중에서 소외된 상황에 놓인 존재들을 떠올렸다고 볼 수 있으며, '입술을 보내게 해'달라는 말로 그들에게 황혼의 포용성이 전해지기를 바라는 마음을 드러내고 있으므로, ②번 선지는 적절하다.

한편, 〈보기〉에서 (가)에는 '커튼이 쳐진 골방 안의 고립성과 골방 밖 세계의 개방성이 대립 구조'를 이룬다고 하였다. (가)의 1연에서 화자는 '골방의 커-튼을 걷'으며, '정성된 맘으로 황혼을 맞아들이'고 있으며, 2연에서는 골방 밖 세계에 있는 '황혼'에게 '네 품안에 안긴 모-든 것에 / 나의 입술을 보내게 해' 달라고 한다. 이는 골방 안에 있는 화자가 골방 밖에 있는 황혼을 매개로 하여 황혼에게 안긴 모든 존재들에게 애정과 위로를 보내려는 것으로 볼 수 있다. 따라서 (가)에서 화자는 황혼에게 안긴 모든 존재들에게 입술을 보내게 해 달라는 바람을 전달하고 있는 것으로 볼 수 있으며, 이는 골방 안이라는 공간의 한계인 고립성을 넘어서고자 하는 모습을 드러낸다고 볼 수 있으므로 ③번 선지 역시 적절하다.

정답률 분석

①	②	③	④	⑤
	매력적 오답	매력적 오답	정답	
4%	15%	15%	59%	7%

문제 P.022

[1~3] 다음 글을 읽고 물음에 답하시오.

(가)
밤차를 타면
아침에 내린다.
아아 경주역(慶州驛).

이처럼
막막한 지역에서
하룻밤을 가면
그 안존*하고 잔잔한
영혼의 나라에 이르는 것을.

천년을
한가락 미소로 풀어버리고
이슬 자욱한 풀밭으로
맨발로 다니는
그 나라
백성. 고향사람들.

땅위와 땅아래를 분간하지 않고
연꽃하늘 햇살속에
그렁저렁 사는
그들의 항렬*을. 성(姓)받이를.

이제라도
갈까부다.
무거운 머리를
차창에 기대이고
이승과 저승의 강을 건느듯
하룻밤
새까만 밤을 달릴가부다

무슨 소리를.
발에는 족가(足枷)*.
손에는 쇠고랑이
귀양온 영혼의
무서운 형벌을.
이자리에 앉아서
돌로 화하는*
돌결마다
구릿빛 싯벌건 그 무늬를.

— 박목월, 「사향가(思鄕歌)」 —

*족가: 죄수를 가두어 둘 때 쓰던 형구.

화자와 대상의 관계	고향을 그리워하는 사람
상황?	하룻밤이면 고향인 경주에 갈 수 있음 → 평화롭고 순박하게 살아가는 고향 사람들을 떠올림 → 고향에 가고 싶어 함 → 고향에 갈 수 없는 현실을 인식함

이것만은 챙기자

*안존: 아무런 탈 없이 평안히 지냄.
*항렬: 같은 혈족의 직계에서 갈라져 나간 계통 사이의 대수 관계를 나타내는 말.
*화하다: 어떤 현상이나 상태로 바뀌다.

(나)

㉠옷을 껴입듯 한겹 또 한겹
추위가 더할수록 얼음의 두께가 깊어지는 것은
버들치며 송사리 품 안에 숨 쉬는 것들을
따뜻하게 키우고 싶기 때문이다
㉡철모르는 돌팔매*로부터
겁 많은 물고기들을 두 눈 동그란 것들을
놀라지 않게 하려는 것이다
그리하여 얼음이 맑고 반짝이는 것은
그 아래 작고 여린 것들이 푸른빛을 잃지 않고
봄을 기다리고 있기 때문이다

이 겨울 모진 것 그래도 견딜 만한 것은
㉢제 몸의 온기란 온기 세상에 다 전하고
스스로 차디찬 알몸의 몸이 되어버린 얼음이 있기 때문이다
㉣쫓기고 내몰린 것들을 껴안고 눈물지어본 이들은 알 것이다
햇살 아래 녹아내린 얼음의 투명한 눈물자위를
㉤아 몸을 다 바쳐서 피워내는 사랑이라니
그 빛나는 것이라니

– 박남준, 「따뜻한 얼음」 –

화자와 대상의 관계	작고 여린 대상들을 지켜 주는 얼음을 보는 사람
상황?	얼음은 봄이 오기 전까지 작고 여린 대상들을 지키기 위해 두꺼워짐 → 햇살에 녹는 얼음을 보고 얼음의 희생적 사랑을 예찬함

이것만은 챙기자

*돌팔매: 무엇을 맞히려고 돌멩이를 던지는 짓.

1. (가)와 (나)의 공통점으로 가장 적절한 것은?

✅ 정답풀이

③ 색채 이미지를 활용하여 대상을 감각적으로 드러내고 있다.

> (가)에서는 '새까만'과 '구릿빛 싯벌건'에서 색채 이미지를 활용하여 '밤'과 '무늬'를, (나)에서는 '푸른빛'에서 색채 이미지를 활용하여 '작고 여린 것들'을 감각적으로 드러내고 있다.

❌ 오답풀이

① 수미상관의 방식으로 시적 안정감을 형성하고 있다.
　(가)와 (나) 모두 시의 처음과 끝에 동일하거나 유사한 시구를 배치하는 수미상관의 방식이 쓰이지 않았으므로 적절하지 않다.

② 명령형 어미를 활용하여 화자의 의지를 강조하고 있다.
　(나)는 명령형 어미를 활용하여 화자의 의지를 강조하는 부분이 드러나 있지 않다. 한편 (가)는 '이제라도 / 갈까부다.', '새까만 밤을 달릴가부다' 등에서 고향으로 가고자 하는 화자의 의지를 드러내지만, '-ㄹ까부다', '-ㄹ가부다'는 명령형 어미로 볼 수 없으므로 적절하지 않다.

④ 과거 시제를 통해 변화하는 화자의 정서 변화를 드러내고 있다.
　(가)는 '아침에 내린다.', '맨발로 다니는' 등에서 현재형 시제를, (나) 역시 '따뜻하게 키우고 싶기 때문이다', '놀라지 않게 하려는 것이다' 등에서 현재형 시제를 활용하고 있으므로 적절하지 않다.

⑤ 반어적 표현을 통해 대상에 대한 비판적 의식을 강조하고 있다.
　(가)와 (나) 모두 반어적 표현을 활용하고 있지 않으며, 대상에 대한 비판적 의식을 강조하고 있지도 않다.

🌱 기틀잡기

③ 색채 이미지: '빨간, 하얀' 등 빛깔을 연상시키는 것.

2. 〈보기〉를 바탕으로 (가)를 감상한 내용으로 적절하지 <u>않은</u> 것은? [3점]

> ───────────〈보기〉───────────
>
> 　이 작품은 공간의 대립을 통해, 고향을 떠난 화자의 힘겨운 삶을 드러내고 있다. 화자는 고통스러운 현실의 공간에서 이상적 공간을 지향하는데, 이상적 공간은 자연 그대로의 모습을 지닌 낙원과 같은 고향의 이미지로 형상화된다. 그러나 고향은 가까운 거리임에도 불구하고 화자가 처한 현실 상황으로 인해 도달할 수 없는 공간으로 인식된다.

🔍 보기 분석

- (가)에 드러난 공간의 대립

현실의 공간	이상적 공간
고향을 떠나 힘겹게 살아가는 공간	자연 그대로의 모습을 지닌 낙원과 같은 고향의 이미지로 형상화

　– 고향: 화자가 처한 현실 상황으로 인해 도달할 수 없는 공간

✅ 정답풀이

③ '땅위와 땅아래를 분간하지 않고' '그렁저렁 사는' '그들의' 모습은, 공간의 대립을 극복하지 못해 힘겨운 삶을 살아가는 화자의 모습으로 볼 수 있군.

> (가)의 '땅위와 땅아래를 분간하지 않고 / 연꽃하늘 햇살속에 / 그렁저렁 사는 / 그들'의 모습은 화자가 지향하는 이상적 공간에서 살아가는 사람들의 모습일 뿐, 공간의 대립을 극복하지 못해 힘겨운 삶을 살아가는 화자의 모습으로 볼 수 없다.

❌ 오답풀이

① '막막한 지역'에서 '영혼의 나라'를 떠올리는 것에서 현실적 공간에 있으면서 이상적 공간을 소망하는 화자의 내면을 짐작할 수 있군.
　〈보기〉에 따르면 (가)의 화자는 '고통스러운 현실의 공간에서 이상적 공간을 지향'한다고 하였다. (가)에서 화자가 '막막한 지역'에서 '안존하고 잔잔한 / 영혼의 나라에 이르는 것'을 떠올리는 모습을 통해, 부정적인 현실적 공간에 있으면서 이상적 공간에 이르기를 소망하는 화자의 내면 심리를 짐작할 수 있다.

② '그나라'에서 '백성'이 '이슬 자욱한 풀밭으로' '맨발로 다니는' 것은 자연 그대로의 모습을 지닌 낙원과 같은 고향의 이미지로 볼 수 있군.
　〈보기〉에 따르면 (가)에서 '이상적 공간은 자연 그대로의 모습을 지닌 낙원과 같은 고향의 이미지로 형상화된다'. (가)의 '그나라 / 백성'이 '이슬 자욱한 풀밭'을 '맨발로 다니는' 모습은 자연 그대로의 모습대로 순박하게 살아가는 낙원과 같은 고향의 이미지를 드러낸다고 볼 수 있다.

④ '새까만 밤을 달'려서라도 고향에 가려는 화자가 '이자리에 앉아서' '돌로 화하는' 것에서 고향에 도달할 수 없음을 인식하고 있는 화자의 모습을 엿볼 수 있군.
　〈보기〉에 따르면 (가)에서 '고향은 가까운 거리임에도 불구하고 화자가 처한 현실 상황으로 인해 도달할 수 없는 공간으로 인식된다'. (가)에서 화자는 '새까만 밤을 달'려서라도 고향에 가고자 하지만, 자신의 처지를 '발에는 족가. / 손에는 쇠고랑'을 찬 채로 '이자리에 앉아서 / 돌로 화하는' 모습으로 표현하고 있으므로, 고향에 가고 싶지만 도달할 수 없음을 인식하고 있다고 볼 수 있다.

⑤ '귀양온 영혼'이 '손에는 쇠고랑'을 하고 '무서운 형벌'을 받고 있는 것에서 화자가 고향을 떠나 현실에서 고통스럽게 살아가고 있다는 것을 엿볼 수 있군.
　〈보기〉에 따르면 (가)에는 '고향을 떠난 화자의 힘겨운 삶'과 '고통스러운 현실의 공간'이 드러난다. (가)의 '발에는 족가. / 손에는 쇠고랑'을 한 채 '무서운 형벌'을 받고 있는 '귀양온 영혼'은 화자를 의미하며, 이를 통해 화자가 고향을 떠나 현실에서 고통스럽게 살아가고 있음을 엿볼 수 있다.

3. ㉠~㉤에 대한 이해로 적절하지 <u>않은</u> 것은?

> ㉠: 옷을 껴입듯 한겹 또 한겹 / 추위가 더할수록 얼음의 두께가 깊어지
> 는 것은
> ㉡: 철모르는 돌팔매로부터 / 겁 많은 물고기들을 두 눈 동그란 것들을 /
> 놀라지 않게 하려는 것이다
> ㉢: 제 몸의 온기란 온기 세상에 다 전하고 / 스스로 차디찬 알몸의 몸이
> 되어버린 얼음이 있기 때문이다
> ㉣: 쫓기고 내몰린 것들을 껴안고 눈물지어본 이들은 알 것이다 / 햇살
> 아래 녹아내린 얼음의 투명한 눈물자위를
> ㉤: 아 몸을 다 바쳐서 피워내는 사랑이라니 / 그 빛나는 것이라니

✔ 정답풀이

④ ㉣은 고통 속에서 고립되어 연약해진 '얼음'의 속성을 드러내고
있다.

(나)의 ㉣에서 얼음은 '쫓기고 내몰린 것들을 껴안고' 있으므로 고립되어
있다고 볼 수 없다. 또한 '햇살 아래 녹아내린 얼음의 투명한 눈물자위'는
자신의 몸을 바쳐 '작고 여린 것들'을 보호하려는 얼음의 희생적 사랑을
드러낼 뿐, 고통 속에서 고립되어 연약해진 '얼음'의 속성을 드러내는 것은
아니다.

✖ 오답풀이

① ㉠은 인간의 행위에 빗대어 '얼음'의 속성을 드러내고 있다.
　(나)에서 ㉠은 추울수록 옷을 껴입는 인간의 행위에 빗대어, '추위가 더할수
　록 얼음의 두께가 깊어지는' '얼음'의 속성을 드러내고 있으므로 적절하다.

② ㉡은 부정적 상황으로부터 다른 대상을 보호하려는 '얼음'의 속성을
　드러내고 있다.
　(나)에서 ㉡은 '철모르는 돌팔매'로부터 '겁 많은 물고기들'을 보호하려는
　'얼음'의 속성을 드러내고 있으므로 적절하다.

③ ㉢은 자기희생적인 '얼음'의 속성을 드러내고 있다.
　(나)에서 ㉢은 자신의 온기를 '세상에 다 전하'여 '스스로 차디찬 알몸'이 되
　어버린 '얼음'의 모습을 통해 자기희생적인 속성이 드러나므로 적절하다.

⑤ ㉤은 화자가 예찬하는 가치를 지닌 '얼음'의 속성을 드러내고 있다.
　(나)의 ㉤에서 '얼음'이 '몸을 다 바쳐서' 피워낸 '사랑'과 '빛나는 것'은 화자
　가 예찬하는 가치로 볼 수 있다. 즉 '얼음'의 속성이 화자가 예찬하는 가치를
　지녔다고 볼 수 있으므로 적절하다.

MEMO

[1~3] 다음 글을 읽고 물음에 답하시오.

(가)

헌사한 조화옹이 산천을 빚어낼 때

낙은암 깊은 골을 날 위하여 만드시니

봉우리도 빼어나고 경치도 뛰어나다

어와 주인옹이 명리(名利)에 뜻이 없어

진세(塵世)*를 하직하고 산속에 깃들이니

내 생애 담백한들 내 분수이니 관계하랴

농환재 맑은 창가에서 주역(周易)을 점검하니

소장진퇴(消長進退)*는 성인의 밝은 가르침이요

낙천지명(樂天知命)*은 성인의 깊은 경계로다

(중략)

주육(酒肉)*에 빠진 분들 부귀를 자랑 마오

여름날 더운 길의 홍진간(紅塵間)에 분주하며

겨울밤 추운 새벽에 대루원*에 서성이니

자네는 좋다하나 내 보기엔 괴롭구나

어저 내 신세를 내 이르니 자네 듣소

삼복에 날 더우면 백우선* 높이 들고

바람 부는 창가에 기대 다리 펴고 누웠으니

편안한 이 거동을 그 누가 겨룰쏘냐

동지 밤 눈 온 후에 더운 방에 이불 덮고

목침을 돋워 베고 ㉠해 돋도록 잠을 자니

편함도 편할시고 고단함이 있을쏘냐

삼공(三公)*이 귀하다 하나 나는 아니 바꾸리라

값을 쳐 비기려면 만금인들 당할쏜가

보리밥 맛들이니 팔진미*를 부러워하며

헌 베옷 알맞으니 비단 가져 무엇 할꼬

– 남도진, 「낙은별곡」 –

---

*소장진퇴: 세상사가 변화하는 이치를 가리키는 말.

*낙천지명: 천명을 깨달아 즐기면서 자연의 섭리를 따름.

*대루원: 이른 아침에 대궐로 들어갈 사람이 대궐 문이 열리기를 기다리던 곳.

*백우선: 새의 흰 깃으로 만든 부채.

솜씨 좋은 조물주가 산천을 빚어낼 때

낙은암 깊은 골을 날 위하여 만드시니

봉우리도 빼어나고 경치도 뛰어나다

어와 늙은 주인이 명예와 이익에 뜻이 없어

속세를 떠나 산속에 깃들이니

내 생애 욕심 없고 깨끗한들 내 분수이니 관계하랴

농환재 맑은 창가에서 주역을 살펴보니

세상사 변하는 이치는 성인의 밝은 가르침이요

천명을 깨달아 즐기면서 자연의 섭리를 따르는 것은 성인의 깊은 경계로다

(중략)

좋은 음식에 빠진 분들 부귀를 자랑 마오

여름날 더운 길의 속세에서 분주하며

겨울밤 추운 새벽에 대궐 앞에서 서성이니

자네는 좋다지만 내가 보기엔 괴롭구나

어저 내 신세를 내가 이르니 자네는 들어 보소

삼복에 날 더우면 부채 높이 들고

바람 부는 창가에 기대 다리 펴고 누웠으니

편안한 이 거동을 그 누가 겨룰쏘냐

동지 밤 눈 온 후에 더운 방에서 이불 덮고

목침을 돋워 베고 해 돋도록 잠을 자니

편함도 편할시고 고단함이 있을쏘냐

삼정승이 귀하다 하나 나는 아니 바꾸리라

값으로 따진다면 만금으로도 바꿀 수 없다

보리밥 맛 들이니 귀한 음식이 부럽지 않고

헌 베옷이 알맞으니 비단 가져 무엇 할까

***진세**: 정신에 고통을 주는 복잡하고 어수선한 세상.

***주육**: 술과 고기를 아울러 이르는 말.

***삼공**: 의정부에서 국가 주요 정책을 결정하는 일을 맡아보던 세 벼슬. 영의정, 좌의정, 우의정을 이른다.

***팔진미**: 중국에서 성대한 음식상에 갖춘다고 하는 진귀한 여덟 가지 음식의 아주 좋은 맛.

화자와 대상의 관계	속세를 떠나 자연 속에서 소박하게 사는 삶에 만족하는 '나'
상황?	낙은암 깊은 골을 보며 감탄함 → 속세를 떠나 산속에서 사는 삶에 만족함 → 부귀공명을 오히려 괴롭게 여김 → 소박한 삶에서 기쁨을 느낌

(나)

허천강* 건너편에 나날 뵈는 저 **봉화(烽火)***야
차차 전하여 **목멱산***에 닿았나니
내 **집**이 그 아래 있으니 편한 소식 전할쏘냐   〈1수〉

가시울 에운* 곳에 **고향** 멀기 잘 하였데
만일 **가깝**던들 **생각**이 더할러니
차라리 바라도 못 보니 잊을 날이 있어라   〈4수〉

백옥 난간 둘렀는 데 오색 선화 피었어라
옛 신하 모두 모셔 일당어수* 즐기던고
매일에 이런 **꿈** 꿀적이면 ⓒ밤낮 자려 하노라   〈9수〉

두렷한* **밝은 달**이 천지에 가득하여
밤이 낮이 되어 어두운 곳 없었는데
어디서 **떠가는 구름**은 가리우려 하나니   〈11수〉

– 윤양래, 「갑극만영」 –

*허천강: 개마고원을 지나 압록강으로 흘러드는 강.
*목멱산: 서울 남산의 옛 이름.
*가시울 에운: 가시울타리 둘러싼.
*일당어수: 물고기와 물이 한데 모임. 임금과 신하가 화합함을 이르는 말.

허천강 건너편에 나날이 보이는 저 봉화야
차차 전하여 목멱산에 닿았나니
내 집이 그 아래 있으니 편한 소식 전할쏘냐   〈1수〉

가시울타리 둘러싼 곳(귀양살이하는 곳)이 고향 멀기를 잘 하였네
만일 가깝다면 (고향) 생각이 더할테니
차라리 바라도 못 보니 잊을 날이 있어라   〈4수〉

백옥 난간 두른 데 오색 선화 피었어라
옛 신하 모두 모셔 일당어수(물고기와 물이 한데 모이듯) 즐기던가
매일 이런 꿈을 꿀 것 같으면 밤낮 자려 하노라   〈9수〉

두렷한 밝은 달이 천지에 가득하여
밤이 낮이 되어 어두운 곳 없었는데
어디서 떠가는 구름은 (달을) 가리우려 하나니   〈11수〉

***봉화**: 나라에 병란이나 사변이 있을 때 신호로 올리던 불.
***두렷하다**: 엉클어지거나 흐리지 아니하고 아주 분명하다.

화자와 대상의 관계	멀리 떨어진 곳에서 고향을 그리워하고 임금을 걱정하는 '나'
상황?	고향집에 소식을 전하고 싶어 함 → 고향이 그리우니 차라리 먼 것이 다행이라고 함 → 임금과 신하가 한데 모여 화합하는 꿈을 꿈 → 달을 보고자 하는데 구름이 달을 가림

1. (가)와 (나)에 대한 설명으로 가장 적절한 것은?

✔ 정답풀이

③ (가)와 (나)는 모두 말을 건네는 방식을 활용하여 화자의 내면을 드러내고 있다.

> (가)의 '어저 내 신세를 내 이르니 자네 듣소'에서 말을 건네는 방식을 활용하여 자연에서 은거하는 삶에 대한 화자의 만족감을, (나)의 '허천강 건너편에 나날 뵈는 저 봉화야~내 집이 그 아래 있으니 편한 소식 전할쏘냐'에서 말을 건네는 방식을 활용하여 집에 소식을 전하고 싶은 화자의 내면을 드러내고 있다.

✖ 오답풀이

① (가)는 (나)와 달리 음성 상징어를 사용하여 대상의 역동성을 강조하고 있다.
  (가)와 (나)에서는 모두 음성 상징어를 사용하고 있지 않다.

② (나)는 (가)와 달리 유사한 문장 구조를 반복하여 리듬감을 부여하고 있다.
  (가)의 '소장진퇴는 성인의 밝은 가르침이요 / 낙천지명은 성인의 깊은 경계로다' 등에서 유사한 문장 구조를 반복하여 리듬감을 부여하고 있다. 반면 (나)에서는 유사한 문장 구조가 나타나지 않는다.

④ (가)와 (나)는 모두 역설적 표현을 활용하여 주제 의식을 선명하게 표현하고 있다.
  (가)와 (나)에서는 모두 역설적 표현을 사용하고 있지 않다. 역설적 표현은 표면적으로는 모순되거나 부조리한 것 같지만 그 표면적 진술 너머에서 진실을 드러내야 한다.

⑤ (가)와 (나)는 모두 청유형 어미를 사용하여 대상에 대한 친근감을 나타내고 있다.
  (가)에서 청유형 어미를 사용하여 대상에 대한 친근감을 나타낸 부분은 확인할 수 없다. (나)의 경우 '허천강 건너편에 나날 뵈는 저 봉화야'에서 말을 건네는 방식을 사용함으로써 대상에 대한 친근감을 드러냈다고 볼 여지는 있으나, (나) 역시 청유형 어미를 사용한 부분은 확인할 수 없다.

🌱 기틀잡기

> ① **음성 상징어**: 의성어와 의태어를 통틀어 이르는 말.
>   [참고] **의성어**: 사람이나 사물의 소리를 흉내 낸 말.
>   **의태어**: 사람이나 사물의 모양이나 움직임을 흉내 낸 말.
> ⑤ **청유형 어미**: 화자가 청자에게 같이 행동할 것을 요청하는 뜻을 나타내는 종결 어미.

2. ㉠과 ㉡에 대한 이해로 가장 적절한 것은?

> ㉠: 해 돋도록 잠을 자니
> ㉡: 밤낮 자려 하노라

✔ 정답풀이

② ㉠에는 일상을 만끽하고 있는 여유로움이, ㉡에는 바라는 바에 대한 간절함이 드러나 있다.

> (가)의 ㉠에는 겨울밤 따뜻한 방에 누워서 해가 뜰 때까지 편안히 잠을 자는 모습이 나타나므로 일상을 만끽하는 여유로움이 드러난다고 볼 수 있다. (나)의 ㉡에는 임금과 옛 신하가 화합하는 꿈을 다시 꿀 수 있다면 밤낮없이 계속 자고 싶다는 마음이 드러나 있으므로 임금과 신하들의 화합에 대한 간절함이 나타난다고 볼 수 있다.

✖ 오답풀이

① ㉠에는 자신의 잘못에 대한 변명이, ㉡에는 자신의 행동으로 인한 후회가 드러나 있다.
  ㉠에는 자신이 만족하는 삶의 모습이 드러나 있을 뿐, 자신의 잘못에 대한 변명이 드러나 있지 않다. ㉡에는 자신의 행동으로 인한 후회가 드러나 있지 않다.

③ ㉠에는 목표를 달성할 수 없다는 체념이, ㉡에는 결핍을 충족시키기 위한 시도가 드러나 있다.
  ㉡에는 꿈속에서라도 행복한 모습을 보려는 태도가 나타나므로 결핍을 충족시키기 위한 시도가 나타난다고 볼 수 있다. 그러나 ㉠에서는 만족스러운 현재의 삶을 제시하고 있으므로, 목표를 달성할 수 없다는 체념이 드러나 있다고 볼 수 없다.

④ ㉠에는 시간의 속박에서 벗어난 자유로움이, ㉡에는 지시에 따라 행동하겠다는 의지가 드러나 있다.
  ㉠에는 '해 돋도록' 편히 '잠을 자'는 모습이 나타나므로 시간의 속박에서 벗어난 자유로움이 느껴진다고 볼 수 있으나, ㉡에는 지시에 따라 행동하겠다는 의지가 나타나지 않는다.

⑤ ㉠에는 어려움에 신속하게 대응하지 못하는 무력감이, ㉡에는 경험이 지속되지 못하는 것에 대한 안타까움이 드러나 있다.
  ㉡에서는 꿈속에서 본 임금과 옛 신하의 화합이 지속되지 못한 데 따른 안타까움으로 인해 다시 꿈을 꾸어서라도 그와 같은 경험을 하고자 하는 태도를 드러내고 있으므로, 경험이 지속되지 못한 데 따른 안타까움이 내포되어 있다고 볼 수 있다. 한편 ㉠에서는 자연 속에서 여유롭게 살아가는 데 대한 만족감이 내포된 태도를 보이고 있을 뿐, 어려움에 신속하게 대응하지 못하는 모습이나 무력감을 느끼는 모습은 나타나 있지 않다.

3. 〈보기〉를 바탕으로 (가), (나)를 감상한 내용으로 적절하지 <u>않은</u> 것은? [3점]

〈보기〉

(가)와 (나)에는 이전과 다르게 변화된 자신의 삶에 대한 작가의 인식과 정서가 드러나 있다. (가)에서는 속세를 떠나 자연에서의 은거를 선택한 작가가 자신의 삶에 대한 정서를 드러내고 있다. (나)에서는 변방에 유배를 간 작가가 고향에 대한 정서를 드러내면서 임금을 달에 비유하여 연군의 정을 표현하고 있다.

🔍 **보기 분석**

- (가): 속세를 떠나 은거하는 삶에 대한 정서
- (나): 유배지에서 드러내는 고향에 대한 정서와 연군의 정

✅ **정답풀이**

④ (가)에서 '대루원에 서성이'는 사람에게 '내 신세'를 이르는 것을 통해 이전의 삶에 대한 미련을 버리지 못한, (나)의 〈1수〉에서 '허천강 건너편'의 '봉화'를 보며 '목멱산'을 떠올리는 것을 통해 이전의 삶과는 단절된 작가의 현재 상황을 짐작할 수 있군.

〈보기〉에 따르면 '(가)에서는 속세를 떠나 자연에서의 은거를 선택한 작가가 자신의 삶에 대한 정서를 드러'내며, '(나)에서는 변방에 유배를 간 작가'의 모습이 나타난다. (나)에서 화자가 '허천강' 건너편의 '봉화'를 보며 '목멱산' 즉, 서울 남산을 떠올리는 것에서 (나)의 작가가 이전에는 서울에 있었지만, 현재는 그와 단절된 상황에 있음을 짐작할 수 있다. 한편 (가)의 '대루원에 서성이니 / 자네는 좋다하나 내 보기엔 괴롭구나'에서 대궐 문이 열리기를 기다리는 관리의 삶을 괴롭게 여기는 작가의 생각이 나타나며, 이후 '내 신세'를 '편함도 편할시고 고단함이 있을쏘냐'라고 표현하고 있으므로 (가)의 작가가 이전의 삶에 대한 미련을 버리지 못했다고 볼 수 없다.

❌ **오답풀이**

① (가)에서 '봉우리도 빼어나고 경치도 뛰어'난 '산속에 깃들'었다는 것을 통해 자연에 은거하는 작가의 모습을 엿볼 수 있군.

〈보기〉에 따르면 (가)의 작가는 '속세를 떠나 자연에서의 은거를 선택'했다. (가)의 '봉우리도 빼어나고 경치도 뛰어'난 '낙은암 깊은 골'에 '깃들'었다는 것에서 자연에 은거하는 작가의 모습을 엿볼 수 있다.

② (가)에서 '주인옹이 명리에 뜻이 없어'서 '진세를 하직'했다는 것을 통해 세속적 가치에 욕심이 없어 스스로 속세를 떠난 작가의 모습을 확인할 수 있군.

〈보기〉에 따르면 (가)의 작가는 '속세를 떠'났다고 했다. '주인옹이 명리에 뜻이 없어 / 진세를 하직'했다는 표현에서 명예와 이익 등 세속적 가치에 욕심을 두지 않고 속세를 떠난 작가의 모습을 확인할 수 있다.

③ (나)의 〈11수〉에서 '두렷한 밝은 달'을 '떠가는 구름'이 가리려 한다는 것을 통해 작가가 자연물을 활용하여 임금에 대한 마음을 드러내고 있음을 짐작할 수 있군.

〈보기〉에 따르면 (나)의 작가는 '임금을 달에 비유하여 연군의 정을 표현'한다. (나)의 〈11수〉에서 임금을 '두렷한 밝은 달'에 빗대어 표현하면서 '떠가는 구름은 가리우려 하나니'를 통해 임금을 보고 싶으- 방해하는 이들이 있어 볼 수 없는 것에 대한 안타까움을 드러내고 있다.

⑤ (가)에서 '삼공이 귀하다 하나 나는 아니 바꾸'겠다는 것을 통해 자신의 편안한 삶에 대한 작가의 만족감을, (나)의 〈4수〉에서 '가시울 에운 곳'에서 고향이 '가깝'다면 '생각이 더'했으리라는 것을 통해 고향을 떠나온 작가의 그리움을 확인할 수 있군.

〈보기〉에 따르면 '(가)와 (나)에는 이전과 다르게 변화된 자신의 삶에 대한 작가의 인식과 정서가 드러나 있다'. (가)의 '삼공이 귀하다 하나 나는 아니 바꾸'겠다는 것에서 자연에서 은거하는 자신의 삶에 대한 만족감이 드러나며, (나)의 '가시울 에운 곳에 고향 멀기 잘 했다며, 고향이 가깝다면 생각을 더할 테니 차라리 못 보는 게 낫다는 것에서 고향을 그리워하는 작가의 정서를 확인할 수 있다.

[1~4] 다음 글을 읽고 물음에 답하시오.

(가)

㉠금곡(金谷)의 비룰 타 서호(西湖)의 드러오니

강산은 의구ᄒ고 풍색(風色)*이 엇더ᄒ뇨

군은은 그지업서 삼순*을 놀니시니

장하(長夏) 강촌의 와실(蝸室)*이 소조*ᄒ야

사립문이 본디 업서 밤인들 다돌소냐

㉡발*이 하 성기니* 물 보기 더욱 됴타

소루(小樓)의 누어시니 크나큰 천지를

벼개 우히 다 볼노라 처마 하 얕으니

석양도 들거니와 빗발도 드리친다

님 그려 저즌 소매 볕 아니면 뉘 말리며

우국(憂國)*ᄒ야 탄 가슴을 비 아니면 어찌 살겠는가

㉢동서의 분주ᄒ여 주야를 모르더니

오늘은 어떤 날인가 이 몸이 편안커니

보리밥 몰니겨 아히아 걱정마라

짧으나 짧은 ⓐ밤의 꿈자리 어즈러워

봉래산 제일봉의 어느 님을 만나보아

반기노라 홀 말 업고 늣기노라 한숨 지어

내히 셜온 사설 사뢰나 몯내 사뢰어

풍우성(風雨聲)의 잠 깨어 닐어 안자 한숨 짓고

㉣촌계(村鷄) 벌써 우니 할 일이 전혀 업서

포금*을 추켜 덮고 위몽(危夢) 새로 드니

동산의 일출토록 호접이 되엿더니

네 밥 곳 수이 되면 이 잠을 채 잘소냐

(중략)

남산의 우헐(雨歇)커놀 먼 눈을 브라보니

관악산광*은 만고(萬古)*의 한 빛이로다

㉤흰 듯 검은 것은 알겠구나 구름이로다

저 구름 지난 후면 저 뫼를 고쳐 볼까

율도(栗島)의 안개 걷히고 양화(楊花)의 해 지거늘

문군아 내 옷 다오 종문아 막대 다오

전나귀* 채찍 없이 종무를 뒤세우고

강변의 내걸으니 만랑*이 더욱 됴타

– 이호민, 「서호가」 –

*삼순: 한 달.
*와실: 달팽이 뚜껑 같은 작은 집.
*소조: 호젓하고 쓸쓸함.
*포금: 베로 만든 이불.
*관악산광: 관악산의 경치.
*만랑: 해 저물 무렵의 물결.

화자와 대상의 관계	자연 속에서 여유로운 삶을 누리며 나라와 임금을 걱정하는 '나'(이 몸)
상황?	금곡에서 배를 타고 서호로 들어옴 → 임금의 은혜로 한 달을 쉬게 됨 → 강촌의 소박하고 작은 집에서 지냄 → 임금을 그리워하며 나라를 걱정함 → 꿈에서 임을 만나 하소연하려 하다 깸 → 관악산의 경치에 감탄함 → 구름 지난 후에 산을 다시 보고자 함

현대어 풀이

금곡에서 배를 타고 서호로 들어오니

강산은 변함없는데 풍경은 어떠한가

임금의 은혜가 끝이 없어 한 달을 놀게 되니

긴 여름 강촌의 작은 집이 호젓하고 쓸쓸하여

사립문이 본래 없으니 밤이라고 닫아놓을 것이 있겠는가

문발이 너무 성기니 물을 보기가 더욱 좋다

작은 다락에 누워 있으니 크나큰 세상을

베개 위에서 다 보겠구나 처마가 너무 짧아

석양도 들거니와 빗발도 들이친다

임(임금) 그리워 젖은 소매 햇볕 아니면 누가 말리며

나라 걱정하여 탄 가슴을 비 아니면 어찌 살리겠는가

이리저리 바빠 밤인지 낮인지 모르더니

오늘은 어떤 날인가 이 몸이 편안하여

보리밥이 익지 않는다고 아이야 걱정 마라

짧디짧은 밤의 꿈자리 어지러워

봉래산 제일봉의 어느 임을 만나 보아

반기느라 할 말 없고 느끼느라 한숨 지어

나의 서러운 사연을 아뢰려하나 못내 아뢰니

비바람 소리에 잠 깨어 일어나 앉아 한숨 짓고

마을 닭이 벌써 우니 할 일이 전혀 없어

이불을 추켜 덮고 두려운 잠 새로 드니

동쪽 산에 해가 뜨도록 나비가 되었더니

네가 밥을 쉽게 하면 이 잠을 채 자겠느냐

(중략)

남산에 비가 개어 먼 눈으로 바라보니

관악산의 경치는 아주 오랜 세월 동안 같은 빛이로구나

흰 듯 검은 것은 알겠구나 구름이로다

저 구름 지난 후면 저 산을 다시 볼까

율도에 안개 걷히고 양화에 해가 지니

문군아 내 옷 다오 종문아 막대 다오

다리를 절름거리는 나귀 채찍 없이 종무를 뒤에 따르게 하고
강변에 나와 걸으니 해 저물 무렵의 물결은 더욱 좋구나

이것만은 챙기자

* **풍색**: 산이나 들, 강, 바다 따위의 자연이나 지역의 모습.
* **발**: 가늘고 긴 대를 줄로 엮거나, 줄 따위를 여러 개 나란히 늘어뜨려 만든 물건.
* **성기다**: 물건의 사이가 뜨다.
* **우국**: 나랏일을 근심하고 염려함.
* **만고**: 아주 오랜 세월 동안.
* **전나귀**: 다리를 절름거리는 나귀.

(나)

시리산 저 뫼 위에 반가울샤 **상원달***이
풍년 소식 띄워다가 **내** 창 앞에 먼저 왔다
아마도 이 ⓑ밤 **조흔 경치**에 놀지 안코 무슴ᄒᆞᆯ   〈1수〉

취흔 잠 **늦게** 깨어 **강가롤** 바라보니
자욱이 펴인 안개 한식* 비 개엿도다
아히야 술 부어라 전촌의 취한 노래 졀 일닌가* ᄒᆞ노라   〈2수〉

녹수* 산정 기픈 곳에 벗 부론다 저 **새소리**
동풍에 깃을 떨쳐 그치는 곳이 구우*로다
내 엇지 **사람으로 새만 못**ᄒᆞ여 **한**이로다   〈4수〉

밭 갈아 밥을 먹고 샘을 파 물 마시니
강구연월* 어느 때인가 고잔 들 **노랫 소리** 아름답다 저 **농부**야
태평곡 화답홀 제 내 근심 절로 업다   〈5수〉

– 남극엽, 「애경당십이월가」 –

*졀 일닌가: 절기 때를 알리는가.
*구우: 언덕의 모퉁이.
*강구연월: 태평스러운 세상을 뜻함.

화자와 대상의 관계	자연을 감상하며 한가로운 삶을 보내는 '나'
상황?	달을 반기며 즐김 → 강가의 비 개인 풍경을 바라보며 흥취를 즐김 → 새소리를 듣다가 새만도 못한 자신을 한탄함 → 태평스러운 세상에서 근심 없이 살아감

시리산 저 산 위에 반가울사 보름달이
풍년 소식 실어다가 내 창 앞에 먼저 왔다
아마도 이 밤 좋은 경치에 놀지 않고 무엇하리 〈1수〉

취한 잠 늦게 깨어 강가를 바라보니
자욱이 펼친 안개 한식날 내린 비가 개었구나
아이야 술 부어라 앞마을 취한 노래 절기 때를 알리는가 하노라
〈2수〉

푸른 나무 산속 정자 깊은 곳에 벗을 부른다 저 새소리
동풍에 깃을 떨쳐 그치는 곳이 언덕의 모퉁이구나
나는 어찌 사람으로 새만도 못하니 한이로다 〈4수〉

밭 갈아 밥을 먹고 샘을 파 물 마시니
태평스러운 세상 어느 때인가 고잔 들의 노랫소리 아름답다 저
농부야
태평곡 화답할 때 내 근심이 절로 없어진다 〈5수〉

이것만은 챙기자

*상원달: 보름달.
*한식: 동지에서 105일째 되는 날로, 양력으로는 4월 5일 무렵. 설날,
단오, 추석과 함께 4대 명절의 하나.
*녹수: 푸른 잎이 우거진 나무.

1. (가)와 (나)의 공통점으로 가장 적절한 것은?

✅ 정답풀이

③ 명령형 어미를 활용하여 시상을 전개하고 있다.

> (가)의 '아히아 걱정마라', '문군아 내 옷 다오 종문아 막대 다오' 등에서,
> (나)의 '아히야 술 부어라'에서 명령형 어미를 활용하여 시상을 전개하고
> 있다.

❌ 오답풀이

① 문답의 방식을 통해 시상을 전환하고 있다.
　(가)의 '풍색이 엇더ᄒ뇨' 등에서, (나)의 '놀지 안코 무슴ᄒ리' 등에서 의문형
　어미를 활용하고 있으나, (가)와 (나) 모두 이에 대한 답을 직접 함으로써 시
　상을 전환하지는 않았다.

② 연쇄의 방식을 통해 시상을 심화하고 있다.
　(가)의 '흰 듯 검은 것은 알겠구나 구름이로다 / 저 구름 지난 후면 저 뫼를
　고텨 볼까'에서 '구름'이 반복되고 있으나, 이를 연쇄의 방식이 사용된 것으
　로 보기는 어렵다. (나)에서는 연쇄의 방식이 나타나지 않는다.

④ 직유적 표현을 활용하여 주제를 부각하고 있다.
　(가)와 (나) 모두 직유적 표현을 활용하지 않았다.

⑤ 음성 상징어를 활용하여 시적 분위기를 조성하고 있다.
　(가)는 '풍우성', '촌계 벌써 우니' 등에서, (나)는 '전촌의 취한 노래', '새소리'
　등에서 청각적 심상을 활용하고 있으나, (가)와 (나) 모두 음성 상징어를 활
　용하지는 않았다.

🌱 기틀잡기

① 시상의 전환: 시에 나타난 시적 대상이나 정서가 이전과는 다른 것으로
　갑작스럽게 바뀜.
② 연쇄: 사슬처럼 서로 이어져서 통일체를 이룸. 앞말의 끝 어구를 뒷말의
　첫 부분에서 이어받아 반복하는 표현법.
④ 직유: 비슷한 성질이나 모양을 가진 두 사물을 '같이', '처럼', '듯이'와
　같은 연결어로 결합하여 직접 비유하는 표현법.

 **모두의 질문** • 1-②번

Q: 연쇄법은 반복법과 어떻게 다른가요?

A: 연쇄는 앞말의 끝 어구를 뒷말의 첫 부분에서 이어받아 반복하는 표현법으로 '기차는 빨라. 빠르면 비행기. 비행기는 높아. 높으면 백두산.'과 같이 앞 구절의 끝과 다음 구절의 처음이 사슬처럼 서로 이어져서 통일체를 이루는 것이다. (가)의 '흰 듯 검은 것은 알겠구나 구름이로다 / 저 구름 지난 후면 저 뫼를 고텨 볼까'에서는 앞 구절의 '구름'이 뒷 구절에서 반복되고 있을 뿐, 사슬처럼 서로 이어져서 통일체를 이루고 있지는 않으므로 연쇄법이 사용되었다고 보기는 어렵다. 한편 반복은 특정 단어나 구절을 여러 차례 활용하여 의미를 강조하는 기법을 말하며, 이때 반복되는 단어나 구절은 꼭 나란히 붙어서 나오지 않아도 된다. 정리하자면, 반복은 특정 어구를 반복하여 강조하는 것이고 연쇄는 앞 구절의 끝을 뒤 구절의 처음에서 반복하는 것이므로 연쇄법은 반복법 안에 속한다고 볼 수 있다.

2. ㉠~㉢에 대한 이해로 적절하지 <u>않은</u> 것은?

㉠: 금곡(金谷)의 비룰 타 서호(西湖)의 드러오니
㉡: 발이 하 성기니 물 보기 더욱 됴타
㉢: 동서의 분주ᄒ여 주야를 모르더니
㉣: 촌계(村鷄) 벌써 우니 할 일이 전혀 업서
㉤: 흰 듯 검은 것은 알겠구나 구름이로다

✔ 정답풀이

② ㉡: 화자는 자신의 계획을 통해 예상되는 변화를 드러내고 있다.

> (가)의 ㉡에서 화자는 문에 달린 발이 촘촘하지 않아서 (방안에서 바깥의) 물을 구경하기 더욱 좋겠다는 생각을 드러내고 있을 뿐, 자신의 계획을 통해 예상되는 변화를 드러낸다고 볼 수는 없다.

✘ 오답풀이

① ㉠: 화자는 구체적인 장소를 밝히며 자신의 여정을 드러내고 있다.
  (가)의 ㉠에서 화자는 '금곡'에서 '비'를 타고 '서호'로 들어온다며 구체적인 장소를 밝혀 자신의 여정을 드러내고 있다.

③ ㉢: 화자는 현재와는 다른 자신의 과거에 대해 떠올리고 있다.
  (가)의 ㉢에서 예전에는 '주야를 모'를 만큼 '분주ᄒ'였음을 언급하고 있으므로 화자가 '이 몸이 편안'한 현재와는 다른 과거를 떠올리그 있음을 알 수 있다.

④ ㉣: 화자는 시간의 경과를 언급하며 자신의 처지를 드러내고 있다.
  (가)의 ㉣에서 '촌계(닭)'가 울었다는 표현을 통해 시간이 지나 아침이 되었음을 언급하고 있으며, '할 일이 전혀 업'다는 말에서 자신의 한가한 처지를 드러내고 있다.

⑤ ㉤: 화자는 자신의 시야에 들어온 대상에 대해 지각하고 있다.
  (가)의 ㉤에서 화자는 자신의 시야에 들어온 '흰 듯 검은 것'이 '구름'이라는 것을 지각하고 있다.

3. ⓐ와 ⓑ에 대한 이해로 가장 적절한 것은?

> ⓐ: 밤
> ⓑ: 밤

✔ 정답풀이

⑤ ⓐ는 화자의 아쉬움이, ⓑ는 화자의 만족감이 드러나는 시간이다.

(가)의 화자는 ⓐ에 '꿈자리'가 '어즈러'웠다고 하며, 꿈에서 임을 만났는데 임에게 '셜온 사셜 사뢰'려 했으나 결국 이루지 못하고 잠에서 깨었다고 하였다. 따라서 ⓐ는 화자의 아쉬움이 드러나는 시간으로 볼 수 있다. (나)의 화자는 ⓑ에 '조흔 경치에 놀지 안코 무슴'하겠느냐며 좋은 경치를 보며 즐기려 하므로 ⓑ는 화자의 만족감이 드러나는 시간으로 볼 수 있다.

✖ 오답풀이

① ⓐ는 화자의 한계가, ⓑ는 화자의 능력이 부각되는 시간이다.
(가)의 화자는 ⓐ에 임의 꿈을 꾸었지만 이는 꿈에 불과하고 화자는 실제로 임을 볼 수 없으므로 ⓐ는 화자의 한계가 드러나는 시간으로 볼 여지가 있다. (나)의 화자는 ⓑ에 달이 뜬 경치를 감상하며 풍류를 즐길 뿐 자신의 능력을 드러내고 있지는 않다.

② ⓐ는 화자의 의구심이, ⓑ는 화자의 기대감이 심화되는 시간이다.
(가)의 화자는 ⓐ에 임의 꿈을 꾸다 깨어나 아쉬워하고 있을 뿐 의구심을 드러내지는 않는다. 한편, (나)의 화자는 ⓑ에 '상원달'이 '풍년 소식 띄워다가' 왔다며 좋은 경치를 구경하며 즐기고 있는데, (나)에서 ⓑ 전에 풍년이나 풍류에 대한 기대감이 나타나지 않으므로 ⓑ에서 기대감이 심화된다고 볼 수 없다.

③ ⓐ는 화자의 관찰력이, ⓑ는 화자의 상상력이 강조되는 시간이다.
(나)의 화자는 ⓑ에 하늘에 뜬 달을 '풍년 소식 띄워다가 내 창 앞에 먼저' 온, 의지를 지닌 존재로 표현하고 있으므로 상상력을 드러낸다고 볼 여지가 있다. (가)의 화자는 ⓐ에 꿈을 꾸다 깨어날 뿐 무언가를 관찰하지 않는다.

④ ⓐ는 화자의 안도감이, ⓑ는 화자의 불안감이 나타나는 시간이다.
(가)의 화자는 ⓐ에 꿈을 꾸었는데 이를 '꿈자리 어즈'럽다고 표현하고 있으므로 이에서 화자의 안도감이 드러난다고 볼 수 없다. (나)의 화자는 ⓑ에 달을 보며 풍류를 즐기고 있으므로 이에서 화자의 불안감이 나타난다고 볼 수 없다.

4. 〈보기〉를 바탕으로 (가), (나)를 감상한 내용으로 적절하지 않은 것은? [3점]

> **〈보기〉**
>
> 사대부들은 시가 작품을 통해 삶의 모습과 자신이 처한 현실에 대한 인식을 드러냈다. (가)는 관료 생활을 영위한 사대부가 자연에서 소박하고 여유로운 삶을 즐기면서 자연물을 통해 연군의 정과 나라에 대한 근심을 그려 낸 작품이다. (나)는 출사하지 못한 사대부가 향촌 공동체에 어우러져 살아가며 자연에서 유유자적하는 일상과 함께 그 속의 고뇌를 자연물을 통해 그려 낸 작품이다.

🔍 보기 분석

- (가): 관료 생활을 한 사대부가 자연에서 소박한 삶을 즐기면서 연군의 정과 나라에 대한 근심을 드러냄
- (나): 출사하지 못한 사대부가 자연에서 유유자적하며 그 속의 고뇌를 드러냄

✔ 정답풀이

④ (가)에서 '풍우성'에 '잠 깨어' '한숨 짓'는 것과 (나)에서 '사람으로 새만 못'해 '한'이라는 것에는 모두 자연물과의 대비를 통한 사대부의 내적 갈등이 드러나 있군.

〈보기〉에서 (가)는 '나라에 대한 근심'을, (나)는 '출사하지 못한 사대부'의 '고뇌'를 자연물을 통해 드러낸다고 했다. (나)에서 '새'는 '동풍에 깃을 떨' 치는 존재로, 화자는 이런 새를 보며 '내 엇지 사람으로 새만 못하여 한이'라고 말한다. 이때 화자는 새와 자신의 처지를 대비하여 '출사하지 못한' 고뇌를 드러내고 있다. 한편, (가)의 '풍우성의 잠 깨어 닐어 안자 한숨 짓고'에서 화자는 비바람 소리에 잠에서 깨어나 한숨을 쉬고 있는데, 이때 '한숨 짓고'를 통해 화자가 근심하고 있음을 알 수 있지만 '풍우성'과 화자의 태도가 대비되고 있지는 않다.

✖ 오답풀이

① (가)에서 '사립문'이 없는 '강촌의 와실'에는 소박하게 살아가는 사대부의 삶의 모습이 드러나 있군.
〈보기〉에서 (가)에는 '사대부가 자연에서 소박하고 여유로운 삶을 즐기'는 모습이 나타난다고 했다. (가)의 '사립문이 본디 업'는 '강촌의 와실'은 소박하게 살아가는 화자의 삶의 모습을 드러낸다고 볼 수 있다.

② (가)에서 '님 그려 저즌 소매'를 '볕'으로 말린다는 것에는 임금을 향한 사대부의 그리움이 드러나 있군.

〈보기〉에서 (가)에는 사대부의 '연군의 정과 나라에 대한 근심'이 드러난다고 했다. (가)의 '님 그려 저즌 소매'는 임금을 그리워하며 흘린 눈물에 소매가 젖었음을 나타내므로 이를 통해 임금을 향한 사대부의 그리움이 드러난다고 볼 수 있다.

③ (나)에서 '농부'의 '노랫 소리'에 '태평곡'으로 화답하는 것에는 향촌 공동체의 구성원과 어우러져 살아가는 사대부의 삶의 모습이 드러나 있군.

〈보기〉에서 (나)에는 '사대부가 향촌 공동체에 어우러져 살아가'는 모습이 나타난다고 했다. (나)의 '노랫 소리 아름답다 저 농부야 / 태평곡 화답홀 제 내 근심 절로 업다'에서 농부의 '노랫 소리'에 '태평곡'으로 화답하는 화자의 모습이 나타나며, 이를 통해 향촌 공동체의 구성원인 농부와 어우러져 살아가는 사대부의 모습을 볼 수 있다.

⑤ (가)에서 '강변'을 걸으며 '만랑이 더욱 됴타'는 것과 (나)에서 '늦게' 일어나 '강가룰 바라보'는 것에는 모두 자연을 즐기는 사대부의 여유로운 일상이 드러나 있군.

〈보기〉에서 (가)에는 '사대부가 자연에서 소박하고 여유로운 삶을 즐기'는 모습이 나타나며, (나)에는 사대부가 '자연에서 유유자적하는 일상'이 나타난다고 했다. (가)의 '강변의 내걸으니' 물결이 더욱 좋다는 것과, (나)의 '늦게 깨어 강가룰 바라보'며 술을 찾는 것에서 자연을 즐기는 사대부의 여유로운 일상이 드러나고 있다.

문제 P.028

[1~4] 다음 글을 읽고 물음에 답하시오.

(가)
풍설이 잠간 자고 정제*가 고요커늘
헌창을 널니 열고 병안(病眼)을 높이 드니
만리 건곤의 무한한 청산이
엇그제 소년으로 백두옹(白頭翁)이 되어셰라

(중략)

설산(雪山) 진면목을 여긔와 다 보노라
어와 조화옹이 변화도 그지없구나
억만 창생*을 사치케 하닷말가
집마다 경실*이오 섬마다 옥계(玉階)로새
내 집도 찬란하니 거처는 좋다마는
선비에게 과분하니 심중이 불안하다
만가 천항*의 경요*가 낭자하대
습유*를 아니하니 풍속도 좋을시고
수레바퀴 흰 띠는 쌍으로 비껴가고
말발*의 은잔(銀盞)은 개개히 두렷하니
공장*의 성녕인가 천하의 기제로새
공계 위에 새 자최는 야사 황대의
창힐*서가 완연한* 듯 석양 한천의
날아드는 저 가마괴 눈빛을 더러일샤
천지만물 중의 네 홀노 유(類)다르니
소의 호상*으로 개복(改服)들 하야스라
정변 대석은 백호가 준좌하니
이비장* 보돗더면 오호궁*을 다랠낫다
고목의 늙은 가지 개개의 옥룡일새
운우(雲雨)를 언제 얻어 벽공의 오르려니
네 등을 잠간 빌어 월중계*를 꺾고쟈나
유흥이 전심하니* 질병을 다 잊을다
학창의(鶴氅衣)*를 잠간 입고 청려장*을 높이 짚어
바닥 없슨 신을 신고 설리(雪裏)의 배회하니
맹영*이 잇도던들 날도 아니 신선이라 할 거이고

— 홍계영, 「희설」 —

*경실: 옥으로 만든 집.
*만가 천항: 온 거리.
*경요: 옥구슬.
*습유: 남이 잃어버린 물건을 주움.
*말발: 말발굽.
*소의 호상: 희고 깨끗한 옷.
*이비장: 한나라 때 흉노를 토벌한 장군.

*월중계: 달나라의 계수나무.
*전심하니: 더욱 깊으니.

화자와 대상의 관계	눈 덮인 세상의 장엄하고 아름다운 모습에 감탄하는 '나'
상황?	장대한 설경에 감탄함 → 자연의 웅장한 아름다움이 선비로서 누리기에는 과분할 정도라고 느낌 → 눈 덮인 풍경 속에서 질병과 번뇌를 잊음 → 눈 속을 배회하는 자신의 모습이 신선과 같다고 생각함

현대어 풀이

눈보라가 잠깐 잠잠해지고 뜰이 고요하거늘
창문을 활짝 열고 병든 눈을 높이 드니
만리 천지의 끝없이 펼쳐진 청산이
엇그제 소년에서 흰 머리 늙은이가 되었구나

(중략)

설산의 참모습을 여기에서 모두 보겠다
어와 조물주의 변화도 끝이 없구나
수많은 백성들을 사치스럽게 만든단 말인가
(눈 내린 풍경에) 집마다 옥으로 만든 집이요 섬돌마다 옥계단이네
내 집도 찬란하니 거처는 좋다마는
선비에게 과분하니 마음이 불안하다
온 거리마다 옥구슬(눈)이 널렸으되
남이 잃어버린 물건을 줍지도 아니하니 풍속도 좋을시고
수레바퀴 자국의 흰 띠는 쌍으로 비껴가고
(눈 위에 찍힌) 말발굽 자국은 은잔처럼 하나하나 뚜렷하니
장인의 기술인가 천하의 솜씨일세
빈 계단 위 새 발자국은 시골 절 황폐한 누대 위에
창힐의 글자가 또렷이 새겨진 듯하니 석양의 찬 하늘로
날아드는 저 까마귀 눈의 빛을 더럽힐사
천지만물 중에 네 홀로 부류 다르니
흰 저고리 흰 치마로 갈아입어 보자꾸나
뜰가의 큰 돌에는 흰 호랑이 앉은 듯하니
이비장이 보았다면 오호궁을 당겼으리라
고목의 늙은 가지 하나하나 옥룡일세
비구름을 언제 얻어 하늘로 오르려니
네 등을 잠깐 빌려 계수나무 꺾고 싶구나
그윽한 흥취가 더욱 깊으니 질병을 다 잊을 만하다
학창의를 잠깐 입고 지팡이를 높이 짚어

바닥 없는 신을 신고 눈을 밟으려 배회하니
맹영이 있었으면 나 역시 신선이라 하지 않겠는가

이것만은 챙기자

* **정제**: 섬돌의 아래. 곧 뜰이나 마당을 이른다.
* **억만 창생**: 수많은 백성.
* **공장**: 수공업에 종사하던 장인.
* **창힐**: 중국 고대의 전설적인 제왕인 황제(黃帝) 때의 사관. 새와 짐승의 발자국을 본떠서 처음으로 문자를 만들었다고 한다.
* **완연하다**: 눈에 보이는 것처럼 아주 뚜렷하다.
* **오호궁**: 예전에, 중국에서 이름난 활의 하나.
* **학창의**: 소매가 넓고 뒤 솔기가 갈라진 흰옷의 가를 검은 천으로 넓게 댄 웃옷.
* **청려장**: 명아줏대로 만든 지팡이.
* **맹영**: 중국 당나라의 시인 맹호연.

(나)

율령천(栗嶺川) 긴 감소*에 낚대 들고 흘건다가*
아침밥 좋이 먹고 긴 조오름 내었으니
세상의 번우한* 벗이 이 뜻 알까 하노라   〈제2수〉

율령천 백구(白鷗)들이 나더러 이른 말이
인간 시비(是非)를 모르고 늙으소서
우리는 한 말도 아니되 검다 세다 하뇌다   〈제14수〉

대산 상상봉에 내 혼자 올라와서
에에쳐* 실컷 울고 생각느니 임이로다
평생에 위군부애정*이야 일각인들 잊으리까   〈제20수〉

– 강복중, 「수월정청흥가」 –

* *감소: 물 웅덩이.
* *흘건다가: 흩어 걷다가.
* *번우한: 번거롭고 걱정이 많은.
* *에에쳐: 소리쳐.
* *위군부애정: 임금과 아버지를 위한 서글픈 감정.

화자와 대상의 관계	자연에 기대어 세상 번뇌를 잊고자 하면서도, 임금과 부모를 향한 충효를 간직하고 있는 '나'
상황?	율령천에서 낚시하며 세속의 번뇌를 잊고자 함 → 갈매기들에게 인간 시비를 모르고 늙으라는 당부의 말을 들음 → 높은 산에 올라 눈물을 흘리고 임을 그리워함 → 임금과 아버지에 대한 충효의 정을 잊지 못함

현대어 풀이

율령천의 깊은 물웅덩이에 낚싯대를 들고 흩어 걷다가
아침밥 좋게 먹고 긴 졸음을 내었으니
세상에 걱정이 많은 벗이 이 뜻을 알까 하노라   〈제2수〉

율령천의 흰 갈매기들이 나에게 말하기를
세상의 옳고 그름을 모르고 늙으소서
우리는 한마디도 하지 않았는데 (사람들이) 검다 희다 하는구나

〈제14수〉

대산의 맨 윗봉우리에 나 혼자 올라와서
소리쳐 실컷 울고 생각하니 임이로다
평생 임금과 아버지를 위한 슬픈 마음이야 잠시인들 잊을 수 있을까

〈제20수〉

1. (가)와 (나)의 공통점으로 가장 적절한 것은?

✔ 정답풀이

⑤ 의문의 형식을 활용하여 화자의 내면을 드러내고 있다.

> (가)의 '억만 창생을 사치케 하닷말가'에서는 의문의 형식을 통해 자연의 변화가 인간 세상을 사치스럽게 만들 만큼 압도적인 위용을 지녔음에 대한 감탄을 드러내고 있으며, '맹영이 잇도던들 날도 아니 신선이라 할 거이고'에서도 의문의 형식을 통해 자신의 모습을 신선과 같다고 생각하는 화자의 생각을 드러내고 있다. (나)의 '평생에 위군부애정이야 일각인들 잊으리까'에서는 임금을 향한 충성심과 부모를 향한 효성을 의문의 형식을 활용하여 드러내고 있다.

✘ 오답풀이

① 후렴구를 활용하여 음악적 효과를 드러내고 있다.
(가), (나) 모두 특정 구절이 각 연마다 되풀이되는 후렴구의 반복이 나타나지 않으므로 해당 선지의 진술은 적절하지 않다.

② 연쇄의 방식을 통해 대상의 속성을 부각하고 있다.
(가)와 (나)는 모두 앞 구절의 끝 어구를 다음 구절의 앞 구절에 이어받는 연쇄의 방식은 드러나지 않는다.

③ 직유의 방식을 사용하여 대상의 가치를 나타내고 있다.
(가)의 '공계 위에 새 자최는 야사 황대의 / 창힐서가 완연한 듯'은 눈 위의 새 발자국을 창힐이 새긴 글자에 빗댄 표현으로 직유의 방식이 드러난다. 그러나 (나)에는 이러한 직유적 표현이 나타나지 않는다.

④ 상승과 하강 이미지 반복을 통해 주제를 부각하고 있다.
(가)는 '벽공의 오르려니'에서 상승의 이미지가 나타나지만 하강의 이미지는 나타나지 않는다. 한편 (나)에는 '대산 상상봉에 내 혼자 올라와서'라는 상승 이미지가 나타난다고 볼 수 있지만, 하강 이미지는 나타나지 않는다.

🌱 기틀잡기

> ③ **직유:** 비슷한 성질이나 모양을 가진 두 사물을 '같이', '처럼', '듯이'와 같은 연결어로 결합하여 직접 비유하는 수사법.
> ④ **상승 이미지:** 위로 향해 움직이는 모습이 나타나거나 그러한 느낌을 불러일으키는 것.
> **하강 이미지:** 아래로 향해 움직이는 모습이 나타나거나 그러한 느낌을 불러일으키는 것.

2. 가마괴와 백구에 대한 설명으로 가장 적절한 것은?

✔ 정답풀이

④ '가마괴'는 화자가 권고의 말을 건네는 대상이고, '백구'는 화자에게 당부의 말을 전하는 대상이다.

> (가)에서는 화자가 '천지만물 중'에 홀로 검은 '가마괴'를 보고 '소의 호상으로 개복함 하야스라'라고 하여, 옷을 갈아입으라고 권고하고 있다. 또한, (나)에서는 '율령천 백구들이 나더러 이른 말이 / 인간 시비를 모르고 늙으소서'라고 하여, '백구'가 화자에게 세상의 옳고 그름을 따지지 말고 살아가라고 당부하고 있으므로 적절하다.

✘ 오답풀이

① '가마괴'와 '백구'는 모두 화자가 경외감을 가지고 바라보는 대상이다.
(가)에서 '날아드는 저 가마괴 눈빛을 더러일샤'라는 구절의 '더러일샤'는 '가마괴'가 눈의 맑고 깨끗한 세계를 더럽힐까 우려된다는 의미이다. 따라서 '가마괴'는 화자가 경외의 시선으로 바라보는 존재가 아니라, 오히려 설경의 순수함을 해치는 부정적인 존재로 제시된다고 볼 수 있다. 또한 (나)에서 '율령천 백구들이 나더러 이른 말이 / 인간 시비를 모르고 늙으소서'라는 구절 속 '백구'는 화자에게 자연 속에서 근심 없이 살아가라고 말해 주는 존재이나, 화자가 경외감을 가지고 바라보는 존재는 아니다.

② '가마괴'와 '백구'는 모두 화자가 과거의 사건을 회고하는 계기가 되는 대상이다.
(가)와 (나)에서 화자는 과거의 사건을 돌이켜 생각하고 있지 않으므로, '가마괴'와 '백구' 모두 화자가 과거의 사건을 회고하는 계기가 되는 대상이라고 볼 수 없다.

③ '가마괴'는 화자가 위로하는 대상이고, '백구'는 화자에게 공감하는 대상이다.
(가)에서 화자가 '가마괴'를 위로하는 모습은 드러나 있지 않으며, (나)에서 '백구'는 화자에게 세속에 관심을 두지 말라는 당부의 말을 전할 뿐, 화자에게 공감하는 모습을 보이지는 않는다.

⑤ '가마괴'는 화자가 속한 심미적 세계를 위협하는 대상이고, '백구'는 화자가 속한 탈속적 세계를 폄하하는 대상이다.
(가)에서 '가마괴'는 눈의 순수성을 해치는 존재이므로 화자가 속한 심미적 세계를 위협한다고 볼 수 있다. 그러나 (나)에서 '백구'는 화자가 속한 탈속적 세계를 부정하거나 폄하하지 않으며, 오히려 화자에게 세상의 다툼을 잊고 살라고 권유하는 존재이다.

🌱 기틀잡기

> ① **경외감:** 공경하면서 두려워하는 감정.
> ⑤ **탈속적:** 속세를 벗어난. 주로 고전 문학에서는 정치하는 곳에서 벗어남을 의미함.

※ 다음을 참고하여 3번과 4번의 두 물음에 답하시오.

> **선생님**: 가사와 시조 작품에는 화자가 자신의 처지나 이념을 바탕으로 자연을 감상하면서 자신의 정서를 드러내는 경우가 많습니다. (가)에서는 병중의 화자가 ⓐ눈 내리는 풍경을 보면서 초월적 세계를 상상하며 고통을 초극하는 상황이 드러납니다. 한편 (나)에서는 사대부인 화자가 강호에서 생활하면서도 세상에 대한 번민에서 벗어나지 못하는 상황이 드러납니다. 이러한 화자의 상황을 고려해 각 작품 속에 자연의 의미가 어떻게 드러나는지 이야기해 봅시다.

🔍 보기 분석

- 화자가 자신의 처지나 이념을 바탕으로 자연을 감상하며 정서를 드러냄

(가)	(나)
병중의 화자가 눈 내리는 풍경을 보며 고통을 초극함	사대부인 화자가 강호에서 생활하면서도 세상에 대한 번민에서 벗어나지 못함

3. '선생님'의 안내에 따라 (가), (나)를 감상한 내용으로 적절하지 않은 것은? [3점]

✔ 정답풀이

④ 학생 4: (가)의 '옥룡'을 떠올리며 '질병'을 잊은 것 같다는 상황을 통해 설경을 보고 아픔을 떨치는 화자의 모습이 드러나 자연은 화자가 고통을 잊는, (나)의 '율령천'에서 '세상의 번우한 벗'을 떠올리는 상황을 통해 강호에서도 세상을 걱정하는 화자의 모습이 드러나 자연은 화자의 번민이 심화되는 공간으로 나타나고 있어요.

> 선생님의 안내에서 '(가)에서는 병중의 화자가 눈 내리는 풍경을 보면서 초월적 세계를 상상하며 고통을 초극'하였으며, '(나)에서는 사대부인 화자가 강호에서 생활하면서도 세상에 대한 번민에서 벗어나지 못하는 상황이 드러'난다고 하였다. (가)에서 화자는 '설산 진면목'을 보며 '고목의 늙은 가지'를 '옥룡'에 비유하고 풍경을 보는 즐거움에 '질병을 다 잊을' 것 같다고 하였다. 따라서 (가)의 화자에게 자연이 고통을 잊는 공간으로 나타난다는 감상은 적절하다. 한편 (나)의 화자는 '율령천'에서 한가롭게 낚시를 즐기는 생활을 하며 '세상의 번우한 벗이 이 뜻 알까 하노라'라고 강호 생활의 즐거움을 노래하고 있다. 따라서 (나)의 화자에게 자연이 번민이 심화되는 공간으로 나타난다는 감상은 적절하지 않다.

✘ 오답풀이

① 학생 1: (가)의 '헌창'을 열고 '백두옹'이 된 '청산'의 변화를 인지하는 상황을 통해 설경을 바라보는 화자의 모습이 드러나 자연은 화자가 감상하는 대상으로 나타나고 있어요.
> 선생님의 안내에서 '(가)에서는 병중의 화자가 눈 내리는 풍경을 보'는 상황이 드러난다고 하였다. (가)의 화자는 '헌창'을 열고 '만리 건곤의 무한한 청산'이 '백두옹'의 머리처럼 하얗게 변했음을 인식하고 있다. 따라서 이때의 자연이 화자가 감상하는 대상으로 나타난다는 학생 1의 감상은 적절하다.

② 학생 2: (나)의 '율령천'에서 지내며 '아침밥'을 먹은 후 졸음이 나온 상황을 통해 강호에서 시간을 보내는 화자의 모습이 드러나 자연은 화자의 일상적 생활이 이루어지는 공간으로 나타나고 있어요.
> 선생님의 안내에서 (나)의 화자는 '강호에서 생활'한다고 하였다. (나)의 〈제2수〉에서 화자는 '율령천'에서 낚시를 하며 '아침밥'을 만족스럽게 먹고 '긴 조오름'을 내는 모습을 보인다. 따라서 이때의 자연이 화자가 일상적으로 생활하는 공간으로 나타난다는 학생 2의 감상은 적절하다.

③ 학생 3: (가)의 '늙은 가지'에 쌓인 눈을 보고 '유흥'이 깊어진다는 상황을 통해 설경에서 감흥을 느끼는, (나)의 '긴 감소'에 '낚대'를 들고 흩어 걷는 상황을 통해 강호를 즐기는 화자의 모습이 드러나 자연은 모두 화자의 흥취를 유발하는 공간으로 나타나고 있어요.
선생님의 안내에서 '(가)에서는 병중의 화자가 눈 내리는 풍경을 보'는 상황이, (나)에서는 화자가 '강호에서 생활'하는 모습이 드러난다고 하였다. (가)의 화자는 '늙은 가지'에 쌓인 눈을 보고 '유흥이 전심하'다고 하였으므로, 이때의 자연은 설경을 감상하며 감흥을 느끼는 공간으로 나타난다는 학생 3의 감상은 적절하다. 한편 (나)의 화자는 '긴 감소'에서 '낚대 들고 흩'어 걷고 있으므로, 이때의 자연은 화자가 즐기며 흥취를 느끼는 공간으로 나타난다는 학생 3의 감상은 적절하다.

⑤ 학생 5: (가)의 '설리'에서 '신선'을 떠올리는 상황을 통해 눈을 보며 초월적 세계를 연상하는 화자의 모습이 드러나 자연은 화자가 신선을 동경하는 이념이 드러나는, (나)의 '대산 상상봉'에서 '위군부애정'을 생각하는 상황을 통해 산봉우리에서 선비의 본분을 생각하는 화자의 모습이 드러나 자연은 화자가 지닌 사대부로서의 이념이 드러나는 대상으로 나타나고 있어요.
선생님의 안내에서 (가)에서는 화자가 '눈 내리는 풍경을 보면서 초월적 세계를 상상하며 고통을 초극하는 상황이 드러'나며, (나)에서는 화자가 '강호에서 생활하면서도 세상에 대한 번민에서 벗어나지 못하는 상황이 드러'난다고 하였다. (가)의 화자는 '설리'를 '배회'하며 '신선'을 떠올리고 있는데, 이는 자연에서 초월적 존재를 떠올린 것이라 할 수 있다. 따라서 이때의 자연은 화자가 신선을 동경하는 이념이 드러나는 공간이라는 학생 5의 설명은 적절하다. 한편 (나)의 화자는 '대산 상상봉'에 올라 '평생에 위군부애정'을 잊을 수 없다고 하여 사대부로서 충효의 이념을 생각하는 모습을 드러내고 있다. 따라서 이때의 자연은 화자가 지닌 사대부로서의 이념이 드러나는 공간이라는 학생 5의 설명은 적절하다.

• 3-③번

Q: 선생님의 안내에 따르면 (가)에서 '병중의 화자가 눈 내리는 풍경을 보면서 초월적 세계를 상상하며 고통을 초극'한다고 했는데요. 이는 ③번에서 언급한 자연을 보면서 유흥을 느끼는 것과는 다르지 않나요?

A: (가)의 화자는 실제로 병중에 있으나, '유흥이 전심하니 질병을 다 잊을다'라고 하여 눈 덮인 풍경을 바라보며 병의 고통을 잠시 잊고 기쁨과 즐거움을 느낀다고 표현하였다. 이처럼 (가)에서는 설경이 단순한 배경의 의미를 넘어, 병든 화자가 현실의 고통을 극복하고 잠시나마 즐거움을 누리게 하는 힘으로 그려진다. 따라서 (가)에서 화자는 설경을 보며 병으로 인한 몸의 고통도 잊을 뿐만 아니라 정서적인 감흥을 얻고 있다고 볼 수 있다.

4. ㉠을 고려하여 [A]에 대한 영상시를 제작할 때 학생들이 협의한 내용으로 적절하지 <u>않은</u> 것은?

> ㉠: 눈 내리는 풍경

✔ 정답풀이

② 눈이 온 거리에서 풍속에 따라 구슬을 줍는 화자의 모습을 보여 주면 좋겠어.

[A]에서는 '만가 천항의 경요가 낭자하대 / 습유를 아니하니 풍속도 좋을시고'라고 하여, 거리에 옥구슬이 널려 있으나 아무도 줍지 않는다고 하였다. 이때 옥구슬은 눈을 비유하는 말로, 구슬을 줍는 화자의 모습을 영상으로 구현하는 것은 적절하지 않다.

✘ 오답풀이

① 눈으로 덮인 화자의 집이 영롱하게 빛나는 장면을 보여 주면 좋겠어.
[A]에서는 '내 집도 찬란하니 거처는 좋다마는'이라고 하여 눈 덮인 집이 빛나는 모습을 묘사하고 있으므로 이를 영상으로 구현하는 것은 적절하다.

③ 마을의 집들과 거리가 하얀 눈으로 덮여 있는 장면을 보여 주면 좋겠어.
[A]의 '집마다 경실이오 섬마다 옥계로새'에서 집들과 섬돌이 눈에 덮여 있는 장면을 제시하고 있으므로, 이를 영상으로 구현하는 것은 적절하다.

④ 눈이 쌓인 길 위로 말발굽의 흔적이 뚜렷하게 남아 있는 장면을 보여 주면 좋겠어.
[A]의 '말발의 은잔은 개개히 두렷하니'는 눈 쌓인 길 위에 말발굽 자국이 뚜렷하게 드러난다는 의미이므로 이를 영상으로 구현하는 것은 적절하다.

⑤ 눈이 내린 거리에 나란히 남겨진 수레바퀴 자국을 바라보고 있는 화자의 모습을 보여 주면 좋겠어.
[A]에서 화자는 눈이 내린 거리에 '수레바퀴'가 '흰 띠'를 남긴 모습을 관찰하고 있으므로, 이를 영상으로 구현하는 것은 적절하다.

[1~4] 다음 글을 읽고 물음에 답하시오.

(가)

어제 밤 부든 바람 금성(金聲)이 완연(宛然)하다
고침단금(孤枕單衾)* 깊이 든 밤 상사몽(相思夢) 훌쩍 깨여
㉠죽창(竹窓)을 반만 열고 막막히 앉아보니
창창한 만리장공 여름 구름이 흩어지고
천연한 이 강산에 찬 기운이 새로워라   [A]
심사도 창연(悵然)한데 물색도 유감하다
정원에 부는 바람 이한(離恨)*을 알리는 듯
추국(秋菊)에 맺힌 이슬 별루(別淚)*를 머금은 듯   [B]
실 같은 버들 남쪽 봄 꾀꼬리 이미 돌아가고
소월비파 동정호에 가을 잔나비 슬피운다   [C]
임 여희고 썩은 간장 하마터면 끈치리라
삼춘(三春)에 즐기던 일 예련가 꿈이련가   [D]

(중략)

지척 동방 천 리되어 바라보기 묘연(杳然)하고
은하작교(銀河鵲橋)* 끈쳤으니 건너갈 길 아득하다
㉡인정이 끈쳤으면 차라리 잊히거나
아름다운 자태거동 이목(耳目)에 매여 있어
못 보아 병이 되고 못 잊어 원수로다
천수만한(千愁萬恨)* 가득한데 끝끝치 느끼워라
하물며 이는 ㉢추풍(秋風) 별회(別懷)*를 부쳐내니
눈앞에 온갖 것이 전혀 다 시름이라
바람 앞에 지는 잎과 풀 속에 우는 짐승
무심히 듣게 되면 관계할 바 없건마는
유유별한(悠悠別恨) 간절한데 소리소리 수성(愁聲)*이라   [E]
아해야 술부어라 행여나 회포 풀까

— 작자 미상, 「추풍감별곡(秋風感別曲)」 —

어젯밤 불던 바람 쇳소리(가을 바람 소리)가 뚜렷하다
쓸쓸한 잠자리 깊이 든 밤 임을 그리워하는 꿈 훌쩍 깨어
대나무 창을 반만 열고 막막하게 앉아 보니
창창한 먼 하늘에 여름 구름이 흩어지고
꾸밈이 없는 이 강산에 찬 기운이 새로워라
마음도 서운하고 섭섭한데 경치를 보니 느끼는 바가 있구나
정원에 부는 바람 이별의 한스러움을 알리는 듯
가을 국화에 맺힌 이슬 눈물을 머금은 듯
실 같은 버들 남쪽 봄 꾀꼬리 이미 돌아가고
흰 달 밝은 동정호에 가을 원숭이가 슬피 운다
임과 이별하고 썩은 간장 하마터면 끊기리라
좋은 봄날에 즐기던 일 옛일인가 꿈이련가

(중략)

가까운 곳에 있는 동방이 천 리가 되어 바라보기가 아득하고
은하수의 오작교가 끊겼으니 건너갈 길이 아득하다
인정이 끊겼으면 차라리 잊히거나
(임의) 아름다운 자태와 거동이 눈과 귀에 남아 있어
못 보아 병이 되고 못 잊어 원수로다
천만 가지 수심이 가득한데 끝끝이 마음에 북받쳐서 벅차구나
하물며 불어오는 가을 바람이 이별의 슬픔을 불러일으키니
눈앞에 온갖 것이 전혀 다 시름이다
바람 앞에 지는 잎과 풀 속에 우는 짐승
무심하게 듣게 되면 관계할 바 없건마는
아득한 이별의 한이 간절한데 소리소리 구슬픈 소리구나
아이야 술 부어라 행여나 회포라도 풀까

* **고침단금:** 외로운 베개와 홑이불이라는 뜻으로, 젊은 여자가 홀로 쓸쓸히 자는 잠자리를 이르는 말.
* **이한:** 이별의 한.
* **별루:** 이별할 때 슬퍼서 흘리는 눈물.
* **은하작교:** 까마귀와 까치가 은하수에 놓는다는 다리. 칠월 칠석날 저녁에, 견우와 직녀를 만나게 하기 위하여 이 다리를 놓는다고 한다.
* **천수만한:** 이것저것 슬퍼하고 원망함. 또는 그런 슬픔과 한.
* **별회:** 이별할 때에 마음속에 품은 슬픈 회포.
* **수성:** 근심하여 탄식하는 소리. 구슬픈 소리.

화자와 대상의 관계	임을 그리워하는 사람
상황?	잠에서 깨어 임을 그리워함 → 임을 잊지 못해 슬퍼함 → 술을 마시며 회포를 풀고자 함

(나)
녯 사룸 이젯 사룸 이목구비(耳目口鼻) 굿것마눈
나 혼자 엇디 ᄒ야 녯 사룸을 그리눈고
이제도 녯 사룸 겨시니 긔 내 벗인가 ᄒ노라   〈제1수〉

청송(靑松)으로 울흘 삼고 ㉣백운(白雲)으로 장(帳) 두로고
초옥삼간(草屋三間)이 숨어 겨신 져 내 벗님
흉중(胸中)에 사념(邪念)*이 업스니 그룰 ᄉ랑ᄒ노라   〈제4수〉

벗님 사눈 ᄯ을 싱각고 ᄇ라보니
용추동(龍湫洞) 밧쎄오 구룸두리 우희로다
밤마다 외로운 꿈만 호자 돈녀 오노라   〈제5수〉

미는 첩첩(疊疊)ᄒ고 구룸은 자자시니
고인(故人)*의 집 ᄯ이 ᄇ라도 볼셩업다
ᄆ음만 길 알아 두고 오락가락 ᄒ노라   〈제7수〉

㉤상산(商山)*의 영지(靈芝) 캐러 구태여 넷이 가리런가
좃ᄎ 리 업슨듸 우리 둘이 가사이다
세상(世上)의 어즈러온 일들 듯도 보도 마사이다   〈제9수〉

                                          – 정훈, 「월곡답가(月谷答歌)」 –

화자와 대상의 관계	벗을 흠모하며 그와 같은 삶을 살고자 하는 '나'
상황?	옛사람(벗)을 그리워함 → 초옥삼간에 숨어 사는 벗님을 흠모함 → 벗님이 사는 땅을 바라보며 그리워함 → 고인(벗)의 집터를 볼 수 없어 마음으로 흠모함 → 벗에게 우리는 어지러운 세상일을 듣지도 보지도 말자고 함

옛 사람 지금 사람 이목구비가 같건마는
나 혼자 어찌하여 옛 사람을 그리워하는가
지금도 옛 사람 계시니 그가 내 벗인가 하노라   〈제1수〉

푸른 소나무로 울타리를 삼고 흰 구름으로 장막을 두르고
세 칸 초가집에 숨어 계신 저 내 벗님
마음속에 그릇된 생각이 없으니 그를 사랑하노라   〈제4수〉

벗님 사는 땅을 생각하고 바라보니
(그곳은) 용추동 밖이요 구름다리 위로구나
밤마다 외로운 꿈만 혼자 다녀오노라   〈제5수〉

산은 첩첩하고 구름은 잦았으니
고인의 집터를 바라봐도 볼 수 없다
마음만 길 알아 두고 오락가락 하노라   〈제7수〉

상산에 버섯 캐러 구태여 넷이 갈 것인가
좇을 이 없는데 우리 둘이 가자꾸나
세상의 어지러운 일들 듣도 보도 말자꾸나   〈제9수〉

*사념: 올바르지 못한 그릇된 생각.
*고인: 죽은 사람. 오래 전부터 사귀어 온 친구.
*상산: 중국 산시성의 산. 진시황 때 네 사람이 상산에 들어가서 숨어 지냈다는 고사가 있음.

1. (가)와 (나)의 공통점으로 가장 적절한 것은?

✔ 정답풀이

① 대상에게 흠모의 정을 느끼는 화자가 부재하는 대상을 그리워하는 태도를 보이고 있다.

> (가)의 '임 여희고 썩은 간장 하마터면 끈치리라', '아름다운 쟈태거동 이목에 매여 있어 / 못 보아 병이 되고 못 잊어 원수로다' 등에서 흠모하는 임과 이별한 화자가 부재하는 임을 그리워하는 태도를 확인할 수 있다. 한편 (나)의 '나 혼자 엇디 ᄒᆞ야 녯 사ᄅᆞᆷ을 그리ᄂᆞᆫ고', '흉중에 사념이 업스니 그룰 ᄉᆞ랑ᄒᆞ노라' 등에서 흠모하는 벗을 만날 수 없는 화자가 부재하는 벗을 그리워하는 태도를 확인할 수 있다.

✖ 오답풀이

② 사랑하는 대상에게 외면당한 화자가 자신의 현실에 대해 체념하는 태도를 보이고 있다.
    (가)의 '임 여희고 썩은 간장 하마터면 끈치리라 / 삼춘에 즐기던 일 예련가 꿈이련가'에서 사랑하는 임과 이별한 화자의 모습이 드러나지만, 임이 화자를 외면했는지의 여부는 알 수 없다. 한편 (나)의 '초옥삼간이 숨어 겨신 져 내 벗님 / 흉중에 사념이 업스니 그룰 ᄉᆞ랑ᄒᆞ노라'에서 화자가 벗을 사랑하는 모습이 드러나지만, 화자가 벗에게 외면당했다고 보기는 어렵다.

③ 세상 사람들에게 인정받지 못하는 화자가 세상에 대하여 냉소적인 태도를 보이고 있다.
    (가), (나) 모두 세상 사람들에게 인정받지 못한 화자의 모습이 드러나 있지 않으며, 세상에 대한 화자의 냉소적인 태도도 드러나 있지 않다.

④ 사모하는 대상을 지키지 못한 화자가 자신의 행동에 대해 후회하는 태도를 보이고 있다.
    (가)에서는 화자가 사모하는 대상이 '임'으로, (나)에서는 화자가 사모하는 대상이 '녯 사ᄅᆞᆷ', '벗님' 등으로 제시되어 있지만, (가)와 (나) 모두 화자가 사모하는 대상을 지키지 못한 모습이나 자신의 행동에 대해 후회하는 태도는 드러나 있지 않다.

⑤ 인생의 덧없음을 느끼는 화자가 삶의 의미를 찾기 위해 자신을 성찰하는 태도를 보이고 있다.
    (가), (나) 모두 화자가 인생의 덧없음을 느끼는 모습이나 자신을 성찰하는 태도는 드러나 있지 않다.

기틀잡기

> ③ **냉소적**: 쌀쌀한 태도로 업신여기어 비웃는 것.

2. ㉠~㉤에 대한 이해로 가장 적절한 것은?

> ㉠: 죽창(竹窓)
> ㉡: 인정
> ㉢: 추풍(秋風)
> ㉣: 백운(白雲)
> ㉤: 상산(商山)

✔ 정답풀이

③ ㉢: 임에 대한 화자의 정서를 심화시키는 자연물이다.

> (가)에서 ㉢은 화자에게 '별회를 부쳐내'는 대상이므로, 임에 대한 화자의 정서를 더욱 심화시킨다고 볼 수 있다.

✖ 오답풀이

① ㉠: 임과의 만남을 가능하게 하는 통로이다.
    (가)에서 ㉠은 화자가 '상사몽'을 꾼 뒤 자신이 느끼는 막막함을 조금이라도 해소하기 위해 연 소재일 뿐, 임과의 만남을 가능하게 하는 통로로 볼 수 없다.

② ㉡: 돌아오지 않는 임을 원망하는 화자의 심정이다.
    (가)의 '인정이 끈쳤으면'은 화자와 임이 이별했음을 나타낸다. 따라서 ㉡은 이별 전에 화자와 임이 나누었던 사랑을 의미할 뿐, 임에 대한 화자의 원망을 의미하지 않는다.

④ ㉣: 화자와 임과의 만남을 방해하는 장애물이다.
    (나)에서 ㉣은 '숨어 겨신 져 내 벗님' 주위를 두른 것으로 자연 속에서 은둔하는 임의 삶을 드러내는 소재일 뿐, 화자와 임과의 만남을 방해하는 장애물로 볼 수 없다.

⑤ ㉤: 화자가 연모하는 임과 함께 지내는 공간이다.
    (나)에서 ㉤은 화자가 임과 함께 캐고자 하는 '영지'가 자라난 공간일 뿐, 화자와 임이 함께 지내는 공간인지는 알 수 없다.

모두의 질문 · 2-④번

Q: 〈제4수〉에서 '그'는 자연에 은거하며 '청송'으로 울타리를 삼고 '백운'으로 장(둘러쳐서 가리게 되어 있는 장막, 휘장, 방장 따위)을 둘렀다고 했으므로, ④번에 언급된 ㉣은 화자와 임과의 만남을 방해하는 장애물로 볼 수 있지 않나요?

A: (나)에서 '그'는 '초옥삼간'에서 '청송'으로 울타리를 삼고 '백운'으로 장막을 친 뒤 숨어 사는데, 이는 속세와 거리를 두기 위해 자연 속에서 은거하는 것으로 볼 수 있다. 또한 전후의 맥락을 볼 때, 화자가 임을 보고자 하지만 '백운' 때문에 이를 이루지 못했다는 내용은 나타나지 않으므로 '청송'과 '백운'은 '그'의 집 주변에 있는 자연물일 뿐이지, 화자가 임을 만나지 못하게 하는 장애물이라고 보기는 어렵다. ④번을 정답으로 선택했다면, '울'과 '장'이라는 소자만 보고 적절하다고 판단했을 확률이 높다. 작품의 맥락을 고려하여 '그'가 무엇과 단절하고자 했는지 파악했다면 이러한 함정에 빠지지 않고 적절한 답을 선택할 수 있을 것이다.

3. [A]~[E]에 대한 이해로 적절하지 <u>않은</u> 것은?

✔ 정답풀이

⑤ [E]: 화자의 처지와 대비되는 대상을 활용하여 화자의 정서를 드러내고 있다.

> [E]에서 '아해'는 화자가 '술'을 따르라고 명령하는 대상일 뿐, 화자의 처지와 대비되는 대상이라고 볼 근거는 찾을 수 없다.

✖ 오답풀이

① [A]: 감각적 이미지를 활용하여 화자가 느끼는 계절의 변화에 대한 정서를 표현하고 있다.
[A]의 '창창한 만리장공 여름 구름이 흩어지고', '찬 기운이 새로워라'에서 감각적 이미지를 활용하여 여름에서 가을로 계절이 변화함에 따른 화자의 정서를 표현하고 있다.

② [B]: 동일한 문장 구조를 반복하여 화자의 정서와 조응하는 시적 분위기를 자아내고 있다.
[B]에서는 동일한 문장 구조인 '~에 ~ㄴ 듯'을 반복하여 임을 떠나보낸 화자의 정서와 조응하는 쓸쓸한 가을의 분위기를 자아내고 있다.

③ [C]: 화자의 정서가 투영된 대상을 의인화하여 화자의 정서를 우회적으로 드러내고 있다.
[C]의 '소월비파 동정호에 가을 잔나비 슬피운다'에서 화자의 애상감이 투영된 대상인 '잔나비'를 의인화하여 화자의 슬픔을 우회적으로 드러내고 있다.

④ [D]: 회상의 방식을 사용하여 과거와 달라진 현재 상황에서 느끼는 화자의 정서를 부각하고 있다.
[D]의 '삼춘에 즐기던 일 예련가 꿈이련가'에서 화자가 '삼춘에 즐기던' 일을 회상하고 있음을 알 수 있으며, '임 여희고 썩은 간장 하마터면 끈치리라'에서 과거와 달리 임과 함께하지 않는 현재의 고통을 부각하고 있다.

기틀잡기

> ③ **의인:** 사람이 아닌 것에 인격을 부여하여 사람인 것처럼 표현하는 것.

4. 〈보기〉를 바탕으로 (나)를 감상한 내용으로 적절하지 <u>않은</u> 것은? [3점]

〈보기〉

'우도(友道)'란 벗을 사귀는 데 중요한 덕목으로, 사대부 시가에서 '우도'는 신의와 공경, 충효 등의 유교적 이념이나 풍류와 은거 등의 친자연적 삶의 모습과 같이 작가가 추구하는 가치를 드러내는 방식으로 활용되었다.
이 작품에서 작가는 임진왜란 때 의병장이었던 월곡 우배선을 벗으로 설정하고 있다. 월곡은 자신들의 안위를 위해 백성을 외면한 지배층과는 달리 왜적에 맞서 백성들을 보살폈고, 전란 후에는 벼슬에 연연하지 않고 초야에 은둔했던 삶을 살았다. 작가는 '우도'를 통해 월곡을 추모하며 충의를 중시했던 월곡의 내면에 동조하려는 의식을 보이고 있다.

보기 분석

> • 우도
> – 벗을 사귀는 데 중요한 덕목
> – 유교적 이념, 친자연적 삶의 모습 등 작가가 추구하는 가치를 드러내는 방식으로 활용됨
> • 「월곡답가」
> – 월곡 우배선을 벗으로 설정함
> – '우도'를 통해 월곡을 추모하며, 그의 내면에 동조하려는 의식을 보임

✔ 정답풀이

④ 〈제7수〉에서 작가는 벗의 '집'을 '뫼'와 '구룸'에 묻혀 있는 은거의 공간으로 설정함으로써 '뫼'와 '구룸'을 매개로 자신이 추구하는 친자연적 삶의 가치를 드러내고 있군.

> 〈보기〉에 따르면 '우도'를 다룬 (나)에서는 '월곡 우배선을 벗으로 설정'하여 '친자연적 삶의 모습' 등 '작가가 추구하는 가치'를 드러낸다. 그런데 (나)의 〈제7수〉에서 벗의 집을 둘러싼 '뫼'와 '구룸'은 벗의 '집'을 보려 하는 화자의 시야를 차단하는 장애물일 뿐, 작가가 추구하는 친자연적 삶의 가치를 드러내지 않는다.

✖ 오답풀이

① 〈제1수〉에서 작가는 의병장이었던 '월곡'을 '벗'으로 지칭함으로써 '월곡'의 삶을 긍정적으로 바라보는 자신의 인식을 드러내고 있군.
〈보기〉에 따르면 (나)는 '임진왜란 때 의병장이었던 월곡 우배선을 벗으로 설정하고 있'다. 〈제1수〉에서 작가는 의병장이었던 월곡을 '벗'으로 설정하여 '충의를 중시'하고 '초야에 은둔했던' 그의 삶을 긍정적으로 바라보는 인식을 드러내고 있다.

② 〈제4수〉에서 작가는 '초옥삼간'에서 '사념'이 없이 살고 있는 벗을 사랑한다고 표현함으로써 벗이 지향하는 가치를 높이 평가하고 있음을 드러내고 있군.

〈보기〉에 따르면 "'우도'는 신의와 공경, 충효 등의 유교적 이념이나 풍류와 은거 등의 친자연적 삶의 모습과 같이 작가가 추구하는 가치를 드러내는 방식으로 활용되었"다. 〈제4수〉에서 작가는 '초옥삼간'에서 '사념' 없이 살고 있는, 즉 '벼슬에 연연하지 않고 초야에 은둔'한 벗을 '사랑'한다고 표현함으로써 벗이 지향하는 가치를 높이 평가하고 있다.

③ 〈제5수〉에서 작가는 벗이 있는 공간인 '구룸ᄃ리' 위를 '쭘'에서나마 다녀옴으로써 벗을 만나고 싶은 간절함을 드러내고 있군.

〈보기〉에 따르면 (나)는 '임진왜란 때 의병장이었던 월곡 우배선을 벗으로 설정하고 있'다. 〈제5수〉에서 작가는 '용추동' 밖과 '구룸ᄃ리' 위에 있는 '벗님 사는 땅'을 '쭘' 속에서나마 다녀옴으로써 벗을 보고 싶은 간절함을 드러내고 있다.

⑤ 〈제9수〉에서 작가는 '우리'라는 시어를 통해 벗과의 동질감을 표현하며 '어즈러온 일'에 대한 경계를 나타냄으로써 현실에 대한 인식을 드러내고 있군.

〈보기〉에 따르면 (나)의 '작가는 '우도'를 통해 월곡을 추모하며 충의를 중시했던 월곡의 내면에 동조하려는 의식을 보'인다. 〈제9수〉에서 작가는 '나'와 '벗'을 '우리'라고 표현하며 벗과의 동질감을 드러내고 있으며, '어즈러온 일'은 듣지도 보지도 말자고 하며 혼탁한 속세에 대한 부정적 인식을 드러내고 있다.

MEMO

[1~4] 다음 글을 읽고 물음에 답하시오.

"알고 보면 모두 목구멍이 죄였지요. 오죽하면 그래 이놈의 팔자 될 대로 돼라 싶어 제가 만든 물건에다 실없는 낙서를 갈겨 넣은 일까지 있었다니까요…….."

"낙서라니, 어떤 식으로 말이오?"

"그야, 이 사기 사 주면 부자가 된다고, **사기 값 사정을 사기에다 한** 거지요."

"허허, 그것 참 희한한 물건이 되었겠군요. 그래 앞으로도 또 한 번 그래 볼 생각 없소?"

용술의 이야기에 사내는 역시 관심이 대단했다. 그는 이제 거의 노골적으로 용술과의 공모를 제의하고 나섰다. 하지만 ㉠용술은 아직 거기까지는 자신이 없었다. 노인의 눈이 너무도 두려웠기 때문이다. 노인의 책벌*이 너무도 힘들고 가혹했기 때문이다.

노인이 두려워 사내의 공모 제의를 망설이는 용술

알고 보면 용술은 그 노인의 눈을 속여 댄 한때의 실수로 하여 이날까지도 참기 어려운 책벌을 겪어 오고 있는 처지였다. 그것은 아직까지도 가마를 열 때마다 계속돼 온 노인의 책벌이었다.

허 노인은 용술이 자기 허락 없이 제 손새에 눈치껏 흙을 개고 물레를 돌리는 것까지는 나무라지 않았다. 화병이나 항아리에 나름대로의 장식을 꾸미고 무늬를 넣는 것도 굳이 간섭을 하려 든 적이 없었다. 그런 것에도 노인은 말없이 약을 발라서 가마에 넣어 주었다. 용술이 자신의 뜻대로 사기를 만드는 것을 그저 지켜보는 노인 노인은 다만 가마를 열었을 때 용술의 솜씨를 용납하지 않을 뿐이었다. 가마를 열고 나면 용술의 사기는 노인의 손에서 남아나는 것이 없었다. 완성된 용술의 사기를 깨부수는 노인 자신의 물건도 용납하기 어려운 판에 용술의 솜씨가 맘에 들 리 없었다. **몇 번**을 되풀이해도 **결과는 마찬가지**였다. 나중에 알고 보니 그것은 모양을 짓는 솜씨에서보다 용술이 불을 때는 요령과 정성에 이유가 있는 것 같았다.

"사기장이가 가마도 달굴 줄 모르면서 모양을 짓는 일부터 익히면 쓸 만한 사기장이가 되기 어려워. 불 때는 법을 익히는 게 사기장이가 되는 근본인 게야. 넌 아직도 불이 서툴러…….."

// 장면 끊기 01 사내는 용술에게 공모를 제의하지만 용술은 엄격한 기준으로 결과물을 평가하는 허 노인의 책벌이 두려워 망설임

노인이 땀을 뻘뻘 흘리며 구워 낸 사기들을 네 것 내 것 가림 없이 마구 깨부숴 댈 때면 그런 소리를 자주 내뱉곤 하였다. 하지만 ㉡용술은 언제까지나 그 노인을 참을 수만은 없었다. 노인의 행동에 불만을 갖는 용술 자신의 눈길로는 살아 나온 사기와 죽어 나온 사기의 차이를 거의 알아볼 수가 없었다. 노인은 그저 그릇들을 깨부수는 데 재미를 붙인 심술꾸러기 한가지였다. 그는 차츰 노인의 눈을 속이기 시작했다. 가마를 열면 노인의 눈길이 닿기 전에 믿음이 덜한 것 몇 점씩을 미리 자리를 비켜 놓았다. 자리를 비켜 놓은 것은 밤새 마을로 옮겨져 식량이 되고 옷가지가 되었다. 노인 자신의 손길이 스친 물건은 눈에 드러나기 쉬워 손을 자주 못 댔지만, 용술 자신의 솜씨는 그렇게 하여 세상 밖으로 살아 나간 것이 상당수에 달했다.

그러던 어느 날이었다. 무슨 낌새를 알아차리기라도 한 것일까. 아니면 용술에게 그 **불일을 온통 내맡겨** 놓은 처사가 노인이 일부러 용술을 떠보기 위한 **시험**이었는지도 몰랐다.

그날도 마침 가마가 열리는 날이었는데, 허 노인은 이날따라 유독 더 느지막한 시간에 가마로 내려왔다. 그리고는 전에 없이 구워낸 사기들을 하나하나 꼼꼼히 개수를 셈하기 시작하는 것이었다. ㉢용술은 벌써부터 얼굴이 새파랗게 질리고 있었다. 사기를 빼돌린 사실을 허 노인에게 들킬까 봐 몹시 당황한 용술 이번에도 그 노인이 오기 전에 사기를 몇 점 비켜 놓은 뒤였다. 노인이 그걸 알아차리지 못할 리 없었다. 하지만 노인은 웬일로 사기의 개수를 하나하나 모두 헤아려 보고 나서도 별달리 표정이 변하질 않았다. 사기 그릇이 부족한 것에 대해 직접적으로 언급하지 않는 허 노인

"넌 아직도 불이 서툴다는 내 말을 못 믿는구나……. 불도 모르면서 흙 모양을 익힌들 무슨 소용이 되겠느냐 말이다."

나지막하면서도 무겁게 타일러 오는 말씨로 보아 용술의 허물을 이미 알고 있음에 분명했다. 하지만 노인은 더 이상 다른 말이 없었다. 그 대신 가마가 열릴 때마다 손에 지니고 내려온 작은 죄망치를 말없이 용술에게 건넸다. 용술에게 직접 만든 사기를 깨는 벌을 내림으로써 용술을 참된 사기장이로 가르치려는 허 노인

바로 그것으로 그 용술에 대한 노인의 가혹한 책벌이 시작된 것이었다. 용술은 그날부터 자신의 손으로 자신의 사기를 버려야만 했다.

// 장면 끊기 02 용술이 사기를 빼돌린다는 사실을 알게 된 허 노인이 용술로 하여금 자신이 만든 사기를 직접 깨뜨리게 하는 벌을 내림

[중략 부분의 줄거리] 허 노인은 가마에서 불길을 낼 때 마음을 다하여야 참다운 사기를 얻을 수 있다면서 사내에게 용술을 방해하지 말라고 당부하고, 이를 용술이 엿듣는다.

"불길은 숨이 죽지 않고 타더냐?"

하지만 용술은 아직도 그 노인의 물음에 대답을 하지 못했다. 그릇을 빚는 일에 온전히 집중하지 못하고 갈등하는 용술

— 불을 지키지 않고 웬 잡념이 그리도 요동을 치고 있느냐.

용술에겐 노인의 물음이 그런 꾸짖음 소리로만 들려오고 있었다.

"그만 내려가거라."

노인이 이윽고 한마디를 건네고 잠자리로 들어갈 채비를 하였다.

용술은 그제서야 하릴없이 다시 발길을 돌이켜 가마로 내려올 수밖에 없었다.

가마로 내려와서도 밤새도록 괴롭고 저주스런 불길이 가슴속을 끝없이 소용돌이치고 있었다.

그러나 다음 날 ― 다음 날 새벽 가마의 불길이 그쳤을 때는 용술에게도 어느덧 밤새도록 ⓐ가슴속을 소용돌이치던 불길이 조용히 숨을 죽이고 사그라들어 있었다. 가슴속은 밤새 모든 잡념이 불길 속에 활활 타 없어져 버린 듯 맑고 평온스럽게 가라앉아 있었다. 내면의 갈등과 불안이 잦아들며 잡념이 사라진 용술 그리고 그런 평온스런 마음으로 용술은 이날 아침 가마가 식기를 기다려 어느 때보다 일찍 가마를 열었다. 무슨 기미를 알아차려서인지, 노인도 이날은 전에 없이 일찍부터 가마로 내려와 열기가 가라앉기를 기다리고 있었다. 하지만 이제 용술은 그 노인이 전날처럼 두렵지가 않았다. 마음의 평온을 찾으면서 노인에 대한 두려움도 느끼지 않게 된 용술 밤새 몇 차례 가마를 비운 데다가 사내와의 일로 정신이 헛팔렸으니 가마 속 사기에는 자신이 있을 리가 없었다.

하지만 이제 그는 사기가 죽고 사는 건 크게 염려가 되지 않았다. 일의 성패야 어찌 됐든 그 결과에 자신의 마음을 편히 맡길 수 있을 것 같았다. 마음의 평온을 찾은 후, 일의 성패에 초연해진 용술 그는 노인과 사내가 지켜보는 가운데 담담한 마음으로 가마를 열었다. 당연한 결과였는지 모르지만 가마에서 꺼낸 사기들은 하나도 제대로 구워진 것이 없었다. ⓑ그것도 그 물건들의 죽은 데가 그렇게 역연하게 드러나 보일 수가 없었다.

용술은 여느 때처럼 **노인의 재촉을 기다리지** 않았다. 그는 가마를 나온 사기들을 하나하나 말없이 깨부수기 시작했다. 아닌 게 아니라 용술은 마치 자신의 마음을 깨부수듯 사기들을 차례차례 깨뜨려 나갔다. 도대체 한 가지도 용납할 수가 없는 것들뿐이었다. 자신이 만든 사기를 보고 장인적 성찰을 하게 된 용술 노인도 그를 말리지 않았다.

// 장면 끊기 03 고뇌 끝에 내면의 평온을 찾은 용술이 스스로 실패작을 깨부수며 예술적 성장을 이룸

― 이청준, 「불 머금은 항아리」 ―

'나'(외화의 서술자)는 꾸어 준 돈 대신 '사기를 지닌 사람은 부자가 된다.'라는 낙서가 새겨진 사기를 얻는다. 어느 날, 낙서가 새겨진 사기를 찾는 신문 광고를 본 '나'는 광고에 있는 주소를 찾아가 사기에 대한 이야기를 듣는다.

사기를 만든 이는 백용술로, 그는 도공 허 노인의 저자였다. 허 노인은 용술에게 사기 만드는 법은 가르쳐 주지 않고 용술의 사기를 매번 깨부수기만 한다. 용술은 이런 노인에게 불만을 품고 있다. 어느 날 중년의 사내가 죽은 사기를 얻어 가고 싶다고 찾아온다. 노인은 죽은 사기 대신 산 사기를 내어 주라고 하지만, 사내는 쓸 만한 사기는 사양한다. 용술은 사내에게 자신이 노인을 속이고 부실한 사기에 낙서를 해서 마을로 내보낸 일을 이야기한다. 용술의 이야기를 들은 사내는 그에게 공모를 제의하지만, 노인 몰래 사기를 빼돌리다가 벌을 받은 용술은 노인의 책벌이 두려워 망설인다. 노인은 사내를 불러 용술을 방해하지 말라고 당부하고, 용술은 밤새 고뇌하다가 마침내 내면의 평온을 찾는다. 그는 허 노인이 가르치려고 한 진정한 예술의 의미를 깨닫게 되며, 전과는 다른 태도로 자신이 만든 사기를 깨부순다. 며칠 뒤 허 노인이 사라지고 한 달이 지나 시신으로 발견된다. 그제야 용술은 노인이 그를 염려하던 일과 서둘러서 혼자 산을 내려간 이유를 헤아리게 된다.

이후 용술 혼자서 가마를 지킨 지 10년, 사내가 이 항아리를 지닌 사람은 부자가 된다는 낙서가 새겨진 항아리를 들고 나타난다. 용술은 그 항아리를 팔라며 간곡히 부탁하지만, 사내는 용술의 부탁을 들어주지 않는다.

＊ 1인칭 관찰자 시점 → 전지적 작가 시점

이것만은 챙기자

＊**책벌**: 저지른 잘못이나 죄를 꾸짖어 벌을 줌. 또는 그 벌.

1. 윗글에 대한 이해로 적절하지 <u>않은</u> 것은?

✅ 정답풀이

② 용술은 허 노인의 허락 없이 항아리를 만들려고 한 것을 반성했다.

> '허 노인은 용술이 자기 허락 없이 제 손새에 눈치껏 흙을 개고 물레를 돌리는 것까지는 나무라지 않았다.'에서 용술이 허 노인의 허락 없이 항아리를 만든 것을 확인할 수 있지만, 윗글에 용술이 이런 자신의 행동을 반성하는 모습은 드러나 있지 않다.

❎ 오답풀이

① 사내는 용술이 사기에 낙서한 것에 대해 궁금증을 가졌다.
용술이 사내에게 '제가 만든 물건에다 실없는 낙서를 갈겨 넣은 일까지 있었'다고 말하자, 사내가 '낙서라니, 어떤 식으로 말이오?'라고 말한다. 이는 사내가 용술이 사기에 낙서한 것에 대해 궁금증을 가진 것이라고 할 수 있다.

③ 허 노인은 용술이 가마 달구는 일보다 사기 모양 짓는 일을 익히는 것을 탐탁지 않게 여겼다.
허 노인은 용술에게 '사기장이가 가마도 달굴 줄 모르면서 모양을 짓는 일부터 익히면 쓸 만한 사기장이가 되기 어려워.~넌 아직도 불이 서툴러……'라고 하는데, 이는 용술이 가마 달구는 일보다 사기 모양 짓는 일을 익히는 것을 탐탁지 않게 여겨 말한 것이라 할 수 있다.

④ 허 노인은 가마에서 나온 사기의 개수를 세고 나서 용술을 타일렀다.
허 노인은 가마에서 '구워낸 사기들을 하나하나 꼼꼼히 개수를 셈'하고 나서 '별달리 표정이 변하질 않았'지만, 용술을 '나지막하면서도 무겁게 타일'렀다.

⑤ 허 노인과 사내 앞에서 가마를 연 용술은 사기가 제대로 구워지지 않은 것을 받아들였다.
용술은 '노인과 사내가 지켜보는 가운데 담담한 마음으로 가마를 열었'고, '가마에서 꺼낸 사기들은 하나로 제대로 구워진 것이 없다'고 느낀다. 이윽고 '여느 때처럼 노인의 재촉을 기다리지 않'고, '가마를 나온 사기들을 하나하나 말없이 깨부수기 시작'하는데, 이는 용술의 마음에 '한 가지도 용납할 수가 없는 것들뿐'이었기 때문이다. 따라서 용술은 사기가 제대로 구워지지 않은 것을 받아들였다고 할 수 있다.

🖋 **모두의 질문** ・ 1-④번

Q: 허 노인이 가마에서 나온 사기의 개수를 세고 나서 용술을 타일렀다는 게 잘못된 선지 아닌가요? '웬일로 사기의 개수를 하나하나 모두 헤아려 보고 나서도 별달리 표정이 변하지 않았'다고 했는데, ④번이 왜 적절한가요?

A: '노인은 웬일로 사기의 개수를 하나하나 모두 헤아려 보고 나서도 별달리 표정이 변하질 않았다.'라는 부분만 읽었다면 노인이 용술이 사기를 빼돌린 것을 탓하지 않는다고 판단해 ④번 선지가 틀렸다고 생각할 수 있다. 하지만, 그 뒷부분에서 노인은 '용술의 허물을 이미 알고 있'는 것으로 보이며, 이에 대해 '불도 모르면서 흙 모양을 익힌들 무슨 소용이 되겠'냐며 용술을 '나지막하면서도 무겁게' 타이르고 있다. 따라서 ④번은 적절한 선지라고 볼 수 있다. 이처럼 선지의 정오를 판단할 때는 해당되는 부분의 앞뒤 맥락까지 꼼꼼히 파악해야 한다.

---

2. 서사의 흐름을 고려하여 ㉠~㉤을 이해한 내용으로 적절하지 <u>않은</u> 것은?

> ㉠: 용술은 아직 거기까지는 자신이 없었다.
> ㉡: 용술은 언제까지나 그 노인을 참을 수만은 없었다.
> ㉢: 용술은 벌써부터 얼굴이 새파랗게 질리고 있었다.
> ㉣: 가슴속을 소용돌이치던 불길이 조용히 숨을 죽이고 사그라들어 있었다.
> ㉤: 그것도 그 물건들의 죽은 데가 그렇게 역연하게 드러나 보일 수가 없었다.

✅ 정답풀이

⑤ ㉤: 가마에서 나온 사기를 구분할 수 있게 된 용술의 안도감이 드러나 있다.

> [중략 부분의 줄거리] 이전에 용술은 '자신의 눈길로는 살아 나온 사기와 죽어 나온 사기의 차이를 거의 알아볼 수가 없'다고 했지만, [중략 부분의 줄거리] 이후에는 '노인과 사내가 지켜보는 가운데 담담한 마음으로' 연 가마에서 나온 사기들을 보고 '하나도 제대로 구워진 것이 없'다고 생각한다. 따라서 용술이 가마에서 나온 사기를 구분할 수 있게 됐다고 볼 수 있으나, ㉤에서는 가마에서 나온 사기들의 상태가 좋지 않음을 언급하고 있을 뿐 이를 알아본 것에 대한 용술의 안도감이 드러나 있지는 않다.

① ㉠: 사내의 말을 수락했을 때 벌어질 상황에 대한 용술의 염려가 드러나 있다.

사내는 '거의 노골적으로 용술과의 공모를 제의하고 나'서지만, 용술은 '노인의 눈이 너무도 두'렵고 '노인의 책벌이 너무도 힘들고 가혹'함을 떠올리며 자신 없어 한다. 따라서 ㉠에는 사내의 말을 수락했을 때 벌어질 상황에 대한 용술의 염려가 드러난다고 볼 수 있다.

② ㉡: 허 노인의 행동을 이해하지 못한 용술의 불만이 드러나 있다.

허 노인은 '구워 낸 사기들을 네 것 내 것 가림 없이 마구 깨부숴' 버리는데, 이런 노인을 두고 용술은 '그저 그릇들을 깨부수는 데 재미를 붙인 심술꾸러기 한가지'라고 생각하며, 참을 수 없다고 생각한다. 따라서 ㉡은 허 노인의 행동을 이해하지 못한 용술이 불만을 표현한 것으로 볼 수 있다.

③ ㉢: 예상하지 못한 허 노인의 행동에 당황한 용술의 모습이 드러나 있다.

용술은 '노인이 오기 전에 사기를 몇 점 비켜 놓'는데, 이는 '노인의 눈을 속'여서 사기를 팔아 '식량'과 '옷가지'를 마련해 왔기 때문이다. 그런데 허 노인이 '이날따라 유독 더 느지막한 시간에 가마로 내려'와 '전에 없이 구워낸 사기들을 하나하나 꼼꼼히 개수를 셈하기 시작'한다. 이를 본 용술은 '노인이 그걸 알아차리지 못할 리 없'다고 생각하며, 얼굴이 새파랗게 질렸으므로 ㉢에는 예상하지 못한 허 노인의 행동에 당황한 용술의 모습이 드러난다고 볼 수 있다.

④ ㉣: 마음속의 괴로움이 사라진 용술의 담담한 내면이 드러나 있다.

'다음 날 새벽 가마의 불길이 그'치면서 용술은 '어느덧 밤새도록 가슴속을 소용돌이치던 불길이 조용히 숨을 죽이고 사그라'든 것을 느낀다. '모든 잡념이 불길 속에 활활 타 없어져 버린 듯 맑고 평온스럽게 가라앉'게 되므로, ㉣은 마음속의 괴로움이 사라진 용술의 담담한 내면을 드러낸 것이라 할 수 있다.

3. 작은 쇠망치 에 대한 설명으로 가장 적절한 것은?

① 용술이 참된 사기장이가 되길 원하는 허 노인의 바람이 담겨 있다.

> 허 노인은 '불을 때는 요령과 정성'을 강조하며 '용술의 솜씨를 용납하지 않'고 사기를 깨부수었다. 용술이 사기를 빼돌린다는 사실을 알게 된 후 허 노인은 작은 쇠망치를 건네는데, 이는 용술에게 '자신의 손으로 자신의 사기를 버려야' 하는 책벌을 내린 것이다. 여기에는 용술이 '불 때는 법을 익'혀 '쓸 만한 사기장이가 되'기를 바라는 허 노인의 마음이 담겨 있다고 볼 수 있다.

② 허 노인이 구운 사기에 손대지 않겠다는 용술의 집념이 담겨 있다.

'작은 쇠망치'는 용술이 허 노인으로부터 받은 것으로, 용술이 '그날부터 자신의 손으로 자신의 사기를 버려야만 했'음을 나타낸다. 허 노인이 구운 사기에 손대지 않겠다는 용술의 집념이 담겨 있다고 보기는 어렵다.

③ 사내의 제의에 흔들린 용술에게 내린 허 노인의 책벌을 의미하고 있다.

허 노인이 용술에게 '작은 쇠망치'를 준 것은 '사기를 몇 점 비켜 놓은' '용술의 허물'에 대한 책벌이며, 마음의 중요성을 강조하는 허 노인이 용술에게 깨달음을 주기 위한 것이라 할 수 있다. 또한 이는 사내의 제의가 있기 전의 일이므로, 사내의 제의에 흔들린 용술에게 내린 허 노인의 책벌을 의미한다고 볼 수 없다.

④ 용술이 자신의 실수를 만회하겠다며 허 노인에게 한 약속을 의미하고 있다.

'작은 쇠망치'는 허 노인이 용술의 잘못을 책벌하기 위해 건넨 것이며, 용술은 허 노인에게 자신의 실수를 만회하겠다는 약속을 하지 않았다.

⑤ 항아리에 무늬를 넣는 것을 간섭하지 않는 허 노인에 대한 용술의 불신이 담겨 있다.

용술이 '화병이나 항아리에 나름대로의 장식을 꾸미고 무늬를 넣는 것'을 두고 허 노인이 '굳이 간섭을 하려 든 적이 없'으므로 항아리에 무늬를 넣는 것을 간섭하지 않는 허 노인의 모습을 확인할 수는 있으나, 이로 인해 허 노인에 대한 용술의 불신이 생겼다는 부분은 찾아볼 수 없다.

4. 〈보기〉를 바탕으로 윗글을 감상한 내용으로 적절하지 <u>않은</u> 것은? [3점]

〈보기〉

예술가 소설은 예술가를 주인공으로 하여 예술관, 현실과의 갈등, 예술적 성장 등을 다룬다. 이 작품에는 사기 만드는 비법을 가르치기보다 마음의 중요성을 강조하고 한 점의 허물도 용납하지 않는 스승과 그 뜻을 깨닫고 따르려는 제자의 모습이 담겨 있다. 이들의 삶을 통해 생계가 어려운 상황에서도 완전성을 지향하는 장인 정신과 수련공에서 예술가로 거듭나는 과정이 드러나 있다.

🔍 보기 분석

- 예술가 소설: 예술가를 주인공으로 함. 예술관, 현실과의 갈등, 예술적 성장 등을 다룸
- 「불 머금은 항아리」
  - 사기 만드는 비법보다는 마음의 중요성을 강조하는 스승의 모습이 드러남
  - 스승의 뜻을 깨닫고 따르려는 제자의 모습이 드러남
  - 생계가 어려움에도 완전성을 지향하는 장인 정신이 드러남
  - 수련공에서 예술가로 거듭나는 과정이 드러남

✔ 정답풀이

③ '불일을 온통 내맡'긴 허 노인의 '시험'을 용술이 받게 된 것을 보니, 용술이 스승의 뜻을 깨달았다고 볼 수 있겠군.

'그날도 마침 가마가 열리는 날'에 허 노인은 '유독 더 느지막한 시간에 가마로 내려'와 '구워낸 사기들을 하나하나 꼼꼼히' 헤아린다. 이는 '용술의 허물을 이미 알고' 한 행동이며, 이윽고 허 노인이 용술에게 '넌 아직도 불이 서툴다는 내 말을 못 믿는구나……'라고 타이르고 있으므로, 해당 부분은 아직 용술이 스승의 뜻을 깨닫기 전이라고 볼 수 있다.

✘ 오답풀이

① 용술이 '사기 값 사정을 사기에다 한' 것을 보니, 사기장이들의 생계가 어려운 상황이라고 볼 수 있겠군.

〈보기〉에 따르면 '예술가 소설은 예술가를 주인공으로 하'며, '현실과의 갈등'을 드러낸다. 용술이 사내에게 '목구멍이 죄'였다고 말하며 오죽하면 '이 사기 사 주면 부자가 된다'고 '사기 값 사정을 사기에다 한' 것이라고 말한 내용을 통해 사기장이들의 생계가 어려웠음을 추측할 수 있다.

② '몇 번'이나 '결과는 마찬가지'인 것을 보니, 허 노인이 한 점의 허물도 용납하지 않는다고 볼 수 있겠군.

〈보기〉에 따르면 윗글에는 '마음의 중요성을 강조하고 한 점의 허물도 용납하지 않는 스승과 그 뜻을 깨닫고 따르려는 제자의 모습이 담겨 있다'. 허 노인은 서투른 '용술의 솜씨를 용납하지 않'아 '가마를 열고 나면 용술의 사기는 노인의 손에서 남아나는 것이 없었'고, '몇 번을 되풀이해도 결과는 마찬가지였'다. 따라서 허 노인은 한 점의 허물도 용납하지 않는 인물이라고 볼 수 있다.

④ 허 노인이 '불길'이 '숨이 죽지 않고 타'는지를 물어본 것을 보니, 허 노인이 마음의 중요성을 강조하고 있다고 볼 수 있겠군.

〈보기〉에 따르면 윗글에는 '마음의 중요성을 강조하고 한 점의 허물도 용납하지 않는 스승'의 모습이 드러난다. 허 노인은 '불 때는 법을 익히는 게 사기장이가 되는 근본'이며, '가마에서 불길을 낼 때 마음을 다하여야 참다운 사기를 얻을 수 있다'고 생각한다. 그런 허 노인이 용술에게 '불길은 숨이 죽지 않고 타'는지 묻고, 이를 용술은 가마의 '불을 지키지 않고 웬 잡념이 그리도 요동을 치고 있'냐는 '꾸짖음 소리'로 듣는다. 이렇게 허 노인과 용술 모두 가마의 불과 마음을 연결하여 생각하고 있으므로, 허 노인이 '불길'에 대해 물은 것은 마음의 중요성을 강조한 것이라고 볼 수 있다.

⑤ 용술이 '노인의 재촉을 기다리지 않'은 것을 보니, 용술이 수련공에서 예술가로 거듭나고 있다고 볼 수 있겠군.

〈보기〉에 따르면 윗글에는 '수련공에서 예술가로 거듭나는 과정이 드러'난다. '가슴속을 소용돌이치던 불길이 조용히 숨을 죽이고 사그라'들고, 잡념이 타 버린 후, 용술은 '여느 때처럼 노인의 재촉을 기다리지 않'고 '자신의 마음을 깨부수듯 사기들을 차례차례 깨뜨려 나'간다. 이는 용술이 수련공에서 예술가로 거듭나고 있음을 보여 준다고 할 수 있다.

2024학년도 7월 학평
박완서, 「낙토의 아이들」

문제 P.036

[1~4] 다음 글을 읽고 물음에 답하시오.

완벽한 질서를 부르짖는 교장 선생님은 나무가 물들어 매일매일 낙엽을 떨구기 시작하면 환경 질서를 어지럽힌다고 해서 아이들을 나무에 올려 보내거나 장대를 휘둘러 낙엽을 한꺼번에 깨끗이 떨구게 하곤 한 번에 쓸어 내게 했다. 그래서 무릉국민학교 교정의 나무들은 가을도 깊기 전에 어느 날 갑자기 나목(裸木)*이 된다.

작년에도 그랬었고, 재작년에도 그랬었다. 나는 변기에 앉아 내 아이들이 다니는 학교의 발가벗긴 나무들을 바라볼 적마다 정서의 불모지대를 보는 듯한 **불쾌감을 느꼈었다.** 인위적으로 낙엽을 없앤 나목을 보며 불쾌감을 느끼는 '나' 그리고 완벽한 질서를 위해 행해지는 그런 유의 무리가 완전한 학습을 위해선 또 얼마나 많이 행해지고 있을까, 또 눈에 보이는 무리가 저렇게 추하거늘 눈에 안 보이는 무리는 얼마나 끔찍할까를 자못 심각하게 회의했었다. **그런 유의 회의에 사로잡히면 내 아이들이야말로 낙엽을 한꺼번에 떨구는 부자연을 강요당하고 있는 어린 나목 같은 생각이 들면서 아버지로서의 가책과 사랑으로 가슴이 저렸었다.** 자식들이 자연의 질서에 맞게 자라지 못하는 어린 나목 같다는 생각에 안타까워하는 '나'

그러나 그런 마음의 불편은 변기에 앉았는 동안만 나의 것이었다.

아파트의 생활 양식이란 게 티끌만 한 불편도 허용 안 하는 것처럼, 내 생활의 안일은 내 마음의 불편을 더운물이 눈 녹이듯 **흔적도 없게 했다.** 문제의식을 지녔지만 생활의 편리함에 안주하는 '나'

변기에 앉아 있는 동안이라도 불편할 수 있었던 것은 오로지 나의 오랜 버릇 때문이었다. 얌전한 소년이었을 적에도 뒷간에 앉았는 동안만은 엄청난 모반도 꿈꿀 수가 있었던 나의 오랜 버릇 때문이었다.

// 장면 끊기 01 '나'는 변기에 앉아 자연의 질서에 맞지 않은 나목과 아이들을 떠올림

아내가 돌아왔다. 아이들이 엄마를 반겼다. 아내는 서양 여자처럼 아이들을 능숙하게 포용하고 뺨에 뽀뽀를 했다.

"엄마아, 우리 반이 수해 의연금 모금에서 일등 했어. 그래서 내일 신문사로 전달하러 가는 대표로 뽑혔다, 나."

딸애가 자랑스럽게 말했다.

"그래, 잘됐다. 아이, 신통한 내 새끼." 학교를 대표해서 신문사에 성금을 전달하게 된 딸이 자랑스러운 아내

아내가 다시 딸애를 포용하다 말고 밀치더니 옷장으로 달려갔다.

"가만있자, 뭘 입혀 보내지? 사진이 잘 받는 걸로 입혀야 텐데……."

아내는 딸애의 ○○○장 속에 첩첩이 걸린 옷 중에서 이것저것 꺼내서 딸의 어깨에 걸쳐 보며 고개를 갸우뚱하단 팽개치고, 다시 딴 것을 걸쳐 보는 일을 되풀이했다.

올여름 장마에 구시가에선 지독한 물난리를 겪었고 많은 수재민을 냈다. 각급 학교 및 사회단체에선 즉각 구호 금품을 걷기 시작했다.

무릉국민학교는 수재민뿐 아니라 모든 불우 이웃 돕기 운동에 열성적이었다. 그 결과 다른 학력 경쟁에서와 마찬가지로 전체 국민학교 중에서 단연 으뜸가는 성과를 거두어 신문에 자주 오르내렸다.

수재민은 여름마다 잘도 생겼고, 온정을 기다리는 불우 이웃은 겨울마다 잘도 생겼다. 무릉국민학교가 이름을 떨칠 기회도 그만큼 자주 생겼다.

일등에 대한 집착이 대단한 교장 선생님은 무릉국민학교가 일등 가는 모금 실적을 올리기 위한 방법으로 교내에서 반끼리 경쟁을 붙이는 묘안을 강구해 냈다. 일등에 대한 집착으로 아이들의 경쟁의식을 부추기는 교장 선생님

모금 실적이 가장 우수한 반은 반에 걸어 놓을 수 있는 상장을 주어 칭찬하고, 그 반 반장 부반장은 학교를 대표해서 신문사에 성금을 전달하러 갈 수 있는 영광을 준다는 게 그거였다.

교장 선생님은 청소도 환경 미화도 실력 고사도 고운 말 쓰기도 착한 일 하기도 이런 식으로 경쟁을 붙이기를 좋아했다. 아이들의 조그만 가슴이 늘 경쟁의식으로 고무풍선처럼 충만해 있도록 하는 거야말로 교육의 사명이란 신념에 투철했다.

딸애는 부반장이다. 작년 연말 이웃 돕기 모금 때 딸애의 반은 이등을 해서 애석 상장을 타서 반에 걸어 놓을 수는 있었지만 신문사에 가서 모금한 걸 전달하고 사진을 찍을 수 있는 영광만은 애석하게도 놓치고 말았다.

그때 아내와 딸애는 어서어서 여름이 와서 다시 수해가 나서 수재민 돕기를 할 수 있기를 조급스럽게 별렀었다. 학교를 대표해서 성금을 전달하러 가기 위해 수해가 나기를 바라는 아내와 딸 마침내 소원이 성취된 것이다.

// 장면 끊기 02 교장 선생님은 아이들의 경쟁 심리를 부추겨 모금 실적을 올리고, 딸이 학교를 대표해서 수해 의연금을 전달하게 되자 아내는 기뻐함

(중략)

이 단지에서 가장 높은 건물은 증권 회사 건물이다. 여러 증권 회사의 무릉 출장소가 한데 모여 있는 건물이니만큼 거대하다.

금속성인 광택을 지니고 하늘 높이 예리하게 솟아 있는 걸 그 꼭대기까지 쳐다볼라치면 아뜩하면서 현기증이 난다.

내가 그 앞에서 번번이 압도당하는 것은 그 높이 때문만은 아니다. 미구*에 아내가 이 건물과도 인연을 맺을 것 같은 예감 때문이다. 저녁나절의 이 거리엔 산책을 나왔는지, 외식을 나왔는지 별 볼일 없이 오락가락하는 가족들이 많이 눈에 띈다.

가족이라야 젊은 부부가 아이를 하나 아니면 둘 데리고 있다. 때로는 아이들끼리 아는 척을 하기도 한다. 어른처럼 새침하고 예의 바르게 아는 척을 한다.

나는 어느 누구와도 아는 척을 안 했지만 한 사람도 낯설진 않다. 비슷한 옷차림에 비슷한 표정들을 하고 있다. 특히 타협적이면서도 깔보는 듯한 표정 때문에 이웃끼리라기보다는 한 핏줄끼리 같은 혐오감 섞인 친근감조차 그들에게 느끼게 된다. 잘사는 사람다운 우월감으로 함부로 남을 깔보면서도 이해관계에 따라서는 얼마든지 타협할 수 있는 이중성이야말로 아내의 개성일 뿐 아니라 무릉동 주민 누구나의 특성이었던 것이다. 이중적이고 상대방을 무시하는 아내와 무릉동 주민들의 모습에서 혐오감과 친근감을 동시에 느끼는 '나'

나는 별안간 내 얼굴을 보고 싶다고 생각했다. 급히 가까운 양식집으로 들어갔다. 그러나 실내는 침침하고 거울은 눈에 띄지 않았다.

양식집 속에도 젊은 부부와 한두 명의 아이들로 된 가족이 여기저기 눈에 띈다.

나는 능숙하고도 권태롭게 칼질을 하는 아이들을 물끄러미 바라보면서 내 아이나 남의 아이나 어딘지 좀 이상하다고 생각했다. 아이들이 하나같이 어른을 고대로 축소해 놓은 것 같아 보여서였다. 어른을 축소해 놓은 듯한 아이들을 보며 이상함을 느끼는 '나' 엄마나 아버지를 닮았다는 것하고는 다른 의미로 아이들은 하나같이 작은 어른이었다. 마치 성장을 억제해서 키운 분재의 나무하고 묘목하고 다른 것처럼.

옷 입은 것도 그렇고 하는 태도도 그렇고 작은 어른이지 조금도 아이들답질 않았다. 특히 아이들다운 호기심이 없는, 타협적이면서도 깔보는 듯한 표정이 결정적으로 아이들을 아이들답잖게 만들고 있었다.

이 거리의 아이들이 아이들답지 않다는 발견이 새삼스러운 건지 케케묵은 건지 그건 잘 모르겠다. 아무튼 난 새삼스럽게 그 발견을 갖고 불안해하고 있었다. 무릉동 아이들이 아이들답지 않다는 발견을 하고 불안감을 느낀 '나'

// 장면 끊기 03 '나'는 무릉동 아이들이 무릉동 주민들의 이중성을 그대로 지니고 있음을 보고 불안감을 느낌

– 박완서, 「낙토(樂土)의 아이들」 –

지질학자인 '나'는 대학에서 강사 일을 하고 '나'의 아내는 부동산 투기에 재능을 보이며 큰돈을 번다. 답사를 학술 활동으로 여기는 '나'는 부동산업자인 아내가 땅을 보러 갈 때마다 답사를 간다고 하는 것이 못마땅하지만 차마 내색하지는 못한다. 아내의 선견지명으로 '나'의 가족은 평민 아파트에서 무릉동에서 가장 호화로운 아파트로 이사한다. 이러한 과정에서 '나'는 아내에게 피해 의식과 열등감을 느끼게 된다. '나'의 자녀들은 완벽한 질서를 주입하는 무릉국민학교에 다니게 되고 '나'는 아이들이 다니는 학교를 보며 정서의 불모지대를 보는 듯한 불쾌감을 느끼지만, 티끌만 한 불편도 허용하지 않는 아파트에서 일상에 안주한 채 살아간다. 어느 날 아이들과 외식을 하기 위해 양식집에 간 '나'는 자신의 자식을 비롯한 아이들이 아이들답지 않은 행동을 하고 표정을 짓는 것을 보고 불안해한다. '나'는 집으로 돌아온 뒤 아이들에게 동화책을 읽어 주며, 아이들에게 순수함이 남아 있지 않다는 것을 직감하고 각성의 고통을 느낀다.

＊ 1인칭 주인공 시점

이것만은 챙기자

＊**나목**: 잎이 지고 가지만 앙상히 남은 나무.
＊**미구**: 얼마 오래지 아니함.

1. 윗글의 서술상 특징으로 가장 적절한 것은?

✔ 정답풀이

④ 이야기 내부 인물이 자신의 내면을 진술하여 상황에 대한 인식을 드러내고 있다.

> 윗글은 1인칭 주인공 시점으로, '그런 마음의 불편은 변기에 앉았는 동안만 나의 것이었다.', '나는 능숙하고도 권태롭게 칼질을 하는 아이들을 물끄러미 바라보면서 내 아이나 남의 아이나 어딘지 좀 이상하다고 생각했다.' 등에서 이야기 내부 인물인 '나'가 자신의 내면 심리를 서술하여 상황에 대한 인식을 드러내고 있다.

✘ 오답풀이

① 과거 회상을 통해 갈등 해소의 계기를 마련하고 있다.
'작년에도 그랬었고, 재작년에도 그랬었다.'에서 과거 회상을 하고 있다고 볼 수도 있으나, 이를 통해 갈등 해소의 계기를 마련하고 있는 것은 아니다.

② 외양 묘사를 통해 인물의 긍정적 면모를 부각하고 있다.
'비슷한 옷차림에 비슷한 표정들을 하고 있다.', '옷 입은 것도 그렇고 하는 태도도 그렇고 작은 어른이지 조금도 아이들답질 않았다. 특히 아이들다운 호기심이 없는, 타협적이면서도 깔보는 듯한 표정' 등에서 이웃들의 외양을 서술하고 있다고 볼 수 있으나, 이를 통해 인물의 긍정적 면모를 부각하고 있다고 보기 어렵다.

③ 장면에 따라 서술자를 달리하여 사건의 의미를 입체적으로 보여 주고 있다.
윗글은 처음부터 끝까지 1인칭 서술자인 '나'의 입장에서 서술되고 있으므로, 장면에 따라 서술자가 달라지지 않는다.

⑤ 동시에 벌어진 사건들을 반복적으로 병치하여 이야기의 흐름을 지연시키고 있다.
윗글은 서술자 '나'가 외부 상황과 이에 대한 자신의 내면을 진술하고 있을 뿐, 동시에 벌어진 사건들을 반복적으로 병치하고 있는 부분은 찾을 수 없다.

🌱 기틀잡기

> ⑤ **병치:** 두 가지 이상의 것을 한곳에 나란히 제시함.

2. 윗글에 대한 이해로 적절하지 <u>않은</u> 것은?

✔ 정답풀이

⑤ 딸을 학교 대표로 세우려는 교장 선생님의 노력으로 인해 딸의 반은 작년보다 모금 실적이 우수해졌다.

> '작년 연말 이웃 돕기 모금 때 딸애의 반은 이등'을 했고, 올해에는 '수해 의연금 모금에서 일등'을 했기 때문에 딸의 반은 작년보다 모금 실적이 우수해졌다고 볼 수 있다. 그러나 교장 선생님은 '모금 실적을 올리기 위한 방법으로 교내에서 반끼리 경쟁을 붙이는' 방법을 강구해 냈을 뿐, 딸을 학교 대표로 세우려는 노력은 하지 않았다.

✘ 오답풀이

① '나'는 교장 선생님의 교육적 신념에 반감을 가지고 있다.
무릉국민학교의 교장 선생님은 '환경 질서를 어지럽힌다'는 이유로 교정의 나무를 나목으로 만든다. '나'는 '내 아이들이 다니는 학교의 발가벗긴 나무들을 바라볼 적마다 정서의 불모지대를 보는 듯한 불쾌감을 느끼고, 이어 '그런 유의 무리가 완전한 학습을 위해선 또 얼마나 많이 행해지고 있을까,' '눈에 안 보이는 무리는 얼마나 끔찍할까'를 '자못 심각하게 회의'한다. 이를 통해 '나'가 교장 선생님의 교육적 신념에 반감을 가지고 있음을 확인할 수 있다.

② 아내는 딸이 학교를 대표해서 성금을 신문사에 전달하기를 원했다.
교장 선생님은 '모금 실적이 가장 우수한 반은 반에 걸어 놓을 수 있는 상장을 주어 칭찬'하고, '그 반 반장 부반장은 학교를 대표해서 신문사에 성금을 전달하러 갈 수 있는' 기회를 준다. 그러나 작년에 딸애의 반이 이등을 해서 신문사에 모금한 걸 전달하고 사진을 찍을 수 있는 기회를 놓치자, 아내와 딸은 '다시 수해가 나서 수재민 돕기를 할 수 있기를 조급스럽게 별렀었'다. 이를 통해 아내는 부반장인 딸이 학교를 대표해서 성금을 신문사에 전달하기를 원했음을 알 수 있다.

③ 아내가 건물과 관련될 것 같은 예감으로 인해 '나'는 건물에 압도당한다.
'나'가 증권 회사 건물을 보고 '그 앞에서 번번이 압도당'한다고 하는데, 그 이유는 '아내가 이 건물과도 인연을 맺을 것 같은 예감' 때문이다.

④ '나'는 무릉동 주민의 표정을 아내와 연관 지으며 무릉동 주민의 모습을 낯설지 않게 느낀다.
'나'는 무릉동 주민들의 '타협적이면서도 깔보는 듯한 표정'을 보고 '함부로 남을 깔보면서도 이해관계에 따라서는 얼마든지 타협할 수 있는 이중성이야말로 아내의 개성'일 뿐 아니라 '무릉동 주민 누구나의 특성'이라며 아내와 무릉동 주민을 연관 짓는다. 이로 인해 '나'는 무릉동 주민의 모습을 '한 사람도 낯설진 않다고 느끼고 있다.

3. 분재의 나무 에 대한 이해로 가장 적절한 것은?

✔ 정답풀이

⑤ '금속성인 광택'으로 상징되는 '무릉동 주민'의 욕망이 초래한 결과를 의미한다.

> '나'는 '내 아이나 남의 아이나 어딘지 좀 이상하다'고 생각하는데, '분재의 나무'는 이렇듯 '아이들이 하나같이 어른을 고대로 축소해 놓은 것 같아 보'여 '작은 어른이지 조금도 아이들답질 않다'고 느낀 것을 표현하기 위해 사용된 소재이다. '나'가 보기에 '특히 아이들다운 호기심이 없는, 타협적이면서도 깔보는 듯한 표정이 결정적으로 아이들을 아이들답잖게 만들고 있었'는데, 이는 무릉동 주민들의 물질주의적 가치관이 아이들에게서도 나타나는 모습으로 볼 수 있다. '금속성인 광택'을 지닌 '증권 회사 건물'은 이렇듯 물질적 가치를 중시하는 무릉동 주민의 특성을 나타내며, 이러한 욕망이 '분재의 나무'와 같은 아이들의 모습을 초래했다고 볼 수 있다.

✘ 오답풀이

① '교장 선생님'이 추구하는 '완벽한 질서'와 모순되는 소재이다.
교장 선생님이 추구하는 '완벽한 질서'는 '낙엽을 한꺼번에 떨구는 부자연'을 의미하므로, '성장을 억제해서 키운 분재의 나무'와 모순되는 소재로 볼 수 없다.

② '옷'을 되풀이해서 골라주는 행위로 드러나는 '아내'의 불안을 의미한다.
옷을 되풀이해서 골라주는 행위는 '사진이 잘 받는 걸로 입'히고 싶은 아내의 욕망에서부터 나온 것이므로, 아내의 불안이라고 보기 힘들며, '분재의 나무'와도 관련이 없다.

③ '젊은 부부'가 가진 특성을 지니지 않은 '양식집 속' '아이들'을 의미한다.
무릉동 주민 중에는 '아이를 하나 아니면 둘 데리고 있'는 젊은 부부가 많은데, 이들은 모두 '비슷한 옷차림에 비슷한 표정들을 하고 있'다. 또한, '양식집 속' 가족의 아이들은 '하나같이 어른을 고대로 축소해 놓은' 듯한, 즉 '분재의 나무'와 같은 모습을 갖고 있다고 했으므로 '분재의 나무'가 양식집 속 아이들을 의미한다는 것은 적절하지만, 양식집 속 아이들이 젊은 부부의 특성을 지니지 않았다고 볼 수는 없다.

④ '아이들답지 않'은 '이 거리의 아이들'의 '이중성'을 약화시키는 소재이다.
'나'는 '이중성'을 '무릉동 주민 누구나의 특성'이라고 여기므로 '이 거리의 아이들'은 '이중성'을 가지고 있는 대상으로 볼 수 있다. 성장을 억제해서 키운 '분재의 나무'는 '어른을 고대로 축소해 놓은 것 같'은 어른스러운 아이들의 모습을 나타내는 상징일 뿐, '이 거리의 아이들' 즉 무릉동 아이들의 '이중성'을 약화시키는 소재로 볼 수는 없다.

4. ⟨보기⟩를 바탕으로 윗글을 감상한 내용으로 적절하지 <u>않은</u> 것은? [3점]

⟨보기⟩

> 「낙토의 아이들」은 인간적 가치를 상실하고 물질적 가치를 중시하는 무릉동에서 살아가는 인물들의 삶을 다룬다. 타인의 불행을 이용하려는 비인간적인 가치관과 과도한 경쟁심을 가지고, 부자연스럽고 획일적인 모습으로 살아가는 세태를 보여 준다. 이런 세태에 대한 문제의식이 있지만 물질의 편안함이 주는 일상에 안주하여 이를 극복하지 못하는 인물의 모습도 보여 준다.

🔍 보기 분석

- 무릉동: 인간적 가치를 상실하고 물질적 가치를 중시하는 인물들이 사는 동네
- 「낙토의 아이들」에 나타나는 인물상
  - 비인간적인 가치관과 과도한 경쟁심을 지니고 있으며, 부자연스럽고 획일적인 모습으로 살아감
  - 세태에 대한 문제의식이 있지만, 일상에 안주하여 이를 극복하지 못함

✔ 정답풀이

③ '내 얼굴을 보고 싶다고 생각'하는 것에서, 물질의 편안함이 주는 일상에 안주하는 태도를 확인할 수 있겠군.

> '타협적이면서도 깔보는 듯한 표정'에서 아내와 무릉동 주민들의 이중성을 볼 수 있다고 여기는 '나'가 '별안간 내 얼굴을 보고 싶다고 생각'하는 것은 그 표정이 자신의 얼굴에도 나타났는지 확인하기 위함이라고 볼 수 있다. 따라서 이는 자신에게도 그 이중성이 있을 수 있다고 여기는 것일 뿐, 물질의 편안함이 주는 일상에 안주하는 태도로 볼 수 없다.

✘ 오답풀이

① '모금 실적을 올리기 위'해 '묘안을 강구해' 내는 것에서, 과도한 경쟁심을 확인할 수 있겠군.
⟨보기⟩에 따르면 윗글은 '과도한 경쟁심을 가'진 세태를 보여 준다. '일등에 대한 집착이 대단한 교장 선생님'은 무릉국민학교가 일등 가는 모금 실적을 올리기 위한 방법으로 교내에서 반끼리 경쟁을 붙이는 묘안을 강구해' 내는데, 이러한 교장 선생님의 모습에서 과도한 경쟁심을 확인할 수 있다.

② '수재민 돕기'를 하려고 '별렀었'다는 것에서, 비인간적인 가치관을
지닌 모습을 확인할 수 있겠군.

〈보기〉에 따르면 윗글은 '타인의 불행을 이용하려는 비인간적인 가치관'을
가진 세태를 보여 준다. '아내와 딸애는 어서어서 여름이 와서 다시 수해가
나서 수재민 돕기를 할 수 있기를 조급스럽게 별렀었'다는 것은 학교를 대표
해서 신문사에 성금을 전달하러 가기 위해 수해가 나기를 바라는 것으로, 이를
통해 비인간적인 가치관을 지닌 모습을 확인할 수 있다.

④ '잘사는 사람다운 우월감'을 가지고 타인을 대하는 것에서, 물질적
가치를 중시하는 모습을 확인할 수 있겠군.

〈보기〉에 따르면 윗글은 '물질적 가치를 중시하는 무릉동에서 살아가는 인
물들의 삶을 다룬'다. 윗글에서 '나'는 '잘사는 사람다운 우월감으로 함부로
남을 깔보면서도 이해관계에 따라서는 얼마든지 타협할 수 있는 이중성'은
'아내의 개성일 뿐 아니라 무릉동 주민 누구나의 특성'이라고 여긴다. 이렇
게 경제적으로 풍족하다는 이유로 남을 깔보고 우월감을 느끼는 것에서 물
질적 가치를 중시하는 모습을 확인할 수 있다.

⑤ '불쾌감을 느'끼고 '그런 유의 회의에 사로잡히'는 것에서, 부자연
스럽고 획일적인 모습에 대한 문제의식을 확인할 수 있겠군.

〈보기〉에 따르면 윗글은 '부자연스럽고 획일적인 모습으로 살아가는 세태를
보여 준'다. '아이들이 다니는 학교의 발가벗긴 나무들을 바라볼 적마다 정
서의 불모지대를 보는 듯한 불쾌감을 느꼈'던 '나'는 '그런 유의 회의에 사로
잡히면 내 아이들이야말로 낙엽을 한꺼번에 떨구는 부자연을 강요당하고 있
는 어린 나목 같'다고 생각한다. 이를 통해 부자연스럽고 획일적인 모습에
대한 '나'의 문제의식을 확인할 수 있다.

2022학년도 4월 학평
최인호, 「견습 환자」

문제 P.040

[1~4] 다음 글을 읽고 물음에 답하시오.

[A] 일 층, 이 층, 삼 층, 사 층, 모든 병동은 밤에도 환히 눈을 뜨고 있었다. 간호원들은 병실과 병실 사이를 부산스레 헤매고 있었고, 간혹 의사들은 '비상'을 알리는 주번 하사 같은 기민한 동작으로 층계를 오르내리고 있었다. 나는 그들이 균을 잡아먹는 백혈구와 같다고 생각했다. 그리고 그들의 무표정하고 뻣뻣한 얼굴에서, 균을 거부하는 강력한 항생제의 효능을 느껴야 했다. 기계적으로 일하는 의료진들의 모습이 백혈구와 같다고 느끼는 '나'

그즈음, 나는 새로운 사실을 발견했다. 입원한 이후 저들의 얼굴에서 웃음을 발견치 못했다는 중대한 사실이었다. 그런 생각은 참으로 불쑥 일어난 느낌이었다.

언젠가 나는 외국 잡지에서 잘 인쇄된 화장품 광고를 본 일이 있었다. 그 광고는 남자들이 면도 후에 바르는 미안수를 선전*하고 있었는데, 나는 지금도 그리스 조각처럼 잘생긴 그 남자가 유난히 파르스레 빛나는 턱 위에 지극히 자연스럽고도 세련된 웃음을 띠고 있는 모습을 기억해 낼 수 있다. 그것은 일종의 심리적인 광고여서, 그 잘 깎은 턱과 웃음을 쳐다보고 있노라면 누구라도 그 미안수를 사지 않고는 못 배길 그런 것이었다. 그런데 만일 그 사내가 그 최면술 거는 듯한 매혹적인 웃음을 제거하고 무표정하게 서 있었다면, 나는 그 화보가 미안수 선전 광고라고는 생각지 않았을 것이다.

그 병원 의사들은 미안수 선전 광고에 나올 만한 사내들이 **미소를 결여***하였음으로 하여, 자기 병원 왕래*를 권장하는 **무표정한** 히포크라테스의 **모델**로 **아깝게 전락**해 버린 듯 보였다. 입원한 이후 의료진들의 얼굴에서 웃음을 발견하지 못했다는 사실을 깨달은 '나' 그들은 **일 초의 주저함도 없이** 내장을 자르고, 뼈를 긁을 수 있는 **권위를 보여 주는** 모델로서 **만족**하고 있는 것 같았다. 저들은 만약 외무 사원처럼 웃으며 환자의 증세를 물어본다면, 그 환자는 얼마나 심리적인 위안을 받을 것인가.

[B] 이리하여 나는 그들을 웃기기 위해서 고용된 사설 코미디언 같은 무거운 책임 의식을 갖게 되었고, 밤낮으로 그들이 무엇을 원하고 있는가를 알아내려 애를 썼다. 나는 스스로의 청진기를 들고 그들을 진단하기 시작했고, 웃음을 불러일으킬 수 있는 소인(素因)*이 그들의 어느 부분에서 강하게 생겨나는가 하는, 임상 실험의 과정에 굉장한 열의를 기울이게 되었다.

// 장면 끊기 01 병원에 입원한 '나'는 무표정한 의사들의 모습을 보며, 그들을 웃겨야 한다는 책임 의식을 가짐

(중략)

나는 퇴원하기 하루 전, 휴게실에서 어두워져 가는 병동을 바라보며 그런 생각을 했고 형광등이 환히 빛나는 병동이 흡사 여러 갈래로 유리*된 미로와 같다고 생각했다. 그때 내게 떠오른 것은 강의 시간에 미로에 빠진 채, 강렬한 먹이의 유혹을 몸부림치며 반추하던 실험용 쥐의 모습이었다. 형광등이 환히 빛나는 병동을 보고 강의 시간에 진행했던 실험을 떠올리는 '나' 교수는 엄숙하게 '이 쥐는 미로에 빠져 버린 것이다.'라고 말을 했지만, 내겐 그렇게 생각되지 않았다. 새로운 방황이 그 쥐에게 열린 것이다. 반복, 반복으로 터득한 ㉠안이한 먹이로의 길보다는 충분한 포식을 즐길 수 있는 새로운 미로가 쥐 앞에 전개된 것이다. 나는 그 쥐에 대해 열렬한 성원을 보냈다.

나는 이 철근 콘크리트로 격리한 견고한 미로 속에 쥐 대신 그 젊은 인턴을 삽입해 보자고 생각했다. 그리하여 그날 밤, 나는 병동이 잠들기를 기다려 간호원의 눈을 피해 1 병동에 있는 문패와 2 병동에 있는 **문패를 모조리 바꿔** 버렸다. 나는 그 거창한 작업에 거의 온밤을 새워야 했을 정도였다. **가을밤, 환자복만을 입고 층계를 수십 번 오르내린 피로와 추위 끝에 나는 둔한 통증을 느끼며, 그러나 유쾌한 마음으로 잠자리에 들었다.** 병동의 문패를 바꿔치기한 뒤, 유쾌한 마음으로 잠자리에 든 '나' 내 병실 앞에 걸려 있는 이름은 **해산일을 앞둔** 여인의 문패였으니까 나는 그날 밤만은 늑막염 환자가 아니라 **만삭의 여인이 된 셈**인 것이다. 자, 이 병동의 의사와 간호원들은 어떤 방황을 시작할 것인가. 나는 나의 인턴이 ㉡새로운 방황의 길로 떠나 주기를 기원했다. 뛰어라, 미로에 빠진 나의 투사여.

다음 날 나는 늦잠을 잤다. 나는 잠을 자면서도 **병동 전체가 달라질 것임을** 의심치 않았다.

// 장면 끊기 02 퇴원 하루 전 병동의 문패를 모두 바꿔 둔 '나'는 병원에 혼란이 발생하기를 기대함

오전 여덟 시경. 나는 칫솔을 들고 병실 복도를 어슬렁거리며 무언가 달라진 낌새가 있는가를 관찰하였다. 하지만 섭섭하게도 아무것도 달라진 것이 없었다. 기대와 달리 병동에 아무 일도 일어나지 않자 섭섭함을 느끼는 '나' 언제나 그러하듯 간호원들은 잰걸음으로 복도를 뛰어다니고 있었고, 의사들은 알루미늄 식기 같은 얼굴을 반짝거리며 이 층 계단을 오르내리고 있었다.

아침을 치우는 작업부들은 엘리베이터로 식기를 부산스럽게 운반하고 있었고, 병동은 그대로 어항처럼 투명한 건물 속에서 끓고 있었다. **나는 어젯밤 내가 기를 쓰며 가까스로 바꾸어 놓았던 병실 문패가 제각기 제자리에 놓여 있는 것을 보았다.** 어느 틈엔가 **고등 동물**인 그들은 제 스스로 미로를 제거할 줄 알게

사육된 것이다. 나의 마지막 시도는 그들 앞에서 완전히 좌절되고 만 것이었다. 병실 문패가 원래대로 돌아가 있음을 확인하고 자신의 시도가 좌절됐음을 깨달은 '나'

오전 아홉 시. 의사들은 동물원에서 갓 수입한 열대 동물처럼 떼를 지어 회진을 시작했다. 간밤에 수면을 잘 취했는지 그들은 더욱 청결해 보였다.

"오늘 퇴원이시죠?"

우두머리 의사가 가운에 손을 찌르며 여전히 사탕이라도 꺼내 줄 듯한 몸짓으로 물었다.

"그렇습니다."

나는 정확하게 대답했다.

"몸은 어떻습니까?"

"정상입니다."

"퇴원하실 때 간호원에게 약을 받아 가십시오."

"알겠습니다."

이윽고 젊은 인턴이 나를 쳐다보았다.

"어젯밤 뭐 잃으신 물건은 없는지요?"

"글쎄요. 없는 것 같은데요. 뭐 도둑이라도 들었나요?" 간밤에 있었던 일을 모르는 척하며, 젊은 인턴에게 무슨 일이 있었는지 물어보는 '나'

"아, 예. 다행이군요. 어젯밤에 굉장히 장난꾸러기 소질을 지닌 도둑놈이 들었습니다."

"핫하하."

나는 유쾌하게 웃었다.

"병원에 피해라도 있습니까?"

"글쎄요. 아직까진 발견 못 하고 있습니다만 오전 중으로는 판명이 되겠지요. 저, 그럼 항상 건강하시길 빕니다."

그들이 제각기 무어라고 주의말을 주면서 사라져 버리자, 젊은 의사는 내게 악수를 청했다. 나는 그의 손을 마주 잡았다.

// **장면 끊기 03** '나'는 아무런 소동 없이 일상적인 병원의 모습을 발견하고 퇴원 안내를 받음

– 최인호, 「견습 환자」 –

고열로 인해 병원에 입원한 '나'는 늑막염을 진단받는다. '나'는 병원에서 한가롭게 금붕어 같은 생활을 하던 중 충동적으로 간호원들과 의사들을 관찰하기 시작하면서 즐거움을 찾는다. 어느 날 문득 '나'는 입원한 이후 의사들의 얼굴에서 웃는 모습을 한 번도 보지 못했다는 점을 깨닫고, 그들을 웃겨야만 한다는 사명감을 가지게 된다. '나'는 젊은 인턴을 상대로 어떻게든 그가 웃을 수 있도록 노력하지만 실패한다. 퇴원하기 하루 전날 밤, '나'는 병동의 문패를 바꿔치기하지만 다음날 아침에 모든 문패가 원래대로 되돌아가 있는 모습을 확인한 뒤 퇴원 절차를 밟는다. 퇴원한 '나'는 병원을 떠나는 순간 차창을 통해 환영과 같은 젊은 인턴의 웃음을 발견하지만, '나'는 자신이 그로부터 퇴원했고, 그 역시 자신으로부터 퇴원했으므로 이제는 그것이 의미 없는 일이라 여긴다. 이후 '나'는 다시 통행금지, 신호등 등을 걱정해야 하는 현실로 돌아간다.

✻ 1인칭 주인공 시점

이것만은 챙기자

* **선전**: 주의나 주장, 사물의 존재, 효능 따위를 많은 사람이 알고 이해하도록 잘 설명하여 널리 알리는 일.
* **결여**: 마땅히 있어야 할 것이 빠져서 없거나 모자람.
* **왕래**: 가고 오고 함.
* **소인**: 근본이 되는 까닭.
* **유리**: 따로 떨어짐.

1. [A], [B]에 대한 설명으로 가장 적절한 것은?

정답풀이

① [A]는 인물의 행동 묘사를 통해 장면의 분위기를 드러내고 있다.

> [A]에서는 '병실과 병실 사이를 부산스레 헤매'는 간호원들과 '기민한 동작으로 층계를 오르내리'는 의사들의 행동을 묘사하여 병원의 분주한 분위기를 드러내고 있다.

오답풀이

② [B]는 현재형 진술을 활용하여 상황에 대한 다양한 인물의 시각을 드러내고 있다.
　[B]에서는 '썼다', '되었다' 등의 과거형 진술을 사용하여 상황에 대한 '나'의 시각을 드러내고 있을 뿐, 다양한 인물의 시각을 드러내고 있지는 않다.

③ [A]는 이야기 외부의 서술자가, [B]는 이야기 내부의 서술자가 인물의 심리를 제시하고 있다.
　[A]와 [B] 모두 이야기 내부의 서술자인 '나'가 자신의 심리를 제시하고 있다.

④ [A]는 공간의 이동을 통해, [B]는 시간의 역전을 통해 인물의 갈등이 해소되는 과정을 보여 주고 있다.
　[A]는 병원이라는 하나의 공간에서 '나'가 관찰한 바를 서술하고 있을 뿐, 공간의 이동이 드러나지 않는다. [B]는 시간의 흐름에 따라 진행되고 있으므로 시간이 역전되지 않는다. 또한 [A]와 [B] 모두 인물의 갈등이 해소되는 과정이 나타나지 않는다.

⑤ [A]는 전해 들은 이야기를 전달하는 방식으로, [B]는 직접 경험한 일을 서술하는 방식으로 사건을 제시하고 있다.
　[B]는 '나'가 직접 경험한 일을 서술하는 방식으로 사건을 제시하고 있다고 볼 수 있다. 그러나 [A]는 '나'가 직접 관찰한 내용을 전달하고 있으므로, 전해 들은 이야기를 전달하는 방식으로 사건을 제시하고 있다고 볼 수 없다.

기틀잡기

① **묘사:** 어떤 대상이나 사물, 현상 따위를 그림을 그리듯 구체적으로 표현하는 것.
④ **시간의 역전:** 현재와 과거가 뒤바뀜.
　[참고] **역전적 시간 구성:** 작품 안에서 사건이 시간의 흐름에 따라 진행되지 않고 시간이 과거로 거슬러 올라가 사건이 진행되는 구성 방법.

2. 윗글의 내용에 대한 이해로 적절하지 <u>않은</u> 것은?

정답풀이

④ 우두머리 의사는 '오전 아홉 시'경에 '나'의 상태를 확인하며 퇴원을 제안하였다.

> 우두머리 의사는 '오전 아홉 시'경에, 오늘 퇴원하는지 여부를 재확인하기 위해 '오늘 퇴원이시죠?'라고 묻고 '몸은 어떻습니까?'라고 말하여 '나'의 상태를 확인했을 뿐, 퇴원을 제안하지는 않았다.

오답풀이

① '나'는 '언젠가' 사람들의 마음을 사로잡는 웃음을 화장품 광고에서 목격한 적이 있다.
　'나'는 '언젠가' '외국 잡지'에 실린 '화장품 광고'에서 '누구라도 그 미안수를 사지 않고는 못 배길'만한 '매혹적인 웃음'을 짓는 남자를 목격한다.

② '나'는 '그날 밤'에 몸이 지치도록 밤새 병동을 오가며 자신만의 작업에 몰두하였다.
　'나'는 '그날 밤' 모든 '병동이 잠'든 후 '거의 온밤을 새'울 정도의 시간을 들여 병동을 오가며 '1 병동에 있는 문패와 2 병동에 있는 문패를 모조리 바꿔' 두는 작업에 몰두하였다고 했다.

③ 간호원들은 '다음 날'에 평소와 마찬가지로 분주하게 병원 내부를 돌아다니고 있었다.
　'나'는 두 병동의 문패를 모조리 바꿔 둔 뒤 다음날 '무언가 달라진 낌새'가 있을 것이라고 기대하였으나, '섭섭하게도 아무것도 달라진 것이 없었'고 '언제나 그러하듯 간호원들은 잰걸음으로 복도를 뛰어다니'며 분주하게 병원 내부를 돌아다니고 있었다고 했다.

⑤ 젊은 인턴은 병원에서 발생한 '어젯밤'의 사건과 관련하여 '나'의 피해 여부에 대해 물어 보았다.
　젊은 인턴은 '어젯밤' 병원에 '굉장히 장난꾸러기 소질을 지닌 도둑놈이 들었'다며 '나'에게 '뭐 잃으신 물건은 없는지' 물었다.

3. '나'의 관점을 중심으로 ㉠, ㉡에 대해 이해한 것으로 가장 적절한 것은?

> ㉠: 안이한 먹이로의 길
> ㉡: 새로운 방황의 길

✅ 정답풀이

③ 젊은 인턴이 미로에 빠졌다는 것은 ㉡을 통해 새로운 기회를 가질 수 있다는 것이다.

> '나'는 '미로에 빠진 채, 강렬한 먹이의 유혹을 몸부림치며 반추하던 실험용 쥐의 모습'을 떠올리며, 이때 쥐가 ㉠보다는 '충분한 포식을 즐길 수 있는 새로운 미로'가 눈앞에 전개된 상황에 놓였다고 생각한다. 그리고 '나'는 '이 철근 콘크리트로 격리한 견고한 미로 속에 쥐 대신 그 젊은 인턴을 삽입해 보자고 생각'하며, '1 병동에 있는 문패와 2 병동에 있는 문패를 모조리 바꿈으로써 병원을 미로와 같은 공간으로 만들어 젊은 인턴이 ㉡으로 떠나 주기를 기원한다. 여기에는 미로에 빠짐으로써 충분한 포식을 즐길 수 있는 기회를 얻은 쥐처럼, 젊은 인턴 또한 ㉡을 통해 새로운 기회를 가질 수 있을 것이라는 '나'의 생각이 반영되어 있다고 볼 수 있다.

❌ 오답풀이

① 쥐가 반복적으로 ㉠에서 방황하는 것은 충분한 포식을 즐기는 중요한 방법이다.
쥐에게 '충분한 포식을 즐길 수 있'는 가능성을 제시하는 것은 ㉠이 아니라 '새로운 미로'이다.

② 젊은 인턴 스스로 투사가 되기를 다짐한 것은 ㉡의 가치를 깨달았기 때문이다.
윗글에 젊은 인턴이 스스로 투사가 되기를 다짐하거나, ㉡의 가치를 깨닫는 모습은 나타나 있지 않다.

④ 쥐에게 ㉠은 선호하는 목표가 부재한 미로이지만, 젊은 인턴에게 ㉡은 선호하는 목표가 뚜렷한 미로이다.
㉠에는 쥐가 선호할 법한 목표인 '먹이'가 존재한다고 볼 수 있다. ㉡이 젊은 인턴에게 있어 새로운 기회를 부여한다고 볼 수 있으나, 이것이 구체적으로 어떠한 목표를 내포하며, 젊은 인턴이 선호하는 목표에 해당하는지 파악하기는 어렵다.

⑤ 쥐는 익숙한 먹이를 위해 아직 학습되지 않은 ㉠을, 젊은 인턴은 낯선 세계를 경험하기 위해 장차 도달해야 할 ㉡을 선택했다.
쥐는 '반복, 반복으로 터득한' ㉠을 통해 익숙하게 먹이를 얻을 수 있으므로 ㉠이 쥐에게 있어 학습되지 않은 길이라고 단정하기 어렵다. 또한, 젊은 인턴이 낯선 세계를 경험하기 위해 ㉡을 직접 선택했다고 보기 어렵다.

4. 〈보기〉를 바탕으로 윗글을 감상한 내용으로 적절하지 <u>않은</u> 것은? [3점]

> ───────〈보기〉───────
>
> 이 작품에서 '병원'은 엄격하게 통제되는 공동체를 상징하며, 이러한 공동체의 시스템에 길들여진 인물들은 기계적 일상에 매몰되어 감정이 제거된 모습으로 표현되고 있다. 이 작품은 치료의 대상이 치료의 주체가 되는 인물 간의 역할 전도의 방식을 통해 시스템을 교란하려는 시도와 실패의 과정을 보여 주며 통제된 공동체에 길들여진 인간에 대한 연민을 드러내고 있다.

🔍 보기 분석

• 「견습 환자」에 나타난 상징적 의미

병원	– 엄격하게 통제되는 공동체
의료진	– 공동체의 시스템에 길들여진 인물 – 기계적 일상에 매몰되어 감정이 제거된 모습

• 역할 전도 방식
  – 치료의 대상('나')이 치료의 주체(의료진)를 치료하려는 모습이 드러남
  – 시스템을 교란하려는 시도와 실패의 과정을 보여 줌
  → 통제된 공동체에 길들여진 인간(의료진)에 대한 연민을 드러냄

✅ 정답풀이

③ '나'가 '유쾌한 마음'으로 잠들며 자신이 '해산일을 앞둔' '만삭의 여인이 된 셈'이라고 여기는 것에서 인물의 역할이 치료의 대상으로 전도되고 있음을 엿볼 수 있군.

> 〈보기〉에 따르면 윗글은 '치료의 대상이 치료의 주체가 되는 인물 간의 역할 전도의 방식을 통해 시스템을 교란하려는 시도와 실패의 과정을 보여' 준다. 그런데 '나'가 병동의 문패를 모두 바꾸는 과정에서 자신의 병실 앞에 걸어 둔 '해산일을 앞둔 여인의 문패'를 의식하며 그날 밤만은 늑막염 환자가 아니라 만삭의 여인이 된' 것 같은 기분을 느끼는 것은 바뀐 명패에서 비롯된 감상을 표현한 것일 뿐, '인물 간의 역할 전도'가 나타난 것이 아니다.

❌ 오답풀이

① '나'가 '문패를 모조리 바꿔'서 '병동 전체가 달라'지게 하려 한 것에서 공동체의 시스템을 교란하고자 하였음을 엿볼 수 있군.
〈보기〉에 따르면 윗글에는 '엄격하게 통제되는 공동체'인 '병원'의 '시스템을 교란하려는 시도'가 나타난다. '나'가 '문패를 모조리 바꿔'서 '병동 전체가 달라'지게 하려는 것에는, 통제된 공동체인 병원의 시스템을 교란하고자 하는 의도가 반영되어 있다고 볼 수 있다.

② '나'가 '미소를 결여'한 의사들이 '무표정한' '모델'로 '아깝게 전락'했다고 인식하는 것에서 감정이 제거된 인간에 대한 연민을 엿볼 수 있군.

〈보기〉에 따르면 윗글에서 '공동체의 시스템에 길들여진 인물들은 기계적 일상에 매몰되어 감정이 제거된 모습으로 표현'되며, 이를 통해 '통제된 공동체에 길들여진 인간에 대한 연민을 드러'낸다. '나'가 '미소를 결여'한 의사들이 '무표정한 히포크라테스의 모델로 아깝게 전락해 버린 듯 보였'다고 한 것에서, 기계적 일상을 반복하는 공동체의 시스템에 길들여져 감정이 제거된 인간에 대한 연민의 태도를 확인할 수 있다.

④ '나'가 떠올린 '일 초의 주저함도 없이' 수술할 수 있는 '권위를 보여 주는' 것에 '만족'하는 듯한 의사들에게서 기계적인 일상에 매몰되어 버린 인간의 모습을 엿볼 수 있군.

〈보기〉에 따르면 윗글에서 '병원'이라는 '공동체의 시스템에 길들여진 인물들은 기계적 일상에 매몰되어 감정이 제거된 모습으로 표현'된다. '나'가 병원의 의사들을 보며 '그들은 일 초의 주저함도 없이 내장을 자르고, 뼈를 긁을 수 있는 권위를 보여 주는 모델로서 만족하고 있는 것 같'다고 느끼는 것에서 기계적인 태도로 환자를 대하는 일을 반복하는 의사들의 모습이 드러나는데, 이를 통해 기계적 일상에 매몰되어 버린 인간의 모습을 엿볼 수 있다.

⑤ '나'가 '사육된' '고등 동물'에 의해 '문패'가 '제자리에 놓'이게 되었다고 생각하는 것에서 통제된 공동체에 길들여진 인간에 의해 자신의 시도가 실패했다고 여기고 있음을 엿볼 수 있군.

〈보기〉에 따르면 윗글은 '치료의 대상이 치료의 주체가 되는 인물 간의 역할 전도의 방식을 통해 시스템을 교란하려는 시도와 실패의 과정을 보여' 준다. 밤새 병동의 '문패를 모조리 바꿔' 두고 '무언가 달라진 낌새가 있'을 것을 기대한 '나'가 다음날 '병실 문패가 제각기 제자리에 놓여 있'는 것을 보고 '고등 동물인 그들은 제 스스로 미로를 제거할 줄 알게 사육'되었다고 느끼는 것에는, 통제된 공동체에 길들여진 인간에 의해 공동체의 시스템을 교란하려 했던 자신의 시도가 실패했다는 인식이 반영되어 있다.

[1~4] 다음 글을 읽고 물음에 답하시오.

편집국 안에 들어섰을 때, 그가 두려워하고 있던 예측이 이젠 어쩔 수 없게 된 것을 최초로 그에게 느끼게 해준 것은 국내(局內)에서 심부름하는 계집애의 표정에서였다. 여느 때 그 계집애는 만화가를 만화 속의 인물과 똑같이 생각하고 있는 탓인지 그를 보기만 하면 웃음을 참지 못하고 고개를 돌리며 휭 가버리곤 하는 것이었는데, 그날은 제법 나붓이 '안녕하세요'를 하고 나서 미소를 띤 채 그의 얼굴을 똑바로 올려다보는 것이었다.

그것이 극히 잠깐 동안이었지만 신경을 곤두세우고 있던 그에게 모든 걸 알 수 있게 해주었다. 계집애가 자기를 올려다보던 맑은 눈 속을 살짝 스치고 가던 게 어쩌면 연민이 아니었을까 하고 생각하자 분노보다도 오히려 전신에서 맥이 빠져나가는 것을 그는 느끼면서 굳어진 얼굴로 문화부를 향하여 갔다. 편집국에서 심부름하는 아이가 자신을 올려다보던 표정을 보고 해고에 대한 불안함을 느끼는 '그'

자기들의 데스크 앞에 앉아 있던 몇 명의 기자들이 여느 때와 달리 유별나게 반갑게 인사할 때는 그는 이미 알고 있다는 듯이 자기도 덩달아서 지금 작별을 하듯이 정중하게 인사를 하고 있었다. 그리고 나서 잠시 동안 그는 자기가 어떻게 처신해야 될지 알 수 없었다. 흐르던 시간이 갑자기 끊어지면서 공백이 생기는구나 하는 생각이 알 수 없는 부끄러움과 함께 그를 엄습했다. 그러고 있는 그를 문화부장이 구해줬다.

㉠"오늘치 만화 좀……"

하면서 문화부장은 손을 내밀었던 것이었다. 그는 당황해졌다. 해고를 당할 것이라 예상했지만 문화부장이 오늘치 만화를 요구하자 당황하는 '그' 그가 짐작하고 있던 사태 속에서는 문화부장의 지금 얘기는 불필요한 게 아닌가. 그는 옆구리에 끼고 있던 서류봉투를 살그머니 좀더 힘을 주어 끼면서 땀이 송글송글 맺히고 빨개진 얼굴을 손바닥으로 닦으며 말했다.

㉡"그려오지 않았는데요."

말하고 나서 그는 금방 후회했다. 해고를 예상하여 오늘치 만화를 그려오지 않았다고 거짓말한 후 후회하는 '그' 어쩌면 자기의 짐작이란 게 얼토당토않은 게 아닐까…… 자기의 신경과민으로 자기는 지금 큰 실수를 저지르고 있는 건 아닌지…… 그러나 문화부장의 다음 말은 그의 그러한 희망에 찬 기대를 산산이 부숴버렸다.

㉢"그럼 알고 계셨군요."

문화부장은 자리에서 일어서면서 그에게 말했다.

"차나 한잔 하러 가실까요?" '그'의 기대와 달리 해고 사실을 우회적으로 전달하는 문화부장

할 얘기가 있다는 암시를 그에게 주면서 문화부장은 그의 앞장을 서서 걸어가기 시작했다.

"아주 섭섭하게 됐습니다. 퍽 오랫동안 함께 일해왔었는데……"
다방에 들어가서 자리에 앉자 문화부장은 그에게 말했다.

"저는 이형(李兄)을 두둔했습니다만…… 국장님도 이형의 만화에는 항상 칭찬을 하셨댔는데…… 그…… 독자들이 자꾸 투서를……"

"아니 사실 재미가 없었지요. 제 자신이 잘 알고 있었습니다만."

그는 문화부장이 우물쭈물하고 있는 게 미안해서 얼른 말을 받았다.

"아니지요. 독자들이 이형의 유머를 이해할 수 없었던 것뿐이지요."

// 장면 끊기 01 '그'가 연재하던 신문사의 문화부장에게 해고 통지를 받음

[중략 부분의 줄거리] 신문사에서 해고당한 그는 다른 신문사의 문화부장을 찾아가 차 한잔 마시자고 권하며 만화 연재를 부탁한다. 그러나 문화부장은 신문사에 돈을 쓰지 않는 사장을 핑계로 부탁을 거절하고 찻값을 먼저 계산한다. 그는 만화가인 김선생을 만나 술을 마시며 자신에게 해고를 통보한 문화부장에 대해 이야기한다.

"ⓐ문화부장이 차나 한잔 하자고 하더군요."

그는 속으로는, 자기가 만화 연재를 부탁하러 갔던 ⓑ문화부장을 생각하면서 말하고 있었다.

[A]
"다방에 가서 그 양반이 그러더군요. 사람 웃기는 방법의 몇 가지 패턴을 안다고 곧 만화가가 되는 것이 아니다. 바로 그 양반이 그랬어요. 두꺼비 같은 눈알을 부라리면서 말입니다."

찻값을 앞질러 내버리던 그 키가 작달막한 문화부장. 날무척 무안하게 해줬었지. 문화부장과 나눴던 대화를 떠올리며 모욕감을 느끼는 '그'

"그러면서 말입니다. 너는 미역국이다, 이거죠."

자기네 사장이 얼른 뒈져달라는 기도를 하라던 그 사람. 난 참 면목이 없어서 혼났지.

"차나 한잔. 그것은 일종의 추파다. 아시겠습니까, 김선생님?" 그는 혀가 잘 돌아가지 않았다. "그것은 내가 그 속에서 성실을 다했던 하나의 우연이 끝나고……"

그는 술을 한모금 꿀꺽 마셨다.

"새로운 우연이 다가온다는 징조. 헤헤, 이건 낙관적이죠, 김선생님?" 그는 김선생이 방금 비워낸 술잔에 취해서 떨리는 손으로 술을 따랐다. "차나 한잔. 그것은 이 회색빛 도시의 따뜻한 비극이다. 아시겠습니까? 김선생님, 해고시키면서 차라도 한잔 나누는 이 인정. 동양적인 특히 한국적인 미담*…… 말입니다."

㉣"그, 어린이 신문에 그리고 있는 거라도 열심히 하고 있게. 기다리면 또 뭔가 생길 테지." 해고당한 '그'를 위로하는 김선생

김선생이 술잔을 들면서 말했다.

"자, 드세."

그는 자기의 술잔을 잡으려고 했다. 잘못해서 술잔이 넘어져 버렸다. 그는 손가락 끝에 엎질러진 술을 찍어서 술상 위에 '아톰X군'의 얼굴을 그리기 시작했다.

"ⓜ자, '아톰X군', 차나 한잔 하실까? 군과도 이별이다. 참 어디서 헤어지게 됐더라." 그는 그림을 그리고 있지 않는 다른 손으로 자기의 이마를 한번 찰싹 때렸다. 골치가 쑤셨기 때문이다. 자신이 그린 만화 주인공에게 차나 한잔하자며 이별을 고하는 '그' "오, 화성인들의 계략에 빠져서 군이 포로가 되어…… 바야흐로 생명이 위험해져 있는 데서 '다음 호에 계속'이었군…… 미안하다. '아톰X군'…… 사람들은 항상 그런 걸 요구하거든. 아슬아슬한 데서 '다음 호에 계속'."

그는 다 그려진 '아톰X군'의 얼굴을 다시 손가락 끝에 술을 찍어서, 지우기 시작했다. "미안하다, '아톰X군'. 어떻게 군의 힘으로 적진을 뚫고 나오기 부탁한다. 이제 난…… 힘이 없단 말야. 나와 헤어지더라도…… 여보게, 우주의 광대하고." 그러면서 그는 양쪽 팔을 넓게 벌렸다. "어두운 공간 속에서 영원한 소년으로 살아 있게." 만화를 더 그릴 수 없다는 사실에 무력감을 느끼며 자신이 그리던 만화 주인공에게 작별 인사를 하는 '그'

// 장면 끊기 02 그는 김선생을 만나 술을 마시고 하소연을 하며, 자신이 연재하는 만화 주인공에게 이별을 고함

– 김승옥, 「차나 한잔」 –

만화가인 그는 연재하던 신문사에서 자신의 만화가 계속 빠지자, 해고를 당할지도 모른다는 불안을 느낀다. 편집국으로 간 그에게 문화부장이 오늘치 만화를 달라고 하지만, 해고를 예감한 그는 그려오지 않았다고 거짓으로 답한다. 문화부장은 차나 한잔하자며 일어서고, 그는 자신의 예상대로 해고 통지를 받는다. 신문사에서 해고당한 그는 다른 신문사의 문화부장을 찾아가 차나 한잔 마시자고 권하며 만화 연재를 부탁하지만, 만화 연재 계획이 없다는 답변을 듣는다. 이후 그는 약국에 가서 배탈약을 사 먹고 선배 만화가인 김선생을 찾아가 함께 술을 마시게 된다. 그는 김선생에게 답답함을 토로하며 해고당한 일을 하소연하다가 자신이 그리던 만화의 주인공인 '아톰X군'에게 차나 한잔하자며 이별을 고한다. 이후 집에 돌아온 그는 자신을 반기는 아내를 보고 미래에 대한 불안을 느끼며 괴로워한다.

✽ 전지적 작가 시점

이것만은 챙기자

*미담: 사람을 감동시킬 만큼 아름다운 내용을 가진 이야기.

---

1. [A]에 대한 설명으로 가장 적절한 것은?

정답풀이

③ 인물의 말과 내적 독백을 교차하여 인물의 심리를 드러내고 있다.

[A]에서 김선생을 만난 '그'는 자신에게 해고를 통보한 문화부장에 대한 말을 꺼내고는 '속으로는, 자기가 만화 연재를 부탁하러 갔던 문화부장을 생각하면서 말'을 이어갔다. 이때 김선생에게 건네는 말과 '날 무척 무안하게 해줬었지.', '난 참 면목이 없어서 혼났지.' 등과 같은 내적 독백이 교차 제시되고 있으므로, 인물의 말과 내적 독백을 교차하여 인물의 심리를 드러내고 있다고 볼 수 있다.

오답풀이

① 빈번하게 장면을 전환하여 긴박한 분위기를 조성하고 있다.
[A]에서는 '그'가 김선생에게 이야기하는 하나의 장면이 나타날 뿐, 시간이나 공간적 배경이 바뀌면서 나타나는 장면 전환을 확인할 수 없다.

② 과거의 장면을 삽입하여 갈등 해소의 실마리를 제시하고 있다.
[A]의 '다방에 가서 그 양반이 그러더군요.~두꺼비 같은 눈알을 부라리면서 말입니다.' 등에서 과거의 사건에 대한 언급이 이루어지고 있으나, 과거의 장면을 삽입한 부분은 없으며, 갈등 해소의 실마리를 제시하고 있지도 않다.

④ 대화를 통해 상황에 대한 인물 간의 시각 차이를 드러내고 있다.
[A]에는 상황에 대한 '그'의 일방적 설명과 내적 독백이 나타나 있을 뿐이므로, 상황에 대한 인물 간의 시각 차이가 드러난다고 볼 수 없다.

⑤ 동시에 일어난 두 사건을 병치하여 인물 간의 갈등을 부각하고 있다.
[A]에서 동시에 일어난 두 사건을 병치하거나, 인물 간의 갈등을 부각하고 있다고 보기는 어렵다.

기틀잡기

① **빈번한 장면 전환**: 최소한 3번 이상 장면이 전환되는 것.
⑤ **병치**: 두 가지 이상의 것을 한곳에 나란히 제시함.

2. ㉠～㉤에 대한 설명으로 적절하지 <u>않은</u> 것은?

> ㉠: "오늘치 만화 좀……"
> ㉡: "그려오지 않았는데요."
> ㉢: "그럼 알고 계셨군요."
> ㉣: "그, 어린이 신문에 그리고 있는 거라도 열심히 하고 있게. 기다리면 또 뭐가 생길 테지."
> ㉤: 자, '아톰X군', 차나 한잔 하실까?

✔ 정답풀이

③ ㉢: '그'가 만화를 그려 오지 않을 것을 이미 알고 있었음을 드러내고 있다.

> 문화부장이 '오늘치 만화'를 달라고 말하며 손을 내밀었을 때 '그'가 ㉡이라고 답하자 문화부장은 ㉢과 같이 반응한다. 이는 '그'가 이미 해고당할 사실을 알고 있었기 때문에 만화를 그려오지 않은 것이라고 생각한 것에서 나온 반응이다. 문화부장이 '오늘치 만화'를 달라며 손을 내밀었던 것으로 볼 때, ㉢이 '그'가 만화를 그려오지 않을 것을 이미 알고 있었음을 드러낸다고 볼 수 없다.

✘ 오답풀이

① ㉠: '그'의 만화를 형식적으로 요구하고 있다.
㉠은 문화부장이 이미 '그'의 해고를 염두에 두고 있던 상황에서 한 말이므로, 실제로 오늘치 만화를 달라는 요구가 아닌, 형식적인 요구에 불과함을 알 수 있다.

② ㉡: 자신의 해고를 짐작하며 '문화부장'에게 말하고 있다.
'그'는 해고라는 '사태'를 '짐작하고 있'었기에 ㉡이라고 말한다. 또한, ㉡ 이후에 '그'가 '어쩌면 자기의 짐작이란 게 얼토당토않은 게 아닐까……'라고 하며 혹시나 하는 희망을 품는 것을 고려하면, ㉡은 해고를 당할 것이라는 짐작에 기반하여 한 말임을 알수 있다.

④ ㉣: 기다리면 새로운 일거리가 생길 것이라며 해고당한 '그'를 위로하고 있다.
㉣은 김선생의 말로, 현재 할 수 있는 일을 하면서 기다리면 언젠가 새로운 일거리가 생길 것이라고 말하면서 해고당한 '그'를 위로하는 말이라고 볼 수 있다.

⑤ ㉤: '아톰X군'을 더 이상 그리지 않으려는 마음을 드러내고 있다.
'차나 한잔 하'자는 말은 문화부장이 그를 해고하면서 했던 말인데, ㉤에서 '그'가 이를 '아톰X군'에게도 말하며 '군과도 이별이다.'라고 말을 잇는 것을 고려하면, ㉤에는 '아톰X군'을 더 이상 그리지 않으려는 마음이 드러나 있다고 볼 수 있다.

> Q: '그'가 '아톰X군'에게 차나 한잔하자고 말을 한 것이 왜 '아톰X군'을 더 이상 그리지 않으려는 마음을 드러낸 것인가요?
>
> A: 윗글에서 문화부장은 해고를 당하지 않을 수도 있다는 '그'의 기대와 달리 '차나 한잔 하러 가실까요?'라고 이야기하며, '그'에게 해고 사실을 우회적으로 전달한다. 이후 '그'는 김선생과 술을 마시면서 '차나 한잔. 그것은 이 회색빛 도시의 따뜻한 비극이다. 아시겠습니까? 김선생님. 해고시키면서 차라도 한잔 나누는 이 인정. 동양적인 특히 한국적인 미담…… 말입니다.'라고 말한다. 이를 고려할 때 윗글에서 '그'가 '아톰X군'에게 '차나 한잔 하실까?'라고 말을 건네는 것은 '아톰X군'과 이별하려는, 즉 '아톰X군'을 더 이상 그리지 않으려는 마음을 드러낸 것이라고 볼 수 있다.

3. ⓐ와 ⓑ에 대한 이해로 가장 적절한 것은?

> ⓐ: 문화부장
> ⓑ: 문화부장

✔ 정답풀이

⑤ ⓐ와의 만남과 ⓑ와의 만남은 모두 '그'에게 부정적 감정을 유발한다.

> ⓐ는 '그'에게 해고를 통보한 인물이고 ⓑ는 '그'의 만화 연재 부탁을 거절한 인물이다. 즉 ⓐ와의 만남과 ⓑ와의 만남은 모두 '그'에게 부정적 감정을 유발한다고 볼 수 있다.

✘ 오답풀이

① ⓐ는 해고 상황을 국장의 탓으로 돌려 책임을 회피한다.
ⓐ는 '독자들이 자꾸 투서를' 보내왔으며, '독자들이 이형의 유머를 이해할 수 없었던 것뿐'이라고 말하면서 그가 해고된 상황의 책임을 독자에게 돌린다.

② ⓑ는 만화가의 자질에 대해 말하며 '그'의 행동 변화를 유도한다.
ⓑ는 '사람 웃기는 방법의 몇 가지 패턴을 안다고 곧 만화가가 되는 것이 아니'라고 하면서 '그'의 만화 연재 부탁을 거절하고 있을 뿐, '그'의 행동 변화를 유도하고 있다고 보기는 어렵다.

③ ⓑ는 ⓐ와 달리 '그'에게 먼저 차를 마시자고 권한다.
ⓐ는 먼저 '그'에게 '차나 한잔 하'자고 했고, ⓑ는 '그'가 '차 한잔 마시자고 권하'자 '다방에 가서' 차를 마셨다. 따라서 ⓑ가 ⓐ와 달리 먼저 차를 마시자고 권했다고 볼 수는 없다.

④ ⓐ와 ⓑ는 모두 '그'의 능력을 인정하지만 '그'의 제안은 거절한다.
ⓐ는 '그'에게 해고 통보를 전한 인물일 뿐 '그'가 특정한 제안을 한 인물이 아니다. '그'의 만화 연재 제안을 거절한 것은 ⓑ이며, ⓑ가 '그'의 능력을 인정했다고 볼 근거는 찾을 수 없다.

4. 〈보기〉를 참고하여 윗글을 감상한 내용으로 적절하지 <u>않은</u> 것은? [3점]

> ───── 〈보기〉 ─────
>
> 이 작품은 만화가가 겪는 하루의 사건을 통해 <u>1960년대를 살아가는 소시민의 생계에 대한 불안과 비애를 드러낸다</u>. 작품에서 만화가는 만화를 충실히 연재함에도 불구하고 결국 해고를 당하고 새로운 일자리를 구하려 하지만 실패한다. 작가는 이 과정에서 <u>인물의 상황과 심리를 우회적으로 드러내기 위해 비유적 표현, 모순 형용 등을 활용</u>한다. 또한 <u>자신이 그리는 만화 속 가상의 인물에게 말을 하는 상황을 통해 인물의 심리를 드러내기도 한다</u>.

🔍 보기 분석

- 「차나 한잔」: 1960년대를 살아가는 소시민의 생계에 대한 불안과 비애를 드러내는 작품
  - 비유적 표현과 모순 형용 등을 활용하여 인물의 상황과 심리를 우회적으로 드러냄
  - '아톰X군'에게 말을 하는 상황을 설정하여 인물의 심리를 드러냄

✔ 정답풀이

③ '그'가 자신의 해고를 '새로운 우연이 다가온다는 징조'라고 말하는 것은 자신을 해고한 신문사로부터 다시 만화 연재를 의뢰받게 되리라는 기대를 드러낸 것으로 볼 수 있겠군.

> 〈보기〉에 따르면 윗글에서 '만화가는 만화를 충실히 연재함에도 불구하고 결국 해고를 당하고 새로운 일자리를 구하려 하지만 실패'하며, '작가는 이 과정에서 인물의 상황과 심리를 우회적으로 드러'낸다. '그'가 신문사로부터 해고 통보를 받은 일을 전하며 '성실을 다했던 하나의 우연이 끝나고' '새로운 우연이 다가온다는 징조'라고 말한 것은 해고당한 후 새로운 일자리를 구하려고 했던 노력마저 실패한 슬픔이 우회적으로 드러나는 부분이라고 볼 수 있다. 또한 윗글에 '그'가 자신을 해고한 신문사로부터 다시 만화 연재를 의뢰받게 되리라는 기대를 드러내는 모습은 나타나지 않는다.

✖ 오답풀이

① '그'가 '계집애'의 표정을 보며 '두려워하고 있던 예측이 이젠 어쩔 수 없게' 되었다고 느끼는 모습을 통해 해고로 인해 생계를 걱정하는 '그'의 불안을 드러낸다고 볼 수 있겠군.

> 〈보기〉에 따르면 윗글은 '만화가가 겪는 하루의 사건을 통해 1960년대를 살아가는 소시민의 생계에 대한 불안과 비애를 드러'낸다. 해고를 걱정하던 '그'는 계집애의 표정에서 자신이 두려워하고 있던 예측이 틀리지 않았다고 생각하며 '전신에서 맥이 빠져나가는 것'을 느끼는데, 이는 해고로 인해 위협받게 된 생계를 걱정하는 '그'의 불안을 드러낸 것으로 볼 수 있다.

② '그'가 자신의 해고를 '미역국'이라고 말하는 것은 해고당하는 상황을 비유적 표현을 통해 우회적으로 드러낸 것으로 볼 수 있겠군.

> 〈보기〉에서 윗글의 작가는 '인물의 상황과 심리를 우회적으로 드러내기 위해 비유적 표현'을 활용한다고 했다. '그'가 '너는 미역국이다. 이거죠.'라고 말하는데, 이때 '미역국'은 관용구인 '미역국을 먹다.'에서 나온 표현으로 '(비유적으로) 직위에서 떨려 나다.'의 뜻이 있다. 따라서 자신이 해고당하는 상황을 '미역국'이라는 비유적 표현을 통해 우회적으로 드러냈다고 볼 수 있다.

④ '그'가 '차나 한잔'의 의미를 '이 회색빛 도시의 따뜻한 비극'이라고 말하는 것은 해고를 당한 '그'의 비참한 심리를 모순 형용을 통해 표현한 것으로 볼 수 있겠군.

> 〈보기〉에서 윗글은 '인물의 상황과 심리를 우회적으로 드러내기 위해' '모순 형용 등을 활용'한다고 했다. '그'가 '차나 한잔'의 의미를 '이 회색빛 도시의 따뜻한 비극'이라고 말하는 것은 문화부장과 차를 마시면서 해고 통보를 받은 자신의 비참한 심리를 모순 형용(역설의 표현)을 사용해 드러낸 것으로 볼 수 있다.

⑤ '그'가 '아톰X군'의 얼굴을 술상 위에 그렸다 지우며 '힘이 없'다고 말하는 것을 통해 '그'가 처한 상황에 대해 느끼는 무력감을 드러낸 것으로 볼 수 있겠군.

> 〈보기〉에 따르면 윗글은 '자신이 그리는 만화 속 가상의 인물에게 말을 하는 상황을 통해 인물의 심리를 드러내기도 한'다. '그'가 '아톰X군'의 얼굴을 술상 위에 그렸다 지우면서 '군의 힘으로 적진을 뚫고 나'와 달라고 부탁하고 자신에게는 '힘이 없'다며 미안해하는 것은, 가상의 인물에게 말을 걸면서 자신이 처한 상황에 대해 무력감을 드러낸 것으로 볼 수 있다.

[1~4] 다음 글을 읽고 물음에 답하시오.

"큰 산소의 아버니 옆에 내가 들어갈 자리는 하나 넉넉히 되지마는 장비(葬費)*는 터무니없고, 이런 세대에 무어 볼 거 있소. 간략히 화장을 해서 뼈나 갖다 묻두룩 하우."

자기가 세상을 떠난 뒤에 아이들의 교육과 취직이며 생활 방도를 의논한 끝에 이러한 유언도 하고, 어떤 때는 유골을 갈아서 정한 산에 올라가 날려보내도 좋겠다는 지나는 말도 하여 가족들을 놀래기도 하였다. 어떤 때는 자신의 죽음을 받아들이는 듯 보이는 병인

그러나 그러한 유언은 언제나 한 번은 죽을 것이니, 이 기회에 미리 자기의 의사 표시를 하여 두자는 것이지, 다시는 일어나지 못하리라는 각오를 하고서 하는 말은 아니었다. 주사의 힘으로 버티어나가거니 하는 불안은 있으나, 주사를 놓고 나면 그 저리고 쑤시던 가슴이 훤히 터지고 부축을 하여서라도 몸을 가누고 일어나 앉을 수 있는 것을 보면, ㉠자기의 원기에 대한 자신이 다시 생기고, 능히 소복*되리라는 새 희망도 비치는 것이었다. 죽음에 대한 불안감을 느끼면서도 회복에 대한 자신감과 희망을 가지는 병인 사실 어제 퇴원을 하느니 마느니 하고, 한참 부산한 통에 C라는 젊은 위문객이 왔을 때는 이때까지 서둘던 가족들이 무색하리만큼, 병인은 내일이라도 일어날 듯이 명랑한 낯빛으로 수작을 하는 것이었다.

"그동안 이렇게 편찮으신 줄은 몰랐습니다그려. 지금 ××재단을 설립 중인데 물론(物論) 돌아가는 것을 보니까, 어쩌면 선생을 부사장으로 추대할 듯싶더군요. 그야 이사 자리야 하나 안 드리겠습니까마는, 공교히 이렇게 누워 계셔서 안됐습니다. 어서 속히 일어만 나십쇼."

C 청년은 병인의 기를 돋워주려고 위로로 하는 말이 아니라, 그러한 내통을 하여주고, 또 그리하면 자기에게도 좋은 일이 없지 않겠다는 생각으로 찾아다니다가 병원까지 왔다는 말눈치였다.

"흥, 그런 이야기가 있어! 좀 있으면 일어나게야 되겠지마는 하여간 그 축들 만나건 잘 부탁해주우…… 어, 오늘 C 군이 찾아 준 것도 의외지만, 아마 나두 인제 운이 틔려는군! 힘 좀 써주슈. 꼭 부탁하우."

병인은 젊은 친구의 손을 붙들고 은근한 정을 표하는 것이었다. 그러나 젊은 손은, 병 증세를 캐어묻고 병인의 가다가다 허청 나오는 목소리와 어떻게 보면 사색에 질린 낯빛을 이모저모 뜯어보는 눈치더니, 처음 달려들면서 떠벌려놓던 기세와는 딴판으로 차츰 기색이 달라지면서 꽁무니를 빼는 수작을 어름어름* 하고는 홀쩍 가버렸다. 병인의 병세가 심각한 것을 알고 처음과 달리 소극적인 태도를 보이는 C 병인은 그래도 신기(身氣)가 매우 좋아서, ㉡아내더러 내일은 P에게 연락을 해서 그 ××재단의 내용을 알아보고, A에게 가서는 이러저러한 전달을 하고 부탁을 하여두라는 분별을 하고 누웠다. 자신의 건강이 좋아질 것이라고 기대감을 품으며 삶에 의욕을 보이는 병인 옹위*를 하고 앉았는 가족들은, 이 양반이 오늘 해를 못 넘

기리라고 서둘던 양반인가? 하는 생각에 멀끄미 병인의 얼굴을 바라들 보며, 어쨌든 반갑고 기쁘기도 하며, 어떻게 보면 과시 병이 고망(膏肓)에 깊이 든* 것이 아닌 것 같이도 보여 다시 새로운 희망도 생기는 것이었다. ㉢퇴원을 재촉하고 장사 지낼 걱정을 끼리끼리 수군거리던 것이 우습기도 하였다.

C 청년이 다녀간 뒤에 의사가 저녁때에야 들어왔다. 오늘도 가슴이 메어지고 숨이 막힐 때마다 K 선생을 불러오라 하고 출근을 아니 하였거든 자기 집에 전화를 걸라고 하던 K 의사가 들어왔다. 병자는 아까 놓은 주사 기운이 아직 남아 있어 그리 급한 지경은 아니나 의사의 얼굴만 보아도 되었다.

"오신 길에 주사를 또 한 번……."

환자는 조금 있으면 또 닥쳐올 고통이 무서워서, 좀처럼 만나기 어려운 의사를 붙든 김에 아주 미리 주사를 듬뿍 맞아두고 싶은 생각이었다. 고통을 잊고자 약에 의존하는 병인

"아, 놓아 드리죠."

㉣진찰을 대강 하여보고 의사가 주사약을 가지러 나가는 것을 보고 명호는 병자의 눈에 안 띄게 슬며시 뒤쫓아 나갔다.

"오늘 퇴원을 시킬까 하다가 선생두 안 오시구 해서 그만두고 있습니다마는 어떤 모양인가요?" 병인 몰래 의사에게 병인의 병세를 묻는 명호

"오늘낼 새로 어떻겠습니까마는 퇴원하시죠."

퇴원한다는 말에, 의사는 도리어 반색*을 하는 눈치였다.

[중략 부분의 줄거리] 다음 날 동생 명호와 함께 퇴원한 병인은 아내가 기다리고 있는 집으로 가는 도중 사망한다.

발상(發喪)* 전의 과수댁은 옆방에서 부리나케 보따리를 풀고 무엇을 찾았다. ㉤명호가 오늘 반나절을 걸려서 땀을 뻘뻘 흘리며 지어온 약봉지가 먼저 방바닥에 떨어졌다. 병자가 이틀을 두고 성화를 대며 졸라서 먹으려던 것이다. 과수댁은 컵 속에 넣은 물 종지를 찾아내서 빈소로 가지고 가더니 신체의 주위에 말끔히 뿌렸다. 세를 붙이고 받아둔 성수였다.

발치께 서서 가만히 바라보던 명호가

"그럼, 장례는 어떻게 지내시렵니까? 제사는 일체 폐하시나요?" 하고 물으니까 과수댁은

"그렇게까지야 하겠습니까."

하고 다만 좋은 일이니, 교회 사람이 하라는 대로 한다는 것이었다. 종교적 가치관을 보이는 과수댁 초상집에서는 우선 삼일장이냐 오일장이냐 하는 의논이 벌어졌다.

"화장을 하라신 유언도 계셨으니 화장으로 고시면야 삼일장

도 넉넉할 겁니다."

명호는 첫째 장비 걱정으로 화장을 앞세웠다. 장사 비용을 고려하여
화장으로 삼일장을 치르길 원하는 명호

"그야 우리 형세에 삼일장이죠마는 화장은 아닙니다. 처음에
는 그런 말씀이 계셨지만 나중에 다시 아무래두 아버님 곁으
루 들어가시겠댔는데요."

여기에 가서는 아무도 이렇다 저러하다 말할 나위가 없었다.
혹은 이 과수댁도 뒤미처 들어갈 테고 보니 자기부터 화장이 싫
어서 그럴지도 모르나, 돌아간 이도 아직 면 앞일이거니 하고 가
상적으로 여유를 두고 말할 때는 화장을 입 밖에 냈을는지 몰라
도 당장 닥쳐온 실제 문제가 되고 보니, 역시 선산에 묻히고 싶
어 하였을 것도 넉넉히 짐작할 일이었다. 나 죽은 뒤에는 수의를
무슨 감으로 하여달라느니, 관 속에는 이것저것을 넣어달라느니
하는 유언도 하거든, 자기 묻힐 자리를 초점(焦點)까지 해놓고서
거기에 못 묻힐까 보아 애를 쓰며 세상을 떠나는 것도 무리가 아
닐지도 몰랐다. 병인이 임종을 앞두고 선산에 묻히길 원했을 것이라 짐작하는 병인의
가족들

"말이 삼 일이지, 오늘 해는 다 가구 내일 하루인데, 첫째 산역
(山役)*이 문제로군."

호상차지(護喪次知)*의 걱정이었다.

"영구차에 버스 한 대는 따라야 할 테니, 자동차 삯만 해두 두
대에 사만 원은 예산을 쳐야 할걸."

홍제원 화장장이면 고작해야 오륙천 원에 너끈할 것인데, 없
는 돈에 찻삯이 사만 원 예산이라니 엄청나다는 말눈치였다.

"화장이나 매장이나 돌아간 뒤에야……." 비용이 적게 들도록 화장했
으면 좋겠다는 마음을 내비치는 가족들

젊은 축들은 저희끼리 이런 소리를 수군거리는 것이었다.

// 장면 끊기 03 병인이 죽은 뒤, 가족들은 장례 방식을 놓고 각자의 가치관에 따른 의견을 냄

– 염상섭, 「임종」 –

*장비: 장사 비용.
*산역: 시체를 묻고 뫼를 만들거나 이장하는 일.
*호상차지: 초상 치르는 데에 관한 온갖 일을 책임지고 맡아 보살피는
사람.

병인은 뇌출혈로 쓰러져 한 달째 병원에 입원해 있다. 약의 힘으로 간
신히 연명해 가는 병인은 죽음을 순순히 받아들이지 못하고 한약을 지어
오라는 둥 가족들에게 떼를 쓴다. 이런 와중에도 가족들은 장례의 편의와
병원비에 대한 걱정으로 퇴원을 서두른다. 그러던 중에 C라는 젊은 청년
이 찾아와 병인에게 새로운 재단 설립에 대한 이야기를 꺼냈다가 병인의
병세가 심각하다는 사실을 알고는 황급히 떠난다. 그러나 병인은 C 청년
의 방문에 힘입어 삶의 의욕을 불태우고, 가족들도 혹시나 하는 희망을
품는다. 하지만 결국 병인은 가족들의 설득에 못 이겨 퇴원하던 중 죽고
만다. 가족들은 현실적 계산 속에서 장례를 치르고, 각자의 임무를 다한
것에 만족한다.

＊ 전지적 작가 시점

이것만은 챙기자

＊소복: 원기가 회복됨. 또는 원기가 회복되게 함.
＊어름어름: 말이나 행동을 똑똑하게 분명히 하지 못하고 우물쭈물하는
모양.
＊옹위: 주위를 둘러쌈.
＊고망(고황)에 들다: 병이 고치기 힘들게 몸속 깊이 들다.
＊반색: 매우 반가워함. 또는 그런 기색.
＊발상: 상례에서, 죽은 사람의 혼을 부르고 나서 상제가 머리를 풀고 슬피
울어 초상난 것을 알림. 또는 그런 절차.

1. 윗글에 대한 설명으로 가장 적절한 것은?

✓ 정답풀이

① 과거의 사건을 언급하여 상황에 따른 인물의 심리를 보여 주고 있다.

> '사실 어제 퇴원을 하느니 마느니 하고, 한참 부산한 통에 C라는 젊은 위문객이 왔을 때는 이때까지 서둘던 가족들이 무색하리만큼, 병인은 내일이라도 일어날 듯이 명랑한 낯빛으로 수작을 하는 것이었다.'에서 확인할 수 있듯이 '주사의 힘으로 버티어나가'는 거라고 여겼던 병인은, C 군이 다녀간 과거(어제)의 사건을 계기로 '내일이라도 일어날 듯이 명랑한 낯빛'을 띠며 자신감을 갖게 된다. 이러한 병인의 모습을 본 병인의 가족들 또한 병세가 나아질 것이라는 희망을 가지며 기뻐하므로 적절하다.

✗ 오답풀이

② 서술자가 경험한 내용을 바탕으로 주제 의식을 사실적으로 드러내고 있다.
   윗글은 서술자가 작품 밖에서 이야기를 서술하고 있으므로, 서술자의 경험이 나타난다고 보기 힘들다.

③ 장면의 전환에 따라 서술자를 달리하여 사건을 입체적으로 조명하고 있다.
   윗글은 처음부터 끝까지 작품 밖 서술자가 이야기를 전달하고 있으므로, 장면의 전환에 따라 서술자를 달리하여 사건을 입체적으로 조명하고 있다고 볼 수 없다.

④ 특정 인물의 내적 고백을 통해 인물 간 갈등이 발생한 원인을 밝히고 있다.
   특정 인물이 자신의 심리를 고백적으로 서술하고 있는 부분을 찾아볼 수 없으며, 인물 간 갈등이 발생한 원인을 밝히는 장면도 드러나 있지 않다.

⑤ 인물들 간의 회상을 교차시켜 현재 상황에 대한 독자의 이해를 높이고 있다.
   작품 밖 서술자가 과거의 사건을 서술하고 있을 뿐, 등장인물들 간의 회상이 교차되는 부분은 드러나 있지 않다.

🌱 기틀잡기

③ **입체적:** 사물을 여러 각도에서 종합적으로 파악하는 것.
⑤ **회상:** 지난 일을 돌이켜 생각함. 또는 그런 생각.

 **문제적 문제**

• 1-②, ④번

학생들이 정답 외에 가장 많이 고른 선지는 ②번과 ④번이다. ②번을 선택한 학생들은 윗글이 전지적 작가 시점임을 파악하지 못했을 가능성이 높다. 윗글은 작품 밖 서술자가 작품 속 사건과 인물에 대해 이야기해 주는 전지적 작가 시점이다. 즉, 서술자가 작품 밖에 위치하고 있으므로 자신이 경험한 내용을 드러내고 있다고 볼 수 없는 것이다. 따라서 ②번 선지는 적절하지 않다.

④번을 선택한 학생들은 [중략 부분의 줄거리] 이전의 '자기가 세상을 떠난 뒤에 아이들의 교육과 취직이며~능히 소복되리라는 새 희망도 비치는 것이었다.'를 병인의 내적 고백으로 판단했거나, [중략 부분의 줄거리] 이후 지문의 '여기에 가서는 아무도 이렇다 저러하·다~세상을 떠나는 것도 무리가 아닐지도 몰랐다.'를 내적 고백으로 판단했을 가능성이 있다. 그러나 윗글은 전지적 작가 시점이므로 해당 내용들은 서술자가 작품 속 사건과 그에 대한 인물의 생각을 이야기하는 것일 뿐, 특정 인물의 내적 독백으로 볼 수는 없다. 따라서 ④번 선지도 적절하지 않다.

문학에서 서술상의 특징을 묻는 문제는 익숙한 문제 유형이지만, 최근 평가원 시험에서 난이도가 높게 출제되는 경향을 보이므로 관련 개념어의 의미를 명확하게 학습할 필요가 있다.

정답률 분석

정답	매력적 오답		매력적 오답	
①	②	③	④	⑤
55%	13%	10%	15%	7%

2. 〈보기〉를 참고하여 ㉠~㉤을 이해한 내용으로 적절하지 <u>않은</u> 것은? [3점]

㉠: 자기의 원기에 대한 자신이 다시 생기고, 능히 소복되리라는 새 희망도 비치는 것이었다.

㉡: 아내더러 내일은 P에게 연락을 해서 그 ××재단의 내용을 알아보고, A에게 가서는 이러저러한 전달을 하고 부탁을 하여두라는 분별을 하고 누웠다.

㉢: 퇴원을 재촉하고 장사 지낼 걱정을 끼리끼리 수군거리던 것이 우습기도 하였다.

㉣: 진찰을 대강 하여보고 의사가 주사약을 가지러 나가는 것을 보고 명호는 병자의 눈에 안 띄게 슬며시 뒤쫓아 나갔다.

㉤: 명호가 오늘 반나절을 걸려서 땀을 뻘뻘 흘리며 지어온 약봉지가 먼저 방바닥에 떨어졌다.

〈보기〉

정신의학자 퀴블러 로스에 따르면 죽음을 앞둔 환자들은 자신의 병세를 짐작하면서도 예전처럼 건강을 되찾을 수 있다는 기대감을 갖거나 소중하게 여기던 것들을 잃게 된다는 상실감에 우울과 분노를 표출하기도 한다. 하지만 이러한 반응은 대체로 일시적이며 점차 자신의 상태를 수용하게 된다. 그러므로 가족들은 환자의 감정에 공감하고 환자의 요구를 존중하되, 환자를 보호하려고 환자의 상태를 정확하게 알리는 것을 무한정 미뤄서는 안 된다. 환자가 자신의 상태를 수용할 수 있도록 시간적 여유를 주는 것이 필요하다.

🔍 보기 분석

- 죽음을 앞둔 환자들의 상태
  - 건강을 되찾을 수 있다는 기대감을 가짐
  - 소중하게 여기던 것들을 잃게 된다는 상실감에 우울과 분노를 표출하기도 함
  - 점차 자신의 상태를 수용하게 됨
  - → 가족들은 환자가 자신의 상태를 수용할 수 있도록 시간을 주어야 함

✅ 정답풀이

② ㉡: 병인이 아내에게 지시하는 행동은 퇴원한 후에 ××재단의 고위직을 맡을 수 없을지도 모른다는 상실감을 감추기 위한 행동이었겠군.

> 〈보기〉에 따르면 '죽음을 앞둔 환자들'은 '예전처럼 건강을 되찾을 수 있다는 기대감'을 갖게 된다고 한다. 병인이 C군을 만난 후 아내를 통해 'P에게 연락'하라고 하고, 'A에게 가서는 이러저러한 전달을 하고 부탁을 하여두라'며, 주변 사람들에게 연락을 취하도록 한 것은 퇴원 후 ××재단의 고위직을 맡을 수 없을지도 모른다는 상실감을 감추기 위한 행동이 아니라 건강을 되찾을 수 있을지도 모른다는 기대감을 드러낸 행동으로 볼 수 있다.

❌ 오답풀이

① ㉠: 병인은 주사약으로 통증만 줄이고 있다는 사실을 짐작하면서도 몸을 가누고 일어나 앉을 수 있다는 점에서 자신의 병이 회복될 수 있다고 기대하고 있군.

> 〈보기〉에 따르면 '죽음을 앞둔 환자들'은 '예전처럼 건강을 되찾을 수 있다는 기대감'을 갖게 된다고 한다. 윗글에서 '주사의 힘으로 버티어나가거니 하는 불안은 있'으면서도, '주사를 놓고 나면 그 저리고 쑤시던 가슴이 훤히 터지고 부축을 하여서라도 몸을 가누고 일어나 앉'는 상태에 '능히 소복되리라는 새 희망도 비치는 것'을 볼 때 병인이 자신의 병이 회복될 수 있다고 기대하고 있음을 알 수 있다.

③ ㉢: 병인의 가족들이 장사 지낼 걱정을 드러내지 못하고 수군거리던 것은 장례 절차에 관한 공개적인 논의를 미루는 것으로 볼 수 있군.

> 윗글에서 병인의 가족들은 '퇴원을 재촉하고 장사 지낼 걱정을' 환자 앞에서 대놓고 하지는 못하고 '끼리끼리 수군거리'는 모습을 보인다. 이는 〈보기〉의 '환자의 상태를 정확하게 알리는 것'을 미루는 모습으로 볼 수 있다.

④ ㉣: 명호가 병인이 눈치채지 못하도록 슬며시 의사를 따라 나서 병인의 병세를 확인하는 것은 자신의 상태를 알게 될 환자의 반응으로부터 환자를 보호하기 위한 행동으로 볼 수 있군.

> 〈보기〉를 토대로 '죽음을 앞둔 환자'의 가족들은 '환자를 보호하려고 환자의 상태를 정확하게 알리는 것'을 미룬다는 것을 알 수 있다. 명호가 '병자의 눈에 안 띄게 슬며시 뒤쫓아 나'가서 '오늘 퇴원을 시킬까 하다가 선생두 안 오시구 해서 그만두고 있습니다마는 어떤 모양인가요?'라며 의사에게 병인의 상태를 확인하는데 이는 자신의 상태를 수용하지 못한 채 자신의 병세를 알게 될 환자가 나타낼 반응으로부터 환자를 보호하기 위한 행동으로 볼 수 있다.

⑤ ㉤: 명호가 병인의 성화에 못 이겨 반나절이나 걸려 힘들게 약을 구해 온 것은 죽음을 앞둔 환자의 요구를 존중하는 마음에서 나온 행동으로 볼 수 있군.

> 〈보기〉에 따르면 '죽음을 앞둔 환자'의 '가족들은 환자의 감정에 공감하고 환자의 요구를 존중'해야 한다. 과수댁이 '옆방에서 부리나케 보따리를 풀고 무엇을 찾'을 때 '병자가 이틀을 두고 성화를 대며 졸라서 먹으려던' 약봉지가 떨어진다. 이것은 '명호가 오늘 반나절을 걸려서 땀을 뻘뻘 흘리며 지어온' 것으로 이는 가족인 명호가 죽음을 앞둔 환자의 요구를 존중하는 마음에서 한 행동이라고 볼 수 있다.

3. 윗글에 대한 이해로 가장 적절한 것은?

✅ 정답풀이

③ 가족들은 C 군이 다녀간 뒤 병인의 행동을 살핀 후 병세가 호전될 수 있다고 생각한다.

> 가족들은 C 군이 전해 준 소식을 들은 뒤 아내를 통해 주변 사람들에게 적극적으로 연락을 하려는 병인의 모습을 보며 '반갑고 기쁘기도 하며, 어떻게 보면 과시 병이 고망에 깊이 든 것이 아닌 것 같이도 보여 다시 새로운 희망도' 느끼고 있다. 즉 병인의 병세가 호전될 수 있다는 기대를 가진 것이다.

❌ 오답풀이

① 병인은 자식들의 교육이나 취직을 걱정하여 병을 극복하기 위해 노력한다.
병인은 자신이 세상을 떠난 후 가족들의 경제적 상황을 고려하여 '아이들의 교육과 취직이며 생활 방도를 의논'하여 유언을 남기고 있을 뿐, 자식들에 대한 걱정으로 병을 극복하기 위해 노력하고 있지는 않다.

② C 군은 병인의 병세를 살피기 위해 방문했다는 의도를 숨기려고 새로운 소식을 전한다.
'C 청년은 병인의 기를 돋워주려고 위로로 하는 말이 아니라, 그러한 내통을 하여주고, 또 그리하면 자기에게도 좋은 일이 없지 않겠다는 생각으로 찾아다니다가 병원까지 왔다는 말눈치'를 보이고 있다. 즉 C 군은 병인이 ××재단의 고위직을 맡게 될 가능성을 알고 자신에게 이익이 될지도 모른다고 생각하여 병인을 방문한 것일 뿐 병인의 병세를 살피기 위한 의도로 방문한 것은 아니다.

④ 의사는 명호에게 병인의 증상이 나아질 수 있을 것이라 안심시키며 퇴원을 허락한다.
의사는 명호에게 '오늘낼 새로 어떻겠습니까마는 퇴원하시죠.'라고 말한다. 이것은 병인의 병세가 크게 달라지지 않을 것이라 전하는 말일 뿐, 병인의 증상이 나아질 수 있을 것이라 안심시키는 말로 볼 수 없다.

⑤ 과수댁은 명호의 반대에도 불구하고 가족의 형편을 생각하여 화장을 한 후 삼일장을 치르기를 원한다.
명호가 '화장을 하라신 유언도 계셨으니 화장으로 모시면야 삼일장도 넉넉할 겁니다.'라고 말하자 과수댁은 '그야 우리 형세에 삼일장이죠마는 화장은 아닙니다. 처음에는 그런 말씀이 계셨지만 나중에 다시 아무래두 아버님 곁으루 들어가시겠댔는데요.'라고 말한다. 즉, 화장을 한 후 삼일장을 치르기를 원하는 인물은 과수댁이 아닌 명호이다.

4. 〈보기〉는 '선생님'의 안내에 따라 학생들이 윗글을 감상한 내용이다. ⓐ∼ⓔ 중 적절하지 <u>않은</u> 것은?

〈보기〉

> **선생님:** 1940년대에 창작된 「임종」은 죽음의 의미를 인물의 내적 고민과 방황의 절정에서 벗어나는 이상적인 방법으로 미화하여 제시했던 이전 시기의 작품들과 달리 한 인물의 죽음을 둘러싸고 발생하는 사건에 대해 전통적 가치, 종교적 가치, 현실적 가치 등이 혼재된 등장인물의 다양한 반응을 사실적으로 보여 주고 있어요. 그럼 등장인물의 모습을 통해 이 작품의 특징을 확인해 봅시다.
>
> **학생 1:** 과수댁이 '교회 사람'이 하라는 대로 '성수'를 뿌리며 의식을 치르는 것에서 종교적 행위를 따르는 모습을 확인할 수 있어요. ······ ⓐ
>
> **학생 2:** 병인의 사망 이후 주변 사람들이 먼저 '장비'와 '찻삯'을 걱정하는 모습에서 죽은 자에 대한 애도보다는 산 자의 이익이라는 현실적 문제를 우선시하는 태도를 확인할 수 있어요. ······ ⓑ
>
> **학생 3:** 등장인물들이 '제사'나 '오일장'을 치를지에 대해 의논한다는 점에서 전통적 가치가 더 이상 보편적으로 받아들여지지 않음을 확인할 수 있어요. ······ ⓒ
>
> **학생 4:** 병인이 '주사약'이나 '약'에 집착하는 모습을 통해 죽음을 자신의 내적 고민에서 벗어나는 방법으로 생각하고 있지 않다는 점을 확인할 수 있어요. ······ ⓓ
>
> **학생 5:** 젊은 축들이 '화장'이든 '매장'이든 상관없다고 수군거리는 모습에서 공동체의 전통적 가치가 존중받지 못하는 현실을 답답해하는 집단의 모습을 살필 수 있어요. ······ ⓔ

🔍 보기 분석

• 죽음의 의미

이전 시기의 작품들	「임종」
인물의 내적 고민과 방황의 절정에서 벗어나는 이상적인 방법으로 미화함	전통적 가치, 종교적 가치, 현실적 가치 등이 혼재된 등장인물의 다양한 반응을 통해 보여 줌

⑤ ⓔ

> 선생님의 안내에 따르면 윗글은 '한 인물의 죽음을 둘러싸고 발생하는 사건에 대해 전통적 가치, 종교적 가치, 현실적 가치 등이 혼재된 등장인물의 다양한 반응을 사실적으로 보여' 준다. 젊은 축들이 '화장이나 매장이나 돌아간 뒤에야……'라고 말하는 것은 이미 죽은 이의 장례를 치르기 위해 큰돈을 지출하는 것은 의미가 없다고 생각하는 것으로, 금전 문제를 우선시하는 현실적 가치를 따르는 모습이라 할 수 있다. 따라서 이를 공동체의 전통적 가치가 존중받지 못하는 현실을 답답해하는 모습으로 볼 수는 없다.

◆ 오답풀이

① ⓐ

> 선생님의 안내에 따르면 윗글은 '한 인물의 죽음을 둘러싸고 발생하는 사건에 대해 전통적 가치, 종교적 가치, 현실적 가치 등이 혼재된 등장인물의 다양한 반응을 사실적으로 보여' 준다. 과수댁은 '컵 속에 넣은 물 종지를 찾아내서 빈소로 가지고 가더니 신체의 주위에 말끔히 뿌렸'는데 이 물은 '세를 붙이고 받아둔 성수'이다. 이렇듯 성수를 뿌리는 모습을 통해 과수댁이 종교적 행위를 따르는 모습을 확인할 수 있다.

② ⓑ

> 선생님의 안내에 따르면 윗글은 '한 인물의 죽음을 둘러싸고 발생하는 사건에 대해 전통적 가치, 종교적 가치, 현실적 가치 등이 혼재된 등장인물의 다양한 반응을 사실적으로 보여' 준다. '영구차에 버스 한 대는 따라야 할 테니, 자동차 샀만 해두 두 대에 사만 원은 예산을 쳐야 할걸.'이라는 말에서 장례 비용을 걱정하는 등장인물들의 반응을 볼 수 있다. 이는 죽은 자에 대한 애도보다는 산 자의 이익을 우선시하는 현실적인 가치관을 보여준 것이라 할 수 있다.

③ ⓒ

> 선생님의 안내에 따르면 윗글은 '한 인물의 죽음을 둘러싸고 발생하는 사건에 대해 전통적 가치, 종교적 가치, 현실적 가치 등이 혼재된 등장인물의 다양한 반응을 사실적으로 보여' 준다. 명호가 '그럼, 장례는 어떻게 지내시렵니까? 제사는 일체 폐하시나요?'라며 종교적 이유로 '제사'를 지낼지 말지 의논한다거나, 경제적 이유로 '초상집에서는 우선 삼일장이냐 오일장이냐 하는 의논이 벌어졌다'는 데에서 전통적 가치가 더 이상 보편적으로 받아들여지지 않고 있음을 확인할 수 있다.

④ ⓓ

> 선생님의 안내에 따르면 윗글은 '죽음의 의미를 인물의 내적 고민'에서 벗어나는 방법으로 미화했던 이전 시기의 작품들과 다르다고 했다. 병인이 '조금 있으면 또 닥쳐올 고통이 무서워서, 좀처럼 만나기 어려운 의사를 붙든 김에 아주 미리 주사를 듬뿍 맞아두고 싶은 생각'이나, '약'에 집착하며 '이틀을 두고 성화를 대며 졸라서 먹으려던' 모습을 보이는 것에서 죽음을 내적 고민에서 벗어나는 방법으로 생각하지 않는 것을 확인할 수 있다.

MEMO

[1~4] 다음 글을 읽고 물음에 답하시오.

설홍이 크게 분하여 돌쇠를 꾸짖으며

"이놈, 너는 승상 댁 노복으로 불의한 마음을 먹고 승상을 죽여 소저에게 강상대죄를 범하였으니 네 어찌 세상이 용납하리오. 내 너에게 이 칼을 더럽히고 싶지 않으나 하는 수 없어 내 칼로 네 목을 베어 소저의 원수를 갚으리라." 승상을 죽인 돌쇠를 벌하여 소저의 원수를 갚으려는 설홍

하니, 돌쇠 눈을 들어 보니 쇠금용두 위에 소저를 데리고 앉아 있거늘 돌쇠 분함을 이기지 못하여 소리를 벽력같이 지르며

"이놈, 너는 평생 초면인데 무슨 욕심으로 소저를 빼앗아 데려가느냐? 데려가지 못할 바에는 내 칼을 받으라." 설홍이 소저를 데리고 가려는 것에 분노하는 돌쇠

하며, 온 힘을 다하여 칼을 들어 용두를 치거늘, 설홍이 조금도 요동치 아니하고 들어오는 칼을 꺾어 방으로 던졌다. 설홍이 웃으며 말하기를

[A] "이놈아, 너는 아직 강보에 싸인 아이라. 산을 뽑는 기개를 지닌 초 패왕도 오강을 못 건넜거든 필부* 주제에 어찌 역수를 건널 수 있겠느냐? 네가 무슨 재주로 나를 당하겠느냐. 부디 시키는 대로 하라." 돌쇠의 미약한 재주를 비웃는 설홍

하니, 돌쇠 속으로 생각하기를

'내 힘과 검술은 귀신도 측량치 못하는데 이제 내 칼을 두 번이나 막았으니 이놈은 대단한 놈이라. 힘으로 다투는 것은 불가능하겠다.' 설홍과 힘으로 다투어 이기는 것은 불가능하다고 판단하는 돌쇠

하고, 주머니에서 오색 종이를 꺼내 오방신장*에게 지성을 다하여 말하기를

[B] "집안에 도적이 들어와 나의 백 년 인연을 빼앗아 가고자 하니 이는 보통 놈이 아니다. 네 일시에 일어나 싸우라. 만일 동참하지 아니하면 군법으로 시행할 것이니 속히 거행하라."

하고, 풍백에게 보냈더니 문득 공중에서 **오방신장**이 기치와 창검을 들고 해와 달을 희롱하여 광풍에 조각구름같이 동서남북으로 쫓아 들어와 설홍을 둘러싸고 화살과 돌이 비 오듯 하였다. 그러나 설홍은 조금도 요동치 않고 둔갑을 베풀어 **몸을 감추고** 육갑육경으로 오행구궁팔괘를 이십 사방에 붙여 두고 풍운조화*를 임의로 부리며 주역 육십사괘 중 축귀문*을 소리 높여 읽으니, 오방신장이 각각 방향을 잃었으니 어찌 용납이 되리오. 문득 광풍이 크게 일어나 사방에서 검은 구름이 일어나며 화살과 돌이 비 오듯 하는지라. 귀신 병졸들이 견디지 못하여 갑옷을 버리고 슬피 울면서 달아나더라. **돌쇠 이러한 거동을 보고 어찌 두렵지 아니하랴.** 설홍의 신이한 재주에 두려움을 느낀 돌쇠 목숨을 도모하고자 축지법을 써서 도망가거늘 설홍은 **광지법을 베풀**어 길을 **막**

으니 돌쇠 크게 놀라 문밖에 나오지 못하고 방 안에 돌아다니다가 생각다 못하여 엎드려 빌며 말하기를

"소인의 죄가 많사오나 공자의 넓으신 덕으로 이놈의 가련한 목숨을 살려 주옵소서."

하였다.

// 장면 끊기 01 설홍은 승상을 죽이고 소저를 위험에 처하게 한 돌쇠를 도술로 제압함

[중략 부분의 줄거리] 설홍과 소저는 부부의 인연을 맺는다. 이후 가달국 침입으로 위기에 처한 황제를 설홍이 구한다. 이에 설홍은 대원수에 봉해져 가달국에 맞선다.

육목철이 황동으로 먼저 들어가 대원수를 보시고 달왕을 유인하였다 말하니 원수 들으시고 즉시 병기를 갖추어 고대하더라. 이때 달왕이 황양동으로 들어가니 과연 흩어진 군사들을 거두려 와 보니 골 안에 가득하거늘 마음이 기뻐 왈 흩어진 전력을 찾아 기뻐하는 달왕

"아까 황양동 백성 만나지 못하였다면 북관으로 가다가 설홍의 복병*을 듣고 이곳에 우리 군사 저다지 모여 있음을 보니 무슨 걱정 있으리오."

하며, 말이 끝나자마자 방포일성 소리 더욱 커지며 징과 북소리 하늘이 무너지는 듯 함성 소리 땅이 꺼지는 듯하더라. 사방팔방으로 둘러 있고 산 위로 복병이 선득선득 내달아 분별이 없는지라. 사면으로 가달을 첩첩이 둘러싸고 팔방으로 둘렀는데 황진 설홍이 우레 같은 소리를 천둥같이 내지르며 번개같이 쫓아오거늘 달왕이 그제야 황동 내촌 백성에게 속은 줄을 알고 황동 내촌 백성들이 원수의 계책에 가담하여 자신들을 속이고 유인했음을 깨달은 달왕 즉시 갑옷과 투구를 갖추고 설홍과 싸울 때 반궁이 분분하여 뒤쫓아 분별하지를 못하겠더라. 칠십여 합에 원수 와룡검을 들어 치니 달왕의 투구 맞아 깨어지거늘 왕이 분기를 이기지 못하여 몸을 바람에 붙이고 창을 번개같이 놀리며 서로 싸울 때 사석*이 날려 피차를 분별치 못하더라. 다시 오십여 합에 원수의 와룡검이 번득하더니 달왕이 땅에 엎드리거늘 선봉장 육목철이 달려들어 가달을 사로잡아 바로 결박하여 앉히고 좌우의 장졸이 긴 창을 들고 겨누어 쏘되 원수 설홍은 홍안*에 봉목*을 부릅뜨고 소리를 크게 지르며 왈

"이놈 달왕은 항복하라."

하는 소리 산악이 무너지는 듯하더라. 달왕이 이런 거동을 보고

"시운이 길하지 못하여 너의 간교*에 사로잡히게 되었으나 너희들이 감히 항복하라고 한 너의 머리를 베어 내 앞에 바치라."

하니, 원수 분기하여 크게 소리 질러 왈

"네 죄상은 만만가지라 청춘을 아끼거든 항복하라." 달왕의 대답을 듣고 분노하여 항복할 것을 명령하는 설홍

하고, 무사에게 명하여 달왕을 돌아보고 소리하니 달왕의 두 발이 상지하고 몸을 구부리자 결박한 사슬이 터지면서 달왕이 모습을 바꾸어 흰 꿩이 되어 **생왕방으로 달아나**거늘 가다가 그물에 걸려 떨어졌다. 원수 군사를 거느려 쫓아가며 그물을 걷어 보니 흰 꿩은 간데없고 보라매가 성문 밖으로 날아가 또 그물 사이 휫득 어리거늘 원수와 육목철이 가면서 이르기를

"달왕은 들어라. 네 변신하는 법을 내 먼저 알거니와 네 어디로 가느냐?"

하니, 난데없는 백호가 내달아 주홍 같은 입을 벌리고 고함을 지르니 산악이 무너지며 암석 사이로 달리며 군사 수백 명을 앞발로 찍고 맨입으로 물어 죽이나 장졸 중에 범을 잡을 자 없어 어떻게 해야 할 줄을 몰라 병장기로 겨누다 소리만 지르고 달아나거늘 백호는 원수와 목철을 바라보고 입으로 돌연 깨무니 백설이 분분한데 앞발로 흙을 파고 다니며 조금도 기탄없이* 장난하며 절벽 위로 달아났다. 원수 대호의 하는 거동을 보고 괴이 여겨 급히 쫓아가니 범의 사나움을 더욱 보이는데 원수 따라가며 고함을 질렀다. 원수 실로 이를 잡고자 바위 위에서 떨어지니 호랑이로 변한 달왕을 두려워하지 않는 원수 달왕이 도리어 손으로 머리를 움켜쥐고 **변신하여 몸을 바람에 붙여 달아나**거늘 설홍이 쫓아가며 와룡검을 들어 달왕의 머리를 치니 눈 아래 구르는지라. 원수 본진으로 돌아와 황상을 보시고 달왕의 머리를 바치며 승전고를 올리니 즐거워하더라. 원수가 달왕을 해치우고 위기를 해결하자 즐거워하는 황상

// 장면 끊기 02 대원수에 봉해진 설홍은 둔갑술을 부리는 달왕을 무찌르고 국가를 위기에서 구함

— 작자 미상, 「설홍전」 —

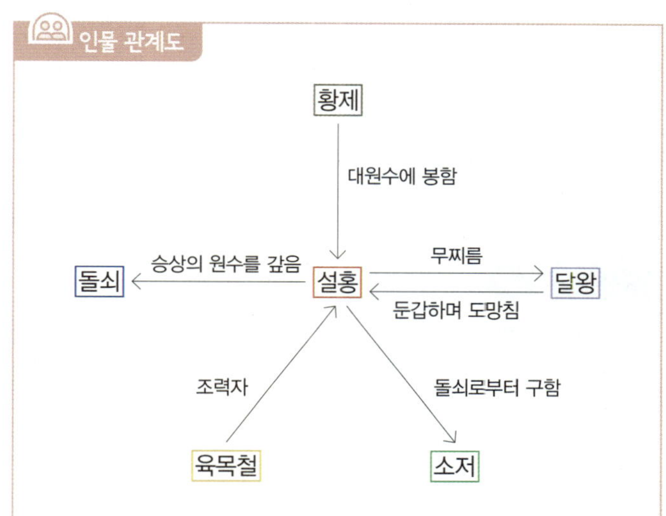

이것만은 챙기자

* **필부:** 신분이 낮고 보잘것없는 사내.
* **오방신장:** 다섯 방위를 지키는 다섯 신.
* **풍운조화:** 바람이나 구름의 예측하기 어려운 변화.
* **축귀문:** 잡귀를 쫓기 위한 주문.
* **복병:** 적을 기습하기 위하여 적이 지날 만한 길목에 군사를 숨김. 또는 그 군사.
* **사석:** 모래와 돌을 아울러 이르는 말.
* **홍안:** 붉은 얼굴이라는 뜻으로, 젊어서 혈색이 좋은 얼굴을 이르는 말.
* **봉목:** 봉황의 눈같이 가늘고 길며 눈초리가 위로 쩌지고 붉은 기운이 있는 눈.
* **간교:** 간사하고 교활함.
* **기탄없이:** 어려움이나 거리낌이 없이.

1. 윗글에 대한 설명으로 가장 적절한 것은?

정답풀이

① 과장된 표현을 활용하여 상황의 긴박함을 드러내고 있다.

> '화살과 돌이 비 오듯 하는지라.', '징과 북소리 하늘이 무너지는 듯 함성 소리 땅이 꺼지는 듯하더라.', '우레 같은 소리를 천둥같이 내지르며 번개같이 쫓아오거늘', '고함을 지르니 산악이 무너지며' 등에서 과장된 표현이 나타난다. 이를 통해 상황의 긴박함이 드러나고 있다.

오답풀이

② 서술자가 직접적으로 개입하여 사건의 내막을 밝히고 있다.
'오방신장이 각각 방향을 잃었으니 어찌 용납이 되리오.', '돌쇠 이러한 거동을 보고 어찌 두렵지 아니하랴.' 등에서 서술자의 개입이 나타났다고 볼 수 있지만, 이를 통해 사건의 내막을 밝히고 있지는 않다.

③ 상징적 소재를 활용하여 인물 간의 관계 변화를 암시하고 있다.
윗글에 상징적 소재를 활용한 부분은 나타나지 않는다.

④ 내적 독백을 통해 사건의 반전이 일어날 것임을 드러내고 있다.
'내 힘과 검술은 귀신도 측량치 못하는데 이제 내 칼을 두 번이나 막았으니 이놈은 대단한 놈이라. 힘으로 다투는 것은 불가능하겠다.'에서 돌쇠의 내적 독백이 제시되어 있지만, 이를 통해 사건의 반전이 일어날 것임을 드러내고 있지는 않다.

⑤ 과거 회상 장면을 삽입하여 사건을 입체적으로 나타내고 있다.
윗글에 과거 회상 장면이 삽입된 부분은 나타나지 않는다.

기틀잡기

② 서술자의 개입: 서술자가 사건이나 인물에 대한 자기 생각이나 판단을 직접 독자에게 이야기하는 것.

---

2. 윗글의 인물에 대한 이해로 적절하지 <u>않은</u> 것은?

정답풀이

⑤ '달왕'은 자기 진영의 군사들이 모여 있는 것을 보고 황양동 백성을 의심한다.

> 달왕은 '황양동 백성'을 만난 이후 '이곳에 우리 군사 저다지 모여 있음을 보'고 기뻐하나, 설홍의 복병에게 둘러싸이자 '그제야 황동 내촌 백성에게 속은 줄을 알'게 된다. 따라서 자신의 군사들이 모여 있는 것을 보고 황양동 백성을 의심했다고 볼 수 없다.

오답풀이

① '육목철'은 달왕을 유인했다는 사실을 원수에게 전한다.
육목철은 '황동으로 먼저 들어가 대원수를 보시고 달왕을 유인하였다 말'한다.

② '설홍'은 돌쇠가 승상에게 한 일이 의롭지 못하다고 생각한다.
설홍은 돌쇠에게 '너는 승상 댁 노복으로 불의한 마음을 먹고 승상을 죽여 소저에게 강상대죄를 범하였으니 네 어찌 세상이 용납하리오.'라고 말한다. 이를 통해 설홍이 돌쇠가 승상을 죽인 일을 의롭지 못하다고 생각하고 있음을 알 수 있다.

③ '돌쇠'는 설홍이 소저를 데려가는 것이 욕심이라며 설홍과 맞선다.
돌쇠는 설홍에게 '너는 평생 초면인데 무슨 욕심으로 소저를 빼앗아 데려가느냐? 데려가지 못할 바에는 내 칼을 받으라.'라고 말하며 설홍과 맞선다.

④ '돌쇠'는 설홍과의 대결에서 설홍을 힘으로 이기기 어렵다고 생각한다.
설홍과 맞붙은 돌쇠는 '이놈은 대단한 놈이라. 힘으로 다투는 것은 불가능하겠다.'라고 판단한다. 이를 통해 돌쇠가 힘으로는 설홍을 이기기 어렵다고 생각하고 있음을 알 수 있다.

3. [A], [B]에 대한 이해로 가장 적절한 것은?

정답풀이

② [B]는 상황을 가정하여 상대방에게 특정한 행동을 요구하고 있다.

> [B]에서 돌쇠는 '네 일시에 일어나 싸우라.', '만일 동참하지 아니하면 군법으로 시행할 것이니 속히 거행하라.'라고 말하며 상황을 가정하고, '오방신장'에게 설홍과 싸울 것을 요구하고 있다.

오답풀이

① [A]는 상대방이 했던 행동을 언급하여 상대방을 무시하고 있다.
[A]에서 설홍은 돌쇠를 '아직 강보에 싸인 아이'에 빗대어 무시하고 있으나, 돌쇠가 했던 행동을 언급하지는 않았다.

③ [A]와 달리 [B]는 고사를 활용하여 상대방의 능력을 평가하고 있다.
[A]에서 설홍은 '산을 뽑는 기개를 지닌 초 패왕도 오강을 못 건넜거든'이라고 말하며 '초 패왕'과 관련된 고사를 활용하여 돌쇠의 능력을 평가하고 있지만 [B]에는 고사가 활용되지 않았다.

④ [B]와 달리 [A]는 자신이 처한 상황을 제시하여 상대방을 설득하고 있다.
[B]에서 돌쇠는 '집안에 도적이 들어와 나의 백 년 인연을 빼앗아 가고자 하니'라고 말하며 자신이 처한 상황을 제시하고 있다. 그러나 [A]에서 설홍은 자신이 처한 상황을 제시하지 않았다.

⑤ [A]와 [B]는 모두 상대방을 다른 대상에 빗대어 상대방의 잘못을 밝히고 있다.
[A]와 [B]에서 설홍과 돌쇠는 각각 상대방을 '아직 강보에 싸인 아이', '도적'에 빗대고 있다. [B]에서 돌쇠가 설홍을 '도적'에 빗댄 것은 설홍의 잘못을 밝힌 것으로 볼 여지가 있지만, [A]에서 설홍이 돌쇠를 '아직 강보에 싸인 아이'에 빗댄 것은 돌쇠의 재주가 보잘것없고 미약함을 밝히기 위한 것이므로 상대방의 잘못을 밝힌 것으로 보기 어렵다.

4. 〈보기〉를 바탕으로 윗글을 감상한 내용으로 적절하지 <u>않은</u> 것은? [3점]

> 〈보기〉
>
> 「설홍전」은 주체가 둔갑에 의해 몸을 감추거나 다른 형태로 바꾸는 '변신' 모티프에 의해 서사가 진행되는데, 변신과 도술이 결합하는 부분에서는 작품의 환상성이 부각된다. 변신은 주인공과 적대자 모두에게서 보이는데, 다른 인물의 원한을 해소해 주려는 것에서 비롯된 개인적 차원의 갈등 그리고 충을 실현하려는 주인공과 이를 방해하는 인물 간의 사회적 차원의 갈등에서 나타난다. 이때 갈등이 지속되면서 주인공의 영웅적 능력에 맞서 적대자 변신의 강도가 강화되어 나타나기도 한다.

보기 분석

- 「설홍전」에 나타나는 '변신' 모티프의 특징
  - 변신과 도술이 결합하는 부분에서 환상성이 부각됨
  - 주인공과 적대자가 모두 변신함
  - 개인적 차원의 갈등과 사회적 차원의 갈등에서 변신이 나타남
  - 주인공의 영웅적 능력에 맞서 적대자 변신의 강도가 강화됨

정답풀이

② 설홍이 '광지법을 베풀'어 돌쇠의 길을 '막'는 데에서, 충을 실현하려는 주인공의 영웅적 능력을 확인할 수 있군.

> 〈보기〉에서 윗글은 '다른 인물의 원한을 해소해 주려는 것에서 비롯된 개인적 차원의 갈등'에서 변신이 나타난다고 하였다. 설홍과 돌쇠의 대결은 '승상을 죽여 소저에게 강상대죄를 범'한 돌쇠에 대한 '소저의 원수'를 설홍이 해소해 주려는 것에서 비롯된 것으로, 이는 '개인적 차원의 갈등'에 해당한다. 즉 설홍과 돌쇠의 대결에서 충을 실현하려는 주인공의 영웅적 능력은 확인할 수 없다.

오답풀이

① '오방신장'에 맞서 설홍이 '몸을 감추'는 데에서, 개인적 차원의 갈등에서 나타나는 변신을 확인할 수 있군.
〈보기〉에서 윗글은 '다른 인물의 원한을 해소해 주려는 것에서 비롯된 개인적 차원의 갈등'에서 변신이 나타난다고 하였다. 설홍은 '소저의 원수'를 갚기 위해 돌쇠와 대결을 하는데, 돌쇠의 명령을 받은 '오방신장'이 '설홍을 둘러싸'자 설홍은 '둔갑을 베풀어 몸을 감춘다. 이는 소저의 원한을 해소해 주려는 것에서 비롯된 개인적 차원의 갈등이므로, 개인적 차원의 갈등에서 설홍의 변신이 나타남을 알 수 있다.

③ 달왕이 '생왕방으로 달아나'는 데에서, 주인공을 방해하는 인물의
변신을 확인할 수 있군.
〈보기〉에서 윗글의 '변신은 주인공과 적대자 모두에게서 보'인다고 하였다.
설홍 일행에게 결박당한 달왕이 '모습을 바꾸어 흰 꿩이 되어 생왕방으로 달
아나'는 것에서 주인공을 방해하는 인물의 변신이 나타남을 알 수 있다.

④ '보라매'가 '그물 사이 횃득 어리'다가 '백호가 내'닫는 데에서,
적대자 변신의 강도가 강화되어 나타남을 확인할 수 있군.
〈보기〉에서 '주인공의 영웅적 능력에 맞서 적대자 변신의 강도가 강화되어
나타'난다고 하였다. '흰 꿩'으로 변신한 후 그물에 걸리자 '보라매'로 변신하
고, '또 그물 사이 횃득 어리'게 되자 '백호'로 변신하는 달왕의 모습을 통해,
적대자인 달왕의 변신 강도가 강화되어 나타남을 알 수 있다.

⑤ 달왕이 '변신하여 몸을 바람에 붙여 달아나'는 데에서, 작품의
환상성이 부각되고 있음을 확인할 수 있군.
〈보기〉에서 윗글은 '변신과 도술이 결합하는 부분에서는 작품의 환상성이
부각된'다고 하였다. 원수의 추격에 달왕이 '변신하여 몸을 바람에 붙여 달
아나'는 것에서 변신과 도술이 결합해 작품의 환상성이 부각되고 있음을 알
수 있다.

모두의 질문 • 4-②번

Q: 설홍이 소저의 원수를 갚기 위해 돌쇠와 대적하는 것은 타인을 위한
일이니, 이것도 사회적 차원의 갈등으로 볼 수 있는 것 아닌가요?
A: 〈보기〉에서 '개인적 차원의 갈등'은 '다른 인물의 원한을 해소해 주려
는 것에서 비롯'되었다고 하였고, '사회적 차원의 갈등'은 '충을 실현
하려는 주인공과 이를 방해하는 인물 간'의 갈등이라고 하였다. 설홍
이 돌쇠와 대적하는 것은 소저의 개인적 원한을 해소해 주려는 것에
서 비롯되었으므로 '개인적 차원의 갈등'에 해당한다. 또한 설홍과 돌
쇠의 대적에서 설홍이 임금을 향한 '충을 실현하려는' 모습도 보이지
않았으므로 이를 '사회적 차원의 갈등'으로 볼 수는 없다.

[1~4] 다음 글을 읽고 물음에 답하시오.

희안군이 계단 아래에 있다가 임금께 아뢰었다.

"비록 혼례는 하였으나 아직 첫날밤을 치르기 전입니다. 이제 부마*로 간택하셨사오니, 왕명을 순순히 좇는 것이 신하의 도리이니 거역해서는 아니 될 것이옵니다."

임금이 화난 얼굴로 말하기를,

"너를 사랑하여 부마로 정하였거늘, 어찌 핑계를 대면서 감히 거절한단 말이냐?" 부마로 삼으려는 것을 거절하는 윤지경에게 화가 난 임금

지경이 머리를 조아리며 아뢰기를,

"최 씨 집안 여자와 혼례를 치르는 일이 없었다면, 어찌 감히 부마로 간택되는 은혜를 사양하겠사옵니까?"

임금이 크게 노하여 말했다.

"네가 어린 나이에 장원 급제를 하더니 세상에 헛된 뜻이 생겨서, 옹주 정도는 마음에 차지 않는 것이 아니냐? 가장 무엄하도다." 윤지경이 옹주를 혼인 상대로 부족하게 여긴다고 판단하여 분노한 임금

지경이 다시 머리를 조아리며 아뢰기를,

"신이 어찌 그런 마음을 가졌겠사옵니까? 누구나 옹주마마와의 혼인을 원할 텐데 제가 어찌 꺼리오며, 신의 나이 아직 어리지만 제 말에 거짓이 없사옵니다. 조정의 명사들이 잔치 자리에 모여 있사오니 그들을 불러 물어보옵소서."

임금이 분노로 얼굴빛이 바뀌어 말하기를, 윤지경과 부마 간택 논쟁을 벌이며 분노하는 임금

"혼례를 올려도 첫날밤을 치르기 전에는 남이다. **옛 사례가** 있으니 성종대왕 때에 경애 공주가 혼례를 하고 첫날밤을 보내기 전에 돌아가셨다. 이에 파혼하고 부마의 지위를 거두어 다른 여자와 혼인하도록 조처하신 적이 있거늘, 네 위엄이 성종대왕보다 더하다는 것이냐?"

지경이 아뢰기를,

"**신의 경우는 그와 다르옵니다.** 그때 공주께서는 돌아가셨지만, 제 아내 된 최 씨는 살아 있사옵니다. 신이 부마가 되면 최 씨는 청춘과부가 될 것이니, 전하의 너그럽고 어지신 덕택으로 제가 인륜을 끊지 않게 해 주시옵소서."

희안군이 아뢰기를,

"빙채*를 거두고 최 씨를 다른 곳으로 시집 보낸다면, 어찌 홀로 늙겠사옵니까?"

지경이 노하여 아뢰기를,

"애시당초 희안군이 소관*에게 구혼하다가 최가에 정한 고로 허락하지 아니하였더니, 그 일로 맺힌 마음이 있어 전하께 나를 부마로 천거*한 게 아니오?" 희안군이 자신을 부마로 천거한 이유가 앙갚음 때문임을 지적하며 비판하는 지경 전하께 해를 끼치고 아부한 죄를 면치 못할 것이외다. 조정 신하의 자식이 많거늘 아내를 얻은 신하에게 **구태여 구하시고,** 소인의 간사함을 깨닫지 못하시

니 전하의 **밝지 못하심이 한이로소이다.**" 희안군의 간사함을 깨닫지 못하는 임금이 사리 판단에 밝지 못하다며 한탄하는 지경

임금이 크게 화가 나서 말하기를,

[A] "희안군은 과인의 동생이니 네게 작은 임금이라. 내 앞에서 욕하고 나를 사리 판단이 어두운 임금으로 능멸하니, 자식 못 가르친 죄로 네 아비를 죄 주리라."

지경이 웃으며 아뢰기를,

"**전하께서 보위에 오르신 지 십구 년에 일월(日月) 같으신 성덕*이 심산궁곡*에 미쳤거늘, 유독** 소신에게는 밝지 않으심이 이렇듯 하시니 신은 죽어도 항복지 아니하리이다." 임금의 부당한 권력 행사에 항복하지 않겠다는 의지를 다지는 지경

임금이 더욱 노하여 말하기를,

"내 윤지경을 못 제어하리오. 군부*를 욕한 죄로 **금부에 잡아 들이고,** 그 아비 윤현도 함께 가두도록 하라. 길일을 받아 **혼례 준비를 하고,** 최홍일에게는 빙채를 도로 주라." 윤지경 부자를 처벌하고 옹주와 지경의 혼례를 강행할 것을 명령하는 임금

// **장면 끊기 01** 윤지경은 임금에게 부마 간택의 부당함을 논하고, 이에 분노한 임금은 윤지경 부자를 처벌할 것을 명령함

[중략 부분의 줄거리] 옹주와 강제로 혼인한 지경은 옹주를 박대하고 최 씨와 함께 지내려고 한다. 임금의 압박으로 가족들은 최 씨가 죽었다고 거짓말을 하나, 지경이 사실을 알고 최 씨를 다시 만나게 된다.

부마가 **삼 년** 동안 죽은 줄 알았던 부인을 다시 만났으니 떠날 줄 알리오. 비복*에게 당부하여 말하기를,

"내가 양쪽 집 식구들을 모두 피해 왔으니, 종이 오거든 미리 일러 내가 피할 수 있게 해라."

부마가 최 부인을 만나 새로이 진중한 사랑이 전보다 배나 더하더니, 한방에 거처하면서 일시도 떠나지 아니하더라. 죽은 줄 알았던 최 부인을 다시 만나 함께 거처하며 행복한 일상을 보내는 부마(지경)

이러구러 여러 날이 되니 윤 공이 생각하기를. 심사가 사나워 천계산에 있는 원당에 갔는가 하고 찾지 않았다. 옹주는 본래 불화한 사이라 거취를 모르니 찾지 않았다. 임금이 조회에 여러 날 불참함을 이상하게 여겨 찾으시니, 며칠째 자취가 없는 부마를 의심스럽게 여기는 임금 그제야 찾기를 시작하여 친구의 집과 천계산 절에 가 보았으나 종적이 없었다. 괴이하게 여겨 찾다가 돌아와 보니, 부마가 타던 말이 있었다. 행여 최 씨 있는 곳에 갔는가 의심하여 즉시 가 보았으나 미리 숨어서 보지 못하고, 거기도 아니 간 줄 알아 두루 찾아도 찾지 못한 지 수십 일이라.

// **장면 끊기 02** 지경이 최 부인과 함께 거처하며 시간을 보내는 동안 사람들이 사라진 지경을 찾아다님

조정에서는 윤지경이 마음이 사납고 어지러운 나머지 미쳐서

달아났는가 의심하고, 임금이 매우 놀라 밤낮으로 번뇌하였다. 윤 공이 의심스런 마음이 들어 영리한 하인을 시켜 부지불각에 들이닥쳐 보라 하니, 과연 최 씨의 처소에 있는지라. 이대로 임금에게 고하고 죄를 청하니, 환관 김송환을 불러 죄상을 밝히고 부르라 하시니 이때는 유월이라.

지경이 대청마루에 대나무 자리를 깔고 수놓은 방석을 베고 최 씨를 곁에 앉히고 발 벗고 책을 보는데, 시비 들어와 궁궐에서 사람이 왔음을 고했다. 부마가 최 씨를 곁에 앉힌 채 들어오라 하여 송환이 들어와 중계에 서니, 부마가 방석에서 머리만 들어 보다가 말하기를,

"네 어찌 왔느냐."

송환이 답하여 말하기를,

"부마를 잃은 지 스무 날이 지나자 전하께서 놀라시어 수라도 못 드시고 지내시더니, 오늘에야 이곳에 숨어 계심을 아시고 노하시어 송환에게 불러오라 하시나이다."

부마가 일어나지 아니하고 이르되,

[B] "전하께서 가장 부지런하시고 부질없도다. 신하 제 아내 데리고 있는 것을 꺼려 잡으려고 보내시니, 조정에 애처 (愛妻)하는 관원이 몇이나 잡혀 들어왔느냐."

송환이 어이없어 웃으며 말하기를,

"부마께서 옹주를 박대하시고 최 부인에게 혹하여 **문안 불참**하신 지 **한 달 가까이** 되고, 또 그저께 박 귀인 생신이었는데 그 사위로서 불참함을 문죄하려 하시더이다."

지경이 벌떡 일어나 앉아 소리를 질러 말하기를,

"혼군*이 요첩에게 혹하여 소인과 합세하여 흉계를 깊이 하는 것을 깨닫지 못하여 현신충량*을 살해하고, 천하박색 첩딸을 위하여 나를 괴롭게 보채느냐. 간특한 첩의 생일이 무슨 대수라고 그리 대단하게 구시더냐. 그저 신하를 보려 부르시면 가려니와, 박 귀인 생일 불참 죄와 옹주 박대한 죄로 부르시면 끌어도 아니 가리라."

// **장면 끊기 03** 환관이 최 씨의 처소에 있는 지경에게 임금의 명을 전하지만 지경은 이를 비판하며 거절함

– 작자 미상, 「윤지경전」 –

---

*빙채: 혼인 전에 신랑이 신붓집에 보내는 예물.
*현신충량: 영리하고 어진 신하의 충실하고 선량함.

중종 때 재상 윤현의 셋째 아들 윤지경은 16세에 과거에 응시하여 진사가 되고 이름을 떨친다. 그해 여름 전염병이 돌자 윤 공 부자는 전염병을 피해 최 참판의 집으로 가는데, 그곳에서 최 참판의 딸 연화 소저를 본 윤지경은 사랑에 빠진다. 이후 두 사람은 양가의 허락을 받고 혼인을 약속한다. 한편 윤지경을 사위로 삼고자 했으나 거절당한 희안군은 윤지경을 박 귀인의 딸인 연성 옹주의 남편으로 천거한다. 이에 윤지경은 입궁하여 부마 간택의 부당함을 토로하지만, 오히려 임금은 윤 공 부자를 하옥시키고 최 참판에게 윤지경과 연화 소저의 파혼을 지시한다. 결국 윤지경은 옹주와 혼인하지만 최 씨와 함께 지내고, 옹주가 이 사실을 알게 되자 최 참판과 윤 공은 최 씨가 죽었다며 거짓 장례를 지낸다. 이후 최 씨를 잊지 못한 채 슬퍼하는 윤지경의 모습을 본 최 참판의 손자가 윤지경에게 최 씨가 살아 있다는 사실을 알려 주고, 최 씨와 재회한 윤지경은 궁궐 조회까지 참여하지 않으며 최 씨와 함께 생활한다. 이에 분노한 임금은 두 사람을 각자 다른 곳으로 유배 보낸다. 이듬해 간신들이 난을 일으키자 임금은 주모자인 박 귀인을 처형하고 그의 딸 옹주를 유배 보낸다. 그리고 윤지경에게 벼슬을 내리는데, 윤지경은 옹주를 풀어 달라고 간청한다. 이후 윤지경은 옹주와 최 씨와 함께 화목한 가정을 이루고 여생을 보낸다.

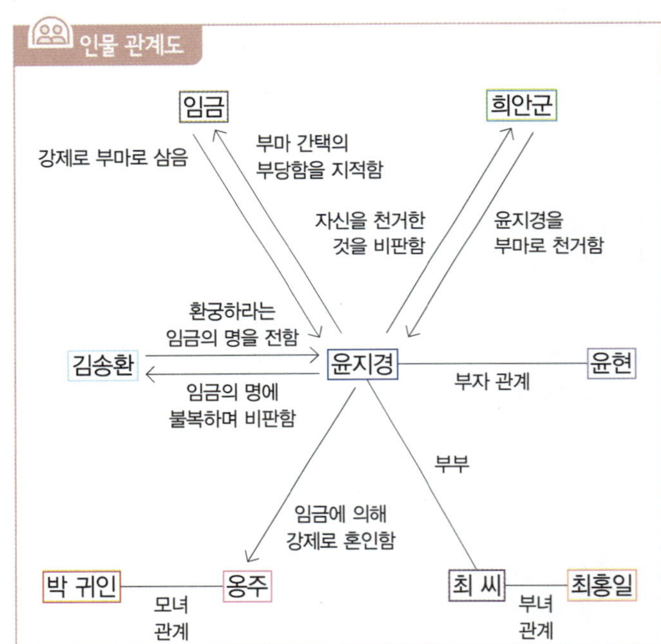

이것만은 챙기자

*부마: 임금의 사위.
*소관: 관리가 자기를 낮추어 이르는 일인칭 대명사.
*천거: 어떤 일을 맡아 할 수 있는 사람을 그 자리에 쓰도록 소개하거나 추천함.
*성덕: 임금의 덕을 높여 이르는 말.
*심산궁곡: 깊은 산속의 험한 골짜기.
*군부: 임금을 아버지에 비유하여 이르는 말.
*비복: 계집종과 사내종을 아울러 이르는 말.
*혼군: 사리에 어둡고 어리석은 임금.

1. 윗글에 대한 설명으로 가장 적절한 것은?

✅ 정답풀이

⑤ 사건을 요약적으로 제시하여 사건 전개에 속도감을 부여하고 있다.

> '이러구러 여러 날이 되니~찾지 못한 지 수십 일이라.'와 '조정에서는 윤지경이~이때는 유월이라.'에서 윤지경이 부인 최 씨를 다시 만나 다른 사람들 몰래 거처하고, 사람들이 사라진 윤지경을 찾는 과정을 요약적으로 제시하여 사건 전개에 속도감을 부여하고 있다.

❌ 오답풀이

① 서술자의 개입을 통해 사건의 전모를 밝히고 있다.
'부마가 삼 년 동안 죽은 줄 알았던 부인을 다시 만났으니 떠날 줄 알리오.' 등에서 서술자의 개입이 드러나지만, 이를 통해 사건의 전모를 밝히고 있지는 않다.

② 과거와 현재를 교차하여 장면의 전환을 보여 주고 있다.
윗글은 시간의 흐름에 따라 전개되고 있으므로, 과거와 현재를 교차하여 장면을 전환했다고 볼 수 없다.

③ 시간적 배경 묘사를 통해 낭만적 분위기를 형성하고 있다.
'이때는 유월이라'에서 시간적 배경이 제시되었으나 시간적 배경을 묘사하여 낭만적 분위기를 형성하고 있지는 않다.

④ 인물 간 대화를 통해 갈등이 해결되는 과정을 보여 주고 있다.
[중략 부분의 줄거리] 이전에 지경과 임금의 대화가 나타나지만 이를 통해 갈등이 점차 심화되고 있으며, [중략 부분의 줄거리] 이후에도 지경과 송환의 대화를 통해 지경과 임금의 갈등이 심화되고 있다. 따라서 인물 간 대화를 통해 갈등이 해결되는 과정이 나타났다고 볼 수 없다.

🌱 기틀잡기

> ② **장면 전환**: 인물, 사건, 배경 등의 소설의 구성 요소가 바뀌는 것.

2. 윗글에 대한 이해로 적절하지 <u>않은</u> 것은?

✅ 정답풀이

① 환관은 임금의 명을 전하며 윤지경의 돌변한 태도에 당황해한다.

> 환관은 지경에게 '전하께서~오늘에야 이곳에 숨어 계심을 아시고 노하시어 송환에게 불러오라 하시나이다.'라고 말하며 임금의 명을 전하고 있다. 그러나 지경은 일관된 태도로 임금의 명을 거부하고 있으므로 태도가 돌변했다고 볼 수 없고, 환관은 그의 당당한 태도에 '어이없어 웃는' 반응을 보일 뿐이다.

❌ 오답풀이

② 윤지경은 희안군으로 인해 자신이 곤경에 처하게 되었음을 토로한다.
윤지경은 '애시당초 희안군이 소관에게 구혼하다가 초가에 정한 고로 허락하지 아니하였더니, 그 일로 맺힌 마음이 있어 전하께 나를 부마로 천거한 게 아니오?'라고 하여 희안군이 자신을 사위로 삼으려 했다가 거절당하자 자신을 부마로 천거하여 곤경에 처하게 되었음을 토로하고 있다.

③ 윤지경은 자신을 찾는 사람이 오면 미리 알려 달라고 하인에게 당부한다.
윤지경은 비복에게 '내가 양쪽 집 식구들을 모두 피해 왔으니, 종이 오거든 미리 일러 내가 피할 수 있게 해라.'라고 말하며 자신을 찾는 사람이 오면 미리 알려 달라고 당부하고 있다.

④ 윤 공은 윤지경이 있을 것이라고 의심되는 최 씨의 처소로 사람을 보낸다.
'윤 공이 의심스런 마음이 들어 영리한 하인을 시켜 부지불각에 들이닥쳐 보라 하니, 과연 최 씨의 처소에 있는지라.'를 통해 윤 공이 최 씨의 처소에 윤지경이 있을 것이라고 의심하여 사람을 보냈음을 알 수 있다.

⑤ 임금은 윤지경이 허황된 욕심이 생겨서 옹주와의 혼인을 거절한다고 생각한다.
임금은 윤지경에게 '네가 어린 나이에 장원 급제를 하더니 세상에 헛된 뜻이 생겨서, 옹주 정도는 마음에 차지 않는 것이 아니냐?'라고 말하여 윤지경이 허황된 욕심이 생겨서 옹주와의 혼인을 거절한다고 생각하고 있음을 드러내고 있다.

🖋 모두의 질문

• 2-③번

Q: 지문에 나온 '비복'이라는 어휘의 뜻을 몰라서 ③번을 정답으로 골랐습니다. 고전문학의 어휘는 특히 어려운데, 어떻게 대비해야 할까요?

A: '비복'이라는 다소 어려운 어휘가 뜻풀이 없이 지문에 제시되었다. '비복'은 '계집종과 사내종을 아울러 이르는 말.'로 '하인'을 의미하며, 2022학년도 수능에서도 해당 어휘가 뜻풀이 없이 기재되어 있다. 기출을 분석하는 과정에서 뜻을 모르는 어휘는 그 뜻을 바로 찾아보는 습관을 기른다면 어휘로 인해 오답을 고를 가능성은 낮아질 것이다. 또한 고전시가나 고전산문은 자주 나오는 어휘가 정해져 있으므로 기출을 분석하며 미리 공부해 둔다면 도움이 될 것이다.

3. [A]와 [B]에 대한 이해로 가장 적절한 것은?

✔ 정답풀이

④ [A]는 상대방의 언행을 직접적으로 꾸짖고 있으며, [B]는 상대방의 요구를 간접적으로 거절하고 있다.

> [A]에서 임금은 윤지경이 희안군을 '내 앞에서 욕하고 나를 사리 판단이 어두운 임금으로 능멸'했다고 말하며 윤지경의 언행을 직접적으로 꾸짖고 있다. [B]에서 윤지경은 궁궐로 돌아오라는 임금의 명을 듣고 '신하 제 아내 데리고 있는 것을 꺼려 잡으려고 보내시니, 조정에 애처하는 관원이 몇이나 잡혀 들어왔느냐.'라고 답하며 명령의 부당함을 지적함으로써 임금의 요구를 간접적으로 거절하고 있다.

✘ 오답풀이

① [A]는 상대방의 행동을 만류하고 있으며, [B]는 상대방의 태도를 조롱하고 있다.
  [B]에서 윤지경은 임금이 자신에게 송환을 보낸 이유를 '신하 제 아내 데리고 있는 것을 꺼려 잡으려고 보내'신 것이라고 말하고 있으므로, 임금의 태도를 조롱하고 있다고 볼 여지가 있다. 그러나 [A]에서 임금은 윤지경이 희안군을 '내 앞에서 욕하고 나를 사리 판단이 어두운 임금으로 능멸'했다고 말하며 윤지경의 언행을 꾸짖고 있을 뿐, 윤지경의 행동을 만류하고 있지는 않다.

② [A]는 상대방의 변심을 비판하고 있으며, [B]는 상대방의 논리를 반박하고 있다.
  [A]에서 임금은 윤지경이 희안군을 '내 앞에서 욕하고 나를 사리 판단 어두운 임금으로 능멸'했다고 말하며 윤지경의 언행을 꾸짖고 있을 뿐, 윤지경은 처음부터 가진 생각을 바꾸지 않았으므로 임금이 그의 변심을 비판하고 있다고 볼 수 없다. 한편 [B]에서 윤지경은 임금의 명을 따르지 않겠다는 의사를 간접적으로 드러내고 있을 뿐 상대방의 논리를 반박하고 있다고 보기는 어렵다.

③ [A]는 상대방의 과오를 지적하고 있으며, [B]는 상대방의 제안에 불신을 표현하고 있다.
  [A]에서 임금은 윤지경이 희안군을 '내 앞에서 욕하고 나를 사리 판단이 어두운 임금으로 능멸'했다고 말하고 있으므로 윤지경의 과오(잘못)를 지적한 것으로 볼 수 있다. 그러나 [B]에서 윤지경은 궁궐로 돌아오라는 임금의 명을 간접적으로 거절하고 있을 뿐, 임금의 제안에 불신을 표현하고 있지는 않다.

⑤ [A]는 상대방의 속마음을 의도적으로 떠보고 있으며, [B]는 상대방의 마음을 계획적으로 회유하고 있다.
  [A]에 상대방의 속마음을 의도적으로 떠보는 부분은 나타나 있지 않으며, [B]에 상대방의 마음을 계획적으로 회유한 부분도 나타나 있지 않다.

4. 〈보기〉를 바탕으로 윗글을 감상한 내용으로 적절하지 <u>않은</u> 것은? [3점]

> 〈보기〉
>
> 「윤지경전」은 부당한 권력의 횡포에 저항하며 애정을 성취하는 주체적인 인물의 모습을 보여 주는 소설이다. 주인공은 강압적인 왕권을 비판하고, 애정을 성취하는 과정에서 신의를 중시한다. 이 과정에서 주인공과 왕권의 대립이 토론 방식으로 서술되어 독자에게 논쟁적 재미를 준다는 점에서 기존 애정 소설과 차별성을 갖는다.

🔍 보기 분석

- 「윤지경전」
  - 부당한 권력의 횡포에 저항하며 애정을 성취함
  - 강압적인 왕권을 비판함
  - 애정 성취의 과정에서 신의를 중시함
  - 주인공과 왕권의 대립을 토론 방식으로 서술하여 논쟁적 재미를 줌(기존 애정 소설과의 차별성)

✔ 정답풀이

③ '전하께서 보위에 오르'시어 '성덕이 심산궁곡에 미쳤'다고 하는 데에서, 신의를 중시하는 주인공의 모습을 확인할 수 있군.

> 윤지경은 임금이 '보위'에 오른 후 '성덕이 심산궁곡에 미쳤'지만 '유독 소신에게는 밝지 않으심이 이렇듯 하시니 신은 죽어도 항복지 아니'할 것이라고 말한다. 이는 임금의 덕이 깊은 산속까지 미쳤지만 유독 자신에게만은 그 덕이 미치지 않았다는 뜻으로 강압적 부마 간택을 비판하는 것일 뿐, 신의를 중시하는 모습으로 볼 수 없다.

✘ 오답풀이

① '옛 사례'의 언급에 대해 '신의 경우는 그와 다르'다고 말하는 데에서, 기존 애정 소설과의 차별성을 확인할 수 있군.
  〈보기〉에서 윗글은 '주인공과 왕권의 대립이 토론 방식으로 서술되어 독자에게 논쟁적 재미를 준다는 점에서 기존 애정 소설과 차별성을 갖는다'고 하였다. 임금은 부마 간택의 부당함을 주장하는 윤지경에게 성종대왕 때의 일화를 제시하며 '혼례를 올려도 첫날밤을 치르기 전에는 남'이라고 말하며 파혼할 수 있음을 주장하고 있다. 반면 윤지경은 '신의 경우는 그와 다르'다며 성종대왕 때의 일화와 달리 '제 아내 된 최 씨는 살아 있'다고 말하며 파혼할 수 없음을 주장하고 있다. 이처럼 윤지경과 임금의 대립이 토론 방식으로 서술된 부분에서 논쟁적 재미가 드러나며, 기존 애정 소설과의 차별성을 확인할 수 있다.

② '구태여 구하시고, 소인의 간사함을 깨닫지 못하'니 '밝지 못하'다고 하는 데에서, 강압적인 왕권을 비판하는 모습을 확인할 수 있군.

〈보기〉에서 윗글의 '주인공은 강압적인 왕권을 비판'한다고 하였다. 임금이 이미 혼인한 자신을 부마로 간택하려 하자 윤지경은 '조정 신하의 자식이 많거늘 아내를 얻은 신하에게 구태여 구하'신다면서, 이러한 부마 간택은 '소인(희안군)의 간사함을 깨닫지 못'한 일이라고 하여 부마 간택을 강제하는 강압적인 왕권을 비판하고 있다.

④ '금부에 잡아들이고' '혼례 준비를 하'라는 데에서, 부당한 권력의 횡포를 확인할 수 있군.

〈보기〉에서 윗글에는 '부당한 권력의 횡포'가 나타난다고 했다. 윤지경이 잘못된 부마 간택을 비판하자 임금은 윤지경을 '금부에 잡아들이고, 그 아비 윤현도 함께 가두'라고 말하며 '길일을 받아 혼례 준비'를 강행할 것을 명한다. 이를 통해 부당한 권력의 횡포를 확인할 수 있다.

⑤ '삼 년' 만에 '부인'을 다시 만나 '한 달 가까이' '문안 불참'했다는 데에서, 주체적인 인물의 모습을 확인할 수 있군.

〈보기〉에서 윗글은 '부당한 권력의 횡포에 저항하며 애정을 성취하는 주체적인 인물의 모습을 보여 주는 소설'이라고 하였다. '삼 년 동안 죽은 줄 알았던 부인을 다시 만'나자, 윤지경은 '한 달 가까이' '문안 불참'하며 부마의 도리를 다하지 않는다. 이를 통해 '옹주와 강제로 혼인'시킨 부당한 권력의 횡포에 저항하며, 최 씨와의 애정을 주체적으로 성취하려는 인물의 모습을 확인할 수 있다.

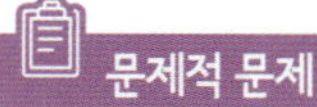

• 4–①, ③번

학생들이 정답 외에 가장 많이 고른 선지는 ①번이다. 임금이 언급한 '옛 사례'는 성종대왕 때의 실제 있었던 일을 말하는데, 이를 〈보기〉의 '기존 애정 소설과' 차별성을 가진다는 설명과 관련지어 파악하는 과정에서 어려움이 있었던 것으로 보인다.

〈보기〉에 따르면 윗글은 '주인공과 왕권의 대립이 토론 방식으로 서술'되어 '논쟁적 재미를 준다는 점에서 기존 애정 소설과 차별성을' 가진다. 여기에서 주목해야 할 것은 '소설'이라는 형식이 아니라, '토론 방식으로 서술되어 논쟁적 재미를 준다는 점'이다. 최 씨와 이미 혼인하였으므로 임금의 부마 간택을 받아들일 수 없다는 윤지경에게, 임금은 '옛 사례'를 근거로 '혼례를 올려도 첫날밤을 치르기 전에는 남'이라고 반박하고 있다. 이에 윤지경은 다시 '신의 경우는 그와 다르'다며 임금이 근거로 든 '옛 사례'가 자신에게 적용될 수 없음을 밝히고 있다. 이러한 토론 방식의 서술에서 '논쟁적 재미'가 파생되고, 이는 윗글이 '기존 애정 소설과 차별성'을 가지게 되는 지점이라고 볼 수 있다. 따라서 ①의 선지는 적절한 진술이다.

정답인 ③번 선지와 관련하여, 부당한 부마 간택을 비판하는 윤지경에게 화가 난 임금은 '자식 못 가르친 죄로 네 아비를 죄 주'겠다고 말한다. 이를 들은 윤지경은 '전하께서 보위에 오르'시고 '성덕이 심산궁곡에 미쳤거늘, 유독 소신에게는 밝지 않으심이 이렇듯 하시'다며 자신에게는 임금의 '성덕'이 '밝지 않'다는 것을 말하고 있다. 이는 믿음과 의리(신의)를 중시하는 주인공의 모습이 아니라, 강압적인 왕권을 비판하는 주인공의 모습을 확인할 수 있는 장면이다. 또한 신의를 중시하는 윤지경의 모습은 임금의 부당한 압박에도 불구하고 최 씨와의 혼인을 지키려는 모습에서 나타나므로, ③번은 적절하지 않다.

〈보기〉를 참고하여 감상할 것을 요구하는 문제에서는 〈보기〉에서 설명한 내용을 정확히 독해하고 작품에 적용할 수 있어야 한다. 특히 이 과정에서 〈보기〉나 선지의 지엽적인 내용만을 고려하여 선지의 정오 판단을 하지 않도록 유의해야 한다.

정답률 분석

매력적 오답		정답		
①	②	③	④	⑤
19%	8%	64%	3%	6%

2024학년도 3월 학평

작자 미상, 「징세비태록」

문제 P.054

[1~4] 다음 글을 읽고 물음에 답하시오.

[A]

모든 신하가 화신의 뜻을 짐작하고 안대후를 추천하거늘 임금 왈,

"안대후는 짐의 수족이니 멀리 보내고자 아니 하노라."

화신이 나아가 왈,

"신이 비록 지인지감* 없사오나 안경은 이름난 선비라, 그런 그가 일찍이 아들들을 벼슬에 추천한 바 있으니, 자식을 아는 데 그 아비만 한 사람이 없다 하였으니, 어찌 잘못 천거하였겠사옵니까? 이극은 흉악한 도적이라, 위세와 명망 없는 사람을 보내지 못하리니 안대후 외에 적당한 자 없사옵니다." <u>임금의 반대에도 굴하지 않고 안대후에게 도적을 무찌르는 임무를 맡겨야 한다고 주장하는 화신</u>

임금이 마지못해 명을 내리시니 안대후 명을 받들고, 아우 안대순과 함께 가기를 청하니 임금이 놀라,

"형제가 어찌 위험한 지역에 들어가리오?"

"신의 형제 성은을 입었사옴에 한번 나라를 위하여 죽고자 하옵나니 어찌 위험한 지역을 사양하오며, 또한 안대순 아니면 이 일을 감당치 못할까 하여 사사로운 정을 버리고 아우를 데려가려 하나이다." <u>집안의 안녕보다 나라의 안위를 걱정하여 위험을 무릅쓰고자 하는 안대후</u>

임금이 칭찬 왈,

"진실로 충신이로다."

하시고 황금 삼천 냥을 사급하사 즉일* 발행*하라 하시니, 한림 형제 인하여 하직한 후 집에 돌아와 부친께 편지를 올리고 행장을 차렸다.

// **장면 끊기 01** 안대후가 도적을 소탕하라는 임금의 명을 받들기 위해 동생 안대순과 함께 행장을 차려 떠남

[중략 부분의 줄거리] 안대후 형제는 변방 오랑캐를 물리친다. 형제가 명망을 얻자 화신은 이들에게 누명을 씌우고, 이로 인해 안대순은 죽고 안대후는 귀양을 가게 된다.

이때 애주 태수 만청길은 화신과 한패라. 화신의 부탁을 들어 안 시랑을 박대함이 심하더니 안 시랑이 여화와 혼인했음을 듣고 화신에게 이를 전하니 화신이 회답하되,

"여화를 가두어 둘을 떨어뜨려라."

하였거늘, 만청길이 즉시 여화를 잡아들여 왈,

"안대후는 귀양 온 죄인이라. 어찌 첩을 두고 편히 지내리오? 너는 빨리 다른 지아비를 섬기고 안대후를 거절하라." <u>화신에게 모함을 당해 귀양 온 안대후가 여화와 혼인을 하자 여화를 탄압하는 만청길</u>

여화 왈,

"첩은 안대후 죄상은 모르거니와, 한때만 몸을 허락하고 이제 안대후를 거절하라 하심을 봉승*치 못하리로소이다."

만청길 대로하여 형틀에 묶고 때리나, 여화 안색 불변 왈,

"계집이 지아비 섬기는 것은 신하가 임금 섬김과 한가지이거늘, 백성이 지아비를 두 명 섬기지 않는다 하여 이같이 형벌하시니 이웃 나라에 들릴까 두렵습니다. 첩은 금수와 같은 행동을 하지 아니하나이다."

태수 대답할 말이 없음에 목에 칼을 씌워 옥에 가두는지라. <u>부녀자의 도리를 이유로 들어 만청길이 내린 명의 부당함을 지적하고 저항하는 여화</u>

// **장면 끊기 02** 화신과 한패인 만청길이 화신과 내통하여 귀양을 온 안대후를 고립시키려 함

한편 안 시랑 풍토의 병이 든 지 이미 반년이라. 여화 극진히 구호하다가 옥중에 갇힌 후로 안 시랑 병세 날로 심하여 다만 죽기를 기다리더라. 일일은 잠깐 조는데 창안학발의 한 노인이 파란 주머니를 들고 들어와 안 시랑더러 왈,

"일시 액화는 사람의 상사거늘 어찌 심려하여 병이 났는가? 나는 한나라 의원 화타러니, 저세상에서 그대 부친과 친한지라. 부친이 그대 병을 고쳐 달라고 하기에 왔노라."

하고 파란 주머니에서 환약 다섯 개를 내어 주며 왈,

"이 약을 먹으면 병이 쾌차하리라."

하거늘 안 시랑이 일어나 절하고 약을 받아먹은 후 다시 일어나 말을 묻고자 할 즈음에 문득 깨달으니 ㉠남가일몽이라. 심히 의괴* 하나 입에 오히려 약내 나며 정신이 상쾌하여 그날부터 몸이 가벼워 쾌차하니라. <u>꿈에 나타난 노인이 준 약을 먹고 병을 이겨 낸 안대후</u> 차시 만청길이 파면되어 잡혀가고, 왕정윤이 대신 도임한 후 안대후에게 고향 소식을 전하고 여화를 풀어 주니라.

// **장면 끊기 03** 안대후는 꿈속 노인이 준 약을 먹고 목숨을 구하고 여화는 만청길 대신 애주 태수로 도임한 왕정윤에 의해 풀려남

차설. 정몽렬이 화신의 심복*으로 벼슬이 이부 상서에 이르렀나니 일일은 화신더러 왈,

"제가 태자의 기색을 본즉 상공을 부족하게 여기고 안대후 등을 그리워하시니 만일 안대후 돌아오면 상공과 우리 무리 죽을 곳을 모를지라. 먼저 안대후 가족을 다 죽이고 왕정윤에게 서울의 벼슬을 주어 불러올린 후 여통민으로 애주 태수를 시켜 안대후를 죽이면 후환*을 가히 면하리라."

한데, 화신이 깨달아 계략을 행코자 하더니 <u>정몽렬의 말을 듣고 안대후와 그의 가족을 해치우고자 하는 계략을 실행하려는 화신</u> 그의 딸 화 소저가 흉계를 듣고 급히 경몽필에게 밀통하니, 몽필은 화신 몰래 화 소저와 사랑하는 사이라, 몽필이 화 소저의 서간을 보고 누이동생인 부인 경 씨를 만나 화신의 행위를 일러 주며 왈,

"내 한 계교 있으니 여차여차하면 시댁의 화를 면하리라."

하고 돌아가니라.

부인 경 씨는 안대순의 아내라, 이 계획을 시어머니에게 전한 후 각각 분산할새, 부인 경 씨는 안대후의 부인 엄 씨와 이날 삼

경에 길을 떠나 안대후가 귀양 가 있는 애주로 향하는지라. 경몽필을 통해 화신의 계략을 알게 되어 안대후의 부인 엄 씨와 애주로 향하는 경 씨 수삭 만에 한 곳에 다다르니 이곳은 소상 강변이라. 두 부인과 시비가 길가에 앉아 쉬더니 문득 수풀 속에서 오륙 인이 내달아 시비를 결박하고 두 부인을 죽이려 하였다. 이때 소박한 옷차림의 한 노인이 나아와 문 왈,

"두 부인이 애주로 가심을 알거니와 저놈들은 화신 등이 보낸 강도라. 내 사명산에 있더니 운수 선생이 나더러 이 사연을 이르며 가 구하라 하기로 왔노라."

하고, 강도 등을 꾸짖으니 강도 등이 욕을 하며 달려들거늘 노인이 막대로 한 번 치더니 문득 청천백일에 뇌정벽력이 진동하며 한 소년이 구름 속에서 내려와 강도 등을 결박하여 언덕 아래 큰 나무에 매고 간 데 없는지라. 그제야 노인이 시비 등을 풀어 주고 문득 간 데 없더라. 도술을 부려 소상 강변에서 죽을 위기에 처한 두 부인을 구해 주는 노인 두 부인이 공중을 향하여 무수히 사례하고 길을 행하여 수삭 만에 애주에 이르니 안 시랑이 대경 대희하여 나와 맞이하는지라.

// 장면 끊기 04 애주로 피신하던 경 씨와 엄 씨는 한 노인의 조력으로 목숨을 구하고 애주에 도착하여 안대후와 재회함

— 작자 미상, 「징세비태록」 —

전체 줄거리

중국 청나라의 이름난 승상 안경은 임금께 간신 화신을 배척하라는 소를 올렸으나, 임금이 화신을 죽이지 않고 귀양을 보내자 안경은 두 아들 안대후와 안대순을 천거하고 관직에서 물러난다. 귀양을 간 화신이 유배지에서 왕정윤의 딸을 강제로 취하려다 그의 딸이 자결하는 사건이 발생하자, 대후 형제는 임금께 화신의 죄를 고발했으나 천자는 화신을 축출하지 않는다. 화신은 대후 형제에게 반란군을 토벌하는 임무를 주어야 한다고 주청하여 대후 형제는 운남성으로 향하고 운수 선생의 도움으로 반란군을 토벌한다. 화신은 명망을 얻은 대후 형제를 경계하여 이들에게 누명을 씌워 안대순을 죽이고 안대후는 귀양을 보낸 뒤 그들의 가족을 위험에 빠트린다. 한편 안대순의 부인 경 씨는 친정 오라비인 경몽필로부터 화신이 안대후의 가족들을 몰살하려는 계략을 실행하려 한다는 소식을 듣고 안대후의 부인 엄 씨와 함께 안대후가 귀양 가 있는 애주로 향한다. 두 부인은 여정 도중 소상 강변에서 화신이 보낸 강도에 의해 목숨을 잃을 뻔했으나 운수 선생의 부탁을 받고 왔다는 한 노인의 도움으로 목숨을 구하고 애주에 도착하여 안대후와 재회한다. 이후 즉위한 새 황제에 의해 안대후는 다시 높은 벼슬에 오르고 화신과 그 일당은 축출된다.

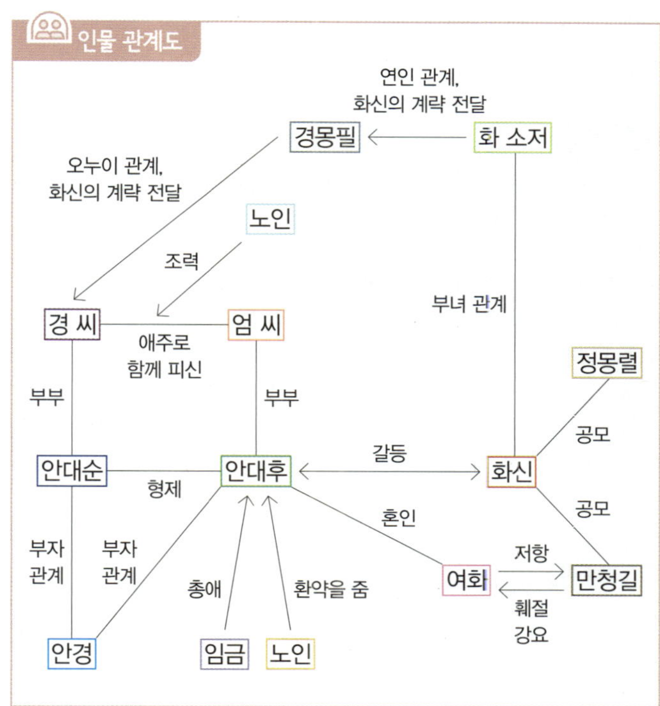

이것만은 챙기자

* **지인지감**: 사람을 잘 알아보는 능력.
* **즉일**: 일이 있는 바로 그날.
* **발행**: 길을 떠남.
* **봉승**: 웃어른의 뜻을 받들어 이음.
* **의괴**: 의심스럽고 괴이함. 또는 그렇게 여김.
* **심복**: 마음 놓고 부리거나 일을 맡길 수 있는 사람.
* **후환**: 어떤 일로 말미암아 뒷날 생기는 걱정과 근심.

1. [A]에 대한 이해로 적절하지 <u>않은</u> 것은?

✔ 정답풀이

④ 안대후는 위험한 지역에 혼자 가려고 하는 자신을 걱정하는 임금을 안심시키기 위해 안대순과 함께 갈 것을 청한다.

> [A]에서 안대후가 도적을 토벌하러 가라는 임금의 명을 받들며 '아우 안대순과 함께 가기를 청하'자 임금이 '형제가 어찌 위험한 지역에 들어가리오?'라고 말하며 걱정하는 모습을 보인다. 즉 안대후가 위험한 지역에 혼자 가려고 한 적은 없으며 임금을 안심시키기 위해 안대순과 함께 가고자 청한 것도 아니다. 안대후는 '안대순 아니면 이 일을 감당치 못할까 하여' 안대순과 함께 도적을 토벌하러 가겠다고 말하고 있다.

✘ 오답풀이

① 신하들은 화신의 의도를 파악하고 임금의 의중과 다른 입장을 내놓음으로써 임금을 곤란하게 한다.

[A]에서 모든 신하는 안대후를 위험한 곳에 보내려 하는 '화신의 뜻을 짐작하고' 도적의 난을 진압하는 임무에 '안대후를 추천'했으나 이는 자신의 수족을 멀리 보내고 싶어 하지 않는 임금의 의중과 배치되며 임금이 '마지못해 명을 내리'게 하므로, 임금을 곤란하게 한다고 볼 수 있다.

② 임금은 안대후가 심복이라는 이유를 들어 신하들의 입장을 반대하지만 결국 그들의 의견을 받아들인다.

[A]에서 임금은 신하들이 도적을 토벌하는 임무에 '안대후를 추천'하자 '안대후는 짐의 수족이니 멀리 보내고자 아니 하노라.'라고 말하며 신하들의 입장에 반대하는 의사를 드러낸다. 그러나 화신이 '안대후 외에 적당한 자 없사옵니다.'라고 말하자 임금은 마지못해 신하들의 의견을 받아들여 안대후에게 도적을 토벌하러 가라는 '명을 내'린다.

③ 안경이 안대후를 인재로 추천했던 것을 근거로 삼아 화신은 안대후가 도적을 물리쳐야 함을 주장한다.

[A]에서 화신은 '이름난 선비'인 안경이 '일찍이 아들들을 벼슬에 추천'했는데 '자식을 아는 데 그 아비만 한 사람이 없'으니 '잘못 천거'했을 리 없음을 들어 안경의 아들 안대후가 도적을 물리치는 임무를 수행하는 데 적임자라고 주장한다.

⑤ 임금이 안대후에게 황금을 내려 주며 즉일 출발할 것을 명령하자 형제는 집으로 가 행장을 차린다.

[A]에서 임금이 안대후에게 '황금 삼천 냥을 사급하사 즉일 발행하라'는 명을 내리자 '한림 형제(안대후, 안대순) 인하여 하직한 후 집에 돌아와 부친께 편지를 올리고 행장을 차렸'다.

> ② **심복:** 마음 놓고 부리거나 일을 맡길 수 있는 사람.

---

2. ㉠에 대한 설명으로 가장 적절한 것은?

> ㉠: 남가일몽

✔ 정답풀이

⑤ ㉠과 현실 간의 경계가 불분명함이 ㉠에서 얻은 물건의 효력으로 나타난다.

> 귀양지에서 '옥중에 갇힌 후'에 '병세 날로 심하여 다만 죽기를 기다리'던 안대후는 졸다가 ㉠에서 한 노인이 내어 준 '환약 다섯 개'를 받아먹는 경험을 하는데, 이 일이 꿈속의 일임을 깨닫고 '심히 의괴하'다고 여겼으나 '입에 오히려 약내 나며 정신이 상쾌하여 그날부터 몸이 가벼워 쾌차하'게 된다. ㉠에서 먹은 환약이 현실에서 효력을 발휘하여 안대후의 병이 나았으므로, 이를 통해 ㉠과 현실 간의 경계가 불분명함이 드러난다고 볼 수 있다.

✘ 오답풀이

① 혈육과 만나고 싶은 욕망이 ㉠에서 실현된다.

㉠ 이전에 안대후가 혈육과 만나고 싶은 욕망을 드러낸 부분은 나타나 있지 않으며, ㉠에서 혈육과 만나고 싶은 욕망이 실현된다고 볼 수도 없다. 안대후는 ㉠에서 한 노인을 만나 병을 고치게 되었을 뿐이다.

② ㉠의 이후에도 ㉠에서 만난 인물과의 인연을 이어 간다.

윗글에서 안대후가 ㉠ 이후에도 ㉠에서 만난 노인과 다시 만나는 등 인연을 이어 가는 장면은 나타나지 않는다.

③ ㉠의 이전에 발생한 인물 간 갈등이 ㉠을 통해 해소된다.

㉠ 이전에 안대후는 그를 위험에 빠트리려는 화신과 갈등을 빚다가 귀양 지에서 목숨이 위험해졌는데, ㉠에서 만난 노인의 조력으로 목숨을 구하게 된다. 그러나 ㉠ 이후에도 안대후와 그의 가족들은 화신에게 지속적으로 위협당하므로, ㉠을 통해 안대후와 화신의 갈등이 해소된다고 볼 수 없다.

④ ㉠에서의 발화는 ㉠의 이후 인물이 가야 할 목적지를 제시해 준다.

㉠에 등장한 한 노인은 자신이 '한나라 의원 화타'이며 안대후의 '부친이 그대 병을 고쳐 달라고 하기에 왔'고 '이 약을 먹으면 병이 쾌차하리라.'라는 정보를 제공하고 있을 뿐, 이후 안대후가 가야 할 목적지를 제시해 주지는 않는다.

3. 〈보기〉를 바탕으로 윗글의 인물을 이해한 내용으로 가장 적절한 것은?

> ───────〈보기〉───────
>
> 고전 소설에서 '조력자'는 출신 가문, 능력의 특성, 행위의 성격 등에 따라 다양한 모습으로 나타난다.

🔍 보기 분석

- 고전 소설에 나타나는 조력자의 면모
  - 출신 가문, 능력의 특성, 행위의 성격에 따라 다양하게 제시

✔ 정답풀이

⑤ 사명산에서 온 '노인'은 신이한 능력을 발휘해 '두 부인'이 강도에게서 벗어나 애주에 갈 수 있도록 도와주었다.

〈보기〉에 따르면 '고전 소설'에서 '조력자'는 '능력의 특성'에 따라 다양한 모습을 보인다. 윗글에서 사명산에서 왔다는 노인은 신이한 능력을 발휘해 '한 소년'을 불러내어, 소상 강변에서 두 부인을 위협하던 '강도 등을 결박하여 언덕 아래 큰 나무에 매'어 놓도록 하여 두 부인이 강도에게서 벗어나 애주에 갈 수 있도록 도와주는 역할을 한다.

✖ 오답풀이

① 애주의 태수인 '왕정윤'은 관리의 권한을 이용해 만청길을 파면하고 여화를 풀어 주었다.

〈보기〉에 따르면 '고전 소설'에서 '조력자'는 '능력의 특성'에 따라 다양한 모습을 보인다. 윗글에서 애주의 태수로 부임한 왕정윤은 관리의 권한을 이용해 옥에 갇혀 있던 '여화를 풀어 주'기는 했지만, 자신의 권한을 이용해 전임 태수였던 만청길을 파면하지는 않았다. 그는 만청길이 파면된 뒤에 애주의 태수로 도임했을 뿐이다.

② '운수 선생'은 위험을 예견하고 소상 강변으로 가서 부인 경 씨를 위기에서 구해 주었다.

〈보기〉에 따르면 '고전 소설'에서 '조력자'는 '행위의 성격'에 따라 다양한 모습을 보인다. 윗글에서 경 씨는 안대후를 만나기 위해 애주로 가던 길에 소상 강변에서 한 노인을 만나 목숨을 구한다. '운수 선생이 나더러 이 사연을 이르며 가 구하라 하기로 왔노라.'라는 한 노인의 말을 통해 운수 선생이 두 부인의 위험을 예견했음을 알 수 있으나, 운수 선생이 소상 강변에 직접 가서 경 씨를 위기에서 구해 주지는 않았다.

③ '화 소저'는 다른 가문의 인물이 꾸민 계략을 자기 가문의 인물에게 알려 줌으로써 안대후를 도왔다.

〈보기〉에 따르면 '고전 소설'에서 '조력자'는 '출신 가문'에 따라 다양한 모습을 보인다. 윗글에서 화신의 딸 화 소저는 화신이 '안대후 가족을 다 죽이고' '여통민으로 애주 태수를 시켜' '안대후를 죽'게 하려는 계략을 실행하려 한다는 사실을 알고, 정인인 경몽필에게 화신의 계략을 알린다. 경몽필은 누이동생이자 안대순의 부인인 경 씨에게 화신의 계략을 전달하여 안대후의 가문이 위험에서 벗어날 수 있도록 돕는다. 즉 화 소저는 자기 가문의 인물이 꾸민 계략을 다른 가문의 인물에게 알려 줌으로써 안대후를 도운 것이라고 볼 수 있다.

④ '경몽필'은 자기 가문의 인물에게서 들은 이야기를 전달함으로써 부인 엄 씨가 위험에 빠지지 않게 했다.

〈보기〉에 따르면 '고전 소설'에서 '조력자'는 '출신 가문'에 따라 다양한 모습을 보인다. 윗글에서 경몽필은 자신의 정인이자 화신의 딸인 화 소저로부터 화신의 계략에 대해 듣고 이를 누이동생이자 안대순의 아내 경 씨에게 전해 안대후의 부인 엄 씨를 비롯한 안씨 가문 사람들이 위험에 빠지지 않도록 도우므로, 다른 가문의 인물에게서 들은 이야기를 전달하여 부인 엄 씨가 위험에 빠지지 않게 했다고 볼 수 있다.

4. 〈보기〉를 참고하여 윗글을 감상한 내용으로 적절하지 <u>않은</u> 것은? [3점]

〈보기〉

「징세비태록」에서는 악인이 대리자를 통해 정치적 대립 관계에 있는 선인의 가족을 해코지함으로써 간접적으로 선인을 곤경에 빠뜨림은 물론 궁극적으로 선인 가문의 몰락을 주도한다. 대리자와 가족을 정치적 대립 구도에 포함하여 갈등 상황을 입체화하는 것이다.

보기 분석

- 「징세비태록」의 갈등 구도와 기능
  - 악인이 대리자를 통해 선인의 가족을 해코지 → 선인을 곤경에 빠뜨려 선인 가문의 몰락을 주도함
  - 대리자와 가족을 정치적 대립 구도에 포함함 → 갈등 상황을 입체화함

정답풀이

⑤ 만청길이 가족을 잡아들이고 정몽렬이 가족의 급습을 도모하는 것에서, 악인의 대리자가 선인 가문의 몰락을 주도하는 방식으로 갈등 상황을 입체화하였군.

〈보기〉에 따르면 윗글에서 '악인이 대리자를 통해 정치적 대립 관계에 있는 선인의 가족을 해코지'하여 '선인을 곤경에 빠뜨림은 물론 궁극적으로 선인 가문의 몰락을 주도'한다. 윗글에서 '애주 태수 만청길은 화신과 한패'로서, 선인 안대후의 가족인 여화를 잡아들이고, 정몽렬은 '화신의 심복'으로 화신에게 '먼저 안대후 가족을 다 죽이고~안대후를 죽이면 후환을 가히 면하리라.'라고 하여 선인 가족의 급습을 도모한다. 이는 모두 악인의 대리자가 선인 가족과 대립하는 것으로 볼 수 있다. 그러나 〈보기〉에서 악인이 대리자를 통해 선인 가문의 몰락을 주도한다고 했으므로, 대리자가 직접 선인 가문의 몰락을 주도한다고 볼 수 없다. 만청길의 경우는 화신의 명령에 의해 선인의 가족을 잡아들인 것이었으며, 정몽렬은 선인 가족의 급습을 제안하기는 했으나 결국 '깨달아 계략을 행코자' 한 이는 화신이므로 이 역시 정몽렬이 주도한 것으로 보기는 어렵다.

오답풀이

① 만청길은 귀양지에 있는 선인의 가족을, 정몽렬은 고향에 있는 선인의 가족을 해코지하려는 것에서, 악인의 대리자를 각각에 등장시키는 방식으로 갈등 상황을 입체화하였군.

〈보기〉에 따르면 윗글에서는 '악인이 대리자를 통해 정치적 대립 관계에 있는 선인의 가족을 해코지'하며, '대리자와 가족을 정치적 대립 구도에 포함하여 갈등 상황을 입체화'한다. 만청길은 안대후가 여화와 혼인했음을 듣고, 여화를 잡아들여 '너는 빨리 다른 지아비를 섬기고 안대후를 거절하라.'라고 하고 '형틀에 묶고 때리'는 등 귀양지에 있는 선인의 가족을 핍박한다. 정몽렬은 '안대후 가족을 다 죽이'기 위해 경 씨와 엄 씨 '두 부인과 시비가 길가에 앉아 쉬'고 있을 때 '수풀 속에서 오륙 인이 내달아 시비를 결박하고 두 부인을 죽이려 하'는 등 고향에 있는 선인의 가족을 핍박한다. 윗글은 이처럼 악인의 대리자를 안대후의 가족이 위기를 겪는 사건에 각각 등장시킴으로써 선악의 갈등 상황을 입체화하고 있다.

② 만청길이 '화신과 한패'로 서술되고, 정몽렬이 화신을 '우리 무리'와 함께 언급하는 것에서, 대리자가 악인과 정치적 이해를 같이하는 방식으로 갈등 상황을 입체화하였군.

〈보기〉에 따르면 윗글에서는 악인뿐 아니라 대리자를 '정치적 대립 구도에 포함하여 갈등 상황을 입체화'한다. '애주 태수 만청길은 화신과 한패'로 서술되어 있으며, 정몽렬은 '화신의 심복'으로서, 화신에게 말할 때 '만일 안대후 돌아오면 상공과 우리 무리 죽을 곳을 모를지라.'라고 표현하는데, 이는 만청길과 정몽렬이 모두 화신과 한패임을 보여 준다. 윗글은 이처럼 악인과 그의 대리자를 정치적인 이해관계로 묶음으로써 갈등 상황을 입체화하고 있다.

③ 화신이 만청길에게 계략을 전달하고 정몽렬이 화신에게 계략을 제안하는 것에서, 악인이 대리자와 공모하는 방식으로 갈등 상황을 입체화하였군.

〈보기〉에 따르면 윗글에서 '악인이 대리자를 통해 정치적 대립 관계에 있는 선인의 가족을 해코지'하며, '대리자와 가족을 정치적 대립 구도에 포함하여 갈등 상황을 입체화'한다. 만청길은 화신에게 '여화를 가두어 둘을 떨어뜨'리라는 계략을 듣고, 정몽렬은 화신에게 '먼저 안대후 가족을 다 죽이고 왕정윤에게 서울의 벼슬을 주어 불러올린 후 여통민으로 애주 태수를 시켜 안대후를 죽이'자는 계략을 제안한다. 따라서 윗글은 악인과 그 대리자가 공모하는 관계로, 이를 통해 갈등 상황을 입체화하고 있다고 볼 수 있다.

④ 만청길이 선인을 가족에게서 분리하고 정몽렬이 선인을 가족과 재회하지 못하게 하려는 것에서, 가족을 해코지하여 선인을 곤경에 빠뜨리는 방식으로 갈등 상황을 입체화하였군.

〈보기〉에 따르면 '악인이 대리자를 통해 정치적 대립 관계에 있는 선인의 가족을 해코지함으로써 간접적으로 선인을 곤경에 빠뜨'린다. 윗글에서 만청길이 안대후를 가족인 여화에게서 분리하려고 '여화를 잡아들'이고, 정몽렬은 '안대후 가족을 다 죽이'려고 함으로써 안대후가 가족과 재회하지 못하게 하려고 한다. 이는 결과적으로 안대후를 곤경에 빠뜨리려는 의도로 볼 수 있다. 따라서 윗글은 선인의 가족을 해코지하며 선인을 곤경에 빠뜨리는 방식으로 갈등 상황을 입체화한 것으로 볼 수 있다.

기틀잡기

③ **공모하다:** 두 사람 이상이 어떤 불법적인 행위를 하기로 합의하다.
⑤ **도모:** 어떤 일을 이루기 위해 대책과 방법을 세움.

문제적 문제

• 4-⑤번

  4번은 정답을 맞힌 수험생이 28%에 불과할 만큼 까다로운 문제였다. 특정한 오답 선지의 함정에 빠졌다기보다는 정답인 ⑤번에서 적절하지 않은 부분을 찾아내지 못해 확신 없이 다른 선지를 골랐을 가능성이 높아 보인다.

  〈보기〉에서 악인이 대리자와 공모하고 대리자를 통해 계략을 펼치기는 했으나, 악행을 실행한 주동자는 대리자가 아니라 악인이라는 점을 명확하게 파악했어야 했다. 〈보기〉에서는 악인뿐만 아니라 악인의 대리자가 정치적 대립 구도에 포함되어 갈등 상황이 더 입체적으로 드러나고 있다는 설명을 했을 뿐, 대리자가 악행을 주도했다고 설명하지는 않았다.

  따라서 만청길이나 정몽렬 같은 대리자는 악인인 화신과 정치적 이해관계를 함께하여 안대후 가문을 몰살하려는 화신의 계략에 동참하고 있을 뿐, 이들이 안대후 가문의 몰락을 주도하고 있지 않으므로 ⑤번은 틀린 내용으로 파악할 수 있다.

정답률 분석

매력적 오답	매력적 오답	매력적 오답	매력적 오답	정답
①	②	③	④	⑤
15%	16%	18%	23%	28%

[1~4] 다음 글을 읽고 물음에 답하시오.

[앞부분의 줄거리] 원수는 서번과 서달을 물리치고 황성으로 돌아가던 중 단원사에서 모친과 경패 낭자를 상봉한다.

　서로 그리워하던 이야기를 하나하나 이야기하고 모친을 모시고 중당에 좌정하여 서로 즐거움을 나누었다. 이때 부인 양 씨가 장도를 만지면서 말하였다.

[A]
　　“내가 부친과 너를 생각하여 슬퍼하고 있을 때 어떤 두 여인이 절에 의탁하고자 하였는데, 그 모습과 사정이 나와 비슷하였기에 머리를 깎고 나와 스승과 제자가 되었느니라. 그런데 후원에서 애절하고 원망하는 듯한 울음소리가 나기에 위로하러 갔더니, 옷을 만지면서 슬퍼하고 있더구나. 풍운과 헤어진 뒤 풍운의 옷을 만지며 그리워하고 슬퍼하는 경패 낭자 괴이하게 여겨 물었더니, 낭군의 신표*라 하기에 더욱 보자고 하여 받아 보았더니 나의 솜씨였고 너의 옷이었다. 마음에 너무 기쁘고 즐거웠으나 다른 사람들이 보기에도 진정으로 믿을 만한 표적*이 있는가 생각해 보았단다. 경패 낭자가 자신의 며느리임을 짐작하고 기뻐하면서도 확실한 증표를 찾고자 한 양 씨 그러다 네 부친이 절강의 장 도사에게 관상을 보이고 나서 생년월일시를 적어 비단 주머니에 넣어 옷깃 속에 넣어 두었던 것이 기억이 났단다. 이것을 믿을 만한 표식으로 여겨 사오 년을 서로 아껴 주고 위로해 주며 지냈느니라.”

　이것을 듣고 원수가 모친께 아뢰었다.

[B]
　　“소자도 그때 도적이 데리고 가다가 중도에서 버렸기에 의탁할 곳이 없었는데, 마침 낭자의 부친이 데려다가 사랑하고 아껴 주시고 낭자와 백 년의 가연을 정해 주었습니다. 또 통판이 계시하신 대로 호 씨의 구박을 견디다가 결국 낭자와 이별하고 동서로 걸식하며 다녔습니다. 그러다 천행으로 서주의 왕 상서 댁에 의탁하여 왕 상서의 사환으로 지냈습니다. 그리고 나서 상서의 명으로 황성에 갔다가 천행으로 과거를 보아 장원 급제하여 한림학사를 지냈던 것입니다.”

　이어 서주에 내려가 왕 상서의 여식과 혼인한 이야기와 황성에 올라가 원천의 딸을 후궁으로 삼은 이야기를 부인과 낭자에게 말씀 드리니 ⓐ부인과 낭자가 이 말을 듣고 더욱 즐거워하였다. 한림학사가 된 이후 풍운의 행적을 듣고 더욱 기뻐하는 양 씨와 경패 낭자

　원수가 다시 아뢰었다.

　　“천자께서 명하시어 소자를 불러 이르시기를, ‘서번과 서달이 삼십육도 군장과 도모하여 대국을 침범하였노라. 너를 대사마 대원수로 삼으니, 이 사인검을 가지고 정병 팔십 만을 조발*하여 번국을 소멸하여라.’ 하셨습니다.

[C]
　　이에 소자가 한 번 전장에 나아가 서번과 서달, 삼십육도 군장을 모두 소멸하여 천은을 만분의 일이나마 갚고 돌아오다 서천관에 이르러 유숙하고 있을 때, 금산사 화주승이라 하는 노승이 꿈에 나타나 여남으로 가라고 하였습니다. 이에 여남에 이르렀는데 또 그 도사가 꿈에 나타나 단원사를 찾아가면 절로 부모와 낭자를 만날 것이라 하기에 이리로 온 것입니다.”

　이렇게 그간의 사연을 말씀드리니, ⓑ부인과 낭자가 이 말을 듣고 더욱 황제의 은혜에 감사드리고 도사의 신기함에 감복하였다. 원수가 가족과 헤어진 후 겪은 일을 전해 듣고, 황제에게 고마워하며 도사의 신통함에 감탄하는 양 씨와 경패 낭자

　// 장면 끊기 01 양 씨·경패 낭자와 원수는 상봉을 기뻐하며 그동안의 사연을 나눔

(중략)

　원수는 행군의 여정이 피곤하여 잠깐 졸았는데, 전날 밤중 꿈속에 나타났던 도사가 또 와서 이렇게 말하였다.

　　“원수는 부친을 눈앞에 두고 어찌 잠만 깊이 자십니까?”

　그러고는 문득 사람이 보이지 않거늘, 깨어 보니 남가일몽이었다. ⓒ마음이 뒤숭숭하였으나 도사의 영감과 신기함은 탄복할 만하였기에, 꿈에 나온 도사의 말을 신뢰하는 원수 ‘도사의 은혜를 생각하면 갚을 길이 없구나.’ 하면서 혹시라도 부친을 찾을까 하여 큰 잔치를 배설*하여 각 도와 각 읍의 자사와 수령을 모두 청하였다.

　자리를 정하고 즐기며 차례로 술잔을 권했는데, 부남은 남방의 대관이었기에 부남 태수가 오른쪽의 가장 높은 자리에 앉게 되었다. 잔이 두세 번 돌아간 뒤에 부남 태수가 눈을 들어 원수의 거동을 자세히 살펴보니, 선풍도골*이어서 천상의 선관이 하강한 듯하였다. 원수가 자신의 아들임은 알아보지 못한 채 그의 외양에 감탄하는 부남 태수 그런데 조금도 즐거워하는 빛이 없었고 차고 있던 ㉠장도를 만지면서 슬퍼하는 듯하였다. 헤어진 아버지를 그리워하며 슬퍼하는 원수 이를 보고 ⓓ부남 태수가 문득 풍운이 생각나 흐느끼며 생각하기를 ‘풍운도 살아 있다면 내가 주었던 장도를 만지면서 저렇듯이 슬퍼하지 않겠는가.’ 하며 자세히 보니 원수의 장도가 풍운에게 채워 주었던 장도와 똑같았다. 이에 마음속으로 너무 놀라 자리에서 잠시 일어나 공경을 표하고 원수에게 물었다. 원수의 장도가 자신이 아들에게 준 것과 똑같다고 생각하는 부남 태수

　　“원수가 차신 장도는 반드시 보검일 듯합니다. 황송하오나 한 번 구경하고자 하옵니다.”

　원수가 이 말을 듣고 속으로 오히려 반기면서 장도를 끌러 주었다. ⓔ부남 태수가 자세히 보더니, ‘이것은 정녕 자식 풍운의 칼이로다.’ 하고 눈물을 흘리며 슬퍼하였다. 원수의 장도가 자신이 아들

에게 준 것과 같은 것을 확인한 부남 태수 원수가 이에 더욱 이상하게 여겨 물어 말하였다.

"태수는 이 칼을 보시고 어찌 슬퍼하며 흐느끼십니까?"
태수가 아뢰어 말하였다.

"황공하오나 [하관]*이 앞뒤의 내력을 이야기해 드리겠습니다. 저는 [양 참군의 딸]에게 장가를 들었습니다. 장인이신 양 참군의 부친 양 상서께서 대국으로 사신을 갔다가 연왕이 정표로 이 장도를 주었습니다. 그런 연고로 양 상서가 이 장도를 가지고 오셔서 대대로 전하는 물건으로 삼았습니다. 양 상서가 이 장도를 양 참군에게 전하였는데, 양 참군은 후사가 없고 따로 전할 데도 없어서 하관에게 주었습니다. 이 장도 이름은 연평검이니 하관이 매우 아끼던 것입니다. 제가 늦게야 한 [아들]을 낳았는데 용모가 비범하였기에 행여 단명할까 염려가 되어 절강의 도사에게 가 관상을 보았습니다. 그랬더니 열 살 이전에 부모와 이별할 것이라고 하기에 혹 이별하더라도 서로 잊지 않기 위해 장도를 자식에게 채우고 생년월일시를 써 비단 주머니에 넣어 두었습니다. 그 뒤에 난리가 났는데, 하관은 황명을 받아 가달을 치러 경사로 올라갔고, 처 양 씨가 아들을 데리고 집에 있었습니다. 하관이 가달을 평정하고 돌아오니 천자께서 하관에게 부남 태수를 제수하셨습니다. 이에 부남으로 내려올 때 고향에 들렀더니 집은 비었고 처는 간 데가 없습니다. 어쩔 줄 모르고 사방으로 찾았으나 종적을 알 수 없어 홀로 부남에 도임하였습니다. 오늘날 원수가 차신 장도를 보니, 문득 자식이 생각나 슬픈 마음이 듭니다. 이 칼을 어디서 얻으셨습니까?"

원수가 이 말을 듣고 정신이 아득해졌다. 바로 그 주머니에서 ⓒ생년월일시를 써 둔 유서를 내어 태수에게 드리고 땅에 엎드려 통곡하며 말하였다. 부남 태수가 자신의 아버지임을 알게 된 원수

"소자가 불초자 풍운이로소이다."

그러고는 지극히 애통해하니, 태수가 정신을 차리고 그 유서를 받아 보니 과연 자신의 친필이 분명하였다.

// 장면 끊기 02 원수는 꿈에 나온 도사의 말을 듣고 잔치를 벌여 헤어진 아버지(부남 태수)와 재회함

– 작자 미상, 「장풍운전」 –

중국 송나라 때, 이부시랑 장희와 부인 양 씨는 아들 풍운을 낳는다. 풍운이 어릴 적 가달이 침략해 장희가 출전하고, 양 부인은 도적에게 풍운을 빼앗긴다. 이후 양 부인은 단원사의 여승이 되고, 장희는 승전하여 부남 태수에 임명된다. 한편 도적들에게 버려진 풍운은 기운경에게 발견되는데, 그는 풍운을 데려와 자신의 딸인 경패와 혼인시킨다. 하지만 이운경이 갑작스럽게 병사하자 그의 처 호 씨의 학대가 심해지고, 이에 풍운은 가출하여 경패와 헤어지게 된다. 이후 경패도 집을 나와 떠돌다가 단원사에 들어가 양 부인과 만난다. 가출한 풍운은 왕 상서를 만나 그의 사환이 되는데, 왕 상서의 심부름으로 간 원철의 집에서 지내다 장원 급제하여 한림학사가 되고 왕 상서의 딸, 원철의 딸과 혼인한다. 이후 서번과 서달이 침략해 오자 풍운은 대원수로 출전해 승전하고, 회군하던 중 꿈에 나온 노승의 계시로 간 단원사에서 모친과 경패와 재회한다. 그리고 수령 잔치에서 부남 태수인 부친과도 상봉한다. 풍운은 황제의 주선으로 명현왕의 딸 유 씨와 혼인하고, 다시 토번이 침입하여 출전한다. 이때 유 씨의 계교로 부인 경패가 위기에 처하지만, 금산사 부처의 계시와 왕 부인의 편지를 받은 풍운이 돌아와 모든 진상을 밝힌다. 이후 풍운은 서량왕이 되고 부인들과 자손 모두 부귀영화를 누린다.

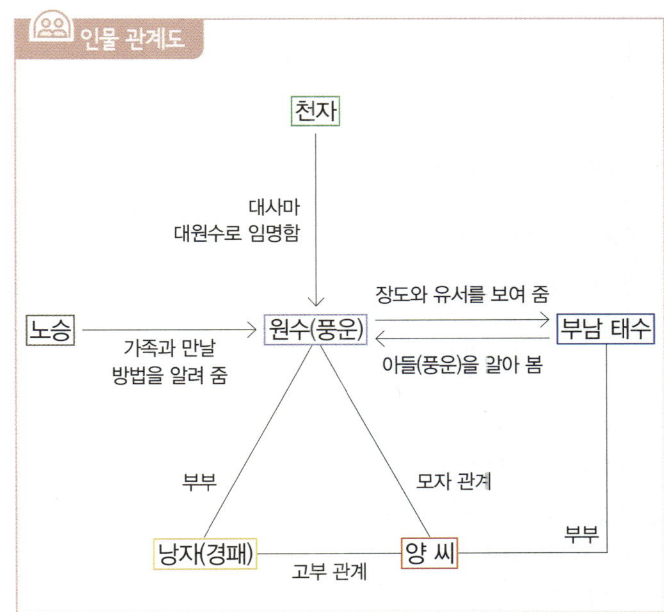

이것만은 챙기자

* **신표**: 뒷날에 보고 증거가 되게 하기 위하여 서로 주고받는 물건.
* **표적**: 겉으로 드러난 자취.
* **조발**: 군사로 쓸 사람을 강제로 뽑아 모음.
* **배설**: 연회나 의식(儀式)에 쓰는 물건을 차려 놓음.
* **선풍도골**: 신선의 풍채와 도인의 골격이란 뜻으로, 남달리 뛰어나고 고아(高雅)한 풍채를 이르는 말.
* **하관**: 아래 직위에 있는 벼슬아치가 상관에 대하여 자기를 낮추어 이르는 말.

1. 윗글을 읽고 이해한 내용으로 적절한 것은?

✔ 정답풀이

① 부남 태수는 자신의 부인과 아들의 종적을 알지 못한 채로 부남에 부임했다.

> 부남 태수는 '황명을 받아 가달을 치러 경사로 올라갔'을 때 '처 양 씨가 아들을 데리고 집에 있었'으나, '가달을 평정하고 돌아'와 고향에 들렀더니 '집은 비었고 처는 간 데가 없었'다고 하였다. 이후 부남 태수는 자신의 부인과 아들을 '사방으로 찾았으나 종적을 알 수 없어 홀로 부남에 도임'했다고 하였으므로 적절하다.

✘ 오답풀이

② 양 씨는 낭자가 자신의 며느리임을 알고 나서 스승과 제자의 연을 맺었다.
　양 씨는 '어떤 두 여인'의 '모습과 사정이 나와 비슷하였기에 머리를 깎고 나와 스승과 제자가 되었'다고 하였다. 그 후에야 양 씨는 낭자가 가지고 있던 '낭군의 신표'를 통해 낭자가 자신의 며느리임을 알게 되었다.

③ 원수가 도적에게 잡혀 있을 때 낭자의 부친이 원수를 도적으로부터 구해 주었다.
　원수가 도적에게서 벗어날 수 있었던 것은 '도적이 데리고 가다가 중도에서 버렸기' 때문이므로 낭자의 부친이 원수를 구해 준 것은 아니다. 이후 '의탁할 곳이 없'게 된 원수를 '낭자의 부친이 데'리고 갔으므로 원수가 낭자의 부친을 만난 것은 도적으로부터 벗어난 이후의 일이다.

④ 원수는 과거 시험을 보기 위한 목적으로 서주의 왕 상서 댁에 자신을 의탁했다.
　원수는 '호 씨의 구박을 견디다가 결국 낭자와 이별하고 동서로 걸식하며 다'니던 중, '천행으로 서주의 왕 상서 댁에 의탁'하게 된다. 이후 '상서의 명으로 황성에 갔다가 천행으로 과거를 보아 장원 급제'하므로 원수가 과거 시험을 보기 위한 목적으로 서주의 왕 상서 댁에 의탁했다고 볼 수 없다.

⑤ 부남 태수는 원수의 기질과 풍채를 보고 원수가 자신과 닮은 점이 많다고 판단했다.
　부남 태수는 잔치에서 원수를 보고 '선풍도골이어서 천상의 선관이 하강한 듯'하다고 생각한다. 이는 부남 태수가 원수의 모습이 천상계의 신선이 지상에 내려온 것 같다며 감탄한 것일 뿐, 원수가 자신과 닮은 점이 많다고 판단한 것은 아니다.

2. 〈보기〉를 참고하여 [A]~[D]에 대해 이해한 내용으로 적절하지 않은 것은? [3점]

> ─────〈보기〉─────
>
> 「장풍운전」은 가족이 헤어졌다가, 주인공이 입신양명하고 큰 공적을 세우는 데에 힘입어 가족이 다시 만남으로써 가문의 번영을 이루는 방향으로 서사가 전개되고 있다. 이 과정에서 인물들이 만나 나누는 대화를 통해 서사가 압축적으로 제시되고 있는데, 독자는 이를 통해 인물들이 헤어져 각자 겪은 일들, 인물들이 새롭게 맺은 관계 등에 대해 이해할 수 있다. 또한 독자는 인물들이 겪은 일들을 서로 연계하여 사건의 성격이나 전후 사정 등에 대해서도 파악할 수 있다.

🔍 보기 분석

- 「장풍운전」의 서사 전개 과정
  - 헤어진 가족이 주인공의 입신양명 이후 재회하여 가문의 번영을 이룸
- 인물 간 대화에 압축적으로 제시된 서사
  - 인물들이 각자 겪은 일들, 새롭게 맺은 관계 이해 가능
  - 인물들이 겪은 일들을 연계하여 사건의 전후 사정 파악 가능

✔ 정답풀이

④ [B], [D]를 통해 원수와 부친의 이별이 두 사람에게 시련을 초래했지만 두 사람에게 조력자들을 만나 출세의 발판을 마련하는 기회를 제공해 주었음을 알 수 있어.

> 〈보기〉에서 윗글은 '가족이 헤어졌다가, 주인공이 입신양명하고 큰 공적을 세우는 데에 힘입어 가족이 다시 만남으로써 가문의 번영을 이루는 방향으로 서사가 전개'된다고 하였다. [B]에서는 부모와 헤어지게 된 원수가 '의탁할 곳이 없'고 '동서로 걸식하며 다'니는 시련을 겪다가 낭자의 부친과 서주의 왕 상서 등 조력자를 만나 도움을 받아 '천행으로 과거를 보아 장원 급제하여 한림학사를 지냈'음이 드러난다. 그러나 [D]에서는 부친이 조력자의 도움을 받아 출세의 발판을 마련하는 기회를 얻게 되는 모습을 찾을 수 없다. 원수의 부친은 황명에 따라 전쟁에 나가 '가달을 평정하'는 공을 세워 부남 태수에 부임했을 뿐이다.

① [A]에서 모친이 자신이 지은 원수의 옷을 낭군의 신표로 간직하고 있는 여인을 만났다고 했는데, [B]를 통해 원수가 그 여인과 연을 맺은 전후의 사정을 알 수 있어.

〈보기〉에서 '인물들이 겪은 일들을 서로 연계하여 사건의 성격이나 전후 사정 등에 대해서도 파악할 수 있다'고 하였다. [A]는 양 씨의 말로, '어떤 두 여인이 절에 의탁하고자' 왔는데, '후원에서~옷을 만지면서 슬퍼하고' 있는 모습을 보고, '낭군의 신표라 하기에 더욱 보자고 하여 받아 보았더니 나의 솜씨였고 너의 옷이었다'고 하였다. 이를 통해 모친이 원수의 옷을 낭군의 신표로 간직하고 있는 낭자를 만났음이 드러난다. [B]는 그동안의 이야기를 전하는 원수의 말로, '마침 낭자의 부친이 데려다가 사랑하고 아껴 주시고 낭자와 백 년의 가연을 정해 주었습니다.'라고 말하며 낭자와 인연을 맺게 된 과정을 직접 설명하고 있으므로 모친이 만난 그 여인과 연을 맺은 전후의 사정을 알려 준다고 할 수 있다.

② [A]에서 원수의 부친이 절강의 장 도사에게 원수의 관상을 보였다고 했는데, [D]를 통해 부친이 원수의 관상을 보인 이유를 알 수 있어.

〈보기〉에서 '인물들이 겪은 일들을 서로 연계하여 사건의 성격이나 전후 사정 등에 대해서도 파악할 수 있다'고 하였다. [A]에서 '네 부친이 절강의 장 도사에게 관상을 보이고 나서 생년월일시를 적어 비단 주머니에 넣어 옷깃 속에 넣어 두었다'는 양 씨의 말을 통해 원수의 부친이 장 도사에게 원수의 관상을 보였다는 것을 알 수 있다. 이때 [D]에서 '한 아들을 낳았는데 용모가 비범하였기에 행여 단명할까 염려가 되어 절강의 도사에게 가 관상을 보았'다는 부친의 말을 통해 원수가 행여 단명할까 염려가 되어 부친이 절강의 도사에게 원수의 관상을 보인 것임을 알 수 있다.

③ [B]에서 원수가 한림학사를 지냈다고 했는데, [C]를 통해 한림학사에서 대사마 대원수가 되어 가문의 번영을 가능하게 하는 큰 공적을 세웠음을 알 수 있어.

원수는 [B]에서 '과거를 보아 장원 급제하여 한림학사를 지냈'다고 하였고, 이후 [C]에서 천자가 원수를 '대사마 대원수로 삼'으면서 대원수가 되어 '전장에 나아가 서번과 서달, 삼십육도 군장을 모두 소멸'하는 등 전쟁에서 큰 공을 세웠다고 하였다. 〈보기〉를 참고할 때 이는 원수가 '가문의 번영을 이루는' 토대가 될 수 있는 '큰 공적을 세'웠음을 보여 준다고 할 수 있다.

⑤ [C], [D]를 통해 전쟁이 원수가 가족과 헤어지는 계기가 되기도 했지만 원수가 가족과 재회하게 되는 노정에 오르는 데에도 영향을 미쳤음을 알 수 있어.

〈보기〉에서 윗글은 '가족이 헤어졌다가, 주인공이 입신양명하고 큰 공적을 세우는 데에 힘입어 가족이 다시 만남으로써 가문의 번영을 이루는 방향으로 서사가 전개'된다고 하였다. [D]에서 원수의 아버지가 '황명을 받아 가달을 치러 경사로 올라'갔다가 '고향에 들렀더니 집은 비었고 처는 간 데가 없었'다는 것에서 전쟁이 원수가 가족과 헤어지는 계기가 되었음을 알 수 있다. 한편 [C]에서는 전쟁에 나가 '서번과 서달, 삼십육도 군장을 모두 소멸'하는 등 큰 공을 세우고 돌아가는 길에 '금산사 화주승이라 하는 노승이 꿈에 나타나 여남으로 가라고' 하고, '단원사를 찾아가면 절로 부모와 낭자를 만날 것'이라고 일러 주어 그 말을 따른 끝에 가족을 만나게 되었음을 알 수 있다. 따라서 [C]를 통해 전쟁이 원수가 가족과 재회하게 되는 노정에 오르는 데에도 영향을 미쳤음을 알 수 있다.

 문제적 문제

• 2-④, ⑤번

학생들이 정답 외에 가장 많이 고른 선지는 ⑤번이다. 인물들이 나누는 대화에 압축적으로 제시된 서사를 통해 사건의 성격이나 전후 사정을 파악하는 과정에서 어려움이 있었던 것으로 보인다.

정답인 ④번과 관련하여, 전쟁으로 인해 가족과 헤어진 원수는 낭자의 부친을 만나 '낭자와 백 년의 가연'을 맺었으나 '결국 낭자와 이별하고 동서로 걸식하며 다'니게 되었는데, 이때 '천행으로 서주의 왕 상서 댁에 의탁하여' '천행으로 과거를 보아 장원 급제하여 한림학사를 지냈던 것'이라 밝힌다. 즉 [B]에서는 원수와 부친의 이별이 두 사람에게 시련을 초래했으나, 한편으로 원수가 낭자의 부친과 서주의 왕 상서 등 조력자들을 만나 '장원 급제하여 한림학사를 지내'는 출세의 발판을 마련하는 기회를 제공해 주기도 했음을 알 수 있다. 그러나 [D]에서 원수의 부친이 '부남 태수를 제수'받은 것은 원수의 부친이 '가달을 평정하는' 공을 세웠기 때문이며 이 과정에서 조력자의 도움을 받은 것은 확인할 수 없다. 따라서 ④번의 진술은 적절하지 않다.

오답인 ⑤번 선지와 관련하여, [D]에서 전쟁이 원수가 가족과 헤어지는 계기가 되었음을 알 수 있다. 한편 [C]에서는 전쟁에 나가 '서번과 서달, 삼십육도 군장을 모두 소멸하고 돌아오던 원수가 꿈에 나타난 노승의 말에 따라 여남의 단원사에 찾아가 '부모와 낭자를 만'나고 있으므로, 결국 전쟁이 가족과 재회하게 되는 노정에 오르는 데에도 영향을 미쳤음을 알 수 있다.

이처럼 등장인물과 대화가 많은 지문의 내용을 파악할 때는 인물들의 대화를 연계하여 사건의 전후 사정이나 인과관계를 정확히 파악하고 세부 내용을 정리해 가며 문제를 풀 수 있어야 한다.

정답률 분석

①	②	③	정답 ④	매력적 오답 ⑤
4%	8%	10%	60%	18%

3. ㉠, ㉡에 대한 설명으로 가장 적절한 것은?

> ㉠: 장도
> ㉡: 생년월일시를 써 둔 유서

✅ 정답풀이

⑤ ㉠, ㉡은 모두 인물들 간의 관계를 확인하는 증표가 되고 있다.

> 부남 태수는 원수의 ㉠이 자신이 '풍운에게 채워 주었던 장도와 똑같'은 것을 보고, 원수에게 자신이 아들과 '이별하더라도 서로 잊지 않기 위해 장도를 자식에게 채우고 생년월일시를 써 비단 주머니에 넣어 두었'다고 하였다. 부남 태수의 말을 들은 원수가 '정신이 아득해'져 주머니에서 ㉡을 내어 보이자 태수는 '자신의 친필'을 확인하며 서로 부자 관계임을 확인하게 된다.

❌ 오답풀이

① ㉠은 인물들이 연민의 정서를 주고받는 수단이 되고 있다.
원수의 '조금도 즐거워하는 빛이 없었고 차고 있던 장도를 만지면서 슬퍼하는 듯'한 모습을 본 부남 태수는 ㉠을 보고 '문득 자식이 생각나 슬픈 마음이 듭니다.'라고 하였다. 즉 ㉠은 원수가 부친을, 부남 태수가 자식을 떠올리게 하는 계기로 가족 관계를 확인하는 증표가 될 뿐, 인물들이 연민의 정서를 주고받는 수단으로 보기 어렵다.

② ㉡은 인물 간의 갈등을 해소하려는 의지를 나타내고 있다.
㉡은 원수와 부남 태수가 서로를 알아보게 만드는 기능을 하고 있을 뿐, 인물 간의 갈등을 해소하려는 의지를 나타낸다고 보기 어렵다.

③ ㉠과 달리 ㉡은 인물들에게 일어난 사건들의 비현실적 성격을 강화하고 있다.
㉠은 원수가 부친을, 부남 태수가 자식을 떠올리게 하는 계기가 되어 가족 관계를 확인하는 증표로 기능하고 있으며, ㉡은 원수가 부남 태수의 아들임을 증명하는 역할을 하고 있다. 따라서 ㉠과 ㉡은 모두 인물간의 관계를 확인하는 수단일 뿐, 인물들에게 일어난 사건들의 비현실적 성격을 나타내거나 이를 강화하고 있지 않다.

④ ㉡과 달리 ㉠은 미래에 인물에게 일어날 일을 예고하고 있다.
부남 태수는 자식이 '열 살 이전에 부모와 이별할 것'이라는 말을 듣고 '혹 이별하더라도 서로 잊지 않기 위해 장도를 자식에게 채우고 생년월일시를 써 비단 주머니에 넣어 두었'다고 하였다. 즉 ㉠과 ㉡은 모두 원수와 부모가 헤어지더라도 서로 잊지 않기 위해 넣어 둔 물건이므로, 미래에 인물에게 일어날 것으로 예고된 일에 대한 대비책에 해당한다.

🌱 기틀잡기

> ② **갈등의 해소:** 갈등을 일으키던 요인이 해결된 상태. 반드시 행복한 결말만을 말하지는 않으며, 어느 한쪽의 승리 혹은 비극적인 결말로 인한 갈등 상황의 종결 또한 갈등의 해소라 할 수 있음.

---

4. ⓐ~ⓔ를 통해 인물들의 심리와 태도를 추리했을 때 적절하지 않은 것은?

> ⓐ: 부인과 낭자가 이 말을 듣고 더욱 즐거워하였다.
> ⓑ: 부인과 낭자가 이 말을 듣고 더욱 황제의 은혜에 감사드리고 도사의 신기함에 감복하였다.
> ⓒ: 마음이 뒤숭숭하였으나 도사의 영감과 신기함은 탄복할 만하였기에
> ⓓ: 부남 태수가 문득 풍운이 생각나 흐느끼며 생각하기를 '풍운도 살아 있다면 내가 주었던 장도를 만지면서 저렇듯이 슬퍼하지 않겠는가.' 하며
> ⓔ: 부남 태수가 자세히 보더니, '이것은 정녕 자식 풍운의 칼이로다.' 하고 눈물을 흘리며 슬퍼하였다.

✅ 정답풀이

⑤ ⓔ: 부남 태수가 원수를 자신의 아들로 확신했다.

> 부남 태수는 '원수의 장도가 풍운에게 채워 주었던 장도와 똑같'은 것을 보고 원수에게 장도를 보여 줄 것을 요청한다. 원수의 장도를 확인한 부남 태수는 '이것은 정녕 자식 풍운의 칼이로다.'라고 생각하며 원수가 찬 장도가 자신이 풍운에게 준 것이라고 확신하고 있다. 그러나 부남 태수가 원수를 자신의 아들로 확신한 것은 아니다. 부남 태수가 원수에게 '이 칼을 어디서 얻으셨습니까?'라고 묻는 것을 통해, 부남 태수는 자신이 풍운에게 준 장도를 원수가 '어디서 얻'었을 수 있다고 생각하고 있음을 알 수 있다. 이후 부남 태수는 원수가 보여 준 '생년월일시를 써 둔 유서'의 '자신의 친필'을 확인하고서야 원수가 자신의 아들임을 확신하게 된다.

❌ 오답풀이

① ⓐ: 원수가 한림학사를 제수받은 이후의 행적을 모친과 낭자가 긍정적으로 여겼다.
원수가 '장원 급제하여 한림학사를 지냈던' 것에 이어 '서주에 내려가 왕 상서의 여식과 혼인한 이야기와 황성에 올라가 원천의 딸을 후궁으로 삼은 이야기를' 말씀드리니 '부인과 낭자가 이 말을 듣고 더욱 즐거워하였'다고 했으므로, 원수가 한림학사를 제수받은 이후의 행적을 모친과 낭자가 긍정적으로 여겼음을 알 수 있다.

② ⓑ: 원수의 모친과 낭자가 황제와 도사에게 고마운 마음을 느꼈다.
원수가 천자께서 자신을 '대사마 대원수로 삼'은 일과 꿈에 나타난 노승의 말을 듣고 '단원사를 찾아' '이리로 온 것'이라며 '그간의 사연을 말씀드리니, 부인과 낭자가 이 말을 듣고 더욱 황제의 은혜에 감사드리고 도사의 신기함에 감복하'였다고 했으므로 황제와 도사에게 고마운 마음을 느꼈다고 볼 수 있다.

---

③ ⓒ: 원수가 자신의 꿈속에 나타난 도사를 신뢰했다.

원수는 꿈에 나타난 노승의 말을 듣고 여남의 단원사를 찾아가 '부모와 낭자를 만'났는데, '전날 밤중 꿈속에 나타났던 도사'가 또 꿈에 나와 '부친을 눈앞에 두고 어찌 잠만 깊이 자십니까?'라고 하자 '도사의 영감과 신기함은 탄복할 만하였기에' 이를 듣고 '큰 잔치를 배설하'였다. 이처럼 원수가 꿈속에 나타난 도사의 말을 듣고 잔치를 벌여 '각 도와 각 읍의 자사와 수령을 모두 청'한 것은, 도사의 영감과 신기함을 믿었기 때문이다. 따라서 원수는 자신의 꿈속에 나타난 도사를 신뢰했다고 볼 수 있다.

④ ⓓ: 부남 태수가 자신의 아들에 대한 그리움을 느꼈다.

부남 태수는 '장도를 만지면서 슬퍼하는 듯'한 원수를 보며 '풍운도 살아 있다면 내가 주었던 장도를 만지면서 저렇듯이 슬퍼하지 않겠는가.'라고 생각하고 있으므로 아들에 대한 그리움을 느끼고 있다고 볼 수 있다.

[1~3] 다음 글을 읽고 물음에 답하시오.

[앞부분의 줄거리] 명나라 양 부인에게 삼 형제가 있는데, 맏이 위윤은 현숙한 반씨를 아내로 맞아 아들 흥을 얻는다. 위진의 아내 채씨와 위준의 아내 맹씨가 반씨를 모해하자 양 부인이 채씨를 친정으로 보낸다. 채씨의 부친 채 승상은 이에 분노하여 위윤을 귀양 보내고, 양 부인은 채씨를 들이지 말라는 유언을 남기고 죽는다.

반씨가 시체를 붙들고 통곡 혼절하니, 흥이 대경하여 수족을 주무르며 약물을 드리오니 이윽고 진정하거늘, 흥이 위로 왈,

"모친은 진정하사 초상을 극진히 하소서."

반씨 망극한 중이나 그 말을 옳게 여겨 치상(治喪)*할새, 문중이 모여 채씨에게 부고를 알릴 것을 의논하니, 위진이 왈,

"㉠채씨가 잘못함이 아니라 모친이 잠깐 노하여 보내 계시니, 무슨 일로 알리지 아니하리오." 자신의 부인인 채씨가 아무런 잘못이 없으니 부고를 알려야 한다고 주장하는 위진

하고, 즉시 시비를 불러 왈,

"채씨의 집에 가 부고를 전하되 상복 입기 전에 오라 하라. 그렇지 않으면 부부의 의를 끊으리라." 양 부인의 유언을 무시하고 채씨에게 부고를 알려 다시 집으로 돌아오게 하려는 위진

// 장면 끊기 01 시어머니 양 부인이 죽자 반씨는 통곡하고, 위진은 어머니의 유언을 무시한 채 친정으로 쫓겨난 자신의 아내에게 부고를 전하려 함

(중략)

차설*, 위진이 크게 노하여 왈,

"반씨는 어떤 사람인데 상중에 시비(是非)를 돋우어 요란하게 하느뇨. 형님이 아니 계시어 내가 주장*할 것이니, 두 번 이르지 말라." 장남 위윤이 부재한 틈을 타 가권을 차지하려는 욕망을 드러내는 위진

하고 노복을 재촉하여 보내니, 흥이 죽은 양 부인의 옆에 엎드려 통곡하더니 큰 소리로 왈,

"숙부는 주장이 되었을 따름이거늘 초상 망극 중에 벌써 할머니의 유언을 저버리시니, 한갓 아내만 중히 여기사 저다지 노하시니, 소질*이 알 바는 아니로되, 금일 문중이 모두 다 공론*이 여차한데도 구태여 유언을 저버리니, 이는 문중 뜻에도 맞지 아니하오며 소질의 마음에도 불가하니이다." 문중의 공론을 근거로 위진의 행동을 비판하는 흥

반씨가 꾸짖어 왈,

"너는 조그만 아이라. 어찌 방자히 어른을 시비하리오." 숙부에게 예의를 지키지 않는 흥을 꾸짖는 반씨

위진이 크게 노하여 왈,

"이는 분명 너의 말이 아니라. 누구의 부탁을 듣고, 내 말이 여차여차하거든 너는 대답을 이리이리하라 한 것이 아니더냐. 자신의 행동을 비판한 흥의 발언이 다른 어른의 말을 그대로 따라 말한 것이라고 의심하는 위진 너에게 기걸한 사람은 극한 요물이라. 너 혼자의 말이라

면 어찌 이러하리오. 내 비록 유약하나 네 말대로 시행할까 보냐."

하니, 모든 친척이 칭찬 불이하더라.

흥이 숙부의 불측*한 심사를 듣고 큰 소리로 왈,

"㉡아까 소질이 사뢴 바를 어른에게 배운 바라 하시니, 말씀이 옳사오면 따를 것이요, 비록 어른의 말이라도 부당하오면 따를 이유 없으니, 할머니의 상사를 당하였어도 부친이 삼천 리 밖에 계셔 상변(喪變)*을 알지 못하시고 발상*도 못하오니, 비록 아니 계시나 장자 장손이 발상함은 예문(禮文)에 당당하옵거늘, 예법에 관한 글을 근거로 장자(위윤)가 부재한 상황에서는 장손(흥)이 상을 치러야 한다고 주장하는 흥 그는 의논치 아니하시니 누구와 더불어 대상* 하시나이까. 금일 문중이 다 모였으니 결정하소서."

위진 형제 왈,

"㉢형님이 비록 귀양살이를 하고 있으나 죽지 아니하였고, 미처 부고를 알리지 못하였으나, 조그만 아이가 알 바가 아니라. 예문에 이상이라는 말이 없으니 불가하니라." 장자인 위윤이 죽지 않았음을 근거로 흥이 대신 상을 치르는 것을 반대하는 위진 형제

모든 사람이 왈,

"흥이 비록 어리나 소견에 이치가 있어 우리도 생각지 못한 일이거늘, 이 말이 가장 옳은지라. 바삐 대상하라."

위진 형제가 큰 소리로 노하여 왈,

"어찌 어린아이의 말로 인하여 상중 대사를 그릇되게 하리오. 우리는 예문대로 하리니 어찌 장자를 두고 대상하리오." 가권을 차지하려는 욕망에 사로잡혀 다른 사람들의 의견을 무시하며 화를 내는 위진 형제

하고 일시에 피신하니, 문중이 상의하여 왈,

"상인(喪人)이 이제 우리를 피하니 더 있어 무엇하리오."

하고 상복 입는 것을 보지 아니하고 모두 귀가하니, 흥이 망극하여 실성통곡 왈,

"우리 집의 가세는 어찌 남과 다른고. ㉣숙부가 불의를 행하여 문중이 따로따로 흩어지니 무슨 아름다운 일이 있으리오." 불의를 행한 숙부에 대해 실망하는 흥

// 장면 끊기 02 상례의 대상 여부를 두고 위진과 위윤의 아들인 흥이 대립함

말을 마치기 전에 채씨가 이르러 부인의 영위*에 곡하고 반씨를 보며 왈,

"나는 시댁에 득죄하여 본가에 있기로 존고*께 통신을 못하니 어찌 부끄럽지 아니하리오. 그대는 지극한 정성을 가지고 어찌 존고의 뒤를 따르지 아니하고 지금까지 부지하였느뇨. 그 사이 우애가 지극하여 저 나를 기다렸다 죽으려 하였느뇨. 지금도 참소와 아첨을 존고께 고하리잇고." 반씨에게 비아냥거리는 채씨

하고 욕설이 무수하니, 반씨가 분함을 겨우 참아 다만 대답하지 아니하더라.

채씨가 흥을 꾸짖어 왈,

"너는 황구소아*라. 무슨 일을 아는 척하고 우리를 원수로 지목하니, 네 그러면 **우리 일문을 다 삼킬 줄 아느냐.**" 흥을 헐뜯으며 비난하는 채씨

흥이 대답치 아니할 뿐이더라. 장례일을 당하니, 부인을 선산에 안장하고 집안을 정리할새 **집안 형세가 모두 채씨와 맹씨에게 돌아가니,** 두 사람이 주야로 남편을 미혹하게 하여 반씨 모자를 백 가지로 모해하니, 위씨 집안의 실질적인 가권을 차지하고, 무고한 반씨 모자를 핍박하는 채씨와 맹씨 반씨가 흥을 불러 왈,

"ⓜ우리 모자가 이제 독수(毒手)를 면치 못할지니 미리 화를 피할 곳을 정하라." 자신과 아들에게 닥칠 위험을 예측하고 대비하려는 반씨

하고, 인하여 양 부인 묘소에 초막(草幕)을 짓고 삼년상을 마친 후에, 다시 거취를 정하고자 하여, 이에 약간의 비복을 거느리고 조상을 모신 사당에 올라 통곡하고 **산중으로 들어가니,** 보는 사람들이 저마다 비창해 하지 않을 이 없더라.

// 장면 끊기 03 양 부인의 삼년상을 마친 반씨와 흥이 위험을 피해 산중으로 들어감

– 작자 미상, 「반씨전」 –

*주장: 어떤 일을 책임지고 맡음. 또는 그런 사람.
*소질: 조카가 아저씨를 상대하여 자기를 낮추어 이르는 말.
*발상: 상례에서 초상난 것을 알림.
*대상: 장자가 없을 시 장손이 대신 상례를 주관함.
*영위: 상가에서 모시는 혼백이나 가주(假主)의 신위.
*존고: 시어머니를 높여 이르는 말.
*황구소아: 철없이 미숙한 사람을 낮잡아 이르는 말.

명나라의 위윤, 위진, 위준 삼 형제는 각각 반씨, 채씨, 맹씨를 아내로 맞이한다. 위윤 부부는 현명하나 위진 부부와 위준 부부는 그렇지 못하여 현숙한 반씨를 해치려 한다. 시어머니 양 부인이 이를 눈치채고 채씨와 맹씨를 훈계하자 채씨가 반발하며 양 부인에게 대드는데, 이에 크게 노한 양 부인은 채씨를 친정으로 보낸다. 채씨가 친정으로 쫓겨나자 이에 앙심을 품은 채씨의 부친 채 승상은 무고한 반씨의 남편 우윤을 귀양 보낸다. 억울하게 큰아들을 귀양 보낸 양 부인이 충격을 받고 세상을 뜨자, 친정으로 쫓겨났던 채씨가 다시 돌아와 반씨 모자를 더욱 적대시한다. 반씨 모자는 화를 피하기 위해 집을 나와 양 부인의 묘하에 움막을 짓고 기거하는데, 이때 천상계에 있는 양 부인에게 보호를 받는다. 이후 흥은 장원 급제한 뒤 부마로 간택되는데, 채씨 집안에서 흥을 모함하는 상소를 올리자 황제는 이들을 파면하고 귀양 간 위윤은 누명을 벗게 된다. 채씨와 맹씨는 처형되고 위진과 위준은 북해로 쫓겨나 비로소 위씨 집안에 평화가 찾아온다.

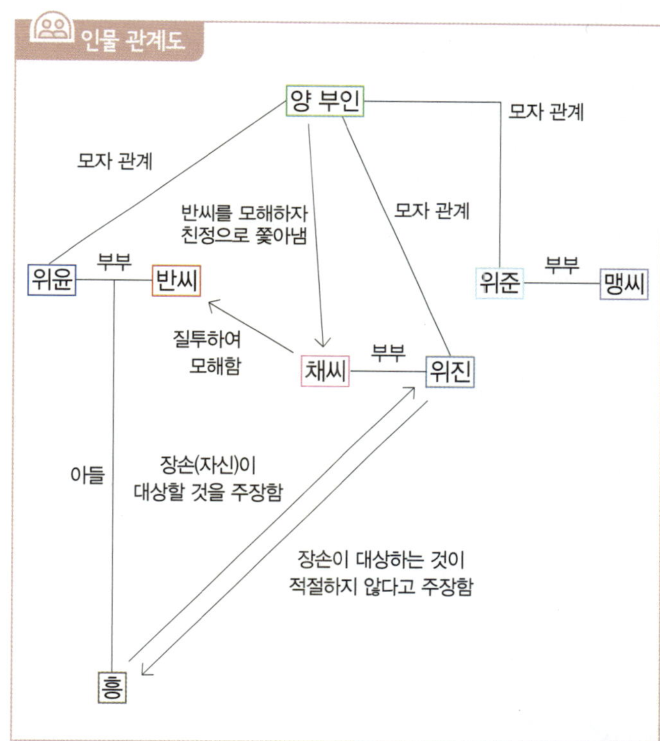

***치상**: 초상을 치름.
***차설**: 주로 글 따위에서, 화제를 돌려 다른 이야기를 꺼낼 때, 앞서 이야기하던 내용을 그만둔다는 뜻으로 다음 이야기의 첫머리에 쓰는 말.
***공론**: 여럿이 의논함. 또는 그런 의논.
***불측**: 생각이나 행동 따위가 괘씸하고 엉큼함.
***상변**: 사람이 죽은 사고.

1. 윗글에 대한 이해로 가장 적절한 것은?

✅ 정답풀이

① 흥은 문중 사람들의 의견을 근거로 채씨에게 부고를 알리는 것에 반대했다.

> [앞부분의 줄거리]에 따르면 양 부인은 '채씨를 들이지 말라는 유언을 남' 긴다. 그러나 위진이 양 부인의 유언을 어기고 채씨에게 부고를 알리려고 하자 흥은 '금일 문중이 모두 다 공론이 여차한데도 구태여 유언을 저버리 니, 이는 문중의 뜻에도 맞지 아니하오며 소질의 마음에도 불가하니이다.' 라며 반대하고 있다.

❌ 오답풀이

② 채씨는 자신을 본가로 보낸 양 부인에게 지속적으로 사죄의 뜻을 전했다.
시어머니인 양 부인의 부고를 듣고 온 채씨는 반씨에게 '나는 시댁에 득죄하 여 본가에 있기로 존고께 통신을 못하니 어찌 부끄럽지 아니하리오.'라고 말 하고 있다. 즉 시댁에서 쫓겨나 본가에 간 이후에 시어머니께 소식을 전하지 못했다고 하였으므로, 채씨가 자신을 본가로 보낸 양 부인에게 지속적으로 사죄의 뜻을 전했다고 보기는 어렵다.

③ 반씨는 남편에게 부고를 전하지 않으려는 위진을 질책했다.
반씨는 웃어른인 위진에게 무례하게 대하는 흥을 질책하였을 뿐, 위진을 질 책하지는 않았다.

④ 문중 사람들은 위진에게 모친의 묘소를 정하도록 위임했다.
문중 사람들은 위진이 양 부인의 유언에 따르지 않고 장손의 대상을 반대하며 '일시에 피신'하자 '상복 입는 것을 보지 아니하고 모두 귀가'한다. 따라서 문중 사람들이 위진에게 모친의 묘소를 정하도록 위임했다고 보기는 어렵다.

⑤ 위진은 위윤의 뜻에 따라 자신이 대상할 것을 주장했다.
위진은 '귀양살이를 하고 있'는 형님에게 '미처 부고를 알리지 못하였'으며, '형님이 아니 계시'므로 '내가 주장할 것'이라고 하였다. 위진은 장자인 위윤이 부재한 상황의 불가피함을 근거로 들어 자신의 주장을 피력했을 뿐, 장자인 위윤의 뜻을 근거로 들어 주장한 것이 아니다.

🌱 기틀잡기

> ④ **위임:** 어떤 일을 책임 지워 맡김.

📋 문제적 문제

• 1–①, ③, ④번

학생들이 정답 외에 가장 많이 고른 선지는 ③번과 ④번이다. 인물 간의 대화와 서술의 맥락을 통해 드러나는 정보를 파악하는 과정에서 어려움이 있었던 것으로 보인다.

정답인 ①번과 관련하여, [앞부분의 줄거리]에서 '양 부인은 채씨를 들이지 말라는 유언을 남기고 죽'었으므로 유언에 따르면 채씨는 상례에 참석할 수 없다. 그러나 위진은 '채씨가 잘못함이 아니라'고 하며 자신의 부인에게 아무런 잘못도 없다고 주장하고, 시비에게 '채씨의 집에 가 부 고를 전'할 것을 명한다. 이에 대해 흥은 '금일 문중이 모두 다 공론이 여 차한데도 구태여 유언을 저버리니, 이는 문중의 뜻에도 맞지 아니하'다며 문중 사람들의 의견을 근거로 채씨에게 부고를 알리는 것을 반대하고 있다.

정답 선지인 ①번을 적절하지 않다고 판단한 학생들의 경우, (중략) 이전의 '문중이 모여 채씨에게 부고를 알릴 것을 의논하니'를 근거로 보았 을 가능성이 있다. 그러나 (중략) 이후 흥이 '이는 문중의 뜻에도 맞지 아 니하'다고 한 것을 통해, 문중 사람들은 양 부인의 유언에 따라 채씨에게 부고를 알리지 않기로 뜻을 정했음을 알 수 있다.

오답인 ③번 선지와 관련하여, 위진은 형님이 '귀양살이를 하고 있'어 '미처 부고를 알리지 못'했다고 말했고, 반씨는 자신의 남편에게 부고를 전하지 않으려 한다는 점을 들어 위진을 질책하지 않는다. 따라서 ③번 선지는 적절하지 않다.

오답인 ④번 선지와 관련하여, 위진은 장손인 흥이 있음에도 자신이 양 부인의 상례를 주관하려 하는데, 이에 대해 다른 사람들은 '흥이 비록 어리나 소견에 이치가 있'으니 '바삐 대상하'라며 위진이 아니라 장손인 흥이 대상을 해야 한다고 주장하고 있다. 그러나 위진 형제가 '큰 소리로 노하'며 '일시에 피신'하자 문중 사람들은 '더 있어 무엇하'겠냐며 상례에 대한 논의를 하지 못하고 모두 귀가한다. 즉 문중 사람들은 흥이 대상할 것을 주장하였고, 이후 위진 형제와는 상례에 대한 논의를 더 하지 못하 였으므로 위진에게 모친의 묘소를 정하도록 위임했다는 ④번 선지도 적 절하지 않다.

정답률 분석

정답		매력적 오답	매력적 오답	
①	②	③	④	⑤
42%	6%	22%	20%	10%

2. ㉠~㉤에 대한 설명으로 적절하지 <u>않은</u> 것은?

> ㉠: 채씨가 잘못함이 아니라 모친이 잠깐 노하여 보내 계시니, 무슨 일로 알리지 아니하리오.
>
> ㉡: 아까 소질이 사뢴 바를 어른에게 배운 바라 하시니, 말씀이 옳사오면 따를 것이요, 비록 어른의 말이라도 부당하오면 따를 이유 없으니
>
> ㉢: 형님이 비록 귀양살이를 하고 있으나 죽지 아니하였고, 미처 부고를 알리지 못하였으나, 조그만 아이가 알 바가 아니라.
>
> ㉣: 숙부가 불의를 행하여 문중이 따로따로 흩어지니 무슨 아름다운 일이 있으리오.
>
> ㉤: 우리 모자가 이제 독수(毒手)를 면치 못할지니 미리 화를 피할 곳을 정하라.

✔ 정답풀이

② ㉡: 다른 사람의 권위에 기대며 자신의 생각이 옳음을 강조하고 있다.

> 위진은 문중 사람들의 의견을 근거로 자신의 행동을 비판하는 흥에 대해 '너의 말이 아니라, 누구의 부탁을 듣'고서 말했을 것이라고 의심하고 있다. 이에 대해 ㉡에서 흥은 '비록 어른의 말이라도 부당하오면 따를 이유 없'다는 자신의 생각을 밝히고 있다. 즉, ㉡은 흥이 스스로 옳고 그름을 판단하여 결정한다는 뜻을 드러낸 것일 뿐, 다른 사람의 권위에 기대어 자신의 생각이 옳음을 강조한 것은 아니다.

✖ 오답풀이

① ㉠: 과거의 사건에 대한 자신의 판단을 제시하며 자신이 하려는 행위의 정당성을 강조하고 있다.

㉠에서 위진은 '양 부인이 채씨를 친정으로 보낸' 일에 대해 '채씨가 잘못함이 아니라 모친이 잠깐 노하여 보내 계시니'라고 하며 자신의 판단을 제시하고 있다. 그리고 '무슨 일로 알리지 아니하리오.'라며 채씨에게 양 부인의 부고를 전하려는 자신의 행위가 정당함을 강조하고 있다.

③ ㉢: 현재 상황을 설명하며 상대방의 제안에 대해 무시하는 태도를 드러내고 있다.

흥은 '장자 장손이 발상함은 예문에 당당하'다며 자신이 대상할 것을 제안하고 있다. 이 제안에 대해 위진은 ㉢에서 '형님이 비록 귀양살이를 하고 있으나 죽지 아니하였'으므로 장손인 흥이 대상할 수 없다고 주장하고, 흥에게 '조그만 아이가 알 바가 아니'라며 무시하는 태도를 드러내고 있다.

④ ㉣: 상대방의 행동을 평가하며 현재 상황에 대한 실망감을 드러내고 있다.

흥과 문중이 모두 장손이 대상을 해야 한다고 주장하자, 위진 형제는 '우리는 예문대로 하리니 어찌 장자를 두고 대상하'겠냐며 '일시에 피신'해 버린다. 이 모습을 본 문중이 '상복 입는 것을 보지 아니하고 모두 귀가하'자 ㉣에서 흥은 '숙부가 불의를 행'했다며 위진의 행동을 평가하고, '문중이 따로따로 흩어'진 현재 상황에 대해 '무슨 아름다운 일이 있'겠냐며 실망감을 드러내고 있다.

⑤ ㉤: 앞으로의 일을 예측하며 행동의 방향을 제시하고 있다.

양 부인의 장례 이후 '집안 형세가 모두 채씨와 맹씨에게 돌아가'고 채씨와 맹씨는 '반씨 모자를 백 가지로 모해'하였다. 이에 대해 ㉤에서 반씨는 '우리 모자가 이제 독수를 면치 못할' 것이라며, 앞으로 자신과 흥에게 큰 위험이 닥칠 것을 예측하고 있다. 그리고 '미리 화를 피할 곳을 정하라.'라며 행동의 방향을 제시하고 있다.

3. 〈보기〉를 바탕으로 윗글을 감상한 내용으로 적절하지 <u>않은</u> 것은? [3점]

〈보기〉

조선 후기 사대부 집안은 가문의 권위를 유지하기 위하여 장자 중심의 수직적 위계질서를 중시하였고, 가문의 중대사를 결정할 때에는 문중의 공론과 예문을 따르도록 했다. 특히 장자의 부재 시 장손이 아버지를 대신하는 대상을 행할 수 있다는 상례에는 이러한 위계질서가 잘 나타난다. 이 작품에는 장자의 부재 시에 상례가 발생한 상황에서 기존의 가권(家權)을 지키고자 하는 세력과, 가권을 차지하려는 욕망으로 이에 도전하는 세력 간의 갈등이 다양한 양상으로 드러난다.

🔍 보기 분석

- 조선 후기 사대부 집안의 특징
  - 장자 중심의 수직적 위계질서를 중시함
  - 가문의 중대사는 문중의 공론과 예문에 따라 결정함
- 「반씨전」에 나타난 갈등
  - 기존의 가권을 지키고자 하는 세력 ↔ 가권을 차지하려는 욕망을 가진 세력

✔ 정답풀이

① 위진이 채씨에게 '부고를 전하되 상복 입기 전에 오라'고 한 것에서, 위진이 모친의 유언에 담긴 수직적 위계질서를 따라 상례를 치르려 했음을 알 수 있군.

〈보기〉에 따르면 윗글은 '장자의 부재 시에 상례가 발생한 상황에서 기존의 가권을 지키고자 하는 세력과, 가권을 차지하려는 욕망으로 이에 도전하는 세력 간의 갈등'이 드러난다. 위진은 모친 양 부인의 유언을 저버리고 '채씨의 집에 가 부고를 전하되 상복 입기 전에 오라'고 한다. 이러한 위진의 모습은 장자의 부재 중 상례가 발생한 상황에서 가권을 차지하려는 욕망을 드러낸 것일 뿐, 모친의 유언을 따른 것도, 수직적 위계질서를 따라 상례를 치르려고 한 것도 아니다.

❌ 오답풀이

② 위진이 '상중에 시비를 돋'운다며 '형님이 아니 계시어 내가 주장할 것'이라고 말하는 것에서, 위진이 가권을 차지하는 데 반씨를 방해가 되는 존재로 인식하고 있음을 알 수 있군.

〈보기〉에 따르면 윗글에는 '장자의 부재 시에 상례가 발생한 상황에서 기존의 가권을 지키고자 하는 세력과, 가권을 차지하려는 욕망으로 이에 도전하는 세력 간의 갈등'이 나타난다. 위진이 반씨에게 '상중에 시비를 돋'운다며 '형님이 아니 계시어 내가 주장할 것'이라고 말한 것을 통해 위진이 가권을 차지하고자 하며, 이에 반씨가 방해가 되는 존재라고 생각하고 있음을 알 수 있다.

③ 홍이 예문을 근거로 '장자 장손이 발상함'을 주장하고 이에 대해 문중이 결정하도록 한 것에서, 홍이 예문과 문중의 공론을 통해 기존의 가권을 지키려고 했음을 알 수 있군.

〈보기〉에 따르면 '조선 후기 사대부 집안'은 '가문의 중대사를 결정할 때에는 문중의 공론과 예문을 따르도록 했'으며, 윗글에는 '장자의 부재 시에 상례가 발생한 상황에서 기존의 가권을 지키고자 하는 세력'이 등장한다. 홍이 '장자 장손이 발상함은 예문에 당당'하며, '금일 문중이 다 모였으니 결정'하라고 하는 것은 예문과 문중의 공론을 통해 기존의 가권을 지키려고 하는 것으로 볼 수 있다.

④ 채씨가 '우리 일문을 다 삼킬 줄 아느냐'고 홍을 꾸짖는 것에서, 가권을 차지하려는 채씨의 욕망이 홍에 대한 적대감으로 나타난 것을 알 수 있군.

〈보기〉에 따르면 윗글에는 '가권을 차지하려는 욕망으로' 인해 '기존의 가권'에 '도전하는 세력'이 등장한다. 채씨가 '네 그러면 우리 일문을 다 삼킬 줄 아느냐.'라고 홍을 꾸짖으며 적대감을 드러내고, 장례 이후 '집안 형세가 모두 채씨와 맹씨에게 돌아가'는 모습을 통해 채씨가 가권을 차지하려는 욕망을 가지고 있음을 알 수 있다.

⑤ '집안 형세가 모두 채씨와 맹씨에게 돌아가'고, 반씨 모자가 '산중으로 들어'간 것에서, 가권을 둘러싼 갈등을 통해 가권이 위진 쪽으로 기울게 되었음을 알 수 있군.

〈보기〉에 따르면 윗글에는 '기존의 가권을 지키고자 하는 세력과, 가권을 차지하려는 욕망으로 이에 도전하는 세력 간의 갈등이 다양한 양상으로 드러'난다. '집안 형세가 모두 채씨와 맹씨에게 돌아'가자 반씨가 홍에게 '미리 화를 피할 곳'을 찾아야 한다며 '산중으로 들어가는' 모습을 통해 가권이 위진 쪽으로 기울게 되었음을 알 수 있다.

문제 P.062

[1~6] 다음 글을 읽고 물음에 답하시오.

(가)

내 오늘밤 한오리 갈댓잎에 몸을 실어 이 아득한 바다 속 창망(蒼茫)한* 물구비에 씻기는 한점 바위에 누웠나니

생(生)은 갈사록 고달프고 나의 몸둘 곳은 아무데도 없다 파도는 몰려와 몸부림치며 바위를 물어뜯고 넘쳐나는데 내 귀가 듣는것은 마즈막 ㉠물결소리 먼 해일에 젖어 오는 그 목소리뿐

아픈 가슴을 어쩌란 말이냐 허공에 던져진것은 나만이 아닌데 하늘에 달이 그렇거니 수많은 별들이 다 그렇거니 이 광대무변(廣大無邊)*한 우주의 한알 모래인 지구의 둘레를 찰랑이는 접시물 아아 바다여 너 또한 그렇거니

내 오늘 바다 속 한점 바위에 누워 하늘을 덮는 나의 사념*이 이다지도 작음을 비로소 깨닫는다

– 조지훈, 「묘망」 –

화자와 대상의 관계	바위에 누워 삶과 존재에 대해 성찰하는 '나'
상황?	바위에 누움 → 생은 고달프고 몸둘 곳이 없다고 생각함 → 넓은 우주에서 달, 별, 바다 등은 모두 허공에 던져진 존재이며 지구도 넓은 우주의 한 알 모래처럼 작다고 생각함 → '나'의 사념도 작음을 깨달음

이것만은 챙기자

*창망하다: 넓고 멀어서 아득하다.
*광대무변: 넓고 커서 끝이 없음.
*사념: 근심하고 염려하는 따위의 여러 가지 생각.

(나)

　[A]
다시 태어날 수 없어
마음이 무거운 날은
편안한 집을 떠나
산으로 간다

　[B]
크낙산 마루턱에 올라서면
세상은 온통 제멋대로
널려진 바위와 우거진 수풀
너울대는 굴참나뭇잎 사이로
삵괭이 한 마리 지나가고
썩은 나무 등걸 위에서
햇볕 쪼이는 도마뱀

땅과 하늘을 집삼아
몸만 가지고 넉넉히 살아가는
저 숱한 나무와 짐승들

　[C]
해마다 죽고 다시 태어나는
꽃과 벌레들이 부러워
호기롭게 야호 외쳐 보지만

산에는 주인이 없어
㉡나그네 목소리만 되돌아올 뿐
높은 봉우리에 올라가도
깊은 골짜기에 내려가도
산에는 아무런 중심이 없어
어디서나 멧새들 지저귀는 소리
여울에 섞여 흘러가고
짙푸른 숲의 냄새
서늘하게 피어오른다

　[D]
나뭇가지에 사뿐히 내려앉을 수 없고
바위 틈에 엎드려 잠잘 수 없고
낙엽과 함께 썩어 버릴 수 없어
산에서 살고 싶은 마음
남겨둔 채 떠난다 그리고

　[E]
크낙산에서 돌아온 날은
이름없는 작은 산이 되어
집에서 마을에서
다시 태어난다

– 김광규, 「크낙산의 마음」 –

화자와 대상의 관계	크낙산에서 다양한 존재의 생명력을 느끼고 돌아오는 사람
상황?	마음이 무거우면 크낙산으로 감 → 크낙산에는 각종 나무와 짐승들, 꽃과 벌레들이 있음 → 산에는 주인도, 중심도 없다고 생각함 → 산에서 살고 싶은 마음을 남겨둔 채 내려옴 → 이름없는 작은 산으로 다시 태어난다고 느낌

(다)

갑오년 여름, 나는 달촌(達村)에서 예전에 살던 화오촌(花塢村)의 집으로 이사했다. ⓐ집이 좁고 낮아 드나들 때마다 머리를 부딪혔다. 이때는 날씨가 무더워 마치 뜨거운 화로에 들어간 것 같았다. 게다가 모기와 파리가 달라붙으니 괴로워 견딜 수가 없었다. 이웃에 사는 이우열(李友說)과 **더위를 피할 방법을 찾다가 마침내 월송정 숲속에 죽붕(竹棚)*을 만들었다.** 기둥이 모두 넷인데 셋은 소나무에 걸치고 하나는 나무를 따로 세웠다. ⓑ가로목도 넷이고 그 위에는 대나무를 깔아 수십 명이 앉을 수 있었다. 사방에는 모두 대나무로 난간을 엮어서 떨어지지 않도록 했다. 왼쪽에 긴 다리를 만들어 나무로 지탱하고 잔디를 깔아 오르내리기 편하게 했다.

죽붕이 완성되자 이웃 노인들과 보리술을 마시며 축하했다. 그때부터 매일 이곳에서 먹고 마시고 지내며 누워 잤다. 항상 솔바람 소리가 서늘하여 시원한 기운이 뼈까지 스며들었다. 더위가 힘을 잃어 감히 기승을 부리지 못하고, 모기와 파리가 멀리 가서 감히 다가오지 못했다. ⓒ마치 바람을 타고 멀리 날아가는 것 같은 생각이 들었다. 나는 몹시 통쾌하고 즐거웠다.

저 악양루(岳陽樓)와 황학루(黃鶴樓)는 크다면 크고 제운루(齊雲樓)와 낙성루(落星樓)는 높다면 높다. 그렇지만 그 화려한 건물과 현란한 단청은 여러 장인의 재주를 모은 것으로 하루아침에 만든 것이 아니다. 어찌 사람의 힘을 들이지 않고 하루도 안 되어 완성한 내 죽붕과 같겠는가. ⓓ어찌 검소하고 소박하여 화려하게 치장하지 않아도 남달리 시원한 내 죽붕과 같겠는가. 입안으로 중얼중얼하다가 마침내 배를 내놓고 난간에 기대어 잠이 들었다. 홀연 푸른 옷을 입은 노인이 나타나 손 모아 절하고는 다가와 말했다.

"그대의 죽붕이 좋기는 하지만 그대의 안색이 쾌활하지 않은 듯하니 어째서인가. 아마도 진흙탕에 떨어진 사람의 입장에서는 땅에서 한 자 남짓만 올라와도 통쾌할 것이다. 땅에서 한 자 남짓 올라온 사람의 입장에서는 그대의 죽붕이 더욱 통쾌할 것이다. 그렇지만 하늘에 있는 사람의 입장에서는 그대의 죽붕이나 땅에서 한 자 남짓 올라온 곳이나 진흙탕과 차이가 없다. 그대는 이 **죽붕이 통쾌한 줄만 알고, 하늘에 있는 사람이 보기에는 진흙탕과 같다**는 것을 모르는구나. 이는 작은 것에 얽매여 큰 것을 못 보기 때문이다. 나는 그대가 속세를 벗어나기 어렵다는 것을 알겠으니 슬픈 일이다.

그대의 **가슴속**에는 하늘도 있고 땅도 있고 빈 공간도 있다. **누각**을 높이 올릴 수도 있고 창문을 활짝 열 수도 있다. 통쾌하기로 말하자면 온 세상을 눈에 담을 수 있고, 높기로 말하자면 하늘에 있는 사람과 마주 보고 인사할 수도 있다. 이것은 마음속으로 계획을 세우지 않아도 되고 장인이 재주를 부릴 필요도 없이 잠깐 사이에 만들 수 있으니, 올라가 바라보는 즐거움이 이 죽붕에 비할 바 아니다. 소박하고 시원하기는 말할 것도 없고, **세상의 득실과 영욕***, 희로애락 또한 빈 공간 속에서 **구름과 안개처럼 흩어져 사라**질 것이다. 그대는 어찌 이렇게 하지 않고 한갓 이곳에서 즐거워하는가."

ⓔ나는 그의 말을 기이하게 여겼으나 미처 대답하기도 전에 기지개를 켜고 일어났다. 소나무 그늘은 서늘하고 인적이라고는 전혀 없는데 석양이 산에 내려 맑은 이슬이 옷을 적실 뿐이었다. 나는 일어나 탄식했다.

"월송정의 신령이 내게 가르침을 내린 것이리라."

마침내 기록하여 죽붕기로 삼는다.

– 이산해, 「죽붕기」 –

이것만은 챙기자

***죽붕**: 대나무로 만든 누각.
***영욕**: 영예와 치욕을 아울러 이르는 말.

1. (가)~(다)에 대한 설명으로 가장 적절한 것은?

✔ 정답풀이

③ (가)와 (나)는 각각 동일한 어미를 반복하고 있다.

> (가)의 '하늘에 달이 그렇거니 수많은 별들이 다 그렇거니~너 또한 그렇거니'에서 어미 '–거니'를 반복하고 있다. (나)의 '높은 봉우리에 올라가도 / 깊은 골짜기에 내려가도'에서는 어미 '–아도'가, '사뿐히 내려앉을 수 없고 / 바위 틈에 엎드려 잠잘 수 없고'에서는 어미 '–고'가 반복되고 있다.

✘ 오답풀이

① (가)는 대구의 방식으로 시상을 마무리하고 있다.
  (가)의 '생은 갈사록 고달프고 나의 몸둘 곳은 아무데도 없다' 등에서 대구를 사용하고 있지만 마지막 연에서는 대구를 활용하고 있지 않으므로 대구의 방식으로 시상을 마무리한다고 볼 수 없다.

② (나)는 설의적 표현을 활용하고 있다.
  (나)에서는 설의적 표현을 활용한 부분이 나타나지 않는다.

④ (나)와 (다)는 모두 연쇄법을 활용하고 있다.
  (나)와 (다)에서는 모두 동일한 어미나 유사한 구조의 구절을 반복하고 있으나, 앞말의 끝 어구를 뒷말의 첫 부분에서 이어받아 반복하는 연쇄법을 활용하지는 않았다.

⑤ (가), (나), (다)는 모두 대조적인 색채어를 활용하고 있다.
  (나)의 '짙푸른 숲'에서 색채어를 사용하고 있지만, 이와 대조되는 색채어는 나타나지 않는다. (다)에서도 '푸른 옷을 입은 노인'에서 색채어를 사용했지만 색채어의 대조는 나타나지 않는다. (가)에는 색채어가 활용되지 않았다.

🌱 기틀잡기

> ⑤ **색채어**: 사물의 빛깔을 표현하는 어휘. 색채어가 등장하면 당연히 시각적 심상이 나타나며, 두 가지 색채가 뚜렷한 대비를 이루면 '색채 대비'를 이룬다고 함.

---

2. 〈보기〉를 참고하여 (가)를 감상한 내용으로 적절하지 <u>않은</u> 것은?

> ────────〈보기〉────────
>
> (가)는 인간 존재에 대한 인식을 드러내는 작품으로, 제목인 '묘망'은 넓고 멀어서 아득하다는 뜻에서 화자가 바라보는 세계의 크기를 의미한다. 화자는 자신의 처지를 거대한 세계 속에 놓인 존재로 보고, 이러한 상황에 대한 인식을 우주의 차원으로 확장하여 다른 대상과의 관계 속에서 인간의 존재 양상을 깨닫는다.

🔍 보기 분석

> • 「묘망」: 인간 존재에 대한 인식 드러냄
>   – 화자는 자신의 처지를 거대한 세계 속에 놓인 존재로 봄
>   – 인식을 우주의 차원으로 확장하여 다른 대상과의 관계 속에서 인간의 존재 양상을 깨달음

✔ 정답풀이

④ '광대무변한 우주'의 일부인 '지구의 둘레를 찰랑이는' 바다를 향해 '너 또한 그렇'다고 하는 것에서, 화자가 바다를 크고 넓은 세계로 여기고 있음을 알 수 있군.

> 〈보기〉에 따르면 (가)의 화자는 '자신의 처지를 거대한 세계 속에 놓인 존재로' 보는데, (가)에서 화자는 '허공에 던져진것은 나만이 아'니며, '달'과 '수많은 별들'과 '이 광대무변한 우주의 한알 모래인 지구의 둘레를 찰랑이는 접시물 아아 바다' 또한 그렇다고 말하고 있다. 이를 통해 화자는 인식을 우주의 차원으로 확장하여 '바다' 또한 '접시물'과 같이 작은 존재로 여기고 있음을 알 수 있다.

✘ 오답풀이

① '한오리 갈댓잎에 몸을 실어' '아득한 바다 속 창망한 물구비에 씻기는 한점 바위'에 있다는 것에서, 화자가 자신을 거대한 세계 속의 작은 존재로 보고 있음을 확인할 수 있군.
  〈보기〉에 따르면 (가)의 화자는 '자신의 처지를 거대한 세계 속에 놓인 존재로' 보고 있다. (가)에서 화자가 '한오리 갈댓잎에 몸을 실어 이 아득한 바다 속 창망한 물구비에 씻기는 한점 바위'에 누워 있다는 것을 통해 화자가 자신을 거대한 세계 속에 놓인 작은 존재로 보고 있음을 알 수 있다.

② '생은 갈사록 고달프고' '몸둘 곳은 아무데도 없다'는 것에서, 화자가 자신이 힘겨운 상황에 처해 있다고 인식하고 있음을 알 수 있군.
  〈보기〉에 따르면 (가)는 '인간 존재에 대한 인식'을 드러내고 있다. (가)의 '생은 갈사록 고달프고 나의 몸둘 곳은 아무데도 없다'에서 화자가 자신이 '고달프고' 힘겨운 상황에 처해 있다고 인식함을 알 수 있다.

③ '허공에 던져진것'은 '나만이 아'니며 달과 별들도 '다 그렇'다는 것
에서, 화자가 자신을 우주 안의 다른 대상들과 동질적인 존재로
여기고 있음을 알 수 있군.
〈보기〉에 따르면 (가)에서 화자는 인간의 존재에 대한 인식을 '우주의 차원
으로 확장하여 다른 대상과의 관계 속에서 인간의 존재 양상'을 파악한다.
(가)의 '허공에 던져진것은 나만이 아닌데 하늘에 달이 그렇거니 수많은 별
들이 다 그렇거니'에서 화자가 우주 안의 다른 대상들(달, 별 등)과 자신을
광활한 우주에 던져진 동질적 존재로서 인식함을 알 수 있다.

⑤ '하늘을 덮는 나의 사념이 이다지도 작음을 비로소 깨닫는다'는 것
에서, 화자가 자신의 사념이 지닌 크기에 대한 깨달음을 통해 인간
존재에 대한 인식을 드러내고 있음을 확인할 수 있군.
〈보기〉에 따르면 (가)는 '인간 존재에 대한 인식'을 드러내고 있다. (가)의 화자
는 '바다 속 한점 바위에 누워' '광대무변한 우주' 속에서 '나'와 '나의 사념'이
'이다지도 작음을 비로소' 인식하는데, 이는 '거대한 세계 속에 놓인 존재'로
서의 자신의 처지와 인간의 존재 양상을 깨달은 것이라고 볼 수 있다.

3. (나)에 대한 이해로 적절하지 <u>않은</u> 것은?

✅ 정답풀이

② [B]에는 화자가 대상의 현재 모습에서 과거의 모습을 짐작하고
있음이 드러난다.

[B]에는 '제멋대로 / 널려진 바위와 우거진 수풀', '굴참나뭇잎 사이로 / 삵
쾡이 한 마리', '썩은 나무 등걸 위에서 / 햇볕 쪼이는 도마뱀' 등 화자가
관찰한 대상의 모습이 나열되고 있을 뿐, 대상의 현재 모습에서 과거의 모습
을 짐작하고 있지는 않다.

❌ 오답풀이

① [A]에는 [B]에서 화자가 한 행동의 계기가 드러난다.
　[B]에서 화자는 '크낙산 마루턱에 올라'서서 동식물의 모습을 관찰하고 있는
데 [A]에는 '다시 태어날 수 없어 / 마음이 무거운 날은 / 편안한 집을 떠나
/ 산으로 간다'라고, '크낙산 마루턱에' 온 행동의 계기가 나타나고 있다.

③ [C]에서 화자가 인식한 대상의 속성은 [A]에서 화자가 자신에
대해 인식한 내용과 대비된다.
　[C]에서 화자는 '꽃과 벌레들'이 '해마다 죽고 다시 태어'남을 인식하고 있다.
이는 [A]에서 '다시 태어날 수 없어 / 마음이 무'겁다는 자신에 대한 인식과
대비된다고 볼 수 있다.

④ [D]에는 화자가 자신의 바람과 다른 행동을 하는 이유가 드러
난다.
　[D]에서 화자는 '산에서 살고 싶'다고 했는데, 그 마음을 '남겨둔 채 떠'나는
이유가 '나뭇가지에 사뿐히 내려앉을 수 없고 / 바위 틈에 엎드려 잠잘 수 없
고 / 낙엽과 함께 썩어 버릴 수 없'기 때문이라고 말하고 있다.

⑤ [E]에서 나타난 화자의 변화는 [A]에서의 화자의 행동으로부터
비롯된 것이다.
　[E]에서 화자는 자신이 '이름없는 작은 산이 되어 / 집에서 마을에서 / 다시
태어난다'고 했다. 이는 '크낙산에서 돌아온 날'에 나타난 변화로, [A]에서 화자
가 '편안한 집을 떠나 / 산으로 간' 행동으로부터 비롯된 것으로 볼 수 있다.

4. ㉠과 ㉡에 대한 이해로 가장 적절한 것은?

> ㉠: 물결소리
> ㉡: 나그네 목소리

✔ 정답풀이

① ㉠은 화자의 외부에서 비롯된 소리이고, ㉡은 화자에게서 비롯된 소리이다.

> (가)에서 화자는 '한점 바위'에 누워 '마즈막 물결소리 먼 해일에 젖어 오는 그 목소리'를 듣고 있으므로 이때 ㉠은 화자의 외부인 먼 바다에서 들려오는 소리임을 알 수 있다. (나)에서 화자는 '호기롭게 야호' 외쳤다가 '나그네 목소리만 되돌아'옴을 느끼고 있으므로 이때 ㉡은 화자가 낸, 화자에게서 비롯된 소리라고 할 수 있다.

✘ 오답풀이

② ㉠은 화자의 성찰을 유도하는 소리이고, ㉡은 화자의 각성을 방해하는 소리이다.
(가)에서 화자는 '한점 바위'에 누워 ㉠을 들으며 '나의 사념이 이다지도 작음을' 깨닫고 있지만, ㉠이 화자의 성찰을 유도한다고 단정하기는 어렵다. (나)에서 ㉡은 화자가 직접 낸 '야호' 소리가 메아리로 돌아온 것으로, 이것이 화자의 각성을 방해하는 것은 아니며, ㉡ 앞뒤에서 화자가 각성하고 있다고 볼 수도 없다.

③ ㉠은 화자에게 안정감을 느끼게 하는 소리이고, ㉡은 화자에게 두려움을 느끼게 하는 소리이다.
(가)에서 화자는 '한점 바위'에 누워 존재를 성찰하고 있는데 이때 ㉠을 듣고도 '아픈 가슴을 어쩌란 말이냐'라고 하고 있으므로 ㉠이 화자에게 안정감을 준다고 하기는 어렵다. (나)에서 ㉡은 화자가 직접 내어 돌아온 소리로, 화자에게 두려움을 느끼게 한다고 볼 수 없다.

④ ㉠과 ㉡은 모두 화자가 추억을 환기하게 하는 소리이다.
(가)와 (나) 모두 화자가 추억을 환기하는 모습은 나타나 있지 않으므로, ㉠과 ㉡ 모두 화자가 추억을 환기하게 한다고 볼 수 없다.

⑤ ㉠과 ㉡은 모두 화자가 다른 대상들에게 들려주고자 하는 소리이다.
(가)에서 화자는 바위에 누워 ㉠을 듣고 있을 뿐 화자가 다른 대상들에게 ㉠을 들려주려 한다고 볼 수 없다. (나)에서 ㉡은 화자가 '꽃과 벌레들이 부러워 / 호기롭게 야호 외'쳤으나 '산에는 주인이 없어' 어떠한 응답도 받지 못하고 돌아온 소리일 뿐, 다른 대상들에게 들려주고자 하는 소리로 볼 수 없다.

5. ⓐ~ⓔ에 대한 설명으로 적절하지 않은 것은?

> ⓐ: 집이 좁고 낮아 드나들 때마다 머리를 부딪혔다. 이때는 날씨가 무더워 마치 뜨거운 화로에 들어간 것 같았다.
> ⓑ: 가로목도 넷이고 그 위에는 대나무를 깔아 수십 명이 앉을 수 있었다.
> ⓒ: 마치 바람을 타고 멀리 날아가는 것 같은 생각이 들었다.
> ⓓ: 어찌 검소하고 소박하여 화려하게 치장하지 않아도 남달리 시원한 내 죽붕과 같겠는가.
> ⓔ: 나는 그의 말을 기이하게 여겼으나 미처 대답하기도 전에 기지개를 켜고 일어났다.

✔ 정답풀이

④ ⓓ: 죽붕이 장인이 만든 건축물에는 미치지 못한다는 아쉬움을 드러낸다.

> (다)에서 글쓴이는 '악양루와 황학루', '제운루와 낙성루'는 화려하고 현란하지만 여러 장인의 재주를 모아 여러 날 만든 것이지만, '화려하게 치장하지 않아도 남달리 시원한' 자신의 죽붕이 더 낫다는 생각을 드러내고 있다.

✘ 오답풀이

① ⓐ: 이사한 집의 특성과 날씨로 인해 매우 힘들었음을 나타낸다.
(다)에서 글쓴이는 이사한 '집이 좁고 낮'으며, '날씨가 무더워 마치 뜨거운 화로에 들어간 것 같'다고 하여 이사한 집의 특성과 날씨로 인해 매우 힘들었음을 드러내고 있다.

② ⓑ: 죽붕이 자연물을 재료로 지어졌고 규모가 넉넉함을 드러낸다.
(다)에서 글쓴이는 가로목과 대나무로 죽붕을 지었으며 '수십 명이 앉을 수 있'었다고 하여 그 규모가 매우 넉넉함을 드러내고 있다.

③ ⓒ: 죽붕에서 느끼는 시원함에 충분히 만족하고 있음을 드러낸다.
(다)에서 글쓴이는 죽붕에서는 '더위가 힘을 잃어 감히 기승을 부리지 못'한다며, 죽붕에 있으면 '마치 바람을 타고 멀리 날아가는 것 같'다고 표현하고 있다. 따라서 ⓒ는 죽붕에서 느끼는 시원함에 글쓴이가 충분히 만족하고 있음을 드러내는 것으로 볼 수 있다.

⑤ ⓔ: 노인과의 만남이 현실에서 실제로 일어난 일이 아니었음을 나타낸다.
(다)에서 글쓴이는 '난간에 기대어 잠이 들었'을 때 꿈속에서 '노인이 나타나' 말을 걸었고 노인에게 '미처 대답하기도 전'에 '기지개를 켜고 일어났'으므로, 노인과의 만남이 현실에서 실제로 일어난 일이 아님을 알 수 있다.

6. 〈보기〉를 참고하여 (나), (다)를 감상한 내용으로 적절하지 <u>않은</u> 것은? [3점]

〈보기〉

문학 작품에서 공간은 본질적 특성에서 나아가 주체의 주관적 인식에서 비롯된 의미를 갖는 경우가 있다. 주체는 공간에 대한 지향을 드러냄으로써 자신이 추구하는 가치를 제시하기도 한다. 또한 공간을 통해 당면한 문제를 해결하기도 하는데 이때 공간은 구체적인 공간일 수도 있고 관념적인 공간일 수도 있다.

🔍 보기 분석

• 문학 작품에서의 공간
 – 주체는 공간에 대한 지향을 통해 추구하는 가치를 제시함
 – 구체적·관념적 공간을 통해 당면한 문제를 해결함

✔ 정답풀이

⑤ (나)에서는 '높은 봉우리'와 '깊은 골짜기'에 가도 산에 '중심이 없'다는 것에서 구체적 공간의 한계를, (다)에서는 '가슴속'의 '누각'에 오르면 '세상의 득실과 영욕'도 '구름과 안개처럼 흩어져 사라'진다는 것에서 관념적 공간의 한계를 드러내고 있군.

〈보기〉에 따르면 문학 작품에서 공간은 '구체적인 공간일 수도 있고 관념적인 공간일 수도' 있다. (나)에서 '산에는 아무런 중심이 없'다고 한 것은 중심과 가장자리의 구별 없이 '어디서나 멧새들 지저귀는 소리'가 들리고 '짙푸른 숲의 냄새 / 서늘하게 피어오'르는 산의 특성을 나타낸 것일 뿐 구체적 공간의 한계를 드러낸 것으로 볼 수 없다. (다)에서 글쓴이의 꿈에 나타난 노인은 '그대의 가슴속에는 하늘도 있고 땅도 있고 빈 공간도 있'으며, '누각을 높이 올릴 수도' 있어 이에 '올라가 바라보는 즐거움이 이 죽붕에 비할 바 아니'며, '세상의 득실과 영욕, 희로애락 또한 빈 공간 속에서 구름과 안개처럼 흩어'질 것이라고 했으므로 가슴속의 누각을 현실의 공간에 비해 긍정적으로 평가하고 있다. 따라서 이를 관념적 공간의 한계를 드러낸 것으로 볼 수 없다.

✖ 오답풀이

① (나)에서는 '땅과 하늘을 집삼아' '몸만 가지고 넉넉히 살아가는' '나무와 짐승들'을 보며 '꽃과 벌레들'을 '부러워'하는 것에서, 자연적 삶을 살아갈 수 있는 공간에 대한 지향을 드러내고 있군.

〈보기〉에 따르면 문학 작품의 주체는 '공간에 대한 지향'을 통해 '자신이 추구하는 가치를 제시'한다. (나)에서 화자는 '땅과 하늘을 집삼아 / 몸만 가지고 넉넉히 살아가는 / 저 숱한 나무와 짐승들'과 '해마다 죽고 다시 태어나는 / 꽃과 벌레들'을 부러워하고 있다. 이를 통해 자연적 공간인 산에 대한 화자의 지향을 확인할 수 있다.

② (나)에서는 산의 '어디서나' '지저귀는' 멧새들의 '소리'가 '여울에 섞여 흘러'간다는 것에서, 산이 서로가 자유롭게 어우러져 살아가는 공간이라는 인식을 드러내고 있군.

〈보기〉에 따르면 '문학 작품에서 공간은 본질적 특성에서 나아가 주체의 주관적 인식에서 비롯된 의미를 갖는 경우가 있다'. (나)에서는 산 '어디서나 멧새들 지저귀는 소리'가 '여울에 섞여' 흐른다는 표현을 통해 화자가 인식하는 산이 서로가 자유롭게 어우러져 살아가는 공간임이 드러나고 있다.

③ (다)에서는 '죽붕이 통쾌한 줄만' 아는 나에게 '하늘에 있는 사람이 보기에는 진흙탕과 같다'고 말하는 것에서, 동일한 공간도 관점의 차이에 따라 부여하는 의미가 달라질 수 있음을 드러내고 있군.

〈보기〉에 따르면 '문학 작품에서 공간'은 '주체의 주관적 인식에서 비롯된 의미를 갖는 경우가 있다'. (다)에서 글쓴이('나')의 꿈에 나타난 노인은 글쓴이가 '죽붕이 통쾌한 줄만 알고, 하늘에 있는 사람이 보기에는 진흙탕과 같다는 것을 모'른다고 하는데, 이는 죽붕이라는 동일한 공간도 관점의 차이에 따라 다르게 볼 수 있음을 드러내는 것이다.

④ (나)에서는 '마음이 무거'워 '집을 떠나' '산으로 간다'는 것에서 공간의 이동을 통해, (다)에서는 '더위를 피할 방법을 찾다가' '월송정 숲속에 죽붕을 만들었다'는 것에서 새로운 공간의 조성을 통해 자신의 문제를 해결하려는 모습을 드러내고 있군.

〈보기〉에 따르면 문학 작품에서는 '공간을 통해 당면한 문제를 해결하기도' 한다. (나)에서 화자가 '마음이 무거운 날은 / 편안한 집을 떠나 / 산으로 간다'고 한 것은 집에서 산으로의 공간 이동을 통해 당면한 문제를 해결하려는 모습으로 볼 수 있으며, (다)에서 글쓴이가 '더위를 피할 방법을 찾다가 마침내 월송정 숲속에 죽붕을 만'든 것은 죽붕이라는 새로운 공간의 조성을 통해 문제를 해결하려는 모습으로 볼 수 있다.

[1~6] 다음 글을 읽고 물음에 답하시오.

(가)

십 년 종사 후에 고향으로 도라오니
산천 의구하되 인사(人事)는 달라졌구나
아마도 세간의 존멸*을 못내 슬허 하노라　　　〈제1수〉

산화(山花)는 믈의 피고 물새는 산의 운다
일신이 한가하야 산수간의 누어시니
세상의 어즈러온 긔별을 나는 몰라 하노라　　　〈제4수〉

거믄고 빗기 들고 산수를 희롱하니
청풍은 건듯 블고 명월도 도라온다
하믈며 유신(有信)*한 갈매기는 오명 가명 하나니　　　〈제5수〉

거믄고 흥진(興盡)커던 조대(釣臺)로 내려가니
도화 뜬 맑은 믈 뛰노나니 고기로다
아이야 밋기 다지 마라 취적(取適)*이나 하오리라　　　〈제7수〉
　　　　　　　　　　　　　　　　　－ 신교, 「귀산음(歸山吟)」－

*취적: 낚시질의 참뜻이 세상 생각을 잊고자 하는 데 있음.

현대어 풀이

십 년 동안의 벼슬살이 후에 고향으로 돌아오니
산천은 그대로인데 사람의 일은 달라졌구나
아마도 세상의 존속과 멸망을 못내 슬퍼하노라　　　〈제1수〉

산꽃은 물에서 피고 물새는 산에서 운다
일신이 한가해서 자연에 누웠으니
속세의 어지러운 소식을 나는 몰라 하노라　　　〈제4수〉

거문고 비스듬히 들고 산과 물을 희롱하니
바람은 살랑살랑 불고 달도 돌아온다
하물며 신의 있는 갈매기는 오며가며 하는구나　　　〈제5수〉

거문고 흥이 다해서 낚시터로 내려가니
도화 뜬 맑은 물에 뛰노는 것이 고기로다
아이야 미끼 달지 마라 낚시의 참 즐거움을 누리리라　　　〈제7수〉

이것만은 챙기자

***존멸**: 존속과 멸망 또는 생존과 사망을 아울러 이르는 말.
***유신**: 신의가 있음.

화자와 대상의 관계	속세를 떠나 고향으로 돌아와 자연 속에서 한가로운 삶을 누리는 '나'
상황?	버슬을 그만두고 고향에 오니 자연은 그대로인데 사람의 일은 변함 → 속세를 잊고 자연에서 거문고를 타며 지냄 → 낚시를 하며 자연에서 한가롭게 지냄

(나)

　백수(白首)*에 산수 구경 늦은 줄 알지마는
평생 품은 뜻을 이루고야 말리라 여겨
병자년 봄에 봄옷을 새로 입고 　　　　　　　　　　[A]
죽장망혜(竹杖芒鞋)*로 노계 깊은 골에 마침내 찾아오니
제일강산(第一江山)이 임자 없이 버려져 있네
예로부터 은사 처사 많이도 있지마는
천지가 감췄다가 나를 주려 남겼도다

(중략)

하물며 태평 시대에 버려진 몸이 할 일이 아주 없어
세간명리(世間名利)는 뜬구름 본 듯하고
아무런 욕심 없이 탈속의 마음만 품고서 　　　　　[B]
이내 생애를 산수에 깃들인 채
길고 긴 봄날에 낚싯대 비껴 쥐고 　　　　　　　　[C]
칡두건 베옷으로 낚시터 건너오니
산의 비 잠깐 개고 햇볕이 쬐는데
맑은 바람 더디 오니 고요한 수면이 더욱 밝다
검은 돌이 다 보이니 고기 수를 세겠노라
고기도 낯이 익어 놀랄 줄 모르니 　　　　　　　　[D]
차마 어찌 낚겠는가
낚시 놓고 배회하며 물결을 굽어보니
운영천광(雲影天光)*은 어리어 잠겼는데
어약우연(魚躍于淵)*을 구름 위에서 보는구나
ⓐ하 문득 놀라 살펴보니 위아래가 뚜렷하다
한 줄기 동풍에 어찌하여 어부 피리 높이 불어오는가
적적한 강가에 반갑게도 들리는구나
지팡이 짚고 바람 쐬며 좌우를 돌아보니
누대*의 맑은 경치 아마도 깨끗하구나
물도 하늘 같고 하늘도 물 같으니 　　　　　　　　[E]
푸른 물과 긴 하늘이 한 빛이 되었거든
물가에 갈매기는 오는 듯 가는 듯 그칠 줄을 모르네
　　　　　　　　　　　　－ 박인로, 「노계가(蘆溪歌)」 －

*운영천광: 구름 그림자와 하늘빛.
*어약우연: 물고기가 연못에서 뜀.

화자와 대상의 관계	나이 들어 세속을 떠나 자연을 유람하며 즐거워하는 '나'
상황?	나이가 들었지만 평생 소원이었던 자연 구경을 떠남 → 욕심 없는 마음으로 자연을 구경함 → 맑고 아름다운 경치에 감탄함

현대어 풀이

나이 들어 자연 구경 늦은 줄 알지마는
평생 품은 뜻을 이루고야 말리라 여겨
병자년 봄에 봄옷을 새로 입고
대나무 지팡이와 짚신으로 노계 깊은 골에 마침내 찾아오니
천하제일의 아름다운 강산이 임자 없이 버려져 있네
예로부터 은사 처사 많이도 있지마는
하늘과 땅이 (이 풍경을) 감춰 두었다가 나를 주려 남겨 놓았구나

(중략)

하물며 태평 시대에 버려진 몸이 할 일이 아주 없어
세속의 명예와 이익은 뜬구름 본 듯하고
아무런 욕심 없이 탈속의 마음만 품고서
이내 생애를 산수에 깃들인 채
길고 긴 봄날에 낚싯대 비스듬히 쥐고
칡두건 베옷으로 낚시터 건너오니
산의 비 잠깐 개고 햇볕이 쬐는데
맑은 바람 느리게 오니 고요한 수면이 더욱 밝다
검은 돌이 다 보이니 고기 수를 셀 수 있겠구나
고기도 낯이 익어 놀라지 않으니
차마 어찌 낚겠는가
낚싯대 놓고 거닐면서 물결을 굽어보니
구름 그림자와 하늘빛은 어리어 잠겼는데
물고기가 연못에서 뛰는 모습을 구름 위에서 보는 것 같구나
문득 놀라 살펴보니 (물과 하늘이) 위아래가 뚜렷하다
한 줄기 동풍에 어찌하여 어부가 피리를 높이 불어오는가
적적한 강가에 (피리 소리가) 반갑게도 들리는구나
지팡이 짚고 바람 쐬며 좌우를 돌아보니
누각의 맑은 경치 아마도 깨끗하구나
물도 하늘 같고 하늘도 물 같으니
푸른 물과 긴 하늘이 한 빛이 되었거든
물가에 갈매기는 오는 듯 가는 듯 그칠 줄을 모르니

(다)

머지않아 숲에는 수런수런 신록(新綠)*의 문이 열리리라. 그
때는 나도 숲에 들어가 한 그루 정정한 나무가 되고 싶다. 나무
들처럼 새 움을 틔우고 가지를 뻗으면서 연둣빛 물감을 풀어 내
고 싶다. 가려 둔 속 뜰을 꽃처럼 열어 보이고 싶다.

→ 봄을 맞이하여 움을 틔우고 가지를 뻗는 정정한 나무처럼 되고 싶다고 생각함

허허, 이 봄날이 나를 흔들려고 하네.

귀는 항시 듣던 소리를 즐거워하고 눈은 새로운 것을 보고자
한다는 말은 그럴 법하다. 음악을 듣더라도 귀에 익은 곡만을 즐
겨 듣고, 새것을 찾아 눈은 구경거리의 발길을 멈추려고 하지 않
는다. 그러니 귀는 좀 보수적이고 눈은 제법 진보적인 셈.

→ 귀는 항상 듣던 소리를 듣고자 한다는 점에서 보수적이며, 눈은 항상 새로운 것을 보고자
한다는 점에서 진보적이라고 생각함

재작년이던가 여름날에 있었던 일이다. 날씨가 화창하여 밀린
빨래를 해치웠었다. 성미가 비교적 급한 나는 빨래를 하더라도
그날로 풀을 먹여 다려야지 그렇지 않으면 찜찜해서 심기가 홀
가분하지 않다. 그날도 여름 옷가지를 빨아 다리고 나서 노곤해
진 몸으로 마루에 누워 쉬려던 참이었다. **팔베개를 하고 누워**서
서까래 끝에 열린 하늘을 **무심히** 바라보고 있었다. 그러다가 모
로 돌아누워 산봉우리에 눈을 주었다. 갑자기 산이 달리 보였
다. ⓑ하, 이것 봐라 하고 나는 벌떡 일어나 이번에는 가랑이 사
이로 산을 내다보았다. 우리들이 어린 시절 동무들과 어울려 놀
이를 하던 그런 모습으로.

그건 새로운 발견이었다. 하늘은 호수가 되고, 산은 호수에
잠긴 그림자가 되었다. 바로 보면 굴곡이 심한 산의 능선이 거꾸
로 보니 훨씬 유장하게 보였다. 그리고 숲의 빛깔은 원색이 낱낱
이 분해되어 멀고 가까움이 선명하게 드러나 얼마나 아름다운지
몰랐다. 나는 하도 신기해서 일어서서 바로 보다가 다시 거꾸로
보기를 되풀이했다.

이러한 동작을 누가 지켜보고 있었다면 필시 미친 중으로
여겼을 것이다. 그러나 여기에서 나는 새로운 사실을 캐낼 수 있
었다.

→ 재작년 여름, 누워서 산을 내다보다가 새로운 발견을 함

우리가 **일상적**으로 **사람**을 대하거나 **사물**을 보고 인식하는 것
은 틀에 박힌 고정관념에 지나지 않는다. 그렇기 때문에 이미 알
아 버린 대상에서는 새로운 모습을 찾아내기 어렵다. **아무개 하**
면, 자신의 인식 속에 들어와 이미 굳어 버린 그렇고 그런 존재
로밖에 볼 수가 없는 것이다. 이건 얼마나 그릇된 오해인가. 사
람이나 사물은 끝없이 형성되고 변모하는 것인데.

그러나 보는 각도를 달리함으로써 그 사람이나 사물이 지닌
새로운 면을, **아름다운 비밀을 찾아낼 수** 있다. 우리들이 시들
하게 생각하는 그저 그렇고 그런 사이라 할지라도 선입견에서
벗어나 맑고 따뜻한 '**열린 눈**'으로 바라본다면 **시들한 관계**의 뜰
에 생기가 돌 것이다.

내 눈이 열리면 그 눈으로 보는 세상도 열리는 법이다.

→ 보는 각도에 따라 사람과 사물에 대한 시각이 달라질 수 있음을 알고 편견 없는 눈으로
세상을 보고자 함

– 법정, 「거꾸로 보기」 –

1. (가)~(다)의 공통점으로 가장 적절한 것은?

✅ 정답풀이

① 구체적인 경험을 바탕으로 지향하는 삶의 모습을 드러내고 있다.

> (가)에서 화자는 '고향으로 도라'와 자연을 즐기다가 '조대로 내려가' 낚싯대에 '밋기'를 달지 말라고 말하며 속세를 잊고 한가롭게 시간을 보내고자 하는 지향을 드러내고 있다. (나)의 화자는 '죽장망혜로' 자연을 유람하며 맑은 강 속 낮이 익은 고기를 '차마 어찌 낚겠는가'라고 말하며 욕심 없이 자연을 즐기겠다는 지향을 드러내고 있다. (다)에서는 누워서 산을 보니 '산이 달리 보였'던 경험을 바탕으로 사람과 사물을 편견 없는 눈으로 바라보고자 하는 지향을 드러내고 있다.

❌ 오답풀이

② 과거의 삶을 후회하며 이상적 세계에 대한 동경을 드러내고 있다.
  (가)~(다)에는 과거의 삶을 후회하거나 이상적 세계에 대한 동경이 드러나 있지 않다.

③ 역사적 사실을 언급하며 상황에 대한 비판적 시각을 드러내고 있다.
  (가)의 '산천 의구하되 인사는 달라졌구나'에서 자연과 달리 변해버린 인간 세상에 대한 부정적 시각을 드러냈다고 볼 수도 있지만 역사적 사실을 언급하지는 않았다. (나)~(다)에서는 역사적 사실을 언급하여 상황에 대한 비판적 시각을 드러내지 않았다.

④ 옛 성현의 말을 반복하여 목표를 이루기 위한 의지를 드러내고 있다.
  (가)의 '취적이나 하오리라'에서 의지적 태도가 엿보인다고 할 수는 있지만, 옛 성현의 말을 반복하고 있지는 않다. 한편 (나)에서 '평생 품은 뜻을 이루고야 말리라' 여겼다는 데서 '산수 구경'에 대한 의지를 드러내지만, 옛 성현의 말을 반복하고 있지는 않다. (다)에는 목표를 이루기 위한 의지가 드러나지 않는다.

⑤ 가상의 상황을 설정하여 다가올 미래에 대한 기대감을 드러내고 있다.
  (다)의 '머지않아 숲에는 수런수런 신록의 문이 열리리라.'에서 다가올 미래에 대한 기대감이 드러난다고 볼 수 있으나, (가)와 (나)에서는 가상의 상황을 설정하거나 미래에 대한 기대감을 드러내는 부분은 나타나지 않는다.

2. (가)에 대한 이해로 적절하지 <u>않은</u> 것은?

✅ 정답풀이

④ 〈제7수〉에서는 말을 건네는 방식을 사용하여 상대와의 동질감을 표현한다.

> (가)의 〈제7수〉에서는 '아이야 밋기 다지 마라 취적이나 하오리라'에서 아이에게 말을 건네는 방식을 사용하고 있지만, 이를 통해 낚시질하며 세상 생각을 잊으려 하는 화자의 지향을 드러내고 있을 뿐, 아이와의 동질감을 드러내지는 않는다.

❌ 오답풀이

① 〈제1수〉에서는 영탄적 표현을 통해 화자의 정서를 드러낸다.
  (가) 〈제1수〉의 '인사는 달라졌구나'와 '못내 슬허 하노라'에서 영탄적 표현을 통해 자연과 달리 쉽게 변하는 인간사에 대한 화자의 안타까움을 드러내고 있다.

② 〈제4수〉에서는 대구의 방식을 활용하여 시적 상황을 표현한다.
  (가) 〈제4수〉의 '산화는 물의 피고 물새는 산의 운다'에서 대구의 방식을 활용하여 산과 물이 어우러진 아름다운 자연의 모습을 표현하고 있다.

③ 〈제5수〉에서는 시적 대상에 인격을 부여하며 대상에 대한 친밀감을 드러낸다.
  (가) 〈제5수〉의 '유신한 갈매기는 오명 가명 하나니'어서는 갈매기에게 인격을 부여하여 신의를 가진 존재로 표현했으며, 이를 통해 갈매기에 대한 친밀감을 드러내고 있다.

⑤ 〈제7수〉에서는 〈제5수〉에 언급된 대상을 다시 언급하며 화자의 행위가 변화했음을 드러낸다.
  (가) 〈제7수〉에서는 〈제5수〉에 언급된 '거믄고'를 다시 언급하고 있으며, 〈제5수〉에서 거문고를 연주하던 화자가 〈제7수〉에서는 거문고를 켜는 데 흥이 다하여 '조대'로 내려가는 모습을 드러내고 있다.

🌱 기틀잡기

> ① **영탄**: 감정을 억누르지 않고 그대로 표출하는 표현 방법. 감탄사와 감탄 어미를 사용하거나 호칭어를 사용하고, 명령이나 권유, 설의의 형식을 취하는 것까지도 영탄법으로 볼 수 있음.
> ② **대구**: 비슷한 어조나 구조를 가진 구절이나 문장 두 개를 짝지어 배치하는 표현 기법.

3. [A]~[E]에 대한 이해로 적절하지 <u>않은</u> 것은?

• 2–④, ⑤번

학생들이 정답 다음으로 많이 고른 선지는 ⑤번이다. 이는 〈제7수〉에서 '거믄고 흥진커던'의 뜻을 정확히 이해하지 못했기 때문일 수 있다. 화자는 〈제7수〉에서 〈제5수〉에서와 같이 거문고를 연주하며 자연을 즐기다가 흥이 다하자 거문고 연주를 멈추고 '조대로 내려가' 낚시에 관심을 보이고 있다. '흥진'의 뜻을 정확히 몰랐다 해도 화자가 〈제7수〉에서 '조대'로 내려가 고기를 보며 '취적'의 뜻을 밝히는 데서 화자의 행위가 달라졌음을 유추할 수 있었다.

한편 정답 선지인 ④번에서 화자가 말을 건네는 상대인 아이에게 동질감을 느끼지 않는다는 것을 확실히 알았다면 정답을 골라낼 수 있었을 것이다. 화자는 단지 다른 대상에게 말을 건네는 방식을 활용함으로써, 자신이 세속적 이익을 얻기 위해 낚시질을 하는 것이 아니라 세상 생각을 잊기 위해 낚시질을 함을 강조한 것이다.

정답률 분석

	①	②	③	정답 ④	매력적 오답 ⑤
	5%	5%	7%	59%	24%

✔ 정답풀이

② [A]의 '봄옷'에 대한 화자의 태도는 [C]의 '베옷'에 대한 화자의 태도와 대조되고 있다.

> [A]에서 화자는 산수 구경을 위해 '봄옷을 새로 입'고 '죽장망혜로 노계 깊은 골'을 찾았으며, [C]에서는 '봄날에 낚싯대 비껴 쥐고 / 칡두건 베옷으로' 낚시터를 건넌다. 모두 자연 속에서 흥취를 즐기기 위해 옷을 입은 것이므로, 옷에 대한 태도가 대조된다고 볼 수 없다.

✖ 오답풀이

① [A]의 '평생 품은 뜻'이 의미하는 바를 [B]에서 확인할 수 있다.
[B]에는 '아무런 욕심 없이 탈속의 마음만 품고서 / 이내 생애를 산수에 깃들'이고자 하는 마음이 나타나 있는데, 이는 [A]에서 말한 '평생 품은 뜻'이 의미하는 바로 볼 수 있다.

③ [B]의 '산수에 깃들인 채' 사는 삶의 양상을 [C]에서 확인할 수 있다.
[B]에서 언급한 '산수에 깃들인 채' 사는 삶은 [C]에서 '봄날에 낚싯대 비껴 쥐고 / 칡두건 베옷으로 낚시터 건너'는 양상으로 나타나고 있다.

④ [B]의 '욕심 없이' 살아가는 화자의 모습을 [D]에서 확인할 수 있다.
[B]에서 '아무런 욕심 없이' 살아가고자 하는 화자의 지향이 [D]에서 낚시를 하러 낚시터에 갔으나 '고기도 낯이 익어 놀랄 줄 모르니 / 차마 어찌 낚겠'느냐며 고기를 낚지 않는 모습으로 나타나고 있다.

⑤ [D]의 '고기 수'를 셀 정도로 맑은 자연의 이미지가 [E]에서도 이어지고 있다.
[D]에서 '고기 수를' 셀 정도로 맑은 자연의 이미지는 [E]의 '물도 하늘 같고 하늘도 물 같으니 / 푸른 물과 긴 하늘이 한 빛이 되었'다는 구절에서도 이어지고 있다.

4. 〈보기〉를 참고하여 (가), (나)를 감상한 내용으로 적절하지 <u>않은</u> 것은? [3점]

〈보기〉

자연에서의 한가로운 삶을 형상화한 사대부들의 시가를 일컬어 '강호시가'라고 한다. 강호시가에서의 자연은 화자에게 익숙한 곳일 수도, 사람들이 쉽게 찾지 못했던 곳일 수도 있다. 이러한 자연은 화자가 오랜 세월을 거쳐 찾아온 공간으로서, 자신이 바라던 생활을 누릴 수 있다는 점에서 화자에게 만족감을 준다. 화자는 자연 속에서 번잡한 속세를 부정적으로 인식하고, 자연과 더불어 유유자적한 삶을 향유하는 모습을 보여 준다.

🔍 **보기 분석**

- 강호시가: 자연에서의 한가로운 삶을 형상화한 사대부들의 시가
  - 자연: 화자가 오랜 세월을 거쳐 찾아온 공간
  - 화자: 자연 속에서 속세를 부정적으로 인식하고 자연과 더불어 유유자적한 삶을 향유

✔ **정답풀이**

③ (가)의 '십 년', (나)의 '백수'는 자신이 바라던 생활을 누릴 수 있는 공간을 찾기 위해 화자가 노력한 세월로 볼 수 있군.

> 〈보기〉에서 강호시가의 자연은 '화자가 오랜 세월을 거쳐 찾아온 공간'이라고 했다. 그런데 (가)에서 화자는 '십 년 종사 후'에 고향으로 돌아왔으므로, 여기서 '십 년'은 화자가 속세에 있던 시간이라고 볼 수 있으며, (나)에서 화자는 '백수에' '늦은 줄 알'면서도 '산수 구경'을 하러 가겠다고 했으므로 여기서 '백수'는 화자가 나이가 들었음을 나타내는 표현이다. 따라서 (가)의 '십 년'과 (나)의 '백수' 모두 자신이 바라던 생활을 누릴 수 있는 공간을 찾기 위해 노력한 세월로 보기는 어렵다.

✘ **오답풀이**

① (가)의 자연은 화자가 '고향'의 '산천'이 '의구하'다고 말하는 것으로 보아 화자에게 익숙한 곳으로 볼 수 있군.

> 〈보기〉에서 강호시가의 자연은 '화자에게 익숙한 곳일 수도' 있다고 했다. (가)에서 화자가 '산천 의구하'다고 한 것은, 고향의 자연 풍경이 변함없음을 의미하므로 이때 자연은 화자가 이전부터 보아 왔던 익숙한 곳임을 알 수 있다.

② (나)의 자연은 '임자 없이' 감춰져 있던 곳이라는 점에서 사람들이 쉽게 찾지 못했던 곳으로 볼 수 있군.

> 〈보기〉에서 강호시가의 자연은 '사람들이 쉽게 찾지 못했던 곳일 수도 있다'고 했다. (나)에서 화자는 '제일강산이 임자 없이 버려져 있다'고 했으므로 이때 자연은 경치가 매우 아름다움에도 사람들이 쉽게 찾지 못했던 곳이라고 볼 수 있다.

④ (가)의 '어즈러운 괴별'과 (나)의 '뜬구름'에서 화자가 속세에 대해 부정적으로 인식하고 있음을 엿볼 수 있군.

> 〈보기〉에서 강호시가의 화자는 '자연 속에서 번잡한 속세를 부정적으로 인식'한다고 했다. (가)의 화자는 '세상의 어즈러운 괴별을 나는 몰라 하노라'에서 세상 소식을 어지러운 것으로 여기며 외면하고자 하고 있다. 또한 (나)에서 화자는 '세간명리는 뜬구름 본 듯'하다며 세속의 명예나 이익을 모두 허망한 것으로 여기고 있다. 따라서 (가)와 (나)의 화자 모두 속세를 부정적으로 인식하고 있음을 알 수 있다.

⑤ (가)의 '산수간'에 누워 있는 모습과 (나)의 '누대의 맑은 경치'를 바라보는 모습에서 화자가 유유자적한 삶을 즐기는 모습을 확인할 수 있군.

> 〈보기〉에서 강호시가의 화자는 '자연과 더불어 유유자적한 삶을 향유하는 모습을 보여 준'다고 했다. (가)의 '산수간'에 '누어' 있는 모습과 (나)의 '누대의 맑은 경치'를 즐기는 모습에서 화자가 자연 속에서 유유자적한 삶을 즐기는 모습을 확인할 수 있다.

5. @와 ⓑ에 대한 이해로 가장 적절한 것은?

> @: 하 문득 놀라 살펴보니
> ⓑ: 하, 이것 봐라 하고 나는 벌떡 일어나

✓ 정답풀이

① @는 하늘의 모습을 물에서 보게 된 것에 대한, ⓑ는 산의 모습이 평소와 달리 보이는 것에 대한 반응이다.

> (나)에서 @의 앞부분을 보면 '운영천광은 어리어 잠겼는데 / 어약우연을 구름 위에서' 본다고 했다. 이는 화자가 물결을 굽어보니 구름 그림자가 물에 비쳐 마치 물고기가 구름 위에서 뛰노는 것처럼 보임을 나타낸 표현으로, 이에 대해 화자는 @의 반응을 나타내고 있다. 또한 (다)의 ⓑ 앞부분을 볼 때 글쓴이는 '모로 돌아누워' 산을 바라보다 산이 평소와 달리 보임을 인식한 뒤 ⓑ와 같은 반응을 보이고 있다.

✗ 오답풀이

② @는 하늘과 물의 변함없는 모습을 본 것에 대한, ⓑ는 선명하게 드러난 산의 모습을 본 것에 대한 반응이다.
(나)에서 화자는 하늘이 물에 비친 모습을 보고 놀라고 있으므로 @를 하늘과 물의 변함없는 모습에 대한 반응으로 보기 어렵다. (다)에서 글쓴이는 평소와 다른 자세로 산을 보다가 ⓑ와 같은 반응을 보이는데, 이때 산이 '원색이 낱낱이 분해되어 멀고 가까움이 선명하게 드러'났다고 했으므로, ⓑ는 선명하게 드러난 산의 모습을 본 것에 대한 반응으로 볼 수 있다.

③ @는 하늘이 물의 모습을 닮아 변해 가는 것에 대한, ⓑ는 산이 주변의 모습을 닮아 변해 가는 것에 대한 반응이다.
(나)의 @는 하늘이 물에 비친 모습을 보고 놀라워하는 화자의 반응일 뿐, 하늘이 물의 모습을 닮아 변해 가는 것에 대한 반응이라고 볼 수는 없다. (다)의 ⓑ는 평소와 다른 자세로 산을 보았을 때 '갑자기 산이 달리 보였'던 것에 대한 글쓴이의 반응일 뿐, 산이 주변의 모습을 닮아 변해 가는 것에 대한 반응이라고 볼 수 없다.

④ @는 하늘과 맞닿은 물이 분리되어 보이는 것에 대한, ⓑ는 산과 주변이 조화로운 모습을 보이는 것에 대한 반응이다.
(나)의 @는 하늘이 물에 비쳐 하늘과 물이 겹쳐 보이는 것에 대한 반응이므로, 하늘과 맞닿은 물이 분리되어 보이는 것에 대한 반응이라고 볼 수 없다. (다)의 ⓑ는 '모로 돌아누워 산봉우리에 눈을 주었'다가 산이 달라 보인 데 따른 놀라움을 드러낸 것이므로, 산과 주변이 조화로운 모습을 보이는 데 대한 반응이라고 보기 어렵다.

⑤ @는 하늘과 물이 뒤바뀐 모습을 보게 된 것에 대한, ⓑ는 과거와 달라진 현재 산의 모습을 보게 된 것에 대한 반응이다.
(나)에서 화자는 하늘이 물에 비친 모습을 보았을 뿐 하늘과 물이 뒤바뀐 모습을 보지는 않았다. (다)에서 글쓴이는 이전과 다른 방식으로 산을 보았다가 새로운 발견을 하고 있으므로, 산이 과거와 달라진 것이 아니라 글쓴이가 산을 이전과 다른 시각으로 본 것이라고 할 수 있다.

6. ⟨보기⟩를 참고하여 (다)를 감상한 내용으로 적절하지 않은 것은?

> ⟨보기⟩
>
> 무엇인가를 진심으로 이해하고자 하는 사람은 마음을 구속하는 제약에서 벗어나 자유로워야 한다. 지식은 새로운 것을 이해하는 데 장애가 되며, 지식을 토대로 무언가를 경험하는 순간 마음은 그것을 기존의 지식으로 해석하고 이름 붙인다. 따라서 지식을 완전히 멈출 때 새로운 것을 경험할 수 있다. 미지의 것을 경험하기 위해서는 기존의 지식이 개입하지 않아야 한다는 것이다. 기존의 지식에서 벗어나야 진정한 자유를 얻을 수 있다.

🔍 보기 분석

- 지식과 경험의 관계
  - 대상을 진심으로 이해(경험)하기 위한 조건: 마음의 제약(지식)에서 벗어나야 함
  - 마음은 지식을 토대로 한 경험을 기존의 지식으로 해석함 → 지식을 멈춰야 새로운 경험 가능
  - 미지의 것을 경험하기 위한 조건: 기존 지식의 개입 X → 기존의 지식에서 벗어나야 진정한 자유를 얻음

✓ 정답풀이

① '팔베개를 하고 누워' 하늘을 '무심히' 바라보는 것은 지식을 멈추고 새로운 것을 경험하려는 행동으로 볼 수 있겠군.

> (다)의 글쓴이는 처음에 마루에 누워 쉬기 위해 '팔베개를 하고' '서까래 끝에 열린 하늘을 무심히 바라보'다가 문득 '모로 돌아누워 산봉우리에 눈을 주었'고 그때 '갑자기 산이 달리 보였'다고 하였다. 즉 '팔베개를 하고 누워' 하늘을 '무심히' 바라보는 것은 글쓴이가 휴식을 취하기 위해 한 행동일 뿐, 지식을 멈추고 새로운 것을 경험하기 위해 한 행동이 아니다.

✗ 오답풀이

② '사람'과 '사물'을 '일상적'으로 대하는 것은 미지의 것을 경험하는 데에 장애가 될 수 있겠군.
(다)의 글쓴이는 '우리가 일상적으로 사람을 대하거나 사물을 보고 인식하는 것은 틀에 박힌 고정관념에 지나지 않는다.'라고 하였다. 즉 사람과 사물을 일상적으로 대하는 것은 ⟨보기⟩에서 말한 기존의 '지식을 토대로 무언가를 경험하는' 것에 해당하므로, 미지의 것을 경험하는 데에는 장애가 될 수 있을 것이다.

③ 어떤 대상에 대해 '아무개 하'는 것은 그 대상을 기존의 지식으로 해석하게 한다고 볼 수 있겠군.

(다)의 글쓴이는 어떤 대상에 대해 '아무개 하면, 자신의 인식 속에 들어와 이미 굳어 버린 그렇고 그런 존재로밖에 볼 수가 없'다고 하였다. 이는 〈보기〉에서 말한 대상을 '기존의 지식으로 해석하고 이름 붙인' 것에 해당한다.

④ '아름다운 비밀'을 '찾아낼 수' 있는 것은 기존의 지식에 의지하지 않고 대상을 진심으로 이해했기 때문으로 볼 수 있겠군.

(다)의 글쓴이는 대상을 '보는 각도를 달리함으로써' '아름다운 비밀을 찾아낼 수 있'다고 하였다. 이는 〈보기〉에서 말했듯 '기존의 지식이 개입하지 않'을 때 비로소 '무엇인가를 진심으로 이해'할 수 있게 된다는 것으로 볼 수 있다.

⑤ '시들한 관계'를 '열린 눈'으로 바라보는 것은 진정한 자유를 얻기 위해 필요한 자세로 볼 수 있겠군.

(다)의 글쓴이는 대상을 "열린 눈'으로 바라본다면 시들한 관계의 뜰에 생기가 돌 것'이라고 하였다. 이는 〈보기〉에서 말했듯 대상을 대할 때 '기존의 지식에서 벗어나야 진정한 자유를 얻을 수 있'다는 것과 연관지어 이해할 수 있다.

모두의 질문

· 6-①번

Q: 팔베개를 하고 누워서 하늘을 보다가 깨달음을 얻었으니 ①번도 적절한 서술이 아닌가요?

A: (다)에서 글쓴이는 빨래를 하고 쉬기 위해 '팔베개를 하고 누워서 서까래 끝에 열린 하늘을 무심히 바라'본다. 그러다가 '모로 돌아누워 산봉우리에 눈을 주'고는, 그 산이 달리 보이는 것에서 깨달음을 얻고 있다. 따라서 빨래를 하고 쉬기 위해 누운 것을, 지식을 멈추고 새로운 것을 경험하려는 의도적인 행동이라고 볼 수 없다. 선지의 정·오를 판단할 때에는 추측으로 선지의 앞뒤를 채워서는 안 된다. 특히 작품의 일부를 인용하여 선지를 구성하는 경우에는, 작품에서 서술하는 방향과 선지에서 말하는 내용이 일치하는지 여부를 반드시 따져 보아야 한다.

[1~5] 다음 글을 읽고 물음에 답하시오.

(가)

목숨이란 마치 **깨어진 배 조각**
여기저기 흩어져 마을이 구죽죽한 어촌보담 어설프고
삶의 티끌만 오래 묵은 포범(布帆)*처럼 달아 매었다

남들은 기뻤다는 **젊은 날**이었건만
밤마다 **내 꿈**은 서해를 밀항하는 **쩡크**와 같아
소금에 절고 조수(潮水)*에 부풀어 올랐다

항상 흐릿한 밤 암초를 벗어나면 태풍과 싸워 가고
전설에 읽어 본 **산호도**(珊瑚島)는 구경도 못 하는
그곳은 남십자성이 비쳐 주도 않았다

쫓기는 마음 지친 몸이길래
그리운 지평선을 한숨에 기오르면
시궁치*는 열대 식물처럼 **발목을 오여쌌다**

새벽 밀물에 밀려온 거미이냐
다 **삭아 빠진 소라 껍질**에 **나**는 붙어 왔다
먼 항구의 노정(路程)*에 흘러간 **생활**을 들여다보며

       — 이육사, 「노정기」 —

---

*쩡크: 정크(Junk). 중국 연해나 하천에서 사람과 짐을 실어 나르는 배.
*시궁치: 더러운 물이 잘 빠지지 않고 썩어서 질척질척하게 된 도랑의 근처.
*노정: 거쳐 지나가는 길이나 과정.

화자와 대상의 관계	고단하고 힘든 삶을 살아온 '나'
상황?	깨어진 배 조각처럼 여기저기 흩어져 살아감 → 젊은 날에도 밀항하는 배처럼 고통스러운 시간을 보냄 → 산호도는 구경도 못 하고 남십자성 불빛도 없는 그곳에서 태풍과 싸움 → 지평선을 기어올라도 쉴 수 없음 → 밀물에 밀려온 거미처럼, 삭아 빠진 소라 껍질에 붙어 있듯이 위태롭게 생활함

이것만은 챙기자

*포범: 베로 만든 돛.
*조수: 밀물과 썰물을 통틀어 이르는 말.

(나)

[A]
  부패해가는 **마음** 안의 거대한 저수지를
  나는 발효시키려 한다

[B]
  나는 충분히 썩으면서 살아왔다
  묵은 관료들은 숙변을 **내**게 들이부었고
  나는 낮은 자로서
  치욕을 나의 것으로 받아들였다
이 땅에서 냄새나지 않는 자가 누구인가

[C]
  수렁 바닥에서 멍든 얼굴이 썩고 있을 때나
  흐린 물 위로 떠오를 때에도
  나는 **침묵**했고
  그 **슬픔**을 나의 것으로 받아들였다

[D]
  나는 한때 이미 죽었거나
  독약 먹이는 세월에 쓸개가 **병든 자**로서
  울부짖음 대신 쓴 거품을 내뿜었을 뿐이다
문제는 스스로 **마음**에 뚜껑을 덮고 오물을 거부할수록
오물들이 더 불어났다는 사실이다
뒤늦게 나는 그 **뚜껑이 성긴 그물이었음**을 깨닫는다

[E]
  물왕저수지라는 팻말이 내 마음의 한 변두리에 꽂혀 있다
  나는 그 저수지를 **본 적이 없다**
  긴 가문 날 흙먼지투성이 버스 유리창을 통해
  물왕저수지로 가는 길가의 팻말을 얼핏 보았을 뿐이다
그 저수지에
물의 법이 물왕의 도가
아직도 순환하고 있기를 바란다
그 저수지에 왕골을 헤치며 다니는 물뱀들이
춤처럼 살아있기를 바란다
그리고 **물과 진흙의 거대한 반죽**에서 **흰 갈대꽃**이 피고

[F]
  잉어들은 쩝쩝거리고 **물오리떼**는 날아올라
  발효하는 숨결이 힘차게 움직이고 있음을
  내 마음에도 전해주기 바란다

       — 최승호, 「발효」 —

화자와 대상의 관계	부패한 마음 안의 저수지를 발효시키려 하는 '나'
상황?	'나'는 썩으면서 살아옴 → '나'는 치욕을 받아들이며 침묵함 → 마음 속에 오물이 넘쳐남 → 물왕저수지를 떠올림 → 저수지에 물왕의 도가 순환하고 있기를 바람 → 저수지에 물뱀들, 흰 갈대꽃, 잉어들, 물오리떼 등의 생명이 숨쉬기를 바람

(다)

　포구의 사람 중에 전복을 팔려고 오는 사람이 있어 내가 묻기를,

　"당신이 하는 일의 이득은 과연 어느 정도냐?"

하고 물었더니, 말하기를,

　"이것은 천한 일이온데, 어찌 물을 일입니까? 대저 바다는 죽음의 땅이고 전복은 반드시 바다 깊은 곳에 있습니다. 또 그물이 아닌 갈고리를 들어야 잡을 수 있으며, 반드시 바닥에까지 잠겨야 하며, 숨을 멈추고 잠깐 동안 머무르면서 찾기를 다하여야 얻을 수 있습니다. 또 반드시 작살로 빠르게 찔러야 이내 잡을 수 있습니다. 만약 잠깐이라도 느리게 하면 전복이 칼날을 물어 비록 힘을 다하더라도 칼을 뺄 수도 없으며, 전복은 꿈쩍도 하지 않아 서로 버티다가 시간이 늦으면 물에서 빠져나오지 못하는 사람도 있습니다. 또 바다에는 사람을 잘 무는 **나쁜 고기들**도 많으며, **바다 밑**은 또 매우 차가워 비록 무더위에 잠수하는 사람들도 항상 추워서 오들오들 떠니 잠수하기가 어렵습니다. 그러므로 자기 나이 십여 세가 넘으면서 얕은 데서 익히다가 조금씩 익혀 깊은 데로 갑니다. 이십 세에 이르러서야 전복 잡이는 가능하며, 사십이 넘으면 그만둡니다. 또 잠수하는 사람은 항상 바다에 있으니 머리털이 타고 마르며, 그 살갗은 거칠고 얼룩얼룩하며, 일어나고 기거하는 모습도 일반인과 다릅니다. 그러므로 사람은 편안하지도 다치지도 않아야 하는데, 이 일의 괴롭고 천함이 이와 같으며, **관청에 바치는 것도 그 양을 다 채우지** 못하는데 어찌 이득이 있겠습니까?"

라고 하였다. 내가 말하기를,

　"그러면 병이라도 들지 않겠는가. 어찌 이 일을 버리고 다른 일에 힘쓰지 못하는 것인가?"

하니, 그 잠수부가 입을 딱 벌리고 웃으면서 말하기를,

　"무슨 일이 잠수부에게 편한 것이 있겠습니까? 소인*이 할 수 있는 일은 농사와 상업뿐입니다. 농부도 가뭄이나 장마에 굶주리고, 상인도 남과 북으로 뛰어다녀 그 괴로움이 나와 더불어 같을 것입니다. 만약 군자의 일인 벼슬을 할 것 같으면 편히 앉아서 녹을 먹고, 수레에 올라앉으면 따르는 무리가 있고, 금빛 붉은 빛에 아름답게 꾸민 관이 우뚝 높고, 조정에 들어가면 부(府)나 성(省)을 받들고 지방으로 나아가도 주(州)나 부(部)에 임하니, 이것은 지극한 즐거움과 영화*라 이를 만합니다. 그러나 또한 일찍이 들으니, 아침이면 국록*을 먹으나 저녁이면 책망을 당하니, 어제는 한양 땅 부성(府省)에 있으나 지금은 좌천되어 영해(領海)에 있습니다.

(중략)

　저 농사와 장사도 어려우니, 참으로 반드시 이 일을 버리고 힘쓰지 않을 수 없으며, 지극한 즐거움과 영화로움에 나아감에 견주어 보면, 사람들이 먹여 주는 것을 먹는 것과 내 힘으로 먹는 것 중 어느 것이 더 나으며, 사람을 다스리는 것과 또 내 일을 다스리는 것 중 어느 것이 더 나으며, **부귀영화를 귀하게 여기는 것**과 나의 **천한 일 중에 욕됨이 없는 것** 중 어느 것이 더 낫습니까? 하물며 안으로 막히고 부으로 죄에 걸려 죽어 가는 것과 때를 기다려 서로 힘을 합하여 물에 빠지는 위태로움에서 벗어나 수면에 나타나니 어느 것이 더 낫습니까? 내가 또 무엇을 미워하겠습니까? 비록 내가 고을에서 보건데, 우리 무리들은 그 즐거움에 항상 편안하며, 벼슬하는 사람들이 꾸짖으며 와서 몸을 묶더라도 그 사람 또한 그 하나 일 뿐이니, 일에 있어 어느 것이 위태롭고 어느 것이 편안하겠습니까? 당신은 이미 구별을 했을 것이니 어찌 그대의 일을 후회하지 않으면서 이에 나보고 도리어 이 일을 버리라고 깨우쳐 주니, 슬픕니다. 이제 그만둡시다."

라고 하였다. 내가 그 소리를 듣고 부끄러워 땀에 젖고 놀라서 입이 벌어져 오랫동안 대답할 수 없었다.

　오호라, **옛사람이 벼슬길**을 바다에 비유했으나 나는 믿지 않았더니, 지금 잠수부의 말로써 시험하니 벼슬길의 위태로움이 바다보다도 심하구나. 그러므로 **그 말을 기록하여** 일을 택함의 **잘못된 것을 슬퍼**하고, 이로 인하여 훗날 **벼슬길에 오르기를 탐하는 사람들에게 경계**하고자 한다.

－ 김진규, 「돌인설(浚人說)」 －

이것만은 챙기자

***소인:** 신분이 낮은 사람이 자기보다 신분이 높은 사람을 상대하여 자기를 낮추어 이르던 일인칭 대명사.

***영화:** 몸이 귀하게 되어 이름이 세상에 빛남.

***국록:** 나라에서 주는 녹봉.

1. (가)~(다)에 대한 설명으로 가장 적절한 것은?

✔ 정답풀이

③ (나)와 (다) 모두 설의적 표현을 활용하여 의미를 부각하고 있다.

> (나)의 '이 땅에서 냄새나지 않는 자가 누구인가'에서 설의적 표현을 활용하여 부정적 상황에 대한 비판 의식을 드러내고 있다. 또한 (다)의 '부귀영화를 귀하게 여기는 것과 나의 천한 일 중에 욕됨이 없는 것 중 어느 것이 더 낫습니까?' 등에서 설의적 표현을 활용하여 부귀영화를 누리지만 위태로운 벼슬길보다 천해도 욕됨이 없는 잠수부의 일이 더 낫다는 인식을 부각하고 있다.

✘ 오답풀이

① (가)와 (나) 모두 청유형 어미를 활용하여 친근감을 드러내고 있다.
(가)는 '달아 매었다', '부풀어 올랐다' 등에서 평서형 어미를, (나)는 '한다', '받아들였다' 등에서 평서형 어미와 '누구인가'에서 의문형 어미를 활용했을 뿐, (가)와 (나) 모두 청유형 어미를 활용하지 않았다.

② (가)와 (다) 모두 반어적 표현을 활용하여 현실을 비판하고 있다.
(가)에서는 '목숨이란 마치 깨어진 배 조각' 등에서 비유적 표현을 통해 현실에 대한 부정적 인식을, (다)에서는 '관청에 바치는 것도 그 양을 다 채우지 못하는데 어찌 이득이 있겠습니까?' 등에서 설의적 표현을 통해 현실에 대한 부정적 인식을 드러내지만 (가)와 (다) 모두 반어적 표현을 활용하여 현실을 비판하지는 않는다.

④ (가)~(다) 모두 색채의 대비를 활용하여 분위기를 형성하고 있다.
(가)에는 색채 대비가 나타나지 않으며, (나)의 '흰 갈대꽃'과 (다)의 '금빛 붉은 빛'에서 색채 이미지가 드러나지만, 색채 대비는 나타나지 않는다.

⑤ (가)~(다) 모두 청각의 시각화를 활용하여 생동감을 자아내고 있다.
(가)~(다)는 주로 시각적 이미지를 활용하고 있을 뿐, 청각의 시각화를 활용하지는 않았다.

🌱 기틀잡기

> ② **반어:** 말하고자 하는 바와 반대로 표현하여 그 의미를 강화하는 것.
> ⑤ **청각의 시각화:** 하나의 감각이 다른 감각으로 옮겨 가는 것을 공감각적 심상이라 하는데, 그중 청각의 시각화는 청각적 심상을 시각적 심상으로 표현한 것을 말함.

2. 〈보기〉를 참고하여 (가)와 (나)를 감상한 내용으로 적절하지 않은 것은? [3점]

> 〈보기〉
>
> 시에서는 물의 이미지를 활용하여 다양한 방식으로 화자의 삶이 형상화되는 경우가 있다. (가)는 물의 흐름에 따라 흘러가는 배의 이미지를 통해 안식을 소망했던 고달픈 삶을 형상화하며 비극적 운명에 대한 화자의 인식을 드러낸다. (나)는 부정적 상황을 인식하고 순환하는 물의 이미지를 통해 생명력 있는 삶을 지향하는 화자의 태도를 드러낸다.

🔍 보기 분석

> • 물의 이미지 활용
> - (가): 물의 흐름에 따라 흘러가는 배의 이미지를 통해 고달픈 삶과 비극적 운명에 대한 인식을 드러냄
> - (나): 순환하는 물의 이미지를 통해 생명력 있는 삶을 지향하는 태도를 드러냄

✔ 정답풀이

④ (가)에서 '발목을 오여'싼 '시궁치'는 화자가 꿈꾸던 안식의 공간을, (나)에서 '물뱀들'이 살아있길 바라는 '그 저수지'는 화자가 물이 순환하기를 기대하는 공간을 나타낸 것이겠군.

> 〈보기〉에 따르면, (가)는 '안식을 소망했던 고달픈 삶을 형상화'고 있으며 (나)는 '순환하는 물의 이미지를 통해 생명력 있는 삶을 지향하는 화자의 태도를 드러낸'다. (나)에서 화자는 '그 저수지에 / 물의 법이 물왕의 도가 / 아직도 순환하고 있기를 바'라며, '그 저수지에 왕골을 헤치며 다니는 물뱀들이 / 춤처럼 살아있기를 바란'다고 했으므로 이때 저수지는 화자가 물이 순환하기를 기대하는 공간을 나타낸다고 볼 수 있다. 반면 (가)에서 '열대 식물처럼 발목을 오여쌌'던 '시궁치'는 화자가 살아온 고통스러운 삶의 공간을 나타내므로, 화자가 꿈꾸던 안식의 공간을 나타낸다고 볼 수 없다.

✘ 오답풀이

① (가)에서 '암초를 벗어나면 태풍과 싸'우고 '산호도는 구경도 못 하는' 것은 화자의 고달픈 삶을 나타낸 것이겠군.
〈보기〉에 따르면 (가)는 화자의 '고달픈 삶을 형상화'하고 있다. (가)에서 '암초를 벗어나면 태풍과 싸'우고 '산호도는 구경도 못 하는' 상황은 반복되는 시련을 겪고 기쁨은 누릴 수 없었던 화자의 고달픈 삶을 드러낸 것으로 볼 수 있다.

② (가)에서 '목숨'이 '깨어진 배 조각'처럼 흩어지고 '내 꿈'이 '밀항하는 쩡크와 같'다는 것은 흘러가는 배의 노정에 화자의 삶을 관련지어 나타낸 것이겠군.
〈보기〉에 따르면 (가)는 '물의 흐름에 따라 흘러가는 배의 이미지를 통해' '고달픈 삶을 형상화'하고 있다. (가)에서 '목숨'을 '깨어진 배 조각'에 비유하고 '내 꿈'을 '서해를 밀항하는 쩡크와 같'다고 하는 것은 배의 노정을 순탄치 않은 화자의 삶과 관련지어 나타낸 것이라고 볼 수 있다.

③ (나)에서 '마음'에 덮은 '뚜껑이 성긴 그물이었음'을 깨닫는 것은 부정적 상황에 대한 화자의 인식을 나타낸 것이겠군.
〈보기〉에 따르면 (나)는 '부정적 상황'에 대한 '인식'을 드러낸다. (나)에서 '스스로 마음에 뚜껑을 덮고 오물을 거부할수록 / 오물들이 더 불어났'으며, '그 뚜껑이 성긴 그물이었음'을 '뒤늦게' 깨달았다는 것은 오물을 거부할수록 부패가 심해지는 부정적 상황에 대한 화자의 깨달음을 나타내고 있다.

⑤ (가)에서 '삭아 빠진 소라 껍질'에 붙어 왔다는 것은 비극적 운명에 대한 화자의 인식을, (나)에서 '물과 진흙의 거대한 반죽'에서 '갈대꽃'이 피길 바라는 것은 생명력 있는 삶에 대한 화자의 지향을 나타낸 것이겠군.
〈보기〉에 따르면 (가)는 '비극적 운명에 대한 화자의 인식을 드러'내며, (나)는 '생명력 있는 삶을 지향하는 화자의 태도를 드러낸'다. (가)에서 화자는 자신의 삶을 '다 삭아 빠진 소라 껍질에' 붙어 온 것으로 형상화하여 기댈 곳 없이 불안정하게 살아야 하는 운명에 대한 인식을 드러낸다. (나)에서 화자는 저수지에 '물의 법이 물왕의 도가 / 아직도 순환하고 있기를 바'라며, '물과 진흙의 거대한 반죽에서 흰 갈대꽃이 피'기를 바란다고 했다. 이는 생명력 있는 삶에 대한 지향을 드러낸다고 볼 수 있다.

3. (가)의 나와 (다)의 잠수부에 대한 설명으로 가장 적절한 것은?

✔ 정답풀이

① (가)의 '나'와 (다)의 '잠수부'는 모두 타인과는 다른 처지에 대한 주관적 인식을 드러내고 있다.

> (가)에서 '나'는 '남들은 기뻤다는 젊은 날'에도 '내 꿈은 서해를 밀항하는 쩡크와 같'았고, '항상 흐렷한 밤 암초를 벗어나면 태풍과 싸'웠다며 타인과는 다른 처지에 대한 주관적 인식을 드러내고 있다. (다)에서 잠수부는 '벼슬하는 사람들'과 비교할 때 자신의 처지가 비록 '괴롭고 천'하지만 '욕됨이 없'고 '즐거움에 항상 편안'하다며 벼슬하는 이들과 다른 처지에 대한 주관적 인식을 드러내고 있다.

✘ 오답풀이

② (가)의 '나'와 (다)의 '잠수부'는 모두 이전과 달라진 타인의 마음에 대한 정서를 드러내고 있다.
(다)에서는 잠수부와 대화하기 전후로 글쓴이의 마음이 달라지지만, 잠수부의 마음은 이전과 달라지지 않으므로 이전과 달라진 타인의 마음이 드러난다고 볼 수 없다. (가) 역시 이전과 달라진 타인의 마음이 드러나지 않는다.

③ (가)의 '나'와 (다)의 '잠수부'는 모두 시간의 흐름에 따라 변화하는 타인의 외양에 대한 객관적 평가를 드러내고 있다.
(다)에서는 '잠수하는 사람은 항상 바다에 있으니 머리털이 타고 마르며, 그 살갗은 거칠고 얼룩얼룩하며, 일어나고 기거하는 모습도 일반인과 다릅니다.'에서 말하는 이가 자신과 같은 잠수부들의 외양을 묘사하고 있으나, (가)에서는 시간의 흐름에 따라 변화하는 타인의 외양에 대한 평가를 드러내지 않는다.

④ (가)의 '나'는 타인이 겪을 일에 대한, (다)의 '잠수부'는 자신이 겪을 일에 대한 추측을 드러내고 있다.
(가)의 '나'는 타인이 아닌 자신이 겪어 온 삶에 대한 인식을 드러내고 있으며, (다)의 잠수부 역시 '이것은 천한 일이온데, 어찌 물을 일입니까?~이 일의 괴롭고 천함이 이와 같으며, 관청에 바치는 것도 그 양을 다 채우지 못하는데 어찌 이득이 있겠습니까?'에서 자신이 겪을 일에 대한 추측이 아닌 이미 겪어 온 일을 이야기하고, '농부도 가뭄이나 장마에 굶주리고, 상인도 남과 북으로 뛰어다녀 그 괴로움이 나와 더불어 같을 것입니다.'에서 타인이 겪을 일에 대한 추측을 드러내고 있다.

⑤ (가)의 '나'는 타인에게 받은 상처에 대한, (다)의 '잠수부'는 타인이 자신에게 하는 행동에 대한 부정적 반응을 드러내고 있다.
(다)의 잠수부는 글쓴이의 '어찌 이 일을 버리고 다른 일에 힘쓰지 못'하느냐는 질문에 대해 '어찌 그대의 일을 후회하지 않으면서 이에 나보고 도리어 이 일을 버리라고 깨우쳐 주니, 슬픕니다. 이제 그만둡시다.'라고 하며 글쓴이의 행동에 대한 부정적 반응을 드러내고 있다. 한편 (가)의 '나'는 자신의 삶에 대한 부정적 인식을 드러내고 있으나 이것이 타인에게 받은 상처로 인한 것인지는 나타나지 않는다.

4. [A]~[F]에 대한 이해로 적절하지 <u>않은</u> 것은?

☑ 정답풀이

④ [D]에서 '독약 먹이는 세월'에 '병든 자'로 살아온 원인은 [E]에서 확인할 수 있다.

> [D]에서 '나'는 '독약 먹이는 세월에 쓸개가 병든 자'로 살아왔다고 했다. 그런데 [E]에서는 '나'가 '병든 자'로 살아가면서도 '마음의 한 변두리'에 '물왕저수지'라는 희망의 공간을 품고 살아왔음을 드러낼 뿐, '병든 자'로 살아온 원인을 드러내지는 않았다.

✖ 오답풀이

① [A]에서 '마음 안의 거대한 저수지'가 부패해 가는 이유를 [B]에서 찾을 수 있다.
[A]에서 '마음 안의 거대한 저수지'가 '부패해' 간다고 했는데, 그 이유를 [B]의 '묵은 관료들은 숙변을 내게 들이부었고 / 나는 낮은 자로서 / 치욕을' 받아들여야 했다는 것에서 찾을 수 있다.

② [B]에서 '치욕을 나의 것으로 받아들'인 상황은 [C]에서 지속되고 있다.
[B]에서 화자는 '낮은 자로서 / 치욕을 나의 것으로 받아들였'는데 이러한 부정적 상황은 [C]에서 '수렁 바닥에서 멍든 얼굴이 썩고 있을 때나 / 흐린 물 위로 떠오를 때'조차도 '침묵'하고 '슬픔을 나의 것으로 받아들였'다는 것에서도 지속되고 있다.

③ [C]에서 '침묵'하고 '슬픔'을 받아들인 행위는 [D]에서 나타난 문제로 이어지고 있다.
[C]에서 화자가 부정적 상황에도 '침묵'하고 '그 슬픔을 나의 것으로 받아들'인 행위는 [D]에서 '쓸개가 병든 자로서 / 울부짖음 대신 쓴 거품을 내뿜'는 문제로 이어지고 있다.

⑤ [E]에서 '본 적이 없다'는 '물왕저수지'에 대한 상상은 [F]에서 구체화되고 있다.
[E]에서 화자는 '물왕저수지로 가는 길가의 팻말'을 보았을 뿐 '저수지를 본 적이 없다'고 했는데, 이러한 '물왕저수지'에 대한 상상이 [F]의 '잉어들은 쩝쩝거리고 물오리떼는 날아올라 / 발효하는 숨결이 힘차게 움직이'는 모습으로 구체화되고 있다.

🖋 모두의 질문　　　　　　　　　　　　　　　　　　　　· 4—③번

Q: '슬픔을 나의 것으로 받아들'인 것은 슬픔을 수용한 건데 이것이 어떻게 문제로 이어지나요?

A: [C]에서 화자는 '수렁 바닥에서 멍든 얼굴이 썩'고 '흐린 물 위로 떠오'르는 상황에서도 '침묵'하고 '슬픔을 나의 것으로 받아들였'다고 했다. 즉 화자는 부정적 상황에서도 이에 저항하거나 상황을 개선하려는 노력을 하는 대신 수용하고 침묵한 것이다. [D]에서도 이러한 무기력한 모습은 이어지고 있다. 화자는 '한때 이미 죽었거나' '병든 자'로서 '울부짖'는 대신 조용히 '쓴 거품'을 내뿜을 뿐이다. '울부짖음'이 저항에 대한 의지나 생명력을 나타낸다면, '쓴 거품'은 병든 자가 죽어가면서 보이는 무기력한 반응에 불과하므로 [C]에서 '침묵'하고 '슬픔'을 받아들인 행위가 [D]에서 나타난 문제로 이어진다는 서술은 적절하다고 볼 수 있다. 일반적으로 슬픔에 대한 수용을 긍정적으로 해석하는 경우가 많은데, (나)에서는 이것이 소극적이고 무기력한 태도와 연결되고 있다. 이처럼 시어·시구는 시의 맥락에 맞추어 해석해야 한다.

5. 〈보기〉를 참고하여 (다)를 감상한 내용으로 적절하지 <u>않은</u> 것은?

〈보기〉

　설(說)의 표현 방법 중에는 글쓴이가 하고자 하는 말을 다른 인물과의 대화를 통해 간접적으로 드러내는 방법이 있다. 「몰인설」의 글쓴이는 대화 상대가 갖고 있는 직업적 고충과 제도 내에서의 어려움을 파악하게 되고, 대화 상대의 가치관이나 소신을 알게 된다. 이를 통해 글쓴이는 자신의 상황에 대해 깨달음을 얻게 되고 이를 다른 사람들에게 알리려는 목적을 드러낸다.

🔍 **보기 분석**

- 「몰인설」
  - 대화 상대의 직업적 고충과 제도 내에서의 어려움을 파악하고 대화 상대의 가치관이나 소신을 알게 됨
  - → 글쓴이가 잠수부와의 대화를 통해 얻은 깨달음을 다른 사람들에게 알리기 위해 글을 지었음을 밝힘

🔽 **정답풀이**

④ '벼슬길'에 대한 '옛사람'의 말이 '잘못된 것을 슬퍼'하는 것에서 글쓴이가 자신의 상황에 대해 깨달았음을 확인할 수 있군.

(다)에서 글쓴이는 '옛사람이 벼슬길을 바다에 비유했으나 나는 믿지 않았더니, 지금 잠수부의 말로써 시험하니 벼슬길의 위태로움이 바다보다도 심하구나.'라고 탄식하고 '일을 택함의 잘못된 것을 슬퍼'하고 있으므로, '벼슬길'에 대한 옛사람의 말이 '잘못된 것을 슬퍼'한 것이라고 볼 수 없다.

❌ **오답풀이**

① '나쁜 고기들'이 많고 '바다 밑'이 매우 차갑다는 것을 통해 잠수부라는 직업의 고충을 확인할 수 있군.

〈보기〉에서 (다)의 '글쓴이는 대화 상대가 갖고 있는 직업적 고충과 제도 내에서의 어려움을 파악하게' 된다고 하였다. (다)에서 글쓴이는 '전복을 팔려고 오는 사람'과의 대화를 통해 '바다에는 사람을 잘 무는 나쁜 고기들도 많으며, 바다 밑은 또 매우 차가워~잠수하기가 어렵'다는 사실을 알게 된다. 이를 통해 잠수부라는 직업의 고충을 확인할 수 있다.

② '관청'에 전복을 '바치는' '양을 다 채우지' 못한다는 것을 통해 잠수부가 겪는 제도 내에서의 어려움을 확인할 수 있군.

〈보기〉에서 (다)의 '글쓴이는 대화 상대가 갖고 있는 직업적 고충과 제도 내에서의 어려움을 파악하게' 된다고 하였다. (다)에서 글쓴이는 '전복을 팔려고 오는 사람'과의 대화에서 '관청에 바치는 것도 그 양을 다 채우지 못'해 이득이 없다는 이야기를 듣는다. 이를 통해 잠수부가 겪는 제도 내에서의 어려움을 확인할 수 있다.

③ '부귀영화를 귀하게 여기는 것'보다 '천한 일 중에 욕됨이 없는 것'이 낫다는 것에서 잠수부가 지닌 가치관을 확인할 수 있군.

〈보기〉에서 (다)의 글쓴이는 '다른 인물과의 대화를 통해' '대화 상대의 가치관이나 소신을 알게 된'다고 하였다. (다)에서 잠수부는 글쓴이와의 대화에서 '부귀영화를 귀하게 여기는 것과 나의 천한 일 중에 욕됨이 없는 것 중 어느 것이 더 낫습니까?'라고 말하며 비록 천한 일을 하더라도 욕됨이 없는 삶이 더 낫다고 여기는 자신의 가치관을 드러내고 있다.

⑤ '그 말을 기록하여' '벼슬길에 오르기를 탐하는 사람들에게 경계하고자' 하는 것을 통해 다른 사람들에게 깨달음을 알리려는 글쓴이의 목적을 확인할 수 있군.

〈보기〉에서 (다)의 '글쓴이는 자신의 상황에 대해 깨달음을 얻게 되고 이를 다른 사람들에게 알리려는 목적을 드러낸'다고 하였다. (다)에서 글쓴이는 잠수부와의 대화를 전하며 '그 말을 기록하여~훗날 벼슬길에 오르기를 탐하는 사람들에게 경계하고자 한다.'라고 하여 자신의 깨달음을 다른 사람들에게 알리는 것이 글을 쓴 목적임을 밝히고 있다.

[1~6] 다음 글을 읽고 물음에 답하시오.

(가)

몰아라 어서 보자 총석정 어서 보자
총석정 좋단 말을 일찍이 들었거니
바람 불면 못 보려니 몰아라 어서 보자
벽해 위의 높은 집이 저것이 총석정인가
올라 보니 후면이라 전면으로 보오리라
배 대어라 사공들아 풍랑이 일지 않아
층파로 돌아 저어 총석 전면 보게 하라
배 띄워라 굽이마다 따라 저어 볼 양이면
영소전 태을궁*을 지으려고 경영턴가
돌기둥 천백 개를 육모로 깎아 내어
개개이 묶어 세워 몇 만 년이 되었던지
황량한 데 벌였으니 배 없어 못 실린가

(중략)

하우씨* 도끼뿔이 용문을 뚫었으나
이 돌*을 만났으면 이같이 깎을세며
영장*이 신묘하여 코끝의 것 찍었으나
이 돌을 다듬는다고 이같이 곧을쏘냐
어떠한 도끼로 용이히 깎았으며
어떠한 승묵*으로 천연히 골랐는고
끈 없이 묶었으되 틈 없이 묶었으며
풀 없이 붙였으되 흔적 없이 붙였으니
공력을 이리 들여 무엇에 쓰려 하고
한 묶음씩 두 묶음씩 세운 듯 누인 듯
기괴히 꾸몄다가 세인*의 노리개 되야
시 짓고 노래하여 기리기만 위한 것인가
통천의 총석정과 고성의 삼일포며
간성의 청간정과 양양의 낙산사며
강릉의 경포대와 삼척의 죽서루며
울진의 망양대와 평해의 월송정은
이 이른 관동팔경 자웅*을 의논 말라
천하의 두 총석은 응당 다시 없으려니
물로는 동해수요 뫼로는 금강산과
폭포로는 구룡이오 돌로는 총석이라
장관을 다한 후의 다시금 혼자 말이
괴외기걸* 하온 사람 이같은 이 있다 하면
천 리를 멀다 말고 결단코 찾으리라

— 구강, 「총석곡」 —

*태을궁: 옥황상제가 사는 궁궐.
*이 돌: 총석정 주변의 기암괴석.
*영장: 영험한 장인.
*승묵: 먹통에 딸린 실줄.
*괴외기걸: 빼어나게 뛰어난 인걸.

화자와 대상의 관계	총석정을 구경하며 감탄하는 사람
상황?	총석정을 보러 감 → 총석정을 보고 돌기둥 천백 개를 육모로 깎아 묶어 세워 놓았다고 묘사함 → 총석정의 모습에 감탄함 → 총석정만큼 빼어난 인재가 있다면 반드시 찾겠다며 선정을 다짐함

현대어 풀이

몰아라 어서 보자 총석정 어서 보자
총석정 좋단 말을 일찍이 들었으니
바람 불면 못 볼 테니 몰아라 어서 보자
짙푸른 바다 위의 높은 집이 저것이 총석정인가
올라 보니 뒷면이라 앞면으로 보리라
배 대어라 사공들아 풍랑이 일지 않아
겹겹의 파도 돌아 저어 총석 앞면 보게 하라
배 띄워라 굽이마다 따라 저어 볼 양이면
영소전 태을궁을 지으려고 하던 것인가
돌기둥 천백 개를 육각으로 깎아 내어
각각 묶어 세워 몇 만 년이 되었던지
황량한 데 벌여 놓았으니 배 없어서 싣지 못한 것인가

(중략)

중국 하나라 우임금의 도끼뿔이 용문을 뚫었다고 하나
이 돌(총석정 주변의 기암괴석)을 만났으면 이같이 깎을 수 있을 것이며
영험한 장인이 신통하고 묘하여 코끝의 것 찍었으나
이 돌을 다듬는다고 이같이 곧겠는가
어떤 도끼로 쉽게 깎았으며
어떤 실줄로 천연히 고르게 했는가
끈 없이 묶었으되 틈 없이 묶었으며
풀 없이 붙였으되 흔적 없이 붙였으니
공을 이리 들여 무엇에 쓰려 하고
한 묶음씩 두 묶음씩 세운 듯 눕힌 듯

괴상하고 기이하게 꾸몄다가 세상 사람의 노리개 되어
시 짓고 노래하여 기리기만을 위한 것인가
통천의 총석정과 고성의 삼일포며
간성의 청간정과 양양의 낙산사며
강릉의 경포대와 삼척의 죽서루며
울진의 망양대와 평해의 월송정은
이 이른 관동팔경 우열을 의논 말라
천하의 두 총석은 응당 다시 없으려니
물로는 동해수요 뫼로는 금강산과
폭포로는 구룡이오 돌로는 총석이 제일이다
좋은 경치를 다 구경한 후에 다시금 혼자 하는 말이
(총석정 일대와 같은) 뛰어난 인재가 있다 하면
천 리를 멀다 않고 결단코 찾으리라

이것만은 챙기자

*하우씨: 중국 하나라의 우임금을 이르는 말.
*세인: 세상 사람.
*자웅: 승부, 우열, 강약 따위를 비유적으로 이르는 말.

(나)

㉠청산은 에워싸고 녹수는 돌아가고
석양이 거들 때에 신월(新月)* 이 솟아난다
안전(眼前)* 에 일존주* 가지고 시름 풀자 하노라   〈제1수〉

내 말도 남이 마소 남의 말도 내 않겠네
고산 불고정*이 좋아 늙는 몸이로되
어디서 망령 난 손이 검다 희다 하나니   〈제4수〉

엊그제 빚은 술이 다만 세 병뿐이로다
한 병은 물에 놀고 또 한 병 뫼에 놀며
이밖에 남은 병 가지고 달에 논들 어떠리   〈제6수〉
                              – 장복겸, 「고산별곡」 –

*일존주: 한 통의 술.
*고산 불고정: 전북 임실에 있는 정자.

화자와 대상의 관계	강호에서 시름을 잊고 풍류를 즐기는 '나'
상황?	자연 속에서 술로 시름을 풀고자 함 → 자연 속에서 늙어 가는 자신을 험담하는 이들을 비판함 → 엊그제 빚은 술을 자연 속에서 마시며 놀고자 함

현대어 풀이

청산은 에워싸고 녹수는 돌아가고
석양이 내린 후에 초승달이 솟아난다
눈앞에 한 통의 술로 시름을 풀고자 하노라   〈제1수〉

내 말도 남이 (하지) 마소 남의 말도 내 (하지) 않겠네
고산 불고정이 좋아 늙는 몸이로되
어디서 망령 난 이가 옳다 그르다 하나니   〈제4수〉

엊그제 빚은 술이 다만 세 병뿐이로다
한 병은 물에서 놀고 또 한 병 산에서 놀며
이밖에 남은 병 가지고 달과 논들 어떠리   〈제6수〉

이것만은 챙기자

*신월: 음력 초하루부터 며칠 동안 보이는 달. 초승달.
*안전: 눈의 앞. 또는 눈으로 볼 수 있는 가까운 곳.

(다)

　이렇게 맥고모자를 쓰고 삐루*를 마시고 친구를 생각하기는 그대의 언제나 자랑하는 털게에 청포채를 무친 맛나는 안주 탓인데 나는 정말이지 그대도 잘 아는 함경도 함흥 만세교 다리 밑에 님이 오는 털게 맛에 헤가우손이를 치고 사는 사람입네. 하기야 또 내가 친하기로야 가재미가 빠질겝네. 회국수에 들어 일미이고 식해에 들어 절미지. 하기야 또 버들개통구이가 좀 좋은가. 횟대 생성 된장지짐이는 어떻고. 명태골국, 해삼탕, 도미회, 은어젓이 다 그대 자랑감이지. 그리고 한 가지 그대나 나밖에 모를 것이지만 꿩메리는 아래 주둥이가 길고 꽁치는 위 주둥이가 길지.

　이것은 크게 할 말 아니지만 산틋한 청삿자리 위에서 전복회를 놓고 함소주 잔을 거듭하는 맛은 신선 아니면 모를 일이지.

→ 맥고모자를 쓰고 맥주를 마시며, 친구와 맛있는 음식들을 떠올림

　이렇게 맥고모자를 쓰고 삐루를 마시고 전복에 해삼을 생각하면 또 생각나는 것이 있습네. 칠팔월이면 으레이 오는 노랑 바탕에 꺼먼 등을 단 제주 배 말입네. 제주 배만 오면 그대네 물가엔 말이 많아지지. 제주 배 아즈맹이 몸집이 절구통 같다는 둥, 제주 배 아맹인 조밥에 소금만 먹는다는 둥, 제주 배 아즈맹이 언제 어느 모롱고지 이슥한 바위 뒤에서 혼자 해삼을 따다가 무슨 일이 있었다는 둥…… 참 말이 많지. 제주 배 들면 그대네 마을이 반갑고 제주 배 나면 서운하지. ㉡아이들은 제주 배를 물가를 돌아 따르고 나귀는 산등성이에서 눈을 들어 따르지. 이번 칠월 그대한테로 가선 제주 배에 올라 제주 색시하고 살렵네. 내가 이렇게 맥고모자를 쓰고 삐루를 마시고 제주 색시를 생각해도 미역 내음새에 내 마음이 가는 곳이 있습네. 조개껍질이 나이금*을 먹는 물살에 낱낱이 키가 자라는 **처녀 하나가 나를 무척 생각하는 일**과 그대 가까이 송진 내음새 나는 집에 아내를 잃고 슬피 사는 사람 하나가 있는 것과 그리고 **그 영어를 잘하는 총명한 사년생 금이**가 그대네 홍원군 홍원면 동상리에서 난 것도 생각하는 것입네.

→ 술을 마시며 제주 배와 관련된 추억을 회상하고, 마음이 가는 사람들을 생각함

– 백석, 「동해」 –

*삐루: 맥주.

*나이금: 나이를 나타내는 금.

---

1. (가)~(다)에 대한 설명으로 가장 적절한 것은?

✔ 정답풀이

① (가)와 (나)는 대구적 표현을 사용하여 리듬감을 부여하고 있다.

> (가)의 '끈 없이 묶었으되 틈 없이 묶었으며 / 풀 없이 붙였으되 흔적 없이 붙였으니' 등과, (나)의 '내 말도 남이 마소 남의 말도 내 않겠네' 등에서 대구적 표현을 사용하여 작품에 리듬감을 부여하고 있다.

✖ 오답풀이

② (가)와 (다)는 직유적 표현을 사용하여 대상에 대해 성찰하고 있다.
(가)에서는 '한 묶음씩 두 묶음씩 세운 듯 누인 듯'에서 직유적 표현을 사용하여 총석정 주변의 기암괴석을 표현하고 있지만 기암괴석에 대해 성찰하고 있지는 않다. (다)에서는 '제주 배 아즈맹이 몸집이 절구통 같다는 둥'에서 직유적 표현을 사용하였으나 이를 통해 '제주 배 아즈맹이'에 대한 성찰을 나타내지는 않는다.

③ (나)와 (다)는 명령적 어조를 통해 지향하는 가치를 강조하고 있다.
(나)에서는 '내 말도 남이 마소'에서 명령적 어조를 통해 다른 사람에 대한 험담을 하지 말아야 한다는 가치관을 강조하고 있으나 (다)에서는 명령적 어조가 나타나지 않는다.

④ (가)~(다)는 모두 다른 사람을 부르는 방식으로 바라는 것을 전달하고 있다.
(가)의 '배 대어라 사공들아 풍랑이 일지 않아'에서 사공들을 부르는 방식으로 바라는 것을 전달하고 있다. 반면 (나)와 (다)에는 다른 사람을 부르는 방식이 나타나지 않는다.

⑤ (가)~(다)는 모두 스스로 묻고 답하는 방식으로 주제 의식을 부각하고 있다.
(가)에서는 '벽해 위의 높은 집이 저것이 총석정인가', '영소전 태을궁을 지으려고 경영턴가' 등에서 의문형 어조가 나타나지만 이에 대한 답을 스스로 하지는 않는다. (나)와 (다)에도 스스로 묻고 답하는 방식은 나타나지 않는다.

🌱 기틀잡기

> ① **대구**: 비슷한 어조나 구조를 가진 구절이나 문장 두 개를 짝지어 배치하는 표현 기법.
> ② **성찰**: 자기의 마음을 반성하고 살핌. 어떤 것과 관련하여 문제의식을 가지고 진지하게 살펴봄.

2. 〈보기〉를 활용하여 (가)의 화자를 이해한 내용으로 적절하지 <u>않은</u> 것은?

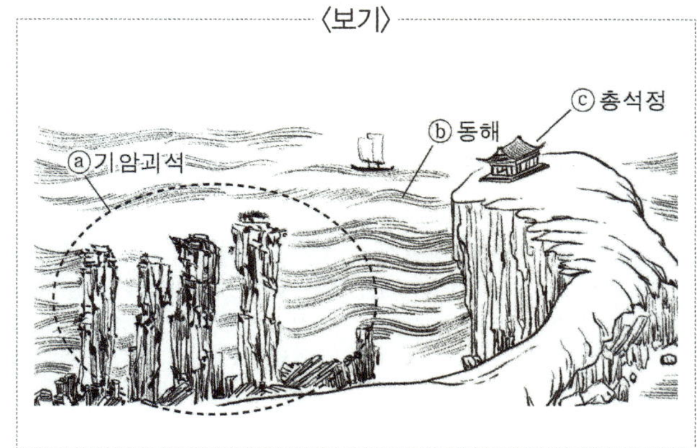

- ⓐ: 기암괴석
- ⓑ: 동해
- ⓒ: 총석정

✔ 정답풀이

③ 천상의 인물과 지상의 인물이 협력하여 만든 결과물이 ⓐ라고 인식하고 있군.

> (가)에서 화자는 총석정 주변의 ⓐ를 보고 천상의 공간인 '영소전 태을궁을 지으려고 경영'한 것이냐고 감탄하고, '하우씨 도끼뿔이 용문을 뚫었으나 / 이 돌을 만났으면 이같이 깎을세며 / 영장이 신묘하여 코끝의 것 찍었으나 / 이 돌을 다듬는다고 이같이 곧을쏘냐'라고 말하며 하우씨나 영장과 같은 지상의 비범한 인물도 ⓐ와 같이 빼어난 돌을 깎을 수 없다는 인식을 드러낼 뿐, ⓐ를 천상의 인물과 지상의 인물이 협력하여 만든 결과라는 인식을 드러내지는 않는다.

✘ 오답풀이

① 기상 상황이 좋을 때 ⓒ를 찾아가기 위해 서두르고 있군.
  (가)의 '총석정 좋단 말을 일찍이 들었거니 / 바람 불면 못 보려니 몰아라 어서 보자'에서 기상 상황이 좋을 때 ⓒ를 보기 위해 서두르는 화자의 모습이 나타나고 있다.

② 배를 타고 ⓑ의 한 곳으로 이동해 다른 방향에서 경치를 구경하고 싶다는 심정을 드러내고 있군.
  (가)의 '배 대어라 사공들아 풍랑이 일지 않아 / 층파로 돌아 저어 총석 전면 보게 하라'에서 화자는 배를 타고 동해의 한 곳으로 이동해 총석정의 전면을 보겠다는 심정을 드러내고 있다.

④ 뛰어난 풍경으로 인해 세상 사람들이 ⓐ를 소재로 삼아 시를 창작한다고 생각하고 있군.
  (가)의 '기괴히 꾸몄다가 세인의 노리개 되야 / 시 짓고 노래하여 기리기만 위한 것인가'에서 세상 사람들이 아름답고 신비한 ⓐ를 소재로 삼아 시를 창작한다는 화자의 생각이 나타나고 있다.

⑤ 돌 중에서는 ⓐ가, 물 중에서는 ⓑ가 가장 뛰어나다고 평가하고 있군.
  (가)의 '물로는 동해수요 뫼로는 금강산과 / 폭포로는 구룡이오 돌로는 총석이라'에서 돌 중에서는 ⓐ가, 물 중에서는 ⓑ가 가장 뛰어나다고 평가하는 화자의 생각이 나타나고 있다.

3. (나)에 대한 이해로 가장 적절한 것은?

✔ 정답풀이

③ 〈제6수〉의 '술'은 자연과 어울리며 풍류를 즐기는 화자의 생활을 드러내는 것으로 볼 수 있다.

> (나)의 〈제6수〉에서 화자는 '빚은 술'이 세 병인데, 이를 '물', '뫼', '달'과 함께하며 마시고 싶다고 말하고 있으므로, '술'은 자연과 어울리며 풍류를 즐기는 화자의 생활을 드러낸 것으로 볼 수 있다.

✘ 오답풀이

① 〈제1수〉의 '신월'은 오래된 것보다는 새로운 것을 더 중시하는 삶의 자세를 강조하는 것으로 볼 수 있다.
  (나)의 〈제1수〉에서 '신월'은 초승달을 의미하는데, 달이 떠오를 때 화자는 '일존주 가지고 시름 풀자'고 하고 있다. 따라서 '신월'은 자연을 감상하고 술을 마시며 근심을 잊어버리려는 삶의 자세를 강조할 뿐, 오래된 것보다는 새로운 것을 더 중시하는 삶의 자세를 강조한다고 볼 수는 없다.

② 〈제4수〉의 '남'은 화자의 삶을 지켜보며 그에 대해 정당한 판단을 내리는 인물로 볼 수 있다.
  (나)의 〈제4수〉에서 화자는 '내 말도 남이 마소'라고 말하며 '고산 불고정이 좋아 늙는' 자신의 삶에 대해 손이 '검다 희다(옳다 그르다)' 평가하는 것을 '망령 난' 행동이라고 비판하고 있다. 따라서 '남'을 화자의 삶에 대한 정당한 판단을 내리는 인물로 볼 수 없다.

④ 〈제1수〉의 '석양'과 〈제6수〉의 '뫼'는 모두 학문 수양에 힘쓰도록 깨우침을 주는 존재를 상징하는 것으로 볼 수 있다.
  (나)의 〈제1수〉에서 화자는 '석양이 거둘 때' '신월이 솟아'나면 화자는 '일존주 가지고 시름 풀자' 한다고 했으며, 〈제6수〉에서는 술을 세 병 빚어 그 중 '한 병'은 '뫼에 놀'겠다고 했다. 따라서 '석양'과 '뫼'는 화자가 자연 속에서 흥취를 즐기고자 하는 시·공간적 배경과 관련될 뿐, 학문 수양과는 관련이 없다.

⑤ 〈제4수〉의 '검다 희다 하나니'와 〈제6수〉의 '놀고'는 모두 미래에 대한 낙관적 전망을 보여 주는 것으로 볼 수 있다.
  (나)의 〈제4수〉에서 화자는 '내 말'을 하는 남들에게 '어디서 망령 난 손이 검다 희다 하'느냐며 자신에 대한 험담을 하는 이들을 부정적으로 말하고 있다. 〈제6수〉에서 화자는 '물', '뫼', '달'을 보며 술을 즐기겠다는 뜻을 '물에 놀고 또 한 병 뫼에 놀며' 등으로 표현하고 있다. 따라서 '검다 희다 하나니'와 '놀고'는 모두 미래에 대한 낙관적 전망과는 관련이 없다.

4. (다)에 대한 설명으로 가장 적절한 것은?

✅ 정답풀이

② 연상을 통해 다양한 대상을 열거하며 공간에 대한 애정을 드러내고 있다.

> (다)에서 글쓴이는 '맥고모자를 쓰고 삐루를 마시'다가 '맛나는 안주'들을 떠올린다. 이후 다시 '전복에 해삼을 생각하면 또 생각나는 것이 있'다며 '제주 배'를 떠올리고 제주 배와 관련한 이야기들을 나열하는 등 연상을 통해 다양한 대상을 열거하고 있다. 이를 통해 동해에 대한 애정을 드러내고 있다.

❌ 오답풀이

① 상황에 따라 의성어를 다채롭게 구사하여 현장감을 부각하고 있다.
(다)에서는 '제주 배'가 왔을 때 '그대네 물가'에서 사람들이 주고받는 이야기와 '제주 배'를 따르는 '아이들'의 모습을 제시하여 현장감을 부각할 뿐, 의성어를 구사하여 현장감을 부각하지는 않는다.

③ 말줄임표를 통해 과거의 연인과의 재회에 대한 회의감을 표현하고 있다.
(다)의 '제주 배 아즈맹이 언제 어느 모롱고지 이슥한 바위 뒤에서 혼자 해삼을 따다가 무슨 일이 있었다는 둥……'에서 말줄임표를 사용하여 '제주 배'에 관해 주고받는 이야기의 예를 들고 있을 뿐, 연인과의 재회에 대한 회의감을 표현하지는 않았다.

④ 다른 사람의 말을 직접 인용하여 소외된 사람들에 대한 관심을 드러내고 있다.
(다)에 다른 사람의 말을 직접 인용한 부분은 나타나지 않으며, '내 마음이 가는 곳이 있'다며 마을 사람들에 대한 애정을 표현하고는 있지만 이를 소외된 사람들에 대한 관심으로 볼 수는 없다.

⑤ 지역의 독특한 조리법들을 비교하며 그중에서 가장 좋아하는 방법을 제시하고 있다.
(다)에서는 '맛나는 안주'를 다양하게 나열하고 있지만 지역의 독특한 조리법들을 비교하고 있지는 않으며, 가장 좋아하는 조리법을 제시하고 있지도 않다.

🌱 기틀잡기

> ① **의성어:** 사람이나 사물의 소리를 흉내 낸 말.
> ② **열거:** 여러 가지 예나 사실을 낱낱이 죽 늘어놓음.

5. ㉠, ㉡에 대한 설명으로 가장 적절한 것은?

> ㉠: 청산은 에워싸고 녹수는 돌아가고
> ㉡: 아이들은 제주 배를 물가를 돌아 따르고

✅ 정답풀이

① ㉠은 화자가 위치한 공간적 배경을 제시하고 있다.

> (나)의 화자는 자연 속에서 풍류를 즐기며 살아가고자 하는 자세를 보여 주고 있다. 이때 화자가 있는 공간은 '청산'이 에워싸고 '녹수'가 돌아가는 자연 속이므로, ㉠은 화자가 위치한 공간적 배경을 제시한다고 볼 수 있다.

❌ 오답풀이

② ㉡은 세상과 거리를 두려는 글쓴이의 태도와 관련이 있다.
(다)에서 글쓴이는 '제주 배 들면 그대네 마을이 반갑고 제주 배 나면 서운하'다며 제주 배가 떠날 때 아이들이 '물가를 돌아'서 제주 배를 따른다고 말하고 있다. 즉, ㉡은 제주 배가 떠나는 것을 본 아이들의 행동과 관련될 뿐, 세상과 거리를 두려는 글쓴이의 태도와는 관련이 없다.

③ ㉡은 아이들이 파도를 피해 움직이는 모습을 나타내고 있다.
(다)에서 글쓴이는 ㉡을 통해 제주 배가 떠날 때 아이들이 배를 따라가는 모습을 나타내고 있다. 이때 '물가를 돌아 따르'는 것은 아이들이 떠나는 배를 조금이라도 오래 보기 위해 배가 가는 길을 따라 뭍에서 물가를 따라 도는 행동을 나타내므로, 아이들이 파도를 피해 움직이는 모습을 나타낸다고 볼 수 없다.

④ ㉠은 농촌 생활의 즐거움을, ㉡은 어촌 생활의 어려움을 나타내고 있다.
㉠을 통해 (나)의 화자가 자연 속에 묻혀 살고 있음을 알 수 있을 뿐, ㉠에서 화자가 농사를 짓는 등의 농촌 생활이 나타난다고 보기는 어렵다. ㉡에서는 제주 배를 조금이라도 오래 보기 위해 물가를 돌아 따르는 어촌 아이들의 모습을 보여 줄 뿐, 어촌 생활의 어려움을 보여 주고 있지는 않다.

⑤ ㉠과 ㉡은 모두 변화하는 자연의 모습에 주목하도록 하고 있다.
(나)의 ㉠은 화자가 주변 자연의 모습을 그대로 표현한 것이며, (다)의 ㉡은 글쓴이가 자연의 모습이 아닌 아이들의 모습을 표현한 것이다. 따라서 둘 모두 자연의 변화와는 관련이 없다.

6. 〈보기〉를 참고하여 (가)~(다)를 감상한 내용으로 적절하지 않은 것은? [3점]

〈보기〉

문학 작품에서는 특정한 장소에 대한 체험을 다룰 때 주로 풍경이나 자연물과 관련한 정서적 반응을 드러내는 경우가 많다. 그리고 특정한 장소에 거주할 때 나타나는 삶의 자세나 자신이 알게 된 사람들에 대해 이야기하는 경우도 있다. (가)는 작가가 총석정 일대를 기행한 감흥을 노래하며 목민관으로서의 역할을 떠올린 것이고, (나)는 임실에 은거하던 작가가 한가롭게 지내는 생활이나 주변 자연물에 대한 친근감을 노래한 것이다. 그리고 (다)는 함흥에 체류하던 작가가 인접한 동해의 매력을 전하며 흥취를 드러낸 것이다.

🔍 보기 분석

- 특정한 장소에 대한 체험
  - (가): 총석정 일대 – 기행 감흥과 목민관으로서의 역할을 떠올림
  - (나): 임실 – 한가로운 생활과 주변 자연물에 대한 친근감을 노래함
  - (다): 함흥 – 동해의 매력과 흥취를 드러냄

✔ 정답풀이

③ (나)에서 화자는 '시름 풀자 하노라', '고산 불고정이 좋아 늙는'이라며 불고정에서 주위 사람들과 어울리며 한가롭게 지내는 삶의 자세를 나타내고 있군.

> 〈보기〉에서 (나)는 '임실에 은거하던 작가가 한가롭게 지내는 생활'을 노래한다고 했다. 이를 참고할 때, (나)의 화자가 '고산 불고정'에서 자연을 벗삼아 한가롭게 지내고 있다고 볼 수 있으나, 주위 사람과 어울리는 모습은 나타나지 않는다.

✘ 오답풀이

① (가)에서 화자는 '천하의 두 총석은 응당 다시 없으려니'라며 자신이 기행한 총석정 일대의 경치에 대한 경탄을 드러내고 있군.

〈보기〉에서 (가)는 '총석정 일대를 기행한 감흥을 노래'한다고 했다. (가)에서 화자는 '천하의 두 총석은 응당 다시 없으려니'라고 하여 총석정이 둘도 없을 곳이라며 경치에 대한 경탄을 드러내고 있다.

② (가)에서 화자는 '천 리를 멀다 말고 결단코 찾으리라'라며 총석정 일대의 장관과 관련지어 벼슬을 하는 사람으로서의 역할을 떠올리고 있군.

〈보기〉에서 (가)의 화자는 총석정 일대를 유람하며 '목민관으로서의 역할을 떠올린'다고 했다. (가)의 '괴외기걸 하온 사람 이같은 이 있다 하면 / 천 리를 멀다 말고 결단코 찾으리라'에서 총석정 일대의 뛰어난 경치와 같은 훌륭한 인재가 있다면 아무리 멀리 있더라도 반드시 찾겠다며 벼슬을 하는 사람으로서의 역할을 떠올리고 있다.

④ (나)에서 화자는 '달에 논들 어떠리'라며 자신이 머무는 곳에서 바라볼 수 있는 자연물에 대한 친근감을 표현하고 있군.

〈보기〉에서 (나)는 '주변 자연물에 대한 친근감을 노래'한다고 했다. (나)의 '달에 논들 어떠리'에서 화자는 달을 바라보며 술 한 병을 마시겠다는 뜻을 밝히며 자신이 머무는 곳에서 바라볼 수 있는 자연물인 '달'에 대한 친근감을 표현하고 있다.

⑤ (다)에서 글쓴이는 '처녀 하나가 나를 무척 생각하는 일', '그 영어를 잘하는 총명한 사년생 금이'라며 자신이 알게 된 사람들에 대해 이야기하고 있군.

〈보기〉에서 문학 작품에는 '특정한 장소에 거주할 때 나타나는 삶의 자세나 자신이 알게 된 사람들에 대해 이야기하는 경우도 있'다고 했다. (다)의 글쓴이가 '미역 내음새에 내 마음이 가는 곳이 있'다며, '처녀 하나가 나를 무척 생각하는 일'과 '아내를 잃고 슬피 사는 사람 하나'와 '영어를 잘하는 총명한 사년생 금이' 등을 언급하는 것은 자신이 알게 된 사람들에 대해 이야기하는 경우에 해당한다.

📋 문제적 문제　　　　　　·6–②번

오답률이 절반에 달하는 문제였다. 학생들이 정답 외에 가장 많이 고른 선지는 ②번이다. (가)의 '장관을 다한 후의 다시금 혼자 말이 / 괴외기걸 하온 사람 이같은 이 있다 하면 / 천 리를 멀다 말고 결단코 찾으리라'의 의미를 파악하지 못한 것으로 보인다.

(가)에서 화자는 총석정의 일대를 보며 감탄한 후, '괴외기걸 하온 사람 이같은 이 있다'면 '결단코 찾으리'라는 다짐을 하고 있다. 앞서 계속 총석정 일대의 빼어난 경치에 대한 감탄을 늘어놓았으므로 '이같은'에서 '이'는 총석정 일대의 경치를 의미한다. 다시 말해 (가)의 화자는 이와 같은 대단한 인재가 있다면 반드시 찾겠다고 말하는 것이다. 이를 〈보기〉와 관련하여 생각한다면 화자는 총석정 일대의 수려한 경관을 감상한 후 백성을 다스리는 목민관으로서의 역할을 상기하고 있다고 볼 수 있다.

이처럼 아름다운 경치를 바라보며 선정에 대한 포부를 드러내는 것은 사대부 기행 가사에서 흔히 나타나는 표현이지만, 이를 몰랐다 해도 〈보기〉에서 '(가)는 작가가 총석정 일대를 기행한 감흥을 노래하며 목민관으로서의 역할을 떠올린'다고 설명했으므로 〈보기〉를 꼼꼼히 읽었다면 ②번이 적절한 선지임을 쉽게 알 수 있었을 것이다. 또한, '괴외기걸'의 뜻풀이를 따로 해 주고 있으므로 이 부분을 놓치지 않았다면 선지의 정오를 판단하기 훨씬 수월했을 것이다.

정답률 분석

	매력적 오답	정답		
①	②	③	④	⑤
3%	26%	54%	4%	13%

문제 P.078

[1~5] 다음 글을 읽고 물음에 답하시오.

(가)

1

저 하잘것없는 한 송이의 달래꽃을 두고 보드래도, 다사롭게 타오르는 햇볕이라거나, 보드라운 바람이라거나, 거기 모여드는 별나비라거나, 그보다도 이 하늘과 땅 사이를 어렴풋이 이끌고 가는 크나큰 그 어느 알 수 없는 마음이 있어, 저리도 조촐하게 한 송이의 달래꽃은 피어나는 것이요, 길이 멸하지 않을 것이다.   [A]

2

바윗돌처럼 꽁꽁 얼어붙었던 대지를 뚫고 솟아오른, 저 애잔한 달래꽃의 긴긴 역사라거나, 그 막아낼 수 없는 위대한 힘이라거나, 이것들이 빚어내는 아름다운 모든 것을 내가 찬양하는 것도, 오래오래 우리 마음에 걸친 거추장스러운 푸른 수의(囚衣)*를 자작나무 허울 벗듯 훌훌 벗고 싶은 달래꽃같이 위대한 역사와 힘을 가졌기에, 이렇게 살아가는 것이요, 살아가야 하는 것이다.   [B]

3

한 송이의 달래꽃을 두고 보드래도, 햇볕과 바람과 별나비와, 그리고 또 무한한 마음과 입 맞추고 살아가듯, 너의 뜨거운 심장과 아름다운 모든 것이 샘처럼 왼통 괴어 있는, 그 눈망울과 그리고 항상 내가 꼬옥 쥘 수 있는 그 뜨거운 핏줄이 나뭇가지처럼 타고 오는 뱅어같이 예쁘디예쁜 손과, 네 고운 청춘이 나와 더불어 가야 할 저 환히 트인 길이 있어 늘 이렇게 죽도록 사랑하는 것이요, 사랑해야 하는 것이다.   [C]

– 신석정, 「역사」 –

화자와 대상의 관계	달래꽃을 보며 사소한 대상의 위대한 힘을 떠올리는 '나'
상황?	햇볕, 바람, 별나비, 마음이 있어 한 송이의 달래꽃이 피어남 → 역사와 힘을 가진 달래꽃같이 살아가야 한다고 생각함 → 너와 더불어 가야 할 환히 트인 길이 있어 사랑해야 한다고 생각함

이것만은 챙기자

*수의: 죄수가 입는 옷.

(나)

마음은 빈집 같아서 어떤 때는 독사가 살고 어떤 때는 청보리밭 너른 들이 살았다

볕이 보고 싶은 날에는 개심사 심검당 볕 내리는 고운 마루가 들어와 살기도 하였다

어느 날에는 늦눈보라가 몰아쳐 마음이 서럽기도 하였다

겨울 방이 방 한 켠에 묵은 메주를 매달아 두듯 마음에 봄가을 없이 풍경들이 들어와 살았다

그러나 하릴없이 전나무 숲이 들어와 머무르는 때가 나에게는 행복하였다

수십 년 혹은 백 년 전부터 살아온 나무들, 천둥처럼 하늘로 솟아오른 나무들

뭉긋이* 앉은 그 나무들의 울울창창한 고요를 나는 미륵들의 미소라 불렀다

한 걸음의 말도 내놓지 않고 오롯하게 큰 침묵인 그 미륵들이 잔혹한 말들의 세월을 견디게 하였다

그러나 전나무 숲이 들어앉았다 나가면 그뿐, 마음은 늘 빈집이어서

마음 안의 그 둥그런 고요가 다른 것으로 메워졌다

대나무가 열매를 맺지 않듯 마음이란 그냥 풍경을 들어앉히는 착한 사진사 같은 것

그것이 빈집의 약속 같은 것이었다

– 문태준, 「빈집의 약속」 –

화자와 대상의 관계	빈집과 같은 마음에 다양한 풍경을 담는 '나'
상황?	마음에 독사, 들, 마루, 늦눈보라 등의 풍경이 들어와 삶 → 마음에 전나무 숲이 들어와서 머물 때 행복하고 고통을 견딜 수 있었음 → 마음에 머물렀던 대상이 나가면 다른 것으로 마음이 메워짐

이것만은 챙기자

*뭉긋이: 약간 기울어지거나 굽어서 휘우듬하게.

(다)

의원이 처음에 들어와 좌정했다. 몸을 기울여 자세히 살피더니만 고개를 들어 소리를 듣는 듯이 하다가 앞으로 나아와 그 맥을 짚어 보았다. 그러고는 물러나 앉으며 이렇게 말했다.

"제가 그대의 목소리를 듣고 그대의 낯빛을 살펴보니 아픈 사람 같지가 않았습니다. 제가 그대의 맥을 짚어 보니 병은 이미 나았습니다. 무엇을 더 고치고 싶은지요?"

"나는 야윈 것을 고치고 싶네."

(중략)

"사는 집이 화려하면 편안해서 살이 찌고, 음식이 사치스러우면 맛이 있어서 살이 찝니다. 용모가 아름답고 보니 기뻐서 살이 찌고, 소리의 가락이 어여쁜지라 즐거워서 살이 찌지요. 이 네 가지를 몸에 지니면 살찌기를 애써 구하지 않더라도 저절로 살이 찝니다. 저들이야 진실로 그 같은 바탕을 갖추고 있는지라 살찌는 것이 당연합니다. 이제 그대는 이미 가난한 데다 신분도 낮고 쑥대로 얽은 초가집에 살면서 채소와 거친 밥을 먹습니다. 눈은 다섯 가지 채색을 본 적이 없고, 귀는 다섯 가지 소리를 들은 적이 없으니, ㉠바탕이 갖춰지지 않은 상태에서 다만 살찌기를 구한다면 끝내 살이 찔 수도 없을 뿐 아니라 도리어 양비(良肥)마저 잃게 될까 염려됩니다."

내가 말했다.

"그렇구려. 내가 진실로 이 네 가지의 것이 없는데 또 병으로 야위기까지 하였소. 어찌 이른바 양비란 것이 있단 말이오?"

의원이 말했다.

"㉡이른바 양비란 것은 화려한 거처나 사치스러운 음식 또는 즐거운 음악과 마음을 기쁘게 하는 여색을 바탕으로 삼지 않습니다. 도덕으로 채우고 인의로 윤택하게 해서 낯빛에 가득 차올라 얼굴에 환하게 드러나는 것을 말하지요. 이는 진실로 본래부터 지녔던 것을 온전히 해서 평소에 없던 것을 사모*하지 않는 것입니다. 이는 진실로 그 마음을 살찌워서 몸이 마르는 것을 병으로 여기지 않는 것이고요. 그대는 또 초나라 장사꾼의 일을 들어 보지 못했습니까? 형산(荊山)의 옥 하나를 쌓아 두니 그 값은 여러 개의 성으로도 능히 바꿀 수 없는 것이었습니다. 하루아침에 제나라로 갔다가 금은보화가 시장에 쌓인 것을 보고는 마음으로 기뻐하여 이것과 맞바꿔 돌아왔습니다. 대저 금은보화는 진실로 부자가 되는 바탕이지만, 형산의 옥 한 개가 지닌 양부(良富)만은 못합니다. 장사꾼이 그 타고난 부를 잃고 나서는 어느새 밑천* 또한 다하고 말았

지요. 그래서 사람들은 장사를 잘하지 못한 사람이라고 말하며 모두들 초나라 장사꾼을 비웃었지요. 이제 그대가 양비를 버리고 평소에 없던 것을 구하니, ㉢설령 이것을 얻는다 해도 오히려 장사를 잘하지 못한 것이 되고 맙니다. 찾다가 얻지 못하고 또 본래 지녔던 것마저 잃게 되면 사람들이 이를 비웃으니 어찌 다만 초나라의 장사꾼 정도이겠습니까? ㉣이 때문에 옛날의 현인과 군자는 먼저 마땅히 살찌워야 할 것을 살피고 고쳐야 할 것을 살폈던 것입니다. 바탕이 있어 살찌는 것으로 그 몸을 살찌우지 않고, 양비로 그 마음을 살찌웁니다. 몸이 살찌지 않음을 병으로 여기지 않고 마음이 살찌지 않음을 가지고 병으로 삼지요. ㉤이것이 온전해지면 저것을 부러워함이 없으니, 어찌 자기의 형옥(荊玉)을 가지고 금은보화와 바꾸려 하겠습니까?"

– 김석주, 「의훈」 –

이것만은 챙기자

***사모**: 우러러 받들고 마음속 깊이 따름.
***밑천**: 어떤 일을 하는 데 바탕이 되는 돈이나 물건, 기술, 재주 따위를 이르는 말.

1. (가)~(다)에 대한 설명으로 가장 적절한 것은?

정답풀이

④ (가)와 (나)는 동일한 시구를 반복하여 시구가 지닌 의미를 강조하고 있다.

> (가)는 '한 송이의 달래꽃을 두고 보드래도'의 반복을 통해, (나)는 '어떤 때는'의 반복을 통해 시구의 의미를 강조하고 있다.

오답풀이

① (가)는 명사형으로 시행을 종결하여 화자의 인식을 단정적으로 전달하고 있다.
(가)는 '길이 멸하지 않을 것이다.', '살아가야 하는 것이다.', '사랑해야 하는 것이다.'와 같이 평서형 종결 표현을 통해 시행을 종결하고 있으므로, 명사형으로 시행을 종결했다는 설명은 적절하지 않다.

② (나)는 대화체와 독백체를 교차하여 시상을 전개하고 있다.
(나)는 독백체로만 시상을 전개하고 있을 뿐, 대화체가 나타나지 않으므로 적절하지 않다.

③ (다)는 특정한 장소에 대한 경험을 바탕으로 사회 참여 의식을 드러내고 있다.
(다)에서 의원이 '초나라 장사꾼의 일'을 언급하는 부분에서 '초나라', '제나라' 등의 특정한 장소가 등장하지만, 이에 대한 의원의 경험을 드러낸 것은 아니다. 또한 의원은 글쓴이에게 마음을 살찌우는 것의 중요성을 말하고 있을 뿐, 사회 참여 의식을 드러내고 있지 않으므로 적절하지 않다.

⑤ (가)와 (다)는 계절의 변화 양상과 관련지어 상황을 부각하고 있다.
(가)의 '바윗돌처럼 꽁꽁 얼어붙었던 대지를 뚫고 솟아오른, 저 애잔한 달래꽃의 긴긴 역사'에서 계절의 변화 양상이 드러난다고 볼 여지가 있으나, (다)에는 계절의 변화 양상이 드러나 있지 않으며 이를 통해 상황을 부각하고 있지도 않으므로 적절하지 않다.

기틀잡기

② **독백체:** 화자 혼자 중얼거리는 식의 말투.
⑤ **계절의 변화:** 특정 계절을 직접 언급하거나, 특정 계절이 느껴지는 소재 등을 활용하여 계절이 변화했음을 드러내는 것.

---

2. 〈보기〉를 참고할 때, [A]~[C]에 대한 이해로 적절하지 <u>않은</u> 것은?

〈보기〉

이 시는 소박하고 일상적인 자연물을 통해 민중의 저력과 위대함을 노래한 작품이다. 시적 화자는 여린 자연물의 모습으로부터 강인한 생명력으로 고난을 감내하며 영속적으로 삶을 영위해 온 민중을 떠올린다. 그리고 역사를 이끌어 온 주체인 민중이 연대와 화합을 통해 긍정적 미래를 밝힐 수 있다는 인식을 드러내고 있다.

보기 분석

- 「역사」
  - 시적 화자는 달래꽃으로부터 고난을 감내하며 영속적으로 삶을 영위해 온 민중을 떠올림
  - 민중이 연대와 화합을 통해 긍정적 미래를 밝힐 수 있다는 인식을 드러냄

정답풀이

② [A]: 하늘과 땅 사이에서 어렴풋이 이끌려 가는 달래꽃의 모습은 민중이 고난을 겪는 상황을 드러내고 있다.

> 〈보기〉에 따르면 민중은 '역사를 이끌어 온 주체'로서 '긍정적 미래를 밝힐 수 있'는 존재이다. [A]에서 민중을 상징하는 '달래꽃'은 '하늘과 땅 사이를 어렴풋이 이끌고 가는 크나큰 그 어느 알 수 없는 마음'이 있어 '피어나는 것이요, 길이 멸하지 않을 것'이라고 했다. 따라서 '달래꽃'은 이끌려 가는 존재가 아니며, '하늘과 땅 사이를 어렴풋이 이끌고 가는' 것을 민중이 겪는 고난으로 볼 수 없다.

오답풀이

① [A]: 하잘것없지만 길이 멸하지 않을 달래꽃은 여리지만 계속해서 삶을 이어가는 민중의 영속성을 드러내고 있다.
〈보기〉에서 '시적 화자는 여린 자연물의 모습으로부터 강인한 생명력으로 고난을 감내하며 영속적으로 삶을 영위해 온 민중을 떠올린다.'라고 하였다. [A]에서 '달래꽃'은 화자로 하여금 민중을 떠올리게 하는 대상으로, '하잘것없'지만 '길이 멸하지 않'는다는 점에서 민중의 영속성을 드러낸다고 할 수 있다.

③ [B]: 얼어붙었던 대지를 뚫고 솟아오르는 달래꽃은 민중의 강인한 생명력을 드러내고 있다.
〈보기〉에서 '시적 화자는 여린 자연물의 모습으로부터 강인한 생명력'을 느낀다고 하였다. [B]에서 '바윗돌처럼' '얼어붙었던 대지를 뚫고 솟아오른' 달래꽃의 모습을 통해 시련을 이겨내는 민중의 강인한 생명력을 드러낸다.

④ [B]: 긴 역사와 위대한 힘을 가진 달래꽃의 모습은 역사를 이어 온
민중의 저력을 드러내고 있다.
〈보기〉에서 시적 화자는 '달래꽃'에서 '강인한 생명력으로 고난을 감내하며
영속적으로 삶을 영위해 온 민중'을 떠올린다고 했는데, [B]의 '달래꽃의 긴
긴 역사'와 '그 막아낼 수 없는 위대한 힘'에서 민중의 저력이 드러난다고 볼
수 있다.

⑤ [C]: 햇볕, 바람, 벌나비와 입 맞추고 살아가는 달래꽃의 모습은
연대하고 화합하는 민중의 모습을 드러내고 있다.
〈보기〉에서 민중은 '연대와 화합을 통해 긍정적 미래를 밝힐 수 있다'고 하
였다. [C]에서 '달래꽃'이 '햇볕과 바람과 벌나비와' '입 맞추고 살아가듯' '네
고운 청춘이 나와 더불어 가야' 한다는 것을 통해 연대하고 화합하는 민중의
모습이 드러난다고 볼 수 있다.

3. 마음 을 중심으로 (가)와 (나)를 비교한 내용으로 가장 적절한 것은?

✔ 정답풀이

⑤ (가)에서 '마음'은 '피어나는'과 연결되어 대상을 존재하게 하는
원인을, (나)에서 '마음'은 '늘 빈집'과 연결되어 채워졌다가도 비워
지는 상황을 드러낸다.

> (가)의 '크나큰 그 어느 알 수 없는 마음이 있어' '한 송이의 달래꽃'이 피어
> 난다고 한 것에서 '마음'이 대상을 존재하게 하는 원인임이 드러나고,
> (나)에서 '마음은 빈집 같아서' '독사', '청보리밭 너른 들', '고운 마루',
> '늦눈보라', '전나무 숲' 등이 '들어앉았다 나'간다고 한 것에서 마음이 채워
> 졌다가도 비워지는 상황이 드러난다고 볼 수 있다.

✘ 오답풀이

① (가)에서 '마음'은 '보드라운'과 연결되어 애상적 분위기를, (나)에서
'마음'은 '오롯하게'와 연결되어 긴박한 분위기를 환기한다.
(가)에서 '마음'은 애상적 분위기를 드러내지 않으며, (나)에서 '마음'이 긴박
한 분위기를 환기하고 있지도 않다.

② (가)에서 '마음'은 '크나큰'과 연결되어 타인에 대한 과장된 기대를,
(나)에서 '마음'은 '착한 사진사'와 연결되어 타인을 위한 숭고한
희생을 강조한다.
(가)에서 '크나큰 그 어느 알 수 없는' '마음'은 '조촐하게 한 송이의 달래꽃'
을 피어나게 하는 것이므로, 타인에 대한 과장된 기대를 강조한다고 볼 수는
없다. 한편 (나)에서 '풍경을 들어앉히는 착한 사진사 같은' '마음'은 다양한
상태로 나타나는 개인의 감정에 관한 것이지, 타인에 대한 숭고한 희생을 강
조하는 것이 아니다.

③ (가)에서 '마음'은 '알 수 없는'과 연결되어 대상에 대한 냉소적
태도를, (나)에서 '마음'은 '하릴없이'와 연결되어 대상을 수용하는
체념적 태도를 드러낸다.
(가)에서 화자는 '마음'이 '그 어느 알 수 없는' 속성을 지닌 존재로, '조촐하
게 한 송이의 달래꽃'을 피어나게 한다고 했으므로, '마음'이 대상에 대한 냉
소적인 태도를 드러낸다고 볼 수 없다. 한편 (나)에서 화자는 '마음'에 '하릴
없이 전나무 숲이 들어와 머무르는 때'에 '행복'했다고 했으므로, '마음'이
'하릴없이'와 연결되어 체념적 태도를 드러낸다고 볼 수 없다.

④ (가)에서 '마음'은 '조촐하게'와 연결되어 상황에 대한 절망감을,
(나)에서 '마음'은 '몰아쳐'와 연결되어 상황에 대한 낙관적 자세를
드러낸다.
(가)에서 '조촐하게'와 연결되는 시어는 '달래꽃'이며, '마음'이 절망감을 드러
내고 있지도 않다. 한편 (나)에서 화자는 '늦눈보라가 몰아'칠 때 '마음이 서
럽기도 하였'다고 했으므로, '마음'이 '몰아쳐'와 연결되어 낙관적 자세를 드
러낸다고 할 수 없다.

4. (다)의 ㉠~㉤에 대한 이해로 적절하지 <u>않은</u> 것은?

> ㉠: 바탕이 갖춰지지 않은 상태에서 다만 살찌기를 구한다면 끝내 살이 찔 수도 없을 뿐 아니라 도리어 양비(良肥)마저 잃게 될까 염려됩니다.
>
> ㉡: 이른바 양비란 것은 화려한 거처나 사치스러운 음식 또는 즐거운 음악과 마음을 기쁘게 하는 여색을 바탕으로 삼지 않습니다.
>
> ㉢: 설령 이것을 얻는다 해도 오히려 장사를 잘하지 못한 것이 되고 맙니다.
>
> ㉣: 이 때문에 옛날의 현인과 군자는 먼저 마땅히 살찌워야 할 것을 살피고 고쳐야 할 것을 살폈던 것입니다.
>
> ㉤: 이것이 온전해지면 저것을 부러워함이 없으니

✔ 정답풀이

⑤ ㉤: 몸의 병을 고쳐 도덕과 인의를 온전히 한다면 '양비'는 부러움의 대상이 될 수 없음을 강조하고 있다.

> ㉤에서 '이것이 온전해지면 저것을 부러워함이 없'다고 한 것은 '양비'로 마음이 살찌면 몸이 살찌는 것을 부러워하지 않게 될 것이라는 의미이므로, '양비'가 부러움의 대상이 될 수 없음을 강조한 것이 아니다.

✖ 오답풀이

① ㉠: 가지지 못한 것을 얻으려 하다가 '양비'마저 잃게 되는 상황에 대한 우려를 드러내고 있다.

㉠에서 의원은 '나'가 '바탕이 갖춰지지 않은 상태에서 다만 살찌기를 구'하다가 '양비마저 잃게 될까 염려'된다고 하였으므로, 가지지 못한 것을 얻으려고 하다가 '양비'마저 잃게 되는 상황에 대한 우려를 드러내고 있다고 볼 수 있다.

② ㉡: 몸을 살찌우는 네 가지 조건이 '양비'의 바탕이 아님을 드러내고 있다.

(다)에서 '화려한 거처', '사치스러운 음식', '즐거운 음악과 마음', '마음을 기쁘게 하는 여색'은 몸을 살찌우는 네 가지 조건에 해당하는 것으로, ㉡에서 의원은 '양비'가 이러한 네 가지 조건을 바탕으로 삼지 않는다고 하였다.

③ ㉢: 몸을 살찌우는 것보다 '양비'를 지키는 것이 더 가치 있는 것임을 드러내고 있다.

(다)에 따르면, ㉢의 '장사를 잘하지 못한 것'은 '초나라 장사꾼'이 '형산의 옥'을 '금은보화'와 맞바꿔 돌아온 것을 말한다. 이때 '형산의 옥'은 '여러 개의 성으로도 능히 바꿀 수 없는 것'으로 '양비'와 유사하며, '금은보화'는 몸을 살찌우는 것을 의미한다. 즉 ㉢은 몸을 살찌우는 것보다 '양비'를 지키는 것이 더 가치 있는 것임을 드러낸다고 볼 수 있다.

④ ㉣: 옛날의 현인과 군자가 '양비'를 지키고자 했음을 통해 마음을 살찌우는 것의 중요성을 부각하고 있다.

㉣에서 '옛날의 현인과 군자'가 '마땅히' '살찌워야 할 것을 살'폈다고 하는데 이는 '양비'를 지키고자 했음을 뜻하므로, 이를 통해 마음을 살찌우는 것의 중요성을 부각하고 있다고 할 수 있다.

5. 〈보기〉를 참고하여 (가)~(다)를 감상한 내용으로 적절하지 <u>않은</u> 것은? [3점]

> ───── 〈보기〉 ─────
>
> 문학 작품에서는 추상적인 의미를 실재하는 것처럼 구체화하여 드러내기 위해 여러 가지 방법을 활용한다. (가)와 (나)에서는 <u>추상적인 의미를 감각적인 표현을 활용해 생생하게 구체화</u>하거나, <u>비유적인 표현을 활용해 주관적으로 형상화</u>하고 있다. 한편 (다)에서는 <u>추상적인 의미와 구체적인 대상의 유사성을 활용해 추상적인 의미를 알기 쉽게 전달</u>하고 있다.

🔍 보기 분석

• 추상적인 의미를 구체화하여 드러내는 방법

(가), (나)	– 추상적인 의미를 감각적인 표현을 활용하여 구체화함 – 비유적인 표현을 활용하여 주관적으로 형상화함
(다)	– 추상적인 의미와 구체적인 대상의 유사성을 활용하여 추상적인 의미를 알기 쉽게 전달함

✔ 정답풀이

⑤ (다)에서 장사꾼이 '형산의 옥'을 팔았다는 표현은, 세속적 가치를 경계하라는 의미를 세속적 가치와 형산의 옥의 유사성을 활용하여 알기 쉽게 전달한 것이겠군.

> 〈보기〉에서 '(다)에서는 추상적인 의미와 구체적인 대상의 유사성을 활용해 추상적인 의미를 알기 쉽게 전달하고 있다.'라고 하였다. '형산의 옥'은 마음을 살찌우는 '양비'와 유사성을 가지는 것으로, 세속적 가치와 유사성이 있는 대상은 '금은보화'이다. 따라서 세속적 가치를 경계하라는 의미를 전달하기 위해 세속적 가치와 형산의 옥의 유사성을 활용했다는 설명은 적절하지 않다.

✖ 오답풀이

① (가)에서 마음에 '수의'를 걸치고 있다는 표현은, 화자가 벗어나고 싶어 하는 심적인 억압을 옷에 빗댄 표현을 활용하여 주관적으로 형상화한 것이겠군.

〈보기〉에서 '(가)와 (나)에서는 추상적인 의미를 감각적인 표현을 활용해 생생하게 구체화하거나, 비유적인 표현을 활용해 주관적으로 형상화하고 있'다고 하였다. (가)에서 '마음에 걸친 거추장스러운' '수의'를 '훌훌 벗고 싶'다는 표현은 심적인 억압에서 벗어나고 싶은 마음을 주관적으로 형상화한 것으로 볼 수 있다.

② (가)에서 손의 '핏줄'이 뜨겁다는 표현은, 화자가 긍정적으로 인식하는 대상을 촉각적인 시어를 활용하여 생생하게 드러낸 것이겠군.
〈보기〉에서 '(가)와 (나)에서는 추상적인 의미를 감각적인 표현을 활용해 생생하게 구체화'한다고 하였다. (가)의 '그 뜨거운 핏줄'에서 손의 핏줄을 '뜨거운'이라는 촉각적 시어를 활용하여 생생하게 표현하고 있다. 이때 핏줄은 화자가 긍정적으로 인식하는 대상인 '예쁘디예쁜 손'에 생명력을 전달하는 매개체로, 이를 촉각적인 시어를 활용하여 생생하게 드러냈다는 것은 적절하다.

③ (나)에서 '마루'가 들어와 살았다는 표현은, 화자의 바람이 마음속에서 이루어진 상황을 실재하는 대상을 활용하여 구체적으로 형상화한 것이겠군.
〈보기〉에서 '문학 작품에서는 추상적인 의미를 실재하는 것처럼 구체화'한다고 하였다. (나)에서 '마음'에 '볕 내리는 고운 마루'가 들어온 것은 '볕이 보고 싶은' 화자의 바람이 마음속에서 실현되었음을 나타낸 것이므로, 화자의 바람이 마음속에서 이루어진 상황을 실재하는 대상을 활용하여 구체적으로 형상화했다고 볼 수 있다.

④ (나)에서 마음 안의 '고요'가 둥그렇다는 표현은, 화자의 잠잠한 내면을 시각적인 시어를 활용하여 실재하는 것처럼 드러낸 것이겠군.
〈보기〉에서 '(나)에서는 추상적인 의미를 감각적인 표현을 활용해 생생하게 구체화'한다고 하였다. (나)에서는 추상적인 대상인 '고요'를 '둥그런'이라는 시각적 시어를 활용하여 표현함으로써 화자의 잠잠한 내면을 실재하는 대상인 것처럼 드러내고 있다.

모두의 질문

• 5-⑤번

Q: 장사꾼이 '형산의 옥'을 팔았다는 표현은, 추상적 의미인 세속적 가치를 구체적 대상인 '형산의 옥'으로 표현하여 세속적 가치를 경계하라는 의미를 전달한 것으로 볼 수 있지 않나요?

A: (다)의 '형산의 옥 하나를 쌓아 두니 그 값은 여러 개의 성으로도 능히 바꿀 수 없는 것이었습니다.'와 '금은보화는 진실로 부자가 되는 바탕이지만, 형산의 옥 한 개가 지닌 양부만은 못합니다.'라는 의원의 말을 통해 '형산의 옥'이 세속적 가치인 금은보화보다 더 가치 있는 것 즉, 마음을 살찌우는 '양비'와 유사함을 알 수 있다. 따라서 (다)에서 장사꾼이 '형산의 옥'을 팔았다는 표현은, 추상적인 대상인 '양비'와 구체적인 대상인 '형산의 옥'의 유사성을 활용하여 세속적 가치를 경계하라는 의미를 알기 쉽게 전달한 것이다.

[1~5] 다음 글을 읽고 물음에 답하시오.

(가)

솔 아래 길을 내고 못 위에 대를 싸니
풍월(風月)* 연하(煙霞)*는 좌우로 오는고야
이 사이 한가히 앉아 늙는 줄을 모르리라   〈제3수〉

㉠집 뒤에 자차리 뜯고 문 앞에 맑은 샘 길어
기장밥 익게 짓고 산채갱* 므로* 삶아
조석에 풍미가 족함도 내 분인가 하노라   〈제5수〉

늙어 해올 일 없어 산중에 돌아오니
송국(松菊) 원학(猿鶴)이 다 나를 반기나다
아이야 술 가득 부어라 낙이망우(樂而忘憂)* 하리라   〈제10수〉

도원이 있다 하여도 예 듣고 못 봤더니
홍하*이 만동(滿洞)하니 이 진짓 거기로다   [A]
이 몸이 또 어떠하뇨 무릉인인가 하노라   〈제14수〉
                    – 김득연, 「산중잡곡」 –

*산채갱: 산나물로 만든 국.
*므로: 푹.
*홍하: 붉은 노을.

현대어 풀이

소나무 아래 길을 내고 못 위에 대를 쌓으니
바람과 달, 안개와 노을은 좌우로 오는구나
이 사이에 한가히 앉아 늙는 줄을 모르겠구나   〈제3수〉

집 뒤에서 산나물을 뜯고 문 앞에서 맑은 샘을 길어
기장밥을 익게 짓고 산나물로 만든 국을 푹 삶아
아침저녁 음식 맛이 족함도 내 분인가 하노라   〈제5수〉

늙어 할 일이 없어 산중에 돌아오니
소나무와 국화, 원숭이와 학이 다 나를 반기는구나
아이야 술을 가득 부어라 삶을 즐기고 근심을 잊으리라   〈제10수〉

무릉도원이 있다 해도 예전에 듣고 못 보았더니
붉은 노을이 골짜기에 가득하니 이곳이 진짜 거기로구나
이 몸은 또 어떠한가 무릉도원에 사는 사람인가 하노라   〈제14수〉

이것만은 챙기자

*풍월: 맑은 바람과 밝은 달.
*연하: 안개와 노을을 아울러 이르는 말.
*낙이망우: 삶을 즐기며 근심을 잊음.

화자와 대상의 관계	자연에 묻혀 살며 만족감을 느끼는 '나'
상황?	자연 속에서 한가롭게 지내며 자연과 동화됨 → 소박한 자신의 삶에 만족함 → 자연 속에서 술을 마시며 자신의 삶을 즐기려 함 → 경치를 보며 무릉도원을 연상함

(나)

별이(別異)실 외딴 마을 해는 어이 쉬 넘거니
봉당(封堂)*에 자리 보아 더새고* 가자꾸나
밤중(中)만 사립 밖에 긴 바람 일어나며
새끼 곰 큰 호랑(虎狼)이 목 갈아 우는 소리
산골에 울려 있어 기염(氣焰)도 흘난할샤*
칼 빼어 곁에 놓고 이 밤을 겨우 새워
앞내에 빠진 옷을 쥡짜서 손에 쥐고
ⓛ긴 별로(別路)* 돌아 달려가 벌불에 쬐어 입고
진(秦) 때의 숨은 백성 이제 와 보게 되면
도원이 여기보다 낫단 말 못하려니
천변(天邊)의 가려진 뫼 대관령 이었으니
위태코 높은 고개 촉도난*이 이렇던가
하늘에 돋은 별을 져기면 만질노다
망망대양이 그 앞에 둘러 있어
대지 산악을 일야*의 흔드는 듯
밑 없는 큰 구렁에 한없이 쌓인 물이
만고에 한결같이 영축*이 있었던가

– 권섭, 「영삼별곡」 –

[B]

*더새고: 밤을 지내고.
*기염도 흘난할샤: 기세가 어지럽구나.
*촉도난: 촉나라로 가는 험한 길의 어려움.
*영축: 가득 차는 것과 줄어드는 것.

별이실 외딴 마을 해는 어찌하여 쉬이 넘어가니
봉당에서 자리 보고 밤을 지내고 가자꾸나
밤중에 사립문 밖에 긴 바람이 일어나며
새끼 곰 큰 호랑이 목 갈아 우는 소리
산골에 울렸으니 기세가 어지럽구나
칼 빼어 곁에 놓고 이 밤을 겨우 새워
앞내에 빠진 옷을 쥐어짜서 손에 쥐고
다른 길로 돌아가며 벌불에 (옷을) 쬐어 입고
진나라 때 숨은 백성을 이제 와 보게 되면
무릉도원이 여기보다 낫다는 말은 못하려니
천변에 가려진 산 대관령에 이었으니
위험하고 높은 고개 촉나라로 가는 길이 이러할까
하늘에 돋은 별을 잘하면 만질 듯하다
망망대양이 그 앞에 둘러 있어
대지와 산악을 밤낮으로 흔드는 듯
밑 없는 큰 구렁에 한없이 쌓인 물이
만고에 한결같이 차고 줄어듦이 있었던가

*봉당: 안방과 건넌방 사이의 마루를 놓을 자리에 마루를 놓지 아니하고 흙바닥 그대로 둔 곳.
*별로: 딴 길.
*일야: 밤과 낮을 아울러 이르는 말.

화자와 대상의 관계	고개를 넘으며 자연 풍경에 감탄하는 사람
상황?	외딴 마을에서 밤을 지새움 → 길이 험한 대관령 고개를 넘음 → 망망대양을 바라보며 자연의 위대함에 감탄함

(다)

　정업원동은 창덕궁의 서쪽에 있는데, 숲과 골짜기가 깊숙한 데다가 그 골짜기로부터 시냇물이 흘러 내려와서 서늘하고 아름다운 운치를 갖고 있었다. 나는 일찍이 실록국에서 일하고 있어서 아침저녁으로 이곳을 지나게 되었다. 그러나 늘 직책에 얽매이다 보니 한 번도 조용히 찾아볼 수 없어서 한탄만 하였다. 그러던 중 하루는 유희경을 따라 금천교 위에 올라갔다가 그 다리 아래로 시냇물이 흐르고 그 시냇물 위로 무수히 떨어진 꽃잎들이 떠내려오는 것을 보고 기쁜 마음으로 이렇게 말했다.

　"아마 무릉도원이 여기서 멀지 않나 보군. 이 물을 따라 올라가면 만리장성의 노역을 면하기 위해 피난 왔다가 수백 년 동안 죽지도 않고 살아 있다는 그 진(秦)나라 사람도 만나 보겠군." 　[C]

　그러자 유희경이 살짝 웃으며 말했다.

　"이 물의 상류에 내가 살고 있네. 나는 그곳에 누대*를 지어 놓았는데 마침 복숭아꽃이 활짝 피었다네. 어젯밤에 비바람이 몹시 불더니 아마 오늘 그 꽃잎들이 많이 떨어졌나 보군. 공이 만일 가 보겠다면 내 마땅히 이곳의 주인으로서 기쁘게 맞이하겠네."

　나는 기쁜 마음으로 그를 따라갔다. 한 백 발자국 남짓 올라가자 오른쪽에 경치 좋은 곳이 있었다. 그곳이 바로 그가 사는 곳이었다. 흐르는 물이 맑고 찬데, 그 물가에 돌을 쌓아 누대를 지었다. 그 누대의 섬돌은 흐르는 물 위로 한 자 남짓 높게 쌓여 있었다. ⓒ그래서 물을 베고 있다는 뜻으로 '침류대'라는 이름을 붙인 것일까?

　이 누대의 아래 위에는 다른 꽃이라고는 없고 오직 복숭아 나무 수십 그루가 개울물의 좌우에 늘어서 있어서, 그 나무의 떨어지는 꽃들이 붉은 비가 되어 물 위로 떠내려갔다.

　그리고 이 개울은 한 폭의 비단을 펼쳐 놓은 듯 출렁출렁 춤을 추었다. 옛날 사람이 일컫는 무릉도원이라는 곳도 여기보다 낫지는 않을 듯하다. 　[D]

　당나라 사람 조영이 그의 시에서 '무릉도원의 멋을 저잣거리에서도 찾을 수 있다.'고 한 뜻을 이제야 알 것 같다. 나는 감탄하며 말했다.

　"ⓐ옛날 유신이라는 자는 천태산의 도원에 들어가서 신선을 만나 돌아오지 않았다고 하는데, 그대가 바로 유신 같은 사람이 아닌가? 나는 지금 다행스럽게도 이 신비스러운 경치를 보았으니 무릉도원을 찾아갔던 어부의 느낌이 나와 같았겠지.

내 이 물에 들어가서 이 물로 입을 가신다고 하여 방해될 것이 있겠는가?"

　우리는 서로 마주보며 한바탕 웃은 뒤에 물가에 자리를 펴고 앉았다. 졸졸 흐르는 물소리에 굳이 씻지 않아도 깨끗해졌다. ⓜ속세의 티끌 하나 묻어 있지 않은 곳이라서 온갖 잡념이 가시니, 정신과 기운이 저절로 맑아져서 바람이 불지 않아도 날아갈 듯하였다. 속세를 벗어난 경지가 참으로 이런 것인가?

– 이수광, 「침류대기」 –

이것만은 챙기자

＊**누대**: 누각과 대사와 같이 높은 건물.

1. (가)에 대한 설명으로 적절하지 <u>않은</u> 것은?

✅ 정답풀이

⑤ '아이야 술 가득 부어라'는 풍류적 지향과 정신적 수양 사이의 고뇌를
나타낸 것이다.

> '아이야 술 가득 부어라'는 자연에 묻혀 사는 삶에 대한 화자의 만족감과
> 더불어 풍류를 즐기려는 태도를 보여 주는 것일 뿐, 풍류적 지향과 정신적
> 수양 사이의 고뇌를 드러낸 것이라고 볼 수 없다.

❌ 오답풀이

① '풍월'과 '연하'는 화자가 느끼는 한가함의 정서와 조응이 되는 대상을
나타낸 것이다.
　　화자는 자연 속에서 '한가히 앉아' '풍월'과 '연하'가 '좌우로 오는' 것을 감상
하고 있다. 따라서 '풍월'과 '연하'는 화자가 느끼는 한가함의 정서와 조응되
는 대상이라고 볼 수 있다.

② '이 사이'와 '산중'은 화자가 현재 자연을 즐기는 공간을 나타낸
것이다.
　　'이 사이'는 화자가 '풍월'과 '연하'가 '좌우로 오는' 것을 보며 자연을 즐기는
공간이며, '산중'도 화자가 돌아와 머무르며 자연을 즐기는 공간을 나타낸다.

③ '늙는 줄을 모르리라'는 자연과 조화를 이룬 화자의 심정을 나타낸
것이다.
　　'풍월', '연하'와 같은 자연과 조화를 이룬 화자는 '이 사이 한가히 앉아' 있으
면 '늙는 줄을 모르리라'라며 자연 속에서의 삶이 평화롭고 만족스러워 시간
가는 줄 모른다는 심정을 나타내고 있다.

④ '기장밥 익게 짓고 산채갱 므로 삶아'는 소박한 삶을 살고 있음을
나타낸 것이다.
　　'기장밥'과 '산채갱'은 자연에서 얻은 재료로 만든 음식으로, 화자의 소박한
삶을 나타내는 것이라고 할 수 있다.

2. (가)와 (나)의 표현상의 특징으로 적절하지 <u>않은</u> 것은?

✅ 정답풀이

⑤ (가)와 (나)는 모두 음성 상징어를 활용하여 대상을 생동감 있게
묘사하고 있다.

> (가)의 '홍하이 만동하니 이 진짓 거기로다'와 (나)의 '믓ᄆᆞᆼ대양이 그 앞에
> 둘러 있어 / 대지 산악을 일야의 흔드는 듯' 등에서 생성한 자연의 정취나
> 분위기를 표현하고 있으나, 음성 상징어를 활용하여 대상을 묘사하고 있
> 지는 않다.

❌ 오답풀이

① (가)는 묻고 답하는 방식을 통해 시적 의미를 부각하고 있다.
　　(가)의 〈제14수〉 종장에서 화자는 '이 몸이 또 어떠하뇨'라고 질문을 던진
후, '무릉인인가 하노라'라고 답을 하고 있다. 즉, 묻고 답하는 방식을 통해
자연에서 살아가는 삶에 대한 만족감을 부각하고 있음을 알 수 있다.

② (나)는 공간의 이동에 따라 시상을 전개하고 있다.
　　(나)는 '외딴 마을', '고개' 등 공간의 이동에 따라 시상을 전개하고 있다.

③ (나)는 과장적 표현을 통해 주관적 인식을 드러내고 있다.
　　(나)의 '대지 산악을 일야의 흔드는 듯'은 과장적 표현을 통해 '믓ᄆᆞᆼ대양'이
'대지 산악'을 흔들 만큼 역동적이라는 화자의 주관적 인식을 효과적으로 드
러낸다.

④ (가)와 (나)는 모두 음보율을 사용하여 운율감을 드러내고 있다.
　　(가)의 '솔 아래∨길을 내고∨못 위에∨대를 싸니', (나)는 '봉당에∨자리 보아∨
더새고∨가자꾸나' 등에서 4음보의 율격을 사용하여 운율감을 드러내고 있
음을 알 수 있다.

🌱 기틀잡기

> ④ **음보율**: 시가를 읽을 때, 한 호흡 단위의 규칙적 배열로 형성되는 운율.
> ⑤ **음성 상징어**: 의성어와 의태어를 통틀어 이르는 말.
> 　[참고] **의성어**: 사람이나 사물의 소리를 흉내 낸 말.
> 　　　　　 **의태어**: 사람이나 사물의 모양이나 움직임을 흉내 낸 말.

학생들이 정답 외에 가장 많이 고른 선지는 ①번이다. (가)의 〈제14수〉 종장에 자문자답이 나타나 있지만, 많은 학생들이 이를 파악하지 못한 것으로 보인다.

〈제14수〉의 '이 몸이 또 어떠하뇨 무릉인인가 하노라'에서 화자는 자문자답을 활용하여 무릉도원과 같은 장소에서 살아가는 삶에 대한 만족감을 강조하고 있다. 이때 '-뇨'는 '해라할 자리에 쓰여, 의문을 나타내는 종결 어미'이므로, '이 몸이 또 어떠하뇨'를 질문하는 형식으로 판단해야 했다.

문학에서 표현상의 특징을 묻는 문제는 익숙한 문제 유형이지만, 최근 수능이나 모의평가에서 난도가 높게 출제되는 경향을 보이고 있다. 기출 문제를 통해 고전 문학에서 활용되는 빈출 어휘나 어미 등을 미리 파악해 둔다면 이러한 함정에 빠지지 않을 것이다.

정답률 분석

매력적 오답				정답
①	②	③	④	⑤
22%	3%	3%	4%	68%

| 외적 준거에 따른 작품 감상 | 정답률 ⑧⓪

3. 〈보기〉를 참고하여 [A]~[D]를 감상한 내용으로 적절하지 <u>않은</u> 것은? [3점]

> 〈보기〉
>
> 중국의 「도화원기」는 어부가 복숭아꽃이 만발한 숲속의 물길을 따라갔다가 수백 년 전 진(秦)나라 때 노역이나 난리를 피하여 온 사람들이 모여 사는 이상향인 무릉도원을 방문했다는 이야기를 담고 있다. 여기에 영향을 받은 우리 선조들은 무릉도원과 같은 이상향을 동경하다가 차츰 현실의 삶에서 무릉도원을 연상했다. 그래서 여행지나 일상적 생활 공간에서 만족감을 얻으면 무릉도원과 유사하다고 인식하기도 했다. 이러한 인식은 상상의 관념을 현실화하려는 욕망의 구현으로 볼 수 있다.

🔍 보기 분석

- 「도화원기」에 영향을 받은 선조들이 무릉도원(이상향)을 동경함
- 여행지나 일상적 생활 공간에서 만족감을 얻으면 무릉도원과 유사하다고 인식함
  - → 상상의 관념을 현실화하려는 욕망의 구현으로 볼 수 있음

✅ 정답풀이

② [B]는 일상적 생활 공간에서 벗어난 사람이 무릉도원보다 나은 새로운 이상향을 찾기 위해 애쓰는 모습을 부각하고 있군.

〈보기〉에 따르면 '중국의 「도화원기」'에 '영향을 받은 우리 선조들은 무릉도원과 같은 이상향을 동경하다가 차츰 현실의 삶에서 무릉도원을 연상'하였다. [B]에서 화자는 일상적 생활 공간을 벗어나 여행을 하다가 풍경을 보고 '도원이 여기보다 낫단 말 못하려니'라며 무릉도원을 연상하고 있다. 즉, [B]는 무릉도원보다 나은 새로운 이상향을 찾고 있는 것이 아니라, 무릉도원과 같은 풍경에 대한 만족감을 보여 주고 있는 것이다.

⊗ 오답풀이

① [A]는 자연의 아름다움과 관련지어 자신이 무릉도원에 산다는 사람들과 유사하다는 인식을 드러내고 있군.
[A]에서는 화자가 '홍하이 만동하니'를 통해 골짜기 안을 가득 채운 붉은 노을의 아름다움을 나타낸 뒤, 자신을 '무릉인(무릉도원에 산다는 사람)'이라고 표현하여 무릉도원에 산다는 사람들과 자신이 유사하다는 인식을 드러내고 있다.

③ [B]와 [C]는 모두 「도화원기」에 언급된 이상향에 모여 사는 사람들의 내용과 연결하여 자신의 생각을 드러내고 있군.
[B]의 '진 때의 숨은 백성 이제 와 보게 되면 / 도원이 여기보다 낫단 말 못하려니'와 [C]의 '수백 년 동안 죽지도 않고 살아 있다는 그 진나라 사람도 만나 보겠군.'은 모두 〈보기〉의 「도화원기」에 언급된 '진나라 때 노역이나 난리를 피하여 온 사람들이 모여 사는 이상향'인 '무릉도원'과 연결하여 자신이 경험한 자연 풍경에 대한 주관적인 생각을 드러낸 것이다.

④ [C]와 [D]는 모두 「도화원기」와 관련된 자연물이 있는 시냇물의 광경을 통해 무릉도원을 연상하고 있군.
(다)에서 글쓴이는 '다리 아래로 시냇물이 흐르고 그 시냇물 위로 무수히 떨어진 꽃잎들이 떠내려오는 것'을 보고 [C]에서 '아마 무릉도원이 여기서 멀지 않나 보군.'이라며 무릉도원을 연상하고 있고, [D]에서도 '개울물의 좌우에 늘어선 '복숭아 나무 수십 그루'에서 '떨어지는 꽃들이 붉은 비가 되어 물 위로 떠내려'가는 모습을 보고 '옛날 사람이 일컫는 무릉도원이라는 곳도 여기보다 낫지는 않을 듯'하다며 무릉도원을 연상하고 있다.

⑤ [B]는 여행지에서 체험한 풍경을, [D]는 특정한 인물의 생활 공간인 누대 주변의 풍경을 무릉도원과 비교하고 있군.
[B]에서는 여행지에서 체험한 풍경을 바탕으로 '도원이 여기보다 낫단말 못하려니'라며 무릉도원과 비교하고 있다. 또한, [D]에서도 유희경이 지내고 있는 침류대 주변 경관을 '옛날 사람이 일컫는 무릉도원이라는 곳도 여기보다 낫지는 않을 듯하다.'라며 무릉도원과 비교하고 있다.

4. (나)의 화자의 심리를 이해한 내용으로 가장 적절한 것은?

✅ 정답풀이

① 밤중에 짐승들의 울음소리를 듣고 불안감을 느꼈군.

> (나)의 화자는 '외딴 마을'에서 '새끼 곰 큰 호랑이 목 갈아 우는 소리'를 듣고 '칼 빼어 곁에 놓고 이 밤을 겨우 새'우고 있으므로 화자가 주변 짐승들의 울음소리에 불안감을 느꼈다고 볼 수 있다.

❌ 오답풀이

② 걸어가는 길이 평탄해서 먼 산을 바라보며 즐거워했군.
'위태코 높은 고개 촉도난이 이렇던가'를 통해 화자는 지금 매우 험하고 가파른 고갯길을 지나고 있음을 알 수 있다. 이는 화자가 겪는 여정의 고단함과 어려움을 드러낸 표현이다.

③ 인가에 머무르지 못해 야외에서 잠자리를 찾으며 탄식했군.
화자는 '별이실 외딴 마을'에 있는 '봉당'에서 밤을 지내게 되었다. 따라서 인가에 머무르지 못해 야외에서 잠자리를 찾으며 탄식하는 내용은 나타나 있지 않다.

④ 하늘의 별을 바라보며 부재하는 임에 대한 그리움을 느꼈군.
'하늘에 돋은 별을 져기면 만질노다'라며 밤하늘의 별이 가까이 있는 듯한 느낌을 받고 있다고 말하고 있을 뿐, 부재하는 임에 대한 그리움은 드러내고 있지 않다.

⑤ 높은 산들로 시야가 차단되어 바다를 보지 못하게 되자 아쉬워했군.
'망망대양이 그 앞에 둘러 있어 / 대지 산악을 일야의 흔드는 듯 / 밑 없는 큰 구령에 한없이 쌓인 물이 / 만고에 한결같이 영축이 있었던가'는 화자가 고개에 올라가 드넓은 바다를 바라보며 웅장한 자연을 감상하고 있음을 보여 준다. 따라서 높은 산들로 시야가 차단되어 바다를 보지 못하게 되었다는 것은 적절하지 않다.

5. ㉠~㉤에 대한 설명으로 적절하지 <u>않은</u> 것은?

> ㉠: 집 뒤에 자차리 뜯고 문 앞에 맑은 샘 길어
> ㉡: 긴 별로 돌아 달려가 벌불에 쬐어 입고
> ㉢: 그래서 물을 베고 있다는 뜻으로 '침류대'라는 이름을 붙인 것일까?
> ㉣: 옛날 유신이라는 자는 천태산의 도원에 들어가서 신선을 만나 돌아오지 않았다고 하는데, 그대가 바로 유신 같은 사람이 아닌가?
> ㉤: 속세의 티끌 하나 묻어 있지 않은 곳이라서 온갖 잡념이 가시니, 정신과 기운이 저절로 맑아져서 바람이 불지 않아도 날아갈 듯하였다.

✅ 정답풀이

④ ㉣: 은밀하게 혼자서만 경치를 즐기려는 태도에 문제를 제기하고 있다.

> (다)의 글쓴이는 ㉣에서 도원에 들어가서 신선을 만나 돌아오지 않았던 유신을 언급하며 무릉도원과 같은 공간에서 은일하는 유희경의 삶을 긍정적으로 평가하고 있으므로, 유희경의 태도에 문제를 제기한 것이 아니다. 또한, 유희경은 글쓴이에게 자신이 '이 물의 상류'에 살며, '그곳에 누대를 지어 놓았는데' '공이 만일 가 보겠다면 내 마땅히 이곳의 주인으로서 기쁘게 맞이하겠'다고 하였으므로 은밀하게 혼자서만 아름다운 경치를 즐기려는 태도를 가진 사람이라고 보기 어렵다.

❌ 오답풀이

① ㉠: 자신의 생활상을 구체적으로 제시하고 있다.
㉠을 통해 자연 속에서 살아가는 (가)의 화자가 자차리를 뜯고, 샘을 긷는 소박하고 구체적인 생활상을 제시하고 있다.

② ㉡: 냇물에 젖은 옷을 말리는 모습이 나타나 있다.
㉡을 통해 '앞내'에 빠져 젖은 옷을 '벌불'에 쬐어 말려 입는 (나)의 화자의 모습을 제시하고 있다.

③ ㉢: 누대가 놓인 형세를 토대로 누대의 이름을 붙인 이유를 짐작하고 있다.
㉢을 통해 (다)의 글쓴이가 '누대의 섬돌'이 '흐르는 물 위로 한 자 남짓 높게 쌓여 있'는 구조적 특징을 토대로 누대의 이름이 '침류대'로 붙어진 이유를 짐작하고 있음을 알 수 있다.

⑤ ㉤: 아름다운 경치에 몰입하여 느끼게 된 흥취를 표현하고 있다.
㉤에서 (다)의 글쓴이는 침류대의 맑은 물과 고요한 분위기 속에서 '온갖 잡념이 가시'고, '정신과 기운이 저절로 맑아'졌다고 하였다. 이는 주변의 아름다운 경치에 몰입하여 느끼게 된 흥취를 표현한 것이라고 할 수 있다.

고난도 선별 (상)
학력평가

문제 책 페이지	해설 책 페이지	SET	문제 번호 & 정답					
P.088	P.140	인문 ❶	1. ③	2. ⑤	3. ③	4. ⑤		
P.092	P.145	인문 ❷	1. ⑤	2. ④	3. ④	4. ④		
P.094	P.150	인문 ❸	1. ②	2. ⑤	3. ⑤	4. ④		
P.096	P.155	인문 ❹	1. ①	2. ①	3. ②	4. ②	5. ①	
P.100	P.161	인문 ❺	1. ③	2. ④	3. ④	4. ②	5. ③	

문제 책 페이지	해설 책 페이지	SET	문제 번호 & 정답					
P.104	P.168	사회 ❶	1. ⑤	2. ④	3. ⑤	4. ③		
P.106	P.173	사회 ❷	1. ③	2. ②	3. ⑤	4. ④		
P.108	P.178	사회 ❸	1. ⑤	2. ②	3. ⑤	4. ③		
P.110	P.183	사회 ❹	1. ③	2. ①	3. ⑤	4. ⑤	5. ①	
P.114	P.188	사회 ❺	1. ⑤	2. ③	3. ④	4. ①	5. ⑤	6. ⑤

문제 책 페이지	해설 책 페이지	SET	문제 번호 & 정답					
P.118	P.194	과학 ❶	1. ⑤	2. ②	3. ②	4. ⑤		
P.120	P.199	과학 ❷	1. ②	2. ①	3. ①	4. ⑤		
P.122	P.204	과학 ❸	1. ②	2. ②	3. ③	4. ⑤		
P.124	P.209	과학 ❹	1. ①	2. ②	3. ④	4. ④	5. ③	
P.128	P.215	과학 ❺	1. ④	2. ⑤	3. ④	4. ①	5. ②	

PART 2

독서

문제 책 페이지	해설 책 페이지	SET	문제 번호 & 정답				
P.132	P.220	기술 ❶	1. ③	2. ②	3. ⑤	4. ①	
P.134	P.225	기술 ❷	1. ⑤	2. ②	3. ②	4. ⑤	
P.136	P.230	기술 ❸	1. ②	2. ③	3. ①	4. ③	
P.138	P.234	기술 ❹	1. ②	2. ①	3. ④	4. ④	5. ①
P.142	P.239	기술 ❺	1. ③	2. ⑤	3. ④	4. ②	5. ③

문제 책 페이지	해설 책 페이지	SET	문제 번호 & 정답					
P.146	P.246	주제 복합 ❶	1. ②	2. ③	3. ③	4. ②	5. ⑤	6. ①
P.150	P.255	주제 복합 ❷	1. ①	2. ④	3. ①	4. ①	5. ④	6. ⑤
P.154	P.262	주제 복합 ❸	1. ⑤	2. ①	3. ②	4. ③	5. ⑤	6. ①
P.158	P.269	주제 복합 ❹	1. ①	2. ②	3. ④	4. ①	5. ①	6. ②
P.162	P.275	주제 복합 ❺	1. ②	2. ①	3. ①	4. ②	5. ①	

[1~4] 다음 글을 읽고 물음에 답하시오.

✎ 사고의 흐름

1 [1]철학자 그레이엄 하먼은 인간이 사물의 모든 것을 파악하고 이해할 수 있다고 보는 인간 중심주의 철학을 비판하며, 인간과 사물 나아가 모든 존재가 동등하다는 객체 지향 존재론을 주장한다. '인간 중심주의 철학'을 비판하는 하먼의 '객체 지향 존재론'이 화제임을 알 수 있어.

2 [2]하먼은 어떤 점에서 모든 존재가 동등하다고 보았을까? [3]그는 이를 설명하기 위해 먼저 인간 중심주의 철학에서 바라보는 인간과 사물의 관계를 지적한다. [4]하먼 이전 인간 중심주의 철학은 인간이 주체로서 사물의 모든 것을 파악할 수 있다고 여겼다. [5]즉 인간이 사물을 어떤 기본적인 요소로 구성되어 있다고 분석하거나, 어떤 사물이 다른 사물이나 인간에게 어떤 영향을 미치는지 밝히면 그 사물의 본질을 모두 파악할 수 있다고 여겼다. '인간 중심주의 철학'에서는 인간을 세상의 모든 사물의 본질을 파악하고 이해할 수 있는 능력을 지닌 존재로 인식한다고 해. [6]하지만 하먼은 이러한 관점들은 인간이 사물을 인간에게 필요한 도구로 바라볼 뿐 객체 그 자체로 다루지 못한다고 비판한다. 하먼은 객체를 그 자체로 다루지 못한다는 점에서 '인간 중심주의 철학'을 비판하는 거야.

'하지만'이 나오면 앞에서 언급한 주장과 대비되는 주장이 제시될 가능성이 높아.

3 [7]하먼에 의하면 사물은 인간이 그 본질을 결정하는 대상이 아니라 독립적이고 자율적인 존재로서의 객체이다. '사물'에 대한 하먼의 견해가 구체적으로 드러나고 있는 부분이야. [8]즉 객체는 다른 존재에게 파악되지 않도록 ①'물러나는' 측면과 다른 존재에게 분석된 구성 요소 이상의 다른 무언가로 스스로 ②'드러나는' 측면을 동시에 가지고 있다. [9]그래서 인간이 사물을 자신과 맺는 사물의 가치나 성격으로 일반화하려고 할 때 객체는 스스로 일반화되지 않고, 사물은 독립적이고 자율적인 존재로서의 객체이니까! 동시에 인간이 어떤 구성 요소로 사물을 분석하려고 할 때 그 구성 요소만으로 환원*되지 않는다. [10]결국 ㉠인간은 객체의 모든 것을 파악할 수 없다. 객체는 다른 존재에게 파악되지 않도록 물러나는 측면을 갖고 있기 때문이야.

4 [11]또한 그는 인간 역시 객체이며, 독립적이고 자율적인 존재라고 말한다. 하먼은 인간도 객체로 간주하고 있네. [12]그에 의하면 인간 역시 '물러나는' 측면과 '드러나는' 측면이 있어 그 누구에게도 어떤 상위 개념으로 일반화되지 않고, 형태, 색깔, 크기 등으로 환원되지 않는다. 인간 또한 객체로 간주하고 있으니까 객체가 지니는 두 가지 측면을 지니고 있음을 알 수 있어. [13]이러한 객체에 대한 하먼의 입장은 허구적이고 비실재적인 것까지도 이어져, 세상의 모든 존재가 다른 객체에게 완전히 파악될 수 없는 동등한 존재라는 주장으로 확장된 것이다. 현실에 존재하는 사물뿐만 아니라 허구적이고 비실재적인 것까지도 객체로 간주했다고 해.

추가적인 정보가 나열되고 있어!

5 [14]객체가 완전히 파악될 수 없는 존재라면 우리는 객체의 존재를 어떻게 확인할 수 있을까? [15]하먼은 객체는 객체가 발산하는 정보나 담고 있는 특질*인 성질을 가지며, 성질이 없는 객체나 객체가 없는 성질은 존재할 수 없다고 보았다. 객체와 성질은 서로 뗄 수 없는 관계군. [16]그래서 그는 우리가 감각을 통해 우리 바깥에 있는 객체의 존재와 성질을 지각할 수 있다고 말한다. [17]하지만 어떤 객체는 우리가 결코 직접 접촉할 수 없기도 하며, 어떤 객체는 그 존재가 감각으로 지각될 수 있어도 그 객체의 성질은 결코 우리가 접촉할 수 없기도 하다고 말한다. ① 감각을 통해 객체의 존재, 성질 지각 가능, ② 어떤 객체는 직접 접촉 불가능, ③ 어떤 객체는 존재 지각 O, 성질 접촉 × [18]그는 이러한 객체와 성질의 관계에 따라 객체를 감각 객체와 실재 객체로, 성질을 감각 성질과 실재 성질로 구분한다. '객체'의 두 종류: ① 감각 객체, ② 실재 객체 / '성질'의 두 종류: ① 감각 성질, ② 실재 성질

6 [19]먼저 감각 객체는 관찰자가 감각을 통해 지각하는 것이 가능한 객체이고, 실재 객체는 관찰자가 감각을 통해 지각할 수 없는 객체이다. '감각 객체'와 '실재 객체'의 개념에 대해 잘 알아 두자. [20]이때 관찰자의 감각에는 인간의 오감만이 아니라 동물의 감각은 물론 측정 기기에 의한 측정 등도 포함될 수 있다. 관찰자의 감각: ① 인간의 오감, ② 동물의 감각, ③ 측정 기기에 의한 측정 [21]가령 숲에 있는 나무를 어떤 한 관찰자가 보거나 관측했다면 이 관찰자에게 나무는 감각 객체이며, 어떤 관찰자도 이 나무를 보거나 관측하지 못했다면 이는 실재하지만 관측되지 않은 실재 객체이다.

예를 들어 설명하는 부분을 통해 개념을 정확하게 이해하자.

7 [22]다음으로 객체는 감각 성질과 실재 성질을 가지는데, 감각 성질은 객체의 성질 가운데 관찰자의 감각을 통해 지각할 수 있는 성질, 즉 형태, 색깔, 크기 등과 같은 것이다. [23]반면 실재 성질은 그 객체가 발산하는 정보나 담고 있는 특질이지만 관찰자가 감각을 통해 지각할 수 없어 직접적으로 파악할 수 없는 성질이다. 관찰자의 감각을 통해 지각할 수 있는지에 따라 객체의 성질을 '감각 성질', '실재 성질'로 구분할 수 있구나. [24]가령 관찰자가 감각을 통해 지각한 나뭇잎의 푸른색은 감각 성질이며, 나뭇잎이 떨어지는 순간 이를 지각할 수 없는 지구 반대편의 관찰자에게 이 나뭇잎의 운동량은 실재 성질이다.

감각 성질과 대비되는 실재 성질의 특징이 제시되겠군.

8 [25]결국 하먼에 의하면 모든 객체는 드러나는 측면과 동시에 물러나는 측면이 있기 때문에 어떤 관찰자도 객체의 모든 정보를 완전히 파악하기 어렵다. [26]즉 우리는 객체의 일부만을 확인할 수밖에 없다. 우리는 객체를 완전히 파악할 수 없고, 객체의 일부만을 확인할 수 있다고 해. [27]하지만 하먼은 그것이 인간 중심주의 철학에 의해 도구로 전락*했던 모든 객체가 비로소 객체 그 자체로서 철학적 사유의 한가운데에 자리 잡을 이유라고 역설한다. 하먼은 객체의 모든 정보를 완전히 파악하기 어렵다는 점이 오히려 모든 객체를 그 자체로서 철학적으로 깊이 사유해야 할 이유가 된다고 주장했군.

> ### 이것만은 챙기자
>
> *환원: 본디의 상태로 다시 돌아감. 또는 그렇게 되게 함.
> *특질: 특별한 기질이나 성질.
> *전락: 나쁜 상태나 타락한 상태에 빠짐.

만점 선배의 구조도 예시

인간 중심주의 철학 : 인간이 주체로서 사물의 모든 것 파악 가능

↑ 비판 : 인간은 사물을 도구로만 바라볼 뿐 객체 그 자체로 다루지 X

하먼의 객체 지향 존재론 : 모든 존재가 동등함

· 사물 : 독립적 · 자율적 객체 (인간이 본질 결정 X)

　　　1. '물러나는' 측면　　2. '드러나는' 측면

· 객체는 스스로 일반화되지 X —왜?→ 객체(사물)는 독립적 · 자율적 존재

· 인간 역시 객체 → 독립적 · 자율적 존재

　∴ '물러나는' 측면 O, '드러나는' 측면 O, 일반화 X

· 하먼은 허구적 · 비실재적인 것도 객체로 간주

Q. 우리는 객체의 존재는 어떻게 확인할 수 있는가?

A. 감각을 통해 객체의 존재나 성질 지각 가능
　　　but. 지각할 수 없는 것들도 존재

＊감각 ┌ 감각 객체 : 지각 가능　　＊성질 ┌ 감각 성질 : 지각 가능
　│　 └ 실재객체 : 지각 불가능　　　　 └ 실재 성질 : 지각 불가능
　↓
동물의 감각 · 측정 기기의 측정 포함

⇒ 결국, 우리는 객체를 완전히 파악할 수 없고
　　객체의 일부만 확인할 수밖에 없음

---

1. 객체 지향 존재론 에 대한 설명으로 적절하지 <u>않은</u> 것은?

⊘ 정답풀이

③ 객체 가운데 성질이 없는 경우도 존재할 수 있다고 본다.

> 근거: ⑤ [15]하먼은 객체는 객체가 발산하는 정보나 담고 있는 특질인 성질을 가지며, 성질이 없는 객체나 객체가 없는 성질은 존재할 수 없다고 보았다.

⊗ 오답풀이

① 허구적이고 비실재적인 것도 객체로 본다.

　근거: ④ [13]이러한 객체에 대한 하먼의 입장은 허구적이고 비실재적인 것까지도 이어져, 세상의 모든 존재가 다른 객체에게 완전히 파악될 수 없는 동등한 존재라는 주장으로 확장된 것이다.

　하먼의 입장은 허구적이고 비실재적인 것까지도 이어져, 세상의 모든 존재가 다른 객체에게 완전히 파악될 수 없는 동등한 존재라는 주장으로 확장되었음을 알 수 있으므로, 허구적이고 비실재적인 것도 객체로 본다고 할 수 있다.

② 객체를 독립적이고 자율적인 존재로 본다.

　근거: ③ [7]하먼에 의하면 사물은 인간이 그 본질을 결정하는 대상이 아니라 독립적이고 자율적인 존재로서의 객체이다. + ④ [11]또한 그는 인간 역시 객체이며, 독립적이고 자율적인 존재라고 말한다.

④ 객체가 발산하는 정보나 담고 있는 특질을 성질이라고 본다.

　근거: ⑤ [15]하먼은 객체는 객체가 발산하는 정보나 담고 있는 특질인 성질을 가지며, 성질이 없는 객체나 객체가 없는 성질은 존재할 수 없다고 보았다.

⑤ 인간 중심주의 철학은 객체를 그 자체로 다루지 못한다고 본다.

　근거: ② [4]하먼 이전 인간 중심주의 철학은 인간이 주체로서 사물의 모든 것을 파악할 수 있다고 여겼다. [6]하지만 하먼은 이러한 관점들은 인간이 사물을 인간에게 필요한 도구로 바라볼 뿐 객체 그 자체로 다루지 못한다고 비판한다.

2. 윗글의 '하먼'과 '인간 중심주의 철학'의 입장에서 〈보기〉의 ㄱ∼ㄹ에 대해 판단한 것으로 가장 적절한 것은?

〈보기〉

ㄱ. 만물을 구성하는 물질을 더 이상 분해가 불가능한 미립자로 나눈 뒤 그 입자를 분석하면 만물의 근원을 이해할 수 있다.

ㄴ. 인간의 입장에서 생산되고 전파되던 과학 지식을 재정립하기 위해서는 전동차와 같은 사물도 인간과 동등한 존재로 바라보아야 한다.

ㄷ. 식물은 동물을 위해, 동물은 인간을 위해 존재한다. 인간과 다른 동물의 차이점은 인간만이 선과 악, 옳고 그름을 인식할 수 있다는 것이다.

ㄹ. 한 자루의 종이칼과 같은 사물은 그것을 만든 사람의 목적에 따라 만들어진 것이므로 사물의 본질은 사람의 구상에 따라 이미 결정되어 있다.

✓ 정답풀이

⑤ 하먼은 ㄹ에 동의하지 않고 ㄴ에 동의하겠군.

근거: **1** [1]철학자 그레이엄 하먼은 인간이 사물의 모든 것을 파악하고 이해할 수 있다고 보는 인간 중심주의 철학을 비판하며, 인간과 사물, 나아가 모든 존재가 동등하다는 객체 지향 존재론을 주장한다. + **3** [7]하먼에 의하면 사물은 인간이 그 본질을 결정하는 대상이 아니라 독립적이고 자율적인 존재로서의 객체이다.
하먼은 인간과 사물, 나아가 모든 존재가 동등하다고 주장했으므로 사물도 인간과 동등한 존재로 바라보아야 한다는 ㄴ에 동의할 것이다. 한편 사물은 인간이 그 본질을 결정하는 대상이 아니라 독립적이고 자율적인 존재로서의 객체라고 보았으므로, 사물의 본질이 사람의 구상에 따라 이미 결정되어 있다는 ㄹ에 동의하지 않을 것이다.

✗ 오답풀이

① 인간 중심주의 철학은 ㄱ과 ㄷ에 동의하지 않겠군.

근거: **2** [4]하먼 이전 인간 중심주의 철학은 인간이 주체로서 사물의 모든 것을 파악할 수 있다고 여겼다. [5]즉 인간이 사물을 어떤 기본적인 요소로 구성되어 있다고 분석하거나, 어떤 사물이 다른 사물이나 인간에게 어떤 영향을 미치는지 밝히면 그 사물의 본질을 모두 파악할 수 있다고 여겼다. [6]하지만 하먼은 이러한 관점들은 인간이 사물을 인간에게 필요한 도구로 바라볼 뿐 객체 그 자체로 다루지 못한다고 비판한다.
인간 중심주의 철학은 인간이 사물을 어떤 기본적인 요소로 구성되어 있다고 분석하면 그 사물의 본질을 모두 파악할 수 있다고 여겼으므로, 만물을 구성하는 물질을 미립자로 나눈 뒤 그 입자를 분석하면 만물의 근원을 이해할 수 있다고 본 ㄱ에 동의할 것이다. 또한 동물을 인간을 위한 도구로써의 존재로 여기는 ㄷ에도 동의할 것이다.

② 인간 중심주의 철학은 ㄴ과 ㄹ에 동의하지 않겠군.

근거: **2** [4]하먼 이전 인간 중심주의 철학은 인간이 주체로서 사물의 모든 것을 파악할 수 있다고 여겼다. [5]즉 인간이 사물을 어떤 기본적인 요소로 구성되어 있다고 분석하거나, 어떤 사물이 다른 사물이나 인간에게 어떤 영향을 미치는지 밝히면 그 사물의 본질을 모두 파악할 수 있다고 여겼다. [6]하지만 하먼은 이러한 관점들은 인간이 사물을 인간에게 필요한 도구로 바라볼 뿐 객체 그 자체로 다루지 못한다고 비판한다.
인간 중심주의 철학은 인간이 주체로서 사물의 모든 것을 파악할 수 있다고 여기며 사물을 인간에게 필요한 도구로만 바라보므로, 사물도 인간과 동등한 존재로 바라보아야 한다는 ㄴ에는 동의하지 않을 것이다. 한편, 사물의 본질이 그 사물을 만든 사람의 구상에 따라 결정된다고 보는 ㄹ에는 동의할 것이다.

③ 하먼은 ㄴ에 동의하지 않고 ㄷ에 동의하겠군.

근거: **1** [1]철학자 그레이엄 하먼은 인간이 사물의 모든 것을 파악하고 이해할 수 있다고 보는 인간 중심주의 철학을 비판하며, 인간과 사물, 나아가 모든 존재가 동등하다는 객체 지향 존재론을 주장한다. + **3** [9]그래서 인간이 사물을 자신과 맺는 사물의 가치나 성격으로 일반화하려고 할 때 객체는 스스로 일반화되지 않고, 동시에 인간이 어떤 구성 요소로 사물을 분석하려고 할 때 그 구성 요소만으로 환원되지 않는다. + **4** [11]또한 그는 인간 역시 객체이며, 독립적이고 자율적인 존재라고 말한다. [12]그에 의하면 인간 역시 '물러나는' 측면과 '드러나는' 측면이 있어 그 누구에게도 어떤 상위 개념으로 일반화되지 않고, 형태, 색깔, 크기 등으로 환원되지 않는다.
하먼은 인간과 사물, 나아가 모든 존재가 동등하다고 주장했으므로 사물도 인간과 동등한 존재로 바라보아야 한다는 ㄴ에 동의할 것이다. 또한 인간이 사물을 자신과 맺는 사물의 가치나 성격으로 일반화하려고 할 때 객체는 스스로 일반화되지 않으며, 역시 객체인 인간도 그 누구에게도 어떤 상위 개념으로 일반화되지 않는다고 보므로, 식물, 동물, 인간 간 위계 구조를 설정하고 인간을 존재론적·도덕적 측면 모두에서 상위에 두는 ㄷ에 동의하지 않을 것이다.

④ 하먼은 ㄷ에 동의하지 않고 ㄱ에 동의하겠군.

근거: **3** [7]하먼에 의하면 사물은 인간이 그 본질을 결정하는 대상이 아니라 독립적이고 자율적인 존재로서의 객체이다. [9]그래서 인간이 사물을 자신과 맺는 사물의 가치나 성격으로 일반화하려고 할 때 객체는 스스로 일반화되지 않고, 동시에 인간이 어떤 구성 요소로 사물을 분석하려고 할 때 그 구성 요소만으로 환원되지 않는다. [10]결국 인간은 객체의 모든 것을 파악할 수 없다. + **4** [11]또한 그는 인간 역시 객체이며, 독립적이고 자율적인 존재라고 말한다. [12]그에 의하면 인간 역시 '물러나는' 측면과 '드러나는' 측면이 있어 그 누구에게도 어떤 상위 개념으로 일반화되지 않고, 형태, 색깔, 크기 등으로 환원되지 않는다.
하먼은 사물은 인간이 그 본질을 결정하는 대상이 아니며, 인간이 어떤 구성 요소로 사물을 분석하려고 할 때 그 구성 요소만으로 환원되지 않으므로 인간은 객체의 모든 것을 파악할 수 없다고 본다. 따라서 ㄱ에 동의하지 않을 것이다. 또한 인간이 사물을 자신과 맺는 사물의 가치나 성격으로 일반화하려고 할 때 객체는 스스로 일반화되지 않으며, 역시 객체인 인간도 그 누구에게도 어떤 상위 개념으로 일반화되지 않는다고 보므로, 식물, 동물, 인간 간에 위계 구조를 설정하고 인간을 존재론적·도덕적 측면 모두에서 상위에 두는 ㄷ에 동의하지 않을 것이다.

3. 윗글을 읽은 학생이 '하먼'의 입장에서 〈보기〉에 대해 보인 반응으로 적절하지 <u>않은</u> 것은? [3점]

〈보기〉

[자료 1]

	[1]천왕성은 1781년에 윌리엄 허셜이 망원경으로 처음 관측했다. [2]그는 처음 관측한 시점에는 천왕성이 단순히 혜성이라고 생각했지만, 이후 꾸준한 관측 결과 태양을 중심으로 공전한다는 것을 확인하였다. [3]약 200년 뒤 관측선 보이저 2호는 천왕성에 가까이 다가가 사진을 찍어 지구의 천문학자들에게 보냈다. [4]그 사진을 본 지구의 천문학자들은 천왕성의 옅은 초록색과 수많은 위성의 모습을 확인할 수 있었다.

[자료 2]

	[1]그림 삽화가 A 씨는 출판사에서 삽화를 그리는 일을 하고 있다. [2]그의 출판사 동료들은 A 씨가 빠른 손놀림으로 그림을 완성하는 것을 보고 그의 실력과 그림을 칭찬했다. [3]하지만 그는 그림보다 영화 제작에 대한 관심이 많아서 퇴근 후에 영화 시나리오를 썼다. [4]A 씨의 이러한 관심을 출판사 동료들은 아무도 모르고 있다.

✔ 정답풀이

③ [자료 1]의 '천왕성'과 [자료 2]의 'A 씨'의 '영화 시나리오'는 각각 '보이저 2호'와 '출판사 동료들'에게 실재 객체이겠군.

> 근거: ⑥ [19]먼저 감각 객체는 관찰자가 감각을 통해 지각하는 것이 가능한 객체이고, 실재 객체는 관찰자가 감각을 통해 지각할 수 없는 객체이다. [20]이때 관찰자의 감각에는 인간의 오감만이 아니라 동물의 감각은 물론 측정 기기에 의한 측정 등도 포함될 수 있다. + 〈보기〉 [자료 1] [3]약 200년 뒤 관측선 보이저 2호는 천왕성에 가까이 다가가 사진을 찍어 지구의 천문학자들에게 보냈다. [4]그 사진을 본 지구의 천문학자들은 천왕성의 옅은 초록색과 수많은 위성의 모습을 확인할 수 있었다. [자료 2] [3]하지만 그는 그림보다 영화 제작에 대한 관심이 많아서 퇴근 후에 영화 시나리오를 썼다. [4]A 씨의 이러한 관심을 출판사 동료들은 아무도 모르고 있다.
>
> [자료 2]에서 A 씨가 퇴근 후에 써낸 영화 시나리오는 실재하는 대상이지만, 그에 대해 출판사 동료들은 아무도 모르고 있으므로 출판사 동료들에게 있어서는 실재 객체에 해당한다고 볼 수 있다. 그러나 [자료 1]에서 보이저 2호라는 측정 기기는 천왕성에 가까이 다가가 사진을 찍음으로써 관측한 대상의 모습을 사진으로 구현했으므로, 보이저 2호에게 있어 천왕성은 실재 객체가 아닌 감각 객체에 해당한다.

⊗ 오답풀이

① [자료 1]에서 '허셜'이 관측한 '천왕성'은 감각 객체이겠군.

> 근거: ⑥ [19]먼저 감각 객체는 관찰자가 감각을 통해 지각하는 것이 가능한 객체 + 〈보기〉 [자료 1] [1]천왕성은 1781년에 윌리엄 허셜이 망원경으로 처음 관측했다.
>
> [자료 1]에서 윌리엄 허셜이 망원경으로 관측하는 것이 가능했다는 것은, 곧 감각을 통한 지각이 가능했다는 것을 의미하므로 허셜이 관측한 천왕성은 감각 객체에 해당한다고 볼 수 있다.

② [자료 2]의 'A 씨'의 '영화 제작에 대한 관심'은 '출판사 동료들'에게 실재 성질이겠군.

> 근거: ⑦ [23]반면 실재 성질은 그 객체가 발산하는 정보나 담고 있는 특질이지만 관찰자가 감각을 통해 지각할 수 없어 직접적으로 파악할 수 없는 성질이다. + 〈보기〉 [자료 2] [3]하지만 그는 그림보다 영화 제작에 대한 관심이 많아서 퇴근 후에 영화 시나리오를 썼다. [4]A 씨의 이러한 관심을 출판사 동료들은 아무도 모르고 있다.
>
> [자료 2]에서 A 씨가 영화 제작에 대해 가지고 있는 관심은 퇴근 후에 영화 시나리오를 쓰는 행위를 통해 드러나는 정보이자 A 씨가 가지고 있는 특질이지만, 이에 대해 출판사 동료들은 아무도 모르고 있으므로 감각을 통해 지각할 수 없는 실재 성질에 해당한다고 볼 수 있다.

④ [자료 1]의 '천왕성'의 '옅은 초록색'과 [자료 2]의 'A 씨'의 '빠른 손놀림'은 각각 '보이저 2호'와 '출판사 동료들'에게 감각 성질이겠군.

> 근거: ⑦ [22]감각 성질은 객체의 성질 가운데 관찰자의 감각을 통해 지각할 수 있는 성질, 즉 형태, 색깔, 크기 등과 같은 것이다. + 〈보기〉 [자료 1] [3]약 200년 뒤 관측선 보이저 2호는 천왕성에 가까이 다가가 사진을 찍어 지구의 천문학자들에게 보냈다. [4]그 사진을 본 지구의 천문학자들은 천왕성의 옅은 초록색과 수많은 위성의 모습을 확인할 수 있었다. [자료 2] [2]그의 출판사 동료들은 A 씨가 빠른 손놀림으로 그림을 완성하는 것을 보고 그의 실력과 그림을 칭찬했다.
>
> [자료 1]에서 보이저 2호가 관측하여 사진을 찍은 천왕성의 옅은 초록색과 [자료 2]에서 출판사 동료들이 확인한 A 씨의 빠른 손놀림은 모두 감각을 통해 지각할 수 있는 성질에 해당하므로 감각 성질에 해당한다고 볼 수 있다.

⑤ [자료 1]의 '보이저 2호'가 찍은 '사진'과 [자료 2]에서 'A 씨'가 그린 '그림'은 각각 '지구의 천문학자들'과 '출판사 동료들'에게 감각 객체이겠군.

> 근거: ⑥ [19]먼저 감각 객체는 관찰자가 감각을 통해 지각하는 것이 가능한 객체 + 〈보기〉 [자료 1] [3]약 200년 뒤 관측선 보이저 2호는 천왕성에 가까이 다가가 사진을 찍어 지구의 천문학자들에게 보냈다. [4]그 사진을 본 지구의 천문학자들은 천왕성의 옅은 초록색과 수많은 위성의 모습을 확인할 수 있었다. [자료 2] [2]그의 출판사 동료들은 A 씨가 빠른 손놀림으로 그림을 완성하는 것을 보고 그의 실력과 그림을 칭찬했다.
>
> [자료 1]에서 지구의 천문학자들은 보이저 2호가 찍은 사진을 시각적으로 지각하여 천왕성의 옅은 초록색과 수많은 위성의 모습을 확인했고, [자료 2]에서 출판사 동료들은 A 씨가 완성한 그림을 시각적으로 지각하여 A 씨의 실력과 그림을 칭찬했으므로, 보이저 2호가 찍은 사진과 A 씨가 그린 그림은 지구의 천문학자들과 출판사 동료들에게 있어 각각 감각 객체에 해당한다고 볼 수 있다.

4. 윗글을 읽은 학생이 ㉠을 이해한 내용으로 가장 적절한 것은?

> ㉠: 인간은 객체의 모든 것을 파악할 수 없다.

✔ 정답풀이

⑤ 모든 존재가 다른 존재에게 파악되지 않도록 물러나는 측면을 갖고 있기 때문이겠군.

> 근거: **3** [8]즉 객체는 다른 존재에게 파악되지 않도록 '물러나는' 측면과 다른 존재에게 분석된 구성 요소 이상의 다른 무언가로 스스로 '드러나는' 측면을 동시에 가지고 있다.
> 객체는 다른 존재에게 파악되지 않도록 '물러나는' 측면과 다른 존재에게 분석된 구성 요소 이상의 다른 무언가로 스스로 '드러나는' 측면을 동시에 가지고 있다. 따라서 ㉠은 객체로서의 모든 존재가 다른 존재에게 파악되지 않도록 '물러나는' 측면을 가진다는 점에서 인간이라는 특정 존재가 객체의 모든 것을 파악할 수 없다는 의미로 이해할 수 있다.

✘ 오답풀이

① 인간이 모든 객체에 의해 도구로 전락했기 때문이겠군.

근거: **4** [11]또한 그(하먼)는 인간 역시 객체이며, 독립적이고 자율적인 존재라고 말한다.

㉠을 주장한 하먼은 인간 역시 객체라고 보았으므로, 인간이 모든 객체에 의해 도구로 전락했다고 보지는 않을 것이다.

② 인간이 주체로서 객체의 본질을 결정할 수 있는 대상으로 바라보기 때문이겠군.

근거: **3** [7]하먼에 의하면 사물은 인간이 그 본질을 결정하는 대상이 아니라 독립적이고 자율적인 존재로서의 객체이다. + **4** [11]또한 그는 인간 역시 객체이며, 독립적이고 자율적인 존재라고 말한다.

㉠을 주장한 하먼은 인간을 사물의 본질을 결정하는 대상이라고 보지 않으며, 인간 역시 객체라고 본다.

③ 모든 존재가 다른 존재가 가진 가치와 성격을 일반화하여 왜곡하기 때문이겠군.

근거: **3** [8]즉 객체는 다른 존재에게 파악되지 않도록 '물러나는' 측면과 다른 존재에게 분석된 구성 요소 이상의 다른 무언가로 스스로 '드러나는' 측면을 동시에 가지고 있다. [9]그래서 인간이 사물을 자신과 맺는 사물의 가치나 성격으로 일반화하려고 할 때 객체는 스스로 일반화되지 않고, 동시에 인간이 어떤 구성 요소로 사물을 분석하려고 할 때 그 구성 요소만으로 환원되지 않는다.

㉠을 주장한 하먼은 객체의 '물러나는' 측면과 '드러나는' 측면 때문에 인간이 사물을 자신과 맺는 사물의 가치나 성격으로 일반화하려고 할 때 객체는 스스로 일반화되지 않고, 동시에 인간이 어떤 구성 요소로 사물을 분석하려고 할 때 그 구성 요소만으로 환원되지 않는다고 본다. 따라서 모든 존재가 다른 존재가 가진 가치와 성격을 일반화하여 왜곡하려 한다 해도 객체가 스스로 일반화되지는 않는다.

④ 인간이 사물을 상위 개념으로 일반화해 사물이 구성 요소로 환원되기 때문이겠군.

근거: **3** [8]즉 객체는 다른 존재에게 파악되지 않도록 '물러나는' 측면과 다른 존재에게 분석된 구성 요소 이상의 다른 무언가로 스스로 '드러나는' 측면을 동시에 가지고 있다. [9]그래서 인간이 사물을 자신과 맺는 사물의 가치나 성격으로 일반화하려고 할 때 객체는 스스로 일반화되지 않고, 동시에 인간이 어떤 구성 요소로 사물을 분석하려고 할 때 그 구성 요소만으로 환원되지 않는다.

㉠을 주장한 하먼은 객체의 '물러나는' 측면과 '드러나는' 측면 때문에 인간이 사물을 자신과 맺는 사물의 가치나 성격으로 일반화하려고 할 때 객체는 스스로 일반화되지 않고, 동시에 인간이 어떤 구성 요소로 사물을 분석하려고 할 때 그 구성 요소만으로 환원되지 않는다고 본다. 따라서 하먼의 관점에서 인간이 사물을 상위 개념으로 일반화해 사물이 구성 요소로 환원된다고 보기는 어렵다.

사고의 흐름

[1~4] 다음 글을 읽고 물음에 답하시오.

1 ¹명(名)과 실(實), 즉 이름과 실재의 상관관계를 다루는 명실(名實)의 문제는 정치, 윤리적인 차원에서만 다루어지다가 전국시대 중엽 이후에 하나의 독립적인 영역을 가진 철학적 주제로 정립되었다. ²이 시기에 이렇게 명실 문제를 전문적으로 다룬 대표적인 사상가와 학파가 공손룡과 후기 묵가(墨家)로, 이들 사이에서는 철학적 논쟁의 국면이 펼쳐졌다. *'명(이름)'과 '실(실재)'의 관계에 대한 명실 문제의 배경을 설명하며 화제로 제시하고 있어. 공손룡과 후기 묵가 간의 논쟁이 있었다는 것으로 보아 둘의 입장 차이가 나타날 거야.*

2 ³명가(名家) 사상가인 공손룡은 '실'이 '물(物)*'로부터 파생된 것이라고 하였다. ⁴이때 '물'은 아직 분화되지 않은 상태의 천지 만물을 뜻한다. ⁵'실'은 '물'에서 분화된 각각의 개체이고, 이를 지시하는 역할을 하는 것이 '명'이다. *공손룡이 보는 '물'과 '실'의 관계와 '명'의 역할도 함께 제시하고 있어.* ⁶인간이 붙이는 '명'은, 인간과 무관하게 분화되어 있는 '실'들 사이의 다름을 인간의 입장에서 구별하여 확정하고, 인간이 사상과 감정을 주고받게 하는 역할을 한다. *'명'의 특징과 역할이 구체화되고 있네. '명'은 인간이 붙이는 것이고 인간과 무관하게 분화되어 있는 '실'을 구분하는 역할을 한다고 해.* ⁷그는 어떤 '실'은 그것을 가리키는 어떤 '명'에 의해서만 유일하게 지시되어야 한다는 것과, 어떤 명은 유일하게 어떤 실만을 지시하여야 한다는 것을 주장하였다. ⁸공손룡에 따르면 서로 다른 실인 이것[此]과 저것[彼]이 똑같이 '이것'이라는 명으로 지시된다면 서로 구별되지 않게 되고, 그 결과 어떤 사람은 '이것'이라는 명으로 이것이라는 실을, 다른 사람은 '이것'이라는 명으로 저것이라는 실을 지시하는 혼란이 나타나게 된다. ⁹그는 명과 실의 엄격한 일대일 대응 관계를 통해, 명이 그 역할을 할 때 오해나 문제가 생기지 않게 하려 하였다. *공손룡의 기본 입장이 제시되고 있어. 핵심은 명과 실이 일대일로 대응해야 한다는 점이야.*

3 ¹⁰그는 '흰 말[白馬]은 말[馬]이 아니다.'라는 일반인의 상식으로는 이해하기 어려운 주장을 앞세워 논의를 폈다. ¹¹그런 주장의 근거로, 우선 그는 '말[馬]'은 형체를 부르는 데 쓰는 단어이고 '희다[白]'는 색을 부르는 데 쓰는 단어인데, 흰 말은 말에 '희다'라는 속성이 함께하는 것이므로 말과 다르다고 하였다. ¹²또한 그는 말을 구할 때는 노란 말이든 검은 말이든 데리고 올 수 있지만 흰 말을 구할 때는 노란 말이나 검은 말을 데리고 올 수 없으니, 이를 통해 말과 흰 말이 다름을 알 수 있다고 하였다. *공손룡의 주장인 '흰 말은 말이 아니다.'가 제시되고 있어. '말'은 형체를, '흰'은 색을 뜻하므로 속성이 다르기 때문에 서로 다른 실이라는 논리야.* ¹³이렇게 일상에서 흰 말이 있을 때 '말이 있다.'라고 하며 특정 속성이 지정되지 않은 '말'이라는 단어로 흰 말처럼 특정 속성을 가진 말[馬]을 지시하는 것에 대해, 공손룡은 '말'이라는 명과 '흰 말'이라는 명은 지시하는 실이 다르므로 그 용법을 구분해야 한다고 하였다. *즉 '말'이 지시하는 것에는 노란 말과 검은 말 등도 있으므로 '흰 말'과 '말'은 그 실이 다르니 용법을 구분해야 한다고 해.*

추가적인 정보를 통해 구체화하고 있어.

4 ¹⁴반면 후기 묵가는 '흰 말은 말이다. ¹⁵흰 말을 타는 것은 말을 타는 것이다.'라고 하면서, '흰 말은 말이 아니다.'라는 주장에 반대하였다. *공손룡의 '흰 말은 말이 아니다.'라는 주장을 정반대로 주장하며 반박하고 있어.* ¹⁶후기 묵가는 어떤 실은 '이것'이라는 명에 의해 지시되면서 동시에 '저것'이라는 명에 의해서도 지시될 수 있다고 보았다. *후기 묵가는 하나의 실이 여러 개의 명으로 지시될 수 있다고 하네.* ¹⁷흰 말은 흰 말이고 검은 말은 검은 말이지만 흰 말도 말이고 검은 말도 말이므로, 흰 말은 흰 말이면서 말이고 검은 말은 검은 말이면서 말이라는 것이다. ¹⁸즉, 흰 말은 흰 말이라는 명과 말이라는 명으로, 검은 말은 검은 말이라는 명과 말이라는 명으로 지시될 수 있다. ¹⁹또한 후기 묵가는 하나의 명이 지시하는 실은 오직 하나뿐이라는 주장에도 반대하였다. *명이 지시하는 대상에서도 실이 하나가 아닐 수 있다고 해.* ²⁰하나의 명이 서로 다른 사물을 지시할 수 있다고 하면서, ㉠이것과 저것, 두 마리의 새가 모두 학이라면 이것과 저것을 모두 '학'이라고 부를 수 있다는 예시를 들었다. *후기 묵가의 주장은 하나의 실이 여러 명으로 불릴 수도 있고, 하나의 명이 여러 실을 가리킬 수도 있다고 하므로 명과 실이 다대다로 대응한다고 보는 거야.*

앞서 공손룡의 주장과는 반대되는 후기 묵가의 입장을 제시할 거야.

5 ²¹후기 묵가가 명과 실의 엄격한 일대일 관계를 이렇게 부정한 것은 그들의 명에 대한 논의와도 관계가 있다. ²²후기 묵가는 명을 그것이 지시하는 실에 따라 달명(達名), 유명(類名), 사명(私名)으로 나누었는데, 이 세 가지 명은 외연*의 크기가 서로 다르다. *후기 묵가의 주장을 명에 대한 논의로 확장하여 설명하고 있어.* ²³달명은 천지 만물을 총괄하여 지시하는 것으로, 공손룡이 말하는 '물(物)'에 해당하는 대상을 가리키는 이름이다. ²⁴유명은 수많은 사물 가운데 어느 하나의 속성을 공유하는 것들을 지시하는 이름으로, 후기 묵가는 그 예로 '말[馬]'이라는 명을 제시했다. ²⁵사명은 가리키는 대상이 오직 하나인 명을 말한다. ²⁶사명에는 두 가지가 있는데, 그중 하나는 고유명사이다. ²⁷다른 하나는 '새[鳥]'라는 유명을 어떤 한 마리의 특정한 새를 가리킬 때 사용하는 경우처럼 유명을 단 하나의 개체에만 대응하게 함으로써 만들어지는 명이다. ²⁸결국 '새[鳥]'라는 명이 유명인가 사명인가 하는 것은 그것에 대응하는 대상이 하나인가 둘 이상인가에 의해 상황에 따라 정해지는 것이다. *명의 구분을 정리하면 다음과 같아.*

후기 묵가의 주장을 최종적으로 정리해 주는 부분이야.

달명	천지 만물을 총괄하여 지시하는 명
유명	수많은 사물 가운데 어느 하나의 속성을 공유하는 것들을 지시하는 명
사명	가리키는 대상이 오직 하나인 명 1) 고유명사 2) 유명을 단 하나의 개체에만 대응하게 함으로써 만들어지는 명

*물(物): 인간의 감각으로 느낄 수 있는 실재적 사물. 또는 느낄 수 없어도 그 존재를 사유할 수 있는 일체의 것.

*외연: 일정한 개념이 적용되는 사물의 전 범위. 이를테면 금속이라고 하는 개념에 대해서는 금, 은, 구리, 쇠 따위이고 동물이라고 하는 개념에 대해서는 원숭이, 호랑이, 개, 고양이 따위이다.

만점 선배의 구조도 예시

명실 논쟁

[공손룡 (명가)]
- '실'은 '물'에서 분화된 개체
- '명'은 '실'을 지시
- 명과 실은 엄격한 일대일 대응 필요
  → 주장: '흰 말[白馬]은 말[馬]이 아니다.'
  - '말'=→ 형체 지시 / '흰'=→ 색 지시
  - 흰 말 = 말과 속성이 달라 다르다
  - 말은 노란·검은·흰 말들을 모두 포함
    흰 말은 특정 속성 지정된 말

[후기 묵가]
- 반박: '흰 말은 말이다.'
- 하나의 실 → 여러 명으로 지시 가능
  (흰 말 = 흰 말이면서 말 l 검은 말도 말)
- 하나의 명 → 여러 실 지시 가능
  예: 이것·저것·두 새가 모두 학 → 둘 다 '학'
- 달명: 천지 만물을 총괄하여 지시
  유명: 수많은 사물 가운데 어느 하나의 속성을 공유하는 것들을 지시
  사명: 가리키는 대상이 오직 하나인 명

---

1. 윗글에 대한 이해로 적절하지 <u>않은</u> 것은?

✅ 정답풀이

⑤ 공손룡과 후기 묵가는 수많은 사물 가운데 오직 하나만 있는 대상에는 이름을 붙일 수 없다고 하였다.

> 근거: ❷ [7]그(공손룡)는 어떤 '실'은 그것을 가리키는 어떤 '명'에 의해서만 유일하게 지시되어야 한다는 것과, 어떤 명은 유일하게 어떤 실만을 지시하여야 한다는 것을 주장하였다. + ❺ [25]사명은 가리키는 대상이 오직 하나인 명을 말한다.
> 공손룡이 주장한 명과 실의 일대일 대응 관계를 통해 수많은 사물 가운데 오직 하나만 있는 대상에 이름을 붙일 수 있음을 알 수 있고, 후기 묵가의 명에 대한 논의에서도 사명은 가리키는 대상이 오직 하나인 명을 말한다고 하였으므로 적절하지 않다.

❌ 오답풀이

① 후기 묵가는 고유명사가 사명에 속한다고 보았다.
근거: ❺ [22]후기 묵가는 명을 그것이 지시하는 실에 따라 달명, 유명, 사명으로 나누었는데, 이 세 가지 명은 외연의 크기가 서로 다르다. [26]사명에는 두 가지가 있는데, 그중 하나는 고유명사이다.

② 후기 묵가는 천지 만물 전체를 가리키는 이름을 달명이라고 하였다.
근거: ❺ [23]달명은 천지 만물을 총괄하여 지시하는 것

③ 공손룡은 분화되지 않은 천지 만물이 각각의 개체로 분화된 것을 실이라고 하였다.
근거: ❷ [3]명가 사상가인 공손룡은 '실'이 '물'로부터 파생된 것이라고 하였다. [4]이때 '물'은 아직 분화되지 않은 상태의 천지 만물을 뜻한다. [5]'실'은 '물'에서 분화된 각각의 개체

④ 공손룡과 후기 묵가는 전국시대 중엽 이후에 명실 문제를 전문적으로 논의하였다.
근거: ❶ [1]명과 실, 즉 이름과 실재의 상관관계를 다루는 명실의 문제는 정치, 윤리적인 차원에서만 다루어지다가 전국시대 중엽 이후에 하나의 독립적인 영역을 가진 철학적 주제로 정립되었다. [2]이 시기에 이렇게 명실 문제를 전문적으로 다룬 대표적인 사상가와 학파가 공손룡과 후기 묵가로, 이들 사이에서는 철학적 논쟁의 국면이 펼쳐졌다.

2. ㉠에 대한 '공손룡'의 견해와 부합하는 내용으로 가장 적절한 것은?

> ㉠: 이것과 저것, 두 마리의 새가 모두 학이라면 이것과 저것을 모두 '학'
> 이라고 부를 수 있다

정답풀이

④ 학이라는 하나의 명으로 이것과 저것을 모두 지시한다면 이것과
저것이라는 실이 서로 구별되지 않을 것이다.

근거: 2 [8]공손룡에 따르면 서로 다른 실인 이것과 저것이 똑같이 '이것'이
라는 명으로 지시된다면 서로 구별되지 않게 되고, 그 결과 어떤 사람은
'이것'이라는 명으로 이것이라는 실을, 다른 사람은 '이것'이라는 명으로
저것이라는 실을 지시하는 혼란이 나타나게 된다.
공손룡은 각각 다른 실을 모두 하나의 명으로 지시한다면, 다른 실들이 서로
구별되지 않는다고 보았으므로 학이라는 하나의 명으로 이것과 저것을 모두
지시하면 이것과 저것이라는 실이 서로 구별되지 않는다고 볼 것이다.

오답풀이

① 학 두 마리를 모두 학이라는 명으로 부르면, 명이 제 역할을 하여
혼란이 나타나지 않게 될 것이다.
근거: 2 [7]그(공손룡)는 어떤 '실'은 그것을 가리키는 어떤 '명'에 의해서만
유일하게 지시되어야 한다는 것과, 어떤 명은 유일하게 어떤 실만을 지시하
여야 한다는 것을 주장하였다. [9]그는 명과 실의 엄격한 일대일 대응 관계를
통해, 명이 그 역할을 할 때 오해나 문제가 생기지 않게 하려 하였다.
공손룡은 하나의 명이 오직 하나의 실만을 지시해야 한다고 보았다. 따라서
'학'이라는 하나의 명으로 이것과 저것이라는 두 실을 모두 지시한다면, 두
실은 구별되지 않는 혼란이 나타날 것이며, 명이 제 역할을 하지 못한다고
볼 것이다.

② 학이라는 명은 형체를 가리키는 단어가 아니므로, 그 명으로는
이것과 저것이라는 실을 부를 수 없다.
근거: 3 [10]그(공손룡)는 '흰 말은 말이 아니다.'라는 일반인의 상식으로는 이
해하기 어려운 주장을 앞세워 논의를 폈다. [11]그런 주장의 근거로, 우선 그는
'말'은 형체를 부르는 데 쓰는 단어이고 '희다'는 색을 부르는 데 쓰는 단어
인데, 흰 말은 말에 '희다'는 속성이 함께하는 것이므로 말과 다르다고 하
였다.
공손룡은 '흰 말은 말이 아니다.'라는 주장에서 '말'은 형체를 부르는 데 쓰는
단어라고 보았으므로 '학'이라는 명 또한 형체를 가리키는 단어라고 볼 것
이다.

③ 학을 각각 '이것'과 '저것'이라는 명으로 부른다면 그 두 학은 동일한
실이 서로 다른 명으로 불린 것이다.
근거: 2 [9]그(공손룡)는 명과 실의 엄격한 일대일 대응 관계를 통해, 명이 그
역할을 할 때 오해나 문제가 생기지 않게 하려 하였다.
공손룡은 명과 실은 일대일 대응 관계를 이루어야 한다고 본다. 공손룡의 입
장에서 학을 각각 '이것'과 '저것'이라는 명으로 부른다면, 그 두 학은 동일한
실이 서로 다른 명으로 불린 것이 아니라 서로 다른 실이 서로 다른 명으로
불린 것이다.

⑤ 학이라는 실을, 색을 부르는 데 쓰는 단어 없이 학이라는 명으로
부르는 것은 말[馬]이라는 실을 '흰 말'이라는 명으로 부르는 것과
같은 올바른 용법이다.
근거: 3 [13]이렇게 일상에서 흰 말이 있을 때 '말이 있다.'라고 하며 특정 속
성이 지정되지 않은 '말'이라는 단어로 흰 말처럼 특정 속성을 가진 말을 지
시하는 것에 대해, 공손룡은 '말'이라는 명과 '흰 말'이라는 명은 지시하는 실
이 다르므로 그 용법을 구분해야 한다고 하였다.
공손룡은 특정 속성이 지정되지 않은 명으로 특정 속성을 가진 실을 지칭하는
것을 문제삼았다. 그러므로 특정 속성이 지정되지 않은 '학'이라는 실을 '학'
이라는 명으로 부르는 것은 올바른 용법이라고 할 것이다. 그러나 특정 속성
이 지정되지 않은 '말'이라는 실을 특정 속성이 지정된 '흰 말'이라는 명으로
부르는 것은 공손룡의 입장에서 올바르지 않은 용법으로 볼 수 있다.

3. 윗글을 읽은 학생이 〈보기〉의 대화에 보인 반응으로 적절하지 않은 것은? [3점]

〈보기〉

갑: (옷을 하나 들고 옷장을 보면서 한숨을 쉬고) ⓐ옷(≒흰 말)이 없어.

을: 지금 네가 들고 있는 ⓑ옷(≒말)은 뭐니? 옷장 안에 옷이 이렇게 많은데 무슨 ⓒ옷(≒말)이 없어?

갑: 내 말은 ⓓ옷(≒말)이 정말 없다는 게 아니라, ⓔ빨간 옷(≒흰 말)이 필요한 데 없다는 말이었어.

을: 아, 그런 뜻이었구나.

✔ 정답풀이

④ ⓓ라는 명과 ⓔ라는 명이 같은 대상을 지시하고 있으므로, 공손룡은 특정 속성이 지정되지 않은 단어로 특정 속성을 가진 대상을 지시하는 문제가 나타나고 있다고 보겠군.

> 근거: 3 ¹³(공손룡은) 일상에서 흰 말이 있을 때 '말이 있다.'라고 하며 특정 속성이 지정되지 않은 '말'이라는 단어로 흰 말처럼 특정 속성을 가진 말을 지시하는 것에 대해, 공손룡은 '말'이라는 명과 '흰 말'이라는 명은 지시하는 실이 다르므로 그 용법을 구분해야 한다고 하였다.
> ⓓ는 '특정 속성이 지정되지 않은' 단어이고 ⓔ는 '특정 속성을 가진' 단어이다. 공손룡은 이에 대해 그 용법을 구분해야 한다고 보았으므로 ⓓ라는 명과 ⓔ라는 명이 다른 실을 지시하고 있으며, 이는 특정 속성이 지정되지 않은 단어로 특정 속성을 가진 대상을 지시하는 문제가 나타나고 있다고 볼 것이다.

✖ 오답풀이

① ⓐ라는 명으로 지시한 실과 ⓑ라는 명으로 지시한 실이 서로 다르므로 공손룡은 명과 실의 일대일 대응 관계가 지켜지지 않고 있다고 보겠군.

근거: 2 ⁷그(공손룡)는 어떤 '실'은 그것을 가리키는 어떤 '명'에 의해서만 유일하게 지시되어야 한다는 것과, 어떤 명은 유일하게 어떤 실만을 지시하여야 한다는 것을 주장하였다. ⁹그는 명과 실의 엄격한 일대일 대응 관계를 통해, 명이 그 역할을 할 때 오해나 문제가 생기지 않게 하려 하였다.
ⓐ와 ⓑ는 모두 '옷'이라는 같은 명으로 표현되었지만 지시하는 실은 서로 다르다. 이에 공손룡은 명과 실의 일대일 대응이 지켜지지 않고 있다고 볼 것이다.

② ⓐ라는 명과 ⓓ라는 명이 서로 다른 대상을 지시하고 있는 것을, 후기 묵가는 하나의 명이 두 가지 이상의 서로 다른 실을 지시할 수도 있다는 자신들의 주장을 뒷받침하는 예로 보겠군.

근거: 4 ²⁰(후기 묵가는) 하나의 명이 서로 다른 사물을 지시할 수 있다고 하면서
ⓐ와 ⓓ는 모두 '옷'이라는 같은 명으로 표현되었지만 지시 대상은 빨간 옷과 일반적인 옷으로 서로 다르다. 후기 묵가는 하나의 명이 서로 다른 실을 지시할 수 있다고 보았으므로, 이를 자신들의 주장을 뒷받침하는 예로 볼 것이다.

③ 후기 묵가는 ⓑ라는 명은 유명을 하나의 개체에만 대응하여 사명으로 사용한 것으로 보겠군.

근거: 5 ²⁶사명에는 두 가지가 있는데, 그중 하나는 고유명사이다. ²⁷다른 하나는 '새'라는 유명을 어떤 한 마리의 특정한 새를 가리킬 때 사용하는 경우처럼 유명을 단 하나의 개체에만 대응하게 함으로써 만들어지는 명이다.
ⓑ는 '옷'이라는 유명을 '갑이 들고 있는 옷'을 가리키면서 사용한 경우이므로, 후기 묵가는 ⓑ라는 명을 단 하나의 개체에만 대응하여 사명으로 사용한 것으로 볼 것이다.

⑤ 공손룡은 ⓔ는 ⓒ에 또 다른 속성이 함께하는 것이므로 ⓔ를 ⓒ라는 명으로 불러서는 안 된다고 보겠군.

근거: 3 ¹¹그런 주장의 근거로, 우선 그(공손룡)는 '말'은 형체를 부르는 데 쓰는 단어이고 '희다'는 색을 부르는 데 쓰는 단어인데, 흰 말은 말에 '희다'라는 속성이 함께하는 것이므로 말과 다르다고 하였다.
공손룡은 '말'과 '흰 말'을 구분했듯이 '옷'과 '빨간 옷'도 구분해야 한다고 볼 것이다. 따라서 ⓔ는 ⓒ의 일반적인 속성에 색깔이라는 속성이 함께하는 것이므로, ⓔ를 ⓒ라는 명으로 불러서는 안 된다고 볼 것이다.

4. 〈보기〉는 윗글을 읽은 학생이 수행한 학습지의 일부이다. ㉮와 ㉯에 들어갈 말로 가장 적절한 것은?

<hr>

〈보기〉

[학습 과제]

　다음에서 설명하는 주요 개념을 활용하여 윗글의 내용을 이해해 보자.

> 　언어 기호가 기표(名)와 기의(實)의 결합체라고 할 때, 기표는 소리를 뜻하고 기의는 언어 기호에 의해 의미되는 개념을 뜻한다. 즉 기표는 언어 기호의 형태이고 기의는 언어 기호가 지시하는 내용이라고 할 수 있다.

[수행 결과]

　공손룡의 입장(名과 實은 일대일 대응 관계)에서는 (　㉮　)고 볼 것이고, 후기 묵가의 입장(하나의 名이 서로 다른 實을 지시하거나, 하나의 實이 서로 다른 名으로 지시될 수 있음)에서는 (　㉯　)고 볼 것이다.

<hr>

✅ 정답풀이

④
- ㉮: 기표가 서로 다르면서 기의가 같을 수는 없다
- ㉯: 기표가 서로 달라도 기의는 같을 수 있다

> 근거: ❷ ⁹(공손룡)는 명과 실의 엄격한 일대일 대응 관계를 통해, 명이 그 역할을 할 때 오해나 문제가 생기지 않게 하려 하였다. + ❹ ¹⁶후기 묵가는 어떤 실은 '이것'이라는 명에 의해 지시되면서 동시에 '저것'이라는 명에 의해서도 지시될 수 있다고 보았다.
> 〈보기〉에서 기표는 '명', 기의는 '실'에 대응된다고 볼 수 있다. 공손룡은 하나의 실이 오직 하나의 명으로만 지시되어야 한다고 보았으므로 '기표가 서로 다르면서 기의가 같을 수는 없다'고 볼 것이다. 한편 후기 묵가는 하나의 실이 여러 명으로 지시될 수 있다고 하였으므로, '기표가 서로 달라도 기의는 같을 수 있다'고 볼 것이다.

❌ 오답풀이

①
- ㉮: 기의가 서로 같으면 기표도 같아야 한다
- ㉯: 기표가 서로 같으면 기의도 같아야 한다

근거: ❷ ⁹(공손룡)는 명과 실의 엄격한 일대일 대응 관계를 통해, 명이 그 역할을 할 때 오해나 문제가 생기지 않게 하려 하였다. + ❹ ¹⁹또한 후기 묵가는 하나의 명이 지시하는 실은 오직 하나뿐이라는 주장에도 반대하였다. ²⁰하나의 명이 서로 다른 사물을 지시할 수 있다고 하면서, 이것과 저것, 두 마리의 새가 모두 학이라면 이것과 저것을 모두 '학'이라고 부를 수 있다는 예시를 들었다.
공손룡은 명과 실의 일대일 대응을 주장하였으므로 기의가 서로 같으면 기표도 같아야 한다고 볼 것이다. 후기 묵가는 하나의 명이 지시하는 실은 오직 하나뿐이라는 공손룡의 주장에 반대하였으므로 기표가 서로 같아도 기의는 다를 수 있다고 볼 것이다.

②
- ㉮: 기표가 서로 달라도 기의는 같을 수 있다
- ㉯: 기의가 서로 달라도 기표는 같을 수 있다

근거: ❷ ⁹(공손룡)는 명과 실의 엄격한 일대일 대응 관계를 통해, 명이 그 역할을 할 때 오해나 문제가 생기지 않게 하려 하였다. + ❹ ¹⁹또한 후기 묵가는 하나의 명이 지시하는 실은 오직 하나뿐이라는 주장에도 반대하였다. ²⁰하나의 명이 서로 다른 사물을 지시할 수 있다고 하면서, 이것과 저것, 두 마리의 새가 모두 학이라면 이것과 저것을 모두 '학'이라고 부를 수 있다는 예시를 들었다.
공손룡은 명과 실의 일대일 대응을 주장하였으므로 기표가 서로 다르면 기의도 달라야 한다고 볼 것이다. 후기 묵가는 하나의 명이 지시하는 실은 오직 하나뿐이라는 공손룡의 주장에 반대하였으므로 기의가 서로 달라도 기표는 같을 수 있다고 볼 것이다.

③
- ㉮: 기표가 서로 달라도 기의는 같을 수 있다
- ㉯: 기표가 서로 다르면서 기의가 같을 수는 없다

근거: ❷ ⁹(공손룡)는 명과 실의 엄격한 일대일 대응 관계를 통해, 명이 그 역할을 할 때 오해나 문제가 생기지 않게 하려 하였다. + ❹ ¹⁹또한 후기 묵가는 하나의 명이 지시하는 실은 오직 하나뿐이라는 주장에도 반대하였다. ²⁰하나의 명이 서로 다른 사물을 지시할 수 있다고 하면서, 이것과 저것, 두 마리의 새가 모두 학이라면 이것과 저것을 모두 '학'이라고 부를 수 있다는 예시를 들었다.
공손룡은 명과 실의 일대일 대응을 주장하였으므로 기표가 서로 다르면 기의도 달라야 한다고 볼 것이다. 후기 묵가는 하나의 명이 지시하는 실은 오직 하나뿐이라는 공손룡의 주장에 반대하였으므로 기표가 서로 달라도 기의는 같을 수 있다고 볼 것이다.

⑤
- ㉮: 기표가 서로 다르면서 기의가 같을 수는 없다
- ㉯: 기의가 서로 다르면서 기표가 같을 수는 없다

근거: ❷ ⁹(공손룡)는 명과 실의 엄격한 일대일 대응 관계를 통해, 명이 그 역할을 할 때 오해나 문제가 생기지 않게 하려 하였다. + ❹ ¹⁹또한 후기 묵가는 하나의 명이 지시하는 실은 오직 하나뿐이라는 주장에도 반대하였다. ²⁰하나의 명이 서로 다른 사물을 지시할 수 있다고 하면서, 이것과 저것, 두 마리의 새가 모두 학이라면 이것과 저것을 모두 '학'이라고 부를 수 있다는 예시를 들었다.
공손룡은 명과 실의 일대일 대응을 주장하였으므로 기표가 서로 다르면 기의가 같을 수 없다고 볼 것이다. 후기 묵가는 하나의 명이 지시하는 실은 오직 하나뿐이라는 공손룡의 주장에 반대하였으므로 기의가 서로 달라도 기표는 같을 수 있다고 볼 것이다.

[1~4] 다음 글을 읽고 물음에 답하시오.

✎ 사고의 흐름

■1 ¹논리 실증주의에서는 어떠한 언명*이 기존 이론의 영향을 받지 않고 오로지 객관적 관찰을 통해 참과 거짓으로 확실히 결정될 수 있으면 과학적으로 유의미하다고 보았다. ²그리고 보편 언명이 단칭 언명의 누적을 통해 성립된다고 주장했다. ³단칭 언명은 ⓐ특정 시공간에서 발생한 특정 사건을 언급한 것이고, 보편 언명은 단칭 언명들을 일반화한 것으로 과학 이론으로 성립될 수 있는 것을 말한다. ⁴예컨대 '이 리트머스 시험지가 산에 담기면 붉어진다.'라는 단칭 언명이 예외 없이 관찰된다면 '모든 리트머스 시험지는 산에 담기면 붉어진다.'라는 보편 언명이 과학 이론으로 성립될 수 있다고 보았다.

(좌측 주석) 예시를 통해 단칭 언명의 누적으로 보편 언명이 성립되는 것을 설명할 거야.

(본문 내 주석) 이어서 보편 언명과 단칭 언명에 대해 설명하겠지? / 단칭 언명과 보편 언명의 개념이 제시되었어. 잘 정리해 두자. / 과학 이론에 대한 논리 실증주의의 주장이 언급되었어.

■2 ⁵그런데 ⓑ이러한 생각은 어떤 과학 이론이 지금까지 누적된 단칭 언명들을 통해 참으로 보장될지라도, 앞으로 보편 언명으로서 확실히 참이 될 수는 없다는 비판에 직면했다. ⁶예컨대 지금까지 리트머스 시험지가 산에 담겼을 때 항상 붉어졌다는 관찰이, 앞으로 어떤 리트머스 시험지가 산에 담기면 붉어질 것임을 보장하지 않기 때문이다. ⁷이 난점을 극복하기 위해 일부의 논리 실증주의자들은 단칭 언명이 누적될수록 과학 이론이 참으로 결정될 가능성이 점차 증가할 것이라는 ⓒ완화된 입장으로 바뀌었다. ⁸하지만 지금까지의 단칭 언명들로 일반화된 언명이 ⓓ계속 참으로 남을 것인지는 알 수 없다는 문제를 해결할 수 없었다.

(좌측 주석) 전환! 논리 실증주의의 한계가 제시되겠지?

(본문 내 주석) 논리 실증주의의 한계: 어떤 과학 이론이 앞으로 보편 언명으로서 확실히 참이 될 수는 없음 / 일부 논리 실증주의자들은 '단칭 언명이 누적되면 과학 이론이 참으로 결정될 가능성이 높아진다.'라고 한발 물러난 입장을 제시했지만, 여전히 근본적인 문제는 해결하지 못했다고 설명하고 있어.

■3 ⁹비판적 합리주의는 논리 실증주의와 달리 단칭 언명이 기존 과학 이론과의 연관 속에서 형성된다고 보고, 현상을 있는 그대로 관찰하는 것은 거의 불가능하다고 주장했다. ¹⁰그리고 참인 단칭 언명을 통해 가설이나 과학 이론이 참임을 확실히 알 수는 없지만 참인 단칭 언명을 통해 그것이 거짓임을 밝히는 것은 가능하다고 했다. ¹¹예컨대 '어떤 리트머스 시험지가 산에 담기면 그 시험지가 붉어지지 않는다.'라는 단칭 언명으로부터 '모든 리트머스 시험지는 산에 담기면 붉어진다.'라는 보편 언명이 거짓임을 확실히 알 수 있다. ¹²이를 바탕으로 비판적 합리주의에서는 과학과 과학이 아닌 것을 구분하는 기준으로 반증 가능성을 제시하고, 관찰에 의해 반증될 수 있는 언명만을 과학적으로 의미 있는 언명으로 인정해야 한다고 보았다.

(좌측 주석) 비판적 합리주의와 논리 실증주의의 차이를 언급하는 부분은 눈여겨보자.

(본문 내 주석) 논리 실증주의와 구분되는 비판적 합리주의의 특징을 구체적으로 설명하고 있어. / 비판적 합리주의는 관찰로 반증될 수 있는 언명만이 과학적으로 의미가 있다고 하네.

■4 ¹³비판적 합리주의는 기존 과학 이론으로 설명할 수 없는 사실의 관찰로부터 새로운 과학 이론이 비롯된다고 보았다. (과학 이론에 대한 비판적 합리주의 견해 ①) ¹⁴이때 기존 과학 이론은 즉시 버려지고 기존 과학 이론을 수정하여 쓸 수는 없다. ¹⁵과학자들은 기존 과학 이론으로 설명할 수 없는 사실이 발견된 문제 상황을 해결하기 위한 가설을 새로 수립하고, 가설을 ⓔ시험할 수 있는 사례를 떠올린다. ¹⁶만약 그러한 사례가 관찰되지 않는다면 그 가설은 잠정적 과학 이론의 지위를 부여받는다. ¹⁷비판적 합리주의는 과학이 참된 진리에 도달할 수는 없으나 점진적*으로 다가갈 수 있다고 주장했다. (과학 이론에 대한 비판적 합리주의 견해 ②) ¹⁸모든 과학 이론은 잠정적이라는 것이다. ¹⁹과학 이론은 거듭된 반증의 시도로부터 꾸준히 살아남을 수 있으나 언제라도 반증될 수 있기 때문이다. ²⁰하지만 실제 과학 현실에서는 그러한 사례가 발견되어 기존 과학 이론이 폐기되어야 함에도 기존 과학 이론을 폐기하지 않고 보완하려는 시도가 빈번하다는 점에서, ㉠비판적 합리주의는 실제 과학 현실을 정확하게 설명하고 있지 못하다는 문제가 있다.

(본문 내 주석) 가설이 과학 이론이 되는 과정: 설명 불가능한 사실 관찰 → 기존 과학 이론 폐기 → 새로운 가설 수립 → 가설 반증 사례 관찰 시도 → 실패 → 잠정적 과학 이론 지위 부여

(우측 주석) 전환! 이번에는 비판적 합리주의의 한계가 제시될 거야.

(본문 내 주석) 비판적 합리주의의 한계: 반증될 수 있는 사례가 발견되더라도 기존 과학 이론을 폐기하지 않고 보완하려는 시도가 빈번해 실제 과학 현실을 반영하지 못함

이것만은 챙기자

* **언명:** 참이나 거짓의 값이 확정될 수 있는 논제. 사고 활동의 출발점이 되는 최소의 단위로 어떤 주장이 들어 있고 평서문으로 표현된다.
* **점진적:** 조금씩 앞으로 나아가는 것.

만점 선배의 구조도 예시

[논리 실증주의]
- 어떤 언명이 기존의 영향 받지 X, 객관적 관찰을 통해 참·거짓 가릴 수 있으면 유의미
- 단칭 언명이 많이 누적되면 보편 언명이 성립
  - 특정 시공간에서 발생한 특정 사건을 언급한 것
  - 단칭 언명들을 일반화한 것, 과학 이론으로 성립될 수 있는 것
- 단칭 언명들이 누적되어 참으로 보장되어도 앞으로 보편 언명으로서 확실히 참이 될 수 없다는 비판 → 일부는 단칭 언명이 누적될수록 이론이 참으로 결정될 가능성 증가 → 보편 언명이 계속 참으로 남을지 알 수 없다는 한계가 남음

[비판적 합리주의]
- 단칭 언명은 기존 과학 이론과의 연관 속에서 형성
- 단칭 언명을 통해 가설이나 과학 이론의 거짓 여부 밝힐 수 있음
- 과학과 비과학을 구분하는 기준으로 반증 가능성 제시
- 모든 이론은 거듭된 반증 시도 속에서 살아남을 수는 있지만 언제라도 반증될 수 있음 ↓
- 반증 시 기존 이론 폐기 → 실제 과학 현실에서는 폐기 X, 보완 시도 빈번

1. 윗글을 통해 해결할 수 있는 의문이 <u>아닌</u> 것은?

⊘ 정답풀이

② 논리 실증주의에서는 비판적 합리주의가 가지고 있는 문제점을 무엇으로 보았는가?

근거: ❹ [20]비판적 합리주의는 실제 과학 현실을 정확하게 설명하고 있지 못하다는 문제가 있다.

비판적 합리주의의 문제점이 제시되고 있지만 논리 실증주의에서 비판적 합리주의가 가지고 있는 문제점을 무엇으로 보았는지는 찾아볼 수 없다.

⊗ 오답풀이

① 비판적 합리주의에서는 과학과 과학이 아닌 것을 구분하는 기준을 무엇으로 보았는가?

근거: ❸ [12]이를 바탕으로 비판적 합리주의에서는 과학과 과학이 아닌 것을 구분하는 기준으로 반증 가능성을 제시하고, 관찰에 의해 반증될 수 있는 언명만을 과학적으로 의미 있는 언명으로 인정해야 한다고 보았다.

③ 비판적 합리주의에서는 과학이 어떻게 참된 진리에 다가갈 수 있다고 보았는가?

근거: ❹ [17]비판적 합리주의는 과학이 참된 진리에 도달할 수는 없으나 점진적으로 다가갈 수 있다고 주장했다. [18]모든 과학 이론은 잠정적이라는 것이다. [19]과학 이론은 거듭된 반증의 시도로부터 꾸준히 살아남을 수 있으나 언제라도 반증될 수 있기 때문이다.

비판적 합리주의에 따르면 모든 과학 이론은 언제라도 반증될 수 있어 잠정적이지만 반증에서 살아남을 수 있다면 참된 진리에 도달할 수는 없어도 점진적으로 다가갈 수는 있다고 보았다.

④ 비판적 합리주의에서는 새로운 과학 이론이 무엇으로부터 출발한다고 보았는가?

근거: ❹ [13]비판적 합리주의는 기존 과학 이론으로 설명할 수 없는 사실의 관찰로부터 새로운 과학 이론이 비롯된다고 보았다.

⑤ 논리 실증주의에서는 과학적으로 유의미한 언명의 조건을 무엇으로 보았는가?

근거: ❶ [1]논리 실증주의에서는 어떠한 언명이 기존 이론의 영향을 받지 않고 오로지 객관적 관찰을 통해 참과 거짓으로 확실히 결정될 수 있으면 과학적으로 유의미하다고 보았다.

2. 윗글의 비판적 합리주의 의 입장에서 〈보기〉를 이해한 내용으로 가장 적절한 것은? [3점]

> 〈보기〉
>
> [1]물질의 존재와 무관하게 공간은 항상 같은 상태라는 과학 이론(기존의 과학 이론)이 그 지위를 확고히 하고 있던 시기에 아인슈타인은 이 과학 이론으로 설명할 수 없는 현상을 새로운 가설로 설명하고자 했다. [2]그래서 아인슈타인은 태양처럼 질량이 큰 물체는 주변의 공간을 왜곡한다는 가설(새로운 가설 수립)을 세웠다. [3]이후 에딩턴은 일식이 진행되는 동안 어떤 별의 사진을 찍었다. [4]이 사진들을 분석한 결과, 일식 때의 별빛 위치가 일식이 아닐 때의 별빛 위치와 다르다는 것(기존의 과학 이론 성립 X)을 알게 되었다. [5]이를 토대로 에딩턴은 이 별빛은 태양에 의해 왜곡된 공간을 따라 휘며 진행(새로운 가설 뒷받침)한 것이라고 보았다.

⊘ 정답풀이

⑤ 에딩턴의 사진 분석은 아인슈타인의 가설이 참된 진리에 도달했음을 알게 할 수는 없지만 기존 과학 이론이 성립하지 않는다는 것을 확실히 알 수 있게 하겠군.

근거: ❹ [13]비판적 합리주의는 기존 과학 이론으로 설명할 수 없는 사실의 관찰로부터 새로운 과학 이론이 비롯된다고 보았다. [14]이 때 기존 과학 이론은 즉시 버려지고 기존 과학 이론을 수정하여 쓸 수는 없다. [15]과학자들은 기존 과학 이론으로 설명할 수 없는 사실이 발견된 문제 상황을 해결하기 위한 가설을 새로 수립하고, 가설을 시험할 수 있는 사례를 떠올린다. [16]만약 그러한 사례가 관찰되지 않는다면 그 가설은 잠정적 과학 이론의 지위를 부여받는다. [17]비판적 합리주의는 과학이 참된 진리에 도달할 수는 없으나 점진적으로 다가갈 수 있다고 주장했다. + 〈보기〉 [1]물질의 존재와 무관하게 공간은 항상 같은 상태라는 과학 이론이 그 지위를 확고히 하고 있던 시기에 아인슈타인은 이 과학 이론으로 설명할 수 없는 현상을 새로운 가설로 설명하고자 했다. [2]그래서 아인슈타인은 태양처럼 질량이 큰 물체는 주변의 공간을 왜곡한다는 가설을 세웠다. [3]이후 에딩턴은 일식이 진행되는 동안 어떤 별의 사진을 찍었다. [4]이 사진들을 분석한 결과, 일식 때의 별빛 위치가 일식이 아닐 때의 별빛 위치와 다르다는 것을 알게 되었다.

비판적 합리주의에 따르면 에딩턴의 사진 분석은, 아인슈타인의 가설이 참된 진리에 도달했음을 알게 할 수는 없다. 하지만 물질의 존재와 무관하게 공간은 항상 같은 상태라는 기존 과학 이론이 성립하지 않는다는 것은 확실히 알 수 있게 한다.

① 아인슈타인의 가설은 거듭된 반증의 시도로부터 꾸준히 살아남는
다면 참된 진리에 도달하겠군.

근거: ④ [17]비판적 합리주의는 과학이 참된 진리에 도달할 수는 없으나 점진
적으로 다가갈 수 있다고 주장했다.

비판적 합리주의는 모든 과학 이론은 잠정적 반증 가능성을 가지므로 참된
진리에 도달할 수 없다고 보았다. 따라서 아인슈타인의 가설이 거듭된 반증의
시도로부터 꾸준히 살아남는다고 해서 참된 진리에 도달한다고 보지는 않을
것이다.

② 태양처럼 질량이 큰 물체에 의해 공간이 왜곡된다는 아인슈타인의
가설이 제시되자마자 기존 과학 이론은 즉시 버려졌겠군.

근거: ④ [13]비판적 합리주의는 기존 과학 이론으로 설명할 수 없는 사실의
관찰로부터 새로운 과학 이론이 비롯된다고 보았다. [14]이때 기존 과학 이론
은 즉시 버려지고 기존 과학 이론을 수정하여 쓸 수는 없다. [15]과학자들은
기존 과학 이론으로 설명할 수 없는 사실이 발견된 문제 상황을 해결하기
위한 가설을 새로 수립하고, 가설을 시험할 수 있는 사례를 떠올린다. [16]만약
그러한 사례가 관찰되지 않는다면 그 가설은 잠정적 과학 이론의 지위를 부
여받는다. + 〈보기〉 [1]물질의 존재와 무관하게 공간은 항상 같은 상태라는 과
학 이론이 그 지위를 확고히 하고 있던 시기에 아인슈타인은 이 과학 이론
으로 설명할 수 없는 현상을 새로운 가설로 설명하고자 했다. [2]그래서 아인
슈타인은 태양처럼 질량이 큰 물체는 주변의 공간을 왜곡한다는 가설을 세
웠다. [4](에딩턴은) 이 사진들을 분석한 결과, 일식 때의 별빛 위치가 일식이
아닐 때의 별빛 위치와 다르다는 것을 알게 되었다.

〈보기〉에 따르면 태양처럼 질량이 큰 물체는 주변의 공간을 왜곡한다는 아
인슈타인의 가설은 특정한 사실을 관찰한 것으로부터 비롯된 것으로 보기
어렵다. 또한 비판적 합리주의에 따르면 기존의 과학 이론은 그것으로 설명
할 수 없는 사실이 관찰되면 폐기되므로, 에딩턴이 별의 사진을 관측하기 전
인 가설이 제시된 시점에 기존의 과학 이론이 즉시 버려졌을 것이라고 보기
는 어렵다.

③ 일식 때 별빛이 휘지 않고 진행함을 보여 주는 현상이 또 발견
되어야 아인슈타인의 가설은 잠정적 과학 이론의 지위를 부여
받겠군.

근거: ④ [15]과학자들은 기존 과학 이론으로 설명할 수 없는 사실이 발견된
문제 상황을 해결하기 위한 가설을 새로 수립하고, 가설을 시험할 수 있는
사례를 떠올린다. [16]만약 그러한 사례가 관찰되지 않는다면 그 가설은 잠정적
과학 이론의 지위를 부여받는다. + 〈보기〉 [1]물질의 존재와 무관하게 공간은
항상 같은 상태라는 과학 이론이 그 지위를 확고히 하고 있던 시기에 아인
슈타인은 이 과학 이론으로 설명할 수 없는 현상을 새로운 가설로 설명하고
자 했다. [2]그래서 아인슈타인은 태양처럼 질량이 큰 물체는 주변의 공간을
왜곡한다는 가설을 세웠다.

아인슈타인의 가설이 잠정적 과학 이론이 되기 위해서 해당 가설을 시험할
수 있는 사례, 즉 일식 때 별빛이 휘지 않고 진행함을 보여 주는 현상과 같
은 반증 사례가 관찰되지 않아야 하며, 발견된다면 오히려 잠정적 과학 이론
의 지위를 잃게 된다.

④ 물질의 존재와 무관하게 공간은 항상 같은 상태라는 과학 이론은
에딩턴에 의해 확실히 반증되었기에 과학적으로 유의미한 이론
이라고 할 수 없겠군.

근거: ③ [12]비판적 합리주의에서는 과학과 과학이 아닌 것을 구분하는 기준
으로 반증 가능성을 제시하고, 관찰에 의해 반증될 수 있는 언명만을 과학적
으로 의미 있는 언명으로 인정해야 한다고 보았다. + 〈보기〉 [1]물질의 존재와
무관하게 공간은 항상 같은 상태라는 과학 이론이 그 지위를 확고히 하고
있던 시기에 아인슈타인은 이 과학 이론으로 설명할 수 없는 현상을 새로운
가설로 설명하고자 했다. [2]그래서 아인슈타인은 태양처럼 질량이 큰 물체는
주변의 공간을 왜곡한다는 가설을 세웠다. [5]이를 토대로 에딩턴은 이 별빛은
태양에 의해 왜곡된 공간을 따라 휘며 진행한 것이라고 보았다.

비판적 합리주의에서 과학적으로 유의미한 이론의 기준은 반증 가능성이다.
〈보기〉에서 물질의 존재와 무관하게 공간은 항상 같은 상태라는 과학 이론은
에딩턴의 관찰에 의해 반증된 과학 이론이라는 점에서 과학적으로 유의미한
이론에 해당한다고 볼 수 있다.

🖊 **모두의 질문** • 2-④번

Q: 반증 가능성은 유의미한 언명의 여부이지 유의미한 이론의 여부가 아
니므로 반증되었다면 이론으로서는 유의미하지 않다고 볼 수 있지 않
나요?

A: 3문단에서 '단칭 언명으로부터~보편 언명이 거짓임을 확실히 알 수
있다.'라고 한 것을 통해 단칭 언명은 반증 사례를, 보편 언명은 기존
의 과학 이론을 의미하는 것을 알 수 있다. 즉 유의미한 언명은 곧 유
의미한 이론을 포함하여 말하는 것이라고 할 수 있다. 따라서 반증 가능
성은 유의미한 이론의 여부를 결정짓는다고 보는 것이 타당하다.

3. ⓐ~ⓔ에 대한 설명으로 적절하지 <u>않은</u> 것은?

> ⓐ: 특정 시공간에서 발생한 특정 사건을 언급
>
> ⓑ: 이러한 생각
>
> ⓒ: 완화된 입장
>
> ⓓ: 계속 참으로 남을 것인지는 알 수 없다는 문제
>
> ⓔ: 시험할 수 있는 사례

✔ 정답풀이

⑤ ⓔ: 문제 상황을 해결하기 위해 세운 가설을 지지하는 사례이다.

> 근거: **4** [15]과학자들은 기존 과학 이론으로 설명할 수 없는 사실이 발견된 문제 상황을 해결하기 위한 가설을 새로 수립하고, 가설을 시험할 수 있는 사례(ⓔ)를 떠올린다. [16]만약 그러한 사례가 관찰되지 않는다면 그 가설은 잠정적 과학 이론의 지위를 부여받는다.
> ⓔ는 기존 과학 이론으로 설명할 수 없는 사실이 발견된 문제 상황을 해결하기 위한 가설에 대한 반증 사례에 해당하며, 이런 ⓔ가 관찰되지 않을 때 해당 가설은 잠정적 과학 이론의 지위를 부여받게 된다. 따라서 ⓔ가 문제 상황을 해결하기 위해 세운 가설을 지지하는 사례라고 볼 수는 없다.

✖ 오답풀이

① ⓐ: 객관적 관찰을 통해 참과 거짓을 결정할 수 있는 사건을 언급한 것이다.
근거: **1** [1]논리 실증주의에서는 어떠한 언명이 기존 이론의 영향을 받지 않고 오로지 객관적 관찰을 통해 참과 거짓으로 확실히 결정될 수 있으면 과학적으로 유의미하다고 보았다. [3]단칭 언명은 특정 시공간에서 발생한 특정 사건을 언급한 것(ⓐ)
ⓐ는 단칭 언명에 대한 설명으로, 객관적 관찰을 통해 참과 거짓으로 확실히 결정될 수 있는 사건을 언급한 것을 나타낸다고 볼 수 있다.

② ⓑ: 단칭 언명들을 일반화한 보편 언명이 과학 이론으로 성립될 수 있다는 생각이다.
근거: **1** [2]보편 언명이 단칭 언명의 누적을 통해 성립된다고 주장했다. [3]단칭 언명은 특정 시공간에서 발생한 특정 사건을 언급(ⓐ)한 것이고, 보편 언명은 단칭 언명들을 일반화한 것으로 과학 이론으로 성립될 수 있는 것을 말한다. + **2** [5]그런데 이러한 생각(ⓑ)은 어떤 과학 이론이 지금까지 누적된 단칭 언명들을 통해 참으로 보장될지라도, 앞으로 보편 언명으로서 확실히 참이 될 수는 없다는 비판에 직면했다.
ⓑ는 보편 언명은 단칭 언명들을 일반화한 것으로 과학 이론으로 성립될 수 있는 것을 말한다는 논리 실증주의자들의 생각을 나타낸다고 볼 수 있다.

③ ⓒ: 참인 단칭 언명이 누적될수록 보편 언명이 참이 될 확률이 커진다는 입장이다.
근거: **2** [7]이 난점을 극복하기 위해 일부의 논리 실증주의자들은 단칭 언명이 누적될수록 과학 이론이 참으로 결정될 가능성(보편 언명이 참이 될 확률)이 점차 증가할 것이라는 완화된 입장(ⓒ)으로 바뀌었다.

④ ⓓ: 지금의 과학 이론이 미래의 관찰에도 그대로 적용될 수 있을지는 알 수 없다는 문제이다.
근거: **2** [8]지금까지의 단칭 언명들로 일반화된 언명이 계속 참으로 남을 것인지는 알 수 없다는 문제(ⓓ)를 해결할 수 없었다.
ⓓ는 지금까지의 단칭 언명들로 일반화된 언명인 지금의 과학 이론이 미래의 관찰에 기반한 단칭 언명에 그대로 적용될 수 있는지 알 수 없다는 문제에 해당한다고 볼 수 있다.

4. ㉠에 대한 이해로 가장 적절한 것은?

> ㉠: 비판적 합리주의는 실제 과학 현실을 정확하게 설명하고 있지 못하다는
> 문제가 있다.

❤ 정답풀이

④ 과학자들은 기존 과학 이론으로 풀이될 수 없는 현상이 관찰되더
라도 기존 이론을 폐기하지 않고 수정하려 한다.

근거: ❹ [13]비판적 합리주의는 기존 과학 이론으로 설명할 수 없는 사실의
관찰로부터 새로운 과학 이론이 비롯된다고 보았다. [14]이때 기존 과학 이
론은 즉시 버려지고 기존 과학 이론을 수정하여 쓸 수는 없다. [20]하지만 실
제 과학 현실에서는 그러한 사례가 발견되어 기존 과학 이론이 폐기되어
야 함에도 기존 과학 이론을 폐기하지 않고 보완하려는 시도가 빈번하다
는 점

㉠은 기존의 과학 이론으로 설명할 수 없는 반증 사례가 발견되었을 때
기존 과학 이론은 즉시 버려지고 기존 과학 이론을 수정하여 쓸 수는 없
다고 본 비판적 합리주의의 견해와 달리, 실제 과학 현실에서는 기존 과학
이론을 폐기하지 않고 보완하려는 시도가 빈번하게 일어난다는 상황에 기반
하여 비판적 합리주의의 문제를 지적한 것이다. 이는 실제 과학 현실에서
과학자들이 기존 과학 이론으로 풀이될 수 없는 현상, 즉 반증의 사례가
관찰되더라도 기존 과학 이론을 완전히 폐기하지 않고 이를 수정 혹은 보완
하려고 한다는 점을 시사한다.

❌ 오답풀이

① 과학자들은 정확한 관찰이 선행되지 않더라도 새로운 가설을 과학
이론으로 인정하려 한다.

근거: ❹ [15]과학자들은 기존 과학 이론으로 설명할 수 없는 사실이 발견된
문제 상황을 해결하기 위한 가설을 새로 수립하고, 가설을 시험할 수 있는
사례를 떠올린다. [16]만약 그러한 사례가 관찰되지 않는다면 그 가설은 잠정
적 과학 이론의 지위를 부여받는다.

과학자들은 기존의 과학 이론으로 설명할 수 없는 사례를 관찰한 후에 새로운
가설을 제시하고 이를 검증하는 과정을 거칠 뿐, 윗글에서 과학자들이 정확한
관찰이 선행되지 않더라도 새로운 가설을 과학 이론으로 인정하려 한다고
볼 근거는 확인할 수 없다. 또한 이는 ㉠과 관련이 없다.

② 과학자들은 어떤 가설이 새로운 과학 이론으로 제시되면 해당
가설의 옳고 그름을 하나하나 점검하려 한다.

근거: ❹ [15]과학자들은 기존 과학 이론으로 설명할 수 없는 사실이 발견된
문제 상황을 해결하기 위한 가설을 새로 수립하고, 가설을 시험할 수 있는
사례를 떠올린다.

과학자들이 새로운 가설에 대해 시험할 수 있는 사례를 떠올린다고 하였을 뿐,
윗글에서 과학자들이 새로운 과학 이론으로 제시된 특정 가설의 옳고 그름
을 하나하나 점검하려 한다고 볼 근거는 확인할 수 없다. 또한 이는 ㉠과 관
련이 없다.

③ 과학자들은 기존 과학 이론에 기대어 가설을 세우기보다는 직접
관찰한 사실을 바탕으로 가설을 세우려 한다.

근거: ❹ [13]비판적 합리주의는 기존 과학 이론으로 설명할 수 없는 사실의
관찰로부터 새로운 과학 이론이 비롯된다고 보았다.

비판적 합리주의는 기존 과학 이론으로 설명할 수 없는 사실의 관찰로부터
새로운 과학 이론이 비롯된다고 보았다고 했을 뿐, 윗글에서 과학자들이 기
존 과학에 기대어 가설을 세우기보다 직접 관찰한 사실을 바탕으로 가설을
세우려 한다고 볼 근거는 확인할 수 없다. 또한 이는 ㉠과 관련이 없다.

⑤ 과학자들은 어떤 가설이 새로운 과학 이론의 지위를 부여받았을
지라도 그것은 잠정적인 것이기 때문에 언제든 대체될 수 있다고
본다.

근거: ❹ [18]모든 과학 이론은 잠정적이라는 것이다. [19]과학 이론은 거듭된 반
증의 시도로부터 꾸준히 살아남을 수 있으나 언제라도 반증될 수 있기 때문
이다.

모든 과학 이론은 잠정적이며 언제라도 반증되어 대체될 수 있다고 본 것은
비판적 합리주의로, ㉠은 비판적 합리주의의 문제점을 제시한 것이므로 적
절하지 않다.

[1~5] 다음 글을 읽고 물음에 답하시오.

🖊 사고의 흐름

1 [1]사물의 속성을 구체화하기 위하여 수치를 부여하는 절차를 측정이라고 한다. [2]가시적* 속성의 경우 직접 측정이 가능하지만 인지적 영역과 같은 잠재적 속성은 직접 측정이 불가능하기 때문에 검사라는 도구를 사용하여 간접 측정을 한다. 검사라는 도구를 사용해 간접 측정을 하는 이유를 설명하고 있어. [3]이때 검사의 질은 각 문항의 특성에 의해 결정되는데, 문항의 특성은 문항의 난이도와 변별도 등으로 파악해 볼 수 있다. 잠재적 속성을 측정하기 위한 도구인 검사와 그 검사의 질을 결정하는 문항의 특성을 화제로 제시했네.

2 [4]1920년대 개발되어 현재까지 사용되고 있는 고전 검사 이론은 검사의 질을 분석하는 대표적인 검사 이론이다. 대표적인 검사 이론인 고전 검사 이론에 대해서 자세하게 설명할 테니 집중하면서 읽어 보자! [5]고전 검사 이론에서 피험자의 능력은 답을 맞힌 문항에 부여된 점수의 총점으로 결정한다. [6]또 문항의 어려움과 쉬움의 정도를 나타내는 난이도는 응답자 중 그 문항의 답을 맞힌 응답자의 수가 많을수록 낮다고 나타낸다. 난이도의 개념과 고전 검사 이론에서 난이도를 나타내는 방법을 설명하고 있어. [7]그리고 어떤 문항이 피험자의 능력에 따라 피험자를 변별하는 정도를 나타내는 변별도는 해당 문항의 답을 맞혔는지의 여부와 총점의 관계를 의미하는 지수로 나타낸다. 변별도의 개념과 고전 검사 이론에서 변별도를 나타내는 방법도 설명하고 있네. [8]만약 특정 문항에 대해 총점이 높은 피험자는 답을 맞히고, 총점이 낮은 피험자는 답을 틀렸다면 이 문항은 변별도가 높은 문항이라 분석한다. [9]고전 검사 이론을 활용하면 피험자의 능력과 문항의 특성에 대한 분석이 비교적 간단하지만, 문항의 특성이 피험자 집단에 따라 달라지거나 피험자의 능력이 검사의 특성에 따라 다르게 나타나는 한계가 있다. 고전 검사 이론의 내용과 장·단점을 설명하고 있어. 이를 정리하면 다음과 같아.

	특징	장·단점
피험자의 능력	답을 맞힌 문항에 부여된 점수의 총점으로 결정	장점: 분석이 비교적 간단함
문항의 난이도	응답자 중 그 문항의 답을 맞힌 응답자의 수↑ → 난이도↓	단점: 문항의 특성과 피험자의 능력이 다르게 나타남
문항의 변별도	피험자들의 정답 여부와 총점의 관계 (지수로 표현)	

고전 검사 이론과 구분되는 이론이 제시될 거야.

3 [10]이와 달리 문항 반응 이론에서는 피험자의 능력은 고유하며, 문항의 난이도나 변별도 역시 변하지 않는다고 간주한다. 고전 검사 이론에서 피험자 능력에 따라 문항의 특성이 다르게 나타난다는 것과 달리 문항 반응 이론에서는 피험자의 능력에 따라 문항의 특성이 달라지지 않는다고 하네. [11]문항 반응 이론에서는 피험자의 능력과 문항의 특성을 분석하기 위해 피험자의 응답에 기반하여 확률적으로 접근하는데, 이때 문항 특성 곡선이 활용된다. [12]문항 특성 곡선은 피험자의 능력(θ)에 따라 어떤 문항의 답을 맞힐 확률을 나타내는 S자 형태의 곡선이다. 피험자의 능력과 문항의 특성을 분석하기 위한 방법으로 문항 특성 곡선을 활용한다고 해. 이제 이에 대해 설명할 테니 집중해서 읽어 보자.

4 [13]i라는 문항이 제시되었을 때 능력이 낮은 피험자라 하더라도 일부는 문항의 답을 맞힐 수도 있을 것이며 능력이 높은 피험자라 하더라도 모두가 반드시 답을 맞힐 수 있는 것은 아니다. [14]따라서 i 문항에 응답하는 경향(Γ_i)은 θ(피험자의 능력)에 따라 정규 분포로 그려지게 될 것이고, 문항의 난이도가 γ_i일 때 Γ_i가 이보다 높으면 문항의 답을 맞히게 될 것이다. i 문항에 응답하는 경향(Γ_i)이 문항의 난이도(γ_i)보다 높으면 답을 맞히게 됨 [15]즉 〈그림 1〉과 같이 θ가 -1.3, 0, 1.5일 때 각각의 정규 분포가 그려진다면 γ_i보다 위에 있는 면적이 문항의 답을 맞힐 확률이 되어, θ가 -1.3인 집단의 답을 맞힐 확률은 0.2, θ가 0인 집단의 답을 맞힐 확률은 0.5, θ가 1.5인 집단의

[A] 답을 맞힐 확률은 0.92로 얻어진다. [16]이런 방식으로 각 능력에서 문항의 답을 맞힐 확률인 $P(\theta)$를 구하고, 이를 연결하는 곡선을 그리면 〈그림 2〉와 같은 문항 특성 곡선이 나타난다. 문항 특성 곡선은 〈그림 1〉에서 구한 답을 맞힐 확률을 연결한 곡선임을 알 수 있어. 〈그림 2〉를 보면 피험자의 능력이 높을수록 정답 확률도 올라가는 것을 알 수 있지.

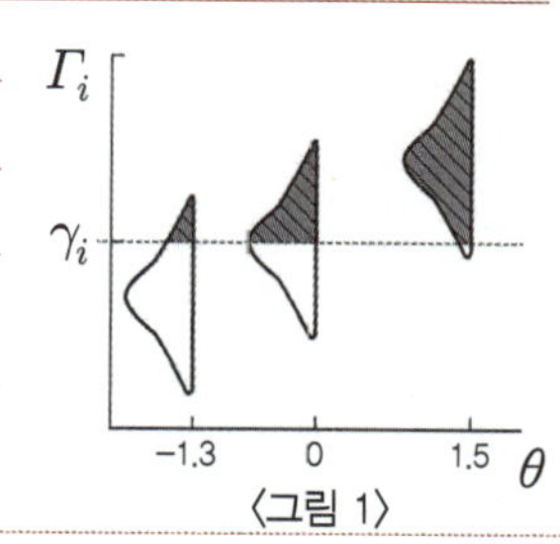

이론을 먼저 설명한 뒤, 그림에 적용하며 설명하고 있어. 내용을 그림에 표시하며 이해해도 좋아.

5 [17]문항 특성 곡선은 능력이 낮은 집단의 $P(\theta)$는 낮고, 능력이 높은 집단의 $P(\theta)$는 높음을 나타내는 증가함수이다. [18]문항 특성 곡선에서 문항의 난이도는 위치 모수*로 나타난다. [19]위치 모수는 문항의 $P(\theta)$가 0.5일 때 그에 대응하는 θ지점을 의미한다. [20]위치 모수는 오른쪽에 있을수록 어려운 문항으로 추정된다. 문항의 특성 중 난이도를 분석하는 방법을 설명하고 있어. 답을 맞힐 확률인 $P(\theta)$가 0.5 즉, 피험자 집단의 절반이 답을 맞히는 위치가 어디인지를 기준으로 분석하는 방법이야. 〈그림 2〉에서는 θ가 0인 집단이 이에 해당하네. 이 값이 오른쪽으로 갈수록 난이도가 높아진다는 것은 정답 확률 50%인 피험자 집단의 능력이 상승하기 때문이야. [21]반면 문항의 변별도는 척도* 모수로 나타난다. [22]척도 모수는 문항 특성 곡선의 기울기가 가파를수록 높다고 추정된다. 이번에는 문항의 특성 중 변별도를 측정하는 방법을 제시하고 있네. 곡선의 기울기가 가파르다는 것은 피험자 집단의 능력에 따라 정답 확률 차이가 크다는 것을 의미하므로 변별도가 높다고 분석할 수 있어.

6 [23]문항 반응 이론에서 θ는 검사를 구성하는 각 문항의 문항 특성 곡선으로부터 도출된 정보를 종합적으로 고려하여 추정할 수 있다. 예를 들어 설명하면 자세히 설명해 준다는 말이니 예를 통해 정확하게 이해해 보자! [24]예를 들어 어떤 피험자가 n개의 문항에 응답했다면 각 문항의 문항 특성 곡선에서 θ를 임의의 값으로 설정하여 $P_1(\theta)$, $P_2(\theta)$, …,

$P_n(\theta)$를 구한다. [25]이렇게 구한 각각의 값은 ㉑피험자의 실제 응답과 차이가 있다. [26]그래서 θ의 수치를 바꾸어 가면서 그 차이가 무시해도 될 정도로 매우 작아지는 θ의 수치를 구해 이를 피험자의 능력으로 추정한다. 피험자의 능력인 θ의 값을 구하는 방법을 설명하고 있어. 우선 임의의 값으로 설정한 뒤에 수치를 조정하며 실제 응답과의 차이를 조정하는 방식으로 추정한다고 해.

이것만은 챙기자

* **가시적:** 눈으로 볼 수 있는 것.
* **모수:** 두 개 이상의 변수 사이의 함수 관계를 간접적으로 표시할 때 사용하는 변수.
* **척도:** 평가하거나 측정할 때 의거할 기준.

만점 선배의 구조도 예시

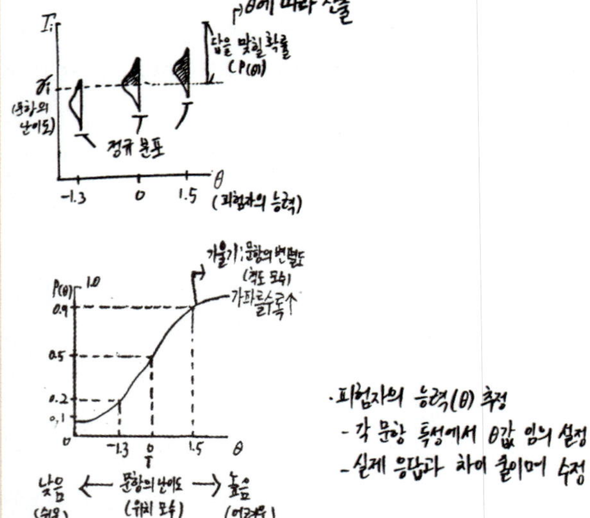

| 세부 정보 파악 | 정답률 69

1. 윗글을 이해한 내용으로 적절하지 **않은** 것은?

✔ 정답풀이

① 고전 검사 이론의 경우 문항의 변별도는 피험자의 수와 피험자의 총점의 관계를 나타낸다.

> 근거: **2** [7]변별도는 해당 문항의 답을 맞혔는지의 여부와 총점의 관계를 의미하는 지수로 나타낸다.

✘ 오답풀이

② 고전 검사 이론의 경우 동일한 피험자라도 문항의 난이도에 따라 피험자의 능력이 다르게 분석될 수 있다.
근거: **2** [6]문항의 어려움과 쉬움의 정도를 나타내는 난이도는 응답자 중 그 문항의 답을 맞힌 응답자의 수가 많을수록 낮다고 나타낸다. [9](고전 검사 이론은) 문항의 특성이 피험자 집단에 따라 달라지거나 피험자의 능력이 검사의 특성에 따라 다르게 나타나는 한계가 있다.
고전 검사 이론의 경우에는 문항이 높은 난도로 제시되었는지, 낮은 난도로 제시되었는지에 따라 동일한 피험자라도 능력이 다르게 분석될 수 있다.

③ 문항 반응 이론의 경우 피험자의 능력에 따라 문항의 특성이 달라지지 않는다고 간주한다.
근거: **1** [3]문항의 특성은 문항의 난이도와 변별도 등으로 파악해 볼 수 있다. + **3** [10]문항 반응 이론에서는 피험자의 능력은 고유하며, 문항의 난이도나 변별도 역시 변하지 않는다고 간주한다.

④ 고전 검사 이론과 문항 반응 이론 모두 피험자의 응답을 기반으로 문항의 특성을 분석한다.
근거: **2** [6](고전 검사 이론에서) 난이도는 응답자 중 그 문항의 답을 맞힌 응답자의 수가 많을수록 낮다고 나타낸다. + **3** [11]문항 반응 이론에서는 피험자의 능력과 문항의 특성을 분석하기 위해 피험자의 응답에 기반하여 확률적으로 접근하는데, 이때 문항 특성 곡선이 활용된다.
고전 검사 이론과 문항 반응 이론 모두 피험자의 응답을 기반으로 문항의 특성을 분석한다고 볼 수 있다.

⑤ 고전 검사 이론과 문항 반응 이론 모두 피험자의 잠재적 속성을 측정하는 검사의 질을 분석하는 데 쓰인다.
근거: **1** [2]인지적 영역과 같은 잠재적 속성은 직접 측정이 불가능하기 때문에 검사라는 도구를 사용하여 간접 측정을 한다. [3]이때 검사의 질은 각 문항의 특성에 의해 결정되는데, 문항의 특성은 문항의 난이도와 변별도 등으로 파악해 볼 수 있다. + **2** [4]고전 검사 이론은 검사의 질을 분석하는 대표적인 검사 이론이다. + **3** [11]문항 반응 이론에서는 피험자의 능력과 문항의 특성을 분석
고전 검사 이론과 문항 반응 이론 모두 인지적 영역과 같은 잠재적 속성에 대해 간접 측정하는 검사의 질을 분석하는 검사 이론에 해당한다고 볼 수 있다.

2. 고전 검사 이론을 바탕으로 〈보기 1〉에 대해 〈보기 2〉와 같이 추론하였을 때, ㉠, ㉡에 들어갈 말로 적절한 것은?

〈보기 1〉

4명의 피험자가 4문항으로 구성된 검사를 실시하여 다음과 같은 응답 결과를 얻었다.

문항 피험자	1번	2번	3번	4번	총점
A	1	1	1	1	4
B	1	1	0	1	3
C	0	0	0	1	1
D	1	0	1	1	3

※ 응답한 문항의 답을 맞힌 경우 1점, 틀린 경우 0점.

피험자 능력: A > B = D > C
문항의 난이도: 2번 = 3번 > 1번 > 4번
문항의 변별도: 1번 > 2번 = 3번 > 4번

〈보기 2〉

○ 피험자 B와 피험자 D는 [㉠] 때문에 능력이 같다고 할 수 있다.
○ 1번 문항이 3번 문항보다 [㉡] 할 수 있다.

✔ 정답풀이

	㉠	㉡
①	총점이 동일하기	난이도가 낮다고

근거: ❷ [5]고전 검사 이론에서 피험자의 능력은 답을 맞힌 문항에 부여된 점수의 총점으로 결정한다. [6]또 문항의 어려움과 쉬움의 정도를 나타내는 난이도는 응답자 중 그 문항의 답을 맞힌 응답자의 수가 많을수록 낮다고 나타낸다. [7]그리고 어떤 문항이 피험자의 능력에 따라 피험자를 변별하는 정도를 나타내는 변별도는 해당 문항의 답을 맞혔는지의 여부와 총점의 관계를 의미하는 지수로 나타낸다.

피험자 B와 피험자 D는 총 3문항을 맞춰 총점이 동일하기(㉠) 때문에 능력이 같다고 볼 수 있다. 또한 1번 문항은 피험자 한 명만 틀렸고, 3번 문항은 피험자 두 명이 틀렸다. 이는 1번 문항이 3번 문항보다 난이도가 낮다(㉡)는 것을 나타낸다. 참고로 총점이 비교적 높은 피험자 B와 총점이 가장 낮은 피험자 C가 함께 3번 문항을 틀렸다는 것은, 3번 문항의 변별도가 1번 문항에 비해 낮게 나타났음을 의미한다고 볼 수 있다.

3. 윗글을 바탕으로 〈보기〉를 분석한 내용에 대한 판단으로 적절하지 않은 것은? [3점]

〈보기〉

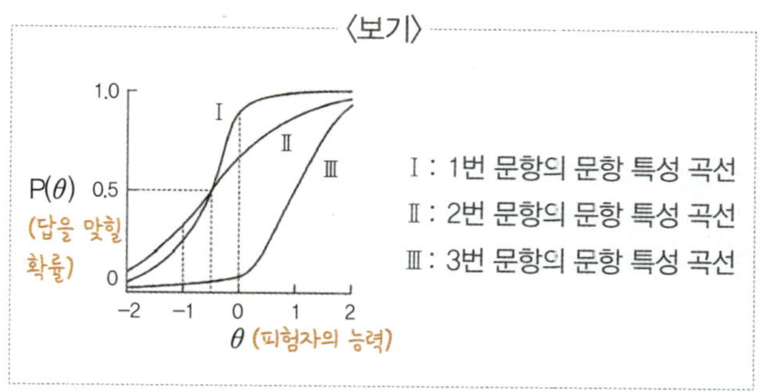

✔ 정답풀이

분석한 내용	판단
능력이 0보다 높은 피험자들을 변별하는 데는 3번 문항보다 1번 문항이 적합하겠군.	적절함. … ②

근거: ❺ [21]반면 문항의 변별도는 척도 모수로 나타난다. [22]척도 모수는 문항 특성 곡선의 기울기가 가파를수록 높다고 추정된다.

〈보기〉에서 피험자의 능력이 0보다 높은 구간에서는 3번 문항의 문항 특성 곡선의 기울기가 가장 가파르게 나타나므로, 능력이 0보다 높은 피험자들을 변별하는 데는 1번 문항보다 3번 문항이 더 적합하다고 보아야 한다.

✘ 오답풀이

분석한 내용	판단
위치 모수가 가장 오른쪽에 있는 3번 문항이 가장 어렵겠군.	적절함. … ①

근거: ❺ [18]문항 특성 곡선에서 문항의 난이도는 위치 모수로 나타난다. [19]위치 모수는 문항의 P(θ)가 0.5일 때 그에 대응하는 θ지점을 의미한다. [20]위치 모수는 오른쪽에 있을수록 어려운 문항으로 추정된다.

문항의 난이도인 위치 모수가 가장 오른쪽에 있는 3번 문항이 가장 어려울 것이라고 볼 수 있다.

분석한 내용	판단
능력이 −2인 피험자가 2번 문항을 맞힐 확률은 3번 문항을 맞힐 확률보다 낮겠군.	적절하지 않음. …… ③

근거: ❹ [16]각 능력에서 문항의 답을 맞힐 확률인 P(θ)

〈보기〉에서는 −2의 능력을 가진 피험자가 2번 문항을 맞힐 확률은 3번 문항을 맞힐 확률보다 높게 나타나고 있다.

분석한 내용	판단
P(θ)가 0.5일 때 1번 문항과 2번 문항의 θ는 동일하기 때문에 1번 문항이 2번 문항보다 어렵겠군.	적절하지 않음. …… ④

근거: **⑤** [18]문항 특성 곡선에서 문항의 난이도는 위치 모수로 나타난다. [19]위치 모수는 문항의 P(θ)가 0.5일 때 그에 대응하는 θ지점을 의미한다.
〈보기〉에 따르면 P(θ)가 0.5일 때 1번 문항과 2번 문항을 맞히는 피험자의 능력(θ)은 동일하게 나타나므로, 1번 문항과 2번 문항의 난이도는 동일하게 나타난다고 볼 수 있다.

분석한 내용	판단
$-1 < \theta < 0$ 구간에서 2번 문항은 3번 문항에 비해 피험자의 능력에 따라 피험자를 변별하는 정도가 크겠군.	적절함. … ⑤

근거: **⑤** [21]반면 문항의 변별도는 척도 모수로 나타난다. [22]척도 모수는 문항 특성 곡선의 기울기가 가파를수록 높다고 추정된다.
〈보기〉의 $-1 < \theta < 0$ 구간에서 2번 문항에 대한 문항 특성 곡선은 3번 문항에 대한 문항 특성 곡선에 비해 더 가파른 기울기로 나타나므로, 피험자의 능력에 따라 피험자를 변별하는 정도는 2번 문항이 3번 문항보다 클 것이다.

문제적 문제

• 3-②, ③, ④번

정답인 ②번을 선택한 학생의 비율은 68%에 그쳤으며, ③, ④번을 선택한 학생의 비율도 각각 10%, 11%로 비교적 높았다.

문제의 유형이 단순히 분석한 내용을 묻는 것이 아니라 분석한 내용의 옳고 그름을 판단하게 하는 것이라 혼동한 학생이 많았던 것으로 보인다. 발문은 〈보기〉를 분석한 내용에 대한 판단으로 적절하지 않은 것을 고르라는 것이었고, ③번과 ④번 내용에 대한 정확한 판단은 '적절하지 않음'이었다. 즉, '적절하지 않음'이라는 판단이 적절했음을 파악해야 정답에 도달할 수 있었다.

우선 ③번 선지의 경우, '능력이 −2인 피험자가 2번 문항을 맞힐 확률은 3번 문항을 맞힐 확률보다 낮'다고 분석하였다. 따라서 피험자의 능력인 θ 즉, 가로축에서 −2인 지점에서 정답을 맞힐 확률인 P(θ) 즉, 세로축의 값을 비교하면 된다. 〈보기〉에서 해당 지점의 세로축 값을 비교해 보면 정확한 값이 표기되어 있지는 않지만 2번 문항에 해당하는 곡선에서의 값이 3번 문항에 해당하는 곡선에서의 값보다 위에 있는 것을 확인할 수 있다. 따라서 분석한 내용은 적절하지 않고, 이에 대한 판단 또한 적절하지 않다고 했으므로 적절한 선지라고 볼 수 있다.

다음으로 ④번 선지의 경우, 문제를 풀 때 변별도와 난이도의 개념을 헷갈렸다면 이를 적절하지 않은 선지로 판단했을 수 있다. 분석한 내용을 살펴보면, 'P(θ)가 0.5일 때 1번 문항과 2번 문항의 θ는 동일하기 때문에 1번 문항이 2번 문항보다 어렵'다고 하였다. 이 분석에서 문항의 난이도를 파악하는 P(θ)가 0.5일 때 그에 대응하는 θ지점을 위치 모수라고 한다. 즉 위치 모수가 같으므로 1번과 2번 문항의 난이도는 동일하다고 볼 수 있다. 따라서 〈보기〉를 분석한 내용은 적절하지 않고, 이에 대한 판단 또한 적절하지 않다고 하였으므로 적절한 선지라고 볼 수 있다.

정답인 ②번 선지의 경우, '능력이 0보다 높은 피험자들을 변별하는 데는 3번 문항보다 1번 문항이 적합'하다고 하였다. 변별도를 묻는 문제이므로 기울기를 보아야 하는데, '능력이 0보다 높은 피험자를 변별'해야 하므로 0보다 높은 구간에서의 기울기를 비교하여야 한다. 〈보기〉에서 피험자의 능력이 0보다 높은 구간에서는 3번 문항의 문항 특성 곡선의 기울기가 가장 가파르게 나타난다. 1번 문항의 기울기가 가장 가파른 구간은 능력이 0보다 낮은 구간이며 능력이 0인 지점에서는 이미 답을 맞힐 확률이 1.0에 가까워져 기울기가 매우 낮다고 볼 수 있다. 따라서 능력이 0보다 높은 피험자들을 변별하는 데는 1번 문항보다 3번 문항이 더 적합하다고 보아야 하므로 분석은 적절하지 않다. 그러나 이에 대한 판단은 적절하다고 하였으므로 적절하지 않은 선지로 볼 수 있다.

정답률 분석

①	정답 ②	매력적 오답 ③	매력적 오답 ④	⑤
3%	68%	10%	11%	8%

4. [A]를 이해한 내용으로 적절하지 <u>않은</u> 것은?

✅ **정답풀이**

② i 문항에 대해 피험자의 능력이 −1인 집단의 응답 경향을 나타내는 정규 분포에서 γ_i보다 위에 있는 면적은 0.2보다 작겠군.

> 근거: **4** [15]〈그림 1〉과 같이 θ가 −1.3, 0, 1.5일 때 각각의 정규 분포가 그려진다면 γ_i보다 위에 있는 면적이 문항의 답을 맞힐 확률이 되어, θ가 −1.3인 집단의 답을 맞힐 확률은 0.2, θ가 0인 집단의 답을 맞힐 확률은 0.5
> 피험자의 능력이 −1인 집단의 응답 경향을 나타내는 정규 분포에서 γ_i보다 위에 있는 면적은 0.5보다는 작지만 0.2보다는 크게 나타날 것이다.

❌ **오답풀이**

① i 문항보다 쉬운 문항이 제시된다면 피험자의 능력이 −1.3인 집단과 피험자의 능력이 0인 집단의 답을 맞힐 확률은 모두 높아지겠군.
근거: **4** [14]i 문항에 응답하는 경향(Γ_i)은 θ에 따라 정규 분포로 그려지게 될 것이고, 문항의 난이도가 γ_i일 때 Γ_i가 이보다 높으면 문항의 답을 맞히게 될 것이다.
[A]의 〈그림 1〉을 참고하면, i 문항보다 쉬운 문항이 제시된 경우, 문항의 난이도를 나타내는 γ_i가 낮아지면서 모든 피험자에 있어 문항의 답을 맞힐 확률인 γ_i보다 위에 있는 면적이 넓어지게 되므로, 피험자의 능력이 −1.3인 집단과 피험자의 능력이 0인 집단 모두에서 답을 맞힐 확률은 높아지게 될 것이다.

③ i 문항에 대해 피험자의 능력이 1인 집단의 답을 맞힐 확률은 피험자의 능력이 0인 집단의 답을 맞힐 확률보다 높겠군.
근거: **5** [17]문항 특성 곡선은 능력이 낮은 집단의 P(θ)는 낮고, 능력이 높은 집단의 P(θ)는 높음을 나타내는 증가함수이다.
피험자의 능력이 높아질수록 문항의 답을 맞힐 확률도 높아지게 되므로, i 문항에 대해 피험자의 능력이 1인 집단의 답을 맞힐 확률은 피험자의 능력이 0인 집단의 답을 맞힐 확률보다 높을 것이다.

④ i 문항보다 쉬운 문항이 제시된다면 피험자의 능력이 1.5인 집단의 답을 맞힐 확률은 0.92보다 높겠군.
근거: **4** [14]i 문항에 응답하는 경향(Γ_i)은 θ에 따라 정규 분포로 그려지게 될 것이고, 문항의 난이도가 γ_i일 때 Γ_i가 이보다 높으면 문항의 답을 맞히게 될 것이다. [15]θ가 1.5인 집단의 답을 맞힐 확률은 0.92로 얻어진다.
[A]의 〈그림 2〉를 참고하면, i 문항이 제시되었을 때 피험자의 능력이 1.5인 집단이 답을 맞힐 확률은 0.920이므로, i 문항보다 쉬운 문항이 제시된다면 해당 집단이 답을 맞힐 확률은 0.92보다 높아질 것이다.

⑤ i 문항보다 어려운 문항이 제시된다면 피험자의 능력이 0인 집단의 답을 맞힐 확률은 0.5보다 낮겠군.
근거: **4** [14]i 문항에 응답하는 경향(Γ_i)은 θ에 따라 정규 분포로 그려지게 될 것이고, 문항의 난이도가 γ_i일 때 Γ_i가 이보다 높으면 문항의 답을 맞히게 될 것이다. [15]θ가 0인 집단의 답을 맞힐 확률은 0.5
[A]의 〈그림 1〉을 참고하면, i 문항보다 어려운 문항이 제시된 경우, 문항의 난이도를 나타내는 γ_i가 높아지면서 모든 피험자에 있어 문항의 답을 맞힐 확률인 γ_i보다 위에 있는 면적이 좁아지게 된다. i 문항이 제시되었을 때 피험자의 능력인 θ가 0인 집단이 답을 맞힐 확률은 0.5이므로, i 문항보다 어려운 문항이 제시된다면 해당 집단이 답을 맞힐 확률은 0.5보다 낮아질 것이다.

5. ㉮의 이유로 가장 적절한 것은?

㉮: 피험자의 실제 응답과 차이가 있다.

✔ 정답풀이

① 문항 특성 곡선을 활용하여 피험자의 고유한 능력을 확률적으로 추정했기 때문에

근거: ❸ [11]문항 반응 이론에서는 피험자의 능력과 문항의 특성을 분석하기 위해 피험자의 응답에 기반하여 확률적으로 접근하는데, 이때 문항 특성 곡선이 활용된다. [12]문항 특성 곡선은 피험자의 능력(θ)에 따라 어떤 문항의 답을 맞힐 확률을 나타내는 S자 형태의 곡선이다. + ❻ [24]각 문항의 문항 특성 곡선에서 θ를 임의의 값으로 설정
문항 특성 곡선은 피험자의 능력을 임의의 값으로 설정하여 추정하기 때문에, ㉮에서 언급된 바와 같이 피험자의 실제 응답과는 차이가 나는 결과값이 나타나게 된다.

✖ 오답풀이

② 문항 특성 곡선이 문항의 위치 모수와 척도 모수를 반영하고 있지 못하기 때문에
근거: ❺ [18]문항 특성 곡선에서 문항의 난이도는 위치 모수로 나타난다. [19]위치 모수는 문항의 P(θ)가 0.5일 때 그에 대응하는 θ지점을 의미한다. [21]반면 문항의 변별도는 척도 모수로 나타난다. [22]척도 모수는 문항 특성 곡선의 기울기가 가파를수록 높다고 추정된다.
문항의 난이도는 P(θ) = 0.5에 해당하는 위치 모수로 나타나며, 문항의 변별도를 나타내는 척도 모수는 곡선의 기울기에 따라 나타난다. 따라서 문항 특성 곡선이 문항의 위치 모수와 척도 모수를 반영하고 있지 못하다고 볼 수 없다.

③ 각 문항의 문항 특성 곡선에 따라 피험자의 능력이 변질될 수 있기 때문에
근거: ❸ [10]문항 반응 이론에서는 피험자의 능력은 고유
문항 반응 이론에서는 피험자의 능력이 고유하다고 보므로, 각 문항의 문항 특성 곡선에 따라 피험자의 능력이 변질될 수 있다고 보지 않을 것이다.

④ 피험자가 문항을 맞힐 확률이 문항의 변별도에 의해 결정되기 때문에
근거: ❷ [7]어떤 문항이 피험자의 능력에 따라 피험자를 변별하는 정도를 나타내는 변별도
문항의 변별도와 답을 맞힐 확률은 관련성을 갖는다고 볼 수 있으나 이는 ㉮의 이유와 연관이 없다.

⑤ 피험자 집단의 특성에 따라 피험자의 능력이 좌우되기 때문에
근거: ❸ [10]문항 반응 이론에서는 피험자의 능력은 고유
피험자 집단의 특성에 따라 피험자의 능력이 좌우된다고 볼 수 없으며, 이는 ㉮의 이유와도 관련이 없다.

MEMO

문제 P.100

[1~5] 다음 글을 읽고 물음에 답하시오.

✏ 사고의 흐름

1 [1]언어 분석철학자인 카르납은 어떤 언명이 어법에 맞지 않거나 관찰 가능한 경험적 문장으로 환원될 수 없을 경우에 그 언명은 무의미하다고 보고, 이를 '사이비* 언명'이라 부르며 배척하였다. [2]예를 들어 다음의 두 문장을 살펴보자. 카르납의 '사이비 언명'에 대한 기준이 제시되었어. 예시 문장을 통해 실제로 이 기준이 어떻게 적용되는지 보여 줄 거야.

> 예를 들어 설명하면 중요한 내용일 가능성이 높으니, 정확하게 이해해 보자!

[3]Ⅰ. 카이사르는 그리고(Ceasar is and).

[4]Ⅱ. 카이사르는 소수이다(Ceasar is a prime number).

2 [5]'Ⅰ'은 어법에 맞지 않아서, 'Ⅱ'는 참과 거짓 여부를 판가름할 수 있는 관찰 사실을 찾는 것이 불가능하다는 점에서 '사이비 언명'에 해당한다. [6]카르납은 특히 Ⅱ와 같은 유형의 사이비 언명에 대해 언급하는 과정에서, 하이데거와 같은 철학자들이 언어를 통해 형이상학적인 존재를 드러낼 수 있다고 본 것은 오류라고 지적했다. 카르납은 언어를 통해 형이상학적 존재를 드러낼 수 없다고 보았는데, 관찰이 불가능한 형이상학적 존재를 언어를 통해 드러낸다면 사이비 언명이 되기 때문이지. [7]하이데거는 '무(無)란 무 자체가 무화(無化)한 것으로서 존재인 동시에 존재를 넘어서는 것'이라는 언명을 통해 '무'도 관찰 가능한 대상임을 말하고자 했다. 하이데거: '무'도 관찰 가능한 대상임 [8]그러나 카르납은 이러한 하이데거의 언명에서 원래 '아무것도 없음'을 뜻하는 문자적 의미의 '무'가 '존재인 동시에 존재를 넘어서는 것'이라는 은유적 의미로 슬그머니 바뀌었음을 지적했다. [9]즉 카르납은 '무'에 대한 하이데거의 언명이 은유의 개입으로 인해 문자적인 의미가 은유적인 의미로 아무 이유 없이 변경된 사이비 언명에 불과하다고 본 것이다. 카르납은 은유의 개입으로 인해 문자적 의미의 '무'가 은유적 의미의 '무'로 변경되어 해당 언명이 무의미하다고 본 거야.

> 전환! '무'도 관찰 가능한 대상임에 대한 카르납의 반박이 제시될 거야.

3 [10]언어가 세계를 반영하고 있다고 보았던 카르납은 세계의 진리를 밝히기 위해 언어를 논리적으로 분석하였으며, 그 과정에서 언어를 문자적 언어와 은유적 언어로 나누고 전자(문자적 언어)는 과학과 같은 객관적 사실의 영역에, 후자(은유적 언어)는 문학과 같은 정서적 표현의 영역에 각각 고정해 두고자 했다. [11]카르납은 과학적이고 객관적인 사실의 영역 안에서 세계의 진리를 설명하고자 했기 때문에 그에게 시인들의 은유적 언어는 참과 거짓을 판단하는 것이 무의미한 대상에 불과했으며, 오직 문자적 언어만이 세계의 진리에 접근할 수 있는 길이라 여겼다. 언어가 세계를 반영한다고 본 카르납의 언어관이 제시되었어. 정리하면 다음과 같아.

언어	구분
문자적 언어	객관적 사실의 영역 → 세계의 진리에 접근
은유적 언어	정서적 표현의 영역 → 참·거짓 판단 무의미(사이비 언명)

> 카르납의 언어관에 반박하는 견해가 등장할 거야. 차이점에 유의하며 읽자!

4 [12]이러한 카르납의 언어관과 달리 실용주의자 로티는 언어란 역사적 우연성의 산물로, 거기에는 어떤 고정적 의미나 초월적 진리가 담겨있을 수 없다는 다원주의*적 관점을 보여 준다. 로티: 언어에 고정적 의미나 진리가 담겨있을 수 없음 [13]언어의 의미는 대상에 의해서 정해지는 것이 아니라 언어를 사용하는 사람들에 의해 우연하게 정해지는 것으로 시대와 환경에 따라서 얼마든지 달라질 수 있다고 본 것이다. 로티는 언어를 통해 진리에 다다를 수 있다는 카르납의 주장을 부정하고 있어. 그 이유는 언어는 사람들에 의해 우연하게 정해지는 것이라서 시대와 환경에 따라 가변성을 갖기 때문이지. [14]로티는 객관적인 문자적 언어와 주관적인 은유적 언어는 명확히 구분될 수 없으며 구분해 줄 만한 기준도 존재하지 않는다고 생각했다. 로티는 카르납의 언어에 대한 구분 또한 반박하고 있어. [15]언어를 구분하는 것은 대상의 본질을 지시하는 하나의 특별한 언어가 있다는 생각에서 나온 것인데, 로티는 이러한 생각이 언어의 우연적 속성에 부합하지 않는다고 본 것이다. [16]또한 은유적 언어는 그것이 사용된 특정한 맥락 안에서만 의미를 갖는 것일 뿐 언어 자체가 은유적인 본질을 갖는 것은 아니라는 점에도 주목했다. 로티는 은유적 언어가 특정한 맥락 안에서만 한정적으로 구현된다고 보았네. [17]로티는 언어가 세계를 반영하고 있지 않다고 보았으나, 그렇다고 해서 세계가 존재한다는 사실 자체를 부정하지는 않았다. [18]다만 진리를 말하기 위해서는 언어를 사용할 수밖에 없기 때문에 언어적 서술들의 옳고 그름만 서로 비교할 수 있을 뿐, 끝내 세계의 옳고 그름을 제시할 수는 없음을 말하고자 했던 것이다. 언어가 세계를 반영하고 있다고 본 카르납과 달리, 로티는 세계가 존재한다는 사실을 부정하지는 않았지만 언어가 세계의 옳고 그름을 제시할 수는 없다고 보았어.

> 추가적인 정보가 나열되고 있어!

> '다만'과 같은 표현 뒤에는 예외적인 내용이 나오기도 하니까 눈여겨보자!

5 [19]결국 로티는 ㉮옳다고 여겨지는 어떤 언명이 존재한다는 것은 그 언명이 주어진 상황을 드러내는 데 적절하다는 것을 특정 시대의 전통과 공동체가 승인한다는 의미일 뿐 문화적, 시대적 배경을 초월하여 절대적으로 옳다는 것을 증명하는 것은 아니라고 보았다. 문자적 언어 또한 시대나 환경과 같은 맥락 안에서만 한정적으로 의미를 갖는다고 본 거네. [20]그는 이렇게 세계에 관해 우리가 밝히는 것(=언어적 서술)이 세계와 언어를 비교하는 것이 아니라 세계를 서술하는 언어끼리 비교하는 것일 뿐이라는 사실을 안다면, 문자적 언어가 은유적 언어보다 그 진리에 더 부합한다고도 말할 수는 없다고 생각했다.

> 앞 내용을 정리해 주는 표현이니 주목하자.

6 [21]로티는 이러한 언어관을 바탕으로 우리가 서술해 나가는 진리가 시대와 환경에 따라 끊임없이 재서술되면서 변화하는 것임을 밝히고자 했으며, 그런 점에서 철학적인 작업을 엄밀하고 체계적인 학문으로서보다는 문학적이고 시적인 작업으로 이해하고자 했다. 로티는 언어가 역사적 우연성의 산물이기 때문에 고정적 의미나 초월적 진리를 담을 수 없으며, 우리가 서술해 나가는 진리는 시대와 환경에 따라 재서술되면서 변화한다고 본 거야. [22]로티는 개인이 사적 공간에서 자신의 고유한 삶에 대해 자신만의 어휘로 서술해 나가는 시인과도 같은 작업을 통해 저마다의 진리가 우연적이고 상대적으로 존재하게 된다고 보았으며 이렇게 끊임없이 자신을 재서술해 나가는 개인을 일컬어 ㉠아이러니스트라고

불렀다. '아이러니스트'의 개념 **23**로티는 아이러니스트의 작업이 자기완성의 길일 뿐 이상적인 인간이 되는 것을 담보하는 것은 아니며, 그 개인적 진리를 공적 영역으로 끌고 나와 모두에게 동의를 구하거나 강요할 수도 없다고 단정했다. 아이러니스트는 사적 진리를 공적 영역으로 드러내 모두에게 동의를 구하거나 강요할 수 없다고 하네. **24**로티의 관점에서는 모두가 동의하는 궁극적 진리를 발견하고자 했던 과거의 수많은 철학자들 역시 아이러니스트에 불과할 뿐이므로, 그들이 찾은 진리 또한 사적 영역에 한정시키고자 했다. **25**그런데 아이러니스트는 사적인 영역에만 갇혀 공적인 것에 대해 무관심해질 수 있으므로, 로티는 사적 영역에서 아이러니스트의 작업을 수행함과 동시에 공적 영역에서는 자유주의자가 될 것을 촉구했다. 로티는 사적 영역과 공적 영역을 나누어 행동 양식을 제시하고 있는데, 사적 영역에서 아이러니스트로서 개인적 진리를 탐구하면서도 공적 영역에서는 자유주의자가 되어 공적 영역에 대해 무관심해지지 않기를 촉구하는 거야. **26**그가 말하는 ⓛ자유주의자란 대화와 타협을 통해 제도와 관습의 부정적인 측면을 고쳐 나감으로써 사회적 약자의 고통을 줄여 나가는 연대성을 실천하는 사람을 의미한다. '자유주의자'의 개념 **27**이렇듯 로티는 보편적 기준이 적용될 수 없는 사적인 영역과 시대의 보편적 기준에 의해 지배되는 공적인 영역을 분리함으로써 진리 탐구의 과정과 사회적 문제 해결의 과정을 명확히 구분하고자 했다. 사적 영역과 공적 영역을 구분하여 진리 탐구 과정 및 사회적 문제 해결 과정을 명확히 하고자 한 로티의 주장을 다시 한번 언급하며 글을 마무리하고 있어.

아이러니스트의 한계를 제시할 거야.

만점 선배의 구조도 예시

1. 카르납의 언어관 (언어가 세계를 반영)
 ·사이비 언명 ┌ 어법에 맞지 않음
              └ 실제로 관찰 불가능 (ex)형이상학적 존재
 ·언어 ┌ 문자적 언어: 객관적 사실의 영역, 세계의 진리에 접근하는 유일한 길
       └ 은유적 언어: 정서적 표현의 영역, 참·거짓 판단 무의미 (사이비 언명)
                     (ex) 하이데거의 '무'

2. 로티의 언어관 (언어는 역사적 우연성의 산물 → 세계 반영X)
 ·언어: 가변적 의미 (시대와 환경 등에 따라 변함)
   - 문자적 언어와 은유적 언어 구분 X
   - 옳다고 여겨지는 언명 → ┌ 특정 시대의 전통과 공동체가 승인 → 언어를 통해
                          └ 절대적 옳음 증명 X   절대적 진리도달 X

 ·아이러니스트와 자유주의자
   ┌ 아이러니스트: 개인의 사적 공간에서 자신만의 언어로
   │   자신을 끊임없이 재서술해 나가는 개인
   ├ 자유주의자: 대화와 타협을 통해 제도와 관습의
   │   부정적인 측면을 고쳐나가는 사람
   └→ 어느 하나 선택 X, 동시 수행
      사적 영역과 공적 영역 구분
        진리 탐구   사회적 문제 해결
          과정 명확히 함.

1. 윗글의 내용에 대한 이해로 가장 적절한 것은?

✓ 정답풀이

③ 카르납은 언어 자체의 의미에, 로티는 언어가 사용된 특정한 맥락에 주목했다.

> 근거: **3** [10](카르납은) 언어를 문자적 언어와 은유적 언어로 나누고 전자는 과학과 같은 객관적 사실의 영역에, 후자는 문학과 같은 정서적 표현의 영역에 각각 고정해 두고자 했다. + **4** [13](로티는) 언어의 의미는 대상에 의해서 정해지는 것이 아니라 언어를 사용하는 사람들에 의해 우연하게 정해지는 것으로 시대와 환경에 따라서 얼마든지 달라질 수 있다고 본 것이다.
>
> 카르납은 언어를 문자적 언어와 은유적 언어로 나누어 각각 개별 영역에 고정해 두었다고 하였으므로 언어 자체의 의미에 주목했다고 볼 수 있다. 한편 로티는 언어가 시대와 환경에 따라 변화한다고 하였으므로 언어가 사용된 맥락에 주목했다고 볼 수 있다.

✗ 오답풀이

① 카르납은 하이데거의 언명이 객관적인 사실의 영역에서 증명될 수 있다고 여겼다.

근거: **2** [9]카르납은 '무'에 대한 하이데거의 언명이 은유의 개입으로 인해 문자적인 의미가 은유적인 의미로 아무 이유 없이 변경된 사이비 언명에 불과하다고 본 것이다. + **3** [10]언어를 문자적 언어와 은유적 언어로 나누고 전자는 과학과 같은 객관적 사실의 영역에, 후자는 문학과 같은 정서적 표현의 영역에 각각 고정해 두고자 했다. [11]카르납은~은유적 언어는 참과 거짓을 판단하는 것이 무의미한 대상에 불과했으며, 오직 문자적 언어만이 세계의 진리에 접근할 수 있는 길이라 여겼다.

카르납은 하이데거의 언명에 대해 은유가 개입된 '사이비 언명'이라고 했으므로 문자적 언어가 아닌 은유적 언어에 속한다고 볼 것이다. 그런데 카르납은 문자적 언어를 객관적 사실의 영역에 두었으므로, 하이데거의 언명이 객관적인 사실의 영역에서 증명될 수 있다고 여기지 않을 것이다.

② 로티는 언어의 우연성 안에 세계가 반영되어 있다고 보았다.

근거: **4** [17]로티는 언어가 세계를 반영하고 있지 않다고 보았으나, 그렇다고 해서 세계가 존재한다는 사실 자체를 부정하지는 않았다.

④ 카르납은 문자적 언어가, 로티는 은유적 언어가 세계의 진리를 더 잘 드러낸다고 여겼다.

근거: **3** [11]카르납은~오직 문자적 언어만이 세계의 진리에 접근할 수 있는 길이라 여겼다. + **4** [14]로티는 객관적인 문자적 언어와 주관적인 은유적 언어는 명확히 구분될 수 없으며 구분해 줄 만한 기준도 존재하지 않는다고 생각했다.

카르납은 오직 문자적 언어를 통해서만 세계의 진리에 접근할 수 있다고 하였으므로 문자적 언어가 세계의 진리를 더 잘 드러낸다고 여겼다고 볼 수 있다. 그러나 로티는 문자적 언어와 은유적 언어를 명확히 구분할 수 없다고 보았으므로, 둘 중 어느 하나가 세계의 진리를 더 잘 드러낸다고 여기지 않을 것이다.

⑤ 카르납과 로티는 모두 객관적 언어와 주관적 언어를 구분하는 기준은 없다고 보았다.

근거: **3** [10](카르납은) 언어를 문자적 언어와 은유적 언어로 나누고 전자는 과학과 같은 객관적 사실의 영역에, 후자는 문학과 같은 정서적 표현의 영역에 각각 고정해 두고자 했다. + **4** [14]로티는 객관적인 문자적 언어와 주관적인 은유적 언어는 명확히 구분될 수 없으며 구분해 줄 만한 기준도 존재하지 않는다고 생각했다.

로티는 객관적 언어인 문자적 언어와 주관적 언어인 은유적 언어를 명확히 구분할 기준이 존재하지 않는다고 하였다. 그러나 카르납은 문자적 언어를 객관적 영역, 은유적 언어를 정서적 표현의 영역으로 나누었으므로 이를 구분하는 기준이 없다고 보지는 않을 것이다.

🖋 모두의 질문 · 1–④번

Q: 로티의 언어관은 우연적·상대적이므로 모든 언어를 은유적 언어로 간주하고, 진리 탐구를 '엄밀하고 체계적인 학문'이 아니라 '문학적이고 시적인 작업'으로 보았으니, 결국 은유적 언어가 세계의 진리를 드러낸다고 본 것 아닌가요?

A: 4문단에 따르면, 로티는 문자적 언어와 은유적 언어를 구분하는 것 자체에 대해 반박하였다. 또한 5문단에서 '문자적 언어가 은유적 언어보다 그 진리에 더 부합한다고도 말할 수는 없다고 생각했다.'라는 것은 모든 언어가 세계를 반영하는 것이 아니라 세계를 서술하는 것일 뿐이라는 관점을 드러낸 것이다. 또한 6문단에 따르면 로티는 '저마다의 진리가 우연적이고 상대적으로 존재'한다고 보며, 과거의 철학자들이 찾은 진리 또한 '사적 영역에 한정'시키고자 했으므로 언어를 통해 세계의 진리를 드러낸다는 것 자체에 동의하지도 않을 것이다.

2. 윗글에 나타난 '카르납'의 관점에서 〈보기〉를 이해한 내용으로 적절하지 <u>않은</u> 것은?

〈보기〉

○ 최근 죽은 채 발견된 향유고래를 부검한 결과 뱃속에서 100kg에 달하는 플라스틱 쓰레기가 나왔고, 향유고래를 부검한 과학자는 '플라스틱 쓰레기로 인해 향유고래가 죽었다'라고 밝혔다. 부검이라는 관찰을 통해 도출한 언명이므로 유의미한 언명

○ 철학자 니체는 종교의 초월성과 절대성, 즉 '신'으로 통칭되는 형이상학적 가치가 인간을 무력하게 한다고 보고, '신은 죽었다'라는 언명을 통해 신이 더 이상 중요하지 않음을 말하고자 했다. '신'은 관찰 불가능한 대상이며 '죽었다'는 '중요하지 않음' 이라는 은유적 의미이므로 무의미한 언명

✅ 정답풀이

④ '신은 죽었다'라는 니체의 말은 종교의 초월적이고 절대적인 가치가 여전히 중요하다고 여기는 사람들에게는 거짓으로 판단될 것이라는 점에서 사이비 언명에 해당한다고 봐야겠군.

근거: 1 [1]언어 분석철학자인 카르납은 어떤 언명이 어법에 맞지 않거나 관찰 가능한 경험적 문장으로 환원될 수 없을 경우에 그 언명은 무의미하다고 보고, 이를 '사이비 언명'이라 부르며 배척하였다. + 3 [11]카르납은~ 은유적 언어는 참과 거짓을 판단하는 것이 무의미한 대상에 불과했으며, 오직 문자적 언어만이 세계의 진리에 접근할 수 있는 길이라 여겼다.
카르납은 어떤 언명이 어법에 맞지 않거나 관찰 가능하지 않을 때 사이비 언명으로 판단하였다. 따라서 사이비 언명의 여부는 특정 주체가 그 언명을 참이나 거짓으로 판단하는 것과는 무관하므로, 종교인들이 '신은 죽었다'라는 니체의 말을 거짓으로 판단한다고 해서 이를 사이비 언명이라 할 수는 없다.

❌ 오답풀이

① 향유고래가 플라스틱 쓰레기로 인해 죽었다는 것은 관찰 가능한 사실이므로 '플라스틱 쓰레기로 인해 향유고래가 죽었다'라는 진술은 유의미한 언명에 해당하는군.

근거: 1 [1]언어 분석철학자인 카르납은 어떤 언명이 어법에 맞지 않거나 관찰 가능한 경험적 문장으로 환원될 수 없을 경우에 그 언명은 무의미하다고 보고, 이를 '사이비 언명'이라 부르며 배척하였다. + 3 [10](카르납은) 언어를 문자적 언어와 은유적 언어로 나누고 전자는 과학과 같은 객관적 사실의 영역에~고정해 두고자 했다.
'플라스틱 쓰레기로 인해 향유고래가 죽었다'라는 언명은 부검을 통해 관찰한 객관적 사실이므로 카르납은 이를 유의미한 언명으로 볼 것이다.

② '신'으로 통칭되는 형이상학적인 가치는 생물이 아니어서 죽음을 관찰할 수 있는 대상이 아니므로 '신은 죽었다'라는 니체의 말은 무의미한 언명에 해당한다고 봐야겠군.

근거: 1 [1]언어 분석철학자인 카르납은 어떤 언명이 어법에 맞지 않거나 관찰 가능한 경험적 문장으로 환원될 수 없을 경우에 그 언명은 무의미하다고 보고, 이를 '사이비 언명'이라 부르며 배척하였다. + 2 [6]카르납은~철학자들이 언어를 통해 형이상학적인 존재를 드러낼 수 있다고 본 것은 오류라고 지적했다.

③ '신은 죽었다'라는 니체의 말은 원래 '생명이 소멸되었음'을 의미하는 '죽었다'라는 단어에 '더 이상 중요하지 않음'이라는 은유적 의미가 개입된 언명이라고 볼 수 있겠군.

근거: 2 [9]카르납은 '무'에 대한 하이데거의 언명이 은유의 개입으로 인해 문자적인 의미가 은유적인 의미로 아무 이유 없이 변경된 사이비 언명에 불과하다고 본 것이다.
카르납은 '무'에 대한 하이데거의 언명처럼 니체의 언명에도 은유가 개입되어 있다고 볼 것이다.

⑤ '플라스틱 쓰레기로 인해 향유고래가 죽었다'라는 진술에서 '죽었다'는 객관적 사실의 영역에 해당하지만, '신은 죽었다'라는 말에서 '죽었다'는 객관적 사실의 영역에 해당하지 않겠군.

근거: 1 [1]언어 분석철학자인 카르납은 어떤 언명이 어법에 맞지 않거나 관찰 가능한 경험적 문장으로 환원될 수 없을 경우에 그 언명은 무의미하다고 보고, 이를 '사이비 언명'이라 부르며 배척하였다. + 2 [10]카르납은~은유의 개입으로 인해 문자적인 의미가 은유적인 의미로 아무 이유 없이 변경된 사이비 언명에 불과하다고 본 것이다. + 3 [10](카르납은) 언어를 문자적 언어와 은유적 언어로 나누고 전자는 과학과 같은 객관적 사실의 영역에, 후자는 문학과 같은 정서적 표현의 영역에 각각 고정해 두고자 했다.
'향유고래'가 '죽었다'는 것은 실제로 관찰 가능하므로 객관적 사실의 영역에 해당하지만, '신'이 '죽었다'는 것은 '신은 더 이상 중요하지 않음'을 나타내는 은유적 의미가 개입된 언명이므로 객관적 사실의 영역에 해당하지 않을 것이다.

3. 윗글을 바탕으로 〈보기〉의 ⓐ에 대한 반응을 예상한 내용으로 적절하지 <u>않은</u> 것은? [3점]

〈보기〉

일제강점기를 살았던 시인 한용운은 기미독립운동이 실패로 돌아간 후 '당신을 보았습니다'라는 시를 썼다. 이 시에서 한용운은 ⓐ'온갖 윤리, 도덕, 법률은 칼과 황금을 제사지내는 연기'라는 표현을 통해 당시의 윤리와 도덕, 법률이 본래의 취지와 다르게 약자를 보호하는 데 쓰이지 못하고, 권력을 지닌 자나 재력을 소유한 자를 위해 봉사하는 구실밖에 하지 못하는 당대의 모순적 현실을 비판하고자 했다.

✔ **정답풀이**

④ 로티는 ⓐ가 한용운에게 개인의 진리로 존재하기 위해 한용운과 동시대를 살았던 다른 사람들의 동의가 필요하다고 여길 것이다.

근거: **6** [23]로티는 아이러니스트의 작업이 자기완성의 길일 뿐 이상적인 인간이 되는 것을 담보하는 것은 아니며, 그 개인적 진리를 공적 영역으로 끌고 나와 모두에게 동의를 구하거나 강요할 수도 없다고 단정했다.
로티는 ⓐ에 대해 아이러니스트의 작업으로 볼 것이다. 따라서 그는 ⓐ와 같은 개인적 진리를 공적 영역으로 끌고 나와 동의를 구할 필요는 없다고 볼 것이다.

✖ **오답풀이**

① 카르납은 ⓐ가 시의 한 구절이라는 점에서 ⓐ의 참과 거짓을 판단하는 것이 무의미하다고 볼 것이다.

근거: **3** [11]카르납은~은유적 언어는 참과 거짓을 판단하는 것이 무의미한 대상에 불과했으며, 오직 문자적 언어만이 세계의 진리에 접근할 수 있는 길이라 여겼다.

② 카르납은 ⓐ가 정서적 표현의 영역에 해당하는 언어이므로 ⓐ를 통해서는 세계의 진리를 드러낼 수 없다고 볼 것이다.

근거: **3** [10](카르납은) 언어를 문자적 언어와 은유적 언어로 나누고 전자는 과학과 같은 객관적 사실의 영역에, 후자는 문학과 같은 정서적 표현의 영역에 각각 고정해 두고자 했다. [11]카르납은~은유적 언어는 참과 거짓을 판단하는 것이 무의미한 대상에 불과했으며, 오직 문자적 언어만이 세계의 진리에 접근할 수 있는 길이라 여겼다.

③ 로티는 ⓐ를 구성하고 있는 시어들이 드러내는 의미가 우연하게 정해진 것이라 생각할 것이다.

근거: **4** [13]언어의 의미는 대상에 의해서 정해지는 것이 아니라 언어를 사용하는 사람들에 의해 우연하게 정해지는 것으로 시대와 환경에 따라서 얼마든지 달라질 수 있다고 본 것이다.

⑤ 로티는 윤리와 도덕이 제 역할을 하지 못했던 당대 현실에 대한 이해가 전제되어야 ⓐ가 의미를 가질 수 있다고 볼 것이다.

근거: **4** [16]은유적 언어는 그것이 사용된 특정한 맥락 안에서만 의미를 갖는 것일 뿐 + **5** [19]로티는 옳다고 여겨지는 어떤 언명이 존재한다는 것은 그 언명이 주어진 상황을 드러내는 데 적절하다는 것을 특정 시대의 전통과 공동체가 승인한다는 의미일 뿐 문화적, 시대적 배경을 초월하여 절대적으로 옳다는 것을 증명하는 것은 아니라고 보았다.
로티는 은유적 언어가 특정한 맥락 안에서만 의미를 갖는다고 하였고, 그 의미가 문화적, 시대적 배경을 초월할 수 없다고 하였으므로 ⓐ 또한 당대 현실에 대한 이해가 전제될 때 의미를 가질 수 있다고 보았을 것이다.

4. 로티의 관점에서 ㉠과 ㉡에 대해 이해한 것으로 적절하지 <u>않은</u> 것은?

㉠: 아이러니스트
㉡: 자유주의자

✔ **정답풀이**

② 한 개인은 ㉠으로서 사적 영역에서 서술한 진리를, ㉡으로서 공적 영역에서 실현해 내는 삶을 추구해야 할 것이다.

근거: **6** [23]로티는 아이러니스트(㉠)의 작업이 자기완성의 길일 뿐 이상적인 인간이 되는 것을 담보하는 것은 아니며, 그 개인적 진리를 공적 영역으로 끌고 나와 모두에게 동의를 구하거나 강요할 수도 없다고 단정했다. [27]이렇듯 로티는 보편적 기준이 적용될 수 없는 사적인 영역과 시대의 보편적 기준에 의해 지배되는 공적인 영역을 분리함으로써 진리 탐구의 과정과 사회적 문제 해결의 과정을 명확히 구분하고자 했다.
로티는 사적인 영역과 공적인 영역을 분리함으로써 진리 탐구의 과정과 사회적 문제 해결의 과정을 명확히 구분하고자 했다. 따라서 한 개인이 ㉠으로서 사적 영역에서 서술한 진리를 ㉡으로서 공적 영역에서 실현해 내는 삶을 추구해야 한다고 주장하지 않을 것이다.

✖ **오답풀이**

① 한 개인은 ㉠으로서 자신의 고유한 삶에 대해, ㉡으로서 사회적 약자의 고통스러운 현실에 대해 주목할 것이다.

근거: **6** [22]로티는 개인이 사적 공간에서 자신의 고유한 삶에 대해 자신만의 어휘로 서술해 나가는 시인과도 같은 작업을 통해 저마다의 진리가 우연적이고 상대적으로 존재하게 된다고 보았으며 이렇게 끊임없이 자신을 재서술해 나가는 개인을 일컬어 아이러니스트(㉠)라고 불렀다. [26]그(로티)가 말하는 자유주의자(㉡)란 대화와 타협을 통해 제도와 관습의 부정적인 측면을 고쳐 나감으로써 사회적 약자의 고통을 줄여 나가는 연대성을 실천하는 사람을 의미한다.

③ 한 개인은 ㉠으로서 자기완성에 이를 수 있을 것이고, ㉡으로서 사회 문제를 해결하는 데 기여할 수 있을 것이다.

근거: **6** [23]로티는 아이러니스트(㉠)의 작업이 자기완성의 길일 뿐 이상적인 인간이 되는 것을 담보하는 것은 아니며, 그 개인적 진리를 공적 영역으로 끌고 나와 모두에게 동의를 구하거나 강요할 수도 없다고 단정했다. [26]그(로티)가 말하는 자유주의자(㉡)란 대화와 타협을 통해 제도와 관습의 부정적인 측면을 고쳐 나감으로써 사회적 약자의 고통을 줄여 나가는 연대성을 실천하는 사람을 의미한다.

④ 한 개인은 ㉠으로서 자신만의 언어로 개인적 진리를 찾을 것이고, ㉡으로서 연대성을 실천하기 위한 시도를 할 것이다.

근거: **6** [22]로티는 개인이 사적 공간에서 자신의 고유한 삶에 대해 자신만의 어휘로 서술해 나가는 시인과도 같은 작업을 통해 저마다의 진리가 우연적이고 상대적으로 존재하게 된다고 보았으며 이렇게 끊임없이 자신을 재서술해 나가는 개인을 일컬어 아이러니스트(㉠)라고 불렀다. [26]그(로티)가 말하는 자유주의자(㉡)란 대화와 타협을 통해 제도와 관습의 부정적인 측면을 고쳐 나감으로써 사회적 약자의 고통을 줄여 나가는 연대성을 실천하는 사람을 의미한다.

⑤ 한 개인은 ㉠으로서 자신을 서술하며 진리를 찾을 것이고, ㉡으로서 잘못된 제도를 바꾸기 위해 대화와 타협을 할 것이다.

근거: **6** [22]로티는 개인이 사적 공간에서 자신의 고유한 삶에 대해 자신만의 어휘로 서술해 나가는 시인과도 같은 작업을 통해 저마다의 진리가 우연적이고 상대적으로 존재하게 된다고 보았으며 이렇게 끊임없이 자신을 재서술해 나가는 개인을 일컬어 아이러니스트(㉠)라고 불렀다. [26]그(로티)가 말하는 자유주의자(㉡)란 대화와 타협을 통해 제도와 관습의 부정적인 측면을 고쳐 나감으로써 사회적 약자의 고통을 줄여 나가는 연대성을 실천하는 사람을 의미한다.

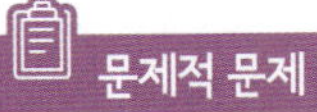

문제적 문제 · 4-③, ④, ⑤번

절반이 넘는 학생이 정답이 아닌 선지를 골랐다. 이는 로티의 '아이러니스트'로서의 진리 탐구와 '자유주의자'로서의 연대 개념을 명확히 이해하지 못했기 때문으로 보인다.

6문단에서 로티가 말하는 '아이러니스트'는 개인의 사적 공간에서 자신의 고유한 삶에 대해 문학적이고 시적인 자신만의 어휘를 사용한다. 그리고 이러한 어휘를 통해 세계의 진리를 서술하는데, 저마다의 진리가 우연적이고 상대적으로 존재하게 된다고 본다. 그리하여 저마다의 진리를 계속해서 재서술해 나가며 자기완성에 다가가는 사람을 '아이러니스트'라고 하는 것이다. 한편 '자유주의자'는 '아이러니스트'가 사적 영역에 한정된다는 점에서 공적 영역에서의 역할을 보완하기 위해 제시된 것이다. 이는 사적 영역과 구분되며 '아이러니스트'의 역할과 병행하는 것이다. '자유주의자'는 '대화와 타협을 통해 제도와 관습의 부정적인 측면을 고쳐 나감으로써 사회적 약자의 고통을 줄여 나가는 연대성을 실천하는 사람'이라고 하였는데, 이는 공적 영역이 보편적 기준에 의해 지배되기 때문이다.

이를 바탕으로 각 선지를 살펴보았을 때, 많은 학생들이 선택한 ③번 선지의 경우 ㉠의 역할이 자기완성에 이를 수 있는지 여부가 명시적이지 않았다고 보아 적절하지 않은 선지로 판단한 경우가 많았던 것으로 보인다. '이상적인 인간이 되는 것을 담보하는 것은 아니'라고 한 것을 자기완성에 이르지 못한다고 오인할 수 있지만, 문장 구조에서도 알 수 있듯이 자기완성과 이상적 인간은 구분되는 개념이다. 이를 잘 파악했다면 아이러니스트의 작업을 통해 자기완성에 이를 수 있을 것이라는 진술이 적절함을 알 수 있었을 것이다.

④번 선지에서는 ㉠의 '저마다의 진리'가 곧 선지의 개인적 진리를 의미함을 파악했어야 했고, ㉡에서는 '연대성을 실천하는 사람'이라고 명시적으로 제시되어 있는 부분을 놓치지 않았다면 적절한 선지로 판단할 수 있었을 것이다.

⑤번 선지는 자신을 서술하는 것이 곧 '자신의 고유한 삶'을 서술하는 것임을 이해하고 이를 ㉠의 역할로 파악했어야 했다. 또한 ㉡의 역할은 '제도와 관습의 부정적인 측면을 고쳐 나'가는 사람이며 그 방법이 '대화와 타협'으로 제시되었음을 파악했다면 적절한 내용의 선지임을 쉽게 판단했을 것이다.

정답률 분석

	①	②	③	④	⑤
		정답	매력적 오답	매력적 오답	매력적 오답
	9%	41%	20%	16%	14%

5. ㉮에 대한 로티의 견해로 적절하지 <u>않은</u> 것은?

> ㉮: 옳다고 여겨지는 어떤 언명

⊘ 정답풀이

③ ㉮는 다른 언어적 서술들과의 비교를 통해서 절대성을 부여받을 수 있다.

> 근거: ④ [18]다만 진리를 말하기 위해서는 언어를 사용할 수밖에 없기 때문에 언어적 서술들의 옳고 그름만 서로 비교할 수 있을 뿐 + ⑤ [19]로티는 옳다고 여겨지는 어떤 언명(㉮)이 존재한다는 것은 그 언명이 주어진 상황을 드러내는 데 적절하다는 것을 특정 시대의 전통과 공동체가 승인한다는 의미일 뿐 문화적, 시대적 배경을 초월하여 절대적으로 옳다는 것을 증명하는 것은 아니라고 보았다.
> 언어적 서술들 간의 비교는 가능하지만 이를 통해 절대성을 부여받을 수 있음을 의미하는 것은 아니다. 또한 로티는 ㉮가 문화적, 시대적 배경을 초월하여 절대적으로 옳음을 증명하는 것은 아니라고 보았다.

✕ 오답풀이

① ㉮가 옳다는 것은 세계의 옳고 그름과는 무관하게 성립하는 것이다.
> 근거: ④ [18](로티는) 진리를 말하기 위해서는 언어를 사용할 수밖에 없기 때문에 언어적 서술들의 옳고 그름만 서로 비교할 수 있을 뿐, 끝내 세계의 옳고 그름을 제시할 수는 없음을 말하고자 했던 것이다.
> 로티는 언어가 세계의 옳고 그름을 제시할 수 없다고 했으므로 ㉮가 옳다는 것은 세계의 옳고 그름과는 무관하게 성립하는 것이라고 볼 것이다.

② ㉮는 다른 시대나 다른 사회에서 옳지 않은 서술이라고 판단될 수 있다.
> 근거: ⑤ [19]로티는 옳다고 여겨지는 어떤 언명(㉮)이 존재한다는 것은 그 언명이 주어진 상황을 드러내는 데 적절하다는 것을 특정 시대의 전통과 공동체가 승인한다는 의미일 뿐 문화적, 시대적 배경을 초월하여 절대적으로 옳다는 것을 증명하는 것은 아니라고 보았다.
> 로티는 ㉮가 문화적, 시대적 배경을 초월하여 절대적으로 옳다는 것을 증명하는 것은 아니라고 하였으므로 시대나 사회가 달라지면 ㉮가 옳지 않게 판단될 수도 있다고 보았을 것이다.

④ ㉮가 옳다고 인정받는 것은 그것이 문자적 언어인지 아닌지와는 상관이 없다.
> 근거: ④ [14]로티는 객관적인 문자적 언어와 주관적인 은유적 언어는 명확히 구분될 수 없으며 구분해 줄 만한 기준도 존재하지 않는다고 생각했다.
> 로티는 문자적 언어와 은유적 언어를 명확히 구분할 수 없다고 하였으므로 ㉮가 옳다고 인정받는 것은 그것이 문자적 언어인지 여부와 무관하다고 볼 것이다.

⑤ ㉮는 그 시대를 살아가는 공동체의 승인에 의하여 옳다고 받아들여지게 된 것이다.
> 근거: ⑤ [19]옳다고 여겨지는 어떤 언명(㉮)이 존재한다는 것은 그 언명이 주어진 상황을 드러내는 데 적절하다는 것을 특정 시대의 전통과 공동체가 승인한다는 의미

2025학년도 3월 학평
상장 법인의 공시 의무

문제 P.104

[1~4] 다음 글을 읽고 물음에 답하시오.

🖉 사고의 흐름

1 [1]기업은 주식과 채권 등 증권을 발행함으로써 경영 활동에 필요한 자금을 조달한다. *'기업의 증권 발행'이 이 글의 화제야! 증권 발행의 목적이 경영 활동 자금 조달이라고 하네.* [2]증권을 발행하는 기업은 증권의 발행 사실과 취득 절차를 안내하는 방식으로, 투자자들이 증권의 취득을 위한 의사 표시인 청약을 하도록 권유한다. [3]이때 청약을 권유받는 대상이 50인 이상인 경우를 공모, 50인 미만인 경우를 사모라고 한다. [4]사모는 취득한 증권을 타인에게 되파는 전매가 1년간 제한된다. [5]다만 청약을 권유받는 대상이 50인 미만이더라도 1년 내 증권 전매가 가능하다면 공모로 간주된다. *증권의 청약 권유 대상 수에 따른 증권 발행의 종류와 특징에 대해 정리해 보자.*

'다만'과 같은 표현 뒤에는 예외적인 내용이 나오기도 하니까 눈여겨보자!

증권 발행의 종류와 특징	
공모	・청약을 권유받는 대상이 50인 이상 ・청약을 권유받는 대상이 50인 미만이더라도 1년 내 증권 전매 가능
사모	・청약을 권유받는 대상이 50인 미만, 1년간 증권 전매 제한

2 [6]기업이 증권 거래소에 증권을 거래 물건으로 등록하면 상장 법인이 된다. [7]상장 법인은 자본시장법에 따라 '중요사항'을 시장에 공개할 공시 의무를 지닌다. [8]중요사항은 합리적인 투자 판단과 상장 법인의 가치에 중대한 영향을 미칠 수 있는 정보이다. [9]상장 법인이 중요사항을 공시하지 않으면 시장 참여자 간의 정보 불균형이 발생하며, 이는 증권 시장에 대한 투자자들의 신뢰를 떨어뜨리고 시장의 효율성을 저해*하게 된다. *상장 법인이 발행 증권에 대한 '중요사항'을 시장에 공개하지 않으면, 시장의 효율성을 저해하는 등의 문제가 발생한다고 해.* [10]공시 의무는 상장 법인이 금융위원회에 공시 자료를 제출함으로써 이행되며, 자료를 제출하지 않거나 자료에 불완전한 정보를 기재한 상장 법인은 제재 대상이 된다. *상장 법인의 의무와 의무 미이행에 따른 제재에 대해 정리해 보자.*

증권 시장에서 상장 법인의 의무	
공시 의무	・'중요사항(합리적인 투자 판단과 상장 법인의 가치에 중대한 영향을 미칠 수 있는 정보)'을 시장에 공시해야 함 ・상장 법인이 금융위원회에 공시 자료를 제출함으로써 이행
제재 대상	・공시 자료 미제출, 자료에 불완전한 정보 기재하는 경우

3 [11]공시 의무는 발행 시장과 유통 시장에서 발생한다. [12]발행 시장에서 상장 법인은 증권을 공모할 때마다 증권 신고서를 통해 중요사항을 공개함으로써 공시 의무를 이행한다. [13]반면 상장 법인이 사모로 증권을 발행한 경우에는 공시 의무가 면제되기 때문에 증권 신고서를 제출하지 않아도 된다. *공모는 공시 의무가 있는 반면 사모는 공시 의무가 면제된다는 차이점이 있네.* [14]ⓐ발행 시장에서의 공시에 포함되어야 하는 중요사항에는 공모하는 증권의 수량 및 가격 등의 공모 관련 사항과 상장 법인의 사업 내용 및 대주주에 관한 사항 등의 발행인 관련 사항이 있다. *발행 시장에서의 공시(증권 신고서)에 포함되어야 하는 중요 사항: ① 공모 관련 사항(공모하는 증권의 수량 및 가격 등), ② 발행인 관련 사항*

공시 의무를 이행하지 않아도 되는 경우에 대해서 설명하겠군.

(상장 법인의 사업 내용, 대주주에 관한 사항 등) [15]상장 법인이 제출한 증권 신고서가 금융위원회의 심사를 통과하여 증권이 발행되면, 상장 법인은 청약을 권유하고 투자자는 해당 증권을 청약할 수 있게 된다. *증권을 공모할 때마다 이루어지는 발행 시장에서의 공시에 대해 제시하고 있어.*

4 [16]유통 시장은 공모 절차를 거친 증권이 투자자들 간에 거래되는 곳이다. [17]여기에서는 증권의 매매가 끊임없이 이루어지며 가격 또한 변한다. [18]따라서 상장 법인은 투자 판단에 필요한 정보를 빠르고 정확하게 제공할 공시 의무를 지닌다. *상장 법인은 발행 시장에서는 증권을 공모할 때, 유통 시장에서는 투자 판단에 필요한 정보에 변동 사항이 있을 때 공시를 해야 해.* [19]상장 법인은 발행인 관련 사항 가운데 변동된 사항을 반영하여 기업의 현황을 일정 기간마다 공시하는 ⓑ정기 공시를 해야 한다. [20]그리고 투자자의 투자 판단에 중대한 영향을 미치는 경영 정보가 발생하는 경우에는 이를 신속하게 공시하는 ⓒ수시 공시를 해야 한다. [21]한편 공시되지 않은 정보를 특정인에게 투자 설명회 등을 통하여 선별적*으로 제공하고자 한다면 그 제공에 앞서 동일한 정보를 공시해야 한다. [22]정보의 비대칭을 방지하기 위한 이러한 공시를 공정 공시라 한다. *유통 시장에서의 세 가지 공시 유형을 정리해 보자.*

유통 시장에서의 공시 유형	
정기 공시	상장 법인의 발행인 관련 사항 중 변동된 사항이 반영된 기업의 현황을 일정 기간마다 공시
수시 공시	투자자의 투자 판단에 중대한 영향을 미치는 경영 정보 발생 시 공시
공정 공시	공시되지 않은 정보를 특정인에게 선별적으로 제공하기 전에 동일한 정보를 공시 → 정보의 비대칭 방지

5 [23]자본시장법에서는 공시되지 않은 정보를 거래에 이용하는 것을 규제한다. [24]대표적인 규제로는 미공개중요정보 이용행위 금지가 있다. [25]미공개중요정보 이용행위란 중요사항 중 공개되지 않은 것을 특정 증권 등의 매매에 이용하거나 타인에게 이용하게 하는 것을 ⓐ이른다. [26]이 규제(미공개중요정보 이용행위 금지)의 대상은 상장 법인의 임직원 등 내부자와 내부자로부터 직접 정보를 받은 1차 정보수령자이다. *내부자와 내부자로부터 직접 정보를 받은 1차 정보수령자가 공개되지 않은 중요 사항을 이용하여 증권 매매 → 미공개중요정보 이용행위* [27]단, 해당 정보를 인식하더라도 그 정보가 거래에 영향을 미치지 않았다면 이는 미공개중요정보 이용행위라 볼 수 없다. [28]이와는 별개로 1차 정보수령자로부터 정보를 받아 이를 증권 매매에 이용하거나 타인에게 이용하게 했다면 이는 시장질서 교란*행위 금지를 위반한 것으로 처벌받게 된다. *1차 정보수령자로부터 받은 정보를 이용하여 증권 매매 → 시장질서 교란행위*

규제 적용의 예외 사항이 나올 테니 눈여겨보자!

이것만은 챙기자

* **저해:** 막아서 못 하도록 해침.
* **선별적:** 가려서 따로 나누는 것.
* **교란:** 마음이나 상황 따위를 뒤흔들어서 어지럽고 혼란하게 함.

만점 선배의 구조도 예시

상장 법인의 공시 의무

* 증권 발행의 종류와 특징

[공모] : 증권 청약을 권유받은 대상이 50인 이상인 경우,
취득한 증권은 1년 내 전매 가능

[사모] : 증권 청약을 권유받은 대상이 50인 미만인 경우,
취득한 증권이 1년 간 전매 제한 (단, 1년 내 전매가능하면 공모)

* 공시 의무

─ 상장 법인은 '중요사항'을 공시할 의무有 → 미이행시 자본시장법에따라 제재
금융위원회에 공시 자료 제출하여 이행

┌ 발행 시장에서→ 증권을 공모할 때마다 의무 이행 필요 (사모는 면제)
│　　　　　　　공시에 포함되는 중요사항: 공모관련사항, 발행인 관련 사항
└ 유통 시장에서→ 투자자의 투자 판단에 필요한 정보 제공
　─ 정기 공시 : 발행인 관련 사항 중 변동 사항을 일정 기간마다
　─ 수시 공시 : 투자자의 판단에 중대한 영향을 미치는 경영 정보 발생시
　─ 공정 공시 : 공시되지 않은 정보를 특정인에게 제공하기 전에

* 공시되지 않은 정보로 증권 거래 시 규제 방안

─ 미공개중요정보 이용행위 금지
: 공시되지 않은 중요사항을 증권 매매에 이용, 타인에게 이용하게 함 금지
[대상] : 상장 법인의 내부자 (임직원 등)
내부자로부터 직접 정보를 받은 1차 정보수령자

─ 시장 질서 교란행위 금지
1차 정보수령자로부터 정보를 받아 증권 매매에 이용, 타인에게 이용하게함 금지

---

1. 윗글의 내용과 일치하지 <u>않는</u> 것은?

✅ 정답풀이

⑤ 청약의 권유 대상이 50인 미만이면서 1년간 전매가 제한된 증권을 발행하는 경우 상장 법인은 공시 의무를 갖는다.

> 근거: 1 [2]증권을 발행하는 기업은~청약을 하도록 권유한다. [3]이때 청약을 권유받는 대상이 50인 이상인 경우를 공모, 50인 미만인 경우를 사모라고 한다. [4]사모는 취득한 증권을 타인에게 되파는 전매가 1년간 제한된다. + 3 [13]상장 법인이 사모로 증권을 발행한 경우에는 공시 의무가 면제
>
> 상장 법인이 청약의 권유 대상이 50인 미만이면서 1년간 전매가 제한된 증권을 발행하는 경우를 사모라고 하는데, 사모로 증권을 발행하면 공시 의무가 면제된다.

❌ 오답풀이

① 상장 법인이 증권을 발행하면 투자자에게 해당 증권의 청약을 권유할 수 있다.

근거: 2 [6]기업이 증권 거래소에 증권을 거래 물건으로 등록하면 상장 법인이 된다. + 3 [15]증권이 발행되면, 상장 법인은 청약을 권유하고 투자자는 해당 증권을 청약할 수 있게 된다.

증권을 증권 거래소에 거래 물건으로 등록한 상장 법인이 증권을 발행하면 투자자에게 해당 증권의 청약을 권유할 수 있다.

② 유통 시장에서 투자자들에 의해 거래되는 증권은 가격이 변화한다는 특징을 갖는다.

근거: 4 [16]유통 시장은 공모 절차를 거친 증권이 투자자들 간에 거래되는 곳이다. [17]여기에서는 증권의 매매가 끊임없이 이루어지며 가격 또한 변한다.

③ 공시 제도는 투자자들의 합리적인 투자 판단을 도와 시장의 효율성을 제고할 수 있다.

근거: 2 [7]상장 법인은 자본시장법에 따라 '중요사항'을 시장에 공개할 공시 의무를 지닌다. [8]중요사항은 합리적인 투자 판단과 상장 법인의 가치에 중대한 영향을 미칠 수 있는 정보이다. [9]상장 법인이 중요사항을 공시하지 않으면 시장 참여자 간의 정보 불균형이 발생하며, 이는 증권 시장에 대한 투자자들의 신뢰를 떨어뜨리고 시장의 효율성을 저해하게 된다.

상장 법인은 중요사항을 시장에 공개하는 공시 의무를 이행함으로써 투자자들에게 투자 판단에 필요한 정보를 제공하여 시장 참여자 간의 정보 불균형을 해소하고 시장의 효율성을 높일 수 있다.

④ 증권 신고서가 금융위원회의 심사를 통과하지 못한 경우 상장 법인은 투자자에게 청약을 권유할 수 없다.

근거: 3 [15]상장 법인이 제출한 증권 신고서가 금융위원회의 심사를 통과하여 증권이 발행되면, 상장 법인은 청약을 권유하고 투자자는 해당 증권을 청약할 수 있게 된다.

상장 법인이 제출한 증권 신고서가 금융위원회의 심사를 통과해야 증권이 발행되며, 증권 발행 이후에 상장 법인은 투자자에게 청약을 권유할 수 있으므로, 증권 신고서가 금융위원회의 심사를 통과하지 못하면 상장 법인은 투자자에게 청약을 권유할 수 없다.

2. ㉠~㉢에 대한 설명으로 가장 적절한 것은?

> ㉠: 발행 시장에서의 공시
> ㉡: 정기 공시
> ㉢: 수시 공시

✔ 정답풀이

④ ㉠과 ㉡에서는 모두 상장 법인이 금융위원회에 공시 자료를 제출해야 한다.

> 근거: ❷ [10]공시 의무는 상장 법인이 금융위원회에 공시 자료를 제출함으로써 이행 + ❸ [12]발행 시장에서 상장 법인은 증권을 공모할 때마다 증권 신고서를 통해 중요사항을 공개함으로써 공시 의무를 이행한다. + ❹ [16]유통 시장은 공모 절차를 거친 증권이 투자자들 간에 거래되는 곳이다. [19]상장 법인은 발행인 관련 사항 가운데 변동된 사항을 반영하여 기업의 현황을 일정 기간마다 공시하는 정기 공시(㉡)를 해야 한다.
>
> 상장 법인은 발행 시장에서 중요사항을 담은 공시 자료를 금융위원회에 제출함으로써 ㉠의 의무를 이행해야 하고, 유통 시장에서도 발행인 관련 사항 가운데 변동된 사항을 반영한 기업의 현황을 공시 자료에 담아 금융위원회에 제출함으로써 ㉡의 의무를 이행해야 한다.

✘ 오답풀이

① ㉠에서는 상장 법인이 추가로 발행해 공모하는 증권에 대해서는 공시 자료를 제출하지 않아도 된다.
근거: ❸ [12]발행 시장에서 상장 법인은 증권을 공모할 때마다 증권 신고서를 통해 중요사항을 공개함으로써 공시 의무를 이행한다.
발행 시장에서 상장 법인은 증권을 공모할 때마다 공시 의무를 이행해야 하므로, ㉠에서는 상장 법인이 추가로 발행해 공모하는 증권에 대해서도 공시 자료를 제출해야 한다.

② ㉡은 특정인에게 정보를 선별적으로 제공한 즉시 그 정보와 동일한 내용을 포함하여 이루어져야 한다.
근거: ❹ [19]상장 법인은 발행인 관련 사항 가운데 변동된 사항을 반영하여 기업의 현황을 일정 기간마다 공시하는 정기 공시(㉡)를 해야 한다. [21]한편 공시되지 않은 정보를 특정인에게 투자 설명회 등을 통하여 선별적으로 제공하고자 한다면 그 제공에 앞서 동일한 정보를 공시해야 한다. [22]정보의 비대칭을 방지하기 위한 이러한 공시를 공정 공시라 한다.
㉡은 발행인 관련 사항 가운데 변동된 사항을 반영하여 기업의 현황을 일정 기간마다 공시하는 것이므로, 특정인에게 정보를 선별적으로 제공한 즉시 그 정보와 동일한 내용을 포함하여 공시하는 것이 아니다.

③ ㉢은 주기적으로 이루어지므로 상장 법인이 불완전한 내용을 제출하더라도 제재 대상이 되지 않는다.
근거: ❷ [10]공시 의무는 상장 법인이 금융위원회에 공시 자료를 제출함으로써 이행되며, 자료를 제출하지 않거나 자료에 불완전한 정보를 기재한 상장 법인은 제재 대상이 된다. + ❹ [20]투자자의 투자 판단에 중대한 영향을 미치는 경영 정보가 발생하는 경우에는 이를 신속하게 공시하는 수시 공시(㉢)를 해야 한다.
㉢은 투자자의 투자 판단에 중대한 영향을 미치는 경영 정보가 발생하는 경우에 신속하게 이루어지므로 주기적으로 이루어진다고 보기 어렵다. 또한 상장 법인이 금융위원회에 불완전한 공시 자료를 제출하면 제재 대상이 된다고 했으므로, 공시의 일종인 ㉢도 불완전한 자료를 제출하면 제재 대상이 된다.

⑤ ㉠과 ㉢에는 모두 증권의 최초 발행 가격과 수량 정보가 포함되어야 한다.
근거: ❸ [14]발행 시장에서의 공시(㉠)에 포함되어야 하는 중요사항에는 공모하는 증권의 수량 및 가격 등의 공모 관련 사항과 상장 법인의 사업 내용 및 대주주에 관한 사항 등의 발행인 관련 사항이 있다. + ❹ [20]투자자의 투자 판단에 중대한 영향을 미치는 경영 정보가 발생하는 경우에는 이를 신속하게 공시하는 수시 공시(㉢)를 해야 한다.
공모하는 증권의 최초 발행 가격과 수량에 대한 정보는 ㉠에 포함된다. ㉢에는 공모 절차를 거친 증권이 투자자들에게 거래되는 상황에서 투자 판단에 중대한 영향을 미치는 경영 정보가 발생했을 때 그 정보가 포함되어야 할 뿐, 증권의 최초 발행 가격과 수량 정보가 포함되어야 하는 것은 아니다.

3. 윗글을 바탕으로 〈보기〉를 이해한 내용으로 적절하지 <u>않은</u> 것은? [3점]

〈보기〉

[1]배터리 제조사 갑은 2022년 7월 증권 거래소에 주식을 상장하면서 대표 이사 겸 대주주 A의 지분이 누락된 증권 신고서를 제출(발행인 관련 중요사항 누락)하였다. [2]갑은 2024년 6월, A가 보유 주식 중 일부를 주기적으로 매도한다는 계획을 공시하였다. [3]이후 A는 계획대로 주식을 매도하고 있다.

[4]같은 해 10월, A와 갑의 임원 B(내부자)는 갑의 지난 분기 영업 이익이 시장 예상치를 크게 밑돌았다는 사실을 알게 되었으나 갑은 이 사실을 공시하지 않았다.(갑의 수시 공시 의무 위반) [5]B는 자산 관리사 C(1차 정보수령자)에게 이 사실을 전달(C가 정보를 이용 시 B의 미공개중요정보 이용행위)하였고, C는 갑의 주가가 하락할 것으로 보고 자신의 고객들이 보유하고 있던 갑의 주식을 매도하였다.(C의 미공개중요정보 이용행위)

정답풀이

⑤ C가 B로부터 받은 정보를 활용해 주식을 매도한 것은 1차 정보수령자로부터 받은 정보를 매매에 이용한 것이므로 C는 시장질서 교란행위로 처벌받게 되겠군.

근거: **5** [26]이 규제(미공개중요정보 이용행위 금지)의 대상은 상장 법인의 임직원 등 내부자와 내부자로부터 직접 정보를 받은 1차 정보수령자이다. [28]이와는 별개로 1차 정보수령자로부터 정보를 받아 이를 증권 매매에 이용하거나 타인에게 이용하게 했다면 이는 시장질서 교란행위 금지를 위반한 것으로 처벌받게 된다. + 〈보기〉 [4]A와 갑의 임원 B는 갑의 지난 분기 영업 이익이 시장 예상치를 크게 밑돌았다는 사실을 알게 되었으나 갑은 이 사실을 공시하지 않았다. [5]B는 자산 관리사 C에게 이 사실을 전달하였고, C는 갑의 주가가 하락할 것으로 보고 자신의 고객들이 보유하고 있던 갑의 주식을 매도하였다.

〈보기〉에서 자산 관리자인 C는 제조사 갑의 내부 정보를 갑의 임원 B를 통해 알게 되어 자신의 고객들이 보유하고 있던 갑의 주식을 매도하였다. 이때 C는 갑의 내부자로부터 직접 정보를 받은 1차 정보수령자에 해당하므로 미공개중요정보 이용행위 금지 위반으로 처벌받게 된다. 윗글에 따르면 시장질서 교란행위는 1차 정보수령자로부터 받은 정보를 증권 매매에 이용하는 것이므로 C는 시장질서 교란행위로 처벌받지는 않는다.

오답풀이

① 갑이 증권 신고서에 A의 지분을 기재하지 않은 것은 중요사항을 누락한 것이므로 갑은 공시 의무를 위반하였군.

근거: **2** [10]공시 의무는~자료를 제출하지 않거나 자료에 불완전한 정보를 기재한 상장 법인은 제재 대상이 된다. + **3** [14]발행 시장에서의 공시에 포함되어야 하는 중요사항에는~상장 법인의 사업 내용 및 대주주에 관한 사항 등의 발행인 관련 사항이 있다. + 〈보기〉 [1]배터리 제조사 갑은 2022년 7월 증권 거래소에 주식을 상장하면서 대표 이사 겸 대주주 A의 지분이 누락된 증권 신고서를 제출하였다.

〈보기〉에서 갑은 대주주인 A의 지분이 누락된 증권 신고서를 제출했는데, 대주주에 관한 사항은 공시에 포함되어야 하는 발행인 관련 중요사항에 해당한다. 따라서 불완전한 정보를 기재한 갑은 공시 의무를 위반하였다.

② A가 2024년 10월 이후에 주식을 매도하더라도 그 행위가 6월에 공시한 계획대로 행해진 것이라면 A의 주식 매매는 미공개중요정보 이용행위에 해당하지 않겠군.

근거: **5** [25]미공개중요정보 이용행위란 중요사항 중 공개되지 않은 것을 특정 증권 등의 매매에 이용하거나 타인에게 이용하게 하는 것을 이른다. + 〈보기〉 [2]갑은 2024년 6월, A가 보유 주식 중 일부를 주기적으로 매도한다는 계획을 공시하였다. [3]이후 A는 계획대로 주식을 매도하고 있다. [4]같은 해 10월, A와 갑의 임원 B는 갑의 지난 분기 영업 이익이 시장 예상치를 크게 밑돌았다는 사실을 알게 되었으나 갑은 이 사실을 공시하지 않았다.

〈보기〉에서 갑은 2024년 6월에 A가 보유 주식 중 일부를 주기적으로 매도한다는 계획을 공시했고, 그 이후에 A가 계획대로 주식을 매도했으므로, 2024년 10월 이후 A의 주식 매도를 공개되지 않은 중요사항(갑의 지난 분기 영업 이익이 시장 예상치를 크게 밑돌았음)을 이용한 행위라고 보기 어렵다. 따라서 A가 2024년 10월 이후 주식을 매도하더라도, 이것이 기존에 공시된 계획대로 행해진 것이라면 미공개중요정보 이용행위에 해당한다고 볼 수 없다.

③ 영업 이익이 시장 예상치를 크게 밑돌았음에도 이를 신속하게 공시하지 않았기 때문에 갑은 수시 공시 의무를 위반한 것이겠군.

근거: **4** [18]상장 법인은 투자 판단에 필요한 정보를 빠르고 정확하게 제공할 공시 의무를 지닌다. [20]투자자의 투자 판단에 중대한 영향을 미치는 경영 정보가 발생하는 경우에는 이를 신속하게 공시하는 수시 공시를 해야 한다. + 〈보기〉 [4]같은 해 10월, A와 갑의 임원 B는 갑의 지난 분기 영업 이익이 시장 예상치를 크게 밑돌았다는 사실을 알게 되었으나 갑은 이 사실을 공시하지 않았다.

〈보기〉에서 갑의 대표 이사 겸 대주주 A와 갑의 임원 B는 갑의 지난 분기 영업 이익이 시장 예상치를 크게 밑돌았다는 정보를 알고 있었는데, 이 정보는 투자자의 투자 판단에 중대한 영향을 미칠 수 있는 중요사항에 해당한다. 따라서 중요사항을 알고 있었으나 신속하게 공시하지 않은 갑은 수시 공시 의무를 위반한 것이다.

④ B가 C에게 갑에 관한 중요사항을 전달한 것은 공개되지 않은 상장 법인의 정보를 타인에게 이용하게 한 것이므로 B는 미공개중요정보 이용행위 금지를 위반하였군.

근거: **5** [25]미공개중요정보 이용행위란 중요사항 중 공개되지 않은 것을 특정 증권 등의 매매에 이용하거나 타인에게 이용하게 하는 것을 이른다. [26]이 규제의 대상은 상장 법인의 임직원 등 내부자와 내부자로부터 직접 정보를 받은 1차 정보수령자이다. + 〈보기〉 [5]B는 자산 관리사 C에게 이 사실(갑의 지난 분기 영업 이익이 시장 예상치를 크게 밑돌았다는 사실)을 전달하였고, C는 갑의 주가가 하락할 것으로 보고 자신의 고객들이 보유하고 있던 갑의 주식을 매도하였다.

〈보기〉에서 갑의 내부자인 B는 갑의 영업 이익에 관한, 공시되지 않은 중요 정보를 C에게 전달했고, 1차 정보수령자인 C는 이 정보를 이용하여 자신의 고객들이 보유하고 있던 갑의 주식을 매도했으므로, B는 미공개중요정보 이용행위 금지를 위반한 것이다.

📋 문제적 문제

• 3—②, ④, ⑤번

학생들은 ②번과 ④번을 정답인 ⑤번만큼 선택했다. '미공개중요정보 이용행위'의 적용 범위를 면밀히 살피기 어려웠던 것이 원인으로 보인다.

우선 정답인 ⑤번을 보자. 5문단에서 공시되지 않은 정보를 증권 거래에 이용했을 때, 상장 법인의 임직원 등 내부자와 내부자로부터 직접 정보를 받은 1차 정보수령자는 미공개중요정보 이용행위 금지 조항에 따라 처벌되고 1차 정보수령자에게 내부 정보를 받아 이를 증권 매매에 이용하거나 타인에게 이용하게 한 사람은 시장질서 교란행위 금지 위반으로 처벌받게 된다고 구분 지어 설명하고 있다. 이를 충분히 이해한 후에 〈보기〉의 상황에 적용했다면 틀린 점을 찾아낼 수 있었을 것이다. C는 상장 법인의 내부자로부터 직접 정보를 받은 1차 정보수령자에 해당하므로, 미공개중요정보 이용행위 금지 위반으로 처벌받게 된다.

②번은 2024년 10월에 갑의 지난 분기 영업 이익이 예상치를 크게 밑돌았다는 사실을 알게 된 A가 해당 시점 이후에 자신의 주식을 매도하면 미공개중요정보 이용행위가 되는지를 판단해야 했다. 관건은 A가 갑의 공개되지 않은 중요사항을 활용하여 주식을 매도했는지의 여부이다. 갑은 2024년 6월에 A의 보유 주식 중 일부를 '주기적으로 매도한다는 계획을 공시'했으므로, 2024년 10월 이후 A가 주식을 매도한 행위가 이 계획에 따른 연속적인 행위였다면 미공개중요정보 이용행위에 해당한다고 보기 어렵다.

④번은 B가 C에게 전달한 '갑의 지난 분기 영업 이익이 시장 예상치를 크게 밑돌았다는 사실'이 갑에 관한 중요사항인지를 판단해야 했다. '갑의 지난 분기 영업 이익'은 기업 가치와 투자 판단에 영향을 미치는 중요사항 이다. 따라서 B가 C에게 갑에 관한 중요사항을 전달한 것이라고 볼 수 있다.

지문에서 설명한 개념을 〈보기〉의 사례에 적용하는 문항은 꾸준히 출제 되고 있다. 특히 유사해 보이는 두 개념을 구별해서 설명하면 그 특징을 꼼꼼하게 묻는 경우가 많으므로, 사례 적용 문항을 꾸준히 풀어 고난도 문제에 대비하는 훈련을 해 두어야 한다.

정답률 분석

	매력적 오답		매력적 오답	정답
①	②	③	④	⑤
7%	25%	11%	24%	33%

4. ⓐ와 문맥상 의미가 가장 가까운 것은?

✓ 정답풀이

③ 평화는 분쟁과 갈등이 없는 상태를 이른다.

근거: **5** [25]미공개중요정보 이용행위란 중요사항 중 공개되지 않은 것을 특정 증권 등의 매매에 이용하거나 타인에게 이용하게 하는 것을 ⓐ이른다. ⓐ와 ③번의 '이르다'는 모두 '어떤 대상을 무엇이라고 이름 붙이거나 가리켜 말한다.'의 의미로 쓰였다.

✕ 오답풀이

① 올해는 예년에 비해 꽃피는 시기가 이르다.
'대중이나 기준을 잡은 때보다 앞서거나 빠르다.'라는 의미이다.

② 친구는 매번 선생님께 나의 잘못을 이른다.
'어떤 사람의 잘못을 윗사람에게 말하여 알게 하다.'라는 의미이다.

④ 그가 아이에게 다시는 늦지 말라고 일렀다.
'잘 깨닫도록 일의 이치를 밝혀 말해 주다.'라는 의미이다.

⑤ 그가 기자에게 자신이 목격한 것을 일렀다.
'무엇이라고 말하다.'라는 의미이다.

[1~4] 다음 글을 읽고 물음에 답하시오.

✏️ 사고의 흐름

1 ¹법률상 유언은 자기의 사망으로 권리관계의 변동이 일어나게끔 일방적인 의사를 표시하는 법률 행위라 할 수 있다. ²유언으로 재산을 넘겨주는 것을 유증이라 하는데, 유증은 상대방의 의사와 상관없이 유언자의 일방적인 의사만으로 유효하게 성립한다. '유언'과 '유증'이 이 글의 핵심 소재임을 알 수 있어. ³유증을 받는 수증자는 유증을 거절할 수 있을 뿐이다. ⁴이 점에서 상대방의 승낙이 필요한 증여와는 다르다. ⁵그래서 유증과 증여는 모두 의사 표시를 기반으로 하는 법률 행위이지만, 유증은 단독 행위로, 증여는 계약으로 분류된다. 유증과 증여를 비교하여 정리해 보자.

유증	·상대방의 의사와 상관X, 유언자의 의사만으로 유효하게 성립 ·단독 행위로 분류	의사 표시 기반 법률 행위
증여	·상대방의 승낙이 필요함 ·계약으로 분류	

2 ⁶유언의 의사 표시는 법이 규정한 일정한 방식에 따라 이루어져야 한다. 법이 규정한 방식을 따르지 않은 유언은 효력이 발생하지 않음을 알 수 있어. ⁷예를 들면, 자필 증서로 하는 유언의 경우에는 유언자가 직접 쓰고 도장을 찍어야 하며, 컴퓨터를 이용하거나 남이 대필하면 그 효력이 생기지 않는다. ⁸법으로 방식을 정하는 까닭은 당사자의 사망 후에 효력이 생기는 탓에 미리 본인의 진의를 확실히 해 두어야 할 필요가 있기 때문이다. 유언은 당사자의 사망 후에 효력이 생기기 때문에, 법이 규정한 일정한 방식에 따라 본인의 진의를 확실히 해 두어야 해. ⁹이와 달리 원칙적으로 계약은 특별한 방식이 정해져 있지 않아 당사자가 말로만 합의해도 유효하게 성립한다. 유언과 계약의 차이점을 언급하고 있네!

3 ¹⁰우리 민법은 유언의 자유를 보장한다. ¹¹사람은 언제든지 자유롭게 유언할 수 있고 철회도 할 수 있다. ¹²혹시 유언의 내용을 변경할 때 자녀의 동의가 있어야 한다는 문구가 유언에 들어 있다면 그 부분은 무효가 된다. ¹³유언으로 재산 처분의 내용과 방식을 정할 수 있다. ¹⁴그러나 법정 상속인 이외의 사람을 상속인(≠수증자)으로 지정(허용되지 않는 유언 ①)하거나 법적으로 공동 상속인 사이에 정해진 상속 재산의 비율인 상속분을 법률로 정해진 비율과 달리 정하는 유언(허용되지 않는 유언 ②)은 허용되지 않는다. ¹⁵다만 ㉠유증으로써 배우자나 자녀에게 법정 상속분과 다르게 재산을 물려줄 수 있다.

4 ¹⁶상속은 피상속인이 사망했을 때 그의 재산 관계가 포괄적으로 상속인에게 승계되는 것이다. ¹⁷포괄적 승계라서 자산뿐 아니라 채무까지도 이전된다. '상속'의 개념에 대해 설명하고 있네. 상속은 채무까지도 이전된다고 해. ¹⁸이러한 법률 효과가 의사 표시가 아니라 사망이라는 사건으로 생긴다는 점에서 법률 행위와는 근본적으로 차이가 있다. 앞서 제시되었던 유증과 증여가 의사 표시를 기반으로 한 법률 행위라면 상속은 사망이라는 사건으로 생긴다는 점에서 차이가 있구나. ¹⁹민법에서는 상속인이 될 자격의

순위를 정해 놓아서, 후순위자는 선순위자가 없는 경우에 상속인이 된다. 선순위자가 있으면 후순위자에게 상속이 되지 않는다는 뜻으로도 이해할 수 있어. ²⁰제1 순위는 피상속인의 자녀 등의 직계 비속*이고, 제2 순위는 부모 등의 직계 존속*이다. ²¹배우자는 제1 순위자와도 제2 순위자와도 같은 순위이다. ²²같은 순위 상속인들 사이의 상속분은 균등하며, 다만 배우자의 상속분에는 그 50%를 얹어 준다. '상속 순위'와 '상속분'에 대해 상세하게 설명하고 있네. 문제에서 물어보면 이 부분을 다시 확인하자. ²³예를 들어 상속인이 배우자와 아들, 딸이 한 명씩 있다면 그 상속분의 비율은 각각 1.5 : 1 : 1이다.

5 ²⁴유증은 특정 재산에 대해서 하는 특정 유증이 보통이지만 포괄적으로 할 수도 있다. ²⁵포괄 유증(유증의 종류 ①)은 전체 재산에 대하여 그 전부를 또는 그에 대한 일정 비율을 정하여 상응하는 몫을 물려주는 방식이다. ²⁶이런 경우에 수증자는 유언의 효력이 발생하는 동시에 상속인과 동일한 권리와 의무를 갖게 된다. ²⁷이에 비해 특정 유증(유증의 종류 ②)에서는 목적물인 특정 재산에 대한 재산권이 일단 상속인에게 귀속하고, 수증자는 유증의 이행을 청구할 수 있는 채권을 취득한다. ²⁸상속인에게는 각자의 상속분에 따라 유증을 이행할 의무도 상속되므로 그 이행이 완료되는 때에 수증자는 재산권을 취득한다. '포괄 유증'과 '특정 유증'에 대해 정리해 보자.

포괄 유증	·전체 재산에 대하여 전부 또는 일정 비율에 상응하는 몫을 물려줌 ·유언의 효력이 발생하는 동시에 수증자가 상속인과 동일한 권리와 의무를 가짐
특정 유증	·특정 재산에 대한 재산권이 상속인에게 귀속됨 → 수증자는 유증의 이행을 청구할 수 있는 채권을 취득함

6 ²⁹유증을 받는 수증자는 법정 상속인에 한정되지 않는다. ³⁰상속인과 달리 수증자는 사람뿐 아니라 법인이나 단체, 시설 등도 될 수 있다. ³¹즉, 유언자는 상속인이 아닌 사람이나 단체에 재산을 물려줄 수도 있는 것이다. 유증의 수증자는 법정 상속인에 한정되지 않고, 법인이나 단체도 될 수 있다고 해. ³²따라서 상속 재산 전부가 특정한 자녀나 상속인이 아닌 사람에게 유증되는 일도 있다. ³³다만 민법은 유류분* 제도를 두어 상속인이 된 사람에게 자기 상속분의 일정 비율을 최소한의 몫으로 받을 수 있도록 보장한다. 민법에서는 상속인을 보호하기 위해 유류분 제도를 두었다고 하네.

만점 선배의 구조도 예시

(유언) : 자기의 사망으로 권리관계의 변동이 일어나게끔
일방적인 의사를 표시하는 법률 행위

· 유증 ┌ 유언으로 재산을 넘겨주는 것 , 상대방의 의사와 상관 X
        └ 유언자의 의사만으로 유효, 단독 행위, 포괄 유증 · 특정 유증
· 증여 – 상대방의 승낙 필요, 계약
└→ 공통점 : 의사 표시 기반 법률 행위

· 유언의 의사 표시 : 법이 규정한 일정한 방식에 따라 이루어져야 함
왜? → 당사자 사망 후 효력 생김 → 미리 본인의 진의 확실히 해야 함

ex) 자필 증서 : 유언자가 직접 작성 및 날인
컴퓨터 작성 or 대필 : 효력 X

· 유언으로 재산 처분의 내용 및 방식 정할 수 O
but, ┌ 법적 상속인 어디 → 상속인 지정 X
      ├ 상속분 (법적으로 공동 상속인 사이에 정해진 상속 재산 비율)을
      │ 법률로 정해진 비율과 달리 정하는 유언 허용 X
      └ 유증으로써 배우자 · 자녀에게 법적 상속분과는 다르게
         재산 물려줄 수 있음

(상속) : 피상속인 사망 시, 그의 재산 관계가 포괄적 (자산 + 채무까지)으로
상속인에게 승계되는 것 (법률 행위 X)

상속 순위 : 후순위자는 선순위자가 없는 경우 상속인 됨
· 1순위 : 피상속인 자녀 등 직계 비속
· 2순위 : 부모 등 직계 존속
· 배우자 : 1순위나 2순위나 같은 순위 (+5 아 가산)
· 같은 순위 상속인들 사이의 상속분 균등

---

1. 윗글의 내용과 일치하는 것은?

✅ 정답풀이

③ 계약은 원칙적으로 당사자가 말로만 합의해도 유효하게 성립할 수 있다.

> 근거: ❷ [9]원칙적으로 계약은 특별한 방식이 정해져 있지 않아 당사자가 말로만 합의해도 유효하게 성립한다.

❌ 오답풀이

① 유언의 철회는 자유롭게 할 수 없다.
근거: ❸ [11]사람은 언제든지 자유롭게 유언할 수 있고 철회도 할 수 있다.

② 상속의 대상은 채무를 제외한 피상속인의 재산이 된다.
근거: ❹ [16]상속은 피상속인이 사망했을 때 그의 재산 관계가 포괄적으로 상속인에게 승계되는 것이다. [17]포괄적 승계라서 자산뿐 아니라 채무까지도 이전된다.
상속은 피상속인의 재산 관계가 포괄적으로 상속인에게 승계되는 것이므로, 상속의 대상에는 자산뿐만 아니라 채무도 포함된다.

④ 특정 유증의 수증자는 유언의 효력이 발생하는 동시에 목적물을 소유한다.
근거: ❺ [25]포괄 유증은 전체 재산에 대하여 그 전부를 또는 그에 대한 일정 비율을 정하여 상응하는 몫을 물려주는 방식이다. [26]이런 경우에 수증자는 유언의 효력이 발생하는 동시에 상속인과 동일한 권리와 의무를 갖게 된다. [27]이에 비해 특정 유증에서는 목적물인 특정 재산에 대한 재산권이 일단 상속인에게 귀속하고, 수증자는 유증의 이행을 청구할 수 있는 채권을 취득한다.
포괄 유증의 수증자는 유언의 효력이 발생하는 동시에 상속인과 동일한 권리와 의무를 갖게 된다고 하였으므로, 유언의 효력이 발생하는 동시에 재산권을 소유한다. 이에 비해 특정 유증의 수증자는 특정 재산에 대한 재산권이 귀속된 상속인에게 유증의 이행을 청구할 수 있는 채권을 가진다.

⑤ 자필 증서로 하는 유언은 법으로 정한 방식에 따를 필요 없이 자유롭게 할 수 있다.
근거: ❷ [6]유언의 의사 표시는 법이 규정한 일정한 방식에 따라 이루어져야 한다.
유언의 의사 표시는 법이 규정한 일정한 방식에 따라야 한다고 하였으므로, 자필 증서로 하는 유언도 법으로 정한 방식에 따라야 한다.

2. 윗글을 이해한 내용으로 적절하지 <u>않은</u> 것은?

✅ 정답풀이

② 수증자가 거절하지 않아야 유증이 유효하게 성립한다.

> 근거: **1** [2]유언으로 재산을 넘겨주는 것을 유증이라 하는데, 유증은 상대방의 의사와 상관없이 유언자의 일방적인 의사만으로 유효하게 성립한다. [3]유증을 받는 수증자는 유증을 거절할 수 있을 뿐이다.
> 유증은 상대방의 의사와 상관없이 유언자의 일방적인 의사만으로 유효하게 성립하므로, 수증자의 거절 여부와 상관없이 유증은 유효하게 성립한다.

❌ 오답풀이

① 유증의 효력은 유언자의 사망으로 발생한다.
근거: **1** [1]법률상 유언은 자기의 사망으로 권리관계의 변동이 일어나게끔 일방적인 의사를 표시하는 법률 행위라 할 수 있다. [2]유언으로 재산을 넘겨주는 것을 유증 + **2** [6]유언의 의사 표시는 법이 규정한 일정한 방식에 따라 이루어져야 한다. [8]법으로 방식을 정하는 까닭은 당사자의 사망 후에 효력이 생기는 탓에 미리 본인의 진의를 확실히 해 두어야 할 필요가 있기 때문이다.
유언은 유언자의 사망으로 권리관계의 변동이 일어나는 법률 행위이며, 유언으로 재산을 넘겨주는 것을 유증이라고 한다. 유언은 당사자의 사망 후에 효력이 생기기 때문에 유언을 통한 유증 역시 유언자의 사망으로 그 효력이 발생할 것이다.

③ 법인에 유증을 할 때 상속인의 동의는 필요하지 않다.
근거: **1** [2]유언으로 재산을 넘겨주는 것을 유증이라 하는데, 유증은 상대방의 의사와 상관없이 유언자의 일방적인 의사만으로 유효하게 성립한다. + **6** [29]유증을 받는 수증자는 법정 상속인에 한정되지 않는다. [30]상속인과 달리 수증자는 사람뿐 아니라 법인이나 단체, 시설 등도 될 수 있다.
유증은 상대방의 의사와 상관없이 유언자의 일방적인 의사만으로 유효하게 성립하며, 법인도 유증을 받는 수증자가 될 수 있다. 따라서 법인에 유증을 할 때 상속인의 동의는 필요하지 않다.

④ 유증과 증여 모두 상속과 달리 법률 행위로 분류된다.
근거: **1** [5]유증과 증여는 모두 의사 표시를 기반으로 하는 법률 행위이지만, 유증은 단독 행위로, 증여는 계약으로 분류된다. + **4** [18](상속은) 법률 효과가 의사 표시가 아니라 사망이라는 사건으로 생긴다는 점에서 법률 행위와는 근본적으로 차이가 있다.
유증과 증여는 모두 의사 표시를 기반으로 하는 법률 행위이지만, 상속은 법률 행위와는 근본적으로 차이가 있다고 하였으므로, 유증과 증여 모두 상속과 달리 법률 행위로 분류됨을 알 수 있다.

⑤ 증여는 상대방의 승낙이 없으면 효력이 생기지 않는다.
근거: **1** [2]유증은 상대방의 의사와 상관없이 유언자의 일방적인 의사만으로 유효하게 성립한다. [4]이 점에서 상대방의 승낙이 필요한 증여와는 다르다.
유증은 상대방의 의사와 상관없이 유언자의 일방적인 의사만으로 유효하게 성립하지만, 증여는 상대방의 승낙이 필요하므로 승낙이 없으면 효력이 생기지 않는다.

3. ㉠의 예로 가장 적절한 것은?

> ㉠: 유증으로써 배우자나 자녀에게 법정 상속분과 다르게 재산을 물려줄 수 있다.

✔ 정답풀이

⑤ 제1 순위 법정 상속인들 가운데 한 사람에게 재산의 일부를 유증한다.

근거: 3 [14]법정 상속인 이외의 사람을 상속인으로 지정하거나 법적으로 공동 상속인 사이에 정해진 상속 재산의 비율인 상속분을 법률로 정해진 비율과 달리 정하는 유언은 허용되지 않는다. [15]다만 유증으로써 배우자나 자녀에게 법정 상속분과 다르게 재산을 물려줄 수 있다.(㉠) + 4 [19]민법에서는 상속인이 될 자격의 순위를 정해 놓아서, 후순위자는 선순위자가 없는 경우에 상속인이 된다. [20]제1 순위는 피상속인의 자녀 등의 직계 비속이고, 제2 순위는 부모 등의 직계 존속이다. + 6 [32]상속 재산 전부가 특정한 자녀나 상속인이 아닌 사람에게 유증되는 일도 있다.
유언의 경우 법정 상속인 이외의 사람을 상속인으로 지정하거나 법적으로 공동 상속인 사이에 정해진 상속 재산의 비율인 상속분을 법률로 정해진 비율과 달리 정할 수 없으나, ㉠에서 언급했듯 배우자나 자녀에게 법정 상속분과 다르게 재산을 물려줄 수 있다고 하였다. 이때 민법상 상속인의 제1 순위는 피상속인의 자녀 등의 직계 비속이며, 상속 재산 전부가 특정한 자녀에게 유증되는 경우도 있다고 했다. 이는 특정한 자녀, 즉 제1 순위 법정 상속인들 가운데 한 사람에게 재산의 일부를 유증할 수 있다는 의미이므로, ㉠의 예로 적절하다.

✘ 오답풀이

① 유류분의 처분을 정하는 방식으로 유언을 한다.
근거: 6 [33]민법은 유류분 제도를 두어 상속인이 된 사람에게 자기 상속분의 일정 비율을 최소한의 몫으로 받을 수 있도록 보장한다.
유류분 제도는 상속인이 된 사람이 상속분의 일정 비율을 최소한의 몫으로 받을 수 있도록 보장하는 제도이다. ㉠은 법적 상속인의 권리를 보호하기 위해 마련된 유류분의 처분을 정하는 방식과는 직접적인 관련이 없다.

② 법정 상속인이 아닌 제삼자에게 재산의 일부를 유증한다.
근거: 4 [19]민법에서는 상속인이 될 자격의 순위를 정해 놓아서, 후순위자는 선순위자가 없는 경우에 상속인이 된다. [20]제1 순위는 피상속인의 자녀 등의 직계 비속이고, 제2 순위는 부모 등의 직계 존속이다. [21]배우자는 제1 순위자와도 제2 순위자와도 같은 순위이다.
㉠은 유증을 통해 배우자나 자녀와 같은 법정 상속인에게 재산을 법정 상속분과 다르게 물려주는 것이 가능한 상황을 나타내며, 법정 상속인이 아닌 제삼자에게 재산의 일부를 유증하는 것과는 관련이 없다.

③ 법정 상속인을 배제하고 공익 단체에 모든 재산을 증여한다.
근거: 4 [19]민법에서는 상속인이 될 자격의 순위를 정해 놓아서, 후순위자는 선순위자가 없는 경우에 상속인이 된다. [20]제1 순위는 피상속인의 자녀 등의 직계 비속이고, 제2 순위는 부모 등의 직계 존속이다. [21]배우자는 제1 순위자와도 제2 순위자와도 같은 순위이다.
㉠은 유증을 통해 배우자나 자녀와 같은 법정 상속인에게 재산을 법정 상속분과 다르게 물려주는 것이 가능한 상황을 나타내며, 법정 상속인을 배제하고 공익 단체에 모든 재산을 증여하는 것과는 관련이 없다.

④ 법정 상속인들 사이의 상속분을 서로 다르게 정하는 유언을 한다.
근거: 3 [13]유언으로 재산 처분의 내용과 방식을 정할 수 있다. [14]그러나 법정 상속인 이외의 사람을 상속인으로 지정하거나 법적으로 공동 상속인 사이에 정해진 상속 재산의 비율인 상속분을 법률로 정해진 비율과 달리 정하는 유언은 허용되지 않는다.
법적으로 공동 상속인 사이에 정해진 상속 재산의 비율인 상속분을 법률로 정해진 비율과 달리 정하는 유언은 허용되지 않는다. 즉 유언을 통해 법정 상속인들 사이의 상속분을 서로 다르게 정하는 것은 법적으로 허용되지 않으며, 이는 유증을 통해 법정 상속분과 다르게 재산을 물려줄 수 있는 경우인 ㉠과 관련이 없다.

📋 문제적 문제

· 3-④, ⑤번

학생들은 ④번을 정답인 ⑤번만큼 선택했다. ㉠(유증으로써 배우자나 자녀에게 법정 상속분과 다르게 재산을 물려줄 수 있다.)의 의미를 파악하기 어려웠던 것이 원인으로 보인다. ㉠은 유증으로 일부 재산을 배우자나 자녀에게 물려줄 수 있고, 나머지 재산은 법적으로 정해진 상속분의 비율에 따라 상속할 수 있다는 의미로 해석할 수 있다.

우선 정답인 ⑤번을 보자. 3문단에서 '법정 상속인 이외의 사람을 상속인으로 지정'하거나 '상속분을 법률로 정해진 비율과 달리 정하는 유언은 허용되지 않'는다고 하였고, 다만 '유증으로써 배우자나 자녀에게 법적 상속분과 다르게 재산을 물려줄 수 있'다고 하였다. 또한 6문단에서 '상속 재산 전부가 특정한 자녀나 상속인이 아닌 사람에게 유증되는 일도 있'다고 하였으므로, 제1 순위 법정 상속인들 가운데 한 사람에게 재산의 일부를 유증하면 법정 상속분과 다르게 재산을 물려줄 수 있다. 예를 들면, 전체 재산 중 일부인 집(부동산)은 제1 순위 법정 상속인인 배우자에게 유증하고, 나머지 재산은 법적으로 정해진 상속분의 비율에 따라 물려주는 것이다.

정답만큼 많이 선택했던 ④번을 보자. 3문단에서 '상속분을 법률로 정해진 비율과 달리 정하는 유언은 허용되지 않'는다고 하였다. 이는 법적으로 정해진 상속분을 임의로 수정할 수 없다는 뜻이다. 4문단에 따르면, 상속인이 '배우자와 아들, 딸이 한 명씩 있다면 그 상속분의 비율은 각각 1.5 : 1 : 1'이다. 이를 임의로 1 : 2 : 3과 같이 수정할 수 없다는 의미이다. 따라서 법정 상속인들 사이의 상속분을 서로 다르게 정하는 유언은 할 수 없다.

결국 이 문제를 정확히 풀어 내는 관건은 지문에 제시된 여러 정보들을 얼마나 정확하게 이해하였는지, 그리고 제시된 선지들을 지문과 얼마나 긴밀하게 연결 지어 가며 이해하였는지에 있었다.

정답률 분석

	①	②	③	④ 매력적 오답	⑤ 정답
	6%	14%	9%	34%	37%

4. 윗글을 바탕으로 〈보기〉를 이해한 내용으로 적절하지 <u>않은</u> 것은? [3점]

〈보기〉

X의 상속인은 배우자, 아들 A, 딸 B가 전부이다.(제1 순위 상속인) X가 사망하였을 때 그의 재산으로 14억 원의 현금이 확인되었으며, 그 밖의 자산은 없는 것으로 파악되었다. 유효하게 작성된 X의 자필 유언도 발견되었는데, X가 사망하면 전체 재산의 절반을 공익 법인 C에 기부한다(포괄 유증)는 내용이었다.

✅ 정답풀이

④ X에게 채무가 없다면, X의 부모가 있는 경우 아들 A와 딸 B의 법정 상속분은 줄어들지만, X의 배우자는 법정 상속분이 줄어들지 않는다.

근거: ④ [19]민법에서는 상속인이 될 자격의 순위를 정해 놓아서, 후순위자는 선순위자가 없는 경우에 상속인이 된다. [20]제1 순위는 피상속인의 자녀 등의 직계 비속이고, 제2 순위는 부모 등의 직계 존속이다. [21]배우자는 제1 순위자와도 제2 순위자와도 같은 순위이다.
X의 부모는 직계 존속으로 제2 순위 상속인이고 배우자, 아들 A와 딸 B는 직계 비속으로 제1 순위 상속인이다. 후순위자는 선순위자가 없는 경우에만 상속인이 된다고 하였으므로, 제2 순위 상속인인 X의 부모는 사망한 X의 상속인이 되지 못한다. 따라서 X의 부모가 있어도 제1 순위 상속인인 배우자와 아들, 딸의 법정 상속분에는 영향을 주지 않는다.

❌ 오답풀이

① X에게 채무가 있다면, 공익 법인 C는 기부받은 재산으로 X의 채무를 물어 주는 일이 생길 수 있다.

근거: ④ [16]상속은 피상속인이 사망했을 때 그의 재산 관계가 포괄적으로 상속인에게 승계되는 것이다. [17]포괄적 승계라서 자산뿐 아니라 채무까지도 이전된다. + ⑤ [25]포괄 유증은 전체 재산에 대하여 그 전부를 또는 그에 대한 일정 비율을 정하여 상응하는 몫을 물려주는 방식이다. [26]이런 경우에 수증자는 유언의 효력이 발생하는 동시에 상속인과 동일한 권리와 의무를 갖게 된다.
포괄 유증은 전체 재산에 대하여 전부 또는 그에 대한 일정 비율을 정하여 물려주는 방식으로, 공익 법인 C가 X가 가진 전체 재산의 절반을 기부받는 것은 포괄 유증으로 볼 수 있다. 상속은 포괄적 승계라서 자산뿐 아니라 채무까지도 이전된다고 하였으므로, X에게 채무가 있다면 공익 법인 C에게 그 채무까지도 함께 이전된다. 따라서 X에게 채무가 있다면, 공익 법인 C는 기부받은 재산으로 X의 채무를 물어 주는 일이 생길 수 있을 것이다.

② X에게 채무가 있다면, 공익 법인 C는 X에게 채무가 있다는 이유를 들어 7억 원의 수령을 거절할 수 있다.

근거: ① [2]유언으로 재산을 넘겨주는 것을 유증이라 하는데, 유증은 상대방의 의사와 상관없이 유언자의 일방적인 의사만으로 유효하게 성립한다. [3]유증을 받는 수증자는 유증을 거절할 수 있을 뿐이다.
유증을 받는 수증자는 유증을 거절할 수 있다고 하였으므로, X에게 채무가 있다면 공익 법인 C는 X에게 채무가 있다는 이유로 X의 전체 재산의 절반인 7억 원의 수령을 거절할 수 있을 것이다.

③ X에게 채무가 없다면, 아들 A와 딸 B가 법정 상속분에 따라 상속받는 재산의 합은 X의 배우자가 상속받는 재산보다 많다.

근거: ④ [20]제1 순위는 피상속인의 자녀 등의 직계 비속이고, 제2 순위는 부모 등의 직계 존속이다. [21]배우자는 제1 순위자와도 제2 순위자와도 같은 순위이다. [22]같은 순위 상속인들 사이의 상속분은 균등하며, 다만 배우자의 상속분에는 그 50%를 얹어 준다. [23]예를 들어 상속인이 배우자와 아들, 딸이 한 명씩 있다면 그 상속분의 비율은 각각 1.5 : 1 : 1이다.
법정 상속분의 비율은 아들 A, 딸 B, X의 배우자 각각 1 : 1 : 1.5이므로, 아들 A와 딸 B가 법정 상속분에 따라 상속받는 재산의 합은 2이다. 따라서 배우자가 상속받는 1.5보다 많음을 알 수 있다.

⑤ X에게 채무가 없다면, 법정 상속분에 따라 상속이 이루어졌다고 할 때 공동 상속인들 가운데 아들 A와 딸 B는 같은 금액을 상속받는다.

근거: ④ [20]제1 순위는 피상속인의 자녀 등의 직계 비속이고, 제2 순위는 부모 등의 직계 존속이다. [21]배우자는 제1 순위자와도 제2 순위자와도 같은 순위이다. [22]같은 순위 상속인들 사이의 상속분은 균등하며, 다만 배우자의 상속분에는 그 50%를 얹어 준다. [23]예를 들어 상속인이 배우자와 아들, 딸이 한 명씩 있다면 그 상속분의 비율은 각각 1.5 : 1 : 1이다.
법정 상속분의 비율은 아들 A, 딸 B, X의 배우자 각각 1 : 1 : 1.5이므로, 공동 상속인들 가운데 아들 A와 딸 B는 모두 같은 금액을 상속받음을 알 수 있다.

[1~4] 다음 글을 읽고 물음에 답하시오.

✎ 사고의 흐름

1 ¹공공선택론은 정치학의 영역인 공공 부문의 의사결정에 대해서 경제학적 원리와 방법론을 적용하여 설명하려는 연구이다. ²공공선택론은 기존의 정치학과는 다르게 다음 세 가지 가정으로부터 출발한다. '공공선택론'이 이 글의 화제임을 알 수 있어. 이어서 세 가지의 가정을 제시할 테니 집중해서 읽어 보자!

2 ³첫 번째 가정은 방법론적 개인주의로, 모든 사회 현상의 분석 단위를 개인으로 삼는다는 것이다. ⁴이 가정에서는 집단을 의사결정을 할 수 있는 유기체적 주체로 보지 않기 때문에 국가는 의사결정의 주체인 개인들의 집합체라고 본다. 국가도 집단이니까 의사결정의 주체가 될 수 없겠지? ⁵따라서 정치 현상은 개인들의 의사결정을 집합적 결과로 보여 주는 것이다. 공공선택론의 가정 ① : 방법론적 개인주의(사회 현상 분석 단위 → 개인)

3 ⁶두 번째는 인간을 '경제 인간'으로 본다는 가정이다. ⁷경제 인간은 자기애를 갖고 자신의 이익을 추구하는 합리적인 인간을 의미한다. '경제 인간'의 개념 ⁸사람들은 자신의 이해관계*를 최우선시하므로 구체적 목적을 달성하는 과정에서 비용을 최소화하고 편익*을 극대화하려고 한다. ⁹다만 비용, 편익, 효용*은 사람마다 다르다. 공공선택론의 가정 ② : 경제 인간(합리적인 인간으로서 비용 최소화, 편익 극대화)

4 ¹⁰마지막 가정은 수요와 공급의 관점에서 정치도 본질적으로 경제 시장과 같은 선택의 문제이며 정치적 활동 역시 교환 행위로 본다는 것이다. ¹¹이 관점에서 정치는 정치시장으로, 정치인은 재화와 용역의 공급자로, 유권자는 수요자로 해석된다. 경제학적 관점에서 정치, 정치인, 유권자를 해석함 ¹²경제시장에서 사람들은 교환을 통해 이익을 얻을 수 있다고 판단한 경우에만 거래에 참여한다. ¹³정치시장도 이와 마찬가지(사람들이 이익을 얻을 수 있다고 판단한 경우에만 참여함)인데 기존의 경제학의 관점과는 달리, 거래의 결과가 거래 당사자들뿐만 아니라 거래에 참여하지 않은 사람들에게도 영향을 미친다. 공공선택론의 가정 ③ : 정치시장(정치는 경제시장과 같은 선택의 문제, 정치 활동은 교환 행위)

기존 경제학 관점과 차이점이 제시될 거야!

5 ¹⁴이 세 가지 가정을 바탕으로 공공선택론에서는 공공 부문의 의사결정에서 발생하는 사회적 문제를 분석하는데 그중 정치인과 유권자가 유발하는 문제를 분석하는 모형으로 중위투표자 정리 모형이 있다. ¹⁵중위투표자 정리 모형은 단일 사안에 대해 유권자의 정치적 선호가 하나의 정점을 갖는 단일 선호일 경우, 경쟁하는 두 정당의 정치인들이 내거는 공약은 중위투표자가 선호하는 정책에 접근하게 된다는 이론이다. 앞에서 제시된 세 가지 가정을 토대로 '중위투표자 정리 모형'이라는 구체적인 분석 모형을 제시하고 있네. ¹⁶이때 중위투표자란 정치적 선호에 따른 유권자 전체의 분포에서 한가운데에 위치한 유권자를 말한다. ¹⁷이 모형은 몇 가지 가정을 전제로 하는데 ① 정치적 선호에 따른 유권자들의 분포는 종 모양의 정규분포를 가지며 ② 유권자는 자신의 선호 체계에 가장 가까운 공약을 제시하는 정치

[A]

인에게 투표한다는 것이다. '중위투표자'의 정의와 이 모형의 2가지 전제가 제시되었어. ¹⁸이 경우 선거의 승리를 목적으로 하는 정치인의 정책은 그의 정치적 이념과 관계없이, 중위투표자의 선호를 반영하는 방향으로 수렴하는 경향이 생긴다. ¹⁹결국 민주주의의 의사결정이 다수가 아닌 소수인 중위투표자에 의해 이루어지게 됨으로써 반민주적인 결과를 초래할 수 있다. 중위투표자 정리 모형에서 발생하는 문제점을 알 수 있는 부분이야.

6 ²⁰또 다른 모형으로는 합리적 무지 모형이 있다. ²¹유권자는 자신의 선호를 반영할 수 있는 정치인이 누구인지 관심을 가지고 투표해야 하지만 일부 유권자들은 투표에 관심이 없다. ²²이러한 현상을 공공선택론은 합리적 무지 모형으로 설명한다. ²³합리적 무지 모형이란 자신의 효용 극대화를 추구하는 유권자(경제 인간)는 정보를 습득하는 비용이 정보로부터 얻을 편익보다 클 경우 정보를 습득하지 않고 무지한 상태를 유지한다는 이론이다. ²⁴정치인은 자신을 지지하는 유권자의 이해관계를 반영하여 정치적 의사결정을 하기 때문에 합리적 무지가 발생하면 공공재와 행정서비스는 특정 문제에 이해관계를 가지고 정치인과 결탁한 이익집단에만 집중되는 비효율적인 결과를 낳는다. 합리적 무지 모형에서 발생하는 문제점을 알 수 있는 부분이야. 중위투표자 정리 모형과 합리적 무지 모형을 정리하면 다음과 같아.

	내용	문제점
중위투표자 정리 모형	정치 성향에 따라 종 모양의 정규 분포를 가진 유권자 집단의 중위 투표자가 선호하는 정책에 접근	민주주의 의사결정이 소수인 중위투표 자에 의해 이루어지는 반민주적 결과 초래
합리적 무지 모형	유권자가 정보를 습득하는 비용이 정보로부터 얻을 편익보다 클 경우 무지 상태 유지	공공재와 행정서비스가 특정 문제에 이해관계를 가지는 이익집단에만 집중되는 비효율적 결과 초래

7 ²⁵공공선택론자인 뷰캐넌은 사회의 이러한 비효율적 문제들의 근본적 원인과 해결책을 헌법 제도에서 찾아야 한다는 헌법정치경제학을 제시했다. 앞서 제시한 문제를 해결하기 위한 뷰캐넌의 해결책을 제시하고 있어. ²⁶뷰캐넌은 헌법정치경제학에서 의사결정 구조를 두 가지 수준으로 구별하는데, 하나는 헌법 제정 이후 의사결정이 입법적 수준에서 결정되는 '일상적 정치'이고, 다른 하나는 일상적 정치에 대한 규칙을 결정하는 '헌법적 정치'이다. 의사결정 구조의 두 가지 수준('일상적 정치', '헌법적 정치')을 천천히 설명해 줄 거야. ²⁷헌법적 정치는 일상적 정치에 제약을 부과하는 헌법을 확립하는 정치 활동이고, 일상적 정치는 헌법 안에서 다양한 전략을 활용하는 정치 활동이다. 이러한 구별이 어떤 영향을 미치는지 확인하며 읽자. ²⁸그는 헌법적 정치를 통해 ① 집합적 의사결정이 공정하게 이루어지는 규칙을 만들고 헌법 안에서 자신의 이익 추구를 위해 ② 일상적 정치를 하는 개인의 자유를 최대한 보장하는 것을 목표로 삼았다. 뷰캐넌이 '헌법적 정치'를 주장한 2가지 이유가 제시되었어. ²⁹이를 위해 헌법 체계의 근본을 개혁해야 한다고 주장했다.

[30]헌법을 만드는 과정에서는 의사결정 참여자 누구도 자신의 이익을 정확하게 산정하기 어렵기 때문에 제정된 헌법의 규칙 내에서 특정 목적을 위한 정책에 대해 합의하는 것과 달리 ㉠헌법 자체에 대해 합의하는 것이 모든 이에게 편익을 준다고 보고 헌법 개혁의 필요성을 주장했던 것이다. 뷰캐넌은 헌법을 만드는 과정에서 의사결정 참여자 누구도 본인의 이익을 산정하기가 어렵기 때문에 헌법 자체에 대한 합의가 모든 이에게 편익을 준다고 보았어. 뷰캐넌의 주장을 정리해 보자.

헌법적 정치	일상적 정치
· 일상적 정치에 제약을 부과하는 규칙을 결정하는 정치 활동 · 집합적 의사결정의 공정성 확립	· 헌법 제정 이후 헌법 안에서 다양한 전략을 활용하여 의사결정이 입법적 수준에서 결정되는 정치 활동 · 개인의 자유 최대한 보장
· 헌법 제정 과정에서 의사결정 참여자들은 자신의 이익을 정확하게 산정하기 힘듦 · 헌법 자체에 대해 합의하는 것이 모든 이에게 편익 제공	

이것만은 챙기자

* **이해관계**: 서로 이익과 손해가 걸려 있는 관계.
* **편익**: 편리하고 유익함.
* **효용**: 인간의 욕망을 만족시킬 수 있는 재화의 효능.

만점 선배의 구조도 예시

공공선택론: 경제학적 원리와 방법론 기반

[가정1] 방법론적 개인주의
· 사회 현상 분석 단위 : 개인
ㄴ집단 = 의사 결정 주체X
 (예) 국가
→ 정치 현상 = 의사결정의 집합적 결과

[가정2] 인간 = 경제 인간
· 비용↓, 편익↑의 경향
· 비용, 편익, 효용은 사람마다 다름

[가정3] 정치 시장
· 정치적 활동 = 교환 행위
· [공급자 : 정치인 / 수요자 : 유권자] → 이익o → 거래 참여 (참여X에도 영향)
 ㄴ경제와의 차이

사회 문제 모형
1. 중위 투표자 정리 모형
 (투표자 수 / 종 모양의 정규 분포 / 중간값 / 성향)
 정책 방향 수렴 (선호 체계에 근접할수록 투표)
· 소수에 의한 의사결정 → 반민주적

2. 합리적 무지 모형
· 투표 관심X 유권자
 (∵정보 습득 비용 > 정보로 얻을 이익)
 ⇓
 무지 상태 유지
 ⇓
· 이해관세 당사자들에게만 공공재, 행정 서비스 집중 → 비효율적

뷰캐넌의 헌법 정치 경제학 → 의사결정 구조 구별

헌법적 정치
- 일상적 정치에 규제와 제약 부과 → 규칙 결정
- 집합적 의사결정의 공정성 확립

일상적 정치
- 제정된 헌법 내에서 다양한 전략 활용 → 입법적 수준
- 개인의 자유 최대 보장

→ 헌법 제정 과정 중 개인 이익 산정 어려움 → 모든 이에게 편익 제공

---

1. 윗글을 통해 답을 찾을 수 없는 질문은?

정답풀이

⑤ 공공선택론이 사회적 문제를 해결하기 위해 정치인의 공약을 강조한 이유는 무엇인가?

근거: 5 [14]공공선택론에서는 공공 부문의 의사결정에서 발생하는 사회적 문제를 분석하는데 그중 정치인과 유권자가 유발하는 문제를 분석하는 모형으로 중위투표자 정리 모형이 있다. + 6 [20]또 다른 모형으로는 합리적 무지 모형이 있다. + 7 [25]공공선택론자인 뷰캐넌은 사회의 이러한 비효율적 문제들의 근본적 원인과 해결책을 헌법 제도에서 찾아야 한다는 헌법 정치경제학을 제시했다.
윗글에서는 공공선택론에서 발생하는 사회적 문제를 분석하는 모형으로 중위투표자 정리 모형, 합리적 무지 모형을 제시하고 있다. 그리고 이러한 문제들의 원인과 해결을 헌법 제도에서 찾아야 한다는 뷰캐넌의 헌법정치경제학을 소개하고 있을 뿐, 사회적 문제를 해결하기 위한 정치인의 공약을 강조한 부분은 찾을 수 없다.

오답풀이

① 공공선택론이 기존의 정치학과 다른 점은 무엇인가?
근거: 1 [2]공공선택론은 기존의 정치학과는 다르게 다음 세 가지 가정으로부터 출발한다. + 2 [3]첫 번째 가정은 방법론적 개인주의 + 3 [6]두 번째는 인간을 '경제 인간'으로 본다는 가정 + 4 [10]마지막 가정은 수요와 공급의 관점에서 정치도 본질적으로 경제시장과 같은 선택의 문제이며 정치적 활동 역시 교환 행위로 본다는 것이다.

② 공공선택론에서는 사회 현상을 분석하는 단위를 무엇으로 보는가?
근거: 2 [3]첫 번째 가정은 방법론적 개인주의로, 모든 사회 현상의 분석 단위를 개인으로 삼는다는 것이다.

③ 공공선택론에서는 경제시장과 정치시장이 어떤 차이가 있다고 보는가?
근거: 4 [13]정치시장도 이와 마찬가지인데 기존의 경제학의 관점과는 달리, 거래의 결과가 거래 당사자들뿐만 아니라 거래에 참여하지 않은 사람들에게도 영향을 미친다.

④ 공공선택론은 정치인과 유권자가 유발하는 사회적 문제를 어떤 이론으로 분석하는가?
근거: 5 [14]이 세 가지 가정을 바탕으로 공공선택론에서는 공공 부문의 의사결정에서 발생하는 사회적 문제를 분석하는데 그중 정치인과 유권자가 유발하는 문제를 분석하는 모형으로 중위투표자 정리 모형이 있다. + 6 [20]또 다른 모형으로는 합리적 무지 모형이 있다. [21]유권자는 자신의 선호를 반영할 수 있는 정치인이 누구인지 관심을 가지고 투표해야 하지만 일부 유권자들은 투표에 관심이 없다. [22]이러한 현상을 공공선택론은 합리적 무지 모형으로 설명한다.

④ 정치인은 선거에 무관심한 유권자보다 특정 문제에 이해관계를 가지고 편익을 제공하는 이익집단에 유리한 정치적 의사결정을 한다.

근거: ⑥ [24]정치인은 자신을 지지하는 유권자의 이해관계를 반영하여 정치적 의사결정을 하기 때문에 합리적 무지가 발생하면 공공재와 행정서비스는 특정 문제에 이해관계를 가지고 정치인과 결탁한 이익집단에만 집중되는 비효율적인 결과를 낳는다.

⑤ 유권자는 정치인의 정책 공약에 대한 정보를 습득하기 위한 비용이 이에 대한 이익보다 크면 정책 공약에 대한 정보를 습득하지 않는다.

근거: ⑥ [23]합리적 무지 모형이란 자신의 효용 극대화를 추구하는 유권자는 정보를 습득하는 비용이 정보로부터 얻을 편익보다 클 경우 정보를 습득하지 않고 무지한 상태를 유지한다는 이론이다.

---

2. 공공선택론에 대한 설명으로 보기 어려운 것은?

⊙ 정답풀이

② 정치시장에서 정책적 목적을 달성하기 위해 의사결정을 하는 주체는 국가이다.

> 근거: ❷ [4](공공선택론은) 집단을 의사결정을 할 수 있는 유기체적 주체로 보지 않기 때문에 국가는 의사결정의 주체인 개인들의 집합체라고 본다.
> 공공선택론의 가정에 따르면 의사결정의 주체는 개인이라고 하였으며, 국가는 그 개인들의 집합체일 뿐 의사결정의 주체가 될 수 없다.

⊗ 오답풀이

① 정치인들이 생각하는 효용은 정치인 각자의 주관적 판단에 따라 다르다.

근거: ❸ [9]비용, 편익, 효용은 사람마다 다르다.

비용, 편익, 효용은 사람마다 다르다고 하였으므로 정치인들 또한 각자의 주관적 판단에 따라 생각하는 효용이 다를 것이다.

③ 의사결정의 주체들은 자신의 경제적 이해에 따라 효율적인 것을 선택하는 능력을 지니고 있다.

근거: ❷ [4]이 가정에서는 집단을 의사결정을 할 수 있는 유기체적 주체로 보지 않기 때문에 국가는 의사결정의 주체인 개인들의 집합체라고 본다. + ❸ [6]두 번째는 인간을 '경제 인간'으로 본다는 가정이다. [7]경제 인간은 자기애를 갖고 자신의 이익을 추구하는 합리적인 인간을 의미한다. [8]사람들은 자신의 이해관계를 최우선시하므로 구체적 목적을 달성하는 과정에서 비용을 최소화하고 편익을 극대화하려고 한다.

왼쪽 상단:

Q: 윗글에서 '기존의 경제학의 관점과는 달리'라는 말은 과거와 현재의 경제학의 관점 차이를 나타내므로 현재의 경제시장과 정치시장의 차이는 제시되지 않았다고 볼 수 있는 것 아닌가요?

A: 윗글에서 '기존의 경제학의 관점'이라는 표현은 '수요와 공급의 관점'을 말하는 것이며 이를 정치시장에 적용하여 '정치인은 재화와 용역의 공급자로, 유권자는 수요자로 해석'할 수 있다. 만약 경제학의 관점이 변화한 것이었다면 해당 부분을 명시적으로 제시하였을 것이다. 그러나 윗글에서는 과거와 현재의 경제학적 관점의 변화를 언급한 부분은 없으며, '거래의 결과가 거래 당사자들뿐만 아니라 거래에 참여하지 않은 사람들에게도 영향을 미친다.'의 주어는 정치시장으로, 이는 정치적 교환이 거래 참여자 외에도 영향을 미친다는 점을 강조한 것이다. 따라서 해당 문장은 경제학 이론의 시대적 변화를 논하는 것이 아니기 때문에 경제학의 관점 변화를 말하는 것이라 볼 수 없다.

3. [A]를 적용하여 〈보기〉의 상황을 이해할 때, 적절하지 **않은** 것은? [3점]

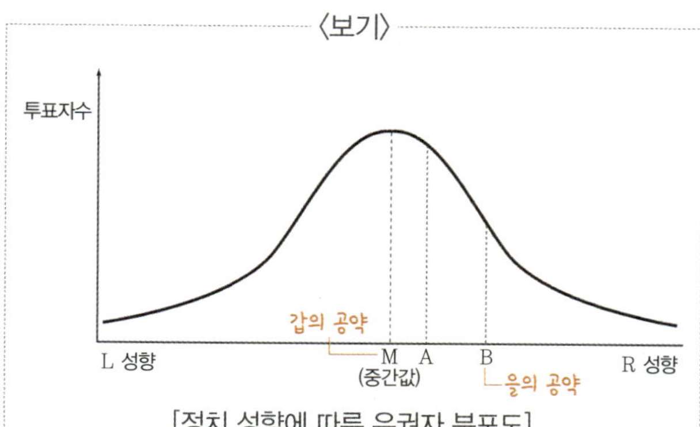

두 정당의 정치인 갑과 을이 단일 사안에 대해 경쟁하는 다수결 원칙의 선거 상황에서 갑은 정치 성향이 중간인 M의 입장(중위투표자)에서, 을은 R 성향인 B의 입장에서 정책을 제시하였다. 유권자는 자신의 정치 성향에 따라 단일한 정점 선호를 가지고 있으며 모두 투표에 참여한다.

✅ 정답풀이

③ 정치 성향이 A인 유권자들은 자신의 정치적 선호에 따라 R 성향의 정책을 제시한 을에게 투표할 것이다.

> 근거: ⑤ [17]유권자는 자신의 선호 체계에 가장 가까운 공약을 제시하는 정치인에게 투표한다는 것이다.
> [A]에 따르면, 〈보기〉의 정치 성향이 A인 유권자의 선호 체계에는 B보다 M이 더 가까우므로 해당 유권자는 M의 입장에서 정책을 제시한 갑에게 투표할 것이다.

❌ 오답풀이

① 정치 성향이 M의 왼쪽에 있는 L 성향의 유권자들은 모두 갑에게 투표할 것이다.

근거: ⑤ [17]유권자는 자신의 선호 체계에 가장 가까운 공약을 제시하는 정치인에게 투표한다는 것이다.

[A]에 따르면, 〈보기〉의 L 성향의 유권자들은 자신들의 선호 체계에 가장 가까운 M의 입장에서 정책을 제시하는 갑에게 투표할 것이다.

② 정치 성향이 중간인 M의 입장에서 정책을 제시한 갑이 을보다 당선 가능성이 높을 것이다.

근거: ⑤ [18]선거의 승리를 목적으로 하는 정치인의 정책은 그의 정치적 이념과 관계없이, 중위투표자의 선호를 반영하는 방향으로 수렴하는 경향이 생긴다.

[A]에 따르면, 선거의 승리를 목적으로 하는 경우 〈보기〉의 중위투표자의 선호인 M의 입장으로 정책 방향을 수정해야 한다. 따라서 이에 해당하는 정책을 제시한 갑이 을보다 당선 가능성이 높을 것이다.

④ 정치 성향이 B의 오른쪽에 있는 R 성향의 유권자들은 자신의 효용을 극대화하기 위해 을에게 투표할 것이다.

근거: ③ [8]사람들은 자신의 이해관계를 최우선시하므로 구체적 목적을 달성하는 과정에서 비용을 최소화하고 편익을 극대화하려고 한다. + ⑤ [17]유권자는 자신의 선호 체계에 가장 가까운 공약을 제시하는 정치인에게 투표한다는 것이다.

[A]에 따르면, 〈보기〉의 R 성향의 유권자들은 자신들의 선호 체계에 가장 가까운 B의 입장에서 정책을 제시하는 을에게 투표할 것이다.

⑤ 을이 당선 가능성을 높이기 위해 공약을 수정한다면 을은 갑이 제시한 정책과 유사한 정치 성향을 띤 공약을 내세우려 할 것이다.

근거: ⑤ [18]선거의 승리를 목적으로 하는 정치인의 정책은 그의 정치적 이념과 관계없이, 중위투표자의 선호를 반영하는 방향으로 수렴하는 경향이 생긴다.

[A]에 따르면, 선거의 승리를 목적으로 하는 경우 〈보기〉의 중위투표자의 선호인 M의 입장으로 정책 방향을 수정해야 한다. 따라서 당선 가능성을 높이기 위해 을은 갑이 제시한 M의 입장과 가까운 방향으로 공약을 수정할 것이다.

4. 뷰캐넌이 ⊙처럼 생각한 이유로 가장 적절한 것은?

> ⊙: 헌법 자체에 대해 합의하는 것이 모든 이에게 편익을 준다

◆ 정답풀이

③ 헌법적 정치는 특정 개인의 이익을 정확히 산정하기 어려우므로 규칙의 공정성이 확보되어 개인의 자유를 최대한 보장할 수 있기 때문에

근거: 7 [28]그(뷰캐넌)는 헌법적 정치를 통해 집합적 의사결정이 공정하게 이루어지는 규칙을 만들고 헌법 안에서 자신의 이익 추구를 위해 일상적 정치를 하는 개인의 자유를 최대한 보장하는 것을 목표로 삼았다. [30]헌법을 만드는 과정에서는 의사결정 참여자 누구도 자신의 이익을 정확하게 산정하기 어렵기 때문에~헌법 자체에 대해 합의하는 것이 모든 이에게 편익을 준다(⊙)고 보고 헌법 개혁의 필요성을 주장했던 것이다.
헌법을 제정할 때 의사결정 참여자 누구도 자신의 이익을 정확하게 산정하기 어렵기 때문에 공정한 의사결정이 이루어져 자신의 이익을 추구하는 개인의 자유를 최대한 보장할 수 있다고 보았을 것이다.

✖ 오답풀이

① 합의로 만들어진 헌법이 일상적 정치를 하는 개인의 활동을 규정하고 제한할 수 없기 때문에
근거: 7 [27]헌법적 정치는 일상적 정치에 제약을 부과하는 헌법을 확립하는 정치 활동이고, 일상적 정치는 헌법 안에서 다양한 전략을 활용하는 정치 활동이다.
뷰캐넌의 헌법정치경제학에서 헌법적 정치는 일상적 정치를 하는 개인의 활동에 제약을 부과하는 정치 활동이다. 따라서 헌법은 일상적 정치를 하는 개인의 활동을 규정하고 제한할 수 있다.

② 의사결정 참여자들이 헌법적 정치를 통해 입법적 수준에서 헌법의 규칙에 합의할 수 있기 때문에
근거: 7 [26]뷰캐넌은 헌법정치경제학에서 의사결정 구조를 두 가지 수준으로 구별하는데, 하나는 헌법 제정 이후 의사결정이 입법적 수준에서 결정되는 '일상적 정치'이고, 다른 하나는 일상적 정치에 대한 규칙을 결정하는 '헌법적 정치'이다.
뷰캐넌의 헌법정치경제학에서 의사결정이 입법적 수준에서 결정되는 것은 일상적 정치이다.

④ 의사결정 참여자들은 일상적 정치를 하는 과정보다 헌법적 정치를 하는 과정에서 누구나 자신의 효용 극대화를 추구하기 쉽기 때문에
근거: 7 [27]일상적 정치는 헌법 안에서 다양한 전략을 활용하는 정치 활동 [28]헌법 안에서 자신의 이익 추구를 위해 일상적 정치를 하는 개인의 자유를 최대한 보장하는 것을 목표로 삼았다.
뷰캐넌의 헌법정치경제학에서 개인이 자신의 효용 극대화를 추구하는 것은 일상적 정치 안에서 이루어진다고 보았다.

⑤ 일상적 정치보다 헌법적 정치를 통해 특정 목적을 위한 정책의 대안에 합의하는 것이 의사결정 참여자들의 이해관계에 부합하기 때문에
근거: 7 [30]헌법을 만드는 과정에서는 의사결정 참여자 누구도 자신의 이익을 정확하게 산정하기 어렵기 때문에 제정된 헌법의 규칙 내에서 특정 목적을 위한 정책에 대해 합의하는 것과 달리
헌법적 정치는 특정 목적을 위한 정책에 대해 합의하는 것과 다르다고 하였으므로 ⊙처럼 생각한 이유가 될 수 없다.

[1~5] 다음 글을 읽고 물음에 답하시오.

✏ 사고의 흐름

1 [1]경제학에서는 일할 의사와 능력이 모두 있는 사람이 일자리를 갖지 못한 상태를 실업이라고 정의하고, '실업'이 이 글의 화제임을 알 수 있어! 실업이 증가하면 사회가 생산할 수 있는 재화나 서비스의 수량이 적어지는 등의 경제적 문제가 발생한다고 보았다. [2]경제학에서는 실업이 발생하는 원인에 따라 실업을 크게 마찰적 실업, 구조적 실업, 경기적 실업 등으로 분류하고 그 해결책을 정부의 역할과 관련하여 제시하고 있다. 이 글에서는 실업의 종류와 해결책을 정부의 역할과 관련해서 설명하겠군.

발생 원인에 따른 실업의 종류를 하나씩 설명할 거야.

2 [3]우선 마찰적 실업(실업의 종류 ①)이란 일반적인 경제 상황에서 노동자가 개인의 선택으로 직업이나 직장을 바꾸는 과정에서 불가피하게* 발생하는 실업이다. [4]이는 전체 생산량 측면에서 경제적으로 큰 손실을 발생시키지 않기 때문에 정부의 역할은 크게 요구되지 않는다. 마찰적 실업은 다른 실업보다 정부의 해결책 마련의 필요성이 상대적으로 적다고 해. [5]다음으로 구조적 실업(실업의 종류 ②)이란 노동자가 공급하는 기술 수준과 기업에서 요구하는 기술 수준 간의 불합치 때문에 발생하는 실업이다. [6]구조적 실업은 노동자의 재교육 등과 같은 방법으로 해결할 수 있기 때문에 이와 관련된 정책을 수립하는 정부의 역할이 요구된다. [7]마지막으로 경기적 실업(실업의 종류 ③)이란 경기 침체*의 영향으로 기업 활동이 ⓐ위축되고 이로 인해 노동에 대한 수요가 감소하여 고용량이 줄어들어 발생하는 실업이다. [8]다시 말해 경기적 실업은 노동 시장에서 노동의 수요와 공급이 균형을 이루고 있는 상태라고 가정할 때, 경기가 ⓑ침체되어 물가가 하락하게 되면 기업은 생산량을 줄이게 되고 이로 인해 노동에 대한 수요가 감소하여 발생한다. 경기 침체 → 물가 ↓ → 기업의 생산량 ↓ → 노동에 대한 수요 ↓ → 경기적 실업 발생 [9]경기적 실업은 다른 종류의 실업에 비해 생산량 측면에서 경제적으로 큰 손실을 발생시킬 수 있기에 경제학자들은 이를 해결하기 위한 정부의 역할에 대해 다양한 의견을 제시한다. 각각의 실업에서 요구되는 정부 역할의 크기를 차례대로 비교하면, '경기적 실업 > 구조적 실업 > 마찰적 실업' 순서임을 알 수 있어. 이후에는 경기적 실업을 해결하기 위한 정부의 역할에 대해 다양한 의견을 설명할 거야.

[A]

3 [10]먼저 고전학파(정부의 역할에 대한 입장 ①)에서는 시장에서 임금이나 물가 등의 가격 변수가 완전히 탄력적*으로 작용하기 때문에 경기적 실업을 자연스럽게 ⓒ해소될 수 있는 일시적 현상으로 본다. 고전학파는 경기적 실업을 일시적 현상으로 보고 있어. 가격 변수가 탄력적인 것과 어떻게 이어지는지 주목하여 읽자! [11]이들에 의하면 노동자들이 받는 화폐의 액수를 의미하는 명목임금이 변하지 않은 상태에서, 경기 침체로 인해 물가가 하락하게 되면 ㉠명목임금을 물가로 나눈 값, 즉 임금의 실제 가치를 의미하는 ㉡실질임금(=명목임금/물가)은 상승하게 된다. [12]예를 들어 물가가 10% 정도 하락하게 되면 명목임금으로 구매할 수 있는 재

예를 들어 설명한 내용은 문제로 출제될 수 있으니 눈여겨보도록 하자!

화의 양이 10% 정도 늘어날 수 있고, 이는 물가가 하락하기 전보다 실질임금이 10% 정도 상승했다는 의미이다. 명목임금에 변화가 없더라도 물가가 하락한 뒤에 명목임금으로 구매할 수 있는 재화의 양이 늘었으므로, 실질임금(임금의 실제 가치)이 상승했음을 알 수 있어. [13]이렇게 실질임금이 상승하게 되면 경기적 실업으로 인해 실업 상태에 있던 노동자들은 노동 시장에서 일자리를 적극적으로 찾으려고 하고, 이로 인해 노동의 초과 공급이 발생하게 된다. [14]그래서 노동자들은 노동 시장에서 경쟁하게 되고 이러한 경쟁으로 인해 명목임금은 탄력적으로 하락하게 된다. [15]명목임금의 하락은 실질임금의 하락으로 이어지게 되고 실질임금은 경기가 침체되기 이전과 동일한 수준으로 돌아간다. [16]결국 기업에서는 명목임금이 하락한 만큼 노동의 수요량을 늘릴 수 있게 되므로 노동의 초과공급은 사라지고 실업이 자연스럽게 해소된다. 실업이 해소되는 현상을 정리해 보자. 명목임금 유지, 경기 침체 → 물가 ↓ → 실질임금 ↑ → 노동자들의 구직 의지 ↑ → 노동의 초과 공급 → 노동자들의 경쟁 → 명목임금 ↓ → 실질임금 ↓(경기가 침체되기 이전과 동일한 수준으로) → 기업의 노동에 대한 수요 ↑ → 실업 해소 [17]따라서 고전학파에서는 인위적* 개입을 통해 경기적 실업을 감소시키려는 정부의 역할에 반대한다. 고전학파는 가격 변수가 탄력적이기 때문에 정부의 역할 없이 경기적 실업이 자연스럽게 해소된다고 주장해.

4 [18]그러나 케인즈학파(정부의 역할에 대한 입장 ②)에서는 시장에서 임금이나 물가 등의 가격 변수가 완전히 탄력적으로 ⓓ작용하지는 않기 때문에 경기적 실업은 자연스럽게 해소될 수 없다고 주장한다. 가격 변수의 탄력적 작용에 대해 고전학파와는 다른 견해를 보이고 있어. [19]즉 명목임금이 변하지 않은 상태에서 경기 침체로 인한 물가 하락으로 실질임금이 상승하더라도, 고전학파에서 말하는 것처럼 명목임금이 탄력적으로 하락하는 현상은 일어나기 어렵다고 본 것이다. [20]이에 대해 케인즈학파에서는 여러 가지 이유를 제시하는데 그중 하나가 화폐환상현상이다. [21]화폐환상현상이란 경기 침체로 인해 물가가 하락하고 이에 영향을 받아 명목임금이 하락하였을 때의 실질임금이, 명목임금의 하락 이전과 동일하다는 것을 노동자가 인식하지 못하는 현상을 의미한다. '화폐환상현상'이라는 새로운 개념에 대해 설명하고 있네. [22]그래서 경기 침체에 의해 물가가 하락하더라도 화폐환상현상으로 인해 노동자들은 명목임금의 하락을 받아들이지 않게 되고, 결국 명목임금은 경기적 실업이 발생하기 이전의 수준과 비슷하게 ⓔ유지된다. '화폐환상현상'을 통해 경기 침체가 발생하여 물가가 하락하더라도 명목임금이 탄력적으로 하락하기 어려운 이유를 설명하고 있구나. [23]이는 기업에서 노동의 수요량을 늘리지 못하는 결과로 이어지게 되고 실업은 지속된다. 경기 침체 → 물가 ↓ → 화폐환상현상 → 명목임금 유지 → 기업이 노동 수요량 늘리지 X → 실업 지속 [24]따라서 케인즈학파에서는 정부가 정책을 통해 노동의 수요를 늘리는 등의 경기적 실업을 감소시킬 수 있는 적극적인 역할을 해야 한다고 주장한다. 케인즈학파는 경기적 실업을 감소시키기 위해 정부가 적극적으로 나서야 한다고 보는 거네!

'고전학파'와는 대비되는 의견이 제시되겠군.

만점 선배의 구조도 예시

(실업) : 일할 의사와 능력이 모두 있는 사람이 일자리를 갖지 못함

마찰적 실업 ┌ 노동자 개인의 선택, 직업·직장 바꿀 때 발생
　　　　　 └ 경제적 큰 손실X → 정부 역할 小

구조적 실업 ┌ 노동자 공급 기술 수준 ≠ 기업 요구 기술 수준
　　　　　 └ 노동자 재교육 → 해결 O → 정부 역할 中

경기적 실업 ┌ 경기 침체 → 기업 활동 위축 → 노동 수요↓
　　　　　 │ → 고용량↓ → 경기적 실업 발생
　　　　　 └ 경제적 큰 손실 → 정부 역할 大
　　　　　　　　　　　↙ 다양한 견해 (고전학파, 케인즈 학파)

[고전학파]
┌ 임금·물가 등 가격 변수 탄력적 작용 → 경기적 실업 해소 (일시적 현상)
└ 명목임금 (노동자들이 받는 화폐액수) 유지·경기 침체 → 물가↓
　→ 실질임금 (임금의 실제 가치 (명목임금 / 물가) → 노동자 구직 의지↑
　→ 노동 초과 공급 → 노동자들 경쟁 → 명목 임금↓ → 실질 임금↓
　→ 기업 노동 수요↑ → 실업 해소
　∴ 인위적 개입 통해 경기적 실업 감소시키려는 정부 역할 반대

[케인즈학파]
┌ 임금·물가 등 가격 변수 탄력적 작용 X → 경기적 실업 해소 X
└ 노동자가 명목임금 하락 받아들이지 X → 명목임금 유지 (경기적 실업 발생 전)
　→ 기업에서는 노동의 수요량 늘릴 수 X → 실업 계속됨
　∴ 경기적 실업 감소시키기 위해 정부가 적극적으로 나서야 함

---

1. 윗글에서 언급하지 않은 내용은?

✓ 정답풀이

③ 화폐환상현상의 유형

> 근거: 4 [21]화폐환상현상이란 경기 침체로 인해 물가가 하락하고 이에 영향을 받아 명목임금이 하락하였을 때의 실질임금이, 명목임금의 하락 이전과 동일하다는 것을 노동자가 인식하지 못하는 현상을 의미한다.
> 화폐환상현상의 정의를 제시하고 있을 뿐, 화폐환상현상의 유형을 설명한 부분은 확인할 수 없다.

✗ 오답풀이

① 실업의 정의

근거: 1 [1]경제학에서는 일할 의사와 능력이 모두 있는 사람이 일자리를 갖지 못한 상태를 실업이라고 정의

② 실업의 발생 원인

근거: 2 [3]우선 마찰적 실업이란 일반적인 경제 상황에서 노동자가 개인의 선택으로 직업이나 직장을 바꾸는 과정에서 불가피하게 발생하는 실업이다. [5]다음으로 구조적 실업이란 노동자가 공급하는 기술 수준과 기업에서 요구하는 기술 수준 간의 불합치 때문에 발생하는 실업이다. [7]마지막으로 경기적 실업이란 경기 침체의 영향으로 기업 활동이 위축되고 이로 인해 노동에 대한 수요가 감소하여 고용량이 줄어들어 발생하는 실업이다.

④ 실업의 종류에 따른 정부의 역할

근거: 2 [4]이는(마찰적 실업은) 전체 생산량 측면에서 경제적으로 큰 손실을 발생시키지 않기 때문에 정부의 역할은 크게 요구되지 않는다. [6]구조적 실업은 노동자의 재교육 등과 같은 방법으로 해결할 수 있기 때문에 이와 관련된 정책을 수립하는 정부의 역할이 요구된다. [9]경기적 실업은 다른 종류의 실업에 비해 생산량 측면에서 경제적으로 큰 손실을 발생시킬 수 있기에 경제학자들은 이를 해결하기 위한 정부의 역할에 대해 다양한 의견을 제시한다.

⑤ 명목임금의 탄력적 작용에 대한 관점 차이

근거: 3 [10]먼저 고전학파에서는 시장에서 임금이나 물가 등의 가격 변수가 완전히 탄력적으로 작용하기 때문에 경기적 실업을 자연스럽게 해소될 수 있는 일시적 현상으로 본다. [11]이들에 의하면~[13]노동의 초과공급이 발생하게 된다. [14]그래서 노동자들은 노동 시장에서 경쟁하게 되고 이러한 경쟁으로 인해 명목임금은 탄력적으로 하락하게 된다. + 4 [18]그러나 케인즈학파에서는 시장에서 임금이나 물가 등의 가격 변수가 완전히 탄력적으로 작용하지는 않기 때문에 경기적 실업은 자연스럽게 해소될 수 없다고 주장한다. [19]즉 명목임금이 변하지 않은 상태에서 경기 침체로 인한 물가 하락으로 실질임금이 상승하더라도, 고전학파에서 말하는 것처럼 명목임금이 탄력적으로 하락하는 현상은 일어나기 어렵다고 본 것이다.
고전학파는 명목임금이 탄력적으로 변화한다고 보았고, 케인즈학파는 명목임금이 탄력적으로 변화하지 않는다고 보았다.

2. ㉠과 ㉡에 대해 이해한 내용으로 적절하지 <u>않은</u> 것은?

> ㉠: 명목임금
> ㉡: 실질임금

✔ 정답풀이

① 물가가 상승하고 ㉠이 하락한다면, ㉡은 상승하겠군.

> 근거: ❸ ¹¹이들(고전학파)에 의하면 노동자들이 받는 화폐의 액수를 의미하는 명목임금이 변하지 않은 상태에서, 경기 침체로 인해 물가가 하락하게 되면 명목임금(㉠)을 물가로 나눈 값, 즉 임금의 실제 가치를 의미하는 실질임금(㉡)은 상승하게 된다.
> ㉡은 ㉠을 물가로 나눈 값이므로, 물가가 상승하고 ㉠이 하락하는 상황에서는 ㉡도 하락할 것이다.

✖ 오답풀이

② 물가의 변화가 없고 ㉠이 하락한다면, ㉡도 하락하겠군.
> 근거: ❸ ¹¹이들(고전학파)에 의하면 노동자들이 받는 화폐의 액수를 의미하는 명목임금이 변하지 않은 상태에서, 경기 침체로 인해 물가가 하락하게 되면 명목임금(㉠)을 물가로 나눈 값, 즉 임금의 실제 가치를 의미하는 실질임금(㉡)은 상승하게 된다.
> ㉡은 ㉠을 물가로 나눈 값이므로, 물가의 변화가 없고 ㉠이 하락하는 상황에서는 ㉡도 하락할 것이다.

③ 물가가 하락하고 ㉠이 변하지 않는다면, ㉡은 상승하겠군.
> 근거: ❸ ¹¹이들(고전학파)에 의하면 노동자들이 받는 화폐의 액수를 의미하는 명목임금이 변하지 않은 상태에서, 경기 침체로 인해 물가가 하락하게 되면 명목임금(㉠)을 물가로 나눈 값, 즉 임금의 실제 가치를 의미하는 실질임금(㉡)은 상승하게 된다.
> ㉡은 ㉠을 물가로 나눈 값이므로, 물가가 하락하고 ㉠이 변하지 않는 상황에서는 ㉡은 상승할 것이다.

④ ㉠이 상승한다면 노동자들이 받는 화폐의 액수는 증가하겠군.
> 근거: ❸ ¹¹이들(고전학파)에 의하면 노동자들이 받는 화폐의 액수를 의미하는 명목임금이 변하지 않은 상태에서, 경기 침체로 인해 물가가 하락하게 되면 명목임금(㉠)을 물가로 나눈 값, 즉 임금의 실제 가치를 의미하는 실질임금(㉡)은 상승하게 된다.
> ㉠은 노동자들이 받는 화폐의 액수를 의미한다고 했으므로 ㉠이 상승한다면 노동자들이 받는 화폐의 액수 또한 증가할 것이다.

⑤ ㉡이 상승한다면 ㉠으로 구매할 수 있는 재화의 양이 증가하겠군.
> 근거: ❸ ¹¹이들(고전학파)에 의하면 노동자들이 받는 화폐의 액수를 의미하는 명목임금이 변하지 않은 상태에서, 경기 침체로 인해 물가가 하락하게 되면 명목임금(㉠)을 물가로 나눈 값, 즉 임금의 실제 가치를 의미하는 실질임금(㉡)은 상승하게 된다. ¹²예를 들어 물가가 10% 정도 하락하게 되면 명목임금으로 구매할 수 있는 재화의 양이 10% 정도 늘어날 수 있고, 이는 물가가 하락하기 전보다 실질임금이 10% 정도 상승했다는 의미이다.
> ㉠이 변하지 않더라도 ㉡이 상승하면 ㉠으로 구매할 수 있는 재화의 양은 늘어나므로 적절하다.

3. [A]를 바탕으로 〈보기〉를 이해한 것으로 가장 적절한 것은?

> ───〈보기〉───
>
> ㄱ. 20년 가까이 카메라 필름 제조 회사에서 필름 제조 전문가로 근무하던 갑은 새로운 필름 제조 기술의 등장으로 회사의 생산 시설이 교체됨에 따라 실업 상태에 놓이게 되었다.
> (노동자 공급 기술 수준 ≠ 기업 요구 기술 수준 → 구조적 실업)
>
> ㄴ. A 의류업체 직원인 을은 평소 근무하고 싶었던 B 의류업체에서 경력 사원을 모집한다는 공고를 보고 다니던 회사를 그만두었다.
> (개인 선택으로 직업 or 직장 바꿈 → 마찰적 실업)

✔ 정답풀이

⑤ ㄴ과 달리 ㄱ은 노동자의 기술과 회사에서 요구하는 기술의 차이에 의해 발생하는 실업이라고 할 수 있겠군.

> 근거: ❷ ³우선 마찰적 실업이란 일반적인 경제 상황에서 노동자가 개인의 선택으로 직업이나 직장을 바꾸는 과정에서 불가피하게 발생하는 실업이다. ⁵다음으로 구조적 실업이란 노동자가 공급하는 기술 수준과 기업에서 요구하는 기술 수준 간의 불합치 때문에 발생하는 실업이다.
> ㄱ은 노동자가 공급하는 기술 수준과 기업에서 요구하는 기술 수준 간의 불합치 때문에 발생하는 구조적 실업이고, ㄴ은 노동자가 개인의 선택으로 직업이나 직장을 바꾸는 과정에서 불가피하게 발생하는 마찰적 실업이다. 따라서 ㄴ과 달리 ㄱ은 노동자인 갑의 필름 제조 기술과 회사에서 요구하는 새로운 필름 제조 기술의 차이에 의해 발생하는 실업이라고 할 수 있다.

✖ 오답풀이

① ㄱ과 달리 ㄴ은 경기 침체의 영향에 의해 발생하는 실업이라고 할 수 있겠군.
> 근거: ❷ ³우선 마찰적 실업이란 일반적인 경제 상황에서 노동자가 개인의 선택으로 직업이나 직장을 바꾸는 과정에서 불가피하게 발생하는 실업이다. ⁷마지막으로 경기적 실업이란 경기 침체의 영향으로 기업 활동이 위축되고 이로 인해 노동에 대한 수요가 감소하여 고용량이 줄어들어 발생하는 실업이다.
> 경기 침체의 영향을 받아 기업 활동이 위축되어 고용량이 줄어들며 발생하는 것은 경기적 실업이다. ㄴ은 노동자가 개인의 선택으로 직업이나 직장을 바꾸는 과정에서 불가피하게 발생하는 마찰적 실업에 해당하므로, 경기 침체의 영향에 의해 발생한다고 볼 수 없다.

② ㄱ과 달리 ㄴ은 사회 전체 생산량 측면에서 큰 손실을 발생시키는
실업이라고 할 수 있겠군.

근거: **2** [3]우선 마찰적 실업이란 일반적인 경제 상황에서 노동자가 개인의
선택으로 직업이나 직장을 바꾸는 과정에서 불가피하게 발생하는 실업이다.
[9]경기적 실업은 다른 종류의 실업에 비해 생산량 측면에서 경제적으로 큰
손실을 발생시킬 수 있기에 경제학자들은 이를 해결하기 위한 정부의 역할
에 대해 다양한 의견을 제시한다.

생산량 측면에서 경제적으로 큰 손실을 발생시킬 수 있는 것은 경기적 실업
이다. ㄴ은 마찰적 실업에 해당하므로, 사회 전체 생산량 측면에서 큰 손실을
발생시키는 실업에 해당한다고 볼 수 없다.

③ ㄴ과 달리 ㄱ은 일자리를 스스로 바꾸는 과정에서 발생하는 실업
이라고 할 수 있겠군.

근거: **2** [3]우선 마찰적 실업이란 일반적인 경제 상황에서 노동자가 개인의
선택으로 직업이나 직장을 바꾸는 과정에서 불가피하게 발생하는 실업이다.

일자리를 스스로 바꾸는 과정에서 발생하는 마찰적 실업은 ㄱ이 아닌 ㄴ이다.

④ ㄴ과 달리 ㄱ은 일반적인 경제 상황에서 불가피하게 발생하는 실업
이라 할 수 있겠군.

근거: **2** [3]우선 마찰적 실업이란 일반적인 경제 상황에서 노동자가 개인의
선택으로 직업이나 직장을 바꾸는 과정에서 불가피하게 발생하는 실업이다.

ㄱ은 노동자가 공급하는 기술 수준과 기업에서 요구하는 기술 수준 간의 불
합치 때문에 발생하는 구조적 실업이다.

4. 〈보기〉는 경기적 실업을 설명하기 위한 그래프이다. 윗글을
바탕으로 〈보기〉를 이해한 내용으로 적절하지 <u>않은</u> 것은? [3점]

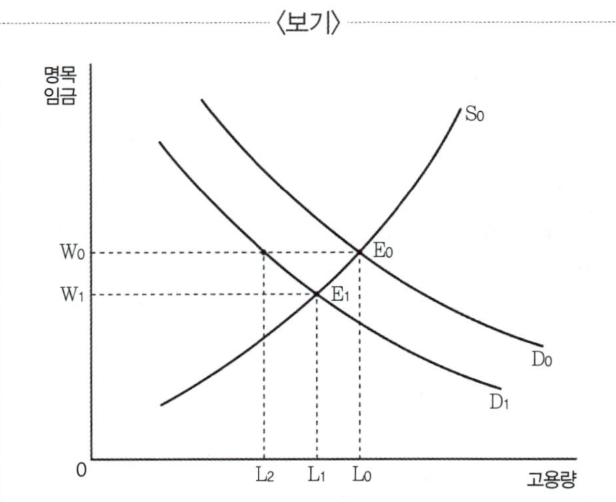

* S_0은 노동의 공급곡선, D_0과 D_1은 노동의 수요곡선이다.
* E_0은 경기적 실업이 발생하기 전에 형성되어 있던 노동에 대한
  수요와 공급의 균형점이다.
* 제시된 상황 이외의 모든 경제적 변수는 고려하지 않는다.

◈ 정답풀이

⑤ D_0이 D_1로 이동하더라도 명목임금이 W_0 수준으로 유지되었다면,
케인즈학파에서는 L_0에서 L_2의 차이만큼 노동에 대한 수요가
발생할 것으로 생각하겠군.

근거: **4** [22]그래서 경기 침체에 의해 물가가 하락더라도 화폐환상현상
으로 인해 노동자들은 명목임금의 하락을 받아들이지 않게 되고, 결국 명목
임금은 경기적 실업이 발생하기 이전의 수준과 비슷하게 유지된다. [23]이는
기업에서 노동의 수요량을 늘리지 못하는 결과로 이어지게 되고 실업은
지속된다.

케인즈학파는 경기적 실업이 발생한 상황에서 화폐환상현상으로 인해 노
동자들은 명목임금의 하락을 받아들이지 않게 된다고 보는데, 이는 곧 D_0
이 D_1로 이동하더라도 명목임금이 W_0 수준으로 유지되는 경우라고 볼 수
있다. 케인즈학파는 이러한 상황에서는 기업이 노동의 수요량을 늘리지
못해 실업이 해소되지 못한다고 보므로, 명목임금이 유지되었을 때 노동
에 대한 수요가 L_0에서 L_2의 차이만큼 부가적으로 발생한다고 생각하지
않을 것이다.

① D_0이 D_1로 이동하여 노동의 초과공급이 발생했다면, 고전학파에서는 이를 일시적 현상이라고 생각하겠군.

근거: ❸ [10]먼저 고전학파에서는 시장에서 임금이나 물가 등의 가격 변수가 완전히 탄력적으로 작용하기 때문에 경기적 실업을 자연스럽게 해소될 수 있는 일시적 현상으로 본다. [13]이렇게 실질임금이 상승하게 되면 경기적 실업으로 인해 실업 상태에 있던 노동자들은 노동 시장에서 일자리를 적극적으로 찾으려고 하고, 이로 인해 노동의 초과공급이 발생하게 된다. [14]그래서 노동자들은 노동 시장에서 경쟁하게 되고 이러한 경쟁으로 인해 명목임금은 탄력적으로 하락하게 된다. [16]결국 기업에서는 명목임금이 하락한 만큼 노동의 수요량을 늘릴 수 있게 되므로 노동의 초과공급은 사라지고 실업이 자연스럽게 해소된다.

고전학파는 경기적 실업은 일시적 현상이며, 경기적 실업으로 인한 노동의 초과공급은 기업이 명목임금이 하락한 만큼 노동의 수요량을 늘리게 되면서 자연스럽게 해소된다고 본다. 따라서 경기적 실업에 의해 D_0이 D_1로 이동하여 노동의 수요가 줄고 노동의 초과공급이 발생했더라도, 이는 일시적 현상에 불과하다고 볼 것이다.

② D_0이 D_1로 이동하여 W_0이 W_1 수준으로 하락했다면, 고전학파에서는 그 원인을 노동의 초과공급으로 인한 노동자들의 경쟁 때문이라고 생각하겠군.

근거: ❸ [11]이들(고전학파)에 의하면~경기 침체로 인해 물가가 하락하게 되면 명목임금을 물가로 나눈 값 즉 임금의 실제 가치를 의미하는 실질임금은 상승하게 된다. [13]이렇게 실질임금이 상승하게 되면 경기적 실업으로 인해 실업 상태에 있던 노동자들은 노동 시장에서 일자리를 적극적으로 찾으려고 하고, 이로 인해 노동의 초과공급이 발생하게 된다. [14]그래서 노동자들은 노동 시장에서 경쟁하게 되고 이러한 경쟁으로 인해 명목임금은 탄력적으로 하락하게 된다.

고전학파는 경기 침체 상황에서 물가 하락으로 인해 실질임금이 상승하게 되면, 노동자들이 적극적으로 일자리를 찾으려 하면서 노동 시장에서 경쟁하게 되고 이러한 경쟁으로 인해 명목임금은 탄력적으로 하락하게 된다고 본다. 따라서 D_0이 D_1로 이동하여 W_0에서 W_1로 명목임금이 하락하는 것은 노동의 초과공급으로 인한 노동자들의 경쟁에서 비롯되었다고 볼 것이다.

③ D_0이 D_1로 이동하더라도 W_0이 W_1 수준으로 하락하지 않았다면, 케인즈학파에서는 그 원인을 화폐환상현상 때문일 수 있다고 생각하겠군.

근거: ❹ [20]이에 대해 케인즈학파에서는 여러 가지 이유를 제시하는데 그중 하나가 화폐환상현상이다. [21]화폐환상현상이란 경기 침체로 인해 물가가 하락하고 이에 영향을 받아 명목임금이 하락하였을 때의 실질임금이, 명목임금의 하락 이전과 동일하다는 것을 노동자가 인식하지 못하는 현상을 의미한다. [22]그래서 경기 침체에 의해 물가가 하락하더라도 화폐환상현상으로 인해 노동자들은 명목임금의 하락을 받아들이지 않게 되고, 결국 명목임금은 경기적 실업이 발생하기 이전의 수준과 비슷하게 유지된다.

케인즈학파는 경기 침체로 인해 물가가 하락하고 이에 영향을 받아 명목임금이 하락하였을 때의 실질임금이, 명목임금의 하락 이전과 동일하다는 것을 노동자가 인식하지 못하는 화폐환상현상에 의해 명목임금은 경기적 실업이 발생하기 이전의 수준과 비슷하게 유지된다고 본다. 따라서 D_0이 D_1로 이동하더라도 명목임금이 W_0에서 W_1 수준으로 하락하지 않았다면, 그 원인은 화폐환상현상에 있다고 생각할 것이다.

④ D_0이 D_1로 이동하여 실업이 발생했다면, 케인즈학파에서는 이를 해결하기 위해 노동의 수요를 늘리기 위한 정부의 역할이 필요하다고 생각하겠군.

근거: ❹ [21]화폐환상현상이란 경기 침체로 인해 물가가 하락하고 이에 영향을 받아 명목임금이 하락하였을 때의 실질임금이, 명목임금의 하락 이전과 동일하다는 것을 노동자가 인식하지 못하는 현상을 의미한다. [22]그래서 경기 침체에 의해 물가가 하락하더라도 화폐환상현상으로 인해 노동자들은 명목임금의 하락을 받아들이지 않게 되고, 결국 명목임금은 경기적 실업이 발생하기 이전의 수준과 비슷하게 유지된다. [23]이는 기업에서 노동의 수요량을 늘리지 못하는 결과로 이어지게 되고 실업은 지속된다. [24]따라서 케인즈학파에서는 정부가 정책을 통해 노동의 수요를 늘리는 등의 경기적 실업을 감소시킬 수 있는 적극적인 역할을 해야 한다고 주장한다.

케인즈학파는 D_0이 D_1로 이동하면서 경기적 실업이 발생한 상황에서 정부가 정책을 통해 노동의 수요를 늘리는 등의 적극적인 역할을 해야 한다고 볼 것이다.

5. ⓐ~ⓔ의 사전적 의미로 적절하지 **않은** 것은?

① ⓐ: 시간이나 거리 따위가 짧게 줄어듦.

> 근거: ❷ [7]마지막으로 경기적 실업이란 경기 침체의 영향으로 기업 활동이 ⓐ위축되고 이로 인해 노동에 대한 수요가 감소하여 고용량이 줄어들어 발생하는 실업이다.
> '시간이나 거리 따위가 짧게 줄어듦.'을 뜻하는 단어는 '단축'이다. '위축'의 사전적 의미는 '어떤 힘에 눌려 기를 펴지 못함.'이다.

② ⓑ: 어떤 현상이나 사물이 진전하지 못하고 제자리에 머무름.

근거: ❷ [8]경기가 ⓑ침체되어 물가가 하락하게 되면 기업은 생산량을 줄이게 되고 이로 인해 노동에 대한 수요가 감소하여 발생한다.

③ ⓒ: 이제까지의 일이나 관계를 해결하여 없애 버림.

근거: ❸ [10]경기적 실업을 자연스럽게 ⓒ해소될 수 있는 일시적 현상으로 본다.

④ ⓓ: 어떤 현상을 일으키거나 영향을 미침.

근거: ❹ [18]그러나 케인즈학파에서는 시장에서 임금이나 물가 등의 가격 변수가 완전히 탄력적으로 ⓓ작용하지는 않기 때문에 경기적 실업은 자연스럽게 해소될 수 없다고 주장한다.

⑤ ⓔ: 어떤 상태나 현상을 그대로 보존하거나 변함없이 지탱함.

근거: ❹ [22]결국 명목임금은 경기적 실업이 발생하기 이전의 수준과 비슷하게 ⓔ유지된다.

[1~6] 다음 글을 읽고 물음에 답하시오.

■1 ¹세원이란 조세가 부과되는 원천인데, 소득은 대표적인 세원 중 하나이다. ²조세를 부과할 때 세율을 적용하는 부분은 세원 전체가 아니다. *세원을 정의하며 '조세 부과'라는 화제를 제시하고 있어.* ³가령 우리나라는 ㉠부양가족이 있는 사람에게는 개인의 총소득 중 일부를 공제*한 뒤에 세율을 적용한다. ⁴과세* 대상 소득으로부터 얻는 만족감이 동일한 자에게, 동일한 조세 부담을 요구하는 것이 공평하다고 생각되기 때문이다. *왜 일부를 공제하는지 이유를 설명하고 있어.* ⁵개인의 총소득에서 공제를 한 뒤, 세율이 적용되는 소득을 과세 표준이라 한다. *'과세 표준'의 개념* ⁶그리고 납세 부담액, 즉 세액은 과세 표준에 세율을 곱함으로써 ⓐ산출된다. *세액 = 과세 표준 × 세율* ⁷납세자가 부담할 세액을 결정하는 데 활용되는 세율은 한계 세율이다. ⁸한계 세율이란 세액의 증가분이 과세 표준의 증가분에서 차지하는 비중을 말하는데, *'한계 세율'의 개념* 세액의 증가분을 과세 표준의 증가분으로 나눈 값이다. *한계 세율 = 세액의 증가분 ÷ 과세 표준의 증가분* ⁹이 밖에도 세율에는 세액을 과세 표준으로 나눈 값인 평균 세율, 세액을 과세 이전 총소득으로 나눈 값인 실효 세율 등이 있다. *평균 세율 = 세액 ÷ 과세 표준, 실효 세율 = 세액 ÷ 과세 이전 총소득*

> 예시를 통해 일부 세원이 제외되는 이유에 대해 이해하기 쉽게 설명해 줄 거야.

■2 ¹⁰다음 예를 통해 세율에 대해 이해해 보자. ¹¹소득세의 [A] 세율이 과세 표준 금액 1천만 원 이하는 10%, 1천만 원 초과 4천만 원 이하는 20%라 하자. ¹²이처럼 과세 표준을 몇 개의 구간으로 나누는 까닭은 소득에 대응하는 세율을 일일이 획정*하는 것이 현실적으로 어렵기 때문이다. ¹³과세 표준 금액이 3천만 원인 사람의 세액은 '1천만 원 × 0.1(10%) + 2천만 원 × 0.2(20%) = 5백만 원'으로 계산된다. *과세 표준에 따라 각각 다른 세율을 적용한 후, 이를 합하여 세액을 계산했네!* ¹⁴이 경우 평균 세율은 약 16.7%(5백만 원 / 3천만 원)(평균 세율 = 세액 ÷ 과세 표준)가 된다. ¹⁵과세 표준에 세율을 어떻게 적용할 것인지에 따라 세율 구조가 결정된다. ¹⁶과세 표준이 클수록 높은 세율로 과세하는 것을 누진* 세율 구조라고 한다. *세율을 적용하는 방식에 따라 세율 구조가 달라진다는 걸 이야기하고 있어.* ¹⁷그런데 누진 세율 구조가 아니더라도 고소득일수록 세액이 증가할 수 있으므로 세율 구조는 평균 세율의 증가 여부로 판단하는 것이 적절하다. *전 구간 같은 세율을 적용하더라도 고소득일수록 세액은 증가하게 되니까 '세액'이 아니라 '세율'의 증가 여부를 통해 누진 세율 구조인지를 판단해야 돼.* ¹⁸즉 과세 표준이 증가할 때 평균 세율이 유지되면 비례 세율 구조, 평균 세율이 오히려 감소하면 역진 세율 구조, 함께 증가하면 누진 세율 구조이다. *과세 표준에 세율을 어떻게 적용할 것인지에 따라 세율 구조의 세 가지 유형을 정리하고 있네.*

> 예를 들어 설명하면 자세히 설명해 준다는 말이니 정확하게 이해해 보자!

> 전환! 반드시 누진 세율 구조가 아닐 수도 있나 봐.

■3 ¹⁹대다수 국가에서 소득세는 누진 세율 구조를 적용하고 있는데, 그 이유는 경제적 능력에 따라 조세를 부담하는 것이 공평하다고 생각되기 때문이다. *왜 누진 세율 구조를 적용하는지 이유를 말해 주고 있어.* ²⁰일찍이 공리주의자 밀은 조세 부담이 개인의 소득 감소를 유발하므로 세금 납부에 따른 경제적 희생, 즉 효용의 손실이 균등해야 공평하다고 보았다. ²¹이를 균등 희생 원리라고 하는데, 밀의 이러한 주장은 후대 학자들에 의해 누진 세율 구조를 ⓑ옹호하는 근거로 활용되었다. ²²여기서 희생이란 세액 자체가 아니라 납세로 인한 총효용의 감소분이다. *밀은 조세 부담으로 인해 개인의 소득이 감소하므로 효용의 손실이 균등해야 공평하다고 보았어.* ²³그런데 밀은 균등하다는 것이 구체적으로 어떤 의미인지는 논하지 않았다. ²⁴이에 후대 학자들은 균등의 의미를 ①절대 희생 균등의 원칙, ②비례 희생 균등의 원칙, ③한계 희생 균등의 원칙으로 구분하여 논의하였다. *밀의 입장에 기반하여 후대 학자들은 균등의 의미를 세 가지 원칙으로 구분했네. 다음 문단에서 자세히 설명할 테니 기억해 두자!* ²⁵이러한 논의는 소득만이 개인의 효용을 결정하고 효용은 측정 가능하며 소득 증가에 따라 한계 효용이 체감한다는 가정에 ⓒ입각해 있다. ²⁶뿐만 아니라 모든 사람의 소득의 한계 효용 곡선이 동일하다고 가정한다. *균등의 의미에 대한 후대 학자들의 논의의 전제를 제시하고 있네.*

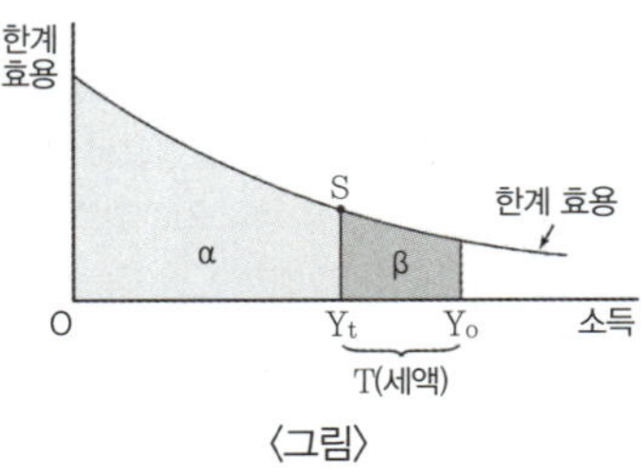

〈그림〉

■4 ²⁷균등한 희생과 관련 있는 세 원칙은 〈그림〉에 나타나 있는 것과 같은 소득의 한계 효용 곡선을 통해 이해할 수 있다. ²⁸소득의 한계 효용이란 소득이 1단위 증가했을 때 개인이 얻게 되는 만족의 정도를 의미한다. ²⁹〈그림〉에서 원래 소득이 Y_O였던 사람이 세액 T를 내면 세후 소득이 Y_t로 줄어든다. ³⁰이때 희생된 효용의 절대량은 면적 β로 나타낼 수 있다. *세금을 내면 소득이 줄고, 그만큼 효용(만족)도 줄어든다는 걸 그래프로 보여 주고 있어. 그 감소분이 바로 '희생'이라는 거지.* ³¹절대 희생 균등의 원칙에 따르면 각 개인들이 조세를 부담함으로써 떠안게 되는 희생의 절대적 크기가 균등해야 한다. ³²그러므로 이 원칙 아래에서는 고소득자의 세액이 저소득자의 세액보다 커야 한다. ³³그런데 이것만으로는 누진 세율 구조라고 ⓓ단정하기 어렵다. *세액이 크다고 해서 누진 세율 구조라고 단정할 수 없기 때문이야.* ³⁴절대 희생 균등 원칙 아래에서는 소득이 1% 증가할 때 한계 효용은 1% 이상 감소할 정도로 한계 효용 곡선이 가파른 기울기를 가져야만 누진 세율 구조가 ⓔ성립될 수 있기 때문이다. *절대 희생 균등 원칙에 따른 누진 세율 구조 조건: 고소득자 세액 > 저소득자 세액 + 한계 효용 곡선의 가파른 기울기* ³⁵극단적으로 생각했을 때, 한계 효용 곡선이 체감하지 않고 기울기가 0이라면 절대 희생 균등의 원칙 아래에서는 모든 개인이 동일한 세액을 부담해야 한다. ³⁶누진 세율 구조를 충족시킬 수 없는 것이다. *기울기가 0이라면, 희생된 효용의 절대량이 같을 때 세액이 동일하기 때문이지.*

⑤ [37]비례 희생 균등의 원칙에 따르면 과세 이전 총소득으로부터 얻는 총효용에서 납세로 인한 효용의 상실, 즉 희생이 차지하는 비율이 모든 개인에게 동일해야 한다. [38]이는 〈그림〉에서 면적 β를 면적 α+β로 나눈 값인 효용의 희생 비율이 모두 똑같아야 한다는 것을 뜻한다. '납세로 인한 효용 상실분(면적 β) ÷ 과세 이전 총소득으로 인한 총효용(면적 α+β)'의 값이 같아야 한다는 뜻이야. [39]이 원칙 아래에서 누진 세율 구조는 소득의 한계 효용 곡선이 체감하는 모양이기만 하다면 이루어질 수 있다. [40]즉 소득의 한계 효용 곡선이 반드시 가파른 기울기를 가질 필요는 없다. [41]비례 희생 균등의 원칙 아래에서 만약 한계 효용 곡선의 기울기가 0이라면 비례 세율 구조가 될 것(소득이 증가해도 세율 변화가 없음)이다. 비례 희생 균등 원칙에 따른 누진 세율 구조 조건: 한계 효용 곡선의 체감하는 모양

⑥ [42]한계 희생 균등의 원칙에 따르면 과세 이후에 얻는 한계 효용의 크기(납세 후 남아 있는 한계 효용의 크기)가 모든 개인에게 동일해야만 한다. [43]〈그림〉에서 조세 부담의 마지막 단위에서 발생하는 한계 효용은 선분 Y_1S의 길이로 나타낼 수 있는데, 한계 희생 균등의 원칙에 따르면 이 길이가 모든 사람에게 같아지도록 해야 한다. [44]그 결과 과세 이전의 소득 수준에 관계없이 모든 개인이 동일한 효용의 크기를 가지게 된다. [45]따라서 한계 희생 균등의 원칙을 적용하면 고소득층일수록 매우 무거운 조세 부담이 요구(납세 후 남아 있는 소득이 같아야 하기 때문)된다. 한계 희생 균등의 원칙: 과세 이후 얻는 한계 효용의 크기가 균등.

*공제: 받을 몫에서 일정한 금액이나 수량을 뺌.

이것만은 챙기자

*과세: 세금을 정하여 그것을 내도록 의무를 지움.
*획정: 경계 따위를 명확히 구별하여 정함.
*누진: 가격, 수량 따위가 더하여 감에 따라 상대적으로 그에 대한 비율이 점점 높아짐.

1. 윗글에 대한 설명으로 가장 적절한 것은?

정답풀이

⑤ 조세 관련 용어들의 개념을 제시하고 조세 부담에서의 균등한 희생
이란 무엇인가와 관련된 원칙들을 설명하고 있다.

> 근거: **1** [5]개인의 총소득에서 공제를 한 뒤, 세율이 적용되는 소득을 과세
> 표준이라 한다. [8]한계 세율이란 세액의 증가분이 과세 표준의 증가분에서
> 차지하는 비중을 말하는데, 세액의 증가분을 과세 표준의 증가분으로 나
> 눈 값이다. [9]세액을 과세 표준으로 나눈 값인 평균 세율, 세액을 과세 이전
> 총소득으로 나눈 값인 실효 세율 + **4** [31]절대 희생 균등의 원칙에 따르면
> 각 개인들이 조세를 부담함으로써 떠안게 되는 희생의 절대적 크기가 균
> 등해야 한다. + **5** [37]비례 희생 균등의 원칙에 따르면 과세 이전 총소득으
> 로부터 얻는 총효용에서 납세로 인한 효용의 상실, 즉 희생이 차지하는 비
> 율이 모든 개인에게 동일해야 한다. + **6** [42]한계 희생 균등의 원칙에 따르
> 면 과세 이후에 얻는 한계 효용의 크기가 모든 개인에게 동일해야만 한다.
> 조세와 관련하여 '과세 표준', '한계 세율', '평균 세율', '실효 세율' 등과 같은
> 용어들의 개념을 제시한 뒤, '세금 납부에 따른 경제적 희생, 즉 효용의 손실'
> 을 균등하게 하여 공평한 조세 부담을 하는 방법에 대한 논의를 바탕으로
> '균등한 희생'과 관련 있는 세 가지 원칙인 '절대 희생 균등의 원칙', '비례
> 희생 균등의 원칙', '한계 희생 균등의 원칙'을 설명하고 있다.

오답풀이

① 조세의 본질과 기본 원칙을 제시하며 조세의 경제적 효과에 대해
설명하고 있다.
> 근거: **1** [1]세원이란 조세가 부과되는 원천인데, 소득은 대표적인 세원 중 하
> 나이다.
> 세원이 조세가 부과되는 원천이라는 정의를 언급했을 뿐, 조세의 본질에 대해
> 제시하고 있다고 보기 어려우며, 조세의 경제적 효과에 대해 설명하고 있다고
> 볼 수도 없다.

② 조세 부과의 효율성에 대한 고찰을 통해 누진적 조세 부담의 변천
과정을 설명하고 있다.
> 윗글에서 조세 부과의 효율성에 대해 고찰한 부분은 확인할 수 없으며, 누진
> 세율 구조의 특징과 성립 조건을 설명하고 있을 뿐 누진적 조세 부담의 변천
> 과정을 설명하고 있지도 않다.

③ 조세 부담의 공평성에 대한 견해를 비교하며 조세 행정의 목적을
효율적 자원 배분의 관점에서 설명하고 있다.
> 근거: **3** [19]대다수 국가에서 소득세는 누진 세율 구조를 적용하고 있는데,
> 그 이유는 경제적 능력에 따라 조세를 부담하는 것이 공평하다고 생각되기
> 때문이다. + **4** [27]균등한 희생과 관련 있는 세 원칙
> 경제적 능력에 따라 조세를 부담하는 것이 공평하다는 생각을 바탕으로 이
> 루어진 논의와 균등한 희생과 관련된 세 가지 원칙을 언급하고 있을 뿐, 윗
> 글에서 조세 행정의 목적을 효율적 자원 배분의 관점에서 설명하고 있지는
> 않다.

④ 조세를 강제 징수하는 이유를 제시하고 여러 나라의 사례를 들어
세율 구조를 결정하는 방법에 대해 설명하고 있다.
> 윗글에서 조세를 강제 징수하는 이유를 언급한 부분은 확인할 수 없으며, 여
> 러 나라의 사례를 들어 세율 구조를 결정하는 방법에 대해 설명하고 있지도
> 않다.

2. 윗글에 대한 이해로 적절하지 <u>않은</u> 것은?

정답풀이

③ 대다수 국가가 소득세에 비례 세율 구조를 적용하고 있다.

> 근거: **3** [19]대다수 국가에서 소득세는 누진 세율 구조를 적용하고 있는데,
> 그 이유는 경제적 능력에 따라 조세를 부담하는 것이 공평하다고 생각되기
> 때문이다.

오답풀이

① 일반적으로 평균 세율보다 실효 세율이 더 낮다.
> 근거: **1** [5]개인의 총소득에서 공제를 한 뒤, 세율이 적용되는 소득을 과세
> 표준이라 한다. [9]세율에는 세액을 과세 표준으로 나눈 값인 평균 세율, 세액
> 을 과세 이전 총소득으로 나눈 값인 실효 세율 등이 있다.
> 과세 표준은 개인의 총소득에서 공제를 한 뒤, 세율이 적용되는 소득을 의미
> 하므로 과세 이전의 총소득보다 낮은 값을 갖는다. 따라서 평균 세율(세액/
> 과세 표준)보다 실효 세율(세액/과세 이전 총소득)이 더 낮을 것임을 알 수
> 있다.

② 납세 부담액은 과세 표준에 세율을 곱한 값이다.
> 근거: **1** [6]납세 부담액, 즉 세액은 과세 표준에 세율을 곱함으로써 산출된다.

④ 세액 산출 시 과세 표준을 몇 개의 구간으로 나누어 세율을 적용할
수 있다.
> 근거: **2** [12]과세 표준을 몇 개의 구간으로 나누는 까닭은 소득에 대응하는
> 세율을 일일이 획정하는 것이 현실적으로 어렵기 때문이다.

⑤ 누진 세율 구조인지의 여부는 과세 표준이 증가할 때 평균 세율이
증가하느냐로 판단할 수 있다.
> 근거: **2** [17]누진 세율 구조가 아니더라도 고소득일수록 세액이 증가할 수
> 있으므로 세율 구조는 평균 세율의 증가 여부로 판단하는 것이 적절하다.
> [18]과세 표준이 증가할 때 평균 세율이~함께 증가하면 누진 세율 구조이다.

3. 윗글을 바탕으로 〈보기〉를 이해한 내용으로 적절하지 않은 것은? [3점]

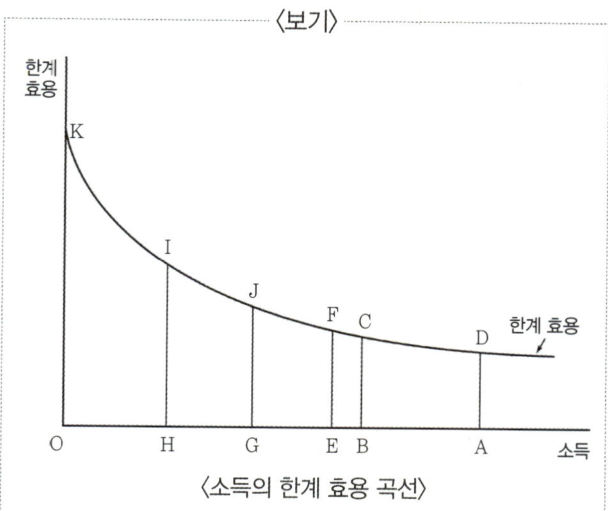

위는 갑과 을의 소득에 따른 <u>한계 효용 곡선</u>이다. 갑은 GO 만큼의 소득을 얻었고, 을은 AO만큼의 소득을 얻었다. 갑의 소득 = GO, 을의 소득 = AO (단, <u>소득 증가에 따라 한계 효용은 체감한다.</u>)

✔ 정답풀이

④ 비례 희생 균등의 원칙에 의하면, 갑이 내야 할 세액이 GH이고 을이 내야 할 세액이 AB일 경우 GH를 GO로 나눈 값과 AB를 AO로 나눈 값이 모든 개인에게 동일해야 한다.

> 근거: 5 [37]비례 희생 균등의 원칙에 따르면 과세 이전 총소득으로부터 얻는 총효용에서 납세로 인한 효용의 상실, 즉 희생이 차지하는 비율이 모든 개인에게 동일해야 한다. [38]이는 〈그림〉에서 면적 β를 면적 α+β로 나눈 값인 효용의 희생 비율이 모두 똑같아야 한다는 것을 뜻한다.
> 비례 희생 균등의 원칙에 의하면, 〈보기〉에서 갑의 세액이 GH, 을의 세액이 AB일 때 GH / GO와 AB / AO가 동일해야 하는 것이 아니라, GHIJ / GOKJ와 ABCD / AOKD가 동일해야 균등한 희생이 실현된다.

✖ 오답풀이

① 절대 희생 균등의 원칙에 의하면, 만약 한계 효용 곡선이 체감하지 않고 기울기가 0이라면 갑과 을은 동일한 세액을 부담해야 한다.
근거: 4 [31]절대 희생 균등의 원칙에 따르면 각 개인들이 조세를 부담함으로써 떠안게 되는 희생의 절대적 크기가 균등해야 한다. [35]극단적으로 생각했을 때, 한계 효용 곡선이 체감하지 않고 기울기가 0이라면 절대 희생 균등의 원칙 아래에서는 모든 개인이 동일한 세액을 부담해야 한다.

② 절대 희생 균등의 원칙에 의하면, 갑과 을이 내야 할 세액이 각각 GH와 AB라면 GHIJ의 면적과 ABCD의 면적이 같아지도록 GH와 AB의 크기를 결정해야 한다.
근거: 4 [31]절대 희생 균등의 원칙에 따르면 각 개인들이 조세를 부담함으로써 떠안게 되는 희생의 절대적 크기가 균등해야 한다.
절대 희생 균등의 원칙에 의하면 갑과 을이 내야 할 세액이 각각 GH와 AB인 경우, 희생의 절대적 크기가 균등하도록 GHIJ의 면적과 ABCD의 면적이 같아지게 GH와 AB의 크기를 조정해야 한다.

③ 비례 희생 균등의 원칙에 의하면, 을의 효용의 희생 비율이 AEFD / AOKD일 때에 갑의 효용의 희생 비율과 동일해진다면 을에게 AE만큼의 세액을 부담하게 해야 한다.
근거: 5 [37]비례 희생 균등의 원칙에 따르면 과세 이전 총소득으로부터 얻는 총효용에서 납세로 인한 효용의 상실, 즉 희생이 차지하는 비율이 모든 개인에게 동일해야 한다. [38]이는 〈그림〉에서 면적 β를 면적 α+β로 나눈 값인 효용의 희생 비율이 모두 똑같아야 한다는 것을 뜻한다.
을의 효용의 희생 비율이 AEFD / AOKD일 때에 갑의 효용의 희생 비율과 같아진다는 것은 비례 희생 균등의 원칙에 의거하여 을이 AEFD만큼의 효용을 희생해야 함을 의미한다. 따라서 을은 AE만큼을 세액으로 부담해야 한다.

⑤ 한계 희생 균등의 원칙에 의하면, 갑의 세액이 GH라면 을의 조세 부담의 마지막 단위에서 발생하는 한계 효용이 HI가 되도록 을에게 AH만큼의 세액을 부담하게 해야 한다.
근거: 6 [42]한계 희생 균등의 원칙에 따르면 과세 이후에 얻는 한계 효용의 크기가 모든 개인에게 동일해야만 한다. [43]〈그림〉에서 조세 부담의 마지막 단위에서 발생하는 한계 효용은 선분 Y,S의 길이로 나타낼 수 있는데, 한계 희생 균등의 원칙에 따르면 이 길이가 모든 사람에게 같아지도록 해야 한다.
갑의 세액이 GH라면 조세 부담의 마지막 단위에서 발생하는 갑의 한계 효용은 HI이다. 한계 희생 균등의 원칙에 의하면 과세 이후에 얻는 한계 효용의 크기를 나타내는 선분의 길이가 동일해야 과세 이후에 얻는 한계 효용의 크기가 갑과 을이 동일해지므로 을에게 AH만큼의 세액을 부담하게 해야 한다.

4. ㉠의 이유로 가장 적절한 것은?

> ㉠: 부양가족이 있는 사람에게는 개인의 총소득 중 일부를 공제한 뒤에
> 세율을 적용한다.

✓ 정답풀이

① 부양가족이 있는 사람은 그렇지 않은 사람에 비해 동일한 소득으로
부터 얻는 만족감이 낮은 점을 고려하기 위해서

근거: ❶ [2]조세를 부과할 때 세율을 적용하는 부분은 세원 전체가 아니다.
[3]가령 우리나라는 부양가족이 있는 사람에게는 개인의 총소득 중 일부를
공제한 뒤에 세율을 적용한다.(㉠) [4]과세 대상 소득으로부터 얻는 만족감
이 동일한 자에게, 동일한 조세 부담을 요구하는 것이 공평하다고 생각되
기 때문이다.
㉠은 부양가족이 있는 사람은 그렇지 않은 사람에 비해 동일한 소득으로
부터 얻는 만족감이 더 낮으므로 총소득 중 일부를 공제한 뒤에 세율을
적용하는 것이 공평하다는 것을 반영한 결과라고 볼 수 있다.

✗ 오답풀이

② 부양가족의 유무에 상관없이 동일한 소득에 대해 동일한 세율을
적용하는 것이 공평하다는 점을 고려하기 위해서
근거: ❶ [2]조세를 부과할 때 세율을 적용하는 부분은 세원 전체가 아니다.
[3]가령 우리나라는 부양가족이 있는 사람에게는 개인의 총소득 중 일부를 공
제한 뒤에 세율을 적용한다.(㉠) [4]과세 대상 소득으로부터 얻는 만족감이 동
일한 자에게, 동일한 조세 부담을 요구하는 것이 공평하다고 생각되기 때문
이다.
㉠은 부양가족의 유무를 고려하여 세율 적용 방식에 차이를 둔다는 내용을
담고 있다.

③ 가족의 모든 소득을 합산해야만 경제적 능력을 객관적으로 측정
하여 탈세를 막을 수 있다는 점을 고려하기 위해서
근거: ❶ [2]조세를 부과할 때 세율을 적용하는 부분은 세원 전체가 아니다.
[3]가령 우리나라는 부양가족이 있는 사람에게는 개인의 총소득 중 일부를 공
제한 뒤에 세율을 적용한다.(㉠) [4]과세 대상 소득으로부터 얻는 만족감이 동
일한 자에게, 동일한 조세 부담을 요구하는 것이 공평하다고 생각되기 때문
이다.
㉠은 부양가족의 유무에 따라 세율 적용 방식이 달라진다는 점을 다루고
있을 뿐, 가족의 총소득에 세율을 적용해야 한다는 내용이 아니다.

④ 동일한 소득이라면 개인의 사정을 고려하지 않고 동일한 조세를
부담하게 하는 것이 공평하다는 점을 고려하기 위해서
근거: ❶ [2]조세를 부과할 때 세율을 적용하는 부분은 세원 전체가 아니다.
[3]가령 우리나라는 부양가족이 있는 사람에게는 개인의 총소득 중 일부를 공
제한 뒤에 세율을 적용한다.(㉠) [4]과세 대상 소득으로부터 얻는 만족감이 동
일한 자에게, 동일한 조세 부담을 요구하는 것이 공평하다고 생각되기 때문
이다.
㉠은 부양가족이 있는 개인의 사정을 고려하여 총소득 중 일부를 공제한 뒤
에 세율을 적용한다는 내용을 담고 있다.

⑤ 부양가족이 많은 사람에게 더 큰 조세 부담을 요구하는 것이 조세
징수의 효율성을 높일 수 있다는 점을 고려하기 위해서
근거: ❶ [2]조세를 부과할 때 세율을 적용하는 부분은 세원 전체가 아니다.
[3]가령 우리나라는 부양가족이 있는 사람에게는 개인의 총소득 중 일부를 공
제한 뒤에 세율을 적용한다.(㉠) [4]과세 대상 소득으로부터 얻는 만족감이 동
일한 자에게, 동일한 조세 부담을 요구하는 것이 공평하다고 생각되기 때문
이다.
㉠은 부양가족이 많은 사람에게 더 큰 조세 부담을 요구하는 내용을 다루고
있다고 볼 수 없다. 오히려 더 적은 조세 부담을 요구할 것이다.

5. [A]를 참고하여 〈보기〉를 이해한 내용으로 가장 적절한 것은?

〈보기〉

소득세 제도			
과세 표준	(가)	(나)	(다)
˙00만 원	10만 원 *10%*	30만 원 *30%*	10만 원 *10%*
200만 원	20만 원 *10%*	60만 원 *30%*	30만 원 *15%*
300만 원	30만 원 *10%*	90만 원 *30%*	60만 원 *20%*

위에 제시된 표는 어떤 국가에서 검토되고 있는 소득세 제도 (가)~(다)와 그에 따라 개인이 부담해야 하는 세액(과세 표준 × 세율)이다. (단, 과세 표준은 위의 3가지 경우만 있다고 가정한다.)

◉ 정답풀이

⑤ (가), (나)와 달리 (다)는 고소득자보다 저소득자의 세율을 낮게 책정하고 있는 세율 구조이다.

> 근거: **2** [18]즉 과세 표준이 증가할 때 평균 세율이 유지되면 비례 세율 구조, 평균 세율이 오히려 감소하면 역진 세율 구조, 함께 증가하면 누진 세율 구조이다.
> 〈보기〉에서 과세 표준에 각각 10%, 30%의 세율을 균일하게 적용한 (가)와 (나)는 비례 세율 구조, 과세 표준이 증가할수록 세율이 10%→15%→20%로 증가해 가는 (다)는 누진 세율 구조에 해당한다. 따라서 (다)는 (가), (나)와 달리 고소득자보다 저소득자의 세율을 낮게 책정하고 있는 세율 구조를 지닌다고 볼 수 있다.

◉ 오답풀이

① (나)는 과세 표준이 클수록 높은 세율을 부과하는 세율 구조이다.
> 근거: **2** [18]즉 과세 표준이 증가할 때 평균 세율이 유지되면 비례 세율 구조, 평균 세율이 오히려 감소하면 역진 세율 구조, 함께 증가하면 누진 세율 구조이다.
> 〈보기〉에서 (나)는 과세 표준이 커져도 동일하게 30%씩 세율을 부과하는 세율 구조를 가지고 있다.

② (다)는 소득이 높을수록 더 많은 세액을 부담하는 역진 세율 구조이다.
> 근거: **2** [16]과세 표준이 클수록 높은 세율로 과세하는 것을 누진 세율 구조라고 한다. [18]즉 과세 표준이 증가할 때 평균 세율이 유지되면 비례 세율 구조, 평균 세율이 오히려 감소하면 역진 세율 구조, 함께 증가하면 누진 세율 구조이다.
> 〈보기〉에서 (다)는 소득이 높을수록 더 많은 세액이 부과되고 있는 것은 맞지만, 이는 역진 세율 구조가 아니라 과세 표준이 클수록 높은 세율로 과세하는 누진 세율 구조에 해당한다.

③ (가)는 (나)와 달리 모든 과세 표준에 동일한 세율을 부과하는 세율 구조이다.
> 근거: **2** [18]즉 과세 표준이 증가할 때 평균 세율이 유지되면 비례 세율 구조, 평균 세율이 오히려 감소하면 역진 세율 구조, 함께 증가하면 누진 세율 구조이다.
> 〈보기〉에서 (가)는 과세 표준에 대해 10%의 세율을, (나)는 과세 표준에 대해 30%의 세율을 부과하고 있다는 점에서 차이가 있을 뿐, (가)와 (나) 모두 과세 표준이 증가하더라도 동일한 세율을 부과하는 비례 세율 구조에 해당한다.

④ (나), (다)와 달리 (가)는 과세 표준이 증가할 때 평균 세율이 유지되는 세율 구조이다.
> 근거: **2** [18]즉 과세 표준이 증가할 때 평균 세율이 유지되면 비례 세율 구조, 평균 세율이 오히려 감소하면 역진 세율 구조, 함께 증가하면 누진 세율 구조이다.
> 〈보기〉에서 (다)는 과세 표준이 증가할 때 평균 세율이 증가하므로 누진 세율 구조에 해당한다. 한편 (가)와 (나) 모두 과세 표준이 증가할 때 평균 세율이 유지되어 동일한 세율을 부과하는 비례 세율 구조에 해당한다.

6. ⓐ~ⓔ의 사전적 의미로 적절하지 않은 것은?

◉ 정답풀이

⑤ ⓔ: 정도나 수준이 나아지거나 높아짐.

> 근거: **4** [34]절대 희생 균등 원칙 아래에서는 소득이 1% 증가할 때 한계 효용은 1% 이상 감소할 정도로 한계 효용 곡선이 가파른 기울기를 가져야만 누진 세율 구조가 ⓔ성립될 수 있기 때문이다.
> '정도나 수준이 나아지거나 높아짐.'은 '진보'의 사전적 의미이다. '성립'의 사전적 의미는 '일이나 관계 따위가 제대로 이루어짐.'이다.

◉ 오답풀이

① ⓐ: 계산하여 냄.
> 근거: **1** [6]그리고 납세 부담액, 즉 세액은 과세 표준에 세율을 곱함으로써 ⓐ산출된다.

② ⓑ: 두둔하고 편들어 지킴.
> 근거: **3** [21]이를 균등 희생 원리라고 하는데, 밀의 이러한 주장은 후대 학자들에 의해 누진 세율 구조를 ⓑ옹호하는 근거로 활용되었다.

③ ⓒ: 어떤 사실이나 주장 따위에 근거를 두어 그 입장에 섬.
> 근거: **3** [25]이러한 논의는 소득만이 개인의 효용을 결정하고 효용은 측정 가능하며 소득 증가에 따라 한계 효용이 체감한다는 가정에 ⓒ입각해 있다.

④ ⓓ: 딱 잘라서 판단하고 결정함.
> 근거: **4** [33]그런데 이것만으로는 누진 세율 구조라고 ⓓ단정하기 어렵다.

[1~4] 다음 글을 읽고 물음에 답하시오.

🖋 사고의 흐름

1 ¹건물에 외부의 힘이 작용하면 건물에는 특정 위치를 기준으로 반복적으로 움직이는 운동인 진동이 발생한다. 먼저 건물에 진동이 발생하는 원인을 설명하고 있어. ²그래서 건물을 설계할 때는 이러한 건물의 진동을 줄이거나 없애는 제진 시스템을 적용하는데, 그중 자기 유변 유체 를 활용한 제진 시스템은 건물의 진동 크기에 따른 제진에 효율적이다. 자기 유변 유체를 이용한 제진 시스템으로 진동을 줄일 수 있다고 하네. 이어서 자기 유변 유체에 대해 자세하게 설명할 거야. ³자기 유변 유체는 구성 입자가 쉽게 움직이는 액체에 마이크로미터 단위의 자성 입자를 섞은 물질이다. '자기 유변 유체'의 개념 ⁴이 유체는 주변에 자기장이 형성되면 자성 입자가 자기장의 방향으로 배열되면서 유체가 운동에 저항하는 성질인 점성*이 커지는 특징이 있다. 자기장이 형성되면 점성이 커져서 저항이 강해질 거야.

2 ⁵자기 유변 유체를 활용한 제진 시스템은 기본적으로 건물이 진동하는 가속도를 측정하여 자기장을 생성함으로써 건물의 진동에 대응한다. ⁶이러한 대응은 가속도 감지기, 제어기, 감쇠기에서 응답 인식 과정과 감쇠 제어 과정을 순환하며 이루어진다. 제진 시스템의 작동 원리와 구성 요소를 제시하고 있어. 정리하면 다음과 같아.

작동 원리	건물이 진동하는 가속도 측정 → 자기장 생성으로 진동에 대응
작동 순서	응답 인식 과정과 감쇠 제어 과정의 순환
구성 요소	가속도 감지기, 제어기, 감쇠기

3 ⁷응답 인식 과정은 건물에 외부 힘이 작용했을 때 나타나는 건물의 진동 상태를 가속도의 크기로 산출*하는 과정이다. 응답 인식 과정에 대해 설명하고 있어. ⁸건물이 진동으로 흔들리기 시작하면서 한쪽으로 움직이면, 먼저 가속도 감지기 내부에서는 특정 질량을 가진 질량체가 관성에 의해 건물의 운동 방향과 반대 방향으로 압전소자에 힘을 가한다. ⁹이렇게 힘을 받은 압전소자에서는 전압이 발생한다. ¹⁰이때 발생한 전압은 크기가 매우 작아 왜곡이 일어나기 쉽다. ¹¹그래서 자체 전원을 지닌 제어기에서 가속도 감지기로 전류를 보내 가속도 감지기에서 발생한 전압을 증폭시켜 수신한다. ¹²이후 제어기는 수신한 전압의 값을 토대로 건물의 가속도의 크기를 산출한다. 응답 인식 과정: 진동 발생 → 가속도 감지기 내부 질량체가 관성에 의해 압전소자에 힘을 가함 → 압전소자에서 전압 발생 → 제어기에서 가속도 감지기로 전류 공급하여 전압 증폭(왜곡 방지) 후 수신 → 제어기는 수신한 전압의 값으로 건물의 가속도 크기 산출

응답 인식 과정을 순차적으로 설명해 줄 거야.

4 ¹³감쇠 제어 과정은 응답 인식 과정에서 산출한 가속도의 크기에 따라 건물의 운동 에너지를 열에너지로 전환하여 건물의 진동을 줄이는 과정이다. 이번에는 감쇠 제어 과정에 대해 설명하고 있어. 운동 에너지를 열에너지로 전환한다는 특징이 있네. ¹⁴감쇠기는 자기 유변 유체가 들어 있는 밀폐된 원통 실린더 안에, 실린더 내부 벽면에 밀착하여 실린더 양쪽 끝을 왕복하며 이동하는 피스톤이 들어가 있는 장치이다. ¹⁵이 피스톤에는 한쪽 끝에서 반대쪽 끝까지 이어지는 가늘고 긴 구멍이 나 있다. 감쇠기의 구조를 자세하게 설명하고 있으니 눈여겨보자! ¹⁶건물

이 진동하면 실린더 안에서 피스톤이 건물의 운동 방향으로, 실린더 끝 쪽으로 이동한다. ¹⁷이때 피스톤이 이동하는 쪽 실린더 공간에 들어 있는 자기 유변 유체는 피스톤이 밀어내는 압력에 의해 피스톤의 구멍을 통과하여 피스톤이 이동하는 방향의 반대쪽 실린더 공간으로 이동하며 마찰을 일으킨다. ¹⁸이 과정에서 발생한 마찰로 인해 건물의 운동 에너지가 열에너지로 전환되면서 감쇠가 일어난다. 감쇠 제어 과정: 진동(운동 에너지 발생) → 피스톤이 실린더 끝 쪽으로 이동(건물 운동 방향) → 자기 유변 유체가 피스톤 이동 방향의 반대쪽 실린더 공간으로 이동 → 마찰 발생(운동 에너지 → 열에너지로 전환)

5 ¹⁹만약 응답 인식 과정에서 산출한 가속도의 크기가 제어기에 입력된 기준값보다 크면, 제어기에서는 감쇠기로 전류를 보내 피스톤 주변에 자기장을 생성하여 감쇠기의 자기 유변 유체의 점성이 커진다. 가속도의 크기 > 제어기에 입력된 기준값: 제어기가 감쇠기로 전류를 보냄 → 피스톤 주변에 자기장 형성 → 자기 유변 유체의 점성 ↑ ²⁰이때 전류의 크기와 자기장의 세기는 비례하며, 유체의 점성의 크기는 자기장의 세기에 비례한다. ²¹이로 인해 피스톤이 이동하는 방향과 반대 방향으로 작용하는 감쇠기의 감쇠력도 증가하게 된다. 전류 크기 ∝ 자기장 세기, 유체 점성 크기 ∝ 자기장 세기 → 감쇠력 증가 ²²이후 응답 인식 과정에서 지속적으로 건물의 가속도의 크기를 산출하여 그 크기가 제어기에 입력된 기준값보다 작아지면 제어기는 감쇠기로 전류를 보내지 않아 ⊙감쇠기는 자기 유변 유체가 지닌 기존 점성의 크기만으로 건물의 진동을 감쇠시킨다. 가속도의 크기 < 제어기에 입력된 기준값: 제어기가 감쇠기로 전류 송출 X → 자기 유변 유체의 기존 점성 크기로 진동 감쇠

6 ²³이러한 과정들을 순환하며 작동되는 자기 유변 유체를 활용한 제진 시스템은 일상의 작은 진동부터 지진으로 인한 큰 진동까지 건물의 진동 상태에 맞게 제진을 할 수 있는 것이다.

이것만은 챙기자

* **점성**: 유체(流體)가 형태를 바꾸려고 할 때에, 유체 내부에 마찰이 생기는 성질. 유체 내부에서 속도가 서로 다를 때에 생긴다.
* **산출**: 계산하여 냄.

자기 유변 유체 제진 시스템

[건물 진동 발생]
 └ 건물에 외부 힘 작용 → 특정 위치 기준으로 반복 운동

[제진 시스템 필요]
 └ 진동을 줄이거나 없애는 장치
 └ 자기 유변 유체 활용 → 진동 크기에 따른 제진
  효율적

[자기 유변 유체 특징]
 └ 액체 + 마이크로미터 단위 자성 입자
 └ 자기장 형성 → 입자 배열 → 점성 커짐 (운동 저항↑)

[작동 기본 구조]
 └ 가속도 감지기 + 제어기 + 감쇠기
 └ '응답 인식 과정' ⟨—⟩ '감쇠 제어 과정' 순환

[최종 효과]
 └ 건물의 진동 상태에 맞게 제진 가능

---

1. 윗글의 내용과 일치하지 <u>않는</u> 것은?

✔ 정답풀이

⑤ 가속도 감지기는 제어기에서 산출한 가속도의 크기를 수신한다.

> 근거: ❸ [11]그래서 자체 전원을 지닌 제어기에서 가속도 감지기로 전류를 보내 가속도 감지기에서 발생한 전압을 증폭시켜 수신한다. [12]이후 제어기는 수신한 전압의 값을 토대로 건물의 가속도의 크기를 산출한다.
> 제어기가 가속도 감지기에서 수신한 전압의 값으로 가속도의 크기를 산출한다는 내용은 찾아볼 수 있지만, 가속도 감지기가 제어기에서 산출한 가속도의 크기를 수신한다는 내용은 윗글에 나타나지 않는다.

✘ 오답풀이

① 건물에 외부의 힘이 작용하면 진동이 발생한다.
  근거: ❶ [1]건물에 외부의 힘이 작용하면 건물에는 특정 위치를 기준으로 반복적으로 움직이는 운동인 진동이 발생한다.

② 감쇠기의 피스톤에는 가늘고 긴 구멍이 나 있다.
  근거: ❹ [14]감쇠기는 자기 유변 유체가 들어 있는 밀폐된 원통 실린더 안에, 실린더 내부 벽면에 밀착하여 실린더 양쪽 끝을 왕복하며 이동하는 피스톤이 들어가 있는 장치이다. [15]이 피스톤에는 한쪽 끝에서 반대쪽 끝까지 이어지는 가늘고 긴 구멍이 나 있다.

③ 제진 시스템의 제어기는 자체 전원을 지니고 있다.
  근거: ❸ [11]그래서 자체 전원을 지닌 제어기에서 가속도 감지기로 전류를 보내 가속도 감지기에서 발생한 전압을 증폭시켜 수신한다.

④ 압전소자에서 발생한 전압의 크기는 왜곡이 일어날 수 있다.
  근거: ❸ [8]가속도 감지기 내부에서는~압전소자에 힘을 가한다. [9]이렇게 힘을 받은 압전소자에서는 전압이 발생한다. [10]이때 발생한 전압은 크기가 매우 작아 왜곡이 일어나기 쉽다.

2. 자기 유변 유체 에 대한 설명으로 적절하지 않은 것은?

✔ 정답풀이

② 건물의 진동에 비례하여 전류를 생성하는 물질이다.

> 근거: 4 [17]이때 피스톤이 이동하는 쪽 실린더 공간에 들어 있는 자기 유변 유체는 피스톤이 밀어내는 압력에 의해 피스톤의 구멍을 통과하여 피스톤이 이동하는 방향의 반대쪽 실린더 공간으로 이동하며 마찰을 일으킨다. [18]이 과정에서 발생한 마찰로 인해 건물의 운동 에너지가 열에너지로 전환되면서 감쇠가 일어난다.
>
> 자기 유변 유체는 마찰을 일으키며 건물의 진동을 감쇠하는 물질로, 건물의 진동에 비례하여 전류를 생성하는 물질이 아니다.

✘ 오답풀이

① 주변에 형성된 자기장에 영향을 받는 물질이다.
근거: 1 [4]이 유체(자기 유변 유체)는 주변에 자기장이 형성되면 자성 입자가 자기장의 방향으로 배열되면서 유체가 운동에 저항하는 성질인 점성이 커지는 특징이 있다.

③ 유체가 운동에 저항하는 성질인 점성을 지닌 물질이다.
근거: 1 [4]이 유체(자기 유변 유체)는 주변에 자기장이 형성되면 자성 입자가 자기장의 방향으로 배열되면서 유체가 운동에 저항하는 성질인 점성이 커지는 특징이 있다.

④ 마이크로미터 단위의 자성 입자가 액체에 섞여 있는 물질이다.
근거: 1 [3]자기 유변 유체는 구성 입자가 쉽게 움직이는 액체에 마이크로미터 단위의 자성 입자를 섞은 물질이다.

⑤ 건물의 제진 시스템에서 감쇠를 조절하기 위해 사용되는 물질이다.
근거: 4 [14]감쇠기는 자기 유변 유체가 들어 있는 밀폐된 원통 실린더 안에, 실린더 내부 벽면에 밀착하여 실린더 양쪽 끝을 왕복하며 이동하는 피스톤이 들어가 있는 장치이다. + 5 [19]만약 응답 인식 과정에서 산출한 가속도의 크기가 제어기에 입력된 기준값보다 크면, 제어기에서는 감쇠기로 전류를 보내 피스톤 주변에 자기장을 생성하여 감쇠기의 자기 유변 유체의 점성이 커진다. [21]이로 인해 피스톤이 이동하는 방향과 반대 방향으로 작용하는 감쇠기의 감쇠력도 증가하게 된다.

제어기가 감쇠기로 전류를 보내 피스톤 주변에 자기장을 생성하면 감쇠기의 자기 유변 유체의 점성이 커지고 감쇠기의 감쇠력도 증가하므로, 자기 유변 유체는 건물의 제진 시스템에서 감쇠를 조절하기 위해 사용되는 물질임을 알 수 있다.

3. 〈보기〉는 시간에 따른 감쇠기의 감쇠력 변화를 설명하기 위한 그래프이다. 윗글을 이해한 학생이 ⓐ∼ⓔ에 대해 보인 반응으로 적절하지 않은 것은? [3점]

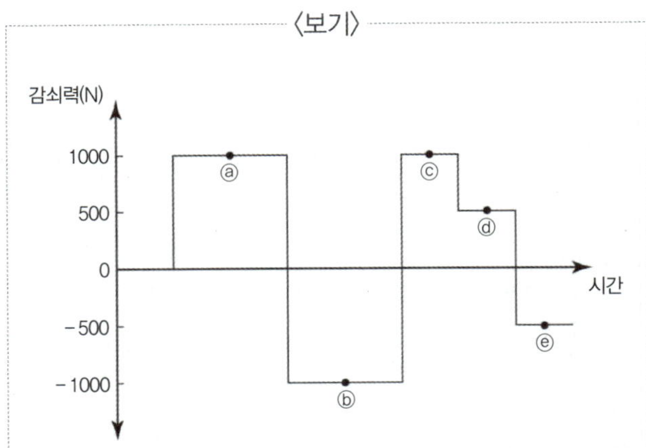

○ 세로축의 +와 −는 감쇠기의 감쇠력이 작용하는 방향이 서로 반대임을 나타냄.

○ 피스톤 주변에 자기장이 생성되지 않았을 때 감쇠력은 500N(=기준값)임.
(단, 위에서 제시된 상황 외에 다른 조건은 고려하지 않음.)

✔ 정답풀이

② ⓑ에서 피스톤이 이동하는 방향은 ⓓ에서 자기 유변 유체가 이동하는 방향과 서로 다르겠군.

> 근거: 4 [16]건물이 진동하면 실린더 안에서 피스톤이 건물의 운동 방향으로, 실린더 끝 쪽으로 이동한다. [17]이때 피스톤이 이동하는 쪽 실린더 공간에 들어 있는 자기 유변 유체는 피스톤이 밀어내는 압력에 의해 피스톤의 구멍을 통과하여 피스톤이 이동하는 방향의 반대쪽 실린더 공간으로 이동하며 마찰을 일으킨다.
>
> ⓑ는 ⓐ와 감쇠력 크기는 같지만 부호가 반대이므로 감쇠력이 작용하는 방향은 서로 반대이다. 건물이 진동하면 피스톤이 건물의 운동 방향으로 이동하므로, ⓐ에서 피스톤의 이동 방향은 건물이 최초로 움직인 방향이다. ⓑ에서 피스톤의 이동 방향은 ⓐ의 반대이므로, 건물이 최초로 움직인 방향의 반대 방향이다. ⓐ와 ⓓ는 부호가 같으므로 ⓓ에서 피스톤의 이동 방향은 건물이 최초로 움직인 방향과 같다. 이때 자기 유변 유체는 피스톤이 이동하는 방향의 반대쪽으로 이동하므로, ⓓ에서 자기 유변 유체가 이동하는 방향은 건물이 최초로 움직인 방향의 반대 방향이다. 따라서 ⓑ에서 피스톤의 이동 방향과 ⓓ에서 자기 유변 유체가 이동하는 방향은 서로 같다.

① 건물의 진동이 시작될 때 가속도 감지기의 질량체가 압전소자에 힘을 가한 방향은 ⓐ에서 피스톤이 이동하는 방향과 반대이겠군.

근거: **3** [8]건물이 진동으로 흔들리기 시작하면서 한쪽으로 움직이면, 먼저 가속도 감지기 내부에서는 특정 질량을 가진 질량체가 관성에 의해 건물의 운동 방향과 반대 방향으로 압전소자에 힘을 가한다. + **4** [16]건물이 진동하면 실린더 안에서 피스톤이 건물의 운동 방향으로, 실린더 끝 쪽으로 이동한다. 건물이 진동하면 피스톤이 건물의 운동 방향으로 이동한다고 하였으므로 ⓐ에서 피스톤이 이동하는 방향은 건물이 최초로 움직인 방향으로 볼 수 있다. 한편, 건물이 진동으로 흔들리기 시작하면서 한쪽으로 움직이면 가속도 감지기 내부의 질량체가 관성에 의해 건물의 운동 방향과 반대 방향으로 압전소자에 힘을 가한다. 이를 통해 건물의 진동이 시작될 때 가속도 감지기의 질량체가 압전소자에 힘을 가한 방향은 ⓐ에서 피스톤이 이동하는 방향(건물이 최초로 움직인 방향)과 반대임을 알 수 있다.

③ ⓒ부터 ⓓ 사이에서 자기 유변 유체의 점성은 크기가 작아졌겠군.

근거: **5** [19]만약 응답 인식 과정에서 산출한 가속도의 크기가 제어기에 입력된 기준값보다 크면, 제어기에서는 감쇠기로 전류를 보내 피스톤 주변에 자기장을 생성하여 감쇠기의 자기 유변 유체의 점성이 커진다. [22]이후 응답 인식 과정에서 지속적으로 건물의 가속도의 크기를 산출하여 그 크기가 제어기에 입력된 기준값보다 작아지면 제어기는 감쇠기로 전류를 보내지 않아 감쇠기는 자기 유변 유체가 지닌 기존 점성의 크기만으로 건물의 진동을 감쇠시킨다. ⓒ에서 감쇠력은 1000N으로 자기장이 생성되지 않았을 때의 감쇠력인 500N보다 크므로, 산출한 가속도의 크기가 제어기에 입력된 기준값보다 커서 제어기에서는 감쇠기로 전류를 보내 피스톤 주변에 자기장을 생성하여 감쇠기의 자기 유변 유체의 점성이 커진다. ⓓ에서 감쇠력은 500N으로 자기장이 생성되지 않았을 때의 감쇠력과 같아 제어기는 감쇠기로 전류를 보내지 않으며, 자기 유변 유체가 기존 점성의 크기를 지닌 상태이다. 이를 통해 ⓒ부터 ⓓ 사이에서 자기 유변 유체의 점성 크기는 작아졌음을 알 수 있다.

④ ⓓ와 ⓔ 사이에서 제어기는 감쇠기로 전류를 보내지 않겠군.

근거: **5** [22]이후 응답 인식 과정에서 지속적으로 건물의 가속도의 크기를 산출하여 그 크기가 제어기에 입력된 기준값보다 작아지면 제어기는 감쇠기로 전류를 보내지 않아 감쇠기는 자기 유변 유체가 지닌 기존 점성의 크기만으로 건물의 진동을 감쇠시킨다. ⓓ와 ⓔ는 감쇠력의 부호가 서로 다르므로, 감쇠력이 작용하는 방향은 반대이지만 크기는 500N으로 같다. 또한 자기장이 생성되지 않았을 때의 감쇠력은 500N이라고 하였으므로, ⓓ와 ⓔ 사이에서는 자기장이 생성되지 않은 상태(제어기가 감쇠기로 전류를 보내지 않은 상태)이다. 이를 통해 ⓓ와 ⓔ 사이에서 제어기는 감쇠기로 전류를 보내지 않았음을 알 수 있다.

⑤ ⓔ에서 가속도 감지기 내부의 압전소자에서 발생한 전압의 값은 ⓐ일 때보다 작아졌겠군.

근거: **3** [8]먼저 가속도 감지기 내부에서는 특정 질량을 가진 질량체가 관성에 의해 건물의 운동 방향과 반대 방향으로 압전소자에 힘을 가한다. [9]이렇게 힘을 받은 압전소자에서는 전압이 발생한다. + **5** [19]만약 응답 인식 과정에서 산출한 가속도의 크기가 제어기에 입력된 기준값보다 크면, 제어기에서는 감쇠기로 전류를 보내 피스톤 주변에 자기장을 생성하여 감쇠기의 자기 유변 유체의 점성이 커진다. [21]이로 인해 피스톤이 이동하는 방향과 반대 방향으로 작용하는 감쇠기의 감쇠력도 증가하게 된다. [22]이후 응답 인식 과정에서 지속적으로 건물의 가속도의 크기를 산출하여 그 크기가 제어기에 입력된 기준값보다 작아지면 제어기는 감쇠기로 전류를 보내지 않아 감쇠기는 자기 유변 유체가 지닌 기존 점성의 크기만으로 건물의 진동을 감쇠시킨다. ⓐ에서 감쇠력은 1000N으로 자기장이 생성되지 않았을 때의 감쇠력인 500N보다 크므로 자기장이 생성되며, ⓐ에서 압전소자에 발생한 전압의 값은 제어기의 기준값보다 크다. ⓔ에서의 감쇠력은 500N이다. 이는 자기장이 생성되지 않았을 때의 감쇠력과 같으므로, ⓔ에서 압전소자에 발생한 전압의 값은 제어기의 기준값보다 작다. 즉 ⓐ의 전압의 값은 기준값보다 크고 ⓔ의 전압의 값은 기준값보다 작으므로, ⓔ에서 가속도 감지기 내부의 압전소자에서 발생한 전압의 값은 ⓐ일 때보다 작아졌음을 알 수 있다.

📋 문제적 문제

• 3—②, ④번

이 문항은 그래프 해석과 장치의 원리를 종합적으로 파악해야 하는 문제였으며, 특히 '감쇠력의 방향'과 '피스톤·유체의 이동 방향'을 혼동하기 쉬워 난도가 높았다.

먼저 정답인 ②번을 살펴보자. 지문에 따르면 피스톤은 건물의 운동 방향으로 이동하고, 피스톤이 이동하는 쪽의 자기 유변 유체는 피스톤이 이동하는 방향의 반대쪽 공간으로 이동한다고 했다. 즉, 피스톤은 건물의 운동 방향으로 이동하고, 자기 유변 유체는 그 반대 방향으로 움직인다. ⓑ에서 피스톤이 이동하는 방향을 A라고 하면, ⓓ에서 피스톤이 이동하는 방향은 그 반대인 ~A이다. 그런데 자기 유변 유체는 피스톤이 이동하는 방향의 반대쪽으로 이동하므로, ⓓ에서 자기 유변 유체가 이동하는 방향은 A이다. 따라서 ⓑ에서 피스톤이 이동하는 방향과 ⓓ에서 자기 유변 유체가 이동하는 방향은 A로 동일하다.

④번 선지는 그래프에서 구간 전체를 고려하지 않고 한 지점만을 본 학생들이 감쇠력 500N을 기준으로 자기장의 생성 유무를 잘못 해석한 경우가 많았을 것으로 보인다. 산출한 가속도의 크기가 제어기에 입력된 기준값보다 커지면 제어기에서는 감쇠기로 전류를 보내 피스톤 주변에 자기장을 생성하고, 가속도의 크기가 제어기에 입력된 기준값보다 작아지면 제어기는 감쇠기로 전류를 보내지 않는다. 감쇠력이 500N일 때, 자기장이 생성되지 않는다는 점과 감쇠력이 500N을 초과할 때 자기장이 생성된다는 것을 확실하게 이해해야 한다.

따라서 지문 내용과 어긋나는 선지는 ②번뿐이다. 내용 간의 관계를 잘못 서술한 매력적 오답에 속지 않기 위해서는 그래프가 주어졌을 때 지문에서 관련된 원리를 꼼꼼하게 점검하고, 그래프와 지문의 내용을 연결하여 선지를 판단하는 습관을 기르는 것이 바람직하다.

정답률 분석

	①	②	③	④	⑤
		정답		매력적 오답	
	7%	55%	11%	18%	9%

4. 윗글을 읽고 ㉠의 이유를 추론한 내용으로 가장 적절한 것은?

㉠: 감쇠기는 자기 유변 유체가 지닌 기존 점성의 크기만으로 건물의 진동을 감쇠시킨다.

✔ 정답풀이

⑤ 피스톤 주변에 자기장이 생성되지 않아 자기 유변 유체의 자성 입자의 배열이 풀렸기 때문이다.

근거: **1** [4]이 유체(자기 유변 유체)는 주변에 자기장이 형성되면 자성 입자가 자기장의 방향으로 배열되면서 유체가 운동에 저항하는 성질인 점성이 커지는 특징이 있다. + **5** [19]만약 응답 인식 과정에서 산출한 가속도의 크기가 제어기에 입력된 기준값보다 크면, 제어기에서는 감쇠기로 전류를 보내 피스톤 주변에 자기장을 생성하여 감쇠기의 자기 유변 유체의 점성이 커진다. [22]이후 응답 인식 과정에서 지속적으로 건물의 가속도의 크기를 산출하여 그 크기가 제어기에 입력된 기준값보다 작아지면 제어기는 감쇠기로 전류를 보내지 않아 감쇠기는 자기 유변 유체가 지닌 기존 점성의 크기만으로 건물의 진동을 감쇠시킨다.(㉠)

자기 유변 유체는 자기장이 형성되면 자성 입자가 자기장의 방향으로 배열되면서 점성이 커진다. 제어기에서 감쇠기로 전류를 보내 자기장을 생성하면 감쇠기의 자기 유변 유체의 점성이 커지므로, 자기 유변 유체가 기존 점성의 크기를 지닌 상태는 자기장이 생성되지 않아 자성 입자가 자기장의 방향으로 배열되지 않은 상태이다. 이를 자기장이 생성되지 않아 자기 유변 유체의 자성 입자의 배열이 풀린 것으로도 볼 수 있다.

✘ 오답풀이

① 제어기에서 더 이상 건물의 가속도 크기를 산출하지 않기 때문이다.

근거: **3** [12]이후 제어기는 수신한 전압의 값을 토대로 건물의 가속도의 크기를 산출한다.

제어기는 여전히 가속도 감지기에서 들어온 전압을 바탕으로 가속도의 크기를 산출한다. 단지 기준값보다 작아졌을 때 감쇠기로 전류를 보내지 않을 뿐이므로 적절하지 않다.

② 감쇠기의 자기 유변 유체가 더 이상 움직일 수 없게 되었기 때문이다.

근거: **4** [17]이때 피스톤이 이동하는 쪽 실린더 공간에 들어 있는 자기 유변 유체는 피스톤이 밀어내는 압력에 의해 피스톤의 구멍을 통과하여 피스톤이 이동하는 방향의 반대쪽 실린더 공간으로 이동하며 마찰을 일으킨다.

자기 유변 유체는 피스톤이 이동하는 방향의 반대쪽으로 이동한다고 했을 뿐, 자기 유변 유체가 움직이지 못하게 된다는 내용은 윗글에서 찾을 수 없다.

③ 감쇠기의 마찰로 인해 건물의 운동 에너지가 열에너지로 모두 전환되었기 때문이다.

근거: **4** [18]이 과정에서 발생한 마찰로 인해 건물의 운동 에너지가 열에너지로 전환되면서 감쇠가 일어난다.

마찰로 인해 운동 에너지가 열에너지로 모두 전환되면 진동이 감쇠되어 없어지는 상황이므로, 자기 유변 유체가 지닌 기존 점성의 크기만으로 건물의 진동을 감쇠시키는 것과는 관련이 없다.

④ 가속도 감지기에서 산출한 가속도의 크기가 제어기에 입력된 기준값보다 커졌기 때문이다.

근거: **5** [19]만약 응답 인식 과정에서 산출한 가속도의 크기가 제어기에 입력된 기준값보다 크면, 제어기에서는 감쇠기로 전류를 보내 피스톤 주변에 자기장을 생성하여 감쇠기의 자기 유변 유체의 점성이 커진다.

가속도의 크기가 제어기에 입력된 기준값보다 커졌을 때는 오히려 제어기가 감쇠기로 전류를 보내 자기장이 생성되어 자기 유변 유체의 점성이 커지므로 적절하지 않다.

[1~4] 다음 글을 읽고 물음에 답하시오.

사고의 흐름

1 [1]혈압은 심장이 혈액을 밀어낼 때 혈관 내에 생기는 압력으로, 심장박출량과 말초 혈관 저항의 곱에 비례한다. *'혈압'이 이 글의 화제구나! 혈압: 혈액을 밀어낼 때 혈관 내에 생기는 압력, 혈압∝(심장박출량×말초 혈관 저항)* [2]심장박출량은 심장이 1분 동안 혈관으로 밀어내는 혈액의 양이며 말초 혈관 저항은 말초 혈관을 순환*하는 혈액의 흐름이 방해받는 정도이다. [3]이때 심장박출량은 일회당 심장박출량과 분당 심박수의 곱으로 구해지며 일회당 심장박출량은 혈액량과 심장 근육 수축력 등에 의해 결정된다. *혈압에 관여하는 '심장박출량'과 '말초 혈관 저항'에 더한 세부 개념을 제시하고 있어. 지문 초반에 제시된 개념은 정확히 이해하고 넘어가자!* [4]인체는 생명을 유지하기 위해 체내의 환경을 일정하게 유지하려는 항상성을 지니고 있으므로 여러 기전을 통해 혈압을 조절한다. *이어지는 문단에서 여러 기전을 통해 혈압을 조절하는 방법을 자세히 설명할 거야.*

(심장박출량에 대해 매우 구체적으로 설명할 거야.)

2 [5]체내 액체의 총량인 체액량이 콩팥에 의해 조절되면 혈압이 변화한다. *이제 콩팥이 체액량을 조절하는 방법이 이어질 테니 정리하며 읽자.* [6]콩팥으로 들어온 혈액은 사구체의 모세 혈관 압력에 의해 여과*된다. [7]혈액에 있는 혈구나 단백질은 분자의 크기가 커서 사구체의 막을 통과하지 못하고 혈류를 통해 다시 순환한다. [8]반면 분자의 크기가 작은 물과 나트륨은 사구체의 막을 통과하여 세뇨관으로 이동한다. [9]혈압이 하강하면 세뇨관으로 이동한 ㉠사구체 여과액의 양이 감소하여 소변 배설량이 줄어든다. [10]이에 따라 체액량이 증가하고 혈압은 상승하게 된다. *콩팥이 체액량을 조절하는 방식을 정리해 보자.*

(혈구나 단백질과 달리 사구체의 막을 통과하는 경우를 설명할 거야.)

사구체의 막 통과 X	사구체의 막 통과 O
혈구, 단백질: 분자 크기 큼 → 혈류를 통해 재순환	물, 나트륨: 분자 크기 작음 → 세뇨관으로 이동(여과액)
	혈압 하강 시
	세뇨관으로 이동한 사구체 여과액 양 ↓ → 소변 배설량 ↓ → 체액량 ↑ → 혈압 ↑

3 [11]체액량은 콩팥에서 일어나는 재흡수 과정에 의해서도 조절된다. [12]재흡수란 사구체 여과액에서 세뇨관 주위의 모세 혈관을 흐르는 혈액으로 물질이 이동하는 것을 말한다. *콩팥에서 체액량을 조절하는 또 다른 방법으로 재흡수가 제시되었어.* [13]혈압이 하강하면 나트륨 재흡수가 증가한다. [14]이러한 기전에는 레닌-안지오텐신-알도스테론 시스템(RAAS)이라는 호르몬 체계가 중요한 역할을 한다. *RAAS라는 호르몬 체계가 중요한 역할을 한다고 했으니, 이 과정에 대해 자세하게 설명할 거야. 과정이나 순서가 제시될 경우, 내용을 끊어 가면서 정확하게 이해하는 훈련을 꼭 해 두자.* [15]혈압이 하강하면 콩팥에 있는 압력 수용기에서 이를 감지하여 레닌의 분비가 증가하고 레닌은 안지오텐신 I이 형성되도록 한다. [16]안지오텐신 I은 안지오텐신 변환 효소에 의해 분해되어 안지오텐신 II가 되며, 안지오텐신 II는 알도스테론의 합성을 증가시킨다. [17]알도스테론은 나트륨 재흡수를 증가시키고, 이에 따라 상승한 체내 염분 농도를 조정하기 위해 수분 재흡수도 증가한다. [18]그 결과 체액량이 증가하고 혈압이 상승한다. [19]이 과정에서 안지오텐신 변환 효소는 혈관 확장 물질인 브라디키닌을 분해함으로써, 안지오텐신 II는 혈관 근육인 평활근을 수축하게 하여 혈관의 저항을 증가시킴으로써 혈압 상승에 관여한다.

혈압 하강 시 레닌-안지오텐신-알도스테론 시스템(RAAS) 호르몬 체계의 작용 ① 레닌 분비 ↑ → 안지오텐신 I 형성, ② 안지오텐신 I 분해(by. 안지오텐신 변환 효소: 브라디키닌(혈관 확장 물질) 분해) → 안지오텐신 II (평활근 수축 → 혈관 저항 ↑ → 혈압 상승 관여) 형성, ③ 안지오텐신 II → 알도스테론 합성 ↑, ④ 알도스테론 → 나트륨 재흡수 ↑ → 체내 염분 농도 ↑ → 수분 재흡수 ↑ → 체액량 ↑ → 혈압 ↑

4 [20]교감 신경계와 부교감 신경계에 의한 신경 반사 역시 혈압 조절에 관여한다. *'교감 신경계'와 '부교감 신경계'에 의한 신경 반사도 혈압 조절에 관여한다고 하네. 혈압 조절에 관여하는 또 다른 기전에 대한 설명이니 집중해서 읽어야 해!* [21]혈압이 하강하면 동맥벽에 위치하는 압력 수용기가 이를 감지하여 뇌로 신호를 보내고 혈관 운동 중추가 흥분하게 된다. [22]이에 따라 교감 신경이 흥분하게 되고 교감 신경계의 말단에서 신경 전달 물질인 카테콜아민이 분비된다. [23]신경 전달 물질은 인체 각 기관의 수용체에 결합하여 해당 기관에 작용한다. [24]카테콜아민은 혈관에 작용하여 혈관을 수축시키고 심장에 작용하여 심박수와 심장 근육 수축력을 증가시킨다. [25]반면 혈압이 상승하면 압력 수용기에서 전달된 신호에 따라 혈관 운동 중추가 억제되고 부교감 신경이 흥분하게 된다. [26]이에 따라 부교감 신경계의 말단에서 분비된 아세틸콜린이라는 신경 전달 물질이 심장에 작용하여 카테콜아민과는 반대로 작용하겠지? 혈압이 하강한다. *교감 신경계와 부교감 신경계에 의한 신경 반사에 대해 정리해 보자.*

(앞선 경우와 달리 혈압이 상승하는 경우에 대해 설명할 거야.)

(혈압 하강 시) 교감 신경계에 의한 신경 반사	(혈압 상승 시) 부교감 신경계에 의한 신경 반사
혈관 운동 중추 흥분 → 교감 신경 흥분 → 카테콜아민 분비 → 혈관, 심장에 작용 → 혈압 ↑	혈관 운동 중추 억제 → 부교감 신경 흥분 → 아세틸콜린 분비 → 심장에 작용 → 혈압 ↓

5 [27]교감 신경계와 콩팥의 작용은 상호 작용을 일으키기도 한다. [28]카테콜아민(교감 신경계 말단에서 분비됨)이 콩팥에 작용하면 레닌의 분비가 촉진*된다. [29]또한 안지오텐신 II(콩팥에서 형성된 안지오텐신 I이 분해된 것)는 카테콜아민 분비를 촉진한다. *콩팥 작용과 교감 신경계의 상호 작용을 언급하면서 글을 마무리하고 있어.*

이것만은 챙기자

- **순환**: 주기적으로 자꾸 되풀이하여 돎. 또는 그런 과정.
- **여과**: 거름종이나 여과기를 써서 액체 속에 들어 있는 침전물이나 입자를 걸러 내는 일.
- **촉진**: 다그쳐 빨리 나아가게 함.

1. 윗글에서 알 수 있는 내용으로 적절하지 <u>않은</u> 것은?

✔ 정답풀이

② 안지오텐신 II 가 증가하면 세뇨관 주위의 모세 혈관을 흐르는 혈액에서의 나트륨 양이 감소한다.

> 근거: ❸ [12]재흡수란 사구체 여과액에서 세뇨관 주위의 모세 혈관을 흐르는 혈액으로 물질이 이동하는 것을 말한다. [16]안지오텐신 I 은 안지오텐신 변환 효소에 의해 분해되어 안지오텐신 II 가 되며, 안지오텐신 II 는 알도스테론의 합성을 증가시킨다. [17]알도스테론은 나트륨 재흡수를 증가시키고, 이에 따라 상승한 체내 염분 농도를 조정하기 위해 수분 재흡수도 증가한다.
> 사구체 여과액에서 세뇨관 주위의 모세 혈관을 흐르는 혈액으로 물질이 이동하는 것을 재흡수라고 하는데, 안지오텐신 II 는 알도스테론의 합성을 증가시키고 알도스테론은 나트륨 재흡수를 증가시킨다고 하였으므로, 안지오텐신 II 가 증가하면 세뇨관 주위의 모세 혈관을 흐르는 혈액에서의 나트륨 양은 감소하는 것이 아니라 증가할 것이다.

✘ 오답풀이

① 체액량만 증가할 때보다 같은 양의 체액량 증가에 심박수 증가가 동반될 때 혈압의 상승 폭이 더 크다.
근거: ❶ [1]혈압은~심장박출량과 말초 혈관 저항의 곱에 비례한다. [3]이때 심장박출량은 일회당 심장박출량과 분당 심박수의 곱으로 구해지며 일회당 심장박출량은 혈액량과 심장 근육 수축력 등에 의해 결정된다. ＋ ❷ [5]체내 액체의 총량인 체액량이 콩팥에 의해 조절되면 혈압이 변화한다. [10]이에 따라 체액량이 증가하고 혈압은 상승하게 된다.
혈압은 심장박출량과 말초 혈관 저항의 곱에 비례하는데, 심장박출량은 일회당 심장박출량과 분당 심박수의 곱으로 구할 수 있으므로 심박수가 증가하면 혈압이 높아질 것임을 알 수 있다. 또한 체액량이 증가하면 혈압이 높아진다고 했으므로, 체액량만 증가할 때보다 같은 양의 체액량 증가에 심박수 증가가 동반될 때 혈압의 상승 폭이 더 클 것임을 알 수 있다.

③ 혈압이 하강하면 알도스테론의 합성이 증가함에 따라 소변 배설량이 감소한다.
근거: ❸ [15]혈압이 하강하면 콩팥에 있는 압력 수용기에서 이를 감지하여 레닌의 분비가 증가하고 레닌은 안지오텐신 I 이 형성되도록 한다. [16]안지오텐신 I 은 안지오텐신 변환 효소에 의해 분해되어 안지오텐신 II 가 되며, 안지오텐신 II 는 알도스테론의 합성을 증가시킨다. [17]알도스테론은 나트륨 재흡수를 증가시키고, 이에 따라 상승한 체내 염분 농도를 조정하기 위해 수분 재흡수도 증가한다. [18]그 결과 체액량이 증가하고 혈압이 상승한다.
콩팥에 있는 압력 수용기가 혈압의 하강을 감지하면 안지오텐신 I 이 형성되도록 하는 레닌의 분비가 증가한다. 안지오텐신 II 는 안지오텐신 I 이 안지오텐신 변환 효소에 의해 분해된 것으로 알도스테론의 합성을 증가시키는데, 알도스테론은 나트륨 재흡수를 증가시켜 이에 따라 상승한 체내 염분 농도를 조정하기 위해 수분 재흡수도 증가한다. 이로 인해 체액량이 증가하고 외부로 배출되는 소변 배설량은 감소함을 알 수 있다.

④ 콩팥의 압력 수용기가 혈압 하강을 감지하면 안지오텐신 I 의 형성이
증가한다.

근거: 3 [15]혈압이 하강하면 콩팥에 있는 압력 수용기에서 이를 감지하여 레
닌의 분비가 증가하고 레닌은 안지오텐신 I 이 형성되도록 한다.

혈압이 하강하면 콩팥에 있는 압력 수용기가 이를 감지하고 이에 따라 레닌
의 분비가 증가하는데, 레닌은 안지오텐신 I 이 형성되도록 하는 역할을 한
다. 따라서 콩팥의 압력 수용기가 혈압 하강을 감지하면 안지오텐신 I 의 형
성이 증가함을 알 수 있다.

⑤ 안지오텐신 II 는 교감 신경계 말단에서의 신경 전달 물질 분비를
촉진한다.

근거: 4 [22]이(혈관 운동 중추가 흥분함)에 따라 교감 신경이 흥분하게 되고
교감 신경계의 말단에서 신경 전달 물질인 카테콜아민이 분비된다. + 5 [27]교감
신경계와 콩팥의 작용은 상호 작용을 일으키기도 한다. [29]또한 안지오텐신 II
는 카테콜아민 분비를 촉진한다.

교감 신경계와 콩팥은 상호 작용을 일으키기도 하는데, 이때 안지오텐신 II
는 교감 신경계 말단에서의 신경 전달 물질인 카테콜아민의 분비를 촉진함
을 알 수 있다.

2. ㉠의 이유로 가장 적절한 것은?

㉠: 사구체 여과액의 양이 감소하여

✓ 정답풀이

① 혈압이 하강하면 사구체의 모세 혈관 압력도 낮아지기 때문이다.

근거: 1 [1]혈압은 심장이 혈액을 밀어낼 때 혈관 내에 생기는 압력 + 2 [6]콩팥
으로 들어온 혈액은 사구체의 모세 혈관 압력에 의해 여과된다. [9]혈압이
하강하면 세뇨관으로 이동한 사구체 여과액의 양이 감소하여(㉠)

혈액은 사구체의 모세 혈관 압력에 의해 여과되므로, 혈압이 하강할 때 세
뇨관으로 이동한 사구체 여과액의 양이 감소하는 것은 모세 혈관 내의 압
력도 낮아졌기 때문이라고 볼 수 있다.

✗ 오답풀이

② 혈구나 단백질은 분자의 크기가 커서 사구체의 막을 통과할 수 없기
때문이다.

근거: 2 [7]혈액에 있는 혈구나 단백질은 분자의 크기가 커서 사구체의 막을
통과하지 못하고 혈류를 통해 다시 순환한다.

혈액에 있는 혈구나 단백질은 분자의 크기가 커서 사구체의 막을 통과하지
못하지만, 이것이 사구체 여과액의 양이 감소하는 이유가 될 수는 없다.

③ 사구체에서 세뇨관으로 밀려 들어가는 물의 양이 감소할수록
혈압은 증가하기 때문이다.

근거: 2 [9]혈압이 하강하면 세뇨관으로 이동한 사구체 여과액의 양이 감소
하여(㉠) 소변 배설량이 줄어든다. [10]이에 따라 체액량이 증가하고 혈압은 상
승하게 된다.

사구체에서 세뇨관으로 밀려 들어가는 물(사구체 여과액)의 양이 감소할수
록 체액량은 증가하고 혈압은 상승하지만, 이것이 사구체 여과액의 양이 감
소하는 이유가 될 수는 없다.

④ 카테콜아민이 콩팥에 작용하면 사구체 여과액이 증가하여 소변
배설량이 감소하기 때문이다.

근거: 3 [15]혈압이 하강하면 콩팥에 있는 압력 수용기에서 이를 감지하여
레닌의 분비가 증가하고 레닌은 안지오텐신 I 이 형성되도록 한다. [16]안지오
텐신 I 은 안지오텐신 변환 효소에 의해 분해되어 안지오텐신 II 가 되며, 안지
오텐신 II 는 알도스테론의 합성을 증가시킨다. [17]알도스테론은 나트륨 재흡
수를 증가시키고, 이에 따라 상승한 체내 염분 농도를 조정하기 위해 수분
재흡수도 증가한다. + 5 [28]카테콜아민이 콩팥에 작용하면 레닌의 분비가
촉진된다.

카테콜아민이 콩팥에 작용하면 레닌의 분비가 촉진되며 안지오텐신 I , II 로
인한 알도스테론의 합성이 증가되고, 나트륨의 재흡수 증가로 인한 수분 재
흡수 증가로 소변 배설량이 감소한다. 하지만 이것이 사구체 여과액의 양이
감소하는 이유가 될 수는 없다.

⑤ 사구체 여과액의 양이 증가할 때 나트륨 재흡수도 증가하여 체내의 환경이 일정하게 유지되기 때문이다.

근거: **2** [9]혈압이 하강하면 세뇨관으로 이동한 사구체 여과액의 양이 감소하여(㉠) 소변 배설량이 줄어든다. [10]이에 따라 체액량이 증가하고 혈압은 상승하게 된다. + **3** [15]혈압이 하강하면~[17]알도스테론은 나트륨 재흡수를 증가시키고,

혈압이 하강하면 사구체 여과액의 양이 감소한다고 하였으므로, 혈압이 상승하면 사구체 여과액의 양은 증가할 것임을 추론할 수 있다. 또한 혈압이 하강하면 나트륨 재흡수가 증가한다고 하였으므로, 혈압이 상승하면 나트륨 재흡수가 감소할 것임을 추론할 수 있다. 따라서 사구체 여과액의 양이 증가하는 경우, 즉 혈압이 상승하는 경우에는 나트륨 재흡수가 증가하는 것이 아니라 감소할 것이다. 또한 이는 사구체 여과액의 양이 감소하는 이유와 관련이 없다.

📋 문제적 문제

• 2–①, ③번

학생들이 정답 이외에 가장 많이 고른 선지가 ③번이다. 이 문제를 풀어내기 위해서는 ㉠에 제시된 '사구체 여과액이 감소'하는 현상과 '혈압'의 관계를 정확하게 파악하고, ㉠의 '이유'로 적절한 것을 고르라는 발문의 내용을 꼼꼼하게 고려해야 했다.

1문단에 따르면 '혈압은 심장이 혈액을 밀어낼 때 혈관 내에 생기는 압력'이고, 2문단에서 '콩팥으로 들어온 혈액은 사구체의 모세 혈관 압력에 의해 여과'된다고 하였다. 이때 혈압이 감소하면서 사구체 여과액이 감소했다는 것은, 혈액이 사구체의 막을 통과하여 여과될 수 있도록 밀어내는 압력이 감소했다는 것을 나타내므로, 자연스럽게 콩팥으로 들어온 혈액을 여과시키는 '사구체의 모세 혈관 압력'도 감소했음을 추론할 수 있다. 그에 따라 ①번 선지는 적절한 것이 된다.

한편 ③번 선지를 보면, 지문에 제시된 내용과 일치하는지만을 고려할 때 적절하게 보일 수 있다. '사구체 여과액의 양이 감소'하면서 '소변 배설량이 줄어'들면 '체액량이 증가하고 혈압은 상승하게 된'다는 정보가 지문에 그대로 제시되어 있기 때문이다. 그러나 이는 ㉠에 제시된 '사구체 여과액의 양이 감소'한 원인을 제시한 것이 아니라, '사구체 여과액의 양이 감소'함으로써 발생할 수 있는 결과를 제시한 것이다. 그에 따라 ③번 선지는 적절하지 않은 것이 된다.

지문에서 방대하고 복잡한 정보를 압축적으로 제시하는 경우, 이미 지문 독해에 많은 힘을 쏟은 상태이기 때문에 문제를 풀기 시작하였을 때 힘이 빠져 큰 부담감과 초조함을 느낄 수 있다. 그러나 발문이 요구하는 바를 읽어 내지 못하거나, 선지의 사소한 정보들을 놓치는 것과 같은 한순간의 실수가 오답을 고르게 만들 수 있으므로, 끝까지 집중력을 잃지 않고 문제를 푸는 연습을 해야 한다.

정답률 분석

정답		매력적 오답		
①	②	③	④	⑤
53%	11%	19%	7%	10%

3. 신경 반사 에 대한 이해로 적절하지 않은 것은?

✅ 정답풀이

① 부교감 신경의 흥분을 통한 혈압 조절 기전이 작동하기 위해서는 혈관 운동 중추가 흥분해야 한다.

근거: **4** [25]반면 혈압이 상승하면 압력 수용기에서 전달된 신호에 따라 혈관 운동 중추가 억제되고 부교감 신경이 흥분하게 된다. [26]이에 따라 부교감 신경계의 말단에서 분비된 아세틸콜린이라는 신경 전달 물질이 심장에 작용하여 혈압이 하강한다.

혈압이 상승할 때 부교감 신경의 흥분을 통해 혈압을 하강시키는 과정에서는 혈관 운동 중추가 억제되므로, 부교감 신경의 흥분을 통한 혈압 조절 기전이 작동하기 위해 혈관 운동 중추가 흥분해야 한다는 것은 적절하지 않다.

❌ 오답풀이

② 부교감 신경계의 말단에서 분비된 신경 전달 물질은 심장박출량을 감소시켜 혈압을 하강시킨다.

근거: **1** [3]이때 심장박출량은 일회당 심장박출량과 분당 심박수의 곱으로 구해지며 일회당 심장박출량은 혈액량과 심장 근육 수축력 등에 의해 결정된다. + **4** [26]이에 따라 부교감 신경계의 말단에서 분비된 아세틸콜린이라는 신경 전달 물질이 심장에 작용하여 혈압이 하강한다.

심장박출량은 혈액량과 심장 근육 수축력 등에 의해 결정되는데, 부교감 신경계 말단에서 분비된 아세틸콜린이라는 신경 전달 물질은 심장에 작용하여 혈압을 하강시키므로, 심장박출량을 감소시키는 방향으로 작용했을 것임을 알 수 있다.

③ 신경 전달 물질이 어떤 기관에 작용하려면 그 기관에 있는 수용체와 결합하여야 한다.

근거: **4** [23]신경 전달 물질은 인체 각 기관의 수용체에 결합하여 해당 기관에 작용한다.

④ 혈압 하강에 반응하여 교감 신경이 흥분하면 말초 혈관 저항이 증가한다.

근거: **1** [2]말초 혈관 저항은 말초 혈관을 순환하는 혈액의 흐름이 방해받는 정도이다. + **4** [21]혈압이 하강하면~혈관 운동 중추가 흥분하게 된다. [22]이에 따라 교감 신경이 흥분하게 되고 교감 신경계의 말단에서 신경 전달 물질인 카테콜아민이 분비된다. [24]카테콜아민은 혈관에 작용하여 혈관을 수축시키고 심장에 작용하여 심박수와 심장 근육 수축력을 증가시킨다.

말초 혈관 저항은 말초 혈관을 순환하는 혈액의 흐름이 방해받는 정도인데, 혈압이 하강하면 교감 신경이 흥분하여 분비된 카테콜아민에 의해 혈관이 수축하므로 말초 혈관 저항이 증가함을 알 수 있다.

⑤ 동맥벽에 있는 압력 수용기는 혈압 변화에 대한 신호를 뇌로 보낸다.

근거: **4** [21]혈압이 하강하면 동맥벽에 위치하는 압력 수용기가 이를 감지하여 뇌로 신호를 보내고 혈관 운동 중추가 흥분하게 된다.

4. 윗글을 바탕으로 〈보기〉를 이해한 내용으로 적절하지 <u>않은</u> 것은? [3점]

〈보기〉

[1]RAAS(레닌-안지오텐신-알도스테론 시스템)가 과도하게 활성화되면 체내에 나트륨이 쌓이게 되어 고혈압이 발병할 수 있다. [2]이는 말초 혈관이 좁아진 채로 굳어지는 말초 혈관 재형성을 야기할 수 있다. [3]높은 압력이 장기에 직접적으로 전달되는 것을 막기 위해서 말초 혈관이 좁아지는 것이다.

[4]고혈압을 치료하는 약제에는 베타 차단제, 안지오텐신 변환 효소 억제제, 칼슘 차단제 등이 있다. [5]베타 차단제는 심장이나 콩팥에서의 카테콜아민의 작용(레닌 분비 촉진 + 혈관 수축, 심박수, 심근 수축력 증가)을, 안지오텐신 변환 효소 억제제는 안지오텐신 변환 효소의 작용(안지오텐신 I 분해 + 혈관 확장 물질 브라디키닌 분해)을 억제한다. [6]칼슘 차단제는 심장이나 혈관에 있는 근육에 칼슘이 유입되는 것을 막는데, 칼슘은 근육을 수축시키는 작용을 한다.

✔ 정답풀이

⑤ 베타 차단제는 레닌의 양을 감소시키는 방식으로, 안지오텐신 변환 효소 억제제는 브라디키닌의 양을 증가시키는 방식으로 안지오텐신 I 의 양을 감소시키겠군.

근거: 3 [16]안지오텐신 I 은 안지오텐신 변환 효소에 의해 분해되어 안지오텐신 II 가 되며, 안지오텐신 II 는 알도스테론의 합성을 증가시킨다. [19]안지오텐신 변환 효소는 혈관 확장 물질인 브라디키닌을 분해 + 5 [28]카테콜아민이 콩팥에 작용하면 레닌의 분비가 촉진 + 〈보기〉 [5]베타 차단제는 심장이나 콩팥에서의 카테콜아민의 작용을, 안지오텐신 변환 효소 억제제는 안지오텐신 변환 효소의 작용을 억제한다.

베타 차단제는 콩팥에 작용하면 레닌의 분비가 촉진되는 카테콜아민의 작용을 억제하므로 레닌의 양을 감소시킨다. 또한 안지오텐신 변환 효소는 브라디키닌을 분해하므로 안지오텐신 변환 효소 억제제가 브라디키닌의 양을 증가시키는 것은 맞다. 그러나 안지오텐신 I 은 안지오텐신 변환 효소에 의해 분해되어 안지오텐신 II 가 되므로, 안지오텐신 변환 효소 억제제를 사용할 때 안지오텐신 I 의 양이 감소된다고 볼 수는 없다.

✖ 오답풀이

① 고혈압에 의해 발생한 말초 혈관 재형성은 고혈압 상태를 지속시키는 원인이 되기도 하겠군.

근거: 1 [1]혈압은 심장이 혈액을 밀어낼 때 혈관 내에 생기는 압력으로, 심장박출량과 말초 혈관 저항의 곱에 비례한다. [2]말초 혈관 저항은 말초 혈관을 순환하는 혈액의 흐름이 방해받는 정도이다. + 〈보기〉 [2]이(고혈압)는 말초 혈관이 좁아진 채로 굳어지는 말초 혈관 재형성을 야기할 수 있다. [3]높은 압력이 장기에 직접적으로 전달되는 것을 막기 위해서 말초 혈관이 좁아지는 것이다.

혈압은 심장박출량과 말초 혈관 저항의 곱에 비례한다. 〈보기〉에 따르면, 고혈압은 말초 혈관이 좁아진 채로 굳어지는 말초 혈관 재형성을 야기할 수 있는데, 이는 혈액의 흐름을 방해함으로써 말초 혈관 저항을 높은 상태로 유지시켜 고혈압 상태를 지속시키는 원인이 된다고 볼 수 있다.

② 베타 차단제와 칼슘 차단제는 모두 심장 근육 수축력에 영향을 주어 심장박출량을 감소시키는 작용을 하겠군.

근거: 4 [24]카테콜아민은 혈관에 작용하여 혈관을 수축시키고 심장에 작용하여 심박수와 심장 근육 수축력을 증가시킨다. + 〈보기〉 [5]베타 차단제는 심장이나 콩팥에서의 카테콜아민의 작용을~억제한다. [6]칼슘 차단제는 심장이나 혈관에 있는 근육에 칼슘이 유입되는 것을 막는데, 칼슘은 근육을 수축시키는 작용을 한다.

카테콜아민은 심장에 작용하여 심박수와 심장 근육 수축력을 증가시킨다. 〈보기〉에 따르면 베타 차단제는 카테콜아민의 작용을 억제하고, 칼슘 차단제는 심장에 있는 근육에 칼슘이 유입되어 근육을 수축시키는 것을 막는다. 따라서 베타 차단제와 칼슘 차단제는 모두 심장 근육 수축력에 영향을 주어 심장박출량을 감소시킨다고 볼 수 있다.

③ RAAS가 과도하게 활성화된 사람의 몸에서는 체내의 염분 농도를 조정하려는 작용으로 수분 재흡수가 증가하여 소변 배설량이 감소하겠군.

근거: 3 [17]알도스테론은 나트륨 재흡수를 증가시키고, 이에 따라 상승한 체내 염분 농도를 조정하기 위해 수분 재흡수도 증가한다. + 〈보기〉 [1]RAAS가 과도하게 활성화되면 체내에 나트륨이 쌓이게 되어 고혈압이 발병할 수 있다.

RAAS라는 호르몬 체계에서 알도스테론은 나트륨 재흡수를 증가시키는데, 이에 따라 상승한 체내 염분 농도를 조정하기 위해 수분 재흡수도 증가한다. 따라서 RAAS가 과도하게 활성화된 사람의 몸에서는 나트륨이 쌓이게 되므로, 체내 염분 농도를 조정하려는 작용으로 수분 재흡수가 증가하여 소변 배설량이 감소한다고 볼 수 있다.

④ 안지오텐신 변환 효소 억제제는 안지오텐신 II 의 생성을 억제하는 방식으로, 칼슘 차단제는 근육에 칼슘의 유입을 막는 방식으로 평활근의 수축을 억제하겠군.

근거: 3 [16]안지오텐신 I 은 안지오텐신 변환 효소에 의해 분해되어 안지오텐신 II 가 되며, [19]안지오텐신 II 는 혈관 근육인 평활근을 수축하게 하여 혈관의 저항을 증가시킴으로써 혈압 상승에 관여한다. + 〈보기〉 [6]칼슘 차단제는 심장이나 혈관에 있는 근육에 칼슘이 유입되는 것을 막는데, 칼슘은 근육을 수축시키는 작용을 한다.

안지오텐신 변환 효소는 안지오텐신 I 을 분해하여 안지오텐신 II 를 형성하고, 안지오텐신 II 는 혈관 근육인 평활근을 수축시켜 혈관의 저항을 증가시킴으로써 혈압 상승에 관여한다. 〈보기〉에 따르면 칼슘은 혈관에 있는 근육을 수축시키는 작용을 하므로, 안지오텐신 변환 효소 억제제와 칼슘 차단제 모두 혈관 근육인 평활근의 수축을 억제하는 작용을 한다고 볼 수 있다.

[1~4] 다음 글을 읽고 물음에 답하시오.

1 [1]우리 몸이 제대로 기능하기 위해서는 세포자멸사가 적절히 일어나야 한다. [2]세포자멸사는 세포가 자기 내부에 있는 효소를 활용해 자신의 DNA와 핵 등을 파괴하는 것이다. '세포자멸사'의 개념 [3]세포가 외부적 요인으로 인해 파열되는 것인 괴사와 달리, 세포자멸사는 능동적인 죽음이라고 할 수 있다. 세포자멸사와 괴사의 차이점 [4]세포자멸사는 신체 내 조직에서 불필요한 세포를 없애기 위해 일어나는데, 올챙이가 개구리가 될 때 꼬리가 사라지는 것이 이에 속한다. [5]또한 손상되거나 신체에 해를 끼칠 수 있는 비정상적 세포를 제거하기 위해 일어나기도 하는데, 이 세포자멸사는 질병으로부터 신체를 보호하는 중요한 역할을 한다. 세포자멸사가 발생하는 경우: ① 신체 내 조직에서 불필요한 세포를 없애기 위해, ② 손상되거나 신체에 해를 끼치는 비정상적 세포를 제거하기 위해

추가적인 정보가 나열되고 있어!

2 [6]세포가 손상을 입었을 때 ㉠세포자멸사의 발생은 다음과 같이 일어난다. 손상된 세포를 제거하기 위한 세포자멸사의 과정을 설명할 거야. 과정을 정리하며 읽어야 해. [7]DNA가 자외선 노출로 인해 손상되거나 세포에 호르몬이 부족해지는 등 세포가 손상되어 더 이상 생존할 수 없는 상황이 되었을 때, 세포 내 Bcl-2 단백질의 농도가 감소한다. 세포의 손상과 Bcl-2 단백질의 농도 변화를 연결하고 있어. [8]세포 내 미토콘드리아의 막과 세포질 내에 존재하는 Bcl-2 단백질은 세포자멸사를 억제하는 역할을 하는데, 이 단백질이 감소하며 미토콘드리아의 막이 파괴된다. Bcl-2 단백질: 세포자멸사를 억제함 [9]이로 인해 방출된 미토콘드리아 내의 물질들이 단백질 분해 효소인 카스파제를 활성화하는데, 이 카스파제가 세포자멸사를 실행하는 중추적*인 역할을 한다. [10]활성화가 먼저 일어난 카스파제-9가 실행 카스파제를 절단하여 활성화하고, 활성화된 실행 카스파제는 세포의 DNA를 절단하여 붕괴시킨다. 과정이 제시되면 정확히 파악하자! 세포 손상 시 세포자멸사의 과정: 세포 손상 → 세포 내 Bcl-2 단백질 농도 ↓ → 미토콘드리아 막 파괴 → 카스파제-9 활성화 → 실행 카스파제 활성화 → 활성화된 실행 카스파제가 세포의 DNA 절단, 붕괴시킴

3 [11]신체에 해를 끼칠 수 있는 세포를 대상으로 ㉡세포자멸사의 유도가 일어나기도 한다. 이번에는 신체에 해가 되는 비정상적 세포를 제거하는 세포자멸사의 과정을 설명할 거야. [12]면역세포의 일종인 세포독성 T세포는 바이러스에 감염된 세포가 자멸사하게 하여 우리 몸을 방어하는 역할을 한다. 세포독성 T세포: 바이러스에 감염된 세포의 자멸사 유도 [13]세포가 바이러스에 감염되면 세포 표면에 바이러스 단백질이 나타난다. [14]이것을 비정상으로 인식한 세포독성 T세포는 감염된 세포에 결합하여 세포막에 구멍을 뚫는 단백질을 분비한다. [15]세포독성 T세포는 세포막에 생긴 구멍을 통해 세포 안으로 실행 카스파제를 활성화하는 과립효소 B를 유입시키고, 이로 인해 활성화된 실행 카스파제가 DNA를 붕괴시킨다. 비정상적 세포에 대한 세포자멸사의 유도 과정: 감염 세포 표면에 바이러스 단백질 나타남 → 세포독성 T세포가 감염된 세포와 결합 → 세포막에 구멍 뚫는 단백질 분비 → 과립효소 B 유입시킴 → 실행 카스파제 활성화 → 세포 DNA 붕괴

4 [16]세포 내부에서 실행 카스파제에 의해 DNA가 붕괴되면 자멸사한 세포만의 특징이라고 할 수 있는 DNA의 사다리 모양이 나타난다. [17]그리고 세포의 형태도 변화하는데, 먼저 세포가 쪼그라들며 세포의 핵이 분절되고, 세포가 여러 조각으로 나뉘는 파편화가 일어난다. [18]이후 세포막을 구성하는 2개의 층이 뒤섞이며 세포막에 있는 포스파티딜세린이 바깥쪽으로 노출된다. [19]이 포스파티딜세린으로 인해 주변의 식세포*들이 자멸사한 세포를 인식하고 이를 포식*한다. 자멸사한 세포의 형태 변화: 세포 쪼그라듦 → 세포의 핵 분절 → 세포 파편화 → 세포막을 구성하는 두 층이 뒤섞임 → 포스파티딜세린 노출 → 주변 식세포가 자멸사한 세포 인식하고 포식 [20]자멸사한 세포는 염증을 일으킬 수 있는 물질이 새어 나오기 전에 포식으로 빨리 처리되기 때문에 괴사와 달리 염증 반응을 유발하지 않는다. 활성화된 실행 카스파제에 의해 DNA가 붕괴된 자멸사한 세포 → 염증 반응이 유발되기 전에 식세포가 포식함

자멸사한 세포의 형태 변화 과정을 순차적으로 설명할 거야.

5 [21]세포자멸사는 비정상적 세포가 제때 제거되게 하고 이를 통해 새로운 세포가 생성되게 한다. [22]최근에는 세포자멸사를 활용하여 악성 종양을 비롯한 여러 질병의 치료 방안을 마련하려는 연구도 활발히 진행되고 있다. 세포자멸사의 효과와 최근의 연구 상황을 언급하며 글을 마무리하고 있어.

이것만은 챙기자

- ***중추적:** 가장 중요한 부분이나 자리가 되는 것.
- ***식세포:** 혈액이나 조직 안을 떠돌아다니면서 세균이나 이물(異物), 조직의 분해물 따위를 포식하여 소화·분해하는 세포. 동물체의 자기방어에 중요한 역할을 한다.
- ***포식:** 생명 세포가 고형 물질을 섭취하여 소화하는 과정. 다른 세포들, 세균, 죽은 세포 일부, 외부 입자 등이 그 대상이다.

1. 윗글을 통해 답을 찾을 수 <u>없는</u> 질문은?

✓ 정답풀이

② 질병 치료 분야의 세포자멸사 연구 성과는 무엇인가?

> 근거: 5 [22]최근에는 세포자멸사를 활용하여 악성 종양을 비롯한 여러 질병의 치료 방안을 마련하려는 연구도 활발히 진행되고 있다.
> 세포자멸사를 활용하여 여러 질병의 치료 방안을 마련하려는 연구가 활발히 진행 중이라고 했을 뿐, 질병 치료 분야의 세포자멸사 연구 성과에 대한 내용은 찾아볼 수 없다.

✗ 오답풀이

① 세포자멸사와 괴사는 어떠한 차이점이 있는가?
근거: 1 [3]세포가 외부적 요인으로 인해 파열되는 것인 괴사와 달리, 세포자멸사는 능동적인 죽음이라고 할 수 있다. + 4 [20]자멸사한 세포는 염증을 일으킬 수 있는 물질이 새어 나오기 전에 포식으로 빨리 처리되기 때문에 괴사와 달리 염증 반응을 유발하지 않는다.

③ 세포가 손상을 입게 된 상황에는 어떠한 것이 있는가?
근거: 2 [7]DNA가 자외선 노출로 인해 손상되거나 세포에 호르몬이 부족해지는 등 세포가 손상되어 더 이상 생존할 수 없는 상황이 되었을 때, 세포 내 Bcl-2 단백질의 농도가 감소한다.

④ 세포독성 T세포가 우리 몸에서 하는 역할은 무엇인가?
근거: 3 [12]세포독성 T세포는 바이러스에 감염된 세포가 자멸사하게 하여 우리 몸을 방어하는 역할을 한다.

⑤ 파편화가 일어난 세포는 어떠한 과정을 거쳐 처리되는가?
근거: 4 [17]세포가 여러 조각으로 나뉘는 파편화가 일어난다. [18]이후 세포막을 구성하는 2개의 층이 뒤섞이며 세포막에 있는 포스파티딜세린이 바깥쪽으로 노출된다. [19]이 포스파티딜세린으로 인해 주변의 식세포들이 자멸사한 세포를 인식하고 이를 포식한다.
파편화가 일어난 세포는 세포막에 있는 포스파티딜세린이 바깥쪽으로 노출되고, 이로 인해 주변의 식세포들에게 인식되어 포식됨으로써 처리된다.

2. 윗글을 읽고 추론한 내용으로 가장 적절한 것은?

✔ 정답풀이

② 죽은 세포의 DNA 모양을 관찰하면 세포의 자멸사 여부를 확인할 수 있겠군.

> 근거: 4 [16]세포 내부에서 실행 카스파제에 의해 DNA가 붕괴되면 자멸사한 세포만의 특징이라고 할 수 있는 DNA의 사다리 모양이 나타난다.
> DNA의 사다리 모양은 자멸사한 세포만의 특징이므로, 죽은 세포의 DNA에 사다리 모양이 나타난다면, 이 세포는 실행 카스파제에 의해 DNA가 붕괴되어 자멸사한 세포라고 볼 수 있다. 따라서 죽은 세포의 DNA 모양을 관찰하면 세포의 자멸사 여부를 확인할 수 있다.

✘ 오답풀이

① 세포에 호르몬이 부족해지면 카스파제의 활성이 감소하겠군.

근거: 2 [7]세포에 호르몬이 부족해지는 등 세포가 손상되어 더 이상 생존할 수 없는 상황이 되었을 때, 세포 내 Bcl-2 단백질의 농도가 감소한다. [8]이 단백질(Bcl-2 단백질)이 감소하며 미토콘드리아의 막이 파괴된다. [9]이로 인해 방출된 미토콘드리아 내의 물질들이 단백질 분해 효소인 카스파제를 활성화

세포에 호르몬이 부족해지면 세포 내 Bcl-2 단백질 농도가 감소하여 미토콘드리아의 막이 파괴되고, 방출된 미토콘드리아 내의 물질들로 인해 카스파제가 활성화되므로 적절하지 않다.

③ 비정상적 세포가 자멸사하여 제거되기 위해서는 새로운 세포가 생성되어야 하겠군.

근거: 5 [21]세포자멸사는 비정상적 세포가 제때 제거되게 하고 이를 통해 새로운 세포가 생성되게 한다.

세포자멸사로 인해 비정상적 세포가 제거된 이후 새로운 세포가 생성되는 것이지, 자멸사를 위해 새로운 세포가 생성되어야 하는 것은 아니므로 적절하지 않다.

④ 괴사한 세포가 염증 반응을 유발하는 것은 괴사한 세포의 세포막이 뒤섞이기 때문이겠군.

근거: 4 [18]이후(세포의 파편화 이후) 세포막을 구성하는 2개의 층이 뒤섞이며 세포막에 있는 포스파티딜세린이 바깥쪽으로 노출된다. [19]이 포스파티딜세린으로 인해 주변의 식세포들이 자멸사한 세포를 인식하고 이를 포식한다. [20]자멸사한 세포는 염증을 일으킬 수 있는 물질이 새어 나오기 전에 포식으로 빨리 처리되기 때문에 괴사와 달리 염증 반응을 유발하지 않는다.

세포가 자멸사한 이후에 세포막을 구성하는 2개의 층이 뒤섞여 포스파티딜세린이 노출되면, 주변의 식세포들이 이를 인식하고 자멸사한 세포를 포식하여 빠르게 처리하기 때문에 괴사와 달리 염증 반응을 유발하지 않는다. 따라서 괴사한 세포가 염증 반응을 유발하는 것은 괴사한 세포의 세포막이 뒤섞이기 때문이라는 추론은 적절하지 않다.

⑤ 바이러스에 감염되어 자멸사한 세포는 세포독성 T세포에 의해 생긴 구멍을 통해 염증을 일으키는 물질을 내보내겠군.

근거: 3 [13]세포가 바이러스에 감염되면 세포 표면에 바이러스 단백질이 나타난다. [14]이것을 비정상으로 인식한 세포독성 T세포는 감염된 세포에 결합하여 세포막에 구멍을 뚫는 단백질을 분비한다. [15]세포독성 T세포는 세포막에 생긴 구멍을 통해 세포 안으로 실행 카스파제를 활성화하는 과립효소 B를 유입시키고, 이로 인해 활성화된 실행 카스파제가 DNA를 붕괴시킨다. + 4 [20]자멸사한 세포는 염증을 일으킬 수 있는 물질이 새어 나오기 전에 포식으로 빨리 처리되기 때문에 괴사와 달리 염증 반응을 유발하지 않는다.

바이러스에 감염된 세포는 자멸사하는 과정에서 세포독성 T세포에 의해 세포막에 구멍이 생기지만, 자멸사한 세포는 염증을 일으킬 수 있는 물질이 새어 나오기 전에 포식으로 처리되어 염증을 유발하지 않는다. 따라서 자멸사한 세포가 세포독성 T세포에 의해 생긴 구멍을 통해 염증을 일으키는 물질을 내보낸다는 추론은 적절하지 않다.

3. ㉠과 ㉡에 대한 이해로 가장 적절한 것은?

> ㉠: 세포자멸사의 발생
> ㉡: 세포자멸사의 유도

✅ 정답풀이

③ ㉠은 미토콘드리아 내의 물질이 방출되어야, ㉡은 미토콘드리아 내의 물질이 방출되지 않아도 일어날 수 있다.

근거: **2** [8](㉠에서) 세포 내 미토콘드리아의 막과 세포질 내에 존재하는 Bcl-2 단백질은 세포자멸사를 억제하는 역할을 하는데, 이 단백질이 감소하며 미토콘드리아의 막이 파괴된다. [9]이로 인해 방출된 미토콘드리아 내의 물질들이 단백질 분해 효소인 카스파제를 활성화하는데, 이 카스파제가 세포자멸사를 실행하는 중추적인 역할을 한다. [10]활성화가 먼저 일어난 카스파제-9가 실행 카스파제를 절단하여 활성화하고, 활성화된 실행 카스파제는 세포의 DNA를 절단하여 붕괴시킨다. + **3** [15](㉡에서) 세포독성 T세포는 세포막에 생긴 구멍을 통해 세포 안으로 실행 카스파제를 활성화하는 과립효소 B를 유입시키고, 이로 인해 활성화된 실행 카스파제가 DNA를 붕괴시킨다.

㉠과 ㉡에서는 모두 실행 카스파제가 세포의 DNA를 절단하여 붕괴시킨다. 이때 ㉠은 미토콘드리아의 막이 파괴되어 미토콘드리아 내의 물질들이 방출되면서 카스파제가 활성화되어야 이루어진다. 한편 ㉡은 세포독성 T세포가 바이러스에 감염된 세포 안으로 과립효소 B를 유입시켜 실행 카스파제를 활성화함으로써 이루어지므로, 미토콘드리아 내의 물질이 방출되지 않아도 일어날 수 있다.

❌ 오답풀이

① ㉠에서는 세포 내 단백질과 DNA 간 결합이, ㉡에서는 세포 간 결합이 이루어진다.

근거: **3** [13]세포가 바이러스에 감염되면 세포 표면에 바이러스 단백질이 나타난다. [14]이것을 비정상으로 인식한 세포독성 T세포는 감염된 세포에 결합하여 세포막에 구멍을 뚫는 단백질을 분비한다.

㉡에서는 세포독성 T세포가 감염된 세포에 결합하지만, ㉠에서 세포 내 단백질인 Bcl-2 단백질과 DNA 간 결합이 이루어지는 부분은 찾을 수 없다.

② ㉠에서는 세포 내부의 효소가, ㉡에서는 세포 외부의 효소가 세포의 DNA를 절단한다.

근거: **1** [2]세포자멸사는 세포가 자기 내부에 있는 효소를 활용해 자신의 DNA와 핵 등을 파괴하는 것이다. + **2** [9]방출된 미토콘드리아 내의 물질들이 단백질 분해 효소인 카스파제를 활성화 [10]활성화가 먼저 일어난 카스파제-9가 실행 카스파제를 절단하여 활성화하고, 활성화된 실행 카스파제는 세포의 DNA를 절단하여 붕괴시킨다. + **3** [15]세포독성 T세포는 세포막에 생긴 구멍을 통해 세포 안으로 실행 카스파제를 활성화하는 과립효소 B를 유입시키고, 이로 인해 활성화된 실행 카스파제가 DNA를 붕괴시킨다.

㉠과 ㉡은 모두 세포 내부의 효소인 실행 카스파제가 세포의 DNA를 절단하여 붕괴시킨다.

④ ㉠과 ㉡에서는 모두 DNA를 붕괴시키는 효소가 카스파제에 의해 활성화된다.

근거: **2** [10]활성화가 먼저 일어난 카스파제-9가 실행 카스파제를 절단하여 활성화하고, 활성화된 실행 카스파제는 세포의 DNA를 절단하여 붕괴시킨다. + **3** [15]세포독성 T세포는 세포막에 생긴 구멍을 통해 세포 안으로 실행 카스파제를 활성화하는 과립효소 B를 유입시키고, 이로 인해 활성화된 실행 카스파제가 DNA를 붕괴시킨다.

㉠에서는 카스파제-9가 세포의 DNA를 붕괴시키는 효소인 실행 카스파제를 활성화하지만, ㉡에서는 세포독성 T세포가 세포 안으로 과립효소 B를 유입시켜 실행 카스파제를 활성화한다.

⑤ ㉠과 ㉡은 모두 한 세포가 다른 세포를 제거의 대상으로 인식하여 시작된다.

근거: **2** [7]DNA가 자외선 노출로 인해 손상되거나 세포에 호르몬이 부족해지는 등 세포가 손상되어 더 이상 생존할 수 없는 상황이 되었을 때, 세포 내 Bcl-2 단백질의 농도가 감소한다. + **3** [12]면역세포의 일종인 세포독성 T세포는 바이러스에 감염된 세포가 자멸사하게 하여 우리 몸을 방어하는 역할을 한다. [13]세포가 바이러스에 감염되면~[14]이것을 비정상으로 인식한 세포독성 T세포는 감염된 세포에 결합

㉡은 세포독성 T세포가 바이러스에 감염된 세포를 제거의 대상으로 인식하면서 시작되지만, ㉠은 세포가 손상되어 더 이상 생존할 수 없는 상황일 때, 세포 내 Bcl-2 단백질의 농도가 감소하면서 시작된다.

📋 문제적 문제

· 3-②, ③, ④번

이 문항은 ㉠(세포자멸사의 발생)과 ㉡(세포자멸사의 유도)의 차이를 구분하도록 요구하고 있다. 많은 학생이 정답이 아닌 ②번과 ④번을 골랐다. 두 과정의 결과가 모두 '실행 카스파제 활성화 → DNA 절단'으로 같지만 ㉠은 내부 손상에서 시작하고, ㉡은 외부의 요인에 의해 시작한다는 차이를 파악하기 어려웠던 것이 원인으로 보인다.

먼저 ②번은 ㉠에서는 세포 내부의 효소가, ㉡에서는 세포 외부의 효소가 DNA를 절단한다고 하였다. 그러나 두 경우 모두 DNA를 절단하는 것은 실행 카스파제이며, ㉡의 경우에도 외부에서 들어온 과립효소 B는 실행 카스파제를 '활성화'할 뿐, 직접 DNA를 절단하지 않는다.

④번에서는 ㉠과 ㉡에서 세포의 DNA를 붕괴시키는 효소인 실행 카스파제를 활성화하는 요인이 서로 동일한지를 묻고 있다. ㉠에서는 카스파제-9에 의해 실행 카스파제가 활성화되지만 ㉡에서는 과립효소 B에 의해 활성화되므로 적절하지 않다.

정답인 ③번은 ㉠에서는 미토콘드리아 내의 물질의 방출이 필요하지만, ㉡에서는 외부에서 들어온 과립효소 B가 실행 카스파제를 바로 활성화하므로 미토콘드리아 내의 물질의 방출이 필요하지 않다는 점을 짚고 있으므로 적절하다.

두 과정의 공통점과 차이점을 모두 확인하도록 요구하는 문제에 대비하여 유사한 과정이나 원리를 비교하며 이해하는 연습이 필요하다.

정답률 분석

	①	②	③	④	⑤
		매력적 오답	정답	매력적 오답	
	3%	10%	72%	13%	2%

4. 윗글을 바탕으로 〈보기〉를 이해한 내용으로 적절하지 <u>않은</u> 것은? [3점]

〈보기〉

(가) 신생아의 두뇌에서는 생후 3개월 동안, 필요한 것보다 훨씬 <u>많은 신경 세포가 만들어진다.</u> 이후 다른 신경 세포와 연결되지 않은 세포들은 제거(불필요한 세포들 자멸사)되면서 뇌의 구조가 갖추어지고 뇌가 원활히 기능하게 된다.

(나) <u>과도한 자외선이 조사된 각질 형성 세포들은 DNA 염기 구조가 변화해</u>(세포 손상) 자멸사하고, 이를 통해 우리 몸에 새로운 세포가 생성되게 한다. 세포자멸사의 조절에 이상이 생겨 DNA가 변이된 세포가 제거되지 않은 채 왕성하게 분열한다면 피부 질환이 생길 수 있다.(세포자멸사 진행 X → 질병 발생)

(다) <u>식물 추출물 A를 배양 접시에 담긴 종양 세포 집단</u>(비정상적 세포 집단)에 처리하는 실험을 진행한 결과 실행 카스파제에 속하는 카스파제-3의 활성이 증가(세포자멸사 증가)하였으며, 처리 후 48시간이 지나자 Bcl-2(세포자멸사 억제 단백질)의 발현량이 감소(세포자멸사 증가)하였다.

✓ 정답풀이

⑤ (가)에서는 생후 3개월 이후부터, (다)에서는 A를 종양 세포 집단에 처리한 직후부터 지속적으로 세포자멸사가 감소하겠군.

근거: **1** [4]세포자멸사는 신체 내 조직에서 불필요한 세포를 없애기 위해 일어나는데, 올챙이가 개구리가 될 때 꼬리가 사라지는 것이 이에 속한다. + **2** [8]세포 내 미토콘드리아의 막과 세포질 내에 존재하는 Bcl-2 단백질은 세포자멸사를 억제하는 역할을 하는데, 이 단백질이 감소하며 미토콘드리아의 막이 파괴된다. [10]활성화가 먼저 일어난 카스파제-9가 실행 카스파제를 절단하여 활성화하고, 활성화된 실행 카스파제는 세포의 DNA를 절단하여 붕괴시킨다.

세포자멸사는 신체 내 조직에서 불필요한 세포를 없애기 위해 일어난다. 즉 〈보기〉의 (가)에서는 생후 3개월 이후부터 불필요한 세포를 없애는 세포자멸사가 발생했음을 알 수 있다. 한편 Bcl-2 단백질은 세포자멸사를 억제하며 실행 카스파제는 세포의 DNA를 절단하여 붕괴시킨다. 〈보기〉의 (다)에서는 식물 추출물 A를 종양 세포 집단(비정상적 세포 집단)에 처리하자 실행 카스파제인 카스파제-3의 활성이 증가했고, 48시간 후 Bcl-2 단백질(세포자멸사 억제 단백질)의 발현량이 감소했다. 따라서 (다)에서는 A를 종양 세포 집단에 처리한 직후부터 세포자멸사가 증가할 것이다.

✗ 오답풀이

① (가)에서 일부 신경 세포는 올챙이의 꼬리가 없어지는 것과 동일한 이유로 자멸사하겠군.

근거: **1** [4]세포자멸사는 신체 내 조직에서 불필요한 세포를 없애기 위해 일어나는데, 올챙이가 개구리가 될 때 꼬리가 사라지는 것이 이에 속한다.

〈보기〉의 (가)에서는 생후 3개월이 지난 뒤, 불필요한 신경 세포들이 다른 세포와 연결되지 못하면 제거되는 과정이 일어난다. 올챙이가 개구리로 자라는 과정에서 꼬리가 사라지는 것 또한 불필요한 세포를 제거하기 위한 것이므로 동일한 이유로 자멸사한 것이라고 볼 수 있다.

② (나)에서 각질 형성 세포들이 자멸사한 것은 생존이 불가한 상황 때문이겠군.

근거: **2** [7]DNA가 자외선 노출로 인해 손상되거나 세포에 호르몬이 부족해지는 등 세포가 손상되어 더 이상 생존할 수 없는 상황이 되었을 때, 세포 내 Bcl-2 단백질의 농도가 감소한다.

〈보기〉의 (나)에서는 자외선 조사로 DNA 염기 구조가 변형된 각질 형성 세포들이 자멸사한다. 이는 세포의 DNA가 손상되어 더 이상 생존할 수 없는 상황이 원인임을 알 수 있다.

③ (다)에서 A는 비정상적 세포로 인한 질병을 치료하는 방안으로 활용될 수 있겠군.

근거: **5** [22]최근에는 세포자멸사를 활용하여 악성 종양을 비롯한 여러 질병의 치료 방안을 마련하려는 연구도 활발히 진행되고 있다.

〈보기〉의 (다)에서 식물 추출물 A는 종양 세포 집단에서 카스파제-3의 활성을 증가시키고, Bcl-2의 발현량을 감소시켰다. 이는 종양 세포의 자멸사를 유도한 것이므로, A는 비정상적 세포로 인한 질병을 치료하는 방안으로 활용될 수 있을 것이다.

④ (가)와 (나)에서 일어나는 세포자멸사는 우리 몸이 제대로 기능하게 하는 요인으로 볼 수 있겠군.

근거: **1** [1]우리 몸이 제대로 기능하기 위해서는 세포자멸사가 적절히 일어나야 한다.

〈보기〉의 (가)에서는 불필요한 신경 세포를 제거하는 과정에서 자멸사가 일어나고, (나)에서는 DNA가 손상된 각질 형성 세포를 제거하기 위해 자멸사가 일어난다. 따라서 (가)와 (나)에서 일어나는 세포자멸사는 우리 몸이 제대로 기능하게 하는 요인으로 볼 수 있다.

사고의 흐름

[1~5] 다음 글을 읽고 물음에 답하시오.

1 [1]폐의 혈액으로 들어온 산소는 심장을 거쳐 신체의 각 조직으로 ⓐ전달되어 에너지 생성에 이용되고, 물질대사 결과 생긴 노폐물인 이산화 탄소는 혈액을 통해 심장을 거쳐 폐로 전달되어 몸 밖으로 배출된다. 산소와 이산화 탄소의 이동을 설명해 주고 있어. [2]혈액과 폐포*, 혈액과 조직 사이에서의 기체 교환은 분압* 차에 따른 확산에 의해 일어나며, 기체는 분압이 높은 곳에서 낮은 곳으로 확산된다. 기체 교환의 원리와 특징을 설명해 주고 있어. [3]한편 혈액을 운반하는 혈관 중에 심장에서 나와 폐나 각 조직으로 가는 혈액이 흐르는 혈관을 동맥, 폐나 각 조직에서 심장으로 가는 혈액이 흐르는 혈관을 정맥이라고 한다. [4]폐에서 기체 교환이 일어난 후 심장을 거쳐 각 조직으로 흐르는 혈액은 ㉮동맥혈, 조직에서 기체 교환이 일어난 후 폐로 흐르는 혈액은 ㉯정맥혈이다. 여러 개념들이 나열되면 머릿속에 세부 내용을 모두 담으려 하기보다는 밑줄 또는 개념 정리만 해 두고, 문제에서 물어보면 돌아와서 구체적인 내용을 확인하면 돼.

전환!

동맥	심장에서 나와 폐나 각 조직으로 가는 혈액이 흐르는 혈관
정맥	폐나 각 조직에서 심장으로 가는 혈액이 흐르는 혈관
동맥혈	폐에서 기체 교환이 일어난 후 각 조직으로 흐르는 혈액
정맥혈	조직에서 기체 교환이 일어난 후 폐로 흐르는 혈액

2 [5]폐포 내 산소 분압은 100~110mmHg이고 그 주위의 모세 혈관 내 정맥혈의 산소 분압은 40mmHg이므로 폐포 내 산소가 폐포를 둘러싼 모세 혈관의 정맥혈로 확산된다. [6]이때 산소가 풍부해진 혈액은 심장을 거쳐 신체의 각 조직으로 흘러가고, 각 조직의 모세 혈관을 흐르는 동맥혈의 산소 분압은 100mmHg, 조직 내 산소 분압은 평균 40mmHg이므로 동맥혈 내의 산소는 조직으로 확산된다. I문단에서 기체는 분압이 높은 곳에서 낮은 곳으로 확산된다고 했지? 이를 통해 폐포 내 산소와 동맥혈 내 산소의 이동 경로를 이해할 수 있는 부분이야. [7]산소를 방출한 혈액은 심장을 거쳐 폐로 흘러간다. [8]그런데 산소는 물에 대한 용해도가 작아 혈장*에 용해된 상태로 운반되는 양은 폐에서 조직으로 운반되는 산소의 약 1.5%에 ⓑ불과하고, 약 98.5%는 적혈구 내에 있는 헤모글로빈과 결합하여 산소 헤모글로빈 형태로 운반된다. 산소가 운반되는 방식을 정리해 보자.

산소 운반 방식	비율	산소의 특징
혈장에 용해된 상태로 운반	약 1.5%	물 용해도 작음
산소 헤모글로빈 형태로 운반	약 98.5%	대체로 헤모글로빈과 결합

3 [9]산소 분압에 따른 헤모글로빈의 산소 포화도를 나타내는 곡선을 산소 해리 곡선이라고 하는데, 산소 해리 곡선에서 가로축은 혈액 내의 산소 분압, 세로축은 헤모글로빈의 산소 포화도를 나타낸다. 산소 해리 곡선이라는 개념을 소개하면서, '분압과 포화도의 관계'를 설명하고 있어. [10]어떤 산소 분압에서 헤모글로빈이 산소와 결합한 정도인 산소 포화도와 헤모글로빈이 산소와 분리된 정도인 산소 해리도를 더한 값은 100%이다. 산소 포화도 + 산소 해리도 = 100% [11]이 곡선은 완만한

S자형으로, 산소 분압이 낮아질 때 산소 헤모글로빈으로부터 해리되는 산소의 양은 산소 분압이 40~100mmHg 구간보다 0~40mmHg 구간에서 더 많다. 즉 산소 분압이 낮아질수록 산소 해리도가 상대적으로 높아진다는 의미로 이해할 수 있겠네. [12]헤모글로빈의 산소 친화도는 헤모글로빈이 산소와 결합하려는 경향을 나타내는데, 산소 친화도에 영향을 미치는 요인에는 산소 분압 외에도 혈액의 pH(수소 이온* 농도 지수), 온도 등이 있다. 산소 친화도라는 새로운 개념을 제시하면서, 단순히 분압뿐만 아니라 혈액의 pH와 온도도 영향을 준다는 것을 설명하고 있어. [13]어떤 조직의 물질대사가 활발해지면 이산화 탄소의 증가로 인해 주변 모세 혈관 내 혈액의 pH가 낮아진다. [14]혈액의 pH가 낮아지면 헤모글로빈의 산소 친화도가 작아져서 산소의 해리가 ⓒ촉진되어 주변 조직으로 산소가 방출된다. [15]즉 산소 분압이 같을 때 pH가 더 낮은 곳에서 산소 헤모글로빈으로부터 더 많은 산소가 방출된다. [16]또한 운동과 같은 신체 활동으로 인해 온도가 높아진 조직 주변 모서 혈관을 흐르는 혈액에서도 산소가 더 쉽게 해리되어 그 조직으로 운동 전보다 더 많은 산소가 방출된다.

'pH'뿐만 아니라 '온도'도 중요한 요인이 된다는 걸 추가로 설명해 줄 거야.

헤모글로빈의 산소 친화도에 영향을 주는 요인
① 산소 분압 ↓ → 산소 친화도 ↓ → 산소 해리 ↑
② (물질대사 활발 → 이산화 탄소 ↑ →) pH ↓ → 산소 친화도 ↓ → 산소 해리 ↑
③ 온도 ↑ → 산소 친화도 ↓ → 산소 해리 ↑

4 [17]한편 각 조직의 물질대사 결과 생긴 노폐물인 이산화 탄소도 혈액으로 확산되어 운반된다. 이산화 탄소로 내용을 전환하고 있어. 이산화 탄소가 어떻게 혈액으로 확산되고 운반되는지 설명할 거야. [18]조직의 이산화 탄소 분압은 평균 46mmHg이고, 동맥혈 내 이산화 탄소 분압은 40mmHg이므로 조직 내 이산화 탄소는 조직 주변 모세 혈관을 흐르는 혈액으로 확산된다. 이산화 탄소(기체)도 분압이 높은 곳에서 낮은 곳으로 이동할 테니, 이를 통해 이산화 탄소의 이동 경로도 확인할 수 있어. [19]조직에서 폐로 운반되는 이산화 탄소의 약 7%는 혈장에 용해된 상태로, 약 23%는 적혈구에 있는 헤모글로빈과 결합하여 카르바미노헤모글로빈 형태로 운반된다. [20]산소와 결합하지 않은 헤모글로빈은 산소와 결합한 헤모글로빈보다 쉽게 이산화 탄소와 결합하여 카르바미노헤모글로빈을 형성하므로 정맥혈이 동맥혈보다도 헤모글로빈을 이용한 이산화 탄소 운반에 ⓓ유용하다. 산소가 풍부한 혈액은 동맥혈을 거쳐 조직으로 확산된다고 했으니까!

5 [21]그리고 약 70%의 이산화 탄소는 탄산수소 이온 형태로 운반된다. [22]조직에서 확산된 이산화 탄소는 주로 적혈구 내에서 탄산 무수화 효소의 작용으로 물과 결합하여 탄산을 형성하고, 탄산은 수소 이온과 탄산수소 이온으로 이온화된다. [23]이때 수소 이온은 주로 헤모글로빈과 결합하고 탄산수소 이온은 혈장으로 확산되어 폐로 운반된다. [24]폐포 주위의 모세 혈관에서는 이와 반대의 반응이 일어난다. [25]즉 탄산수소 이온은 적혈구로 이동하여 수소 이온과

폐포 주위 모세 혈관에서 반대로 일어나는 반응을 구체적으로 설명하겠지?

재결합하여 탄산을 형성하고, 탄산은 탄산 무수화 효소의 작용으로 이산화 탄소와 물이 된다. [26]이 과정에서 생성된 이산화 탄소는 폐포 내로 확산되어 체외로 ⓔ배출된다. 폐포 주위 모세 혈관에서는 이온화되었던 이산화 탄소가 다시 이산화 탄소로 되돌아가 배출된다고 정리하고 있어. 이산화 탄소가 운반되는 방식을 정리해 보자.

이산화 탄소 운반 방식	비율	이산화 탄소의 특징
혈장에 용해된 상태로 운반	약 7%	–
카르바미노헤모글로빈 형태로 운반	약 23%	헤모글로빈과 결합
탄산수소 이온 형태로 운반	약 70%	탄산 무수화 효소 작용 → 물과 결합해 탄산 형성 → 수소 이온과 탄산수소 이온으로 이온화 (폐포 주위 모세 혈관에서는 반대 반응)

＊분압: 혼합 기체에서 특정 기체에 의한 압력.
＊혈장: 혈액에서 혈구를 제외한 액상 성분.

이것만은 챙기자

＊**폐포**: 허파로 들어간 기관지의 끝에 포도송이처럼 달려 있는 자루. 호흡할 때에 가스를 교환하는 작용을 한다.
＊**이온**: 전하를 띠는 원자 또는 원자단.

만점 선배의 구조도 예시

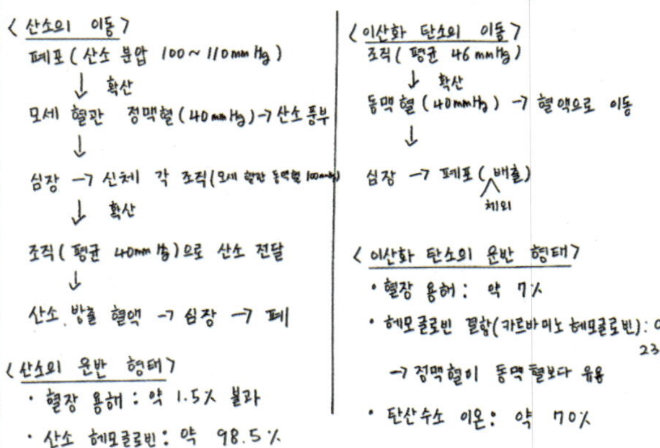

1. 윗글의 내용과 일치하는 것은?

✅ 정답풀이

① 탄산 무수화 효소는 이산화 탄소와 물이 결합하여 탄산을 형성하는 과정과 탄산이 이산화 탄소와 물로 되는 과정에서 작용한다.

> 근거: ⑤ [22]조직에서 확산된 이산화 탄소는 주로 적혈구 내에서 탄산 무수화 효소의 작용으로 물과 결합하여 탄산을 형성하고, [25]탄산은 탄산 무수화 효소의 작용으로 이산화 탄소와 물이 된다.

❎ 오답풀이

② 폐에서 조직으로 운반되는 산소와 조직에서 폐로 운반되는 이산화 탄소는 각각 세 가지 방식으로 운반된다.

근거: ② [8]산소는 물에 대한 용해도가 작아 혈장에 용해된 상태로 운반되는 양은 폐에서 조직으로 운반되는 산소의 약 1.5%에 불과하고, 약 98.5%는 적혈구 내에 있는 헤모글로빈과 결합하여 산소 헤모글로빈 형태로 운반된다. + ④ [19]조직에서 폐로 운반되는 이산화 탄소의 약 7%는 혈장에 용해된 상태로, 약 23%는 적혈구에 있는 헤모글로빈과 결합하여 카르바미노헤모글로빈 형태로 운반된다. + ⑤ [21]약 70%의 이산화 탄소는 탄산수소 이온 형태로 운반된다.
산소는 혈장에 용해된 상태와 산소 헤모글로빈 형태의 두 가지 방식으로 운반되며, 이산화 탄소는 혈장에 용해된 상태, 카르바미노헤모글로빈 형태, 탄산수소 이온 형태의 세 가지 방식으로 운반되므로 적절하지 않다.

③ 산소와 결합하지 않은 헤모글로빈이 산소와 결합한 헤모글로빈보다 이산화 탄소와 결합하기 어렵다.

근거: ④ [20]산소와 결합하지 않은 헤모글로빈은 산소와 결합한 헤모글로빈보다 쉽게 이산화 탄소와 결합하여

④ 이산화 탄소와 물이 결합하여 탄산이 형성되는 반응은 주로 혈장에서 일어난다.

근거: ⑤ [22]조직에서 확산된 이산화 탄소는 주로 적혈구 내에서 탄산 무수화 효소의 작용으로 물과 결합하여 탄산을 형성하고,
이산화 탄소와 물이 결합하여 탄산이 형성되는 반응은 혈장이 아닌, 적혈구 내에서 주로 일어난다.

⑤ 평균적으로 조직 내의 산소 분압은 46mmHg, 이산화 탄소 분압은 40mmHg이다.

근거: ② [6]각 조직의 모세 혈관을 흐르는 동맥혈의 산소 분압은 100mmHg, 조직 내 산소 분압은 평균 40mmHg이므로 동맥혈 내의 산소는 조직으로 확산된다. + ④ [18]조직의 이산화 탄소 분압은 평균 46mmHg이고,

2. 윗글을 바탕으로 〈보기〉를 이해한 내용으로 적절하지 <u>않은</u> 것은?

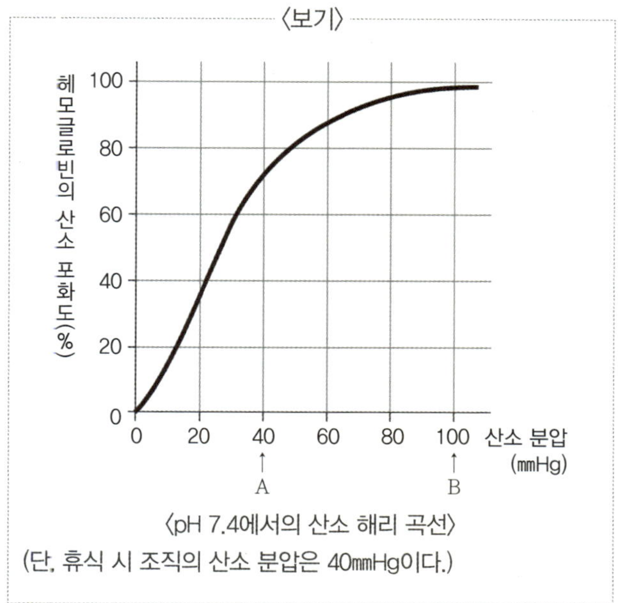

✔ 정답풀이

② 조직의 온도가 휴식 시보다 상승하면 그 조직의 주변을 흐르는 혈액의 산소 포화도는 A일 때보다 증가한다.

근거: 3 [16]또한 운동과 같은 신체 활동으로 인해 온도가 높아진 조직 주변 모세 혈관을 흐르는 혈액에서도 산소가 더 쉽게 해리되어 그 조직으로 운동 전보다 더 많은 산소가 방출된다.

온도가 높아진 조직 주변 모세 혈관을 흐르는 혈액에서는 산소가 더 쉽게 해리되어 더 많은 산소가 방출된다. 따라서 〈보기〉에서 조직의 온도가 휴식 시보다 상승하면 그 조직의 주변을 흐르는 혈액에서 더 많은 산소가 방출되어, 산소 포화도가 휴식 시 조직의 산소 분압(40mmHg)에 해당하는 A일 때보다 감소할 것이다.

✖ 오답풀이

① 산소 분압이 낮아질 때 A부터 B 구간에서 감소되는 산소 포화도보다 A 이하 구간에서 감소되는 산소 포화도가 더 크다.

근거 3 [11]산소 분압이 낮아질 때 산소 헤모글로빈으로부터 해리되는 산소의 양은 산소 분압이 40~100mmHg 구간보다 0~40mmHg 구간에서 더 많다.

산소 분압이 낮아질 때 헤모글로빈에서 해리되는 산소의 양이 많아진다. 따라서 A 이하(0~40mmHg) 구간에서 감소되는 산소 포화도가 A부터 B(40~100mmHg) 구간에서보다 더 크다.

③ 헤모글로빈의 산소 포화도와 산소 해리도를 더한 값은 A와 B에서 동일하다.

근거: 3 [10]어떤 산소 분압에서 헤모글로빈이 산소와 결합한 정도인 산소 포화도와 헤모글로빈이 산소와 분리된 정도인 산소 해리도를 더한 값은 100%이다.

어떤 산소 분압에서 산소 포화도와 산소 해리도를 합한 값은 100%이므로, 〈보기〉의 A와 B에서 헤모글로빈의 산소 포화도와 산소 해리도를 더한 값은 100%로 동일하다.

④ B와 A에서의 산소 포화도 차이만큼의 산소가 휴식 시 조직으로 전달된다.

근거: 2 [6]각 조직의 모세 혈관을 흐르는 동맥혈의 산소 분압은 100mmHg, 조직 내 산소 분압은 평균 40mmHg이므로 동맥혈 내의 산소는 조직으로 확산된다.

각 조직의 모세 혈관을 흐르는 동맥혈의 산소 분압은 100mmHg, 조직 내 산소 분압은 평균 40mmHg이므로 동맥혈 내의 산소는 조직으로 확산된다. 〈보기〉에서 휴식 시 조직의 산소 분압은 40mmHg(A)로, 휴식 시에는 B와 A에서의 산소 포화도 차이만큼의 산소가 조직으로 전달될 것이다.

⑤ A에서의 산소 해리도는 B에서의 산소 해리도보다 더 크다.

근거: 3 [10]어떤 산소 분압에서 헤모글로빈이 산소와 결합한 정도인 산소 포화도와 헤모글로빈이 산소와 분리된 정도인 산소 해리도를 더한 값은 100%이다.

산소 포화도와 산소 해리도를 더한 값은 100%인데, 〈보기〉에서 A의 산소 포화도는 B의 산소 포화도보다 작게 나타난다. 따라서 이에 대응되는 산소 해리도는 B에서보다 A에서 더 크게 나타날 것이다.

3. ㉮, ㉯에 대한 설명으로 적절하지 <u>않은</u> 것은?

> ㉮: 동맥혈
> ㉯: 정맥혈

✔ 정답풀이

④ ㉯에서 이산화 탄소는 대부분 카르바미노헤모글로빈의 형태로 운반된다.

> 근거: **1** [4]조직에서 기체 교환이 일어난 후 폐로 흐르는 혈액은 정맥혈(㉯)이다. + **4** [19]조직에서 폐로 운반되는 이산화 탄소의 약 7%는 혈장에 용해된 상태로, 약 23%는 적혈구에 있는 헤모글로빈과 결합하여 카르바미노헤모글로빈 형태로 운반된다. + **5** [21]그리고 약 70%의 이산화 탄소는 탄산수소 이온 형태로 운반된다.
> ㉯에서 운반되는 이산화 탄소는 혈장에 용해된 상태가 약 7%, 카르바미노헤모글로빈 형태가 약 23%, 탄산수소 이온 형태가 약 70%이다. 즉, 대부분은 탄산수소 이온 형태로 운반되므로 이산화 탄소가 대부분 카르바미노헤모글로빈의 형태로 운반된다는 설명은 적절하지 않다.

✘ 오답풀이

① ㉮의 산소 분압은 조직을 지나면 낮아진다.
> 근거: **1** [4]폐에서 기체 교환이 일어난 후 심장을 거쳐 각 조직으로 흐르는 혈액은 동맥혈(㉮). + **2** [6]각 조직의 모세 혈관을 흐르는 동맥혈의 산소 분압은 100mmHg, 조직 내 산소 분압은 평균 40mmHg이므로 동맥혈 내의 산소는 조직으로 확산된다.
> ㉮는 폐에서 기체 교환이 일어난 후 심장을 거쳐 각 조직으로 흐르는 혈액인데, 동맥혈 내의 산소는 조직 내 산소 분압의 평균(40mmHg)보다 높은 산소 분압(100mmHg)을 가지고 있기 때문에 조직으로 확산된다. 따라서 혈액이 조직 근처를 지나면서 산소의 확산이 이루어진 뒤 ㉮의 산소 분압은 낮아질 것임을 추론할 수 있다.

② ㉮에는 헤모글로빈과 결합한 산소의 양이 혈장에 용해된 산소의 양보다 많다.
> 근거: **2** [8]산소는 물에 대한 용해도가 작아 혈장에 용해된 상태로 운반되는 양은 폐에서 조직으로 운반되는 산소의 약 1.5%에 불과하고, 약 98.5%는 적혈구 내에 있는 헤모글로빈과 결합하여 산소 헤모글로빈 형태로 운반된다.
> 폐에서 조직으로 운반되는 산소는 혈장에 녹아 있는 형태가 약 1.5%, 헤모글로빈과 결합한 산소 헤모글로빈 형태가 약 98.5%이다. 따라서 ㉮에는 헤모글로빈과 결합한 산소의 양이 혈장에 용해된 산소의 양보다 많을 것이다.

③ ㉯는 폐포를 지나면 이산화 탄소 분압이 낮아진다.
> 근거: **5** [21]약 70%의 이산화 탄소는 탄산수소 이온 형태로 운반된다. [24]폐포 주위의 모세 혈관에서는 이와 반대의 반응이 일어난다. [25]즉 탄산수소 이온은 적혈구로 이동하여 수소 이온과 재결합하여 탄산을 형성하고, 탄산은 탄산 무수화 효소의 작용으로 이산화 탄소와 물이 된다. [26]이 과정에서 생성된 이산화 탄소는 폐포 내로 확산되어 체외로 배출된다.
> 약 70%의 이산화 탄소는 탄산수소 이온 형태로 운반된다. 그리고 폐포 주위의 모세 혈관에서 탄산수소 이온은 수소 이온과 재결합하여 탄산을 형성하고, 탄산은 탄산 무수화 효소의 작용으로 이산화 탄소와 물이 되며, 생성된 이산화 탄소는 폐포 내로 확산되어 체외로 배출된다. 따라서 ㉯는 이산화 탄소의 배출이 이루어진 폐포를 지나면 이산화 탄소 분압이 낮아질 것이다.

⑤ ㉯는 조직에서 심장으로 가는 혈관과, 심장에서 폐로 가는 혈관에 흐른다.
> 근거: **1** [1]폐의 혈액으로 들어온 산소는 심장을 거쳐 신체의 각 조직으로 전달되어 에너지 생성에 이용되고, 물질대사 결과 생긴 노폐물인 이산화 탄소는 혈액을 통해 심장을 거쳐 폐로 전달되어 몸 밖으로 배출된다. [4]에서 기체 교환이 일어난 후 심장을 거쳐 각 조직으로 흐르는 혈액은 동맥혈(㉮), 조직에서 기체 교환이 일어난 후 폐로 흐르는 혈액은 정맥혈(㉯)이다.
> ㉯는 조직에서 기체 교환이 일어난 후 심장을 거쳐서 폐로 흐르는 혈액이다. 따라서 ㉯는 조직에서 심장으로 가는 혈관과, 심장에서 폐로 가는 혈관에 흐를 것임을 알 수 있다.

🖋 모두의 질문
• 3-④번

Q: 정맥혈은 이산화 탄소가 많으니까, 당연히 대부분이 헤모글로빈과 결합한 카르바미노헤모글로빈 형태로 운반되는 것 아닌가요?

A: 지문에 따르면 정맥혈 속 이산화 탄소는 여러 형태로 운반된다. 약 7%는 혈장에 단순히 용해된 상태로 존재하고, 약 23%는 헤모글로빈과 결합하여 카르바미노헤모글로빈 형태로 운반된다. 또한 약 70%가 적혈구 내에서 탄산 무수화 효소의 작용을 거쳐 탄산수소 이온으로 이온화된 뒤 혈장으로 확산되어 폐로 운반된다. 따라서 정맥혈에 이산화 탄소가 많이 포함되어 있다고 하더라도, 그 대부분이 헤모글로빈과 결합한 형태라고 볼 수는 없다.

4. 윗글을 참고하여 〈보기〉에 대해 반응한 내용으로 적절하지 <u>않은</u> 것은? [3점]

〈보기〉

가. [1]일산화 탄소 중독은 일산화 탄소의 지나친 흡입으로 어지럼증, 혼수 등의 증상이 나타나는 현상이다. [2]일산화 탄소는 헤모글로빈과 결합하려는 경향이 산소의 200배 이상이기 때문에 산소와 결합할 수 있는 헤모글로빈의 양을 감소시킨다. [3]그리고 일산화 탄소는 조직에서 산소 헤모글로빈으로부터 산소의 방출을 억제한다.

나. [4]과다 호흡 증후군은 동맥혈의 이산화 탄소 농도가 정상 범위 아래로 떨어져 호흡 곤란, 어지럼증 등의 증상이 나타나는 현상이다. [5]봉지에 입을 대고 호흡을 하게 하는 응급 처치를 하면 증상을 완화하는 데 도움이 된다.

다. [6]호흡성 산증은 폐에서 기체 교환의 감소로 동맥혈의 이산화 탄소 분압이 증가하여 호흡 곤란, 두통 등의 증상이 나타나는 현상이다.

✔ 정답풀이

④ 나: 봉지에 입을 대고 호흡을 하게 되면 평상시보다 더 적은 양의 이산화 탄소를 흡입하게 되겠군.

> 근거: 5 [26]이산화 탄소는 폐포 내로 확산되어 체외로 배출된다. + 〈보기〉 [4]과다 호흡 증후군은 동맥혈의 이산화 탄소 농도가 정상 범위 아래로 떨어져 [5]봉지에 입을 대고 호흡을 하게 하는 응급 처치를 하면 증상을 완화하는 데 도움이 된다.
> 〈보기〉의 '나'에 따르면 과다 호흡 증후군은 과도한 이산화 탄소의 배출에 의해 나타나는 현상으로, 봉지에 입을 대고 호흡을 하게 하는 응급 처치가 증상 완화에 도움이 되는 것은 호흡을 통해 빠져나간 이산화 탄소를 다시 흡입하면서 평상시보다 더 많은 양의 이산화 탄소를 흡입하게 되기 때문이라고 볼 수 있다.

✖ 오답풀이

① 가: 일산화 탄소를 지나치게 흡입하게 되면, 생성되는 산소 헤모글로빈의 양이 평상시보다 줄어들겠군.

근거: 2 [8](산소의) 약 98.5%는 적혈구 내에 있는 헤모글로빈과 결합하여 산소 헤모글로빈 형태로 운반된다. + 〈보기〉 [2]일산화 탄소는 헤모글로빈과 결합하려는 경향이 산소의 200배 이상이기 때문에 산소와 결합할 수 있는 헤모글로빈의 양을 감소시킨다.

산소의 약 98.5%는 적혈구 내에 있는 헤모글로빈과 결합하여 산소 헤모글로빈 형태로 운반된다. 〈보기〉의 '가'에 따르면 일산화 탄소는 산소보다 헤모글로빈과 결합하려는 경향이 강해 산소와 결합할 수 있는 헤모글로빈의 양을 감소시키므로, 이를 지나치게 흡입하게 되면 생성되는 산소 헤모글로빈의 양이 평상시보다 줄어들 것이다.

② 가: 일산화 탄소는 산소 헤모글로빈에서 산소가 잘 해리되지 않게 하겠군.

근거: 2 [8](산소의) 약 98.5%는 적혈구 내에 있는 헤모글로빈과 결합하여 산소 헤모글로빈 형태로 운반된다. + 〈보기〉 [3]일산화 탄소는 조직에서 산소 헤모글로빈으로부터 산소의 방출을 억제한다.

산소의 약 98.5%는 적혈구 내에 있는 헤모글로빈과 결합하여 산소 헤모글로빈 형태로 운반된다. 〈보기〉의 '가'에 따르면 일산화 탄소는 조직에서 산소 헤모글로빈으로부터 산소의 방출을 억제하므로, 산소 헤모글로빈에서 산소가 잘 해리되지 않게 할 것이다.

③ 나: 과다 호흡 증후군은 폐를 통한 이산화 탄소 배출이 너무 많이 일어나는 경우에 발생하는 증상이겠군.

근거: 5 [26]이산화 탄소는 폐포 내로 확산되어 체외로 배출된다. + 〈보기〉 [4]과다 호흡 증후군은 동맥혈의 이산화 탄소 농도가 정상 범위 아래로 떨어져 호흡 곤란, 어지럼증 등의 증상이 나타나는 현상이다.

이산화 탄소는 폐포 내로 확산되어 체외로 배출된다. 〈보기〉의 '나'에 따르면 과다 호흡 증후군은 동맥혈의 이산화 탄소 농도가 정상 범위 아래로 떨어져서 나타나는 현상이므로, 이는 과도한 호흡으로 폐를 통한 이산화 탄소의 배출이 너무 많이 일어나 동맥혈의 이산화 탄소 농도가 지나치게 낮아져서 발생하는 증상이라고 볼 수 있다.

⑤ 다: 호흡성 산증이 나타난 사람의 체내에는 이산화 탄소가 배출되지 못해 축적되어 있겠군.

근거: 5 [26]이산화 탄소는 폐포 내로 확산되어 체외로 배출된다. + 〈보기〉 [6]호흡성 산증은 폐에서 기체 교환의 감소로 동맥혈의 이산화 탄소 분압이 증가하여 호흡 곤란, 두통 등의 증상이 나타나는 현상이다.

이산화 탄소는 폐포 내로 확산되어 체외로 배출된다. 〈보기〉의 '다'에 따르면 호흡성 산증은 폐에서 기체 교환의 감소로 동맥혈의 이산화 탄소 분압이 증가하면서 발생하는 증상이므로, 호흡성 산증이 나타난 사람의 체내에는 배출되지 못한 이산화 탄소가 축적되어 있을 것이라고 볼 수 있다.

5. ⓐ~ⓔ의 사전적 의미로 적절한 것은?

⊙ 정답풀이

③ ⓒ: 다그쳐 빨리 나아가게 함.

> 근거: ❸ [14]혈액의 pH가 낮아지면 헤모글로빈의 산소 친화도가 작아져서 산소의 해리가 ⓒ촉진되어 주변 조직으로 산소가 방출된다.
> '촉진'은 '다그쳐 빨리 나아가게 함.'의 의미로 쓰였다.

⊗ 오답풀이

① ⓐ: 널리 알림.
근거: ❶ [1]폐의 혈액으로 들어온 산소는 심장을 거쳐 신체의 각 조직으로 ⓐ전달되어 에너지 생성에 이용되고,
'전달'은 '지시, 명령, 물품 따위를 다른 사람이나 기관에 전하여 이르게 함.'의 의미로 쓰였다.

② ⓑ: 목적한 바를 시도하였으나 이루지 못함.
근거: ❷ [8]그런데 산소는 물에 대한 용해도가 작아 혈장에 용해된 상태로 운반되는 양은 폐에서 조직으로 운반되는 산소의 약 1.5%에 ⓑ불과하고,
'불과'는 '그 수량에 지나지 아니한 상태임을 이르는 말.'의 의미로 쓰였다.

④ ⓓ: 반드시 요구되는 바가 있음.
근거: ❹ [20]산소와 결합하지 않은 헤모글로빈은~정맥혈이 동맥혈보다도 헤모글로빈을 이용한 이산화 탄소 운반에 ⓓ유용하다.
'유용'은 '쓸모가 있음.'의 의미로 쓰였다.

⑤ ⓔ: 나누어 줌.
근거: ❺ [26]이 과정에서 생성된 이산화 탄소는 폐포 내로 확산되어 체외로 ⓔ배출된다.
'배출'은 '안에서 밖으로 밀어 내보냄.'의 의미로 쓰였다.

✏ 사고의 흐름

[1~5] 다음 글을 읽고 물음에 답하시오.

1 [1]일반적으로 액체나 기체처럼 물질을 구성하고 있는 입자가 쉽게 움직이거나 입자 간의 상대적인 위치를 쉽게 변화시킬 수 있는 물질을 유체라고 ㉠부른다. [2]유체에 작용하는 힘과 유체의 운동 원리를 ㉡다루는 유체역학에서는 응력과 점성이라는 개념을 사용하여 유체의 특성을 설명한다. 글의 전개를 예상해 볼 수 있겠군. 먼저 사전 정보로 응력과 점성의 개념을 다루고, 이를 활용해 유체의 특성을 이어서 설명할 거야.

2 [3]응력이란 어떤 물질에 외부에서 힘이 가해졌을 때 물질의 내부에서 이에 대항*하여 외부의 힘과 반대 방향으로 작용하는 힘이다. [4]응력은 작용하는 방향에 따라 종류를 나눌 수 있는데 그중 물질의 표면과 평행하게 작용하는 응력을 전단응력이라고 한다. [5]유체는 이러한 전단응력이 작용할 때 그 형태가 연속적으로 변형된다. [6]이때 유체가 변형되는 양상은 유체가 가지고 있는 점성에 의해 영향을 받게 된다. [7]점성이란 유체를 구성하는 입자들의 상호 작용으로 인해 나타나는, 유체가 운동에 저항하는 성질을 말한다. 응력, 유체, 점성과 같이 나열된 개념들은 사전 정보이니, 뒤에서 이 개념들을 연결한 핵심 정보가 제시되었을 때 정확하게 이해할 수 있도록 정리해 보자.

유체	·물질을 구성하는 입자의 움직임이나 위치 변화가 쉬운 물질 ·전단응력이 작용할 때 유체의 형태 변형 양상은 유체의 점성에 의해 영향을 받음
응력	·외부에서 가해진 힘에 대항해 내부에서 이와 반대 방향으로 작용하는 힘 ·전단응력: 물질의 표면과 평행하게 작용하는 응력
점성	·유체가 운동에 저항하는 성질

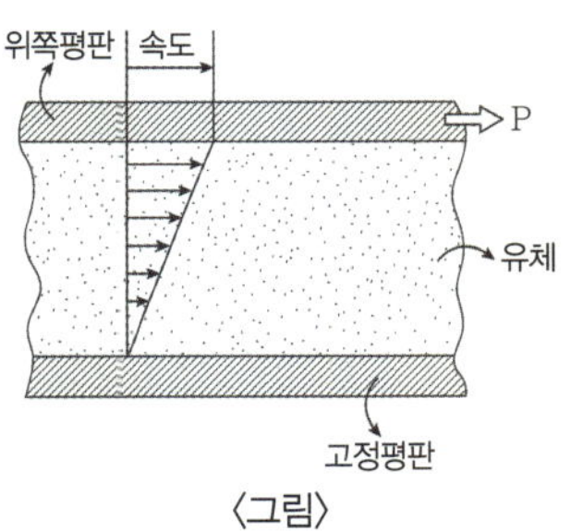

3 [8]〈그림〉의 실험과 같이 매우 넓은 두 평행평판 사이에 어떤 유체가 들어 있는 경우를 가정해 보자. [9]이때 평행평판 중 아래쪽은 고정되어 움직이지 않는 고정평판이고, 위쪽평판은 자유롭게 움직일 수 있다. [10]다른 힘이 작용하지 않는다고 할 때 위쪽평판에 P 방향으로 힘이 가해지면 위쪽평판이 P 방향으로 일정한 속도로 운동하게 된다. [11]위쪽평판의 운동에 따라 평판 사이의 유체에는 전단응력이 발생하게 된다. [12]이후 유체를 ㉢이루는 입자들은 일정한 속도로 운동하기 시작하고 그에 따라 유체는 연속적으로 그 모습이 변형된다. [13]이때 위쪽평판에 접하고 있는 유체 입자들은 위쪽평판과 동일 속도로 이동하고, 고정평판에 접하고 있는 유체 입자들은 이동하지 않는다. [14]이는 유체가 지닌 점성 때문에 ㉣나타나는 현상이다. 2문단에서 유체가 변형되는 양상은 유체가 가지고 있는 점성에 의해 영향을 받는다고 한 것과 연결되는 부분이야! [15]그리고 〈그림〉에서처럼 두 평판 사이에 있는 유체 입자들의 속도는 고정평판으로부터 위쪽평판 사이의 거리에 비례하여 일정한 비율로 커진다. 고정평판으로부터 위쪽평판 사이의 거리 ↑ → 유체 입자들의 속도 ↑

[16]그런데 〈그림〉에서 전단응력이 증가하게 되면 유체 입자들의 속도도 증가하게 되고, 이에 따라 유체의 변형이 커져 전단응력에 따른 시간당 유체가 변형되는 변화율을 의미하는 전단변형률도 커지게 된다. 전단응력 ↑ → 유체 입자 속도 ↑ → 유체 변형 ↑ → 전단변형률 ↑ [17]이를 수식으로 나타내면,

$$전단응력 = 점성계수 × 전단변형률$$

로 표현할 수 있다. [18]이 식에서 점성계수는 유체가 지닌 점성을 수치화하여 표현한 값으로, 유체마다 고유의 값으로 나타난다. [19]이러한 점성계수의 특징 때문에 전단응력이 일정하다면 점성계수에 따라 전단변형률은 달라지게 된다. [20]단, 유체의 점성계수는 온도의 변화에 따라 달라질 수 있다. 점성계수는 유체마다 고유의 값으로 나타나지만 온도 변화에 따라 달라질 수도 있어.

예외적인 상황을 덧붙이면 문제에서 질문할 가능성이 높아.

4 [21]한편 점성계수가 전단응력이나 전단변형률의 크기에 관계없이 항상 일정한 유체를 뉴턴 유체라고 한다. [22]뉴턴 유체는 점성계수가 일정하기 때문에 전단응력이 증가함에 따라 전단변형률도 일정하게 증가하게 되는데, 이를 전단변형률을 가로축으로 하고 전단응력을 세로축으로 하는 그래프로 나타내면 일정한 기울기를 가진 직선의 형태로 나타난다. [23]이때 기울기는 점성계수를 의미한다. 뉴턴 유체의 특징: ① 점성계수가 일정, ② 전단응력 ↑ → 전단변형률 일정하게 ↑, ③ 그래프로 나타내면 직선의 형태

5 [24]㉠와 달리 비뉴턴 유체는 전단응력의 크기에 따라 점성계수가 변하는 특징을 가지고 있다. [25]따라서 전단변형률과 전단응력의 관계를 그래프로 나타내면, 기울기(점성계수)가 변하는 곡선의 형태로 나타난다. 비뉴턴 유체의 특징: ① 전단응력의 크기에 따라 점성계수 변화, ② 그래프로 나타내면 곡선의 형태 [26]이러한 특징을 가진 비뉴턴 유체에는 전단응력이 증가함에 따라 점성계수가 감소하는 전단희박 유체와, 전단응력이 증가함에 따라 점성계수가 증가하는 전단농후 유체가 있다. [27]또한 전단응력이 일정한 크기에 도달하기 전까지는 변형이 없다가 항복응력이라고 지칭되는 일정한 전단응력을 초과하면 변형이 ㉤일어나는 빙햄 유체 등이 있다. 나열된 개념들을 정확하게 이해할 수 있도록 비뉴턴 유체의 종류를 정리해 보자.

'뉴턴 유체'와 다른 특징을 가진 대상이 제시되겠네.

전단희박 유체	전단응력 ↑ → 점성계수 ↓
전단농후 유체	전단응력 ↑ → 점성계수 ↑
빙햄 유체	항복응력 초과 → 변형

이것만은 챙기자

*대항: 굽히거나 지지 않으려고 맞서서 버티거나 항거함.

---

1. 윗글의 내용과 일치하지 <u>않는</u> 것은?

✓ 정답풀이

④ 전단응력은 물질의 표면에 평행하게 외부에서 작용하는 힘이다.

> 근거: **2** [3]응력이란 어떤 물질에 외부에서 힘이 가해졌을 때 물질의 내부에서 이에 대항하여 외부의 힘과 반대 방향으로 작용하는 힘이다. [4]응력은 작용하는 방향에 따라 종류를 나눌 수 있는데 그중 물질의 표면과 평행하게 작용하는 응력을 전단응력이라고 한다.
>
> 응력은 외부에서 힘이 가해졌을 때 물질의 내부에서 이에 대항하여 작용하는 힘이며, 전단응력은 응력의 종류 중 하나이므로 전단응력이 외부에서 작용하는 힘이라는 내용은 적절하지 않다.

✗ 오답풀이

① 전단응력이 작용하면 유체의 형태는 변형된다.
근거: **2** [5]유체는 이러한 전단응력이 작용할 때 그 형태가 연속적으로 변형된다.

② 응력과 점성의 개념으로 유체의 특성을 설명할 수 있다.
근거: **1** [2]유체에 작용하는 힘과 유체의 운동 원리를 다루는 유체역학에서는 응력과 점성이라는 개념을 사용하여 유체의 특성을 설명한다.

③ 점성은 유체를 구성하는 입자들의 상호 작용 때문에 나타난다.
근거: **2** [7]점성이란 유체를 구성하는 입자들의 상호 작용으로 인해 나타나는, 유체가 운동에 저항하는 성질을 말한다.

⑤ 액체와 기체는 입자 간의 상대적인 위치를 쉽게 변화시킬 수 있다.
근거: **1** [1]일반적으로 액체나 기체처럼 물질을 구성하고 있는 입자가 쉽게 움직이거나 입자 간의 상대적인 위치를 쉽게 변화시킬 수 있는 물질을 유체라고 부른다.

2. 〈보기〉는 윗글의 실험 설계에 따라 실험한 결과이다. 윗글을 바탕으로 〈보기〉를 이해한 내용으로 적절하지 않은 것은? [3점]

───────────── 〈보기〉 ─────────────

[실험 결과]

측정 항목 \ 실험	A	B	C
전단변형률	10	20	10

* 온도와 압력은 모든 실험에서 동일하다.

* 실험에 사용된 유체는 각각 다른 뉴턴 유체(점성계수 일정, 전단응력 ↑ → 전단변형률 ↑)이다.

─────────────────────────────

✔ 정답풀이

⑤ B와 C에서 사용된 각각의 유체의 점성계수가 같다면, C에서 사용된 유체에 작용한 전단응력이 더 크겠군.

> 근거: 🖪 **17**이를 수식으로 나타내면, 전단응력 = 점성계수 × 전단변형률로 표현할 수 있다.
> 〈보기〉에서 B 유체와 C 유체의 전단변형률은 각각 20과 10이다. 전단응력 = 점성계수 × 전단변형률이므로 B와 C에서 사용된 각각의 유체의 점성계수가 같다면, 전단변형률이 더 큰 B에서 사용된 유체에 작용한 전단응력이 더 클 것이다.

✖ 오답풀이

① A에서 사용된 유체의 경우, 전단응력이 증가한다면 전단변형률은 증가하겠군.

근거: 🖪 **22**뉴턴 유체는 점성계수가 일정하기 때문에 전단응력이 증가함에 따라 전단변형률도 일정하게 증가하게 되는데,

〈보기〉에서 실험에 사용된 유체는 각각 다른 뉴턴 유체라고 하였고, 뉴턴 유체는 전단응력이 증가함에 따라 전단변형률도 일정하게 증가하므로 A에서 사용된 유체의 경우, 전단응력이 증가한다면 전단변형률도 증가할 것이다.

② B에서 사용된 유체의 경우, 전단응력이 증가하더라도 점성계수는 변하지 않겠군.

근거: 🖪 **22**뉴턴 유체는 점성계수가 일정하기 때문에 전단응력이 증가함에 따라 전단변형률도 일정하게 증가하게 되는데,

〈보기〉에서 실험에 사용된 유체는 각각 다른 뉴턴 유체라고 하였고, 뉴턴 유체는 점성계수가 일정하므로 B에서 사용된 유체의 경우, 전단응력이 증가하더라도 점성계수는 변하지 않을 것이다.

③ A와 B에서 사용된 각각의 유체에 작용한 전단응력이 같다면 점성계수는 A에서 사용된 유체가 크겠군.

근거: 🖪 **17**이를 수식으로 나타내면, 전단응력 = 점성계수 × 전단변형률로 표현할 수 있다.

〈보기〉에서 A 유체와 B 유체의 전단변형률은 각각 10과 20이다. 전단응력 = 점성계수 × 전단변형률이므로 A와 B에서 사용된 각각의 유체에 작용한 전단응력이 같다면, 점성계수는 A에서 사용된 유체가 클 것이다.

④ A에서 사용된 유체의 점성계수가 C에서 사용된 유체의 점성계수보다 크다면, 유체에 작용한 전단응력은 A에서 사용된 유체가 더 크겠군.

근거: 🖪 **17**이를 수식으로 나타내면, 전단응력 = 점성계수 × 전단변형률로 표현할 수 있다.

〈보기〉에서 A 유체와 C 유체의 전단변형률은 각각 10으로 동일하다. 전단응력 = 점성계수 × 전단변형률이므로 A에서 사용된 유체의 점성계수가 C에서 사용된 유체의 점성계수보다 크다면, 유체에 작용한 전단응력은 A에서 사용된 유체가 더 클 것이다.

3. 〈보기〉는 유체 ⓐ와 ⓑ의 특성을 나타낸 그래프이다. 윗글을 바탕으로 〈보기〉의 ⓐ와 ⓑ에 대해 설명한 것으로 적절하지 <u>않은</u> 것은?

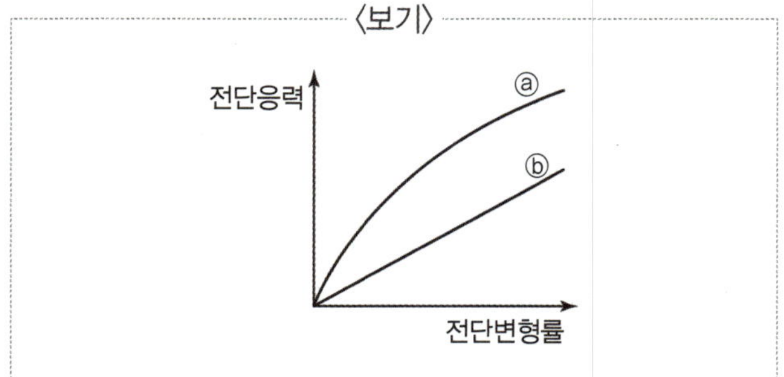

✓ 정답풀이

④ ⓑ는 전단응력에 따라 유체가 운동에 저항하는 성질이 달라지겠군.

> 근거: **2** [7]점성이란 유체를 구성하는 입자들의 상호 작용으로 인해 나타나는, 유체가 운동에 저항하는 성질을 말한다. + **3** [17]이를 수식으로 나타내면, 전단응력 = 점성계수 × 전단변형률로 표현할 수 있다. [18]이 식에서 점성계수는 유체가 지닌 점성을 수치화하여 표현한 값으로, 유체마다 고유의 값으로 나타난다. + **4** [21]한편 점성계수가 전단응력이나 전단변형률의 크기에 관계없이 항상 일정한 유체를 뉴턴 유체라고 한다. [22]뉴턴 유체는 점성계수가 일정하기 때문에 전단응력이 증가함에 따라 전단변형률도 일정하게 증가하게 되는데, 이를 전단변형률을 가로축으로 하고 전단응력을 세로축으로 하는 그래프로 나타내면 일정한 기울기를 가진 직선의 형태로 나타난다.
>
> 유체가 운동에 저항하는 성질은 점성을 의미하며, 점성계수는 유체가 지닌 점성을 수치화하여 표현한 값이다. 전단변형률을 가로축으로 하고 전단응력을 세로축으로 하는 그래프가 일정한 기울기를 가진 직선의 형태로 나타나는 ⓑ는 뉴턴 유체임을 알 수 있다. 즉 ⓑ는 점성계수가 전단응력이나 전단변형률의 크기에 관계없이 항상 일정한 유체이므로 전단응력에 따라 유체가 운동에 저항하는 성질(점성)이 달라진다고 볼 수 없다.

✗ 오답풀이

① ⓐ는 점성계수가 변하는 유체라고 할 수 있겠군.

> 근거: **5** [24]이와 달리 비뉴턴 유체는 전단응력의 크기에 따라 점성계수가 변하는 특징을 가지고 있다. [25]따라서 전단변형률과 전단응력의 관계를 그래프로 나타내면, 기울기가 변하는 곡선의 형태로 나타난다.
>
> 전단변형률과 전단응력의 관계를 그래프로 나타낼 때, 기울기가 변하는 곡선의 형태로 나타나는 ⓐ는 비뉴턴 유체이며, 이는 전단응력의 크기에 따라 점성계수가 변하는 특징을 가진다.

② ⓐ는 전단응력에 따라 그래프의 기울기가 달라지는 유체겠군.

> 근거: **4** [22]뉴턴 유체는 점성계수가 일정하기 때문에~일정한 기울기를 가진 직선의 형태로 나타난다. [23]이때 기울기는 점성계수를 의미한다. + **5** [24]이와 달리 비뉴턴 유체는 전단응력의 크기에 따라 점성계수가 변하는 특징을 가지고 있다. [25]따라서 전단변형률과 전단응력의 관계를 그래프로 나타내면, 기울기가 변하는 곡선의 형태로 나타난다.
>
> 전단변형률과 전단응력의 관계를 그래프로 나타낼 때, 기울기가 변하는 곡선의 형태로 나타나는 ⓐ는 비뉴턴 유체이며, 그래프의 기울기는 점성계수를 의미하므로 ⓐ는 전단응력에 따라 그래프의 기울기가 달라지는 유체라고 할 수 있다.

③ ⓑ는 온도가 변화하면 그래프의 기울기가 달라질 수 있겠군.

> 근거: **3** [20]단, 유체의 점성계수는 온도의 변화에 따라 달라질 수 있다. + **4** [22]뉴턴 유체는 점성계수가 일정하기 때문에~그래프로 나타내면 일정한 기울기를 가진 직선의 형태로 나타난다. [23]이때 기울기는 점성계수를 의미한다.
>
> 유체의 점성계수는 온도의 변화에 따라 달라질 수 있고, 그래프의 기울기는 점성계수를 의미하므로 ⓑ는 온도가 변화하면 그래프의 기울기가 달라질 수 있다.

⑤ ⓑ는 전단응력 값이 증가함에 따라 전단변형률이 일정하게 증가하는 유체겠군.

> 근거: **4** [22]뉴턴 유체는 점성계수가 일정하기 때문에 전단응력이 증가함에 따라 전단변형률도 일정하게 증가하게 되는데,
>
> 뉴턴 유체인 ⓑ는 전단응력이 증가함에 따라 전단변형률도 일정하게 증가한다.

4. 〈보기〉는 윗글을 읽은 학생이 보인 반응이다. ㉮~㉰에 들어갈 말로 적절한 것은?

〈보기〉

[1]마요네즈는 단순히 용기를 기울이기만 해서는 흘러나오지 않고,(전단응력이 일정한 크기에 도달하기 전까지 변형이 없음) 일정한 힘 이상으로 눌러야만 나오기 시작(일정한 전단응력을 초과하면 변형이 일어남 → 빙햄 유체)한다. [2]왜냐하면 마요네즈는 전단응력이 증가하여 (㉮)보다 (㉯) 변형이 일어나는 (㉰) 유체이기 때문이다.

정답풀이

	㉮	㉯	㉰
①	항복응력	커져야	빙햄

근거: **5** [27]또한 전단응력이 일정한 크기에 도달하기 전까지는 변형이 없다가 항복응력이라고 지칭되는 일정한 전단응력을 초과하면 변형이 일어나는 빙햄 유체 등이 있다. + 〈보기〉[1]마요네즈는 단순히 용기를 기울이기만 해서는 흘러나오지 않고, 일정한 힘 이상으로 눌러야만 나오기 시작한다.
〈보기〉에서 마요네즈는 일정한 힘 이상으로 눌러야만 나온다고 하였으므로, 일정한 전단응력(항복응력)을 초과하면 변형이 일어나는 빙햄 유체로 볼 수 있다. 따라서 빈칸에 들어갈 말을 넣어 정리하면, 마요네즈는 전단응력이 증가하여 항복응력(㉮)보다 커져야(㉯) 변형이 일어나는 빙햄(㉰) 유체이다.

5. 문맥상 ㉠~㉤과 가장 가까운 의미로 쓰인 것은?

정답풀이

② ㉡: 회의에서 물가 안정을 주제로 다루었다.

근거: **1** [2]유체에 작용하는 힘과 유체의 운동 원리를 ㉡다루는 유체역학에서는 응력과 점성이라는 개념을 사용하여 유체의 특성을 설명한다.
㉡과 '주제로 다루었다.'의 '다루다'는 모두 '어떤 것을 소재나 대상으로 삼다.'라는 의미로 쓰였다.

오답풀이

① ㉠: 그 가게에서는 값을 비싸게 불렀다.
근거: **1** [1]일반적으로 액체나 기체처럼 물질을 구성하고 있는 입자가 쉽게 움직이거나 입자 간의 상대적인 위치를 쉽게 변화시킬 수 있는 물질을 유체라고 ㉠부른다.
㉠은 '무엇이라고 가리켜 말하거나 이름을 붙이다.'라는 의미로, '값을 비싸게 불렀다.'의 '부르다'는 '값이나 액수 따위를 얼마라고 말하다.'라는 의미로 쓰였다.

③ ㉢: 우리는 모두 각자의 소원을 이루었다.
근거: **3** [12]이후 유체를 ㉢이루는 입자들은 일정한 속도로 운동하기 시작하고 그에 따라 유체는 연속적으로 그 모습이 변형된다.
㉢은 '몇 가지 부분이나 요소들을 모아 일정한 성질이나 모양을 가진 존재가 되게 하다.'라는 의미로, '소원을 이루었다.'의 '이루다'는 '뜻한 대로 되게 하다.'라는 의미로 쓰였다.

④ ㉣: 사건의 목격자가 우리 앞에 나타났다.
근거: **3** [14]이는 유체가 지닌 점성 때문에 ㉣나타나는 현상이다.
㉣은 '어떤 새로운 현상이나 사물이 발생하거나 생겨나다.'라는 의미로, '우리 앞에 나타났다.'의 '나타나다'는 '보이지 아니하던 어떤 대상의 모습이 드러나다.'라는 의미로 쓰였다.

⑤ ㉤: 경기가 시작되자 사람들이 자리에서 일어났다.
근거: **5** [27]또한 전단응력이 일정한 크기에 도달하기 전까지는 변형이 없다가 항복응력이라고 지칭되는 일정한 전단응력을 초과하면 변형이 ㉤일어나는 빙햄 유체 등이 있다.
㉤은 '자연이나 인간 따위에게 어떤 현상이 발생하다.'라는 의미로, '자리에서 일어났다.'의 '일어나다'는 '누웠다가 앉거나 앉았다가 서다.'라는 의미로 쓰였다.

사고의 흐름

[1~4] 다음 글을 읽고 물음에 답하시오.

1 [1](+)구면 렌즈를 통과한 광선은 모이게 되고 (−)구면 렌즈를 통과한 광선은 퍼지게 되는데, 이때 광선을 모이게 하거나 퍼지게 하는 정도를 ㉠굴절력이라고 한다. '굴절력'이 이 글의 화제임을 알 수 있어. [2]굴절력은 무한히 멀리서 렌즈로 들어온 광선이 렌즈를 통과할 때 렌즈로부터 형성된 초점과 렌즈 사이의 거리인 초점 거리를 역수*로 표시하고, 디옵터(D)를 단위로 한다. [3]예를 들어 무한히 멀리서 렌즈로 들어온 광선이 (+)구면 렌즈를 통과한 후 $1m$ 떨어진 거리에 초점이 맺혔다면 이 구면 렌즈의 굴절력은 $+1D(=+\frac{1}{1m})$가 된다. 굴절력이 커질수록 초점 거리의 역수는 커지고, 초점 거리는 짧아지겠군.

예를 통해 굴절력을 정확하게 이해해 보자!

2 [4]눈은 해부학적으로 크기가 정해진 굴절계로, 물체로부터 반사된 빛이 초점을 맺음으로써 시력을 형성한다. [5]눈은 굴절력이 일정한 각막과 굴절력이 변할 수 있는 수정체에 의해 초점이 망막에 맺히도록 하는데, 눈에서의 각막과 수정체의 특징을 알 수 있는 부분이야. 굴절력이 부족하거나 물체가 눈앞 가까이에 있을 경우 초점을 망막에 위치시키기 위해 수정체의 굴절력이 커지는 조절 작용이 일어난다. 수정체의 조절 작용으로 초점이 망막에 맺히도록 할 수 있어. [6]〈그림〉에서 정시는 조절 작용이 없는 무조절 상태에서 무한히 멀리서 눈으로 들어온 광선의 초점이 망막에 맺히는 경우(a)로, 이때 최대 시력을 얻을 수 있다. [7]비정시는 무조절 상태에서 무한히 멀리서 눈으로 들어온 광선의 초점이 망막의

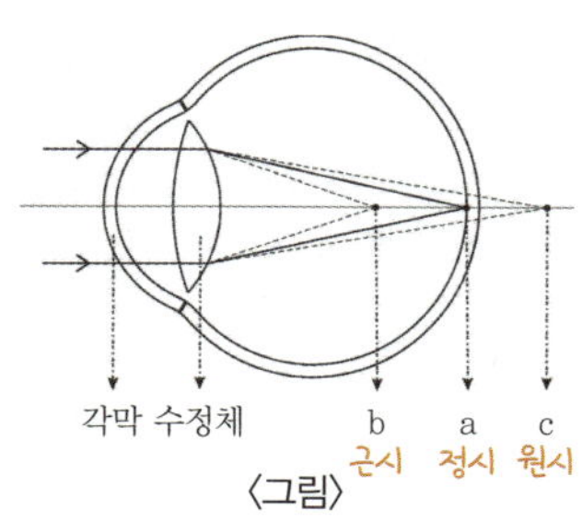

앞쪽(b) 혹은 망막의 뒤쪽(c)에 맺히는 경우이다. 〈그림〉에서 정시는 a, 비정시는 b와 c에 해당해.

3 [8]그런데 사람마다 눈의 구조와 광학적 특징에 차이가 있기 때문에 눈 굴절력이 다르다. [9]그래서 정시와 비정시를 이해하기 위해서 평균적인 수치로 만든 모형안이 이용된다. 모형안을 이용해야 하는 이유를 이해하기 쉽게 언급했어. [10]모형안에서 정시(광선 초점 → 망막)는 수정체의 조절 작용이 0D인 무조절 상태에서 +59D의 눈 굴절력*을 가지며, 0~+14D인 수정체의 조절량에 따라 눈 굴절력은 +73D까지 커질 수 있다. 수정체의 무조절 상태에서 정시의 기준값은 +59D네. 조절을 통한 최대치는 +73D까지임을 잘 정리하자. [11]비정시는 초점이 맺히는 위치에 따라 근시와 원시로 구분된다. [12]모형안을 기준으로 근시는 눈 굴절력이 +59D보다 커서 초점이 망막보다 앞쪽에 맺히게 되는 경우(b)이다. [13]반면 원시는 눈 굴절력이 +59D보다 작아서 초점이 망막보다 뒤쪽에 맺히게 되는 경우(c)이다. 모형안에서 비정시(근시, 원시)를 초점이 맺히는 위치에 따라 설명하고 있네.

4 [14]이러한 비정시는 (±)구면 렌즈를 통해 정시로 교정될 수 있다. 1문단에서 말한 굴절력을 가진 구면 렌즈를 통해 +59D로 맞출 거야. [15]예를 들어 모형안을 기준으로 할 때, 눈 굴절력이 +61D인 근시는 −2D인 구면

렌즈를 눈앞에 대면 눈 굴절력과 (−)구면 렌즈의 굴절력이 합해져 +59D가 되기 때문에 정시로 교정되는 것이다. 비정시는 눈 굴절력과 렌즈 굴절력의 합을 활용해 정시로 교정하는 거야. [16]따라서 눈 굴절력을 정확히 검사하는 것은 비정시를 교정하는 데 매우 중요하다. [17]실제 임상 검사에서는 정시인지 비정시인지 판정하기 위해, 무한대 거리의 물체를 주시*하도록 하며, 무조절 상태를 유지하도록 한다. [18]이때 주시하는 물체의 거리가 $5m$ 이상이면 무한대 거리로 보며, 무조절 상태를 유지하기 위해 운무법이 사용된다. [19]운무법은 ㉡눈앞에 (+)구면 렌즈를 대어 초점이 망막의 앞쪽에 맺히도록 유도(근시로 유도)하는 것이다. [20]그런 다음 (−)구면 렌즈를 순차적으로 덧대어 가면서 최대 시력을 얻는 최소의 (−)구면 렌즈 값과 운무법에 사용된 렌즈 값을 합하여 비정시의 정도를 판정한다. 실제 임상 검사에서는 운무법을 사용하여 무조절 상태를 유지한 다음 (−)구면 렌즈를 덧대어 가면서 비정시의 정도를 판정한다고 해.

---

*눈 굴절력: 각막의 굴절력과 수정체의 굴절력을 포함한 눈 전체의 합성 굴절력.

이것만은 챙기자

*역수: 곱하여서 1이 되는 두 수의 각각을 다른 수에 대하여 이르는 말. 예를 들어 5의 역수는 1/5이다.
*주시: 어떤 목표물에 주의를 집중하여 봄.

② 수정체의 조절 작용과 상관없이 초점이 망막에 맺힐 때 최대 시력이 형성된다.

근거: 2 [5]눈은 굴절력이 일정한 각막과 굴절력이 변할 수 있는 수정체에 의해 초점이 망막에 맺히도록 하는데~초점을 망막에 위치시키기 위해 수정체의 굴절력이 커지는 조절 작용이 일어난다. [6]〈그림〉에서 정시는 조절 작용이 없는 무조절 상태에서 무한히 멀리서 눈으로 들어온 광선의 초점이 망막에 맺히는 경우(a)로, 이때 최대 시력을 얻을 수 있다.

정시는 무조절 상태에서 망막에 초점이 맺히며 이때 최대 시력이 형성된다. 한편 비정시는 무조절 상태에서 망막에 초점이 맺히지 않지만 수정체의 조절 작용이 일어나면 망막에 초점이 맺히고 이때 최대 시력을 얻을 수 있다. 따라서 수정체의 조절 작용과 상관없이 초점이 망막에 맺힐 때 최대 시력이 형성된다고 볼 수 있다.

④ 정시로 교정하기 위해 근시에는 (−)구면 렌즈, 원시에는 (+)구면 렌즈가 필요하다.

근거: 3 [10]모형안에서 정시는 수정체의 조절 작용이 0D인 무조절 상태에서 +59D의 눈 굴절력을 가지며, 0~+14D인 수정체의 조절량에 따라 눈 굴절력은 +73D까지 커질 수 있다. [12]모형안을 기준으로 근시는 눈 굴절력이 +59D보다 커서 초점이 망막보다 앞쪽에 맺히게 되는 경우이다. [13]반면 원시는 눈 굴절력이 +59D보다 작아서 초점이 망막보다 뒤쪽에 맺히게 되는 경우이다. + 4 [15]눈 굴절력이 +61D인 근시는 −2D인 구면 렌즈를 눈앞에 대면 눈 굴절력과 (−)구면 렌즈의 굴절력이 합해져 +59D가 되기 때문에 정시로 교정되는 것이다.

근시는 눈 굴절력이 +59D보다 커서 초점이 망막보다 앞쪽에 맺히는 경우이고, 원시는 눈 굴절력이 +59D보다 작아서 초점이 망막보다 뒤쪽에 맺히는 경우이다. 정시는 무조절 상태에서 눈 굴절력이 +59D인 경우이므로, 정시로 교정하기 위해 근시에는 (−)구면 렌즈, 원시에는 (+)구면 렌즈가 필요하다. 눈 굴절력이 +61D인 근시는 −2D인 구면 렌즈를 눈앞에 대면 +59D인 정시로 교정된다고 한 것을 통해서도 눈 굴절력이 +59D보다 큰 근시는 (−)구면 렌즈로, 눈 굴절력이 +59D보다 작은 원시는 (+)구면 렌즈로 교정될 수 있음을 알 수 있다.

⑤ 주시하는 물체가 눈앞 가까이로 다가오면 초점을 망막에 위치시키기 위해 조절량은 커진다.

근거: 2 [5]눈은 굴절력이 일정한 각막과 굴절력이 변할 수 있는 수정체에 의해 초점이 망막에 맺히도록 하는데, 굴절력이 부족하거나 물체가 눈앞 가까이에 있을 경우 초점을 망막에 위치시키기 위해 조절량 즉, 수정체의 굴절력이 커지는 조절 작용이 일어난다.

만점 선배의 구조도 예시

눈의 굴절과 비정시 교정

(+)구면 렌즈 —7 광선 모임
(−)구면 렌즈 —7 광선 퍼짐
　|
굴절력 = 초점 거리의 역수 (단위: D)

• 눈의 구조
　각막 (굴절력 일정) | 수정체 (굴절력 변화 가능)
　|
　물체 —7 빛 반사 —7 초점이 망막에 맺힘 —7 시력 형성

• 정시 / 비정시
　정시 : 굴절력 +59D —7 초점 = 망막
비정시 [근시 : 굴절력 7+59D —7 초점 = 망막 앞
　　　　[원시 : 굴절력 <+59D —7 초점 = 망막 뒤

• 교정 원리
　근시 —7 (−)구면 렌즈로 교정
　원시 —7 (+)구면 렌즈로 교정

• 은무법 활용
　목적 : 정시·비정시 판정
　과정 : ① 눈앞에 (+)구면 렌즈를 대어 초점이 망막 앞에 맺히게 함
　　　　② (−)구면 렌즈로 순차적으로 덧댐
　　　　③ 최대 시력 얻는 최소 (−)구면 렌즈 값 + 렌즈 값
　　　　　= 비정시 정도 판정

---

1. 윗글을 이해한 내용으로 적절하지 <u>않은</u> 것은?

⊘ 정답풀이

③ 사람마다 눈의 구조와 광학적 특징은 다르지만 눈 굴절력은 +59D로 일정하다.

근거: 3 [8]사람마다 눈의 구조와 광학적 특징에 차이가 있기 때문에 눈 굴절력이 다르다.

⊗ 오답풀이

① 각막의 굴절력은 일정하지만 수정체의 굴절력은 변할 수 있다.
근거: 2 [5]눈은 굴절력이 일정한 각막과 굴절력이 변할 수 있는 수정체에 의해 초점이 망막에 맺히도록 하는데,

2. ㉠에 대한 설명으로 가장 적절한 것은?

> ㉠: 굴절력

✔ 정답풀이

② 굴절력이 커질수록 초점 거리의 역수도 커진다.

> 근거: **1** **2**굴절력(㉠)은 무한히 멀리서 렌즈로 들어온 광선이 렌즈를 통과할 때 렌즈로부터 형성된 초점과 렌즈 사이의 거리인 초점 거리를 역수로 표시하고, 디옵터(D)를 단위로 한다.
> 굴절력은 초점 거리를 역수로 표시하므로, 굴절력이 커진다는 것은 초점 거리의 역수도 커짐을 의미한다.

✖ 오답풀이

① 굴절력이 작을수록 초점 거리가 짧아진다.
　근거: **1** **2**굴절력(㉠)은 무한히 멀리서 렌즈로 들어온 광선이 렌즈를 통과할 때 렌즈로부터 형성된 초점과 렌즈 사이의 거리인 초점 거리를 역수로 표시하고, 디옵터(D)를 단위로 한다.
　굴절력은 초점 거리의 역수이므로, 굴절력이 작을수록 초점 거리는 오히려 길어진다.

③ (+)구면 렌즈는 굴절력이 클수록 광선을 퍼지게 한다.
　근거: **1** **1**(+)구면 렌즈를 통과한 광선은 모이게 되고 (−)구면 렌즈를 통과한 광선은 퍼지게 되는데, 이때 광선을 모이게 하거나 퍼지게 하는 정도를 굴절력(㉠)이라고 한다.
　(+)구면 렌즈를 통과한 광선은 모이게 되는데, 광선을 모이거나 퍼지게 하는 정도를 굴절력이라고 했으므로 (+)구면 렌즈는 굴절력이 클수록 광선을 모이게 할 것이다.

④ 무한히 멀리 있는 물체를 주시하는 눈의 굴절력은 0D이다.
　근거: **2** **4**눈은 해부학적으로 크기가 정해진 굴절계로, **5**눈은 굴절력이 일정한 각막과 굴절력이 변할 수 있는 수정체에 의해 초점이 망막에 맞히도록 하는데~**6**〈그림〉에서 정시는 조절 작용이 없는 무조절 상태에서 무한히 멀리서 눈으로 들어온 광선의 초점이 망막에 맞히는 경우(a)로, 이때 최대 시력을 얻을 수 있다. + **3** **10**모형안에서 정시는 수정체의 조절 작용이 0D인 무조절 상태에서 +59D의 눈 굴절력을 가지며
　눈은 해부학적으로 크기가 정해진 굴절계로, 눈 굴절력은 일정한 각막의 굴절력과 변화할 수 있는 수정체의 조절량을 합한 눈 전체의 굴절력이고, 정시인 사람이 무한히 멀리 있는 물체를 주시하는 경우 수정체의 조절 작용이 일어나지 않은 상태에서 눈의 굴절력은 평균 +59D이므로 무한히 멀리 있는 물체를 주시할 때 눈의 굴절력이 0D가 될 수는 없다.

⑤ (−)구면 렌즈는 (+)구면 렌즈보다 광선을 모이게 하는 정도가 크다.
　근거: **1** **1**(+)구면 렌즈를 통과한 광선은 모이게 되고 (−)구면 렌즈를 통과한 광선은 퍼지게 되는데,

---

문제적 문제

• 2–①, ②, ④번

'굴절력'에 대해 단순한 개념 이해를 넘어 수학적 관계(역수)에 대한 이해를 요구하기 때문에 직관적으로 판단하기 어렵고, 그 과정에서 초점 거리와 굴절력의 관계를 혼동했을 가능성이 크다. 굴절력이 초점 거리의 역수로 표시된다는 점에 비추어 볼 때, 선지를 판단할 때 반드시 '굴절력과 초점 거리가 서로 어떤 관계를 맺는가'를 확인했어야 한다.

먼저 ①번을 보자. 많은 학생들이 '굴절력이 작다 = 초점 거리가 짧다'라는 잘못된 판단으로 이 선지를 고른 것으로 보인다. 하지만 굴절력은 초점 거리의 역수이다. 즉, 굴절력 D는 1을 초점 거리로 나눈 값(= 1 / 초점 거리)이 된다. 그래서 초점 거리가 길수록 그 역수 값은 작아지고, 반대로 초점 거리가 짧을수록 역수 값은 커진다. 따라서 굴절력이 작아질수록 초점 거리는 오히려 길어지므로 ①번은 지문의 정의와 반대되는 진술이다.

정답인 ②번은 '굴절력이 커질수록 초점 거리의 역수도 커진다.'라는 것은 결국 '굴절력 = 초점 거리의 역수'라는 뜻이 된다. 따라서 당연히 굴절력이 커질수록 초점 거리의 역수도 커지는 것이 맞다. ①번과 달리 지문의 명시된 관계를 그대로 활용하여 추론적 요소가 거의 없는 정답 선지였다.

④번은 무한히 멀리 있는 물체를 볼 때 눈의 굴절력이 0D라고 서술했는데, 많은 학생들이 '눈의 굴절력'과 '수정체의 조절량'의 개념을 헷갈린 것으로 보인다. '눈의 굴절력'은 기본적인 각막의 굴절력, 수정체의 굴절력 등을 포함한 눈 전체의 굴절력을 나타내는 것으로, 1문단과 2문단을 참고할 때 무한히 멀리 있는 물체를 주시하는 상황은 곧 해당 물체에서 반사된 빛이 눈 안의 특정 시점에서 초점을 맺는 상황을 나타낸다. 이때 3문단을 참고하면 정시를 기준으로 할 때 눈의 굴절력은 평균 +59D 정도가 되며, 수정체가 0~+14D까지 조절될 수 있음을 고려하면 사람에 따라 수정체의 조절량이 0D가 될 수는 있겠지만, 눈 자체의 굴절력이 0D가 될 수는 없음을 파악할 수 있어야 했다.

정답률 분석

매력적 오답	정답		매력적 오답	
①	②	③	④	⑤
7%	72%	5%	14%	2%

3. 윗글을 바탕으로 〈보기〉를 이해한 내용으로 적절하지 <u>않은</u> 것은? [3점]

〈보기〉

아래 눈은 모형안을 기준으로 <u>무조절 상태</u>(수정체의 조절 작용이 0D)에서 눈 굴절력이 +57D인 비정시(원시)이다.

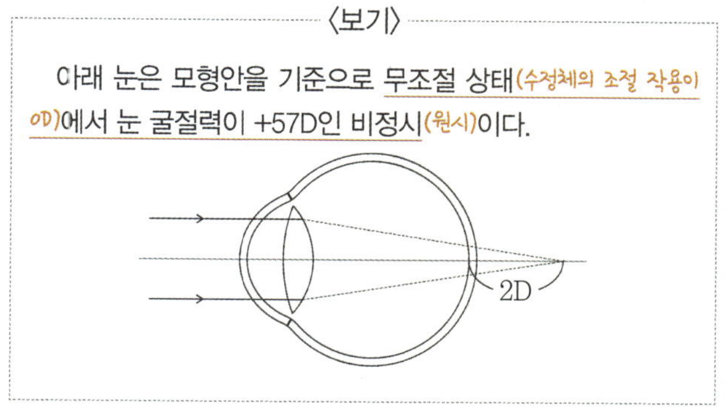

☑ 정답풀이

⑤ 근시 상태를 유도하기 위해 눈앞에 댄 (+)구면 렌즈와 최대 시력을 얻은 최소의 (−)구면 렌즈를 합한 렌즈 값은 +1D가 되겠군.

근거: ❸ [12]모형안을 기준으로 근시는 눈 굴절력이 +59D보다 커서 [13]원시는 눈 굴절력이 +59D보다 작아서 초점이 망막보다 뒤쪽에 맺히게 되는 경우이다. + ❹ [15]모형안을 기준으로 할 때, 눈 굴절력이 +61D인 근시는 −2D인 구면 렌즈를 눈앞에 대면 눈 굴절력과 (−)구면 렌즈의 굴절력이 합해져 +59D가 되기 때문에 정시로 교정되는 것이다. [19]운무법은 눈앞에 (+)구면 렌즈를 대어 초점이 망막의 앞쪽에 맺히도록 유도하는 것이다. [20]그런 다음 (−)구면 렌즈를 순차적으로 덧대어 가면서 최대 시력을 얻는 최소의 (−)구면 렌즈 값과 운무법에 사용된 렌즈 값을 합하여 비정시의 정도를 판정한다.

〈보기〉의 눈은 +57D의 비정시인 원시로, 운무법을 이용하여 교정할 수 있다. 이를 위해 +2D를 초과하는 (+)구면 렌즈를 대어 눈 굴절력이 +59D보다 큰 근시로 유도한 후, (−)구면 렌즈를 덧대어 가며 +59D가 되도록 해야 한다. 〈보기〉의 눈은 +57D의 원시이므로, +3D인 (+)구면 렌즈를 사용하면 −1D인 (−)구면 렌즈를, +4D인 (+)구면 렌즈를 사용하면 −2D인 (−)구면 렌즈를 덧대어야 망막에 초점이 맺힐 수 있다. 따라서 (+)구면 렌즈와 (−)구면 렌즈를 합한 값은 +2D임을 알 수 있다.

❌ 오답풀이

① 수정체의 조절량이 +2D일 때 초점이 망막에 위치해 최대 시력을 얻을 수 있겠군.

근거: ❷ [5]굴절력이 부족하거나 물체가 눈앞 가까이에 있을 경우 초점을 망막에 위치시키기 위해 수정체의 굴절력이 커지는 조절 작용이 일어난다. [6]〈그림〉에서 정시는 조절 작용이 없는 무조절 상태에서~광선의 초점이 망막에 맺히는 경우(a)로, 이때 최대 시력을 얻을 수 있다. + ❸ [10]모형안에서 정시는 수정체의 조절 작용이 0D인 무조절 상태에서 +59D으 눈 굴절력을 가지며, 망막에 초점이 맺히는 정시가 되면 최대 시력을 얻을 수 있는데 이때 눈 굴절력은 +59D이다. 〈보기〉의 눈은 눈 굴절력이 +57D의 원시이므로 수정체의 조절량이 +2D만큼 커진다면, +59D가 되어 망막에 초점이 맺히게 되어 최대 시력을 얻을 수 있다.

② −2D인 구면 렌즈를 눈앞에 대었다면 무조절 상태를 유지할 수 없겠군.

근거: ❹ [15]예를 들어 모형안을 기준으로 할 때, 눈 굴절력이 +61D인 근시는 −2D인 구면 렌즈를 눈앞에 대면 눈 굴절력과 (−)구면 렌즈의 굴절력이 합해져 +59D가 되기 때문에 정시로 교정되는 것이다.~[18]무조절 상태를 유지하기 위해 운무법이 사용된다. [19]운무법은 눈앞에 (+)구면 렌즈를 대어 초점이 망막의 앞쪽에 맺히도록 유도하는 것이다.

비정시를 교정할 때 우선 눈앞에 (+)구면 렌즈를 대는 것은 운무법을 통해 (〈보기〉를 기준으로 할 때) 굴절력이 +59D를 초과하게 하여 초점이 망막의 앞쪽으로 맺히도록, 즉 근시가 되도록 유도하여 무조절 상태를 만들기 위해서이다. 그런데 〈보기〉에서 눈앞에 −2D인 구면 렌즈를 댈 경우 눈 굴절력은 +55D가 되어 근시 상태로 유도되지 못하므로 무조절 상태가 유지될 수 없게 된다.

③ +4D인 구면 렌즈를 눈앞에 대어 근시 상태로 유도하였다면 −1D인 구면 렌즈를 덧대어도 무조절 상태를 유지할 수 있겠군.

근거: ❸ [12]모형안을 기준으로 근시는 눈 굴절력이 +59D보다 커서 초점이 망막보다 앞쪽에 맺히게 되는 경우이다. + ❹ [18]이때 주시하는 물체의 거리가 5m 이상이면 무한대 거리로 보며, 무조절 상태를 우지하기 위해 운무법이 사용된다. [19]운무법은 눈앞에 (+)구면 렌즈를 대어 초점이 망막의 앞쪽에 맺히도록 유도하는 것이다. [20]그런 다음 (−)구면 렌즈를 순차적으로 덧대어 가면서 최대 시력을 얻는 최소의 (−)구면 렌즈 값과 운무법에 사용된 렌즈 값을 합하여 비정시의 정도를 판정한다.

〈보기〉의 눈에 먼저 +4D인 구면 렌즈를 사용하면 눈 굴절력이 +59D를 초과한 +61로 증가하여 근시 상태로 유도된다. 여기에 −1D인 구면 렌즈를 덧대면 눈 굴절력이 +60D가 되는데, 이는 여전히 초점이 망막 앞에 맺히는 근시 상태이므로 무조절 상태를 유지할 것이다.

④ +5D인 구면 렌즈를 눈앞에 대어 무조절 상태를 유도하였다면
 −3D인 구면 렌즈를 덧대었을 때 최대 시력을 얻을 수 있겠군.

근거: ② [6]〈그림〉에서 정시는 조절 작용이 없는 무조절 상태에서 무한히 멀리서 눈으로 들어온 광선의 초점이 망막에 맺히는 경우(ⓐ)로, 이때 최대 시력을 얻을 수 있다. + ④ [19]운무법은 눈앞에 (+)구면 렌즈를 대어 초점이 망막의 앞쪽에 맺히도록 유도하는 것이다. [20]그런 다음 (−)구면 렌즈를 순차적으로 덧대어 가면서 최대 시력을 얻는 최소의 (−)구면 렌즈 값과 운무법에 사용된 렌즈 값을 합하여 비정시의 정도를 판정한다.

〈보기〉의 눈에 +5D인 구면 렌즈를 사용하면 눈 굴절력이 +59D를 초과한 +62D로 증가하여 근시 상태로 유도된다. 여기에 −3D인 구면 렌즈를 덧대면 눈 굴절력이 +59D가 되며, 이는 모형안 기준 정시와 일치한다. 따라서 초점이 망막에 정확히 맺히게 되고, 그 결과 최대 시력을 얻을 수 있다.

| 세부 내용 추론 | 정답률 56

4. ㉮의 이유로 가장 적절한 것은?

> ㉮: 눈앞에 (+)구면 렌즈를 대어 초점이 망막의 앞쪽에 맺히도록 유도하는 것이다.

✔ 정답풀이

① 원시를 근시로 유도하기 위해

근거: ② [5]굴절력이 부족하거나 물체가 눈앞 가까이에 있을 경우 초점을 망막에 위치시키기 위해 수정체의 굴절력이 커지는 조절 작용이 일어난다. + ③ [10]0~+14D인 수정체의 조절량에 따라 눈 굴절력은 +73D까지 커질 수 있다. [12]모형안을 기준으로 근시는 눈 굴절력이 +59D보다 커서 초점이 망막보다 앞쪽에 맺히게 되는 경우이다. [13]반면 원시는 눈 굴절력이 +59D보다 작아서 초점이 망막보다 뒤에 맺히게 되는 경우이다. + ④ [18]무조절 상태를 유지하기 위해 운무법이 사용된다. [19]운무법은 눈앞에 (+)구면 렌즈를 대어 초점이 망막의 앞쪽에 맺히도록 유도하는 것이다.(㉮)

모형안을 기준으로 근시는 눈 굴절력이 +59D보다 커서 초점이 망막보다 앞쪽에 맺히게 되는 경우이므로, 초점이 망막의 앞쪽에 맺히는 것은 근시에 해당한다. 따라서 ㉮는 무조절 상태를 유지하기 위해 원시를 근시로 유도한 것으로 볼 수 있다. 원시의 경우 수정체의 조절 작용을 통해 정시인 상태를 유지할 수도 있기 때문에 눈앞에 (+)구면 렌즈를 대어 인위적으로 근시 상태를 만드는 것이다.

✖ 오답풀이

② 원시를 정시로 유도하기 위해

근거: ② [6]정시는 조절 작용이 없는 무조절 상태에서 무한히 멀리서 눈으로 들어온 광선의 초점이 망막에 맺히는 경우(ⓐ)로, + ③ [12]모형안을 기준으로 근시는 눈 굴절력이 +59D보다 커서 초점이 망막보다 앞쪽에 맺히게 되는 경우이다. + ④ [19]운무법은 눈앞에 (+)구면 렌즈를 대어 초점이 망막의 앞쪽에 맺히도록 유도하는 것이다.(㉮) [20]그런 다음 (−)구면 렌즈를 순차적으로 덧대어 가면서 최대 시력을 얻는 최소의 (−)구면 렌즈 값과 운무법에 사용된 렌즈 값을 합하여 비정시의 정도를 판정한다.

정시는 초점이 망막에 맺히는 경우를 의미한다. 그러나 ㉮에서는 (+)구면 렌즈를 사용하여 초점을 망막의 앞쪽에 맺히도록 하고 있으므로, 이는 원시를 정시로 유도하는 과정이 아니라 원시를 근시로 유도하는 과정이다.

③ 근시를 정시로 유도하기 위해

근거: ④ [15]예를 들어 모형안을 기준으로 할 때, 눈 굴절력이 +61D인 근시는 −2D인 구면 렌즈를 눈앞에 대면 눈 굴절력과 (−)구면 렌즈의 굴절력이 합해져 +59D가 되기 때문에 정시로 교정되는 것이다.

근시를 정시로 교정하려면 (−)구면 렌즈를 사용해 망막 앞에 맺히는 초점을 뒤로 보내 망막에 맞추어야 한다. 그러나 ㉮는 이와 반대로 (+)구면 렌즈를 이용해 초점을 망막의 앞쪽에 두어 근시 상태를 의도적으로 만드는 과정에 해당한다.

④ 근시를 원시로 유도하기 위해

근거: ③ [13]반면 원시는 눈 굴절력이 +59D보다 작아서 초점이 망막보다 뒤쪽에 맺히게 되는 경우이다.

원시는 초점이 망막 뒤에 맺히는 경우를 말한다. 그러나 ㉮에서는 (+)구면 렌즈를 사용하여 초점을 망막의 앞쪽에 맺히도록 유도하고 있으므로, 이는 근시를 원시로 유도하는 것이 아니라 원시를 근시로 유도하는 것이다.

⑤ 정시를 원시로 유도하기 위해

근거: ③ [12]근시는~초점이 망막보다 앞쪽에 맺히는 경우이다. + ④ [19]운무법은 눈앞에 (+)구면 렌즈를 대어 초점이 망막의 앞쪽에 맺히도록 유도하는 것이다.(㉮) [20]그런 다음 (−)구면 렌즈를 순차적으로 덧대어 가면서 최대 시력을 얻는 최소의 (−)구면 렌즈 값과 운무법에 사용된 렌즈 값을 합하여 비정시의 정도를 판정한다.

㉮는 초점이 망막의 앞쪽에 맺히는 근시를 유도하기 위한 방법이지, 정시를 원시로 유도하는 방법이 아니다.

문제 P.134

[1~4] 다음 글을 읽고 물음에 답하시오.

✎ 사고의 흐름

1 [1]집중 호우나 우박, 폭설 등과 같은 기상 현상은 재해로 이어질 수 있어 강수량을 예측하여 피해에 대비해야 한다. [2]최근에는 이중 편파 레이더 관측을 통해 10분마다 강수 정보가 갱신되는 등 보다 신속하고 정확한 기상 관측이 이루어지고 있다. *강수 관측의 중요성을 바탕으로 이중 편파 레이더라는 화제를 제시하고 있어.*

2 [3]그렇다면 이중 편파 레이더는 어떻게 기상 현상을 관측하는 것일까? [4]기본적으로 기상 관측 레이더는 대기 중으로 송신된 전파가 강수 입자에 부딪혀 되돌아오면 수신된 전파를 분석한 후 여러 변수를 산출*하여 강수 입자를 분석한다. *기상 관측 레이더: 대기 중 전파 송신 → 강수 입자와 부딪혀 되돌아온 전파 수신 → 변수 산출하여 강수 입자 분석* [5]이중 편파 레이더 역시 이 원리를 활용하는데, 먼저 송신된 전파와 수신된 전파의 강도를 비교한 값인 반사도를 통해 강수 입자의 대략적인 크기와 개수를 파악한다. *이중 편파 레이더: 송신된 전파와 수신된 전파 강도 비교한 값(반사도) 활용 → 강수 입자의 대략적 크기, 개수 파악* [6]이중 편파 레이더가 송수신하는 전파는 지면과 수평인 방향으로 진동하는 수평 편파와 수직인 방향으로 진동하는 수직 편파로 이루어져 있는데, 각 편파의 반사도를 수평 반사도, 수직 반사도라고 하며 단위로는 데시벨Z(dBZ)를 사용한다. *수평 편파와 수직 편파를 모두 송수신하니까 이중 편파구나!* [7]이중 편파 레이더의 산출 변수로 사용되는 ⓐ반사도는 수평 반사도를 의미하며, 단위 부피 $1m^3$당 존재하는 강수 입자의 크기와 개수에 비례하여 커진다. *반사도(수평 반사도) ∝ $1m^3$당 존재하는 강수 입자의 크기와 개수* [8]일반적으로 강수 입자가 작고 그 수가 적은 이슬비는 1dBZ 이하의 값을, 강수 입자가 크고 그 수가 많은 집중 호우는 20dBZ 이상의 값을 갖는다. [9]그런데 우박의 경우 집중 호우와 강수 입자의 크기 및 개수가 달라도 반사도가 집중 호우와 비슷하게 나타날 수 있기 때문에 반사도만으로는 강수 입자의 종류를 구별하기 어려울 때가 있다. [10]그래서 이를 구별하기 위해서는 다른 산출 변수가 필요하다. *반사도의 한계: 우박과 집중 호우 구별 어려움*

앞의 설명 이외의 상황을 제시하겠군.

3 [11]우선 강수 입자의 크기와 모양을 알기 위해서 ⓑ차등반사도를 활용할 수 있다. [12]차등반사도란 수평 반사도에서 수직 반사도를 뺀 값으로, 강수 입자가 수평으로 더 길면 양의 값을, 수직으로 더 길면 음의 값을 가지며 단위로는 데시벨(dB)을 사용한다. *차등반사도(dB) = 수평 반사도 - 수직 반사도* [13]예를 들어 강수 입자가 큰 집중 호우의 경우, 빗방울이 낙하할 때 받는 공기 저항 때문에 강수 입자가 수평으로 퍼지게 되어 차등반사도가 2dB 이상으로 나타난다. [14]반면 우박이나 눈이 녹지 않아 순수한 얼음으로 구성된 경우라면 입자의 크기가 커도 수평으로 퍼지지 않으며, 회전 운동을 하면서 낙하하기 때문에 레이더에서는 거의 구형으로 인식되어 차등반사도 값이 0dB인 경우가 많다. [15]이를 이용하면 집중 호우와 우박의 반사도 값이 비슷해도 기상 현상을 구별할 수 있다. [16]하지만 강수 입자가 0.3mm보다 작은 이슬비도 공기 저항을 거의 받지 않아 강수

이번엔 우박의 경우를 설명할 거야. 차등반사도가 구분 기준인 이유를 알 수 있어.

입자가 구형을 유지하기 때문에 차등반사도가 주로 0dB로 나타난다. *차등반사도의 한계: 이슬비와 우박 구별 어려움* [17]따라서 ㉠강수 입자의 종류를 구별하려면 반사도와 차등반사도를 종합적으로 고려하는 것이 필요하다. *앞의 내용을 종합해서 반사도와 차등 반사도에 대해 정리해 보자.*

	반사도(dBZ)	차등반사도(dB)
측정	수평 반사도	수평 반사도 - 수직 반사도
강수 입자 구별	1dBZ 이하 → 이슬비 20dBZ 이상 → 집중 호우, 우박	0dB → 이슬비, 우박 2dB 이상 → 집중 호우
한계	집중 호우와 우박 구별 ✕ → (차등반사도로 구별)	이슬비와 우박 구별 ✕ → (반사도로 구별)

4 [18]한편 비나 우박과 같은 강수 입자의 종류와 강수 입자의 크기를 아는 것만으로는 단위 부피당 강수 입자 개수를 정확히 추정하는 데 한계가 있다. *반사도와 차등반사도 공통 한계: 단위 부피당 강수 입자 개수 정확히 추정 어려움* [19]그래서 차등위상차와 비차등위상차라는 산출 변수를 통해 강수 입자의 개수에 대한 정보를 얻는다. [20]레이더 전파가 강수 입자에 부딪히면 강수 입자의 크기와 모양에 따라 수평 편파와 수직 편파의 진행 속도가 달라진다. [21]이에 따라 두 편파의 위상*도 달라지는데, 이 위상의 차이를 누적한 값이 바로 ⓒ차등위상차이다. *차등위상차의 기본 원리를 설명하고 있어.* [22]단위로는 도(°)를 사용하며, 수평 편파 위상에서 수직 편파 위상을 빼는 방식으로 위상차를 구한다. *차등위상차 = 수평 편파 위상 - 수직 편파 위상* [23]전파가 통과하는 강수 입자의 단면 지름이 길어질수록 위상 값이 커지기 때문에 *강수 입자의 단면 지름 ∝ 위상 값* 차등반사도와 마찬가지로 강수 입자가 수평으로 더 길면 양의 값을 가지고, 수직으로 더 길면 음의 값을 가지게 된다. [24]차등위상차는 전파의 진행 방향을 따라 계속 누적되기 때문에 강수 입자가 존재하지 않는 곳에서도 0이 아닌 값이 산출될 수 있다는 특징이 있다. *차등위상차의 특징: 위상차 누적으로 강수 입자가 없는 곳에서도 0이 아닌 값 산출 가능*

한계를 극복하기 위한 해결책을 제시할 거야. 새로운 개념이 나올 테니 잘 정리하자!

5 [25]그리고 특정 관측 범위에서 차등위상차의 변화율을 나타낸 값을 ⓓ비차등위상차라고 한다. [26]만약 레이더로부터 5km 떨어진 지점의 차등위상차가 0°이고 10km 떨어진 지점의 차등위상차가 10°라면, 이때 5~10km 구간의 비차등위상차는 차등위상차 변화량 10°를 전파의 왕복 거리 10km로 나눈 1°/km가 된다. [27]비차등위상차는 차등위상차와는 달리 강수 입자가 존재하는 곳에서만 0이 아닌 값으로 산출되기 때문에 *비차등위상차의 특징: 강수 입자가 없는 곳에서는 0으로 산출* 관측하고자 하는 특정 구간의 강수 입자 개수를 보다 정확하게 추정할 수 있다.

6 [28]그런데 눈이 녹아 눈과 비가 함께 내리는 경우처럼 두 종류 이상의 강수 입자들이 혼재되어 있으면 산출 변수 값이 실제 기상 현상보다 크거나 작게 나타나 혼란을 줄 수 있다. *두 종류 이상의 강수 입자들이 혼재된 상황에서의 문제를 제시하고 있네.* [29]이를 해결하기 위한 산출 변

또 다른 문제를 제시할 거야. 이에 대한 해결책도 잘 정리해 두자!

수가 교차상관계수이다. [30]교차상관계수는 수평 편파와 수직 편파 신호의 유사도를 나타내는 값으로, 강수 입자들의 크기와 종류가 유사할수록 1에 가까운 값으로 산출된다. 교차상관계수: 수평 편파와 수직 편파 신호의 유사도를 나타내는 값 [31]일반적으로 비나 눈이 내릴 때 관측 범위 내에 종류가 같고 크기가 비슷한 강수 입자들이 분포하면 교차상관계수가 0.97 이상으로 높게 나타난다. [32]하지만 여러 종류의 강수 입자가 혼재된 경우나, 집중 호우처럼 강수 입자의 종류가 같더라도 그 크기가 다양한 경우에는 교차상관계수가 0.97 미만으로 나타나기도 한다. 교차상관계수 0.97 ↑ → 강수 입자 종류 같음, 크기 유사 / 교차상관계수 0.97 ↓ → 강수 입자 혼재 or 크기 다양

이것만은 챙기자

*산출: 계산하여 냄.
*위상: 진동이나 파동과 같은 주기적 현상에서, 일주기(一週期) 내에서 어떠한 상태에 있는가를 특징지어 나타내는 변수.

만점 선배의 구조도 예시

이중 편파 레이더

〈 이중 편파 레이더 원리〉
- 전파 송신 → 강수 입자 반사 → 수신 전파 분석
- 산출 변수 ──→ 강수 입자 분석
  ① 반사도
    - 수평반사도 기준, 강수 입자의 크기·개수↑ → 반사도↑
    - 이슬비 : 1dBZ 이하 / 집중 호우 : 20dBZ 이상
    - 한계 : 집중 호우와 우박 구별 어려움

  ② 차등반사도
    - 수평반사도 - 수직 반사도
    - 강수 입자가 수평 길면 양수 / 수직 길면 음수
    - 우박·순수 얼음(구형 인식) → 0dB , 작은 이슬비 → 0dB
      집중 호우 → 20dB 이상

  ③ 차등위상차
    - 차등위상차= 수평 편파 위상 - 수직 편파 위상
    - 전파 경로 따라 누적 → 강수 입자가 없는 곳에서도 0이 아닌 값이 나올수 있음
    - 강수 입자가
      수평으로 더 길면 → 양(+)의 값 , 수직으로 더 길면 → 음(-)의 값

  ④ 비차등위상차
    - 관측 범위 차등위상차 변화율
    - 강수 입자 존재 구간에서만 0 아님·
    - 특정 구간의 강수 입자 개수 정확하게 측정

  ⑤ 교차 상관 계수
    - 수평·수직 편파 신호 유사도
    - 강수 입자 크기·종류 유사할수록 → 1에 가까움

1. 윗글에 대한 이해로 가장 적절한 것은?

✔ 정답풀이

⑤ 관측 범위 내에 두 종류 이상의 강수 입자가 혼재할 경우 교차상관계수만으로는 강수 입자의 종류를 판별할 수 없겠군.

> 근거: 6 [32]여러 종류의 강수 입자가 혼재된 경우나, 집중 호우처럼 강수 입자의 종류가 같더라도 그 크기가 다양한 경우에는 교차상관계수가 0.97 미만으로 나타나기도 한다.
> 교차상관계수는 강수 입자가 혼재된 경우나 강수 입자의 크기가 다양할 때 그 값이 0.97 미만으로 나타나며 관측 범위 내 강수 입자의 종류와 크기의 유사도를 판별할 뿐, 강수 입자의 종류가 무엇인지 판별할 수는 없다.

✖ 오답풀이

① 기상 관측 레이더는 송신된 전파와 수신된 전파의 강도를 비교하기 위해 여러 변수를 산출하는군.

> 근거: 2 [4]기상 관측 레이더는 대기 중으로 송신된 전파가 강수 입자에 부딪혀 되돌아오면 수신된 전파를 분석한 후 여러 변수를 산출하여 강수 입자를 분석한다. [5]먼저 송신된 전파와 수신된 전파의 강도를 비교한 값인 반사도를 통해 강수 입자의 대략적인 크기와 개수를 파악한다.
> 기상 관측 레이더는 강수 입자를 분석하기 위해 대기 중으로 송신된 뒤에 강수 입자에 부딪혀 돌아온 전파를 수신한 뒤 이를 분석하여 여러 변수를 산출한다. 따라서 송신된 전파와 수신된 전파의 강도를 비교하기 위해 여러 변수를 산출하는 것은 아니다.

② 이중 편파 레이더가 송신하는 전파의 강도는 관측 범위 내에 존재하는 강수 입자의 개수에 따라 달라지겠군.

> 근거: 2 [4]기본적으로 기상 관측 레이더는 대기 중으로 송신된 전파가 강수 입자에 부딪혀 되돌아오면 수신된 전파를 분석한 후 여러 변수를 산출하여 강수 입자를 분석한다. [5]이중 편파 레이더 역시 이 원리를 활용하는데, 먼저 송신된 전파와 수신된 전파의 강도를 비교한 값인 반사도를 통해 강수 입자의 대략적인 크기와 개수를 파악한다.
> 이중 편파 레이더가 대기 중으로 송신하는 전파의 강도와 관측 범위 내의 강수 입자의 개수가 서로 관련이 있는지는 윗글을 통해 확인할 수 없다.

③ 순수한 얼음으로 구성된 강수 입자는 낙하하면서 수평 방향으로 퍼지기 때문에 레이더에서 구형으로 인식하겠군.

> 근거: 3 [14]우박이나 눈이 녹지 않아 순수한 얼음으로 구성된 경우라면 입자의 크기가 커도 수평으로 퍼지지 않으며, 회전 운동을 하면서 낙하하기 때문에 레이더에서는 거의 구형으로 인식되어 차등반사도 값이 0dB인 경우가 많다.

④ 이중 편파 레이더는 모든 산출 변수를 구할 때 수직 편파를 이용하므로 보다 정확한 기상 관측이 가능한 것이겠군.

근거: ❷ [6]이중 편파 레이더가 송수신하는 전파는 지면과 수평인 방향으로 진동하는 수평 편파와 수직인 방향으로 진동하는 수직 편파로 이루어져 있는데, 각 편파의 반사도를 수평 반사도, 수직 반사도라고 하며 단위로는 데시벨Z(dBZ)를 사용한다. [7]이중 편파 레이더의 산출 변수로 사용되는 반사도는 수평 반사도를 의미

윗글에 제시된 이중 편파 레이더의 산출 변수는 반사도, 차등반사도, 차등위상차, 비차등위상차, 교차상관계수인데 여기에서 반사도는 수평 반사도를 의미한다. 수평 반사도는 수평 편파를 이용하므로, 이중 편파 레이더가 모든 산출 변수를 구할 때 수직 편파를 이용하지는 않는다.

📋 문제적 문제

• 1―①, ②, ⑤번

세부 내용을 꼼꼼하게 파악하지 않았다면 매력적인 오답의 함정에 빠질 수 있는 문제였다. 실제로 절반이 넘는 학생들이 오답을 골랐고 특히 ①번과 ②번을 고른 학생들이 많았다.

우선 ①번은 2문단에서 기상 관측 레이더가 대기 중으로 전파를 송신하고 강수 입자에 부딪혀 되돌아온 전파를 분석하여 여러 변수를 산출한다고 했는데, 이때 변수를 산출하는 이유가 송신된 전파와 수신된 전파의 강도를 비교하기 위함이 아니라, 강수 입자를 분석하기 위함임을 윗글을 통해 파악하지 못했다면 선지의 정오를 판단하는 데 어려움을 겪었을 것이다.

②번은 학생들이 가장 많이 선택한 오답이다. 2문단에 따르면 강수 입자의 개수와 비례 관계에 있는 대상은 이중 편파 레이더의 산출 변수로 사용되는 반사도이다. 이중 편파 레이더가 기상을 관측하는 과정에서 전파를 송신하기는 하지만 이 전파의 강도와 강수 입자의 개수와의 관계는 윗글을 통해 파악할 수 없다.

한편 6문단에 따르면 교차상관계수는 강수 입자의 크기와 종류의 유사도를 나타내므로, 선지에서 언급한 것처럼 두 종류 이상의 강수 입자가 혼재된 경우에는 0.97 미만의 값이 산출되어 강수 입자 간의 유사도가 낮다는 사실만을 알 수 있을 뿐, 교차상관계수만으로 강수 입자의 종류를 판별할 수는 없으므로 ⑤번은 적절하다.

세부 정보를 파악하는 문제에서는 지문에서 언급한 핵심 키워드를 인과 관계, 비례 관계 등을 달리하여 그럴듯하게 조합한 매력적인 오답 선지를 주의해야 한다. 오답의 함정에 빠지지 않기 위해서는 반드시 지문에서 관련 정보의 관계를 명확하게 확인할 수 있어야 한다.

정답률 분석

매력적 오답	매력적 오답			정답
①	②	③	④	⑤
19%	26%	8%	7%	40%

2. ㉠의 이유로 가장 적절한 것은?

> ㉠: 강수 입자의 종류를 구별하려면 반사도와 차등반사도를 종합적으로 고려하는 것이 필요하다.

✔ 정답풀이

② 집중 호우와 우박은 반사도만으로는 구별할 수 없기 때문에

근거: ❷ [8]일반적으로 강수 입자가 작고 그 수가 적은 이슬비는 1dBZ 이하의 값을, 강수 입자가 크고 그 수가 많은 집중 호우는 20dBZ 이상의 값을 갖는다. [9]그런데 우박의 경우 집중 호우와 강수 입자의 크기 및 개수가 달라도 반사도가 집중 호우와 비슷하게 나타날 수 있기 때문에 반사도만으로는 강수 입자의 종류를 구별하기 어려울 때가 있다. + ❸ [13]강수 입자가 큰 집중 호우의 경우, 빗방울이 낙하할 때 받는 공기 저항 때문에 강수 입자가 수평으로 퍼지게 되어 차등반사도가 2dB 이상으로 나타난다. [14]반면 우박이나 눈이 녹지 않아 순수한 얼음으로 구성된 경우라면 입자의 크기가 커도 수평으로 퍼지지 않으며, 회전 운동을 하면서 낙하하기 때문에 레이더에서는 거의 구형으로 인식되어 차등반사도 값이 0dB인 경우가 많다. 반사도의 경우, 우박과 집중 호우 모두 20dBZ 이상으로 나타날 수 있기 때문에 반사도만으로 우박과 집중 호우를 구별하기는 어렵다. 반면 차등반사도는 집중 호우는 2dB 이상, 우박은 0dB로 나타나므로 구별이 가능하다. 따라서 ㉠의 이유는 집중 호우와 우박은 반사도만으로 구별이 불가능하기 때문으로 볼 수 있다.

✖ 오답풀이

① 이슬비와 우박은 반사도만으로는 구별할 수 없기 때문에

근거: ❷ [8]일반적으로 강수 입자가 작고 그 수가 적은 이슬비는 1dBZ 이하의 값을, 강수 입자가 크고 그 수가 많은 집중 호우는 20dBZ 이상의 값을 갖는다. [9]그런데 우박의 경우 집중 호우와 강수 입자의 크기 및 개수가 달라도 반사도가 집중 호우와 비슷하게 나타날 수 있기 때문에 반사도만으로는 강수 입자의 종류를 구별하기 어려울 때가 있다.

이슬비의 반사도는 1dBZ 이하이고, 우박은 집중 호우와 비슷한 20dBZ 이상으로 나타날 수 있으므로 이슬비와 우박은 반사도만으로 구별 가능하다.

③ 이슬비와 집중 호우는 반사도만으로는 구별할 수 없기 때문에

근거: ❷ [8]일반적으로 강수 입자가 작고 그 수가 적은 이슬비는 1dBZ 이하의 값을, 강수 입자가 크고 그 수가 많은 집중 호우는 20dBZ 이상의 값을 갖는다.

반사도는 이슬비에서 1dBZ 이하의 값을, 집중 호우에서 20dBZ 이상의 값으로 나타나므로, 반사도만으로도 두 현상을 구별할 수 있다.

④ 이슬비와 집중 호우는 차등반사도만으로는 구별할 수 없기 때문에

근거: ❸ [13]예를 들어 강수 입자가 큰 집중 호우의 경우, 빗방울이 낙하할 때 받는 공기 저항 때문에 강수 입자가 수평으로 퍼지게 되어 차등반사도가 2dB 이상으로 나타난다. [16]하지만 강수 입자가 0.3㎜보다 작은 이슬비도 공기 저항을 거의 받지 않아 강수 입자가 구형을 유지하기 때문에 차등반사도가 주로 0dB로 나타난다.

차등반사도는 집중 호우에서 2dB 이상, 이슬비에서 주로 0dB로 나타나므로 차등반사도만으로도 두 현상을 구별할 수 있다.

⑤ 집중 호우와 녹지 않은 눈은 차등반사도만으로는 구별할 수 없기 때문에

근거: ❸ [13]예를 들어 강수 입자가 큰 집중 호우의 경우, 빗방울이 낙하할 때 받는 공기 저항 때문에 강수 입자가 수평으로 퍼지게 되어 차등반사도가 2dB 이상으로 나타난다. [14]반면 우박이나 눈이 녹지 않아 순수한 얼음으로 구성된 경우라면 입자의 크기가 커도 수평으로 퍼지지 않으며, 회전 운동을 하면서 낙하하기 때문에 레이더에서는 거의 구형으로 인식되어 차등반사도 값이 0dB인 경우가 많다.

차등반사도는 집중 호우에서 2dB 이상으로, 녹지 않은 눈·우박에서는 0dB로 나타나므로 차등반사도만으로도 두 현상을 구별할 수 있다.

3. ⓐ~ⓓ에 대한 이해로 적절하지 <u>않은</u> 것은?

> ⓐ: 반사도
> ⓑ: 차등반사도
> ⓒ: 차등위상차
> ⓓ: 비차등위상차

✔ 정답풀이

② 강수 입자 크기에 영향을 받는 ⓐ와 ⓒ는 서로 비례 관계에 있는 산출 변수이다.

근거: ❷ [7]이중 편파 레이더의 산출 변수로 사용되는 반사도(ⓐ)는 수평 반사도를 의미하며, 단위 부피 1m³당 존재하는 강수 입자의 크기와 개수에 비례하여 커진다. + ❹ [24]차등위상차(ⓒ)는 전파의 진행 방향을 따라 계속 누적되기 때문에 강수 입자가 존재하지 않는 곳에서도 0이 아닌 값이 산출될 수 있다는 특징이 있다.

ⓐ는 강수 입자의 크기와 개수에 비례하지만, ⓒ는 위상차가 누적되므로 강수 입자가 없어도 0이 아닌 값이 산출될 수 있다. 따라서 ⓐ와 ⓒ가 비례 관계에 있다고 보기는 어렵다.

✘ 오답풀이

① 서로 다른 기상 관측 자료에서 ⓐ의 값이 달라도 ⓑ의 값은 동일할 수 있다.

근거: ❷ [8]일반적으로 강수 입자가 작고 그 수가 적은 이슬비는 1dBZ 이하의 값을, 강수 입자가 크고 그 수가 많은 집중 호우는 20dBZ 이상의 값을 갖는다. [9]그런데 우박의 경우 집중 호우와 강수 입자의 크기 및 개수가 달라도 반사도(ⓐ)가 집중 호우와 비슷하게 나타날 수 있기 때문에 + ❸ [14]우박이나 눈이 녹지 않아 순수한 얼음으로 구성된 경우라면~차등반사도(ⓑ) 값이 0dB인 경우가 많다. [16]강수 입자가 0.3mm보다 작은 이슬비도~차등반사도가 주로 0dB로 나타난다.

이슬비의 반사도는 1dBZ 이하의 값이며, 우박의 반사도는 20dBZ 이상의 값을 가질 수 있다. 그런데 차등반사도는 이슬비와 우박 모두 0dB일 수 있으므로, ⓐ의 값이 다르더라도 ⓑ의 값은 동일할 수 있다.

③ 관측 범위 내 강수 입자들의 크기와 종류가 모두 동일한 경우에 ⓑ가 양의 값을 갖는다면 ⓒ도 양의 값을 갖는다.

근거: ❸ [12]차등반사도(ⓑ)란 수평 반사도에서 수직 반사도를 뺀 값으로, 강수 입자가 수평으로 더 길면 양의 값을, 수직으로 더 길면 음의 값을 가지며 단위로는 데시벨(dB)을 사용한다. + ❹ [23](ⓒ는)전파가 통과하는 강수 입자의 단면 지름이 길어질수록 위상 값이 커지기 때문에 차등반사도와 마찬가지로 강수 입자가 수평으로 더 길면 양의 값을 가지고, 수직으로 더 길면 음의 값을 가지게 된다.

ⓑ는 강수 입자가 수평으로 더 길면 양의 값을, 수직으로 더 길면 음의 값을 가지며, ⓒ 역시 ⓑ와 마찬가지로 강수 입자가 수평으로 더 길면 양의 값을, 수직으로 더 길면 음의 값을 가진다. 따라서 관측 범위 내 강수 입자의 크기와 종류가 모두 동일하다면, ⓑ가 양의 값을 가질 때 ⓒ도 양의 값을 갖는다고 볼 수 있다.

④ 레이더로부터 3km, 6km 떨어진 지점에서 ⓒ의 값이 각각 0°, 12°라면 3~6km 구간에서 ⓓ의 값은 2°/km이다.

근거: ❺ [26]만약 레이더로부터 5km 떨어진 지점의 차등위상차(ⓒ)가 0°이고 10km 떨어진 지점의 차등위상차가 10°라면, 이때 5~10km 구간의 비차등위상차(ⓓ)는 차등위상차 변화량 10°를 전파의 왕복 거리 10km로 나눈 1°/km가 된다.

ⓓ는 차등위상차의 변화량을 전파의 왕복 거리로 나눈 값이다. 레이더로부터 3km, 6km 떨어진 지점에서 ⓒ의 값이 각각 0°와 12°라면 변화량은 12°가 된다. 이때 3~6km 구간에서 전파의 거리 3km에 대한 왕복 거리는 6km이므로, ⓓ는 12°/6km = 2°/km가 된다.

⑤ ⓓ는 ⓒ와 달리 강수 입자가 존재하는 곳에서만 0이 아닌 값으로 산출된다.

근거: ❹ [24]차등위상차(ⓒ)는 전파의 진행 방향을 따라 계속 누적되기 때문에 강수 입자가 존재하지 않는 곳에서도 0이 아닌 값이 산출될 수 있다는 특징이 있다. + ❺ [27]비차등위상차(ⓓ)는 차등위상차와는 달리 강수 입자가 존재하는 곳에서만 0이 아닌 값으로 산출되기 때문에

4. 윗글을 바탕으로 〈보기〉의 '기상 관측 자료'를 이해한 내용으로 적절하지 <u>않은</u> 것은? [3점]

〈보기〉

○ 기상 관측 자료

　다음은 비가 내리고 있는 A 지역과 기상 현상을 알지 못하는 B 지역을 이중 편파 레이더로 관측한 결과이다.

관측 지역	반사도	차등반사도	교차상관계수
A	45dBZ	2.5dB	0.95
B	45dBZ	0dB	0.98

　(단, 강수 입자 특성 외의 다른 관측 조건은 동일하다고 가정한다.)

▼ 정답풀이

⑤ B 지역은 차등반사도가 A 지역보다 작고 반사도가 A 지역과 동일하므로 B 지역의 수직 반사도는 A 지역보다 작을 것이다.

근거: 2 [7]반사도는 수평 반사도를 의미하며 + 3 [12]차등반사도란 수평 반사도에서 수직 반사도를 뺀 값으로,
차등반사도는 수평 반사도에서 수직 반사도를 뺀 값이므로, 반사도 즉, 수평 반사도가 동일할 경우 차등반사도가 클수록 수직 반사도의 값은 더 작아진다. 〈보기〉의 A 지역과 B 지역의 수평 반사도는 모두 45dBZ로 같지만, A 지역의 차등반사도는 2.5dB이고 B 지역은 0dB이다. 따라서 A 지역의 수직 반사도는 42.5dBZ, B 지역의 수직 반사도는 45dBZ가 되므로 B 지역의 수직 반사도는 A 지역보다 클 것이다.

✖ 오답풀이

① A 지역은 차등반사도가 양의 값을 가지므로 강수 입자의 모양이 수평으로 긴 형태일 것이다.

근거: 3 [12]차등반사도란 수평 반사도에서 수직 반사도를 뺀 값으로, 강수 입자가 수평으로 더 길면 양의 값을, 수직으로 더 길면 음의 값을 가지며 단위로는 데시벨(dB)를 사용한다.
〈보기〉의 A 지역의 차등반사도는 2.5dB이므로 양의 값을 가진다. 따라서 강수 입자가 수평으로 긴 형태라고 볼 수 있다.

② A 지역은 차등반사도가 2dB보다 크고 교차상관계수가 0.97보다 작으므로 집중 호우가 내리고 있을 가능성이 높을 것이다.

근거: 3 [13]강수 입자가 큰 집중 호우의 경우, 빗방울이 낙하할 때 받는 공기 저항 때문에 강수 입자가 수평으로 퍼지게 되어 차등반사도가 2dB 이상으로 나타난다. + 6 [32]여러 종류의 강수 입자가 혼재된 경우나, 집중 호우처럼 강수 입자의 종류가 같더라도 그 크기가 다양한 경우에는 교차상관계수가 0.97 미만으로 나타나기도 한다.
집중 호우의 경우 차등반사도가 2dB 이상으로 나타나고, 교차상관계수는 0.97 디만으로 나타나기도 한다. 〈보기〉의 A 지역은 차등반사도가 2.5dB, 교차상관계수는 0.95이므로 집중 호우가 내리고 있을 가능성이 높을 것이다.

③ B 지역의 기상 현상을 우박으로 판단했다면 반사도가 20dBZ 이상이면서 차등반사도가 0dB이기 때문일 것이다.

근거: 2 [8]일반적으로 강수 입자가 작고 그 수가 적은 이슬비는 1dBZ 이하의 값을, 강수 입자가 크고 그 수가 많은 집중 호우는 20dBZ 이상의 값을 갖는다. [9]그런데 우박의 경우 집중 호우와 강수 입자의 크기 및 개수가 달라도 반사도가 집중 호우와 비슷하게 나타날 수 있기 때문에 반사도만으로는 강수 입자의 종류를 구별하기 어려울 때가 있다. + 3 [14]반면 우박이나 눈이 녹지 않아 순수한 얼음으로 구성된 경우라면 입자의 크기가 커도 수평으로 퍼지지 않으며, 회전 운동을 하면서 낙하하기 때문에 레이더에서는 거의 구형으로 인식되어 차등반사도 값이 0dB인 경우가 많다.
〈보기〉의 B 지역은 반사도가 45dBZ로 20dBZ 이상이면서 차등반사도가 0dB이므로 우박이 내리는 것으로 판단할 수 있다.

④ B 지역은 교차상관계수가 0.97보다 높게 나타나므로 종류가 같고 크기가 비슷한 강수 입자들이 분포하고 있을 것이다.

근거: 6 [31]일반적으로 비나 눈이 내릴 때 관측 범위 내에 종류가 같고 크기가 비슷한 강수 입자들이 분포하면 교차상관계수가 0.97 이상으로 높게 나타난다.

[1~4] 다음 글을 읽고 물음에 답하시오.

✎ 사고의 흐름

1 ¹문자 입력 창에 한 글자만을 입력했는데 완성된 문구가 ⓐ제시되는 자동 완성을 경험해 보았을 것이다. ²'코'라는 문자를 입력했다면 '코피', '코로나' 등이 후보로 제시되어 휴대 전화와 같이 문자 입력이 불편한 경우 문자 입력을 편리하게 할 수 있다. *'자동 완성'이 무엇인지 사례를 통해 설명하고 있네.* ³이는 사용했던 단어들 중에서 입력되는 문자와 첫 글자부터 일치하는 것을 찾고 그중 사용 빈도가 높은 단어들을 후보로 제시하는 것이라고 할 수 있다. *자동 완성의 원리는 사용 빈도가 높은 단어를 활용한다는 거야.* ⁴한편 워드 프로세서에서 단어 찾기와 같은 검색은 저장되어 있는 문자열을 대상으로 검색어가 ⓑ포함된 문자열을 찾는 것이다. *'검색'의 개념에 대해 설명하고 있어.* ⁵검색은 자동 완성과 달리 대상 문자열의 어느 위치에서도 검색어를 찾을 수 있어야 하며 사용 빈도*를 고려하지 않아도 된다. *자동 완성과 검색을 비교하여 정리해 보자.*

검색과 자동 완성의 차이점이 제시될 거야.

구분	자동 완성	검색
특징	첫 글자부터 일치, 사용 빈도 높은 단어 우선	문자열 어느 위치든 찾을 수 있어야 함, 사용 빈도 고려 X

2 ⁶검색이 가능하기 위해서는 검색어를 저장되어 있는 문자열의 부분 문자열과 비교하는 알고리즘*이 필요하다. *검색이 가능하려면 알고리즘이 필요하다고 이야기하고 있어.* ⁷예를 들어 '우리글'이라는 검색어를 '한글:ㄴ우리나라에서ㄴ창제된ㄴ우리글'이라는 띄어쓰기(ㄴ)가 포함된 18글자의 대상 문자열에서 검색한다고 ⓒ가정해 보자. ⁸㉠가장 간단히 떠올릴 수 있는 방법은 '우리글'이 3글자이므로 대상 문자열을 3글자씩 잘라 1글자씩 비교하는 것이다. ⁹'한글:', '글:ㄴ', ':ㄴ우'(3글자) 등과 같이 16개의 비교 대상을 만들고 이를 검색어와 각각 비교하여 모두 같은지 확인한다. ¹⁰하나의 비교 대상을 확인하기 위해서는 3글자를 각각 비교해야 하므로 총 16 × 3번(비교 횟수: 48회) 비교를 하게 될 것이다. ¹¹검색어 길이에 비해 대상 문자열이 짧거나 같은 경우는 없으므로 이 방법은 검색어와 비교해야 하는 대상 문자열의 길이가 길어지거나 개수가 많아지면 비교 횟수가 늘어나 검색 시간이 늘어난다. *2문단의 알고리즘은 대상 문자열의 길이나 개수에 따라 검색 시간이 늘어날 수 있다는 단점이 있네. 이어서 검색 시간을 줄일 수 있는 방법에 대해 설명하겠지?*

[A]

3 ¹²검색 시간을 줄이기 위한 다른 방법은 없을까? ¹³검색어와 비교 대상을 1글자씩 비교(총 48회 비교)하지 않고 3글자씩 한 번에 비교(총 16회 비교)할 수 있다면 그만큼 비교 횟수가 줄어들게 되어 검색 시간이 줄어들 것이다. *검색 시간을 줄이는 해결책을 찾으려 하고 있어. 글자를 묶어서 비교하면 효율이 올라간다는 내용을 제시하고 있네.* ¹⁴이를 위해 각각의 문자열에 특정 값을 ⓓ생성하는 함수를 설정할 수 있다. ¹⁵이런 함수를 해시 함수라고 하고, 어떤 문자열에 대해 해시 함수가 생성한 값을 해시값이라고 한다. *해시 함수와 해시값이라는 새로운 개념이 등장했어.* ¹⁶만일 해시 함수가 입력

가능한 문자열에 대해 모두 다른 해시값을 생성한다면 검색어의 해시값과 비교 대상의 해시값을 비교하여 두 문자열이 일치함을 단번에 ⓔ판단할 수 있다. *검색 시간을 줄이는 해시 함수: 해시 함수가 입력 가능한 문자열에 모두 다른 값의 해시값 생성 → 검색어의 해시값과 비교 대상의 해시값 비교 → 두 문자열의 일치 여부 단번에 파악*

4 ¹⁷앞의 예와 같이 검색어가 3글자('우리글')이고 18글자의 대상 문자열('한글:ㄴ우리나라에서ㄴ창제된ㄴ우리글')이 제시된다면 비교 대상은 16개가 만들어진다. ¹⁸하지만 각 비교 대상에서 문자열 비교는 1번의 해시값 비교(16 × 1)로 줄어들기 때문에 전체 비교 횟수는 감소(48회 → 16회)하게 된다. *2문단의 알고리즘과 다른 점을 설명할 거야.* *원래는 글자 하나하나를 따져서 48번 비교해야 했는데, 해시값을 쓰면 16번 비교로 줄어든다는 점이 핵심이야.* ¹⁹물론 해시값을 생성하는 해시 함수의 연산이 추가되지만 추가되는 연산 시간이 각 글자 단위의 비교에 필요한 연산 시간보다 짧다면 전체적인 검색 시간은 단축될 수 있다. ²⁰이런 이유로 해시 함수는 연산이 간단하면서도 중복되지 않는 해시값을 생성할 수 있어야 한다. *해시 함수의 조건을 제시하면서 글을 마무리하고 있네.*

이것만은 챙기자

* **빈도:** 같은 현상이나 일이 반복되는 도수.
* **알고리즘:** 어떤 문제의 해결을 위하여, 입력된 자료를 토대로 하여 원하는 출력을 유도하여 내는 규칙의 집합.

만점 선배의 구조도 예시

문자열 검색

< 검색 >
· 저장 문자열 대상 → 검색어가 포함된 문자열 찾기
· 문자열 내 어느 위치에서든 검색 가능
· 사용 빈도 고려 X

< 기본 검색 방법 >
예: 검색어 '우리글' (3글자)
① 대상 문자열 18글자 → 16개의 비교 대상
② 각 비교 대상 3글자씩 1:1 비교
③ 총 16×3번 비교 필요
④ 대상 문자열 길어지거나 개수가 많아지면 비교 횟수↑ → 검색 시간↑

< 검색 시간 줄이는 방법 >
· 비교 대상 전체를 1글자씩이 아닌 3글자 단위로 비교
· 문자열에 특정 값을 생성 → 해시 함수
· 해시 함수가 생성한 값 = 해시값
· 해시값 비교로 두 문자열 일치 여부 단번에 판단
· 조건: 연산 간단 + 중복되지 않는 해시값

1. 윗글을 통해 알 수 있는 내용으로 적절하지 <u>않은</u> 것은?

✔ 정답풀이

② 검색은 필요에 따라 각기 다른 문자열에 동일한 해시값을 생성하는 해시 함수를 사용한다.

> 근거: **3** [12]검색 시간을 줄이기 위한 다른 방법은 없을까? [16]만일 해시 함수가 입력 가능한 문자열에 대해 모두 다른 해시값을 생성한다면 검색어의 해시값과 비교 대상의 해시값을 비교하여 두 문자열이 일치함을 단번에 판단할 수 있다.
> 검색은 그 시간을 줄이기 위해 각기 다른 문자열에 동일한 해시값을 생성하는 해시 함수가 아니라 모두 다른 해시값을 생성하는 해시 함수를 사용한다.

✖ 오답풀이

① 검색은 저장되어 있는 문자열 전체를 대상으로 검색어가 포함되어 있는지 확인한다.
> 근거: **1** [4]한편 워드 프로세서에서 단어 찾기와 같은 검색은 저장되어 있는 문자열을 대상으로 검색어가 포함된 문자열을 찾는 것이다.

③ 검색은 저장되어 있는 문자열의 부분 문자열과 검색어를 비교하는 알고리즘을 활용한다.
> 근거: **2** [6]검색이 가능하기 위해서는 검색어를 저장되어 있는 문자열의 부분 문자열과 비교하는 알고리즘이 필요하다.

④ 자동 완성은 사용 빈도를 고려하여 입력되는 문자가 포함된 문자열을 후보로 제시한다.
> 근거: **1** [3]이(자동 완성)는 사용했던 단어들 중에서 입력되는 문자와 첫 글자부터 일치하는 것을 찾고 그중 사용 빈도가 높은 단어들을 후보로 제시하는 것이라고 할 수 있다.

⑤ 자동 완성은 휴대 전화와 같이 문자 입력이 불편한 경우 문자 입력을 편리하게 할 수 있는 방법이다.
> 근거: **1** [2](자동 완성은) '코'라는 문자를 입력했다면 '코피', '코로나' 등이 후보로 제시되어 휴대 전화와 같이 문자 입력이 불편한 경우 문자 입력을 편리하게 할 수 있다.

2. [A]를 이해한 내용으로 적절한 것은?

✔ 정답풀이

③ 검색어보다 긴 대상 문자열의 개수가 늘어난다면 비교 대상이 늘어나 해시값 비교 횟수가 증가할 수 있겠군.

> 근거: **1** [8](검색어인) '우리글'이 3글자이므로 대상 문자열을 3글자씩 잘라~비교하는 것이다. + **3** [14]각각의 문자열에 특정 값을 생성하는 함수를 설정할 수 있다. [15]이런 함수를 해시 함수라고 하고, 어떤 문자열에 대해 해시 함수가 생성한 값을 해시값이라고 한다. [16]만일 해시 함수가 입력 가능한 문자열에 대해 모두 다른 해시값을 생성한다면 검색어의 해시값과 비교 대상의 해시값을 비교하여 두 문자열이 일치함을 단번에 판단할 수 있다.
> 검색어보다 긴 대상 문자열의 개수가 늘어난다면 검색어와 비교해야 할 대상이 늘어날 것이고, 그에 따라 비교해야 하는 해시값의 수도 늘어나게 될 것이므로 비교 횟수가 증가할 수 있다.

✖ 오답풀이

① 검색어의 길이가 짧아진다면 비교 대상의 개수가 줄어들어 해시값 비교 횟수가 증가할 수 있겠군.
> 근거: **3** [13]검색어와 비교 대상을 1글자씩 비교하지 않고 3글자씩 한 번에 비교할 수 있다면 그만큼 비교 횟수가 줄어들게 되어 검색 시간이 줄어들 것이다. [14]이를 위해 각각의 문자열에 특정 값을 생성하는 함수를 설정할 수 있다. [15]이런 함수를 해시 함수라고 하고, 어떤 문자열에 대해 해시 함수가 생성한 값을 해시값이라고 한다. [16]만일 해시 함수가 입력 가능한 문자열에 대해 모두 다른 해시값을 생성한다면 검색어의 해시값과 비교 대상의 해시값을 비교하여 두 문자열이 일치함을 단번에 판단할 수 있다.
> 동일한 대상 문자열을 두고 검색어의 길이가 짧아진다면 대상 문자열을 더 세세하게 잘라야하므로 그만큼 비교해야 하는 대상의 개수가 늘어날 것이다. 참고로 비교 대상의 개수가 줄어든다면 해시값 비교 횟수는 감소한다.

② 대상 문자열에 반복되는 글자가 많다면 해시값이 작아져서 해시 함수의 연산 시간이 단축될 수 있겠군.
> 근거: **3** [15]어떤 문자열에 대해 해시 함수가 생성한 값을 해시값이라고 한다.
> 대상 문자열에 반복되는 글자 수와 해시값의 크기의 관계는 윗글에서 확인할 수 없으며 해시값의 크기와 해시 함수의 연산 속도의 관계 또한 확인할 수 없다.

④ 대상 문자열이 1개일 경우 검색어의 길이가 짧아진다면 비교 대상의 길이가 줄어들어 해시값 비교 횟수가 감소할 수 있겠군.
> 근거: **3** [16]만일 해시 함수가 입력 가능한 문자열에 대해 모두 다른 해시값을 생성한다면 검색어의 해시값과 비교 대상의 해시값을 비교하여 두 문자열이 일치함을 단번에 판단할 수 있다.
> 검색어의 길이가 짧아진다면 그에 맞춰 비교 대상의 길이가 줄어들지만 비교 대상의 개수는 늘어나므로, 해시값 비교 횟수 역시 감소하는 것이 아니라 증가할 것이다.

⑤ 대상 문자열이 2개일 경우 검색어의 길이가 길어진다면 비교 대상의 개수가 늘어나 해시 함수의 연산 시간이 증가할 수 있겠군.

근거: ❸ [16]만일 해시 함수가 입력 가능한 문자열에 대해 모두 다른 해시값을 생성한다면 검색어의 해시값과 비교 대상의 해시값을 비교하여 두 문자열이 일치함을 단번에 판단할 수 있다.

검색어의 길이가 길어진다면 비교 대상의 개수가 줄어들고 해시 함수의 연산 시간 또한 증가하는 것이 아니라 감소할 것이다.

3. ㉠에 〈보기〉의 조건을 모두 추가하여 검색한다고 할 때, 이에 대한 설명으로 적절하지 <u>않은</u> 것은? [3점]

㉠: 가장 간단히 떠올릴 수 있는 방법

〈보기〉

[조건]

○ [1]검색어에 문장 부호가 포함되지 않는 경우(예: 우리글) 문장 부호가 있는 부분 문자열은 비교 대상에서 제외한다.

○ [2]검색어에 띄어쓰기가 포함되는 경우 띄어쓰기의 위치가 일치하지 않는 부분 문자열은 비교 대상에서 제외한다. 검색어에 띄어쓰기가 포함되면 검색어와 띄어쓰기의 위치가 일치해야 함

✅ 정답풀이

① '우리␣글'로 검색할 경우 띄어쓰기의 위치가 일치하는 비교 대상 3개가 만들어진다.

근거: ❷ [7]예를 들어 '우리글'이라는 검색어를 '한글:␣우리나라에서␣창제된␣우리글'이라는 띄어쓰기(␣)가 포함된 18글자의 대상 문자열에서 검색한다고 가정해 보자. [8]가장 간단히 떠올릴 수 있는 방법(㉠)은 '우리글'이 3글자이므로 대상 문자열을 3글자씩 잘라 1글자씩 비교하는 것이다. + 〈보기〉 [1]검색어에 문장 부호가 포함되지 않는 경우 문장 부호가 있는 부분 문자열은 비교 대상에서 제외한다. [2]검색어에 띄어쓰기가 포함되는 경우 띄어쓰기의 위치가 일치하지 않는 부분 문자열은 비교 대상에서 제외한다.

검색어 '우리␣글'은 4글자로 이루어져 있으며, 띄어쓰기가 3번째 자리에 있다. 따라서 비교 대상도 4글자로 끊었을 때 띄어쓰기가 같은 위치에 있어야 한다. 대상 문자열을 차례로 4글자씩 살펴보면 이런 조건에 맞는 경우가 3번 나온다. 이 중 첫 번째는 '글:␣우'인데, 문장 부호(:)가 들어 있어 조건에 따라 제외된다. 나머지 두 경우인 '에서␣창'과 '제된␣우'는 조건에 맞으므로 비교 대상에 포함된다. 따라서 조건에 맞는 비교 대상은 2개뿐이다.

② '우리␣글'로 검색할 경우의 비교 횟수보다 '우리글'로 검색할 경우의 비교 횟수가 더 많다.

근거: ❷ [7]예를 들어 '우리글'이라는 검색어를 '한글:␣우리나라에서␣창제된␣우리글'이라는 띄어쓰기(␣)가 포함된 18글자의 대상 문자열에서 검색한다고 가정해 보자. [8]가장 간단히 떠올릴 수 있는 방법(㉠)은 '우리글'이 3글자이므로 대상 문자열을 3글자씩 잘라 1글자씩 비교하는 것이다. [9]한글:', '글:␣'. ':␣우' 등과 같이 16개의 비교 대상 + 〈보기〉 [1]검색어에 문장 부호가 포함되지 않는 경우 문장 부호가 있는 부분 문자열은 비교 대상에서 제외한다. [2]검색어에 띄어쓰기가 포함되는 경우 띄어쓰기의 위치가 일치하지 않는 부분 문자열은 비교 대상에서 제외한다.

'우리글'은 3글자로 이루어져 있으며 띄어쓰기도 문장 부호도 포함하지 않는다. 이때 기본적으로는 16개의 비교 대상이 만들어지지만, 이 가운데 '한글:', '글:␣'. ':␣우'처럼 문장 부호가 들어 있는 경우는 〈보기〉의 조건에 따라 제외된다. 따라서 실제 비교 대상은 13개가 된다. 반면 '우리␣글'은 띄어쓰기의 위치가 일치하지 않는 경우 비교 대상에서 제외하므로 '글:␣우', '에서␣창', '제된␣우' 3개만이 해당하고 여기서 문장 부호가 있는 것은 제외하므로 '에서␣창', '제된␣우' 2개만이 비교 대상이 된다. 따라서 '우리글'로 검색할 때의 비교 횟수가 '우리␣글'로 검색할 때의 비교 횟수보다 더 많다.

③ '우리글'로 검색할 경우 비교 대상은 '␣우리', '우리나', '리나라' 등과 같이 3글자로 된 비교 대상들이 만들어진다.

근거: ❷ [8]가장 간단히 떠올릴 수 있는 방법(㉠)은 '우리글'이 3글자이므로 대상 문자열을 3글자씩 잘라 1글자씩 비교하는 것이다.

검색어 '우리글'은 3글자이므로, 대상 문자열에서도 3글자씩 이어지는 부분을 1글자씩 옮겨 가며 끊어 낸 부분 문자열들이 비교 대상이 된다. 예시로 제시된 '␣우리', '우리나', '리나라' 등은 3글자로 된 비교 문자열에 해당한다.

④ '우리글'로 검색할 경우 부분 문자열 '한글:', '글:␣', ':␣우'에는 문장 부호가 포함되어 있기 때문에 비교하지 않는다.

근거: ❷ [7]예를 들어 '우리글'이라는 검색어를 '한글:␣우리나라에서␣창제된␣우리글'이라는 띄어쓰기(␣)가 포함된 18글자의 대상 문자열에서 검색한다고 가정해 보자. + 〈보기〉 [1]검색어에 문장 부호가 포함되지 않는 경우 문장 부호가 있는 부분 문자열은 비교 대상에서 제외한다.

검색어 '우리글'에는 문장 부호가 없으므로, '우리글'의 비교 대상 역시 문장 부호 ':'가 포함된 '한글:', '글:␣', ':␣우'는 제외된다.

⑤ '우리글'로 검색할 경우 일치하는 문자열을 찾을 수 있지만 '우리␣글'로 검색할 경우는 일치하는 문자열을 찾을 수 없다.

근거: ❷ [7]예를 들어 '우리글'이라는 검색어를 '한글:␣우리나라에서␣창제된␣우리글'이라는 띄어쓰기(␣)가 포함된 18글자의 대상 문자열에서 검색한다고 가정해 보자. + 〈보기〉 [2]검색어에 띄어쓰기가 포함되는 경우 띄어쓰기의 위치가 일치하지 않는 부분 문자열은 비교 대상에서 제외한다.

대상 문자열에는 '우리글'이 포함되어 있으므로, '우리글'로 검색하면 일치하는 문자열을 찾을 수 있다. 그러나 주어진 대상 문자열에서 '우리␣글'로 검색하는 경우 띄어쓰기의 위치까지 동일한 비교 대상을 찾을 수 없으므로 일치하는 문자열을 찾을 수 없다.

📋 문제적 문제 • 3번

많은 학생들이 정답이 아닌 선지들을 골고루 선택한 문제이다. 다시 말해 많은 학생들이 이 문제를 포기하거나 찍었을 가능성이 높다. 시간에 쫓기는 상황에서 지문과 〈보기〉에 제시된 조건들을 확인하고 각 선지에 이를 적용해서 정답을 고르는 것이 쉽지 않은 것은 사실이나, 고득점을 원한다면 이와 같은 유형의 3점짜리 문항에 충분히 대비해 두어야 한다.

정답인 ①번 선지는 '우리␣글'로 검색할 경우를 제시했다. 이때 대상 문자열에는 조건에 맞는 부분 문자열이 3번 등장하지만, 그중 하나인 '글:␣우'에는 문장 부호가 포함되어 있어 제외된다. 따라서 최종 비교 대상은 2개뿐이다.

②번 선지의 경우 '우리글'은 띄어쓰기가 없으므로 '띄어쓰기의 위치가 일치'하는지 여부를 고려하지 않은 채 '문장 부호가 있는 부분 문자열'만 제외하고, '우리␣글'은 띄어쓰기가 포함되어 있어 '띄어쓰기 위치가 일치하는 부분 문자열'만 우선하여 찾으면 되므로 상대적으로 비교 대상이 적을 것이라고 선접근할 수 있다. 실제로 '우리글'은 문장 부호가 들어 있는 세 개의 비교 대상을 제외하고 13개가 남으며, '우리␣글'은 조건에 맞는 2개만 비교 대상이 된다. 따라서 '우리글' 쪽의 비교 횟수가 더 많다.

③번 선지는 〈보기〉에 제시된 각 조건의 전제를 제대로 파악하지 못했기 때문에 잘못 선택했을 가능성이 높다. 〈보기〉의 조건에 너무도 분명하게 '띄어쓰기가 일치하지 않는 부분 문자열은 비교 대상에서 제외'라고 적혀 있기 때문이다. 그러나 선지에 제시된 '우리글'은 띄어쓰기가 없기에 해당 기준이 적용되지 않고, 부분 문자열에 문장 부호만 포함되지 않는다면 3글자씩 끊어낸 '␣우리'도 비교 대상이 될 수 있다.

④번 선지는 '검색어에 문장 부호가 없으면, 문장 부호가 들어간 부분 문자열은 제외한다.'는 조건을 떠올렸어야 한다. '우리글'로 검색하면 '한글:' '글:␣', ':␣우'는 문장 부호가 포함되어 있으므로 비교하지 않는다.

⑤번 선지는 대상 문자열의 끝부분에 '우리글'이 존재한다는 사실과, '우리␣글'은 존재하지 않는다는 사실을 확인했어야 한다. 따라서 '우리글'로 검색하면 일치하는 문자열을 찾을 수 있지만 '우리␣글'은 조건에 맞는 문자열을 찾을 수 없다.

이런 유형의 문제는 지문과 〈보기〉에서 제시한 조건을 빠짐없이 적용하는 연습이 필요하다. 첫째, 검색어의 길이만큼 끊어 연속 부분 문자열을 모두 만든다. 둘째, 검색어와 부분 문자열에서 문장 부호의 유무와 띄어쓰기 위치를 하나씩 확인한다. 셋째, 남은 부분 문자열의 개수를 세고 일치 여부를 확인한다. 이 과정을 제대로 밟지 않으면 매력적인 오답을 고르게 된다. 따라서 조건 확인 과정을 답안 선택의 필수 절차로 여기고 꾸준히 훈련하는 것이 중요하다.

정답률 분석

정답	매력적 오답	매력적 오답	매력적 오답	매력적 오답
①	②	③	④	⑤
42%	16%	21%	11%	10%

4. ⓐ～ⓔ의 사전적 의미로 적절하지 <u>않은</u> 것은?

✔ 정답풀이

③ ⓒ: 다른 사람의 말이나 행동, 형편 따위를 잘 알아서 긍정하고 이해함.

> 근거: ❷ [7]예를 들어 '우리글'이라는 검색어를 '한글:␣우리나라에서␣창제된␣우리글'이라는 띄어쓰기(␣)가 포함된 18글자의 대상 문자열에서 검색한다고 ⓒ가정해 보자.
> '다른 사람의 말이나 행동, 형편 따위를 잘 알아서 긍정하고 이해함.'은 '납득'의 의미이다. ⓒ는 '사실이 아니거나 또는 사실인지 아닌지 분명하지 않은 것을 임시로 인정함.'의 의미를 지닌다.

✖ 오답풀이

① ⓐ: 어떠한 의사를 말이나 글로 나타내어 보임.
근거: ❶ [1]문자 입력 창에 한 글자만을 입력했는데 완성된 문구가 ⓐ제시되는 자동 완성을 경험해 보았을 것이다.

② ⓑ: 어떤 사물이나 현상 가운데 함께 들어 있거나 함께 넣음.
근거: ❶ [4]한편 워드 프로세서에서 단어 찾기와 같은 검색은 저장되어 있는 문자열을 대상으로 검색어가 ⓑ포함된 문자열을 찾는 것이다.

④ ⓓ: 사물이 생겨남. 또는 사물이 생겨 이루어지게 함.
근거: ❸ [14]이를 위해 각각의 문자열에 특정 값을 ⓓ생성하는 함수를 설정할 수 있다.

⑤ ⓔ: 사물을 인식하여 논리나 기준 등에 따라 판정을 내림.
근거: ❸ [16]만일 해시 함수가 입력 가능한 문자열에 대해 모두 다른 해시값을 생성한다면 검색어의 해시값과 비교 대상의 해시값을 비교하여 두 문자열이 일치함을 단번에 ⓔ판단할 수 있다.

[1~5] 다음 글을 읽고 물음에 답하시오.

✏️ 사고의 흐름

1 [1]OLED(Organic Light Emitting Diode)란 LED의 발광층에 전기에너지를 받으면 특정한 색의 빛을 내는 유기물질을 넣은 것을 말한다. [2]가장 기본이 되는 ㉠RGB-OLED는 빛의 3원색인 적색, 녹색, 청색을 내는 서브픽셀 세 개가 모여 하나의 픽셀을 이룬다. OLED와 RGB-OLED의 개념을 제시하면서 글을 시작하고 있어. [3]서브픽셀은 전자를 주입해주는 음극, 전자와 정공*이 만나 빛을 만들어내는 발광층, 정공을 주입해주는 양극 등이 순서대로 다층 구조를 이루고 있는데 서브픽셀마다 일종의 밸브 역할을 하는 박막트랜지스터(TFT)가 양극(+) 쪽에 위치하고 있어 전류를 차단하거나 통하게 하고 전류량을 조절한다. 서브픽셀의 다층 구조를 순서대로 정리해 보자. ① 음극: 전자 주입, ② 발광층: 전자 + 정공 → 빛, ③ 양극: 정공 주입 / 박막트랜지스터(TFT): 양극 쪽에 위치, 전류량 조절 [4]서브픽셀을 모두 끄면 검은색을, 모두 켜면 흰색을 만들어 낼 수 있고 서브픽셀의 전류량을 조절해 빛의 양을 적절히 배합*하면 다양한 색상의 빛을 표현해 낼 수 있다. 빛 색상 표현: 서브픽셀을 모두 끔 → 검은색, 모두 켬 → 흰색, 전류량 조절해 빛의 양 적절히 배합 → 다양한 색상

2 [5]그렇다면 발광층에서 빛이 나는 원리는 무엇일까? OLED의 발광층에서 빛이 나는 원리에 대해 질문을 하며 화제를 구체화하고 있어. [6]에너지가 가장 낮아 전자가 안정된 상태를 '바닥상태'라 한다. [7]그리고 바닥상태에 일정 이상의 에너지가 가해져 전자가 원래의 자리에서 이동하며 높은 에너지를 지니게 된 상태를 '들뜬상태'라 한다. 바닥상태와 들뜬상태를 설명하고 있어. 발광층에서 빛이 나는 원리를 이해하는 데 필요한 개념일 테니 정확하게 확인하고 넘어가자. [8]들뜬상태의 전자는 안정화되려는 속성이 있어 다시 바닥상태로 돌아가게 된다. [9]이때 전자는 들뜬상태와 바닥상태의 에너지 차이, 즉 바닥상태에서 들뜬상태가 되도록 가해졌던 에너지만큼의 에너지를 방출한다. 들뜬상태의 전자는 들뜬상태의 에너지와 바닥상태의 에너지의 차이만큼 에너지를 방출하면서 바닥상태로 돌아간다고 해. [10]TFT가 전류를 흐르게 하면 들뜬상태가 된 전자가 양극을 향해, 정공은 음극을 향해 이동하다가 발광층에서 서로 만나게 된다. [11]발광층에서 전자는 정공과 결합하며 안정화되어 바닥상태가 되고 이때 들뜬상태와 바닥상태의 에너지 차이만큼 대부분 빛에너지로 전환된다. 발광층에서 빛이 나는 원리: TFT가 전류를 흐르게 함 → 들뜬상태 전자는 양극, 정공은 음극을 향해 이동 → 발광층에서 전자와 정공 결합 → 전자는 안정된 바닥상태가 되며 들뜬상태와 바닥상태의 에너지 차이만큼 빛에너지로 전환

3 [12]서브픽셀별로 나오는 빛의 색상은 발광층에 들어간 유기물질이 지닌 '밴드 갭'에 의해 결정된다. 이번에는 유기물질의 밴드 갭에 의해 빛의 색상이 구현되는 원리를 설명하려나 보네. [13]밴드 갭이란 전자가 채워져 있는 영역 중 가장 높은 에너지 궤도(HOMO)와 전자가 채워질 수 있는 영역 중 가장 낮은 에너지 궤도(LUMO)가 지니는 에너지 준위의 차를 말한다. 밴드 갭: HOMO와 LUMO가 지니는 에너지 준위의 차, 서브픽셀별 빛의 색상을 결정 [14]HOMO에 바닥상태로 존재하는 전자에 밴드 갭 이상의 에너지를 가하면 들뜬상태가 된 전자가 LUMO로 이동하여 정공과 결합한다. [15]이후 전자는 다시 에너지를 방출하며 바닥상태로 돌아오면서 밴드 갭에 해당하는 파장의 빛을 방출하게 된다. [16]밴드 갭이 크면 빛을 내기 위해 더 많은 에너지가 필요하기 때문에 밴드 갭이 큰 유기물질은 밴드 갭이 작은 유기물질에 비해 수명이 짧다. 밴드 갭에 의해 특정한 색의 빛이 방출되는 원리: HOMO의 바닥상태 전자에 밴드 갭 이상의 에너지 가함 → 들뜬상태가 된 전자가 LUMO로 이동하여 정공과 결합 → 전자는 에너지를 방출하며 바닥상태로 돌아옴 → 밴드 갭에 해당하는 파장(특정 색상)의 빛 방출

4 [17]OLED는 중간에 위치한 발광층에서 만들어진 빛을 어디로 내보내느냐에 따라 ⓐ배면 발광과 ⓑ전면 발광으로 나뉜다. 이제 OLED를 발광 방식에 따라 분류하여 설명할 거야. [18]빛이 양극을 향해 나가면 배면 발광, 음극을 향해 나가면 전면 발광이라 한다. [19]배면 발광의 경우 음극은 전자의 주입 및 반사층 역할을 해야 하기 때문에, 일함수*가 낮고 불투명한 은과 마그네슘의 혼합 금속을 사용한다. [20]반면 양극에는 반대의 성질을 지닌 인듐과 산화주석의 화합물(ITO)을 사용한다. 음극과는 대조적인 특징이 나오겠지? [21]그런데 빛이 양극에 위치한 TFT를 통과해 나갈 때 빛의 일부가 TFT에 막혀 빠져나가지 못해 개구율이 떨어진다는 문제가 발생한다. 배면 발광의 문제가 제시되었으니, 이후에 해결책이 나올 수도 있겠군. [22]개구율이란 단위 화소 전체 면적에서 실제로 빛이 나올 수 있는 면적의 비율로, 개구율이 높으면 동일 전류를 흘렸을 때 나오는 빛의 양이 많아 휘도*가 높다. 개구율은 휘도와 비례함을 알 수 있어. [23]이 때문에 개구율의 저하는 휘도의 저하로 이어지고 일정 화질을 위한 휘도를 내기 위해서는 손실된 휘도만큼 더 밝게 발광시켜야 하므로 유기물질의 수명에 좋지 않은 영향을 미치게 된다. 개구율 저하 → 일정 화질 위해 손실된 휘도만큼 더 밝게 발광시킴 → 유기물질 수명에 부정적 영향

5 [24]개구율을 높이기 위해 TFT가 없는 음극을 향해 빛을 내보내는 전면 발광은 양극에는 일함수가 높고 반사층 역할을 할 수 있는 금이나 백금 같은 금속을 사용하고 음극에는 투명도가 높은 물질을 사용해야 한다. 발광의 또 다른 방식인 전면 발광에 대해 설명하고 있어. 전면 발광은 배면 발광의 개구율 문제에 대한 해결책이기도 한가 봐. [25]그러나 음극에 ITO를 사용하면 일함수가 높아 전자를 쉽게 내줄 수 없다. [26]결국 음극에는 일함수가 낮으면서도 투명도가 높은 금속을 사용해야 하는데, 투명도를 높이기 위해서는 금속을 얇게 만들어야 한다. ITO는 투명하지만 일함수도 높아서, 전면 발광의 음극에는 일함수가 낮으면서도 투명도가 높은, 다른 얇은 금속을 사용해야 하는 거야. [27]그런데 음극이 일정 두께 이하로 얇아지면 면저항이 증가하게 되고, 저항이 높아지면 패널의 위치별로 생성되는 전압이 달라지게 되어 화면의 균일도가 떨어지는 부작용이 발생한다. 전면 발광에도 문제점이 있네. 배면 발광과 전면 발광을 정리하면 다음과 같아.

	배면 발광	전면 발광
사용 물질	양극: 인듐, 산화주석의 화합물 (ITO) → 일함수↑ 음극(반사층): 은과 마그네슘의 혼합 금속 → 일함수↓	양극(반사층): 금, 백금 → 일함수↑ 음극: ITO 사용 불가 → 일함수↓, 투명도가 높고 얇은 금속
문제점	양극의 TFT에 빛의 일부가 막혀 개구율과 휘도가 떨어짐	음극의 금속이 얇아질수록 화면의 균일도가 떨어짐

6 [28]이를 해결하는 대표적인 방법은 미소공진현상을 이용하는 것이다. 전면 발광이 지닌 부작용의 해결책으로 미소공진현상이 제시되었어. 문제-해결 구조가 반복적으로 나타나는 게 보이지? [29]발광층에서 생성된 빛의 일부는 반투명 음극을 통해 빠져나가지만 일부는 음극에 반사되어 양극을 향하고 양극에 다시 부딪혀 재반사되는데 이렇게 반사된 빛들은 서로 간섭을 일으키며 미소공진현상이 일어나게 된다. [30]미소공진현상에 의해 빛은 위상이 일치하는 파동들이 만나면 보강간섭이 일어나 파동의 강도가 세지고, 위상이 반대인 파동들이 만나면 상쇄간섭이 일어나 파동이 약해지거나 사라지게 된다. 미소공진현상의 원리: 발광층에서 생성된 빛의 일부가 음극에 반사 → 양극에 부딪혀 재반사 → 반사된 빛들이 서로 간섭(빛의 위상이 일치하면 보강간섭이 일어나 파동 강도↑ / 빛의 위상이 반대이면 상쇄간섭이 일어나 파동 강도↓) [31]이러한 미소공진현상을 통해 빛의 세기가 강해지면 휘도가 높아지게 되고, 그 결과 휘도를 향상시키기 위해 높은 전류로 구동을 하지 않아도 되므로 OLED의 수명이 길어지게 된다. [32]더불어 조건에 일치하는 파장만 보강(보강간섭)되고 조건이 맞지 않는 파장은 상쇄(상쇄간섭)되므로 스펙트럼이 좁아져서 색의 순도가 높아지는 효과도 얻게 된다. 미소공진현상의 효과: ① 빛의 세기와 휘도가 높아지고 OLED 수명↑, ② 조건 일치 파장만 보강하면서 스펙트럼이 좁아져 색의 순도↑

*정공: 전자가 차지하고 있어야 할 자리에 전자가 없어 생긴 빈 공간, 전자와는 반대로 양전하를 갖는 전하 운반체로 일종의 가상의 입자.
*일함수: 전자 하나를 밖으로 끌어내는 데 필요한 최소의 일 또는 에너지.

이것만은 챙기자

*배합: 이것저것을 일정한 비율로 한데 섞어 합침.
*휘도: 텔레비전 따위에서 브라운관 상의 광점의 밝기.

만점 선배의 구조도 예시

·OLED : LED 발광층에 전기 에너지를 받으면 특정한 색의 빛을 내는 유기물질을 넣은 것.
·픽셀 : 빛의 3원색 중 하나를 발광하는 각 서브픽셀 3개가 모여 하나를 이룬 것.

서브픽셀의 구조
① 음극 : 전자 주입
② 발광층 : 빛 생성 (전자 + 정공) ┐
③ 양극 : 정공 주입   ├ 다층구조
④ 박막 트랜지스터 (TFT) → 양극쪽 ┘
전류량 조절 → 빛의 양 배합 → 다양한 색 표현

·발광 원리
전자 '바닥상태' ──(전류) +에너지──→ 전자 '들뜬상태'
- 안정   ←──-에너지(방출)──   - 안정화 경향 (불안정)
- 낮은 에너지   - 높은 에너지

TFT
↓ 전류
서브픽셀
음극 ─전자→ 발광층 ←정공─ 양극
          (전자 + 정공)
           ↓ 빛 에너지

·빛의 색상
- HOMO와 LUMO가 지니는 에너지 준위의 차 → 밴드 갭
밴드 갭↑ → 발광 에너지↑ → 수명↓

발광 유형
· 배면 발광 : 빛이 양극으로 나감
양극 : ITO → 일함수 높음
음극 (반사층) : 은과 마그네슘의 혼합 금속 → 일함수 낮음
문제점 : 빛의 일부가 TFT에 막힘 → 개구율↓ → 휘도↓ → 발광 에너지↑ → 수명↓

· 전면 발광 : 빛이 음극으로 나감
양극 (반사층) : 금, 백금 → 일함수 높음
음극 : ITO 불가 (∵전자 내주기 어려움) → 얇고 투명한 금속 (일함수 낮음)
문제점 : 음극의 금속 얇기↓ → 균일도↓

미소 공진 현상 이용
① 음극에서 나가지 못하고 반사된 빛 재반사
② 보강 간섭 · 상쇄 간섭 발생 → 미소 공진 현상
③ 빛의 세기↑, 휘도↑, 색의 순도↑

1. 윗글의 내용 전개 방식으로 가장 적절한 것은?

✅ 정답풀이

② OLED와 관련된 개념을 소개하면서 OLED의 구조와 발광 원리에 대해 설명하고 있다.

> 근거: 1 [1]OLED란 LED의 발광층에 전기에너지를 받으면 특정한 색의 빛을 내는 유기물질을 넣은 것을 말한다. [2]가장 기본이 되는 RGB-OLED는 빛의 3원색인 적색, 녹색, 청색을 내는 서브픽셀 세 개가 모여 하나의 픽셀을 이룬다. + 2 [5]그렇다면 발광층에서 빛이 나는 원리는 무엇일까?
> 윗글에서는 OLED의 개념과 구조를 제시하고 '픽셀', '서브픽셀' 등의 관련 개념을 소개하면서, 발광층에서 빛이 나는 원리에 대해 설명하고 있다.

❌ 오답풀이

① OLED의 기능을 열거하면서 OLED로 색을 표현할 때 유의할 점을 제시하고 있다.
> 근거: 1 [4]서브픽셀을 모두 끄면 검은색을, 모두 켜면 흰색을 만들어 낼 수 있고 서브픽셀의 전류량을 조절해 빛의 양을 적절히 배합하면 다양한 색상의 빛을 표현해 낼 수 있다.
> 윗글에서는 OLED로 색을 표현하는 원리를 설명하고 있으나 OLED로 색을 표현할 때 유의할 점을 제시하고 있지 않으며, OLED의 기능을 열거하고 있다고 보기도 어렵다.

③ OLED의 발전 과정을 통시적으로 서술하면서 OLED를 대체할 수 있는 물질을 소개하고 있다.
> 윗글에서 OLED의 발전 과정을 통시적으로 서술하거나, OLED를 대체할 수 있는 물질을 소개한 부분은 확인할 수 없다. 참고로 글에서 언급되는 ITO, 금·백금, 은·마그네슘 등은 OLED 내부에 사용될 수 있는 재료일 뿐, OLED 자체를 대체할 수 있는 물질은 아니다.

④ OLED의 각 구성 요소들 간의 공통점과 차이점을 비교하면서 구성 요소들의 장단점을 분석하고 있다.
> 윗글에서 OLED의 각 구성 요소들을 비교해 가며 장단점을 분석한 부분은 확인할 수 없다.

⑤ OLED를 기준에 따라 분류하며 OLED의 종류에 따라 빛의 파장을 조절하는 방법을 설명하고 있다.
> 근거: 4 [17]OLED는 중간에 위치한 발광층에서 만들어진 빛을 어디로 내보내느냐에 따라 배면 발광과 전면 발광으로 나뉜다.
> 윗글에서는 OLED를 발광 방식에 따라 배면 발광과 전면 발광으로 분류하고 있으나, OLED의 종류에 따른 빛의 파장 조절 방법을 설명하고 있지는 않다.

2. ㉠에 대한 설명으로 적절하지 않은 것은?

> ㉠: RGB-OLED

✅ 정답풀이

① 흰색을 만들 때보다 청색을 만들 때 더 많은 전류량이 필요하다.

> 근거: 1 [2]가장 기본이 되는 RGB-OLED(㉠)는 빛의 3원색인 적색, 녹색, 청색을 내는 서브픽셀 세 개가 모여 하나의 픽셀을 이룬다. [4]서브픽셀을 모두 끄면 검은색을, 모두 켜면 흰색을 만들어 낼 수 있고 서브픽셀의 전류량을 조절해 빛의 양을 적절히 배합하면 다양한 색상의 빛을 표현해 낼 수 있다.
> 흰색은 적색, 녹색, 청색을 내는 서브픽셀 세 개를 모두 켜서 만들지만, 청색은 청색을 내는 서브픽셀 하나만 켜서 만들 수 있으므로 청색을 만들 때에는 흰색을 만들 때보다 더 적은 전류량이 필요할 것이다.

❌ 오답풀이

② 발광층에서 전자가 정공을 만나 빛을 방출하면 바닥상태로 돌아간다.
> 근거: 2 [10]TFT가 전류를 흐르게 하면 들뜬상태가 된 전자가 양극을 향해, 정공은 음극을 향해 이동하다가 발광층에서 서로 만나게 된다. [11]발광층에서 전자는 정공과 결합하며 안정화되어 바닥상태가 되고 이때 들뜬상태와 바닥상태의 에너지 차이만큼 대부분 빛에너지로 전환된다.

③ TFT를 이용하여 전류량을 조절하면 다양한 색상의 빛을 만들 수 있다.
> 근거: 1 [3]서브픽셀마다 일종의 밸브 역할을 하는 박막트랜지스터(TFT)가 양극(+) 쪽에 위치하고 있어 전류를 차단하거나 통하게 하고 전류량을 조절한다. [4]서브픽셀의 전류량을 조절해 빛의 양을 적절히 배합하면 다양한 색상의 빛을 표현해 낼 수 있다.
> TFT를 이용하여 서브픽셀의 전류량을 조절해 빛의 양을 적절히 배합하면 다양한 색상의 빛을 만들 수 있다.

④ 적색, 녹색, 청색을 낼 수 있는 서브픽셀 세 개가 모여 하나의 픽셀을 이룬다.
> 근거: 1 [2]가장 기본이 되는 RGB-OLED(㉠)는 빛의 3원색인 적색, 녹색, 청색을 내는 서브픽셀 세 개가 모여 하나의 픽셀을 이룬다.

⑤ 전류를 흐르게 하면 양극과 음극에서 각각 정공과 전자가 발광층을 향해 이동한다.
> 근거: 1 [3]서브픽셀은 전자를 주입해주는 음극, 전자와 정공이 만나 빛을 만들어내는 발광층, 정공을 주입해주는 양극 등이 순서대로 다층구조를 이루고 있는데 + 2 [10]TFT가 전류를 흐르게 하면 들뜬상태가 된 전자가 양극을 향해, 정공은 음극을 향해 이동하다가 발광층에서 서로 만나게 된다.
> 전류가 흐르면서 양극에서는 정공이, 음극에서는 전자가 양극과 음극 사이의 발광층을 향해 이동한다고 볼 수 있다.

3. 윗글을 바탕으로 〈보기〉를 이해한 내용으로 적절하지 **않은** 것은? [3점]

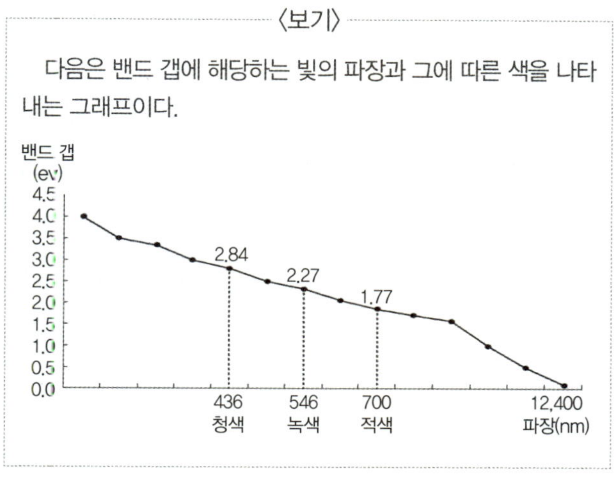

✅ 정답풀이

④ LUMO의 에너지 준위가 2.84eV이고 HOMO의 에너지 준위가 1.77eV인 유기물질은 적색을 내겠구나.

> 근거: **3** [13]밴드 갭이란 전자가 채워져 있는 영역 중 가장 높은 에너지 궤도(HOMO)와 전자가 채워질 수 있는 영역 중 가장 낮은 에너지 궤도(LUMO)가 지니는 에너지 준위의 차를 말한다.
> LUMO의 에너지 준위가 2.84eV이고 HOMO의 에너지 준위가 1.77eV인 경우 밴드 갭은 2.84 − 1.77 = 1.07eV로, 〈보기〉를 참고할 때 적색을 내는 밴드 갭(1.77eV)에 해당하지 않는다. 따라서 해당 유기물질이 적색을 낼 것이라고 보기는 어렵다.

❌ 오답풀이

① 밴드 갭의 크기가 큰 유기물질일수록 파장이 짧은 빛이 방출되는구나.

> 근거: **3** [15]이후 전자는 다시 에너지를 방출하며 바닥상태로 돌아오면서 밴드 갭에 해당하는 파장의 빛을 방출하게 된다.
> 〈보기〉의 그래프는 우하향하며, 밴드 갭과 파장은 반비례 관계로 나타난다. 따라서 밴드 갭이 큰 유기물질일수록 파장이 짧은 빛이 방출됨을 알 수 있다.

② 동일한 시간을 사용할 때, 녹색보다 청색을 내는 유기물질의 수명이 짧아지겠구나.

> 근거: **3** [16]밴드 갭이 크면 빛을 내기 위해 더 많은 에너지가 필요하기 때문에 밴드 갭이 큰 유기물질은 밴드 갭이 작은 유기물질에 비해 수명이 짧다.
> 밴드 갭이 클수록 빛을 내기 위해 더 많은 에너지가 필요하기 때문에 유기물질의 수명이 짧아진다. 〈보기〉에 따르면 녹색을 내는 유기물질의 밴드 갭은 2.27eV이고 청색을 내는 유기물질의 밴드 갭은 2.84eV이므로, 동일한 시간을 사용하는 경우 녹색보다 청색을 내는 유기물질의 수명이 더 짧을 것이다.

③ 밴드 갭이 2.5eV 이하인 유기물질을 모든 서브픽셀에 넣으면 흰색을 만들 수 없겠구나.

> 근거: **1** [2]빛의 3원색인 적색, 녹색, 청색을 내는 서브픽셀 세 개가 모여 하나의 픽셀을 이룬다. [4]서브픽셀을 모두 끄면 검은색을, 모두 켜면 흰색을 만들어 낼 수 있고
> 〈보기〉에 따르면 밴드 갭이 2.5eV 이하인 유기물질은 녹색(2.27eV) 또는 적색(1.77eV)은 발광이 가능하지만, 청색(2.84eV) 발광이 불가능하다. 따라서 밴드 갭이 2.5eV 이하인 유기물질을 모든 서브픽셀에 넣더라도 청색을 내는 유기물질이 없어 흰색을 만들 수 없을 것이다.

⑤ 2.27eV의 밴드 갭을 지니고 있는 유기물질은 전자가 들뜬상태에서 바닥상태로 돌아오면서 녹색을 내겠구나.

> 근거: **3** [14]HOMO에 바닥상태로 존재하는 전자에 밴드 갭 이상의 에너지를 가하면 들뜬상태가 된 전자가 LUMO로 이동하여 정공과 결합한다. [15]이후 전자는 다시 에너지를 방출하며 바닥상태로 돌아오면서 밴드 갭에 해당하는 파장의 빛을 방출하게 된다.
> 〈보기〉에서 밴드 갭이 2.27eV인 부분에 해당하는 파장은 녹색이므로 전자가 들뜬상태에서 바닥상태로 돌아오면서 녹색 빛을 낼 것임을 알 수 있다.

4. ⓐ와 ⓑ에 대한 설명으로 가장 적절한 것은?

> ⓐ: 배면 발광
> ⓑ: 전면 발광

✅ 정답풀이

④ ⓐ와 ⓑ는 모두 빛이 나가는 반대 방향에 투명하지 않은 물질을 사용하여 반사율을 높인다.

> 근거: **4** [18]빛이 양극을 향해 나가면 배면 발광, 음극을 향해 나가면 전면 발광이라 한다. [19]배면 발광(ⓐ)의 경우 음극은 전자의 주입 및 반사층 역할을 해야 하기 때문에, 일함수가 낮고 불투명한 은과 마그네슘의 혼합 금속을 사용한다. + **5** [24]전면 발광(ⓑ)은 양극에는 일함수가 높고 반사층 역할을 할 수 있는 금이나 백금 같은 금속을 사용하고 음극에는 투명도가 높은 물질을 사용해야 한다.
> ⓐ는 빛이 양극 방향으로, ⓑ는 음극 방향으로 향해 나가므로, ⓐ와 ⓑ 모두 빛이 나가는 반대 방향의 물질이 반사판 역할을 할 수 있도록 투명하지 않은 물질을 사용한다.

❌ 오답풀이

① ⓐ는 음극에 투명도가 높은 물질을 사용하여 빛의 양을 늘려준다.

> 근거: **4** [19]배면 발광(ⓐ)의 경우 음극은 전자의 주입 및 반사층 역할을 해야 하기 때문에, 일함수가 낮고 불투명한 은과 마그네슘의 혼합 금속을 사용한다.

② ⓑ는 음극을 얇게 만들수록 면저항이 낮아져 화면의 균일도가 높아진다.

근거: **5** [27](ⓑ의) 음극이 일정 두께 이하로 얇아지면 면저항이 증가하게 되고, 저항이 높아지면 패널의 위치별로 생성되는 전압이 달라지게 되어 화면의 균일도가 떨어지는 부작용이 발생한다.

③ ⓐ와 ⓑ는 모두 빛이 나가는 방향에 일함수가 높은 물질을 두어야 한다.

근거: **4** [20](ⓐ의 경우 빛이 나가는) 양극에는 반대의 성질을 지닌 (일함수가 높고 투명한) 인듐과 산화주석의 화합물(ITO)을 사용한다. + **5** [25](ⓑ의 경우 빛이 나가는) 음극에 ITO를 사용하면 일함수가 높아 전자를 쉽게 내줄 수 없다. [26]결국 음극에는 일함수가 낮으면서도 투명도가 높은 금속을 사용

ⓐ의 경우 빛이 나가는 방향에 있는 양극에 일함수가 높은 ITO를 사용하지만 ⓑ는 빛이 나가는 방향에 있는 음극에 일함수가 낮은 물질을 사용하므로, ⓐ와 ⓑ 모두 빛이 나가는 방향에 일함수가 높은 물질을 두어야 한다고 볼 수 없다.

⑤ ⓐ는 휘도를 높이고 유기물질의 수명을 늘리기 위해서 ⓑ보다 더 많은 전류량을 필요로 한다.

근거: **4** [23]개구율의 저하는 휘도의 저하로 이어지고 일정 화질을 위한 휘도를 내기 위해서는 손실된 휘도만큼 더 밝게 발광시켜야 하므로 유기물질의 수명에 좋지 않은 영향을 미치게 된다.

휘도를 높이기 위해 더 밝게 발광을 시키면 유기물질의 수명은 줄어든다.

📋 문제적 문제
• 4~⑤번

학생들이 정답 선지 다음으로 많이 고른 선지가 ⑤번이다. 이는 미소공진현상으로 휘도가 높아진 결과를, 휘도를 높이는 방법은 전류를 늘리는 것이라는 일반 원리와 혼동했기 때문으로 보인다.

⑤번 선지를 정확히 이해하려면 4문단과 6문단을 꼼꼼히 살펴볼 필요가 있다. 개구율의 저하는 휘도의 저하로 이어지므로, 개구율을 높이기 위해서는 손실된 휘도만큼 더 밝게 발광시켜야 하기 때문에 유기물질 수명에도 부정적인 영향을 미치게 된다. 하지만 미소공진현상을 이용하면 휘도를 향상시키기 위해 높은 전류로 구동을 하지 않아도 되므로 OLED 수명이 길어지게 된다. 이를 통해 기본적으로 휘도를 높이기 위해서는 전류를 높이는 방법이 있음을 추론할 수 있다. 그리고 전류를 높이지 않았을 때에 수명이 길어지게 된다고 하였으므로 전류를 높인다면 수명이 짧아진다는 것도 추론할 수 있다. 따라서 선지의 '수명을 늘리기 위해서 ⓑ보다 더 많은 전류량을 필요로 한'다는 것은 적절하지 않다.

정답률 분석

			정답	매력적 오답
①	②	③	④	⑤
7%	7%	12%	49%	25%

5. 윗글의 미소공진현상에 대한 이해로 적절하지 않은 것은?

✔ 정답풀이

① 다른 파동과 상호 작용을 하지 않을 경우 빛은 음극을 통과할 수 없구나.

근거: **6** [29]발광층에서 생성된 빛의 일부는 반투명 음극을 통해 빠져나가지만 일부는 음극에 반사되어 양극을 향하고 양극에 다시 부딪혀 재반사되는데 이렇게 반사된 빛들은 서로 간섭을 일으키며 미소공진현상이 일어나게 된다.

다른 파동과 상호 작용을 하지 않더라도 빛의 일부는 음극을 통과하여 빠져나갈 수 있다.

✖ 오답풀이

② 서로 위상이 반대인 파동이 만나면 빛이 약해지거나 사라지기도 하는구나.

근거: **6** [30]미소공진현상에 의해 빛은~위상이 반대인 파동들이 만나면 상쇄 간섭이 일어나 파동이 약해지거나 사라지게 된다.

③ 파동 간의 간섭으로 한정된 파장의 빛만 나오게 되므로 색의 순도가 높아지는구나.

근거: **6** [32]조건에 일치하는 파장만 보강되고 조건이 맞지 않는 파장은 상쇄되므로 스펙트럼이 좁아져서 색의 순도가 높아지는 효과도 얻게 된다.

④ 전류량을 높이지 않아도 빛의 휘도를 높일 수 있으니 유기물질의 수명이 길어지는구나.

근거: **6** [31]미소공진현상을 통해 빛의 세기가 강해지면 휘도가 높아지게 되고, 그 결과 휘도를 향상시키기 위해 높은 전류로 구동을 하지 않아도 되므로 OLED의 수명이 길어지게 된다.

미소공진현상을 이용하면 전류량을 높이지 않아도 빛의 휘도를 높일 수 있게 되어 유기물질의 수명이 길어진다고 이해할 수 있다.

⑤ 파동 간 간섭이 일어나는 것은 양극과 음극에 반사를 일으키는 물질을 사용하기 때문이구나.

근거: **6** [29]발광층에서 생성된 빛의 일부는 반투명 음극을 통해 빠져나가지만 일부는 음극에 반사되어 양극을 향하고 양극에 다시 부딪혀 재반사되는데 이렇게 반사된 빛들은 서로 간섭을 일으키며 미소공진현상이 일어나게 된다.

[1~5] 다음 글을 읽고 물음에 답하시오.

✏ 사고의 흐름

1 [1]온라인 전자 상거래나 공인 인증이 일상화되면서 보안을 위해 메시지를 암호화하여 주고받는 암호통신의 중요성이 강조되고 있다. '암호통신'이라는 화제를 제시하고 있어. [2]암호통신에서 가장 핵심적인 문제 중 하나는 메시지를 암호화하거나 이를 다시 원래의 메시지로 복호화* 하는 데 필요한 키를 암호통신의 대상자인 송·수신자가 어떻게 안전하게 주고받느냐에 대한 것이다. 이어서 암호화나 복호화에 필요한 키를 송·수신자가 어떻게 안전하게 주고받을지에 대해 설명하겠지? [3]이러한 암호통신은 암호화나 복호화에 필요한 키를 관리하는 방식에 따라 크게 ㉠대칭키 방식과 ㉡공개키 방식으로 구분된다. 구분되는 두 대상이 제시되었어. 공통점과 차이점이 무엇인지를 파악하며 읽어 보자!

2 [4]대칭키 방식은 메시지를 암호화하거나 복호화할 때 동일한 키를 사용한다. [5]이러한 이유로 송신자와 수신자만 아는 비밀키를 미리 분배하고 사용하는 과정에서 키 정보가 유출될 가능성이 높아 암호통신을 시도할 때마다 상대에 따라 새로운 비밀키를 사용해야 한다. 대칭키 방식의 단점이 제시되고 있네. [6]이에 반해 공개키 방식은 암호화 키와 복호화 키가 서로 다른 방식이다. [7]수신자가 미리 생성하여 공개한 공개키(public key)로 송신자가 메시지를 암호화하여 전송하면 수신자는 공개키에 대응하여 생성한, 자신만 알고 있는 비밀키(private key)를 이용하여 복호화한다. [8]공개키 방식은 별도의 비밀키 분배 과정이 필요 없고 통신 상대에 따라 비밀키를 바꿀 필요도 없어 대칭키 방식에 비해 보안에 유리하다. 대칭키 방식과 공개키 방식을 정리하면 다음과 같아.

대칭키 방식과 대비되는 공개키 방식의 특징에 대한 설명이 이어지겠군.

	대칭키 방식	공개키 방식
키 관리	·암호화와 복호화에 동일한 키 사용 ·송·수신자에게 비밀키 미리 분배	·암호화와 복호화 키가 서로 다름 ·송신자는 수신자가 공개한 공개키로 메시지 암호화 후 전송 ·수신자만 알고 있는 비밀키로 복호화
특징	·키 정보 유출 가능성 높음 ·암호통신마다 상대에 따라 새로운 비밀키 사용	·비밀키 분배 X ·상대에 따라 비밀키 바꿀 필요 X

3 [9]대표적인 공개키 방식인 RSA 알고리즘은 큰 소수의 곱과 추가 연산을 통해 만들어진 정수의 소인수 분해가 매우 어렵다는 점에 기반하여 한 쌍의 공개키와 비밀키를 생성한다. 공개키 방식의 한 종류를 설명하려는 것으로 보아, 둘 중 좀 더 비중을 두고 다루고자 하는 대상은 공개키 방식이야. [10]키를 만드는 연산 과정이 복잡하여 대칭키 방식에 비해 암호화나 복호화 속도가 상대적으로 느리지만 암호화된 문서가 유출되어도 현재의 컴퓨터 성능으로는 비밀키를 유추하는 데 비현실적으로 오랜 시간이 걸리기 때문에 비밀키를 바꿀 필요가 없다. RSA 알고리즘: 복잡한 연산으로 한 쌍의 공개키와 비밀키 생성 / [단점] 대칭키 방식에 비해 암·복호화 속도 느림 [장점] 문서가 유출되어도 비밀키 바꿀 필요 X [11]하지만 컴퓨터 연산 속도가 급격하게 발전하게 되면 복잡한 연산 과정을 기반으로 한 공개키

RSA 알고리즘 방식의 단점을 언급했으니 이어서 이와 대비되는 장점을 언급하겠지?

방식의 암호 체계가 위협받을 가능성이 높아질 수 있다. 컴퓨터 성능이 향상되면 현재에 비해 비밀키를 유추하는 데 걸리는 시간이 줄어들 테니까!

4 [12]그래서 최근 수학적 복잡성에 의존하지 않으면서도 도청으로부터 비밀키를 안전하게 나누어 가질 수 있는 ㉢양자암호통신 기술이 주목받고 있다. [13]양자암호통신에서는 매번 새롭게 만들어지는 비밀키를 안전하게 나누어 갖기 위해 양자의 종류 중 하나인 광자의 물리적 특성을 이용한다. 양자암호통신은 RSA 알고리즘처럼 수학적 복잡성에 의존하는 것이 아니라, 광자의 물리적 특성을 이용하는 방식이군. [14]원자나 분자 단위 이하의 미시* 세계를 다루는 양자 역학에서 광자는 더 이상 나눌 수 없는 최소 단위이기 때문에 광자 하나하나에 정보를 실어 보내는 양자암호통신에서 단일광자에 실린 정보의 일부만을 가로채는 것은 불가능하다. [15]또한 도청자가 단일광자 자체를 가로챈다 하더라도 수신자에게 가로챈 광자와 동일한 상태의 광자를 보내야만 도청 사실을 숨길 수 있는데 여러 상태를 동시에 지니는 '중첩'이라는 양자의 특성 때문에 단일광자의 원래 상태를 정확히 측정해 보낼 수 없다. 광자는 양자의 종류 중 하나라고 했으니까, 양자가 갖는 중첩 특성은 광자도 가진다고 할 수 있어. [16]이러한 이유들로 인해 양자암호통신은 도청으로부터 안전한 신호 전달이 가능하다. 양자암호통신에서 도청으로부터 안전한 신호 전달이 가능한 이유: ① 광자는 더 이상 나눌 수 없음 → 단일광자에 실린 정보의 일부만을 가로채는 것이 불가능, ② 양자는 중첩의 특성을 지님 → 도청자가 단일광자 자체를 가로채더라도 수신자에게 도청 사실을 숨기는 것이 불가능

앞에서 RSA 알고리즘의 문제점이 제시된 걸 고려하면, 해결책과 관련된 내용이 나오겠지?

광자의 물리적 특성을 이용한 양자암호통신의 또 다른 특징을 설명할 거야.

5 [17]양자암호통신의 대표적인 키 분배 기술로는 단일광자의 편광 상태에 정보를 실을 수 있는 BB84 프로토콜*을 들 수 있다. BB84 프로토콜: 양자암호통신에서 송·수신자가 사용하는 비밀키를 분배하는 기술 [18]자연 상태의 빛은 진행하는 방향과 수직인 모든 방향으로 진동하는 특성이 있는데, 진동 방향에 따라 빛을 선택적으로 통과시킬 수 있는 필터를 이용하면 특정한 방향으로 진동하는 빛을 만들 수 있다. [19]이러한 빛을 '편광'이라고 하며, 편광을 만들 때 이용하는 필터를 '편광 필터'라고 한다. 사전 정보를 활용해 뒤에서 BB84 프로토콜을 설명할 테니 차근히 정리하며 읽어 보자. 편광필터: 진동 방향에 따라 빛을 선택적으로 통과시켜 편광(특정한 방향으로 진동하는 빛)을 만드는 필터 [20]그런데 편광된 광자 또한 여러 방향으로 진동하는 '중첩' 특성을 지니고 있다. [21]즉 편광필터를 통과한 수직(↕)이나 수평(↔) 편광의 경우 대각(↗)·역대각(↘) 편광 특성도 지니고 있으며, 마찬가지로 편광필터를 통과한 대각이나 역대각 편광 또한 수직·수평 편광 특성을 동시에 지니고 있다. 수직과 대각, 수평과 역대각 편광 특성이 각각 서로 중첩되어 있음을 알 수 있네. [22]따라서 수직이나 수평 편광을 ➕ 편광필터를 이용하여 측정하면 수직이나 수평 편광으로 100% 측정되지만, 수직이나 수평 편광을 ✖ 편광필터를 이용하여 측정하면 대각 혹은 역대각 편광으로 잘못 측정된다. 편광의 중첩 특성: 수직·수평 편광이 대각·역대각 편광 특성도 함께 지님

6 [23]이러한 편광의 중첩 특성이 BB84 프로토콜에서 어떻게 이용되는지 알아보자. 앞서 설명한 편광의 중첩 특성은 사전 정보였고, 이제 핵심 정보인 BB84 프로토콜에서 어떻게 키를 분배하는지를 설명할 거야. 꼼꼼하게 읽어 보자.

(a) 송신자의 비트 정보	0	1	1	0	1	0
(b) 송신자의 편광필터	⊞	⊞	⊠	⊞	⊠	⊠
(c) 송신자의 편광 신호	↔	↕	↗	↔	↘	↗
(d) 수신자의 편광필터	⊞	⊞	⊠	⊠	⊞	⊠
(e) 수신자의 측정 신호	↔	×	↘	↗	↕	↗
(f) 비밀키 공유	0		1			0

※ '×'는 누락된 광자.

7 [24]BB84 프로토콜은 먼저 위 〈표〉의 (a)처럼 송신자가 무작위로 비트 정보를 생성하는 것으로 시작한다. (a) 송신자가 무작위로 비트 정보 생성 [25]이때 BB84 프로토콜은 수직 편광과 역대각 편광은 '1'이라는 비트 정보로, 수평 편광과 대각 편광은 '0'이라는 비트 정보로 표시하기로 약속되어 있어 (b)처럼 송신자가 ⊞ 편광필터와 ⊠ 편광필터를 무작위로 선정하면 (b) 송신자가 무작위로 편광필터 선정 (c)와 같은 편광 신호들이 생성된다. (c) 송신자의 편광 신호 생성 [26]수신자는 (c)에서 생성된 편광 신호들이 어떤 편광인지 전혀 모르는 상태에서 (d)처럼 스스로 무작위로 편광필터를 선택하여 (e)와 같이 편광된 광자를 측정한다. (d, e) 수신자가 무작위로 편광필터 선택해 편광된 광자 측정 [27]이때 전송 과정에서 잡음 등으로 인해 누락된 광자가 발생할 수 있으며, 누락된 광자는 측정에서 제외된다. [28]이후 송·수신자는 공개 채널에서 자신들이 어떤 편광필터를 어떤 순서로 사용했는지 서로 공유하면 (f) 송·수신자가 공개 채널에서 편광필터와 그 순서 공유 (f)와 같이 동일한 편광필터를 사용한 '010'이라는 비트 정보만 걸러낼 수 있어 비밀키로 사용하는 측정값을 안전하게 공유할 수 있다. (g) 송·수신자가 동일한 편광필터를 사용한 비트 정보만 걸러냄으로써 비밀키로 사용하는 측정값 공유됨

*프로토콜: 통신 규약.

[A]

이것만은 챙기자

*복호화: 부호화된 데이터를 사람이 알기 쉬운 모양으로 하기 위하여 또는 다음 단계의 처리를 위하여 번역함.
*미시: 작게 보임. 또는 작게 봄.

1. 다음은 윗글을 읽은 학생의 독서 기록 중 일부이다. 윗글을 참고할 때, '점검 결과'로 적절하지 <u>않은</u> 것은?

> ○ 읽기 계획: 1문단을 훑어보면서 뒷부분을 예측하고 질문 만들기를 한 후 글을 읽고 점검하기

예측 및 질문 내용	점검 결과
○ 암호통신을 이용하여 온라인 전자 상거래가 이루어지는 과정을 보여 줄 것이다.	예측과 다름 …… ①
○ 암호통신 방식에 따른 장단점을 비교하며 설명할 것이다.	예측과 같음 …… ②
○ 암호화 키를 만드는 방법은 복호화 키를 만드는 방법과 어떠한 차이가 있을까?	질문의 답이 제시됨 ………… ③
○ 암호통신 방식에 따라 안전성을 확보하기 위한 방법은 어떻게 다를까?	질문의 답이 제시됨 ……… ④
○ 각각의 암호통신 방식이 실생활에 적용된 사례로는 어떤 것이 있을까?	질문의 답이 언급되지 않음 … ⑤

정답풀이

예측 및 질문 내용	점검 결과
○ 암호화 키를 만드는 방법은 복호화 키를 만드는 방법과 어떠한 차이가 있을까?	질문의 답이 제시됨 …………… ③

근거: **1** [3]이러한 암호통신은 암호화나 복호화에 필요한 키를 관리하는 방식에 따라 크게 대칭키 방식과 공개키 방식으로 구분된다. + **3** [9]대표적인 공개키 방식인 RSA 알고리즘은 큰 소수의 곱과 추가 연산을 통해 만들어진 정수의 소인수 분해가 매우 어렵다는 점에 기반하여 한 쌍의 공개키와 비밀키를 생성한다. + **5** [17]양자암호통신의 대표적인 키 분배 기술로는 단일 광자의 편광 상태에 정보를 실을 수 있는 BB84 프로토콜을 들 수 있다.

'RSA 알고리즘'과 '양자암호통신 기술'을 중심으로 암·복호화를 위한 비밀키를 나누어 가지는 방법에 대해 설명하고 있으나, 암호화 키를 만드는 방법과 복호화 키를 만드는 방법의 차이점을 설명하고 있지는 않다. 따라서 학생의 질문에 대한 답이 제시되었다는 점검 결과는 적절하지 않다.

오답풀이

예측 및 질문 내용	점검 결과
○ 암호통신을 이용하여 온라인 전자 상거래가 이루어지는 과정을 보여 줄 것이다.	예측과 다름 ……… ①

근거: **1** [1]온라인 전자 상거래나 공인 인증이 일상화되면서 보안을 위해 메시지를 암호화하여 주고받는 암호통신의 중요성이 강조되고 있다.

온라인 전자 상거래에서 암호통신의 중요성이 강조되고 있다고 언급했을 뿐, 암호통신을 이용하여 온라인 전자 상거래가 이루어지는 과정은 나타나지 않았다. 따라서 학생의 예측과 다르다는 점검 결과는 적절하다.

예측 및 질문 내용	점검 결과
○ 암호통신 방식에 따른 장단점을 비교하며 설명할 것이다.	예측과 같음 ……… ②

근거: **2** [4]대칭키 방식은~[5]키 정보가 유출될 가능성이 높아 암호통신을 시도할 때마다 상대에 따라 새로운 비밀키를 사용해야 한다. [8]공개키 방식은~대칭키 방식에 비해 보안에 유리하다. + **3** [10](공개키 방식은) 대칭키 방식에 비해 암호화나 복호화 속도가 상대적으로 느리지만~비밀키를 바꿀 필요가 없다.

대칭키 방식과 공개키 방식의 장단점을 비교하며 설명했다고 볼 수 있다. 따라서 학생의 예측과 같다는 점검 결과는 적절하다.

예측 및 질문 내용	점검 결과
○ 암호통신 방식에 따라 안전성을 확보하기 위한 방법은 어떻게 다를까?	질문의 답이 제시됨 …………… ④

근거: **2** [5](대칭키 방식은) 송신자와 수신자만 아는 비밀키를 미리 분배하고 사용 + **3** [9]대표적인 공개키 방식인 RSA 알고리즘은 큰 소수의 곱과 추가 연산을 통해 만들어진 정수의 소인수 분해가 매우 어렵다는 점에 기반하여 한 쌍의 공개키와 비밀키를 생성한다. + **4** [13]양자암호통신에서는 매번 새롭게 만들어지는 비밀키를 안전하게 나누어 갖기 위해 양자의 종류 중 하나인 광자의 물리적 특성을 이용한다.

대칭키 방식은 송신자와 수신자만 아는 비밀키를 미리 분배하는 방식으로, 공개키 방식 중 RSA 알고리즘은 복잡한 연산에 기반하여 한 쌍의 공개키와 비밀키를 생성하는 방식으로, 양자암호통신 기술에서는 광자의 물리적 특성을 이용하는 방식으로 안전성을 확보한다고 하였다. 따라서 학생의 질문에 대한 답이 제시되었다는 점검 결과는 적절하다.

예측 및 질문 내용	점검 결과
○ 각각의 암호통신 방식이 실생활에 적용된 사례로는 어떤 것이 있을까?	질문의 답이 언급되지 않음 ……… ⑤

근거: **1** [1]온라인 전자 상거래나 공인 인증이 일상화되면서 보안을 위해 메시지를 암호화하여 주고받는 암호통신의 중요성이 강조되고 있다.

온라인 전자 상거래나 공인 인증이 일상화되면서 암호통신의 중요성이 강조되고 있다고 하였으나, 각각의 암호통신 방식이 실생활에 적용된 사례를 언급하지는 않았다. 따라서 학생의 질문에 대한 답이 언급되지 않았다는 점검 결과는 적절하다.

2. 윗글에 대한 이해로 적절하지 <u>않은</u> 것은?

✔ 정답풀이

⑤ RSA 알고리즘이 대칭키 방식에 비해 암·복호화 속도가 느린 이유는 서로 다른 암·복호화 키를 주고받기 때문이겠군.

> 근거: ❸ [9]대표적인 공개키 방식인 RSA 알고리즘은 큰 소수의 곱과 추가 연산을 통해 만들어진 정수의 소인수 분해가 매우 어렵다는 점에 기반하여 한 쌍의 공개키와 비밀키를 생성한다. [10]키를 만드는 연산 과정이 복잡하여 대칭키 방식에 비해 암호화나 복호화 속도가 상대적으로 느리지만 암호화된 문서가 유출되어도 현재의 컴퓨터 성능으로는 비밀키를 유추하는 데 비현실적으로 오랜 시간이 걸리기 때문에 비밀키를 바꿀 필요가 없다.
>
> RSA 알고리즘이 대칭키 방식에 비해 암호화나 복호화 속도가 상대적으로 느린 것은 키를 만드는 연산 과정이 복잡하기 때문이지, 송·수신자가 서로 다른 암·복호화 키를 주고받기 때문이라고 볼 수는 없다.

✘ 오답풀이

① 공개키 방식에서 공개키와 비밀키를 생성하는 주체는 동일하겠군.
근거: ❷ [7](공개키 방식은) 수신자가 미리 생성하여 공개한 공개키로 송신자가 메시지를 암호화하여 전송하면 수신자는 공개키에 대응하여 생성한, 자신만 알고 있는 비밀키를 이용하여 복호화한다.
공개키 방식에서 공개키와 비밀키를 생성하는 주체는 모두 수신자로 동일하다.

② 컴퓨터의 연산 능력이 발전하더라도 양자암호통신은 비밀키를 안전하게 나누어 가질 수 있겠군.
근거: ❸ [11](RSA 알고리즘은) 컴퓨터 연산 속도가 급격하게 발전하게 되면 복잡한 연산 과정을 기반으로 한 공개키 방식의 암호 체계가 위협받을 가능성이 높아질 수 있다. + ❹ [12]그래서 최근 수학적 복잡성에 의존하지 않으면서도 도청으로부터 비밀키를 안전하게 나누어 가질 수 있는 양자암호통신 기술이 주목받고 있다.
수학적 복잡성에 의존하지 않는 양자암호통신은 컴퓨터의 연산 능력이 발전하더라도 비밀키를 안전하게 나누어 가질 수 있을 것이다.

③ 양자암호통신에서는 도청자가 단일광자에 담긴 정보를 도청할 경우 수신자에게 도청 사실을 숨길 수 없겠군.
근거: ❹ [15](양자암호통신에서는) 도청자가 단일광자 자체를 가로챈다 하더라도 수신자에게 가로챈 광자와 동일한 상태의 광자를 보내야만 도청 사실을 숨길 수 있는데 여러 상태를 동시에 지니는 '중첩'이라는 양자의 특성 때문에 단일광자의 원래 상태를 정확히 측정해 보낼 수 없다.

④ RSA 알고리즘에서 암호화된 문서가 전송 과정 중 유출되어도 수신자는 비밀키를 다시 생성할 필요가 없겠군.
근거: ❸ [10](RSA 알고리즘은) 키를 만드는 연산 과정이 복잡하여 대칭키 방식에 비해 암호화나 복호화 속도가 상대적으로 느리지만 암호화된 문서가 유출되어도 현재의 컴퓨터 성능으로는 비밀키를 유추하는 데 비현실적으로 오랜 시간이 걸리기 때문에 비밀키를 바꿀 필요가 없다.

🖋 모두의 질문

• 2-⑤번

Q: RSA 알고리즘은 공개키 방식이라서 암·복호화에 서로 다른 키를 사용하니까, 동일한 키를 미리 분배하고 사용하는 대칭키 방식에 비해 느릴 수밖에 없지 않나요?

A: ⑤번 선지는 공개키 방식 중 하나인 RSA 알고리즘이 대칭키 방식에 비해 암·복호화가 느린 이유로 서로 다른 암·복호화 키를 주고받기 때문인지를 물었다. RSA 알고리즘이 '대칭키 방식에 비해 암호화나 복호화 속도가 상대적으로 느린 것은 맞다. 하지만 그 이유는 암·복호화에 서로 다른 키를 사용하기 때문이 아니라 '키를 만드는 연산 과정이 복잡'하기 때문이라고 3문단에 명시되어 있다. 또한 RSA 알고리즘은 대표적인 공개키 방식인데, 2문단에 따르면 공개키 방식은 '수신자가 미리 생성하여 공개한 공개키로 송신자가 메시지를 암호화하여 전송'하면 수신자는 '자신만 알고 있는 비밀키를 이용하여 복호화'한다. 즉 공개키 방식에서 '암호화 키와 복호화 키가 서로 다른' 것은 맞지만, 수신자와 송신자가 서로 다른 암·복호화 키를 주고받는다고 볼 수는 없다.

3. ㉠~㉢을 비교한 내용으로 가장 적절한 것은?

> ㉠: 대칭키 방식
> ㉡: 공개키 방식
> ㉢: 양자암호통신

✔ 정답풀이

④ ㉠과 ㉢은 ㉡과 달리 암호화를 위해 송신자가 비밀키를 알아야 한다.

> 근거: **2** [5](㉠은) 송신자와 수신자만 아는 비밀키를 미리 분배하고 사용하는 과정에서 키 정보가 유출될 가능성이 높아 암호통신을 시도할 때마다 상대에 따라 새로운 비밀키를 사용해야 한다. [7](㉡의) 수신자는 공개키에 대응하여 생성한, 자신만 알고 있는 비밀키를 이용하여 복호화한다. + **4** [13]양자암호통신(㉢)에서는 매번 새롭게 만들어지는 비밀키를 안전하게 나누어 갖기 위해 양자의 종류 중 하나인 광자의 물리적 특성을 이용한다.
> ㉠에서는 송신자와 수신자만 아는 비밀키를 미리 분배하며, ㉢에서는 송신자와 수신자가 매번 새롭게 만들어지는 비밀키를 안전하게 나누어 갖기 위해 광자의 특성을 이용하지만, ㉡에서는 수신자가 자신만 알고 있는 비밀키를 이용하여 암호화된 송신자의 메시지를 복호화한다. 따라서 ㉠과 ㉢에서는 수신자와 송신자가 모두 비밀키를 알고 있어야 하지만, ㉡에서는 송신자가 비밀키를 알아야 할 필요가 없다.

✖ 오답풀이

① ㉠은 ㉡이나 ㉢에 비해 비밀키가 유출될 가능성이 낮다.
> 근거: **2** [5](㉠은) 송신자와 수신자만 아는 비밀키를 미리 분배하고 사용하는 과정에서 키 정보가 유출될 가능성이 높아 암호통신을 시도할 때마다 상대에 따라 새로운 비밀키를 사용해야 한다. [8]공개키 방식(㉡)은 별도의 비밀키 분배 과정이 필요 없고 통신 상대에 따라 비밀키를 바꿀 필요도 없어 대칭키 방식(㉠)에 비해 보안에 유리하다. + **4** [12]최근 수학적 복잡성에 의존하지 않으면서도 도청으로부터 비밀키를 안전하게 나누어 가질 수 있는 양자암호통신(㉢) 기술이 주목받고 있다.
> ㉠은 비밀키를 미리 분배하고 사용하는 과정에서 키 정보가 유출될 가능성이 높지만, ㉡은 별도의 비밀키 분배 과정이 필요 없고 상대에 따라 비밀키를 바꿀 필요가 없어 ㉠에 비해 보안에 유리하다고 하였다. 또한 ㉢은 ㉡과 달리 스학적 복잡성에 의존하지 않으면서도 도청으로부터 비밀키를 안전하게 나누어 가질 수 있어 안전성이 더 크다고 하였다. 따라서 ㉠이 ㉡이나 ㉢에 비해 비밀키가 유출될 가능성이 낮다고 볼 수는 없다.

② ㉢은 ㉠이나 ㉡에 비해 수학적 복잡성에 더 많이 의존한다.
> 근거: **4** [12]최근 수학적 복잡성에 의존하지 않으면서도 도청으로부터 비밀키를 안전하게 나누어 가질 수 있는 양자암호통신(㉢) 기술이 주목받고 있다.
> ㉢은 수학적 복잡성에 의존하지 않는 기술이므로 ㉠이나 ㉡에 비해 수학적 복잡성에 더 많이 의존한다고 볼 수는 없다.

③ ㉠과 ㉡은 ㉢과 달리 비밀키를 나누어 갖는 과정이 필요하다.
> 근거: **2** [5](㉠은) 송신자와 수신자만 아는 비밀키를 미리 분배하고 사용하는 과정에서 키 정보가 유출될 가능성이 높아 암호통신을 시도할 때마다 상대에 따라 새로운 비밀키를 사용해야 한다. [7](㉡의) 수신자는 공개키에 대응하여 생성한, 자신만 알고 있는 비밀키를 이용하여 복호화한다. + **4** [12]비밀키를 안전하게 나누어 가질 수 있는 양자암호통신(㉢) 기술이 주목받고 있다.
> ㉡은 ㉠이나 ㉢과 달리 비밀키를 나누어 갖는 과정을 필요로 하지 않는다.

⑤ ㉠, ㉡, ㉢은 모두 암호통신 상대의 수만큼 비밀키가 필요하다.
> 근거: **2** [4]대칭키 방식(㉠)은 메시지를 암호화하거나 복호화할 때 동일한 키를 사용한다. [5]이러한 이유로 송신자와 수신자만 아는 비밀키를 미리 분배하고 사용하는 과정에서 키 정보가 유출될 가능성이 높아 암호통신을 시도할 때마다 상대에 따라 새로운 비밀키를 사용해야 한다. [7](㉡의) 수신자는 공개키에 대응하여 생성한, 자신만 알고 있는 비밀키를 이용하여 복호화한다. + **4** [12]비밀키를 안전하게 나누어 가질 수 있는 양자암호통신(㉢) 기술이 주목받고 있다.
> ㉡은 ㉠이나 ㉢과 달리 비밀키를 나누어 갖는 과정을 필요로 하지 않는다. 따라서 ㉡에서는 암호통신 상대의 수만큼 비밀키가 필요하다고 볼 수 없다.

4. BB84 프로토콜 에 대한 이해로 가장 적절한 것은?

❤ 정답풀이

② BB84 프로토콜에 사용되는 수평 편광을 ☒ 편광필터로 측정하면 수평 편광으로 측정되지 않는다.

> 근거: ⑤ [22]수직이나 수평 편광을 ➕ 편광필터를 이용하여 측정하면 수직이나 수평 편광으로 100% 측정되지만, 수직이나 수평 편광을 ☒ 편광필터를 이용하여 측정하면 대각 혹은 역대각 편광으로 잘못 측정된다.

❌ 오답풀이

① BB84 프로토콜은 안전한 비밀키를 사용하여 암·복호화를 하는 과정에 대한 통신 규약이다.
근거: ⑤ [17]양자암호통신의 대표적인 키 분배 기술로는 단일광자의 편광 상태에 정보를 실을 수 있는 BB84 프로토콜을 들 수 있다.
BB84 프로토콜은 양자암호통신의 대표적인 키 분배 기술이므로, 비밀키를 분배하는 방식 자체와 관련이 있다. 따라서 비밀키를 사용한 암·복호화 과정에 대한 통신 규약에 해당한다고 보기는 어렵다.

③ BB84 프로토콜 실행 과정에서 편광된 광자가 다시 편광필터를 통과하면 양자의 중첩 특성이 사라진다.
근거: ⑤ [18]자연 상태의 빛은 진행하는 방향과 수직인 모든 방향으로 진동하는 특성이 있는데, 진동 방향에 따라 빛을 선택적으로 통과시킬 수 있는 필터를 이용하면 특정한 방향으로 진동하는 빛을 만들 수 있다. [19]이러한 빛을 '편광'이라고 하며, 편광을 만들 때 이용하는 필터를 '편광필터'라고 한다. [20]그런데 편광된 광자 또한 여러 방향으로 진동하는 '중첩' 특성을 지니고 있다.
편광된 광자가 다시 편광필터를 통과할 때 양자의 중첩 특성이 사라진다고 볼 근거는 확인할 수 없다.

④ 광자는 더 이상 나눌 수 없기 때문에 BB84 프로토콜이 진행되는 동안 단일광자 자체를 가로챌 수 없다.
근거: ④ [14]양자암호통신에서 단일광자에 실린 정보의 일부만을 가로채는 것은 불가능하다. [15]또한 도청자가 단일광자 자체를 가로챈다 하더라도
양자암호통신에서 단일광자에 실린 정보의 일부만을 가로채는 것은 불가능하지만 도청자가 단일광자 자체를 가로챌 수는 있다.

⑤ BB84 프로토콜에서 수직 편광은 대각 편광의 특성도 동시에 지니고 있어 '0'이라는 비트 정보로 표현한다.
근거: ⑤ [21]즉 편광필터를 통과한 수직(↕)이나 수평(↔) 편광의 경우 대각(↗)·역대각(↘) 편광 특성도 지니고 있으며, + ⑦ [25]BB84 프로토콜은 수직 편광과 역대각 편광은 '1'이라는 비트 정보로, 수평 편광과 대각 편광은 '0'이라는 비트 정보로 표시하기로 약속되어 있어
수직 편광은 '1'이라는 비트 정보로 표시하기로 약속되어 있다.

5. BB84 프로토콜을 이용하여 송신자와 수신자가 〈보기〉와 같이 정보를 주고받았다. [A]를 참고했을 때 〈보기〉의 과정을 통해 생성되는 비밀키로 적절한 것은? [3점]

〈보기〉

○ 송신자의 비트 정보 생성 및 편광된 광자 전송

비트 정보	0	1	0	0	1	1	1	0	1	0
편광필터 정보	0	1	1	0	1	0	1	1	1	0
편광 신호	↔	↘	↗	↔	↘	↕	↘	↗	↘	↔

○ 수신자의 광자 측정

편광필터 정보	1	1	0	1	1	0	0	1	1	1
측정한 신호	↘	↘	↕	↘	×	↕	↔	↗	↘	↗

* ➕ 편광필터: 0, ☒ 편광필터: 1, 누락된 광자: ×

❤ 정답풀이

③ 1101

> 근거: ⑦ [25]BB84 프로토콜은 수직 편광과 역대각 편광은 '1'이라는 비트 정보로, 수평 편광과 대각 편광은 '0'이라는 비트 정보로 표시하기로 약속되어 있어 (b)처럼 송신자가 ➕ 편광필터와 ☒ 편광필터를 무작위로 선정하면 (c)와 같은 편광 신호들이 생성된다. [26]수신자는 (c)에서 생성된 편광 신호들이 어떤 편광인지 전혀 모르는 상태에서 (d)처럼 스스로 무작위로 편광필터를 선택하여 (e)와 같이 편광된 광자를 측정한다. [27]이때 전송 과정에서 잡음 등으로 인해 누락된 광자가 발생할 수 있으며, 누락된 광자는 측정에서 제외된다. [28]이후 송·수신자는 공개 채널에서 자신들이 어떤 편광필터를 어떤 순서로 사용했는지 서로 공유하면 (f)와 같이 동일한 편광필터를 사용한 '010'이라는 비트 정보만 걸러낼 수 있어 비밀키로 사용하는 측정값을 안전하게 공유할 수 있다.
> 〈보기〉에서 송신자와 수신자가 동일한 편광필터를 사용한 부분은 2번째, 5번째, 6번째, 8번째, 9번째에 해당하는데, 이 중 광자가 누락된 5번째를 제외하면 2번째, 6번째, 8번째, 9번째 비트 정보에 해당하는 값인 '1, 1, 0, 1'이 비밀키로 사용될 것임을 알 수 있다.

문제적 문제

5번 문제에서 많은 학생들이 정답보다 많은 비율로 오답을 골랐다. 문제의 유형상 특정 값을 구해야 했기 때문에 그 과정에서 조금이라도 오류가 있었다면 정답을 고를 수 없었다.

①번 선지를 고른 학생은 비밀키 값을 구하는 과정에서 송신자가 생성한 편광 신호와 수신자가 송신자가 측정한 편광 신호가 같은 것만을 고른다고 이해한 것으로 보인다. 또한 여기서 비트 정보에 해당하는 값이 아닌 송신자나 수신자의 편광필터 정보의 값을 비밀키로 착각했다면 '1011'이 나와 오류를 범했을 것이다.

누락된 광자에 대한 고려 없이 편광필터 정보의 비교만으로 값을 구하고 그 값을 수신자의 편광필터 정보에서 추출했다면 110110이 나와 ④번을 고르게 된다. 참고로 비트 정보에서 추출하여 값을 구한 학생은 ⑤번을 골랐을 것이다. 누락된 광자를 제외한다는 것은 '이때'라는 표지를 통해 강조되었으므로 잘 정리해 두었어야 한다.

정답인 ③번 선지를 살펴보자. 우선 비트 정보인 '0100111010'에서 일부만이 비밀키 값으로 정해진다. 편광필터 정보를 기호로 대입하면 '＋×××＋×＋×××＋'이 된다. 수직(↕)과 역대각(↘)은 '1', 수평(↔)과 대각(↗)은 '0'이라고 하였으므로 이를 통해 생성된 편광 신호가 맞는지 점검할 수 있다. 송신자가 생성한 편광 신호와 수신자가 측정한 편광 신호가 같은 것으로 선택하면 비밀키를 쉽게 구할 수 있다. 편광필터를 동일하게 사용했다면 측정된 편광 신호도 같을 것이며 신호끼리 비교하면 누락된 광자를 쉽게 구별할 수 있기 때문이다. 이렇게 값을 구하면 사용한 편광필터와 편광 신호가 모두 같은 것은 2번째, 6번째, 8번째, 9번째로, 해당 편광 신호의 비트 정보는 11010이 된다.

이렇듯 지문에서 복잡한 과정이 나올 때에는 반드시 정리하여 순서를 명확히 파악한 후 문제를 푸는 것이 중요하다.

정답률 분석

매력적 오답		정답	매력적 오답	
①	②	③	④	⑤
20%	10%	39%	19%	12%

[1~6] 다음 글을 읽고 물음에 답하시오.

✎ 사고의 흐름

(가)

1 ¹쇤베르크는 현대 음악이 난해하다*는 인상을 만든 대표적 작곡가이다. ²전통적인 조성 음악이 다장조나 가단조 같은 특정 조성을 바탕으로 화음을 전개하는 것과 (달리), 그의 음악은 특정 조성에 얽매이지 않는 ㉠범조성을 지향하였다. *전통적인 조성 음악과 달리 특정 조성에 얽매이지 않는 범조성을 지향한 쇤베르크의 음악이 화제로 제시되었어.*

'달리'가 나타내는 조성 음악과 쇤베르크 음악의 차이점에 주목하자.

2 ³조성 음악의 음계에는 으뜸음을 중심으로 한 엄격한 위계질서*가 존재한다. *우선 쇤베르크의 음악과 대조되는 전통적인 조성 음악에 대해 설명하는군.* ⁴예컨대 다장조 음계는 '도'를 으뜸음으로 하여 '도-레-미-파-솔-라-시-도'로 배열되며, 각 음 사이의 간격은 장2도나 단2도라는 일정한 규칙을 따른다. ⁵이러한 규칙에서 벗어난 음이 화음에 포함되면, 그 화음은 불협화음으로 취급된다. *'다장조'를 예로 들어 설명해 주고 있네. 음계의 배열과 규칙에서 벗어난 음은 불협화음으로 취급된다고 해.* ⁶또한 다장조 곡은 '도-미-솔'의 으뜸화음으로 시작하여, '파-라-도'의 버금딸림화음과 '솔-시-레'의 딸림화음을 거쳐 다시 으뜸화음으로 돌아오며 마무리된다. *다장조 곡에서 화음의 전개: 으뜸화음 → 버금딸림화음 → 딸림화음 → 으뜸화음* ⁷이와 같이 조성 음악에서는 음들 간의 협화·불협화 관계와 화음 전개에 따른 선율의 흐름이 미리 정해져 있다. *으뜸음 중심의 엄격한 위계질서를 기반으로 한 조성 음악의 특징: ① 음들 간의 협화·불협화 관계 미리 결정, ② 화음 전개에 따른 선율의 흐름 미리 결정*

3 ⁸㉡에 반해 쇤베르크의 음악에서는 으뜸음 중심의 위계질서가 ⓐ해체되고 모든 음이 동등한 지위를 부여받는다. *쇤베르크의 음악과 조성 음악의 차이점이 분명하게 드러나네. 쇤베르크의 음악은 으뜸음을 중심으로 위계를 형성하지 않고, 모든 음이 동등한 지위를 부여받는다고 해.* ⁹그가 고안한 12음 기법은 한 옥타브 내의 12개 음 모두를 자유롭게 배열한 '음렬'을 이용하는 작곡 방식이다. ¹⁰조성 음악의 음계에서는 으뜸음과 장3도·단3도의 관계에 따라 장·단조가 규정되는 반면, 12음 기법의 음렬에서는 음들이 반음 간격으로 조밀하게 배열되어 조성의 경계가 모호해진다. ¹¹이 때문에 하나의 곡에 장조와 단조가 공존하는 듯한 인상을 주어, 그의 음악이 무질서하다는 인식을 낳기도 했다. *쇤베르크의 12음 기법: '음렬'을 통해 12개 음을 반음 간격으로 조밀하게 배열하는 방식 → 조성의 경계 모호해짐(하나의 곡에 장조와 단조 공존하는 듯한 인상 부여)* ¹²그러나 쇤베르크의 의도는 화음을 자연의 섭리처럼 받아들이던 조성 음악의 관습에서 벗어나, 사전에 설정된 인위적* 질서가 아닌 음들 간의 내재적* 관계에 기초한 새로운 음악적 형식을 마련하는 것이었다. *쇤베르크가 마련하고자 한 새로운 음악적 형식: 미리 설정된 인위적 질서가 아닌 음들 간의 내재적 관계에 기초한 질서*

조성 음악과 대조되는 쇤베르크 음악의 특성이 제시될 거야!

4 ¹³쇤베르크는 음들 간의 자연스러운 관계가 외부로부터 주어지는 것이 아니라 곡 전체의 유기적* 통일성을 통해 형성되는 것이라고 보았다. *쇤베르크는 외부로부터 주어지는 인위적 질서가 아니라, 곡 전체의 유기적인 통일성이 음들 간의 자연스러운 관계를 형성한다고 보는군.* ¹⁴그는 곡을 하나의 유기

체로 완성하기 위한 조건으로 응집력을 제시했는데, 이는 곡을 이해 가능한 구조로 통합하는 음들 사이의 내적 결속을 의미한다. ¹⁵응집력은 음과 음 사이의 관계에서 ⓑ기인하는 유사성이 반복됨으로써 실현된다. ¹⁶따라서 음들 사이의 관계가 유사성을 공유하며 반복될수록 곡의 응집력은 강화된다. *응집력: 곡을 하나의 유기체로 완성하기 위한 조건으로, 음과 음 사이의 관계에서 기인하는 유사성이 반복되면서 실현·강화됨* ¹⁷이처럼 쇤베르크는 특정 화음만을 협화음으로 인정하던 조성 음악의 제한된 질서를 넘어, 음들 사이의 응집력을 바탕으로 한 보편적 음악 질서를 추구하였다. *쇤베르크가 추구한 바를 압축하여 정리하면서 마무리되었네.*

이것만은 챙기자

***난해하다:** 뜻을 이해하기 어렵다.
***위계질서:** 관등(官等)이나 직책의 상하 관계에서 마땅히 있어야 하는 차례와 순서.
***인위적:** 자연의 힘이 아닌 사람의 힘으로 이루어지는.
***내재적:** 어떤 현상이 안에 존재하는.
***유기적:** 생물체처럼 전체를 구성하고 있는 각 부분이 서로 밀접하게 관련을 가지고 있어서 떼어 낼 수 없는.

만점 선배의 구조도 예시

(가)

쇤베르크의 음악 vs 전통적인 조성 음악

쇤베르크의 음악
** 범조성 지향 (특정 조성 얽매임 X)*
** 모든 음이 동등함 (음렬 활용한 12음 기법)*
  └ 음들이 반음 간격으로 조밀하게 배열됨
  └ 조성의 경계가 모호함
** 음들 간의 내재적 관계에 기초한 음악적 형식 추구*
  ↓ (사전 설정된 인위적 질서 X)
  자연스러운 관계 → 곡 전체의 유기적 통일성 통해 형성
    (조건) 응집력 (음들 사이의 유사성 공유+ 반복할 수록 ↑)

전통적인 조성 음악
** 특정 조성 바탕으로 화음 전개*
** 으뜸음 중심의 위계질서*
  └ 음계의 배열, 규칙 어긋나면 → 불협화음
  └ 화음 전개에 따른 선율 흐름 미리 결정

(나)

1 ¹레보비츠는 12음 기법의 등장을 음악사의 혁신으로 평가하고 후설의 현상학을 적용하여 그 의미를 ⓒ규명했다. (가)에 제시된 쇤베르크의 '12음 기법'에 대한 레보비츠의 견해가 제시되었어. ²후설에 따르면 우리의 일상적 경험은 의식의 지향성을 통해 구성되는 '현상'이다. ³예를 들어, 음악적 경험은 소리라는 물리적 파동에 대한 지각이 아니라, 소리의 패턴을 인식하는 의식의 지향성을 매개로 한 현상이다. 후설의 현상학: 음악적 경험은 의식의 지향성을 통해 구성되는 현상 ⁴후설은 우리가 당연시하는 전제에 대한 '판단 중지'를 통해 사물의 본질에 도달할 수 있다고 보았다. ⁵이는 경험을 있는 그대로 받아들이는 '자연적 태도'에서 벗어나, 의식 속에 나타나는 현상만을 탐구하는 '현상학적 태도'로 전환하는 것을 의미한다. ⁶후설은 이러한 전환을 현상학적 환원이라 불렀다. 당연시된 전제에 대한 판단 중지 = 현상학적 환원(자연적 태도에서 현상학적 태도로 전환하는 것) → 사물의 본질 도달 가능

레보비츠가 주장의 바탕으로 삼은 '후설의 현상학'에 대해 먼저 설명해 주는 부분이야.

2 ⁷이러한 관점(후설의 현상학이 적용된 관점)에서 레보비츠는 쇤베르크가 조성 음악의 화음을 특정한 지향적 체계가 만들어 낸 인위적 현상으로 간주하고, 12음 기법을 통해 음악의 본질에 다가섰다고 평가하였다. ⁸조성 음악의 질서를 당연시하는 자연적 태도에 대한 판단 중지를 통해 보편적 음악 질서를 확립하였다는 것이다. 레보비츠의 관점에서 본 쇤베르크의 12음 기법: 조성 음악의 기존 질서(당연시된 전제)에 대한 자연적 태도에서 벗어나 음악의 본질에 다가섬

레보비츠의 주장이 지닌 한계와, 이와 반대되는 의견이 제시될 거야.

3 ⁹그러나 쇤베르크가 주장한 ⓛ범조성은 현상학적 환원과 괴리*된다. 쇤베르크의 범조성을 현상학적 환원과 연관 지은 레보비츠의 주장에 대한 반박이 제시되었어. 특정 학자나 학파의 언급이 없는 것으로 보아, 이는 (나) 글쓴이의 독자적인 견해인 것 같아. ¹⁰현상학은 모든 전제에 대한 판단을 중지하고 의식에 직접 주어지는 현상 그 자체를 포착하려 하지만, 쇤베르크는 조성이라는 기존의 규범을 거부하면서도 모든 음의 동등한 사용이라는 새로운 규범을 ⓓ제시했기 때문이다. ¹¹더욱이 그는 평균율*이라는 물리적 제약을 그대로 수용했다. ¹²바로크 시대 이후 서양 음악의 토대가 된 평균율은 무한한 음향적 가능성 중 극히 일부만을 표준화한 것에 불과하다. ¹³아도르노가 '형식은 침전된 내용'이라고 말했듯, 음악의 재료는 단순한 소리가 아니라 특정한 문화적 맥락이 응축된 형식이다. ¹⁴결국 쇤베르크가 조성의 기반인 평균율의 12음을 그대로 수용한 것은 ⓔ전통적 물감 사용법은 거부하면서도 물감은 전통적인 것을 고수하는 태도와 다르지 않다. (나) 글쓴이가 쇤베르크의 범조성과 현상학적 환원이 괴리된다고 보는 이유: 기존의 모든 전제를 판단·중지하여 현상학적 태도로 전환한 것이 아니라, ① 기존의 규범을 거부하면서도 새로운 규범을 제시하고, ② 무한한 음향적 가능성의 일부만을 표준화한 평균율의 물리적 제약을 그대로 수용함

4 ¹⁵후설은 현재 순간의 지속에 대한 미시적* 직관을 강조한다. ¹⁶이는 역사적 시간의 일부로서 현재를 인식하는 것이 아니라 과거와 미래를 통합하는 지금 이 순간을 직관해야 한다는 것이다. ¹⁷그러나 쇤베르크는 음높이와 음길이처럼 악보상 음표의 위치로 표현되는 거시적* 구조로만 음악을 조망함으로써, 음색과 강세 등 개별 음에 대한 미시적 체험의 중요성을 ⓔ간과했다. (나) 글쓴이는 쇤베르크가 거시적 구조로만 음악을 바라봄으로써 미시적 체험의 중요성을 간과했다는 점에서도, 미시적 직관을 강조한 후설과 괴리가 있다고 보는 듯해. ¹⁸이는 후설이 말한 현상학적 잔여의 개념과 어긋난다. ¹⁹현상학적 잔여, 즉 현상학적 환원 이후에 남는 것은 현상 그 자체여야 하지만, 쇤베르크의 음악은 곡의 거시적인 구조에 치중함으로써 순수 현상에는 이르지 못했기 때문이다. 후설의 '현상학적 잔여' 개념에 따르면 현상학적 환원 이후에는 현상 그 자체가 남아야 하지만, 쇤베르크 음악은 거시적인 구조에 치중하여 범조성을 지향한 이후에도 순수 현상만이 남지는 못했다는 거야.

*평균율: 옥타브를 등분하여, 그 단위를 음정 구성의 기초로 삼는 음률 체계. 주로 12평균율을 가리키는데, 단위의 하나를 반음, 2개를 온음으로 함.

이것만은 챙기자

* **괴리:** 서로 어그러져 동떨어짐.
* **미시적:** 사물이나 현상을 전체적인 면에서가 아니라 개별적으로 포착하여 분석하는 것.
* **거시적:** 사물이나 현상을 전체적으로 분석·파악하는 것.

만점 선배의 구조도 예시

(나)

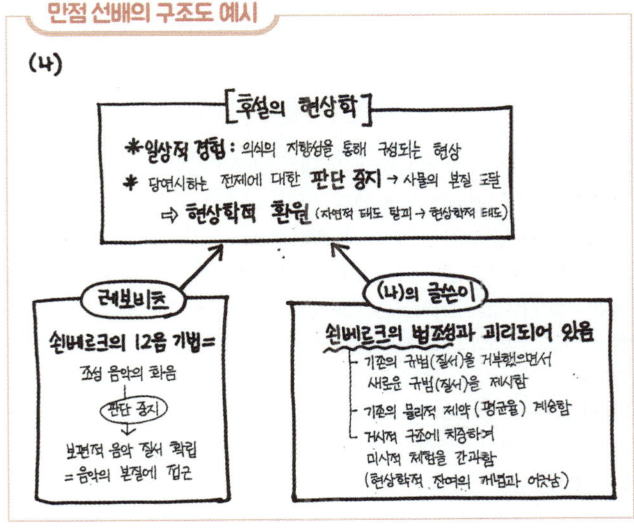

1. (가)의 '쇤베르크'에 대해 이해한 내용으로 가장 적절한 것은?

▼ 정답풀이

② 음악적 형식이란 미리 정해진 것이 아니라 음들 간의 내재적 관계를 통해 생성되는 것이라고 보았다.

> 근거: (가) ❸ [12]쇤베르크의 의도는 화음을 자연의 섭리처럼 받아들이던 조성 음악의 관습에서 벗어나, 사전에 설정된 인위적 질서가 아닌 음들 간의 내재적 관계에 기초한 새로운 음악적 형식을 마련하는 것이었다.
> 쇤베르크는 음악적 형식이 미리 정해진 것, 즉 사전에 설정된 인위적 질서에 기초해서는 안 되며, 음들 간의 내재적 관계에 기초하여 생성되어야 한다고 보았다.

✕ 오답풀이

① 장조와 단조를 교차 배치하여 복수의 조성이 하나의 곡 안에 동시에 구현되어야 한다고 보았다.

근거: (가) ❶ [2]전통적인 조성 음악이 다장조나 가단조 같은 특정 조성을 바탕으로 화음을 전개하는 것과 달리, 그(쇤베르크)의 음악은 특정 조성에 얽매이지 않는 범조성을 지향하였다. + ❸ [9]그(쇤베르크)가 고안한 12음 기법은 한 옥타브 내의 12개 음 모두를 자유롭게 배열한 '음렬'을 이용하는 작곡 방식이다.~[10]12음 기법의 음렬에서는 음들이 반음 간격으로 조밀하게 배열되어 조성의 경계가 모호해진다. [11]이 때문에 하나의 곡에 장조와 단조가 공존하는 듯한 인상을 주어, 그의 음악이 무질서하다는 인식을 낳기도 했다.

쇤베르크는 특정 조성에 얽매이려 하지 않았으며, 장조와 단조를 하나의 곡 안에 교차 배치하여 복수의 조성이 하나의 곡 안에 동시에 구현되어야 한다고 주장하지도 않았다. 단지 그가 고안한 12음 기법의 음렬에 따라 하나의 곡에 장조와 단조가 공존하는 듯한 인상을 주었을 뿐이다.

③ 음 사이의 관계가 규칙적인 음계 대신 비규칙적인 음렬을 사용하여 난해한 음악을 만들고자 하였다.

근거: (가) ❶ [1]쇤베르크는 현대 음악이 난해하다는 인상을 만든 대표적 작곡가이다. + ❸ [9]그(쇤베르크)가 고안한 12음 기법은 한 옥타브 내의 12개 음 모두를 자유롭게 배열한 '음렬'을 이용하는 작곡 방식이다.~[11]이 때문에 하나의 곡에 장조와 단조가 공존하는 듯한 인상을 주어, 그의 음악이 무질서하다는 인식을 낳기도 했다. [12]그러나 쇤베르크의 의도는 화음을 자연의 섭리처럼 받아들이던 조성 음악의 관습에서 벗어나, 사전에 설정된 인위적 질서가 아닌 음들 간의 내재적 관계에 기초한 새로운 음악적 형식을 마련하는 것이었다.

음렬을 활용한 쇤베르크의 12음 기법으로 인해 그의 음악이 난해하거나 무질서하다는 평가를 받기도 한 것은 맞지만, 쇤베르크는 기존 조성 음악의 관습에서 벗어나 새로운 음악적 형식을 마련하려 했을 뿐 난해한 음악을 만들고자 한 것은 아니다.

④ 협화음과 불협화음의 구분에 기반한 조성 체계의 자연적 질서를 부정하고 음악적 무질서를 추구하였다.

근거: (가) ❹ [17]쇤베르크는 특정 화음만을 협화음으로 인정하던 조성 음악의 제한된 질서를 넘어, 음들 사이의 응집력을 바탕으로 한 보편적 음악 질서를 추구하였다.

쇤베르크는 조성 음악의 제한된 질서를 넘어 음들 사이의 응집력을 바탕으로 한 보편적 음악 질서를 추구하였으므로, 음악적 무질서를 추구하였다고 볼 수는 없다.

⑤ 화음에 기반한 전통적인 음악적 형식을 부정하고 일정하게 반복되는 패턴이 곡에 표현되는 것을 거부하였다.

근거: (가) ❸ [12]쇤베르크의 의도는 화음을 자연의 섭리처럼 받아들이던 조성 음악의 관습에서 벗어나, 사전에 설정된 인위적 질서가 아닌 음들 간의 내재적 관계에 기초한 새로운 음악적 형식을 마련하는 것이었다. + ❹ [14]그(쇤베르크)는 곡을 하나의 유기체로 완성하기 위한 조건으로 응집력을 제시했는데~[15]응집력은 음과 음 사이의 관계에서 기인하는 유사성이 반복됨으로써 실현된다. [16]따라서 음들 사이의 관계가 유사성을 공유하며 반복될수록 곡의 응집력은 강화된다.

쇤베르크가 화음을 자연의 섭리처럼 받아들이던 조성 음악의 관습에서 벗어나고자 한 것은 맞다. 그러나 쇤베르크는 곡의 유기적 통일성을 위해, 음과 음 사이에서 관계에서 비롯된 유사성이 반복적으로 나타나도록 하여 곡의 응집력을 강화해야 한다고 보았으므로, 일정하게 반복되는 패턴이 곡에 표현되는 것을 거부하였다고 볼 수는 없다.

2. (나)의 현상학적 잔여에 대한 설명으로 적절하지 <u>않은</u> 것은?

정답풀이

③ 사물의 질서를 인식하려는 지향성을 매개로 의식이 경험하는 미시적 체험이다.

> 근거: (나) **1** [2]후설에 따르면, 우리의 일상적 경험은 의식의 지향성을 통해 구성되는 '현상'이다. [4]후설은 우리가 당연시하는 전제에 대한 '판단 중지'를 통해 사물의 본질에 도달할 수 있다고 보았다. [5]이는 경험을 있는 그대로 받아들이는 '자연적 태도'에서 벗어나, 의식 속에 나타나는 현상만을 탐구하는 '현상학적 태도'로 전환하는 것을 의미한다. [6]후설은 이러한 전환을 현상학적 환원이라 불렀다. + **4** [15]후설은 현재 순간의 지속에 대한 미시적 직관을 강조한다. [19]현상학적 잔여, 즉 현상학적 환원 이후에 남는 것은 현상 그 자체
> 현상학적 잔여는 질서와 같이 당연시된 전제에 대한 '판단 중지'를 통해 자연적 태도에서 벗어나 현상학적 태도로 전환하는 '현상학적 환원'의 결과물로, 순수 현상 그 자체를 나타낸다. 따라서 현상학적 잔여가 사물의 질서를 인식하려는 지향성을 매개로 한다고 볼 수 없으며, 그 자체가 미시적인 체험을 나타낸다고 보기도 어렵다.

오답풀이

① 자연적 태도에 대한 판단 중지를 통해 드러나는 사물의 본질이다.
근거: (나) **1** [4]후설은 우리가 당연시하는 전제에 대한 '판단 중지'를 통해 사물의 본질에 도달할 수 있다고 보았다. [5]이는 경험을 있는 그대로 받아들이는 '자연적 태도'에서 벗어나, 의식 속에 나타나는 현상만을 탐구하는 '현상학적 태도'로 전환하는 것을 의미한다. [6]후설은 이러한 전환을 현상학적 환원이라 불렀다. + **4** [19]현상학적 잔여, 즉 현상학적 환원 이후에 남는 것
후설은 경험을 있는 그대로 받아들이는 '자연적 태도'에 대해 '판단 중지'를 함으로써 '현상학적 태도'로 전환하는 '현상학적 환원'이 발생하며, 그에 따라 사물의 본질에 도달할 수 있다고 보았다. 현상학적 잔여는 이러한 현상학적 환원의 결과에 해당하므로, 자연적 태도에 대한 판단 중지를 통해 드러나는 사물의 본질이라고 볼 수 있다.

② 과거와 미래가 통합된 현재 순간의 지속에 대한 미시적 직관의 결과물이다.
근거: (나) **4** [15]후설은 현재 순간의 지속에 대한 미시적 직관을 강조한다. [16]이는 역사적 시간의 일부로서 현재를 인식하는 것이 아니라 과거와 미래를 통합하는 지금 이 순간을 직관해야 한다는 것이다. [19]현상학적 잔여, 즉 현상학적 환원 이후에 남는 것
후설이 과거와 미래를 통합하는 '지금 이 순간'의 지속에 대한 미시적 직관을 강조하였다는 것은, 현상학적 환원의 과정에도 미시적 직관이 반영됨을 나타낸다. 따라서 '현상학적 환원 이후에 남는 것', 즉 현상학적 잔여는 과거와 미래가 통합된 현재 순간의 지속에 대한 미시적 직관의 결과물에 해당한다고 볼 수 있다.

④ 현상학적 환원을 통해 모든 전제를 배제한 후 의식에 남아 있는 순수 현상이다.
근거: (나) **3** [10]현상학은 모든 전제에 대한 판단을 중지하고 의식에 직접 주어지는 현상 그 자체를 포착하려 하지만 + **4** [19]현상학적 잔여, 즉 현상학적 환원 이후에 남는 것은 현상 그 자체여야 하지만, 쇤베르크의 음악은 곡의 거시적인 구조에 치중함으로써 순수 현상에는 이르지 못했기 때문이다.
현상학적 잔여는 모든 전제에 대한 판단을 중지하면서, 즉 모든 전제를 배제하면서 이루어지는 현상학적 환원 이후 의식에 남는 순수 현상이라고 볼 수 있다.

⑤ 기존의 규범과 맥락을 제외한 뒤 포착되는, 의식에 직접적으로 주어지는 현상 그 자체이다.
근거: (나) **3** [10]현상학은 모든 전제에 대한 판단을 중지하고 의식에 직접 주어지는 현상 그 자체를 포착하려 하지만 + **4** [19]현상학적 잔여, 즉 현상학적 환원 이후에 남는 것은 현상 그 자체
현상학적 잔여는 현상학적 환원을 통해 규범과 맥락을 포함한 모든 전제에 대한 판단을 중지한 뒤에 포착되는, 의식에 직접적으로 주어진 현상 그 자체라고 볼 수 있다.

3. (가)의 글쓴이의 관점에서 이해한 ㉠과 (나)의 글쓴이의 관점에서 이해한 ㉡을 비교한 내용으로 가장 적절한 것은?

㉠: ((가)의) 범조성
㉡: ((나)의) 범조성

정답풀이

③ ㉠은 편협한 질서를 넘어서는 보편적 질서이고, ㉡은 인위적 질서를 대체하는 또 다른 인위적 질서이다.

근거: (가) **1** [2]전통적인 조성 음악이 다장조나 가단조 같은 특정 조성을 바탕으로 화음을 전개하는 것과 달리, 그(쇤베르크)의 음악은 특정 조성에 얽매이지 않는 범조성(㉠)을 지향하였다. + **4** [17]이처럼 쇤베르크는 특정 화음만을 협화음으로 인정하던 조성 음악의 제한된 질서를 넘어, 음들 사이의 응집력을 바탕으로 한 보편적 음악 질서를 추구하였다. / (나) **3** [9]그러나 쇤베르크가 주장한 범조성(㉡)은 현상학적 환원과 괴리된다. [10]현상학은 모든 전제에 대한 판단을 중지하고 의식에 직접 주어지는 현상 그 자체를 포착하려 하지만, 쇤베르크는 조성이라는 기존의 규범을 거부하면서도 모든 음의 동등한 사용이라는 새로운 규범을 제시했기 때문이다.
(가)의 글쓴이 입장에서 ㉠은 특정 조성에 얽매여 있는 전통적인 조성 음악의 제한적이고 편협한 질서를 넘어, 음들 사이의 응집력을 바탕으로 형성된 보편적 질서에 해당한다고 볼 수 있다. 반면 (나)의 글쓴이 입장에서 ㉡은 '조성'이라는 기존의 인위적 질서를 '모든 음의 동등한 사용'이라는 새로운 질서로 대체한 것으로, 또 다른 인위적 질서에 해당한다고 볼 수 있다.

오답풀이

① ㉠은 으뜸음이 주관하는 음악적 질서이고, ㉡은 음의 배열을 지배하는 거시적 구조이다.
근거: (가) **1** [2]전통적인 조성 음악이 다장조나 가단조 같은 특정 조성을 바탕으로 화음을 전개하는 것과 달리, 그(쇤베르크)의 음악은 특정 조성에 얽매이지 않는 범조성(㉠)을 지향하였다. + **2** [3]조성 음악의 음계에는 으뜸음을 중심으로 한 엄격한 위계질서가 존재한다. + **3** [8]이에 반해 쇤베르크의 음악에서는 으뜸음 중심의 위계질서가 해체되고 모든 음이 동등한 지위를 부여받는다. / (나) **3** [9]그러나 쇤베르크가 주장한 범조성(㉡)은 현상학적 환원과 괴리된다. + **4** [17]쇤베르크는 음높이와 음길이처럼 악보상 음표의 위치로 표현되는 거시적 구조로만 음악을 조망함으로써, 음색과 강세 등 개별 음에 대한 미시적 체험의 중요성을 간과했다.
(나)의 글쓴이 입장에서 ㉡은 음의 배열을 지배하는 거시적 구조와 관련되어 있다고 볼 수 있으나, (가)의 글쓴이 입장에서 ㉠은 으뜸음이 주관하는 조성 음악의 음악적 위계질서를 해체함으로써 실현된다.

② ㉠은 전통을 계승하여 발전시킨 작곡 기법이고, ㉡은 전통과 단절되어 새롭게 제안된 작곡 기법이다.
근거: (가) **1** [2]전통적인 조성 음악이 다장조나 가단조 같은 특정 조성을 바탕으로 화음을 전개하는 것과 달리, 그(쇤베르크)의 음악은 특정 조성에 얽매이지 않는 범조성(㉠)을 지향하였다. / (나) **3** [9]그러나 쇤베르크가 주장한 범조성(㉡)은 현상학적 환원과 괴리된다. [14]결국 쇤베르크가 조성의 기반인 평균율의 12음을 그대로 수용한 것은 전통적 물감 사용법은 거부하면서도 물감은 전통적인 것을 고수하는 태도와 다르지 않다.
(가)의 글쓴이 입장에서 ㉠은 전통적인 조성 음악의 질서에 얽매이지 않으려는 경향이므로, 전통을 계승하여 발전시킨 작곡 기법으로 볼 수 없다. (나)의 글쓴이 입장에서 ㉡은 전통을 거부하면서도 전통적인 소재를 고수하는 태도에 해당하므로, 전통과 단절되어 있다고 보기 어렵다.

④ ㉠은 작곡가가 아닌 곡 자체에 의해 형성되는 질서이고, ㉡은 작곡가의 음악적 자유를 구속하는 제약이다.
근거: (가) **1** [2]그(쇤베르크)의 음악은 특정 조성에 얽매이지 않는 범조성(㉠)을 지향하였다. + **4** [13]쇤베르크는 음들 간의 자연스러운 관계가 외부로부터 주어지는 것이 아니라 곡 전체의 유기적 통일성을 통해 형성되는 것이라고 보았다.~[17]이처럼 쇤베르크는 특정 화음만을 협화음으로 인정하던 조성 음악의 제한된 질서를 넘어, 음들 사이의 응집력을 바탕으로 한 보편적 음악 질서를 추구하였다. / (나) **3** [9]그러나 쇤베르크가 주장한 범조성(㉡)은 현상학적 환원과 괴리된다. [11]더욱이 그(쇤베르크)는 평균율이라는 물리적 제약을 그대로 수용했다.
(나)의 글쓴이 입장에서 ㉡은 '평균율'과 같이 작곡가의 음악적 자유를 구속하는 물리적 제약이 반영된 것이라고 볼 수 있다. 그러나 (가)의 글쓴이 입장에서 ㉠은 외부로부터 주어진 것이 아니라 음들 간의 자연스러운 관계에 바탕을 둔 질서를 나타낼 뿐, 작곡가를 배제한 체 곡 자체에 의해서만 형성되는 질서를 나타낸다고 보기는 어렵다.

⑤ ㉠은 모든 음에 동등한 자격을 부여하는 체계이고, ㉡은 곡의 체계를 와해하여 무질서를 야기하는 원인이다.
근거: (가) **1** [2]그(쇤베르크)의 음악은 특정 조성에 얽매이지 않는 범조성(㉠)을 지향하였다. + **3** [8]쇤베르크의 음악에서는 으뜸음 중심의 위계질서가 해체되고 모든 음이 동등한 지위를 부여받는다. / (나) **3** [9]그러나 쇤베르크가 주장한 범조성(㉡)은 현상학적 환원과 괴리된다.~[10]쇤베르크는 조성이라는 기존의 규범을 거부하면서도 모든 음의 동등한 사용이라는 새로운 규범을 제시했기 때문이다.
(가)의 글쓴이 입장에서 ㉠은 모든 음에 동등한 지위를 부여하는 체계를 나타낸다고 볼 수 있다. 그러나 (나)의 글쓴이 입장에서 ㉡은 기존에 있던 규범을 대신하는 새로운 규범, 즉 새로운 질서를 만들어 내는 것이므로, 곡의 체계를 와해하여 무질서를 야기하는 원인이라고 보기 어렵다.

4. (가)의 글쓴이가 (나)의 ⓒ에 대해 반박할 만한 말로 가장 적절한 것은? [3점]

> ⓒ: 전통적 물감 사용법은 거부하면서도 물감은 전통적인 것을 고수하는 태도와 다르지 않다.

정답풀이

② 12음 기법의 12음은 평균율의 12음과 배열 방식이 다른 음이라는 점에서, 이미 동일한 물감이라고 할 수 없습니다.

근거: (가) ❸ [9]그(쇤베르크)가 고안한 12음 기법은 한 옥타브 내의 12개 음 모두를 자유롭게 배열한 '음렬'을 이용하는 작곡 방식이다. [10]조성 음악의 음계에서는 으뜸음과 장3도·단3도의 관계에 따라 장·단조가 규정되는 반면, 12음 기법의 음렬에서는 음들이 반음 간격으로 조밀하게 배열되어 조성의 경계가 모호해진다. / (나) ❸ [12]바로크 시대 이후 서양 음악의 토대가 된 평균율은 무한한 음향적 가능성 중 극히 일부만을 표준화한 것에 불과하다. [14]결국 쇤베르크가 조성의 기반인 평균율의 12음을 그대로 수용한 것은 전통적 물감 사용법은 거부하면서도 물감은 전통적인 것을 고수하는 태도와 다르지 않다.(ⓒ)

(나)의 ⓒ에서는 쇤베르크가 전통적 조성 음악의 질서를 거부했으면서도, 극히 한정된 음향적 가능성만을 표준화한 평균율의 12음은 그대로 수용한 점을 문제 삼고 있다. 이는 전통적인 조성 음악과 쇤베르크의 음악 모두가 동일한 평균율의 12음을 사용했다는 사실에 대한 비판이다. 이에 대해 (가)의 글쓴이는 12음 모두를 자유롭게 배열하는 쇤베르크의 12음 기법은 으뜸음 중심의 위계질서에 따라 음들을 규칙적으로 배열하는 조성 음악의 12음과는 배열 방식을 다르게 했으므로, 완전히 동일한 음악적 재료를 사용한 것은 아니라고 반박할 수 있다.

오답풀이

① 평균율이라는 물리적 제약에서 완전히 벗어나지 못했다는 점에서, 전통적 물감 사용법 그 자체를 거부한 것은 아닙니다.

근거: (나) ❸ [11]더욱이 그는 평균율이라는 물리적 제약을 그대로 수용했다. [14]결국 쇤베르크가 조성의 기반인 평균율의 12음을 그대로 수용한 것은 전통적 물감 사용법은 거부하면서도 물감은 전통적인 것을 고수하는 태도와 다르지 않다.(ⓒ)

(나)의 ⓒ에서 문제 삼고 있는 것은 '전통적 물감 사용법'을 거부한 부분이라기보다 물감 자체는 '전통적인 것을 고수'한 부분이라고 볼 수 있다. 또한 평균율이라는 물리적 제약에서 벗어날 수 없었다는 것은 (나)의 ⓒ을 주장하는 맥락에 부합하므로, 이에 대한 반박이 될 수 없다.

③ 화음 전개에 따른 선율의 흐름이 예측되지 않는다는 점에서, 동일한 물감을 고수하는 것이 문제는 아닙니다.

화음 전개에 따른 선율의 흐름이 예측되지 않는다는 것은 (나)의 ⓒ의 주장과 관련이 없다.

④ 음들 간의 내적 결속이 응집력을 형성한다는 점에서, 동일한 물감으로도 더 좋은 그림을 그릴 수 있습니다.

근거: (가) ❸ [9]그(쇤베르크)가 고안한 12음 기법은 한 옥타브 내의 12개 음 모두를 자유롭게 배열한 '음렬'을 이용하는 작곡 방식이다. [10]조성 음악의 음계에서는 으뜸음과 장3도·단3도의 관계에 따라 장·단조가 규정되는 반면, 12음 기법의 음렬에서는 음들이 반음 간격으로 조밀하게 배열되어 조성의 경계가 모호해진다. / (나) ❸ [14]결국 쇤베르크가 조성의 기반인 평균율의 12음을 그대로 수용한 것은 전통적 물감 사용법은 거부하면서도 물감은 전통적인 것을 고수하는 태도와 다르지 않다.(ⓒ)

(가)의 글쓴이는 쇤베르크가 조성의 기반인 평균율의 12음을 '그대로' 수용한 것이 아니라, 음의 배열을 달리하였으므로 완전히 동일한 물감을 사용했다고 보지 않을 것이다. 따라서 동일한 물감을 사용하였음을 인정하는 것은 (나)의 ⓒ에 대한 (가)의 글쓴이의 반박으로 보기 어렵다.

⑤ 장조와 단조의 구분을 없앴다는 점에서, 동일한 물감에서 새로운 물감 사용법을 발견한 것입니다.

근거: (가) ❸ [10]조성 음악의 음계에서는 으뜸음과 장3도·단3도의 관계에 따라 장·단조가 규정되는 반면, 12음 기법의 음렬에서는 음들이 반음 간격으로 조밀하게 배열되어 조성의 경계가 모호해진다. [11]이 때문에 하나의 곡에 장조와 단조가 공존하는 듯한 인상을 주어, 그(쇤베르크)의 음악이 무질서하다는 인식을 낳기도 했다.

(가)의 글쓴이는 쇤베르크 음악이 장조와 단조의 경계를 모호하게 하여 하나의 곡에 이 둘이 공존한다는 듯한 인상을 주었다고 보지만, 구분을 완전히 없앴다고 단정짓고 있지는 않다. 또한 동일한 물감을 사용하였음을 인정하는 것도 (가)의 글쓴이 입장에서 (나)의 ⓒ에 대한 반박이 된다고 보기 어렵다.

🖋 모두의 질문

· 4–③, ④, ⑤번

Q: '물감은 전통적인 것을 고수'한다고 해도 문제가 없다고 주장하면 (나)의 ⓒ에 대한 반박이 되는 것 아닌가요?

A: (가)의 글쓴이가 (나)의 ⓒ에서 '물감은 전통적인 것을 고수'한다는 부분을 인정한다고 보기 위해서는, (가)에 쇤베르크가 작곡 시에 활용하는 음계의 형식이 기존의 조성 음악에서 활용했던 것과 동일하다는 전제가 제시되어 있어야 한다. 그런데 (가)의 3문단에서는 쇤베르크가 기존에 있던 '조성 음악의 음계'와 구분되는 '12음 기법의 음렬'을 통해, 기존의 음계가 가지고 있던 조성 음악의 관습에서 벗어난 새로운 음악적 형식을 마련했음을 설명하고 있다. 이때 조성 음악과 12음 기법에서 활용하는 '12음' 그 자체는 ⓒ의 '물감'에 대응된다고 볼 수 있지만, 기존에 있던 '조성 음악의 음계'와 '12음 기법의 음렬'이 서로 다른 것이라면, '물감'이 이전과 동일하게 '전통적인 것'이라고 볼 수는 없다. 따라서 (가)의 글쓴이 입장에서 '물감은 전통적인 것을 고수'하고 있다는 것에 대해 인정할 것이라고 보기는 어려워진다. 그에 따라 ③번의 '동일한 물감을 고수하는 것이 문제는 아니라는 것'이나, ④번의 '동일한 물감으로도 더 좋은 그림을 그릴 수 있'다는 것, ⑤번의 '동일한 물감에서 새로운 물감 사용법을 발견한 것'과 같이 '동일한 물감을 고수하고 있음'을 전제하는 말은 (가)의 입장에서 (나)의 ⓒ에 대해 반박한 것이라고 보기 어렵다.

5. (가)의 '쇤베르크'의 관점(A), (나)의 글쓴이의 관점(B)을 바탕으로 〈보기〉를 이해한 내용으로 적절하지 <u>않은</u> 것은? [3점]

〈보기〉

[1]전자 음악은 공기 진동을 통해 소리를 내는 전통적 악기와 달리, 전기적 신호를 합성하여 무한한 음향을 창조한다. [2]이러한 기술적 특성을 바탕으로, 전자 음악은 다양한 실험을 거치며 음악의 표현 영역을 확장하고 있다. 전기적 신호를 합성하여 음향을 창조하는 전자 음악 → 음악 표현 영역 확장 [3]바레즈는 〈하이퍼리즘〉에서 11마디 동안 '높은 도'를 반복하면서 강약과 음색만을 변화시켜 일정한 음향 패턴을 만들어 낸다. 전자 음악 ① 〈하이퍼리즘〉: 동일한 음의 반복(강약, 음색만 변화) → 일정한 음향 패턴 형성 [4]슈톡하우젠은 〈십자놀이〉에서 음높이, 음길이, 강세, 음색을 동등한 위상으로 활용하여, 어떤 패턴도 반복하지 않고 각각의 음을 독립된 음향 사건으로 다루는 작곡 기법을 선보였다. 전자 음악 ② 〈십자놀이〉: 패턴 반복 없이 각각의 음을 독립된 음향 사건으로 다룸 [5]이러한 시도는 음악에 대한 관념을 바꾸는 계기가 되었다. [6]가령 루솔로는 기계음과 같은 소음이 새로운 시대의 예술적 정서를 반영하는 음악적 재료가 된다고 주장하였는데, 이는 전자적 음향을 다루는 것을 넘어 일상의 구체적인 소리를 음악의 재료로 활용하는 구체 음악의 출현으로 이어졌다. 루솔로: 소음(기계음 등)이 새로운 시대의 음악적 재료가 된다고 주장 → 일상의 소리를 음악의 재료로 활용하는 구체 음악 출현

✅ 정답풀이

⑤ B: 기계음이 새로운 음악의 재료가 된다는 루솔로의 주장은, 기계음이라는 인공적인 소리를 특정한 지향적 체계가 만들어 낸 인위적 현상으로 간주한 것이겠군.

근거: (나) ❶ [3]음악적 경험은 소리라는 물리적 파동에 대한 지각이 아니라, 소리의 패턴을 인식하는 의식의 지향성을 매개로 한 현상이다. [4]후설은 우리가 당연시하는 전제에 대한 '판단 중지'를 통해 사물의 본질에 도달할 수 있다고 보았다. [5]이는 경험을 있는 그대로 받아들이는 '자연적 태도'에서 벗어나, 의식 속에 나타나는 현상만을 탐구하는 '현상학적 태도'로 전환하는 것을 의미한다. + ❷ [7]이러한 관점(후설의 현상학)에서 레보비츠는 쇤베르크가 조성 음악의 화음을 특정한 지향적 체계가 만들어 낸 인위적 현상으로 간주하고, 12음 기법을 통해 음악의 본질에 다가섰다고 평가하였다. + 〈보기〉 [6]가령 루솔로는 기계음과 같은 소음이 새로운 시대의 예술적 정서를 반영하는 음악적 재료가 된다고 주장하였는데, 이는 전자적 음향을 다루는 것을 넘어 일상의 구체적인 소리를 음악의 재료로 활용하는 구체 음악의 출현으로 이어졌다.

B에 따르면 '특정한 지향적 체계가 만들어 낸 인위적 현상'은 기존의 질서에 따라 '자연적 태도'를 통해 받아들이는, 당연시된 전제에 해당한다. 그런데 〈보기〉의 루솔로는 기계음이라는 소리를 기존의 질서에 따라 '소음'으로 받아들이지 않고 '새로운 시대의 예술적 정서를 반영하는 음악적 재료'로 인식하고 있으므로, B의 입장에서 루솔로가 기계음을 '특정한 지향적 체계가 만들어 낸 인위적 현상으로 간주'했다고 보지는 않을 것이다.

❌ 오답풀이

① A: 음높이는 유지한 채 강약과 음색만을 변주하는 〈하이퍼리즘〉에서는, 동일한 음높이의 공유와 반복을 통해 곡의 유기적 통일성이 확보될 수 있겠군.

근거: (가) ❹ [14]그(쇤베르크)는 곡을 하나의 유기체로 완성하기 위한 조건으로 응집력을 제시했는데, 이는 곡을 이해 가능한 구조로 통합하는 음들 사이의 내적 결속을 의미한다. [15]응집력은 음과 음 사이의 관계에서 기인하는 유사성이 반복됨으로써 실현된다. [16]따라서 음들 사이의 관계가 유사성을 공유하며 반복될수록 곡의 응집력은 강화된다. + 〈보기〉 [3]바레즈는 〈하이퍼리즘〉에서 11마디 동안 '높은 도'를 반복하면서 강약과 음색만을 변화시켜 일정한 음향 패턴을 만들어 낸다.

A는 곡의 유기적 통일성은 음과 음 사이의 관계에서 기인한 유사성을 반복하여 응집력을 실현함으로써 이루어진다고 본다. 따라서 〈보기〉의 〈하이퍼리즘〉은 강약과 음색에만 변화를 주고 '높은 도'라는 동일한 음을 반복함으로써 응집력이 강화되어 유기적 통일성이 확보될 수 있다고 볼 것이다.

② A: 개별 음을 독립된 음향 사건으로 다루는 〈십자놀이〉의 작곡 기법은, 음들 간의 내적 결속을 고려하지 않는다는 점에서 곡의 이해 가능성이 저해되는 한계를 지닐 수 있겠군.

근거: (가) ❹ [14]그(쇤베르크)는 곡을 하나의 유기체로 완성하기 위한 조건으로 응집력을 제시했는데, 이는 곡을 이해 가능한 구조로 통합하는 음들 사이의 내적 결속을 의미한다. [15]응집력은 음과 음 사이의 관계에서 기인하는 유사성이 반복됨으로써 실현된다. + 〈보기〉 [4]슈톡하우젠은 〈십자놀이〉에서 음높이, 음길이, 강세, 음색을 동등한 위상으로 활용하여, 어떤 패턴도 반복하지 않고 각각의 음을 독립된 음향 사건으로 다루는 작곡 기법을 선보였다.

A는 음과 음 사이의 관계에서 기인한 유사성을 반복하여 응집력을 실현함으로써, 곡을 이해 가능한 구조로 통합하는 음들 사이의 내적 결속이 이루어진다고 본다. 그런데 〈보기〉의 〈십자놀이〉는 어떤 음악 패턴도 반복되지 않으므로, 음들 간의 내적 결속을 고려했다고 볼 수 없으며, 그에 따라 A의 입장에서는 이 기법이 곡의 이해 가능성이 저해되는 한계를 지닐 수 있을 것이라 볼 것이다.

③ B: 전기적 신호의 합성을 통해 무한한 음향을 창조하는 전자 음악은, 새로운 음악의 재료를 도입함으로써 기존 음악의 문화적 제약을 극복할 가능성을 제시한 것이겠군.

근거: (나) ❸ [13]아도르노가 '형식은 침전된 내용'이라고 말했듯, 음악의 재료는 단순한 소리가 아니라 특정한 문화적 맥락이 응축된 형식이다. + 〈보기〉 [1]전자 음악은 공기 진동을 통해 소리를 내는 전통적 악기와 달리, 전기적 신호를 합성하여 무한한 음향을 창조한다.

B는 음악의 재료는 단순한 소리가 아니라 문화적 맥락이 응축되어 있는 형식이라고 본다. 따라서 기존의 전통적 악기와 달리 전기적인 신호를 합성하여 무한한 음향을 창조하는 〈보기〉의 전자 음악은, 새로운 음악의 재료를 도입하여 기존 음악의 문화적 제약을 극복할 가능성을 제시한 것이라고 볼 것이다.

④ B: 음높이, 음길이, 강세, 음색을 동등하게 활용하는 〈십자놀이〉의 작곡 방식은, 순간의 미시적 체험에 주목하여 순수한 음향 현상 자체에 도달하는 길을 여는 것일 수 있겠군.

근거: (나) ❹ [15]후설은 현재 순간의 지속에 대한 미시적 직관을 강조한다.~ [17]그러나 쇤베르크는 음높이와 음길이처럼 악보상 음표의 위치로 표현되는 거시적 구조로만 음악을 조망함으로써, 음색과 강세 등 개별 음에 대한 미시적 체험의 중요성을 간과했다. + 〈보기〉 [4]슈톡하우젠은 〈십자놀이〉에서 음높이, 음길이, 강세, 음색을 동등한 위상으로 활용하여, 어떤 패턴도 반복하지 않고 각각의 음을 독립된 음향 사건으로 다루는 작곡 기법을 선보였다.

B는 음높이나 음길이와 같은 거시적 구조로만 음악을 조망해서는 안 되며, 음색이나 강세와 같은 개별 음에 대한 미시적 체험이 중요하다고 보았다. 따라서 〈보기〉의 〈십자놀이〉에서 거시 차원의 음높이와 음길이, 미시 차원에서의 강세와 음색을 동등한 위상으로 활용하여 각각의 음을 독립된 음향 사건으로 다룬 것에 대해, 순간의 미시적 체험에 주목하여 순수한 음향 현상 자체에 도달하는 길을 여는 것일 수 있다고 볼 것이다.

학생들이 정답 선지 다음으로 많이 고른 선지가 ④번이다. 지문에 제시된 정보와 〈보기〉의 설명을 대조하는 과정에서, (나) 4문단의 쇤베르크가 '미시적 체험의 중요성을 간과'했다는 설명의 정확한 맥락을 파악하는 데 어려움을 느낀 것이 원인으로 보인다.

④번 선지와 관련하여 〈보기〉에는 '음높이, 음길이, 강세, 음색을 동등한 위상으로 활용'하여 '각각의 음을 독립된 음향 사건으로 다루는' 〈십자놀이〉의 작곡 기법이 제시되어 있다. 이때 (나) 4문단의 '쇤베르크는 음높이와 음길이처럼 악보상 음표의 위치로 표현되는 거시적 구조로만 음악을 조망함으로써, 음색과 강세 등 개별 음에 대한 미시적 체험의 중요성을 간과했다.'를 참고하면, 〈십자놀이〉가 동등한 위상으로 활용하였다는 '음높이, 음길이'는 음악의 거시적 구조와 관련된, '강세, 음색'은 개별 음에 대한 미시적 체험과 관련된 요소임을 알 수 있다. 그런데 이때 눈여겨보아야 할 것은 (나)의 글쓴이가 쇤베르크에 대해 거시적 구조'로만' 음악을 조망하여 미시적 체험을 '간과'했다고 한 부분이다. 즉 (나)의 글쓴이는 미시적 체험만을 중시해야 한다고 한 것이 아니라, 거시적 구조뿐 아니라 미시적인 체험 역시 동등한 위상으로 취급하며 중요시해야 함을 주장한 것이다. 그리고 (나)의 글쓴이는 이런 식으로 미시적인 체험 또한 간과하지 않음으로써 '순수 현상'에 이르는 것이 가능하다고 보는데, 〈보기〉의 〈십자놀이〉는 '음높이, 음길이'의 거시적 구조와 '강세, 음색'의 미시적 구조를 동등한 위상에 놓고 있다는 점에서 '순수 현상', 선지의 표현으로 치환하면 '순수한 음향 현상' 자체에 도달할 수 있는 가능성을 시사한다고 볼 수 있다. 따라서 ④번 선지는 적절하다.

한편 ⑤번 선지에 제시된 '특정한 지향적 체계가 만들어 낸 인위적 현상'이라는 표현은 (나)의 2문단에 등장하는 문장과 동일한데, 이는 쇤베르크가 '판단 중지'의 대상으로 삼은 '조성 음악의 화음'과 동일한 의미를 갖는다. 즉 '특정한 지향적 체계가 만들어 낸 인위적 현상'은 배제되어야 할 기존의 질서를 나타낸다고 볼 수 있다. 하지만 〈보기〉의 루솔로는 '기계음과 같은 소음'을 기존의 질서로 인지하여 문제 삼은 것이 아니라, 이를 '새로운 시대의 예술적 정서를 반영하는 음악적 재료'로 인정하여 '음악에 대한 관념'이 바뀌었음을 드러내고 있으므로, '기계음과 같은 소음'이 인공적으로 만들어졌다고 하더라도 이를 '특정한 지향적 체계가 만들어 낸 인위적 현상'이라고 볼 수는 없다. 따라서 ⑤번 선지는 적절하지 않다.

정답률 분석

①	②	③	매력적 오답 ④	정답 ⑤
6%	12%	15%	24%	43%

6. 문맥상 @~@와 바꿔 쓰기에 적절하지 <u>않은</u> 것은?

✅ 정답풀이

① @: 흩어지고

> 근거: (가) **3** [8]이에 반해 쇤베르크의 음악에서는 으뜸음 중심의 위계질서가 @해체되고 모든 음이 동등한 지위를 부여받는다.
> '해체되다'는 '체제나 조직 따위가 붕괴하다.'라는 의미를 가지며, 문맥상 '한데 모였던 것이 따로따로 떨어지거나 사방으로 퍼지다.'의 의미를 가지는 '흩어지다'와 바꿔 쓰기에 적절하지 않다.

❌ 오답풀이

② ⓑ: 비롯되는
근거: (가) **4** [15]응집력은 음과 음 사이의 관계에서 ⓑ기인하는 유사성이 반복됨으로써 실현된다.
'기인하다'는 '어떠한 것에 원인을 두다.'라는 의미를 가지며, 문맥상 '처음으로 시작되다.'의 의미를 가지는 '비롯되다'와 바꿔 쓰기에 적절하다.

③ ⓒ: 밝혀냈다
근거: (나) **1** [1]레보비츠는 12음 기법의 등장을 음악사의 혁신으로 평가하고 후설의 현상학을 적용하여 그 의미를 ⓒ규명했다.
'규명하다'는 '어떤 사실을 자세히 따져서 바로 밝히다.'라는 의미를 가지며, 문맥상 '진리, 가치, 옳고 그름 따위를 판단하여 드러내다.'의 의미를 가지는 '밝혀내다'와 바꿔 쓰기에 적절하다.

④ ⓓ: 내놓았기
근거: (나) **3** [10]쇤베르크는 조성이라는 기존의 규범을 거부하면서도 모든 음의 동등한 사용이라는 새로운 규범을 ⓓ제시했기 때문이다.
'제시하다'는 '어떠한 의사를 말이나 글로 나타내어 보이게 하다.'라는 의미를 가지며, 문맥상 '생각이나 의견을 제시하다.'의 의미를 가지는 '내놓다'와 바꿔 쓰기에 적절하다.

⑤ ⓔ: 지나쳤다
근거: (나) **4** [17]그러나 쇤베르크는~음색과 강세 등 개별 음에 대한 미시적 체험의 중요성을 ⓔ간과했다.
'간과하다'는 '큰 관심 없이 대강 보아 넘기다.'라는 의미를 가지며, 문맥상 '어떤 일이나 현상을 문제 삼거나 관심을 가지지 아니하고 그냥 넘기다.'의 의미를 가지는 '지나치다'와 바꿔 쓰기에 적절하다.

📋 문제적 문제

• 6-①, ③, ⑤번

6번 문제에서 많은 학생들이 ③번 선지와 ⑤번 선지를 정답으로 골랐다. ①번 선지가 적절하지 않음을 곧바로 판단하기 어려웠던 것이 주된 원인으로 보인다.

①번 선지는 '흩어지고'를 '위계질서가 해체되고'의 '해체되고'와 바꿔 쓸 수 있는지를 묻고 있다. 그런데 '위계질서'는 대상이나 인물 간의 상하 관계에 기반하여 세워진 법칙이나 체계를 나타내는 것이므로, 무너지거나 사라질 수는 있어도, 그 구성 요소들이 따로따로 떨어지거나 더 넓은 범위로 퍼지는 방식으로 '흩어질' 수는 없다. '해체되다'는 다의어에 해당하므로 '단체 따위가 흩어지다.', '여러 가지 부속으로 맞추어진 기계 따위가 풀려져 흩어지다.'와 같은 의미도 가지고 있지만, '위계질서'는 사람들로 구성된 '단체'도, 여러 부속들로 구성된 '기계'도 아니므로 해당 의미는 적용할 수 없다.

③번 선지의 경우 ⓒ로 제시된 '규명하다'의 의미에 '사실을 자세히 따져서 바로 밝히다.'의 의미가 포함되어 있으며, '밝히다'라는 표현이 '진실을 밝히다.', '사고의 원인을 밝히다.'와 같이 사용되는 경우가 많으므로, 두 표현이 맥락상 유사한 의미를 가진다는 것을 파악하기가 비교적 쉬웠다. 그런데 ⑤번 선지의 경우 일상적으로 '지나쳤다'라는 표현이 '관심을 가지지 아니하고 그냥 넘기다.'라는 의미뿐 아니라 '일정한 한도를 넘어 정도가 심하다.'라는 의미로도 자주 쓰인다는 점에서, ⓔ로 제시된 '간과하다'의 의미와 다소 괴리된 느낌을 받았을 수 있다. 그러나 맥락상 ⓔ를 후자의 의미인 '지나쳤다'로 바꾸어 쓰게 된다면, 기존의 표현과 의미가 어긋나는 것이 아니라 문장 자체가 성립하지 않는다. 따라서 맥락상 전자의 의미를 적용하여 ⑤번의 정오를 판단하는 것이 바람직했다.

이렇듯 지문에 제시된 표현을 다른 표현으로 바꾸어 쓸 것을 요구하는 문제에서는, 지문의 해당 단어가 제시된 문맥을 꼼꼼히 살펴 그 의미를 파악해야 한다. 그리고 해당 단어가 문맥상 뜻하는 바를 선지에 제시된 단어도 가리킬 수 있으며, 바꿔 써도 의미의 차이가 발생하지 않을 때 해당 단어를 선지에 제시된 단어로 바꿔 쓸 수 있다. 발문에서 '문맥상' 바꿔 쓰기에 적절한 것을 묻고 있음을 눈여겨보아야 하는 이유를 제대로 확인할 수 있는 문제였다.

정답률 분석

정답		매력적 오답		매력적 오답
①	②	③	④	⑤
44%	3%	20%	2%	31%

[1~6] 다음 글을 읽고 물음에 답하시오.

✎ 사고의 흐름

(가)

1 [1]프랑스의 계몽주의자들은 신화적 관점이나 중세 시대의 종교적 관점으로 역사를 파악하고 서술하는 것을 배격*했다. [2]이들은 이성의 관점에서 역사를 바라보았고, 이러한 입장은 계몽주의자인 볼테르에 의해 ㉠확립되었다. *프랑스 계몽주의자인 볼테르의 역사관이 이 글의 화제임을 알 수 있어. 이는 신화적 관점이나 중세 시대의 종교적 관점과 대비되는 입장이야.*

2 [3]볼테르는 역사의 동인*을 신으로 보았던 중세 시대의 관점을 비판하고, 이성에 의해 역사가 변화된다고 보았다. *볼테르는 역사의 동인을 '이성'으로 봤어.* [4]그는 이성과 자연, 이성과 종교·정치·사회 등의 제도가 상호 작용하면서 역사가 끊임없이 발전한다고 보았다. [5]이러한 관점에 따르면 역사의 발전은 이성 그 자체가 발전하면서 문화를 발전시키는 이성의 발전사인 것이었다. *역사의 발전 = 문화를 발전시키는 이성의 발전사* [6]그에게 있어 문화는 예술, 법, 정치, 지식, 과학, 풍속, 습관, 음식, 기술, 오락 등 인간 생활과 관련된 것들로 이성의 활동에 따라 만들어진 것이었다. [7]그는 문화에 대한 이러한 입장에서 문화를 역사 서술의 대상으로 삼아 역사를 서술함으로써 이성의 발전을 드러내려고 했다. *볼테르는 문화를 역사 서술의 대상으로 삼아 역사 서술로 이성의 발전을 드러냈다고 해.*

3 [8]볼테르는 모든 시대와 민족을 ㉡포괄하는 방대한 문화사를 서술했다. [9]이를 통해 이성이 모든 시대의 역사나 모든 민족의 역사에서 공통적으로 나타나는 발전 요소이며, 역사는 이성의 발전 과정임을 드러내려 한 것이었다. *볼테르는 문화사를 서술하면서 역사가 이성의 발전 과정임을 드러내려고 했어.* [10]그는 이러한 의도를 실현하기 위해 사료를 선택할 때는 이성의 업적을 보여 줄 수 있으면서(*볼테르의 사료 선택 기준 ①*) 가장 확실한 기록에 기초를 둔 역사적 사실들(*볼테르의 사료 선택 기준 ②*)을 선택했다. [11]그리고 역사를 서술할 때는 정치를 역사의 중심에 놓고 연대기적으로 서술하는 전통적인 방식에서 ㉢탈피하여, 예술이나 법과 같은 문화를 구성하는 것들을 화제로 삼아 기술하는 화제 중심 체제의 방식을 사용했다. *전통적인 역사 서술 방식과 볼테르의 역사 서술 방식을 비교하여 정리해 보자.*

전통적인 역사 서술 방식	정치를 역사의 중심에 놓고 연대기적으로 서술
볼테르의 역사 서술 방식	문화를 구성하는 것들(예술·법)을 화제로 삼아 기술 → 화제 중심 체제의 방식

4 [12]역사가 이성의 발전 과정임을 드러내려는 볼테르의 의도는 이성의 발달에 따라 역사의 시대를 헬레니즘 문명의 알렉산드로스 시대, 로마의 아우구스투스 시대, 르네상스의 메디치가 시대, 프랑스의 루이 14세 시대로 구분한 것에서도 드러난다. *볼테르의 역사관대로 이성의 발달에 따라 역사의 시대를 구분했음을 알 수 있는 부분이야.* [13]그에 따르면 각 시대는 이성의 성숙과 완성 정도가 달랐다. [14]한 시대에 이룩된 문화의 성숙은 전승, 누적, 융합되어서 더 발전되고 성숙된 문

화를 만들어 가며, 이는 다시 다음 시대로 이어졌다. [15]이에 따라 루이 14세 시대는 메디치가 시대의 문화가 프랑스에 전승, 누적, 융합되어 성숙 및 발전을 이룬 것이었다. [16]그에게 루이 14세 시대는 이성의 완성에 가장 가까운 시대였다. *각 시대의 문화는 전승, 누적, 융합되어 발전하여 다음 세대로 이어지는데, 볼테르는 루이 14세 시대를 이성의 완성에 가장 가까운 시대로 평가했다고 해.*

5 [17]역사와 역사 서술에 대한 볼테르의 입장은 역사는 퇴보하지 않고 끊임없이 발전해 나간다는 직선적 역사 발전관으로 볼 수 있다. *직선적 역사 발전관: 역사는 퇴보하지 않고 끊임없이 발전해 나감* [18]또한 그가 이성을 역사의 동인으로 보고 이성을 척도*로 사료를 선택하고 문화사를 서술한 것에서, 세계 전체의 역사가 진전되어 가는 원리를 바탕으로 모든 시대에 적용될 수 있는 보편적인 척도에 따라 각 시대를 평가하는 보편주의적 관점을 취했음을 알 수 있다. *볼테르의 역사관과 역사 서술은 직선적 역사 발전관이며, 사료 선택과 문화사 서술은 보편주의적 관점을 취했다고 평가하면서 글을 마무리하고 있어.*

볼테르의 관점을 추가적으로 정리해 주고 있어!

이것만은 챙기자

- *배격: 어떤 사상, 의견, 물건 따위를 물리침.
- *동인: 어떤 사태를 일으키거나 변화시키는 데 작용하는 직접적인 원인.
- *척도: 평가하거나 측정할 때 의거할 기준.

만점 선배의 구조도 예시

(가) 볼테르의 역사 철학

(이성): 역사의 동인 ┌ 역사 서술 대상
└ 역사의 발전 → 문화를 발전시키는 이성의 발전

(문화사): 역사가 이성의 발전임을 드러내려 함

· 사료 선택 기준 ┌① 이성의 업적 보여 줄 수 있어야 함
└② 가장 확실한 기록에 기초를 둔 역사적 사실

· 전통적 역사 서술 방식   VS   · 볼테르의 역사 서술 방식
└ 정치를 역사 중심에 놓고   └ 문화 구성 요소(예술·법)
  연대기적 서술   화제 삼아 기술
                                               ⇒ 화제 중심 체제 방식

역사 시대 구분
· 이성의 발달에 따라 구분
· 각 시대 문화 → 전승·누적·융합 → 발전 → 다음 세대
· 볼테르는 루이 14세 시대를 이성의 완성에 가장 가깝다고 여김

(역사관) ┌ 직선적 역사 발전관
         │ → 역사는 퇴보하지 않고 끊임없이 발전
         └ 보편주의적 관점
            → 모든 시대에 적용될 수 있는 보편적 척도에 따라
               각 시대 평가

(나)

1 [1]19세기 독일의 철학자이자 역사학자인 헤르더는 계몽사상의 시기를 거치면서, 역사에 대한 볼테르의 입장에서 나타나는 한계점을 인식했다. [2]그는 개체성에 대한 자신의 입장과 역사의 나선형*적 발전을 주장하면서 볼테르의 입장과 주장을 비판했다. [3]그는 이를 통해서 자신만의 역사 철학을 전개해 나갔다.

볼테르의 역사에 대한 입장과 주장을 비판하는 헤르더의 역사관이 이 글의 화제야. 볼테르는 이성, 보편성과 직선적 역사 발전을 주장한 것에 반해 헤르더는 개체성과 나선형적 역사 발전을 주장하네.

2 [4]헤르더가 주장한 개체성은 역사에 대한 볼테르의 보편주의적 관점과 대비되는 것으로, 그에게 개체성은 민족의 개체성을 의미했다. [5]개체성은 기후와 풍토 및 관습 등에 근거해서 여러 지역의 인간 공동체, 다시 말하면 각 민족에게서 다양하게 형성된 것(개체성의 특징 ①)이며 각 민족의 문화에서 동일하게 나타나지 않는다. (개체성의 특징 ②) [6]따라서 각 민족이 추구하는 목표, 생활하는 방식, 삶을 바라보는 태도는 다를 수밖에 없다. [7]이러한 개체성의 입장에서 그는 각 민족이 나름의 독특한 민족 문화를 가지고 있다고 보았다. [8]이에 따른다면 여러 민족들 각각의 역사적 시대는 모든 민족의 역사 속 하나의 개체로서 중요한 가치와 특성을 가지고 있기 때문에, 그에게 각 민족의 역사적 시대는 고유한 위상*에서 연구되어야 하고 그 시대는 존중받아야 했다.

헤르더의 역사관을 알 수 있는 부분이야. 볼테르가 취한 보편주의적 관점은 각 민족의 개체성을 드러낼 수 없기 때문에 각 민족의 역사적 시대를 설명할 수 없다고 보고 있어.

3 [9]헤르더는 민족의 개체성을 이해하기 위해서는 민족에 대한 선입관을 버리고 민족의 시대와 역사, 민족이 처한 환경적 조건 속으로 ㉣침투해서 이것에 동화*되어야 한다고 보았다. 민족의 개체성을 이해하기 위한 방법: 선입관을 버리고 환경적 조건에 동화되어야 함 [10]개체성에 대한 그의 관점과 이를 이해하기 위한 그의 방법에 따르면, 보편주의적인 관점으로는 역사를 설명할 수 없게 된다. (보편주의적 관점 비판 ①) [11]또한 볼테르처럼 이성이라는 보편적 척도에 맞지 않는 역사적 사건들을 무시(보편주의적 관점 비판 ②)하고 중세 시대를 역사 서술에서 제외(보편주의적 관점 비판 ③)해서 로마 시대에서 르네상스 시대로 이어지게 하는 일은, 헤르더의 역사 설명에서는 일어날 수 없다.

헤르더의 관점에서 볼테르의 보편주의적 관점을 비판한 내용이 제시되었어.

4 [12]헤르더는 개체성에 대한 자신의 관점을 바탕으로 역사가 연속적 성격을 가지면서 나선형적으로 발전해 나간다고 주장했다. 헤르더의 주장인 나선형적 발전에 대해 설명할 거야. [13]역사 서술에서 중세 시대를 제외한 볼테르의 입장과 달리, 헤르더는 중세를 계몽사상 시대의 도래를 위한 준비기였고 근대를 위한 기반이 되는 시대로 이해했다.

헤르더는 중세가 근대를 위한 기반이 되는 시대라고 주장했네. [14]그리고 역사가 나선형적으로 발전한다는 그의 주장은 역사가 성장과 파괴, 건설의 과

정을 반복하며 발전한다는 것을 의미했다. [15]이는 볼테르의 직선적 역사 발전관과 다른 것이었다. 나선형적 역사 발전관: 역사는 성장과 파괴, 건설의 과정을 반복하여 발전함

5 [16]헤르더의 주장에 따르면, 역사의 파악과 역사 서술의 기본 단위는 민족이며 역사는 민족의 문화를 중심으로 발전한다. [17]따라서 헤르더는 문화적 민족주의 개념을 정립하는 데 ㉤기여했다고 볼 수 있다.

헤르더의 역사관과 역사 서술은 민족과 민족 문화를 중심으로 발전했음을 알 수 있으며, 헤르더가 문화적 민족주의 개념을 정립했다고 하면서 글을 마무리 짓고 있어.

이것만은 챙기자

* **나선형**: 소라의 껍데기처럼 빙빙 비틀려 돌아간 모양.
* **위상**: 어떤 사물이 다른 사물과의 관계 속에서 가지는 위치나 상태.
* **동화**: 성질, 양식, 사상 따위가 다르던 것이 서로 같게 됨.

만점 선배의 구조도 예시

(나) 헤르더의 역사 철학

개체성 : 볼테르의 보편주의적 관점과 대비되는 것
특징 ① 각 민족에게서 다양하게 형성
　　　② 각 민족 문화에서 동일하게 나타나지 X
　　⇒ 헤르더는 '개체성'을 인정함

· 여러 민족들 각각의 시대는 중요한 가치·특성 가지고 있음
　∴ 각 민족 역사 시대는 고유한 위상에서 연구되어야 하고,
　　그 시대는 존중받아야 함

· 민족의 개체성을 이해하기 위한 방법
　→ 선입관 버리고 민족이 처한 환경적 조건에 동화되어야 함

볼테르의 보편주의적 관점 비판
① 역사 설명할 수 X
② 이성이라는 보편적 척도에 맞지 않는 역사적 사건들 무시함
③ 중세 시대 → 역사 서술 제외함

역사관 ┌ 나선형적 역사 발전관
　　　│　→ 역사는 성장과 파괴, 건설 과정을 반복하여 발전
　　　├ 중세시대 → 근대를 위한 기반
　　　└ 역사는 민족 문화 중심으로 발전

⇒ 헤르더는 문화적 민족주의 개념을 정립하는 데 기여함

1. (가)와 (나)에 대한 설명으로 가장 적절한 것은?

✔ 정답풀이

① (가)와 달리, (나)는 특정 사상가에 대한 비판적 입장이 서술되어 있다.

> 근거: (가) **1** [1]프랑스의 계몽주의자들은 신화적 관점이나 중세 시대의 종교적 관점으로 역사를 파악하고 서술하는 것을 배격했다. + **3** [11]그리고 역사를 서술할 때는 정치를 역사의 중심에 놓고 연대기적으로 서술하는 전통적인 방식에서 탈피 / (나) **1** [1]19세기 독일의 철학자이자 역사학자인 헤르더는 계몽사상의 시기를 거치면서, 역사에 대한 볼테르의 입장에서 나타나는 한계점을 인식했다. [2]그는 개체성에 대한 자신의 입장과 역사의 나선형적 발전을 주장하면서 볼테르의 입장과 주장을 비판했다.
>
> (가)는 볼테르가 종교적 관점과 전통적 역사 서술 방식에서 탈피하고자 했음을 언급했을 뿐, 다른 특정 사상가에 대한 비판적 입장을 서술하고 있지는 않다. 이와 달리 (나)에는 특정 사상가인 볼테르의 주장에 대한 헤르더의 비판적인 입장이 서술되어 있다고 볼 수 있다.

✘ 오답풀이

② (나)와 달리, (가)는 특정한 시대의 한계를 지적하고 이에 대응되는 새로운 시대를 전망하고 있다.

> 근거: (가) **2** [3]볼테르는 역사의 동인을 신으로 보았던 중세 시대의 관점을 비판하고, 이성에 의해 역사가 변화된다고 보았다. + **5** [17]역사와 역사 서술에 대한 볼테르의 입장은 역사는 퇴보하지 않고 끊임없이 발전해 나간다는 직선적 역사 발전관으로 볼 수 있다.
>
> (가)에서 볼테르의 역사 서술에 대한 입장은 역사는 퇴보하지 않고 끊임없이 발전해 나간다는 직선적 역사 발전관으로 볼 수 있을 뿐, 특정한 시대의 한계를 지적하거나 이에 대응되는 새로운 시대를 전망한 부분은 확인할 수 없다. 참고로 볼테르가 역사의 동인을 신으로 보았던 중세 시대의 관점을 비판한 것을 중세 시대의 한계를 지적한 것으로 보더라도 볼테르가 중세 시대에 대응되는 새로운 시대를 제시하고 있지는 않다.

③ (가)와 (나)는 모두, 특정 사상가에 대한 평가가 시대별로 달라진 원인을 분석하고 있다.

> 근거: (가) **1** [2]이들(프랑스의 계몽주의자들)은 이성의 관점에서 역사를 바라보았고, 이러한 입장은 계몽주의자인 볼테르에 의해 확립되었다. / (나) **1** [2]그는 개체성에 대한 자신의 입장과 역사의 나선형적 발전을 주장하면서 볼테르의 입장과 주장을 비판했다.
>
> (가)는 볼테르의 입장을, (나)는 볼테르의 주장을 비판한 헤르더의 입장을 설명하고 있을 뿐, (가)와 (나) 모두 특정 사상가에 대한 평가가 시대별로 달라지고 있음을 제시하여 그 원인을 분석하고 있지 않다.

④ (가)와 (나)는 모두, 특정 개념에 대한 여러 학자의 논쟁 과정을 시간의 흐름에 따라 제시하고 있다.

> (가)와 (나) 모두 특정 개념에 대한 여러 학자의 논쟁 과정을 시간의 흐름에 따라 제시하고 있지 않다.

⑤ (가)는 특정 사상이 시대에 따라 변화되는 과정을, (나)는 특정 사상에 대한 학자들의 상반된 입장을 언급하고 있다.

> 근거: (가) **4** [12]역사가 이성의 발전 과정임을 드러내려는 볼테르의 의도는 이성의 발달에 따라 역사의 시대를 헬레니즘 문명의 알렉산드로스 시대, 로마의 아우구스투스 시대, 르네상스의 메디치가 시대, 프랑스의 루이 14세 시대로 구분한 것에서도 드러난다. / (나) **4** [14]그리고 역사가 나선형적으로 발전한다는 그(헤르더)의 주장은 역사가 성장과 파괴, 건설의 과정을 반복하며 발전한다는 것을 의미했다. [15]이는 볼테르의 직선적 역사 발전관과 다른 것이었다.
>
> (가)의 경우 역사가 이성의 발전 과정임을 드러내려는 볼테르의 의도에 따른 역사의 시대 구분이 순차적으로 제시되고 있을 뿐, 특정 사상이 시대에 따라 변화되는 과정은 드러나 있지 않다. (나)의 경우 역사에 대한 헤르더와 볼테르의 상반된 입장이 드러나고 있다고 볼 여지가 있지만, 특정 사상에 대한 학자들의 상반된 입장을 언급하지는 않았다.

2. 윗글을 통해 알 수 있는 내용으로 적절하지 <u>않은</u> 것은?

✔ 정답풀이

④ 헤르더는 볼테르의 보편주의적 관점을 수용하여 개체성에 대한 자신의 입장을 펼쳤다.

> 근거: (나) **2** [4]헤르더가 주장한 개체성은 역사에 대한 볼테르의 보편주의적 관점과 대비되는 것으로, 그에게 개체성은 민족의 개체성을 의미했다.

✘ 오답풀이

① 볼테르는 이성이 역사를 변화시킬 수 있다고 보았다.

> 근거: (가) **2** [3]볼테르는 역사의 동인을 신으로 보았던 중세 시대의 관점을 비판하고, 이성에 의해 역사가 변화된다고 보았다.

② 볼테르는 문화를 구성하는 것들을 화제로 역사를 서술했다.

> 근거: (가) **3** [11]그리고 (볼테르는) 역사를 서술할 때는 정치를 역사의 중심에 놓고 연대기적으로 서술하는 전통적인 방식에서 탈피하여, 예술이나 법과 같은 문화를 구성하는 것들을 화제로 삼아 기술하는 화제 중심 체제의 방식을 사용했다.

③ 헤르더는 중세 시기가 없으면 근대 시기가 나타날 수 없다고 보았다.

> 근거: (나) **3** [11]중세 시대를 역사 서술에서 제외해서 로마 시대에서 르네상스 시대로 이어지게 하는 일은, 헤르더의 역사 설명에서는 일어날 수 없다. + **4** [13]역사 서술에서 중세 시대를 제외한 볼테르의 입장과 달리, 헤르더는 중세를 계몽사상 시대의 도래를 위한 준비기였고 근대를 위한 기반이 되는 시대로 이해했다.

⑤ 헤르더는 특정 민족을 이해하기 위해서는 그 민족에 대한 선입관이 없어야 한다고 보았다.

> 근거: (나) **3** [9]헤르더는 민족의 개체성을 이해하기 위해서는 민족에 대한 선입관을 버리고 민족의 시대와 역사, 민족이 처한 환경적 조건 속으로 침투해서 이것에 동화되어야 한다고 보았다.

3. '볼테르의 직선적 역사 발전관'에 대해 이해한 내용으로 가장 적절한 것은?

✓ 정답풀이

① 이성이 시대를 거치면서 완성으로 나아가는 것이 역사의 발전이다.

근거: (가) **2** [5]이러한 관점(이성에 의해 역사가 변화된다는 관점)에 따르면 역사의 발전은 이성 그 자체가 발전하면서 문화를 발전시키는 이성의 발전인 것이었다. + **4** [12]역사가 이성의 발전 과정임을 드러내려는 볼테르의 의도는 이성의 발달에 따라 역사의 시대를~구분한 것에서도 드러난다. [13]그에 따르면 각 시대는 이성의 성숙과 완성 정도가 달랐다. [14]한 시대에 이룩된 문화의 성숙은 전승, 누적, 융합되어서 더 발전되고 성숙된 문화를 만들어 가며, 이는 다시 다음 시대로 이어졌다. + **5** [17]역사와 역사 서술에 대한 볼테르의 입장은 역사는 퇴보하지 않고 끊임없이 발전해 나간다는 직선적 역사 발전관으로 볼 수 있다.

(가)에서 볼테르는 역사는 퇴보하지 않고 끊임없이 발전해 나간다는 직선적 역사 발전관을 바탕으로 역사가 이성의 발전 과정임을 드러내고자 하였다. 그에게 역사란 시대가 진행되어 갈수록 이성의 성숙과 완성 정도가 달라져 완성에 가까워지는 과정에 해당한다. 따라서 볼테르의 직선적 역사 발전관은 역사의 발전을 이성이 시대를 거치면서 완성으로 나아가는 것이라고 볼 것이다.

✗ 오답풀이

② 인류 전체의 역사가 후퇴와 단절 속에서도 연속하여 진전되는 것이다.

근거: (가) **5** [17]역사와 역사 서술에 대한 볼테르의 입장은 역사는 퇴보하지 않고 끊임없이 발전해 나간다는 직선적 역사 발전관으로 볼 수 있다.

(가)에서 볼테르의 직선적 역사 발전관에서는 역사를 퇴보하지 않고 끊임없이 발전해 나가는 것으로 보므로, 인류 전체의 역사가 후퇴하면서도 진전되는 것이라고 보지는 않을 것이다.

③ 역사가 발전하는 원인은 신의 섭리를 바탕으로 인간의 이성이 발전한다는 것이다.

근거: (가) **1** [1]프랑스의 계몽주의자들은 신화적 관점이나 중세 시대의 종교적 관점으로 역사를 파악하고 서술하는 것을 배격했다. [2]이들은 이성의 관점에서 역사를 바라보았고, 이러한 입장은 계몽주의자인 볼테르에 의해 확립되었다.

(가)에서 볼테르는 신화적 관점이나 중세 시대의 종교적 관점으로 역사를 파악하고 서술하는 것을 배격한 프랑스 계몽주의자들의 입장을 확립한 인물이므로, 신의 섭리를 바탕으로 한 인간의 이성 발전을 역사의 발전 원인으로 보지 않을 것이다.

④ 역사 서술의 발전은 역사를 신화적으로 서술해 나가는 것으로 이행되어 가는 과정이다.

근거: (가) **1** [1]프랑스의 계몽주의자들은 신화적 관점이나 중세 시대의 종교적 관점으로 역사를 파악하고 서술하는 것을 배격했다. [2]이들은 이성의 관점에서 역사를 바라보았고, 이러한 입장은 계몽주의자인 볼테르에 의해 확립되었다.

(가)에서 볼테르는 신화적 관점이나 중세 시대의 종교적 관점으로 역사를 파악하고 서술하는 것을 배격한 프랑스 계몽주의자들의 입장을 확립한 인물이므로, 역사 서술이 신화적 서술을 통해 발전해 나간다고 보지는 않을 것이다.

⑤ 전 세계의 문화사를 서술하여 역사에서 이성이 변화하지 않고 정체됨을 나타내는 것이다.

근거: (가) **2** [5]이러한 관점(이성에 의해 역사가 변화된다는 관점)에 따르면 역사의 발전은 이성 그 자체가 발전하면서 문화를 발전시키는 이성의 발전인 것이었다.

(가)에서 볼테르는 역사의 발전은 이성 그 자체가 발전하면서 문화를 발전시키는 이성의 발전사라고 보므로, 역사에서 이성이 변화하지 않고 정체됨을 나타낸다고 보지는 않을 것이다.

4. 윗글의 '볼테르'와 '헤르더'의 입장에 대한 설명으로 적절하지 <u>않은</u> 것은?

정답풀이

① 볼테르는 4개의 시대를 거치면서 인간의 이성보다 문화가 더 완성에 가까워진다고 보았다.

> 근거: (가) ② ⁵이러한 관점(볼테르의 관점)에 따르면 역사의 발전은 이성 그 자체가 발전하면서 문화를 발전시키는 이성의 발전인 것이었다. + ④ ¹²역사가 이성의 발전 과정임을 드러내려는 볼테르의 의도는 이성의 발달에 따라 역사의 시대를 헬레니즘 문명의 알렉산드로스 시대, 로마의 아우구스투스 시대, 르네상스의 메디치가 시대, 프랑스의 루이 14세 시대로 구분한 것에서도 드러난다. ¹³그에 따르면 각 시대는 이성의 성숙과 완성 정도가 달랐다. ¹⁶그에게 루이 14세 시대는 이성의 완성에 가장 가까운 시대였다.
> (가)의 볼테르의 관점에서는 이성의 발전이 곧 문화의 발전으로 이어지는 것이므로, 4개의 시대를 거치면서 인간의 이성보다 문화가 더 완성에 가까워진다고 보지는 않을 것이다.

오답풀이

② 헤르더는 서로 다른 민족 문화 사이의 우열을 판단하는 특정 기준은 없다고 보았다.
근거: (나) ② ⁸이(헤르더가 주장한 개체성)에 따른다면 여러 민족들 각각의 역사적 시대는 모든 민족의 역사 속 하나의 개체로서 중요한 가치와 특성을 가지고 있기 때문에, 그에게 각 민족의 역사적 시대는 고유한 위상에서 연구되어야 하고 그 시대는 존중받아야 했다.
(나)의 헤르더의 관점에서는 각 민족의 역사적 시대는 고유한 위상에서 연구되고 존중받아야 하므로, 서로 다른 민족 문화 사이의 우열을 판단하는 특정 기준은 없다고 보았을 것이다.

③ 헤르더는 각 민족의 문화는 자신이 처한 기후와 풍토에 따라 동일하지 않게 나타난다고 보았다.
근거: (나) ② ⁵(헤르더가 주장한) 개체성은 기후와 풍토 및 관습 등에 근거해서 여러 지역의 인간 공동체, 다시 말하면 각 민족에게서 다양하게 형성된 것이며 각 민족의 문화에서 동일하게 나타나지 않는다.

④ 볼테르와 헤르더 모두, 문화는 인간의 생활과 관련되어 있다고 보았다.
근거: (가) ② ⁶그(볼테르)에게 있어 문화는 예술, 법, 정치, 지식, 과학, 풍속, 습관, 음식, 기술, 오락 등 인간 생활과 관련된 것들로 이성의 활동에 따라 만들어진 것이었다. / (나) ② ⁶따라서 각 민족이 추구하는 목표, 생활하는 방식, 삶을 바라보는 태도는 다를 수밖에 없다. ⁷이러한 개체성의 입장에서 그(헤르더)는 각 민족이 나름의 독특한 민족 문화를 가지고 있다고 보았다.
(가)의 볼테르의 관점에서는 문화는 예술, 법, 정치, 지식, 과학, 풍속, 습관, 음식, 기술, 오락 등 인간 생활과 관련된 것이라고 하였다. 한편 (나)의 헤르더의 관점에서 각 민족의 독특한 민족 문화는 각 민족이 추구하는 목표, 생활하는 방식 등과 관련된 것임을 알 수 있다. 따라서 볼테르와 헤르더 모두, 문화는 인간의 생활과 관련되어 있다고 보았을 것이다.

⑤ 볼테르에게 이성의 활동은 문화를 통해 드러나고, 헤르더에게 개체성은 각 민족의 문화에서 드러난다.
근거: (가) ② ⁶그(볼테르)에게 있어 문화는 예술, 법, 정치, 지식, 과학, 풍속, 습관, 음식, 기술, 오락 등 인간 생활과 관련된 것들로 이성의 활동에 따라 만들어진 것이었다. / (나) ② ⁶따라서 각 민족이 추구하는 목표, 생활하는 방식, 삶을 바라보는 태도는 다를 수밖에 없다. ⁷이러한 개체성의 입장에서 그(헤르더)는 각 민족이 나름의 독특한 민족 문화를 가지고 있다고 보았다.
(가)의 볼테르의 관점에서는 문화는 이성의 활동에 따라 만들어진 것이다. 한편 (나)의 헤르더의 관점에서는 개체성의 입장에서 각 민족이 나름의 독특한 민족 문화를 가지고 있다고 보았으므로, 개체성은 각 민족의 문화에서 드러난다는 것을 알 수 있다.

5. (가), (나)를 바탕으로 〈보기〉에 대해 보인 반응으로 적절하지 않은 것은? [3점]

〈보기〉

[1]강력한 왕권을 행사하는 한편, 피정복민의 관습을 존중해 주었던 알렉산드로스의 사후, 알렉산드로스 제국은 서지중해 일대를 장악한 로마에 의해 멸망되었다. [2]아우구스투스로부터 유능한 다섯 황제까지 약 200년간을 '로마의 평화 시대'라고 불렀다. [3]광대한 제국이 된 로마는 법률, 건축, 토목과 같은 실용적인 문화가 발달하였는데, 특히 법률이 발달하였다. [4]로마는 2세기 말부터 흔들리기 시작하였고, 여러 가지 복합적 요인으로 몰락했다. [5]이후 중세 시대가 시작되었다.

정답풀이

④ 볼테르와 헤르더 모두의 관점에서 볼 때, 알렉산드로스 제국이 로마에 의해 멸망된 것은 문화의 퇴보와 파괴가 나타나는 역사적 과정이겠군.

근거: (가) ⑤ [17]역사와 역사 서술에 대한 볼테르의 입장은 역사는 퇴보하지 않고 끊임없이 발전해 나간다는 직선적 역사 발전관으로 볼 수 있다. / (나) ④ [14]그리고 역사가 나선형적으로 발전한다는 그(헤르더)의 주장은 역사가 성장과 파괴, 건설의 과정을 반복하며 발전한다는 것을 의미했다. [15]이는 볼테르의 직선적 역사 발전관과 다른 것이었다. + 〈보기〉 [1]강력한 왕권을 행사하는 한편, 피정복민의 관습을 존중해 주었던 알렉산드로스의 사후, 알렉산드로스 제국은 서지중해 일대를 장악한 로마에 의해 멸망되었다.

(나)에서 헤르더는 역사가 성장과 파괴, 건설의 과정을 반복하며 발전한다고 보았으므로, 〈보기〉에서 알렉산드로스 제국이 로마에 의해 멸망된 것에 대해 파괴의 과정을 거친 것이라고 해석할 것이다. 그러나 (가)에 제시된 역사와 역사 서술에 대한 볼테르의 입장은 역사는 퇴보하지 않고 끊임없이 발전해 나간다는 직선적 역사 발전관으로 볼 수 있다. 즉 볼테르의 관점에서 역사에 퇴보는 있을 수 없으므로, 〈보기〉에서 알렉산드로스 제국이 로마에 의해 멸망된 것 역시 더 발전된 시대로의 이행에 수반되는 과정일 뿐, 퇴보에 해당한다고 보지는 않을 것이다.

오답풀이

① 볼테르의 관점에서 볼 때, 로마에서 발달한 법은 이성의 발전을 드러낼 수 있는 사료이겠군.

근거: (가) ② [5]이러한 관점에 따르면 역사의 발전은 이성 그 자체가 발전하면서 문화를 발전시키는 이성의 발전사인 것이었다. [6]그(볼테르)에게 있어 문화는 예술, 법, 정치, 지식, 과학, 풍속, 습관, 음식, 기술, 오락 등 인간 생활과 관련된 것들로 이성의 활동에 따라 만들어진 것이었다. + 〈보기〉 [3]광대한 제국이 된 로마는 법률, 건축, 토목과 같은 실용적인 문화가 발달하였는데, 특히 법률이 발달하였다.

(가)에 따르면 볼테르는 역사의 발전은 이성 그 자체가 발전하면서 예술, 법, 정치 등과 같은 문화를 발전시키는 이성의 발전사라고 본다. 따라서 〈보기〉의 로마에서 법률과 같은 실용적인 문화가 발달한 것은 이성의 발전을 드러내는 사료에 해당한다고 볼 것이다.

② 헤르더의 관점에서 볼 때, 알렉산드로스가 피정복민의 관습을 존중한 것은 각 민족의 개체성을 인정한 것으로 볼 수 있겠군.

근거: (나) ② [5]개체성은 기후와 풍토 및 관습 등에 근거해서 여러 지역의 인간 공동체, 다시 말하면 각 민족에게서 다양하게 형성된 것이며 각 민족의 문화에서 동일하게 나타나지 않는다. + 〈보기〉 [1]강력한 왕권을 행사하는 한편, 피정복민의 관습을 존중해 주었던 알렉산드로스의 사후, 알렉산드로스 제국은 서지중해 일대를 장악한 로마에 의해 멸망되었다.

(나)에서 헤르더가 주장한 개체성은 기후와 풍토 및 관습 등에 근거해서 여러 지역의 인간 공동체, 다시 말하면 각 민족에게서 다양하게 형성되어 각 민족의 문화에서 동일하게 나타나지 않는 것이다. 따라서 헤르더의 관점에서 볼 때 〈보기〉의 알렉산드로스가 피정복민의 관습을 존중해 주었던 것은 각 민족의 개체성을 인정한 것이라고 볼 것이다.

③ 볼테르와 헤르더 모두의 관점에서 볼 때, 알렉산드로스 시대에서 아우구스투스 시대로 변화된 것은 역사의 발전으로 볼 수 있겠군.

근거: (가) ⑤ [17]역사와 역사 서술에 대한 볼테르의 입장은 역사는 퇴보하지 않고 끊임없이 발전해 나간다는 직선적 역사 발전관으로 볼 수 있다. / (나) ④ [12]헤르더는 개체성에 대한 자신의 관점을 바탕으로 역사가 연속적 성격을 가지면서 나선형적으로 발전해 나간다고 주장했다. + 〈보기〉 [1]강력한 왕권을 행사하는 한편, 피정복민의 관습을 존중해 주었던 알렉산드로스의 사후, 알렉산드로스 제국은 서지중해 일대를 장악한 로마에 의해 멸망되었다. [2]아우구스투스로부터 유능한 다섯 황제까지 약 200년간을 '로마의 평화 시대'라고 불렀다.

(가)에 따르면 볼테르는 역사는 퇴보하지 않고 끊임없이 발전해 나간다는 직선적 역사 발전관을 가지고 있고, (나)에 따르면 헤르더는 역사가 연속적 성격을 가지면서 나선형적으로 발전해 나간다는 관점을 가지고 있다. 따라서 〈보기〉에서 알렉산드로스 시대에서 아우구스투스 시대로 변화된 것은, 볼테르와 헤르더 모두의 관점에서 볼 때, 공통적으로 역사의 발전이 이루어진 것으로 볼 수 있을 것이다.

⑤ 볼테르의 관점에서 볼 때 중세 시대는 역사 서술의 대상이 아니고, 헤르더의 관점에서 볼 때는 역사 서술의 대상이겠군.

근거: (나) **4** [13]역사 서술에서 중세 시대를 제외한 볼테르의 입장과 달리, 헤르더는 중세를 계몽사상 시대의 도래를 위한 준비기였고 근대를 위한 기반이 되는 시대로 이해했다. + 〈보기〉 [4]로마는 2세기 말부터 흔들리기 시작하였고, 여러 가지 복합적 요인으로 몰락했다. [5]이후 중세 시대가 시작되었다.

(나)에서 헤르더는 역사 서술에서 중세 시대를 제외한 볼테르와 달리 중세를 계몽사상 시대의 도래를 위한 준비기이자 근대를 위한 기반이 되는 시대로 이해했다고 하였다. 즉 〈보기〉에 언급된 중세 시대는 볼테르의 관점에서는 역사 서술의 대상에서 제외되는 것이며, 헤르더의 관점에서는 역사 서술의 대상에 해당한다고 볼 수 있다.

6. 문맥상 ㉠~㉤과 바꿔 쓰기에 가장 적절한 것은?

⊙ 정답풀이

⑤ ㉤: 이바지했다고

> 근거: (나) **5** [17]따라서 헤르더는 문화적 민족주의 개념을 정립하는 데 ㉤기여했다고 볼 수 있다.
> ㉤의 '기여했다'는 '도움이 되도록 이바지하다.'라는 의미로, '도움이 되게 하다.'라는 의미의 '이바지하다'와 바꿔 쓰기에 적절하다.

⊗ 오답풀이

① ㉠: 바로잡혔다
근거: (가) **1** [2]이러한 입장은 계몽주의자인 볼테르에 의해 ㉠확립되었다.
㉠의 '확립되다'는 '체계나 견해, 조직 따위가 굳게 서다.'라는 의미로, '그릇된 일을 바르게 만들거나 잘못된 것을 올바르게 고치다.'라는 의미의 '바로잡다'와 바꿔 쓰기에 적절하지 않다.

② ㉡: 벌여 놓는
근거: (가) **3** [8]볼테르는 모든 시대와 민족을 ㉡포괄하는 방대한 문화사를 서술했다.
㉡의 '포괄하다'는 '일정한 대상이나 현상 따위를 한데 묶어서 어떤 범위나 한계 안에 모두 들게 하다.'라는 의미로, '일을 계획하여 시작하거나 펼쳐 놓다.'라는 의미의 '벌이다'와 바꿔 쓰기에 적절하지 않다.

③ ㉢: 물러나
근거: (가) **3** [11]그리고 역사를 서술할 때는 정치를 역사의 중심에 놓고 연대기적으로 서술하는 전통적인 방식에서 ㉢탈피하여,
㉢의 '탈피하다'는 '일정한 상태나 처지에서 완전히 벗어나다.'라는 의미로, '하던 일이나 지위를 내놓고 나오다.'라는 의미의 '물러나다'와 바꿔 쓰기에 적절하지 않다.

④ ㉣: 돌아가서
근거: (나) **3** [9]헤르더는 민족의 개체성을 이해하기 위해서는 민족에 대한 선입관을 버리고 민족의 시대와 역사, 민족이 처한 환경적 조건 속으로 ㉣침투해서 이것에 동화되어야 한다고 보았다.
㉣의 '침투하다'는 '어떤 사상이나 현상, 정책 따위가 깊이 스며들어 퍼지다.'라는 의미로, '원래의 있던 곳으로 다시 가거나 다시 그 상태가 되다.'라는 의미의 '돌아가다'와 바꿔 쓰기에 적절하지 않다.

[1~6] 다음 글을 읽고 물음에 답하시오.

✏️ 사고의 흐름

(가)

1 ¹스톨니츠는 우리가 미적 태도로 지각하는 모든 대상은 미적 대상이 된다고 주장한다. (가) 지문은 '미적 대상'에 대한 '스톨니츠'의 견해를 중점적으로 다루려나 봐. ²이때의 미적 태도는 어떤 대상을 유용성*에 근거해서 바라보는 실제적 지각 태도와 다르다. ³그가 말하는 미적 태도는 그것이 예술 작품이든 아니든, 감상자가 지각하는 대상 자체를 '무관심적'이면서 '공감적'으로 '관조'하는 태도이다. 이어서 '무관심적', '공감적', '관조'를 차례대로 설명할 테니 집중해 보자.

2 ⁴스톨니츠가 말하는 미적 태도에서의 '무관심적'이라는 것은 대상에 대해 관심이 없는 '비관심적'과는 다르다. '무관심적'과 '비관심적'의 의미가 다르다는 것을 강조하고 있으니 구분해서 이해하자. ⁵무관심적이라는 것은 대상을 사용하거나 조작하여, 무엇을 ⓐ취하려는 목적을 가지고 대상을 바라보지 않는다는 것이다. ⁶다시 말해 무관심적이라는 것은 대상에 대해 어떤 이해관계를 떠나, 보이고 느껴지는 대로 관심을 가지고 본다는 것이다. 비관심적(대상에 대해 관심이 없음) ≠ 무관심적(대상을 보이고 느껴지는 대로 관심을 가지고 본다는 것) ⁷예를 들어 누군가가 사과를 볼 때, 어떤 지식이나 수익을 얻으려는 관심을 가지고 보는 것이 아니라, 사과라는 대상 자체에 관심을 가지고 바라보는 것이다.

3 ⁸그리고 '공감적'이라는 것은, 감상자가 대상에 반응할 때 대상 자체의 조건에 의해 대상을 받아들이는 방식을 취하는 것을 의미한다. '공감적'의 개념 ⁹이를 위해 감상자는 자신을 대상과 분리시키는 신념이나 편견(대상 자체의 조건에 의해 대상을 받아들이지 못하게 하는 것)과 같은 반응은 억제해야 한다. ¹⁰그렇게 하지 않으면 대상이 감상자에게 흥미롭게 지각될 수 있는 가능성이 사라지게 된다. ¹¹예를 들어 ㉠특정 신을 찬미*하기 위한 의도가 담긴 조각 작품에 대해 감상자가 자신의 종교적 기준과 다르다고 거부감을 가지는 것은 공감적이지 못한 것이다. 신념이나 편견을 가지고 대상을 보면 대상을 공감적으로 감상할 수 없다고 해.

4 ¹²끝으로 '관조'란 단순한 응시가 아니라 감상자가 대상에 적극적으로 주목하는 것을 의미한다. '관조'의 개념 ¹³관조는 활동과 함께 일어나기도 하는데, 일례로 음악을 듣는 감상자가 음악에 집중하여 멜로디를 따라 손으로 장단을 맞추는 모습을 들 수 있다. ¹⁴그러나 대상에 적극적으로 주목하며 활동하는 것이 관조가 의미하는 바의 전부는 아니다. '그러나' 뒤의 내용에 집중해서 읽어 보자! ¹⁵대상의 독특한 가치를 맛보기 위해서는 복잡하고 섬세한 부분까지 주의 깊게 살펴야 한다. ¹⁶이러한 섬세한 부분들을 민감하게 인지하는 것이 식별력이다. '식별력'이라는 새로운 개념에 대해 설명하고 있으니 눈여겨보자! ¹⁷즉, 식별력을 갖추고 관조한다면 더욱 풍부한 미적 경험을 할 수 있다. ¹⁸이러한 식별력은 ① 반복해서 예술 작품을 경험하거나, ② 작품에 드러나는 표현 기법이나 작품의 구성 요소와 같은 지식에 대해 공부하거나, ③ 예술 형식에 대한

기술적 훈련을 함으로써 기를 수 있다. 관조할 때 식별력을 갖춘다면 더 풍부한 미적 경험을 할 수 있다고 언급하고, 식별력을 기르는 방법에 대해 제시했어.

이것만은 챙기자

* **유용성**: 소용에 닿고 이용할 만한 특성.
* **찬미**: 아름답고 훌륭한 것이나 위대한 것 따위를 기리어 칭송함.

만점 선배의 구조도 예시

〈가〉 미적 대상에 대한 스톨니츠의 견해

[미적 대상] : 우리가 미적 태도로 지각하는 모든 대상

[미적 태도]
· 무관심적 : 보이고 느껴지는 대로 관심을 가지고 보는 것
· 공감적 : 대상 자체 조건에 의해 대상을 받아들이는 방식 취하는 것
  → 신념이나 편견은 억제해야 함
· 관조 : 감상자가 대상에 적극적으로 주목하는 것
  but, 관조가 의미하는 바의 전부는 아님
  대상의 복잡하고 섬세한 부분까지 주의 깊게 살펴야 함

(식별력) : 섬세한 부분들을 민감하게 인지하는 것

기르는 방법 ① 반복해서 예술 작품 경험
② 작품의 표현 기법·구성 요소와 같은 지식 공부
③ 예술 형식에 대한 기술적 훈련

(나)

1 ¹비어즐리는 미적 대상이란 예술 작품의 속성 중 올바르게 감상되고 비평될 수 있는 것이라고 주장한다. (나) 지문은 '미적 대상'에 대한 '비어즐리'의 견해를 중점적으로 다루려나 봐. ²그는 미적 대상이 감상자의 주관적 태도에 의해서 규정될 수 없다고 말하며, 오직 예술 작품 자체의 속성들에 근거하여 미적 대상을 규정할 수 있다는 객관주의적 입장을 ⓑ취한다. 미적 대상과 감상자를 분리하고 있어. 미적 대상은 감상자의 주관적 태도가 아니라 작품 자체의 속성들에 근거하여 규정할 수 있다는 입장이야. ³그래서 그는 '구분의 원리'와 '지각 가능성의 원리'를 통해 예술 작품에서 미적 대상이 될 수 없는 것들을 미적 대상에서 배제*한다. 이어서 미적 대상이 될 수 없는 것을 규정하는 원리인 '구분의 원리', '지각 가능성의 원리'를 차례대로 설명할 테니 집중해 보자.

2 ⁴먼저 비어즐리는 구분의 원리를 제시하며, 예술가의 의도를 예술 작품의 미적 대상으로 생각하는 입장에 반대한다. ⁵그는 예술 작품의 속성이 미적 대상이 되려면 그 예술 작품과 구분되어서는 안 된다는 것을 전제*한다. ⁶그래서 그는 예술 작품과 구분되는 예술가의 의도는 예술 작품의 속성이 될 수 없어 미적 대상에서 배제되어야 한다고 말한다. 예술 작품의 속성이 미적 대상이 되려면 그 속성이 작품과 구분되어서는 안 되고, 예술가의 의도는 예술 작품의 속성이 아니므로 미적 대상이 될 수 없다는 것이 구분의 원리야.

3 ⁷지각 가능성의 원리는 예술 작품의 어떤 속성이 직접적으로 지각될 수 있어야만 미적 대상이 될 수 있다는 것이다. ⁸비어즐리는 예술 작품을 경험하는 데 전혀 지각될 수 없거나 직접적으로 지각될 수 없는 것들을 물리적 측면이라고 규정하고, 이를 미적 대상에서 배제해야 한다고 말한다. 지각될 수 없는 물리적 측면은 미적 대상에서 배제하고, 직접적으로 지각될 수 있는 예술 작품의 속성만을 미적 대상으로 보는 것이 지각 가능성의 원리야. ⁹예를 들어 어떤 그림에 대해 '이 그림은 상쾌한 색조와 흐르는 운동감이 있다.'라고 했다면, 이는 그림을 보면서 직접적으로 지각할 수 있는 미적 대상에 대해 진술한 것이다. 작품을 보고 직접적으로 지각하였으니 미적 대상이 될 수 있어. ¹⁰하지만 '이 그림은 유화 물감을 재료로 사용하였다.'나 '이 그림은 1892년에 창작되었다.'라고 했다면, 이는 그림을 보면서 직접적으로 지각할 수 없는 물리적 측면에 대해 진술한 것이다. 작품의 물리적 측면의 예: ① 작품의 재료, ② 작품의 창작 연도

4 ¹¹비어즐리는 이 원리들을 종합하여 예술 작품의 속성 중 객관적으로 지각될 수 있는 대상을 밝히며, ⓒ미적 대상으로서의 예술 작품의 의미를 해석할 때는 오로지 예술 작품과 분리될 수 없는 객관적인 속성만을 고려해야 한다는 주장을 분명히 하였다. 비어즐리의 주장을 다시 한번 강조하면서 글을 마무리하고 있네.

(왼쪽 여백) 작품을 경험하는 데 '직접적으로 지각될 수 없는 것들'에 대한 예를 들 거야.

이것만은 챙기자

*배제: 받아들이지 아니하고 물리쳐 제외함.

*전제: 어떠한 사물이나 현상을 이루기 위하여 먼저 내세우는 것.

만점 선배의 구조도 예시

(나) 미적 대상에 대한 비어즐리의 견해

[미적 대상]: 예술 작품 속성 중 올바르게 감상되고 비평될 수 있는 것
→ 주관적 태도에 의해 결정될 수 X

· 구분의 원리: 예술 작품 속성이 미적 대상 되려면 예술 작품과 구분되어서는 안 됨 → 예술가의 의도는 예술 작품의 속성이 될 수 X ⇒ 미적 대상 배제

· 지각 가능성의 원리: 예술 작품 속성이 직접적으로 지각될 수 O ⇒ 미적 대상 O

if) 지각될 수 X (물리적 측면) ⇒ 미적 대상 배제
EX) 작품 재료, 창작 연도

∴ 미적 대상으로서 예술 작품 의미 해석 → 객관적 속성만 고려해야 함

1. 다음은 (가)와 (나)를 읽고 학생이 작성한 활동지의 일부이다. 학생의 반응으로 적절하지 않은 것은?

정답풀이

	질문	학생의 응답	
		예	아니오
⑤	(가)와 (나)는 핵심 주제와 관련된 개념들의 의미를 설명하고 있나요?		✓

근거: (가) ❷ ⁴스톨니츠가 말하는 미적 태도에서의 '무관심적'이라는 것은 대상에 대해 관심이 없는 '비관심적'과는 다르다.~⁶다시 말해 무관심적이라는 것은 대상에 대해 어떤 이해관계를 떠나, 보이고 느껴지는 대로 관심을 가지고 본다는 것이다. + ❸ ⁸그리고 '공감적'이라는 것은, 감상자가 대상에 반응할 때 대상 자체의 조건에 의해 대상을 받아들이는 방식을 취하는 것을 의미한다. + ❹ ¹²끝으로 '관조'란 단순한 응시가 아니라 감상자가 대상에 적극적으로 주목하는 것을 의미한다. / (나) ❷ ⁴먼저 비어즐리는 구분의 원리를 제시하며, 예술가의 의도를 예술 작품의 미적 대상으로 생각하는 입장에 반대한다. ⁵그는 예술 작품의 속성이 미적 대상이 되려면 그 예술 작품과 구분되어서는 안 된다는 것을 전제한다. + ❸ ⁷지각 가능성의 원리는 예술 작품의 어떤 속성이 직접적으로 지각될 수 있어야만 미적 대상이 될 수 있다는 것이다.
(가)에서는 '미적 태도'와 관련된 '무관심적', '공감적', '관조'와 같은 개념들을 설명하고 있고, (나)에서는 '미적 대상'의 규정과 관련된 '구분의 원리', '지각 가능성의 원리'와 같은 개념들을 설명하고 있다. 따라서 '(가)와 (나)는 핵심 주제와 관련된 개념들의 의미를 설명하고 있나요?'라는 질문에 '아니요'라고 응답한 학생의 반응은 적절하지 않다.

오답풀이

	질문	학생의 응답	
		예	아니오
①	(가)는 상반된 견해를 절충하여 대안을 제시하고 있나요?		✓

근거: (가) ❶ ¹스톨니츠는 우리가 미적 태도로 지각하는 모든 대상은 미적 대상이 된다고 주장한다.~³그가 말하는 미적 태도는 그것이 예술 작품이든 아니든, 감상자가 지각하는 대상 자체를 '무관심적'이면서 '공감적'으로 '관조'하는 태도이다.
(가)에서는 미적 대상에 대한 스톨니츠의 주장을 제시하고 있을 뿐, 스톨니츠와 상반된 견해를 절충하여 대안을 제시하고 있는 부분은 찾아볼 수 없다.

	질문	학생의 응답	
		예	아니오
②	(가)는 시대에 따라 달라지는 이론의 변천 과정을 서술하고 있나요?		✓

근거: (가) ❶ ¹스톨니츠는 우리가 미적 태도로 지각하는 모든 대상은 미적 대상이 된다고 주장한다.~³그가 말하는 미적 태도는 그것이 예술 작품이든 아니든, 감상자가 지각하는 대상 자체를 '무관심적'이면서 '공감적'으로 '관조'하는 태도이다.
(가)에서는 미적 대상에 대한 스톨니츠의 주장을 제시하고 있을 뿐, 시대에 따라 달라지는 스톨니츠의 이론의 변천 과정을 서술하고 있지는 않다.

	질문	학생의 응답	
		예	아니오
③	(나)는 중심 내용을 정리하며 글을 마무리하고 있나요?	✓	

근거: (나) ❹ ¹¹비어즐리는 이 원리들(구분의 원리, 지각 가능성의 원리)을 종합하여 예술 작품의 속성 중 객관적으로 지각될 수 있는 대상을 밝히며, 미적 대상으로서의 예술 작품의 의미를 해석할 때는 오로지 예술 작품과 분리될 수 없는 객관적인 속성만을 고려해야 한다는 주장을 분명히 하였다.
(나)에서 비어즐리는 구분의 원리, 지각 가능성의 원리를 종합하여 객관적으로 지각될 수 있는 대상을 밝히며, 미적 대상으로서의 예술 작품의 의미를 해석할 때는 객관적인 속성만을 고려해야 한다는 주장을 분명히 하였다고 중심 내용을 정리하며 글을 마무리하고 있다.

	질문	학생의 응답	
		예	아니오
④	(가)와 (나)는 독자의 이해를 돕기 위해 예시를 활용하고 있나요?	✓	

근거: (가) ❷ ⁷예를 들어 누군가가 사과를 볼 때, 어떤 지식이나 수익을 얻으려는 관심을 가지고 보는 것이 아니라, 사과라는 대상 자체에 관심을 가지고 바라보는 것이다. + ❸ ¹¹예를 들어 특정 신을 찬미하기 위한 의도가 담긴 조각 작품에 대해 감상자가 자신의 종교적 기준과 다르다고 거부감을 가지는 것은 공감적이지 못한 것이다. / (나) ❸ ⁹예를 들어 어떤 그림에 대해 '이 그림은 상쾌한 색조와 흐르는 운동감이 있다.'라고 했다면, 이는 그림을 보면서 직접적으로 지각할 수 있는 미적 대상에 대해 진술한 것이다.
(가)와 (나) 모두 독자의 이해를 돕기 위해 예시를 활용하고 있음을 알 수 있다.

2. 〈보기〉는 ㉡의 관점에서 ㉠에 대해 보인 학생의 반응이다. ㉮~㉰에 들어갈 말로 적절한 것은?

㉠: 특정 신을 찬미하기 위한 의도가 담긴 조각 작품에 대해 감상자가 자신의 종교적 기준과 다르다고 거부감을 가지는 것

㉡: 미적 대상으로서의 예술 작품의 의미를 해석할 때는 오로지 예술 작품과 분리될 수 없는 객관적인 속성만을 고려해야 한다는 주장

〈보기〉

조각 작품에 담긴 특정 신을 찬미하려 한 예술가의 의도는, (㉮)으로 지각될 수 있는 것이 아니기에 예술 작품과 (㉯) 되어야 한다. 따라서 예술가의 의도는 미적 대상으로서 예술 작품의 의미를 올바르게 감상하기 위한 속성으로 볼 수 (㉰).

✔ 정답풀이

	㉮	㉯	㉰
①	객관적	구분	없다

근거: (나) ❷ [4]먼저 비어즐리는 구분의 원리를 제시하며, 예술가의 의도를 예술 작품의 미적 대상으로 생각하는 입장에 반대한다. [5]그는 예술 작품의 속성이 미적 대상이 되려면 그 예술 작품과 구분되어서는 안 된다는 것을 전제한다. [6]그래서 그는 예술 작품과 구분되는 예술가의 의도는 예술 작품의 속성이 될 수 없어 미적 대상에서 배제되어야 한다고 말한다. + ❹ [11]비어즐리는 이 원리들을 종합하여 예술 작품의 속성 중 객관적으로 지각될 수 있는 대상을 밝히며, 미적 대상으로서의 예술 작품의 의미를 해석할 때는 오로지 예술 작품과 분리될 수 없는 객관적인 속성만을 고려해야 한다는 주장(㉡)을 분명히 하였다.

(나)에서 비어즐리는 예술가의 의도를 예술 작품의 미적 대상으로 생각하는 입장에 반대하며, 예술 작품의 속성이 미적 대상이 되려면 그 예술 작품과 구분되어서는 안 된다는 것을 전제한다. 또한 예술 작품과 구분되는 예술가의 의도는 예술 작품의 속성이 될 수 없어 미적 대상에서 배제되어야 한다고 하며, 미적 대상으로서의 예술 작품의 의미를 해석할 때는 오로지 예술 작품과 분리될 수 없는 객관적인 속성만을 고려해야 한다고 하였다. 이를 종합하면 조각 작품에 담긴 특정 신을 찬미하려 한 예술가의 의도는, 객관적(㉮)으로 지각될 수 있는 것이 아니기에 예술 작품과 구분(㉯)되어야 한다. 따라서 예술가의 의도는 미적 대상으로서 예술 작품의 의미를 올바르게 감상하기 위한 속성으로 볼 수 없다(㉰).

3. (가)의 '스톨니츠'와 (나)의 '비어즐리'의 입장에서 〈보기〉의 A와 B에 대해 보일 수 있는 반응으로 적절하지 않은 것은? [3점]

〈보기〉

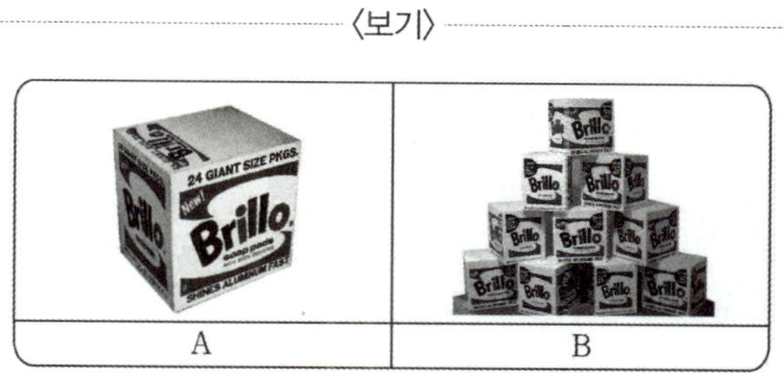

A는 특정 회사가 실제로 제품을 담아 판매하기 위해 생산한 종이 상자로 예술 작품이 아니지만, B는 현대 미술가 앤디 워홀이 A의 모양을 그대로 복제하여 '브릴로 박스'라는 제목으로 1964년에 창작한 설치 미술 작품이다.

✔ 정답풀이

② 스톨니츠는 B는 실제적 지각 태도로 감상해야 미적 대상이 될 수 있다고 보겠군.

근거: (가) ❶ [1]스톨니츠는 우리가 미적 태도로 지각하는 모든 대상은 미적 대상이 된다고 주장한다. [2]이때의 미적 태도는 어떤 대상을 유용성에 근거해서 바라보는 실제적 지각 태도와 다르다.

(가)에서 스톨니츠는 우리가 미적 태도로 지각하는 모든 대상은 미적 대상이 되며, 미적 태도는 실제적 지각 태도와 다르다고 하였다. 따라서 스톨니츠는 B를 미적 태도로 지각할 수 있다면 미적 대상이 될 수 있다고 볼 것이다.

✘ 오답풀이

① 스톨니츠는 A는 예술 작품이 아니지만, 감상자가 A를 무관심적이면서 공감적으로 관조한다면 미적 대상이 될 수 있다고 보겠군.

근거: (가) ❶ [1]스톨니츠는 우리가 미적 태도로 지각하는 모든 대상은 미적 대상이 된다고 주장한다. [3]그가 말하는 미적 태도는 그것이 예술 작품이든 아니든, 감상자가 지각하는 대상 자체를 '무관심적'이면서 '공감적'으로 '관조'하는 태도이다.

〈보기〉에서 A는 특정 회사가 실제로 제품을 담아 판매하기 위해 생산한 종이 상자로 예술 작품이 아니라고 하였는데, (가)의 스톨니츠의 관점을 따르면 스톨니츠는 A가 예술 작품이 아니지만, 감상자가 A를 무관심적이면서 공감적으로 관조한다면 미적 대상이 될 수 있다고 볼 것이다.

③ 비어즐리는 감상자의 주관적 태도로는 B를 미적 대상으로 규정할
수 없다고 보겠군.

근거: (나) **1** [2]그(비어즐리)는 미적 대상이 감상자의 주관적 태도에 의해서
규정될 수 없다고 말하며, 오직 예술 작품 자체의 속성들에 근거하여 미적
대상을 규정할 수 있다는 객관주의적 입장을 취한다.

(나)에서 비어즐리는 미적 대상이 감상자의 주관적 태도에 의해서 규정될 수
없다고 하였다. 〈보기〉에서 B는 앤디 워홀이 A의 모양을 그대로 복제하여
'브릴로 박스'라는 제목으로 창작한 설치 미술 작품이라고 하였는데, 비어즐
리는 감상자의 주관적 태도로는 B를 미적 대상으로 규정할 수 없다고 볼 것
이다.

④ 비어즐리는 B가 창작된 연도는 미적 대상이 되는 작품의 속성이
아니라고 보겠군.

근거: (나) **3** [8]비어즐리는 예술 작품을 경험하는 데 전혀 지각될 수 없거나
직접적으로 지각될 수 없는 것들을 물리적 측면이라고 규정하고, 이를 미적
대상에서 배제해야 한다고 말한다.~[10]하지만 '이 그림은 유화 물감을 재료
로 사용하였다.'나 '이 그림은 1892년에 창작되었다.'라고 했다면, 이는 그림
을 보면서 직접적으로 지각할 수 없는 물리적 측면에 대해 진술한 것이다.

(나)에서 비어즐리는 물리적 측면을 미적 대상에서 배제해야 한다고 하였다.
〈보기〉에서 B는 앤디 워홀이 A의 모양을 그대로 복제하여 '브릴로 박스'라
는 제목으로 1964년에 창작한 설치 미술 작품이라고 하였는데, 비어즐리는
B가 창작된 연도는 직접적으로 지각할 수 없는 물리적 측면이므로 미적 대
상이 되는 작품의 속성이 아니라고 볼 것이다.

⑤ 비어즐리는 A는 미적 대상이 될 수 없으며, B에서의 물리적 측면도
미적 대상이 될 수 없다고 보겠군.

근거: (나) **1** [1]비어즐리는 미적 대상이란 예술 작품의 속성 중 올바르게 감
상되고 비평될 수 있는 것이라고 주장한다. [2]그는 미적 대상이 감상자의 주
관적 태도에 의해서 규정될 수 없다고 말하며, 오직 예술 작품 자체의 속성
들에 근거하여 미적 대상을 규정할 수 있다는 객관주의적 입장을 취한다. +
3 [8]비어즐리는 예술 작품을 경험하는 데 전혀 지각될 수 없거나 직접적으
로 지각될 수 없는 것들을 물리적 측면이라고 규정하고, 이를 미적 대상에서
배제해야 한다고 말한다.~[10]하지만 '이 그림은 유화 물감을 재료로 사용하
였다.'나 '이 그림은 1892년에 창작되었다.'라고 했다면, 이는 그림을 보면서
직접적으로 지각할 수 없는 물리적 측면에 대해 진술한 것이다.

(나)에서 비어즐리는 미적 대상이란 예술 작품의 속성 중 올바르게 감상되고
비평될 수 있는 것이라고 하였다. 〈보기〉에서 A는 특정 회사가 실제로 제품
을 담아 판매하기 위해 생산한 종이 상자일 뿐이므로, 비어즐리는 미적 대상
이 될 수 없다고 볼 것이다. 또한 비어즐리는 예술 작품을 경험하는 데 직접
적으로 지각될 수 없는 것들을 물리적 측면이라고 규정하고, 이를 미적 대상
에서 배제해야 한다고 하였다. 〈보기〉에서 B는 앤디 워홀이 A의 모양을 그
대로 복제하여 '브릴로 박스'라는 제목으로 1964년에 창작한 설치 미술 작
품이라고 하였는데, 비어즐리는 B의 창작 연도와 같은 물리적 측면은 미적
대상이 될 수 없다고 볼 것이다.

※ 다음은 학생의 독서 활동을 구조화한 것이다. 4번과 5번
물음에 답하시오.

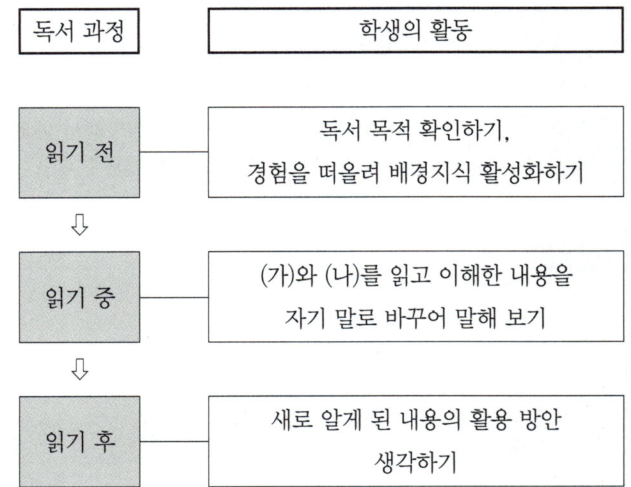

| 세부 정보 파악 | 정답률 77

4. 학생이 '읽기 중' 단계에서 활동한 내용으로 가장 적절한 것은?

✔ 정답풀이

③ 두 글은 모두, 지각할 수 있는 대상이어야 미적 대상으로 고려될
수 있다는 관점을 드러내고 있다.

근거: (가) **1** [1]스톤니츠는 우리가 미적 태도로 지각하는 모든 대상은 미
적 대상이 된다고 주장한다. / (나) **3** [7]지각 가능성의 원리는 예술 작품의
어떤 속성이 직접적으로 지각될 수 있어야만 미적 대상이 될 수 있다는
것이다.

(가)에서 스톤니츠는 우리가 미적 태도로 지각하는 모든 대상은 미적 대상
이 된다고 주장하며, (나)에서 비어즐리는 예술 작품의 어떤 속성이 직접
적으로 지각될 수 있어야만 미적 대상이 될 수 있다는 지각 가능성의 원
리를 제시하였다. 이를 통해 (가)와 (나)는 모두, 지각할 수 있는 대상이어
야 미적 대상으로 고려될 수 있다는 관점을 드러내고 있다고 볼 수 있다.

오답풀이

① 두 글은 모두, 예술가의 의도에 의해 규정되는 미적 대상을 비판하고 있다.

근거: (가) **1** [1]스톨니츠는 우리가 미적 태도로 지각하는 모든 대상은 미적 대상이 된다고 주장한다. / (나) **1** [1]비어즐리는 미적 대상이란 예술 작품의 속성 중 올바르게 감상되고 비평될 수 있는 것이라고 주장한다.

(가)에서 스톨니츠는 미적 대상을 미적 태도로 지각하는 모든 대상으로 보고, (나)에서 비어즐리는 미적 대상을 예술 작품의 속성 중 올바르게 감상되고 비평될 수 있는 것이라고 했다. 이를 통해 (가)와 (나) 모두, 미적 대상을 예술가의 의도에 의해 규정된다고 하지 않았음을 알 수 있으며, 미적 대상을 비판하고 있지도 않다.

② 두 글은 모두, 예술 작품의 유용성을 평가하기 위한 절차를 설명하고 있다.

근거: (가) **1** [1]스톨니츠는 우리가 미적 태도로 지각하는 모든 대상은 미적 대상이 된다고 주장한다. / (나) **1** [1]비어즐리는 미적 대상이란 예술 작품의 속성 중 올바르게 감상되고 비평될 수 있는 것이라고 주장한다.

(가)에서는 미적 대상에 대한 스톨니츠의 견해를, (나)에서는 미적 대상에 대한 비어즐리의 견해를 설명하고 있을 뿐, (가)와 (나) 모두, 예술 작품의 유용성을 평가하기 위한 절차를 설명하고 있는 부분은 찾아볼 수 없다.

④ 두 글은 모두, 감상자가 관심을 가지지 않고 감상해야 예술 작품은 미적 대상이 될 수 있다고 설명하고 있다.

근거: (가) **1** [3]그(스톨니츠)가 말하는 미적 태도는 그것이 예술 작품이든 아니든, 감상자가 지각하는 대상 자체를 '무관심적'이면서 '공감적'으로 '관조'하는 태도이다. + **2** [4]스톨니츠가 말하는 미적 태도에서의 '무관심적'이라는 것은 대상에 대해 관심이 없는 '비관심적'과는 다르다. [6]다시 말해 무관심적이라는 것은 대상에 대해 어떤 이해관계를 떠나, 보이고 느껴지는 대로 관심을 가지고 본다는 것이다. / (나) **1** [2]그(비어즐리)는 미적 대상이 감상자의 주관적 태도에 의해서 규정될 수 없다고 말하며, 오직 예술 작품 자체의 속성들에 근거하여 미적 대상을 규정할 수 있다는 객관주의적 입장을 취한다.

(가)에서 스톨니츠는 관심이 없는 '비관심적'은 대상을 보이고 느껴지는 대로 관심을 가지고 보는 '무관심적'과 다르다고 하였다. 한편 (나)에서 비어즐리는 미적 대상이 감상자의 주관적 태도에 의해서 규정될 수 없다고 하였다. 따라서 (가)와 (나) 모두, 감상자가 관심을 가지지 않고 감상해야 예술 작품이 미적 대상이 될 수 있다고 설명하고 있지 않다.

⑤ 두 글은 모두, 예술 작품이 미적 대상이 되기 위해서는 감상자와 예술가의 상호 작용이 필요함을 강조하고 있다.

근거: (가) **1** [1]스톨니츠는 우리가 미적 태도로 지각하는 모든 대상은 미적 대상이 된다고 주장한다. / (나) **2** [6]그래서 그(비어즐리)는 예술 작품과 구분되는 예술가의 의도는 예술 작품의 속성이 될 수 없어 미적 대상에서 배제되어야 한다고 말한다.

(가)에서는 미적 대상에 대한 스톨니츠의 견해를 제시하고 있을 뿐, 감상자와 예술가의 상호 작용에 대해 언급한 부분은 찾아볼 수 없다. (나)에서 비어즐리는 예술가의 의도는 예술 작품의 속성이 될 수 없어 미적 대상에서 배제되어야 한다고 했으므로, 감상자와 예술가의 상호 작용이 필요함을 강조하고 있다는 설명은 적절하지 않다.

---

5. 학생이 Ⓐ를 해결하기 위해 (가)의 내용을 적용하여 '읽기 후' 활동을 했을 때, 적절하지 **않은** 것은?

> Ⓐ: 예술 작품들이 지닌 독특한 가치들을 주의 깊게 살필 수 있는 능력(식별력)을 기르기 위해서는 어떤 노력이 더 필요한지 궁금해졌다.

정답풀이

⑤ 교향곡을 감상하기 위해 곡의 섬세한 부분에 얽매이지 않고 상상력 발휘하기

근거: (가) **4** [15]대상의 독특한 가치를 맛보기 위해서는 복잡하고 섬세한 부분까지 주의 깊게 살펴야 한다. [16]이러한 섬세한 부분들을 민감하게 인지하는 것이 식별력이다. [18]이러한 식별력은 반복해서 예술 작품을 경험하거나, 작품에 드러나는 표현 기법이나 작품의 구성 요소와 같은 지식에 대해 공부하거나, 예술 형식에 대한 기술적 훈련을 함으로써 기를 수 있다.

(가)에서 식별력은 섬세한 부분들을 민감하게 인지하는 것이라고 하였으므로, 섬세한 부분에 얽매이지 않는다는 것은 예술 작품들이 지닌 독특한 가치들을 주의 깊게 살필 수 있는 능력을 기르기 위해 필요한 노력으로 볼 수 없다.

오답풀이

① 프랑스 상징시를 감상하기 위해 상징의 개념에 대해 학습하기

근거: (가) **4** [18]이러한 식별력은 반복해서 예술 작품을 경험하거나, 작품에 드러나는 표현 기법이나 작품의 구성 요소와 같은 지식에 대해 공부하거나, 예술 형식에 대한 기술적 훈련을 함으로써 기를 수 있다.

(가)에서 식별력은 작품에 드러나는 표현 기법이나 작품의 구성 요소와 같은 지식에 대해 공부함으로써 기를 수 있다고 하였으므로, 상징시를 감상하기 위해 상징의 개념에 대해 학습하는 것은 예술 작품들이 지닌 독특한 가치들을 주의 깊게 살필 수 있는 능력을 기르기 위해 필요한 노력으로 볼 수 있다.

② 표현주의 연극을 감상하기 위해 해당 연극을 반복해서 관람하기

근거: (가) **4** [18]이러한 식별력은 반복해서 예술 작품을 경험하거나, 작품에 드러나는 표현 기법이나 작품의 구성 요소와 같은 지식에 대해 공부하거나, 예술 형식에 대한 기술적 훈련을 함으로써 기를 수 있다.

(가)에서 식별력은 반복해서 예술 작품을 경험함으로써 기를 수 있다고 하였으므로, 해당 연극을 반복해서 관람하는 것은 예술 작품들이 지닌 독특한 가치들을 주의 깊게 살필 수 있는 능력을 기르기 위해 필요한 노력으로 볼 수 있다.

③ 평시조를 감상하기 위해 평시조의 형식에 맞춰 창작하는 훈련하기

근거: (가) **4** [18]이러한 식별력은 반복해서 예술 작품을 경험하거나, 작품에 드러나는 표현 기법이나 작품의 구성 요소와 같은 지식에 대해 공부하거나, 예술 형식에 대한 기술적 훈련을 함으로써 기를 수 있다.

(가)에서 식별력은 예술 형식에 대한 기술적 훈련을 함으로써 기를 수 있다고 하였으므로, 평시조를 감상하기 위해 평시조의 형식에 맞춰 창작하는 훈련을 하는 것은 예술 작품들이 지닌 독특한 가치들을 주의 깊게 살필 수 있는 능력을 기르기 위해 필요한 노력으로 볼 수 있다.

④ 사실주의 영화를 감상하기 위해 영화의 역사에 대한 지식을 공부하기

근거: (가) **4** [18]이러한 식별력은 반복해서 예술 작품을 경험하거나, 작품에 드러나는 표현 기법이나 작품의 구성 요소와 같은 지식에 대해 공부하거나, 예술 형식에 대한 기술적 훈련을 함으로써 기를 수 있다.

(가)에서 식별력은 작품에 드러나는 표현 기법이나 작품의 구성 요소와 같은 지식에 대해 공부함으로써 기를 수 있다고 하였으므로, 영화의 역사에 대한 지식을 공부하는 것은 예술 작품들이 지닌 독특한 가치들을 주의 깊게 살필 수 있는 능력을 기르기 위해 필요한 노력으로 볼 수 있다.

6. 다음 중 (가)의 ⓐ와 (나)의 ⓑ의 의미로 쓰인 예가 바르게 짝지어진 것은?

⊘ 정답풀이

① ⓐ: 그녀는 정당한 이득을 <u>취했다</u>.
　ⓑ: 그는 자신의 꿈에 대해 적극적인 태도를 <u>취했다</u>.

> 근거: (가) **2** [5]무관심적이라는 것은 대상을 사용하거나 조작하여, 무엇을 ⓐ취하려는 목적을 가지고 대상을 바라보지 않는다는 것이다. / (나) **1** [2]그는 미적 대상이 감상자의 주관적 태도에 의해서 규정될 수 없다고 말하며, 오직 예술 작품 자체의 속성들에 근거하여 미적 대상을 규정할 수 있다는 객관주의적 입장을 ⓑ취한다.
> (가)의 ⓐ와 '이득을 취했다'의 '취하다'는 모두 '자기 것으로 만들어 가지다.'라는 의미로 쓰였다. (나)의 ⓑ와 '적극적인 태도를 취했다'의 '취하다'는 모두 '어떤 일에 대한 방책으로 어떤 행동을 하거나 일정한 태도를 가지다.'의 의미로 쓰였다.

✕ 오답풀이

② ⓐ: 그녀는 급하게 연락을 <u>취했다</u>.
　ⓑ: 나는 그가 준비한 선물들 중에서 가장 새것을 <u>취했다</u>.
　'연락을 취했다'의 '취하다'는 '어떤 일에 대한 방책으로 어떤 행동을 하거나 일정한 태도를 가지다.'라는 의미로 쓰였고, '새것을 취했다'의 '취하다'는 '일정한 조건에 맞는 것을 골라 가지다.'의 의미로 쓰였으므로, 적절하지 않다.

③ ⓐ: 군인들은 차려 자세를 <u>취했다</u>.
　ⓑ: 어머니는 숙면을 <u>취하고</u> 계셨다.
　'자세를 취했다'의 '취하다'는 '어떤 특정한 자세를 하다.'라는 의미로 쓰였고, '숙면을 취하고 계셨다'의 '취하다'는 '자기 것으로 만들어 가지다.'라는 의미로 쓰였으므로, 적절하지 않다.

④ ⓐ: 정부는 실리적인 대외 정책을 <u>취했다</u>.
　ⓑ: 그가 제시한 조건들 가운데서 마음에 드는 것만을 <u>취했다</u>.
　'대외 정책을 취했다'의 '취하다'는 '어떤 일에 대한 방책으로 어떤 행동을 하거나 일정한 태도를 가지다.'라는 의미로 쓰였고, '마음에 드는 것만을 취했다'의 '취하다'는 '일정한 조건에 맞는 것을 골라 가지다.'라는 의미로 쓰였으므로, 적절하지 않다.

⑤ ⓐ: 친구는 퇴원 후 조금씩 음식을 <u>취하기</u> 시작했다.
　ⓑ: 그는 당장에라도 일어설 자세를 <u>취했다</u>.
　'음식을 취하기 시작했다'의 '취하다'는 '자기 것으로 만들어 가지다.'라는 의미로 쓰였으므로 적절하지만, '일어설 자세를 취했다'의 '취하다'는 '어떤 특정한 자세를 하다.'라는 의미로 쓰였으므로 적절하지 않다.

[1~6] 다음 글을 읽고 물음에 답하시오.

사고의 흐름

(가)

1 [1]호펠드는 권리 개념이 생각보다 복잡하기 때문에 엄밀하게* 사용되지 않을 경우 잘못된 추론이나 결론으로 이어질 수 있다고 보았다. [2]그는 'X가 상대방 Y에 대하여 무언가에 관한 권리를 가진다.'는 진술이 의미하는 바를 몇 가지 기본 범주들로 살펴 권리 개념을 이해해야 권리자 X와 그 상대방 Y의 지위를 명확히 파악할 수 있다고 주장했다. *호펠드는 권리의 기본 범주를 통해 권리 개념을 이해해야 한다고 보았네.* [3]권리의 기본 범주는 다음과 같다. *권리의 기본 범주가 무엇인지에 대한 내용이 이어서 나오겠지?*

2 [4]첫째, 청구권이다. [5]이는 ㉠Y가 X에게 A라는 행위를 할 법적 의무가 있다면 X는 상대방 Y에 대하여 A라는 행위를 할 것을 법적으로 청구할 수 있다는 의미이다. [6]호펠드는 청구가 논리적으로 언제나 의무와 대응 관계를 이룬다고 보았다. [7]가령 X는 폭행당하지 않을 권리를 가졌는데, Y에게 X를 폭행하지 않을 의무가 부과되지 않았다고 한다면 그 권리는 무의미하기 때문이다. [8]따라서 청구로서의 권리는 단순히 무언가를 주장하는 것이 아니라 의무 이행 혹은 의무 불이행에 대한 일련*의 법적 조치를 포함하고 있다. [9]또한 의무의 내용이 달라지면 권리의 내용도 달라진다고 볼 수 있다.

'언제나', '항상'은 예외가 없음을 나타내는 말이야.

예를 들어서 구체적으로 설명해 줄 거야.

Y가 X에게 A라는 행위를 할 법적 의무가 있다		
	A라는 행위를 할 법적 의무 있음 (의무)	
Y	⟶	X
	A라는 행위를 할 것을 법적으로 청구할 수 있음 (청구)	

3 [10]둘째, 자유권이다. [11]이는 X가 상대방 Y에 대하여 A라는 행위를 하거나 하지 않아야 할 법적 의무가 없다면 X는 Y에 대하여 A를 행하지 않거나 행할 법적 자유가 있다는 의미이다. [12]이 권리의 특징은 의무의 부정에 있다. [13]가령 A를 행할 자유가 있다는 것은 A를 하지 않아야 할 법적 의무가 없다는 것이다. [14]이때 Y는 X가 A를 행하는 것을 방해하지 말아야 할 의무가 있는 것은 아니다. [15]즉 권리자의 상대방(Y)은 권리자(X)의 권리 행사를 방해할 권리를 가질 수 있다는 것이다. *자유권의 특징은 의무의 부정에 있기 때문이야.* [16]이처럼 자유로서의 권리는 상대방의 '청구권 없음.'과 대응 관계에 있다.

X → Y에게		
	A 할 법적 의무 X	A 안 할 법적 의무 X
X → Y에게	A 하지 않을 자유 O	A 할 자유 O
Y → X에게	X가 A 하지 않는 것 방해할 권리 O	X가 A 하는 것 방해할 권리 O

4 [17]셋째, 권능으로서의 권리이다. [18]이는 X가 상대방 Y에게 법적 효과 C를 야기*하는 것이 인정된다면 X는 Y에게 효과 C를 초래할 수 있는 법적 권능을 가진다는 의미이다. [19]권능은 법률 행위를 통해서 자신 또는 타인의 법률관계를 창출하거나 변경 또는 소멸시킬 수 있는 힘을 가리킨다. *법률 행위를 통해서 법률관계를 창출·변경·소멸시키*

는 법적 효과를 야기할 수 있다면 권능으로서의 권리를 가진 거야. [20]가령 소송할 권리 등이 이에 해당한다고 볼 수 있다. [21]이때 권능을 행사하는 자의 상대방은 권능을 가진 자의 처분 아래 놓인 상태에 있다.

5 [22]넷째, 면제권이다. [23]이는 X에게 C라는 효과를 야기할 법적 권능이 상대방 Y에게 없다면, X는 Y에 대하여 C라는 법적 효과에 대한 법적 면제를 가진다는 의미이다. [24]다시 말해 Y가 X와 관련하여 법률관계를 형성, 변경, 소멸시킬 수 있는 권능을 가지고 있지 않다는 것이다. *상대방이 법률관계와 관련한 권능을 가지지 않으면 권리자는 면제권(법적 면제)을 가진 거야.* [25]면제로서의 권리는 상대방이 그러한 처분을 '할 권능 없음.'과 대응 관계에 있다. [26]그러므로 면제권의 부정은 권능을 가진 자의 처분 아래 놓여 있음을 의미한다. *면제권을 부정하는 건 상대가 권능을 가지고 있다는 뜻이 되니 권능으로서의 권리를 적용할 수 있는 거야.* [27]가령 토지 소유권자는 자신 이외의 다른 사람에 의해서 토지가 처분되지 않을 권리(다른 사람이 토지 처분할 권능 없음)를 가지고 있다고 할 수 있다.

이것만은 챙기자

*엄밀하다: 조그만 빈틈이나 잘못이라도 용납하지 아니할 만큼 엄격하고 세밀하다.
*일련: 하나로 이어지는 것.
*야기: 일이나 사건 따위를 끌어 일으킴.

만점 선배의 구조도 예시

(가) 호펠드가 주장한 권리의 범주

① 청구권
$$X \xleftarrow{\text{A할 법적 의무 O}} \xrightarrow{\text{A를 청구할 수 O}} Y$$
· 청구라 의무는 대응 관계 (예외 X)

② 자유권
$$X \xrightarrow{\text{A할/하지 않을 법적 의무 X = 하지 않을/할 법적 자유 O}} Y$$
$$X \xleftarrow{\text{권리 행사를 방해할 권리 O}}$$
· 자유로서 권리는 청구권 없음과 대응 관계

③ 권능으로서의 권리
$$X \xrightarrow{\text{법적 효과 C 야기하는 것 인정 = C 야기할 수 있는 법적 권능 O}} Y$$

④ 면제권
$$X \xleftarrow{\text{C 야기할 법적 권능 X}} Y$$
C에 법적 면제 가짐

(나)

1 ¹근대 이후 개인의 권리가 중시되자 법철학은 권리의 근본적 성격을 법적으로 존중되는 의사*에 의한 선택의 관점에서 볼 것인가 아니면 법적으로 보호되는 이익의 관점에서 볼 것인가를 놓고 지속적으로 논쟁해 왔다. ²각각 의사설과 이익설로 불리는 두 입장은 권리란 무엇인가에 대해 서로 견해를 달리한다. '권리'를 선택의 관점에서 보는 의사설, 이익의 관점에서 보는 이익설 사이에 논쟁이 있었다고 하니 앞으로 두 입장에서 '권리'를 어떻게 보았는지에 대한 차이점에 주목하자!

2 ³의사설의 기본적인 입장은 어떤 사람이 무언가에 대하여 권리를 갖는다는 것은 법률관계 속에서 그 무언가와 관련하여 그 사람의 의사에 의한 선택이 다른 사람의 의사보다 우월한 지위에 있음을 법적으로 인정하는 것이다. 의사설은 권리자의 의사에 의한 선택이 다른 사람의 의사보다 우월하다고 보는 거야. ⁴의사설을 지지한 하트는 권리란 그것에 대응하는 의무가 존재한다고 보았다. ⁵그는 의무의 이행 여부를 통제할 권능을 가진 권리자의 선택이 권리의 본질적 요소라고 보았기 때문에 법이 타인의 의무 이행 여부에 대한 권능을 부여하지 않은 경우에는 권리를 가졌다고 말할 수 없다고 주장했다. 의사설에서는 타인의 의무 이행에 대한 법적 권능을 가진 것이 곧 권리를 가진 것이라고 보았구나!

3 ⁶의사설은 타인의 의무 이행 여부와 관련된 권능, 곧 합리적 이성을 가진 자가 아니면 권리자가 되지 못하는 난점*이 있다. 의사설의 문제점에 대해 설명하려 하는군! ⁷가령 사람이 동물 보호 의무를 갖는다고 하더라도 동물이 권리를 갖는다고 보기는 어렵다. ⁸왜냐하면 동물은 이성적 존재가 아니기 때문이다. ⁹그래서 의사설은 권리 주체를 제한한다는 비판을 받는다. 의사설은 합리적 이성을 가진 자로 권리자(=권리 주체)를 제한한다는 문제점이 있네. ¹⁰또한 의사설은 면제권을 갖는 어떤 사람이 면제권을 포기함으로써 타인의 권능 아래에 놓일 권리, 즉 스스로를 노예와 같은 상태로 만들 권리를 인정해야 하는 상황에 직면한다. ¹¹하지만 현대에서는 이런 상황이 인정되기가 @어렵다. 의사설의 두 번째 문제는 면제권을 포기함으로써 타인의 권능 아래에 노예처럼 놓일 권리를 인정해야 한다는 거야. 의사설의 기본적인 입장과 난점을 언급했으니, 이후에는 이익설의 기본적인 입장과 난점을 다루겠지?

(왼쪽 여백) 의사설의 또 다른 문제점을 설명할 거야.

4 ¹²이익설의 기본적인 입장은 권리란 이익이며, 법이 부과하는 타인의 의무로부터 이익을 얻는 자는 누구나 권리를 갖는다는 것이다. 이익설은 타인의 의무로부터 이익을 얻는 자가 권리를 갖는다고 보네. ¹³그래서 타인의 의무 이행에 따른 이익이 없다면 권리가 없다고 본다. ¹⁴이익설을 주장하는 라즈는 권리와 의무가 동전의 양면처럼 논리적으로 서로 대응하는 관계일 뿐만 아니라 권리가 의무를 정당화하는 관계에 있다고 보았다. ¹⁵즉 권리가 의무 존재의 근거가 된다고 보는 입장을 지지한다고 볼 수 있다. ¹⁶그래서 누군가의 어떤 이익이 타인에게 의무를 부과할 만큼 중요성을 가지는 것일 때 비로소 그 이익은 권리로서 인정된다고 보았다. 이익으로서의 권리가 의무를 정당화할 만큼 중요한 것이어야 한다는 의미야! ¹⁷호펠드식으로 말한다면 (가)에 제시된 내용과 연결해서 생각할 수 있겠네! 법이 개인들에게 이익이 되는 바를 그 중요도나 특성에 따라서 청구권, 자유권, 권능 또는 면제권의 형식으로 보호하는 것이라고 볼 수 있다.

5 ¹⁸이익설의 난점으로는 제3자를 위한 계약을 들 수 있다. ¹⁹가령 갑이 을과 계약하며 병에게 꽃을 배달해 달라고 했다고 하자. ²⁰이익 수혜자는 병이지만 권리자는 계약을 체결한 갑이다. ²¹쉽게 말해 을의 의무 이행에 관한 권능을 가진 사람은 병이 아니라 갑이다. ²²그래서 이익설은 이익의 수혜자(병)가 아닌 권리자(갑)가 있는 경우를 설명하기 어렵다는 비판을 받는다. 이익설은 권리자가 이익의 수혜자가 아닌 경우를 설명하기 어렵다는 문제가 있네. ²³또한 이익설은 권리가 실현하려는 이익과 그에 상충*하는 이익을 비교해야 할 경우 어느 것이 더 우세한지를 측정하기 쉽지 않다. 이익설의 두 번째 문제는 서로 상충되는 이익이 충돌할 때 어느 이익이 우세한지 알기 어렵다는 거야.

(오른쪽 여백) '또한' 뒤에는 주로 앞서 제시된 내용과 대등한 내용이 나열돼!

이것만은 챙기자

* **의사**: 무엇을 하고자 하는 생각.
* **난점**: 곤란한 점.
* **상충**: 맞지 아니하고 어긋남.

만점 선배의 구조도 예시

(나) 법철학 - 권리의 (성격)

선택 - 의사설
- 권리 갖음 = A 의사의 선택 > B 의사의 지배 (우월)
- 하트 ┌ 권리에 대응하는 의무 있음
　　　 └ 법이 타인의 의무 이행에 권능 부여하지 않으면, 권리를 가졌다고 말할 수 X
- 문제 ┌ 권리 주체 제한한다는 비판 (합리적 이성 가진 자)
　　　 └ 현대에서 인정 어려움 (면제권 포기에 의해 타인 권능 아래 놓임)

이익 - 이익설
- 권리 = 이익
- 라즈 ┌ 권리 - 의무 대응
　　　 └ 권리가 의무 정당화
- 문제 ┌ 제3자 위한 계약, 이익 수혜자가 아닌 권리자 설명 어려움
　　　 └ 이익 상충 시 무엇이 우세인지 판단 어려움

1. (가)와 (나)에 대한 설명으로 가장 적절한 것은?

✓ 정답풀이

① (가)는 (나)와 달리, 권리의 기본 범주와 그 의미들을 분석하고 있다.

> 근거: (가) 1 ³권리의 기본 범주는 다음과 같다. + 2 ⁴첫째, 청구권이다. + 3 ¹⁰둘째, 자유권이다. + 4 ¹⁷셋째, 권능으로서의 권리이다. + 5 ²²넷째, 면제권이다. / (나) 1 ²각각 의사설과 이익설로 불리는 두 입장은 권리란 무엇인가에 대해 서로 견해를 달리한다.
> 권리에 대한 두 법철학적 입장(의사설, 이익설)을 비교한 (나)와 달리 (가)는 권리의 기본 범주인 '청구권', '자유권', '권능으로서의 권리', '면제권'의 의미를 분석하여 제시하고 있다.

✗ 오답풀이

② (나)는 (가)와 달리, 특정 기준에 따라 권리의 종류를 분류하고 있다.
근거: (나) 1 ²각각 의사설과 이익설로 불리는 두 입장은 권리란 무엇인가에 대해 서로 견해를 달리한다.
(나)는 법철학에서 권리를 바라보는 두 관점인 의사설과 이익설에 대해 설명하고 있을 뿐 특정 기준에 따라 권리의 종류를 분류하고 있지 않다.

③ (가)와 (나) 모두 정치적으로 올바른 권리 개념이 무엇인지 논하고 있다.
(가)와 (나) 모두 정치적으로 올바른 권리 개념에 대해 논하고 있지 않다.

④ (가)와 (나) 모두 권리론과 관련된 논쟁을 소개하며 각각의 장단점을 제시하고 있다.
근거: (나) 1 ¹근대 이후 개인의 권리가 중시되자 법철학은 권리의 근본적 성격을 법적으로 존중되는 의사에 의한 선택의 관점에서 볼 것인가 아니면 법적으로 보호되는 이익의 관점에서 볼 것인가를 놓고 지속적으로 논쟁해 왔다. ²각각 의사설과 이익설로 불리는 두 입장은 권리란 무엇인가에 대해 서로 견해를 달리한다.
(나)는 권리의 성격을 '선택의 관점'에서 보는 의사설과 '이익의 관점'에서 보는 이익설이 논쟁했다고 했으나, 각 관점에 대해 설명한 후 난점을 제시하고 있을 뿐이며 각각의 장점을 소개하지는 않았다. 또한 (가)에서 권리론과 관련된 논쟁은 확인할 수 없다.

⑤ (가)는 권리론이 발전되어 온 과정을, (나)는 권리 간의 충돌을 해소할 수 있는 방법을 소개하고 있다.
(가)에서 권리론이 발전되어 온 과정을 확인할 수 없으며 (나)에서도 권리 간의 충돌을 해소할 수 있는 방법을 언급하지 않았다.

2. (나)의 '하트'와 '라즈'의 입장에서 ㉠을 설명한 내용으로 적절하지 <u>않은</u> 것은?

> ㉠: Y가 X에게 A라는 행위를 할 법적 의무가 있다면 X는 상대방 Y에 대하여 A라는 행위를 할 것을 법적으로 청구할 수 있다는 의미

✓ 정답풀이

② 하트: X가 Y에 대하여 의무 이행 요청을 포기한다면 X는 자신의 권능을 부정하는 것이다.

> 근거: (나) 2 ⁵그(하트)는 의무의 이행 여부를 통제할 권능을 가진 권리자의 선택이 권리의 본질적 요소라고 보았기 때문에 법이 타인의 의무 이행 여부에 대한 권능을 부여하지 않은 경우에는 권리를 가졌다고 말할 수 없다고 주장했다.
> 의무 이행 여부를 통제할 권능을 가진 권리자의 선택을 권리의 본질적 요소로 보는 하트의 입장에서 권리자 X가 Y에 대하여 의무 이행 요청을 포기하는 선택을 하는 것은 X가 Y의 의무 이행 여부에 대한 통제 권능을 행사한 것이라고 볼 수 있다.

✗ 오답풀이

① 하트: X가 권능을 행사할 수 없다고 판단되면 X는 권리자의 지위를 가지고 있지 않다고 볼 수 있다.
근거: (나) 2 ⁵그(하트)는 의무의 이행 여부를 통제할 권능을 가진 권리자의 선택이 권리의 본질적 요소라고 보았기 때문에 법이 타인의 의무 이행 여부에 대한 권능을 부여하지 않은 경우에는 권리를 가졌다고 말할 수 없다고 주장했다.

③ 하트: X가 권리자라면 X는 Y의 의무 이행을 면제할 수 있다.
근거: (나) 2 ⁵그(하트)는 의무의 이행 여부를 통제할 권능을 가진 권리자의 선택이 권리의 본질적 요소라고 보았기 때문에 법이 타인의 의무 이행 여부에 대한 권능을 부여하지 않은 경우에는 권리를 가졌다고 말할 수 없다고 주장했다.
하트는 의무의 이행 여부를 통제할 권능을 가진 권리자의 선택을 권리의 본질적 요소로 보았으므로, 권리자 X가 Y의 의무 이행을 면제하는 선택을 할 수 있다고 볼 것이다.

④ 라즈: X의 이익이 곧 권리이므로 Y의 의무 이행에 따른 이익이 없다면 X에게 권리가 있다고 보기 어렵다.
근거: (나) 4 ¹²이익설의 기본적인 입장은 권리란 이익이며, 법이 부과하는 타인의 의무로부터 이익을 얻는 자는 누구나 권리를 갖는다는 것이다. ¹³그래서 타인의 의무 이행에 따른 이익이 없다면 권리가 없다고 본다.
이익설은 권리란 이익이며, 타인의 의무 이행에 따른 이익이 없다면 권리가 없다고 본다. 라즈는 이익설을 주장하므로 X의 이익이 곧 권리이고, Y의 의무 이행에 따른 이익이 없다면 X에게 권리가 없다고 볼 것이다.

⑤ 라즈: X의 이익이 Y에게 의무를 부과할 만큼 중요한 것일 때 X의 권리가 인정될 수 있다.
근거: (나) 4 ¹⁶(라즈는) 누군가의 어떤 이익이 타인에게 의무를 부과할 만큼 중요성을 가지는 것일 때 비로소 그 이익은 권리로서 인정된다고 보았다.

3. (가)의 자유권에 대한 이해로 가장 적절한 것은?

✔ **정답풀이**

④ 만일 내가 이웃의 가게에 들어갈 권리가 있다면, 그 이웃은 내가 가게에 들어가지 못하도록 막을 수 있다는 것이 자유로서의 권리이다.

> 근거: (가) ❸ [13]가령 A를 행할 자유가 있다는 것은 A를 하지 않아야 할 법적 의무가 없다는 것이다. [14]이때 Y는 X가 A를 행하는 것을 방해하지 말아야 할 의무가 있는 것은 아니다. [15]즉 권리자의 상대방은 권리자의 권리 행사를 방해할 권리를 가질 수 있다는 것이다.
> X에게 A를 행할 자유가 있을 때, Y는 X가 A를 행하는 것을 방해할 권리가 있다. 즉 만일 나(X)에게 이웃(Y)의 가게에 들어갈(A를 행할) 권리가 있다면, 그 이웃(Y)은 내(X)가 가게에 들어가지 못하도록 막을(A를 행하는 것을 방해할) 수 있다는 것이 자유로서의 권리이다.

✖ **오답풀이**

① 만일 내가 담 너머 이웃의 건물을 구경할 권리가 있다면, 그 이웃은 내가 구경하지 못하도록 담을 높게 세울 수 없다는 것이 자유로서의 권리이다.
만일 나에게 이웃의 건물을 구경할 권리가 있다면, 그 이웃은 내가 구경하지 못하도록 담을 높게 세워 방해할 수 있다는 것이 자유로서의 권리라고 볼 수 있다.

② 만일 나와 친구가 길가의 낙엽을 보았을 때 내가 낙엽을 주울 권리가 있다면, 그 친구는 낙엽을 주울 수 없다는 것이 자유로서의 권리이다.
만일 나와 친구가 길가의 낙엽을 보았을 때 내가 낙엽을 주울 권리가 있다면, 그 친구는 내가 낙엽을 줍지 못하도록 방해할 수 있다는 것이 자유로서의 권리라고 볼 수 있다.

③ 만일 내가 내 자동차를 친구에게 빌려주지 않을 권리가 있다면, 그 친구는 나에게 내 자동차를 빌릴 수 없다는 것이 자유로서의 권리이다.
만일 내가 내 자동차를 친구에게 빌려주지 않을 권리가 있다면, 그 친구는 내가 자동차를 빌려주지 않는 행동을 방해할 수 있다는 것이 자유로서의 권리라고 볼 수 있다.

⑤ 만일 내가 원하는 대로 옷 입을 권리가 있다면, 타인은 내가 원하는 대로 옷 입는 것을 허용해야만 하는 것이 자유로서의 권리이다.
만일 내가 원하는 대로 옷 입을 권리가 있다면, 타인은 내가 원하는 대로 옷 입는 것을 방해할 수 있다는 것이 자유로서의 권리라고 볼 수 있다.

4. (나)를 이해한 내용으로 적절하지 <u>않은</u> 것은?

✔ **정답풀이**

① 의사설은 의무가 있는 곳에는 권리자가 필연적으로 존재한다고 본다.

> 근거: (나) ❸ [6]의사설은 타인의 의무 이행 여부와 관련된 권능, 곧 합리적 이성을 가진 자가 아니면 권리자가 되지 못하는 난점이 있다. [7]가령 사람이 동물 보호 의무를 갖는다고 하더라도 동물이 권리를 갖는다고 보기는 어렵다. [8]왜냐하면 동물은 이성적 존재가 아니기 때문이다.
> 의사설의 난점 중 하나는 합리적 이성을 가진 자가 아니면 권리자가 되지 못하는 것이다. 그 예로 사람이 동물 보호 의무를 갖는다고 하더라도 동물이 권리를 갖는다고 보기는 어렵다는 점, 즉 동물 보호의 의무가 있는 곳에 권리자가 존재하지 않는 경우를 예로 들었으므로, 의사설이 의무가 있는 곳에 권리자가 필연적으로 존재한다고 본 것은 아니다.

✖ **오답풀이**

② 의사설은 권리의 본질을 권리자의 의사에 의한 선택이라고 설명한다.
근거: (나) ❶ [1]근대 이후 개인의 권리가 중시되자 법철학은 권리의 근본적 성격을 법적으로 존중하는 의사에 의한 선택의 관점에서 볼 것인가 아니면 법적으로 보호되는 이익의 관점에서 볼 것인가를 놓고 지속적으로 논쟁해 왔다. + ❷ [5]그(의사설을 지지하는 하트)는 의무의 이행 여부를 통제할 권능을 가진 권리자의 선택이 권리의 본질적 요소라고 보았기 때문에 법이 타인의 의무 이행 여부에 대한 권능을 부여하지 않은 경우에는 권리를 가졌다고 말할 수 없다고 주장했다.
의사설은 권리의 근본적 성격을 법적으로 존중되는 의사에 의한 선택의 관점에서 보므로, 권리의 본질을 권리자의 의사에 의한 선택으로 본다고 할 수 있다.

③ 의사설은 법적 권능을 행사할 수 있는 합리적 이성을 갖춘 자만 권리 주체로 인정한다는 비판을 받는다.
근거: (나) ❸ [6]의사설은 타인의 의무 이행 여부와 관련된 권능, 곧 합리적 이성을 가진 자가 아니면 권리자가 되지 못하는 난점이 있다. [9]그래서 의사설은 권리 주체를 제한한다는 비판을 받는다.
의사설은 합리적 이성을 가진 자가 아니면 권리자가 되지 못해 권리 주체를 제한한다는 비판을 받는다.

④ 이익설은 권리가 의무 존재의 근거가 된다고 본다.
근거: (나) ❹ [15]즉 (이익설을 주장하는 라즈는) 권리가 의무 존재의 근거가 된다고 보는 입장을 지지한다고 볼 수 있다.

⑤ 이익설은 권리가 실현하려는 이익과 그에 상충하는 이익을 비교해야 할 경우 어느 것이 더 우세한지 판단하기 어렵다.
근거: (나) ❺ [23]이익설은 권리가 실현하려는 이익과 그에 상충하는 이익을 비교해야 할 경우 어느 것이 더 우세한지를 측정하기 쉽지 않다.

5. (가)와 (나)를 바탕으로 할 때, 〈보기〉의 ㉮에 대해 보인 반응으로 가장 적절한 것은? [3점]

〈보기〉

[1]㉮언론 출판의 자유는 모든 국민이 마땅히 누려야 할 기본적 권리이다. [2]이를 헌법으로 보장한 것은 언론 출판의 자유를 국민에게 부여함으로써 국민이 얻는 이익이 매우 중요하기 때문이다. [3]언론 출판의 자유는 국가를 비롯하여 다른 누구의 권능에게도 지배받지 않는다고 할 수 있다. (국가는 법적 권능 X, 국민은 면제권 O) [4]또한 국민은 자신에게 부여된 언론 출판의 자유를 남에게 넘겨줄 수 없으며, 언론 출판의 자유를 보장하도록 국가에 부과된 의무를 국민이 좌지우지할 권한이 없다. (국민은 법적 권능 X, 국가가 면제권 O)

✅ **정답풀이**

① 호펠드라면 ㉮는 국가의 권능 아래에 있지 않아 ㉮를 면제권으로 설명할 것이고, 하트라면 국민이 국가에 권능을 행사할 수 없어 ㉮를 권리로 설명하기 어렵다고 말할 것이다.

근거: (가) ⑤ [23]이(면제권)는 X에게 C라는 효과를 야기할 법적 권능이 상대방 Y에게 없다면, X는 Y에 대하여 C라는 법적 효과에 대한 법적 면제를 가진다는 의미이다. [25]면제로서의 권리는 상대방이 그러한 처분을 '할 권능 없음.'과 대응 관계에 있다. / (나) ② [5]그(하트)는~법이 타인의 의무 이행 여부에 대한 권능을 부여하지 않은 경우에는 권리를 가졌다고 말할 수 없다고 주장했다. + 〈보기〉 [3]언론 출판의 자유는 국가를 비롯하여 다른 누구의 권능에게도 지배받지 않는다고 할 수 있다.

〈보기〉에 따르면 ㉮는 국가를 비롯한 다른 누구의 권능에도 지배받지 않는다. 즉 ㉮에 대해 국가는 권능을 가지고 있지 않으므로 호펠드라면 ㉮를 면제권으로 설명할 것이다. 한편 하트는 법이 타인의 의무 이행 여부에 대한 권능을 부여하지 않은 경우에는 권리를 가졌다고 말할 수 없다고 주장한다. 따라서 하트는 국민이 ㉮를 보장하려는 국가의 의무 이행 여부에 대해 권능을 행사할 수 없으므로 ㉮를 권리로 설명하기 어렵다고 볼 것이다.

❌ **오답풀이**

② 호펠드라면 국가는 ㉮를 제한하는 법을 제정할 권능이 없어 ㉮를 권능으로서의 권리로 설명할 것이고, 라즈라면 법적으로 보호되는 이익을 국민이 갖게 되어 ㉮는 권리로서 승인된다고 말할 것이다.

근거 (나) ④ [12](라즈가 주장하는) 이익설의 기본적인 입장은 권리란 이익이며, 법이 부과하는 타인의 의무로부터 이익을 얻는 자는 누구나 권리를 갖는다는 것이다.

호펠드라면 ㉮를 면제권으로 설명할 것이다. 한편 이익설을 주장하는 라즈는 ㉮를 법적으로 보장함으로써 국민이 이익을 얻게 되므로 ㉮는 권리로서 승인된다고 볼 것이다.

③ 호펠드라면 ㉮는 기본적 권리로서 국민이 좌지우지할 권능이 없어 ㉮를 면제권으로 설명할 것이고, 하트라면 ㉮는 국가에 의무를 부과할 만큼 중요성을 가지기 때문에 ㉮는 권리로서 승인된다고 말할 것이다.

근거: (나) ② [5]그(하트)는~법이 타인의 의무 이행 여부에 대한 권능을 부여하지 않은 경우에는 권리를 가졌다고 말할 수 없다고 주장했다. + ④ [16]그래서 (라즈는) 누군가의 어떤 이익이 타인에게 의무를 부과할 만큼 중요성을 가지는 것일 때 비로소 그 이익은 권리로서 인정된다고 보았다.

호펠드라면 ㉮를 면제권으로 설명할 것이다. 한편 하트는 국민이 국가에 ㉮의 권능을 행사할 수 없어 ㉮를 권리로 설명하기 어렵다고 볼 것이다. 의무를 부과할 만큼의 중요성에 따라 이익을 권리로 인정하는 것은 라즈이다.

④ 호펠드라면 어느 누구도 ㉮에 영향을 미치는 권능을 행사할 수 없어 ㉮를 권능으로서의 권리로 설명할 것이고, 하트라면 ㉮는 어느 누구나 누려야 할 이익에 해당하여 국민 모두가 권리자가 될 것이라고 말할 것이다.

근거: (가) ④ [19]권능은 법률 행위를 통해서 자신 또는 타인의 법률관계를 창출하거나 변경 또는 소멸시킬 수 있는 힘을 가리킨다. / (나) ② [4]의사설을 지지한 하트는 권리란 그것에 대응하는 의무가 존재한다고 보았다. + ④ [12]이익설의 기본적인 입장은 권리란 이익이며, 법이 부과하는 타인의 의무로부터 이익을 얻는 자는 누구나 권리를 갖는다는 것이다.

호펠드라면 국가를 비롯하여 다른 누구의 권능에도 지배받지 않는 ㉮를 권능으로서의 권리로 설명하기 어려울 것이며, ㉮를 면제권으로 설명할 것이다. 한편 이익설이 아닌 의사설을 지지하는 하트는 ㉮를 이익 차원에서 설명하지 않을 것이다.

⑤ 호펠드라면 ㉮를 권능으로서의 권리나 면제권 어느 것으로도 설명할 수 있다고 할 것이고, 라즈라면 권리자와 이익의 수혜자가 일치하지 않는 경우에 해당하여 ㉮를 자신의 권리론으로는 설명하기 어렵다고 말할 것이다.

근거: (나) ⑤ [22]이익설은 이익의 수혜자가 아닌 권리자가 있는 경우를 설명하기 어렵다는 비판을 받는다. + 〈보기〉 [1]언론 출판의 자유(㉮)는 모든 국민이 마땅히 누려야 할 기본적 권리이다. [2]이를 헌법으로 보장한 것은 언론 출판의 자유를 국민에게 부여함으로써 국민이 얻는 이익이 매우 중요하기 때문이다.

호펠드라면 ㉮를 면제권으로만 설명할 것이다. 한편 〈보기〉에서 언론 출판의 자유를 '국민'에게 부여함으로써 '국민'이 이익을 얻게 된다고 했으므로 라즈가 ㉮를 권리자와 수혜자가 일치하지 않는 경우라고 보지는 않을 것이다.

6. ⓐ와 문맥적 의미가 가장 유사한 것은?

• 5번

학생들이 정답 이외에 가장 많이 고른 선지는 ③번이지만, 그 외의 선지들도 선택률이 모두 높은 편이다. 이 문제는 (가)와 (나)를 바탕으로 ㉮(언론 출판의 자유)를 호펠드, 하트, 라즈가 어떤 입장에서 설명할지 파악해야 하는 문제였다. 〈보기〉에서 설명한 내용이 지문에 제시된 관점에서 어떻게 설명될 수 있는지 파악하지 못한 상태에서 시간에 쫓겨 답을 골랐을 가능성이 크다. 하지만 주제 복합 지문에서는 제시된 여러 관점, 입장, 이념들을 정확히 이해했는지를 기반으로 한 문제가 반드시 출제되기 때문에, 철저하게 대비해 두어야 한다.

〈보기〉에서 ㉮가 헌법에 기본적 권리로 부여되었으며, '국가를 비롯하여 다른 누구의 권능에게도 지배받지 않는다'고 하였으므로 호펠드는 ㉮가 국가의 '권능 아래에 있지 않'기 때문에 면제권이라고 설명할 것이다. 또한 이때 '권능으로서 권리'는 상대방에게 법적 효과를 초래할 수 있는 법적 권능을 가진다는 의미임을 고려할 때, 호펠드가 ㉮를 '권능으로서의 권리'로 설명하지는 않을 것이다. 따라서 호펠드가 ㉮를 권능으로서의 권리로 설명할 것이라는 ②, ④, ⑤번 선지는 적절한 설명이 될 수 없다.

또한 〈보기〉에서 '국민은 자신에게 부여된 언론 출판의 자유를 남에게 넘겨줄 수 없으며, 언론 출판의 자유를 보장하도록 국가에 부과된 의무를 국민이 좌지우지할 권한이 없다.'라고 하였다. 하트는 〈보기〉에서 언급한 바와 같이 국민이 국가에 부여된 ㉮의 의무를 좌지우지할 권한이 없다면 국민에게 '타인의 의무 이행 여부에 대한 권능'이 부여되지 않았으므로 권리를 가졌다고 말할 수 없다고 볼 것이다. 따라서 하트의 입장에서 ㉮를 국민이 권리자로 권리가 승인된다고 본 ③, ④번 선지는 적절한 설명이 될 수 없다. 참고로 ③번과 ④번은 (나)에서 의사설을 지지한 하트와 이익설을 주장한 라즈의 기본 입장의 차이를 명확히 파악했다면 어렵지 않게 오답임을 골라낼 수 있는 선지이기도 했다.

정답률 분석

정답	매력적 오답	매력적 오답	매력적 오답	매력적 오답
①	②	③	④	⑤
29%	18%	21%	17%	15%

✔ 정답풀이

② 휴가를 얻지 못해 여행 가기가 <u>어려울</u> 것 같다.

> 근거: (나) ❸ ¹¹하지만 현대에서는 이런 상황이 인정되기가 ⓐ어렵다.
> '하지만 현대에서는 이런 상황이 인정되기가 어렵다.'에서 '어렵다'는 '가능성이 거의 없다.'를 의미한다. '여행 가기가 어려울 것 같다.'의 '어렵다'도 이와 같은 의미로 사용되었다.

✖ 오답풀이

① 살림이 <u>어려운</u> 때일수록 힘을 합쳐야 한다.
  '가난하여 살아가기가 고생스럽다.'는 의미로 쓰였다.

③ 이 책은 너무 <u>어려워서</u> 내가 읽기에는 참 힘들다.
  '말이나 글이 이해하기에 까다롭다.'는 의미로 쓰였다.

④ 그 사람은 <u>어려운</u> 형편 속에서도 씩씩하게 살았다.
  '가난하여 살아가기가 고생스럽다.'는 의미로 쓰였다.

⑤ 나는 선생님이 <u>어려워서</u> 그 앞에서는 말도 제대로 못 한다.
  '상대가 되는 사람이 거리감이 있어 행동하기가 조심스럽고 거북하다.'는 의미로 쓰였다.

[1~5] 다음 글을 읽고 물음에 답하시오.

✏ 사고의 흐름

❶ ¹ⓐ근대 철학에서는 대상이 지닌 고정된 진리나 고유한 본질에 해당하는 동일성을 찾으려고 노력하였다. ²그리고 그 동일성을 그대로 표상*하는 것, 즉 얼마나 유사하게 동일성을 재현*할 수 있느냐에 관심을 가졌다. ³그러나 ⓑ들뢰즈는 표상이 대상들이 지닌 차이를 동일성에 종속시키는 것이라 비판하였다. ⁴들뢰즈는 대상이 다른 대상들과 관계 맺으며 펼쳐지는 무수한 차이를 긍정하며 세계를 생성의 원리로 설명하고자 했다.

❷ ⁵들뢰즈가 말하는 '차이'란 두 대상을 정태적으로 비교해서 ⓐ나오는 어떤 것이 아니라, 두 대상이 만나고 섞임으로써 '생성'되는 것이다. ⁶예를 들어 '달리기를 잘하는 사람(A)'과 '자동차(B)'가 있다고 가정해 보자. ⁷A는 원래 땅 위를 달리며, 달리기와 관련된 근육이 발달되어 있었을 것이다. ⁸그런데 A가 달리기 대신 B를 오랫동안 반복적으로 운전한다면 어떻게 될까? ⁹A는 달리는 근육 대신 브레이크나 엑셀을 밟는 근육이 발달할 것이다. ¹⁰A는 땅과 자동차 중 어느 것과 관계를 맺느냐에 따라 이전의 A와는 다른 차이를 지니게 된다. ¹¹그리고 그 차이는 A에게 '자동차 운전을 잘하게 된 사람'이라는 새로운 의미를 부여하게 되는데, 이것이 바로 '생성'이다.

❸ ¹²또한 들뢰즈는 대상과 대상이 연결되어 서로를 변화시키는 생성의 과정을 주름 개념으로 설명한다. ¹³새로 산 옷을 입으면, 이 옷은 얼마 지나지 않아 많은 주름이 ⓑ생긴다. ¹⁴이 주름은 옷 자체 혹은 외부로부터 받은 힘에 의해 만들어진다. ¹⁵결국 주름은 대상 자체의 내재적 원인에 의해 혹은 차이를 지닌 대상과의 관계 속에서 끊임없이 생성되는 '흔적'이라 할 수 있다. ¹⁶생성된 주름은 시간의 연속된 흐름 속에서 다시 다른 대상들과 관계를 맺으며, 서로 관계를 맺는 대상들은 처음과는 차이가 나는 새로운 주름을 계속해서 생성해 나간다. ¹⁷따라서 주름에는 시간적 개념과 변형이 포함됨을 알 수 있다.

❹ ¹⁸들뢰즈가 제안한 '주름' 개념은 현대 건축가들에게 영향을 미쳤으며, 특히 현대 랜드스케이프 건축에 많은 영감을 주었다. ¹⁹랜드스케이프 건축가들은 대지와 건물, 건물과 건물, 건물의 내부와 외부를 각각의 고정된 의미로 분리하여 바라보려는 전통적인 이분법적 관점을 거부하고 이들을 하나의 주름 잡힌 표면, 즉 서로 관계 맺으며 접고 펼쳐지는 반복적 과정 속에서 생성된

하나의 통합된 공간으로 보고자 하였다. ²⁰그동안 건축에서는 대지와 건물이 인간에 의해 그 역할이 일방적으로 규정되는 수동적 존재로 파악되었었는데, 현대 건축에서는 대지와 건물 자체가 새로운 의미를 상성하는 능동적인 존재로 작동한다.

❺ ²¹랜드스케이프 건축에서 나타나는 연속된 표면은 대지와 건물의 벽, 천장을 하나의 흐름으로 생성하면서 대지와 건물이 구분되지 않고 하나로 연결되어 통합되기도 하고, 건물 자체가 대지를 완전히 ⓒ덮어서 대지와 건물이 통합되기도 한다. ²²그리고 연속된 표면은 주름처럼 접히고 펼쳐지면서 공간을 ⓓ만들어 내는데, ㉠이러한 공간은 그 성격이 고정되지 않고 우연적인 상황 혹은 주변의 여러 가지 요인의 전개로 인해 재구성될 수 있는 잠재적*인 특징을 지니게 된다. ²³그리고 ㉡이러한 공간의 흐름은 연속적으로 구성되어 있어 건물의 안과 밖이 자연스럽게 연결되기 때문에 건물의 내부와 외부의 구분이 모호해지게 된다. ²⁴이를 통해 건물 내부에서 외부를 바라보는 시선과 외부에서 내부를 바라보는 응시를 동시에 담아낼 수 있게 되는 것이다.

〈동대문디자인플라자(DDP)〉

❻ ²⁵우리나라의 동대문디자인플라자(DDP)는 이러한 랜드스케이프 건축의 특성이 잘 드러나 있는 건물이다. ²⁶①DDP의 표면은 주름진 곡선이 연속적으로 이어지고 있는데, 하늘에서 ⓔ내려다보면 건물 전체가 대지를 덮고 있는 형상을 띠고 있다. ²⁷②또한 주름진 곡선에 의해 만들어진 내부의 공간들은 디자인 전시관으로 활용되기도 하지만, 경우에 따라 패션 행사나 다양한 체험 마당 등 다양한 용도로 활용된다. ²⁸③특히 DDP는 기존에 있던 지하철역이 건물의 지하 광장과 건물의 입구로 이어지도록 만들어졌으며, DDP 외부의 공원과 건물 간의 경계가 없어 공원을

걷다 보면 자연스럽게 건물의 내부로 이어지고, 내부에서 옥상
의 잔디 언덕으로 이동하게 되면서 다시 건물 밖의 공원으로 나
오게 되는데, 이런 점 때문에 DDP는 기존에 존재하는 것들과
통합을 추구하였다는 평가를 받고 있다. DDP에 반영된 랜드스케이프 건축의
특징을 정리해 보자. ① 건물 전체가 대지를 덮어 연속된 표면을 이룸, ② 주름진
곡선에 의해 만들어진 내부의 공간을 다양한 용도로 활용, ③ 건물의 내부와 외부 간의
경계가 없음(공간의 통합 추구)

이것만은 챙기자

* **표상**: 추상적이거나 드러나지 아니한 것을 구체적인 형상으로 드러
  내어 나타냄.
* **재현**: 다시 나타남. 또는 다시 나타냄.
* **잠재적**: 겉으로 드러나지 않고 숨은 상태로 존재하는 것.

만점 선배의 구조도 예시

근대 철학 : 동일성 (고정된 진리, 고유한 본질)을 찾고 이를 표상하는 것 관심
↓
들뢰즈 : 표상이 대상들의 차이를 동일성에 종속시키는 것이라고 비판
         → 긍정! 생성의 원리 주장
· '차이' : 두 대상이 만나고 섞임으로서 '생성' 되는 것
· '생성' : 어떤 대상이 무엇과 관계를 맺느냐에 따른 차이가
           새로운 의미를 부여하는 것
  과정
     주름 : 대상 자체 내재적 원인 아 차이를 지닌 대상과의
  영향   관계 속에서 끊임없이 생성되는 '흔적' → 시간적 개념·변형 포함

랜드스케이프 건축
· 대지-건물, 건물-건물, 건물 내부-건물 외부
  → 서로 관계 맺는 과정 통해 생성된 하나의 통합 공간
· 대지나 건물 자체 → 새로운 의미 생성하는 능동적 존재
· 연속된 표면 : 대지나 건물 경계 허물고, 하나의 흐름으로 통합
      ↓ 형성
   공간 [성격 고정되지 X, 재구성 O
         [건물 내부-건물 외부 구분 모호함

동대문디자인플라자 (DDP)
· 랜드스케이프 건축 특징 잘 드러남
      → ① 건물 전체가 대지를 덮어 연속된 표면 이룸
        ② 내부 공간 → 다양한 용도 활용
        ③ 건물 내부-건물 외부 경계 X
           (공간의 통합 추구)

---

1. ㉠, ㉡에 대한 설명으로 가장 적절한 것은?

> ㉠: 근대 철학
> ㉡: 들뢰즈

✔ 정답풀이

② ㉠은 대상의 변하지 않는 속성에, ㉡은 대상의 변화하는 속성에
주목하였다.

> 근거: **1** [1]근대 철학(㉠)에서는 대상이 지닌 고정된 진리나 고유한 본질에
> 해당하는 동일성을 찾으려고 노력하였다. [3]그러나 들뢰즈(㉡)는 표상이 대
> 상들이 지닌 차이를 동일성에 종속시키는 것이라 비판하였다. + **3** [12]또한
> 들뢰즈는 대상과 대상이 연결되어 서로를 변화시키는 생성의 과정을 주름
> 개념으로 설명한다.
> ㉠은 대상이 지닌 고정된 진리나 고유한 본질에 해당하는 동일성을 찾으려
> 했고, ㉡은 대상들이 관계를 맺으며 변화하는 속성을 주름을 통한 생성의
> 원리로 설명하고 있다.

✘ 오답풀이

① ㉠은 공간적 개념에서, ㉡은 시간적 개념에서 대상의 생성을 언급
하였다.
근거: **1** [1]근대 철학(㉠)에서는 대상이 지닌 고정된 진리나 고유한 본질에
해당하는 동일성을 찾으려고 노력하였다. + **3** [12]또한 들뢰즈(㉡)는 대상과
대상이 연결되어 서로를 변화시키는 생성의 과정을 주름 개념으로 설명한다.
[16]생성된 주름은 시간의 연속된 흐름 속에서 다시 다른 대상들과 관계를 맺
으며, 서로 관계를 맺는 대상들은 처음과는 차이가 나는 새로운 주름을 계속
해서 생성해 나간다. [17]따라서 주름에는 시간적 개념과 변형이 포함됨을 알
수 있다.
㉡은 시간의 연속된 흐름 속에서 서로 관계를 맺는 대상들이 새로운 주름을
계속 생성해 나가는 점을 들어 생성의 의미를 설명하고 있음을 알 수 있다.
그러나 ㉠에서는 고정적 진리나 고유한 본질을 중시했으므로 생성의 개념은
나타나지 않는다.

③ ㉠은 어떤 대상과 관계하느냐에, ㉡은 대상과 어떻게 관계하느냐에
주목하였다.
근거: **1** [4]들뢰즈(㉡)는 대상이 다른 대상들과 관계 맺으며 펼쳐지는 무수한
차이를 긍정하며 세계를 생성의 원리로 설명하고자 했다.
대상과의 관계에 대한 내용은 ㉡의 견해와 관련된 것이지 ㉠의 견해와는 관
련이 없다.

④ ⊙은 차이를 본질에 종속시키고자 하였고, ⓒ은 동일성을 차이에
종속시키고자 하였다.
근거: **1** [1]근대 철학(⊙)에서는 대상이 지닌 고정된 진리나 고유한 본질에
해당하는 동일성을 찾으려고 노력하였다. [3]그러나 들뢰즈(ⓒ)는 표상이 대상
들이 지닌 차이를 동일성에 종속시키는 것이라 비판하였다. [4]들뢰즈는 대상
이 다른 대상들과 관계 맺으며 펼쳐지는 무수한 차이를 긍정하며 세계를 생
성의 원리로 설명하고자 했다.

ⓒ은 표상이 대상들이 지닌 차이를 고유한 본질(동일성)에 종속시킨다는 점
에서 ⊙을 비판했다. ⓒ은 동일성을 추구하는 것을 비판하며 다른 대상들과
의 차이를 긍정했기 때문에 동일성을 차이에 종속시키고자 하였다는 내용은
적절하지 않다.

⑤ ⊙과 ⓒ의 목표는 모두 대상이 갖는 고정된 본질을 파악하는 것이
었다.
근거: **1** [1]근대 철학(⊙)에서는 대상이 지닌 고정된 진리나 고유한 본질에
해당하는 동일성을 찾으려고 노력하였다. [4]들뢰즈(ⓒ)는 대상이 다른 대상들
과 관계 맺으며 펼쳐지는 무수한 차이를 긍정하며 세계를 생성의 원리로 설
명하고자 했다. + **3** [12]또한 들뢰즈는 대상과 대상이 연결되어 서로를 변화
시키는 생성의 과정을 주름 개념으로 설명한다.

⊙은 대상이 지닌 고정된 진리나 고유한 본질인 동일성을 찾으려고 노력하
였지만, ⓒ은 대상의 의미가 고정되지 않고 대상과 대상이 연결되어 서로를
끊임없이 변화시키는 생성의 과정을 지닌다고 하였으므로 고정된 본질을 파
악하려 했다고 볼 수 없다.

2. 주름 에 대한 이해로 적절하지 않은 것은?

✔ 정답풀이

① 주름은 내재적 원인에 의해 완성된다.

> 근거: **3** [15]결국 주름은 대상 자체의 내재적 원인에 의해 혹은 차이를 지
> 닌 대상과의 관계 속에서 끊임없이 생성되는 '흔적'이라 할 수 있다.
> 주름은 대상 자체의 내재적 원인에 의해 혹은 차이를 지닌 대상과의 관계
> 속에서 끊임없이 생성된다고 했으므로, 주름이 내재적 원인에 의해 완성
> 된다고 볼 수는 없다.

✘ 오답풀이

② 주름은 대상과 대상이 서로 연결되어 생성된다.
근거: **3** [12]또한 들뢰즈는 대상과 대상이 연결되어 서로를 변화시키는 생성
의 과정을 주름 개념으로 설명한다.

③ 생성된 주름은 다른 대상들과의 차이를 만들어 낸다.
근거: **3** [16]생성된 주름은 시간의 연속된 흐름 속에서 다시 다른 대상들과
관계를 맺으며, 서로 관계를 맺는 대상들은 처음과는 차이가 나는 새로운 주
름을 계속해서 생성해 나간다.

④ 주름은 대상들 간의 관계를 통해 새로운 의미를 형성한다.
근거: **2** [5]들뢰즈가 말하는 '차이'란 두 대상을 정태적으로 비교해서 나오는
어떤 것이 아니라, 두 대상이 만나고 섞임으로써 '생성'되는 것이다. [11]그리
고 그 차이(땅과 자동차 중 어느 것과 관계를 맺느냐에 따른 차이)는 A에게
'자동차 운전을 잘하게 된 사람'이라는 새로운 의미를 부여하게 되는데, 이
것이 바로 '생성'이다. + **3** [12]또한 들뢰즈는 대상과 대상이 연결되어 서로를
변화시키는 생성의 과정을 주름 개념으로 설명한다. [15]결국 주름은 대상 자
체의 내재적 원인에 의해 혹은 차이를 지닌 대상과의 관계 속에서 끊임없이
생성되는 '흔적'이라 할 수 있다. [16]생성된 주름은 시간의 연속된 흐름 속에
서 다시 다른 대상들과 관계를 맺으며, 서로 관계를 맺는 대상들은 처음과는
차이가 나는 새로운 주름을 계속해서 생성해 나간다.
두 대상이 만나고 섞임으로써 생성되는 차이는 새로운 의미를 형성한다. 들
뢰즈는 생성의 과정을 주름 개념으로 설명하는데, 주름은 대상과의 관계 속
에서 끊임없이 생성되는 흔적으로 생성된 주름은 다시 다른 대상들과 관계
를 맺고 관계를 맺은 대상들은 처음과는 차이가 나는 새로운 주름을 계속해
서 생성해 나간다고 했다. 따라서 주름은 대상들 간의 관계를 통해 새로운
의미를 형성한다고 할 수 있다.

⑤ 대상의 주름은 서로를 변화시키며 연속적으로 만들어진다.
근거: **3** [16]생성된 주름은 시간의 연속된 흐름 속에서 다시 다른 대상들과
관계를 맺으며, 서로 관계를 맺는 대상들은 처음과는 차이가 나는 새로운 주
름을 계속해서 생성해 나간다.
서로 관계를 맺는 대상들이 새로운 주름을 계속해서 생성해 나간다고 하였으
므로, 주름이 서로를 변화시키며 연속적으로 만들어진다고 볼 수 있다.

3. 동대문디자인플라자에 대한 이해로 적절하지 <u>않은</u> 것은?

✔ 정답풀이

① 대지와 건물의 표면에 주름처럼 이어진 곡선은 대지의 의미가 건물에 의해 규정되도록 하고 있군.

> 근거: **4** [20]현대 건축에서는 대지와 건물 자체가 새로운 의미를 생성하는 능동적인 존재로 작동한다. + **5** [21]랜드스케이프 건축에서 나타나는 연속된 표면은 대지와 건물의 벽, 천장을 하나의 흐름으로 생성하면서 대지와 건물이 구분되지 않고 하나로 연결되어 통합되기도 하고,~[22]그리고 연속된 표면은 주름처럼 접히고 펼쳐지면서 공간을 만들어 내는데, + **6** [25]우리나라의 동대문디자인플라자(DDP)는 이러한 랜드스케이프 건축의 특성이 잘 드러나 있는 건물이다.
>
> DDP는 랜드스케이프 건축의 특성이 잘 드러나는 건물로, 랜드스케이프 건축에서 주름진 곡선은 건물의 표면을 형성하면서도 내부로 이어져 내부의 공간을 형성한다. 이때 대지와 건물은 능동적 존재로 만나 새로운 의미를 생성할 뿐, 건물에 의해 대지의 의미가 규정되는 것은 아니다.

✖ 오답풀이

② 건물 전체가 대지를 덮고 있는 형상은 건물과 대지를 통합하여 연속된 표면을 이룬 것에 해당하겠군.

근거: **5** [21]랜드스케이프 건축에서 나타나는 연속된 표면은 대지와 건물의 벽, 천장을 하나의 흐름으로 생성하면서 대지와 건물이 구분되지 않고 하나로 연결되어 통합되기도 하고, 건물 자체가 대지를 완전히 덮어서 대지와 건물이 통합되기도 한다. + **6** [25]우리나라의 동대문디자인플라자(DDP)는 이러한 랜드스케이프 건축의 특성이 잘 드러나 있는 건물이다. [26]DDP의 표면은 주름진 곡선이 연속적으로 이어지고 있는데, 하늘에서 내려다보면 건물 전체가 대지를 덮고 있는 형상을 띠고 있다.

랜드스케이프 건축은 대지와 건물이 구분되지 않거나 건물 자체가 대지를 완전히 덮어서 통합된다고 하였다. DDP 또한 랜드스케이프 건축의 특성이 잘 드러나는 건물이며 건물 전체가 대지를 덮고 있는 형상을 띠고 있으므로, 건물과 대지를 통합하여 연속된 표면을 이루고 있다고 볼 수 있다.

③ 관람자는 공원에서 건물 내부로, 내부에서 잔디 언덕으로 이동하면서 시선과 응시를 모두 경험할 수 있겠군.

근거: **5** [23]그리고 (랜드스케이프 건축에서) 이러한 공간의 흐름은 연속적으로 구성되어 있어 건물의 안과 밖이 자연스럽게 연결되기 때문에 건물의 내부와 외부의 구분이 모호해지게 된다. [24]이를 통해 건물 내부에서 외부를 바라보는 시선과 외부에서 내부를 바라보는 응시를 동시에 담아낼 수 있게 되는 것이다. + **6** [25]우리나라의 동대문디자인플라자(DDP)는 이러한 랜드스케이프 건축의 특성이 잘 드러나 있는 건물이다. [28]특히~DDP 외부의 공원과 건물 간의 경계가 없어 공원을 걷다 보면 자연스럽게 건물의 내부로 이어지고, 내부에서 옥상의 잔디 언덕으로 이동하게 되면서 다시 건물 밖의 공원으로 나오게 되는데.

랜드스케이프 건축은 공간의 내부와 외부를 구분 없이 이어지게 하여 외부를 바라보는 시선과 내부를 바라보는 응시를 동시에 담아내고자 한다. DDP 또한 랜드스케이프 건축의 특성이 잘 드러나는 건물이며, 외부에서 내부로, 내부에서 외부로 자연스럽게 이어지고 있으므로, 관람자는 공원에서 건물 내부로, 내부에서 잔디 언덕으로 이동하면서 시선과 응시를 모두 경험할 수 있을 것이다.

④ 기존에 있던 지하철역을 건물의 입구와 이어지도록 한 것은 기존의 시설물과 건물을 이분법적으로 보지 않은 것이군.

근거: **4** [19]랜드스케이프 건축가들은 대지와 건물, 건물과 건물, 건물의 내부와 외부를 각각의 고정된 의미로 분리하여 바라보려는 전통적인 이분법적 관점을 거부하고 + **6** [25]우리나라의 동대문디자인플라자(DDP)는 이러한 랜드스케이프 건축의 특성이 잘 드러나 있는 건물이다. [28]특히 DDP는 기존에 있던 지하철역이 건물의 지하 광장과 건물의 입구로 이어지도록 만들어졌으며,~이런 점 때문에 DDP는 기존에 존재하는 것들과 통합을 추구하였다는 평가를 받고 있다.

랜드스케이프 건축가들은 대지와 건물, 건물과 건물 등을 고정된 의미로 분리하여 바라보는 이분법적 관점을 거부하였다. DDP 또한 랜드스케이프 건축의 특성이 잘 드러나는 건물이며 지하철역을 DDP의 입구와 이어지도록 만들어 통합된 공간으로 구성했으므로, 기존의 시설물과 건물을 이분법적으로 보지 않은 것임을 알 수 있다.

⑤ 내부 공간들이 전시관과 패션 행사 등으로 다양하게 활용되는 것은 공간의 성격을 고정하지 않았기 때문에 가능한 것이겠군.

근거: **5** [22]그리고 (랜드스케이프 건축에서) 연속된 표면은 주름처럼 접히고 펼쳐지면서 공간을 만들어 내는데, 이러한 공간은 그 성격이 고정되지 않고 우연적인 상황 혹은 주변의 여러 가지 요인의 전개로 인해 재구성될 수 있는 잠재적인 특징을 지니게 된다. + **6** [25]우리나라의 동대문디자인플라자(DDP)는 이러한 랜드스케이프 건축의 특성이 잘 드러나 있는 건물이다. [27]또한 주름진 곡선에 의해 만들어진 내부의 공간들은 디자인 전시관으로 활용되기도 하지만, 경우에 따라 패션 행사나 다양한 체험 마당 등 다양한 용도로 활용된다.

랜드스케이프 건축은 공간의 성격이 고정되지 않고 재구성될 수 있는 특징을 가진다. DDP 또한 랜드스케이프 건축의 특성이 잘 드러나는 건물이며 내부의 공간들이 패션 행사 등의 다양한 용도로 쓰이고 있으므로, 이는 공간의 성격을 고정하지 않았기 때문에 가능한 것임을 알 수 있다.

4. 다음 '학습 활동'에서 [A]에 들어갈 내용으로 적절하지 <u>않은</u> 것은? [3점]

📖 학습 활동

다음 자료를 참고하여 한국의 전통 건축과 랜드스케이프 건축을 비교해 보자.

[1]소쇄원에 들어서면 자연석 축대로 경계를 삼아 소박한 멋을 내는 인공 연못과 만나게 된다. [2]기존의 지형과 물줄기의 흐름을 바꾸지 않고 그대로 살려 만든 소쇄원 내부의 길을 따라 걷다 보면 소쇄원의 대표적인 건물인 광풍각에 이르게 된다. [3]광풍각의 들어열개문은 문짝을 접고 그것을 들어 올릴 수 있는 구조로 되어 있어 방 안에서 바로 마루 너머의 자연과 연결되어 방에서도 자연을 즐길 수 있다. [4]아울러 이러한 들어열개문의 특성으로 인해 방과 마루의 공간이 나뉘면서 동시에 통합될 수도 있다. [5]광풍각 앞의 마당은 다른 장소로 이어주는 통로로, 자연을 완상하는 장소로, 함께 어울리는 놀이의 공간으로도 활용된다.

[활동 결과]

([A]   )는 점에서, 소쇄원에서 랜드스케이프 건축의 특성을 엿볼 수 있다.

✔ 정답풀이

② 소쇄원의 연못은 대지와 구분되는 비연속된 표면을 이루고 있다

근거: [5] [21]랜드스케이프 건축에서 나타나는 연속된 표면은 대지와 건물의 벽, 천장을 하나의 흐름으로 생성하면서 대지와 건물이 구분되지 않고 하나로 연결되어 통합되기도 하고, 건물 자체가 대지를 완전히 덮어서 대지와 건물이 통합되기도 한다.

랜드스케이프 건축에서는 연속된 표면이 나타나므로, 소쇄원의 연못이 대지와 구분되어 비연속적인 표면을 이루고 있다는 설명은 랜드스케이프 건축의 특성으로 볼 수 없다.

✖ 오답풀이

① 소쇄원 내부의 길은 기존의 자연 환경과 관계를 맺고 있다

근거: [4] [19]랜드스케이프 건축가들은 대지와 건물, 건물과 건물, 건물의 내부와 외부를~서로 관계 맺으며 접고 펼쳐지는 반복적 과정 속에서 생성된 하나의 통합된 공간으로 보고자 하였다. + 〈학습 활동〉 [2]기존의 지형과 물줄기의 흐름을 바꾸지 않고 그대로 살려 만든 소쇄원 내부의 길을 따라 걷다 보면 소쇄원의 대표적인 건물인 광풍각에 이르게 된다.

소쇄원의 길은 기존의 지형 및 물줄기의 흐름을 그대로 살려 만들어진 것이므로 기존의 자연 환경과 관계를 맺고 있는 것으로 볼 수 있다.

③ 소쇄원의 마당은 상황에 따라 용도가 달라지는 잠재성을 지니고 있다

근거: [5] [22]그리고 (랜드스케이프의) 연속된 표면은 주름처럼 접히고 펼쳐지면서 공간을 만들어 내는데, 이러한 공간은 그 성격이 고정되지 않고 우연적인 상황 혹은 주변의 여러 가지 요인의 전개로 인해 재구성될 수 있는 잠재적인 특징을 지니게 된다. + 〈학습 활동〉 [5]광풍각 앞의 마당은 다른 장소로 이어주는 통로로, 자연을 완상하는 장소로, 함께 어울리는 놀이의 공간으로도 활용된다.

소쇄원의 대표적인 건물인 광풍각 앞의 마당은 다른 장소로 이어주는 통로일 뿐 아니라, 자연을 완상하는 장소 및 함께 놀이를 즐기는 공간으로도 활용되고 있으므로, 상황에 따라 용도가 달라지는 잠재성을 지니고 있는 공간임을 알 수 있다.

④ 들어열개문을 통해 광풍각의 외부와 내부를 하나로 연결할 수 있다

근거: [5] [21]랜드스케이프 건축에서 나타나는 연속된 표면은~[23]그리고 이러한 공간의 흐름은 연속적으로 구성되어 있어 건물의 안과 밖이 자연스럽게 연결되기 때문에 건물의 내부와 외부의 구분이 모호해지게 된다. + 〈학습 활동〉 [3]광풍각의 들어열개문은 문짝을 접고 그것을 들어 올릴 수 있는 구조로 되어 있어 방 안에서 바로 마루 너머의 자연과 연결되어 방에서도 자연을 즐길 수 있다.

광풍각의 들어열개문을 통해 안과 밖의 경계를 없애면서 방 안에서 바로 마루 너머의 자연과 연결되어 방에서도 자연을 느낄 수 있으므로, 광풍각의 외부와 내부를 하나로 연결함을 알 수 있다.

⑤ 들어열개문의 문짝을 접어 올리면 방과 마루의 경계가 모호해진다

근거: [5] [21]랜드스케이프 건축에서 나타나는 연속된 표면은~[23]그리고 이러한 공간의 흐름은 연속적으로 구성되어 있어 건물의 안과· 밖이 자연스럽게 연결되기 때문에 건물의 내부와 외부의 구분이 모호해지게 된다. + 〈학습 활동〉 [3]광풍각의 들어열개문은 문짝을 접고 그것을 들어 올릴 수 있는 구조로 되어 있어 방 안에서 바로 마루 너머의 자연과 연결되어 방에서도 자연을 즐길 수 있다. [4]아울러 이러한 들어열개문의 특성으로 인해 방과 마루의 공간이 나뉘면서 동시에 통합될 수도 있다.

광풍각의 들어열개문은 문짝을 닫으면 방과 마루의 공간이 나뉘면서 독립된 공간이 되지만, 문짝을 접어 올리면 방 안에서 마루 너머의 자연과 연결되어 방에서도 자연을 즐길 수 있으므로, 방과 마루의 경계가 모호해짐을 알 수 있다.

5. 문맥상 ⓐ~ⓔ와 바꿔 쓰기에 적절한 것은?

▼ 정답풀이

① ⓐ: 도출(導出)되는

근거: **2** [5]들뢰즈가 말하는 '차이'란 두 대상을 정태적으로 비교해서 ⓐ나오는 어떤 것이 아니라.
'나오다'는 '처리나 결과로 이루어지거나 생기다.'의 의미이므로, '판단이나 결론 따위가 이끌려 나오다.'의 의미인 '도출되다'와 바꿔 쓸 수 있다.

❌ 오답풀이

② ⓑ: 구성(構成)되다
근거: **3** [13]새로 산 옷을 입으면, 이 옷은 얼마 지나지 않아 많은 주름이 ⓑ생긴다.
생기다: 없던 것이 새로 있게 되다.
구성되다: 몇 가지 부분이나 요소들이 모여 일정한 전체가 짜여 이루어지다.

③ ⓒ: 봉인(封印)하여
근거: **5** [21]건물 자체가 대지를 완전히 ⓒ덮어서 대지와 건물이 통합되기도 한다.
덮다: 일정한 범위나 공간을 빈틈없이 휩싸다.
봉인하다: 밀봉한 자리에 도장을 찍다.

④ ⓓ: 제작(製作)해
근거: **5** [22]그리고 연속된 표면은 주름처럼 접히고 펼쳐지면서 공간을 ⓓ만들어 내는데,
만들다: 새로운 상태를 이루어 내다.
제작하다: 재료를 가지고 기능과 내용을 가진 새로운 물건이나 예술 작품을 만들다.

⑤ ⓔ: 주시(注視)하면
근거: **6** [26]하늘에서 ⓔ내려다보면 건물 전체가 대지를 덮고 있는 형상을 띠고 있다.
내려다보다: 위에서 아래를 향하여 보다.
주시하다: 어떤 목표물에 주의를 집중하여 보다.

MEMO

홀수 기출 고난도 선별 (상)

1판 1쇄 발행일 2025년 12월 17일

발행인 박광일
발행처 주식회사 도서출판 홀수
출판사 신고번호 제374-2014-0100051호
ISBN 979-11-94350-41-5

홈페이지 www.holsoo.com